U0663464

國家社會科學基金重大項目“古本散曲集成”(15ZDB074)階段性成果
國家社會科學基金項目“明清戲曲選本研究”(12BZW049)階段性成果
教育部人文社科項目“今樂府選抄本研究”(10YJA751072)階段性成果
浙江哲學社會科學項目“今樂府選抄本研究”(09CGZW007YB)階段性成果
國家古籍整理出版基金資助出版(2016年)
浙江大學董氏文史哲基金資助出版

明清稀見曲輯選

上

汪超宏 編纂

序

謝伯陽

超宏賢棣是吾友徐朔方先生高徒，其治學方法及精神，頗得朔方兄真傳。孜孜於籍海書城幾十年如一日。爬羅剔抉，排比鈎玄，走的是一條最爲寂寞、最費時日，亦是最爲厚實的學問之路。吴曉鈴先生曾在《中國古典小説戲曲名著在國外序》中，言學問“有爲己之學，也有爲人之學”。爲人者“蓋工作煩瑣，治絲益棼，掛一而漏萬，費力不討好也。……且盡窮年累月之功……”然路漫漫其修遠兮，待到碩果枝頭，豈不更燦燦於光澤焉？超宏賢棣是也！

今年初，超宏爲新著問序於我，奈老夫已垂垂而疏懶於動筆。超宏又曰：“可否以書信代序？”然也！故附幾筆於書信前，還望超宏賢棣見諒！

超宏賢棣，您好！

來信獲悉，十分欣喜你能補葺《全明散曲》、《全清散曲》，多至六千餘首、五百六十餘套。拙編《全明散曲》、《全清散曲》，雖冠以“全”字，然悠悠歷史，文翰長河，豈一人一世所能盡事？！今有賢棣所爲，且歷時之久，用功之深，實令我感佩！後生可畏，後輩居上，名師高徒，吾友朔方兄泉下有知，可欣慰也！

誠如賢棣文中所云，爲總集、全集做輯佚、撿漏，費時費力，然於治學者言，則是淬煉功力與心力之途。賢棣之編，能爲拙編補漏掩拙，豈止吾之幸，乃學林之幸矣！

所附大作拜讀，賢棣功力之深，可見一斑。關於“散曲”的範圍，想和賢棣作一些商榷:文中認爲南北曲及至道情曲、民間小曲。山西的折殿川先生曾來信,問及“自由曲”是否屬於散曲?我簡單回應他時談到小曲,現轉録如下:

首先,中國古典詩歌,一向講究格律規齊,或四言、或五言、或六、七言,詞曲爲長短句,但有龐大的聲腔系統——詞牌、曲牌,所以自古即有填詞填曲一説。散曲的牌調,一部分來自詞牌,也有來自諸宫調,還有一部分來自民歌俗曲,如【蔓青菜】、【鑾姑兒】、【村裏迓鼓】、【鎖南枝】、【羅江怨】等。這些牌調的曲作,雖由民間發起,但引起了文人的注意,並加以改造和提煉,上升爲散曲。我在編纂《全明散曲》、《全清散曲》,界定是民間小曲還是散曲時,即以是否爲文人作手爲標準。所以《全明散曲》(增補版)中,我增收了一些馮夢龍等曲家創作的【掛枝兒】等曲。在散曲創作中,無論是來自詞牌,或來自民間的牌調,在用韻和句式上,都應該是嚴謹的。

其次,散曲不僅僅有文字形式,還有音樂載體。雖然其音樂形式爲今人無法聽聞,但從曲作的格律句式、聯套規則以及古、近曲家的文字記録,我們都可以深切體會之。如何元朗《曲論》云:“曲至緊板,即古樂府所謂‘趨’。趨者,促也。弦索中大和絃是慢板,至花和絃則緊板矣。北曲如【中吕·快活三】臨了一句,放慢來接唱【朝天子】;【正宫】至【呆骨朵】,【雙調】至【甜水令】,【仙吕】至【後庭花】,【越調】至【小桃紅】,【商調】至【梧葉兒】,皆大和,又是慢板矣。緊慢相錯,何等節奏!”南曲在套式上雖不如北曲來的嚴謹,但亦有規律可循。如【梁州新郎】四曲後必接【節節高】,【夜行船序】後必接【黑麻序】。這即鄭騫所謂“一套之中所用牌調,其數量之多寡,位置之先後,皆有一定法則,是即所謂套式。苟不遵套式,而任意增減移動,即成紛亂之噪音,而非美妙之樂歌。每一牌調,各有其高下疾徐,依聲協律,以類相從,自不能有所顛倒錯亂”是也。因此,無論是小令的句式格律,還是套曲的聯套規則,這些都是圍繞着散曲創作所應遵循的樂理,即“音樂載體”而來的。所以,我們後世創作散曲,雖然已經不再考慮音樂的部分,但是文字譜所要求的格律句式,仍然是應該遵守的。否則,散曲還能稱其爲散曲麼?

第三點,散曲創作過程中,要依循曲牌,但也有可讓作者進行再創造的,即"犯調"。如【好事近】、【二犯江兒水】、【梁州新郎】等等,集兩個或多個牌調中的一兩句或多句,重組爲一只新牌調。但這也是要依循樂理的,即所謂同宮調或同管色的。否則,演唱起來就會拗口。散曲到了清代,這樣的犯調尤其多。如黄圖珌,他的約九十只小令,幾乎都是他新創的犯調。曲作家喜創犯調,是對自己在曲律樂理方面才華的炫耀。這種犯調新曲,也不是能用"自由"在衡量的,仍然是要遵循散曲創作之規則的。還有一種叫做"自度曲",是曲作者自創的牌調新曲,前提是通曉音律的曲作者,而且在元、明、清三代曲創作的歷史長河中,自度曲始終屬於"小衆",屬於支流。應該説,元、明、清、近代的散曲創作,到後來雖然有脱離演唱,走向案頭的趨勢,但總體還是符合演唱之樂理要求的。

當然,散曲創作在今天,大多只是遵循曲牌的文字譜,我想這也應該是散曲創作必須堅守的最後壁壘了。來信所云"自由曲",我不太清楚其具體的含義,是指自度曲呢,還是指如同"五四"後興起的自由詩? 總之,以上是我對來信所提問題的一些粗淺看法。學術問題,百家争鳴才是好的。

唐詩宋詞元曲,一直以爲三者鼎足而立,是中國詩歌史上的三座高峰。撇開劇曲不談,事實上,散曲到了明代,她的形態、體制,才真正發展到完滿。清代散曲逐漸走向案頭,並向詞化發展。散曲的發生,與民歌俗曲、諸宫調、唱賺等分不開,同樣的,與詞也分不開。她應該是古代文人汲取了民間養分(包括一些牌調形式),由詞向曲的詩歌樣式。如果我們把散曲的範圍擴大到民間小曲,這樣的泛衆化,將不是向左走向右走的問題,而是"曲"何以與唐詩宋詞比肩,三足鼎立的問題。"曲"之美,究竟是取之俗,還是取之雅? 我個人認爲,即便是"俗"、"蒜酪蛤湯味",也是大雅之後的大俗。這才是"散曲之俗"的審美意義所在。因此,我個人是不贊成將民歌小曲攬入散曲範圍内的。當然，有的時候會碰到很難界定民歌小曲和散曲的情況，那麽“是否爲文人作手”，也是手段之一。南師大的周玉波、陳書録兩位先生編纂有《明代民歌集》，他們就做得很好。

我今年八十有六，垂垂老矣。雖有心爲大作寫序，然惟恐力不逮而未達賢棣之要求，還望見諒海涵。後輩學者有您如此精進，信散曲事業定更光大發揚矣！

謝伯陽

丁酉春於姑蘇

前　言

——關於明清散曲輯佚的思考與實踐

汪超宏

謝伯陽先生《全明散曲》，謝伯陽、淩景埏先生《全清散曲》（增補版）[一]，是明清散曲研究的基礎文獻。前者輯得明代有姓名可考散曲作者四百多家和無名氏的小令一萬零六百餘首，套曲二千零六十餘套。後者輯得清代有姓名可考散曲作者三百四十多家和無名氏（包括近現代曲家）的小令三千二百餘首，套曲一千一百六十餘套。嘉惠學界，功德無量。但一二人之力畢竟有限，無法盡覽明清各種文獻。加之明清文獻過去在各圖書館，多爲善本，更增加了閱讀的困難。《全明散曲》、《全清散曲》雖稱"全"，不可能收全明清時期的所有散曲，有遺漏是難免的。因此，爲《全明散曲》、《全清散曲》做輯佚工作，非常必要。

近二十年來，筆者十分留意明清散曲的輯佚。其艱辛的程度，真如大海撈針，聚沙成塔。日積月累，終於由水珠匯成江河，將散存在成千上萬種文獻中的零星散曲聚集起來，編成《明清散曲輯補》一書。計輯得六百十八位明清散曲作家（包括無名氏、現當代部份作家）的小令六千零八十三首，套曲五百六十九套，殘套七套，殘句六十七句，附日人森槐南套曲一套。這些散曲的發現，大大豐富了明清散曲的數量，將使學人對明清散曲的全貌，有更清楚的認識。爲全面深入研究其創作成就，提供堅實的材料。

甚麼樣的作品才算散曲，作者朝代如何歸屬，爭議作品如何主名，從何處輯佚，等等，這些問題一直縈回在筆者腦海中，揮之不去。在輯佚過程中,筆者試圖有所回答,並根據這些探索,來決定取捨及如何署名。不當之處,敬請同行、方家指正。

一、舊話重提:何謂散曲?

甚麼樣的作品才算散曲,似乎是一個不該問的問題。自散曲進入學者研究視野後,對甚麼是散曲,學者們已經下過不少定義,至今似乎有了共識:“所謂散曲,依今學術界的共識,指金、元以來,繼詞以後,興起的一種新型歌詞樣式。就其歌的一端言,散曲指一種歌曲形態。就中又有北曲(以北地樂曲爲本源)、南曲(以南域樂曲爲本源)兩大支。就詞的一端言,散曲指一種特定的韻文體式,是古代詩(廣義)之一體。”[二]這一定義,對散曲的文學特徵、音樂品質及其時間範圍,有準確的界定。但僅憑這一概念,還無法具體判定某一作品是否屬散曲。因此,就會有同一作品,有人認爲是散曲,有人認爲不是的情況。以兩首作品爲例。先看其一:

水花兒聚了還散,蛛網兒到處去牽。錦纜兒與你暫時牽絆,風箏兒線斷了來不及攀。扁擔兒擔不起你不要擔,正月半的花燈也亮不上三五晚。同心帶結就了割破兩段,雙飛燕遭彈打怎得成雙,並頭蓮才開放被風兒吹斷。青鸞音信杳,紅葉御溝乾。交頸的鴛鴦也被釣魚人來趕。

此作見任訥《曲諧》卷一。《曲諧》引自《閑居筆記》。任訥認爲此作是散曲:“此歌頗有致語,非詩非詞,爲曲無疑。特未詳其調耳。”[三]盧前《類似曲》一文也引録此作,只不過文中“攀”作“扳”,“割破”作“剖”。盧前認爲此作不是散曲,只能是“類似曲”之作[四]。

其二:

雁 字

丁寧囑咐南飛雁,到衡陽與儂代筆行些方便。不倩你報平安,不倩你訴饑寒。寥寥數筆莫辭難,只寫個一人兩字碧雲端。高叫客心酸，高叫客心酸。萬一阿郎出見，要齊齊整整，仔細讓他看。

盧前肯定此作“婉轉纏綿，無殊風人之旨”，但它不是散曲，也是“類似曲”[五]。而1931年光華書局出版的顧名《曲選》，“小令”部分就選入此作，並署作者方玉坤是順天（今北京市）人，清人。

同一首作品，怎麼會出現這種現象呢？這只能説明，對散曲身份的認知，遠遠没有達到一致的程度。對一首作品認知的不同，反映了研究者對散曲定義和評判標準的差異。

梳理前輩學者和時賢的散曲論著，可以發現，對甚麼是散曲及散曲定義，主要有三種代表性的説法。

其一是鄭振鐸。1932年，他在北平樸社出版的《插圖本中國文學史》中説：“散曲可以説是承繼於詞之後的可唱的詩體的總稱，正如詞之爲繼於樂府辭之後的可唱的詩體的總稱一樣。”[六]1938年，又在長沙商務印書館出版的《中國俗文學史》第九章“元代的散曲”中説：“散曲是流行於元代以來的民間歌曲的總稱。……到了明代中葉以後，散曲才成了僵化的東西。但還不斷的有新的俚曲加入其中，使之空氣常是新鮮不腐。在清代，也是如此。”[七]

其二是盧前。盧前在《類似曲》一文中説：

倚聲之道，自半塘翁倡之，知音日衆。而言曲者，不若是之多也。於是，見詞之流縱稍近於俚語者，輒以曲名之。如【劈破玉】、【陳垂調】、【黄鸝調】、【邊關調】，與夫【打棗竿】、【掛真兒】、【掛枝兒】，無一不視之爲曲。烏呼，是果曲邪，曲體亦何多耶？

【劈破】、【陳垂】，南方之小曲也。【打棗】、【邊關】，北方之小曲也。王伯良《曲律》、劉廷璣《在園雜誌》並及之。小曲者，既别於昆弋大曲（劉説），烏得仍謂之曲乎？

更有【水花兒】、【雁字】之類，不隸於十七宫調之中，南北詞亦從無此等牌名者，皆非曲也。然皆與曲爲近，無以名之，名之曰類似曲[八]。

其三是任訥。任訥先在《散曲之研究》中説:“散曲二字,自來對劇曲而言。欲爲散曲下一定義,或者曰,凡不須有科白之曲,謂之散曲。當較爲妥帖矣。”[九]在《散曲概論》中補充説:“第三道情派,此派乃徐大椿所創成,處於元明南北曲及小曲之外。……道情派與小曲,又同爲曲之旁枝而已。”[一〇]又在《清人散曲選刊提要》中伸論:“徐大椿《回溪道情》一卷,因其體與南北曲有别,故僅作附録。惟道情本出於散曲中黄冠一體,元、明人早已有之。而其句法修辭,又完全與曲體相同,音調則變自北曲【仙吕入雙調】,見徐氏自序中。蓋與曲之淵源極深,舍爲曲之附録以外,别無可以位置矣。昔厲鶚刻元人小令,附見鄭燮之道情。鄭燮之道情,不過道情中之一體而已。未若徐氏所作,陳義寬廣,爲不可廢也。”[一一]

以上三家,鄭振鐸標準過寬,無論是“詩體的總稱”,還是“民間歌曲的總稱”,都模糊了散曲的獨特性。後一段論述,完全否認明清文人散曲的成就,未免失之偏頗。盧前標準太嚴,他只承認正宗的南北曲爲散曲,民間流傳的小曲、文人創作不屬於十七宫調中的牌名的作品,都不屬於散曲。他把這些作品歸爲“類似曲”,但“類似曲”不是散曲。他全文引用繁江張琢之汝玉的《秋闈詞》,加以説明。其作由【調笑令】、【桂子秋】、【趙皮鞋】、【雁兒落尾】、【步步嬌】、【北雁兒落】、【朝天子】、【卜算子】、【叨叨令】、【奈何天】、【時時令】、【卜算子】、【滴滴金】、【紅繡鞋】、【村裏迓鼓】、【風入松】、【漁家樂】、【風入松】、【桂殿秋尾】、【芭蕉雨】、【朝天子】、【哀江南】、【啄木兒】二十三個牌名組成,“描繪闈場間事,隨令讀者捧腹。……細按牌名,無一相合。綴而聯之,亦不成套。皆類似曲之謂也。惟就曲律而言,類似曲者,不得謂之爲曲。”[一二]還是任訥的定義和標準比較客觀,既强調了散曲不同於劇曲的特徵,維護南北曲是散曲的正宗,也承認小曲、道情曲是散曲的“旁支”。明確了散曲的核心内容和範圍邊界,可操作性强,爲後世多數學人所接受。李昌集《中國古代散曲史》下編有“明代小曲”一章(第六章),趙義山《明清散曲史》第九章、第十三章分别談明代、清代時尚小曲,藺拉成《清代散曲研究》有一節談清代中葉民歌小曲集、一節談清代黄冠體散曲[一三],等等,都將民間小曲、道情曲認定是散曲的一個組成部分。筆者十分贊同任訥的定義和標準，將《全清散曲》没有收入的鄭燮、徐大椿道情曲和一些民間小曲，收入到《明清散曲輯補》中。而明清寶卷、俗曲中用曲牌演唱的内容，則没有、且不應該收入本書中。

二、朝代歸屬：生於何世？

編一朝文體總集，對易代之際的作者，是收入前朝或後朝，還是本朝，要費些斟酌，儘量避免重復爲好。多數編總集者，喜歡編入本朝，以使自己的收羅多而全，廣而盡。有些作者没有史料記載，只能憑編者推測。如朱庭玉與朱廷玉，究竟是一人，還是二人，究竟是元人，還是明人，無法回答。《詞林白雪》卷二署作朱廷玉的套曲【仙吕・泣顔回】“暗想配秋娘”，《全元散曲》收入，注云：“此套爲南曲，是否朱庭玉作，殊可疑。”[一四]認爲朱庭玉、朱廷玉是同一人，“朱庭玉生平不詳，庭或作廷。”[一五]《全明散曲》亦收入此套曲，注云：“此系别一曲家，非元人朱庭玉（庭或作廷）。”認爲朱庭玉、朱廷玉是二人[一六]。《全元散曲》、《全明散曲》均收録了谷子敬、郟經、蘭楚芳、陳克明、李唐賓、湯式、楊訥、胡用和、詹時雨、李子昌、王元和、李文蔚、李愛山等人的作品。《全明散曲》、《全清散曲》又都收了陳子龍、湯傳楹、夏完淳的作品。《全元散曲》、《全明散曲》均收的十三位曲家，生卒年無法確定，兩集均收，亦無不可。《全明散曲》、《全清散曲》均收的三家，生卒年都很明確。陳子龍（1608—1647）、夏完淳（1631—1647）均卒於順治四年丁卯（1647），湯傳楹（1620—1644）卒於崇禎十七年（1644）。三家以收入《全明散曲》爲宜。春秋責賢，愛之深也。

三、作品主名：誰是作者？

元、明、清三代有些散曲的作者署名，十分複雜。有的不署，有的有多種署名。真僞莫辨，令人無所適從。要準確判斷有些散曲的真正作者，難度超乎想象。有散曲專集，或收入作者詩文集内的作品，可靠一些。但有的收入作者集内的散曲，也不一定就是他的作品。如明人龍膺(1560—約1622)《九芝集》卷十四《雜曲》收録《歸來曲》一首，引録如下：

罷罷罷、耍耍耍，花花世界盡寬大。五斗米折不得彭澤腰，一碗飯受不得淮陰胯。種幾畝邵平瓜，卜幾文君平卦。快活心坎上没牽絓，耳邊厢没嘈聒。哈哈，世上人勞勞堪訝。秦代長城替别人家打，漢朝陵寢被偷兒挖，魏時銅雀臺到如今無片瓦。哈哈，利名場最兜搭。班定遠玉門關枉白了青絲髮，馬新息銅柱標值不得明珠價。哈哈，説甚麽玉堂金馬，虚費了文園筆札，只恐怕渴死了漢相如，空撇下文君再寡。罷罷、耍耍，到頭來都是假。饒使你事業伊、周，文章董、賈，也少不得邙山下。俺歸去也，身不關陶、唐、虞、夏，夢不想圖王定霸。容膝的竹椽茆舍，點景的琴棋書畫，忘機的鷗魚鳬鴨。橘柚環遮周匝，蘭茝平鋪凸窪。俺也不癡不聾不啞，肯把韶光虚謝。閑來時向負郭問桑麻，過鄰翁數花甲。鐵笛兒牛角上掛，酒瓢兒魚竿上插，詩囊兒驢背上跨。眼底事抛卻了萬萬千，杯中物直飲到七七八。哈哈，耍罷便罷，分付那風月烟霞，準備着俺歸來耍[一七]。

此曲不僅《九芝集》收録，清人文獻中，至少還有四處收録。筆者仔細比較，共有四十處文字差異。清褚人獲《堅瓠集》丁集卷二收入此曲，題作《罷耍詞》，謂“元人有【叨叨令帶風入松詞】”。[一八]《九宫大成南北詞宫譜》卷三十九曲牌作【歸來樂】，分五段，末注云：“按，【歸來樂】系宋蘇軾自度曲，傳之已久，未注宫調，舊譜皆未載。今審其聲調，旖旎嫵媚，當歸【小石角】。”[一九]《納書楹曲譜》正集卷三從之[二〇]。石成金《傳家寶集》初集卷六收入此曲，有改動，注云：“屠赤水原本。”[二一]《全清散曲》收入。屠赤水即屠隆，未有此作。參見拙編《屠隆集》[二二]。隋樹森據《九宫大成南北詞宫譜》，將此曲收入《全元散曲》，歸入無名氏之作。龍膺集中收入《歸來曲》，判定此曲是龍膺作品，似乎没有大錯。葉德均《讀曲小紀》六《龍膺散曲》就説：“《歸來曲》，又見清褚人獲《堅瓠》四集卷二《罷耍詞》條，説是元人的【叨叨令帶風入松】，但句式顯然不類，而元人散曲選本也不收這兩闋。以前就疑心褚人獲的話未必可靠，現有龍膺散曲可證，就可肯定是明

曲,而非元曲了。”[二三]

筆者開始時也據《九芝集》認定是龍膺作品,以爲是板上釘釘,毫無問題,但仔細深究,並非無懈可擊,大有疑問。四種清人文獻記載都早於《九芝集》卷十四,褚人獲《堅瓠集》刻成於康熙年間,《九宫大成南北詞宫譜》、《納書楹曲譜》、石成金《傳家寶集》成書於乾隆年間,都没有説是龍膺之作。石成金雖説是改自屠隆原本,但也没有根據。

龍膺《九芝集》卷一至十二,詩賦。卷十三,套詞(曲)。卷十四,詩餘、小令、雜曲。如果《九芝集》十四卷均編刻於明代,《雜曲》是龍膺所作的可信性就大增。《九芝集》最初是萬曆三十四年(1606)秋,龍膺任陝西按察司僉事,兵備甘州時,托友人俞羨長(安期)、汪肇郃選刻於金陵。後來休沐歸里時,又有所增益。“初次撰成,當在萬曆二十八年以前,增益本刻成,當在萬曆四十一年左右。”[二四]明刻本應該只有十二卷,《四庫全書總目提要》所見就是如此[二五],《明詩紀事》卷十三亦云“《九芝集選》十二卷”。卷十三、十四是其八世孫正楷、九世孫光炯、光邦在光緒年間,刻《綸灊全集》時增補的[二六]。《四庫全書存目叢書·集部》影印中央黨校藏清光緒十三年九芝堂刻《綸灊全集》本《九芝集》,卷一至卷十二卷首均署:“武陵龍膺著,八世孫正楷同男光炯、邦編輯,東吴俞安期定,侄雲翼、孫濟……校。”卷十三、卷十四卷首就没了“東吴俞安期定”,其餘照録。《歸來曲》被收入卷十四中,來歷相當可疑。因此,説《歸來曲》一定是龍膺所作,還不能使人心服口服。只好姑且歸之其名下,以嗣後考。

《全明散曲》收録套曲《四景閨怨,小揭帖》,暫歸王九思名下。該套曲由【絳都春序】、【出隊子】、【鬧樊樓】、【滴滴金】、【畫眉序】、【啄木兒】、【三段子】、【滴溜子】、【下小樓】、【耍鮑老】、【尾聲】組成。王九思曲集《碧山樂府》、《碧山續稿》、《碧山新稿》都没有收録這首套曲。當然,九思曲集没有收録並不一定説九思没作此曲。問題是,收録此曲的明清曲選所題署作者五花八門。如《樂府先春》、《吴騷集》、《群音類選》、《吴歈萃雅》、《詞林逸響》、《姍姍集》、《吴騷合編》、《南音三籟》、《古今奏雅》、《萬錦清音》署王渼陂撰,《詞林白雪》署張鳳翼,《南詞韻選》、《昔昔言》、《南宫詞紀》不注撰人,《新編南九宫詞》注舊詞,《南詞新譜》引【鬧樊樓】一支,注陳藎卿(所聞)作[二七]。在没有確鑿證據,證明此曲的作者就是王九思,《全明散曲》"兹姑屬之",是很審慎的[二八]。然而,又有證據説明,此曲是王九思所作。明末宋徵輿(直方)《瑣聞録》記載康海、王九思貶官里居後,曾結伴遊虎丘,適逢中秋,"吴人操樂,首歌渼陂【絳都春序】",接着,康海自操琵琶,"即爲曼聲",至"井梧墜葉","渼陂笑曰:'可止矣'"。二人翩然而去。"井梧墜葉"是【三段子】曲下首句。由此記載,既有吴人唱首曲【絳都春序】,又有康海自彈自唱餘下六曲,且有王九思親自打斷康海續唱下曲,似乎此曲爲王九思所作,毫無疑問了。事情並没有這麽簡單,這只是一個美麗的附會。據筆者考證,康海、王九思貶官里居後,不可能結伴南遊,參加虎丘曲會,與吴中子弟一決高低[二九]。這條爲人所津津樂道的記載,只能是道聽途説,不足爲據。因此,對它的最終歸屬,還應存疑,不宜直接認定作者就是王九思。

通過不斷發現資料,也有落實作者署名的可能。套曲《題情》【南吕・十樣錦】"燈兒下低頭自忖",《群音類選》、《彩筆情辭》、《吴歈萃雅》、《詞林逸響》、《珊珊集》、《吴騷合編》、《樂府先春》、《南音三籟》、《吴騷集》署張伯起,《昔昔鹽》、《古今奏雅》、《樂府争奇》不題撰人,《全明散曲》輯入張鳳翼卷中[三〇]。但也没有更直接的證據。筆者發現沈德符《萬曆野獲編》卷二十五《詞曲・南北散套》云:"近代南詞散套盛行者,如張伯起'燈兒下',乃依'幽窗下'舊腔,贈一孌童,即席取辦。宜其用韻之雜。"[三一]張鳳翼(1527—1613)卒於萬曆四十一年癸丑(1613),八十七歲。沈德符(1578—1642)《萬曆野獲編》二十卷,續編十二卷,所記皆自己聞見之事。序署"萬曆三十四年丙午仲冬日",《續編小引》署"萬曆四十七年己未歲新秋"。沈德符與張鳳翼基本同時,且二人有直接交往,所記可信[三二]。除此條外,《萬曆野獲編》卷二十三《士人・張幼予》、《山人・山人歌》、卷二十五《詞曲・填詞名手》、《詞曲・張伯起傳奇》等條記載,也受到研究者的重視。因此,套曲《題情》【南吕・十樣錦】屬張鳳翼作,可以説是無可置疑了。

四、“撿漏”拾金：何處輯佚？

爲總集、全集做輯佚，費時費力，發表不易，出版也難。在現行評價體系下，吃力不討好。筆者不爲時俗所趨，秉承做真學問，就得下真功夫，解決真問題的宗旨，廣泛閱讀明清詩文集、戲曲、小説、筆記、日記、曲譜、史籍、地方誌、家譜、雜著、寶卷、俗曲、佛書、道書等各種文獻，翻閲《影印文淵閣四庫全書》、《影印摛藻堂四庫全書薈要》、《四庫全書存目叢書》及其補編、《四庫全書禁毁書叢刊》及其補編、《續修四庫全書》、《四庫未收書輯刊》、《四庫提要著録叢書》、《清代詩文集彙編》、《晚清四部叢刊》、《叢書集成新編》、《叢書集成續編》（兩種）、《叢書集成三編》、《中華再造善本》、《原國立北平圖書館甲庫善本叢書》、《古本戲曲叢刊》、《善本戲曲叢刊》、《清代閨秀集叢刊》、《清代家集叢刊》、《全臺文》、《全臺詩》、《民國文集叢刊》、《民國詩集叢刊》、《民國小説叢刊》，《燕行録全集》、《越南漢文燕行文獻集成》、《韓國漢文燕行録文獻集成》、《越南漢文小説集成》，《近代中國小説史料彙編》、《近代中國小説史料續編》、《古本小説集成》、《筆記小説大觀》、《清末時新小説集》等九十多種大型叢書。除上課外，其餘時間均“泡”在浙江圖書館、浙江大學圖書館，還到寧波天一閣、國家圖書館、北京大學圖書館、北京師範大學圖書館、上海圖書館、復旦大學圖書館、復旦大學古籍所資料室、廣東省立中山圖書館、中山大學圖書館、湖北省圖書館、江蘇常州圖書館、常熟圖書館、四川大學圖書館、四川師範大學圖書館、新疆維吾爾自治區圖書館、韓國奎章閣、中央大學圖書館、東國大學圖書館、檀國大學圖書館、馬來西亞新紀元學院圖書館等三十多家圖書館查書。從理論上説，明清時期文獻有多豐富，散曲輯佚的範圍就有多廣闊。但個人經歷與所見終究有限，要窮盡所有文獻，當然是不可能的。只能盡自己最大努力，多查多看。這些年來，爲散曲輯佚，真是魂牽夢繞，欲罷不能。有時想收手結束，但當知道有新的文獻出現，又馬不停蹄，一睹爲快。個中甘苦，一言難盡。既有長時間一無所獲的鬱悶，也有意外的驚喜。翻閲的書越多，收穫也就越大。雖然不能説都是上等之作，但把它們集中起來後，既能更清楚地看清明清散曲的整體風貌，又能瞭解曲家個人的創作成就。其價值不容低估。

輯補主要從三個方面進行。

一是補《全明散曲》、《全清散曲》已收，但殘缺之作。如《全明散曲》收入朱讓栩(1490？—1547)小令【慶宣和】四首，注云："以下缺一頁。"實際上，此曲共十首。收【出隊子】五首，實際共十一首。【黄鶯兒】"花"、"月"，【一半兒】"夏"、"秋"、"冬"等首，缺字嚴重。《全明散曲》(增補版)一仍其舊。本書據朱讓栩《長春競辰餘稿》卷三，收入【慶宣和】六首，【出隊子】六首，並補足【黄鶯兒】、【一半兒】諸首的缺字。《全清散曲》收徐石麒(？—1675 以後)《自度錢難【雙調】曲》，【歸烏煞】"遣曾參"後缺，本書據徐石麒《黍香集》卷三、《瀛寰瑣記》卷二補足九十六字。《全清散曲》收入宋徵璧《秋思》【南仙吕·小措大】"揾殘紅淚"一套，【短拍】"點點蘆花，點點蘆花，飛飛敗葉，芰荷衣玉指裁縫。團"後殘缺，本書據浙江圖書館藏姚燮《復莊今樂府選》抄本，補全"扇泣流螢，道一瞬秋光如夢。自小傷心此景，我直是怕見夢魂中。【尾聲】説不盡傷秋痛，且落得尊罏供奉。你只看剪不斷的輕雲一萬重"。使之成爲完璧。《全清散曲》據《新曲苑》收録胡粹亭【黄鶯兒】《傷館師也》十七首，實際此曲共十八首。《新曲苑》遺漏第十四首的"點名進去心才放"等四句，第十五首的"此日比文章"等五句，誤將兩首録成一首，《全清散曲》一仍之。本書據《申報》1912 年 1 月 19 日所載胡粹亭曲，還其原貌。

二是輯録《全明散曲》、《全清散曲》已收曲家的新發現之作。如《全明散曲》據《南詞新譜》收王世貞【畫眉序·春怨】一首，《弇州山人四部稿》卷五十四《詞餘》有小令六首，《全明散曲》未收入。黄淮《省愆集》卷下收小令十三首，朱瞻基《宣宗御制詩》收小令十五首、套數一套，汪廷訥《坐隱先生集》卷首收陳所聞、張鳳翼、屠隆、史槃、佘翹、皮光淳、孫湛、程可中、汪廷訥等十六人散曲六十多首(套)，已收入筆者《全明散曲輯補》中[三三]，謝伯陽先生編纂《全明散曲》(增補版)，已將這些作品吸納進去。《全清散曲》收録宋思玉套曲十五套，缺《秋千》【畫眉序】一套。《全清散曲》在宋思玉套曲《詠雁》末句注云：“原目次尚有《秋千》【畫眉序】一套，曲文未見。”[三四]本書據姚燮《復莊今樂府選》抄本收入。新發現著名曲家的散曲，還有王九思套曲一套，何瑭套曲一套，朱有燉小令一首，高應玘小令九十三首，李漁小令一首，徐旭旦小令五首，蒲松齡小令四十五首，蔣士銓套曲四套，繆艮小令十七首，沈逢吉小令五首，姚燮小令一百十三首，套曲五套，吴承烜小令三十九首，套曲十八套等。

三是輯録《全明散曲》、《全清散曲》未收曲家之作。這在所輯録六百多位明清散曲作家中，所占比重最多，有的作品還不少。如吴珷小令二十六首，李萬平小令三十七首，薛蕙小令十三首，套曲一套，吴鐄小令三十三首，屠本畯小令三十首，套曲一套，王象春小令八首，王一翥小令十六首，陸進小令二首，套曲六套，孫廷銓套曲二套，陳夢雷小令十二首，套曲二套，徐大椿小令三十九首，黄鉽套曲四套，鄭燮小令十首，左輔小令十二首，甘立媃小令十三首，馬魯小令七首，戴全德小令四十九首，套曲七套，許鴻磐套曲二套，張振夔小令七首，套曲一套，招子庸小令一百二十二首，王維言小令八十一首，套曲五套，范濂套曲六套，懷明小令六十四首，套曲五十四套，蔡竹銘套曲五套，汪炳麟小令十四首，套曲三十套等。又如《全明散曲》(增補本)收録了臺灣藏康海《沜東樂府後録》中小令一百八十多首，套曲八十餘套，卻遺漏了《沜東樂府後録》所附《滸西山人初度録》中的十六套套曲。本書收入其中。另外，日本藏爲霖子《新鐫六院女史清流北調詞曲》中小令三十五首，套曲五十套，十分珍貴，也收入本書。上述散曲散存在明清詩文集、戲曲、小説、筆記、日記、曲譜、史籍、地方誌、家譜、雜著、清末報刊、雜誌等文獻中，彙聚在一起，蔚爲大觀，會引發研究者重新思考明清散曲史，乃至古代散曲史的書寫與評價。

《明清散曲輯補》對《全明散曲》、《全清散曲》未曾收入曲家的生平，進行了細緻的考訂，對部分有一種以上版本，或多處記載的曲文，進行了校勘，冀爲研究者提供可靠的讀本。希望它的結集出版，對明清散曲的研究，起到一定的推進作用。也希望更多的學界同仁參與其中，爲曲學興盛,貢獻自己的一份力量。

注釋

[一] 謝伯陽《全明散曲》,齊魯書社,1994年。謝伯陽、淩景埏《全清散曲》(增補版),齊魯書社,2006年。2016年齊魯書社出版《全明散曲》(增補版),增補六十七家小令一千七百首,套曲一百三十八套。

[二] 李昌集《中國古代散曲史》第3頁,華東師范大學出版社,1991年。

[三] 任訥《曲諧》卷一,王小盾、陳文和主編《任中敏文集》第三册,第1165頁,鳳凰出版社,2015年。

[四][五][八] 盧前《類似曲》,《盧前文史論稿》第135—136頁,中華書局,2006年。

[六] 鄭振鐸《插圖本中國文學史》第822頁,上海人民出版社,2005年。

[七] 鄭振鐸《中國俗文學史》第317頁,上海人民出版社,2006年。

[九] 任訥《散曲之研究》,《任中敏文集》第一册,第10頁。

[一〇] 任訥《散曲概論》,《任中敏文集》第三册,第1103頁。

[一一] 任訥《清人散曲選刊提要》,《任中敏文集》第三册,第872頁。

[一二] 盧前《類似曲》,《盧前文史論稿》第139頁。

[一三] 趙義山《明清散曲史》,人民出版社,2007年。蘭拉成《清代散曲研究》,中國社會科學出版社,2011年。

[一四] 隋樹森《全元散曲》第1221頁,中華書局,1964年。

[一五] 隋樹森《全元散曲》第1196頁。

[一六] 謝伯陽《全明散曲》第4138頁。又,《全清散曲》據《曲選》選入林庭玉小令【北雙調·清江引】《慨世》"勝水名山和我好"一首,並云:"林庭玉,字粹夫。生平不詳。"(《全清散曲》第1319頁)實際上,此首小令也收入《全明散曲》林廷玉卷,是【北雙調·清江引】《慨世》四首其四。林庭玉就是明人林廷玉(1454—1532)。"庭"、"廷",音同字異,造成誤解。《全明散曲》據《北曲拾遺》收入南峰小令【北雙調·對玉環帶清江引】《遣懷四首》,並云:"南峰,姓名不詳,生平無考。"(《全明散曲》第4258頁)疑此南峰即楊循吉(1458—1546),字君謙,又字君卿,别號南峰山人,吴縣(今屬江蘇蘇州)人。有《南峰樂府》等。《全明散曲》收録其小令二十四首,套曲七套,重出小令一首。見《全明散曲》第727—743頁。

[一七] 龍膺《九芝集》,《四庫全書存目叢書·集部》第167册,影印中央黨校藏清光緒十三年九芝堂刻本,第698頁,齊魯書社,1997年。

［一八］褚人獲《堅瓠集》,《續修四庫全書・子部》第 1260 册,影印清康熙刻本,第 690 頁,上海古籍出版社,2002 年。

［一九］《九宫大成南北詞宫譜》第 3397 頁,《善本戲曲叢刊》第 6 輯,臺灣學生書局,1987 年。

［二〇］《納書楹曲譜》第 479—482 頁,《善本戲曲叢刊》第 6 輯。

［二一］石成金《傳家寶集》初集卷六,《清代詩文集彙編》第 203 册,影印清乾隆四年刻本,第 377 頁,上海古籍出版社,2010 年。

［二二］汪超宏主編《屠隆集》,浙江古籍出版社,2012 年。

［二三］葉德均《讀曲小紀》,《戲曲小説叢考》第 437 頁,中華書局,1979 年。

葉德均《讀曲小紀》六《龍膺散曲》:"任訥《曲諧》卷一《〈堅瓠集〉内所載曲》條論這兩闋曲説:'調則絶非【叨叨令帶風入松】,帶過曲亦從無此兩調相帶者,而兩首句法句數且先不一致。其詞確爲帶過曲,特不知究是何調相帶。'持論極是,但不知源出俗曲耳。至所謂'兩闋詞頗馳騁,謂出元人,或不盡虚',則純出推理,而曲意也顯然不足決定作品時代。"《戲曲小説叢考》第 438 頁。

［二四］葉德均《戲曲小説叢考》第 431 頁。

［二五］《九芝集》,廖元度《楚風補》卷二十三作《九芝堂集》,《四庫全書總目提要》作《九芝集選》,並云選編是龍膺兄龍襄。《四庫全書總目提要》:"《九芝集選》十二卷,内府藏本。……是集皆所作詩賦,乃其兄襄所選定。以卷首冠以九芝賦,遂以名之。"《九芝集》卷末附,《四庫全書存目叢書・集部》第 167 册,第 699 頁。

［二六］《綸㶚全集》包括《綸㶚文集》二十七卷,《綸㶚詩集》十九卷,共四十六卷。《綸㶚詩集》又包括《九芝集》十四卷,《湟中詩》、《晉寧草》、《漁仙雜著》、《陸渡航雜著》各一卷,附門人和作《詞社詩》一卷。參見葉德均《戲曲小説叢考》第 431 頁。

［二七］謝伯陽《全明散曲》第 1001—1002 頁。

［二八］謝伯陽《全明散曲》王九思卷注釋[59],第 1002 頁。

［二九］汪超宏《康海、王九思參加過虎丘中秋曲會嗎》,《明清曲家考》第 59—65 頁,中國社會科學出版社,2006 年。

［三〇］謝伯陽《全明散曲》第 2614 頁。

［三一］沈德符《萬曆野獲編》卷二十五,第 640 頁,中華書局,1959 年。

［三二］沈德符《萬曆野獲編》卷二十三《士人・張幼予》:"吴中張幼予獻翼,奇士也。……予偶過伯起,因微諷之曰:'次公異言異服,諒非公所能諫止。獨紅帽乃俘囚所頂,一獻闕下,既就市曹,大非吉徵。奈何?'伯起曰:'奚止是,其新改之名,亦似殺字。'吾方深慮之。未幾,而有蔣高私妓一事。幼予罹非命,同死者六七人。伯起揮淚對余歎狂言之

驗。先是,幼予堂廡間掛十數牌,署曰張幼予賣詩或賣文,以及賣漿、賣癡、賣獃之屬。余甚怪之,以問伯起曰:'此何意也?'伯起曰:'吾更虞其再出一牌,云幼予賣兄,則吾危矣。'余曰:'果爾再出一牌,云賣友,則吾輩將奈何?'相與撫掌大哈。"第 582 頁。

[三三] 汪超宏《全明散曲輯補》,《明清曲家考》第 461—532 頁。

[三四] 謝伯陽、淩景埏《全清散曲》第 580 頁。

凡 例

一、本書是對謝伯陽先生編《全明散曲》(齊魯書社,1994 年),謝伯陽、淩景埏先生編《全清散曲》(增補版,齊魯書社,2006 年)的增補。本書意在網羅散失,保存資料,故有曲必録,即零篇斷句,亦在所不遺。

二、本書輯録《全明散曲》、《全清散曲》未收曲家的散曲之作和已收曲家的未收之作。少量《全明散曲》、《全清散曲》已收,但作者有異,或版本有異,可資校勘者,亦酌情收入。

三、本書循《全清散曲》之例,輯録部分現當代曲家的散曲之作,以見此體之綿延發展。收録原則是輯録《全清散曲》已收曲家的未收之作,或《全清散曲》未收,且生於 20 世紀 20 年代前期曲家,散存在各種文獻中的零星曲作。生於此後的曲家曲作,或生於此前曲家而入當代,有散曲專集問世者,不在本書收録之列。

四、本書按曲家生卒年先後排列。每位曲家下,有生平簡介。《全明散曲》、《全明散曲》(增補版,齊魯書社,2016 年)、《全清散曲》有簡介者,參見該書相應頁碼,不重出。該書有誤者,予以糾正。曲家生平年代不詳者,根據其科第、仕履、交遊,或别集、曲文所輯原書大致年代排列。無名氏曲作,亦根據曲文所輯原書大致年代,酌情排列先後。

五、曲家既有小令,又有套數者,先小令,後套數。在小令、套數之下,各篇次序,均依原本,未作調整。原作未標宫調者,一仍其舊,以存原貌。

六、原書有序跋、附録者,一律保留,以利研究者理解曲作,深入探討。

七、本書句讀,文義、曲律俱通者,從曲律。按曲律不通者,則從文義。

八、對有多種版本,或一種版本中有文字錯誤的,本書進行了仔細校勘，冀爲研究者提供可靠的讀本。原文缺字或漫漶不清處，依據他本補全。無他本可補，實在辨識不清者，以□標之。古今字、異體字、正俗字等，未作統一，以存原貌。宫調、曲牌中的異體字或錯字，依曲譜，改成通行繁體字。

九、在每位曲家的曲末交代出處，以利研究者按圖索驥。

十、本書末附有部分引用參考文獻。爲方便檢索，附有曲家姓名漢語拼音音序索引。每一字母内按多寡排列，每一姓内或單一姓氏均按時間先後排列。

目　録

謝應芳

謝應芳(1296—1392),字子蘭,號龜巢,武進(今屬江蘇)人。潛心理學,受徒講學。元末兵起,避地吴中。有《辨惑編》、《思賢録》、《龜巢稿》等。傳見《山堂萃稿》卷九《龜巢先生傳》、《明史》卷二百八十二。

小　令

【滿庭芳】　三　闋[一]

神仙有無,安居華屋,即是蓬壺。榴花也學紅裙舞,燕雀喧呼[二]。水晶盤饌供鱗脯,珊瑚鈎簾卷蝦鬚。吹龍笛,擊鼉鼓,年年初度,長日盡歡娱。

風流醉翁,徧躚舞袖,窈窕鼓童[三]。琵琶要與知音共,换羽移宫。玉蓮杯將酒共,金蔗盌歸廚凍。歡聲哄,年年醉中,岸幘藕花風。

横山翠屏,藏龍古井,走馬長汀。四時花竹多風景,勝似丹青。好兒郎天生寧馨,好時節日見昇平。氛埃净,年年壽星,光照望雲亭。

(謝應芳《龜巢稿》卷十二)[四]

校勘記

[一]《全元散曲》收録第一曲、第三曲。以《影印文淵閣四庫全書》所收《龜巢稿》爲底本,校以《四庫提要著録叢書》影印清初抄本。唐圭璋《全金元

詞・引用書目》:"《龜巢詞》,謝應芳撰。朱本《龜巢集》錯誤頗多,茲據丁藏抄本及傅藏抄本《龜巢集》校補。又丁、傅所藏兩抄本,俱有【滿庭芳】三首,實皆曲調,朱本未收,極是。周泳先反據以補此三首,不知詞曲俱有【滿庭芳】,名同實異,不可混淆。"

［二］喧:清初抄本《龜巢稿》作"相"。

［三］鼓:清初抄本《龜巢稿》作"歌"。

［四］二:清初抄本《龜巢稿》作"一"。

羅貫中

羅貫中(約 1330一約 1400,一説約 1328—1398),名本,字貫中,號湖海散人,太原(今屬山西)人。有小説《三國志通俗演義》、《隋唐志傳》、《殘唐五代史演義》、《北宋三遂平妖傳》等,雜劇《趙太祖龍虎風雲會》等。

小　令

【駐馬聽】

堪羡村姑,兩鬢烏雲巧樣梳。生得不長不短,不肥不瘦,不細不粗。芙蓉爲面雪爲膚,看他衣衫上下皆濟楚。曾否當壚,相如若遇,錯認了卓家少婦。

【黄鶯兒】

仔細覷妖嬈,轉教人神思勞。看他不言不語微微笑,貌兒恁嬌,年兒尚小,不知曾否通情竅?小身腰,若還摟抱,不死也魂銷。

(羅貫中《北宋三遂平妖傳》第五回《左瘸兒廟中偷酒,賈道士樓下迷花》)

小狐精使乖弄巧,直恁的推調。白白裹送些補藥與你你卻不要,做個金蟬脱殼躲去九霄。卻教兩個出家人頭對頭腳對腳,做個鸞顛鳳倒。當下把火兒殺了,早知一個是賈清風一個是乜道。你兩個朝暮在廟裏做蝺,卻緣何半夜三更擔驚受怕，到這樓兒下塔兒上，急忙忙的弄着這把刀。到明朝你看着我我看着你，可不羞殺了老曹。到明朝雌的是雌雄的是雄，可不乾折了這遭。

（羅貫中《北宋三遂平妖傳》第六回《小狐精智賺道士，女魔王夢會聖姑》）

去年瞥見多嬌面，勾去魂靈呀勾去魂靈。覷定花容不轉睛。喜殺人，愛殺人，忙獻殷勤呀忙獻殷勤。

新樓不許凡人寓，特借多情呀特借多情。朝暮饔餐咱管承。放寬心，慢登程，且待天晴呀且待天晴。

乾娘認了爲兄妹，添分親情呀添分親情。日漸相知事可成。他有心，咱有心，不用冰人呀不用冰人。

瘸兒使去監工了，一半功程呀一半功程。只惱虔婆礙眼睛。眼中釘，厭殺人，不肯開身呀不肯開身。

油緑梭布聯衣服，聊表微誠呀聊表微誠。只怕裁縫不稱心。哄娘親，自監臨，私下偷情呀私下偷情。

忙來樓下把多嬌抱，一刻千金呀一刻千金。肯作成時快作成。且消停，到黄昏，捉空應承呀捉空應承。

隔牆有耳機關破，拆散張、鶯呀拆散張、鶯。明日匆匆又遠行。送出門，痛難禁，淚珠偷零呀淚珠偷零。

燒香約定重來至，專盼回程呀專盼回程。等待來時續舊盟。感恩情，叫一聲,救苦天尊呀救苦天尊。

清明别去重陽到,辜負光陰呀辜負光陰。再一遍燒香也轉程。小妖精,爲何因,全没風聲呀全没風聲。

此情難與他人道,只自酸辛呀只自酸辛。索性回咱個決絶音。罵一聲,放開心,也到歡忻呀也到歡忻。

閻王不管私情事,也去通陳呀也去通陳。夢想朝思爲此人。説無憑,話無憑,全仗神靈呀全仗神靈。

道人害了相思病,天下奇聞呀天下奇聞。妄想癡心欠婦人。没正經,老腳跟,難見天尊呀難見天尊。

(羅貫中《北宋三遂平妖傳》第十二回《老狐精挑燈論法,癡道士感月傷情》)

老太監,看你渾身上下没些兒陽氣,便做道花屏前列了十二金釵,只好用着他搔背。我看你穿不少着不少用不少,只少了一般兒滋味。也是前生時偷婆娘誘小官,把那話兒用得過分了,今生算賬罰你做個没水道的婦人,少雞巴的男子,也只索忍着悔氣。你不去燒些香念些佛施些財,多行些方便,少下些陰毒,積下那一世兒,做個薛敖曹的徒弟。還要癡心癡想癡想癡心見人學樣,討好兒好女甚麽的便宜,真癡。你是閹男他非石女,怎與你做得一世的乾妻,真癡。枕兒邊你叫一聲小娘子,他叫一聲老公公,可不羞殺你金色的臉皮。

(羅貫中《北宋三遂平妖傳》第十五回《雷太監饞眼娶乾妻,胡媚兒癡心遊内苑》)

吴　珷

吴珷(1338—1385後)[一],字韞玉,休寧(今屬安徽)人。洪武中,任平陽主簿,終於官。有《韞玉先生集》。見《韞玉先生集》卷首附《新安文獻志事略》[二]。

小　令

【秋風第一枝】　贈程允德

拂天風野鶴閑身,暫别青山,來訪紅塵。短髮飛霜,芳顔耀日,浩氣生春。奪虎豹文章焕炳,走蛟龍翰墨光新。天下高人,醉月眠花,卧雪棲雲。

又　游商

鳥長空白雁横秋,人也悠悠,水也悠悠。雁向南飛,人從北去,水自東流。想當日胸藏星斗,待何時名動公侯。霜滿貂裘,兩袖春風,回首揚州。

【紅繡鞋】　贈汪彦善雨中留飲

秋雨滿天淅瀝西樓延客殷勤。渠濱佳士氣如春。金樽浮緑蟻,碧沼曳紅鱗。縱清談,宵夜永。

又　贈大用上人

寶刹山雲深隱,東園野客來尋。秋風吹雨夜深沉。焚香聽説法,秉燭共高吟。曉鐘敲，猶未醒。

【折桂令】 餞周鎮撫被征

將臺高宛在雲霄，昨夜山城，喚起驃姚。恩自天來，人將春去，恨與花飄。按寶劍龍光射曉，佩金符虎首懸腰。去馬蕭蕭。他日功成，勝似班超。

【殿前歡】 代張百户餞周鎮撫

錦袍香，鳳凰臺上謁君王。從來江右稱良將，復見才良。望雲霄勇氣揚，跨紫燕歸心壯。奈烟柳離情蕩。周郎戀我，我戀周郎。

【普天樂】 餞孫百户

驟花驄，羅雲從，孫侯得志，吐氣如虹。旗穿日月明，劍射星辰動。萬頃胸懷吞雲夢，到江淮定取奇功。相思意濃，黄山夜雨，采石秋風。

【蟾宫曲】

李公善失寵崔女，納寵金蓮。金蓮本潘帥妻，細君爲納也。

玉樓人繡罷春功，不惜千金，爲買嬌容。玉筍凝霜，金蓮步月，彩袖迎風。諒崔氏那堪諧鳳，賽潘郎應解乘龍。錦帳春融，翠被香濃。不怕河東，早夢維熊。

又 題齊雲岩

五雲中上帝宸遊，仙樂聲揚，寶篆烟浮。地擁瑶壇，天開金闕，人在瓊樓。舉素手能攀星斗，縱清眸直接瀛洲。岩洞深幽，天上人間，萬古千秋。

【珠履曲】 龍宫阻雨

金地現清涼世界，碧天開浩蕩情懷。夜深飛雨殢歸來，甘泉成緑酒，香積共清齋。感山僧，情似海。

又　遊山訪舊，宿渠濱西樓

銷客恨閑中日月，動詩懷醉裏乾坤。青鞋踏破萬山雲，華筵秋聽雨，銀燭夜生春。卧西樓，清夢穩。

【滿庭芳】　蜜多岩酌酒

龍宫洞天，珠樓寶殿，畫棟華軒。蜜多岩追遊遍，便擬神仙。望瀑布飛流九天，喜瓊林古木千年。休辭倦，金樽不淺，飲酒倒垂蓮。

又

嘲范耕隱年老，已有子，求嗣，爲同遊四岩，故有是詠。

蜜多石橋，雲岩獨聳，到處逍遥。先生心事誰知道，歸興飄飄。棄雲水青鞋露曉，惠香風錦帳春宵。符仙桃，熊羆夢覺，春滿燕鶯巢。

【蟾宫曲】

席上嘲孫思傑爲子美送書，爲女受書，共一日設宴。時丙辰閏九月也。

擁雙鸞銜着金花，書去書來，春滿仙家。兩度重陽，一年好景，打鼓琵琶。喜玉潤新成互答，愛花嬌必見瓜巴。舉酒傳茶，丈丈公公，歡樂無涯。

【沉醉東風】　春日飲酒即事

夢不到玉堂金馬，興尤宜野店村家。緑水邊，清山下，恣留連白酒黄花。名利奔波鬢已華，不如俺東籬醉煞。

【珠履曲】

月色淒涼玉簟，燈花隱暎珠簾。那人來也點鞋尖。星眸偷閃閃，玉指露纖纖。死甘心，腰下歛。

【蟾宫曲】

歎浮生四十明朝，三八青春，有志題橋。二十三年，風塵勞役，多少憂焦。到此際奔波未了，待何時散落逍遥。春轉寒郊，花發枯條。暮景飛騰，九萬雲霄。

又 詠南街看燈

看花燈好向誰家，競説南街，忒煞繁華。地湧金蓮，人瞻火樹，天散仙花。挽星斗高燒絳蠟，攬春光盡入紅紗。照暎雪霞，共商升平，快樂無涯。

【蟾宫曲】 和八山江西憲卷雨樓

卷朱簾半上金鈎，雲湧西山，雨灑南州。玉噴雕簷，珠鳴碧瓦，絲掛瓊樓。豁遠景還勞素手，納長天謾注清眸。繡服香稠，白筆光浮。化作甘霖，四海咸秋。

又

九月二十五日，方講寺看燈。時賀張真君生日。

玉豪光飛繞金仙，燈焰鼇山，香爇龍涎。節寓中元，慶睢陽初度英賢挽。南極光垂九天，羨東平名著千年。鼉鼓喧闐，鳳管翩綿。地勝西天，人在南泉。

【滿庭芳】 賀耕隱造壽藏

人生可傷，忽生忽滅，總是無常。王棺一日從天降，蜕骨何妨。辦地底千年壽藏，掩人間萬丈文光。休惆悵，百年歡賞，三萬六千場。

又 自詠答范耕隱

人生可悲，青春易老，白日難追。當年文彩驚天地，今日何爲？鼓白雪瑶琴掛壁，倚青天寶劍沉泥。都荒廢，英雄志氣，分付與白雲飛。

又　和范耕隱春怨

嬌春海棠，殘紅萬點，減盡韶光。東風不入鴛鴦帳，翠被餘香。魂夢裹歡娛幾場，覺來時知在何方。心悠颺，隨風瀁蕩，飛去到伊行。

又　嘲范耕隱樂府專以【滿庭芳】爲調

天涯海洋，萍蹤梗跡，幾度星霜。歸來白髪三千丈，一任疏狂。釀白酒前溪玉漿，賞黄花老圃秋香。聽歌唱，千篇樂府，慣調【滿庭芳】。

【落梅風】　婚宴暖房酒冷

金尊滿，綺席闌，醉春風衆賓將散。玉壺酒氣若冰寒，怎能彀洞房春暖？

又　傷春

春歸去，去路迷，悶厭厭玉樓人醉。落花有情將恨起，灑東風一天紅淚。

愁春去，恨杜宇，一聲聲道不如歸去。倩垂楊挽春春不住，轉傷情滿空飛絮。

（吴珷《韞玉先生集》（不分卷）《樂府新聲》）

校勘記

［一］吴珷《韞玉先生集》有（七律）《丁巳歲初度，始年四十，席上漫題》，"丁巳"是明太祖洪武十年（1377），吴珷四十歲，逆計之，則其生年是元順帝至元四年戊寅（1338）。（七律）《洪武乙丑八月初五夜，次南蕩禪師韻二首》是其集中記載最晚之詩，則其卒年，當在洪武十八年乙丑（1385）之後。集中另有記其生平之詩有（五古）《夢仲（中）作》："洪武乙卯十一月二十一日冬至，早夢仙人夢賦桃花詩。"《天馬歌，甲午》、《振頹歌，四十二歲正月一日試

筆》、(五律)《庚子七月十六夜,立秋玩月有感》、(五絶)《不雨,庚戌七月至十二月終,不雨》等。

[二] 吴珷《韞玉先生集》卷首:"竊聞韞玉吴先生者,吾邑文獻故家後也。生於元季,壯仕我朝。嘗扁其藏修之所曰韞玉山房,前史官眉山蘇伯衡爲之記。……先生蚤世詩多亡逸,余懼其靡傳者焉,於是忘其固陋,采掇類編,式昭才德,而亦以淑諸身。因題其編曰《韞玉先生詩集》,而復爲之題詞。時永樂九年龍集辛卯伏日,雲溪程□□書。"

楊 靖

楊靖(1360—1397),字仲寧,淮安山陽(今屬江蘇)人。洪武十八年(1385)進士,選庶吉士,擢户部右侍郎。二十二年,進尚書,調刑部,坐事免。會征龍州,詔靖諭安南輸粟,拜左都御史。有智略,善理繁劇,治獄明察而不深文。坐爲鄉人代改訴冤狀草,賜死。年三十八,時論惜之。傳見《國朝獻徵録》卷四十四潘塤《刑部尚書楊公靖傳》、《明史》卷一百三十八。

小 令

絶命詞

洪武二十五年,刑部尚書楊靖逮,一武官鞫之。門卒檢其身,得一大珠。僚屬愕然,靖徐曰:"安有許大珠?此僞物欺人。"令樵碎之。太祖聞之,曰:"靖此舉,有四善。他人見奇寶,必獻朕,求容悦。靖不然。可謂以道事君,一善也。其人藏珠,必有所投獻,以陷他人。是一珠起大獄,靖有陰德於人,二善也。若一卒得珠,因而嘉獎,由是趨風求獲,人將受法外之苦,能杜小人僥倖,三善也。且人處常易,處變難。今千金之珠,猝然至前,略不爲動,竟椎碎之,有過人之識,應變之才,四善也。"尚書才臣也,未竟其用,以冤死,惜哉。張江陵極傾服,筆之於書。《明史》亦采之。尚書字仲寧,臨難之日,作絶命詞云:

可惜跌破了照世界的軒轅鏡,可惜顛折了無私曲的量天秤,可惜吹熄了一盞須彌有道燈，可惜隕碎了龍鳳冠中白玉簪。三時三刻休，前世前緣定[一]。

身後建祠於新城東門之下關，曰昭恤院。院後即其墓，久之，蕪不治。正德中，潘伯和中丞重爲修整，尋其嗣奉祀，後代已絶。潘氏子孫每清明上塚，必至尚書墓前，奠杯酒盂飯。遵中丞之教，蓋三百餘年。

（阮葵生《茶餘客話》卷二十一）

校勘記

［一］任訥《曲諧》卷三："此詞句法，似【塞鴻秋】，而末猶缺一句。且排句叶平，亦未合。終不知成調否？但論其文字之體，則舍曲而外，無所歸矣。末二句疵累矣。全詞當亦出僞托。能燭世界者，奈何不能燭其身？若委定數，則俱是定數。又何可惜之，一再足云乎？"

黄　淮

黄淮(1367—1449),字宗豫,永嘉(今屬浙江)人。洪武三十年(1397)進士,官終户部尚書兼武英殿大學士。有《省愆集》、《黄介庵集》。傳詳《國朝獻徵録》卷十二陳敬宗撰《黄公墓志銘》,《明史》卷一百四十七亦有傳。

小　令

偶記北樂府《詠漁父》【鸚鵡曲】,又名【黑漆弩】[一],晁無咎賡和甚多,惜未及樵耕牧,因次韻,足成四首。

元倡　詠漁父

儂家鸚鵡洲邊住,是個不識字漁父。浪花中一葉扁舟,睡煞江南烟雨。覺來時滿眼青山,抖擻緑蓑歸去。算從來錯怨天工甚,也有安排我處。

次韻詠樵耕牧

儂家少室山中住,是個半鶻突樵父。躡蒼苔穿遍疎林,擔上横挑風雨。倦來時藉草觀棋,柯爛不知回去。有幽人要覓行蹤,試聽我歌聲起處。

儂家五柳莊前住,是個没牽掛耕父。趁春忙短笠輕蓑,耕破一犁春雨。到閑時濁酒頻篘,一任鄰翁來去。醉魔跎攜個青藜,剛走到雲山深處。

儂家笠澤磯頭住，是個快活煞村父。幾回將牧笛横吹，聲斷楚天秋雨。晚來時牛背如舟，穩載斜陽歸去。掩柴扉醉飲三杯，這的是浮生美處。

【喜春來】 二首　七夕

涼飆輕約銀河浪，靈鵲新成織女橋。兩旗開處瑞香飄，歡未了、休遣漏聲高。

誰言七夕佳期遠，争似人間别意多。秋風衰鬢漸雙皤，何日可歸卧白雲窩。

【醉太平】 秋　思

西風暮鐘，夜雨疎桐，一聲聲透入夢魂中。正鴛衾半空，心猿恨鎖愁誰共？神龜兆協占頻中，賓鴻聲杳信難通。何時再逢？

【水仙子】 擬中秋賞月

月奩初揭鏡光寒，雲幙高褰桂影團，風簾微動金波亂。遍乾坤清氣滿，倚南樓心眼俱寬。酒量傾湖海，簫聲叶鳳鸞，且盡清歡。

【普天樂】 中秋自述

晚風清，浮雲净。一輪初上，千里同明。坡仙俊麗詞，庾亮疎狂興。老我淒涼應難並，對嬋娟且訴平生。三年倦客，幾番歸夢，萬斛離情。

【疊字醉太平】 中秋遇雨

亂紛紛癡雲驟擁，淡濛濛薄霧輕籠，淅泠泠蟾宫深鎖雨聲中。悶慵慵嫦娥玉容，急煎煎登樓庾亮情難縱，意懸懸開樽李白詩難詠，路漫漫吹簫弄玉去難從，恨悠悠更長漏永。

【水仙子過折桂令】　九日思親

翠絲風剪，綠楊稀纈，錦霜凋紅葉飛，金錢露染黃花綴，正龍山佳會集，望庭闈，無限傷悲。任淚雨緣腮落，將愁山着意推，盼佳期，何日南歸？盼佳期，何日南歸？水遠山遥，目斷神馳。鬡指情深，趨庭訓切。戲彩心違，寄信息難憑錦鯉，對茱萸慵泛金杯。暮景休催，壯志難摧。仰望皇恩，趨拜天墀。

【朝天曲】　立　冬

曉風，嘯空，報道冬初動。蕭蕭敗葉響寒叢，鴛瓦霜華凍。獸炭爐圍羊羔酒，共醉笙歌錦帳中。病翁，固窮，冷落了梅花夢。

【落梅風】　二闋　冬至

玄冥令，廣漠風，將大地一陽催動。喜雲物書祥奏九重，慶豐年萬民歌頌。

愁千種，别幾年，想故園梅花開遍。欲待報平安，頻將錦字傳。空望斷碧天邊數行飛雁。

（黄淮《省愆集》卷下）

校勘記

［一］弩：原作“努”，據曲譜改。

花 綸

花綸(1368—?),字王言,仁和(今浙江杭州)人。洪武十七年(1384)鄉試第一,次年成進士第三。年十八,授修撰,後改福建道監察御史,出按江西,坐罪謫戍雲南。士林惜之。小傳見蔣一葵《堯山堂外紀》卷七十九、《民國杭州府志》卷一百四十四《文苑一》。

小 令

花有辭藻,其後改福建道監察御史,出按江西,坐罪謫戍雲南。有《題楊太真畫圖》【水仙子】一闋[一]云:

海棠風梧桐月荔枝塵,霓裳舞翠盤嬌繡嶺春,錦棚嬉金釵信香囊恨,癡三郎昵太真[二]。馬嵬坡血污游魂,楊柳眉青鬘黛損[三],芙蓉面零脂落粉,牡丹芽剪草除根[四]。

(蔣一葵《堯山堂外紀》卷七十九)

校勘記

[一] 此曲又見楊慎《辭品》卷六《花綸太史辭》。

[二] 昵:原作"泥",據文意改。

[三] 青:楊慎《辭品》卷六作"侵"。

[四] 楊慎《辭品》卷六:"其風致不減元人小山、甜齋輩,滇人傳唱多訛其字,余爲訂之云。"任訥《曲諧》卷一:"余謂此詞雖是詠畫圖,而一味裝點得熱鬧,並無精意存於其間,則似乎七寶樓臺,曾經拆碎矣。"

朱有燉

朱有燉(1379—1439),生平見《全明散曲》第 246 頁,《全明散曲》(增補版)第 302 頁。

小 令

【沉醉東風】 送鄭長史

繫駿馬桃花渡前,艤輕舟楊柳堤邊。行裝實整齊,別酒多酬勸。暮雲低春樹悠然,北望金臺路一千,拜鳳闕龍樓不遠。

(朱有燉《誠齋録》卷四)

黄潤玉

黄潤玉(1389—1477),字孟清,號南山,鄞縣(今屬浙江寧波)人。永樂十八年(1420)順天舉人。宣德中,薦擢交趾道按察御史,歷廣西提學僉事、湖廣巡撫。謫含山知縣,致仕。有《南山黄先生家傳集》。

小 令

【雁兒落】 思 歸

我不願香噴噴膏粱家厭囫腴,我只要淡撈撈虀菜裏多滋味。我惟想慌忙忙易熬煎病早來[一],好教我急煎煎難當心先碎。恁當他肩膊上酸溜溜的似猴子喫楂梨[二],恁當他脚尖頭麻澁澁的似螻蟻咂瓜皮,恁當他耳朵裏絮叨叨促織兒唧啾叫,恁當他眼面前光閃閃流螢兒撩亂飛。傷悲,虚飄飄紫燕兒都歸去。尋思,活跳跳鱸魚兒空自肥。

套 數

題琴清軒

【南吕・一枝花】

璇樞貫玉繩,素魄懸金鏡。鮮飈翻翠幌,凉露濕銀屏。天宇澄澄,寶砌冷，秋光净，碧窗虚，夜色明，援錦囊七絃焦尾，寫蘭襟一段幽情。

【梁州第七】[三]

沉宫振羽相和應。灝灝乎張廣樂鈞天帝所，渢渢乎侑登歌清廟周京。乍低回似滴空嵒泉溜琮琤，恰軒昂似撼疏林松籟鏗鏦。洞天寬鶴舞秋陰，江月冷鳴啼夜永。谷風暄雉雊春晴。試聽，數聲，宿禽驚，摇蕩花梢影。嫋嫋餘音尚未停，響徹雲程。

【尾聲】

天幻出黄金世界三千頃，人住在白玉樓臺十二層。休只管坐對絲桐寄佳興，趁朝陽鳳鳴，和簫韶九成，共樂唐虞太平景。

驚 世

【南吕·一枝花】

饞魚把鈎吞，劣馬着韁困。緊來忙後褪，鬆去向前奔。進退無門，白浪翻頭滚，黄塵滿鼻噴。

【梁州第七】[四]

這魚兒直扯得咽喉似夯，那馬兒直鬪教鬃尾如髡。俺比將貪酷的閑評論。那貪婪的似白虹妖耗得田蠶損，那慘酷的似黄茅瘴害得人馬瘟，那貪婪的向人脂膏裹數般要分，那慘酷的從人皮肉上一味撒村。他仗着一條棒白日裏打教氣昏，他憑着一管筆清水裏攪得墨渾。他那想行一分民受賜一分，剛只會喝一棍定敲一棍，全不知要一文便不直一文。手温，脚温，見錢來就地和錢滚。都不顧滚着椿兒扯破褌，漏却精臀。

【尾聲】

常言道陰陽轉换强拖硯，日月光明照覆盆。霎時間錢散没没奔，空喪了靈魂,乾累了兒孫。那其間翻不出讀書半星兒本。

（黄潤玉《南山黄先生家傳集》卷二十一）

校勘記

［一］慌:原作“荒”,據文意改。

［二］恁:原無,據後文補。

［三］［四］梁州第七:原無,據曲譜補。

朱瞻基

朱瞻基(1398—1435),明仁宗長子,洪熙元年(1425)即位,是爲宣宗。有《宣宗御制詩》。傳詳《明史》卷九《宣宗本紀》。

小　令

【醉太平】　三首　慈壽萬年曲

祖宗積至仁,一統御臣民。眇躬嗣位繼勞勤,朝廷幾務殷。九州四海皆從令,文臣武將皆承命。自惟才識豈予承,荷聖母仁慈教訓。

邦家樂太平,兵備飭邊庭。時巡田獵趁秋成,期胡塵肅静。犬羊千隊嗣縱横,六軍熊虎咸思奮。不旬日掃蕩妖氛,荷聖母仁慈教訓。

慈闈千萬春,萬福總來臻。深仁厚德配乾坤,家國承弘慶。時和歲稔樂升平,紫霞觴進千年醖。九天仙樂奏韶鈞,荷聖母仁慈教訓。

【醉太平】　七首

撫時光太平,愛天宇澄明。風調雨順穀豐登,美融和瑞景。三綱明,五常正,扶植乾坤定。萬方寧,四海清,撫馭華夷靖。群才升,庶政成,契合君臣慶。荷賢良股肱。

坐皇宫九重，思田裏三農。萬方民庶願時雍，念居高任重。好文才，好武功，個個看登用。遠夷虜，遠羌戎，處處來朝貢。自南北，自西東，一一盡朝宗。在明良協恭。

古唐虞聖君，與伊傅賢臣。體天行道治黎民，致華夷效順。法乾坤，溥仁恩，盡敬承洪運。奉郊禋，厚宗親，篤志承先訓。用儒文，整戎軍，勤力保斯人。輔臣同敬謹。

好韶華是春，賞令節芳辰。太和生意滿乾坤，荷乾坤至仁。杏花榮，李花榮，廣大天機運。山光清，水光清，上下飛潜奮。早田耕，晚田耕，勤力見農民。太平嘉景新。　右春

届朱明夏景，際海宇時平。黄雲渺渺麥先登，下民相喜慶。竹陰清，柳陰清，適體炎歊净。蘭香清，荷香清，得趣涼颸應。宫音清，徵音清，解愠五弦鳴。鼓南薰細聽。　右夏

碧梧含露涼，丹桂發天香。高秋明月滿清光，稱人間玩賞。獲豐穰，積囷倉，已足三農望。整戎行，慎周防，申飭諸邊將。撫時康，賴賢良，共酌九霞觴。詠卷阿鳳凰。　右秋

撫流光轉丸，又改服迎寒。彤樓晨倚碧欄杆，俯千山萬山。雪飛團，冰凍乾，曠望河流斷。被衣單，執戈難，遠念邊城畔。公務閑，私計完，喜得兆民安。漸陽回六琯。　右冬

雪詞四首

【北壽陽曲】

三冬節，六出花，瑞豐年古今無價。遍光輝瓊樓玉樹，樂升平普天

之下。

【北醉太平】

遍四海安寧,大一統澄清。冲和嘉氣兆豐登,散瑞雪盈盈。瓊瑶處處相輝暎,笙歌在在相歡慶。邦家永永樂升平。荷皇天寶命。

【南謁金門】

飛初雪,正是小春時節。瑞氣冲和騰玉闕,普清光暎徹。况是邊塵清絶。嘉共臣民歡悦,一統乾坤春意達,大明昭日月。

【南柳陪行】

樓臺上下瓊花舞,遍大地光凝素。蓬萊天近廣寒宫,正在五雲高處。翠舞珠歌,仙殽御醑,藹藹龍香度。下方俯視烝黎聚,安作息,怡朝暮。重增忻喜樂無虞,肯忘益勤綏撫?體天意同仁一視,洽普天率土。

西山晴雪詩,有序

宣德壬子冬十一月癸未夜,天氣微和,瑞雪再降,不亟不徐,達旦而霽。人咸以爲豐年之兆。予情忻悦,登鳳閣,望西山,但見群玉,千里一色,因制詞以識喜云。

【脱布衫帶小梁州】

喜看這山與雲齊,喜看這雪正晴時。喜看這天花絢彩,喜看這玉龍獻瑞。喜雪後微雲四散飛,鳳城外總是玉屏圍。遥接太行西,明晃晃無邊際。但見那松鬱聳瓊枝,與蓬萊閬苑同光霽,與龍樓鳳閣聯輝。湛西湖寶鑒中,浸太液冰壺裏,滿望似瑶臺玉壘,境界寇華夷。

萬歲山丹桂秋芳歌

秋涵太液玻璃碧,倒影空明秋一色。梧桐楊柳欲迎霜,紅斂芙蓉淡不芳。萬歲山前,萬桂樹聳特。

淩虚出烟霧,連蜷夭嬌勝虬龍。翠蓋蒼帷藹紛布,開花又如黄金綴。栗攢珠沉,晨露雲消,六合澄無際。但覺天風滿天地,夜中晏坐廣寒宫,俯視河山邈人世。舉酒酹姮娥,今宵玉鑒何嵯峨。

套　數

應教賦北京八景詞,有序

宣德庚戌秋,農務既閑,祗奉聖母皇太后鑾輿出遊近郊。聖母覽山河之佳麗,念八景之有名,命爲歌詞。謹遵命撰進,令侍者歌之,以宥壽觴云。

【點絳唇】

寰宇雍熙,萬方寧謐,升平世。美景良時,四海皆春意。

【混江龍】

古今形勢,看山河環拱壯京畿。萬邦一統,八表同歸。碣石東連滄海闊,太行西與白雲齊。聳碧嶂芙蓉露濕,壯金城睥睨雲低。瑞靄九霄騰王氣,彩霞千疊粲朝暉。極四海盤天際地,偉重關獻秀擄奇。雨露八荒均霈澤,梯航萬國萃華夷。仰宗社綿延有慶,祝聖慈福壽天齊。環邊境總是太平時,囿蒼生共樂雍熙世。彩雲慶會,瑞日光輝。

【油葫蘆】 居庸疊翠

聳巀嵲雄關鎖翠微,雲霧裏龍騰鳳翥勢逶迤。芙蓉千疊飛空翠,畫屏一帶春光媚。遠望着半空中錦繡堆，細看處五雲邊翡翠圍。跨龍沙萬里臨荒裔，直須是千萬世壯京畿。

【天下樂】 玉泉垂虹

碧嶂流泉一脈垂，逶迤，霜練飛。玉蕩漾曳晴虹溜翠，屏涵日暉。聲淅瀝透石岩，韻琮琤響澗溪，似銀河九天下墜。

【那吒令】 太液晴波

蕩暖風翠堤，漾晴光絲漪。欣微波乍起，湛冰壺影裏。魚游池水湄，鳥鳴芳樹底。孤蒲長，劍影翻，菡萏發天香細。喜歡遊正及芳時。

【鵲踏枝】 瓊島春雲

碧波深，彩雲低，瓊島上五色氤氳，裝點着十分妍媚。看無限繁華綺麗，近蓬萊暎日争輝。

【寄生草】 薊門烟樹

樂四野民生遂，壯重城地坦夷，四時中無盡歡遊意。薊門深茂樹攢空翠，淡烟凝十里羅旌旆。芳辰争傍緑陰嬉，玉壺總向花前醉。看來往人如簇，沸笙歌，塵滿堤。鶯啼燕語春明媚，青絲紫鞚人飄逸。吴紗蜀錦身華麗，風調雨順太和年，民安國泰清平世。

【後庭花】 西山霽雪

正嚴冬飛雪墜，西山上積素迷。萬壑内瓊瑶飄灑，千岩裏六花亂堆。喜東風潛回春意，布陽和淑景移。漸中峰開翠微，暖融融春日遲。黛鬟分露遠眉，望天邊玉筍齊，半空中圖畫披。

【青歌兒】 盧溝曉月　金臺夕照

驚曙色銀蟾初墜，長橋外馬蹄聲碎。轉眼金臺日又西，暝色淒迷，遠樹鴉啼。霜葉交飛，遥睇天涯。想前代此處招賢築臺時，今須繼。

【尾】

升平世，普四海生民無事。但祝慈顔萬壽期，寸心長難報春暉。正逢着美景良時，鳳輦鑾輿出禁闈。閑賞玩，睹山河壯麗。想八景最繁華勝地，奉聖母萬年歡，壽算與天齊。

（朱瞻基《宣宗御制詩》）

江斗奴

江斗奴,京師名妓,宣德年間在世。

小　令

齊亞秀者,京師名娼。嘗侍長陵宴,出語人曰:“知音天子也。”每唱到關目處,即爲舉卮。晚年有目疾。女曰江斗奴,以色藝擅聲。宣德間,海内清謐,上下皆以聲妓自娱。英公張輔尤奢泰,嘗延三楊飲,命斗奴佐觴。二楊頗降詞色,西楊儼然。南楊乃舉令,各取古詩句有月字在下者。云:“梨花院落溶溶月。”東楊云:“舞低楊柳樓心月。”西楊云:“金鈴犬吠梧桐月。”斗奴跪而請曰:“妾亦得句,敢言乎?”英公咄咄曰:“汝當歌各月,毋徒誦也。”斗奴歌曰:

梨花院落光如雪,犬吠梧桐夜。佳人楊柳樓,舞罷銀蟾滅。者春月,者夏月,者秋月,總不如俺尋常一樣窗前月。

諸公稱賞。西楊亦劇飲,東楊至擁之膝,連决數觥。杯覆,斗奴以羅裙拭之,云:“血色羅裙翻酒污。”英公叱曰:“總爲母狗害事。”斗奴應曰:“妾所接,皆公猴耳。”衆人大噱。明旦,三公各以緋羅贈之。西楊曰:“吾輩老矣,猶爲尤物所動,况少年乎?”即奏禁百官宿娼者除名[一]。

(褚人獲《堅瓠集》辛集卷三)

校勘記

[一] 此曲又見蔣一葵《堯山堂外紀》卷八十二,記載略有不同:“《大明律》

有官吏挾妓飲酒之條，然宣德間，三楊公猶及用之。嘗與一兵官會飲，文定倡爲酒令，各誦詩一句，以月字在下，而分四時。令畢，文定指席中妓曰：‘不可謂秦無人’。一妓遽成小詞，捧琵琶歌曰：‘到春來梨花院落溶溶月（文定句），到夏來低舞楊柳樓心月（文敏句），到秋來金鈴犬吠梧桐月（兵官句），到冬來清香暗度梅梢月（文貞句），呀，好也麼月，總不如俺尋常一樣窗前月。’諸公劇飲，霑醉而去。”

左　贊

左贊(？—1489),字時翊,江西南城人。天順元年(1457)進士,授吏部稽勳司主事,歷員外郎、郎中,遷浙江布政司參政,官至廣東布政使。有《桂坡集》、《桂坡遇録》、《梅花百詠》等。傳見《國朝獻徵録》卷九十九何喬新《廣東布政司右布政使左公贊墓表》。

小　令

【正宫·靈壽杖】 鄉　思

數椽三谷雲深處,吾愛吾廬。有圃宜蔬,有池可魚。風亂颭芙蓉水,月浸冷梧桐樹。鳥鳴山更幽,人來茶旋煮。

【白鶴子】 隱　居

劚雲山蕨嫩,採澗野芹香。帶葉斫生柴,和米蒭新釀。求名的空自攘,求利也爲誰忙。有分占鷗沙,無夢排鯨浪。

【中吕·朝天子】 詩　人

曉吟,夜吟,瘦骨天生沁。安排句法已難尋,興到新奇甚。水裹着鹽,鉛中得金。儘推敲使碎心,好學始音、正音,敢犯詩壇禁。

【滿庭芳】 夜　雨

香消古鼎,蛩吟曲砌,雁落長汀。山城野戍烟俱暝,漁火獨明。滴梧桐雲埋月影，戰芭蕉風鼓秋聲，喚起鱸魚興。淒涼逆境，卧聽短長更。

【双調・楚天遥】　西莊梅

春園芍藥闌，香滿薔薇架。輸與小莊梅，竹外疏枝亞。寒葩點素瑛，暖帶團紅蠟。風景若孤山，好手難描畫。

【萬花方三臺】　秋　思

茆屋疏籬，翠岫宜晚對。小溪流水濯清暉，菊瘦香微。獨樹含霜醉，荻花吹老芰荷衣。幾行雁字斜飛，寫西風一天秋意。

【落梅風】　道山亭燕集，翁都督索賦

敲詩句，算酒籌，送管絃鳥鳴清晝。破愁顏莫如詩共酒，會山亭幾時還又。

【越調・天净沙】　四　景

一天雲淡風輕，滿園柳翠花明，幾處鶯嬌燕逞。隔簾人静，鞦韆影礙芳亭。

倦游柳岸停車，適情蓮沼觀魚，假寐蓬窗聽雨。薰風來處，不妨梅潤圖書。

黄花丹桂争開，白鴻紫蟹齊來，碧水青天一色。遠山横黛，吹簫人在瑶臺。

白沙翠竹人家，小溪明月梅花，破帽奚囊瘦馬。晚來堪畫，疏林幾點棲鴉。

（左贊《桂坡集前集》卷一《北樂府》）

王　越

王越(1423—1498),生平見《全明散曲》第403頁,《全明散曲》(增補版)第450頁。

小　令

【黄鶯兒】　四首[一]

哩囉囉哩囉[二],這清閑誰似我[三]? 知心好友只三個[四]。清風是我大哥[五],明月是我二哥[六],老夫便是三哥哥[七]。囉哩囉,光陰似箭,不飲待如何[八]?

哩囉囉哩嗹[九],歎人生真可憐[一〇]。光陰迅速急如箭[一一],富貴在天[一二],聽其自然[一三],一年過了又一年[一四]。囉哩嗹,眼前好景,終日家醉如綿[一五]。

呵哈哈呵喈[一六],歎青春不再來。人生衣禄隨時在[一七],雙鬢又漸白[一八]。不覺得老來功名,富貴誰不愛[一九]? 哈呵喈[二〇],把眉頭舒展,得寬懷處且寬懷[二一]。

呵哈哈呵吰[二二],論世人甘打哄[二三]。争名奪利成何用? 三五歲小童[二四],七八十老翁[二五],老共小都做了一場夢[二六]。哈呵吰[二七],花紅酒美,只吃得醉朦朧[二八]。

(王越《黎陽王太傅詩文集》卷下)

王威寧詩詞

威寧尤善詞曲，偶遣懷作【朝天子】云[二九]：

燒蘿蔔下茶[三〇]，宰鴛鴦剁鮓[三一]，到惹得傍人駡[三二]。人人駡我是老莊家[三三]，我就裹乾坤大[三四]。萬古千秋[三五]，一場閑話。説英雄是假[三六]。你就笑我刺麻，你説我哈遝[三七]。我做個没用的神仙也罷[三八]。

（褚人獲《堅瓠集》庚集卷二）

校勘記

［一］《雍熙樂府》題作"歸隱"，《詞林摘豔》題作"閑適"，謝伯陽據《雍熙樂府》收入《全明散曲》。

［二］哩囉囉哩囉：《雍熙樂府》作"唱一會囉哩囉"。

［三］道：《雍熙樂府》作"論"。

［四］知心好友只三個：《雍熙樂府》作"清風明月咱三個"。

［五］［六］是我：《雍熙樂府》作"是"。

［七］老夫便是三哥哥：《雍熙樂府》作"論三哥咱也做得過"。

［八］光陰似箭，不飲待如何：《雍熙樂府》作"清閑處快活，沉醉了待如何"。

［九］哩囉囉哩嗹：《雍熙樂府》作"唱一會囉哩嗹"。

［一〇］歎人生真可憐：《雍熙樂府》作"想人生當消遣"。

［一一］光陰迅速急如箭：《雍熙樂府》作"金烏玉兔疾如箭"。

［一二］富貴在天：《雍熙樂府》作"正青春少年"。

［一三］聽其自然：《雍熙樂府》作"不覺得老顔"。

［一四］一年過了又一年：《雍熙樂府》作"對青銅又早朱顔變"。

［一五］眼前好景，終日家醉如綿：《雍熙樂府》作"把眉頭放寬，直吃得醉如綿"。

［一六］呵哈哈呵嗜：《雍熙樂府》作"唱一會哈哈咳"。

［一七］人生衣禄隨時在:《雍熙樂府》作“光陰迅速如梭快”。

［一八］雙鬢又漸白:《雍熙樂府》作“朱顔早漸衰”。

［一九］不覺得老來功名,富貴誰不愛:《雍熙樂府》作“雲鬢又見白,知明朝誰在誰不在”。

［二〇］哈呵喈:《雍熙樂府》作“哈哈咳”。

［二一］把眉頭舒展,得寬懷處且寬懷:《雍熙樂府》作“眉頭皺展開,得開懷且開懷”。

［二二］呵哈哈呵吆:《雍熙樂府》作“唱一會哈哈哄”。

［二三］論世人甘打哄:《雍熙樂府》作“想人生當和哄”。

［二四］三五歲小童:《雍熙樂府》作“三歲的小童”。

［二五］七八十老翁:《雍熙樂府》作“八十的老翁”。

［二六］老共小都做了一場夢:《雍熙樂府》作“老和小都是一場夢”。

［二七］哈呵吆:《雍熙樂府》作“哈哈哄”。

［二八］花紅酒美,只吃得醉朦朧:《雍熙樂府》作“趁花濃酒濃,直吃得醉朦朧”。

［二九］《全明散曲》據《詞林摘豔》收入二首,題作“歎世”。

［三〇］下茶:《詞林摘豔》作“换茶”。

［三一］鴛鴦:《詞林摘豔》作“仙鶴”。

［三二］到惹得傍人駡:《詞林摘豔》作“道惹得知音駡”。

［三三］人人駡我是老莊家:《詞林摘豔》作“人人道我老莊家”。

［三四］我:《詞林摘豔》無。

［三五］萬古千秋:《詞林摘豔》作“千古虚名”。

［三六］説英雄是假:《詞林摘豔》作“到大來快活殺”。

［三七］你就笑我剌麻,你説我哈遝:《詞林摘豔》作“人道我哈達,我道我喇嘛”。

［三八］我做個没用的神仙也罷:《詞林摘豔》作“做一個神仙罷”。

鎖懋堅

鎖懋堅，杭州人，成化年間在世。

小　令

成化癸卯冬，李子陽將赴春闈，友人鎖懋堅者送之，賦【正宫・謁金門】詞云：

人艤畫船，馬鞁上錦韉，催赴瓊林宴。塞鴻聲裏暮秋天，緑酒金杯勸。留意方深，離情漸遠。到京廷中選。今秋是解元，來春是狀元，拜舞在金鑾殿。

已而子陽果魁天下。

懋堅，西域人，扈宋南渡，遂爲杭人，代有詩名。懋堅尤善吟寫。成化間，遊苕城，朱文理座間索賦其家假山，懋堅賦【沉醉東風】一闋云[一]：

風過處香生院宇，雨收時翠濕琴書。移來小朵峰，幻出天然趣。倚闌干盡日披圖，謾説蓬萊總是虚[二]，只此是神仙洞府。

爲一時所稱。

（蔣一葵《堯山堂外紀》卷八十八）

校勘記

［一］此曲又見楊慎《辭品》卷六《鎖懋堅辭》、褚人獲《堅瓠集》庚集卷三。《堅瓠集》題作“賦假山”。

［二］總：楊慎《辭品》卷六作“本”，褚人獲《堅瓠集》庚集卷三作“恐”。

王　鏊

王鏊(1450—1524),生平見《全明散曲》第431頁,《全明散曲》(增補版)第485頁。

小　令

【梁州序】 吴惟謙同年壽詞

投簪前日懸弧,今旦節值中秋剛半。玉山回首,升沉眼見多般。幸有丹崖翠壑,明月清風,天與吾人管。任他榮貴也高眠,無喜無憂便是仙。攀桂侣,曲江宴,看英雄三百紛消散。年七十,幾人健。

【梁州序】 過太湖

東山如畫,西山如黛,七十峰巒映帶。白銀堆裏,分明湧出樓臺。最喜微風不起,明月高懸,萬頃玻璃碎。始知世上,也有蓬萊,濯足船頭好快哉。笳鼓鬧,管弦沸,看畫船摇曳人初醉。千載後,定誰繼?

【梁州序】 賀秉之授經府

秉之弟積學力行,而困於數奇。正德十年六月,蒙恩特授古杭經府之銜,有其榮而無其勞。予因填近詞一闋爲賀。

山林岑寂,官曹喧閙,吏隱中間最妙。聖恩隆重,天書一紙親教。管領西湖風月,南國烟霞,儘與舒吟嘯。清朝鵷鷺,似總賢勞,輸與伊人一着高。蓮幕俊,玉堂老,宴高樓日日笙歌繞。塵世夢,幾人覺?

(王鏊《震澤集》卷九)

謝 遷

謝遷(1450—1531),字子喬,號木齋,浙江餘姚人。成化十一年(1475)進士第一,授修撰。弘治四年(1491)以少詹事入閣,参預機務。武宗即位,請誅劉瑾不納,致仕。嘉靖中起復,入相數月,以老辭歸。有《歸田稿》。傳見《國朝獻徵録》卷十四《謝公遷神道碑》、《明史》卷一百八十一。

小 令

戊寅臘月,予幸七十初度,同年王守谿少傅寄【梁州序】爲壽,依韻奉答。

茫茫江海,悠悠昏旦,歎惜年光易换。迷途世故,從來百樣千般。眼底翻雲覆雨,狂浪頹波,天也那能管。白雲堆穩,也與公眠,吴越相望兩地仙。傳雅調,正家宴,便當筵高詠,愁懷散。賡一闋,賽强健。

守谿明年亦七十,中秋後二日,其初度也。仍用前調一闋寄壽。

中秋前夕,今辰初度,萬里清光快睹。香生叢桂,廣寒真境清虚。但見斗牛相映,奎璧聯輝,元是文章府。洞庭深處,好勝蓬壺,青雀西來蚤寄書。王母降,玉娥舞,笑鶴南飛曲,吾來暮。遥祝讚,壽彭祖。

(謝遷《歸田稿》卷四)

孫 艾

孫艾(1453—1532後)[一],字世節,號西川,常熟(今屬江蘇)人。學詩於沈周,與吴寬、皇甫冲兄弟等相友善。精品鑒,工繪畫。以子舟貴,封工部主事。有《孫西川詩稿》。

小 令

和陳邦伯,調【滿庭芳】

休論失馬,莫問亡羊,算來事事無常。看彼功名富貴,争奪任人强。只有登山玩水這般事,是我真忙。更向那烟花隊裏,作戲且逢場。剩孤身四海,逍遥歲月,隨處家鄉。那金章紫綬,多少時光。自喜身心無累,把生涯都付壺觴。便丹書來詔,不去又何妨。

雪香,調【紅繡鞋】

秦弄玉休誇清瑩,許飛瓊謾説輕盈,是個啖百和薛瑶英。笑桃李無餘韵,比蘭麝更清馨。這風情則除是韓壽省。

嘲缺牙,調【紅繡鞋】

愁難咬胡桃偏硬,怕流酸梅子猶生,荔枝來正害左車疼。難滅我忠良意,不廢我笑歌聲。苦則苦何郎難啖餅。

(孫艾《孫西川詩稿》)

校勘記

[一] 孫艾《孫西川詩稿》卷首《林泉高士孫西川詩稿序》:"……於是西川孫君出而紹之,觸情撫事,感輒有作。久之,卷帙充盈,既成集矣。既葬,嗣子未奉遺稿詣余。……嘉靖十五年冬十月望日,東吴支硎山人楊循吉序。"嘉靖十五年是嘉靖丙申(1536),孫艾已去世安葬。孫艾《壬戌新正》:"百歲光陰半在前,東塗西抹到終年。"此壬戌應是弘治十五年(1502),由"百歲光陰半在前",知本年孫艾約五十歲,則其生年當在景泰四年癸酉(1453)。又孫艾《八旬自述》:"生長乾坤八十年,舊遊如夢總茫然。"則其至少活了八十歲,卒年應在嘉靖十一年壬辰(1532)之後,嘉靖十五年丙申(1536)之前。孫艾《孫西川詩稿》中《甲寅春病中作》、《壬戌生日》二詩也涉及其生平,並附於此。

陳　鐸

陳鐸(1454—1507),生平見《全明散曲》第 446 頁,《全明散曲》(增補版)第 499 頁。

小　令

嘲北地巷曲中

《長安客話》:金陵陳大聲鐸嘲北地巷曲中曰:

門前一陣騾車過,灰揚,那裏有踏花歸去馬蹄香。綿襖綿裙綿褲子,膀脹,那裏有春風初試薄羅裳。生葱生蒜生韭菜,醃臢,那裏有夜深私語口脂香。開口便唱冤家的,歪腔,那裏有春風一曲杜韋娘。舉杯定吃燒刀子,難當,那裏有蘭陵美酒鬱金香。頭上鬏髻高尺二,蠻娘,那裏有高髻雲鬟宮樣妝。行雲行雨在何方,土炕,那裏有鴛鴦夜宿銷金帳。五錢一兩等頭昂,便忘,那裏有嫁得劉郎勝阮郎。

(褚人獲《堅瓠集》壬集卷一)

楊一清

楊一清(1454—1530),生平見《全明散曲》第442頁,《全明散曲》(增補版)第494頁。

殘　句

趙王之"紅殘驛使梅",楊邃安之"寂寞過花朝",李空同之"指冷鳳皇生"[一],陳石亭之《梅花序》,顧未齋之《單題梅》,皆出自王公,膾炙人口,然較之專門,終有間也[二]。

(王世貞《藝苑卮言》附録一)

校勘記

[一] 鳳皇生:王驥德《曲律》卷四《雜論》第三十九下作"鳳凰笙"。

[二] 王驥德《曲律》卷四《雜論》第三十九下:"弇州所謂趙王之'紅殘驛使梅',楊邃安之'寂寞過花朝',李空同之'指冷鳳凰笙',陳石亭之《梅花序》,顧未齋之《單題梅》,王威寧之【黄鶯兒】,今惟'寂寞過花朝'一曲尚有傳者,自餘皆不及見,不知其工拙如何。要皆坊間盲賈棄擲不存之故,殊可惜也。"同卷:"李空同、何大復必不能曲,其時康對山、王渼陂皆以曲名,世争傳播,而二公絶然不聞。以是知之,即弇州所稱空同'指冷鳳凰笙'句,亦詞家語,非曲家語也。"

王　銓

王銓(1459—1521),字秉之,號中隱,吴縣(今屬江蘇)人。王鏊弟。正德十年(1515)六月,授杭州府經歷,未赴任。有《夢草集》。傳見王鏊《震澤集》卷三十一《亡弟杭州府經歷中隱君墓誌銘》。

小　令

【梁州新郎】

元宵前旦,華燈方鬧,所愧吾年非妙。菁莪樂育,君親義重親教。誰似未登仕版,便自歸田,漫學蘇門嘯。有若春蠶,婦苦勤勞,羅綺周身他自高。謫太傅,鹿門老,喜兄酬弟勸長相繞。誰後覺,誰先覺?

(王季烈《自怡曲譜》)

錢　福

錢福(1461—1504),生平見《全明散曲》第 796 頁,《全明散曲》(增補版)第 900 頁。

小　令

佳人小解

佳人行到粉牆邊,悄語低頭解笑顏。手扳裙底翻紅浪,指撥花心灑白泉。連寫數行斜更直,滴留幾點斷還聯。起來漫整羅裙帶,更采花枝插鬢端。還防暗地裏有人覷見。

(池上餐華生輯《詩笑》卷下)

王 騏

王騏(1463—1528),字仁瑞,陝西鳳翔人。弘治十二年(1499)進士,官吴橋知縣,爲州守詿誤,罷歸。傳詳康海《對山集》卷十八《王君墓志銘》。

小 令

弘治間,王騏以進士授吴橋知縣,僅八月免官。居家,以詞曲自樂。嘗有妓爲人傷目,睫下有青痕,遂作【沉醉東風】曰[一]:

莫不是捧硯時太白墨灑,莫不是畫眉時張敞描差,莫不是檀香染,莫不是翠鈿瑕,莫不是蜻蜓飛上海棠花,莫不是明皇宫墜下馬[二]。

又【清江引】曰:

醜猢猻眉梢上松油抹,桑椹子掠畫過。半邊藍凝妝,一堆青泥污。醜回回婆,眼窩兒到像我。

(蔣一葵《堯山堂外紀》卷九十二)

校勘記

[一] 此曲又見《雍熙樂府》卷十八、《北宫詞紀》外集卷五、《彩筆情辭》卷十一、馮夢龍《古今譚概》卷二十七。《北宫詞紀》、《彩筆情辭》注元人作。隋樹森《全元散曲》收入,題作【紅繡鞋】《嘲妓劉黑麻》。褚人獲《堅瓠集》甲集卷二云作者爲王魁,當誤。其《詠妓》條云:"弘治間,吴橋令王魁免官家居,以詞曲自樂。有妓爲人傷目,睫下有青痕,戲作【沉醉東風】曰:……"

[二] 宫:褚人獲《堅瓠集》甲集卷二作"時"。

王　磐

王磐（？—1530），生平見《全明散曲》第 1030 頁，《全明散曲》（增補版）第 778 頁。

小　令

王西樓者，高郵千户侯也，著有樂府。題《睡鞋》云[一]：

新紅軟鞋三寸正[二]，不落地能乾凈[三]。燈前换晚妝，被裹勾春興[四]，幾番間把醉人兒蹬踢醒[五]。

康對山醉中歌之，改"醉人兒"作"老生先"以爲戲，非公作也。又《途中遇少婦騎驢》云[六]：

露玉筍絲韁款把[七]，見金蓮寶鐙輕踏[八]。裙拖翡翠花紗[九]，扇掩泥金畫。比昭君只少面琵琶[一〇]，天寶年間若有他，卻不把三郎愛殺[一一]。

此老風致，觀此可想見也。

（李春熙《道聽録》卷一）

殘　套

贈妓蹴球

【南吕・一枝花】

錦箏閑金鳳棲，玉笛冷瓊梅落。彩雲收歌扇歇，珠絡搧舞衣飄。蹴踘相邀,兩兩花間笑,三三柳際拋。翠袖垂筍包,纖紅裙拽,金蓮露小。

【梁州】[一二]

一會家論緊呵風擺花枝,一會家論慢呵月上柳梢。又有那幾般兒裝飾的添餘俏,束衣繡帶,拭汗鮫綃,襯鞋羅襪,護髻金翹。衣服兒稍褊的風標,身子兒生就的苗條。俺只怕一擔月壓損您香肩,俺只怕側磚兒揞傷您小腳,俺只怕脅肋拐折閃您纖腰。勾杪,俊嬈,歡愛殺五陵風月諸年少。不開闊,不短少,踢踢明白踢踢牢,左右猜着。

(王磐《王西樓先生樂府》)

校勘記

[一] 此曲《全明散曲》據《西樓樂府》收入。此曲一説金陵妓陳全遊作,文字有差異,託名李贄《山中一夕話》下集卷二收録,見本書"陳全遊"條。

[二] 新:《西樓樂府》作"猩"。正:《西樓樂府》作"整"。

[三] 落:《西樓樂府》作"着"。能:《西樓樂府》作"偏"。

[四] 裏:《西樓樂府》作"底"。

[五] 幾番閒把醉人兒蹬踢醒:《西樓樂府》作"醉人兒幾回輕撥醒"。

[六] 途中遇少婦騎驢:《雪濤詩話》作"擬婦人騎馬"。

[七] 款:《雪濤詩話》作"軟"。

[八] 見:《雪濤詩話》作"襯"。

[九] 花:《雪濤詩話》無。

[一〇] 比:《雪濤詩話》作"似比"。

[一一] 殺:《雪濤詩話》作"煞"。

[一二] 梁州:原無,據曲譜補。

楊　武

楊武(1464—1532),字宗文,號北山,陝西岐山人。弘治九年(1496)進士,知淄川,升浙江監察御史,官至都察院左僉都御史,與康海同因被列爲"(劉)瑾黨"而罷歸。傳見王九思《渼陂續集》卷中《楊公墓誌銘》。

套　數

【南吕·一枝花】

襟期星斗蟠,器局乾坤大。松筠同氣節,錦繡釀才華。鳳鳥龍駒,就裏天生下。尋常怎比他,步青雲玉殿傳臚,灑麗藻金閨倚馬。

【一江風】

岸烏紗,景物當長夏,仙客雲間下。沉李共浮瓜,更有芝草蟠桃、蔗乳榴漿,酒滴珍珠醉。星奎聚滿家,歌聲傳大雅,視富貴如嚼蠟。

【罵玉郎】

皇都紫府排聲價,餐雲腴,飯胡麻,銀盤翠袖馱金斝。直吃的酒罄瓶,星沉漢,燈殘灺。

【大迓鼓】

華筵照九霞,杯傳緑蟻,板撒紅牙,簫鼓迎仙駕。月恒川湧,地久天遐，海屋仙人籌又加。

【感皇恩】

呀，他有點鐵丹砂、住世黄芽，因此上卧江雲，遵路渚，聽池蛙。有時節吟風弄月、學圃耘瓜，説甚麽位三臺、侯萬里、户千家。

【東甌令】

追陶謝，厭董賈，舉筆滔滔海様般寫，風流蘊藉誰如也。眼底無東野，青山緑，興偏賒，夢不到紫宸衙。

【採茶歌】

才冠世學名家，技雕龍墨翻雅。真個是玉堂人物玉無瑕，架海靈椿生閬苑，出塵仙子伴雲霞。

【節節高】

金昆玉季，晝錦宫花，駝峰翠釜麟兒跨，環姻婭意度閑，行藏大，香山洛社風斯下，冰壺秋月人争詫。分明身在武夷圖，何須更寫天台畫。

【隔尾】

想着那三千禮樂俗堪化，半百春秋鬢未華，億萬蒼生望安穡。若是感南陽枉駕，載磻溪後車，那時節反掌東山奠夷夏。

【餘音】

東華大帝頒純嘏，西池王母獻瑶華，萬載千年樂未涯。

（私史沐《滸西山人初度録》）

熊子修

熊子修，號雲夢山人，江西豐城人。

套　數

南曲【高陽臺】

山斗文章，經綸才望，聖朝殊絶人物。道與時違，急流中掉臂回轍。玉堂金馬鴻毛耳，愛五湖烟浪重疊。更何須論文東閣，上書北闕。

非伐三十，年來八千場醉，熬盡幾多豪傑。蒼狗白衣笑它，浮雲明滅不劣。山陽溪曲茅亭小，抵多少虎窟龍穴。受用些秦娃越女，陽春白雪。

聽説乙未，又過丙申，再數六十二年。重揲鶴髮朱顔，何止秀眉耆耋。休泄金爐九轉丹成了，況親受仙師真訣。漫了卻萬斛詩酒，百年風月。

筵設錦帳，銀屏水珍，陸異無數，笙歌排列。四座金章，盡是個中豪傑。舞鸞歌鳳吹龍管，碧荷映榴火輕爽。更喜的塵清氣爽，雲羅高揭。

【餘音】

人間富貴何須説，眼前快樂人難得。只願取壽比南山無算也。

（私史沭《滸西山人初度録》）

王九思

王九思(1468—1551),生平見《全明散曲》第 850 頁,《全明散曲》(增補版)第 952 頁。

殘　句

敬夫作南曲,"且盡杯中物,不飲青山暮",猶以物爲護也[一]。南音必南,北音必北,尤宜辨之。

(王世貞《藝苑卮言》附録一)

套　數

城隍廟祀神樂章[二]

【雙調·新水令】 降　神

碧空白露報中秋,喜逢着八荒開壽。金湯蒙聖德,歌舞繼前修。衆志綢繆,願神靈早臨遘。

【水仙子】 初　獻

天邊五色瑞雲流,殿角須臾瘴霧收。風前一派仙音奏,致齋明,齊頓首。荷洪恩海嶽難酬,罄涓埃少伸微敬,薦萍藻雜陳庶饈,獻壽杯共祝神休。

【折桂令】 亞　獻

衛封疆百里諸侯,廟貌尊嚴,松柏清幽。翠嶂南開,澇河西注,灃水東流。賀聖節年年奔走,看排場個個淹留。星閃燈燭,彩結棚樓。自古相傳,三日方休。

【雁兒落得勝令】 終　獻

乾坤萬古留,日月常依舊。輔皇圖共久,長保赤子無災咎。風雨應春秋,禾黍滿田疇。歲歲享升平樂,人人將孝弟修。壽酒也新篘,滴點馨香透。壽曲也新謀,抑揚取次謳。

【沽美酒太平令】 侑　食

想着那神明心照管的周,順天道,不差謬。福善災淫隨判剖,無些兒滲漏。涇和渭,怎同流?任從他詭計邪謀,怎能逃寶鑒神目?若還能正直忠厚,自然的人興業就。呀,有一樣惡醜信口亂謅,昧着心神前説咒。

【尾聲】 送　神

享神明要把虔心叩,見威靈來格颼颼。想着那幽明交感意周流,保佑的百里蒼生,爲善的人家世悠久。

萬曆元年歲次癸酉,本廟道人真通喬、真容同立石。今石陷廟獻殿東壁,尾有渼陂孫王山木跋語。

(《民國鄠縣志》卷七《金石》)

校勘記

[一] 四句又見蔣一葵《堯山堂外紀》卷九十二。

[二] 題下署:"邑太史渼陂八十二翁王九思撰。"

李萬平

李萬平(1471—1553),字惟衡,號茫湖,豐城(今屬江西)人。七試不舉,事寡母孝,逆濠變,以威劫之,不屈。以季子李遂貴,封刑部郎中。有《鐖豹存稿》。傳見《鐖豹存稿》末附李璣撰《行狀》,鄒守益、羅洪先各撰《墓誌銘》,《同治豐城縣誌》卷十八《高行》。

小　令

惜花詞,【黄鶯兒】　四首

風雨恁般狂,妒奇花有底忙,曲欄斜檻都摇盪。香囊解草央,胭脂皺路傍,花神頓改嬌模樣。斷人腸,香車寶馬,迤逗得賞心慌。

悶殺五陵徒,好春光大半無,洛陽金谷成孤負。疏籬上錦簇,長途上繡鋪,紛紛一片飄無數。酒腸枯,無情禽子,只管俚叫提壺。

到處錦鋪裀,惡風姨不順情,名園爛熳都飄盡。王孫倦出令,騷人懶遣興,風流倒害懨懨病。願東君,明年特駕,先復俺隴頭春。

羈思滿孤舟,恨花飛逐水流,傷春勝似重傷酒。連枝散卻,並頭拆了,惜花心碎如刀剖。解真愁,千紅萬紫,重上俺舊枝頭。

續惜花詞,【水仙子掛香囊】 二套

春深上苑好風光,公子王孫曉夜忙,掏紅摸緑多情況。願青皇長主張,忽被封姨妒一場。紫綃囊吹破了遭魔瘴,斷人腸着地也香。怕的是飄殘模樣,羞的是零落行藏。迤逗得幾番家燕惱、燕惱鶯慌。

可人光景不多時,蝶怨蜂愁爲着誰?啼紅杜宇催歸去,恨芬芳一片飛,難買韶華作住持。洛陽橋來往過兜心緒,約東風來歲有期。賞的是馨香風味,愛的是紅紫標枝。準備着幾回家拚酒、拚酒吟詩。

【黄鶯兒】 四首,薦舉作

秋染緑槐黄,見紛紛舉子忙,十年窗下多頤養。虹霓吐氣昂,龍蛇走筆狂,文光直透三臺上。戰文場,名傳桂籍,人在那廣寒鄉。

香動廣寒枝,正吴剛弄斧時,高才疾足争光去。芸窗勵志,文場較藝,等閑一舉登高第。好男兒,名揚四海,白屋裏謾生輝。

嘶馬立長亭,儘歌工唱渭城,離情不及功名勝。羅衣稱身,鶯花媚情,滿城桃李春官令。酒微醺,英雄五百,花壓的帽檐傾。

金殿坐明君,滚楊花正暮春,臨軒策試多英俊。旌旗動硯影,雲烟湬筆陣,萬言敷對龍顔慶。際文明,臚傳及第,平步裏上蓬瀛。

【水仙子拖風帶】 二首,薦舉即席作

風流年少巧形骸,唾手蟾宫折桂來。隨教定赴瓊林會,似神仙上蓬萊。步入丹墀,奉策對虹霓,吐出如江沛。鬥龍蛇紙上雲烟靉,都做了禮樂三千錦字裁。當今天子親稱快,賜宫花壓帽歪。九陌人誇及第回,功名

事業從今大。近清光,侍禁堦,想不久到三公位裏排,流芳的是汗簡、汗簡上賢才。

鶯花三月錦攢叢,人似神仙馬似龍。泥金莫學當年用,寄佳音附便鴻。子細寫緣由,快若翁,歡聲徹地連天動,齊賀喜,光生白屋中。這的是十載男兒苦學功,當今天子親加寵,賜金鞭策玉驄。放鶴庭前落日紅,翰林聲價從今重。掌絲綸,贊化工,想到底是還膺萬户封,流芳的是汗簡、汗簡上英雄。

【浪淘沙】

風水夜相潺,仙佩珊珊,江湖無那五更寒。羈思兜頭催白髮,青蛇壯氣,何處試樓蘭。跋涉關山,萍蹤浪跡又東南。斷送多情去也,杯中酒間。

感述,【駐雲飛】

詠月嘲風,百歲光陰一夢中。屈宋風流逈,沈謝聲名重。嗏,草緑與梁空,靡麗難從。畢竟是李杜元宗,翰苑堪供奉。興入唐風幾個同。

日典春衣,酒價誰論高與低。醉裏乾坤細,醒後文章貴。嗏,甕下畢家兒,那話休提。誰想到陶阮人豪,名教也難逃罪。一代風流萬古非。

氣吐虹霓,八斗文才更許誰。西漢三軍帥,東晉衙官類。嗏,博帶稱褒衣,有甚施爲。但遇墨客騷人,到與他争閑氣。留取清狂萬古推。

筆掃雲烟,動口人詩謫降仙。身老在詩書卷,夢不到金鑾殿。嗏,酒放帶詩顛,懶病兼全。倘遇個釣渭耕莘,把王霸閑談遍。留取疏狂萬古閑。

【水仙子】 四套,元宵謾賦

東風庭院月華明,聽簫鼓喤喤里巷聲。錦囊今夜偏多興,對花燈隔晝屏,海角天涯一片情。俺三分骨肉,元因甚蝸角虛名,好繫人夢兒中蹤跡應無定。東吴上國,完聚也無憑。

春風歌管憶秋風,好容易三年一霎中。生才必定當時用,步雲梯到月宫,萬里青雲有路通。想等閑燈火功無空,誰望顔標作魯公。那其間利鈍心休動,風雲際會,畢竟是人龍。

南枝消息不先傳,可蚤是孤根怕苦寒。青皇簡拔須詳緩,握陽和,閉老拳,提住花神第一仙。這調和珍味終當薦,儘着荒涼冷落天。不逾將識破東風面,上林春色,壓倒那梁園。

光陰彈指换年頭,只落得風流兩鬢飄。詩狂酒霸從人誚,訪漁翁,訊老樵。萬古興亡酒一瓢,笑紅塵奔走空消瘦,計取秋毫萬斛愁。到頭來莫把輸贏較,功名富貴,滄海的虚舟。

【駐雲飛】 四套,雨雪交作,念仲子客途寥落,燃燈走筆

彩鷁江湖,急浪顛風何處宿。宦况真清素,旖思多悽楚。嗏,去去望前途,後擁前呼。想那霽色的曈曈,照徹青雲路。莫聽春山叫鷓鴣。

風雨瀟瀟,夜卜行旌已豎頭。離夢同歡笑,離思添消瘦。嗏,雲母卷鮫綃,雨脚乾收。想那驛路裏風光,明旦增多少,暗吐梅香拂紫貂。

風正帆懸,畫舫如飛快浪仙。春酒扶詩倦,春水澆詩硯。嗏,景滿行邊,壯氣掀天。怕念我這親闈回首雲空見,淚濕羅袍錦繡鮮。

境入東吴,水秀山明列畫圖。遊賞休貪慕,政理須勤務。嗏,名滿越王都,偉績前無。怕那霄漢牽班非晚當年步,彝鼎功名是丈夫。

江行,【駐雲飛】 念仲子、季子

老入東吴,行路難同賤丈夫。名利齊塵土,詩酒荒家數。嗏,蹤跡混塵途,氣藐江湖。孤負了月夕霜晨,到宿水飡風度,兔魄團圓人尚無。

滿月當空,萬象無心入鏡中。皓魄人間共,素彩波心動。嗏,清醉老詩翁,氣魄衝衝。想那老杜的聯詩先兆,俺么兒夢非晚,團圓此夜同。

感興,【水仙子】 四首,今存其三,時季子遂主考四川

虀鹽潦倒舊頭顱,不受王公對面呼,疏狂性格從天付。心千古,興五湖,豪氣元龍是故吾。騷壇白戰長無備,酒陣先鋒不怕沽。卻不道冰霜老子,風月狂夫。

西川中古數名邦,興典文衡曉夜忙,朱衣暗裏司公當。秉孤忠,愜大方,好把名流過後芳。搜羅實學禆王伯,揀拔真才備棟樑。準備着皇猷潤色,洪業綿長。

主司頭腦戒冬烘,莫臆顏標出魯公,青天白日心毋動。出群才,困學功,一舉休教歎不逢。頓回太古淳龐體,罄洗相沿靡麗風。到做了文章爐冶,人物陶鎔。

漫　賦

鎮日江頭,默默無言對水鷗。詩想騷壇舊,酒憶當爐人在不?嗏,獨自也風流。流水高山,謾把瑶琴奏。短笛長吹,散落梅花瘦。只落得月色横空,可有知音人倚樓。

謾 興

説甚麽蓬萊閬苑，眼前便是仙家。數聲啼鳥隔窗紗，五色春光難畫。英雄書劍度年華，風流到處無涯。時未際，莫吁嗟，幾曾見到頭良驥困鹽車？不禁清興逼，且嘲風，且弄月，信口吐夭葩。端的是靈襟一片，美玉無瑕。呀，幾人知道，獨對夕陽斜。

江行曉霧詞

江霧濛濛如雨，江流汩汩如梭，征途彈指□爲多。咫尺三衢在望，天涯人，遠來也，未來麽，團圓處，少不得悲歡交至，笑談存問罷，更淚雨滂沱。急分首程途南北，一個去朝天子，一個去守山阿。直待來春，洗耳報導，九重消息大。蕩蕩恩波，堂開具慶，祥光瑞氣氤氲，喧天簫鼓，人唱太平歌。好似這一天霾霧散當空，紅日照蒼波，乾坤裏萬象總森羅。這其間宜節樂，益修人事迓天和。呀，自是儂家風範，此意敢蹉跎。

僧像小詞

沙彌沙彌，打斷了幾根磬槌。燒香禮佛念阿彌，抛過了幾多閑偈。想這没來頭，都做了個隨班行禮。到而今，恰像羅漢出洞時，佛在那裏説破了，到着這沙彌進不是，退不是，枉做個秃頭皮。呀，須硬着脊梁，不管死生捱將去，那些辛苦再休提。百尺竿頭還進步，坐看垂手入廛歸。到此地步，試問着沙彌，牧牛消息近何如？答曰解卻鼻頭短骨，自眠自起，不吃草，自家肥。

【雁兒落】 爲初入仕者賦，時侄邦在初第

想着那青雲路萬里遥，平地裏疾足先登着。胸藏的是斗宿羅，筆掃的

是龍蛇門。往常是措大好没來頭,今日裏頓把門閭耀,好也難熬。咽黄虀消受了些青燈夜倒,換得個五更寒,驄馬待金門漏,枉做了這賢豪。算起來窮達可一般勞,從今後花柳休廝逗,只落得效山呼,祝帝堯。

【朝天子】

九重詔宣,殿閣開秋宴,擣衣時節肅霜天。禾稼登場遍,鼓瑟吹笙,昇平重見。工歌七月篇,春酒當筵獻。願吾皇萬年,歲歲臨西苑。

鳳閣御筵開,黄花映玉堦,鹿鳴天保歌三代。古調新裁,奉吾王萬壽杯。日月明,乾坤大,看年年秋社,報太平有象,元首明哉。

(李萬平《饑豹存稿》卷八《詞調》)

方　鳳

方鳳(1474—1533後)[一],字時鳴,號改亭,崑山(今屬江蘇)人。正德三年(1508)進士,歷監察御史。武宗南巡,疏論七事。世宗立,數争大禮,以災異指切弊政。出爲廣東提學僉事,謝病歸卒。有《改亭存稿》。事見方鵬《矯亭存稿》卷一《壽時鳴生辰序》、卷三《壽弟改亭六十序》、卷五《改亭記》。

小　令

【清江引】　江村六適

江村一適長自誇,鎮日多閑暇。輕舫太湖邊,小轎吴山下。興來時月兒高傳玉斝。

江村二適長自誇,穩卧無驚怕。倚檻對花吟,掃雪供茶話。到如今做冥鴻思仗馬。

江村三適長自誇,風景真堪畫。棲棚滿雞豚,隴畝供禾稼。夜燈前對清尊拚醉也。

江村四適長自誇,客氣俱融化。歌舞任癡狂,爵禄無牽掛。須知道一身餘都是假。

江村五適長自誇,不逆人疑詐。俗累盡開除,舊怨都勾罷。總不如假粧聾佯作啞。

江村六適長自誇,玉樹元無價。經史伴長年,樽俎陪清話。晚景來這家風真個雅。

(方鳳《改亭續稿》卷六)

校勘記

[一] 方鵬《矯亭存稿》卷一《壽女兄六十序》:"嘉靖癸未,吾弟時鳴年五十,予嘗以文壽之。"嘉靖癸未是嘉靖二年(1523),方鳳時年五十,逆計之,則其生年是成化十年甲午(1474)。據方鵬《矯亭存稿》卷三《壽弟改亭六十序》,方鳳卒年應在嘉靖十二年癸巳(1533)後。

李夢陽

李夢陽(1472—1529),字獻吉,號空同,慶陽(今屬甘肅)人,徙居開封(今屬河南)。弘治六年(1493)進士,授户部主事。武宗時,代尚書韓文屬草,劾劉瑾,下獄免歸。瑾誅,起江西提學副使,以事奪職。工詩古文,與何景明、徐禎卿等號十才子。有《空同子集》。傳見李開先《閑居集》卷十《李空同傳》、《明史》卷二百八十六。

殘　句

指冷鳳凰笙[一]。

校勘記

[一] 出處見"楊一清"條所引王世貞《藝苑卮言》附録一、王驥德《曲律》卷四《雜論》第三十九下。

馬理

馬理(1474—1555),字伯循,號溪田,陝西三原人。正德九年(1514)進士,歷官考功郎、員外郎、南京光禄寺卿。卒謚忠勤。有《周易贊義》、《溪田文集》等。傳詳李開先《閑居集》卷九《溪田馬光禄傳》,《明史》卷二百八十二亦有傳。

小令

【醉太平】 曲四首 壽渼陂先生

和風颺柳烟,慶九九壽年。王平張果效時鮮,老先生笑頷。揮毫曾壓玉堂彦,和璧翻受青蠅點。桃花隨水罷春妍。看南山霧卷。

薰風送午涼,進九九壽觴。蟠桃紅映岳蓮香,老先生燕享。五樓修出暈飛山,一般傾陷卻偷樣。漫天柳絮亂飄揚。充南山□壤。

金風清爽人,喜九九誕臨。金盤□□菊華新,老先生燕飲。玉堂金馬延英俊,鴻儒彦士交接引。一時昌曲導環辰。着南山睡穩。

朔風動北陬,薦九九壽羞。梅花香撲酎滑柔,老先生旨否?鼎疎味識調和透,銓曹熟試平均手。讒人難掩濟時猷。共南山耐久。

(馬理《溪田文集》卷六)

何　瑭

何瑭(1474—1543),生平見《全明散曲》第1111頁,《全明散曲》(增補版)第1196頁。

套　數

【雙調·新水令】

看填門車馬似奔雷,都來與老仙添歲。人心同致祝,天意豈相違?有盛無虧,蟠桃宴,幾番會?

【落梅風】

知今是,悟昔非,便開懷,與人同醉。看園林百花開放矣,相映着柳絲拖翠。

【雁兒落】

榴巾謝蝶使,稀梅彈落鶯雛避。槐楃張,燕子穿萍,錦動魚兒戲。

【得勝令】

幸時世少艱危,更紅粉笑來陪。鬧攘攘賓朋醉,韻悠悠弦管悲。看取庭闈,見古檜蒼蒼立。謾飲尊罍,任斜陽漸漸頹。

【鴛鴦煞】

酒闌蹔向前軒憩,興豪豈怕傍人忌。林壑風清,賓主情怡,唱道駟馬高車,連錢結綺,更笑傲歡,虞有幾個能知味?似這等玩世出塵人,説甚麽封侯建節的?

(私史沐《滸西山人初度録》)

東 漢

東漢(1475—1541),字希節,號渭川居士,陝西華州人。與康海同舉弘治十一年(1498)鄉試,正德中,任池州府同知,歷九江、南昌知府,官終長蘆鹽運使。傳見王維楨《槐野先生存笥稿》卷十二《亞中大夫長蘆都轉運鹽使司運使渭川東公行狀》。

套 數

【雙調·新水令】

滸西佳氣擁唐山,壽筵開玉仙庭院。轟豚喧櫪馬,迤邐下雲鸞。福壽雙全,這佳境不多見。

【駐馬聽】

俯視塵寰,星斗胸中羅萬卷。高飛霄漢,風雷眼底過千巒。天香身惹御爐烟,萬言書上黄金殿。歸未晚,賞心行樂般般遍。

【沉醉東風】

花甲子輪才一轉,蟠桃宴又列群仙。喜六旬膂力强,比少日精神健。見如今百事團圓,酒飲金卮須要乾,看戲彩麟兒在眼。

【折桂令】

玉麟兒器宇非凡,襟度端莊,儀像幽閑。休羡徐卿,漫誇文舉,説甚孫權。會須繼書香袖簡,看成就經史名賢。拜舞筵間,奉侍庭前。壽酒生光,壽客騰歡。

【沽美酒】

我則見貌堂堂列彩襴,花簇簇奏冰弦。天意今隨人願轉,好福星今朝纔現,孫成行,子成攢。

【太平令】

見如今相伴着白頭親眷,交遊着陸地神仙。喜孜孜持杯換盞,心坦坦雲間風散。呀,見如今九丹已還,不減那稚川,又有甚利鎖名韁羈絆。

【離亭宴帶歇拍煞】

從今後門闌和氣歡聲滿,海中仙菓香風遠。只願得五福增兒孫繁衍,巍巍似西華山,茫茫似東洋海,穩穩似蓬萊苑。包羅宇宙人,笑傲王侯漢,閑來時從頭兒打點。想當初握手笑雷陳,冒雪談王戴,吐膽輕張范。交深愛自多,别近情難遣。我將這不知音無腔調,演歌一曲萬年春,祝遐齡,天地遠。

(私史沐《滸西山人初度録》)

華巖山人

華巖山人，生平不詳。

套　數

【雙調・新水令】

羡平生蔗境轉無涯，則今年又再輪花甲。壯心懸日月，逸興出雲霞。福壽交加，八百歲未爲大。

【駐馬聽】

飯煮胡麻，白鹿牽車常當馬。筵燒紅蠟，青鸞銜籙夜臨衙。交梨火棗貯冰紗，靈漿神汋浮金斝。有方朔來報咱，蟠桃宴添一個神仙耍。

【沉醉東風】

南極星祥光亂颯，東井度瑞靄紛沓。秉乾坤正氣人，包宇宙高懷大。樂清閑戲養黄芽，赫赫金丹手内拿，更問甚長生妙法。

【折桂令】

喜年來事事堪誇，玉裹拖金，錦上添花。有酒如泉，有人如玉，有子抽芽。纔醉向桃源那答，又相邀竹塢人家。休問浮槎，且看桑麻，穩步芝田，高卧雲峽。

【雁兒落】

你看他精神倍挺拔，容貌堪圖畫。對山亭渾疑在碧落中，滸西莊又豈在蓬萊亞。

【得勝令】

呀，蘭蕊映軒榻，桂影舞窗紗。坦坦心無愧，休休量轉加。誰那，視富貴如嚼蠟。瞧麽，説英雄須讓他。

【沽美酒】

玉麒麟可喜煞，那穩重，那英發，氣象軒昂所事佳。真蘭亭不假，上霄漢把鯨跨。

【太平令】

本是個倚長天玉柱無瑕，薦明堂美器真嘉。架滄海金梁無杈，耀秋月龍泉無價。呀，世爵堂有他，唤他應咱，這便是天賜的一場稀詫。

【離亭宴帶歇拍煞】

你看那盈門賀客金貂厭，滿堂燕笑歡聲大。偏今年如何您家影婆娑，舞彩衣，醉淋漓，傾金盞，步蹀躞，來仙駕，長歌海嶽詞，漫敘金蘭話。管甚麽燒殘絳蠟，甥孫背後圍，子婿尊前繞，昆弟筵間迓。淵淵鼉鼓鳴，隱隱笙鶴下。都拾取天花亂插。看了他親父子快活真，到顯的列神仙畫圖假。

（私史沐《滸西山人初度録》）

康 海

康海(1475—1540),生平見《全明散曲》第 1121 頁。《全明散曲》云“卒於嘉靖二十年(1541),年六十七”,誤。康海卒於嘉靖十九年(1540),年六十六。見張治道《太微後集》卷四《翰林院修撰對山康先生行狀》、李開先《閑居集》卷十《康修撰對山傳》及《康、王、王、唐四子補傳》。

小 令

康狀元被廢,肆意詞曲,雖俚語,遭其隱括,亦自可喜。有【山坡羊】曰:

我和尚發了善離了庵觀,我和尚發了誓再不去看經向善。這寺裏出家的盡有,成佛的也不曾見。七大八小許多僧禪,能成佛輪不着你俺。到不如還俗了罷手,佛也不與我衆生爲怨。娶一個美貌佳人也,錦帳羅帷受用幾年。成就了我的姻緣,我把那阿彌陀佛拾得過來,撩的他遠。成就了我的姻緣,那怕他碓搗磨碾,去上過兒刀山。

又【沉醉東風】曰:

裝幾車兒羊毛筆管,載幾車兒各樣花箋。鳳陽墨三兩房,天來大三臺硯。請孔門弟子三千,一夜離情寫半年。添硯水,盡都是離情淚點。

(蔣一葵《堯山堂外紀》卷九十二)

自　序[一]

曩予嘗著《浒東樂府》，凡林泉之樂若頗具矣。顧景物所觸，則亦莫能自已，必隨時賦事，被之管弦，以達其趣。年積月累，至於今日，暇省所録，忽已倍前，則又笑予踈狂若是。蓋野人志願，惟以樂其日用之常，莫自知其時之費也。適得二青衣，能鼓十三弦及琵琶，號稱絶藝，古今曲調，又能審其雅俗之語，和律依永，殆同天授。予作每出，二青衣不踰時輒能奏成。洋洋遂遂，合宫叶調。予未嘗不撫掌私慶也。身丁盛時，益承祉福，有安寧，鮮疑畏。歸田三十二年[二]，益肆志於登山臨水之際，而二青衣若與助之[三]，其樂詎有涯乎？衰憊之餘，後能似今，尚當嗣爲雅頌，以敷陳洪化，上媿商周之所載。才之菲劣，非所計也。時嘉靖十八年己亥秋閏七月乙卯，浒東漁父序[四]。

【鸚鵡曲】　次韻呈篆江及餞送諸公

雲林不許同春住，笑煞我奔忙村父。紅塵中暮暮朝朝，是多少斜風疏雨。都來一縷閑愁，即漸綰將春去。倩東君休唱陽關，怕唱到天涯遠處。

金杯且向長亭住，醉倒也匆匆傌父。恰纔看女嫁男婚，又忽地滿天風雨。天時物理誰諳，信步照他行去。待明朝酒醒平陵，更撥做相思两處。

【塞鴻秋】　長寧道中

荒臺古木西崦廟，淡烟微靄横坡凹。黄塵斜日長安道，青騾翠幕山公轎。風輕暖漸回，柳妥春猶弱，人生有酒當行樂。

籃輿恰轉疏林外，斜陽早下郵亭額。幽人正苦追遊債，村翁已辦盤餐待。三萬六千場，好把情腸耐，明年此會知誰在。

雙松突兀長寧鋪，單車偃仰扶風路。千年癡想千年誤，今生苦樂今生數。饑餐一碗羹，冷裹三層布[五]，東山不出誰能妒。

長亭餞客群公意，金波强飲山翁醉。酕醄自擁簷帷睡，夢魂猶覺笙歌沸。來日苦無多，使甚粗豪氣，乾坤今古皆兒戲。

【小梁州】 吴慎之宅宴集

鬱金美酒豔陽天，有甚縈牽。相逢相際興悠然，閑庭院，一派樂聲喧。

年來疏懶非無見，窮分福銓，注下林泉。籬落邊，荼蘪畔，舞裙歌扇，何必大羅仙。

舊時知己已無多，對酒如何。鬢邊白髮漸成窩，愁將那天地也銷磨。

不如遇景閑行樂，請受些玉液金波。光訓堂，春風座，生涯功課，酩酊後便吟哦。

【菩薩蠻】 渡渭有感

夕陽醉倚青帘舫，南山晴湧芙蓉掌。何處是吾鄉，遊人空斷腸。

遊人欲去羈尊俎，東君愛客陳歌舞。何日到吾廬，桃花亦笑吾。

尋常玩賞偏嫌晚，今朝倚劚猶心懶。斜月照琅玕，遊人還未還。

柳絲無力鵝黄妥，桃花亂落猩紅脱。時序恁煎磨，春歸奈樂何。

【醉太平】 五十六作

數從來歲月，趄趨的偌些，壽筵前不見了念書倈，這情腸惡也。繁弦劚管空鋪設，金杯玉斝乾羅列，蒼顔白髮暗咨嗟，淚珠兒亂寫。

風流了半生，寵辱事難驚，盈虧否泰任相乘，明知是夢境。鄧攸無子休言命，王喬有壽須前定，阮郎遇酒好開瓶，看簷前日影。

滸西賞花

坐花間倒壺，見門外傳呼，風流豸史過吾廬，把青精喚煮。階前花落如紅雨，座中興起無同侶，良辰美景與誰俱，得君來願足。

昨日個小亭，有甪里先生，相歌相笑两忘情，甚心煩意梗。烹雞漉酒隨宜命，吟風弄月天然興，彈琴撥阮倚笻聽，潑豪華轉輕。

山色在四圍，雨過處生輝，尋春肯放等閑歸，賴君家做美。溪邊燕子雙逐隊，原頭麥浪齊鋪穗，檻中花朵半將摧，不銜杯要悔。

坐園亭放歌，便醉煞如何，一年好景已無多，把愁眉莫鎖。風流瀟灑喒功課，功名富貴他胡嗑，逍遥散誕俺生活，不知音請躲。

滸西喜諸老過訪

見三個老兒，引一火猱兒，滸西莊上要子兒，盡明眸皓齒。杯盤何必長安市，壺觴遠自新豐肆，徜徉怎讓步兵司，喜殺也龍門太史。

今日個稍閑，與五老同頑，自將雞黍具盤餐，笑吟吟把盞。徵歌恰有蛾眉旦，乘涼不出垂楊岸，看雲遠眺太白山，這風流怕罕。

老人家托閑，喜故友相看，緑槐陰裏露青山，好持杯弄盞。浮名何用空相幻，綸巾堪漉咱曾慣，輕簑不耐且遮寒，任傍人笑懶。

恰逍遥小莊，笑獨自趍蹡，故人攜酒興何長，正晴簷度爽。黄金不鑄烟霞相，緑槐偏掩棲遲巷，翠嵐低瀉綺羅觴，好歡娛片晌。

再繕滸西

笑僝愚老夫，肆賞玩狂圖，滸西又去築茅廬，豈河橋鄭谷。安邦定國乖時務，吟風弄月閑馳騖，看花縱酒任支吾，醉時節就舞。

恰四月二十，早築的牆齊，老夫看罷笑微微，荷天公做美。一年一個蘭亭會，一日一遍習池醉，一春一度杏園歸，這風流讓誰。

五月一日

望千章夏木，脚到處陰鋪，老夫越更愛吾廬，慶桑榆後福。微吟五字薰風度，高歌一曲行雲駐，醉吞三斗酒腸粗，肯尋常自苦。

房兒壞便拆，酒兒好頻篩，今人誰見古人哉，請多君自揣。房兒壞了還重蓋，人兒老了誰相愛，酒兒不吃是吾騃，解羅衣快買。

三十年在田，歎萬事由天，乘除加減妙難言，怕緣薄分淺。吟風弄月誰能騙，幕天席地咱情願，翻雲覆雨世堪憐，勸知音告免。

榮和辱怎麽，甜共苦隨咱，長安道上有波查，敢尋常去耍。高牙大纛藏驚怕，玉魚金盎無乾罷，村醪社酒倒歡洽，不瞧科是傻。

【雁兒落帶過得勝令】 春 興

花前白玉杯，柳外黄金轡。泥融燕子來，沙暖鴛鴦睡。人正苦春歸，春早促花飛。花底宜拚醉，春歸有甚悲。徘徊，遇景休回避。追隨，風流可讓誰。

衰容醉裏酡，好景閑中睃。風光不待人，花鳥從吾樂。歲月漸消磨，枉自苦張羅。舊日雲霄侣,新來有幾多。金波,不飲時空挫。高歌,疏狂怕怎麽。

難消雨露恩,喜入風流運。崦西載酒遲,檻底看花近。隨意約朋親,取次倒金尊。美饌傳銀鯽,嬌歌有翠裙。風雲,散不到窮酸分。乾坤,會劑量散誕人。

忘機夢已安,守分情何憚。逍遥想謝公,蹭蹬悲王粲[六]。眼底又春殘,春去幾時還。美酒須歡飲,浮名好是閑。青山,意到處隨宜看。詩壇,吟成時取次删。

五十六作

年華近六旬,鏡影皤雙鬢。風流似古人,意緒無凡近。坐處便生春,身外又何嗔。愛把還丹煉,羞將往事論。耕耘,見值着長生運。兒孫,終歸於積德門。

慵將勳業談,自覺情腸淡。輸贏一局棋,醜惡千年鑑。遇酒放歌酣,逢暇恣遊貪。花塢排清宴,雲林結小庵。詼諧,引窈窕芙蓉頷。真堪,列逍遥隱逸銜。

示 客

休將毁譽歎,且把時光算。人生七十稀,好景先過半。華髮鏡中攢,朋輩眼前闌。夢裏無蕉鹿,爐中有大還。辛酸,信步從天判。平安,人生两字難。

雖無巢許高,頗有山林樂。堆金笑董愚,放曠憐孫嘯。骨相豈金貂,命福是漁樵。有酒朝朝醉,無求事事饒。從教,不省事兒曹鬧。何勞,把明珠换醋桃。

【水仙子】 呈方山

人生苦樂命安排，世事盈虧運刮劃，閑情險易君寧耐。既來時且自捱，竈頭蠅於我何哉。有酒時呼朋共飲，有詩呵臨風細裁，那裏忙燕雀爭乖。

玉纖銀甲撚冰絲，象板朱唇占小詞，風臺月榭酬春事。醉淋漓舞鷓枝，好光陰可有多時。雲淡淡催花天氣，興悠悠歸田豸史，既相逢不飲何辭。

筵間休道酒如泉，鏡裏相看老似前，奔忙𡾊把時光諞。這清閑詎偶然，小蒲團近倚仙源。流水桃花片，平堤楊柳烟，要人消罷畫山川。

英雄回首路非遥，泉石安身興便高，蓬頭跣足隨人笑。這風流誰探討，結識下酒聖詩豪。也不效蘇門獨嘯，也不想明光視草，但尋常紅拂擎醪。

北山席上

靈筠萬尺覆雲房，彩鳳雙飛送寶章，金釵十二呈歌唱。老先生樂未央，畫堂中別是風光。雲掩映蟠桃獻壽，瑞氤氳交梨薦香，舞婆娑仙客稱觴。

丁亥自壽

論聲名不忝宋王曾，論藴藉爭如杜少陵，論風流稍似河陽令。潑生涯田數頃，胎胞裏便際昇平。每日價耕雲釣月，每日價遊山翫景，要圓成龜壽鶴齡。

九日

秋光漸老歲將更，九日無端感嘅增，憑誰唤取登高興。興來時秖自行,有白衣也是無情。忙迫煞同袍兄弟,間關却如蘭友朋,淒涼也薄福先生。

戊子九日,示王甥

草堂歡宴夜將更,甥舅相逢感嘅增,年時謾有登高興。有籃輿誰與行,老人家枉自多情。俠及煞蒲菊釀,蕭疏了詩酒朋,那裏尋棄繻書生。

上壽五叔

喧喧簫鼓慶長年,九九靈椿降綺筵,翩翩彩鳳環庭院。勝蓬萊過閬苑,是人間駐世神仙。奉玉斝有粉容花貌,繞庭闈有祥雲瑞烟,贈真筌有寶籙瑶編。

有　感

自從胤子返泉鄉,頓覺人間事杳茫,古來聖主並賢相。問雲仍都是謊,趁年華且縱疏狂。酒好時呼僮漉,花開也逐日咏,那裏學燕雀乾忙。

壽筵前雖是少癡徠,燕几上常聽叫外爺,乘除順逆前生業。老先生瞧破也,待閑時略做些些。射取山中虎,攔回河上車,管交他萬劫難踅。

五十九初度

不酸不醋老風流,人是人非但點頭,今朝醉了明朝又。五旬年添個九,論逍遥不説莊周。浒上千株柳,溪邊一葉舟,日日追遊。

雨餘庭院晚涼生,不覺幽懷轉見清,臨風又起粗豪興。唤瓊瓊理玉筝,最關心白髮無情。者莫千鍾萬户,三公九卿,下場頭饒不得星星。

山林風月許來寬,無酒無花也是閑,有花又有知音伴。福和緣誰道淺,但掀簾便有青山。金縷歌紅袖,霓裳舞翠鬟,甚浮名换得其間。

玉奴行酒雪兒歌，身在壺天安樂窩，饑餐渴飲隨宜過。有風波難近我，説蹉跎豈是蹉跎。鼎内靈丹藥，山中隱士科，萬古難磨。

甲午元日

今春喜值六旬年，花甲雖周愧子先，登科誤上麒麟殿。被人呼司馬遷，又何曾記史題玄。名姓隨他唤，風流且自憐，肯空過罨畫山川。

還丹有訣詎難逢，嘉景無邊我自同，西堂便是華陽洞。比塵凡無甚冗，老先生偃仰其中。寄語東方朔，傳言甪里翁，共逍遥萬古清風。

六旬暖壽

七兒五女止三存，木到纔爲四個人，自憐有女無兒分。恰今朝賀六旬，也擎着臺盞開尊。便道癡如草木，蠢似犬豚，聊且逡巡。

六十三作

今年喜值六十三，自在逍遥好放酣，疏狂到此真竽濫。坐華筵情萬感，想當初病骨巉巉。事满擬無多日，福誰知有恁憨，又叨他處士清銜。

今年喜值六十三，花酒鄉中力尚堪，人間富貴天生淡。説榮華驚破膽，笑他們虎視眈眈。天既會扶持您，又焉知不管喒，誰便宜烟水晴嵐。

今年喜值六十三，白髮蕭蕭不耐簪，科頭跣足從人瞰。把歪揣都自攬，戀烟霞怎算貪婪。舞有嬌歌嵌，詩同野老談，快樂誰諳。

今年喜值六十三，肯向紅塵苦换甘，閑花野草些時暫。這其間瞧破俺，小園林不説江南。想破千年掉[七]，心無一事慚，盡老湛湛。

己亥初度

六十五歲賀生辰,四座天親獻壽頻,老人家此際增嫣潤。满華堂都是春,雪兒歌響遏行雲。寶鼎丹初就,金尊醸已醇,受用煞盛世閑人。

梣兒上壽喜作

今年初度事堪怡,六歲嬌兒奉壽杯,鳳毛麟角雖難似。老人家心事畢,壽筵間多少光輝。也恁地妝模作樣,也恁地循規蹈矩,看天公長養栽培。

南莊即事

满天明月四圍山,過雨夭桃巧奈寒,無端策杖臨溪澗。被東風陡送還,坐虛堂獨倚闌干。且莫去催芍藥,快收拾賞牡丹,肯輕交春色摧殘。

南里席上

閑中追憶舊同群,屈指年來是幾人,朱顔緑鬢看俱盡。到白頭我共君,又逢着令節佳辰。獻火棗安期稱壽,贈金丹鍾離在門,願同君百歲長春。

【折桂令】 静林寺集

望崦西芳草菲菲,山色堆藍,塔影横溪。松底停輿,橋邊問酒,花下傳杯。歎好奇龍門太史,羨知音漆洴鍾期。醉有眠席,賦有新題。正喜春來,又怕春歸。

喜春來倚杖看山,嫋嫋烟林,靄靄雲關。好興須酬,芳年易老,逝景難扳。淑氣催青回柳眼,玉山頽酒暈衰顔。且共躋攀,好自盤桓。一片花飛,就是春殘。

怕春歸日日尋春,花落鶯啼,恰有三分。載酒攜朋,吟詩和選,躡霧披雲。纔轉過桃源舊隱,又遥看竹塢西村。人早傷春,春已催人。人事匆匆,春意紛紛。

喜同來二妙三宜,時序融和,景物光輝。有酒盈尊,有人能賦,有暇相隨。引玉泉流觴曲水,泛桃花列座銜杯。興盡方回,不醉無歸。恰醉思歸,月上荼蘪。

寄蒲汀

喜天公有眼看人,偌個英雄,纔個麒麟。佳氣充閭,祥光照户,瑞靄盈門。積德長怪不的公侯衮衮,陰騭重後還看蘭玉紛紛。謾舉金尊,問甚蒲輪。但栽培一握仙苗,看撑持百歲靈椿。

【步步嬌】 懷渼陂先生

空翠堂西龍眠處,無計乘風去。暑恁如,不得傾囊話樵漁。自嗟吁,甚的是好酒留人住。

避暑崖陰清涼處,夢已尋君去。恨無如,一艇烟波剡溪漁。百無拘,死林侵獨自深巖住。

【落梅風】 王官道中

桃花片,亂點衣,怕春歸大拚沉醉。勸東風莫將花片吹,等殘紅伴人春睡。

夕陽外,曲逕邊,看漁舟亂浮波面。買村醪自斟休放淺,又一番柳條如線。

吹龍笛,舞鷓枝,怎當得許多春思。畫橋邊巧鶯啼欲死,百般的挽不回□字。

依稀看,風景别,問居人是何林樾。王官谷稍前將次也,馬蹄忙怎論晨夜。

中　秋

中秋夜,兔魄圓,論年家幾曾相見。宴西樓筦弦聲沸天,鬧雲間水晶宫殿。

中秋夜,玉宇澄,喜全無片雲掩映。望冰輪乍從東海生,射朱簾皓光如迸。

中秋夜,白露濃,桂香飄檻風不動。縱豪吟舉杯看太空,怕秦娥玉簫驚鳳。

中秋夜,興轉多,宴歸來捲簾不卧。唤花奴再翻白雪歌,這風流比陶差大。

九　日

山圍翠,翠罨樓,喜登臨暖風晴晝。坐籬邊解衣重貰酒,怕黄花不禁寒驟。

前年事,今日非,羡淵明瞰知回避。自洗雲鐺烹露葵,比南窗看誰風味。

烟光靄,潦水清,憑花奴笑吟三徑。翡翠叢中過半生,果誰知老仙佳興。

徐徐步，小小歌，醉來時藉莎安卧。歲月催人可奈何，則不如趁時行樂。

雪 飲

翻新調，改舊詞，唤花奴試調銀字。寫雲汋笑看清到底，比羊羔少些羶氣。

彤雲布[八]，瑞雪飛，竹爐中又添風味。小丫鬟便能知就裏，却陶生是何胸次。

川原晦，樵採迷，笑牧童倒騎牛背。繞危闌細吟三四回，問袁安惺邪猶未。

披縵笠，策洛篸，看瓊瑶亂堆鴛砌。待相將過籬探早梅，起開扉暗香如刺。

【慶東原】 王官谷歷覽

一派飛泉噴，三峰翠色新，轉看他轉轉添風韻。松烟満身，溪雲傍人，芳草鋪茵。説甚麽千里涉關河，也則是一水分秦晉。

沽酒遊春興，吟詩眺景心，近新來似覺疏慵甚。雲槐静吟，彭原弄琴，誰是知音。剛道個十載笑言違，早又被半紙音書禁（先是，涇野在静林，聞乃郎病，辭去）。

了了堂前月，休休亭上題，一椿椿攛斷的遊人醉。蕨芽漸肥，紅輪未西，樂舞初齊。草烏絲逸麗羡丘遲，賦中林灑落慚王績（蓋是時惟丘孟學、王良輔陪行）。

三宿王官谷,再登天柱峰,望長河淼淼懸銀蝀。雍秦稍東,殽函緊控,甸采當中。看了這千古翠華遊,短如他一炊黃粱夢。

【河西六娘子】 飲中作

歲序相催直恁疾,有今日没有了昨日,眼根前事體難隄備。呀,紅日又含西,白髮故人稀,遇酒兒不吃呵想甚的。

早半世知他有甚妨,放不得半點兒疏狂,恰如今挣出歪魔障。呀,雨過小亭涼,風送滿池香,遇酒兒不吃呵等那個佒。

這世清閑那世裏修,又何須妄想胡求,平安两字誰能勾。呀,紅葉半林秋,霜降水痕收,遇酒兒不吃呵則是個謅。

醉裏乾坤到大來寬,得消閑且自消閑,其中風味難盤算。呀,氣血不如前,霜雪鬢邊攢,遇酒兒不吃呵笑你個蠻。

【魚遊春水】 飲中作

倒玉山,倚雕闌,坐名園只怕春殘。紫金甌日日向花前泛,舞出碧雲鬟。杯擎綵鸞旦,人疑畫裏看。

息營求,恣追遊,受用些晝永風柔。早年間好没事閑迤逗,鎮日鎖眉頭。清閑不能勾,人生逝水流。

坐高舂,撫孤松,這答兒無限從容。清閑的分福呵誰知重,花落水流紅。歌停彩雲動,閑愁耳畔風。

晚雲涼,碧泉淙,醉來呵起舞徜徉。山妻和稚子呵相親傍,雲卧半張床。杯浮九霞釀,壺中日月長。

【早鄉詞】 五星湖泛舟

竹溪長，花徑香，坐平莎又早夕陽。趁春流將春事賞，暝雲翔月明上，興翻飛越起疏狂。

涑湖漁，蒲阪醑，問先生眺賞何如。落紅飛疾似雨，既清閑甚猶豫，醉時節共卧茅廬。

緑波明，碧荇腥，小舟輕載酒攜鐺。得魚時便教活剌烹，扣舷歌隔林應，問東山醉也無曾。

望方山，觀涑瀾，老先生個裏消閑。悔歸來差較晚，有琴書有詞翰，這幽閑不羡劉安。

飯胡麻，餐早霞，揀龍谷勝處移家。跨鶴仙常過耍，虎龍蟠鬼神怕，甚人間大纛高牙。

坐湖濱，偏憶君，這其間怎得逡巡。數年期全未准，又天涯又霜鬢，又何時斗酒論文。

撥檀槽，吹玉簫，且隨宜使會粗豪。眼前人不見了，揀巖壑恣舒嘯，得一朝就是一朝。

【清江引】 洞中納涼四首

石室清涼真個好，將息予衰老。流金爍石天，剪雪裁冰妙，炎威不知何去了。

炎威不知何去了，詩酒朝朝樂。做會李太白，要會王安道，塵世風流如此少。

塵世風流如此少，堪與知音道。悠悠一覺眠，哈哈三聲笑，虎門龍争乾懊惱。

虎門龍争乾懊惱，萬事何須較。拿着紙糊牆，要堵襄陽炮，大都來不曾瞧破早。

【沉醉東風】　和碧山

也不想長生不老，又何愁白髮難饒。險和夷信步行，好共歹隨天造。草堂幽酒鏇新槽，月底清鸞海上鶴，换不的齁齁醉倒。

兒女事隨緣幸了，伶仃苦又早逢着。空愁了七八年，却有個窮歸落，最關情節物昏朝。一覽新詩萬恨消，會睹事還輸這老。

【满庭芳】

風清月朗，詩人詞客，曲沼方塘。鶯鶯燕燕排成行，走斝飛觥。興到處隨心玩賞，詩成後策杖徜徉。亭臺上，來來往往，不説竹林狂。

【朝天子】　自　歎

年華又老了，筋力又少了，後面事全難料。倘能生個小兒曹，怕甚麽無着落。白屋公卿，朱門餓莩，那話兒權丢掉。假若，長成個筍條，就死也心歡樂。

【醉高歌】　河東翠微登望

閑亭坐愛風微，遠岫遥看霧洗。平原一帶青如織，莫把追遊悋惜。

春遊日日攜壺，怕見殘紅亂舞。朱顏不肯隨春駐，頓覺當春思苦。

林稍半露晴巒，雲外横飛脆管。流鶯又把春心唤，可負花邊碧椀。

尋常不憚途程，有暇堪宜眺騁。金尊是處休閑興，看取青銅鬢影。

【一半兒】 熱中懷渼陂

西巖峒口午天涼，南浦亭陰野興長。赤日炎天都見妨。坐吟床，一半兒無心一半兒强[九]。

满天明月雨纔收，萬里薰風暑正悠。徙倚短床挨小樓。惱心頭，一半兒因茶一半兒酒。

玉簫何處倚朱弦，彩筆西堂掃素箋。午夢覺來心惘然。數流年，一半兒風流一半兒蹇。

天涯羞見故人書，浒上誰留長者車。春雨亭中新夢餘。最愁予，一半兒因循一半兒暑。

【黄薔薇】 夜 坐

儘吞冰浴水，越耀武揚威。懊殺無風做美，贏得風來更雄。

到天昏日晚，轉意劇心煩。那得些兒舒散，況可持杯泛盞。

盡金流石鑠，甚樹密堂高。剛得城陰下了，小院尋涼欲曉。

要風流瀟灑，索打扇傳瓜。忙裏偷摸座榻[一〇]，怎讓湯瓶勢殺。

【小桃紅】　呈見山南墅

長河縈抱翠巖高，地險由天造。虎踞龍蟠古今鬧，攝伏入盛明朝，桑麻四望民安樂。官清訟少，父慈子孝，九重閑日日奏簫韶。

地靈人傑豈空言，曾揀編修傳。父子箕裘世相禪，大古裏有根源，閭閻萬井詩書遍。文超八磚，名馳两院，怪不的光照斗牛邊。

【凭闌人】　延祚寺□坐

翠竹參差小院幽，紅杏飄零春事休。遊人心正愁，玉簫何處樓。

萬縷春情攪夜眠，千首新詩寫素箋。絳桃飛舞筵，歸心落照邊。

竹塢笙歌傍水涯，木杏樓臺近酒家。牡丹將着花，傷心對落霞。

西望長安天際頭，東醉虞鄉烟外洲。鶯花即漸收，寸心千萬憂。

【天浄沙】[一一]　次小山韻

閑來吟望遥峰，驀聽鶴唳長松，身世依然夢中。黄庭空誦，幾人解此仙風。

袖中數顆丹砂，洞門一抹烟霞，鎖住心猿意馬。隨時高下，傍巖自揀松花。

風光人世瑶池，飄飄鶴背仙衣，就裏酸鹹自知。丹臺玄砌，靈凡詎許同歸。

栽松已見孫枝，餐霞更飲雲巵，花影闌前未移。南柯歸至，峥嶸恰有多時。

方山道中

大河分限西東，两山烟樹朦朧，千古豪華夢中。感時悲痛，斜陽人倚東風。

天涯萬里情腸，溪陰此日疏狂，自捫心頭細詳。玉魚金盌，不如涑渚壺觴。

青春驀地何之，風流漸減年時，休遣玲瓏唱辭。鬢華誰似，似他指下冰絲。

王官恰對蒼崖，籃輿喜報君來，便擬從容放懷。綵雲如待，霎時飛下層臺。

鳴泉松外遥聞，歸樵雲際看人，坐久花香满身。海棠風韻，依稀恰有三分。

看他表裏河山，愁予衰蹇容顏，未就方平九丹。臨流長歎，青春何日重還。

追隨酒聖詩豪，何須寶劍金貂，做個疏狂怯喬。賞心行樂，玉人花下吹簫。

花邊恣飲高歌，雲間振袂攀蘿，性格從來恁麽。紛華細瑣，胎胞不慣如何。

山間十畝桑麻，車前萬里風沙，試與東君揀咱。無驚無怕，誰如水際人家。

汨羅失志休嗟，金明快意誰耶，自古紅塵路邪。等閑休惹，鬧中回首些些。

卧看松嶺雲生，坐貪花塢風輕，笑擬漁歌自賡。後期難定，金巵且酌清泠。

孤村烟柳青簾，玉樓斜日蒼崦，笑殺風流子瞻。酒濃花豔，夜闌不放明蟾。

南　曲

【銷金帳】 惜春，柬華巖

春歸尚晚，奈可愁無限。怕春歸樂事闌，徘徊幾番倚欄杆，憶秋千庭院。彈絲品竹，應增悲歎。青銅漸改朱顔，不管人曾慣。金波勸君，放懷休憚。

傷今念昔，有甚閑争氣。舊風流即漸灰，年光暗催好持杯，看堆紅疊翠。尋幽遣懷，邀賓攜伎。相將醉舞花谿，未盡遊人意。金波勸君，偷閑一會。

香車寶馬，怕閃春無價。儘湖山好處家，踏青賞花總由咱，甚紅輪西下。園亭可人，風光如畫。憑誰唤取吴娃，更把銀箏架。金波勸君，開除札撒。

東塗西抹，好興休擔閣。眼前人有幾多，匆匆奈何自劃度，試逍遥些個。星飛電奔,浮名空那。無如醉酒高歌,就裏乾坤大。金波勸君,趁時行樂。

【傍妝臺】 石室納涼

怕炎光,西巖佳處覓清涼。漱玉泉猶暖,爍石晝何長。來幽峒,暫相將。無塵冗,有壺觴,嬌歌誰倩杜韋娘。

怕炎蒸,焉能赤脚躡層冰。散步崖陰下,疑似晚涼生。全無暑,興堪乘。人既有,酒須傾,争如灑掃待殘更。

怕炎威,吞冰浴水幾千回。坐處涼如洗,眼底事何違。開尊俎,共徘徊。神瀟爽,意葳蕤[一二],大家今夜莫言歸。

峒房幽,炎蒸瀟散火雲收。凭几停紈扇,列座引瓊甌。更歌舞,弄箜篌。懷逾暢,醉無休,三伏日日對清秋。

四時行樂

好年光,滔滔一去鬢成霜。遇酒須歡飲,有事且徜徉。尋芳草,詠滄浪。拚酩酊,恣疏狂,抱琴終日卧斜陽。

坐雲林,青山萬疊晝陰陰。無酒呼僮貰,有酒也宜斟。年須老,興還深。邀名侶,謝凡襟,碧桃花下聽鳴琴。

火西流,梧桐一葉報新秋。雨過涼生坐,雲浄月當樓。歌金縷,飲瓊甌。心無繫,事何憂,明朝酒醒再扶頭。

翠屏寒,齁齁高卧笑袁安。有意吟江閣,無夢到天山。重釃酒,更凭闌。風如刉,夜將殘,中天月色好誰看。

【浪淘沙】　次碧山韻

酷暑日相尋，幸此幽深。清涼真可滌煩心。紈扇不摇晴晝永，佳興難禁。

【么】

載酒覓知音，戛玉敲金。飲時酬和醉時吟。一枕華胥渾未覺，何處鳴琴。

閨　怨

離恨苦匆匆，背立東風。梅花零落杏花紅。針線慵拈晴晝永，目斷歸鴻。

【么】

衾剩翠芙蓉，好夢誰同。一年春色又將終。薄幸不來芳意歇，蹙碎眉峰。

風送芰荷香，雨過池塘。離情争似柳絲長。十二闌干都倚遍，無那斜陽。

【么】

薄倖您疏狂，旖旎誰行。羞將交頸繡鴛鴦。月户雲窗他自好，空斷柔腸。

樓外暮雲飛，秋色依稀。碧天明月坐來遲。好景不常時易過，此恨誰知。

【么】

零露濕羅衣，指歇金徽。紗厨輾轉思如癡。翠簟銀屏涼似水，何處棲迷。

孤枕夢回時,雅噪寒枝[一三]。繡簾低簌冷金獅。起倚薰籠挑燭暈,無限相思。

【么】

惆悵引金卮,淚雨如絲。梅花誰奏斷腸詞。薄倖重來須有日,眼底何之。

看花有感

驀地聽鶯啼,緑暗紅稀。攜榼載酒賞來遲。飛絮满天春去也,不飲何爲。

共坐飲金杯,莫得癡迷。知音幸有我和伊。舊日金張俱已矣,此意當知。

笑我昔年狂,不自度量。拈花摘葉要科場。險把頭皮乾斷送,羞殺柴桑。

今日喜安康,謝却憂惶。時時落魄滸西莊。春去秋來無個事,受用壺觴。

這福要人消,覰的休薄。英雄豪傑脚難牢。九十春光能幾度,省可胡抛。

一日一酕醄,怎保來朝。千思萬想爲誰勞。漢闕秦宫空罷了,誰是王喬[一四]。

酒到莫推辭,笑撚吟髭。陶潛杜甫是吾師。昨日少年今日老,逝者如斯。

霜鬢插花枝,不必嗟恣。盈虧相對本無私。饒取青蚨償酒債,共樂花時。

【綿搭絮】 秋日

遊山玩水恣清幽,枕石鋪茵,羽扇綸巾興轉優。月如鈎,斜照滄洲[一五]。數聲漁笛,一派蛩謳。咫尺是三五佳期[一六],不醉西樓定不休。

閑來散步過桃溪,柳敗荷枯,紅葉驚風亂點衣。黍離離,濁酒黄雞。邀鄰共飲,爛醉如泥。待明年菊满東籬,纔是狂夫得意時。

【四塊金】 四時行樂

春風可人,綽約催花信。春光潑眼,迤邐聞幽韻。香塵碾畫輪,綺陌明金粉。來往紛紜,語笑歡欣。競芳春,取醺,怕明朝又是落花成陣。

薫風惱懷,自覺乾坤窄。輕雷過雨,頓遣情腸快。荷香拂面來,玉醴連封拆[一七]。翠袖金釵,麗容嬌態。巧安排,儘篩,問南窗那人近時安在。

金風一搴,坐遣炎蒸遠。銀河半側,又見年光變。中秋月待圓,九日寒隨轉。酒满璚筵,秋老瑶天。好留連,怎延,想人生何似落霞驚電。

朔風釀雪,一色澄銀闕。癡雲布野,萬玉迷歌榭。羊羔豈太奢,鳳餅非聊且。風力啡嗻,景物重疊。莫妝呆,耍些,問烏衣可是舊時王謝。

飲中再作[一八]

園亭可人,四面山如畫。雲霞散綺,一刻春無價。望清和氣轉佳[一九]，想富貴如飄瓦。請休兀剌，且開札撒。恣歡洽，怎麽，却繁華不到越王臺下。

槐陰满庭，午睡涼新較。荷香一霎，繡几花饒笑。窮通事枉自勞，瀟灑處因誰惱。酒聖詩豪，玉容花貌。可憐宵，要着，看魏家又替漢家東道。

青雲致身，奈可長門妬。丹丘跨蹇，險被浮名誤。笑榮華似電逐，歎歲矢如弦促。酒满瓊壺，興逾金谷。懶歡娱，恐疏，見西崦又度落霞孤鶩。

敲冰煮茶，頓覺羊羔臭。調絲度曲，愛殺風流舊。喜殘年可到頭，幸往事都開手。散誕優遊，暖風晴晝。不綢繆，也謅，且受用些兒寶鴨金獸。

【駐雲飛】　漫　興

客夢纔醒，喜見林巒照眼明。花也堪乘興，月也堪乘興。嗏，驀聽小鶯鳴，緩步閑庭。杳撥檀槽，一曲合歡令，不盡風流萬古情。

博塞投壺，醉了還交小玉扶。似此佳林麓，要此閑人物。嗏，何必論江湖，且共歡娱。縱使酕醄，授簡猶能賦，不愧相如爲大夫。

富貴如何，此日焉知與仲多。本是醃臢貨，怎入貂蟬座。嗏，興到且狂歌，不必張羅。歲月奔馳，有暇當行樂，笑殺驪駒白玉珂[二〇]。

酷暑撩人，暫對雲安曲米春。水際看山近，柳底迎風順。嗏，斑鬢總如銀，尚殢凡塵。嘯了還歌，未盡匆匆恨，謾道荆州賞更新。

【鎖南枝】　四時行樂詞

東風軟，景色新，長安水邊多麗人。結伴趁芳春，拾翠語相聞，看不盡雕鞍畫輪。幾處笙歌，幾處閑吟詠。尊已空，興轉深，卧夕陽，怕春褪。

風如炙,暑正狂,赤日炎天何處涼。無意對壺漿,有志泛瀟湘,檻外葵榴送香。沉李浮瓜,對酒無情況。筝倚筵,歌繞梁,趣難成,景俱妄。

金風細,玉露零,炎蒸漸微涼漸生。柳外聽蟬鳴,座上喜詩成,那更中秋月明。賞菊東籬,愛殺彭澤令。曲欸歌,酒满傾,恐霜華,曉臨鏡。

彤雲布,瑞雪飛,掀簾静觀真個奇。樓閣玉参差,園苑素葳蕤[二一],萬里瓊瑶弄輝。掃雪烹茶,不説羊羔味。魏野詩,林逋梅,甚才情,甚風致。

(康海《沜東樂府後録》上卷)

套　數

霽　眺

【黄鍾·願成雙】

風初定,雲漸開,命籃輿獨眺層臺。两山排闥送青來,满目是晴霞霽靄。

【么】

覷閑身恍在烟霄外,策方笻何限悠哉。愧無豪宕謫仙才,寫不出風光俊格。

【出隊子】

似蓬萊仙界,儘交人做意猜。晚來嵐翠浄如揩,月下花陰密似篩,覽罷吟情濃未解。

【么】

試掀髯一嘯何妨礙,喚奚童莫打乖。濁醪在手任頻釃,好景撩人可放白,鮮鯉供盤從便買。

【尾】

就晴陰定不得山川態,又一場流水天台,不知這人世裹浮沉何似乃。

六十三初度[二二]

【黄鍾·願成雙】

烟霞島,翰墨場,四十年恣意疏狂。愧無伎倆佐虞唐,墮落在風流俊黨[二三]。

【么】

卧南窗又道甚羲皇上,但因而過遣時光。飯牛蒔藥課田桑,萬事悠然忘想。

【出隊子】

可早又六旬之上[二四],把平生暗忖量。虛將恬退品行藏,每懼衰殘訪藥方,喜際昇平餘燕賞。

【么】

滸西莊到處增情況,整年家也恁忙。醉時扶稚笑牽裳,飽後呼鄰坐納涼,脚步兒着實無賺誆。

【尾聲】

今生自在承天貺,占場兒壽酒盈觴,醉時將少日周章做話講。

自　訟

【黄鍾·醉花陰】

海宴河清聖臨扆,正萬國昇平之日。同耳目共須眉,覷他每發達撑持,直恁把風雲際。不唧溜悔時遲,投至那省悟之時人老矣。

【喜遷鶯】

尚托賴邦家福力,行動處也有威儀。名實,枉混却駑駘驥騏,模樣依稀氣骨非。心自鄙,殢煞人歌兒舞女,誤煞人竹塢桃蹊。

【出隊子】

命福裹生來不濟,挣揣煞待怎的。狷狂且效阮郎棲,禮法從交禰氏譏,自在聊學元亮僻。

【么】

也算個人生一世,幸奔波近古稀。十年間連喪了老成妻,百歲底單憑着薄劣兒,敢怨甚子禄妻財天誓的否。

【刮地風】

福德宫如何不做美,八字裹料有盈虧。樂安神想要添些翠,半生來未遣尫頺。畫屏般水繞山圍,錦障似緑遮紅蔽。雪兒歌,雲子酒,幾曾回避。望層臺,歷翠微,逐日家意暢情怡。張平子分限是蓴鱸味,大官羊詎所知。

【四門子】

醉來時月下和衣睡,緊隨身一杖藜。放會狂,撒會癡,牛背上倒騎如寧戚。煉會丹,賦篇七,胡斷送時光已矣。

【古水仙子】

待飛來争會飛,趉趉的行年過六十。獨脚赦浩浩天恩,三尺法明明條例,挈妓之人怎赦的。油入麵再也休題,邦有道却垂涎動業奇。笑相知强捏合無巴臂,把劉伶也數做謝安石。

【尾聲】

舜日堯年豈容易,潑無端任意逶迤,燕几上日日拈香答帝德。

六十五作

【黄鐘・醉花陰】

忽地行年六十五,是多少浮生業苦。身外事黑模糊,用盡機謀,拗不過天之數。那加減,那乘除,便有個會算的君平難問卜。

【喜遷鶯】

非是俺不達時務,奈從來稟受疏愚。蝦蛆,學不得蛟騰鳳翥,惟有樵漁堪伴侶。從應舉,終日是繩纏索絆,那裏有意暢情舒。

【出隊子】

細想像當朝人物,比着咱咱便粗。顛三倒四甚胸脯,點醋嘗鹽甚氣局,垢面蓬頭何分福。

【么】

本是個庸才朽木,托天公錯監吾。已將身世際唐虞,更把糟糠與附餘,越越的玩水遊山增力膂。

【刮地風】

歌詠昇平嘗自許,又讓甚擊壤康衢。棲遲畎畝人空覷,怕不道學步陶朱。小園亭四圍佳樹,老風流百無他慮。茹瑶芝,煉黄芽,碧山深處。興來時,唤玉奴,撥檀槽共倒金壺。儘由咱散誕誰拘束,這情腸勝大蘇。

【四門子】

滸西莊日日盟鷗鷺,要家私事事無。四面山,两帶緑,看滿院翠篁如鄭谷。草太玄,編樂府,只這的平生願足。

【古水仙子】

比高陽舊酒徒,席地幕天也恁疏。一行裏擊筑敲棋,一行裏賦詩聯句,一行裏紅一攢緑一簇博塞呼盧。一行裏奏新聲較舞氍毹,一行裏嘯崇崖剨然淩太虚。一行裏掉扁舟忽的穿芳漵,一行裏拽綸竿拆柳貫雙魚。

【尾聲】

人遇昇平剩歡娱,老疏狂越愛吾廬,全仰賴萬萬歲當今聖明主。

河東道中,懷滸西别業

【正宫・端正好】

滸西春色正無邊,汧東樂事歸須宴,阻關河雁素難傳。惱人節物空排遣,落盡桃花片。

【滚繡球】

杏花亭紅欲燃,牡丹園緑正嫣,知他那海棠軒甚般體面,恨不得趁東風直走向世爵堂前。伴愁眠燈影孤,託春心月又圓,他將俺倦遊人怎生方便,也待要彩雲間手挾飛仙。争奈我還丹未得交三五,可甚麼濁骨端能上九天,不由人萬種情牽。

【倘秀才】

逐日家倒班兒拘束在笙歌綺筵,幾時得轉關兒棲遲向芳菲漢苑,那些個坐聽微鍾記往年。越教人愁脈脈,意綿綿,倒搠了藤床幾拳。

【脱布衫】

盼的是柳陰濃鶯囀蒼烟,想的是花溪暖燕蹴紅湔。堆垛起唤閑愁梁園晋堰,安排下奏仙音寶釵金釧。

【小梁州】

那時節高會池亭小息肩,日日周旋。無縈無繫醉時眠,梨花院,得意處便留篇。

【么】

知音三两相酬勸,甚波吒敢近樽前。興轉添,佳無限,風流繾綣,塵世裹更無仙。

同德清過渭川精舍

【正宫·端正好】

暑全收,雲初澹,遠山低一抹柔藍。渭川堂正對芙蓉檻,喜再把秋容探。

【滚繡毬】

小池幽一鑑涵,碎荷枯萬蓋毿,遍園林亂紛紛紅嵌,又一番歲序奄漸。

把興亡不用談，鹹酸且自含。咱人呵更誰知外明裹暗，經綸事暫請封緘。但常將溶溶濁酒遊韋曲，可索甚滚滚才名貫斗南，就裹須諳。

【倘秀才】

俺也曾慕子牙直訪到磻谿釣潭，俺也曾羡希夷常住向華山睡庵，便有那雨驟風狂且自擔。關心無底事，處世一粧憨，甚驚魂破膽。

【脱布衫】

白雲斜掛蒼巖，玄鶴飛舞烟嵐。落霞孤鶩互閃，秋水長天相蘸。

【小梁州】

好景撩人趣轉添，倡和方堪。胡歌野調任相嗛，誰讐戡，聽罷一掀髯。

【么】

知音况有君和俺，較惠連並駕齊驂。紫蟹肥，黄花豔，相酬相勸，莫問夜厭厭。

漫　興

【正宫・菩薩蠻】

開窗却喜青山拱，探杯自洗塵氛冗。悶訪鹿皮翁，閑登天柱峰。

【雙鴛鴦】

指華嵩，立勳庸，散步庭階笑倚笻。盡是南華蝴蝶夢，好尋工部碧荷筒。

【蠻姑兒】

這機關既懂，那出處難同。肯將獸錦换龍鍾。覽芳圃，坐高春，甚閑愁敢攏。

【芙蓉花】

草淒迷昔人塚，花掩映神仙洞。舉世誰分鴟和鳳，咄咄書空。割不掉浮華鬨，蹇蹇眠松，是會脱樊籠控。

【黑漆弩】

高車駟馬知何用，捨死忘生陪奉。想今來古往英雄，個個堪悲堪痛。

【甘草子】

心頭猛，昏黑叢中，瞧下個光明縫。市井譏，妻孥訟，由他攘，不須窮。但守着桑榆學栽種，有安閑無怖恐。席地幕天歡笑永，隨意息愚蒙。

【煞尾】

滸西風月堪遊詠，滸上林泉好遁蹤。似這等前溪後隴，山光水容，花殷酒濃，免向那滾滾紅塵覓人哄。

賀渼陂先生生第三孫

【正宫・端正好】

孝順子又添孫，快活老重交運。樂聲喧賀客盈門，蒼天有眼看須近，生分的無嫣潤。

【塞鴻秋】

畫簷前喜鵲排成陣，籠門外秖候傳呼峻。素屏間打出因依問，雕盤中托進平安信。到手喜開緘，一字字從頭認，原來是九方臯龍種還生駿。

【脱布衫】

憶前年慶賀嘉辰，壽筵間弦管繽紛。孝順子情專意懇，白頭人志怡心順。

【小梁州】

手撫着十歲孫兒語笑頻，真個似刻玉爲麟。俄聞别館寄芳春，方詢問，内苑又長靈根。

【么】

天時人事能相信，羡徐卿果受天恩。衍慶堂，歡聲迅，神泃仙醖，快活煞萬年身。

送　别

【大石調・青杏子】

别恨苦相縈，又無端助起秋聲，臨歧忍奏陽關令。暫時握手，何時再見，眷戀難勝。

【歸塞北】

空對酒，怎耐别離情。夜雨疏燈須料理，江册兰樹要丁寧，望斷洛陽城。

【好觀音】

念載山居如夢境，往來人誰是豪英。一自相逢意氣並，再何曾，得睹胡安定。

【么】

不減當年王猷興，剡溪舟奚用胥乘。今日離亭萬感增，對兕觥，一飲千壺罄。

【隨煞】

露冷霜清長河亘，月華與公度同澄。不久安車上玉京，早寄取平安慰和靖。

聞儼山消息

【大石調・青杏子】

尊酒細論文，二十年夢想高芬，付能手握斯文印。番天覆地，論黃數黑，混僞迷真。

【歸塞北】

行與止，都乃天之運。往日才華班馬讓，新來談吐燕鶯嗔，笑殺倦遊人。

【好觀音】

誰是駑駘誰英俊，眼難瞧雙耳應聞。屈指當時舊縉紳，似多君，天厭應無駿。

【么】

此日棲遲遊三晉，又逢着稚子啼噸。却憶元城滯海濱，您遭迍，瀟灑無些悶。

【煞】

不得乘風相過問,夢魂中渭樹江雲。自有芳馨萬古新,又道甚九棘三槐位極品。

冬

【仙吕・點絳唇】

霜冷風寒,水收沙燦。臨谿巘,萬木凋殘,寂寞渾難看。

【混江龍】

四時相禪,稼收場積野人閑。耕眠莘野,釣歇嚴灘。蟹壯雞肥村酒釃,芹香芥脆玉粳鮮。入名園雖不見曉啼鶯,坐朱樓時聽取南來雁。編籬盡密,墐户都完。

【油葫蘆】

野館蕭條行路難,風似剜,灞橋驢背雪迷漫。霎時兒點青山粉砌了韓王殿,占滄洲玉苦了湘妃面。啤嗻殺和靖梅,淒涼殺張翰懶。飲羊羔又抖起粗豪歎,將高卧羡袁安。

【天下樂】

掃雪圍爐煮鳳團,奇觀,倚畫闌,想石崇剗劃下金谷園。好追遊,恰幾番,夕牢籠早上攛,大古裹苦和甘人自揀。

【那吒令】

看人家做官,似兒童鬥頑。歎咱家托閑,似浮雲閉山。恰西谿眺間,又前村請攔。酒醉時稚子扶,曲就也花奴咀,無妨礙意暢情寬。

【鵲踏枝】

乘凍過釣漁灣,踏雪到綻梅軒。真個是身在冰壺,足躡雲闕。喜那日歸來未晚,險些不攛斷了緑鬢朱顔。

【寄生草】

相伴着窮親眷,又無甚冗掛牽。烹雞漉酒常呼喚,聯詩和曲聊舒散,尋幽吊古時陪伴。似這等天長地久鎮團圓,可不勝唇焦齒禿乾愁患。

【賺煞】

識破世間情,勘透浮生幻。恰便似一覺南柯夢返,電掣似光陰無甚遠,把行藏仔細秤盤。笑劉安慣養神丹,不吃和羹只换碗。喜三白在田,待三陽轉建,準備着畫堂簫鼓迓春還。

中　秋

【仙吕・點絳唇】

烏鵲南飛,玉輪東曳。涼飈遞,爽透簾幃,又一度清無際。

【醉中天】

桂靄影仍細,珠斗燦還微。徙倚庭柯影乍移,怪驀地香來異。却是南樓那壁,西軒東砌,門嬋娟舞袖初齊。

【金盞兒】

看了他映前池,掛疏籬,盈盈豔豔玻璃碎,悠悠漾漾水晶攲。則待要身騎鶴背上,手搦兔毫歸。人道是九秋今夕半,我道是圓影近年稀。

【醉扶歸】

賓雁排銀字,翠袖奉金杯。聒耳笙歌取次催,都酩酊,休言睡。閑把那東府西清品題,較漢老爭三倍。

【後庭花】

命奚僮再綽席,唤玲瓏唱我詞。休笑我粗豪甚,奈風光少您奇。倘若是論名實,我比那元規胸次,高和低,人自知,假和真,不索疑。説風流,他可及,道勳庸,我笑你。

【柳葉兒】

誰識我其中滋味,笑前賢浪扯虚脾,勞勞穰穰真兒戲。杯瀲灩,醉淋漓,但年年受用是便益。

新　秋

【仙吕・醉中天】

雨過涼新覺,涼覺暑應消。羽扇綸巾步小橋,極目崦西凹。厓陰絳桃,陂東香稻,雲外玄鶴。

【後庭花】

爲炎蒸懶出郊,把年光虚度却好。玩賞全拋擲,惡纏綿鎮打撓。怎能交,地席天幕,卧莎陰静聽簫,染蒼烟醉和騷。

【醉扶歸】

今日也頓起南川興,何待北山招。萬斛焦煩盡繳銷,謾度曲,翻新調。重逷那放浪疏狂怯喬,賽一會龍山樂。

【後庭花煞】

趁風雲伎倆薄,愛梧桐庭院小。論攄散全由我,説優遊有甚叨。看今朝,恁般天道,抵多少吞冰浴水絜刀刀。

端 午

【仙吕·柳外樓】

犧尊泛玉嫩蒲芳,翠碗堆金角黍香。虎勝懸門挽艾長。慶端陽,過雨荷風送午涼。

【混江龍】

歲時相尚,古人行樂不尋常。梟羹雄醴,繭館珠囊。葵榴院宇,菡萏池塘。紫李黄瓜陳燕几,烏紗白葛對紅妝。吟殘萱草,浴罷蘭湯。玉簫寶瑟,象斗兕觥,肯輕教寂寞涼亭上。真個是表章節物,料理豐穰。

【六么令】

兒童每笑語填街巷,符牌争佩,綵縷誇將。槐花欲吐,梅漿乍嘗。迤邐車塵相望,相商,看龍舟鼉鼓鬥江湘。

【後庭花】

過園林,坐小床,覽雲山,消妄想。人笑我醃臢貨,我無他寵辱荒。但遇見好時光,動不動淺斟低唱。唤秦娥出洞房,並燕姬理樂章。恣徜徉,向墨莊,任酕醄,入醉鄉。似烟霄彩鳳翔,甚空梁紫燕忙。

【柳葉兒】

古和今人情一樣,遲和疾誅草三行,總不如呼朋唤友尋幽況。身外事，慢思量，休辜負錦片也似端陽。

飲　興

【仙吕・憶王孫】

尋常病酒動經旬，此日看花不厭醺。簾外青山巧對門。興來臻，自酌香醪满玉尊。

【油葫蘆】

唤取佳人坐軋，唱新詞，舞翠裙，更斟桑落勸慇懃。歌聲既寫風流藴，舞腰又貼悠揚韻。猜的人主意兒着，致的他心事兒恳。道昨宵已再見催花信，因準備白雲奏陽春。

【醉中天】

傍得坡仙寸，詎是武陵人。何必將將弦管紛，就恁地增嫣潤。且看這花陰满身，香風成陣，覷蓬萊豈礙凡塵。

【後庭花煞】

托山遊避世氛，遇花時修舊隱。撰杖屨朝朝樂，過溪橋事事欣。沉醉後卧苔茵[二五]，到大來無憂無悶，想巢由二隱君，伊周两聖人，把勞勞攘攘笑田文。

柬南里洞仙

【仙吕・賞花時】

一百歲交遊領面多，二十載光陰撚指過。將往事細評跋，英雄證果，誰似趙廉頗。

【么】

一旦違心便坎軻，萬貫扶危可奈何。休猶豫，莫蹉跎，浮名細瑣，甚要緊，苦隨波。

【那吒令】

利名場兀迄，蠅頭蝸角，傀儡棚那火，開喝發科。贏輸陣這合，操刀挺戈。想當日孫與龐，直弄出災和禍，笑殺浮薄。

【鵲踏枝】

君隱向翠微坡，我住在素雲窩。都則是傍畛連畦，又無甚隔省踰河。有酒時邀來便歌，有興處曲就先歌。

【寄生草】

須不是金蘭分，怎當他義氣合。且休題從小兒看成大，則説是半路裏相逢却，也堪宜臨老去斷着摸。看了這忘機息慮快活仙，羞殺那争長競短歪揣貨。

【賺煞】

莫爲子孫憂，且覓山林樂。舊例子分明放着，好景物休交空蹬脱，論知心再有誰麼。怎當他日月攛梭，白首惟存君共我。心頭猛可，撒然參破，人間萬事一南柯。

丙申除夕有感

【仙吕·賞花時】

世態澆虚各有因，歲序奔忙莫用嗔。逢勝日，際嘉辰，攜壺自引，何物可傷神。

【么】

萋菲内熬成自在身，風月裏包籠錦繡文。脚到處便生春，塗脂傅粉，羞問宦途津。

【那吒令】

少年時氣村，眼抹裹少人。中年來見擯，心窩裏轉欣。老年呵恁屯，脚跟兒越穩。胸脯中都是天，睡夢裏無些悶，怎礙凡塵。

【鵲踏枝】

前日個六旬臻，逐日家醉醺醺。難得是一寸光陰，又道甚萬斛奇珍。眼看着七旬到緊，肯隨人吐霧拏雲。

【寄生草】

成立子雖辭世，弱厮兒可候門。殘冬坐感今宵盡，新春又向明朝論，衰容漸比前年潤。是一個無榮無辱灌園翁，怎當他多才多藝當塗俊。

【賺煞】

龍臥日三竿，蟻鬥時千陣。元亮是傳神正本，照様葫蘆畫便穩，怎學他鼓嘴掀唇。覓根因苦殺田文，東扯西抓甚要緊。則俺這磁甌瓦盆，神沔仙醞，抵多少苑邊高塚卧麒麟。

丁酉歲書懷[二六]

【仙吕・點絳唇】

少日疏狂，不知度量。誇豪宕，倚馬穿楊，好没事尋風浪。

【混江龍】

自那日恩榮榜放[二七]，却纔知峥嵘發跡是尋常。玉堂金馬，錦服牙章。櫛風沐雨，冒雪淩霜。攘攘勞勞成底事，兢兢戰戰爲誰忙。覷金張許史門奢華，羨巢由卞務赢高尚。正這裹悽然有感，早那壁剗地媒殃[二八]。

【油葫蘆】

得了個緑鬢酕醄入醉鄉，端的是天賜將，逐日價華堂開宴列紅妝。新醅飲盡奚童釀，新詞撰就花奴唱。與知音三两人，對雲山四五觴。逍遥散誕情舒放，抵多少法酒大官羊。

【天下樂】

險些不斷送頭皮在市場。思量，着甚娘，惡風雹乾捱他十數場。止不過胡謅了幾道文，貪叨了數斗糧，比似那夢中蕉還較謊。

【那吒令】[二九]

丁卯歲那廂，正姦臣放黨。戊辰年這廂，痛慈親棄養。庚午秋怎防，乞良兒亂攘。送我入自在鄉，領我受風流況，還笑我中箭着鎗。

【鵲踏枝】

三十載好趍蹡[三〇]，一萬日美風光。既不曾惡紫奪朱，又甚的賣狗懸羊。請文錢膳那下數两[三一]，但閑時恣意徜徉。

【寄生草】[三二]

得醉處連忙醉，得咊時且自咊。禍福倚伏隨天貺，乘除加減人難强，盈虧消息君休妄。似這等龐眉皓首住林泉，可不勝提心吊膽爲卿相。

【賺煞】

原不似廟堂才，又怎改山林相[三三]，分限是綸巾鶴氅。詑不儘當年魚漏網,到如今又索甚隄防。付行藏,酒詩囊袋[三四],十萬八千有幾場。幸七九衰翁在堂,看四歲癡兒作樣,也只是爇明香,夜夜謝穹蒼。

賞　花

【仙吕・憶王孫】

可憐風雨妬花期,戴勝來時苞尚微。徙倚闌干好興疲。見庭墀,半折朱英露笑頤。

【醉中天】

剗地開新霽,忽的獻晴曦。香満南園蝶怎知,草草先成會。杯盤量持,笙歌且未,賞玩隨宜。

【金盞兒】

要相陪,他爲誰。年年老我因他醉,十分傾倒幾曾推。日哄的丹臉破,風簇的絳綃齊。那其間參差環樂舞,瀲灎報芳菲。

【醉扶歸】

肯忿的雨浸穠香替,風折嫩芳披。辜負却淺淺銜杯午坐移,待來朝賓友萃,笙歌沸。收拾下花邊臥席,月落也篝燈繼。

【後庭花】

想人生亦太癡,笑山翁苦未迷。興到處君同醉,花開時我忍回。倒金罍,管甚麼紅輪升墜,既看他景您奇,索拚咱醉似泥。下坡車日已西,度江船風待北。

【柳葉兒】

似這等繞珠圍翠,抵多少苦眼鋪眉,肯效那撲風捉影兒童輩。臨竹塢，據花谿，這風流笑殺了安石。

賞 花

【仙吕・賞花時】

昨日含苞今日開，今日花開我正來。殺與酒旋安排，拳磨掌蒯，準備會金釵。

【么】

少日風光老去衰，老去幽懷人又猜。更有甚不明白，浮生過客，曾暗裏細裁劃。

【醉中天】

幸喜群英在，都是五陵才。共醉尋春豈是騃，笑取花枝戴。猩唇豹胎，雲汋仙瀣，於我何哉。

【金盞兒】

嫩蒲摘，屈巵揩，新醅滿量休妝隘，景當佳處要人諧。花穠饒我愛，節去却誰哀。夜闌須秉燭，賦就好題齋。

【醉扶歸】

笙歌淩極浦，笑語振雙崖。醉倚芙蓉玉項牌，論就裏非無賴。似這等自在逍遥院宅，便休誇物外神仙寨。

【賺煞】

夾路柳飛白，當户山如黛，這院在滻川左側。萬里烟光凝瑞靄，倚庭階竹影如篩。静皚皚，可有甚風霾，除那個詠月吟風是大會侅。聽秦娥鼓瑟，覷花仙呈態，抵多少穩騎鶴背上蓬萊。

十八夜，浥嵐亭集，蓋前約以病不果

【仙吕・點絳唇】

月吐東崖，皓光堪愛。纔升塞，便满樓臺，較往夜清尤煞。

【混江龍】

川原一帶，回巒交巘影如篩。平鋪漢苑，斜映堯街。微風徐動，涼爽争來。前日佳期今日補，今人逸興後人猜。有的是風流才子，少甚麽歌舞金釵。芙蓉露下寫新詞，桃花扇底呈妖態。端的是圓成好會，暢叙幽懷。

【那吒令】

他摇光在漢側，俺扶病在小齋。他掃雲霾候咱，俺不撑達負乃。他用不着刮劃，俺纔方家挣揣。攬瑶華蕙帳中，麾玉塵壺天外，到大悠哉。

【鵲踏枝】

將綺座近前擡，唤小玉莫停釃。好追陪有限光陰，怎拘束易老形骸。酒少時東君再買，那裏是蟾窟鸞垓。

【賺煞】

風雨替花愁，苦樂隨人捌，難對付是塵波陸海。振古豪雄當自采，除了個不唧又有甚花白。倚庭槐，月色如揩，手到杯空休告窄。八個字窮通已排，一句話光陰難再，老風流又争肯伏枕在子雲宅。

立 冬

【中吕·粉蝶兒】

秋老冬初，小春天也多景物，燦疏籬菊挺霜莩。木翻紅，山送碧，水波涵緑。巧丹青善寫能圖，怎形容這般風度。

【醉春風】

翠柳尚垂堤，丹楓猶拄塢。蘆花十里錦模糊，迎風兒舞、舞。鶡鴠不鳴，蟄蟲咸俯，水澤堅腹。

【普天樂】

氣相挨，年將暮。場禾幸了，賦税都輸。老幼歡，施爲裕。飽暖安和無他慮，采樵人也愛吾廬。同雲布虚，騰神化雨，瑞雪填途。

【紅繡鞋】

地湧出瓊瑶林谷，山藏了翡翠旗纛，想天工變幻果誰如。佛氏玻璃境，仙客水雲居，有塵氛能近否。

【醉高歌】

南村烟景模糊，謾道梅花半吐。暗香却恐沉檀妬，自把芳枝笑取。

【石榴花】

天邊月色照簾疏，端的清瑩比秋殊。待將杯斝坐庭除，明知快睹，怎遂歡娱。尖風奈可相欺負，空遥望玉闕冰壺。甚坡仙能把中秋賦，也則是纔跳出鬱蒸爐。

【鬥鵪鶉】

擸梭似暑往寒來，沸鼎般衢歌巷舞。百姓每鑿井耕田，官裏上修文偃武。遇景逢時備辦的粗，肯分個有共無。纔獻罷除夕椒盤，又理會迎春社鼓。

【尾聲】

身辭俯仰忙，門饒征斂侮。太平人合請受三生福，終老在舜日堯天世，不知半星兒苦。

吊北山歸，扶風道中遇雪

【中吕・粉蝶兒】

雪裹歸人，坐騾輿怎堪勞頓，早是這戰欽欽凍手難伸。又搭上苦依依，寒凜凜，朔風吹鬢。急掩定帷裙，争奈這轆撞頻两肱酸困。

【醉春風】

一步一個腦前攢，一張一個身倒褪。爲只爲四十年肝膽死生交，甘心兒忍、忍。吊孝歸來，寸腸如割，一言難盡。

【普天樂】

我和他比陳雷，還情分。誰承望片時間阻，便做了萬古長淪。傳家一子癡，卜兆雙溪近。朋輩年來凋零峻，有衷情可共誰云。寒山暮雲，烟村暝色，總是傷神。

【尾】

昨夜個戴先生謝了人，今日個剡溪舟證不的本。準備下草堂抆淚排孤憤，誰信這死别生離直恁家狠。

癸巳除夜

【中吕・粉蝶兒】[三五]

銀燭高燒，思寥寥有誰堪道，歎英雄老境蕭條。影形孤，情趣減，恨縈懷抱。惡年華抵死煎熬，趟趟的四旬過五旬滿六旬來到。

【醉春風】

嗟富貴似浮雲，笑塵寰空懊惱。偏怎生邯鄲道上吕先生，直恁的巧、巧。傳示了月窟天根，酬志了青龍白虎，正果了河車丹灶。

【普天樂】

下場頭，難分曉。生男長女，枉自劬勞。止不過靈床前拖會麻，布帳裏穿些孝。怎如俺跳出樊籠無窮樂，一身閑自在逍遥。交梨玉桃，天荒地老，無福難消。

【牆頭花】

既然瞧到，勸東君休把時光靠。好收拾寶劍神珠，穩請受蓬壺閬島。

【尾聲】

如何是三五交，如何是天地倒。些兒湊巧真玄妙，霎時間九氣神丹就熟了。

中秋，柬雲夢子

【中吕·粉蝶兒】

又早中秋，歎流光恁般馳驟，拂西風獨倚危樓。雨初收，雲乍斂，月明如晝。高捲簾鈎，這瑶華索咱消受。

【醉春風】

羡當日武昌雄，笑今宵彭蠡醜。千年心事偶能酬，撒甚的搊、搊。舞設氍毹，歌調瑶瑟，鼎焚蘭籒。

【普天樂】

憶前時，炎蒸候。循階步月，汗雨横流。懊西風不肯來，怪羽扇麾仍又。浴水吞冰無曾勾，却今日暑也回頭。寒蛩起晛，鳴蟬在柳，鴻雁來洲。

【紅繡鞋】

改换上輕羅衫袖，鋪張開薄絮衾裯，笑斟陽羨满瓊甌。碧碗鱸爲鱠，紅拂錦纏頭，纔受用可喉嚨桑落酒。

【牆頭花】

百無迤逗，盡今生合把風流售，問甚嚴更又轉籌。直熬的影下梧桐，還不肯杯停玉手。

【尾聲】

喜知音約再來，笑狂夫誇大口。謝安石饒不了空生受，却怎生撇了東山，又向那蝎栗栗的新亭路兒上走。

元 宵

【中吕·粉蝶兒】

可愛元宵，月平鋪漢官馳道，遍樓臺瑞靄飄飄。擁香車，逐寶馬，衡摹寫太平佳兆。一派簫韶，慶豐年萬方行樂。

【醉春風】

聖主德同堯，山翁狂似島。醉欹烏帽舞蹁蹮，也恁般炒、炒。玉醴香醪，燈毬火樹，粉容花貌。

【普天樂】

晚雲消，餘寒峭。香風細細，桂影遥遥。感往年，翻新調。一曲昇平誰能到，個中人酒聖詩豪。山棚巨鼇，今宵醉倒，又有來朝。

【紅繡鞋】

兒女喧喧歡笑，賓朋欸欸隨着，碧空又下彩鸞簫。太平無底事，風雨不貪叨，遨遊直到曉。

【牆頭花】

月離黄道，萬井光相紹，品竹彈絲遍市橋。歎流年漸入衰殘，量筋力猶堪落魄。

【尾】

行時不杖藜，吟時不用艸。坐西堂好興填懷抱，敢道個快活風流世間少。

賞牡丹

【中呂·粉蝶兒】

霄雨初晴，翠芙蓉四圍相競，牡丹開遍满園亭。寶香濃，朱蕊破，枝枝争勝。擁肩輿自賞娉婷，誰承望老坡仙也來乘興。

【醉春風】

座有玉奴歌，門無狂士請。汝陽三斗幾娘多，猶您家逞、逞。怎如嚐酒似河長，飲同鯨吸，醉將花凭。

【普天樂】

笑年時，空傒倖。霜華遍野，百卉無成。誰曾見桃李容，衹剩些葵榴柄，敢望虆垂今春盛，坐空階索自傷情。丹蕤紫英，蜃樓畫餅，悶海愁城。

【紅繡鞋】

天上陰晴難定，人間倚伏無憑，會惺惺切莫恃惺惺。試看花繞檻，休負酒如澠，遇知音當眺騁。

【牆頭花】

尋常撫景，每便把平安慶，道甚區區世上名。但能勾一笑千忘，又問甚三槐九鼎。

【尾聲】

奏新聲莫放停，飲香醪休道酩。喜孜孜人在丹青幀，顧不的醉卧蒼苔露花冷。

春遊有感

【中吕・醉高歌】

春光春色無多，今日新晴似可。邀朋載酒花前坐，頓覺天寬地闊。

【喜春來】

年時偶被閑擔閣，負却穠芳受束縛，驚心觸意爲誰麽。無計躲，煞也費張羅。

【紅繡鞋】

衠一味傷懷功課，甚三稍快意生活，番天覆地步難那。又不好和他較，乾没事被人魔，托蒼天臨照我。

【牆頭花】

么微細瑣，容吃忍何懈懦，今日安閑且自哦。莫嫌咱錦片似光陰，去羨那冰山般啤火。

【尾聲】

韶光去馬奔，榮華新夢覺。小園亭遊息胸襟大。便有那雨驟風狂近不的我。

六十二自壽

【中吕・粉蝶兒】

暮景堪怡，比先年反增筋力。耳朵兒雖是差遲，眼兒明，手兒快，茶飯上百無拘忌。想當初捱不過三十，誰承望又從頭到於今日。

【醉春風】

官禄運少三星，財帛宫争半米。賣文錢搓補我這些年，還要甚積、積。托天公重賜厮兒，特憐孤苦，故留根蒂。

【迎仙客】

鬚盡白，髮還黧，酒席間笑談仍似昔。却方術，辭藥餌，早晚遲疾，全不見一點兒榮枯意。

【紅繡鞋】

身喜遇無虞清世，家幸有得力山妻，老先生因此落便宜。造幾尊桑落酒，下两着糞胎棋，日三竿纔睡起。

【石榴花】

雖道是九流三教舊曾習，小書齋尚兀自不停披。不是我老來凡事要精微，幸在空裹，索自收拾，又不是逃形避世長沮輩，爲疏狂免罪而歸。每日家遊山玩水怡心志，省交人踰分限扯虚脾。

【鬥鵪鶉】

甚的將宇宙經綸，陰陽燮理，止不過篆刻雕蟲，抽黄逗碧。些小蝸涎秖自頤，又較甚名與實。則這個鑿飲耕餐，是多少堯仁舜德。

【耍孩兒】

世爵堂歡笑排筵會，六十二已攧來手裏。想從前卧病時那憂疑，合今日吐氣揚眉。爲論文險送了楊修命，爲辭官却虚蒙柳氏譏。既寧貼宜回避，贏得個耳根清浄，管甚麽世路蹺蹊。

【煞】

滸西莊醉未醒，彭麓堂又設席，四時樂事常相繼。磨光刮垢人應笑，守拙安時我詎癡。但閑呵攜幾個知音妓，大奏起東山絲竹，絶勝他八鎮旌旗[三六]。

【尾聲】

沉淪了三十年，快活了一萬日。恁般樣落拓誰能似，惟有這浩蕩天恩半星兒報不得。

滸西即事

【中吕·醉高歌】

青山老去棲遲，草閣新來料理。名花萬種相虧蔽，四顧渾如散綺。

【紅繡鞋】

結果就漁樵活計，斷送了鍾鼎虚脾，老村夫於世怎相宜。倦斟陶令酒，閑培邵平畦，笑騎牛學寧戚。

【满庭芳】

又管甚村南村北，莊前莊後，溪左溪西。他來我去無回避，衠一味喜笑歡怡。羡子瞻重遊赤壁，笑袁安不識黄虀。論就裏誰精細，都一般天昏地黑，哭殺杞良妻。

【石榴花】

自古道鶴長鳧短不能齊，大都來落後的欠便宜。看他那兢兢戰戰苦趨陪，也則是防危患失，吃飯穿衣。又何如無拘無繫朝朝醉，四圍着稚子山妻。羨巢由獨識其中味,畫圖中猶兀自笑微微。

【鬥鵪鶉】

既不愛萬乘千邦,更道甚一官半職。則待要任意隨心,争肯去遲眠早起。苦樂酸鹹已盡知,只消個快與疾。因此上殢酒尋花,並不敢承符奉檄。

【尾聲】

石獅子不可騎,鐵饅頭休便吃。蔡中郎見放着傍州例,傳語那識起倒的先生牢記在耳。

滸西見花有感

【中呂・粉蝶兒】

今日花開,正值着鼓盆悲怎生寧耐。憶當年攜手同來,設筵席,陳樂舞,意歡情快。也待要勉意台孩,比似那守靈床苦心越煞。

【醉春風】

含恨立花前,帶愁臨院側。天時人事每相挨,偏喒行歹、歹。鳥會驚心,花能濺淚,至今方解。

【紅繡鞋】

把一段穠香妖色,似千重霧鎖烟埋,花神有意我何哉。看花增潦倒,對酒轉疑猜,酒和花何用乃。

【牆頭花】

人亡物在,眼抹處愁相搊,着甚情腸與遣俳。總不如高卧南窗,到勝似豪吞北海。

【尾】

蕙帷已閉塵，芳花休弄彩。這迍邅想是前生債，空交我摸月撏風二十載。

戊戌有感

【中吕・粉蝶兒】

八八行年，恰歡娛又值着老妻不燕，甚心情更把杯傳。便是弟兄來，親友至，越增悲怨。這般樣碗來大頑涎，可交人怎生吞嚥。

【醉春風】

往常時閬舞喜歌長，持杯嗔釀淺。刮劃張主在中房，受用的腆、腆。殽列珍奇，茶烹新嫩，座環姻眷。

【迎仙客】

筵似綺，酒如泉，一派仙音天際遠。雖不曾宴瑶池，遊閬苑，手挈飛仙。遲和疾没一事違心願。

【紅繡鞋】

今日呵獨坐在槐陰庭院，守着些不睹事嬋娟，心中有苦口難言。便是把雲汋勸，鳳笙喧，好情懷越告貶。

【牆頭花】

翠屏金鈿，再難把音塵見，無計支吾眼界前。最難爲雨驟風顛，那裏是雲收霧卷。

【尾聲】

原因命數奇，非干緣業淺。歲華迅速如驚電，也只索閉户彈棋將悶遣。

十七夜，扶病望月

【中吕・粉蝶兒】

待月西堂，啟簾櫳倚笻扶杖，過中秋兩日時光。體仍圓，輝未減，依然融漾。爲前宵酒困詩狂，失佳期可勝惆悵。

【醉春風】

啜茗玩嬋娟，徵歌追燕賞。便道個金逢望遠不堪嘗，到大來爽、爽。徙倚籐床，近簷邀月，漸臨庭坱。

【普天樂】

説甚麽舞霓裳，更勝似開雲釀。聽了這新聲迤邐，轉教人好興飛揚。既無他賓主喧，則一味光華盪。恰似身居冰壺上，笑人間何物南窗。登樓武昌，浮舟漢廣，誰更疏狂。

【紅繡鞋】

受用足天然幽况，甚侯門開宴紅妝，古今人風月盡郎當。用不着繁與冗，使不的攘和忙，對癡人難驟講。

【牆頭花】

重門深巷，鋪設下横金障，萬里秋聲轉素蒼。處處是月殿雲房，單單少龍題鳳榜。

【尾】

乾坤有您奇，塵寰休自枉。儘今宵且把殘蟾望，留取個人月雙清，交後人向畫圖裏想。

同諸老登高

【中吕・粉蝶兒】

野老騎驢，訪前村古堤烟溆，引着些解音聲翠袖紅襦。柳陰中，花檻側，詠歌幽趣。爲甚麽撫景趑趄，怕西風又將秋去。

【醉春風】

歎歲月逝如斯，笑狂夫狂似許。掀髯拍手醉淋漓，猶兀自舞、舞。塞雁南飛，伯勞東邁，佳期忍負。

【普天樂】

佩萸臺，登高處。黄花亂秿，紅葉平鋪。柚橘熟，芙蓉妬。隱隱夕陽還孤鶩，蘸長天秋水菰蒲。餐霞鄭谷，淩波洛浦，豈是迷途。

【紅繡鞋】

耐可着宜人林麓，嘩哩波知趣江湖，看東籬端的是錦模糊。信着脚拚一會要，老着臉放一回麤，潑繁華何足數。

【牆頭花】

草頭微露，學甚的邯鄲步，冷暖酸醎所好殊。這風光堪賞堪憐，那盤盞難吞難吐。

【尾聲】

乘除别有因，浮生休自苦。幸如今脚躧平安路，好做這罨畫園林酒友詩朋風月主。

己亥元日

【中吕・粉蝶兒】

又一度春光，老疏庸幸能無恙，從頭兒宴列紅妝。泛瓊巵，歌白雪，老懷如壯。托天公暗裏劑量，際昇平逢盛日鎮承佳貺。

【醉春風】

鮑老座邊呈，鸞笙天際響。澣西莊屈指晉東山，古和今兩、兩。節届三陽，饌烹雙鯉，賓迎九杖。

【普天樂】

憶年時，歪情况。山妻伏枕，巫覡盈堂。驚惶十二時，風浪三千丈。似醉如癡言難狀，那裏討喜笑徜徉。孤衾短床，神勞夢想，淚眼愁腸。

【紅繡鞋】

才識破浮生色相，笑咱人空惹周張，急煎煎曉夜爲誰忙。好光陰休自躲，閑囉唣且收藏，説繁華都是謊。

【醉高歌】

平生煞會荒唐，那日幾成孟嗓。今春始信前春妄，險誤却高歌擊壤。

【牆頭花】

好懷須暢，痛飲休辭量，遲日和風藹畫堂。詞成時笑倩花奴，身醉後斜披鶴氅。

【尾聲】

薄田儘可耕，微軀愁甚養。满胸襟無半點塵氛，想又肯向蟻陣蜂衙搦勞攘。

贈南里

【中吕・粉蝶兒】

晝錦歸來，比安陽又還忼慨，回避了柏省烏臺。則向這翠微堂，紅杏塢，消閑取快。六旬餘鬢未斑白，贏得個一身閑百無拘礙。

【醉春風】

今日個醉倚玉奴歌，笑欹烏帽側。比當年平步上天階，敢更是采、采。想白簡飛霜，丹心捧日，争如這柳陰擎蓋。

【迎仙客】

當日個心耿介，意清白，有封章九重偏動色。按燕南，清塞北，掃盡風霾，大古裏原不爲黄金帶。

【紅繡鞋】

急溜中忙收了豪邁，笑談間暗做下揣懷，道甚的草堂埋没濟時才。清泠泠白社酒，香馥馥紫雲釵，有黄金何處買。

【牆頭花】

昔人安在，且隨時自把情腸耐，一刻千金豈易哉。謝絶了後擁前呼，結識下詩山酒海。

【尾聲】

喜孜孜常時教舞梁州知音的翠袖扶，興悠悠終年將伴衰容知心的藜杖策。這風流須不羨賦閑情知趣的陶彭澤，願和俺這從小兒共寒窗知契的交遊握手追歡，直快活到萬萬載。

南川席上

【南吕・一枝花】

祥烟罩綺筵，瑞氣騰朱幕。鶯喉嬌度曲，鶴背隱鳴簫。酒聖詩豪，載酒隨金雀，徵聲列翠翹。獻靈芝共祝長年，勸玉醴同祈不老。

【梁州】

洞含春春豔冶景勝蓬萊，樓罨翠翠璘珣光接泬寥，仙賓仙侶都來到。仙花萬種，仙酒千瓢。仙丹萬鼎，仙廩千廒。許旌陽親挈仙殽，董雙成自捧仙桃。奏仙音振殷殷響徹丹宵，飲仙酒樂淘淘春填畫閣，望仙源壯巍巍穩控金鼇。仙苗，鳳毛，胎胞裏便領受箕裘教□，汪洋思宏灝。怪不的半百年華萬事交，無福難消。

【隔尾】

今日也壽堂中景物般般妙，壽几上鋪排色色高，壽座側風流節節俏。但兄吟弟學，甚閑愁浪惱，贏得個皓首相隨，便有那蝸栗栗的功名覷如艸。

贈禹夫

【南吕・四塊玉】

開玳筵，陳清宴，同祝願壽福如山壽酒如川。壽椿堂正對着蓬萊殿，仙賓跨彩鸞,仙歌按緑弦,仙醴浮瓊濺。

【罵玉郎】

灰飛葭管黄鍾建,喜的是群陰掃,一陽旋。乾坤正氣氤氲遍,寶篆燒,祥霧靄,靈光絢。

【感皇恩】

呀,他本是治世的才賢,却做了出世的神仙。每日家玩青山,看碧水,味真筌。兒孫满眼,受用隨緣。常則是友王喬,和范蠡,伴彭籛。

【採茶歌】

六旬年,两峰前,童顔鶴髮興翩然。逸駕懶隨塵世好,清風堪上九華編。

遊桃花洞

【雙調·風入松】

曉春登覽路苕蕘,沿樾到林坳。天涯一望皆芳艸,東風軟柳妥鶯嬌。歎流年星奔電轉,笑英雄霧收烟杳。

【喬牌兒】

世途空自惱,歡笑有誰較。陰晴險易全難料,賞芳春宜趁早。

【新水令】

見長松洞口彩霞飄,原來是護仙源玉桃風約。紅馥馥,舞翛翛,亂點山椒,恰便似武陵谷夢初覺。

【攪箏琶】

蛇盤道，趄趄的幾千條。一會家引水尋源，穿林驀嶠。仿佛見，洞仙來，共坐笙鶴。身恍在蓬萊島，無福難消。

【歇拍煞】

我則見漁舟遠遠波心棹，鸞簫隱隱雲中落。受用足玉鯉香醪，野簌山殺。共知心幾個人，搜景物千般妙。醉了時齁齁的睡倒，管甚麽前路暝雲遮，歸途山月小。

王官谷同吕、華、謝、劉五君子洎三王太學，丘、楊两進士流觴

【雙調·新水令】

小桃溪一似武陵源，趁春流亂浮花片。輕烟凝翠巘，斜日下虞淵。醉舞翩躚，這瀟灑幾人見。

【駐馬聽】[三七]

瀑布飛泉，戛玉敲金春涊涊。鳴鳩乳燕，含風舞篠晝喧喧。天留勝跡使人憐，人於暇日宜歡讌。笑平生遊思蹇，今日個到王官恰會把追遊展。

【沉醉東風】

恰才個步雲林剛辭了仰偃，誰承望泛桃花又醉向潺湲。惡襟期甚日休，好景物登時變，這光陰要我周旋。共把香醪對管弦，快不許含深帶淺。

【雁兒落】

説甚麽長安尺五天，已勝似王母瑶池宴。澹霏微層臺細靄生，香噴薄

小澗奇花遍。

【得勝令】

又何須雲外跨青鸞,海上訪金丹。但能與仙侶乘風坐,索强如孤舟載月還。蓴餐,且不必如張翰。東山,肯尋常羨謝安。

【歇拍煞】

今日也趁遊絲三宿王官院,典春衣再醉虞鄉縣。斷了縈牽,遂了安全。看悠悠世上名,似閃閃雲中電。都與我從頭兒告免,但休交入口盞兒空,怕甚麽還家路兒遠。

楞生作

【雙調・新水令】

感天公重賜小兒曹,枉交我數年來恨縈懷抱。佳期當七夕,好信遇三橋。種相是漁樵,料比那脂韋子有些傲。

【雁兒落】

家貧典舊袍,曲盡翻新調。途窮返故巢,福至更衰貌。

【得勝令】

只説道老去竟蕭條,誰承望理定有歸着。到家也賀客填門巷,在路也喧傳滿市曹。昨宵,無了當燈花爆。今朝,有來頭好事交。

【沽美酒】

怎不交樂陶陶意度豪,且聽這齊蓁蓁樂聲高,都道是佳氣充閭天賜寶。俺如今年華又邁了,嗣續事怎承料。

【太平令】

也虧了風雪叢中胡鬧，敢應是兒孫簿裏明標。悄木地整年家安心寂寥，忽剌的一會子喧天歡笑。呀，我將他手稍鼻道面腦挸着、覻着、摸着，不由人樂極悲生情悼。

【喬牌兒】

弟和昆歡欲倒，妻共女淚偷落。道是比亡兒氣骨争分秒，轉懷兒看不了。

【清江引】

盒兒酒兒一字繞，親友都來到。醉的説不的，舞的還要跳。這場忙累年家無處討。

【鴛鴦煞】

詩書且休想尋師教，疏慵還任取從吾好。一脈迢遥，八字堅牢。唱道用意栽培，專心護保。無難無災，好慰藉衰翁老，雖然是些小靈苗，會見他破霧摩雲拄天表。

贈華巖

【雙調·新水令】

柳絲摇曳恰春餘，玳筵開華岩佳處。杯擎紅瑪瑙，榻隱繡氍毹。芍藥方舒，眼抹的總成趣。

【駐馬聽】

受用非俗，鳳管鸞笙和妙曲。丰姿如玉，花谿藥塢下巾車。功名不上薦賢書,勲庸常寫遊山句。心願足,兒孫林立如瓊樹。

【喬牌兒】

想着他少年時器宇殊,壯歲也吐吞巨。覷的那榮華富貴如兒戲,笑金張非伴侶。

【雁兒落】

一片心曾將日月扶,八個字偏惹奸諛妬。两隻手能令魍魎驚,一對眼慣識烟霞趣。

【得勝令】

今日也快樂在小蓬壺,撇罷了舊玄都。美酒朝朝醉,仙花處處娱。□□着昆吾,要做個會散誕閑人物。唾視着金魚,又怎似潑醃臢小丈夫。

【鴛鴦煞】

壽堂前瑞靄隨風鶩,壽筵間錦瑟和雲度。羅綺争趨,粉黛相扶。唱道壽酒如泉,天香鬱馥。壽比南山,謝世網摽仙籙,受用足玉乳雕胡,落的個逐日價逍遥到大來是福。

壽渼陂先生六十

【雙調·風入松】

金風一剪素雲流,玉宇報新秋。玳筵開正對青山口,仙音動仙侣追遊。捧玉笈仙翁獻籙,宴蟠桃仙娃送酒。

【南風入松】

才華獨壓鳳池頭,名满皇州。青驄厭起東華漏,覓鴟夷一葉扁舟。地軸天關在手,蠅頭蝸角都休。

【駐馬聽】

何慮何愁,紫閣峰陰閑趁逐。無昏無晝,翠微堂側恣優遊。江湖空抱廟堂憂,風雲詎准醃臢售。尋故友,攜笻日日看花柳。

【南駐馬聽】

選妓徵謳,遣興時登郭外樓。看了這水碧山青,景媚辰良,柳嫩花柔。人間萬事似彈鬮,眼中一抹都回首。曾撿編修,風流蘊藉,塵寰未有。

【湘妃怨】

東華劍佩侍宸旒,紫殿經筵贊寶猷,玉堂揮灑驚懸溜。立班行風力陡,眼皮兒不抹王侯。貌未上麒麟畫,夢先歸鷗鷺洲,傳擸入湖海春秋。

【南江兒水】

謝却銀魚金綬,逃名長殢酒。甚人惟求舊自謝僝僽,任酒淹衫袖口。襟期幾人儔,吟囊萬象搜。若論才猷,壓碎曹劉,意淩雲語驚人名過山斗。也不識長安貴遊,也不問中原虎鬥,但閑時覓詩仙艤釣舟。

【步步嬌】

或向那春雨亭前把花枝嗅,看園苑花如繡。揮毫掣玉虬,剪雪裁冰那滑熟。羞董賈陋枚鄒,好看覷剛有龍門叟。

【南步步嬌】

桂樹森森庭院裏摩霄蔽斗,一葉葉如瓊玖。一個掇賢科位宰侯,一個幹理安詳,舉止温柔。又何事縈心頭,也則是命籃輿載酒看山岫。

【沉醉東風】

明月清風伴耦,高牙大纛閑尤。罷經綸白髮前,傲宇宙青蠅後,空閑了宿胸脯百萬貔貅。豈是疏堯愛許由,看不上浮花浪柳。

【南沉醉東風】

屈和伸何曾掛口,苦和甜盡吞下咽喉。門對南山翠秋,遇閑庭清晝,肯尋常將好光陰遥受。瑶箏謾謳,玉杯謾投,便吃到曉霞飛,猶兀自重釃未休。

【歇拍煞】

我只見華堂羅綺駢金繡,瑶天寶籙函丹籀。且不説傍丘小洲,南極星,西王母,親來壽。祥烟户外縈,玉醴筵間漱。花甲子從頭再週,萬萬種福增長,千千年壽同久。

六旬作[三八]

【雙調·新水令】

荷天公寧耐老來身,耳雖聾步趍不倂。歲周花甲子,人似舊精神。雖道是鹿豕同群,眼抹處轉情分[三九]。

【駐馬聽】[四〇]

樂守清貧,罨畫山川過畫錦。喜承嘉運,宜人風月满閑門。看花遇客便開尊,尋春遣興時分韻。常自忖,也則是利名不礙情腸隱。

【沉醉東風】

來日事陰晴未准,前人跡玉石俱焚。豈如將自在心,撒一會風流吞[四一],草堂中物物皆春[四二]。加減乘除各有因,識不破傍人暗哂。

【雁兒落】

俺如今登山不問津,跨蹇方嫌駿。瘵肌幸有田[四三],請假何須郡[四四]。

【得勝令】

呀[四五],分福在鱸蓴,甚夢到麒麟[四六]。睡足三竿日,耕殘萬頃雲。綸巾,無破綻堪籠鬢。磁盆,有馨香好入唇。

【川撥棹】[四七]

歎近日弟和昆,却凋零直恁緊。似這等日莫悲新,玉碎花分,不料理空成悶損,把酸辛强自勻。

【七弟兄】[四八]

見如今六旬,誕辰,又來臻,把從前苦樂都休論。既知音幸有我和君,且逍遥散誕毋生分。

【梅花酒】

呀,柴門對遠村,看满院雞豚,更繞逕蘭蓀,帶極目烟雲。似這等好天行梓里[四九],抵多少皓首冒紅塵,榮枯事見已真,遮莫駕巾車訪幽人,歌白雪,賞陽春,烹紫蟹,薦金鱗,挾翠袖,飲雲根,邀皓月,挹清氛。

【收江南】

呀,這便是消磨排遣那經綸,矜持拘撿又胡云,畫堂歌舞正繽紛[五〇]。齊來賀六旬,思量何以報天恩。

贈渭川

【雙調·新水令】

四十年聯翼際風雲,笑新來各垂霜鬢。君才過丙魏,我義比雷陳。令節佳辰，獻壽酒有情分。

【駐馬聽】

出世高人，金紫叢中希吏隱。當官清論，封章愜處見心神。急流中勇退未衰身，奮庸間自脱臨官運。人共品，胸中醞釀無凡近[五一]。

【沉醉東風】

歎佐郡威聲凜凜，羨爲郎譽望振振。守南昌黎庶思，遷轉運權豪遁，細看他脚到處皆春。解組歸來恰五旬，與宦海堪爲樣本。

【雁兒落】

榮枯恥掛唇，歌舞欣交運。翠巍巍山罨門，香噴噴杯浮醞。

【得勝令】

結社有天親[五二]，遺興有青尊。花底朝朝醉，閑中事事春。兒孫，揀經史隨宜訓。園林，得清閑且避塵。

【川撥棹】

忽剌的六旬臻，壽筵開直恁狠。仙侶繽紛，瑞靄氤氲，壽樂排陳，有火棗交梨異品，笑猩唇豈是珍。

【七弟兄】

去年個小春，遇君，笑相云，待明年節轉蕤賓。近算同年惟有我和君，子猷船休吝連宵進。

【梅花酒】

今日個過德門，單駕着蒲輪，遠冒着紅塵，更犯着炎薰。弟兄情如您切，跋涉苦豈須云，我非是信有准，比如那做着夢叙寒温，想着見問酸辛，怎似這握着手話慇懃。

【收江南】

則今日金杯謾寫紫雲醇，翠娥齊唱壽歌新，願千秋不老勝靈椿。引雲仍遠孫，似渭川滚滚福無垠。

壽　日[五三]

【雙調・新水令】

憶當年揚鬣奮風雷，到如今趑趄的六十一歲。青銅雙鬢改，白日寸心違。成敗盈虧，遭際處有機會。

【落梅風】

人盡道歸休的好[五四]，更那知激烈的非[五五]，都一般夢騰騰果誰醒醉。今日個老先生瞧破矣，胡蘆提繞珠圍翠。

【雁兒落】

堪歎這人生七十稀，没要緊當回避。灌園的豈是癡，碎壁的真兒戲[五六]。

【得勝令】

他子道用舍係安危[五七]，我子道放浪省趨陪[五八]。博得個跣足披襟卧，抵多少迷津失路悲。庭闈，眼抹處如鸞立。尊罍，醉來時任玉頹。

【鴛鴦煞】

西巖石室涼堪憩，南園風月遊何忌。挑揀過從，取次歡怡。唱道境勝蓬萊，人同季綺。無係無拘，請受些山林味，我可也本不是劈頭子避世出塵徒，博了個臥剳兒擓乖自由的[五九]。

喜光孝生子

【雙調・新水令】

喜東風忽報好音來，舊門庭又增新態。箕裘須有托，蘭玉又何猜。春滿庭階，這嘉慶自天賚。

【駐馬聽】

寶髻金釵，歌舞喧喧齊奏采。天親佳客，歡聲藹藹競傳杯。前人德與後人獲，今年事比前年賽。饒量窄，霎時兒吸盡東洋海。

【雁兒落】

笑兒曹浪刮劃，看基業仍亨泰。鳳毛漸漸生，麟角常常在。

【得勝令】

我則道神理欠安排，却原來天道有栽培。今日個果遂平生願，明日個靈芽取次來。悠哉，一水分千派。奇哉，千枝一脈開。

【鴛鴦煞】

九原足慰藩参慨，通宵先遣山翁醉[六〇]。燭盡重燃，醉了重釃。唱道有酒如澠，無魚再買。暢飲開懷，直吃到紅日生滄海，信奕葉永傳芳，看箕裘萬萬載。

即　事

【雙調·行香子】

歲月傾跌,疾似風車,細尋思就裏堪嗟。休慚薄劣,好信癡呆。覓山林,尋快樂,省巴竭。

【慶宣和】

多少英雄與俊傑,惺惺誰耶。桃李園只除個李太白,見絶,做絶。

【喬木查】

喚秦姬唱者,將香醪慢寫,門外紅塵休去惹。南村春意奢,樂事重疊。

【錦上花】

畫棟雕樑,豪家宅舍。甕牖繩樞,處士窟穴。泉漱雲眠,仙居磬折。詠月吟風,狂夫粗且。

命婦養雞豚,教子栽桑柘。忙裏偷閑,犁鋤暫歇。急水回橈,榮華未屑。苦處尋甜,行藏定也。

【清江引】

對山草堂清味別,笑看雲生滅。誰將不染心,擬做難磷鐵,老先生自評還自怯。

【歇拍煞】

浮名無益予何借,韶光有限君休赸。翠擁紅遮,花朵鶯舌。山光一抹青,瀨嚮千聲噎。最關情誰如那些,好向至人論,難同俗輩説。

秋　日

【雙調·夜行船】

紅葉飄零慘素秋，池亭側徙倚凝眸。野水橫陂，閑雲歸岫，暢好是碧天清晝。

【掛玉鉤】

禾黍離離稻已熟，露冷蒹葭秀。風雨霏霏蝶正愁，秋老芙蓉瘦。鳳管吹，鸞簫奏。爛醉東籬，散步滄洲。

【慶宣和】

昨日邀賓過此陬，共訂今遊。可奈黄花笑相逐，縱酒，縱酒。

【喬牌兒】

趣常同鷗鷺儔，眼不抹虎龍鬥。好年光已去誰能又，得疏狂嫌甚醜。

【攪箏琶】

淵明後，誰堪可與吾酬。北海攜尊，南華肯首。容我做，老糟頭，放浪吟喉。立時乾三四斗，便休題鶴背揚州。

【離亭燕煞】

要追遊詎可胡將就，惜風流好謝閑僝僽。殽核具否，唤朱唇歌白雪傳珍酒。有限杯，無多壽，身外事皆爲敝帚休。齷齪趁浮名，恐英雄笑破口。

詠内丹

【雙調·行香子】

仙道同人，詎可離人，要精知玄牝來因。是爲戊巳，卯酉之門。造化爐，凡聖竅，死生根。

【錦上花】

若覓真鉛，當求玄牝。鉛汞相蟠，始是真人。鉛貴先天，藥居色身。萬化流行，明垂樣本。

【小陽關】

乾坤顛倒中，順逆難藏蘊。就裏操存，平昔要馴。吃緊功夫，多無一瞬。地獄天堂，斯須異閫。

【江兒水】

滅滅生生同處滚，生滅由心印。不生滅亦無，不滅生還裍，两件拏來君自忖。

【喬牌兒】

滅和生火候存，顛與倒要明認。個中消息宜尋趁，快休將杍當針。

【慶東原】

雌雄陣，左右軍，這圍場死生難遁。伐山林斧斤，燒天關火輪，生萬物陽春。下德似澆葱，上德同操刃。

【天仙令】

西來信，趄趨往東奔。直上崑崙，斜飛翼軫。更不索另慇懃，復近朝昏。納丹田爲證本，永脱迷津。

【鴛鴦煞】

坎和離出處原生分，地和天造化非凡近。空岫尋雲，急溜抽綸。唱道虎躍龍騰，猿升豹隱。孕寶懷珍，依本分何安頓，再優遊十月圓匀，那時節一派仙音向洞天引。

冬

【雙調・行香子】

場圃功完，婦子相歡，慶豐年雞黍堆盤。思惟温飽，叙説辛酸。麥抽芽，豆抱卯，賦輸官。

【夜行船】

瑞雪當空舞又摶，朔風緊四顧瀰漫。旅邸侵凌，豪家觀玩，看園苑鷺迷蝶亂。

【步步嬌】

疊嶂層巒紛難判，林和靖吟魂斷。灞陵橋冷似剜，個老驢邊甚重紈。但依然，注目梅花畔。

【落梅風】

燒銀燭，煮鳳團，大方家怎論曾慣。手挐飛仙跨紫鸞，潑繁華視如薰蒜。

【喬牌兒】

笑袁安好蚓蟠，歎謝女煞淹貫。乾坤氣序人宜翫，不撑達終趣短。

【清江引】

雪月風花天造欵，次第誰能攛[六一]。粗的不可無，細的仍須拚，酒到歌樓杯换碗。

【收尾】

人生行樂無多算，覷窮冬儘可盤桓。揺素榻晝簾明[六二]，伴青燈夜爐煖。

喜故人過訪

【雙調·行香子】

今日殘春，見我懷人，數年來離思紛紜。西巖解榻，南墅同醺。舞梁州，歌白雪，詠停雲。

【喬牌兒】

有清醽幸满尊，歎落花已成陣。寒暄徒有音書問，夢相逢怎做真。

【甜水令】

是甚風兒，吹君到此，厮親厮近，莫不是縮地見陳遵。握手論心，挑燈共話，敲棋賭醖[六三]，百忙裏盡不的慇懃。

【折桂令】

舊交遊屈指誰存，白社人稀，紫陌花新。歲序因循，天涯間阻，彼各離群。老去蹤掀髯一哂，少年心掛口休云。落日烟村，流水柴門。痛飲厭厭，醉舞蹲蹲。

【鴛鴦煞】

殺核粗且權將進，光陰迅速宜安頓。恰待逡巡，又早燕秦。唱道勉意盤桓，千金一瞬。盡樂今宵，身外事無須軫，到明朝折柳相分，又不知甚日何年會面准。

宴　集

【雙調・新水令】

華堂開宴樂嘉賓，愧疏庸敢扳賢俊。歌白雪，奏陽春，弦管紛紜，長袖舞也嫣潤。

【雁兒落】

雖無竇篆芬，喜有香醪噴。羹調錦鯉鮮，飯煮青精嫩。

【得勝令】

盛事遂閑身，雅會得高人。報李心空切，投桃愛已頻。論文，自覺慚先進。依仁，常令起後塵。

【水仙子】

無端晨鵲噪簷頻，果是高軒降蓽門，常時空仰平安信。恰今朝陡便親，在僝愚合辦慇懃。若繾綣些時半霎，便從容瞻光領薰，敢倉忙縶馬扳輪。

【折桂令】

莫不是炊邯鄲夢裏逢君，笑語依依，顧惜諄諄。回首前春，承標挹采，煞也傷神。既感荷將石作瑾，又何嫌寫海爲罇。節序如奔，人事堪嚬。好醉今宵，報此嘉辰。

【尾】

忍看樹底花成陣，幸谿橋猶有殘芬。物與景既相諧，主和賓當證本。

壽立庵兄

【雙調・新水令】

想當初金蘭相結比雷陳，四十年有如一瞬。寸心空似鐵，斗室僅容身。竹杖綸巾，於山水若天分。

【駐馬聽】

吴嶽攜尊，醉倚長松題樣本。岐陽嘉遯，暇開殘簡課兒孫。不將鵝鴨惱比隣，肯教榮辱移高韻。心事准，笑談間謝却官三品。

【雁兒落】

想當初腰金報主辰，是多少跨海騎鯨悶。止不過循行逐隊忙，那裏有吐氣揚眉俊。

【得勝令】

今日也識破假和真，又何須强做喜和嗔。澹澹似拂羽歸林鳥，悠悠似無心出岫雲。朝昏，隨偃仰情俱順。乾坤，說清修要此人。

【沽美酒】

他如今年紀兒近七旬，面貌上轉嫣潤，拍拍胸懷都是春。又無甚黄芽紫粉，行步快不遲鈍。

【太平令】

據着他堂堂方寸，覷的來事事微塵。酒到時千杯俱盡，興到處千篇不吝。者莫你遠親、近隣、故人，好看承並無生分。

【喬牌兒】

壽筵開千障錦，壽酒獻九華醞。仙賓贈藥香風噴，有雙鸞前導引。

【清江引】

轉日回天何要緊，笑殺金張傒。比君安樂窩，誰似長蛇陣，把手心頭閑自忖。

【鴛鴦煞】

功名富貴咱非遜，風流瀟灑君之運。孫子成行，賢俊盈門。唱道不羡于公，休夸謝尹。濟濟繩繩，派永溯臨沂濬，齊祝願保護靈椿，看取那宿霧撑霞萬年穩。

端 午

【雙調・新水令】

又一番角黍慶端陽，老風流越添情况。乘薰銷永日，開宴出紅妝。走斝飛觴，試共展謫仙量。

【雁兒落】

我只見槐雲度午長，柳浪和烟漲。菖蒲粉未成，菡萏花將放。

【得勝令】

荇帶小浮塘，榴火密當窗。艾勝懸門緑，符牌倚佩香。年光，有分限休胡曠。山房，少喧嘩好共將。

【沽美酒】

黄鶯兒過粉牆，紫燕兒繞雕梁，白鷺雙雙依畫舫。堪寫入丹青屏障，物共景两交暢。

【太平令】

想當日戲馬在邯鄲，臺上摔船入荆楚江鄉。簫鼓並濤聲相撞，錦繡與紅塵相蕩。不由咱感芳、據床、技癢，自撥着檀槽高唱。

【收尾】

金杯再寫蒲萄釀，喜群公飲興飛揚。見西崦澄澈月華翔，更不説東海蓬萊洞天賞。

夏日南莊書懷

【雙調・風入松】

薰風催暑麥將秋，眺景向南樓。園林過雨青當牖，慶佳期满泛新篘。舞氍毹韋娘和阮，薦珍奇花奴雪藕。

【喬牌兒】

想年時洪上遊，却今夏喜還又。浮生脆似溪邊柳，潑繁華休掛口。

【新水令】

無憂無慮更何求，止不過相隨着眼前親舊。假若我醉來波，黑婁婁納被蒙頭。直吃的海外神遊，管甚麽塵世上虎龍鬥[六四]。

【攪箏琶】

都參透,誰與我意相投。明月清風,詩朋酒友。任散髮,與掀髯,主勸賓酬。立時乾三四斗,未満吟喉。

【歇拍煞】

前人不似今人陋,今人休傚前人謬。漢闕秦宫,近日是誰消受。謫仙桃李餘,逸少蘭亭後。試請教知音會首,萬古誦風流,千鍾如敝帚。

九日,同六甥於滸東集

【雙調·新水令】

柳絲摇颺鬧西風,賞重陽又增出一弄。舞嫌天地窄,歌送酒杯醲。倚杖扶筇,人恍在華陽洞。

【落梅風】

溪邊水,亭上楓,嵌秋聲把咱陪奉。桑落酒立乾三萬鍾,這風流可誰厮共。

【雁兒落】

斜陽半嶺横,莫靄當原重。登高飲未酣,興好闌還動。

【得勝令】

嘯傲倚長松,落魄撫焦桐。此際思前事,佳期豈易逢。龍鍾,尚可續浯溪頌。朦朧,也堪收隱逸叢。

【鴛鴦煞】

玉山頹休把眉峰控,草堂寬且把心君縱。落木匆匆,潭水溶溶。唱道逕満金鋪，巖添翠聳。橘緑橙黄，漸漸把年光送，覷了這老圃秋容，合趁取畫幀裏園亭，約知音將悶懷噴。

壽渼陂先生七十

【雙調・新水令】

見群仙迤邐下瑶臺，瑞槐堂瑞烟縈帶。七旬今大老，九德古雄才。天意叵劃，與人世做師率。

【駐馬聽】

壽酒頻篩，四座豪吞杯注海。壽歌争賽，八音齊奏響淩厓。香風低護謫仙宅，霓裳門舞傾城色。千萬載，高名宏福同嵩岱。

【雁兒落】

愛的是綸竿釣巨澤，怕的是畫轂擎高蓋。告免了經邦濟世勞，償满了詠月吟風債。

【得勝令】

紫閣峰下小車回，翠微樓畔彩雲開。歌一曲快樂昇平調，放一會酸寒撒吞騃。風霾，吹不到海外神仙廨。金帛，買不出山中宰相來。

【川撥棹】

那出處那明白，古和今誰似乃。自被遷謫，不受浮埃，是多少光風霽靄，安樂窩好打乖。

【七弟兄】

逐日家快哉，放懷，坐庭階，撰新聲故把花奴捌。暢閑情那怕小鶯猜，簇春盤肯許奚娘懈。

【梅花酒】

數不盡雅調格，正溽暑初衰，喜白苧新裁，將藜杖閑策。氣昂昂洛社老，雄赳赳兖州伯，贈交梨薦翠蟹，歌共舞满前挨，杯與斝一齊擡，孫和子两邊排。

【收江南】

這的是渼陂亭上壽筵開，大家同賀古稀來。休從東海覓蓬萊，覷滂河左側，分明别是一天台。

贈北泉

【雙調・新水令】

暑回光復漸涼生，壽筵添許多佳興。仙賓來迤邐，瑞氣鬱縱横。蕭疏了待制門庭，可早有廉訪使續家慶。

【落梅風】

先人業，後代承，古來今怎能前定。明明的四壁無半星，問今日是誰挫掙。

【雁兒落】

怎撇罷雲霄軒冕情，爲過使鯁直公平性。空有些經邦濟世才，怎鬥他惡紫奪朱命。

【得勝令】

常言道衆醜忌娉婷，獨桂侮榛荆。但取心無愧，何妨謗陡生。蒼蠅，點不的美玉連城瑩。清醽,休負却苕溪十斗傾。

【鴛鴦煞】

看了他承苻結獄人難並,當繁守郡真能硬。豪邁天成,發摘惟平。唱道用舍隨時,因裁有等。志遂名馨,果不忝先公正。今日喜六九初登,待再吃四十六個筵席,從頭兒又去整。

時　祭

【雙調・新水令】

入皇朝特荷慶源長,百餘年繼承恩貺。揚世德,發休光,聞望輝煌,有勳業有高尚。

【水仙子】

一天星斗焕文章,五世聲華動廟堂,敦行禮義持謙讓。順行藏無妄想,那裏討謬亂張狂。耕織安時命,周旋有紀綱,總堪承禴祠蒸嘗。

【折桂令】

憶當年左右文皇,帝簡何明,臣守何莊。極在倉忙,極申忠孝,極見安詳。既不負文華燕賞,又能延鴻業靈長。被眷無雙,食報無疆[六五]。子貴孫榮,姓顯名昌。

【雁兒落得勝令】

勳庸紀太常,英爽存遺像。箕裘有後人,獻享明時鬯。奕葉保書香,迤邐荷天章。門第遥同謝,科名隱似王。垂堂,但舉措何曾忘。鬩牆,肯含洪有甚妨。

【沽美酒太平令】

從離了固始鄉，卜築在古部邦，積德長寧人共仰。又恁地賙鄰恤黨，有温恭不豪放。布陰騭西原身上，遺厚德東里邊厢。視簪組繩繩相望，似瓜瓞綿綿相況。今日個茹芳、挹香、嗣響，盡都是餘波流暢。

【收尾】

薦馨香詎敢祈靈貺，但將行歲序之常。保佑的繼承忠孝立穹蒼，越表這世德巍巍後賢仰。

南里扶病看山，賦此贈之

【雙調・新水令】

見青山便自喜開顔，這胸脯怎窺邊岸。連朝俱病酒，三日未加餐。坐卧艱難，登臨處不知倦。

【落梅風】

尋芳易，得趣艱，怎論他慣也不慣。立地頂天都是眼，却誰知個中科段。

【雁兒落】

覷他談吐間，是我追遊伴。悠悠似野雲，浩浩如玄瀚。

【得勝令】

者莫澗底浥飛湍，巖下結茅團。習静群山鹿，尋真問大還。諸般，但題起情俱願。無端，緊關裏身欠安。

【鴛鴦煞】

釣漁臺有福蒙裁鑒，挹嵐亭無興空嗟歎。相别後風雨摧殘，途路間關。信道會晤緣薄，歡娱分減。天意如憐，圖再舉期非晚，似這等扶病觀山，纔顯那有就裏先生興非淺。

戊戌歲正有感[六六]

【雙調・新水令】

荷良朋送我上蓬萊，省多少利名場大驚小怪。山林原是福，萋斐詎爲災。逐日價放浪形骸，早五過六旬外。

【駐馬聽】

勳業難策，多少英雄胡掙挫[六七]。韶華易邁，古今賢俊盡愚騃。蕭曹伊吕豈其儕，巢由嚴魏安能逮。途路側，是非成敗何須介。

【雁兒落】

笑他每遨遊郭隗臺，潦倒韓侯寨。奔馳王謝堂，趍走金張陌。

【得勝令】

怎如喒死守定紫筠齋，生怕上洛陽街。但得個曲枕逍遥卧，更道甚高軒迤邐來。勳階，抹見影頭疼的煞。金帛，積如山何用哉。

【喬牌兒】

安樂窩好避乖，是非海怎寧耐。今年不似前年泰[六八]，老先生當自揣。

【攪箏琶】

狂奴態，充不的謫仙才[六九]。殢酒看花，呼朋對客。任散髪，與披襟，嘯傲恢諧。小園林喬布擺，又甚人猜[七〇]。

【鴛鴦煞】

放粗豪自覺乾坤隘，喜音聲豈戀芙蓉額[七一]。月色如揩，竹影如篩，唱道雨過涼生，杯空再買。灑落歡娛，身恍在瑶天外[七二]，雖然是六五初來，還再要歌詠昇平萬萬載[七三]。

二姊壽日

【雙調・新水令】

六十八轉眼是古稀年，幾曾改半星兒大家體面。和熊雖有訓，種玉已成田。福壽雙全，那一事惱心願。

【壽陽曲】

孫枝秀，子姓賢，這都是老人家積善。子和孫齊簇簇舞壽筵，問人生可能多見。

【雁兒落】

祥光下碧天，喜氣彌深院。箕裘奕世承，科甲聯芳現。

【得勝令】

閑坐午風軒，親注九霞篇。文采追蘇蕙，成全及孟堅。偹焉，鶴髪明堆練。嫣然，童顔宛似蓮。

【鴛鴦煞】

華堂前景物人俱羡，慈幃中燕喜傳難遍。鳳炙麟炰，脆管冰弦。唱道盡老歡娱，終天繾綣。志悦神怡，身已在蟠桃宴，並姑仙笑指桑田，知他是幾見蓬萊水清淺。

九日，同南里、南川、尚、王、李六人登高

【雙調・新水令】

算年華雖上下七旬邊，喜登高一個個步趍堪羡。黄花霜鬢稀，緑蟻翠眉傳。痛惜輕憐，奈時序易流電。

【落梅風】

穿回磴，過小園，懊西風將柳條作賤。景色依稀似去年，却誰如去年人面。

【雁兒落】

急張筵列管弦，勝秉燭追遊宴。六個人三百九十七（南里六十七，南川六十，克誠七十四，宗器七十一，天爵六十一，予六十四），一片心了悟圓通現。

【得勝令】

看喒家真快樂武亭川，笑他們空想像蔚藍天。有散誕無拘束，會風流足笑言。桑田，見如今人海波千變。華軒，怎似俺蓬窗一覺眠。

【鴛鴦煞】

金杯好把香醪勸，佳辰苦妬遊人願。風雨摧殘 ，病疾淹纏，便索遷

延。唱道體既康寧,餘無偃蹇。四海雍熙,明聖主承天眷,休只管抵死裏積趲家緣,錯過了錦片似光陰可不交後人貶。

【雙調·行香子】

忽起秋聲,便覺涼生,過南村覷卜西成。青山排闥,綠水環亭。笑夷吾,悲德祖,羨淵明。

【喬木查】

恣酕醄酩酊,任追遊眺騁,鶴氅綸巾酬素景。轉日回天勳名重,比絮還輕。

【天仙令】

風雹定,嘹唳雁南征。浪息波澄,天空望迥。興到處覓娉婷,小坐閑亭。撥檀槽重瀹茗,何限幽情。

【慶宣和】

漢闕秦宮廢與興,也不必胡評。眼見夕陽下原磴,咱呵要自省,自省。

【喬牌兒】

他笑我老渾無一事成,我笑他世慣染傳槽病。楚三閭不飲殺何曾惺,若充饑須是餅。

【清江引】

林泉待人無暖冷,較甚凡和聖。卞隨堪許清,伊尹仍爲挣,節物於咱當受請。

【離亭宴煞】

筵羞何必烹調盛,盤餐却喜殽蔬净。會擺脱是英雄要領,黄金不在多，白日毋空過，要緊的休交省。心無一事牽，歌有雙鬟靚[七四]。好結果桑榆暮境，但痛飲六千場，甚良田十萬頃。

【雙調・行香子】

菊滿東籬，人醉西溪，秋深也還有芳菲。奚童載酒，紅拂鳴絲。謝白衣，烹紫蟹，薦黄雞。

【喬牌兒】

安樂窩煞整齊，蓬萊境怎尋覓。覷龍山做作真兒戲，要□人尋就裏。

【甜水令】

藉地爲席，呼盧勸飲，隨賓分隊，興趣世應稀。去歲今朝，明年此日，凝眸之際，這其間用不着査梨。

【折桂令】

想人生受用了便宜，誰是王喬，誰是安期。攘攘勞勞，巴巴□□，事與心違。倒上橋前程易悔，順推船去景難追。漢苑秦圻，霧鎖烟迷。好趁蒼顔，莫扯虚脾。

【收尾】

園林些小銜風味，看山光水色相輝。過霜節且權辭，待花朝又從起。

壽涇涯兄

【雙調・行香子】

四海爲心，萬鎰揮金，玩滇池歲月何深。淩翁慕義，升甫知音。憶蘇門,思洛社,返雲林。

【喬牌兒】

喜還家約可尋,驚握手閏重臨。百年身早兆下千年讖,引雲仍歡笑稔。

【攪筝琶】

思量甚,但宴樂惜分陰。鵝鴨雞豚,香粳玉廩。閑絮聒,縱來侵,覷似蛩吟。肯將咱逸興寢,氣度沉沉。

【清江引】

萬花亭風光隨苒荏,放浪誰能禁。憂時意更長,吊古心無盡,鹿門公並軀何似您。

【煞尾】

滸西雲汋清香滲,敬和君酕醄痛飲。願常此享康寧,令傍人看晝錦。

壽谿田先生

【雙調・新水令】

少年時聲價重三秦,到大來掌斯文正學心印。距七旬唯四載,賀萬福自今春。命世賢人,輔世名臣,勳業事繫時運。

【落梅風】

千年譽,百世身,與峩山門奇争峻。草堂前杖藜吟曙雲,甚豪華敢來親近。

【雁兒落】

山堂近水村,花塢開新醖。同予閑散人,共遣風流蘊。

【得勝令】

胸次本無塵,用舍又何嗔。趣到常行樂,途窮肯問津。離群,無本事徒生分。推輪,有來頭怎避紛。

【鴛鴦煞】

英雄末尾天難信,乾坤氣數人休問。既忝聲聞,又敢因循。唱道取寓而安,唯時是允。無固無隨,常坦坦何憂悶,雖慶賀六六嘉辰,特敷演高懷,與斯文做樣本。

五星湖泛舟

【越調・鬥鵪鶉】

萬頃烟波,千彪釣艇。雲净山空,詩餘酒醒。蕩槳驚鷗,回橈破荇。緑涵天,峰倒影。畫裏仙源,人間勝境。

【紫花兒序】

喜的是風清月朗,怕的是霜冷冰連,願的是浪暖舟輕。雖不是江湖伴侣,也多些散誕才情。休驚,便是那雲漢浮槎,我可也舊也曾。道不得語無根證,似這等落落陀陀,何如他灝灝泓泓。

【金蕉葉】

只見小樓東漁舟遠撑,夕陽外金波細生。有幽人攜榼抱瓶,近前來躬身定省。

【調笑令】

將那巨觥,手高擎,笑指方山萬仞青。峥嵘一似公名盛,喜今朝驀地相迎。量着這野簌村醪有甚馨,也則是略表趨承。

【小桃紅】

前徒撒網後舟横,柝喊音相應。電逐雷轟霎時定,網股已交肩,跳樑乾使金麟蹭。摸籃半傾,船槽满迸,采歌聲喧起蓼花汀。

【鬼三台】

看了這嬉遊盛,把不住臨淵興,怪不得瀟湘洞庭。啜哄了些無打算舊知名,猛可裹心頭自惺。熱功名道好來人亂争,業風流道磣來誰慣經。大古裹可意的是珍食,虚囂的是畫餅。

【禿厮兒】

唤漁人把漁舟再整,勸幽人將幽意休輕。身世浮沉似轉萍,有增減,有除乘,難明。

【聖藥王】

怎如咱曲未成,酒已傾,相攜相並遠尋盟。吟又賡,醉又醒,萬花叢裹聽吹笙,磊落盡餘生。

【麻郎兒】

謝玄暉幽懷轉增,劉夢得妙趣喧騰。更和那侄叔同棲阮步兵,他都是甚娘情性。

【么】

他將那小鐺煮鯉满盛,笑吟吟主勸賓承。喜孜孜前將後領,齊撲撲碗空瓶罄。

【絡絲娘】

也何須追洛浦淩波襪冷,也何須歎吴江孤鴻隻影。似這等醉酒高歌有誰競,明日把佳期再騁。

【東原樂】

疏林外,雲已冥,我只見湖光山色交相映。比及到烟鎖蒲關早二更,安排定,醉春風滿天嘉興。

【綿搭絮】

看了這灘頭晾罟,水面排罾,閑思角里,漫想嚴陵。呀,甚渴睡輪得他到眼睛,便做個東道無心待怎生。但得他浪穩波平,怕甚麼典春衣重約請。

【拙魯速】

下蘭舟恨瞢瞢,上籃輿悶滕滕。比及到旅館閑庭,鋪設下霧帳雲屏。那曾有恰來的半毫兒清,幾番家徯倖,百般的倈倩,等不得曉霞飛天又明。

【尾聲】

春遊怎似今番盛,酬不了良辰媚景。休説他恣歡賞古今同,怎如咱際雍熙歲華永。(彫,音丢。)

寄壽南莊先生

【越調・鬥鵪鶉】

壽域天開,祥光四起。玉液瓊漿,麟炰鳳炙。西母蟠桃,東華寶笈。

賀長年，歌盛德。品竹彈絲，移宫换徵。

【紫花兒序】

想當日丹墀對策，青瑣封章，是多少獻替維持。比及一人有慶，萬國來儀，八表重譯。纔見的補衮才猷所事宜，斡旋元氣。四十年擊壤謳歌，億萬載納約名實。

【小桃紅】

銀臺風采又誰及，議論無紛二。大體宏綱有干係，肯推辭，一心醞釀唐虞治。光生紫極，祚綿金陛，老尚書方拜少孤席。

【金蕉葉】

保護了三朝社稷，卜築下中條翠微。羡疏公當時見幾，效韓琦榮歸故里。

【調笑令】

帶圍，玉生煇，揭地掀天德望巍。靖恭心自爾存抑畏，怕前途願與行違。笑指南莊拂袖回，這其間福履咸綏。

【禿厮兒】

兒儘是文人詞，伯孫又見玉樹瓊蕤。順志承顔在壽幃，王與謝，竇和崔，難追。

【聖藥王】

世業暉，聲聞偉，光前裕後姓昭回。監往規，謹細爲，行藏履歷不曾虧，一代縉紳魁。

【麻郎兒】

别業有名花蔽虧，山房無俗客相陪。乘興賞黄花滿籬，信步看白雲天際。

【么】

烹鯽煮雞設席，醉時任衫袖淋漓。無打算的歡娛在這壁，胡支扭的榮華在那哩。

【綿搭絮】

八旬已過，九十將及，天香馥處，仙客來集。一派笙歌奉壽杯，笑睹曾玄舞彩衣。繞南莊車馬轟雷，這風光能見幾。

【拙魯速】

福和德緊相隨，伏與倚杳難窺。神明惡蚩，皇天眷直。汾陽福壽兆民祈，九卿名器，百年長計，都不愧半星兒。

【尾聲】

公名公德人難繼，這壽考齊天未已。後代仰休光，方今傳大美。

雪

【越調·鬥鵪鶉】

萬里同雲，千峰褪碧。衣上花明，風中絮起。氣侮秦樓，光摇漢壘。飲兕觥，傳鳳炙。黨氏粗豪，袁公就裏。

【紫花兒序】

想當日詞人鬥靡，墨客爭能，白戰分題。鹽銀玉粉，鶴鷺瓊梨，仿佛依稀。歎東坡聚星堂有您的，不離了形聲色味。更誰能寫照傳神，奪化探奇。

【小桃紅】

天工化育本幽微，騰六空傳字。映物侵眸偶然事，枉思惟，光明参爽皆靈致。承風偃欹，當曦狼藉，是誰能摹寫半星兒。

【禿厮兒】

小酌向閑亭滸西，微吟在種菊疏籬。穉子當階刻小獅，斟桑落，敞園扉，堪怡。

【聖藥王】

舞袖齊，歌板移，回川南下望瀰瀰。雪愈急，興愈馳，仙翁倚座醉如泥，道甚玉山頹。

【尾聲】

四時好景勞君記，雪月風花是已。上上品照乾坤，千千年瑞家國。

元 宵

【越調・鬥鵪鶉】

燈火樓臺，笙歌院宇。光射簾櫳，春生杖履。座有高朋，筵無誕侶。月嬋娟，人濟楚。人月同圓，杯盤鬥舉。

【紫花兒序】

想當日輪開安福，荔撒長春，可也是侈肆歡娱。但願得豐登五穀，福被寰區，澤在編廬。四海雍熙樂有餘，聖天子百靈咸助。又何妨共賞元宵，並玩蓬壺。

【小桃紅】

看了這武功文德賽唐虞，率上蒙恩露。萬姓謳歌慶雲度，百無拘，賞心樂事俱成趣。者莫閭閻細夫，村坊老婦，都一般歡笑夥相逐。

【尾】

燈光蟾魄爭馳騖，直吃的醉酕醄更殘戍鼓。一任他中極曉星沉，東山紅日吐。

六十三作

【越調・鬥鵪鶉】

身不惹紫陌紅塵，又道甚朱輪畫戟。止不過稚子山妻，那裏討眉南面北。打疊起火棗交梨，受用些香醪玉鯉。荷蒼天，特做美。無難無災，常樂常怡。

【紫花兒序】

趄趨的六十三歲，咫尺間就是七十[七五]，甚要緊又扯虛脾。東山攜伎，北海留題，南畝扶犁。免向紅塵惹是非，學一個養身息氣。掙挫下羽扇綸巾，皓首龐眉。

【小桃紅】

弟侄甥子設筵席，逐日價歡相對。四座酕醄老夫醉，恰言歸，新聲一派從天墜。才清思奇，玉聯金儷，不知這頑福那來的[七六]。

【禿厮兒】

無上事論黃數黑，好閑交折翅摧蹄。前人此時誰在矣，禍共福，險和夷，當知。

【聖藥王】

故友稀，白髪齊，草堂不遠隔松溪。放會顛，撒會癡，留連直到月兒西，也做會愛月夜眠遲。

【尾】

脚跟兒幸喜踏實地，不受用交人笑你。六十三且醉向畫堂中，一百八還拿在手心裏。

贈五泉

【越調・鬥鵪鶉】

鄒魯方家，雍秦大雅。步穩鵬程，名馳雁塔。膴仕燕南，辭高晋夏。那才情，那英發。富貴翻萍，勳庸飄瓦。

【紫花兒序】

剗的又年過知命，端的是受用無涯，那的有蹭蹬波揸。看了他持杯勸斝，翠袖紅牙，摘葉拈花。想當日許史金張歪勢殺，越交人味如嚼蠟，問東君昨日今朝，還可來麽。

【小桃紅】

五泉風月轉堪誇，興不在淵明下。羽扇綸巾坐簷厗，玩雲霞，分明一幅柴桑畫。黄花亂插，白衣斟罷，微醉岸巾紗。

【禿厮兒】

落魄向青山兀那，逍遥在緑水凹凸。樵父漁翁相伴耍，耍瀟灑[七七]，要奢華,隨咱。

【聖藥王】

喚小娃,鼓鳳琶,高歌一曲浣溪沙。壽几陳,壽酒加,炰鱉膾鯉饌胡麻,更有棗如瓜。

【尾聲】

群仙迤邐駢鶴駕,満寫雲汋共把。願萬載做松喬,勝千年傳董賈。

重繕滸西別業

【越調・鬥鵪鶉】

堂寢重新,垣墉再起。座榻生輝,堦墀就理。卉木呈妍,川原抱碧。列仙廬,處士室。煉藥彈琴,耕雲釣水。

【紫花兒序】

一任他花開花落,物換星移,臘去春回。則曉的閑觀南浦,散步西溪,縱目前陂。四體逍遥萬慮畢,甚繁華敢相干繫。嘯傲羲皇,將息么微。

【小桃紅】

少時豪氣與天齊,覷魏霍如兒戲。緊自投閑便忘世,行檢暗中虧,疏狂放浪無巴臂。只知恁的,詎思今日,白將勳業路兒迷。

【禿厮兒】

因此上將錯變美,因此上借景騰輝。肆意安心殢酒杯,無妄想,省驚疑,安棲。

【聖藥王】

脚步兒實，魂夢兒喜，四時風月緊相隨。翠篠中，芳樹底，夕陽西下笑扶藜，似身惹御香歸。

【尾聲】

瑶池弱水人空覓，得盡老於斯足矣。每日家開户牖見南山，恰便似坐丹青迎角里。

九　日

【商調·集賢賓】

好光陰又輪着九月九，遊賞事喜相逐。引翠袖登高望遠，黄花烏帽白頭。香馥馥滿泛瓊巵，韻悠悠齊唱梁州。想人生有花當命酒，眼睁睁逝景難留。蛩聲三徑晚，雁影一天秋。

【鳳鸞吟】

方纔待下小洲，見花奴早勸酬，弄檀槽手您柔。一行裹放喉，一行裹拍手，飲興兒百般家馳驟。染霜毫，和樂章，麈玉麈，看山岫，畫圖中那討這風流。

【節節高】

酒如懸溜，花如堆繡。烟銷霧斂，暑回涼又。倒着綸巾，策着藜杖，開着笑口，兀的不受用殺烟霞漫叟。

【四門子】

舞衣輕掠不了蒼苔皺，坐斜陽肯便休。山月升，林靄浮，尚兀自满斟雙玉斗。一覓裏更綺筵，籠畫燭，問甚麽晨光在柳。

【浪裏來煞】

千駟想，一味譾，古和今明放着下場頭，快樂事幾人能悟剖。都只待舟沉塞漏，因此上約知音醉裏覓丹丘。

秋　興

【商調·梧葉兒】

乘涼興，眺午晴，山翠轉分明。掃地花間坐，聞蟬柳外鳴。待有意酌清醽，怕溽暑還來做梗。

【鳳鸞吟】

策扶老行，喜蒼苔襯步輕，老人家少甚情。煮一碗軟羹，瀹一壺細茗，葫蘆提笑吟三徑。揀花陰，晾會風，省往事，收些性，到大來何怨何憎。

【玉抱肚】

洪纖皆命，聖和凡都是弄影。賣甚麽牢成，百年身世似番萍，笑三閭元未醒。

【尾聲】

論知幾當把嚴光敬，陶潛那會懶，林逋要求名。餚毁譽，覓安寧，休倣倣上淩烟，那誰等羞殺人。鶡雞相競傳示你，惺惺的當自惜惺惺。

悼　内

【商調·集賢賓】

二十年有如一夢裏，君喚甚我名誰。却怎的驀然相會，又恁樣剷地别離。想音塵無影無蹤，覷遺形行是行非。痛歇歇鎮聞兒女啼，知他在那方何地。翠屏今日掩，長夜幾時回。

【逍遥樂】

莫不是前生宿世，照影的姻緣，摶冰的恩義。暗想當時，怎説他舉案齊眉，伸縮劑量無轉移，不矜夸一團貞氣。任驕兒傲子，悍婢豪奴，霧滅烟飛。

【上京馬】

俺若是因茶被酒誤耽疾，他可也褫魄銷魂有恁急。審煖詢寒忙到底，直候個氣體充實，恰方纔放下腹中石。

【醋葫蘆】

俺如今年華過六旬，期頤争一米。杏酸桃苦有誰知，對五歲癡兒長歎息。鎮日價昏昏如醉，過中庭忍覷舊屏闈。

【梧葉兒】

但題起悲歡事，在平生看的微，今日個無那苦依依。嚥不下吞不的，捱不過罷不得，淚點兒似杷推，天、天、天，天肯與愁人做美。

【後庭花】

也待要托酕醄將恨迷，怎當他望簾櫳愁越起。最難當心坎上刀連刺，怎同他皮膚外手誤批。舊日也喪前妻，正負着方强筋力，女三人婚嫁畢，子一人文采奇。門庭内不索疑，蕭牆外煞整齊。烹調的有所習，刓劃的無墜毁。

【青哥兒】

今日也氣絲絲卷腰曲脊[七八]，影儵儵物是人非，子稚年衰所事違。雖一般侍寢更衣，問口供食，趨走奔馳，料理撑持。題起那薦蘋蘩禴祠，拜階西交誰替。

【浪裏來煞】

團圓十八年，始終如一日，調停心何異伯宗妻，地塌天摧重見此。大沾裹運途顛沛，休只管怨天公折害俺一家兒。

中　秋

南曲【月兒高】

玉宇清如洗，冰輪正東起。徙倚危闌望，又早懸天際。人月同圓，弦管更如沸。年時已拚今宵會，顯晦陰晴，凡塵難必。喜，知音我和伊，對此良宵，歡笑怎成寐。

【桂枝香】

璚瓜如蜜，冰桃尤脆。想人生會少離多，又道甚虛名微利。歎階前短葵，迎秋還媚。及時行樂好傳杯，後會知誰，壯酕醄忍遽歸。

【玉抱肚】[七九]

更籌將既，望嬋娟猶縈素輝。這情腸更增十倍，管甚几筵狼藉，重將新釀寫尊罍，笑遣花奴取次催。

【掉角兒序】[八〇]

爛銀盤即漸轉西，玉樓臺倒影離披。恰葳蕤斜醮小溪，又參差满堆花砌。桂香來，穠還細，嫦娥煞會知人意。

【餘音】

玉山頹仙翁醉，相將相笑始言歸，不覺晨光已在扉。

賞牡丹

南曲【山坡羊】

雨過緑槐庭院，風綻天香花片，青山若洗緑水澄如靛。坐小軒，呼僮饌玉鯿。開尊與斝，共醉看花宴，愛此穠芳勝去年。晴川，偏宜三月天。名園，優遊便是仙。

【水紅花】

玉奴銀甲弄朱弦，可人憐，粉容花面。喧喧笑語鬧花前，凭香肩，慇懃相勸。勸道芳香如是，何惜暫留連，看花月門嬋娟也囉。

【皂羅袍】

羞褪了夭桃朱瓣，又道甚梨花堆玉，柳絮飛綿。佳辰痛飲可遲延，歲華易去如奔電。前年花謝，今年又然。今年人老，明年忍言。相攜且盡追遊願。

【餘音】

好園亭歡娱遍，今生不飲那生衍，況有槽頭酒似泉。

秋　感

南曲【番馬舞秋風】

潦水將收，翠幕青帘賞素秋。看了這涼風新透，玉露方零，溽暑初柔。金杯低寫緑雲浮，檀槽杳撥寒泉溜。一派秋聲恁相逐，可自把追遊後。

【一江風】

坐南樓，皓月如清晝，寶瑟韋娘奏。細凝眸，鷺立滄州，雁陣驚寒，時序重陽又。雄圖似電逐，行年如箭走，此事君知否。

【風入松】

少年時曾上鳳池頭，險些不斷送了朱遊。則今日燕暇皆天佑，又道甚錦帶吴鈎。幸對東籬北海，何妨皓齒明眸。

【餘音】

笑陶潛能開手，柴桑終日恣清遊，金印從他大似斗。

南曲【四塊金】

黄金满籯，一霎隍蕉佷。高官極品，一炊黄粱竟[八一]。説風流咱也曾，道省悟誰能領。虎鬥龍争，蟬噪蛙鳴[八二]。且休聽，可能，换得些兒夢魂清静。

【鎖南枝】

他精細，您志誠，自夸自迷還自梗。他那裏號令風霆，您這裏偃蹇無成，命數裏窮通怎明。一日安閑，一日與神仙並。乾刮劃，半世腥，省張羅,五情定。

【銷金帳】

逢時遇景,好把歡娱競。采靈芝共玉英,身安步輕坐閑亭,奏瑶琴一弄。三公九卿,重裡列鼎。到頭何影何形,總是無星秤。杯空且篩,謾酬幽興。

【沉醉東風】

草堂深前排畫屏,玉川長四圍佳勝。謾坐芳洲蓼汀,遇波澄天净,望雲山似倒涵清鏡。丹霞可庭,黄精满鐺,沉醉後卧夕陽,月兒西依然未醒[八三]。

【餘音】

今生自在皆天幸,甚分福交咱受請,萬萬載但祝昇平。

(康海《沜東樂府後録》下卷)

校勘記

[一]“自序”至“益”:原缺,據十九卷本《對山集》卷十《沜東樂府後録自序》補。

[二]歸:原作“婦”,據文意改。

[三]際,而:原缺,據十九卷本《對山集》補。若與:十九卷本《對山集》作“又以”。

[四]“時嘉靖十八年”至“序”:十九卷本《對山集》無。

[五]褰:原作“裹”,據文意改。

[六]粲:原作“燦”,據文意改。

[七]掉:疑“調”之誤。

[八]彤:原作“同”,據文意改。

[九]前一“兒”字,原脱,據上下文補。

[一〇][六二]榻:原作“塌”,據文意改。

［一一］沙：原作“紗”，據曲譜改。

［一二］［二一］葳：原作“威”，據文意改。

［一三］雅：借作“鴉”。

［一四］此首《全明散曲》收録，題作“閑情”。

［一五］斜：原作“斜”，據文意改。

［一六］［七五］咫：原作“只”，據文意改。

［一七］拆：原作“折”，據文義改。

［一八］《全明散曲》收録前三首，題作“飲中漫興”。

［一九］佳：《全明散曲》作“加”。

［二〇］《全明散曲》收録此首，題作“閑情”。

［二二］此首《全明散曲》收録，題作“述隱”。

［二三］風流俊黨：《全明散曲》作“兒曹細黨”。

［二四］早又：《全明散曲》作“又早”。

［二五］茵：原作“因”，據文意改。

［二六］此首《全明散曲》收録，題作“歸田述喜”。

［二七］榜放：《全明散曲》作“放榜”。

［二八］媒：《全明散曲》作“謀”。

［二九］【那吒令】一曲，《全明散曲》無。

［三〇］好趍蹡：《全明散曲》作“離巖廊”。

［三一］請文錢膡那下數两：《全明散曲》作“賣文錢騰挪下數两”。

［三二］【寄生草】一曲，《全明散曲》無。

［三三］又：《全明散曲》作“却”。山林相：《全明散曲》作“虀鹽相”。

［三四］袋：《全明散曲》作“斝”。

［三五］【中吕·粉蝶兒】：原作“又”，依體例改。

［三六］八：私史沐編《滸西山人初度録》作“列”。

［三七］聽：原作“廳”，據曲譜改。

［三八］此首《全明散曲》收録，題作“自壽”。

［三九］此曲《全明散曲》作：“荷天公寧耐老來身，利名場遠辭勞頓。山川仍故國，風月满閑門。雖道是鹿豕同群，任瀟散無拘禁。”

［四〇］【駐馬聽】一曲，《全明散曲》無。

［四一］“豈如將自在心，撒一會風流吞”二句，《全明散曲》作“因此將圭組拋，且試把山林問”。

［四二］物物：《全明散曲》作“色色”。

［四三］肌：《全明散曲》作“饑”。

［四四］請：《全明散曲》作“清”。

［四五］呀：《全明散曲》無。

［四六］夢：《全明散曲》作“福”。

［四七］棹：原作“掉”，據曲譜改。【川撥棹】一曲，《全明散曲》無。

［四八］【七弟兄】一曲，《全明散曲》無。

［四九］好天行梓里：《全明散曲》作“畫堂開綠野”。

［五〇］畫：《全明散曲》作“華”。正：《全明散曲》作“又”。

［五一］醞：原作“蘊”，據文意改。

［五二］社：原作“杜”，據文意改。

［五三］此首《全明散曲》收録，題作“歸隱”。

［五四］［五五］的：《全明散曲》無。

［五六］此曲《全明散曲》作：“趁着這榴巾謝蝶使稀，梅彈落鶯雛避。槐幄張燕子穿，萍錦動魚兒戲。”

［五七］他子道：《全明散曲》作“説甚麼”。

［五八］我子道：《全明散曲》作“則這般”。

［五九］此曲《全明散曲》作：“涼生暫向西巖憩，身閑好結白蓮會。丘壑風清，賓主情怡。唱道境勝蓬萊，人同季綺。無繫無拘，請受些山林味。我可也本不是花逕避秦人，免做個雲陽棄市兒。”

［六〇］宵：原作“霄”，據文意改。

［六一］第：原作“弟”，據文意改。

［六三］睹：疑爲“賭”字之誤。

［六四］塵：原作“蓙”，據文意改。

［六五］疆：原作“彊”，據文意改。

［六六］此首《全明散曲》收録，題作“又”，承前首《自壽》之題。

[六七] 挫:《全明散曲》作“揣”。

[六八] 前年:《全明散曲》作“前春”。

[六九] 的:《全明散曲》作“得”。

[七〇] 又:《全明散曲》作“有”。

[七一] 豈:《全明散曲》作“口”。

[七二] 瑶:《全明散曲》作“遥”。

[七三] 詠:《全明散曲》作“舞”。

[七四] 靚:原作“孋”,據文意改。

[七六] 來:私史沐編《滸西山人初度録》作“里”。

[七七] 瀟:原作“消”,據文意改。

[七八] 脊:原作“瘠”,據文意改。

[七九] 抱:原作“包”,據曲譜改。

[八〇] 掉:原作“調”,據曲譜改。

[八一] 粱:原作“梁”,據文意改。

[八二] 蛙:原作“哇”,據文意改。

[八三] 醒:原作“惺”,據文意改。

周　用

周用（1476—1547），字行之，號伯川，吴江（今屬江蘇）人。弘治十五年（1502）進士，授行人，遷南京兵科給事中，累官至吏部尚書。卒贈太子太保，謚恭肅。有《周恭肅集》。傳見《周恭肅集》附録嚴訥《周公行狀》、夏言《周恭肅公神道碑銘》、顧應祥《周恭肅公傳》、《世經堂集》卷十五《周公墓誌銘》、《鈐山堂集》卷三十三《周公墓表》、《明史》卷二百二。

小　令

【梁州序】　壽　弟

初宴賓客，清時鐘鼓，香瀉金莖仙露。鶯花三月風□，占斷東吴。况是清明時節，春草池塘，特地傳佳句。湖山開秀色，勝蓬壺掩映，高堂戲彩圖。滄海頌，碧桃賦，把人間甲子從頭數。期百歲，慶初度。

（周用《周恭肅集》卷十）

陸　深

陸深(1477—1544),初名景,字子淵,號儼山,上海人。弘治十八年(1505)進士,歷官太常卿兼侍讀、詹事府詹事等。卒謚文裕。有《南巡日録》、《儼山集》、《續集》等。傳詳《國朝獻徵録》卷十八許讚撰《陸公墓表》,《明史》卷二百八十六亦有傳。

小　令

戊戌秋,明堂禮成,慶成宴樂章七首

【萬歲樂】

風調雨順秋光好,啟明堂吾皇有道。尊親饗帝多仁孝,際昌期成大報。

【朝天子】

宫懸,繡簾,黼座黄金殿。雕龍彩鳳簇瓊筵,湛露初沾宴。堯舜重逢,唐虞再見。五雲天,御爐烟。遥瞻,聖顔,雉尾開宫扇。

【水龍吟】

五色祥雲擁六龍,開禁殿,列臣工。主恩皇澤,禮樂象成功。文華物

采,極天風動,萬國來朝貢。

一奏【開明堂】之曲

大禮候昌朝,崇孝敬,正宗祧。鈞天聲裏韻簫韶,金殿淩雲切紫霄。聖君萬壽,臣節百僚。願上華封謡,仰祝唐堯。

【四邊静】

國祚萬年,禮樂重光一統天。玳瑁筵,麒麟殿,瑞靄祥烟,聖主開恩燕。

【鳳鸞吟】

時文聖明,運中興,道太清。業敷天,功扶世,治化升平。和神人,靖邊境,叙彝倫,協咸英。一德秉精誠,璿衡齊七政。享明堂大典斯成,奠玉帛,潔粢盛。妥神靈,兆休應,報深恩罔極難名。

【萬歲樂】

鵷聯鷺序臣拜舞,荷醲恩躬逢聖主。配天勳業高千古,同聲祝文共武。

戊戌冬至,南郊禮成,慶成宴樂章四十九首[一]

【萬歲樂】

五百昌期嘉慶會,啟聖皇龍飛天位。九州四海重華日,大明朝萬萬世。

【朝天子】

滿前,瑞烟,香繞蓬萊殿。風回韶律鼓淵淵,列陛旌旗絢[二]。日至朱躔,陽生赤殿。氣融和,徹上玄。歷年,萬千,長慶天宫宴。

【水龍吟】

寶殿金爐瑞靄浮,陳玉案,列珍羞。天花炫彩,照耀翠雲裘。鸞歌鳳舞,虞廷樂奏,萬歲君王壽。

一奏【上萬壽】之曲

聖主垂衣裳,興禮樂,邁虞唐。蕭韶九成儀鳳凰,日月中天照八荒。民安物阜,時和歲康。上奉萬年觴,胤祚無疆。

【四邊静】

天啟嘉祥,聖主中興正紀綱。頌洋洋,功蕩蕩,國運隆昌,萬載皇圖壯[三]。

【鳳鸞吟】

維皇上天,佑聖明,景命宣。五雲輝,三臺潤,七緯光懸。協氣生,嘉祥見,正萬民,用群賢。垂衮御經筵,宵衣勤政殿。禮圜丘大祀精虔,明水潔,蒼璧圓。秉周文,承殷薦,眷皇家億萬斯年。

二奏【仰天恩】之曲

皇穹啟聖神,欽乾運,祇郊禋。一陽初動靄先春,萬福來同仰至仁。祥開日月,瑞見星辰。禮樂協神人,宇宙咸新。

【水龍吟】

春滿雕盤獻玉桃,葭管動,日輪高。熹微霽色,遥映衮龍袍。千官舞蹈,鈞韶迭奏,曲度升平調。

【水龍吟】

紫禁瓊筵暖應冬,驂八螭,乘六龍。玉卮瓊斝,黻座獻重瞳。堯天廣運，舜雲飛動，喜聽賡歌頌。

【太清歌】

長至日開黄道，喜乾坤佳氣，陽長陰消。奏鈞韶，音調鳳軫，律協鸞簫。仰龍顔天日表，如舜如堯。金爐烟暖御香飄，玉墀晴霽祥光繞。宫梅苑柳迎春好，燕樂蓬萊島。

【上清歌】

雲捧宸居，五星光映三臺麗。仰日月，層霄霽，仰日月[四]，層霄霽。中興重見唐虞際，太和元氣自陽回，兆姓歡愉。

【開天門】

九重霄，日轉皇州繞[五]，燕天家共歌魚藻。龍鱗雉尾彩雲高，祝聖壽，慶清朝。

【御鑾歌】

雅奏樂升平，瞻絳闕，集瑶京，黄童白叟喜氣盈，謳歌鼓舞四海寧。金芝結秀，玉樹含英。聽康衢擊壤聲，帝力難名。

【賀聖朝】[六]

華夷一統，萬國來同。獻方物，修庭貢，遠慕皇風。自南自北，自西自東。望天宫，佳氣鬱重重。四靈畢至，麟鳳龜龍。

【殿前歡】

瑞雲晴靄浮宫殿，一脈陽和轉。禮成交泰開周宴，鳳笙調，龍幄展。天心感格人歡忭，四海謳歌遍。

【慶豐年】

賴皇天，錫豐年，勤禹稼，力舜田，喜慰三農願。嘉禾秀，瑞麥鮮，賦九州，貢八埏。神倉御廩咸充滿，養民以養賢。

【新水令】

聖德精禋格昊穹，一大統四夷來貢[七]。玉帛捧，文軌同，世際昌隆，共聽輿人頌。

【太平令】

誕明禋天監元後[八]，光四表惠澤周流。來四裔趨前擁後，獻萬寶充庭盈囿[九]。稽首頓首，天高地厚，祝聖人多男福壽。

三奏【感昊德】之曲

昊德運光明[一〇]，一陽動，萬物生。升中大報蒼璧陳，禮崇樂暢歆太清。星懸紫極，日麗瑤庭。乾坤瑞氣盈，海宇安寧。

【新水令】[一一]

五雲深護九重城，感洪恩一人有慶。陽初長，禮方行，帝德文明，表率家邦正[一二]。

【水仙子】

萬方安堵樂康寧，九域同仁荷聖明。千年撫運承天命，露垂甘，河獻清。見雙岐秀麥連莖，喜靈雪隨冬應[一三]，睹祥雲拂曙生。神與化並運同行。

四奏【民樂生】之曲

大報禮初成，象乾德，運皇誠。神州赤縣永清寧，靈雨和風樂太平。陰陽交暢，品物咸亨。元化自流行，允殖群生。

【水龍吟】

五色祥雲捧玉皇，開閶闔，坐明光。鈞天樂奏，冬日御筵張。文恬武熙，太平氣象，人在唐虞上。

【水龍吟】

玉律陽回景運新，燕鎬京，藹皇仁。光昭雲漢，一氣沸韶英。錦瑟和聲，瑶琴清韻，瞻仰天顔近。

【太清歌】

萬方民樂時雍，鼓舞荷天工，雷行風動。喜今逢南蠻北貊、東夷西戎來朝貢。大明宫星羅斗拱，九重天上六飛龍，五色雲間雙彩鳳。普天率土效華封，允協河清頌。

【慶太平】[一四]

惟天眷我聖明，禮圜丘至德精誠。乾元永清，洪膺景命。休徵應，泰階平。

【千秋歲】

聖主乘龍御萬邦，慶雲翔化日重光。群臣拜舞稱壽觴，載歌天保章。

【滚繡球】

五雲車度九重，利見飛龍。耀衮章火藻華蟲，擊虎敔考鳧鐘，鼉鼓逢逢，八珍列九鼎豐隆。堯眉揚彩舜重瞳，萬國咸熙四海雍。齊歌頌聖德神功。

【殿前歡】

萬年禮樂中興日，大化睹重熙。河清海晏臻祥瑞，五行順，七政齊。超三邁五貞元會，既醉頌鳧鷖。

【天下樂】

萬靈朝拱接清都，享南郊欽天法祖。願聖人承乾納祜，中和位育，龜獻範[一五],馬陳圖。

【醉太平】

禮樂萬年規[一六],謳歌四海熙。衣冠蹈舞九龍墀,麗正仰南離。紫雲高捧唐虞帝,垂衣天下文明治。鎬烏岐鳳呈嘉瑞,真個是人在成周世。

五奏【感皇恩】之曲

雙闕五星光,霓旌樹,紫蓋張。璿臺玉曆轉新陽,鈞天廣樂諧宫商。恩深露湛,喜溢霞觴。日月焕龍章,地久天長。

六奏【慶豐年】之曲

聖主懋承乾,綏萬邦,屢豐年。神倉御廩登大田,明粢鬱鬯祀孔虔。輿情咸豫,協氣用宣。萬古帝圖傳,璧合珠聯。

七奏【集禎應】之曲

天保泰階平,竇露降,渾河清。嘉禾秀麥集休禎,遐陬絶域喜氣盈。一人有慶,百度惟貞。萬國頌咸寧,麗正重明。

八奏【永皇圖】之曲

鎬燕集天京,頌魚藻,歌鹿鳴。邊陲安堵萬邦寧[一七],重譯來庭四海清。咸池日曙,昧谷雲征。帝座仰前星,豫大豐亨。

九奏【樂太平】之曲

皇極永登祥,乾符啟,泰運昌。玉管回春動一陽,金鑾錫宴歌九章。虞廷獸舞,岐山鳳翔。日麗衮龍裳,主聖臣良。

【水龍吟】

香霧氤氳紫閣重,仰天德,瞻帝容。星輝海潤,甘雨間和風。樂比鳶魚，瑞呈麟鳳，永獻卷阿頌。

【水龍吟】

萬户千門啟建章，臺階峻，帝座張。三垣九道，北斗玉衡光。元氣調和，雅韻鏗鏘，昭代慶明良。

【太清歌】

萬方國盡來庭，稽首歌帝仁，仰荷生成。振乾綱陰陽順序，民物樂生逢明聖。萬年春永膺休命，華夷蠻獠咸歸正，蒼生至老不知兵。鼓腹含哺誦太平[一八]，九有享清寧。

【萬歲樂】

太平天子興隆日，履初長陽回元吉。醴泉芝草休徵集，曾聞道五星聚室。

【賀聖朝】

一人元良，百度惟新。握赤符，凝玄應，享太清。大禮方行，祀事孔明。感天心，億載恒承慶。明王慎德，四夷咸賓。

【醉太平】

星華紫殿高，雲氣彤樓繞。九夷重譯梯航到，皇圖光八表。玉宇無塵明月皎，銀河自轉扶桑曉。平平蕩蕩歸王道，百獸舞鳳鳴簫韶。

【看花會】

普天下都賴吾皇至聖，看玉關頻款，天山已定。四夷效順歸王命，天保歌群黎百姓。

【天下樂】

九重樂奏萬花開[一九]，望龍樓雲蒸霧藹。仰天工雍熙帝載，臣民歡戴。溥仁恩,遍九垓。

【清江引】

黄鐘既奏陽和長,德感天心貺。人文日月明,國勢山河壯,衢室民謡頻擊壤。

【清江引】

鈞天畢奏日方中,既醉歡聲動。雲章傍衮龍,飆勢翔威鳳,萬方安樂興嘉頌。

【千秋歲】

上下交歡燕禮成,一陽奮萬彙咸亨。風雲會合開明運,紫極轉璿衡。

【朝天子】

文班,武班,歡動承明殿。禮成樂備頌聲喧,真咫尺仰天顔。日照龍筵[二〇],風回雉扇,翠蕤旋奉仙鑾。雲間,斗間,五色奎章燦[二一]。

【萬歲樂】

天回北極雲成瑞,望層霄重華日麗。九垓八極樂雍熙,祝聖壽萬萬歲。

(陸深《儼山集》卷二十三)

校勘記

[一] 諸曲又見《明史》卷六十三《樂三・嘉靖間續定慶成宴樂章》。

[二] 列陛:《明史》作"列陛上"。

[三] 載:《明史》作"歲"。

[四] 仰:原無,據《明史》補。

[五] 繞:《明史》作"曉"。

［六］《明史》"三奏【感昊德】之曲"在此，下接【賀聖朝】。

［七］一大統：《明史》作"大一統"。

［八］監：《明史》作"鑒"。

［九］盈：《明史》作"滿"。

［一〇］昊：《明史》作"帝"。

［一一］《明史》作"四奏【民樂生】之曲"，下接【水龍吟】二曲。

［一二］家邦：《明史》作"邦家"。

［一三］靈雪：原作"雪"，據《明史》補"靈"。

［一四］《明史》"五奏【感皇恩】之曲"在此，下接【慶太平】等曲。

［一五］獻：原無，據《明史》補。

［一六］禮：原作"醉"，據《明史》改。

［一七］邦：《明史》作"國"。

［一八］誦：《明史》作"囿"。

［一九］花：原作"化"，據《明史》改。

［二〇］筵：原作"鱗"，據《明史》改。

［二一］奎：《明史》作"金"。

康　浩

康浩(1479—1560),號南川居士,陝西武功人。康海從弟。正德六年(1511)進士,官户部郎中。生平見《武功縣重校續志》卷二。

套　數

【雁過聲】

玳宴重開盛夏時,喜照眼荷花翻朱蒂。謾浮瓜沉李,排仙妓,唱新詞,捧金卮,同祝願萬壽無期,妖姿舞柘枝。更乘鸞濟濟群仙至,火棗交梨事事隨。

【風淘沙】

筆底風雲班馬齊,吐經綸,唾珠璣,又誰知白璧成瑕纇[一],劍留匣,龍困水,名高星斗,聲貫華夷。嘯蘇門,卧丹丘,榮辱何知?高才古來無對比,這胸次,又誰及?

【么】

閥閱簪纓推上世,端的是根基遠,華胄嵬,金就礪,玉含緋,嗣續盡英奇也,何須羨謝氏桂成圍。

【一撮棹】[二]

華筵好仙客醉如泥,清宴永歡笑杳忘歸。願得常如此,同獻九霞杯,千萬載與世立光輝。

【餘音】

重開宴，再舉杯，一派笙歌似雷，見南極真人鶴駕垂。

（私史沭《滸西山人初度録》）

校勘記

［一］璧：原作“壁”，據文意改。

［二］棹：原作“掉”，據曲譜改。

王　教

王教(1479—1541),字庸之,號中川,河南祥符人。嘉靖二年(1523)進士一甲第二名,授翰林院編修。歷翰林院侍讀、國子監祭酒,官至兵部侍郎。有《中川遺稿》。傳見《國朝獻徵録》卷四十三佚名《少司馬中川王公教墓誌銘》、李開先《閑居集》卷九《中川王亞卿傳》。

小　令

樂章六首,内閣分撰

【賀聖朝】 二首

一統山河,萬國來同。獻方物,時朝貢,慕皇風。兆民允懷,聖德神功。帝享克誠,天錫智勇。瑞應駢臻,麟鳳龜龍。

一人元良,百首昭明。受帝祉,承天慶,樂昇平。克享天心,大報欽成。申錫無疆,純嘏有永。四方咸賓,海晏河清。

【御鑾歌】

昊天眷聖皇,德隆盛,福熾昌。繼天立極綏萬方,修和有夏集千祥。神祇右享,明德馨香。黎庶樂耕桑,歌舞康莊。

【清江引】 三首

受天百禄日方升，以莫不興盛。錫宴鼓瑟琴，遐福祝明聖。御六龍萬壽無疆永。

聖皇天保壽無疆，遐福申昭降。以莫不興增，川至難測量。御六龍落成錫燕饗。

受天百禄享升平，遐福天申命。萬壽永無疆，以莫不興盛。御六龍賜宴落豐成。

（王教《中川遺稿》卷十四）

孫承恩

孫承恩(1481—1561),字貞父,號毅齋,華亭(今屬上海)人。正德六年(1511)進士,選庶吉士,授翰林院編修,官至禮部尚書兼翰林院學士,掌詹事府事。時齋宫設醮,獨不肯黄冠,遂乞致仕。卒謚文簡。有《瀼溪草堂文集》。傳見《國朝獻徵録》卷十八徐階《孫公承恩墓誌銘》。

小　令

【清江引】 篷窗聽雨一十五首

篷窗雨來聲灑灑,静聽心神快。持杯悵遠人,厭世羞塵壒。吾將乘桴浮碧海。

篷窗雨來人未寢,早已知寒信。暫借酒留春,無奈霜堆鬢。蘭缸幽幽頻落燼。

篷窗雨來聲可數,灑壁還飄户。香醪且自斟,佳句誰同賦。離愁黯然懷極浦。

篷窗悄然聞夜雨,淅瀝無時住。飄蕭風送來,倏忽還吹去。前溪水深添幾許。

篷窗雨聲長復短，半是風吹亂。鷓鴣巫峽中，杜宇瀟湘岸。平生壯遊今已懶。

篷窗雨來聲滴點，惹起情無限。春風楊柳枝，流水桃花片。我思美人南浦遠。

篷窗雨聲紛復整，飄忽全無定。頻添霜雪髭，漸減風雲興。病來瘦容羞對影。

篷窗雨來鳴屋瓦，良友同佳話。浮生固有涯，老健應無價。鏡中朱顔何處也。

篷窗雨聲鳴復絶(叶上)，小酌消長夜。聊將忘世紛，且共耽清暇。人生百年誰是者。

篷窗雨餘還裊裊，静聽吾情好。絃中山水音，笛裏關山調。明朝小庭生碧草。

篷窗雨來聲漸響，默坐心虚曠。蕭蕭叢竹間，簌簌梧桐上。灞陵瀟湘真髣髴。

沉沉雨深當夜午，爽氣浮軒户。情忘水竹居，夢斷長安路。洗胸中從來塵與土。

耳邊蕭蕭還裊裊，風雨同時到。前村烟花微，遠寺鐘聲杳。可人不來添静悄。

蘭燈摇摇秋夜永，淅瀝生清聽。平添烟水深，洗濯苔磯凈。朝來吾將乘釣艇。

風聲雨聲連四野，蕭散篷窗下。一杯聊自持，萬慮無縈掛。長安道中泥没馬。

【黄鶯兒】 風

陣陣掃浮埃，泛虞絃上楚臺。飄颻蘭蕙吹羅帶。殘雲捲開，明月送來。趙家姊妹難禁耐，透人懷。千金無買，宋玉賦應裁。

花

綽約見嬋娟，顫巍巍百種妍。殷勤多費東君剪。欲言不言，端詳可憐。含顰凝思如幽怨，看嫣然。春心無限，偎倚在晚風前。

雪

萬里正同雲，看飄揚密更勻。素鸞皓鶴來無盡。灞橋苦吟，梁園倒樽。藍關馬足行難進，轉繽紛。天寒地凜，裝出個玉乾坤。

月

冉冉上遥天，散清輝滿大千。霓裳縹緲清虚殿。更籌正傳，玉人未眠。欄杆十二憑來遍，對嬋娟。莫教雲掩，我欲醉西園。

套　數

初度自壽

客中初度，百感萃心，中夜不寐，戲填樂府數闋，雖調襲鄭聲，而辭無鄙褻，義歸雅正。區區本志，備見於此。録寄故鄉親友，亦有能諒我者乎？

【中吕·玉娥兒】(即【粉蝶兒】)

初度今朝,燦祥光壽星高照,實鼎内自把香燒。感親恩,歌帝德,媿微軀難報。逝水滔滔,數年籌吾生已老。

【佳樂歌】(即【好事近】)

短髪日飄蕭,鏡裏朱顔漸槁。覽今懷古,此生吾豈瓜匏。憂心如擣,撫乾坤世故多顛倒。到如今雅志多違,慙負了地厚天高。

【赤顆桃】(即【石榴花】)

敢忘了當年鞠育恁劬勞,過庭詩禮曾學(叶平)。敢忘了聖明作養濫與時髦,詞林講幄,忝貳春曹。我則是素飡竊位曾無效,俯慙庸碌,仰媿賢豪。我則是寸心惟有天知道,長日裏翹首仰青霄。

【佳樂歌】

迢遥,千載看孤標,門庭不惹塵囂。家人稱壽,吸霞觴沾灑宫袍。掀髯長笑,記當年馳驟誇英妙。媿疏慵老大無聞,漫説甚回鏗壽夭。

【童子嬉】(即【耍孩兒】)

我也曾皇華將命馳南徼,保守着貞心雅操。我也曾芻言仰進荷恩褒,陳道德比軒堯。我也曾兩番南北持文柄,爲國拳拳簡俊髦。兢業慙微藐,端的是一心報主,期不負清朝。

【促鳥音】(即【鬬鵪鶉】)

我不能滃滃卑卑,我不能軒軒矯矯。岸烏紗白日高懸,捫丹心孤忠獨抱。流行坎止信吾遭,景先哲究羲爻。利名關豪傑都迷,能幾個邯鄲夢覺。

【滿庭芳】

吾行潦倒,疎慵成癖,不任煎熬。憶當年家食,將寵辱都拋。草堂中聽雨坐深宵,篷窗下待月觀潮。兀自揣玉階,金闕無緣到。荷聖主垂仁用草茅,因此上八座幸虛叨。

【三煞】

享厚祿,已餘饒,只有個終天一念,忍聽風木悲號。那更废廖,人一去,音塵杳。鶺鴒聲斷,死生骨肉,暗自魂消。愁緒千條,兀的是一時湊着。

【青歌兒】

恰便似驀地浮雲彌天不掃,恰便似獨繭春蠶抽絲不了,并州剪剪不斷野草根苗。展轉無聊,回首迢迢。心旆摇摇,顧影蕭蕭。續世承祧,嗣子知學(叶爻)。有息垂髫,膝下癡嬌。賢否何若(叶饒),難期料也,只是把蒼天禱。浮榮身外,從今日便可一筆勾銷。

【夕遊蝶】 (即【撲燈蛾】)

藩籬斥鷃翔,鵬翼上扶摇。任天機總是逍遥,空花界那有堅牢。逞春風爭妍競耀,霎時間水逝雲飄。縱雙眸大觀今古,我則是無語首頻搔。

【步微樓】 (即【上小樓】)

鬢堆霜,不可消,日行天,不可招。望故國桑梓,關心雲霄。倦翼江海歸橈。寵辱之門,盈虛之數,行藏之道。常言道,宦海風波,到不如從吾所好。

【夕遊蝶】

我則想投盟泉石,我則想舒嘯林皋。向三江把釣絲,尋五嶽去遊遨。

原是那野鹿山猱，志本在長林茂草。天壤内真樂陶陶，洗胸中從來冰炭，百年事，吾休問，盡付與兒曹。

【收音】

茫茫宇宙何時了，擺脱塵緣任所超，萬里江天鴻鵠矯。

（孫承恩《文簡集》卷二十六）

夏　言

夏言(1482—1548),字公瑾,號桂洲,江西貴溪人。正德十二年(1517)進士,授行人司行人。世宗時,擢兵科給事中,歷詹事府少詹事、禮部左侍郎、禮部尚書,官至武英殿大學士,参預機務。議收復河套事,棄市死。有《賜閑堂稿》、《桂洲集》等。傳見《國朝獻徵録》卷十六王世貞《大學士夏公言傳》、《明史》卷一百九十六。

小　令

慶成宴樂章二闋

【御鑾歌】

聖主垂衣裳,興禮樂,邁虞唐。簫韶九成儀鳳凰,日月中天照八荒。民安物阜,時和歲康。上奉萬年觴,胤祚無疆。

【水龍吟】

五色祥雲捧玉皇,開閶闔,坐明光。鈞天樂奏,冬日御筵張。文恬武熙,太平氣象,人在唐虞上。

豳風亭樂章二闋

【朝天子】

九重,詔傳,殿閣開秋宴。授衣時節肅霜天,禾稼登場遍。鼓瑟吹笙,昇平重見。工歌七月篇,春酒當筵獻。願吾皇萬年,歲歲臨西苑。

【殿前歡】

□苑御筵開,黄花映玉階。鹿鳴天保歌三代,古□□□。□君王萬壽□,日月明,乾坤大,看年年,□報賽。太平有象,元首明哉。

元子滿月,奉宴聖母章聖皇太后樂曲三闋

【賀聖朝】 一奏開壽域之曲

聖主膺天,慶福無疆。太平日,儲祥降。萬方瞻仰,四海謳歌,共屬元良。喜氣洋洋,上慈宫壽觴。開筵宴,正雪霽龍樓,景入三陽。

【千秋歲】 二奏慶聖人之曲

前星光映紫微星,三臺正海晏河清。聖朝代代聖人生,萬國頌昇平。九重佳氣藹宫庭,慶元子御賜佳名。龍姿鳳表秀天成,端的慰皇情。

【殿前歡】 三奏貞萬邦之曲

五百年天生,聖主德同天。篤生聖子當天眷,啟後光前。繩祖武,開慶源,奉慈闈,張御宴。瑞氣籠,祥光現。千秋萬歲,福禄綿綿。

皇子期月，奉宴章聖皇太后樂章三闋

【九重歡】

瑶光貫月，華渚流虹，熊羆夢協。瑞藹氤氲，祥雲繚繞，鳳池龍闕。殿前九奏簫韶，瑶水宴菊花時節。慈壽無疆，一人有慶，兆民歡悦。

【鳳凰吟】

聖明天子福無疆，海重潤，日重光。蒼震早呈祥，皇圖永慶澤流長。纔見懸弧，會看剪眉，期月又稱觴。酒泛紫萸香，慈顔喜，國有元良。

【太平令】

金殿上彤雲叆叇，玉階下紫菊花開。御座前香浮龍衮，錦屏畔酒引瓊杯。仙集蓬萊，宴啟瑶臺。鳳駕初臨，青鳥飛來。

恭和御製孟夏遊西苑樂府三闋

景入朱光，晝日舒長，同遊禁苑屬明良。河清海晏，時平歲康。喜的是聖心安，王道大，帝圖昌。

太液波光，禁柳條長，君臣遊衍及辰良。俗同文景，化比成康。端的是治休明，基鞏固，運隆昌。

殿聳承光，玉蝀橋長，天閒七駿服調良。宸遊清馥，龍顔豫康。卻説甚詠卷阿，臨太液，幸連昌。

恭擬端陽宴樂歌三闋

【朝天子】 一奏聖當陽之曲

九重,萬幾,聖主當陽位。坐令四海樂雍熙,文武才全備。禁苑宸遊,端陽節氣,薰風長養時。千載明良會,菖蒲獻壽卮。願吾皇,萬萬歲。

【殿前歡】 二奏景炎明之曲

朱明景最長,嘉節屆端陽。龍舟鳳舸蒼波上,錦纜牙檣。泛中流,蘭棹揚,薰風蕩,晴波漾,燕蹴花,魚吹浪。千春萬歲,長奉君王。(先是,進呈景朱明之曲。午日候駕崇智殿,中使傳敕禮卿言:“卿擬一奏曲目,可改作景炎明,蓋圖之姓號焉。”)

【普天樂】 三奏仰堯天之曲

堯天日月明,禹甸乾坤正。華夷仰戴,黎庶安寧。風雨時,禾稼登。鋒鏑銷烟氛静,太平時節人才盛。荷皇恩賜宴光,一人有慶,萬國歡聲。

祀國社稷山川壇禮成樂章一闋

【御鑾歌】 一奏報神功之曲

帝王自有真,況天生,大聖人。龍飛湘楚御楓宸,春土二月首南巡。配天嚴考,懷柔百神。斂福惠斯民,萬歲昌辰。

謁顯陵樂章二闋

【御鑾歌】 一奏報親恩之曲

聖人重人倫，天子孝，帝王仁。九重夙夜永思親，真同虞舜慕終身。湘江千里，大駕乘春。展祀慰嚴神，景命維新。

二奏還朝之曲

洪惟大聖人，躬舜孝，事虞巡。鑾回江漢御楓宸，歡騰宇宙慶，洽臣民。萬歲共千春，永戴皇仁。（右調【□□□】）

（夏言《夏桂洲先生文集》卷八）

劉天民

劉天民(1486—1541),生平見《全明散曲》第 1342 頁,《全明散曲》(增補版)第 1618 頁。

殘　套

【仙吕】(失牌名)

月夕花朝,買歡追笑。須知道,無福難消,攜手向東君告。江湖廊廟,壯心豪氣近來消。看歸棲鳥雀,聽問對漁樵。今日不知明日事,這山望着那山高。只俺這潛頭的争比出頭的乖,安心的越顯的勞心的躁。已造就生時八字,枉費了計策千條。頭皮兒説起來麻,舌尖兒吐出來咬。我在腦背後忍不住嗤嗤的笑,好便似耍涼傘弄江潮。爲甚麽我掉臂掀髯下九霄,逍也麽遥。且在這搭裏逃,壞主雇的生活也只這一遭。嚼舌根青鎖郎,綽口氣黄閣老,把俺這無嫂嫂的陳平,也串下一個招。我這裏謝皇王釋放的早,謝龍天保護的好。但願的五色田禾盛,四時風雨調。自量度,勾了俺這衣食的顔料,就是范丹哥有下稍。鷦鷯林多大小,葵藿腸容易飽。擎一甌村裏醪,抹一篇窗下稿。哈兒馬兒的功勞,些里末里的才學,扯着拽着的榮耀[一],忽喇兀喇的虚枵,撞着俺村夫也須饒一饒。哥哥嚛,休驚醒了陳摶覺。大東頭有個田横海島,雖然是些小窩巢,盡能勾躲避差徭。看了這遺蹤華表,淡烟殘照,斷碑荒草載前朝。

(李開先《詞謔》)

校勘記

[一] 扯:原作“址”,據文意改。

張治道

張治道(1487—1556),字孟獨,號太微山人,陝西長安人。正德九年(1514)進士,知長垣縣,有惠政。遷刑部主事,與薛蕙、劉儲秀等爲詩會,都下稱西翰林。不樂於官,引疾歸。與康海、王九思過從甚密。有《太微前後集》、《嘉靖集》、《少陵志》、《長垣志》等。傳見焦竑《國朝獻徵録》卷四十七喬世寧《刑部主事太微張公治道墓碑》。

套　數

【雙調・新水令】

論交情元可比陳雷,自别來又將隔歲。歡娱隨處少,言笑幾多違。日月盈虧,能幾度似前會。

【落梅風】

人都道裝聾好,我常言獨醒非。見如今世情如醉,縱百年,五十拋去矣,便益些寶釵珠翠。

【雁兒落】

歎世上人多君子稀,且去把機關避。請看他宦海身,真個似逢場戲。

【得勝令】

納履怕身危，扶杖有人陪[一]。且效寒山笑，休從墨子悲。椿闈，喜桂樹當筵立。金罍，醉香醪任玉頹。

【鴛鴦煞】

高車不向金門憩，高才那免他人忌。離卻憂愁，鑽入歡怡，唱道客醉黄昏，琴張緑綺，放浪何拘，説不盡風流味。你若是塵世中熬甲子，千載萬年存，常與做大明朝掌斯文提繩把索的。

【越調・鬥鵪鶉】

北斗高名，南山壽考，甲子重回，天和永保。耳順纔過，容顏更好。列仙筵開華閣，賀客填門，稱觴獻棗。

【紫花兒序】

南極星天邊白鹿，西母雲裏青鸞，東方朔海上黄鶴。更有那金童撾鼓，玉女吹簫，象板檀槽，齊向君家奏九韶。拍着手一團歡笑，笑你個名記丹臺，身在塵囂。

【小桃紅】

明時不用老漁樵，越顯的才華耀。加減乘除有誰料，若教你得際遇比伊皋，那裏有文章製作喧廊廟，萬言百代少，隻字千人效，因此上短了你掛玉帶，拽金貂。

【秃廝兒】

卜筑在龍潭鳳巢，散步在碧水蒼郊。問柳尋花采仙藥[二]，保元氣永堅牢，壯觀明朝。

【聖藥王】

茁蘭苗，添鳳毛，老光陰置酒慶生朝。赤日照華筵，薰風吹畫閣，恰便似瑶池弱水筵蟠桃，無福也難消。

【尾聲】

有一日漢皇詔起商山皓，周武迎回渭老，才顯出攝魯政疾惡孔宣尼，快睹那七日内先誅少正卯。

（私史沐《滸西山人初度録》）

校勘記

［一］陪：原作“倍”，據文意改。

［二］藥：原作“樂”，據文意改。

東山居士

東山居士,生平不詳。

套　數

【雙調・新水令】

卧東山不肯趁風雷,是經過幾多年歲。逃形心未逐,用世意人違。幻視成虧,似晉日竹林會。

【落梅風】

安身是趨利非,總不如傍花沉醉。壽筵間麝蘭香噴矣,舞霓裳綺羅珠翠。

【雁兒落】

七旬年是古稀,三萬飲休令避。覷魚庭詩禮傳,笑蟻陣兒童戲。

【得勝令】

山共水少傾危,風與月好追陪。且共拚陶潛樂,休空爲宋玉悲。羅闌,小髻分行立。金罍,山公任玉頽。

【鴛鴦煞】

泝東花柳真堪憩,翰林風月元無忌。景倩山明,意暢情怡。唱道簞設蘄藤，窗結疏綺，暮暮朝朝，飽受用風流味。淩烟閣那裏管，虛曠了社稷廟堂龕，安樂窩常則是快活殺逍遥散誕的。

（私史沭《滸西山人初度録》）

鹿苑洞仙

鹿苑洞仙,生平不詳。

套　數

【雙調・新水令】

晚簾風送瑞蘭香,錦堂中玉音嘹喨。扶桑日漸轉,畫閣宴初張。滿奉瓊漿,大放開老仙量。

【雁兒落】

笑吟吟仙翁舉壽觴,喜孜孜仙女齊歌唱。韻悠悠仙音傍耳鳴,鬧炒炒仙客填門巷。

【得勝令】

齊祝願福壽永無疆,操履感禎祥。晚得麒麟種,真爲彩鳳郎。胚胣,改不了英雄樣。端詳,堪承他弈葉光。

【川撥棹】[二]

若説起那行藏,絶塵氛,修内養,志挽陶唐,名過班揚,笑傲羲皇。純一味風清月朗,利和名絶夢想。

【七弟兄】

看他呵似鳳凰懶翔宿高岡，分明儀羽在千人上。葆真韜玉肯尋常，便休説禹門三月桃花浪。

【梅花酒】

呀，近終南紫閣傍，引澗水開塘。栽緑柳成行，種翠柏成秧。盤堆着紫蟹肥，酒泛着彩霞光，也不管閑與忙，終日家征歌舞，恣徜徉，趁詩酒，度韶光，跨小蹇，課田桑，興到處，解詩囊。

【收江南】

呀，逍遥不數費長房，肯將世事問雌黄，任他開口笑何妨，與卞隨、務光佳名千載共傳揚。

（私史沐《滸西山人初度録》）

校勘記

［一］棹：原作"掉"，據曲譜改。

袁崇冕

袁崇冕(1487—1566後),生平見《全明散曲》第1346頁,《全明散曲》(增補版)第1624頁。

殘　套

【雙調】

更有一套【雙調】,並嘲子弟、妓女者,袁西野爲之,不能全載,只撮其大略。中間亦不分曲名,或一曲只有數句:

戰風情謀略巧安排,打不破柳營花寨。無風聞樹響,不雨見花開。指着庭槐,黄襖兒穿不敗。你便有大手雄才,寶劍金貂索自解。他生的柳眉花額,寶釵金鳳向人歪。咬文嚼字善詼諧,清歌妙舞多嬌態。這風流都待買,無錢呵枉揭下相思債。老虔婆平地起高崖,小妮子背後捏泥胎。起水頭尋事和咱鬧,誇海口當初是你來。花街,絆腳索湯不壞。章臺,漫天套怎地擇?幾年來混沌塵埃,常則是醒後歌臺,夢裏陽臺。無錢呵不禮之焉,錢少呵答應而已,錢多呵有理乎哉。擦刮的個瘦臉兒無些絳色,趄趄的胖肚子揣着窮胎。

(李開先《詞謔》)

張　治

張治(1488—1550),字文邦,號龍湖,茶陵(今屬湖南)人。正德十五年(1520)進士,選翰林院庶吉士,授編修,累官至南京吏部尚書,入爲文淵閣大學士,加太子太保。謚文隱。有《張龍湖先生集》。傳見《國朝獻徵録》卷十六雷禮《張公治傳》。

小　令

大享燕樂歌五首應制

【御鑾歌】

秋色滿龍城,百穀登,萬寶呈。明堂享禮慶初成,萬國同歡感聖情。堯仁廣運,舜孝難名。黎庶頌昇平,天下文明。

【水龍吟】

萬宇秋聲轉玉墀,開寶陛,薦神螯。鳳樓高處,雲護六龍移。鳳翻翠葆,晴曛赤羽,仙樂從天至。

玉殿風傳俎豆香,周禮備,舜謨光。從來賢聖,充此萬幾康。帝心右享,民心忻暢,聖謨如天樣。

【太清歌】

仙掌日華浮動,看萬年枝上,瑞色葱瓏。考鼉鐘玉笙吹鳳,錦瑟盤龍。仰吾皇聖德隆,孝思無窮。紫雲香駕御微風,宸居穆穆千靈拱。鈞天廣樂長供奉,萬載皇家統。

【上清歌】

桂殿玲瓏,金風吹度簫韶下。瞻五色,雲車駕。聖人孝德光華夏,瓊卮玉斝泛流霞,鴻福無涯。

【開天門】

彩雲流,玉宇澄清候。乾坤山河如繡,千官同醉鳳凰樓。周鎬日,漢汾秋。

(張治《張龍湖先生文集》卷十五)

薛　蕙

薛蕙(1489—1539),字君采,號西原,南直隸亳州(今屬安徽)人。正德九年(1514)進士,授刑部主事。以諫武宗南巡,受杖奪俸。歷吏部考功郎中。嘉靖初,以議大禮忤旨,兼爲他人所誣,解職歸。有《薛考功集》、《西原先生遺書》等。傳見《薛考功集》附王廷《吏部考功郎中西原薛先生行狀》、唐順之《吏部郎中薛西原先生墓志銘》,《明史》卷一百九十一亦有傳。

小　令

【蟾宫曲】　四首

儂駕個小小漁舟,比不得范蠡輕橈,尼父乘桴。看了那大海風濤,五湖雪浪,説起來也使人愁。雖然恁善操舟,向蛟龍淵藪,則不如俺早知機,撥轉舡頭。風也無憂,雨也誰俅,小溪中隨家淹流。這塔兒不減瀛洲。

老樵夫家住在山陰,不買良田,不積黄金。萬頃青山,千章古木,是天公賜的俺的園林。有一個讀書的希圖衣錦,有一個觀棋的虚度光陰。萬事無心,散髮披襟。買一挑明月清風,等閑間難遇知音。

笑農家生計雖微,想人間事事堪悲。士子求名,工商逐利,費盡了無限心機。只待學業稼穡,南州孺子,休學那卧龍人抛了鋤犁。茅舍疏籬,無是無非。程伊川不到涪州，邵堯夫真是個呆癡。

牧童兒瀟灑清閑，牧一個小小牛兒，快樂似神仙。舊日顛狂，而今馴擾，不須用鼻索繩牽。放去時横行大膽，收來呵穩跨仙天。問俺家緣，遥指青山。不遇知音，笑俺風顛。

【黄鶯兒】 四首

桃李小園林，坐春風卧午陰，黄鸝粉蝶相追趁。深斟了淺斟，長吟了短吟。休叫萬片花飛盡，袖經綸，茫茫天地，剛着下一閑身。

楊柳小池塘，芰荷風陣陣香，魚兒燕子相親傍。唱一曲古腔，飲一個巨觴。浮雲富貴全然忘，細思量，這一天風月，换不過廟和堂。

苔蘚小溪橋[一]，任清遊日幾遭，洽凫飛鷺相嘲笑。笑我彎着個老腰，披着領破袍。閑是閑非都丢吊，好逍遥，一條拄杖，早共晚不相饒[二]。

松竹小書齋，守清閑窮秀才，抽身跳出風波海。低着頭懶召，緘着口懶開。不知音一任旁人怪，好呆騃。逢時佳景，有酒兒且開懷。

【叨叨令】

只爲你脯兒高腰兒捉弄的俺脚跟兒砌，只爲你舌兒尖嘴兒快弄的俺身子兒鬣，到如今功兒無名兒少官兒裂，巖的山兒上樵水兒上釣莊兒上曳。兀的不嚣殺人也麽哥，兀的不嚣殺人也麽哥。騙甚麽心兒寞性兒巧模樣兒迦？

【折桂令】

喜東君妝點春來，三五元宵，十二天街，風送笙歌，月明羅綺，燈滿樓臺。錦瑟畔烏紗帽側，玳筵前金雀屏開。醉金釵晴地驚猜，今夜人間，何處天台？

套　數

【瓦盆兒】

想當年烈烈轟轟欲效那漢朱雲，奮赤手犯龍鱗，誰想道聖朝終不罪狂臣。縱如今捐生，怎報君恩，恨只恨滿胸中無些報君恩。早歸把釣磯重問，空着人隔江湖懷魏闕愁無盡。誰想俺方寸，偏惱的是浮雲。

【泣榴花】

曾聞古人道天命漢溪雲，又何必淚沾胸襟？且從容行樂趁芳春，有客盈門，有酒盈樽。年來自忖，料人間無地無憂悶。醉鄉恰好容身，勸英雄向此投奔。

【喜魚燈】

醉鄉頗比蓬萊近，安又穩，這塔兒盡是閑人。有一個散人、散人，勝有神仙分。躲離了滾滾紅塵，狂歌中也痛飲，醉鄉處如公呵有幾人。

【尾聲】

團歌扇，列舞纓，伏金尊斷送春，何用浮名伴此身？

御水流紅葉

【點絳唇】

金屋經秋，嫩寒凝袖。西風驟，人在瓊樓，正是愁時候。

【混江龍】

木樨開後，玉階紈扇動離憂。衾閑冰簟，簾控金鈎，糊塗殺夢魂迷楚岫。兀恁般饞眼望牽牛，碧雲離合，青鸞沉浮，多愁多病，無了無休。悶懨懨人比黄花瘦，那裏有妝成事業，舞罷纏頭。

【油葫蘆】

花自飄零水自流，長門賦，無計求。人間天上兩悠悠。隔花陰捱不過夜長銀箭龍壺久，插竹枝盼不到日高鹽轍羊車走，則被那守宫砂鎖着春，鳳凰簫吹出愁。這些時冷清清鎮日把眉兒皺，慚愧殺燕侶共鸞儔[三]。

【天下樂】

幾曾見殿外朱衣小隊遊，我這裏漫凝眸。知他向何處宿，那裏有鳳幃中承恩百事有？想的人心坎兒窄，立的人腮朵兒羞，暢好是濕香羅揾淚流。

【六么序】

意徘徊搔首，立芙蓉小洲，病伶仃倚樓。怯彌珠璧鈎，困朦騰中酒。想鴛鴦真偶。

【鎖花枝】

虎豹闞怨，落葉麒麟囿，染雙毫鐵畫銀鈎。

【鵲踏枝】

我這裏説緣由向東流，我則這舊恨綿綿，恰便似遠水悠悠，把春心强收。宫監也坐守，卻不道女大難留。

【寄生草】

無着落冤家債，難打捱地獄囚。石榴裙睡損胭脂皺，丁香結寬盡連環扣。幾曾得翠盤困彈鮫綃袖，只等待風月兩無功，都做了半生憔悴乾生受。幾□葉兒呵，你與我把宫怨偷傳出，休浪蕩，胡滚走。近新來七弦琴冷落了相思奏，今日裏一篇詩消息春光透，幾時得雙頭花秀姻緣就，方信落紅勾引見劉郎，國香泄漏憑韓壽。

【賺尾】

悵望錦書遥，斜立金釵溜，不似俺昭陽宫天長地久。我將這紅葉良媒詩預修，不明白暗下個鈎頭。我這裏倚檻周，獨步逸遊，知他那何處多才，將俺好句收。憑着御河中碧流，索强如回文織繡，只引得九重鸞鳳下妝樓。

（薛蕙《薛考功集》十卷附）

校勘記

［一］薛：原作"鮮"，據文意改。

［二］拄：原作"住"，據文意改。

［三］共：原作"供"，據文意改。

朱讓栩

朱讓栩(1490？—1547),生平見《全明散曲》第 1495 頁,《全明散曲》(增補版)第 2050 頁。

小　令

【慶宣和】[一]

輕鞍寶馬逞世豪,挾彈周遭,興亡成敗豈能逃？不如我一醉醄醄,我也一醉醄醄。

萬斛乾坤春正深,亙古亙今,一丸造化渺難尋。不如我布袍粗襟,我也布袍粗襟。

衣紫腰金居至官,不想艱難,榮華富貴足爲安。不如我披服鬆寬,我也披服鬆寬。

浩浩東洋無盡涯,極目難測,浮生世事豈知哉？不如我放懷放懷,我也放懷放懷。

一樹桃花武陵春,問渡前津,先代知機卻避秦。不如我離脱凡塵,我也離脱凡塵。

拂耳松聲響翠濤，風激清高，幽窗閑聽啟詩豪。不如我笑樂淘淘，我也笑樂淘淘。

【出隊子】[二]

若説道幽軒好過，樂琴書自消磨。無榮無辱意偏多，無事無非樂更呵。一炷香清養太和。

若説道幽軒如畫，四傍觀真瀟灑。滿枝鮮果繞枝花，蝶倦如薰夢境佳。試看蜂間報曉衙。

若説道幽軒景象，望雲山堪載仰。曉看輕鎖氣迷茫，暮對霏微色隱光。夜半虛空因自響。

若説道幽軒真趣，勝十洲誠無比。洞天仙境彩雲飛，駐景蓬瀛燦曉輝。閬苑亦同環翠水。

若説道幽軒延壽，無煩言無事憂。坐中鼎内且休休，何必仙方更外求。談笑風癡俺自有。

若説道幽軒清静，聽山禽噪亂聲。凡塵隔斷數十程，清隱書齋逸興生。展玩黄庭内景經。

【一半兒】 夏

時當清暑日初長，風遞芙蕖十里香，獨倚憑欄閑玩賞。避炎光，一半兒煩蒸一半兒涼[三]。

秋

金神行令景蕭條，淅瀝秋霖灑芭蕉，窗外風敲驚夢覺。夜迢迢，一半兒心勞一半兒焦[四]。

冬

濃雲靉靆暮天低，火滅香消冷狻猊，遥憶情人魂夢裹。數歸期，一半兒愁懷一半兒悽[五]。

【黄鶯兒】 花

爛漫曉園開[六]，看韶華遍九垓。深叢細蕊堪人愛，蔭繁陰覆階[七]。散幽香透懷，蜂飛蝶繞柔枝外。甚奇哉，千紅萬紫，春色滿樓臺。

月

玉鑑擁蒼波，轉澄空星畔過[八]。亭亭皎潔清光搏，映滄浪閃錯[九]。掛青山半剉，憑欄極目千方大。慢吟哦，擎杯自賞，瀉影浸山河。

（朱讓栩《長春競辰餘稿》卷三）

校勘記

［一］此曲共十首，《全明散曲》選録四首，注云："以下缺一頁。"

［二］此曲共十一首，《全明散曲》選録五首。

［三］蒸：《全明散曲》無。

［四］勞、焦：《全明散曲》無。

［五］悽：《全明散曲》無。

［六］園開：《全明散曲》無。

［七］蔭：《全明散曲》無。

［八］轉：《全明散曲》無。

［九］映滄：《全明散曲》無。

康　河

康河(1490—1544),生平見《全明散曲》第 1493 頁,《全明散曲》(增補版)第 1794 頁。

套　數

【雙調・新水令】

華堂晴日錦筵開,衆神仙鴛鶴都在。薰風當户入,洪福自天來。喜動庭階,樂奏處,盡羅拜。

【駐馬聽】

九棘三槐,桂玉森森庭下擺。歌聲舞態,金釵兩兩座前排。宫商一派始終諧,衣冠四座,賓朋大壽,丹墀獨步客,人人争把蟠桃賽。

【雁兒落】

想當年顯俊才,走馬長安陌,聲名四海揚,禮樂千人愛。

【得勝令】

呀,端的是恩寵九重來,官誥五雲裁。沉醉瓊林宴,宫花插帽歪。心懷,要宇宙黎民泰。文墨,看光輝接上臺。

【水仙子】

狀元及第棟梁才，金殿臚傳拜玉階。醉鄉此日堯天外，喜良辰初度來。畫屏前列果陳核，寶鼎焚香篆，銀盤薦豹胎，人在蓬萊。

【沉醉東風】

五十載容顏未改，百千年何足奇哉。瓜浮玉李沉藕脆，金鱗大碧荷筒急。飲頻釃，弟勸兄酬莫怨猜，説甚麽冰輪上海。

【離亭宴帶歇拍煞】

托賴着風調雨順皇恩大，玳筵綺座歡娱太。真個是福山壽海，與彭祖歲同齊，似安期年不減，比子晉齡還邁。瓊壺酒滿斟，玉蕊花重戴，把羔羊細宰。倚翠對清風，偎紅邀皓月，紆紫臨高蓋，池塘紈扇輕。畫閣新涼，蘦酩酊了瀛洲貴客。享福禄，受皇恩，保長生萬萬載。

（私史沐《滸西山人初度録》）

張伯趙

張伯趙,康海甥。

套　數

【南吕・一枝花】

南極跨鳳來,西母乘鸞降。金童持玉笈,月姊獻霞觴。寶籙琳琅瑞靄祥,雲蕩氤氳滿座香。雖則是焰長空赤帝揚威,且喜得透疏簾清颸較爽。

【梁州】

擺列着美甘甘冰桃雪藕,吃不盡香噴噴玉液瓊漿。群仙聚集瑶臺上,你看他鐘韓曹吕,相伴着何李籃張。手中樂器,囊裹金丹。明湛湛萬道霞光,只聽的韻悠悠八扇雲揚。有一個許飛瓊喜恣恣奏瑟吹簧,有一個董雙成笑盈盈彈絲鼓掌,有一個小嫦娥舞翩翩拽珮鳴瑺。非常慶賞,瓏璁四壁青雲帳。看了這規模敞,堪寫入丹青畫圖上,氣勢軒昂。

【駡玉郎】

當年禮樂三千丈,到如今會結果,顯文章,東山實切蒼生望,不能勾鳳展苞麟育,野劍離囊。

【感皇恩】

呀,當日個志挽陶唐,今日也嘯傲羲皇。只落得伴青山,臨緑水,倚紅妝,看了這雲巾鶴氅,不説他紫綬金章,有時節步天台,探月窟,卧雲房。

【採茶歌】

承藉着世德光,培養的壽年長,鳳毛麟角共呈祥。一曲高歌花下飲,四時佳興滸西莊。

【尾聲】

高車並集回軒巷,綺宴重開世爵堂。盛友良朋共歡暢,趁着這灑荷香的晚涼,再把那笙簫來奏響。直吃個斗轉星移,花稍上月兒朗。

(私史沐《滸西山人初度録》)

張　鍊

張鍊(1508—1598),生平見《全明散曲》第1646頁,《全明散曲》(增補版)第2213頁。

套　數

【越調·鬥鵪鶉】[一]

風月閑身,桑榆暮景,詩酒頻隨,雲霄倦騁。宜寿宜男,無災無眚,一事成,萬事輕,鶴髮朱顔,天長地永。

【紫花兒序】

做耍兒金門射策,當閑兒玉陛辭官。占場兒漆水濯纓,紫雲樓作賦,白虎觀傳經,總是虚名。怎如這自在神仙在陸地行,方信是樂天知命,逐□□嘯傲園林,歌詠升平。

【小桃紅】

人間合有少微星,偏分裏才華盛。驟雨轟雷少年性,禍福羽毛輕。甚波楂減的退東山興,江東季鷹,林家和靖,風韻煞,也還爭。

【禿廝兒】

吃一盞龍團香茗,唱一曲樂府新聲。動不動紫玉碧桃列滿庭,調鳳瑟,奏鸞笙交横。

【聖樂王】

你看這弟與兄、舅與甥，人如美玉，酒如瀜露。氣清月色明香堦，砌草度流螢，槐影上銀屏。

【尾聲】

聚賢堂疑在蟠桃峥，好對付良宵美景，忘計了夜和明，倒班兒醉還醒。

【正宫・端正好】

鬱金漿，鱸魚鱠，又安排慶喜筵席。西堂歌舞東山妓，不弱似蟠桃會。

【塞鴻秋】

武陵仙那討塵凡氣，羲皇人傲煞王侯貴。老生兒本是瑚璉器，小園亭也有山林趣。幾班兒閑散人，一垛兒風流隊，翠微堂疑在蓬壺内。

【脱布衫】

想着那利名場囊裏盛錐，是非灘井底投石，都落在盧生夢裏，老先生自來理會。

【小梁州】

因此上避世南山渭水湄，共魚鳥忘機。興來隨處是浯溪，漁樵輩，詩酒日相隨。

【么】

百年身不做千年計，任天公成敗盈虧，恣性情無拘繫，六十三歲日日醉如泥。

（私史沐《滸西山人初度録》）

校勘記

［一］《滸西山人初度録》卷首有張鍊序，文云："嘉靖甲午六月，舅氏對山先生歲周甲子。關内搢紳大夫無遠近，咸以文章詩賦賀之。其樂府新聲，已不下數十百篇，比之管弦，奏之堂序，洋洋乎風騷之餘韻也。鍊竊聞而歎焉，曰：人生之樂，惟王公貴人足以備之。然其所以爲樂，不過飲食聲技與便僻奔走爾。其交遊之盛、文藝之富，或亦減焉。每觀舅氏行樂所與，皆世之人豪，又有王公貴人所不能致者。古之風流豪放，爲後世所欣慕，如謝安石、蘇子瞻之流，鍊不知有是否也。私史彙集以獻舅氏，命曰《滸西山人初度録》，屬鍊序諸首。方舅氏歸田後，恒稱滸西山人，而對山先生，則天下士大夫所共以謂舅氏者，鍊弗易焉。時嘉靖十五年丙申秋七月朔旦，甥張鍊謹序。"

清溪居士

清溪居士,生平不詳。

套　數

【雙調・新水令】

黄山漳水本來奇,産人豪果然真異。風流差阮謝,匡濟擬周伊。遇盛世明時,卻不得展心事。

【落梅風】

辭天上,隐湝西,謝安石可惜閑地,玩烟霞逐日價煩杖藜,那一事入得他胸次?

【雁兒落】

雖無鐘鼎期,自有身心計,還丹九轉成,作賦三都靡。

【得勝令】

初度介龐眉,賀客宴瑶池。紅拂歌金縷,雕盤薦紫芝。歡怡,開畫閣排仙劇。栖棲,奏鈞天捧玉巵。

【歇拍煞】

看了他無憂無慮南窗睡,無榮無辱西巖醉,掩松扉習静,便幽檢玉笈。

傷今悼昔，可本是天宫謫降仙，休當做宦邸尋常輩。與溪田老是關西四子，涇野吕先生，渼陂王太史。

（私史沐《滸西山人初度録》）

康　梧

康梧，康海侄，生平不詳。《全明散曲》收其套數一套，見第 1279 頁，《全明散曲》(增補版)第 1505 頁。

套　數

【仙吕・點絳唇】

羽葆飄香，鳳旗飛絳祥光蕩。四座輝煌，閬苑仙人降。

【混江龍】

壽筵方丈，金娥奏曲獻瓊觴，盡都是鈞天絲竹，洞府霓裳。蘭蕊欲浮獅鼎細，蔗漿先寫翠瓶涼。雕闌外繚繞瑞雲流，畫堂中迤逗歡聲暢。把一個蓬萊之會，掇來在武水之傍。

【油葫蘆】

高卷朱簾午漏長，喜南風送雨涼，則見那弟侄甥子擺成行，斑衣郎自捧神沟上，長眉翁又把鱗炰讓。飯雕胡，饌寶芝，體仙音，草樂章，一樁樁，堪寫在丹青障，笑人間開宴出紅妝。

【天下樂】

看了他鶴髮童顔眉又龐，想長房親授方，步趍間怪不的直恁强。有先秦兩漢文,無初唐四子狂,奈愚蒙,難嗣響。

【賺煞】

共舉葡萄釀,再把壽歌颺,願壽與南山並長,禮樂文章垂世倣。笑鯫生不會度量也,唐唐數黑論黄,海闊天高徒自枉。滸西莊風清月朗,彭麓堂望空瞻曠。看重醺個恒河沙,三萬六千場。

(私史沐《滸西山人初度録》)

朱厚照

朱厚照(1491—1521),明孝宗長子,弘治五年(1492)立爲太子,十八年(1505)即位,是爲武宗。在位十六年。傳見《明史》卷十六。

小　令

武宗南巡,道中見一村婦,令後乘載歸。因賦詞曰:

出得門來三五,偶逢村婦謳歌。紅裙高露足,挑水上南坡。俺這裏停驂佇轡,他那裏偷眼睃。雖然不及俺宫娥,野花偏有豔,村酒醉人多[一]。

(蔣一葵《堯山堂外紀》卷九十四)

校勘記

[一] 李春熙《道聽録》卷二:"武宗詠汲婦云:'汲水上南阪,紅裙映碧波。雖然不似我宫娥,野花偏豔目,村酒醉人多。'興口小令,詞情起逸,聖本生知。觀此益信矣。一傳'碧波下'有'我這裏停驂覷着,他那裏冷眼偷睃'接下。"曹春林《滇南雜誌》卷十二:"武宗嘗在道中,見一村婦,即命後車載之以歸。因賦詞曰:'出得門來三五,偶逢村婦謳歌。紅裙高露足,挑水上南坡。俺這裏停驚住轡,他那裏俊眼偷睃。縱然不及俺宫娥,野花偏豔目,村酒醉人多。'"

廖道南

廖道南(1494—1547),字鳴吾,號玄素,蒲圻(今屬湖北)人。正德十六年(1521)進士二甲第一名,選翰林院庶吉士。授編修,歷中允、侍講學士。嘉靖十二年(1523),因經筵推諉,謫徽州府通判,尋復原職。有《殿閣詞林記》、《玄素子集》等。傳見《國朝獻徵録》卷十九胡直《廖中允道南傳》、《皇明世説新語》卷五。

小　令

二月十七日,欽定先蠶樂章九章[一]

陞座錫宴

春雲繚繞芳郊曙,喜乾坤萬象咸舒。蘭皐蕙圃迎仙馭,采柔條,攀仙樹。蠶宫繭館親臨御,璧月珠星照太虚。開筵還駐翠綃旗,萬載垂貞譽。

進酒,【沽美酒】

蠶禮成,鳳輦停,薦霞觴,列雲屏。宫妃世婦仰坤寧,祥雲映紫暝,同祝頌,兆前星。

回宫,【御鑾歌】

惟天啟聖王,君耕耤,后躬桑,身先田織率萬邦。天清地寧民阜康,百穀用登，四夷來王。治化登虞唐，世發禎祥。

二月千秋節，奉宴兩宮皇太后樂章十章

一奏上萬壽，【沽美酒】

壽域開，宴蓬萊，鸞笙鳴，鳳輦來。春明花發綺霞回，王母降瑶臺，呼萬歲，遍九垓。

二奏仰坤元，【殿前歡】

河清海晏坤維静，夷夏樂昇平。九天宫闕瞻慈聖，花迎旆，柳摇旌。祥雲和氣靄蓬瀛，春光盎帝城。

三奏慈極康，【沽美酒】

御筵新，慶芳辰，奏韶鈞，薦奇珍。彩鸞青鳥下滄溟，星斗映雲津，齊頌禱，萬年春。

四奏集福禄，【醉太平】

春滿上陽宫，雲開賓座崇。仰慈闈，瑞氣靄重重。利見六飛龍，扶桑又集雙鳴鳳，九州四海歡聲動。願皇天后土共悠長，永獻無疆頌。

五奏兆麟祥，【清江引】

珠簾錦屏開鳳苑，祥兆麒麟殿。三春寶樹花，萬歲蟠桃燕。醉時雲龍扶玉輦。

六奏關雎頌，【十二月】

鸞翔玄圃，燕喜丹宸。坤德貞純，聖壽遐臻。昔人道女中堯舜，螽斯羽麟趾振振。

七奏範六宫,【十二月】

寶筵春曉,絳節星摇。慈懿孔昭,遐壽彌超。正母儀六宫則效,錫純嘏永奠皇朝。

八奏凝協氣,【沽美酒】

仙仗迎,瑞氣生,琪花燦,彩雲明。風和景淑泰階平。罘罳裊玉衡,奏廣樂,沸歌聲。

九奏樂平安,【萬年歡】

九霄光啟五雲祥,慈訓保家邦。月度瑶池,星轉銀潢,壽域安康。周家太任太姜,八百年景運隆昌。風歌樛木,雅頌思齊,福履無疆。

十奏聖母陞座,【新水令】

香風吹動九龍衣,慶今朝聖慈歡劇。升寶座,晏彤闈,玉軫金徽,萬朵紅雲瑞。

八月萬壽節,奉宴兩宫皇太后樂章

陞座用慈寧

彤庭瑞靄生,移仙仗,下宸京。金蕤玉葆後先迎,鈞天樂奏敞雲屏。光天化日,仙會蓬瀛。大内動歡聲,樂奏慈寧。

一奏上萬壽

天家壽域開,翠霧濃,彩雲回。香風淑氣靄蓬萊,翟冠鞠服輝寶臺。鼎升玉鉉,觴舉瓊杯。嘉祥溢九垓,月璧星臺。

二奏仰坤元

坤興萬寶成,靈芝秀,嘉穀登。黄裳德應元吉增,紫婺祥開喜氣盈。四靈畢至,百福咸亨。陰教仰昭明,大化流行。

三奏慈極寧

慈極上陽宫,翔彩鳳,躍文龍。金波月轉紫垣東,玉繩星度銀河中。禮行肅肅,樂奏雝雝。歡聲動九重。

【御鑾歌】 四奏集茀禄

皇闈福履崇,一人養,四海供。君庖珍膳九鼎豐,仙圃瑶池萬福同。春回舜殿,日轉堯宫。天上五雲紅,鳳翥鸞翀。

五奏慶豐年

貞儀表萬邦,配乾德,協坤祥。葛覃樛木元化彰,麟趾螽斯瑞應長。芝臺日麗,崑圃雲翔。懿德配任姜,福壽無疆。

六奏關雎頌

承乾履祚昌,肅威範,正紀綱。六宫則效母儀良,萬化澄清福履長。婺星垂耀,華月揚光。流慶衍滄桑,地久天長。

七奏兆麟祥

懿德感靈祥,坤化成,陰教彰。思齊大任保周邦,永嗣徽音壽域康。關雎雝肅,麟趾蕃昌。篤生我聖王,日月重光。

八奏正六宫

六宫範母儀,佑皇統,贊乾基。葛覃儉德慈訓垂,樛木仁風福履綏。載歌燕喜,共頌螽斯。壽域永無期,金母瑶池。

九奏樂永寧

萬壽仰慈仁，感天地，啟聖神。慶雲甘露頌群臣，嘉禾瑞麥歌萬民。咸歸懿德，幸際昌辰。宇宙永同春，世錫坤珍。

【十二月】

玉宇澄清，銀漢光明。星垣輝映，斗緯祥生。仰慈闈萬年長慶，宣元化四海咸寧。

【沽美酒】

吹鳳笙，耀鸞旌，獻霞觴，駐雲軿。星珠月璧泰階平，瑶光照玉衡。奠皇極，永康寧。

【萬年歡】

五雲繚繞九重宫，萬寶玉玲瓏。玄鳥生商，武敏開周，華渚垂虹。泰和元氣流通，億萬年大明一統。保佑聖躬，誕有神孫，福祚昌隆。

降　座

皇穹眷聖慈，堯天舜日靄重熙。萬國仰明時，河清海晏景星垂。龍翔鳳翥隨，奏金徽，頌瑶池。紫氣結虹霓，同祝頌，荷天禧。

十一月冬至，肇祀圜丘慶成燕樂章[二]

【萬歲樂】

五百昌期嘉慶會，啟聖皇龍飛天位。九州四海重華日，大明朝萬萬歲。

【朝天子】

滿前，瑞烟，香繞蓬萊殿。風回韶律鼓淵淵，列陛旌旗絢。日至朱躔，陽生赤甸。氣融和，徹上玄。歷年，萬千，長慶會，天宫宴。

【水龍吟】

寶殿金爐瑞靄浮，陳玉案，列珍羞。天花炫彩，照燿翠雲裘。鸞歌鳳舞，虞廷樂奏，萬歲君王壽。

一奏上萬壽

聖主垂衣裳，興禮樂，邁虞唐。簫韶九成儀鳳凰，日月中天照八荒。民安物阜，時和歲康。上奉萬年觴，胤祚無疆。

【四邊静】

天啟嘉祥，聖主中興正紀綱。頌洋洋，功蕩蕩，國運隆昌，萬載皇圖壯。

【鳳鸞吟】

維皇上天，佑聖明，景命宣。五雲輝絢，七緯光懸。協氣生，嘉祥見，正萬民，用群賢。垂衮御經筵，宵衣勤政殿。圜丘報本祀方虔，明水潔，蒼璧圓。秉周文，承殷薦，眷皇家億萬斯年。

二奏仰天恩

皇穹啟聖神，欽乾運，祗郊禋。一陽初動靄先春，萬福來同仰至仁。祥開日月，瑞見星辰。禮樂協神人，宇宙咸新。

【水龍吟】

春滿雕盤獻玉桃，葭管動，日輪高。熹微霽色，遥映衮龍袍。千官舞蹈,鈞韶迭奏,曲度昇平調。

【水龍吟】

紫禁瓊筵煖應冬,驂八螭,乘六龍。玉巵瑶斝,黻座獻重瞳。堯天廣運,舜雲飛動,喜聽賡歌頌。

【太清歌】

長至節開黄道,喜乾坤陽長陰消。奏鈞韶,音調鳳軫,律協鸞簫。仰龍顔天日表,如舜如堯。金爐烟煖御香飄,玉墀晴霽祥光繞。宫梅禁柳迎春好,宴樂蓬萊島。

【上清歌】

雲捧宸居,五星光映三臺麗。仰日月,層霄霽,仰日月,層霄霽。中興重見唐虞際,太和元氣自陽回,兆姓歡愉。

【開天門】

九重霄,日轉皇州曉。燕天家共歌魚藻,龍鱗雉尾彩雲高。祝聖壽,慶清朝。

【御鑾歌】

雅奏樂昇平,瞻絳闕,集瑶京。黄童白叟喜氣盈,謳歌鼓舞四海寧。金芝結秀,玉樹含英。聽康衢擊壤聲,帝力難名。

【賀聖朝】

華夷一統,萬國來同。獻方物,修庭貢,遠慕天宫,佳氣鬱重重。四靈畢至,麟鳳龜龍。

【殿前歡】

瑞雲晴靄浮宫殿,一脉陽和轉。禮成交泰開周宴,鳳笙調,龍幄展。

天心感格人歡忭，四海謳歌遍。

【慶豐年】

賴皇天，錫豐年，勤禹稼，力舜田，喜慰三農願。嘉禾秀，瑞麥鮮，賦九州，貢八埏。神倉御廪咸充滿，養民以養賢。

【新水令】

聖德精禋格昊穹，大一統四夷來貢。玉帛捧，文軌同，世際昌隆，共聽輿人頌。

【太平令】

誕明禋天監元后，光四表惠澤周流。來四裔趍前擁後，獻萬寶充庭盈囿。稽首頓首，天高地厚，祝聖人多男福壽。

三奏感昊德

昊德運光明，一陽動，萬物生。升中大報蒼璧陳，禮崇樂暢歆太清。星懸紫極，日麗璇庭。乾坤瑞氣盈，海宇安寧。

【新水令】

五雲深護九重城，感洪恩萬民胥慶。陽初長，禮方行，帝德文明，表率家邦正。

【水仙子】

萬方安堵樂康寧，九域同仁荷聖明，千年撫運承天命。露垂甘，河獻清，見雙岐秀麥連莖。靈雪隨冬應，祥雲拂曙生，神與化並運同行。

四奏民樂生

大報禮初成，象乾德，運皇誠。神州赤縣永清寧，靈雨和風樂太平。

陰陽交暢，品物咸亨。元化自流行，允殖群生。

【水龍吟】

玉律陽回景運新，燕鎬京，藹皇仁。光昭雲漢，一氣沸韶韺。錦瑟和聲，瑶琴清韻，瞻仰天顔近。

【水龍吟】

五色祥雲捧玉皇，開閶闔，坐明光。鈞天樂奏，冬日御筵張。文恬武熙，太平氣象，人在唐虞上。

【太清歌】

萬方民樂時雍，鼓舞皇風動。喜今逢南蠻北陌，東夷西戎來朝貢。大明宫星羅斗拱，九重天上六飛龍，五色雲間雙彩鳳。普天率土效華封，允協河清頌。

【慶太平】

惟天眷我聖明，禮圜丘至德精誠。乾元永清，洪膺景命，休徵應，泰階平。

【千秋歲】

聖主乘龍御萬邦，慶雲翔化日重光。群臣拜舞稱壽觴，載歌天保章。

【滚繡毬】

五雲車度九重，利見飛龍。耀衮章火藻華蟲，擊虎敔考鳧鐘，鼉鼓逢逢，八珍列九鼎豐隆。堯眉揚彩舜重瞳，萬國咸寧四海雍，齊歌頌聖德神功。

【殿前歡】

萬年禮樂中興日，大化睹重熙。河清海晏臻祥瑞，五行順，七政齊。

超三邁五貞元會，既醉頌凫鷖。

【天下樂】

萬靈朝拱接清都，享南郊欽天法祖。願聖人承乾納佑，中和位育，龜獻範，馬陳圖。

【醉太平】

禮樂萬年規，謳歌四海熙。衣冠蹈舞九龍墀，麗正仰南離。紫雲高捧唐虞帝，垂衣天下文明治，鎬烏岐鳳呈嘉瑞，人在成周世。

五奏感皇恩

雙闕五星光，霓旌樹，紫蓋張。璇臺玉曆轉新陽，鈞天廣樂諧宫商。恩深露湛，喜溢霞觴。日月焕龍章，地久天長。

六奏慶豐年

聖主懋承乾，綏萬邦，屢豐年。神倉御廩登天田，明粢鬱鬯祀孔虔。輿情咸豫，協氣用宣。萬古帝圖傳，璧合珠聯。

七奏集禎應

天保泰階平，寶露降，渾河清。嘉禾秀麥集休禎，遐陬絶域喜氣盈。一人有慶，百度惟貞。萬國頌咸寧，麗正重明。

八奏永皇圖

鎬燕集天京，頌魚藻，歌鹿鳴。邊陲安堵萬邦寧，重譯來庭四海清。咸池日曙，昧谷雲征。帝座兆前星，豫大豐亨。

九奏樂太平

皇極永登祥，乾符啟，泰運昌。玉管回春動一陽，金鑾錫宴歌九章。

虞廷獸舞，岐山鳳翔。日麗衮龍裳，主聖臣良。

【水龍吟】

香霧氤氳紫閣重，仰天德，瞻帝容。星輝海潤，甘雨間和風。樂比鳶魚，瑞呈麟鳳，永獻卷阿頌。

【水龍吟】

萬户千門啟建章，臺階峻，帝座張。三垣九道，北斗玉衡光。元氣調和，雅韻鏗鏘，昭代慶明良。

【太清歌】

萬方國盡來庭，稽首歌帝仁，仰荷生成。振乾綱陰陽順序，民物樂生逢明聖，萬年春永膺休命。華夷蠻獠咸歸正，蒼生至老不知兵。鼓腹含哺享太平，九有樂清寧。

【萬歲樂】

太平天子興隆日，履初長陽回元吉。醴泉芝草休禎集，曾聞道五星聚室。

【賀聖朝】

一人元良，百度維新。握赤符，凝玄應，享太清。大禮方行，祀事孔明。感天心，億載恒承慶。明王慎德，四夷咸賓。

【醉太平】

星華紫殿高，雲氣彤樓繞。九夷重譯梯航到，皇圖光八表。玉宇無塵明月皎，銀河自轉扶桑曉。平平蕩蕩歸王道，百獸舞鳳鳴簫韶。

【看花會】

普天下皆賴吾皇至聖，看玉關頻款，天山已定。四夷效順歸王命，天保歌群黎百姓。

【天下樂】

九重樂奏萬花開,望龍樓雲蒸霧靄。仰天工雍熙帝載,臣民歡戴,溥仁恩,遍九垓。

【清江引】

黄鐘既奏陽和長,德感天心貺。人文日月明,國勢山河壯。衢室民謡頻擊壤。

【清江引】

鈞天畢奏日方中,既醉歡聲動。雲章傍衮龍,飈勢翔威鳳。萬方安樂興嘉頌。

【千秋歲】

上下交歡燕禮成,一陽奮萬彙咸亨。風雲會合開明運,紫極轉璇衡。

【朝天子】

文班,武班,歡動含元殿。禮成樂備頌聲喧,真咫尺仰天顔。日照龍顔,風回雉扇,翠蕤旋奉仙鑾。雲間,斗間,見五色奎章燦。

【萬歲樂】

天回北極雲成瑞,望層霄重華日麗。九垓八極樂雍熙,祝聖壽萬萬歲。

(廖道南《玄素子集・庚寅集》)

八月己亥，西苑仁壽宫落成，上錫燕大臣樂章十一章

【朝天子】 一奏本太初

帝誠，帝明，寶位基昌命。仙苑開筵歌鹿鳴，亭殿天章映。我有嘉賓，鼓瑟吹笙。示周行，昭德音。日升，月恒，萬載皇圖正。

【殿前歡】 二奏仰大明

天保定聖人，多壽多男慶。修和禮樂協中興，麗正重明，如山阜，如岡陵。如川方至莫不增。嘉氣生，休祥應。百神受命，萬國來庭。

【沽美酒】 三奏民初生

黄河清，膏露凝，瑞麥呈，靈鵲鳴。諸福來同仰聖明，喜萬寶告成。占景緯，泰階平。

【太平令】

念農桑衣食之本，庇君德獨厚民生。事耕□□□百姓，魚遊藻，鹿食蘋。明主燕，嘉賓承，筐鼓笙繼，自今福申天定。

四奏品物亨，【醉太平】

瑶宫怡聖顔，閬苑隔塵寰。鼓簧鼓瑟鳳和鸞，秋霽菊花繁。水明巖秀天開燕，兩階萬舞黄金殿。賴吾皇錫福兆民，安醉承行葦歡。

五奏御六龍，【清江引】

六龍御宇世昇平，主聖臣多慶。務本軫民生，弘化凝乾命。忻落成萬葉開鴻運。

【碧玉簫】

帝重農桑,法駕啟明光。麟遊鳳翔,燕陳天保章。開玳筵,薦瑶觴,既醉頌洋洋。聖德巍,皇恩蕩,世際唐虞上。

進膳樂,【水龍吟】

虎敔龍麾鼓吹喧,聖天子,御華筵。南山萬壽,瑞日正中天。百穀豐年,八方珍膳,人在天官燕。

【太清歌】

瑞麥嘉瓜臻瑞,仰荷堯舜主,愛育群黎。感天意五風十雨,秋報春祈。偏爲爾德,無載爾僞。日際雍熙,萬方歌舞開筵地。紫雲高捧唐虞帝,山呼萬歲,福無疆,日升川至。

【上清歌】

仰賴聖人,参天兩地凝和氣。四三王,六五帝,四三王,六五帝。國家昌賢才爲上,瑞養萬民四海歸,百禄咸宜。

【開天門】

寶殿輝,龍虎風雲會。瞻丹陛,覲紫微,周詩歌既醉,螽斯麟趾開。祥瑞仰,龍飛在天位。

八月癸卯,西苑豳風亭無逸殿落成,上錫燕講官樂章十一章

一奏本太初,【朝天子】

九天,詔宣,内苑開秋燕。西流鶉火肅霜前,物易天時變。稼入天田,

農歌帝甸。豳風七月篇，春酒登堂獻。萬年，永傳，中興今載見。

二奏仰大明，【殿前歡】

西内御筵開，黄花映玉階。陳詩協律歌周代，古調新裁，載獻上，九霞杯，日馭回臺階泰。億萬年，兆民賴，一人有慶，元首明哉。

三奏民初生，【沽美酒】

熙春陽，化日長，執懿筐，採柔桑。拾繭繅絲服七襄，染紅黄孔陽，成五色，補龍章。

【太平令】

勤樹藝歲年豐穰，九十月禾黍登場。爲朋酒甕浮嘉釀，村田樂齊歌齊唱。饗公堂殺羊舉觴，繼着兕觥，祝萬壽萬靈扶相。

四奏品物亨，【醉太平】

斯螽初動股，莎雞旋振羽。七月鳴鵙辭炎暑，八月天河曙。蟋蟀在野忽在宇，九月乘時登稼圃。覩周家肇基豳土，創搆真辛苦。

五奏御六龍，【清江引】

月令風光何處有，鳳苑在龍池右。農夫稼已登，公子衣方授，歲歲獮觴頻進酒。

【碧玉簫】

凡我生民，農桑最苦辛。終歲經營，氣候變冬春。田畯欣，婦子寧，黍稷登明馨。百里成，五福膺，壽考臻休慶。

進膳樂，【水龍吟】

養老休農聖主筵，瀉春酒，介耆年。鳴蜩隕籜，陰陽自節宣。香羹美果，升堂拜獻。真慰吾民願。

【太清歌】

帝室弘開天苑，宸居無逸殿，講幄張筵。進儒流雲征星炫，璧緯珠躔。睹聖製，焕奎章，昭回雲漢，堯天舜日群方宴。御廩神倉百穀登，金輝玉燦諸祥見。感皇穹，錫康年。

【上清歌】

鳳囿龍渠，帝籍今方舉。勸耕蠶，勤士女，勸耕蠶，勤士女。獻羔羊升堂奏舞，葵菽棗壺上珍厨，萬歲山呼。

【開天門】

豳風亭，永戴吾皇聖。萬物新萬國咸寧，需雲湛露開昌運。仰乾禧，俯坤靈。

九月甲寅，上恭燕兩宫皇太后於西苑仁壽宫樂章二十一章

陞座樂奏慈寧

彤闈瑞靄生，啟閶闔，出勾陳。金蕤玉節後先迎，一聲清蹕度丹宸。光風化日，仙會蓬瀛。萬壽動歡聲，樂奏慈寧。

一奏上萬壽

乾坤壽域開，四海寧，萬邦懷。歲豐民樂歌喜哉，嘉生協氣盈九垓。鞠衣寶臺，鼎食瓊杯。陽長福方來，鳳翥鸞回。

【沽美酒】

碧天飛,五彩霞,香風動,萬年花。象管鸞笙鼉鼓撾,開燕玉皇家。祝聖壽,永無涯。

二奏仰坤元

坤元善發生,受天施,載物成,含弘光大品彙亨。黄中毓德萃精英,嚴爲壼範,柔在安貞。嘉薦際豐登,九域咸寧。

【殿前歡】

上陽曙色開新霽,金光浮碧紫,鼓簧吹籥送璚巵。豫慈顔,陳樂事,蟠桃鬱李獻珍奇,芬芳旨且時。

三奏慈極寧

皇穹眷聖神,保慈極,樂清寧。商歌簡狄肇休徵,周詠姜嫄啟德馨。禮行閨闥,樂沸韶莖。萬載嗣徽音,壽永岡陵。

【沽美酒】

象緯森,瑞景明,霓裳動,仙鶴鳴。太液波含天氣清,宫闕仰峥嶸。歌福履,倍光亨。

四奏集福禄

帝室詠斯干,開北極,對南山。竹苞松茂藹芳蘭,鹤林鯨島翔和鸞。皇情載豫,慈闈永歡。寶月照高寒,壽嶽巑岏。

【醉太平】

瓊筵開玉宇,雉扇引鸞輿。紫綃屏緯繡羅襦,在五雲深處。仙人掌上金莖露,帝子宫前碧桃樹。崑崙玄圃獻珍圖,奉瑶池金母。

五奏慶豐年

貞儀表萬邦，配乾懿，孚坤良。四時佳氣發禎祥，二南敦化首耕桑。嘉禾秀麥，千箱萬倉。大有國家昌，物阜民康。

【清江引】

宮壺水添蓮漏永，燕喜勤供奉。香浮寶座龍，樂轉鈞韶鳳，萬年太平歌一統。

六奏關睢頌

承乾履祚昌，肅威儀，正紀綱。坤維奠位福無疆，陰教宣豳信有常。和旋玉律，慶衍銀潢。樂奏國風章，思媚周姜。

【十二月】

喜帝日長膺寶録，仰慈雲深鎖仙墀。散瑶空祥光晻映，靄蓬壺紫氣葳垂。延和門鸞輿初度，宜春苑麟節來儀。

七奏範六宮

懿範表宮闈，端理本，開化基。金樓玉殿倍光輝，璧月珠星照太微。蠶宮繭館，禾囿蔬畦。袍鳳映冠翬，璀璨璇璣。

【十二月】

歌豳風民情勤苦，講無逸王業艱難。采桑臺九妃登止，飼蠶室六尚來觀。五百年聖人開治，三千歲王母承歡。

八奏迎協氣

帝闕靄長春，二氣轉，九陽伸。璇雲寶露届昌辰，金芝瑶草物華新。花明仙島，荇泛天津。水殿接山亭，茀禄無垠。

【沽美酒】

斞瓊液，紫金甌，捲珠簾，白玉鈎。萬春宫殿獻珍羞，日永彩雲流。聽笙歌，裊鳳樓。

九奏樂平安

萬物荷坤元，夏塗山，周姜嫄。明章幽贊造乾坤，履和行儉正閨門。祥開帝座，慶衍仙源。象應紫微垣，百子千孫。

【萬年歡】

六宫景範，萬國師賢，懿德自孚乾前。星炳曜，五雲聯，世胤緜延。介景福，御芳筵，南極畔老人星見。永承清燕，河清海晏，萬有斯年。

降座樂奏慈寧

層霄峻九重，萬歲山高瑞日中。永言歌歲豐，紫雲繚繞飄香風，百禮肆雍容。春靄靄，頌陶陶，樂融融。登仙馭駕，雙虹旋兩宫。

【回鸞歌】 上改題曰丕休圖

帝苑五雲翔，瑶林寶樹芳。蠶壇稼圃閲農桑，十洲三島醉瑶觴。仙宫載啟，皇極永康。宇宙納禎祥，萬壽無疆。

(廖道南《玄素子集・辛卯集》)

校勘記

[一] 此題共九首，僅後三首爲散曲。

[二] 此樂章四十九首，亦見陸深《儼山集》卷二十三《戊戌冬至，南郊禮成慶成宴樂章》，僅個别散曲前後次序有别，姑並見二人名下。

姜 恩

姜恩，字君賜，四川廣安人。嘉靖二年(1523)進士，授武功知縣，擢户部，出知雲南臨安。官至福建左布政使。有《篆江存稿》。事見吕柟《涇野文集》卷十《贈姜君賜知臨安序》。

小 令

【折桂令】 憶小莊

望西巖古木森森，欸乃聲柔，山色嵐晴。牧童放犊，稚子吹竽，野老問津。堪賞的濛溪擊楫，可愛的篆水邀賓。也有黄雞，也有嫩笋。正好追遊，爲官牽引。

又 棧 道

歎孤臣萬里迢迢，雞嶺連雲，鳥道冲霄。早傳三坌，午度金牛，晚過青橋。瞻拜了漢皇祠，進謁了武侯廟。感慨荒踪，思慕清朝。幾度關河，幾度奔勞。

又 關 中

長安路平原膴膴，渭北涇南，東橋西滸。漢嶺蒼松，楚塚暮雲，周岐石鼓。看那個奉天殘碑，拾那個馬嵬白土。先日朝陽，今日暮雨。一行傷今，一行懷古。

又　入朝

坐棕篷朝鼓鼕鼕，禁樹濃妍，芳草青葱。旌旗掩映，劍佩鏗鏘，殿閣玲瓏。拜舞着龍樓鳳輦，懷想着夔豹飛熊。奏有清詞，歌有雅頌。正喜來朝，又怕行永。

【塞鴻秋】　過洛陽

斜陽衰草印山道，蒼苔古木嵩神廟。吞天沃日黄河套，長裙短袖兒童笑。歷遍帝王都，看盡人間樂。爲這功名處處到。

又　謁武穆祠

垂楊緑水湯陰路，篆烟寶幢忠魂籙。紅爐冷鐵奸臣肚，民謡國史英賢註。杖招百代人，鞭徹千年骨。他可自悔當初誤。

【天净沙】　感懷六首，入京途中作

口吸一味清風，手拳一握蒼松，真金錯認作假銅。明目天公，休辜負循良種。

探井泉好寒冽，奈轆轤車手折，饑的渴的張口接。仰有明哲，早些兒汲引者。

離脱了烟瘴方，跳出了是非場，歸來菽水堪供養。爲心迹忙，急走赴金鑾上。

丟抛我一頃田，拜别我雙親面，山河修阻都遊遍。宦途原險，只爲諸親勸。

想那讀書秀才，念那抱引女孩，此情此意難刬劃。算計歸來，擬是中秋月色。

來時節妻囑付,到時節主勞碌,爲賢良相躊躅。功名迅速,辭煤爐望新屋。

【菩薩蠻】 自述四首

萬里晴空月正圓,一片雲霾天溪邊。暫時素娥嫌,清輝應不減。

小澗從來徹底清,遊人錯打一拳硜。怒激有濤聲,泥沙終不混。

清風高節聳琅玕,培養功夫不等閑。斧斤敢犯殘,靈根保護全。

天運循環否泰來,人心匪古妄安排。桑從紙上栽,於我何有哉。

【新水令】 東河遇雨

驅車攬轡下東河,霎時間霹靂來天漠。千山雲作障,萬頃海揚波。水自天河,把橋梁都塌卧。

【駐馬聽】 前 題

老天留我,旅館淒涼休自説。宦情原薄,征夫驛使愁無那,閑時勒馬對人歌。喫緊墮腳求天豁,天家事,怎奈何。尚有心忙的住在草梁閣。

(姜恩《篆江存稿》卷八)

徐敷詔

徐敷詔，字廷涣，號定庵，四川閬中人，岳州（今湖南岳陽）籍，户部侍郎徐紹吉祖父。嘉靖四年（1525）湖廣舉人，後絶意仕進，託名問醫，浮遊各地。有《徐定庵先生集》。

小　令

【石榴花】

余一日讀史小閣，有所感觸，遂廢書而爲【石榴花】小詞。自是之後，感時即事，陸續爲之，得十首焉。録貽同好，酒邊花下，命侍兒歌之，共發大笑云爾。

俺倚着這碧紗窗讀一會案頭書，總英雄觀勝敗漫躊躕。想少年勤苦作文儒，五車十載，萬卷三餘。拔山心填海意竟何如，再休提龍虎風雲，也莫問乾坤今古。右觀史

俺搦着這紫霜毫淈一會浣溪箋，覓賓鴻將錦字寄南天。念故人别後幾經年，洞庭玉笛，黄鶴樓船。到如今牽夢寐隔風烟，怎能勾拉妓携尊，重上那吴宫隋苑。右寄遠

俺披着這黑羊裘看一會早梅枝，滿天霜零亂殺鬢邊絲。猛驚心花信記年時，陽春格調，冰雪丰姿。竹窗虚茶竈冷坐題詩，縱饒他東閣風流，也

不減西湖樣子。右觀梅

俺扶着這烏藤杖踏一會種瓜園，較陰晴探節候細評論。算腐儒何物可盤餐，露葵春滑，霜芥冬酸。荷鋤肩抱甕手肯拋閑，莫因緣翠鼎銀鐺，有分限濁醪粗飯。右步園

俺擁着這黄紬被數一會五更雞，唤新愁驚往事自淒迷。四十年名利苦奔馳，南州北縣，海角天涯。紙窗燈茅店月亂鳴時，恰回頭身世茫然，莫起舞英雄老矣。右聞雞

俺抱着這朱絃琴彈一會採芝歌，唤玄猿招素鶴共吟哦。小樓前春夜月明多，竹風調暢，花露清和。鑄黄金其奈那子期何，只憑咱古老腔兒，不信你時人耳朵。右彈琴

俺掃着這翠�軒延一會看花人，趁芳晨傾倒了甕頭春。尋常間談笑主和賓，蒼顔皓首[一]，羽扇綸巾。太平時全盛世作遺民，都有些谷口高風，却不是終南捷徑。右延客

俺戴着這青箬笠栽一會早春花，錦玲瓏粧點就地仙家。繞闌干幽雅盡堪誇，枝枝紅雨，樹樹丹霞。沉香亭明月館任繁華，儘教他露種雲栽，誰免得風漂雨打。右栽花

俺欹着這白石枕聽一會囀枝鶯，破春愁醒午睡助清吟。憶當年隨計到瑶京，宫花片片，御柳陰陰。鳳城邊驢背上幾回聞，自離了南省東華，夢不着丹墀紫禁。右聽鶯

俺曳着這緑荷衣訪一會隱君家，欵柴扉穿柳巷問桃花。但相逢長笑飲流霞，花奴吹笛，石鼎烹茶。暮烟生新月小夕陽斜，説的是農圃桑麻，扯

不止皇王帝霸。右訪友

花朝閣感事,【對玉環帶過清江引】詞　四首

小小園林,花兒歲歲新。矮矮臺亭,月兒夜夜明。何處可逃名,吾廬真個穩。但遇良辰,村醪淺淺斟。但遇良朋,偎詩細細吟。朱門紫陌都休問,受用些閑和静。百年容易過,萬事俱由命。好光陰不是咱誰管領。其一

寂寂丘園,不怨長安遠。種種華顛,不恨流年晚。世事苦無端,人間此夢間。粗糲餘年,先生苜蓿盤。歌舞餘歡,佳人翡翠衫。迷魂陣裏閑偷眼,細把人情看。風波處處翻,雲雨時時變。俺這裏挨上門兒都不管。其二

萬個琅玕,紗窗風雨寒。萬軸牙籤,芸樓星斗懸。白眼望青天,天生我亦仙。不煉金丹,囊餘作賦錢。不掛朝衫,家餘種秫田。風光到處隨流轉,趕趁着逍遥伴。青山個個深,白髮人人短。一夥家開笑口莫待晚。其三

江水盈盈,東流自古今。江草青青,春風自淺深。不似世間人,榮枯無定準。鏡裏勳名,勸君休苦心。夢裏輸贏,勸君休認真。誰是英雄誰個蠢,没來歷胡廝混。六千三萬場,爛醉何須醒。把這傀儡盤權當做桃源境。其四

花朝閣即事,【駐雲飛】　四首

石几烏皮,萬竹團團繞絳幃。不躧紅塵地,只會青山意。嗏,幽事幾人知,蘸濕端溪。白雪陽春,盡在揮毫裏。是我樓中得句時。

月落星稀,樹影微茫鳥亂飛。雲斂空江氣,鐘動前山寺。嗏,海日上東隅,紙窗紅矣。寶裊餘香,猶在蘆花被。是我樓中睡穩時。

白晝遲遲,天氣薰人困不支。露䌷薔薇墜,風嫋鶯聲細。嗏,嫩茗摘

青旗,自瀹花瓷。七碗通仙,萬境真如洗。是我樓中獨坐時。

委巷柴扉,草色青青駐小車。自有芝蘭味,常有賢人聚。嗏,問字酒能携,泥飲忘歸。一舉千觴,浩蕩歌聲起。是我樓中爛醉時。

【清江引】

細推物理須行樂,七十人生少。乾坤水上萍,日月籠中鳥。再休嗟男兒生不成名身已老。

男兒生不成名身已老,日月籠中鳥。乾坤水上萍,七十人生少。細推物理須行樂。

中秋同眷屬賞月,【玉芙蓉】 四首

江山雨後嘉,洗出瀟湘畫。恰良宵明月,漸吐光華。水晶雲母清虛舍,玉兔銀蟾丹桂花。青天下,停杯問他。這十分秋色,今夜在誰家。

山空夜氣高,天遠冰輪小。轉回廊起舞,飲興方豪。驚寒烏鵲棲還繞,墜露芙蓉影亂飄。同歡笑,嬋娟可招。判今宵酣暢,吹徹紫鸞簫。

雲屏畫燭明,綺席金波映。坐中筵鶴髮,湖海殘生。清涼消受園林景,時序偏憐兒女心。閑評論,團圓幾人。荷皇天嘉運,貽我太平春。

銅龍夜半催,鐵馬風前碎。望天邊星斗,漸轉斜輝。蘇公赤壁舟中睡,杜老關山笛裏悲。清狂輩,如今有誰。但滔滔吾醉,人月自相隨。

春興,【玉抱肚】 十首

高堂明鏡暗催人,白髮星星。試問他走馬紅塵,何似我羲皇一枕。無榮無辱自由身,閑看人間得意人。其一

滿樓花影對賓朋,日日青尊。莫思量閣上麒麟,且盡俺杯中孤興。朱門雖富不如貧,何用浮名絆此身。其二

尋思百計守清閑,到了便宜。這匆匆駒隙流光,講甚麼烟波名利。人生七十古來稀,回首風塵甘息機。其三

園林暮景只招尋,狂客騷人。趁青春柳媚花明,打疊起酒兵棋陣。鷃微鵬大豈須論,且鬬尊前見在身。其四

酒闌人静透疏簾,明月紛紛。撲羅裳花氣氤氳,又别是一天風韻。春宵一刻值千金,坐數山城長短更。其五

朝來樓上掃晴雲,推開綺窗。理殘書滴露研硃,困人天日晷初長。柳絲摇曳燕飛忙,花氣渾如百和香。其六

偶然睡起灑春風,翰墨淋漓。太虚中雲篆烟書,絶不類人間文字。正圍紅袖寫烏絲,點點楊花落硯池。其七

苔痕迷徑斂輕雲,微雨初晴。恰雙雙燕子飛來,早又是落紅成陣。風飄萬點正愁人,莫厭傷多酒入唇。其八

海棠纔賞牡丹亭,又報花王。睡春朝翠袖朱唇,陪伴他國色天香。高燒銀燭照紅粧,雲雨巫山枉斷腸。其九

緑梅青杏出牆頭,樹影成陰。釀春寒細雨絲絲,掩重門寂寥誰問。烟花零亂過清明,窗外禽多杜宇魂。其十

壽亦齋,【駐雲飛】 四首

元夜邀賓,珠履喧填列畫屏。曲演昇平韻,人擁風流陣。嗏,來看廣陵燈,萬口歡騰。烟火叢中,南極祥光近。信是蓬壺別有春。

玉漏休催,懷抱今宵得好開。花償青春債,酒駐朱顔在。嗏,綺陌踏歌回,吸盡金罍。羽蓋霓裳,説甚瑶池會。歲歲年年此夜杯。

列坐傳柑,春月初看此度圓。風引桃花扇,露浥芙蓉面。嗏,斗轉絳河偏,猶自沉酣。海屋仙籌,又早添遐算。偷得蟠桃歲幾千。

洛社風流,烟景峥嶸一笑收。玉管鶯歌奏,錦席金波透。嗏,彩筆動銀鈎,我唱君酬。醉裏清狂,肯落諸公後。興繞丹霄十二樓。

辛未上元,吾儕釀設爲亦齋壽。是日,市中有盤場作戲者,携具就酒家觀之。至暮,則月色燈光上下輝映,相與踏歌通衢。命諸梨園高唱,隨後雜以絲管。觀者塞路,幾不能行。已而,亦齋邀至豐豫堂看燈。開筵更酌,主賓酣暢,聯句爲【駐雲飛】詞二首。余自爲二首,六亭再爲二首,余亦再爲二首。書呈亦齋傳之,俾後人見吾儕一時風致云。

紀舊遊,【玉抱肚】 十首

江山如舊,是前朝三國荆州。繫青驄沙市堤邊,掛布帆西陵峽口。春風回首仲宣樓,昨日少年今白頭。右荆州

襄陽佳麗,解征鞍夜聽銅鞮。槎頭鯿雪後偏肥,竹葉春花前買醉。方城漢水舊城池,曾共山公把酒巵。右襄陽

殘岡斷隴,問草廬諸葛隆中。歎英雄割據三分,垂宇宙大名何用。當

年遺事久成空，只合終身作卧龍。右南陽

岳陽奇勝，洞庭湖波撼巴陵。逢故人萬里瀟湘，吊英皇百篇成韻。君山元是小蓬瀛，水盡天南不見雲。右岳陽

麻姑何在，楚雲東萬疊丹臺。記别時解珮投珠，望音書青鸞碧海。落花流水認天台，仙境那能却再來。右石門

扁舟夏口，望青天黄鶴高樓。訪仙蹤今古茫茫，吹鐵笛月明時候。烟波江上使人愁，崔灝題詩在上頭。右江夏

金陵鐘阜，憶豪華六代風流。石頭城潮去潮來，問耆舊幾人存否。鳳凰臺上鳳凰遊，緑水橋邊多酒樓。右南都

西湖載酒，放蘭舟簫鼓中流。恰尋梅和靖祠邊，又踏遍蘇堤楊柳。荷花十里桂三秋，山外青山樓外樓。右錢塘

閶門艤棹，聽烏啼霜落天高。想當年麋鹿姑蘇，又幾度吴宫花草。暮烟秋雨過楓橋，却算遊人歲月遥。右姑蘇

廣陵燈後，趁春風跨鶴迷樓。訪高僧水上留詩，看瓊花月中沽酒。竹西歌吹古揚州，三十年前此地遊。右維揚

【清江引】

莫怪此翁長好懶，世事曾磨算。花開蝶滿枝，樹倒猢猻散。憔悴榮華無早晚。

秋興，【玉抱肚】　十首

西風吹送度霜天，南雁雝雝。望音書渭北江東，牽引俺半窗殘夢。年

年相憶採芙蓉，水遠山長處處同。其一

王孫哀怨對篝燈，長夜漫漫。把南山白石歌殘，又提起湘累九辯。暮年詩賦動江關，老去悲秋强自寬。其二

月明霄漢問天家，今夕何年。半空中玉宇瓊樓，曾照否天涯海岸。美人千里共嬋娟，夜夜清光北斗邊。其三

倚樓孤悶盼霜空，萬境沉沉。響叮咚門巷敲砧，乍玉笛臨風相並。誰家巧作斷腸聲，吹盡梅花怨未平。其四

高秋時序报山中，酒熟雞肥。想人生笑口難開，恰過了滿城風雨。碧空如水雁來時，與客携壺上翠微。其五

蕭蕭庭院正重陽，露下高天。訝黄花明日堪愁，喜病脚今年稍健。誰家數去酒杯寬，醉把茱萸仔細看。其六

當年弱冠便尋常，唾手凌烟。没來由匏繫藤牽，漸覺得天高日遠。愁看直北是長安，關塞蕭條行路難。其七

金台遊宴少年場，意氣翩翩。想從前結客三千，今日個誰擡雙眼[二]。人情閲盡見交難，覆雨翻雲轉手間。其八

花宫竹院引孤筇，路繞溪環。小橋邊紅樹斜陽，一笑後茶杯詩卷。遠公沽酒飲陶潛，又得浮生半日閑。其九

文章休弄算詩人，個個都窮。儘饒他玉綴珠聯，只落得鶉袍蘁甕。百年心事酒杯中，得失須憑塞上翁。其十

檃括古詩,【桂枝香】 二首　武昌縣作

浮名羈絆,韶華頻換。這蕭騷旅館寒風,吹盡了殘燈無焰。我把更籌暗數,更籌暗數,獨眠誰伴。客心何事轉淒然。正是故鄉,今夜思千里,霜鬢明朝又一年。右除夕

日長孤悶,江南別恨。歎天涯作客悠悠,辜負了幾番芳信。俺且拋詩止酒,拋詩止酒,懨懨如病。誰家池上又逢春。只怕明年,各自東西去,此地看花是別人。右春日

蘇州歌四首,金壇縣作

烏啼月落霜華重,翡翠衾寒呀翡翠衾寒。香盡燈殘睡不安,夢魂牽,淚痕乾。人在江南呀人在江南。

故園此去三千里,白雪漫漫呀白雪漫漫。楚水吴山各一天,客衣單,行路難。何日歸年呀何日歸年。

黄昏鼓角人初静,操曲瑶琴呀操曲瑶琴。别鶴鷩鸞不忍聽,斷腸聲,對知音。無限離情呀無限離情。

折得梅花逢驛使,寄與情人呀寄與情人。平安消息一枝春,想長亭,盼歸程。又是銷魂呀又是銷魂。

風雨中有懷六亭,兼訂賞花之約,【梧葉兒】 四首

催詩雨,落花風,并在一宵中。遠意憑誰送,思君有夢通。孤負床頭甕,怎能禁飛絮殘紅。

麻姑酒,湘竹杯,須趁碧桃開。鶴背龍頭客,千篇七步才。味雨嘲雲

債，紫霜毫任意安排(時吴公送麻姑酒二瓶，而鄒客以湘竹杯至)。

清明近，一登樓，江草緑油油。蕉紗裁舞袖，錦字作纏頭。花枝當酒籌，好風光這回入手。

鳷鵲觀，鳳凰池，判斷不須提。碧水丹山地，黄鸝紫燕時。剪韭烹葵味，快活了無官學士。

初夏，沙溪、東壁過花朝閣，席上言懷，【梧葉兒】 四首

烹蠶豆，摘櫻桃，日日坐花朝。玉笋紅芍藥，棕鞋白苧袍。美酒青絲絡，好時光四月清和。

梅雨過，麥秋來，郭外小樓臺。誤惹紅塵債，俄然白髮催。那討朱顔在，守清貧便是蓬萊。

清江畔，緑樹中，客到有郫筒。不説邯鄲夢，休提長樂鐘。也莫想桃源洞，但相逢且共從容。

杯中物，身後名，誰假又誰真。鐘鼎元無分，溪山舊有盟。萬事前生定，枉費了多少心情。

【法駕導引曲】 十首 輓亦齋藩伯。發引之日，命童子前導歌之

北邙路，北邙路，君去幾時還。百尺泉臺長夜閉，年年風雨只生寒。千古一青山。

木葉下，木葉下，九月正飛霜。駟馬躊躕行復止，賓朋追送盡徬徨。有淚落衣裳。

東流水，東流水，到海幾曾回。後浪趲將前浪去，前人無奈後人催。浮世轉堪哀。

七十五，七十五，天壽一何長。四品生前多富貴，千篇没後有文章。風韻幾時忘。

陰德大，陰德大，世代有根源。令子近爲霄漢客，一雙雛鳳又生孫。全福在高門。

身後事，身後事，磊落大名垂。公論蓋棺今始定，路人争打墓中碑。山斗繫遐思。

沙上鷺，沙上鷺，雙落復雙飛。人事難齊生共死，白頭偕老世間稀。今日是同歸。

靈山畔，靈山畔，嗚咽響悲泉。素幔並隨流水過，丹旌雙指七星巔。淚盡白雲邊。

秋江上，秋江上，秋氣正淒涼。野笛吹雲還復斷，雁聲嘹唳不成行。個個裂肝腸。

白楊樹，白楊樹，風動葉颼颼。萬事到頭三尺土，九原長結古今愁。天地自悠悠。

【紅衲襖】 四首　勉孫紹吉

莫不是胸臆中包藏的原無有萬卷書，莫不是筆尖頭描寫來花樣粗，怎能勾千軍陣上搴旗鼓，只這小戰單鋒便服輸。你須要把三場文組織成錦繡圖，一口氣吞吐出萬琲珠，那時節五色鸞凰充貢上玉闕瓊林也，方信道不是皇家結網疏。

莫不是老天公杳冥中機事深，庸玉汝做真才意殷勤，要教你甘貧忍辱把性氣兒操持定，纔教你鳳閣龍樓享榮華作貴人。你須是守謙虚敦孝順，積陰功敬鬼神，有一日行滿功圓收録上桂籍天曹也，纔遂了一家兒祖妣爺娘望汝心。

看他們領鄉書一做了鵬程鶚薦青雲客，便從容去踐三臺躋九列，住的是沙堤廣陌平章宅，乘的是白馬朱纓翠幰車。都爲他讀典墳處處能通徹，擅詞華個個走龍蛇，這便是平地蓬萊遊行的八洞神仙也，溥天下何人不愛者。

看他們榮父母顯祖宗，高甲第改門風，鈞衡地位漸漸與賢豪共，便做出社稷勳名勒鼎鐘，都爲他圭璋德器朝廷重，只在根本栽培白屋中。是誰家積善行仁生出這擎天梁棟也，不負了帝王恩作養功。

賞牡丹，【駐雲飛】 四首

歎息奇花，開向青山處士家。藝譜傳佳話，萬古留名價。嗏，絶豔照流霞，壓碎凡葩。謾誇他傾國傾城，倒惹得時人訝。莫怨東風當自嗟。

魏紫姚黄，聞説當年動帝王。今日江湖上，冷落誰堪傍。嗏，國色與天香，自信無雙。只依着學士樓臺，文酒常相向。雲雨巫山枉斷腸。

獨負嬋娟，三月韶光占小園[三]。露洗臙脂面，風剪猩羅片。嗏，開謝自年年，困倚闌干。好約他芳芷幽蘭，共寫湘纍怨。泣雨傷春翠黛殘。

三寸靈根[四]，西洛移來富貴春。骨氣天然定，姿態多風韻。嗏，題品待才人，未遇知音。自從那宴罷沉香，誰繼清平詠。辜負穠華過一生。

壽六亭,【駐馬聽】 四首

鶴骨虬髯,紫府神仙住世間。真個是鴻才天授,駿步風馳,藻思河懸。蛟龍雷雨更誰先,文章早獻麒麟殿。萬里旬宣,萬里旬宣,英聲妙譽,多在海邦江縣。

緑野堂前,文酒賓朋二十年。偏落得兩株仙桂,萬首明珠,一味清閑。昌黎名望斗山連,謝公久繫蒼生念。氣吐龍泉,氣吐龍泉,丹心畎畝,夜夜五雲霄漢。

天助中朝,帝座清明象緯高。聞説道君王念舊,宰輔推賢,岩穴旁招。鳳銜綸綍下林皋,蒲輪穩上長安道。玉帶圍腰,玉帶圍腰,淩烟丹碧,先畫相公生貌。

四月清和,雨霽雲樓瑞彩多。愛的是鶯雛燕乳,玉笋黄梅,緑水新荷。天倉靈籊唱山歌,春分酒熟金螺大。醉影婆娑,醉影婆娑,簪纓□笏,長伴紫鸞玄鶴。

【水仙子】

花朝閣下牡丹開,二老携笻出郭來。主人翁迎立蓬門外,唤兒童命酒行杯,對花叢暢飲開懷。一個個腰勾頭擺,一個個步蹇行歪,一個個倩人扶下、扶下花階。

(徐敷詔《徐定庵先生集·花朝閣樂府》)

校勘記

[一] 顔:原作“頭”,據文意改。

[二] 擡:原作“臺”,據文意改。

[三] 韶:原作“韵”,據文意改。

[四] 寸:原作“十”,據文意改。

馬一龍

馬一龍(1499—1571),字負圖、應圖,號孟河、玉華子,溧陽(今屬江蘇)人。嘉靖二十六年(1547)進士,選庶吉士,補檢討,擢南京國子監司業。有《農説》、《玉華子遊藝集》等。傳見《國朝獻徵録》卷七十四李春芳《馬公墓志》、《名山藏》卷一百。

小 令

賀湯尹幛詞

昔來遲,那堪今去早。奈聲價動皇朝,幽谷裹陽春都到。萬家村處處歌謡,廟堂中才德如公少。應不是銅墨半標,司空官亦好。還須詞苑銓曹,把酒送秋風,黄葉老,别意且停橈。

【商調·集賢賓】

(馬一龍《玉華子遊藝集》卷十)

李開先

李開先(1502—1568),生平見《全明散曲》第 1806 頁,《全明散曲》(增補版)第 2062 頁。

殘　句

京都劉西坡好棋與詞,卻不甚高。善文談,又不免風土聲音。曾撰一詞戲之。止書三句,以見大意:

調文呵使的口兒內舌强,唱曲呵曳的脖子下筋跳,下棋呵輸的肚子裹頭疼。

(李開先《詞謔》)

胡 松

胡松(1503—1566),字汝茂,號柏泉,滁州(今屬安徽)人。嘉靖八年(1529)進士,歷東平知州,遷山西提學副使,官至吏部尚書。卒謚莊肅。有《胡莊肅公集》。傳見《國朝獻徵録》卷二十五李春芳《胡公松墓誌銘》、《明史》卷二百二。

小 令

【梧葉兒】 答朱遜泉

賦得去,真還去,道休來,全未休,贏得雪蒙頭。世事茫茫叵測,歲華滾滾堪憂。人情落落難謀,且隨緣高卧滄洲。

奉身去,輕吾累,將心來,與汝安,澄海詎興瀾。顔子衆稱好學,范叔誰憐獨寒。宣尼深贊行難,共晤言永矢弗嘆。

(胡松《胡莊肅公文集》卷八)

陳　儒

陳儒(1505—1559),字宗道,號方溪,常熟(今屬江蘇)人。嘉靖三十七年(1558)貢生,選東陽訓導,不及半月而卒。有《留餘堂集》。

小　令

子虛邀看海棠,【黄鶯兒】

微雨暈晨光,斂霞裾曳碧裳,朱唇半啟人争賞。西施未妝,楊妃再觴,好似麗華嬌舞臨春上。(合)藴奇芳,天然一種,輕薄麝蘭香。

(陳儒《留餘堂集》卷上)

熊　過

熊過(1506—1580),字叔仁,號南沙子,富順(今屬四川)人。嘉靖八年(1529)進士,累官禮部郎中。坐事貶秩,復除名爲民。與陳束等有"嘉靖八才子"之目。有《周易象旨》、《春秋明志録》、《南沙集》等。傳見趙用賢《松石齋集》卷十七《熊南沙先生墓誌銘》、《明史》卷二百八十七。

小　令

壽中巖李先生樂府,有序

予爲儷語壽中巖李先生,自嘉靖丙戌始也。其後,丁未、戊申、乙卯,凡三矢辭焉。在丁未者曰玉局詠。嘻,予亦多言乎哉。於是庚申,先生壽七十二,其親黨姜生、曹生復爲請。嘻,又多乎哉。顧己丑春,薦於春官者凡三人,行人徐君子恭與焉,今獨吾與先生在也。當是時,吾黨之同朝者,僉事何先生、知府周先生、少傅甘先生、侍郎駱先生,今惟吾與先生在也。昔道園虞先生兩壽其鄉人尹氏而不厭,若幸托詞於壽域者,彼其情,豈若吾與先生哉。作近樂府一章以道,調【蘇武慢】[一],按之可歌,又道園先生和馮尊師填詞之體也。先搆爲腔,則以詞填之,不復可增損。今詞作擊白陟看皆爲平讀,屋去讀,亦中州派入音云爾。然歌之太直,殆如琴去泛音,無以畢曲也。填詞之後,更爲新聲,如古樂府趨豔之遺,韻急而節繁,情見乎詞。蓋烈士悲秋,其諸消息盈虛之際,陶潛有言,聊復得此生耳。嗟夫,人固各有所感矣哉。角郭舊在入部，舉其一隅，凡他聲不圓者，亦從例協律，派而隸之，不獨入聲也。道園先生老而目眚，予未衰而先見侵[二]。予文不逮若人固也，於詞學又何有哉。獨予與中巖先生，情好姻舊，非若尹氏與公者，則亦不得退脱於荒落也，豈但藉公以解嘲哉。先生之客燕人郭生善諧謔，言内貴人會歌，闋則解散，以【錦重重】爲節，故取爲亂章，平引其聲以胥之，冠以名曰【合曲蘇武慢】[三]。謝郭君使憖聽吾詞，今之【錦重重】，是客無庸歸也。因以獻笑於先生，蓋亦所謂愛之無已乎？

符月呈鉤，流螢逐火，恰逢物候迎秋。對酒當歌，逢場作戲，蒼胡乾闥齊謳。擊壤閑身，懸車遺老，塵網等閑能彀。空斷送白日黄雞，消除翠壁丹丘。

曾記得柱下猶龍，殿中如虎，九關烈豹番休。天上青童，匣中黄老，年來叢桂堪留。陟岵瞻雲，傳觴戲彩，邀歡鼓缶相求。且休論劫石銖衣，先看海屋牙籌。

重剖，繫不住烏飛兔走，尋不到馬渤牛溲。學不得龍驤虎驟，算不定蛙角蠅頭。有味清時，無能白首，庭中種槐，門前栽柳。英雄伎倆，待一筆，興都勾。

坐獵尉遲杯，起把郭郎袖。且謀一甌滿浮，則便是堂開錦晝。卻問郭郎知否，可復道錦重重，花滿樓。

（熊過《南沙文集》卷八）

校勘記

[一][三] 慢：原作“幔”，據文意改。

[二] 衰：原作“哀”，據文意改。

焦源溥

焦源溥(？—1643),字涵一,三原(今屬陝西)人。萬曆四十一年(1613)進士,歷知沙河、濬縣,召爲御史。熹宗嗣位,移宫案起,抗疏言之。崇禎中,巡撫大同,亟請蠲賑,且增兵餉,當事不能應。逾年,自劾求去,尋罷歸。李自成陷關中,被執,協降不屈,支解死。有《逆旅集》。傳見《明史》卷二百四十六、《天啟崇禎兩朝遺詩傳》卷二。

小　令

四時詞,【醉花陰】 四首

紅綴枝頭燕聲巧,岸柳迎風騕裊。玉壺滿,伴兒閑,踏遍南皐,欲卧恰鋪嫩草。

二

翳翠重重山花老,乍長青萍池飽。小舟躍,颶風吹,意興牽騷,一醉把愁壓倒。

三

愁晚淒風遍林掃,皓魄平鋪過曉。野鴨叫,架雞啼,夢斷藍橋,宿世咱靈晤早。

四

揉碎輕瓊下蓬島，萬點蒼山埋了。捲簾看，舞腰斜，醉韻飄颻，白調卻誰贊好。

（焦源溥《逆旅集》卷十《詩餘》）

邢一鳳

邢一鳳(1509—1572後),生平見《全明散曲》第 1886 頁,《全明散曲》(增補版)第 2305 頁。

套　數

雉山填詞

邢太史雉山先生填詞多不傳,曾見其《詠牡丹》一調云:

【一枝花】

雕闌百寶妝,良夜千金價。芳菲三月景,富貴五侯家。春色偏佳,賽巧筆丹青畫,勝蓬萊頃刻花。護輕寒擺列着孔雀銀屏,對芳叢掩映着鴛鴦繡榻。

【梁州】

紅爛漫瓊枝低簇,碧玲瓏玉葉交加。更有那妖嬈萬種天生下,恰便似藍橋仙侶、金屋嬌娃。湘裙拖翠,蜀錦翻霞。試新妝脂粉輕搽,吐餘芬蘭麝争誇。喜孜孜相逢着群玉山頭,顫巍巍款步着瑶臺月下,嬌滴滴半籠着翡翠窗紗。仙葩,焕發,端的是天香國色非虚假。你看那玉樓人金勒馬,一日笙歌十萬家,江左繁華。

【尾】

從今後删抹了芭蕉夜語燈前話，回避了桃李春風牆外花。早不覺春歸又初夏。我這裏高高的燒着絳蠟，滿滿的斟着玉斝，一般兒倚翠偎紅受用煞。

此詞音節諧暢，詞意豔美，真作家也。

（顧起元《客座贅語》卷六）

趙時春

趙時春(1509—1567),字景仁,號浚谷,平涼(今屬甘肅)人。嘉靖五年(1526)會試第一,選庶吉士,改官户部主事,尋轉兵部主事,累官至僉都御史巡撫山西。有《趙浚谷文集》。傳見徐階《世經堂集》卷十八《趙公墓誌銘》、《明史》卷二百。

小 令

【水仙子】

雍涼仗鉞五經秋,文武兼資將相籌。塞風穩定西成候,争長阿,東渡口。喜一朝名覆金甌,領南朝江山明秀,拱北辰總統公侯。逐壽香,仍拜扆旒。

(趙時春《趙浚谷文集》卷十)

趙大佑

趙大佑(1510—1569),字世胤,號方厓,太平(今浙江温嶺)人。嘉靖十四年(1535)進士,授鳳陽推官,擢御史,累官至南兵部尚書。有《燕石集》。傳見《國朝獻徵録》卷四十二徐階《趙公墓誌銘》、《明史》卷二百七十一。

小　令

【齊天樂】

他鄉幾度花朝,故園目斷,片雲天杳。松竹吾廬,琴書賓館,冷落春池芳草。兵戈擾擾,想玉人安否,誰共吹簫? 錦瑟傳情,庾樓人唱月兒高。

(趙大佑《燕石集》卷五)

吕時臣

吕時臣，字中甫，號甬東山人，鄞縣（今屬浙江寧波）人。嘉靖、萬曆年間山人，避仇遠遊，客食諸王門下。卒年七十。有《甬東山人稿》。

小令

【駐雲飛】 雨夕思鄉

四海空廬，趺宕明時一酒徒。忠也慚無補，孝也慚無補，飛雪漸點頭顱。何時歸去路，繞三湘兩載無尺素，風雨江天雁到初。

（《盛明百家詩·續吕山人集》）

馮惟敏

馮惟敏(1511—1580 後),生平見《全明散曲》第 1889 頁,《全明散曲》(增補版)第 2309 頁。

套 數

海浮贈曲

馮海浮贈許石城先生曲[一]:

【一枝花】

跡雖羈天壤間[二],心只在羲皇上[三]。客常來談藝圃,塵不到草玄堂。二十年衣錦還鄉[四]。居帝里山河壯,荷皇圖氣運昌。且休提仰泰山,北斗齊名,單只看震春雷,南宮放榜。

【梁州】

想當時冠群英賢科第一,到如今抱孤貞國士無雙。老山濤到底留清望,空只有松筠節操[五],更不樹桃李門牆[六]。玩一會蜉蝣世界,笑一會傀儡排場[七]。起甲第休看做許史金張,論詞華並不數盧駱王楊。有時節千仞岡高整雲衣,有時節七里灘輕移雪舫,有時節百花潭滿引霞觴[八]。再休提你長我長[九],閑刁搔不把在心頭放[一〇]。聖明君[一一],賢良相[一二],

四海升平振紀綱,醉也何妨。

【尾】

望長江萬頃掀銀浪[一三],對鐘山一帶排青嶂[一四],滿金陵勝跡供遊賞[一五]。任烏兔且忙,喜丰神且康[一六]。看春草庭前歲應長[一七]。

此詞高華佚蕩,誦之使人有天際真人想。故與先生之生平稱也。

(顧起元《客座贅語》卷六)

校勘記

[一] 謝伯陽《全明散曲》據馮惟敏《海浮山堂詞稿》卷一收録,題作"贈許石城"。《北宫詞紀》題作"贈許奉常石城"。《海浮山堂詞稿》卷一此首有序云:"丙寅春,余以移官京口,參謁留臺,過訪奉常許石翁。夜話亹亹,論及聲律。淩晨趨伺官府,卓午弗得見。卜肆借筆,爲填一闋,草具求證。而翁業已先遣童子折簡索贈,不知余所往。翌日,復詣官府,又弗得見。即肆中題姚園十八景,付之秋澗,亦初稿也。概不是正,顧輕許可,何耶?"

[二] 天:《海浮山堂詞稿》卷一作"霄"。

[三] 只:《海浮山堂詞稿》卷一作"直"。

[四] 衣:《海浮山堂詞稿》卷一作"晝"。

[五] 只有:《海浮山堂詞稿》卷一作"自秉"。

[六] 樹:《海浮山堂詞稿》卷一作"開"。

[七] 會:《海浮山堂詞稿》卷一作"棚"。

[八] 百花潭滿引霞觴:《海浮山堂詞稿》卷一作"百花叢痛飲霞觴"。

[九] 再休提你長我長:《海浮山堂詞稿》卷一作"也不索比量短長"。

[一〇] 閑刁搔不把在心頭放:《海浮山堂詞稿》卷一作"閑忉騷不閣在咱心上"。

[一一] 聖明君:《海浮山堂詞稿》卷一作"仰聖君"。

[一二] 賢良相:《海浮山堂詞稿》卷一作"托賢相"。

[一三] 望長江萬頃掀銀浪:《海浮山堂詞稿》卷一作"望滄海萬頃瓊瑶

漾”。長江:《北宫詞紀》作“滄江”。

［一四］對鐘山一帶排青嶂:《海浮山堂詞稿》卷一作“繞鐘阜千峰繡幞張”。

［一五］滿金陵勝跡供遊賞:《海浮山堂詞稿》卷一作“這佳山佳水足吟賞”。

［一六］喜丰神且康:《海浮山堂詞稿》卷一作“幸身軀盡康”。

［一七］看春草庭前歲應長:《海浮山堂詞稿》卷一作“看庭前春草年年長”。

高應玘

高應玘，生平見《全明散曲》第 2298 頁，《全明散曲》(增補版)第 2766 頁。

小　令

【折桂令】　自　責

半生來百事無謀，酒醉茅柴，飯飽雕胡，春水漁船，秋風菊圃，明月丹爐。虎口内奪骨肉，咱没分福。錢眼裏打窩鋪，他有工夫。終日如愚，只待跳出紅塵，走上清虚。

三陽洞天醉題

醉高歌天地忘懷，咫尺雲霄，仿佛蓬萊。金鼎蟬鳴，羽衣露冷，鐵樹花開。松檜老朱顔不改，薜蘿深皓月常來。心即靈臺，人在塵埃。大道無名，小可難猜。

中麓翁得子

彩雲飛畫屋騰光，瑞應蘭階，喜報萱堂。玉燕投懷，石麟落草，天馬浮洋。海嶽陰神清氣爽，陰陽合日吉時良。吉慶非常，萬事無憂，百世傳芳。

少岱翁壽席

錦堂前彩袖香飄，星燦南極，春滿東郊。鶯囀笙簧，天開圖畫，花剪鮫綃。長生運壺中壽考,太平年林下歌謡。疏散逍遥,一代神仙,千古詩豪。

敍别,以下代作

扯羅衣踏遍芳叢,私語叨叨,行色匆匆,怕唱陽關,偷淹淚眼,愁倚東風。梨花瘦如消玉容,柳絲長難繫青驄。此恨無窮,今日相别,何日相逢。

題 情

害相思着甚來由,爲着聰明,減了風流,脂粉慵施,飲食怕嘛,藥餌難投。睡昏昏身如病酒,急煎煎心似調油。塵滿妝樓,對鏡含羞,對月含愁。

春 愁

曉風寒比較愁人,玉減榮光,袖揾涕痕,羞對殘妝,塵籠舊榻。恨繞行雲飛柳絮,香綿滚滚落桃花。紅雨紛紛,幾度銷魂,一半思君,一半傷春。

秋夜怨

好愁人良夜迢迢,瘦骨伶仃,暮景蕭條。鐵馬風驚,銅龍漏盡,寶鴨香消。睡不着相思病惡,叫不應離恨天高。夢斷魂勞,捱過今宵,怕是明朝。

【水仙子】 少溪翁外舅擢少司馬

九重飛下紫泥章,千里平登白虎堂。八方復起蒼生望,震聲名天地響,保吾皇萬壽無疆。掃蕩妖氛静,揩磨日月光,青史流芳。

白雲湖泛舟

柳絲色嫩緑烟涼,竹葉香濃白晝長。荷花影亂清風蕩,載笙歌入醉鄉。紅塵飛不到滄浪,天遠青山小,雲低落日黄,望眼迷茫。

九日客懷

一天風雨送新愁,千里關山感舊遊。五更魂夢驚殘漏,恰今朝九月九，歎浮生逆旅淹留。寂寞也青樓紅袖，辜負了白衣緑酒，冷淡煞黄菊清秋。

嘲妓病起

海棠睡足粉痕嬌，楊柳眉舒雨痕消，桃花香暖春光到。晝初長，人漸好，俊龐兒瘦的妖嬈。試錦瑟，羞歌扇，倚翠盤，怯舞腰，鶯燕偷瞧。

讀史有感

陽山汨水辯清濁，錦帳珊瑚鬥少多，烏江赤壁争强弱。問英雄，待怎麽，没來由曉夜張羅，枉做千年調，渾如一夢婆，您試評跋。

鰥居感舊

倚香肩同品紫鸞簫，攜粉腕輕摇碧玉鐲，對銀缸共結紅絨套。願合歡直到老，怎知人分淺緣薄。咭丁丁菱花掂碎，支楞楞冰弦斷卻，冷清清單枕難熬。

春怨，代作

烏雲慵理墜花鈿，翠被生寒杳麝烟，緑窗倦繡停針線。日高時，簾未卷，恨春歸無計留連，冷落了梨花庭院。春風管弦，夜月秋千。

【沉醉東風】 湖上再遊

雲氣濕天連遠水，柳陰濃烟鎖長堤。風流西子歌，潦倒東坡醉。記年時乘興忘歸，不是漁郎去路迷，棹入桃源洞裏。

秋 興

甕底頻篘緑蟻，廚中熟煮黄雞。飽時浩浩歌，醉了齁齁睡。當家兒誰識便宜，明日陰晴無定期，黑洞洞前程似漆。

留别吕東野南歸

渭水烟霞釣叟，梁園風月詩儔。胸藏天地春，筆掃江山秀。恰論交義氣相投，爛醉狂歌興未休，且莫向長亭折柳。

七夕古意

銀燭光摇畫屏輕，羅扇撲流螢。夜色涼，天街静，人間乞巧長生。卧看牽牛織女星，雲破金梭弄影。

江樓秋望

迷鳥道天連野草，渡漁舟水没溪橋。青山起暮雲，紅樹留殘照。最關情景物寥寥，舊恨新愁□輳着，怎不把離人瘦了。

孤眠夜

空想像難尋夢境，不提防闖人愁城。珊枕寒羅衾，剩有誰同薄命，聘婷，欲待開窗問月明，怕照見伶仃瘦影。

景中情

窗外流光易轉，天涯音信難傳。緑陰啼鷓鴣，紅雨愁鶯燕。粉牆東冷落千秋，趄趨的春風又一年，辜負煞香嬌玉軟。

【撥不斷】 詠所見

走將來笑盈腮，丢丢答答人前拜。羅帕輕籠寶髻歪，香塵淺印金蓮窄，不由心愛。

閑　適

莫傷懷，且胡捱，紫袍玉帶人人愛。今世原非將相材，前生只欠烟花債，教咱無奈。

又

逞僂儸，受奔波，張登李倒如輪磨。人説田多賦税多，誰知官大憂愁大，不如閑坐。

又

湅干戈，定山河，王侯自古誰强弱。舉鼎拔山力量多，囊沙背水機謀大，不如高卧。

又

百年期，七十稀，人生何苦勞心力。煬帝宫中燕雀飛，越王臺上狐狸睡，不如沉醉。

【清江引】 戲　題

更闌畫樓人静也，正是歡娱夜。金釵墜鳳凰，翠被薰蘭麝。燈前柳腰嬌又怯。

次　韻

自從那時人去也，愁度如年夜。釧松粉腕金，香冷羅衾麝。黄花與人同瘦怯。

月下有懷

海天月明秋氣爽，對景添惆悵。空閑鸚鵡杯，懶噏葡萄釀。有約不來誰共賞。

冬　夜

金爐火殘羅袂冷，攲枕傷孤另。半窗月色明，四壁風聲静。梅花伴人清瘦影。

村居即景

黄鸝雨晴鳴翠柳,滿地嘉禾秀。浮雲漾水波,晚日銜山岫,石床睡鼾濃似酒。

思　情

愁多那知春去早,對景傷懷抱。紛紛柳絮飛,片片桃花落,好時光可憐甘過了。

寫　怨

别離到今如夢境,苦恨空徯倖。功名事未知,歡會期難定,哈孩着臉兒終日等。

風情省悟

風情那知多絆磕,難道甘歡樂。女娘幾轉關,子弟雙推磨,莫教直須輪到我。

【殿前歡】 賀袁西埜翁入鄉飲

老詞翁,虬髯鶴髮面如童,鄉評無愧皇恩重。宴飲黌宫,壽彌高太古風。三賓共,醉賀升平頌。衣冠濟濟,禮樂雍雍。

合　歡

遇多情,好如銀漢會雙星。早醫可了相思病,錦帳春生。當年枕上盟,昨夜燈前興,今日席間令。扶頭酒醉,近體詩成。

【風入松】 贈蘇雪蓑煉師

江湖萬里任遨遊,不計春秋。蓑衣披雪人如畫,混俗中别有根由。指日能擒白虎,當年曾識青牛。

又贈蘇師

開關鑄劍煉元精，滅卻無明，靈山一掃群魔盡。月圓時玉蕊初生，外守温温，鉛鼎内觀，湛湛黄庭。

贈張雲霞羽客

秋風破屋卧雲霞，飯飽胡麻。鐵笛吹出通天竅，問閑中有甚生涯。籬畔黄花，釀酒階前，紅葉煎茶。

【慶宣和】 次去來韻

萬頃玻璃浸釣臺，雲影徘徊，閑掛漁竿海東曬，去來，去來。

又

百萬貔貅擁將臺，禍起金牌，不似青山景常在，去來，去來。

自　歎

八幅羅裙一撚腰，玉削香消，爲他情薄惹人笑，瘦了，瘦了。

【落梅風】 即　題

寒猶峭，雪未消，灞橋西老梅警覺，東風唤回春夢早，怕香殘玉容零落。

惜　春

蜂蝶怨，鶯燕呼，撲簾櫳落花飛絮。東風不教人做主，輕割捨把春催去。

中秋宴

輕雲散，皓月圓，鳳臺高晚涼開宴。醉魂迷不知天近遠，只疑在廣寒宫殿。

閨　雁

别離苦，魂夢勞，掩重門繡衾獨抱。愁人怕知秋到早，不達時雁聲忽報。

明月樓即景

懸金鏡，浸玉壺，洗塵埃一天風露。倚晴空畫闌十二曲，恨不隨跨鶴人去。

【紅袖鞋】 宿醴泉寺

蘿月天心寶鏡，蓮花水面金燈，老僧夜□了殘經。靈山凡火滅，琪樹彩霞明，禪床白露冷。

宜春亭小集

桃杏色烘開酒興，燕鶯聲唤起詩情，惜花日日宴春亭。金杯傳緑蟻，玉指按銀箏，寶香爇翠鼎。

雪夜即興

雪霽光摇白晝，月明冷似清秋，繡簾低護小紅樓。燈前朧醉眼，枕上聽歌喉，來朝人病酒。

别　恨

揾淚眼情粘羅帕，撥冰弦恨滿琵琶，陽關回首各天涯。愁雲迷遮，戍落日斷，胡笳西風吹去馬。

相思曲

巫峽夢真成往事，白頭吟虚負當時，百般無計破相思。愁腸澆緑酒，醉墨染烏絲，哀弦揮玉指。

春閨睡起

淡烟鎖垂楊深院，落紅飛小雨春天，流鶯啼破夢團圓。香消肌骨削，釵脱髻雲偏，翠顰眉黛淺。

【普天樂】 元宵詞會分韻

富文堂，元宵夜，一時際會，六代驕奢。烟花散彩雲，簫管吹明月。海岱英華詞林社，太平年風景原别。羊腸共結，鸞箋醉寫，緑酒重賒。

次袁西埜韻

志難酬，眉休皺，兒孫有分，富貴何求。小過活，胡將就，村酒溪魚咱消受，省偌些閑惱閑愁。逢人閉口，無錢袖手，凡事回頭。

殘春有感

對殘花，看飛燕，春光去也，鬼病依然。枉歎籲，胡埋怨，月老當時没針線，横絲兒把俺牽纏。姻緣分淺，關山路遠，音信誰傳。

感　恨

夢難成，心無奈，寒生羅帳，露滴瑶階。雁又來，人何在，鬼病經年懨懨害，數歸期畫損金釵。流光過客，離愁似海，瘦骨如柴。

【朝天子】 山居紀事

早晨，起身，混沌齋一頓。攜壺策杖過前村，舉目雲山近。信步閑遊，隨心釋悶，醉歸來滿面春。歛昏，閉門，明日事，君休問。

席上觀妓

錦箏，玉笙，曲和宜春令。櫻唇檀板度歌聲，杯底催吟興。宫様妝梳，可人心性，無情也動情。月明，酒醒，索害相思病。

秋夜旅況，代吕東野作

夜長，枕涼，夢繞梅花帳。行囊不意殢僧房，歷盡閑情況。月落烏啼，秋高霜降，覺驚來，憶故鄉。楚江，漢江，都湧在人心上。

雞村小隱，春日訪李光遠作

柳芽，杏花，眼底春無價。忽聞雞犬隔烟霞，村落堪描畫。枳棘編籬，草茅結廈，人來時酒當茶。這家，那家，醉了纔方罷。

解　懶

不讀，不鋤，不上長門賦。人人笑我是愚夫，我笑人勞碌。相國披刑，將軍遭戮，無大功享大福。那酒毒，飯毒，不計較饑腸肚。

解　訥

説人，笑人，惹的人人恨。自來禍福本無門，舌底生鋒刃。遊説三齊，連和六君，枉爲謀，早喪身。嚥津，養神，持不語，誰嫌佞。

解　狂

酒囊，飯囊，有甚高名望。百年三萬六千場，學畫葫蘆樣。良友論文，佳人低唱，晝酣歌，夜洞房。得況，且狂，人有限，春無恙。

賀逯小峰卜居

野居，草廬，别是乾坤趣。烟霞掩映輞川圖，隔斷紅塵路。酒頌茶經，詩編畫譜，文房清玩。足借，車載，書多似，閑傢俱。

題華時震《空塵圖》

巧術，脱俗，筆到丰神住。戴嵩韓幹有誰如，自得良工趣。寸馬分人，丈山尺樹，撮乾坤入畫圖。數區，幾株，地角天涯路。

丹房賦事

筑基，煉己，悟得參同契。無中覓有是玄機，真土懷真意。剥盡群陰，唤回元氣，養靈砂一黍米。怎知，就裏，説破了，人人會。

聞雁有感

倚門對山，忽見南飛雁。呀呀哀怨半天寒，暗把時光换。萬種離愁，一聲長歎，無言揮淚眼。不争這番，那人未還，捱入淒涼限。

【滿庭芳】 壽南岡翁外舅六十

杯浮緑酒，香飄彩袖，簾卷銀鈎。錦堂簫鼓鳴晴晝，共祝春秋。九轉金丹入口，六旬甲子從頭。壺中壽，天長地久，海屋更添籌。

九月初度醉題

閑情種種，庸人碌碌，好景匆匆。少年曾擬丹山鳳，時命難同。得懵懂權裝懵懂，遇英雄便做英雄。胡歌詠，花香酒濃，潦倒一詞翁。

章臺宴

香嬌玉軟，千金受用，兩世姻緣。洞房深處排佳宴，簫鼓喧闐。歌白雪鶯喉婉轉，舞春風彩神迴旋。平生願，誰知果然，花裏遇神仙。

别後夜

釵分鳳凰，香消翡翠，帳冷鴛鴦。好天良夜無情況，頓覺恓惶。庭院悄風清月朗，夢魂驚枕剩衾涼。添惆悵，離人那廂，一樣恨更長。

薄　暮

塵封畫樓，風傳玉杵，月掛銀鈎。相思直恁難禁受，那值涼秋。霜葉下歸期到否，繡衾餘未睡先愁。初更後，清燈自守，和淚撥箜篌。

憶 別

相思害殺，雨雲夢斷，魚雁書乏。倚闌淚眼涶羅帕，輾轉嗟呀。自從那三春去馬，到如今四海爲家。當時話，薄情負咱，羞戴並頭花。

漁 隱

漁舟小小，烟波浩浩，暮雨瀟瀟。紅塵直恁飛難到，短棹輕橈。越范蠡五湖興豪，漢嚴光萬古名高。明知道，蓑衣是草，不換錦征袍。

【醉太平】 寄風月場

問花答表，立草爲標，千金一刻買春宵。歡娱恨少，老虔婆駕着當頭炮，小猱兒丟個漫天套，傻喬才落在下風橋，曉也麽未曉。

春 恨

娥眉翠斂，寶髻雲偏，春來日日抱愁眠。怕韶光易轉，芳心空惜飛花片，柔腸難繫垂楊線，東風不住墮榆錢，可憐□少年。

【小梁州】 苦 吟

東風蕩蕩雨絲絲，梳澆花枝，嬌紅嫩緑豔陽時。春來事，酌酒賦新詞。

揮毫卻恨無才思，掩重門撚斷吟髭。鶯燕期，蜂蝶使，清明將次，忙併踏青詩。

鞋 杯

海棠庭院怯餘寒，倦理雲鬟，金蓮款褪鳳頭彎。端詳着，看高興，這其間。　玉壺細瀉瓊漿泛，繡幫兒浸透波瀾。味有餘情無限，齊眉舉案，對飲報同乾。

【塞鴻秋】 懷　古

汨羅江休悔靈均錯，金谷園休惜石崇禍，首陽山休忍夷齊餓，彭澤縣休笑淵明懦。年光似轉梭，世態如扶舵，幾般兒咱已都瞧破。

私　情

怕月明不離荼蘼下，掛清風閑殺秋千架，露華涼浸透綾波襪，淚痕多漬滿香羅帕。難將兩恨消，空惹風聲大，幾時得説句知心話。

【梧葉兒】 元日壽母

三陽泰，五福饒，春曉宴蟠桃。燒黄篆，列錦貂，泛香醪，共祝長生壽考。

春　遊

東風暖，麗日遲，紅紫鬥芳菲。歌金縷，捧玉杯，試羅衣，人醉丹青畫裏。

秋夜宴

樓臺静，蘭桂芳，秋夜興徜徉。醉酒傾銀甕，裁詩貯錦囊。開宴出紅妝，受用風清月朗。

閨　情

窗外人初定，天邊雁又鳴，枕上夢難成。塵鎖鴛鴦帳，寒生翡翠屏，指冷鳳凰笙，一弄兒淒涼暮景。

合歡夜

燒銀蠟，奏玉簫，良夜醉妖嬈。吟喉熱，吟興豪，笑聲高，不許鄰雞報曉。

【醋葫蘆】 題 情

夢難通楚岫雲，恨空遺祆廟火。孤眠往日笑嫦娥，誰想如今人笑我。菱花擊破，羞將半面照妝盒。

又

恰閑行，夜已深，欲成眠，天又冷，教咱何處訴離情。欹枕猶憐清瘦影，被晚風薄幸透疏櫺，吹滅短檠燈。

【寄生草】 釋 悶

好歹胡將就，英雄待怎麽。鋤瓜種豆隨緣過，吟詩作賦閑工課，争名奪利無能那。朱英枉費諍臣心，黄歇難免貪夫禍。

【寨兒令】 招 隱

有大才，莫胡猜，人生百年如過客。不走塵埃，便是蓬萊。休説會安排，韓元帥功業招災，岳將軍忠義傷懷。誰憐藏寶劍，空恨走金牌，僮子不上釣魚臺。

【天净沙】 河上避暑

玉人曲和銀箏，冰盤酒浸金瓶，水閣香焚翠鼎。晝長風静，採蓮何處歌聲。

傷 春

鶯鶯燕燕争春，花花草草傷神，雨雨風風閉門。有誰揪問，朝朝暮暮愁人。

（高應玘《醉鄉小稿》卷一）

王　交

王交(1514—1570),字徵久,號龍田、同齋,浙江慈溪人。嘉靖二十年(1541)進士,選庶吉士。授刑科給事中,轉户科給事中,官至南京太僕寺丞。有《緑槐堂集》。事見《掖垣人鑑》卷十三。

小　令

【黄鶯兒】　四首,并小序

唐婁江少參坐中,聞何春泉大參之訃,相對愴然。追懷館省數年之好,乃自庚戌會讌紫陽山樓,即成永別矣。婁江述其同官蜀時,所爲【黄鶯兒】詞,春泉有"風雨暗江天"之倡。噫,胡然而有此哉。可悲也,因用歌以挽之云。

風雨暗江天,錦繡詞動三川。依然價重瀛洲選,春去花前,秋歸雁邊。英魂何處傳哀怨。憶當年,看花瓊苑,今伴廣寒仙。

風雨暗江天,嘆高歌空斷編。夜坐燈花和淚剪,三峽啼猿,千山唳鵑。遥寄悲腸還百轉。憶當年,論文秘館,今作玉樓仙。

風雨暗江天,慘聲容朝露先。宋玉秋懷遺九辯,溪咽寒泉,山平暮烟。千古桐江人不見。憶當年,鵷班禁瑣,今補掌書仙。

風雨暗江天，斷腸聲白雪篇。楚水秋濤悲霞冕，金緋鉅員，臺階譽賢。忍辜重扆方隆眷。憶當年，吟杯具院，今侶紫陽仙。

（王交《緑槐堂稿》癸集）

朱憲㸅

朱憲㸅，遼王植六世孫，嘉靖十六年（1537）襲封遼王。以篤奉道教爲世宗所賞，賜號清微忠教真人。隆慶初，以罪降爲庶人。有《種蓮歲稿》、《文略》等。傳見《明史》卷一百十七。

小　令

月夜遊承天寺，聯句【金衣公子】四闋

蕭寺夜深游，喜青天玉鏡浮（渠）。梵王宮殿清光透（龍），把金杯謾酬，聽紅兒謾謳（渠）。良宵美景咱消受（溽），何怕五更頭。

對月捧金甌（龍），愧梁園詞亂投。爐香半盡三更後，向禪關問牛，笑閑心似鷗（渠）。瓊樓玉宇真如晝（紀，合前）。

銀魄漸西流，喜輕雲一斂收（紀）。强睁醉眼看紅袖（渠），望瓊瑶滿樓，似蓬萊十洲（紀）。廣寒仙子傾光溜（紀，合前）。

雅樂肯輕休，噴珠璣次第收。逢場作戲非荒繆，憶連朝勝遊，數今宵酒籌。醉鄉風致誰咀透（俱渠，合前）

（朱憲㸅《種蓮歲稿》卷四）

套數

《九九消炎圖》引

按,《西湖志》云,杭人以冬夏二至、數九以紀寒暑,而冬至數九,則唐藩及我藩凝虚已制有圖,而夏至數九,恒未之及也。予因夏日樓居寡事,漫閲簡牘,偶得此事,即命工繪圖,而每圖制,以彰厥義,仍壽諸梓,以廣傳焉。乃命曰《九九消炎圖》,庶可以供騷人長夏遣興之一助云。

【正宫·端正好】 夏　至

正值慶良辰,喜遇蕤賓候。切香蒲滿泛金甌,筵前謾舞紅兒袖,願祝南山壽。

【滚綉毬】 一　九

喜葵榴遶禁樓,束艾蒲懸户牖。景繁華争如錦繡,散清香寶篆悠悠。坐凉亭,臨水池,列芳樽,烹異饈。奏一派管絃聲溜,摇八面寶扇風柔。槐陰滿地棋聲碎,月魄當空暑氣收。一九初周。

【倘秀才】 二　九

度人間光陰未久,值林鍾炎威又走。敲破寒冰滿玉甌,紗厨焚麝腦,湘簟起凉颼。正長天二九。

【滚繡毬】 三　九

見長空火傘張,壯吟魂豁醉眸。袒胸襟晚凉消受,散青絲狂興偏投。蘸貍毫述幾詞,倚雕闌發一謳。清暑殿好風吹透,黑甜濃情契莊周。浮瓜沉李杯光閃,戞玉敲金詩思悠。三九臨頭。

【倘秀才】 四　九

泛瓊漿頻擎玉斗，捲珠簾高懸玉鈎。蠅塵輕揮獨倚樓，山丹開曲檻，菡萏隱方舟。又逢四九。

【滚繡毬】 五　九

夷則更節令催，平生債酒日綢。新雨過簷牙餘溜，弄紗窗蕉影沉浮。搆新詩抱膝吟，檢玄篇沿匱抽。睹榴花紅巾越縐，看荷池翠蓋藏鷗。方塘曲檻幽情廣，酒友詩朋佳會投。五九優游。

【呆骨朵】 六　九

橋成喜見佳期又，渡銀河重會牽牛。上危樓兒女穿針，賀霎星王孫進酒。則聽得睍睆歌鶯曲有，金盤戲巧安排就。綺筵羅列中堂後，樂事屬王宫，賞新凉，過六九。

【倘秀才】 七　九

暑纔消金風正秋，桂將開天香滿樓。白酒黄鷄趣又投，紅牙供小令，翠袖捧金甌。喜盤桓七九。

【脱布衫】 八　九

桂花叢香霧初收，小槽頭緑蟻如油。蓮褪紅池塘水淺，是八九仲秋時候。

【醉太平】 九　九

看青天月浮，泛桂蕊金甌。新嘗紫蟹到林丘。放高懷醉酒，呼兒謾舞郎當袖。試聽雲外簫韶奏，醉鄉風味許誰儔。賞中秋九九。

【尾聲】

光陰迅速如車驟，過却炎天九盡頭，秋满郊園景物稠。風戰林皐萬木颼，清淺池塘水不流。准備重陽新釀酒，唤起那五柳莊中避塵叟。

（朱憲熵《種蓮歲稿》卷五）

吴　鑛

吴鑛，字希聲，號月溪，歙縣（今屬安徽）人。舉人，與祝允明、唐寅有交往。工詩畫書法，有《月溪詩集》十五卷，詩餘、樂府五卷。見《吴氏傳家集》卷四小傳。

小　令

【黄鐘宫・人月圓】　題畫，寄錢士弘

行春曾記攜紅袖，湖上放蘭舟。披圖覽勝，風情如舊，何日重遊？片時春夢，廿年往事，一點詩愁。山陰樹暗，黄昏時候，怕倚高樓。

【寨兒令】　美人燒香

罩粉牆，花影涼，一鈎新月上，竚立生思想。雨過西廂，雲冷高唐，獨自捱秋夜長。焚香欲訴衷腸，含羞又怕梅香。不語拜穹蒼，鵲橋遥隔參商。何處見牛郎？

又　美人臨鏡

緑滿庭，紅滿徑，正傷春時分。梳洗臨鸞鏡，體態鶯鶯，風韻卿卿，曾會他翠雲亭。展秋波殊有情，别來想到於今，忽相逢在丹青。難話舊時盟，空歌一曲白頭吟。

【正宫·醉太平】　題扇，次湯希尹韻

清風竹嶺，斜日松林，囊琴拄杖訪知音，步入烟霞境。雁聲不到千巖静，一川紅葉勾詩興。翠微雞犬似相聞，人家將近。

【普天樂】　題濡兒畫

埜水邊疎林外，三間茅屋無半點埃，把世欲都忘吾道在。有詩有酒貧何礙，興衰壽夭任安排。雙親能健，兒孫能養，其樂無涯。

又　漁樂圖

歎浮生名利競，東西驛馬長短離亭。青天蜀道難，凍雪藍關冷。風塵醉夢幾時醒，見漁人自愧飄零。不是嚴陵，即是玄真，千古一閑身。

【喜春來】　仕女扇面

昭陽明月偏生恨，長信西風欲斷魂。齊紈一曲向誰論，情自感，非是怨君恩。

【仙吕·沉醉東風】　慨古，和王舜耕韻

惜項羽烏江自刎，嗟石崇金谷無存。棄英雄不能，舍繁華誰肯？空教人枉怨乾坤，榮辱興衰付酒尊，編做套漁樵曲本。

【清江引】　答静軒韻

閉門一簾紅雨下，燕子歸來社。風光到緑陰，景物催新夏。一枕夢回春去也。

又　題畫，寄洪菊東

江行偶然值林叟，草坐清談久。雁歸霜葉寒，人對秋花瘦。重陽到來誰辦酒。

又 漁樂圖

一竿生計無消耗，富貴燈花爆。得魚時滿筌，酒熟渾家勞。醉來一曲漁家傲。

【南吕・金字經】 爲鄭古岑題畫

野菜飛黄蝶，巖花語翠禽。訪友攜琴何處尋？過板橋，入松林，曾記得門對碧岑。

【四塊玉】 題畫，寄錢月亭

酒夢醒，秋夜永，開篷起坐無限情。一聲歸鶴千山静。月又明，風又生，睡不成。

【步蟾宫】《二喬倚書横笛圖》

畫屏深兩兩紅妝，並倚風涼，書滿瑶床。玉女陰符幄幃，策定分付周郎。從去後令人遐想，消愁况，一笛宫商，曲調聲高，不是尋常。一字字關了興亡，銅雀臺衰草斜陽。

【中吕・紅繡鞋】 感興，用汪仁峰韻

青草地易衰易盛，黄梅天忽雨忽晴。盛衰晴雨任他行，我自無心競。肚皮寬放養天真，萬事應前定。

又 題畫四首[一]

醉明月三杯美酒，倚清風百尺高樓。五湖一棹任遨遊，詩名隨處有。風味子長伴，功名不掛口。

又

紅葉落山青青瘦，白蘋香水碧碧流。西風趁我晚行舟，把襟懷抖擻。

收羅天地秋，一詩一杯酒。

又

烟霞處無塵境界，風月中有趣情懷。紫陽山水費芒鞋，了詩逋酒債。世事任安排，道在貧何害。

又

薊北遼西萬里，風前月下千思。幾番書寄短長詞，心情磨到底。博得鬢成絲，他只當閑故紙。

【迎仙客】 題畫，别友

花明明，柳青青，社燕來時二月春。正思家，又送人，怕唱渭城，烟雨江南恨。

又 書扇頭小景

載吴娃，醉琵琶，一川烟柳間晴花。賣酒家，青簾掛，添得兩峰，正是西湖畫。

【滿庭芳】 美人横笛，用鄭艮山韻

秋風庭院，芭蕉心卷，針綫慵拈，相思債負生前欠，今日難填。横玉笛一曲吴鹽，把愁兒吹上眉尖。黄昏漸，長空雲斂，孤月向人圓。

【最高樓帶喜春來】 慨世，用石田韻

看人心剔透玲瓏，覺世態昏迷懵懂，分明人在夢中夢。雖我癡呆無用，忘形跳出醯雞甕。管甚麽富貴窮通，釣一溪緑楊烟，歌一曲滄浪月，卧一枕白蘋風。如此清閑誰共？百年中，日西下，水流東。

【道宫・憑欄人】 題畫，用古岑韻

山下孤亭江上舟，舟上人來亭下遊。江亭事事幽，紅蓼白蘋秋。

又 《鶴汀風月圖》,爲程時勉題

明月扶人行處行,良夜吟詩吟未成。鶴聲風滿汀,數峰江上青。

又 仕女宫話

喜得君王好賦詞,又少相如買賦貲。此情無計施,肯教宫伴知?

又 美人探花

雲母屏開十二闌,夜雨梨花不耐寒。夢回呼玉環,探花殘未殘。

【商調·梧葉兒】 題張履齋畫

見新畫,懷舊遊,子長書劍米家舟。沽酒紅蝦市,題詩黄鶴樓。尋春白鷺洲,此興今還有。

又 題 扇

青山外,斷雲斜,殘照送歸鴉。墨淡淡,王維畫,柳陰中横釣槎,杏花裏賣酒家。過渡行人去了也。

【越調·天净沙】 題濡兒畫,用鄭艮山韻

山青水碧斜暉,秋老蘋香雁飛。風静疏林葉墜,渡舟何處,過溪人等多時。

【雙調·折桂令】 自題《江湖風月圖》,用趙思賢韻

棹扁舟來往無拘,弄乾坤風月狂夫。歌舞南臺,登臨西華,詩酒東吴。卻笑司空廊廟,不如司馬江湖。平生興,高歌一曲,寫入新圖。

【落梅風】 九日,施雪谷請遊惠山,醉間書歌扇

黄花瘦,丹桂香,賞重陽二泉亭上,醉歸來西風生晚涼。畫船中玉人

低唱。

又 《美人圖》,次史癡韻

人將睡,鴉已棲,想此時會期還未。揮麈潛行蕉影低,那人來小犬兒休吠。

又 題畫,次蔣白沙韻

江亭下,坐鷗沙,醉詩翁霜林紅葉掛。吟眸數峰雲外斜,轉忘歸風光拖拽。

又 題畫二首

青箬笠,綠蓑衣,一扁舟滿蓬烟雨。釣魚翁知他卻是誰,張志和分明似你。

又

步明月,上小樓,倚清風虛明如晝。桂香浮人在廣寒秋,骨巉巉酒醒詩瘦。

又 題畫,寄洪月泉

人何處,音書絶,南樓外雁聲淒切。孤另離情向誰説,西風寒一天霜月。

【撥不斷】 題成草亭畫

一川霞,兩岸花,山明水秀天生畫,五柳莊前陶令家。白鷗沙上漁樵話,夕陽西下。

【雁兒落帶得勝令】 慎是非,和陳大聲韻

無詩待片雲,有酒招明月。自湖海歸來,閉門鳩隱拙。與世無干涉,

人事轉炎涼。仁義空談説，是非虚扭捏。平地風波起千疊，誰識禍從三寸舌。

又　論名利，用前人韻

争名鷹捕雞，競利蟻趨穴。甘貧守分人，到是個豪傑。浮世如電掣，何如苦競争？世界非吴越，富貴非王謝。傷今吊古空擊節，看來都付湯澆雪。

【落梅引】　題澈兒畫

野水鷗心净，西風鶴夢清。喜村深塵氣消磨盡，把當年江湖風月情，變做了今日山林興。

（《吴氏傳家集》附録吴鏷《世墨樓樂府》）

校勘記

［一］四：原作“三”，實爲四首，因改之。

張　重

張重，順義（今屬北京市）人。嘉靖二十年辛丑（1541）進士，任嘉定知縣，選兵部主事。奉詔募兵山陝，升職方郎中。以忤嚴嵩，外補不就，卒。有詩文行世。小傳見《民國順義縣志》卷八《教育志・科名》。

殘　句

北調如李空同、王濬川、何粹夫、韓苑洛、何太華、許少華，俱有樂府，而未之盡見。予所知者，李尚寶先芳、張職方重、劉侍御時達，皆可觀。近時馮通判惟敏，獨爲傑出。其板眼務頭，擸搶緊緩，無不曲盡，而才氣亦足發之。止用本色過多，北音太繁，爲白璧微纇耳。金陵金白嶼鑾，頗是當家，爲北里所貴。張有二句云："石橋下水粼粼，蘆花上月紛紛。"[一]予頗賞之。

（王世貞《藝苑卮言》附録一）

校勘記

［一］李調元《雨村曲話》卷下："金白嶼鑾，有名北里。曲爲當家所貴，氣弱而才薄。元美賞其'石橋下水粼粼，蘆花上月紛紛'之句，亦老生常話耳。"將此二句歸於金鑾，應誤。

李春芳

李春芳，字元實，號鳳岡，山西沁水人。嘉靖三十二年(1553)進士，授盩厔知縣，選兵科給事中，歷升刑科左，隆慶元年(1567)以疾歸。小傳見《掖垣人鑒》卷十四。

小 令

【掛枝兒】 骰 子

骰子兒我愛你清奇骨格，向人前全仗你指點提攜。緣何上手便輕拋棄？你道我渾身多點污，誰知你背面有差池。你若不撇下了我無情也，我賭着性命兒輸與你。

此金沙李元實作。

(馮夢龍《掛枝兒》卷八詠部)

陸世明

陸世明，長洲（今江蘇蘇州）人。陸世浚同宗。約正德、嘉靖年間在世。見蔣一葵《堯山堂外紀》卷九十八。

小　令

【點絳唇】

三尺冰弦，夜深彈破青天竅。意中人杳，只有青光到[一]。雲雨無緣，總是相思調。愁懷抱，嫦娥心照，訴與他知道。

（蔣一葵《堯山堂外紀》卷九十八）

校勘記

[一] 青：褚人獲《堅瓠集》丙集卷一作“清”。

蘭陵笑笑生

蘭陵笑笑生，生活於嘉靖、隆慶、萬曆年間，有小説《金瓶梅》一百回。研究者認爲，約成書於萬曆初年。

小　令

【山坡羊】

想當初姻緣錯配，奴把他當男兒漢看覷。不是奴自己誇獎，他烏鴉怎配鸞鳳對。奴真金子埋在土裏，他是塊高號銅，怎與俺金色比。他本是塊頑石，有甚福抱着我羊脂玉體，好似糞土上長出靈芝。奈何，隨他怎樣到底奴心不美。聽知，奴是塊金磚怎比泥土基。

（《金瓶梅詞話》第一回《景陽岡武松打虎，潘金蓮嫌夫賣風月》）

【沉醉東風】

動人心紅白肉色，堪人愛可意裙釵。裙拖着翡翠紗衫，袖挽泥金攥，喜孜孜寶髻斜歪。恰便似月裏嫦娥下世來，不枉了千金也難買。

（《金瓶梅詞話》第四回《淫婦背武大偷奸，鄆哥不忿鬧茶肆》）

【兩頭南】

冠兒不帶懶梳妝，髻挽青絲雲鬢光，金釵斜插在烏雲上。喚梅香，開籠箱，穿一套素縞衣裳，打扮的是西施模樣。出繡房，梅香，你與我卷起簾兒,燒一炷兒夜香。

(《金瓶梅詞話》第六回《西門慶買囑何九,王婆打酒遇大雨》)

【山坡羊】

凌波羅襪,天然生下。紅雲染就相思卦。似藕生芽,如蓮卸花。怎生纏得些娘大。柳條兒比來剛半叉。他不念咱,咱想念他。

想着門兒,私下簾兒。悄呀,空叫奴被兒裏叫着他那名兒罵。你怎戀烟花,不來我家?奴眉兒淡淡教誰畫,何處綠楊拴繫馬?他辜負咱,咱念戀他。

喬才心邪,不來一月。奴繡鴛衾曠了三十夜。他俏心兒别,俺癡心兒呆。不合將人十分熱。常言道容易得來容易舍。興,過也。緣,分也。

【寄生草】

將奴這知心話,付花箋寄與他。想當初結下青絲髮,門兒倚遍簾兒下,受了些没打弄的耽驚怕。你今果是負了奴心,不來還我香羅帕。

【綿搭絮】

當初奴愛你風流,共你剪髮燃香,雨態雲蹤兩意投,背親夫和你情偷。怕甚麼傍人講論,覆水難收。你若負了奴真情,正是緣木求魚空自守。

誰想你另有了裙釵,氣的奴似醉如癡,斜傍定幃屏故意兒猜,不明白怎生丢開?傳書寄柬,你又不來。你若負了奴的恩情,人不爲仇天降災。

奴家又不曾愛你錢財,只愛你可意的冤家,知重知輕性兒乖。奴本是朵好花兒園内初開,蝴蝶餐破再也不來。我和你那樣的恩情,前世裏前緣今世裏該。

心中猶豫展轉成憂，常言婦女癡心，惟有情人意不周。是我迎頭和你把情偷。鮮花付與，怎肯干休？你如今另有知心，海神廟裏和你把狀投。

（《金瓶梅詞話》第八回《潘金蓮永夜盼西門慶，燒夫靈和尚聽淫聲》）

【駐雲飛】

舉止從容，壓盡勾欄占上風。行動香風送，頻使人欽重。嗏，玉杵污泥中，豈凡庸？一曲宫商，滿座皆驚動。何似襄王一夢中，何似襄王一夢中。

（《金瓶梅詞話》第十一回《潘金蓮激打孫雪娥，西門慶梳籠李桂姐》）

【折桂令】

我見他斜戴花枝，朱唇上不抹胭脂，似抹胭脂。前日相逢，今日相逢。似有情實，未見情實。欲見許何曾見許，似推辭本是不推辭。約在何時，會在何時。不相逢他又相思，既相逢我又相思。

（《金瓶梅詞話》第十九回《草裏蛇邏打蔣竹山，李瓶兒情感西門慶》）

【折桂令】

我見他戴花枝、笑撚花枝，朱唇上不抹胭脂、似抹胭脂。逐日相逢，似有情兒，未見情兒。欲見許何曾見許，似推辭未是推辭。約在何時，會在何時。不相逢他又相思，既相逢我反相思。

（《金瓶梅詞話》第五十二回《應伯爵山洞戲春嬌，潘金蓮花園看蘑菇》）

【清江引】

一個姐兒十六七，見一對蝴蝶戲。香肩靠粉牆，春箏彈珠淚。喚梅香趕他去别處飛。

轉過雕闌正見他，斜倚定荼蘼架。佯羞整鳳釵，不説昨宵話。笑吟吟掐將花片兒打。

(《金瓶梅詞話》第六十回《李瓶兒因暗氣惹病,西門慶立段舖開張》)

一見嬌羞,雨意雲情兩意投。我見他千嬌百媚,萬種妖嬈,一撚温柔。通書先把話兒勾,傳情暗裏秋波溜。記在心頭、心頭,未審何時成就?

問爾丫鬟,欲鑄黄金拜將壇。莫通明曉,寄與書生,雲雨巫山。重門今夜未曾拴,深閨特把情郎盼。夜静更闌、更闌,偷花妙手,今番難按。

夢入高堂,相會風流窈窕娘。我與他同攜素手,共入羅幃,永結鸞鳳。靈犀一點透膏肓,鮫綃帳底翻紅浪。粉汗凝香、凝香,今宵一刻,人間天上。

春暖芙蓉,鬢亂釵横寶髻鬆。我爲他香嬌玉軟,燕侣鶯儔,意美情濃。腰肢無力眼矇朧,深情自把眉兒縱。兩意相同、相同,百年恩愛,和偕鸞鳳。

(《金瓶梅詞話》第六十八回《鄭月兒賣俏透密意,玳安慇懃尋文嫂》)

【水仙子】

紫竹白紗甚逍遥。緑青蒲巧製成,金鉸銀錢十分妙。妙人兒堪用着,遮炎天少把風招。有人處常常袖着,無人處慢慢輕摇。休教那俗人見偷了。

【六娘子】

入門來將奴摟抱在懷,奴把錦被兒伸開。俏冤家頑的十分怪。嗏,將奴脚兒擡,脚兒擡,操亂了烏雲鬏髻兒歪。

兩意相投情掛牽,休要閃的人孤眠。山盟海誓説千遍,殘情上放着天，放着天。你又青春咱少年。

（《金瓶梅詞話》第八十二回《潘金蓮月夜偷期，陳經濟畫樓雙美》）

【雁兒落】

我與他好似並頭蓮一處生，比目魚纏成塊。初相逢熱似粘，乍離别難禁耐。好是怪奇哉，這兩日他不進來。大娘又把門上鎖，花園中狗兒乖。難猜，奴婢們瞰瞜的怪。傷懷，這相思實難解。

我與馬坊中推取草，到前邊就把他來叫。歸來把狗兒藏，門上將鎖兒套。尊前酒兒篩，床上燈兒罩。帳煖度春宵，准備鳳鸞交。休教人知覺，把秋菊灌醉了。聽着，花影動知他到。今宵，管恁兩個成就了。

（《金瓶梅詞話》第八十三回《秋菊含恨泄幽情，春梅寄柬諧佳會》）

我爲你耽驚受怕[一]，我爲你折挫渾家[二]，我爲你脂粉不曾搽[三]，我爲你在人前抛了些見識，我爲你奴婢上使了些鍬筏[四]。咱兩個一雙憔悴殺[五]。

（《金瓶梅詞話》第八十五回《月娘識破金蓮姦情，薛嫂月夜賣春梅》）

校勘記

［一］耽驚受怕：《梨園樂府》卷下作"吃娘打駡"。

［二］我爲你折挫渾家：《梨園樂府》卷下作"你爲我棄業抛家"。

［三］脂粉：《梨園樂府》卷下作"胭脂"。

［四］二句《梨園樂府》卷下作"你爲我休了媳婦，我爲你剪了頭髮"。《雍熙樂府》卷十八作"姊妹行擔了些利害，姑嫂前受了些波查"。

［五］一雙：《梨園樂府》卷下作"一般的"。

無名氏

小　令

【醉太平】　嘲弟子[一]

嘲弟子【醉太平】：

尋葫蘆鋸瓢，拾磚瓦攢窑。乞窮儉相死軀老[二]，不凍倒是餓倒[三]。破落葉遮着歪靴靿[四]，舊汗衫絞了雜毛套[五]，油手巾改做布裙腰[六]。這的是子弟每下稍。

【沉醉東風】

嘲妓者好睡，【沉醉東風】：

摇不醒鸞交鳳友，唤不回燕侣鶯儔。莫不是宰予妻、陳摶偶，百忙裏蝶夢莊周。破衲蒙頭萬事休，真乃是眠花卧柳。

（李開先《詞謔》）

校勘記

［一］此曲《盛世新聲》戊集、《詞林摘豔》一、《北宫詞紀》外集六收録，隋樹森收入《全元散曲》。《盛世新聲》、《詞林摘豔》無題，不注撰人。《北宫詞紀》外集題作"歎子弟"，注元人作。

［二］乞窮儉相死軀老：《盛世新聲》、《詞林摘豔》、《北宫詞紀》作"暖堂院

翻做乞兒學”。

［三］不凍倒是餓倒：《盛世新聲》、《詞林摘豔》、《北宫詞紀》作“做一個蓮花落訓道”。

［四］破落葉遮着歪靴鞠：《盛世新聲》、《詞林摘豔》、《北宫詞紀》作“戴一頂十花九裂遮塵帽”。

［五］舊汗衫絞了雜毛套：《盛世新聲》、《詞林摘豔》、《北宫詞紀》作“穿一領千補百衲藏形襖”。

［六］油手巾改做布裙腰：《盛世新聲》、《詞林摘豔》、《北宫詞紀》作“繫一條七斷八續勒身絛”。

無名氏

殘　句

有兩人，一借《太和正音譜》，吝而不與，亦以【朝天子】譏之：

麗春園可誇，梁山陌撒花。易打散，難抄化。《太和音譜》出君家，曾許借，牢牽掛。往取了數回，思量了幾夏。不賺來敢是夢撒？狗口裏象牙，小孩手裏螞蠟，有則借，無則罷[一]。

回復者不記其全：

乞兒見財，孩兒見奶，舍了命，荒了脈。俺家詩禮你來捱，便遲也宜擔待。你愛也，人皆愛。

孫豐山爲河南憲長，處事過刻，待鄉士大夫不但倨傲，分外搜索，作威福。有一【紅繡鞋】刺之，只記其末三句云：

氣殺了熊雲夢，唬殺了李梧山，把一個曹漫山白瞪了眼。

又有"生前不肯容嵩渚，死後猶能害漫山"，則誣高蘇門甚矣。

（李開先《詞謔》）

校勘記

［一］此曲《全明散曲》已收入，爲便於理解，未删。

沈孟柈

沈孟柈，仁和（今浙江杭州）人，隆慶年間在世，有小説《錢塘漁隱濟顛師語録》一卷。

小　令

净慈寺蓋造是錢王，佛殿兩廊都燒了[一]，止留的兩個金剛[二]。佛也悶，放起玉毫光[三]。平空似教場，卻有些兒不折本，一鍋冷水换鍋湯。

每日終朝醉似泥[四]，未嘗一日不昏迷。細君發怒將言罵，道是人間吃酒兒[五]。莫要管，你休癡[六]，人生能有幾多時？杜康曾唱蓮花落[七]，劉伶好飲舞囉哩[八]，陶淵明賞菊醉東籬[九]。今日皆歸去[一〇]，留得好名兒。

（沈孟柈《錢塘漁隱濟顛師語録》）

校勘記

［一］佛殿兩廊都燒了：天花藏主人《醉菩提傳》作"一霎時燒得精光"。

［二］止留的兩個金剛：天花藏主人《醉菩提傳》作"大殿木廊都不見，止剩下兩個泥土的金剛"。

［三］佛也悶，放起玉毫光：天花藏主人《醉菩提傳》作"佛地與天堂"。

［四］每日終朝：天花藏主人《醉菩提傳》作"日日貪杯"。

［五］吃：天花藏主人《醉菩提傳》作"好"。

［六］你：天花藏主人《醉菩提傳》作“且你”。

［七］曾：天花藏主人《醉菩提傳》作“會”。

［八］飲：天花藏主人《醉菩提傳》無。

［九］陶淵明：天花藏主人《醉菩提傳》作“總不如淵明”。

［一〇］皆歸去：天花藏主人《醉菩提傳》作“人何在”。

徐 渭

徐渭(1521—1593),生平見《全明散曲》第 2292 頁,《全明散曲》(增補版)第 2759 頁。

殘 句

吾鄉徐天池先生,生平諧謔小令極多,如《嘲少髮大腳妓》【黄鶯兒】中二句"妝臺上省油,廝打處省揪,未下妝樓,金蓮一步,占着兩塊大磚頭",《嘲瘦妓》"四兩麵條搓,抹胸膛三寸羅,俏郎君一手撟(平聲)三個",《嘲歪嘴妓》"一個海螺兒在腮邊不住吹,面前説話倒與傍人對,未抹胭脂,櫻桃一點搓(去聲)過鼻梁西"等曲,大爲士林傳誦,今未見其人也。

(王驥德《曲律》卷三《論俳諧》第二十七)

馮　柯

馮柯(1523—1601),字子新,號實陰、貞白,慈溪(今屬浙江)人。隆慶元年(1567),詔舉賢良。萬曆初,應襄藩之聘,輯《宗藩訓典》。有《求是編》、《三極通》、《小學補》、《質言》、《回瀾正論》、《貞白全書》等。事蹟見《田亭草》卷三《貞白五書序》、《靈蘐閣集》卷六《同年祭馮貞白年伯》。

小　令

【折桂令】 四闋,壽張封君

細評論自古豪雄,維大虛公,足堪比隆。釣渭清標,茹芝高節,耕歷深衷。在居室肅肅恭,鹿門深迴。望彤墀翩翩起,金馬從容。酒侶詩翁,舞女歌童,心同木石,壽擬喬松。

暗思量瀛島仙流,有觀瀾公,玩樂庾樓。才埒班揚[一],詩肩李杜,文並韓歐。看驥子整山河,騏驎紫宙。將萍蹤汎烟霞,鷗鷺滄洲,黃鵠青牛,玄圃丹丘,三偷仙果,再添海籌(公別號觀瀾)。

羨真儒氣浩神愉,欣逢初度,風柔日昫。名薄雲霄,心關廊廟,身老江湖。讀典墳楚倚相,包羅萬古。嫻詞賦漢平子,容與三都,手不筇扶,顏似童腴,吹笙王子,進酒麻姑。

願封君福履綿綿，逾七望八[二]，還度千年。鄴下風流，山中宰相，洞裏神仙。卻堪誇內帑中珍藏錦繡，今着了華堂上戲彩翩躚。錦瑟瓊筵，象板龍涎，衆仙環拱，南極高懸。

（馮柯《貞白全書》庚帙《詞》）

校勘記

[一] 揚：原作"楊"，據文意改。

[二] 八：原作"入"，據文意改。

王世貞

王世貞(1526—1590),生平見《全明散曲》第 2437 頁,《全明散曲》(增補版)第 2916 頁。

小　令

【折桂令】

問先生酒後如何?潦倒模糊,偃蹇婆娑。枕底烟霞,樓頭日月,門外風波。盡皇都眼眶瞧破,仗青天信脚胡過。好也由他,歹也由他。便做公卿,當甚么麽?

【折桂令】

問先生不飲何如?一點篝燈,數卷殘書。冷卻扁舟,悶他五柳,淡殺三閭。太行路都來胸腹,帝京塵滿上頭顱。睡也憂虞,醒也憂虞。不得酕醄,怎便糊塗?

【塞鴻秋】

月昏昏罷轉霓裳隊,漏沉沉忽呀銅龍閉。冷清清暗滴梨花淚,懶丕丕繡出鴛鴦翅。流蘇七寶圍,破玉千金賜。猛追尋認做了前生事。

【水仙子】　歸　思

日輪趲住下坡東,風伯吹開障眼花,天公放下單身赦。猛回頭都弄咱,告蜂王且散昏衙。争劉項攤場戲要,走儀秦兒童鬥嘩,談周孔故紙生涯。

【水仙子】 丙辰偶成

蚩尤遍插五方旗,饕餮平添八面威,於菟長出漫天翅。罵張翁都是你,攪乾坤任意胡爲。老龍呵睡眠多日,螃蟹呵横行幾時,神龜呵曳尾塗泥。

【畫眉序】 秋 怨

纖玉上蝦鬚,起唤銀鈎掛秋樹。恨龍沙天遠,雁足無書,銅壺冷淚滴清鉛,金剪沚脂蔫紅絮。濃霜斷角遼陽道,知他夢裏何如?

(王世貞《弇州山人四部稿》卷五十四《詞餘》)

陳所聞

陳所聞(1526？—1605後),生平見《全明散曲》第2478頁,《全明散曲》(增補版)第3831頁。

小　令

【北後庭花】 春深坐隱園述景

積翠暗山窗,飛紅點竹床。鳥語淩風碎,泉聲沸茗香。境清涼,一枰展放,歲月坐中忘。

套　數

題坐隱,奉贈無如汪鹾使

【正宮·端正好】

別業輞川莊,坐隱中郎興。半絲兒不掛塵情,枯棋三百常操勝,第一着心先省。

【滚繡球】

天開成圖畫奇,人鍾來海嶽靈。俺子見翠巍巍松蘿掩映,碧粼粼湖水澄清，似竹苞堂構嚴，如翬飛樓榭升。既道是晉陶潛結廬人境，又道是漢揚雄起草玄亭[一]。烟霞常占逍遥樂，鴻鵠難牽淡漠情，遊意楸枰。

【脱布衫】

論浮生得喪無憑，似對局輸贏難定。你任縱横滿盤似星，單只從黑白未分參證。

【小梁州】

因此上蝸角蠅頭不耐争，恬淡無營。滄洲鷗鳥結閑盟，陶真性，天放懶逢迎。

【么篇】

齋懸短榻心交訂，正春山黄鳥嚶鳴。待二仲，開三徑，聽彈棋高詠，清響振林坰。

【耍孩兒】

欲維風雅懸人鏡，臚列着千秋典刑。更兼你陽春字字奏新聲，但揮毫喜殺秦青。文成峽水詞源倒，賦就都門紙價騰。端的與東壁相輝映。校書呵藜炊太乙，臨池呵鵝换黄庭。

【十煞】

你本是張仲般孝友兼，更將那萬石君家教承。因此上詩人岵屺歌懿行，感得這柏舟共砥閨中節，鴒鳥同關原上情。怪不得初誕降，祥符應，今日個里稱高士，義重鄉評。

【九煞】

百年交片語投，千金貲一諾傾。人人緩急相依命。豐財羞做看財虜，行義慚居好義名。俠氣誰能並，説甚麽田文已死，眼見得季布重生。

【八煞】

訪人師負笈遊，向龍門懷刺登[二]。只要將真儒血脈親修證，一樽奇問玄亭字，三載精傳絳帳經。朝徹了無凡聖天倪未鑿，夜氣常清。

【七煞】

望玄津山不遥，聽白雲鶴亂鳴。餐霞趺坐清虚境，研求鴻寶千年秘。寤寐純陽三島靈，便羽化非僥幸。但能勾全一畢萬，怕不到久視長生。

【六煞】

斷諸緣將半偈持，砥中流將寶筏乘。學九年面壁，落得根塵净。俺只見洗心池上青蓮長，朗悟臺前慧月明，天花香散真如境。有從無遣，無亦無名。

【五煞】

既玄同三教宗，遂徜徉大隱盟。種成嘉樹林巒勝。泠泠漱玉泉堪聽，鬱鬱飛蘿閣可凴。眺蟾臺百尺宜觴詠，最賞心是萬花錯繡，五老成形。

【四煞】

嶺嵯峨似吐霓，水汪洋好釣鯨，飄飄一葉烟波静。六橋隱約通靈鷲，斜谷紆回接綺屏，蘂欄映帶黄花徑。一任你浮家鷗渚，結社蘭亭。

【三煞】

或探奇謝幼輿，或枕流孫子荊，或蘇門長嘯舒豪興。壯心已謝雙龍劍，雅望還推五鳳城。東山延繫蒼生頸，欲宣三德，崛起明廷。

【二煞】

你卧林泉非將寂寞甘，仕岩廊非緣寵利縈。局中操縱隨機應，不將隱顯生分别。坐作都應見性靈。誰道是小數無難勝，自從你得心應手，悟了些坎止流行。

【一煞】

□當初蒙莊仕漆園，金門隱歲星，他們似閑雲舒卷心無競。達生先破拘攣見，齊物全忘寵辱驚。因此上孟堅奕旨歸泊静，似你這即仕即隱，抵多少千算千贏。

【煞尾】

你從今後丰標迥出塵，文章爛若星渙明。茂建□熙朝政，□看坐隱先生勒彝鼎。

（汪廷訥《坐隱先生集》卷首）

校勘記

［一］揚：原作"楊"，據文意改。

［二］剌：原作"刺"，據文意改。

張鳳翼

張鳳翼(1527—1613),生平見《全明散曲》第 2593 頁,《全明散曲》(增補版)第 2989 頁。

小令

姹童

張伯起先生有所歡,既婚而瘦,贈以歌云:

個樣新郎忒煞矬,看看面上肉無多。思量家公真難做,弗如依舊做家婆。

俊絶,一時誦之。

(馮夢龍《山歌》卷五)

山人[一]

説山人,話山人,説着山人笑殺人。(白)身穿着僧弗僧、俗弗俗個沿落敞袖,頭帶子方弗方、圓弗圓個進士唐巾[二]。弗肯閉門家裏坐,肆多多,在土地堂裏去安身。土地菩薩看見子,連忙起身便來迎。土地道:呸,出來,我只道是同僚下降,元來到是你個些光斯欣。咦,弗知是文職武職,咦,弗知是監生舉人[三],咦,弗知是糧長升級[四],咦,弗知是総書老人。咦,弗來裏作揖畫卯,咦,弗來裏放告投文。要了鬧閧閧介挨肩了擦背[五],急逗逗介作揖了平身。轎夫個個儕做子朋友,皂隸個個儕扳子至親。帶累我土地也弗得安静,無早無晚介打户敲門。我弗知你爲傣個是幹[六],仔細替我説個元因。山人上前齊齊作揖[七],告訴我裹的的親親個土地尊神,我哩個些人,道假咦弗假,道真咦弗真。做詩咦弗會嘲風弄月,寫字咦弗會帶草連真。只因爲生意淡薄,無奈何進子法門。做買賣咦吃個本錢缺少,要教書咦吃個學堂難尋。要算命咦弗曉個五行生尅[八],要行醫咦弗明白個六脈浮沉。天生子軟凍凍介一個擔輕弗得、步重弗得個肩膊,又生個有勞勞介一張説人話人、自害自身個嘴唇[九]。算盡子個三十六策,只得投靠子個有名目個山人[一〇]。陪子多少個蹲身小坐,吃子我哩幾呵煮酒餛飩[一一],方纔通得一個名姓,領我見得個大大人。雖然弗指望揚名四海,且樂得榮耀一身。嚇落子幾呵親眷[一二],聳動子多少鄉鄰。因此上也要參參見佛,弗是我哩無事人公門。土地聽得個班説話,就連聲罵道:個些窮説個猢猻,你也忒殺膽大,你也忒殺噁心。廉恥咦介掃地,鑽刺咦介通神。我見你一蚼進一蚼出[一三],袖子裹常有手本。一個上一個落,口裹常説個人情。也有時節詐别人酒食,也有時節騙子白金。硬子嘴了了説道恤孤了仗義[一四],曲子肚腸了説道表兄了舍親。做子幾呵腰頭傈擦[一五],難道只要鬧熱個門庭。你個様瞞心昧已,那瞞得竈界六神。若還弗信,待我唱隻【駐雲飛】來你聽聽:

【駐雲飛】[一六]

笑殺山人,終日忙忙着處跟。頭戴無些正,全靠虚幫襯。嗏,口裹滴溜清,心腸墨錠。八句歪詩,嘗搭公文進。今日胥門接某大人,明日閶門送某大人。

(白)山人聽子[一七],冷汗淋身,便道土地,忒殺顯靈。大家向前討介一卦,看道阿能勾到底太平。先前得子一個聖筶,以後再打子兩個翻身。土地説道,在前還有青龍上卦,去後只怕白虎纏身。你也弗消求神請佛,你也弗消得去告斗詳星[一八],也弗消得念三官寶誥,也弗消得念救苦真經。(唱)[一九]

我只勸你得放手時須放手，得饒人處且饒人。

此歌爲譏誚山人管閑事而作，故末有放手、饒人之句。或云張伯起先生作，非也。蓋舊有此歌，而伯起復潤色之耳[二〇]。

（馮夢龍《山歌》卷九）

套　數

坐隱園贈無如高士

【雙調・新水令】

無無高士結山廬，似陶潜日涉成趣。濃陰青幄展，翠色畫屏紆。不染塵俗，是松蘿最幽處。

【駐馬聽】

懶去馳逐，尚友常思超萬古，養成恬素。閑心争忍負三餘，千峰迤逦似仙都，萬花璀燦同金谷。畫堂深，簾半簌，正西山爽氣連嘉樹。

【沉醉東風】

長林下瀟湘風雨，小齋中東壁圖書。閑招世外人，共領滄洲趣。六橋横十里澄湖，放一葉扁舟載緑醑，似博望槎通牛渚。

【雁兒落】

機忘水面鳧，坐侶松根鹿。蘿從閣上憑，雲向扉前護。

【得勝令】

呀，這分明是楊子草玄居，摩詰輞川圖。丹洞堪銷夏，瑶臺好望舒。

庭虚，露下鶴梳羽。簾踈，春深燕引雛。

【水仙子】

彈琴石上紫烟孤，較奕亭中白日晡。揮毫花底陽春度，但論今與吊古。愛山翁散誕無拘，烹石鼎金芽嫩，泛湘纍玉薤酥，薦盤餐筍脯芹葅。

【撲玉鈎】

世事紛紜究竟無，誰把真如悟？面壁年來見性初，何勞遠問金沙路。則這紫竹林、青蓮窟，一任你日日修持，夜夜跏趺。

【折桂令】

一會家厭喧囂境入清虚，誰道真仙不可招呼？則見你寫遍黄庭、披殘鴻寶、讀罷陰符，向龕中逍遥玉麈，望樓頭縹緲霞裾。只聽得笛弄天衢，鶴唳雲區。他道你試出東山，終有日聚首蓬壺。

【鴛鴦煞】

達人雅抱烟霞趣，蒼生重望經綸布。你須把廊廟山林，做遊戲棋局，心自鴻冥，身隨鳳翥，一片閑雲任來去，忘榮辱。笑他每出處分途，想未看先生新訂這一譜。

（汪廷訥《坐隱先生集》卷首）

校勘記

［一］山人：《山中一夕話》卷三作“山人詞，並白，吴門生”。

［二］從“説着山人笑殺人”至“圓弗圓個進士唐巾”：《山中一夕話》卷三作“身着行衣頭戴巾”。

［三］是：《山中一夕話》卷三無。

［四］升：《山中一夕話》卷三作“斗”。

［五］要了：《山中一夕話》卷三作“要子”。

［六］是：《山中一夕話》卷三作"事"。

［七］作：《山中一夕話》卷三作"作個"。

［八］曉：《山中一夕話》卷三作"曉得"。

［九］個有：《山中一夕話》卷三作"子百"。

［一〇］有名目個：《山中一夕話》卷三作"沈家裏"。

［一一］［一二］［一五］呵：《山中一夕話》卷三作"罅"。

［一三］蚼：《山中一夕話》卷三作"佝"。

［一四］了了：《山中一夕話》卷三作"丫了"。

［一六］駐雲飛：《山中一夕話》卷三無。

［一七］白：《山中一夕話》卷三無。

［一八］：詳：《山中一夕話》卷三作"禳"。

［一九］唱：《山中一夕話》卷三無。

［二〇］馮夢龍《掛枝兒》卷九謔部《山人》尾評又云："描盡山人伎倆，堪與張伯起先生《山人歌》並傳。"沈德符、錢希言则云爲張鳳翼作。沈德符《萬曆野獲編》卷二十三《恩詔逐山人》："昔年吴中有《山人歌》，描寫最巧。今閱之，未能得其十一。"同卷《山人名號》："不意數十年來，出遊無籍輩，以詩卷遍贄達官，亦謂之山人。始於嘉靖之初年，盛於今上之近歲。吴中友人遂有作《山人歌》曲者，而情狀著矣。"同卷《山人歌》："張伯起孝廉鳳翼，長王伯穀八歲，亦痛惡王爲人，因作《山人歌》罵之。其描寫醜態，可謂曲盡。初直書王姓名，友人規之，改作沈嘉則明臣。復有諫止者，並沈去之。張以母老，至庚辰科，即絶意公車，足跡不入公府。與王行徑迥别，故有此歌，然亦褊矣。"錢希言《戲暇》卷三《山人高士》："吴中張伯起著《山人歌》，龍猶子錂山人【掛枝兒】，欽愚公序葛太學詩，直詆山人爲大盜、爲乞兒。"

蔡國珍

蔡國珍(1528—1611),字汝聘,號見麓,江西奉新人。嘉靖三十五年(1556)進士,授刑部主事。歷福建提學副使,官至吏部尚書。有《蔡恭靖公文集》。傳見《明史》卷二百二十四。

套　數

祝初泉七十

【寶鼎兒】

太平開盛會,氣回鶯谷,無邊生意。喜春到芳菲如舊,念老去鬢顔漸異。南極夜來浮瑞氣,東風門巷,百花明媚。但願得歲歲長春,共斟緑斝,頻頻道喜。

【錦堂月】

蓮葉巢龜,芝園伏鹿,曉來壽筵穠麗。青鳥遥臨,數顆瑞桃爲贄。漫誇他杖刻鳩形,共羨你年躋亥字。(合)杯浮蟻,唯願取首皓眉龐,花下長醉。

欣企,椿應莊朝,桃符朔數,禄以素封尤備。裀鼎熙恬,揚州控鶴堪

擬。豈獨羡陶猗齊貲,更相誇喬松比齒。(合前)

誦美,宴設西池,籌添東海,堦前玉樹森植。光紹箕裘,三槐五桂堪覬。行看取朱紱承恩,共歸來斑衣薦旨。(合前)

自揣,蒲柳餘姿,草茅末品,敢圖華封全祉。瓦缶黄流,幸賴上天私庇。叨前福已切冰兢,迓後祥敢希川至。(合前)

【醉翁子】

評議,凡耄耋孰非可紀,但五福純全,如君鮮儷。奇異,斂福定何因,杯水膠舟只自疑。(合)從今後,看人物熙恬,輝映無疑。

漫憶,論世事孰能盡美。况濫竊純休,莫知自始。聽敨,天眷豈虚生,樛木從今葛自縻。(合前)

【僥僥令】

晴花然露蕊,細柳裊烟枝。只見桑弧蓬矢俱生色,春酒近南山,作壽巵。

冲襟尋水石,佳句似池塘。但見酒氣花香常相引,好景對鄰翁,且自怡。

【尾聲】

衰年白日憐駒隙,計上天不忘善類。看取歲歲晴光轉緑蘼。

賀某新婚

【西地錦】

簾幙瑞烟籠罩,門闌喜氣飄颻。禮行奠雁梅初摽,合歡約在今朝。

【畫眉序】

佳日會桃夭,羅綺筵開似蓬島。喜鵲橋牛女,瑞氣縹緲。都憑取紅葉情深,應不負藍橋音早。(合)由來花月相宜處,偏稱百年歡笑。

月苑沸秦簫,花燭蘭房夜輝耀。喜芙蓉並蒂,竟成偕老。争誇處鳴鳳諧占,却正是關雎叶調。(合前)

【滴溜子】

笙歌沸,笙歌沸,洞房春好,夜景霽,夜景霽,金屏月曉。想前生赤繩繚繞,襟期蘭茝同,更風流才貌。今夕佳期,正須傾倒。

賀某入泮

【黄鶯兒】

芹水孤踪,芸窗片影。嘆十年勤苦,幽懷耿耿。時來到,喜一舉連翩雲路,把文幟獨操其柄。

棘院照文星,聚群英入彀程。文場鏖戰詞峰盛,雲梯已成,蟾宫正清。手攀仙桂天香净,氣峥嶸,鹿鳴宴罷,争羡省元榮。

桃李媚春城，辨南宫擢俊英。文光浮動朱衣瑩，黄榜乍迎，藍袍正明。看花上苑青驄騁，氣峥嶸，瓊林宴罷，争羡殿元榮。

宫花媚，御酒馨，際明時起一經。得償素願吾何幸，荷君恩剩。欲把勳業銘鐘鼎，論人生，須庇民尊主，也須從此播芳名。

泥金報，緑綬新，慰高堂里閈驚。十年庭訓今纔應，荷前休應。須有譽望光鄉井，論人生，須褒親蔭嗣，也須從此播佳聲。

【尾聲】

鷄窗牢落孤燈影，喜今日詞林脱穎，方顯得驚人在一鳴，方顯得驚人在一鳴。

（蔡國珍《蔡恭靖公遺稿》卷九）

汪廷訥

汪廷訥(1529？—1628後)，生平見《全明散曲》第3322頁，《全明散曲》(增補版)第4188頁。

小令

集詩句南曲

【懶畫眉】 十一首

棋樂

平生碌碌本無奇(放翁)，只有摻心是要規(許衡)，叢叢綠鬢坐彈棋(王涯)。個中真趣吾能會(任翻)，肯向人前浪皺眉(康節)。

遊興

看山看水自由身(放翁)，行樂人生貴及辰(劉因)，偶緣疎拙得天真(希文)。山林獨往吾何恨(放翁)，薄俗嗟嗟難重陳(李頎)。

王建溪見過，留宿二闋

疎慵閑托草堂身(見心)，舊識相逢情更親(錢起)。一壺清酒一張琴

（洞賓）。是非名利何須問（徐披雲），下榻東軒忘主賓（丁鶴年）。

碧蘿明月照蒼苔（曹唐），雲在青霄鶴未來（洞賓），且隨達士共詼諧（薛漢）。開簾一寄平生快（放翁），試看坐對寒松是我手自栽（皇甫冉）。

秋興三闋

村醪初熟蟹螯肥（杜本伯），竹裹衡門掩翠微（蘇廣文），晚秋黄葉滿天飛（曹唐）。年來漸識幽居味（東坡），獨對天風拂素徽（黄清老）。

芙蓉花外有樓臺（王景初），籬下蕭踈野菊開（劉滄），吾廬雖小亦佳哉（放翁）。欲窮風月三千界（東坡），狎鳥無機任往來（靈一）。

金屏翠幔與秋宜（介甫），坐上交争一局棋（康節），我豈肯負他黄菊滿東籬（司空圖）？相從痛飲無餘事（東坡），幾向尊前倒接籬（錢起）。

鶴　巢

等閑桃李即争紅（龜蒙），總不如野鶴來巢階下松（放翁），清陰長在好相容（温庭筠）。那怕他謝公城外溪驚夢（杜牧），也讓我睡美清秋一榻風（放翁）。

寄懷陳藎卿

羡君談笑出風塵（盧綸），遥想風流第一人（王維），故園高士日相親（戴叔倫）。簷横碧障秋光近（吴融），醉後吟哦動鬼神（洞賓）。

花下喜逢真然子

惟君於我最相親（高適），貰酒攜琴訪我頻（皮日休），年來惆悵與誰論（薛逢）？花間忽見驚相問（介甫），一睇闌杆白角巾（胡宿）。

代柬邀茅平仲

衡門無事閉蒼苔(劉滄),悵望春襟鬱未開(崔徑),掃除東閣待公來(介甫)。相從杯酒形骸外(東坡),更費高人賦詠才(趙嘏)。

(汪廷訥《坐隱先生集》卷七)

【北朝天子】 述　隱[一]

玄莊,草堂,翠岫羅屏障。其中坐隱稱王郎[二],無拘束,多閑曠。鶴下蒼松,鷗依畫舫。喜山川留勝賞,和陶詩幾章,寫蘭亭數行[三],躲離了人海波千丈。

命奚童款扉,待高人問奇。瀟散長林内,脱巾露頂一盤棋[四],就裏多興廢。水面雲生,樓頭日墜,兩相持,未解圍[五]。任投林的鳥歸[六],穿林的月窺,滿局飛嵐翠[七]。

望青山擁螺,寫黄庭换鵝。清遣年光過[八],閑情都付考槃歌。幽意憑誰和?羅網難投,風波急躲。占便宜安樂窩,抛樵人斧柯,脱漁人笠蓑,暫對我楸枰坐[九]。

【北折桂令】 閑　情[一〇]

歎紛紛蟻戰南柯,俺向忙裏抽頭,將冷眼偷睃[一一]。世事如棋,人情似紙,歲序如梭。用和舍行藏在我,是和非成敗由他。勝也如何[一二],負也如何[一三]。勘破機關,莫謾蹉跎。

【前腔】

卧烟蘿懶去逢迎,拭眼觀魚,洗耳聞鶯[一四]。漉酒揮巾,看山拄杖,畫紙爲枰。逞豪吟何分醉醒,縱旁觀不管輸贏。心既無營,夢亦無驚。雖無那謝傅高才,落得這陶令閑情。

【北寄生草】 省　悟[一五]

厭的是紅塵世，憩的是紫竹林。交情冷暖何堪問[一六]，仕途坑塹何勞奔，人言毀譽何須問。黑甜鄉裏得安閑，緑尊酣處忘愁悶。

也不願千鐘粟，也不圖萬里侯[一七]。只要忙中抽得身軀溜，閑中參得機關透[一八]，静中養得丹元就。雖居人境[一九]，便是散神仙[二〇]，現前山水多少真靈鷲。

【北沉醉東風】 弈　興

厭塵海龍蛇混攘，愛菟裘山水徜徉。登甚麽虎榜名，畫甚麽雲臺像，且藏身免世雌黄。誰道商山樂趣長，争似這橘裏乾坤最廣。

【北梧葉兒】 志　感

江海量人人欠，虎狼叢處處多。平地裏起風波。棋與酒從吾好，萋和菲奈爾何。長嘯對松蘿，得清閑快活煞我。

【北醉太平】 懷　仙

覓黄冠道流，對人世丹丘。將玄玄竅妙細參求，落邯鄲夢熟。從今後檢金書替卻拿雲手，誦靈謡代卻談天口，對楸枰謝卻濟時籌。任年華去留。

【北滿庭芳】 自　適

春風倚闌，一泓碧水，萬疊青山。林幽不讓嵇中散，門設常關。謝車馬交遊，性懶對松蘿，棋酒情閑。無援絆，丹經竺典，青玉案頭翻。

【南駐馬聽】 坐隱園遲胡丹丘老人

門掩蒼苔，紗帽閑眠晝不開。慚非豹隱，甘學鷦棲，幸免鷗猜。高人有約,聽鶯來小窗,無事攤棋待。脱略形骸,笑談局裹看成敗。

【南駐馬聽】 自 述

樂聖銜杯,座裹青山醉欲頽。謝絶了桔槔機械,識破了傀儡壇場,剖開了人我藩籬。釣魚東海,忘卻是和非;耕雲北隴,關甚興和廢。兔走烏飛,弄人造物隨兒戲。

【南傍妝臺】 漫 興[二一]

掩衡茅,草衣蔬食盡逍遥[二二]。竹床頭書萬卷,花嶼下酒千瓢。蒼苔屐齒何妨印,石室棋枰不厭敲[二三]。園頻涉[二四],趣似陶[二五],翻雲覆雨任兒曹。

暢幽懷,一川晴色鏡中開[二六]。且將棋度日[二七],隨意坐莓苔[二八]。物情頗與閑相稱,卻引東山舊客來。分强弱[二九],釋忌猜,爛柯一局見仙才。

對松蘿,青山排闥白雲多。正詩成當落日,喜簾卷近秋河。林間掃石安棋局,碧樹如烟覆晚波。縱有黄金印、白玉珂,争似五湖烟水一漁蓑。

【南黄鶯兒】 志 樂[三〇]

山下結茅堂,欲神遊淡寂鄉,逍遥須學莊生放。菜根中味長[三一],瓦盆邊興狂[三二],新聲度向花間唱。謾思量,長安似奕,白眼看人忙。

身外莫生愁,愁來時易白頭,風燈石火都參透。拙如野鴻[三三],閑如海鷗,耕雲釣月詩聯就。愛清幽,仙家真樂,須向橘中求[三四]。

【南桂枝香】 詠 聲

蟲聲涼夜,鶴聲明月。弄琴聲雅稱山泉,煮茶聲偏宜岩雪。澗松聲奏簧,澗松聲奏簧。棋聲清越,雨聲淒切笛聲揭。咿呀聲逐漁舲過,嘹嚦聲隨雁字斜。

【南桂枝香】 春日程巨源過小園即事

林遷黄鳥,階翻翠葆。媚東風花簇長堤,添夜雨波縈三島。信天開畫圖,信天開畫圖。客來幽討,一枰閑較興偏豪。才乘明月青翰舫,又弄丹臺白玉簫。

【南桂枝香】 消　夏

簾開虚牖,人閑清晝。絲絲梅雨初晴,拂拂荷風輕透。愛山泉暗流,愛山泉暗流。泠然玉漱,正與棋聲廝湊。景偏幽,竹陰全忘暑,松濤直似秋。

(汪廷訥《坐隱先生集》卷九)

套　數

環翠堂結社

【北越調·鬥鵪鶉】[三五]

金谷詞筵,蘭亭詩客,飛蓋西園,開尊北海。他每都圖史流芳,山川借色。俺既無招隱才,怎敢將桂社開? 只爲禁不得俗世樊籠,改不了烟霞性格。

【紫花兒序】

難久住是蜉蝣歲月,無憑據是蕉鹿功名,不真實是土木形骸。没來由爲蠅頭蝸角,枉擔閣春去秋來。哀哉,不覺青霜點鬢白。猛可的丟開了機心機械，結幾個林壑交遊，急將這棋酒安排。

【金蕉葉】

遠城市山園小宅，避車馬湖邊釣臺。風過處□花散彩，雨晴時松蘿弄色。

【小桃紅】

萬竿修竹掩茅齋，鳥囀青林外，石徑硌砑不嫌窄。將蘭蕙栽，漁潭花嶼真仙界。草堂覆槐，鵝池浮墨，偏稱深奇來。

【禿厮兒】

雖無那王摩詰輞川勝概，盡有這蔣元卿三徑朋儕。他每都七賢風雅依然在。能嘯詠，善詼諧，那裏有半點兒疑猜。

【聖藥王】

俺與他藉草萊，各吐懷，漁樵話裏幾興衰。循水涯，上露臺，瑤琴鼓罷局重開，白黑費裁劃。

【東原樂】

休道俺交難合，性寡偕，子你這歲寒三友偏能耐。因此上泛鷗波憩鹿柴，臥柳陰聽松籟，兀的不勝似那五陵豪邁。

【絡絲娘】

分不清混茫茫乾坤皂白，記不真亂紛紛曹劉成敗，又不會惡狠狠孫吴計策[三六]，便偷閑有何妨礙？

【綿搭絮】

俺怕的是門題鳳字，喜的是屐破蒼苔。愛的是茅堂星聚，愁的是短榻塵埋。更憐他鶴背霞衣下九垓，玉洞桃花春正開。也有那飛錫高僧，遥從西竺來。

【拙魯速】

俺和他們談會玄，參會禪，尊可傾，賦可裁。竹杖芒鞋，□嶺蓬萊。倡和元白，笑傲彭澤。一個個風流瀟灑，袖拂塵埃，胸卷江淮，把富貴都看做太空雲去來。

【煞尾】

不拘禮法存真率，一任他坐上狂歌岸幘[三七]。石室樂堪尋，玄亭嘲漫解。

春日同諸社友小集坐隱園即事[三八]

【南雙調・步步嬌】

三尺楸枰花前展[三九]，國手知誰擅？只爲幽棲避俗喧，小結山廬，會心非遠。春色正喧妍[四〇]，招來野客閑遊衍[四一]。

【醉扶歸】

緑沉沉雲護雙扉掩，翠巍巍堂外四山懸[四二]，暖融融花徑雪初消[四三]，香馥馥蘭砌風輕扇。亂糾糾松老薜蘿香，細芊芊芳草如茵軟。

【園林好】

結丹霞桃開洞前，舒白玉梅横水邊。海棠似胭脂烘染，映幾簇緑楊烟，映幾簇緑楊烟。

【江兒水】

紅杏牆頭出，清泉石竇穿。藥欄蝴蝶紛紛戀，柳岸黄鸝頻頻囀，綺屏紫燕雙雙串。嘉樹陰籠庭院,萬錦攢堤[四四],宛似天孫機絢。

【五供養】

湖原清淺[四五],一雨初收,新漲涓涓。鴨浮波面渌,鷺點鏡中天。六橋虹偃[四六],望三島周回如嵌[四七]。亭占湖心,勝艤樓船,文魚争躍浪花圓[四八]。

【玉交枝】

鶴巢松遍[四九],境清虚堪邀上仙。岩頭一笑風塵遠,問真人羽化何年[五〇]。心隨天放求一全,手披鴻寶將關掩。才解嘲亭中草玄,又觀空庵中坐禪。

【玉包肚】

香爐經卷,半偈持心空萬緣。徘徊在烟道雲區,朗悟些紫竹青蓮。誰云靈鷲出人寰,眼見天花亂雨壇[五一]。

【三學士】

東壁圖書閑自檢,縱横錦軸牙簽。憑來石几瑩於玉,對向長林碧凝軒。欲寫蘭亭時洗硯,臨斜谷,弄流泉。

【解三酲】

釣鼇臺絲綸未卷,正滄洲興趣翛然。也不須飄飄一葉向銀河泛,且漱玉聽潺湲,不覺的飛虹嶺上夕陽晚。只見水月廊空一鑒懸,蟾堪玩,趁曲霞飛盡,爽氣西連。

【川撥棹】[五二]

情無倦,對高陽,意氣偏。將棋盤石上重攤,將棋盤石上重攤。托千秋支公手談,落燈花子任喧,爛樵柯夜未闌。

【前腔】

黑白分行斷復連，擊刺攻圍信手拈。這閑情雅似東山，這閑情雅似東山。劉項輸贏一局間，笑長安名利牽，讓逍遥，橘裏仙。

【僥僥令】

這棋呵鼎彝堪並列，金石共相宜。也無勞面壁多年方才悟，只索占場兒一着先。

【尾聲】

達生身外無餘羨，棋酒淹留下榻縣[五三]，莫待林薄春歸唤杜鵑。

述隱，呈屠緯真先生[五四]

【北雙調・新水令】

世情無日不風波，利名關從今參破。青山邀短杖，緑酒戀新歌[五五]。門掩松蘿，回避了馬足車輪過。

【駐馬聽】

百歲無多，終日營營爲甚麽？雙眉休鎖，書空咄咄竟如何？眼見的鬢邊華髮漸婆娑，怎將這胸中真趣輕擔閣？急忙把塵市躲，任着那太虚幾點浮雲過。

【沉醉東風】

頭裹的是山中細葛[五六]，身披的是沼面新荷。情閑日月長，心放乾坤大。況金蘭意氣相合[五七]。對流水高山笑詠多，但聚首形骸盡脱[五八]。

【雁兒落】

緑茵般草滿坡[五九]，錦障似花侵座。貪敲石室棋，不減商山樂。

【得勝令】

須不是平地起干戈，卻喜這布子燦星河。一局堪消日，旁觀欲爛柯。岩阿，皛皛雲光墮。簾箔，盈盈竹色過。

【甜水令】

俺早謝了機事機心，不驕不忌，常則是無拘無縛，勝負總由他[六〇]。博得個島上集真[六一]，橘中忘世[六二]，清風滿坐，盡逍遥調養天和。

【水仙子】

湖頭烟雨伴漁蓑，野外春風和牧歌[六三]。花前醉舞清衫破[六四]，任時人嗤笑我。身外事怕待量度。一會家倚劍淩北斗[六五]，一會家横琴藉淺莎[六六]，一會家將彝鼎摩挲[六七]。

【折桂令】

合着眼辨甚清濁，若不知幾[六八]，恐被張羅。因此上甘心與鹿豕同群，抱一味烟霞舊癖，醫不可山水沉疴[六九]。青史上何曾着我，緑尊前莫漫談他。一任俺松底調鶴、池上觀鵝，更愛這雲護玄龕、月照吟窩。

【鴛鴦煞】

裝聾做啞非慵懦[七〇]，草衣木食非踈惰。暮暮朝朝，落落魄魄。唱道是丘壑閑情，琴棋清課。既不將歲月蹉跎，又落得煩惱無些個，此意云何？就與你知己的先生求印可[七一]。

長林避暑[七二]

【南南吕・梁州序】

岩扉雲掩，山廬塵净，夏木千章陰映。清泉白石，坐養一脈涼生[七三]。但見穿簾新燕，出谷嬌鶯，雅興閑心稱。静聞林薄外，弄瑶笙，是風度長松謖謖聲。（合）招二仲，開三徑，敲殘棋局消清興，勝河朔會重訂[七四]。

【前腔】

緑蘿千疊，翠篁千頃，路轉蘭臺香凝。行天赤日，無由得瞰簷楹[七五]。更有風軒水榭，雪竇雲窩，仿佛清虚境。好尋蓬島客，問長生，樓外蹁躚百鶴聲。（合上）

【前腔】

挹南薰小憩幽亭，延西爽還攀峻嶺。任科頭箕踞，瀟散忘形。雖是未離人境[七六]，喜隔煩喧，盡可陶孤性。僧來同結夏，證無生，紫竹林傳玉磬聲。（合上）

【前腔】

楊堤長斷續蟬鳴[七七]，湖漲□浮沉鷗影[七八]。望畫橋横跨，蘭槳雙停[七九]。似這接天蓮葉[八〇]，映日荷花，占斷瀟湘景[八一]。滄浪間泛泛滌塵纓，擊楫歌翻水調聲[八二]。（合上）

【節節高】

黄梅雨乍晴，曲欄凴，芭蕉緑襯葵榴艶。爐烹茗，盤薦冰，香焚鼎，浮瓜沉李供高詠，東山風雅資談柄。（合）笑他軟紅塵裏苦奔波，争似黑甜一枕眠初醒。

【前腔】

茅堂敞畫屏，輟楸枰，藤床竹簟湘紋瑩。斜陽暝，初月生，殘霞映。螢光點點流花徑，拚將醽醁尊中罄。（合上）

【尾聲】

露涼更覺蒼苔静，不信人間有鬱蒸，何必待叢桂秋風始結盟[八三]。

柬了悟禪師[八四]

【北南吕・一枝花】

三生悟舊緣[八五]，半偈留殘諦。俺將這曇花階下種，貝葉案頭披。白髮皈依，猛省今朝是，翻嫌昨日非。若不是仗慈航超覺岸接引先登[八六]，險些兒被業風吹苦海直沉到底[八七]。

【梁州第七】

想着俺急煎煎難除意識[八八]，亂紛紛用盡心機。每日家被塵勞未得肩兒息，都則爲名場利圃，甘將這本性全迷。又子怕鐘鳴漏盡[八九]，那時節追悔應遲。似盲人待抉金鎞，似頑鐵待下鉗錘。俺恰才小茅庵結後山中[九〇]，猛可的老頭陀從空飛錫[九一]，恰便似大醫□來自天西[九二]。你教俺修持面壁[九三]，怕蛾投蜣戀人間世[九四]，因此上重宣□知參變，道參透真空萬念灰，立證菩提[九五]。

【罵玉郎】

俺因此堅求忍辱波羅蜜[九六]，雖不曾披緇素剃須眉，常子將香爐經卷與瞿曇對[九七]。眼看的是黄花色，耳聽的是翠竹聲，鼻聞的是青蓮氣。

【感皇恩】

打滅貪癡，剖破藩籬。兀自要忘死生[九八]，齊得喪，又怎肯去辨妍媸？蒲團坐卧，藜杖行持，消受些趙州茶、白社酒、道林棋。

【采茶歌】

從衣底覓摩尼，免身後墮泥犁。將山廬直看做是鹿園棲[九九]。若不是法雨慈雲親受記[一〇〇]，俺子怕金沙玉界杳難歸[一〇一]。

【煞尾】

俺將這假合四大看如贅，俺將這秘密三界嗜若餂[一〇二]，九級浮圖豈升易？子望你公案頻題，棒喝休馳，直引俺上靈山，那時方才放了你[一〇三]。

昌湖秋泛

【南大石調・念奴嬌序】

湖天過雨，愛波平似掌參差。島嶼周回，一葉扁舟摇蕩處，樓臺倒浸漣漪。遊戲，濠濮閑情，滄洲故友，蓬窗笑傲一枰棋。（合）拚盡把塵纓洗净，鷗鳥忘機。

【前腔】

沙際萍，風乍起，見芙蓉映帶蒹葭。誰道是秋色淒其，斷岸虹梁宛轉處，遥接湖心亭子。臨水白石，烟雲丹楓，燦錦洞門，蘿薜護東西。（合前）

【前腔】

遥指莊似王維，池同習郁，花深不讓若耶溪。才撥棹，兩兩鴛鴦，鷺飛

蘭沚。取酒停橈看山卷，慢烹鮮，還傍釣魚磯。（合前）

【前腔】

斜日影落澄潭，似金蛇萬道，壁翻返照暮禽歸。洲渚上，但聽得啾啾争棲。嵐氣，人在蒼烟，棹穿寒玉，青霞千縷掛長堤。（合前）

【古輪臺】

望才迷東林，月出漾清暈。泠泠露滴闌干濕，星河相對，似博望槎回。夾岸香生叢桂，别浦漁歌，瑶天鶴唳，中流來去任風吹，枕流漱石。這高情我輩堪追。新裁白苧，乍停紈扇，閑揮麈尾，秋興彩毫題。冰壺裏，秋光一夜涼如水。

【前腔】

耽奇，滿舫書畫親攜。况林薄外有簌簌秋聲，暗傳歌吹，撫景沿洄，身似翩舟不繫。休猜做泛梗生涯，飄蓬蹤跡，只爲苦海茫茫怕沉溺。因此上逍遥自適，羡冥鴻羅網難羈。置身丘壑，會心林水，放形天地，棋酒共襟期。名和利，幻如漚泡不堪題。

【餘文】

波紋净，蟾影移，償不了歡情樂意，醉詠滄浪踏月歸。

志　感[一〇四]

【北仙吕・點絳唇】

身世皆虚，千年空慮，無憑據。總不如偃息山廬[一〇五]，領略滄洲趣[一〇六]。

【混江龍】

想着俺天生愚魯[一〇七]，無裨實用似不才樗，但一味兒懶散，那裏會半步兒奔趨。卻怪這變幻人情似平地浪，澆漓世態似下坡車。一個個手兒中翻雲覆雨，口兒裏作祖成佛。有勢呵塤篪同調，無錢呵冰炭殊途。愛綈袍顧不得范叔凍死，吝壺漿一任那靈徹饑呼。分荊樹忍將那田真變產，匿黄金甘將這管鮑交踈。功名巧翻笑那雷陳迂闊[一〇八]，是非滕卻譏他莊惠模糊[一〇九]。喪廉恥擠排殺原憲，忌財名需索盡陶朱。你便是孔仲尼空走遍東西南北[一一〇]，你便是孟子輿枉費些者也之乎[一一一]。我想這乾坤七尺眇身軀，怎熬的塵寰萬種愁心緒[一一二]？須尋灑樂[一一三]，莫漫躊躇。

【油葫蘆】

因此上愛向松蘿賦卜居[一一四]，做個湖山主[一一五]。遠辭市井避閭閻[一一六]，地偏賸有烟霞駐，心閑樂與漁樵聚。攢果種花[一一七]，屏列千章樹[一一八]，堂開環翠堪容與[一一九]，更朝來西爽落庭除。

【天下樂】

突兀峰巒接太虚，如披五嶽圖。琳琅萬竿竹徑紆。人從把臂遊[一二〇]，禽緣載酒呼[一二一]。試問晉風流曾似否？

【那吒令】

避秦人是予，種桃花幾區。結廬人是予[一二二]，栽垂楊五株。枕流人是予，鑿澄湖百畝[一二三]。寤上真瓊芷房[一二四]，持半偈青蓮窟，勝干人短刺長裾[一二五]。

【鵲踏枝】

子俺這書架上惜居諸，棋枰裏較贏輸[一二六]。興到時酒對高陽，醉了也夢入華胥。欠伸來匡床睡足，則聽的煮山泉聲沸茶爐[一二七]。

【寄生草】

誰似俺千無礙百不拘[一二八]，玄鶴隨在閑爲侶。碧山有意常留住，白雲無定時來去。眺蟾臺明皎皎一輪好遂廣寒遊[一二九]，隱鱗潭活潑潑千頭雅稱濠梁趣。

【么篇】

寄清興時臨帖，縱高談但據梧。逃名誦徹閑居賦，賞心撰就陽春句。放懷睹遍東山墅，年華付與鷺鷗盟[一三〇]，交遊盡入金蘭簿[一三一]。

【煞尾】

這一答兒是無榮辱安樂窩，兀的不勝似有坑壍崎嶇路。別没甚神仙洞府，一日清閑真是福。笑時人擾擾迷途，逞機謀空老頭顱。何似俺一龕燈火結跏趺。身棲在岩谷，神遊在千古。山河大地只看做一漚浮。

小園與客對弈[一三二]

【南商調・二郎神】

娱清晝，至樂須從橘裏求。石室當年逢敵手，蠅營狗苟，争如此際優遊。只恐機關參不透。參得透樵柯易朽，結菟裘，紹王郎逸興千秋。

【集賢賓】

楚猿秦鹿今在否，東山尚想風流。我肯學無端蠻觸鬥，把閑情都付滄洲。松蘿疊秀，因選勝茅堂新構。做一個烟霞叟，自甘心洞壑夷猶。

【前腔】

門前手種陶潜柳，玉林宛轉清幽。雲護山扉花錯繡，映峰巒羅列齋頭[一三三]。我將泠泠石漱，淘洗盡胸中塵垢。結幾個忘年友，自甘心魚鳥沉浮。

【鶯啼序】

周天度數棋子，倖試枰展文楸。看疆場如砥寬平，問誰割據鴻溝[一三四]？我恰才安營定壘，他那裏張甄挑鬥[一三五]。難罷手，兩下東馳西驟。

【金甌線解酲】

攻邊正可憂，擊腹須當救。黑白縱横，暗地藏機彀。提防一着差，滿盤休。帷幄從容佐運籌。一會家屈如尺蠖聊雌伏，一會家奮若龍翔勢不留[一三六]，將重圍透。貪兵必敗，多算功收[一三七]。

【攤破簇御林】

踈似星將曉，斜如雁掠秋。有時節烏合雲屯連四陬，論白登大戰雖危，更陳倉暗度堪憂。相持牢把疆圍守，行時怕斷三軍後。定邊郵，長驅席卷，談笑覓封侯。

【黄鶯兒】

對局客淹留，兩忘機淡寞遊。棋聲直似天球奏，花飛來案頭[一三八]，月升來樹頭[一三九]。七擒罄盡尊中酒，醉鄉侯，浮名勘破，此外復何求。

【琥珀貓兒墜】

着前了悟，寧讓舊時秋。怪底仙家得勝籌。這棋呵只合與青萍緑綺伴遨遊。清修，適意攻圍，人世丹丘。

【前腔】

輝煌弈旨，彩筆孟堅留。誰復重將秘思抽，若今學步愧非儔。藏修，一譜新裁[一四〇],五嶽攜遊[一四一]。

【尾聲】

升沉得喪原虛謬,利欲驅人萬火牛[一四二]。何似坐隱先生得自由[一四三]。

憑蘿眺雪[一四四]

【北中呂・粉蝶兒】

雪滿梁園,聚群英勝開詞讌,想風流照映當年。也不須羨豪華,悲代謝,俺自有松蘿亭院,雅社才聯,報長空霎時飛霰[一四五]。

【南泣顔回】

滕六正司權,大地彤雲晝掩。朔風吹雪,向長林欲下還旋。氈簾半卷,望峰巒,頃刻銀裝遍。密匝匝蝶翅摶空,白茫茫柳絮漫天。

【北石榴花】

只索把貂裘坐擁火爐邊,翠鼎爇龍涎。對瑶臺珠樹開芳讌,將梅花笑撚,竹葉頻傳,曲房頓覺寒威淺。也何須急管繁弦,趁着這大千世界須臾變,急呼童掃雪煮寒泉[一四六]。

【南泣顔回】

堪憐,洞壑斷蒼烟,山疑玉壘高懸。憑蘿遠眺[一四七],似光芒萬頃瓊田。鶴飛讓鮮,聽樓頭清唳形難辨[一四八]。回瀾磯隱約滄洲[一四九],洗心池迷失青蓮。

【北鬥鵪鶉】

似這般凍合冰壺,粉填閬苑,又何勞剡水乘舟,灞橋策蹇。俯仰乾坤興灑然，共抽毫將秘思研[一五〇]，尚未及授簡詩成，先拚把鯨吞量展。

【南撲燈蛾】

况棋逢着石室仙，地隔着市纏喧。呵凍手慢將枯子弄。喜的是點楸枰梨花千片，傲塵世雌雄一局，爛樵柯歲月推遷。若不是包藏着屠龍伎倆，怎戰的敗殘鱗甲墮江天[一五一]。

【北上小樓】

才橘裏閑敲罷，又湖頭放釣船。恰便似槎泛銀河珠射鮫，宫殿倚寒蟾。模糊了竹徑琅玕，柳岸迂回，藥欄菁倩，但只見白皚皚石梁宛轉[一五二]。

【南撲燈蛾】

雪兒鋪樓臺近遠，船兒載圖書遊衍[一五三]。也不須錦帳姬，也不須羊羔酒，争似俺滿座上陽春才健[一五四]。一個個詞林妙選[一五五]，對三白慶賞豐年[一五六]。拚入夜飛觥走斝[一五七]，陳蕃下榻任留連[一五八]。

【北尾聲】

王侯腐草黄金賤，至樂無如一醉眠，况瑞雪繽紛照綺筵[一五九]。

三島棲真裁謝余煉師還真[一六〇]

【北仙吕·點絳唇】

龕内跏趺，跳丸烏兔，隨來去。案上陰符，消盡閑中趣。

【混江龍】

想當年真詮難悟，都只爲宿生五漏未消除。怎能勾雲霄意適，龍虎情伏？俺欲待花滿三春尋藥物，那裏也月明午夜産玄珠？朝朝念想，暮暮躊躇。慮沉苦海，怎覓蓬壺？幸得你逍遥化宇，邂逅雲區。黄冠磊落，白髮蕭疎。翩翩玉貌，楚楚霞裾[一六一]。深探秘檢，獨運玄樞[一六二]。俺因此上耳聆仙訣[一六三]，身脱泥途。山林卜結緑蘿居，夢魂懶入紅塵路。打疊起名繮利鎖，安排下藥灶茶爐。

【油葫蘆】

俺只待鳳舞鸞飛出絳都[一六四]，會元神雲氣吐。希夷恍惚見真吾，流光肯被塵勞誤。還丹便覺仙家富，躡罡風，步大羅，引蜺旌，遊紫府。姓名編入長生簶，輕身兒來往任雙梟。

【天下樂】

等閑間拍拍春風酒一壺，卻笑那凡俗，何太愚，把百年幻形似蠅臭逐。鬧轟轟傀儡場，急煎煎蜂蠆毒。全不知究輸贏，只是棋一局[一六五]。

【那吒令】

愛山圍草廬，爇名香檢書。愛舟横碧湖，挾綸竿釣魚[一六六]。愛風回竹墟，鼓瑶琴度曲。白雲扉晝不關，曲霞藏春常駐[一六七]，達生臺身世華胥。

【鵲踏枝】

子俺這意恬愉，偏宜在境清虚，更憐他嘉樹婆娑[一六八]，丹壑回紆。長嘯處風生玉麈，高歌時月上蒼梧。

【寄生草】

養白雲非爲妄，隱金門不是迂。俺只怕黄泉一入無人顧，多感你黄庭一卷將咱度[一六九]。俺因此黄粱一枕從今寤[一七〇]，華池滚滚聖真潮，河車矻矻元精注。

【么篇】

你着我學究先天旨[一七一]，神遊太極初。挹輕裾遠接浮丘馭，聽流泉暗識琴高趣，展楸枰期與洪崖遇。緱山頂上弄瑶笙，麻姑壇下傾醽醁。

【賺煞尾】

從此後葆冲和忘憂慮[一七二]，有明月清風伴侣，萬里遥天鶴一羽。傲人間駟馬安車，更何須緑字丹書，心印傳來意自如。聽笛聲清楚，似純陽風度，俺把這昌公湖直看做洞庭湖[一七三]。

試　劍[一七四]

【南中吕・石榴花】

千秋神物，龍劍合雌雄。經歐冶，幾陶熔，寒芒直向斗牛冲。怎銷沉紫鍔芙蓉，除氛禦凶？我解千金購得床頭共，冷凄凄積雪凝霜，光閃閃掣電回風。

【前腔】

壯心一片，何必漫書空。開玉匣，攬青鋒，想五山采鐵鑄良工[一七五]。飾明珠百寶峥嶸，飛揚掌中。廝琅琅山嶽俱摇動。入深山陸斷玄犀，涉長江水截輕鴻。

【泣顔回】

雖未倚崆峒，且周防身畔相從。斷金切玉，任遨遊俠氣縱横。誰懷不平，我似袁公，操術能奇中。媿嘲風詠月毛錐，勝高山流水絲桐。

【前腔】

英雄，説劍吐長虹，愛干將手自磨礱。休道是萬人辟易，便千妖百怪潛蹤[一七六]，星文點胸。這純鈎藏，待酬恩用。笑羈棲彈鋏朱門，悵高情掛劍青松。

【尾聲】

九功七德堪珍重，顧我年來見性空，一任塵埃匣上封。

（汪廷訥《坐隱先生集》卷九）

校勘記

[一] 此三曲又見葉華《迦陵音》。

[二] 其中坐隱稱王郎：葉華《迦陵音》作"此中遁跡傲羲皇"。

[三] 數：葉華《迦陵音》作"幾"。

[四] 盤：葉華《迦陵音》作"枰"。

[五] 兩相持，未解圍：葉華《迦陵音》作"酒滿卮，竹掛依"。

[六] 一：原缺，據葉華《迦陵音》補。

[七] 局：葉華《迦陵音》作"座"。

[八] 清：葉華《迦陵音》作"消"。

[九] 暫對我楸枰坐：葉華《迦陵音》作"日對清齋坐"。

[一〇] 此二曲又見葉華《迦陵音》。閑情：葉華《迦陵音》作"智詞"。

[一一] 將：葉華《迦陵音》無。

[一二] 勝：葉華《迦陵音》作"生"。

[一三] 負：葉華《迦陵音》作"死"。

[一四] 聞：葉華《迦陵音》作"聽"

[一五] 此二曲又見葉華《迦陵音》。

[一六] 須：葉華《迦陵音》作"勘"。

[一七] 圖：葉華《迦陵音》作"想"。

[一八] 中：原漫漶不清，據葉華《迦陵音》補。

[一九] 雖：葉華《迦陵音》作"離"

[二〇] 神：原漫漶不清，據葉華《迦陵音》補。

[二一] 此曲前二首又見葉華《迦陵音》。

［二二］草衣蔬食：葉華《迦陵音》作"荷衣松食"。

［二三］棋枰：葉華《迦陵音》作"柴扉"。

［二四］園頻涉：葉華《迦陵音》作"頻涉趣"。

［二五］趣似陶：葉華《迦陵音》作"樂陶陶"。

［二六］一川晴色鏡中開：葉華《迦陵音》作"滿園嵐色望中開"。

［二七］度日：葉華《迦陵音》作"消白晝"

［二八］隨意坐莓苔：葉華《迦陵音》作"權隨意坐清齋"。

［二九］分强弱：葉華《迦陵音》作"忘人我"。

［三〇］此二曲又見葉華《迦陵音》。

［三一］中：葉華《迦陵音》無。

［三二］邊：葉華《迦陵音》無。

［三三］鴻：葉華《迦陵音》作"鳩"。

［三四］橘：葉華《迦陵音》作"個"。

［三五］鶬：原作"鶴"，據曲譜改。

［三六］狠狠：原作"狼狼"，據文意改。

［三七］岸：原作"按"，據文意改。

［三八］此套曲又見葉華《迦陵音》，題作"尋芳"。

［三九］楸枰：葉華《迦陵音》作"青虹"。

［四〇］喧：原作"暄"，據文意改。

［四一］野客：葉華《迦陵音》作"鹿豕"。

［四二］巍巍：原作"魏魏"，據文意改。

［四三］徑：原作"經"，據文意改。

［四四］攢堤：葉華《迦陵音》作"鋪園"。

［四五］湖原：葉華《迦陵音》作"池塘"。

［四六］六橋虹偃：葉華《迦陵音》作"瞿曇静偃"。

［四七］望三島周回如嵌：葉華《迦陵音》作"望三峰陰嵐如嵌"。

［四八］三句葉華《迦陵音》作"花落蒼苔，細數堪憐，算來名利不如閑"。

［四九］鶴、遍：原漫漶不清，據葉華《迦陵音》補。

［五〇］人羽：原漫漶不清，據葉華《迦陵音》補。

［五一］天：葉華《迦陵音》作“空”。

［五二］葉華《迦陵音》無【川撥棹】、【前腔】、【僥僥令】三曲。

［五三］棋酒淹留下榻縣：葉華《迦陵音》作“行樂須當稱少年”。

［五四］此套曲又見葉華《迦陵音》，題作“自歎”。

［五五］酒：葉華《迦陵音》作“水”。

［五六］是山中細葛：葉華《迦陵音》作“山中竹籜”。

［五七］況金蘭意氣相合：葉華《迦陵音》作“況清平世界堪歌”。

［五八］但聚首形骸盡脱：葉華《迦陵音》作“早醒悟莫漫蹉跎”。

［五九］般：原漫漶不清，據葉華《迦陵音》補。

［六〇］勝負：葉華《迦陵音》作“興廢”。

［六一］集：葉華《迦陵音》作“棲”。

［六二］橘中忘世：葉華《迦陵音》作“園中遁世”。

［六三］春：葉華《迦陵音》作“清”。

［六四］清：葉華《迦陵音》作“青”。

［六五］一會家倚劍淩北斗：葉華《迦陵音》作“説甚麽倚劍淩珠斗”。

［六六］一會家：葉華《迦陵音》作“又何須”。

［六七］一會家將：葉華《迦陵音》作“權將這”。

［六八］幾：葉華《迦陵音》作“機”。

［六九］可：葉華《迦陵音》作“了”。

［七〇］懦：葉華《迦陵音》作“儒”。

［七一］就與你知己的先生求印可：葉華《迦陵音》作“一任着世人無可無不可”。

［七二］此套曲又見葉華《迦陵音》，題作“避暑”。

［七三］養：葉華《迦陵音》作“來”。

［七四］四句葉華《迦陵音》作“敲碎玉，消清興，脱巾赤酒酣賢聖。勝季長，坐如甑”。

［七五］簷：葉華《迦陵音》作“前”。

［七六］是：葉華《迦陵音》無。

［七七］楊堤長：葉華《迦陵音》作“樹陰濃”。

［七八］湖漲□浮沉鷗影：葉華《迦陵音》作“池蕩漾參差藻影”。

［七九］二句葉華《迦陵音》作“望萬峰含翠，千嶂流青”。

［八〇］似這接天蓮葉：葉華《迦陵音》作“更這擎天蓮葉”。

［八一］占斷：葉華《迦陵音》作“宛似”。

［八二］二句葉華《迦陵音》作“風浴偕童冠，樂余生，醉詠滄浪濯水聲”。

［八三］何必待叢桂秋風始結盟：葉華《迦陵音》作“最喜是坦腹南軒淑氣清”。

［八四］此套曲又見葉華《迦陵音》，題作“參禪”。

［八五］三生悟舊緣：葉華《迦陵音》作“千秋枉夢愁”。

［八六］若不是仗慈航超覺岸接引先登：葉華《迦陵音》作“但只願獲慈航超覺岸般若先登”。

［八七］險些兒：葉華《迦陵音》作“免得”。

［八八］想着俺：葉華《迦陵音》作“歎世人”。

［八九］子：葉華《迦陵音》作“只”。

［九〇］後：葉華《迦陵音》作“嚮”。

［九一］老頭陀從空飛錫：葉華《迦陵音》作“白毫光從空飛示”。

［九二］恰便似大醫□來自天西：葉華《迦陵音》作“明晃晃金粟種來自天西”。

［九三］你教俺：葉華《迦陵音》作“因此上”。

［九四］投：原漫漶不清，據葉華《迦陵音》補。

［九五］三句葉華《迦陵音》作“着意把塵器解，蝶夢回，還須向無生暫息機，萬念如灰”。

［九六］俺：原漫漶不清，據葉華《迦陵音》補。因此：葉華《迦陵音》作“俺直待”。

［九七］子：原漫漶不清，據葉華《迦陵音》補。

［九八］死生：葉華《迦陵音》作“生死”。

［九九］是：葉華《迦陵音》無。

［一〇〇］若不是：葉華《迦陵音》作“俺這裏”。

［一〇一］俺子怕：葉華《迦陵音》作“何怕那”。

［一〇二］界、餂：原漫漶不清，據葉華《迦陵音》補。

［一〇三］四句葉華《迦陵音》作“還須要參透玄機，悟徹菩提，直將俺敝帚焚，那時方遂冲天志”。

［一〇四］此套曲又見葉華《迦陵音》。

［一〇五］山：葉華《迦陵音》作“茅”。

［一〇六］滄洲：葉華《迦陵音》作“溪山”。

［一〇七］想：原作“怨”，據葉華《迦陵音》改。

［一〇八］那：葉華《迦陵音》無。

［一〇九］滕：原漫漶不清，據葉華《迦陵音》補。

［一一〇］［一一一］你：葉華《迦陵音》作“爾”。

［一一二］熬：葉華《迦陵音》作“煞”。

［一一三］樂：葉華《迦陵音》作“落”。

［一一四］夢：葉華《迦陵音》作“陰”。

［一一五］做個湖山主：葉華《迦陵音》作“做一個溪山主”。

［一一六］井：原漫漶不清，據葉華《迦陵音》補。

［一一七］攢果種花：葉華《迦陵音》作“園攢萬種花”。

［一一八］屏：葉華《迦陵音》作“亭”。

［一一九］堂開環翠：葉華《迦陵音》作“堂連翠黛”。

［一二〇］從：葉華《迦陵音》作“從了”。

［一二一］緣：葉華《迦陵音》作“緣着”。

［一二二］枕流人：葉華《迦陵音》作“探玄人”。

［一二三］凿澄湖百畝：葉華《迦陵音》作“酣黄粱一枕”。

［一二四］芷：葉華《迦陵音》作“蕊”。

［一二五］干：葉華《迦陵音》作“千”。

［一二六］赢輸：葉華《迦陵音》作“輸赢”。

［一二七］煮：葉華《迦陵音》無。

［一二八］似：葉華《迦陵音》作“是”。

［一二九］遂：葉華《迦陵音》作“逐”。

［一三〇］鷺：葉華《迦陵音》作“白”。

［一三一］交遊盡入金蘭簿：葉華《迦陵音》作"衰顔休向紅塵逐"。

［一三二］此套曲又見葉華《迦陵音》，題作"對弈"。

［一三三］齋：原漫漶不清，據葉華《迦陵音》補。

［一三四］問：葉華《迦陵音》作"須問"。

［一三五］甄：原漫漶不清，據葉華《迦陵音》補。

［一三六］奮若龍翔：葉華《迦陵音》作"奮如龍蛇"。

［一三七］多算：葉華《迦陵音》作"知足"。

［一三八］［一三九］來：葉華《迦陵音》無。

［一四〇］裁：原作"栽"，據文意改。

［一四一］此曲葉華《迦陵音》作"冲關奪角，漫道魏吴劉。誰肯忘機罷戰謀，吾今且學水中鷗，潜修，飛眠淺渚，飲啄中流"。

［一四二］欲：葉華《迦陵音》作"入"。

［一四三］先生：葉華《迦陵音》作"清談"。

［一四四］此套曲又見葉華《迦陵音》，題作"眺雪"。

［一四五］三句葉華《迦陵音》作"試看這茅檐凝箭，凍筆題箋，報長安禁妃添線"。

［一四六］雪：葉華《迦陵音》作"些"。

［一四七］夢：葉華《迦陵音》作"欄"。

［一四八］樓頭：葉華《迦陵音》作"空中"。

［一四九］回瀾磯隱約滄洲：葉華《迦陵音》作"如意座隱約白毫"。

［一五〇］共：葉華《迦陵音》作"細"。

［一五一］此曲葉華《迦陵音》無。

［一五二］此曲葉華《迦陵音》無。

［一五三］船兒載圖書遊行：葉華《迦陵音》作"架兒堆圖書繁衍"。

［一五四］座上：葉華《迦陵音》作"壺中"。

［一五五］個個：葉華《迦陵音》作"字字"。

［一五六］對：葉華《迦陵音》作"沽"。

［一五七］拚入夜：葉華《迦陵音》作"袪寒氣"。

［一五八］陳蕃下榻任留連：葉華《迦陵音》作"旋煨榾柮漫留連"。

［一五九］照綺筵：葉華《迦陵音》作“臢雨錢”。

［一六〇］此套曲又見葉華《迦陵音》，題作“悟真”。

［一六一］從“朝朝念想”至“楚楚霞裾”，葉華《迦陵音》作“幸得遇黄冠道侣，白髮霞裾”。

［一六二］二句葉華《迦陵音》無。

［一六三］俺：葉華《迦陵音》無。

［一六四］只待：葉華《迦陵音》作“這裏”。

［一六五］只是：葉華《迦陵音》無。

［一六六］綸：原作“掄”，據葉華《迦陵音》改。

［一六七］曲：葉華《迦陵音》作“渠”。

［一六八］憐：原漫漶不清，據葉華《迦陵音》補。

［一六九］多感你黄庭一卷將咱度：葉華《迦陵音》作“全憑着黄庭一卷將身度”。

［一七〇］俺因此：葉華《迦陵音》作“因此上”。粱：原作“糧”，据葉華《迦陵音》改。寤：葉華《迦陵音》作“悟”。

［一七一］你着我：葉華《迦陵音》作“俺子索”。

［一七二］從此：葉華《迦陵音》作“因此”。

［一七三］俺把這昌公湖直看做洞庭湖：葉華《迦陵音》作“俺這裏夢已熟，試問汝醒醒無”。

［一七四］此套曲又見葉華《迦陵音》。

［一七五］山：葉華《迦陵音》作“丁”。

［一七六］潜：原漫漶不清，據葉華《迦陵音》補。

于慎思

于慎思(1531—1588),字無妄,號航隱,山東東阿人。于慎行兄(《四庫全書總目提要》説其爲"于慎行之弟",誤)。諸生。有《龐眉生集》。傳詳于慎行《穀城山館集》卷二十四《亡兄航隱先生墓志銘》。

小　令

【折桂令】 四首　題　情

恰相逢景物新秋,畫閣風生,玉宇螢流。霧濕雲鬟,香消寶鼎,月上妝樓。惱殺人誤情事酕醄病酒,想殺人訴衷腸的歷含羞。春筍雙搊,羅襪一鈎。牽纏着沈約閑身,斷這出宋玉閑愁。

俏多情忒也撒乖,意惹情牽,眼去眉來。見了他性格温柔,心腸疼熱,笑語和諧。勸酒呵促雁柱春風調改,動情時卸鴛帷夜合花開。好夢須猜,好句難裁。話青樽幸遇知音,到良宵休負多才。

倩紅卿鎮日凝眸,一遇嬋娟,便結綢繆。他有盼盼聲名,瓊瓊體態,小小風流。遊冶來御橋畔行行垂手,供奉時春殿前嚦嚦歌喉。幾度閑愁[一],委實難丢。子今日撥銀箏醉倒蘭房,不枉了拍雕鞍走遍紅樓。

俊周郎胸次非凡,惆悵千秋,潦倒十年。掉臂紅樓,焦心黄卷,過眼青錢。暫來到沂水畔鶯花翠館，怎忘卻魯壁中魚豕殘編？誤入桃源，幸結盟緣。叵耐咱多病多愁，禁當他相愛相憐。

套數

自　慰

【南吕・一枝花】

甚疎狂舊姓名，但瀟灑閑風度。解千金腰下劍，藏八陣袖中圖。萬事模糊，辨白黑休開眼，混龍蛇且任俗。閑來時錦繡場特地招邀，悶了呵歌吹海喧天笑語。

【梁州】

秀人豪胸襟忒煞，謊書生膽力空粗。終軍不遇封侯數，忽剌八青春歸去，眼睜睜緑鬢蕭疎。不飲呵桃花笑您，趁心時明月隨吾。利名場懶去追趨，翠紅鄉索自支吾。抛撇下蝸角蠅頭，成就此鷺儔雁侶，温存些燕子鶯雛。狂歌醉舞，那裏是章臺誤了青雲路，對韶華怎辜負？子俺這三尺青萍數卷書，老盡了多少頭顱。

【罵玉郎】

雲英掌上才歌舞，恰又早對春風醉玉奴。蓬壺深處無窮趣，粉牆畔緑楊烟，畫闌前紅杏雨，重門外白萍渡。

【感皇恩】

醉瓊花杜牧江都，泛清流坡老西湖。也只是劣胸懷，等今古，爲朝暮。這丰韻誰人比數？醉來時天地吾廬，正秋風月兔圓，又春來梁燕語，忽衰草寒鴉没。

【采茶歌】

麟閣畫待何如，黄粱夢總成虚。休要把潑形骸浪自苦，利名途。一任他珠勒踏殘芳草路，俺子待金樽沉醉碧紗廚。

【尾聲】

他本是輕裘駿馬諸年少，白眼青天舊酒徒。他有蓋世文章志不遇，落魄江湖，不混塵俗，敢子是傲睨乾坤千萬古。

遣　興

【雙調・新水令】

多情偏惱玉堂仙，業相思那生少欠。殷紅濕錦翠，細粉醉嬋娟。春色堪憐，這歡會怎消遣？

【駐馬聽】

何處情緣，十里紅樓御路邊。許多幽怨，兩行清淚落花前。筆鋒愁蘸碧雲天，琴心肯負白頭願。多留戀，□才情風月宜春苑。

【沉醉東風】

他有時節教鸚鵡晚妝庭院，有時節抱琵琶午夢亭軒。愁懷凝新月眉，醉態入春風面。謊書生打俏偷憐，一覺青樓十許年，把一個薄幸的名兒傳遍。

【折桂令】

俊周郎豪氣翩翩，下筆淩雲，揮麈談天。萬里貂裘，千金寶劍，數卷殘編。也曾跨駿馬嫖姚塞上，也曾聽春雞函谷前。錦繡蟬聯，簫鼓喧闐。則今日困守螢窗，待何時净掃狼烟？

【雁兒落】

再不請終軍繫越纓，再不彈介子平胡劍。再不望淮陰拜將壇，再不讀定遠封侯傳。

【得勝令】

因此上費盡買花錢，可又早時值豔陽天。招邀些明月樓中客，簇擁着天台洞裏仙。舞翠袖雲鬟，倚東窗羅袂軟、腰肢倦。貼玉面花鈿，殢東君，粉容嬌，春印淺。

【沽美酒】

逞風流醉綺筵，寫離恨滿雲箋。只是當時已惘然，則這花明柳妍，休負了鶯聲喚。

【太平令】

蘸秋水芙蓉小院，弄春晴楊柳輕烟。揉染就花嬌月豔，醖釀出蜂愁蝶怨。俺呵燈前酒邊，任狂呼醉眠，似這等風情無限。

【離亭宴歇拍煞】

杯浮緑蟻流霞灔，詩成玉管春雲絢。不是咱自侃，比風景似西湖，論胸襟同北海，説標格勝東山。花時醉玉樓，月下陪仙眷。更相看黯然，怕朝雨渭城秋，怯夕陽南浦暗，恨芳草天涯遠。追歡在少年，行樂開華宴。再休學守寒窗續斷簡那窮酸，假若是錦標場名利苦相招，你則道傲元龍功名意兒懶。

（于慎思《龐眉生集》卷十六）

校勘記

［一］愁：原作“籌”，據文意改。

史　槃

史槃(1531—1623),生平見《全明散曲》第 2629 頁,《全明散曲》(增補版)第 3262 頁。

小　令

【北沉醉東風】 題坐隱,贈昌朝詞盟

景好處尋花問柳,春深時乳燕鳴鳩。放懷石室棋遣興,蘭陵酒,小曲兒信口閑謳。蘿月晴驕渌水洲,沉醉了昌湖釣叟。

【南駐馬聽】 贈坐隱先生

文采翩翩,照映松風水竹間。羡你俠而不露介,且能容玄更逃禪。一龕趺坐道應全。倘來軒冕心無染,弈可忘年,更喜湖頭山色青於靛。

(汪廷訥《坐隱先生集》卷首)

朱載堉

朱載堉(1536—1610後),生平見《全明散曲》第 2975 頁,《全明散曲》(增補版)第 3407 頁。

小　令

十不足

逐日奔忙只爲饑,才得有食又思衣。置下綾羅身上穿,抬頭又嫌房屋低。蓋下高樓並大廈,床前缺少美貌妻。嬌妻美妾都娶下,又慮出門没馬騎。將錢買下高頭馬,馬前馬後少跟隨。家人招下十數個,有錢没勢被人欺。一銓銓到知縣位,又説官小勢位卑。一攀攀到閣老位,每日思想要登基。一日南面坐天下,又想神仙下象棋。洞賓與他把棋下,又問那是上天梯。上天梯子未做下,閻王發牌鬼來催。若非此人大限到,上到天上還嫌低。

歎人敬富

勸人没錢休投親,若去投親賤了身。一般都是人情理,主人偏存兩樣心。年紀不論大與小,衣衫整齊便爲尊。恐君不信席前看,酒來先敬有錢人。

(路工編《明代歌曲選》)

吕 坤

吕坤(1536—1618),字叔簡,號新吾,寧陵(今屬河南)人。萬曆二年(1574)進士,歷官山西巡撫、刑部侍郎。有《呻吟語》、《去僞齋文集》等。《明史》卷二百二十六有傳。

小 令

【折桂令】 先君愛此詞,故余每每作之。

述 懷

抱一腔萬古全愁,遠慕黄虞,近想商周。想那民育春臺,物生玉燭。世若瀛洲,豐衣食的黄童白叟,他話桑麻在南畝西疇。豺虎無求,雞犬無憂。三千年望斷三生,兩行淚揮損雙眸。

書齋卧詠

是前身書鬼文仙,最喜緗帙,更愛牙簽。注疏十三,鑒綱百五,子集三千。一會家覽興亡觀治亂千年在眼,一會家闡身心探性命萬古同然。對聖陪賢,廢寢忘餐。願來生還與儒身,細讀徹萬卷千函。

九月十日壽詞,父生日也

粲東籬爗爗花開,笑插爹頭,跪遞娘懷。琥珀光濃,醍醐香嫩,滿滿斟來。喜蹁躚三兒舞彩,低調笑三婦添杯,骰子輪牌枚馬争猜。但願這一日千年,再不换九棘三槐。

十二月二十四日壽詞,母生日也

舞長空瑞雪繽紛,椒盤送臘,梅鼎生春,南海重來,西池住世,東嶽前身。天理念不當何忍,陰騭心救苦憐貧。蛇蝎同仁,鴉鵲知恩。願從今永世千年,做人間救苦天尊(□母逢享用過奢,或暴殄天物,輒曰不當見貧子乞兒。或傷人害物事,輒曰何忍此平生在口□也)。

襄垣祭詞,母忌日也

倚西樓冉冉離魂,來也無知,去也無聞。雙淚淋漓,一言囑付,俱是何人?望眼書臨行不准,分身話欲寄誰因。承志留雲,具慶餘塵。痛煞煞難共當初,冷凄凄易舍而今。

【收塞北】 五首 示 兒

是罷不是罷,掩口休題。你説你是誰認誰非,愚夫識淺昏人見迷。自家明白自家知。

冤枉不冤枉,只休作聲。越辨越惱越認越輕,水搏浪起石擊火生。人心不明鬼神明。

人善與人惡,只是休管。直言取恨心言不感,你正他非他訐你短。禍福由他不怨俺。

任他占便宜,我少何妨。身外之物都是餘長,讓得有味争取無光。萬般不似好人香[一]。

大凡關系語,切莫開唇。你與他厚他豈無親,你叮嚀他他囑付人。翻來翻去到你身。

【望江南】　五首　示　兒

休信步，冰下萬尺潭，黑水溍溟不可測。鑱龍蜿蜒怒其間，失腳望人難。

休言語，笑裏有刀槍，本謂赤心置人腹，卻招白口惱君腸，瓶城要守防。

休驕亢，人我一般同，便呼牛馬奚予損。即稱叔伯盡君榮，一美兩相成。

渾厚妙，分曉最爲愚，所以知白只守黑。世間無紫不奪朱，温而理何如？

貧賤易，富貴良獨難，一分有利一分害。半生不足半生安，留福與曾玄。

【清江引】　放　心

關了紅門上了鎖，入面風難過。看防盡有人，勾引没一個。不知小猢猻多蚤晚離了我。

（吕坤《去僞齋文集》卷八）

校勘記

［一］香：原作“杳”，據文意改。

畢木

畢木(1537—1601),字子近,别號舜石,山東淄川人。有《黄髮翁全集》。傳詳《黄髮翁全集》附其子畢自嚴《敕封文林郎司理誥贈光禄大夫舜石翁傳》。

套數

惜春

【端正好】

賞時歡,别時快,想時節苦苦縈懷。起初時俺也糊塗了韶光不知是歲改,只覺的和氣迎人滿面來。

【滚繡球】 二 調

和氣迎人滿面來。只見他紅者舒紅白者白,緑葉兒抽心靄靄,霎時間遍滿樓臺。花百樣逞妖嬈,枝萬種爭嬌媚。哄的個陶淵明量寬似海,賺的個杜子美踏破芒鞋。只爲他動人情意多般美,因此上逗惹心腸無刬劃,勾不了想思債。

怪殺你遊蜂兒不住采,狂蝶兒來往飛,又添上薄情風兒擺。鶯和燕鬧鬧該該,弄的個花朵兒顔色衰,花片兒委蒼苔,花枝兒折損雕欄外。好光陰盡力相催,無言揾拭東風淚,着意奔忙曉露階,春光呵去也堪哀。

【倘秀才】

想從前桃開杏開梨開李開,他都偎着香肩並着腮。輕拭何郎面,新描張敞眉。無力氣,楊妃馬兒上扶殘醉。

【么】

不覺的時光漸改,禁不的日曬風吹。柳絲飛綿藤花張蓋,梅子丸來大,黃鳥喈喈性兒乖。他啼處緑葉藏埋,快活殺園丁畦客。午陰濃,慵卧在塵埃。

【耍孩兒】 七　調

傷春最苦情無奈,縱有萬選青錢何處買?見的是出岫雲飛,那裹有春水滿四澤。蒼蠅揮去東坡扇,菡萏新紅茂叔臺,智仙亭上歐陽醉。玉川子烹茶解悶,曹孟德煮酒青梅。

劉伶一醉中,阮籍兩眼白[一],他都是荷插提壺客。浪飲不關生死慮,長嘯翻嫌天地窄,好一樣輕狂態。他那管花開花落,春去春來。

只俺這窮酸丁老秀才,厭氈帽兒頭上戴。傷春詩寫無佳句,對酒尊開不放懷[二]。悶懨懨情思無聊賴,一任他面上皮皺,鬢角簪歪。

撲蝶呵蝶飛去,罵蜂呵蜂不采,打鶯鶯趕不上翅兒快。垂盆弱草青如黛,滿甕新蒲手自栽。園林問遍春何在,想殺人百花凋謝,春色沉埋。

好和歹過幾年,酸和澀飲幾杯。無奈何自傷還自解。春光去去從他去,夏日來來任他來。胸中不必多掛礙。看來時盈虛消長,造化中自有安排。

幸逢着元首唐虞聖，股肱稷契才，萬方寧謐時通泰。從前檢革多端敝，就裏調停輕省差，耕田鑿井堯天内。受用些雞豚狗彘，米面油柴。

將軍冒燒的焦，牛犢皮卓上排。碟兒件件園中菜。窮豆腐做就家常飯，酸漿水淘成過午齋。盛世頒白不負戴[三]，尋朋友敲棋打馬，賭酒猜枚。

【尾】

花開花落隨時改，春去春來有主宰。莫歎息眼下流光，快管取明年依舊來。

擬古歸來未晚，和司雲壑

【八聲甘州歌】 四 調

歸來正好，看門外前程迢遞，分明是虎噬狼嗥。蠅頭利小，一個家體病神勞。抽身跳出樊籠外，擺手休言名利交。（合）春花笑，秋月高，面山流水結鳩巢。餐藜藿，伴漁樵，耕田鑿井付兒曹。

一個家虹蜺萬丈高，跨香車寶馬，紫綬金貂。山摇海振，氣昂昂直逼雲霄[四]。讓你縱横滿朝市，俺則是削跡長安道。（合）低聲喚，匍匐逃，凝眸偷把世情瞧。扶竹杖，繫麻縧，遮身惟有舊青袍。

植百畝田禾穎好，開一方菜圃肥饒。栽花植柳多榮茂，這去處足逍遥。妻兒攜抱，散步閑行打一遭，坐方亭濁酒酬勞。（合）石堪玩，松可嘲，團圓百歲喜葡萄。仁義備，詐力操，興亡陳跡任歌謡。

繼書香兒童堪教，話家緣兄弟通宵。更有那詩朋酒友皆佳妙，盡可伴月夕花朝。太平世道[五]，無慮無憂度二毛，又何必靦顔低首拜兒曹。(合)辦差役，避奸刁，紅塵滿眼任風飄。名韁斷，利鎖抛，閉門不許外人敲。

【尾】

清閑滋味分明樂，虎戰龍争亦枉勞。把世態炎涼讓二豪。

（畢木《黄髮翁全集》卷二）

廣瘡辭，嘲友人作

【瑣南枝】

老先生瘡疾何如？初初少，漸漸多。漸漸多來漸漸的發惡，有情人種下無情禍。也是你當時錯了。酒腸寬一霎兒快活，色膽大一夜兒風魔。當時怎覺當時錯。疼也不疼？疼殺人畫堂中鬼判閻羅。清净處坐的也好。鬧殺人繡幃裏蠅蚋蹉跎，悶懨懨顫欽欽終日床頭坐。令寵怎麽樣？御績紡的冤家冷笑呵呵。令正怎麽樣？厭糟糠的人兒變色勃勃，些兒不諒人之過。

【滚繡球】

瘡形怎麽樣？嘴角上黄面糕，眼眶裏楊梅果[六]，渾身爛綻櫻桃顆[七]。也走的動麽？唉哽哽難動難那。也睡的着麽？才合眼夢魂兒吉叮當天靈碎割。也翻的身麽？恰翻身綾被兒血模糊，濃水沾着。好懊惱人也。當時墮落迷魂陣，今日沉埋鬼病窩。怎麽救你？則索念幾聲救苦救難觀世音菩薩，南無阿彌陀佛。

【倘秀才】

怎麽吃飯[八]？紅筯兒另擦下一雙，黑碗兒另洗下一個，粗白碟另收下一羅。香茶美酒,遠遠的端盤兒托。我這裏蹙愁眉强嗑。

【耍孩兒】 六 調

瘡疾也是小病兒,受不得筋骨疼膁瘡多。混腦蟲都在顖門作惡,美香雲膿水粘合。形像怎麽樣?蓬頭赤足風魔漢,螺嵌金鑲古像佛。有虱子麽?餓虱子散亂眉前落。怎麽走?但行動拄着條大拐,脚跟疼不敢前那。

身體不傷也還好,陽物上蝕三指多,外腎兒爛似蜂窩。這等怎麽處?恨起來欲將全身割。呀,净了身做甚麽?龍樓鳳閣爲常侍,玉帶牙牌有分拖。大太監時間也難得,且將羊尾兒换我儒巾破。這等到也是一程好處。又只怕選内侍的公公嫌我年老,到頭來錯中又錯。

朋友怎麽相處?再休提知心人握手話衷腸,再休提刎頸交並倚帷屏坐,再休提同袍兄借得衣衫着。老先生平日好擲骰子行令,再休提骰子巡巡遞小盆。老先生平日好飲大鍾,再休提飛鍾經我席前過。老先生平日好合樽簇坐頑耍,再休提打遭兒同享那珍果攢盒。衆人卻怎麽樣?一個家掩鼻甋嘴,老先生另坐一陀。

藥點一點就好了。白礬阿味輕粉合乳香,孩茶共没藥,玉簪兒挑上珍珠顆。也見效麽?當心點上才較可,轉眼看來發許多。好一個長十來個。你如今還悔當初麽?想當時美死了親親,到如今疼殺了哥哥。

這等怎麽才好?除非是傷寒疾病染沉疴。得病卻吃甚麽東西?西瓜酥梨餐幾顆。也服些藥麽?療肌解表柴胡藥,渾身發汗似湯潑。大雨翻盆濕被窩,骨髓臭氣飛騰過。那時節毒消病減,好瘡疤不將人着。

身體也還不乾净。從南鄰借沐浴盆,向藥鋪買荊芥科。防風地榆同擂破,乾柴燒勾十餘束,熱水熬成一大鍋,渾身上下搜磨過。頭也刮一刮,九江篦頭髮細刮。臉也洗一洗，玉容丸頸面多搓。

【餘文】

乾净了怎麽修飾？從新來細網攢牛尾方巾折，墨羅天青雲履栽絨襪，月白彭緞剪直衲。似這等如同古器重新了。好一似古藏香几明漆罩，久沉寶鏡水銀磨。人情也還依舊麽？妻孥重整歡，朋友還同坐，依舊春風樂事多。老兄，我長了這瘡，卻道有一件好處。老先生，又有甚麽好處？再遇着長天皰瘡的老婆，我也不怕他。

此辭本出嘲笑，恐觸時忌，故不敢入集中。然而獨攄心得[九]，描寫逼真，雅俗共賞，終難湮滅，遂仍付梓人，自爲一帙，聊以傳子孫耳[一〇]。男自嚴謹識[一一]。

（畢木《黄髮翁全集·黄髮翁戲筆》）

校勘記

［一］籍：清嘉慶十三年畢豊增等刻本作"藉"，據山東大學藏清抄本改。

［二］開：清嘉慶十三年畢豊增等刻本作"閑"，據山東大學藏清抄本改。

［三］頒：山東大學藏清抄本作"班"。

［四］霄：山東大學藏清抄本作"宵"。

［五］世：山東大學藏清抄本作"時"。

［六］梅：山東大學藏清抄本作"柳"。

［七］樱：清嘉慶十三年畢豊增等刻本作"纓"，據山東大學藏清抄本改。

［八］吃飯：山東大學藏清抄本作"吃茶飯"。

［九］然而：清嘉慶十三年畢豊增等刻本作"而而"，據山東大學藏清抄本改。

［一〇］以：清嘉慶十三年畢豊增等刻本作"一"，據山東大學藏清抄本改。

［一一］男：山東大學藏清抄本作"不肖男"。

馮敏効

馮敏効(1538—1594),字忠卿,號季山,又號繼山,浙江平湖人。貢生。少善屬文,七舉不第,杜門著述,工詞賦、大小行書。有《小有亭集》。

小　令

【錦堂月】 有　懷

塵隱主人

鸚鵡湖頭,雲烟逸叟,回思林壑相投。選樹登山,追隨杖履優遊。没來由世外浮漚,空冷落歲寒三友。詩共酒。歎野水孤航,何處漂流。

霞冠老人

高壽,鶴氅霞冠,龐眉皓首,吟聲響徹林丘。松落秋枰,冉冉夕陽時候。漫相誇七步揮毫,頻相唤三杯到口。詩共酒。歎野水孤航,何處漂流。

閉户先生

清晝,芸几藏幽,齋居廝守,日影半窗明透。數卷殘編,動與古人爲友。望江南芳信蹉跎,聽滿座書聲先後。詩共酒。歎野水孤航,何處漂流。

二癡道人

遨遊，世事蜉蝣，閑情花柳，浮雲過眼何求。笑傲形骸，瀟灑肯教落後。彩毫端且自鋪張，紅塵外任他僝僽。詩共酒。歎野水孤航，何處漂流。

金陵吏隱

風流，吏隱皇州，名高白下，閑來竹徑尋幽。睥睨相逢，談笑便傾八斗。短曹劉口吐雲烟，卑米蔡筆端飛走。詩共酒。歎野水孤航，何處漂流。

南浮將軍

南浮，萬里遐陬，一時傾蓋，蕭蕭雁落江洲。抵掌遊談，還誇倚馬賡酬。唐學士才邁弘文，漢將軍威名細柳。詩共酒。歎野水孤航，何處漂流。

定湖上人

回首，烟雨重樓，真如八景，遥天靄靄雲收。憶昔投閑，寺橋風暖横舟。扣禪關寶篆浮香，臨净几青編在手。詩難就。歎野水孤航，何處漂流。

雲麓煉師

雲遊，燕子磯頭，江空浩渺，清風明月堪留。萍梗春深，棲遲最是三秋。振衣看萬里波濤，抬眼見一天星斗。杯中酒。歎野水孤航，何處漂流。

【黄鶯兒】 春 園

其 一

松下日陰陰，笑山童進酒頻。黄鶯花底如招飲，輕風過林，山花向人。桃源應有漁郎問，謝東君。踏殘花徑，休負此良辰。

其 二

花影過東林，盼青旗賣酒村。春山不用拖紅粉，金杯漫斟，山花漫簪。畫橋流水何須問，石家君。尋芳何處，不戀白雲深。

其 三

攜壘入朱門，睹奇花共品論。紛紛蜂蝶相隨緊，鶯調好音，草鋪綠茵。果然三月春如錦，惜分陰。回頭塵世，誰是百年人。

其 四

穿徑惹香塵，杖頭輕翠嶺勻。花陰輾轉行人近，竹依水濱，山留野雲。歸來笑詠樓頭韻，酒重斟。斜陽影裏，飛鳥度前村。

【玉交枝】 春 園

其 一

尋花問柳，步相隨山南小樓。聲聲隔竹頻呼酒，行行再過林丘。錦香叢裏春晝遊，白雲深處重回首。怕東風花飛水流，趁東風鶯群燕友。

其 二

滿山如繡，亂紛紛紅纓錦毬。香風遍逐林間叟，飄飄點點相留。悠悠春靄千樹頭，去年光景今回首。怕東風花飛水流，趁東風鶯群燕友。

【步步嬌】 雨中山墅

其一

林靄重重秋風起,俏俏山深處,幽幽傍午餘。石上苔痕,宛然蒼翠。忽聞山外有人聲,疏林淅瀝攜琴至。

其二

黯黯重雲飛不去,只在山頭住,陰陰樹欲迷。朝槿開殘,晚梧飄墜。望中飛鳥過林稀,悠悠坐對空山裏。

其三

葉葉離披和濕墜,滴滴林間碎,青山半是非。迸石流泉,倚橋扃翠。霏微烟靄護柴扉,不知山鳥棲何處。

其四

疏竹蕭蕭翻暮雨,點點侵人耳,憑欄怕濕衣。緩步攜筇,晚雲籠樹。橫斜一徑轉山隈,隔簾燈火黄昏矣。

【集賢賓】 葺壽塋

其一

人生倏忽萬事休,休瑣瑣眉頭。問水尋山且自由,堪留戀天長地久。百年回首,春月與秋花在否。相厮守,應知是此處荒丘。

其二

長情欲付溪上柳,怕冷落經秋。惟有松楸堪耐久,閑栽種雨前霜後。蒼蒼嶺秀,來和去一般消受。相厮守,應知是此處荒丘。

【金衣公子】寒 窗

其 一

憶昔拜先生,上書堂,辨口音,把孩童嘻笑都厮禁。朝起傍晨,暮歸傍昏,暫抛書又向親幃問。是何因,纔離懷抱,須兀自受艱辛。

其 二

一自受遺經,鎮朝昏,苦講尋,把髫年卻做了禪關性。心猿慢驚,意馬緊縈,縱新婚怎敢常安寢。是何因,青春年少,休負好光陰。

其 三

纔得進儒門,喜上心,憂上心,循循禮度牢拘緊。青燈兒轉親,黄卷兒轉深,敢從容半晌離方寸。是何因,推風掩月,常只自惜分陰。

其 四

豪氣上雲程,向文場,筆陣輕,望一朝脱去燈兒影。天天怎行,休休怎生,幾番歸去寒窗静。是何因,年來年去,猶自伴青燈。

其 五

幾度過黄昏,展殘編,剔短檠,慵眸欲掩還重醒。倦腰兒强伸,倦口兒强吟,更長漏盡誰來問。問東君,百年人物,何處着精神。

其 六

幾度遇芳春,見蜂狂,蝶又新,隔窗遥度花香陣。般般的動心,徜徜的怎禁,待窺園舉步還牢忍。問東君,洛陽富貴,能見幾芳春。

【黄鶯兒】 空閨感月

其 一

月影轉模糊,照人心能幾多,當年共倚欄杆暮。回廊奈何,簾籠奈何,夜來惟有風吹幕。問嫦娥,自離人世,可曾向有窮過。

其 二

光景眼前過,再停睛問有無,果然今夜成虚度。窗兒是麽,影兒是麽,這回明月休隨我。記當初,携兒挈女,相並笑顔多。

【鏵鍬兒】 酌罾磯

烟波渺渺湖光晚,萬家燈火傍城灣。狂歌恣疏懶,須教盡歡。壺中酒乾,羅衣可换,舉網得魚兒,旋烹旋暖。

【黄鶯兒】 酌釣磯

細雨正黄昏,俏漁燈對酒尊。蛙聲幾處池塘近,荒村犬狺,孤城角吟。悠悠總入烟波韻。且留心,桐江渭水,處處有知音。

【黄鶯兒】 登寶塔

高處早乘風,步層層倚碧空。憑欄萬里天光動,相酬幾鍾,相看意濃。老僧隔岸無船送。望城中,參差樓閣,驚見晚霞紅。

【黄鶯兒】 雨中歸棹

春野望中迷,喜風恬促棹歸。烟雲慘澹當湖裏,城門有期,林光漸微。沾衣欲濕絲絲雨。緑楊堤,沙回溪轉,歸路晚依依。

【玉芙蓉】 夢中感懷

秋風雁陣哀,人在天涯外。天涯外,終須有日歸來。重重雲霧幽明界，地久天長慘不開。愁無奈，夢兒多少，夢兒中說話怎明白。

【香柳娘】 坐　月

見遥天月朗，見遥天月朗，神清氣爽，看看露冷欄干上。坐清宵未央，坐清宵未央，幾處助淒涼，何方共歡賞。聽簫聲這廂，聽砧聲那廂，翹首問清光，明年可無恙。

（馮敏効《小有亭集·曲部》卷一）

【耍孩兒】 南山詞

其　一

俺這裏煉長生不老丹，俺這裏進幾顆神仙藥（叶去声）。洞賓勸酒鍾離笑。這不是争鋒楚漢鴻門飲，須記得三醉高飛黄鶴樓。這酒中曾得道。一杯仙酒，福海滔滔。

其　二

踏歌仙玉板敲，獻仙花香氣飄。采和湘子重斟酒。用不着那嵯峨宫闕金銀買，等不得那秦嶺攜來雪水遥。這酒是逡巡造。兩杯仙酒，壽比山高。

其　三

長眉仙漁鼓敲，鐵笛仙鐵韻高。俺兩個是曹仙國舅張果老。也不用趙州橋下三分水，也不用天子房中半顆椒。這酒是仙家造。三杯仙酒，宴捧蟠桃。

其　四

紫雲仙雲影摇，步虚仙天闕高。仙姑鐵拐親爲壽。俺這裏把逍遥無盡葫蘆倒，俺這裏把笊籬兒招摇雨露饒。這酒飲令人少。四杯仙酒，仙籍名標。

（馮敏効《小有亭集·曲部》卷二）

套　數

四季尋山

【玉芙蓉】

其　一

東風動客衣,趁日尋芳去。聽林間,聲聲嬌囀黄鸝。桃紅李白枝枝媚,細草垂楊緩緩隨。平原處,車輪馬蹄,任崎嶇險峻步如飛。

其　二

紅稀緑暗時,漸漸當炎暑。愛清幽,時將羽扇輕揮。林間蔭落風生袂,谷底泉流冷透衣。平原處,車輪馬蹄,任崎嶇險峻步如飛。

其　三

長林敗葉催,旅雁西風至。遍山村,家家野菊疏籬。休誇月殿飄丹桂,且對雲岩渡碧溪。平原處,車輪馬蹄,任崎嶇險峻步如飛。

其　四

青松間竹梅,雪積山猶翠。擁重裘,行來不遜寒威。尋幽解作饑鳥侶,載酒能教春意回。平原處,車輪馬蹄,任崎嶇險峻步如飛。

【清江引】

登山攬勝看雲起,訪神仙,游鹿豕。花開春夏來,葉落秋冬去。人人道比岡陵增壽紀。

四季乘舟

【玉交枝】

其　一

春程摇曳，泛輕波垂楊縮堤。無邊光景留人住，晴烟靄靄霏微。浮鳧浴鴨傍水涯，沙明日暖尋春處。掛疏簾幽吟漫題，卷疏簾遥天萬里。

其　二

夏雲飛去，對薰風開帆架桅。空明四野涼如洗，遥看萬緑依依。荷花香裏堪戲魚，水晶宫闕烟波際。掛疏簾幽吟漫題，卷疏簾遥天萬里。

其　三

秋聲四起，見蓬窗殘葉亂飛。白頻紅寥溪塘裏，征鴻半落天涯。輕風過處雲水居，灑然江上微微雨。掛疏簾幽吟漫題，卷疏簾遥天萬里。

其　四

冲寒度水，見枯木寒鴉亂啼。彤雲靄靄遥村起，還看凍雪飛飛。玉山迢遞烟水迷，茫花銀海無邊際。掛疏簾幽吟漫題，卷疏簾遥天萬里。

【清江引】

扁舟慣熟江湖裏，伴魚蝦，投烟水。風花逐浪平，雪月隨波逝。一任他歲月如流心自喜。

（馮敏効《小有亭集・曲部》卷一）

南湖曲

【二郎神】 其一 鸳鸯湖

奇觀處，望重湖兩兩，似鴛鴦相傍。正闤闠中開思渺茫。菱花簇錦，更蘆荻蕭蕭野況。望見蓬萊出水央，有三島十洲環向。還摇漾，見畫船簫鼓，幾處遊揚。

其二 烟雨楼

風光，樓飛烟雨，雲開牖敞。殿閣東西二曜張，見疊磴層崖，繞砌回廊。白玉臺高勢欲翔，垂釣處金鼇在掌。繁華相，見一帶穠桃，翠柳成行。

【集賢賓】 其一 诸 園

家家亭館，朱欄翠幌，簾鈎幾樹垂楊。萬户千門開水上，數不盡石壘花莊。沿流矮牆，見遊人來來往往。妝模樣，是多少草閣華堂。

其二 四 望

環蒼，繞碧錦圍繡場，還看映帶滄茫，萬堞高旌出女牆。更一派市廛囂嚷。東南海上，遠迢迢水流千丈。西林望，長安道芳草斜陽。

【黄鶯兒】 其一 晴

四望攬晴光，過亭臺花草香。湖波瀲灩浮雲漾，望遥村水長。見征帆影揚，融融碧漢流清嶂。戲鴛鴦，沙明日暖，攬秀出滄浪。

其二 月

鼓楫動清光，泝明河路杳茫。樓臺倒影輕風蕩，聽菱歌晚涼，見漁燈夜長。空明上下無纖障，睡鴛鴦。光摇水月，一鏡接天潢。

【簇御林】 其一 雪

彤雲布，凍雪颾，玉樓高，銀浪長。素帆摇曳冲寒上。叩瑶扉這廂，步瓊臺那廂。寒光掩映生明朗，泠鴛鴦。湖頭指點，何處野梅芳。

其二 雨

朝霏霺，晚鬱蒼，水痕深，雲氣藏。乍無乍有空中望，烟靄靄半窗，雨濛濛半窗。烟雨樓千古真名狀，浴鴛鴦。飛來飛去，迷望水雲鄉。

【貓兒墜】 其一

陰晴朝暮，總總是湖光。雪月風花自主張，四時風物笑人忙。情長，都付與遊人，對景徜徉。

其　二

輕舟短步，載罍更攜觴。逐逐行行度柳塘，誰家游冶少年郎。清狂，少甚麽白髮蒼顔，攜手相將。

【尾聲】

天開吴越山河壯，好景中分檇李鄉。想當日范蠡載西施，有多少英雄氣慨，風月襟懷，流不盡這五湖烟水茫茫。

（馮敏效《小有亭集·曲部》卷一）

《浣紗》補曲

【下山虎】 其一

山深地僻，那有這佳人浣紗？莫不是天仙女謫，住凡間歲華。只見那微風動，水竇斜，可愛清幽境也，只聽得一字字嬌聲，一字字佳。谷口香泉噴,魚戲錦紗。他忘卻來時去路賒。

其　二

看他,丰姿俊雅,氣宇豪華,應不是山村漢也。爲甚在溪邊水涯,只見那流的水,落的花,問有意還無意也,獨自沉吟獨自嗟。我本是堅貞女,須不是牆花路花,歸去西村日已斜。

【三段子】　其一

看這溪邊縷紗,因何事忘他失他。我把袖兒緊拿,試看他尋他棄他。形單影隻在深山窐,没來由相問怕行人訝。只索要斂衽,含羞去萬福他。

其　二

只爲斜陽晚霞,一霎時催咱促咱。又被泉聲石牙,清幽處留他戀他。看他嬌羞欲語還吞下,霎時間未吐衷腸話。袖出溪邊一縷紗。

五湖留别

【北點絳唇】

你去興飄然,全没些留戀。這其間,有甚機關,勸伊家急急回頭轉。

【南不是路】

我去興飄然,萬頃烟波是夙緣。難回轉,進退行藏自有權。試明言,爲甚匆匆去不還,把功名蓋世等閑看。這其間,機關變化誰能見,試説一遍,試説一遍。

【北兒抱南娘】（起末【要孩兒】,中間【香柳娘】）

當初身上越王殿,吴與越低昂未見。國破君危最可憐,因此上使了機關。你受辛勤萬千,受辛勤萬千,纔得定江山,你緣何便抛閃。俺本是江湖伴侶,休提起廊廟勳賢。

【南娘抱北兒】 (起末【香柳娘】,中間【耍孩兒】)

望荊湘故園,望荊湘故園,天高水遠。還鄉須勝功名顯。我和你幾年戮力同艱險,一旦相抛忍恝然,何不把當初念。請離鞍下船,請離鞍下船,我與你勤王數年,可忘了越王勾踐。

【北耍孩兒】

論越王難盡言,這機關玄又玄,要知心事先知面。你不見他頸長鳥喙多機變,鷹視狼行難近前。看來只好同患難,若要與他同安共樂,那其間悔後追前。

【南娘抱北兒】

你意匆匆泛船,你意匆匆泛船,名高志遠,數年間枉受了多磨難。只怕你臨崖勒馬收繮晚,我做不得船到江心補漏難。因此上尋方便。且從容敘談,且從容敘談。萬事總由天,休教埋怨。

【北兒抱南娘】

論功名作等閑,論人生相聚難。今朝爲甚輕分散,載西施在船,載西施在船。雲雨向天邊,風流在波面。卻元來戀了花容月貌,丢撇了厚爵高官。

【南香柳娘】

這機關又玄,這機關又玄,豈無意見。你道吴王爲甚將身賺,我載西施去遠,載西施去遠。使他不見越王臺,休教更迷戀。你話叨叨絮煩,話叨叨絮煩,山紫又含烟,不覺斜陽送晚。

【北煞尾】

别君忙上忙，留君難上難，兩下裏勒馬停舟不盡言。好拜上越王宫殿。你休待那其間，叫一聲范大夫好先見。

洞府迎仙

【浪淘沙】 其一

弱水過蓬萊，露冷雲開。茫茫海角與天涯，謫仙兩兩遊凡界，此日歸來。

其 二

湖海浩無涯，何去何來。忘機笑與白鷗諧，試問扁舟經幾許，大地周圍。

【紅衲襖】

休提起棄楚鄉投越地做了個驅馳客，休提起離越國到吴庭做了個養馬駘[一]，休提起嘗艱險奉君王跳出了虎穴龍潭外，休提起爲君王割恩愛把一個美西施送上了姑蘇百丈臺，休提起神木進穀價增一莊莊神計策，休提起擒太子刎夫差一件件功勞大。笑子笑復去番來那裏討這功名債，愛子愛問水尋山討一個風月懷。

【黄鶯兒】 其一

呀呀呀，只被你半言兒唤醒我南柯一夢回，頓令人眼底開。須認得三千弱水仙凡界，我凡心易改，羞容怎解。何顔共赴群仙會。今喜得歸來，蓬萊三島，不似楚陽臺。

其　二

一自下天臺,見興亡幾痛懷,可憐償盡烟花債。雲深洞開,鸞鳴鳳諧,聽雲璈一派群仙在。今喜得歸來,蓬萊三島,不似楚陽臺。

【下山虎】

仙郎别後,仙子遨遊,洞府仙凡隔,仙侶共愁。愁只愁那仙風遠,仙界幽。仙限蹉跎久也,仙境年年仙草修。今日仙舟返,仙馭共遊,石室丹臺仙跡留。

【越恁好】

仙家氣候,仙家氣候,瑞瓏璁,仙景稠。喜群仙聚首,歌仙曲,醉仙酒。繞仙壇幾周,繞仙壇幾周。見仙人共結仙人友,吠汪汪仙犬相留。撚仙花在手,駕翩翩仙鶴兒盤旋嶺頭。仙成就,把仙關打破休回首。看仙班兩兩,共登仙壽。

【紅繡鞋】

仙郎此日歸舟、歸舟,仙曹此日無憂、無憂。邀仙會,渡仙洲,登仙府,進仙籌,通仙籍,共仙流。

【尾聲】

天仙風度非凡偶,把蓋世英雄一局收。這的是天上人間第一流。

(馮敏効《小有亭集·曲部》卷二)

校勘記

[一] 提:原作"題",據文意改。

許樂善

許樂善,字修之,華亭(今屬上海)人。隆慶五年(1571)進士,授郟縣知縣,擢河南道監察御史,官至南京通政司通政。有《適志齋稿》。

小　令

【駐雲飛】 在告述懷,乙酉十一月

官美神疲,持斧恒陽抱症奇。本待要弘經濟,誰想遂離宸陛。嗏,塞兑迓洪禧,敢違玄祕。株守空齋,壯志都灰矣。追悔當初不見幾,懊恨當年赴帝畿。

【駐雲飛】 欽召起補河南道,庚子三月

樂道安貧,瀟灑雲間二八春。忽聽得徵書信,怎禁得心頭震。嗏,趨命乃臣倫,敢不從順。宵小横行,苛索元難忍。重整行裝拜紫宸,莫戀山林效隱淪。

【駐雲飛】 奉使册封晉藩,乙巳四月

伏謁承明,荏苒星霜六度更。畢力西臺政,寵賜京卿命。嗏,譾劣愧難勝,素餐當省。錫爵藩封,奉使宣朝命。亟捧龍旌出殿庭,願效馳驅抵晉城。

【駐雲飛】 爲母疾乞養,戊申四月

景際韶華,奉母西征道正賒。遘疾多驚詫,鼓棹須停罷。嗏,草疏上朝家,念猶牽掛。竚望宣麻,色養堪瀟灑。骨肉團圞樂可誇,泉石優遊興轉嘉。

【黄鶯兒】 四闋 墓所述心事訴母,癸丑正月

當年草疏成,爲慈闈幾上呈。何期屢隔天高聽,留都遺承,御批下庭。倚閭咫尺忻歸覲,遇銓卿,移文套阻(是時大僚乏人,楊少宰不肯覆疏移劄,獎勸以移孝爲忠,遂不得歸),空嘆滯承明。

其 二

人譏温太真,既登庸肯敗名。止欽冠履徼君命,陳情未行(疏凡五上,終不得請),乞差未成(己酉應捧箋,當事者以衛少京兆乞在先,竟屬之。庚戌應捧表,又爲鄭司徒乞去,求讓不允)。逢時否塞懷難稱(若值萬曆二十年以前朝政,則圖歸亦不難矣)。晚離京,徒悲風木,何日解怦怦。

其 三

國典重榮親,據成規特乞恩。朝端允卹頒綸命,筵陳大牲,鼎分御羹。九泉知否沾欽贈。捫衷情,殮含失視,終自愧生平。

其 四

最苦别離情,對松楸兩淚零。思親懷却無窮恨,流光幾更,夢魂幾驚。夜臺欲叩愁無徑。伴新塋,慈顔難覲,空自采蘩蘋。

【黄鶯兒】 詠春夏秋冬四景

淑氣轉條風,盼庭除草色濃。流鶯百舌枝頭弄。光陰正中,江山改容。踏春人競把樽罍奉。入花叢,千紅萬紫,爛漫出牆東。

其 二

炎令布驕陽,斗回南日正長。葵榴菡萏花交放。燕雛繞梁,鴛鴦戲塘。北窗人恍在羲皇上。挹清涼,群酣河朔,林畔數新篁。

其 三

颯颯起金飈,井梧黄一葉飄。雁鴻排字當空叫[一]。庾樓興豪,龍山會高。傍籬人翫菊時舒嘯。聽蟬號,鱸魚正美,江蟹又肥螯。

其 四

一夜朔風吹,轉微陽動管灰。負暄老稚欣朝霽。貂裘正宜,冰山頗奇。釣魚人笠雪真堪繪。啟柴扉,嶺梅園竹,獨與歲寒期。

套 數

村居樂,壬辰秋

【南吕·一枝花】

辭歸緑野堂,頓遠金鑾殿。耻趨翟相府,懶上孝廉船。每日探玄,饑來時進蔬飯,倦來時就枕眠。頗自甘衡泌清閑,那裏羨簪纓貴顯。

【梁州】

雲外數層庭院,溪邊二畝林園。溯源流是祖父身親建。北看遠嶼,南眺郊原,東瞻帆艦,西瞰平田。值芳春小堂梁上巢飛燕,遇長夏茂樹枝頭聽噪蟬。納新涼當臺對月,窺晴練屆嚴寒。倚杖尋梅賞雪天。出門見漁人扯網隔溪喧,牧童兒笛弄緑楊邊。堪消日,可忘年,端的是寵辱無驚絶掛牽,塵世有桃源。

【尾聲】

堂前老母情偏戀,膝下雙兒日勉旃。更有那鄴侯插架書千卷,朝舒暮展,皇墳帝典。真個是樂事連綿永世傳。

前題,癸丑秋

【南吕・一枝花】

渚育鱸鲤鰱鯈,林棲鶉鳩鵲鷂。沼植菱菰蘋蓼,園栽桂杏梅桃。散步東臯,欸乃歌聲巧,咿啞櫓韻嬌。何須論隱士高標,這便是神仙瑤島。

【梁州】

亭榭月臨皎皎,松杉風度蕭蕭。俺也曾身司民社膺欽召,驄臺秉憲,冏署遴俵。禄勳典膳,喉舌襄勞。到如今身衰年老,怎能任劍履趨朝。況又是坦衷直道,豈宜涉宦海風濤。因此上侣農夫辨早禾晚稻,約野叟翫月夕花朝,伴兒童鬭奇葩異草。辭津要,問漁樵,時時勤把塵情掃,方寸儘逍遥。

【尾聲】

辜負了聖天子明詔,輕忽了賢宰執殊褒。自想惟身中神氣爲可寶,虚榮難了。田間足老,便譏着俺遺世忘民也索熬。

慶母八旬壽誕,乙巳七月

【錦堂月】

園竹修苞,池荷鮮好,薰風幾回來到。奉母南征,不禁途路迢遥。喜前茅已駕蘭船,聽巧韻常騰桂櫂。(合)祥光繞,但願萱草長春,婺星恒照。

【前調】

母教,嚴迪兒曹,中年鏡剖,不殊松柏貞操。設帨芳辰,幸兩孫枝生早。喜一門四世同堂,更五福八旬如少。(合)祥光繞,但願萱草長春,婺星恒照。

【前調】 代孫

侵曉,迎謁西郊,旌節輝煌,恍忽五雲籠罩。螢窗努力,終慚池上鳳毛。喜王母耋壽彌高,幸椿庭耆齡將紹。(合)祥光繞,但願萱草長春,婺星恒照。

【醉翁子】

欣遭,這幾年召起添榮耀。謝西臺言責,冏堂佐政新叨。心小,懼曠職瘝官,暫假皇華辭内朝。(合)祈禱,願年年此日,跪捧香醪。

【前調】 代曾孫

論道,須子子孫孫盡行孝,矧四葉承芳,敢違名教。月皎,值衣錦榮歸,華堂骨肉總陶陶。(合)祈禱,願年年此日,跪捧香醪。

【僥僥令】

乳燕翻堂奥,新蟬叫樹梢。但見雲際青鸞傳佳耗,金母奏仙璈,呈壽桃。

【前調】

傀儡登場巧,絃歌侑酒嬌。共歎鶴髮童顔長不老,遐福比山高並海濤。

【尾聲】

得朝誥後膺天誥,羨母氏仙姑同貌,始見賢良明報。

丁未六月望後,陰雨。歷閏月至七夕,間晴一二日,輒復淫雨大作。長安道上,水高五六尺,牆屋傾圮,民弗寧居。僉謂從來罕見之變。連日艱於謁客,兀坐無聊,遣之以詞

【鶯啼序】

皇都溽暑正炎蒸,樓頭忽蓋雲影。載山溪傾若建瓴,盈滄又復侵徑。看滂沱已注中庭,溯潺湲直通畫省。(合)心耿耿,盼秋成,那堪此景。

【前調】

鶉躔降雨遘狂恒,浹月猶然晝暝。問龍宫何狥畢星,未歲尤過辰令(甲辰歲,淫雨兩月有餘,毁房垣,溺人畜,已爲異常,今歲尤過之)。渰禾黍水荇叢生,漂廬舍呼號徹境。(合)心耿耿,盼秋成,那堪此景。

戊申四月初旬,天雨彌月不休,間止一二日有霽色。道路多被水渰,低田不得插蒔,續作此詞。

【山坡羊】

暗昏昏不光明的天際,密層層不放開的雲翳,響滴滴不住點的雨聲,

白漫漫不分別的高低。地秧乍栽，川原一望迷。侵城沉竈，沉竈難存濟。遍處號啼，幾宵不寐。淒其，眼見災黎共忍饑。傷悲，縱使晴來也較遲。

予既作前詞，李節之丈續五闋，併成一套，附録以識。是年大祲，稽天之景象云。

【皂羅袍】

曾記昔年災異，看滔滔洪水，壞短徑長堤。民間玉粒苦難支，流離難顧親兒女。今朝水勢，比前更奇。堂中鼓棹，床下捕魚。商羊作祟真非細。

【解三酲】[二]

想農夫一年生計，怎忍丟深耕工費。桔槔倒戽人憔悴，頻運土築成畦。勞苦三旬誰穩睡，但露得些小青苗似紫芝。堪垂淚，怎禁那狂風刮地，蕩壞無遺。

【玉胞肚】

哀號聲沸，況三更莫辨東西。霎時間屋倒牆傾，急促裏苦覓妻兒。雞鳴桑樹夜無歸，犬向高原且暫依。

【皂角兒】

休想着美食鮮衣，幾時得脱粟黄虀。痛今年形容槁灰，怕明年徵税鞭笞。只得棄鎡基，尋機杼，强支持，木棉騰價非容易。親和故，共忍饑，更望誰周濟。

【尾聲】

洛口倉，何時啟，生靈億，苦阽危。漢詔蠲租，莫待遲遲。

（許樂善《適志齋集》卷三《詞》）

校勘記

［一］字：原作“宇”，據文意改。

［二］醒：原作“醒”，據曲譜改。

呼文如

呼文如，小字祖，武昌妓。後嫁丘齊雲。丘齊雲（1543—1590），字謙之，麻城（今屬湖北）人。嘉靖四十四年（1565）進士，歷官富順知縣、户部主事、潮州保寧知府等。有《遥集編》。傳見汪道昆《太函集》卷五十六《明二千石麻城丘謙之墓志銘》。

小　令

友人丘謙之，名齊雲，麻城人。所撰有《遥集編》。蓋自紀遇呼姬事，甚奇也。爲述其概。

呼姬者，武昌妓也。字文如，小字祖。謙之罷官過黄州，以丘宗伯召，佐謙之酒，因屬意焉。謙之歸西陵，姬追送五十里，因訂絲蘿之約。自後七年壬午，姬以事觸父怒，聞有他意，夜三鼓，買舟下亭州就謙之，償前約。明日，以書報其父，遂成禮如夫人。其彈琴爲謙之壽，詩云："手中無物侑銜杯，彈得瑶琴一曲梅。白雪千秋同不死，主人原自郢中材。"《樓中閉門》詩曰："莫問天台落日愁，桃花片片水悠悠。寒窗一閉秦簫月，惹得人呼燕子樓。"【皂羅袍】詞曰[一]：

早是燈兒時節，見燕兒作壘[二]，對對敧斜。榆錢兒買不得春風夜，楊花兒故意飛殘雪。門兒重掩，燈兒半滅。人兒不見，病兒怎説？腰兒掩過裙兒摺。

早是鶯兒時候，見蓮花兒出水，瓣瓣風流。心兒欲火畏紅榴，鼻兒酸涕過梅豆。門兒重掩,簾兒半鈎。人兒不見,病兒怎瘳? 扇兒扇疊眉兒皺[三]。

早是雁兒天氣,見露珠兒奪暑,點點侵衣。針兒七夕把腸刺[四],砧兒萬户敲肝碎。門兒重掩,帳兒半垂。人兒不見,病兒怎支? 書兒難寫心兒事。

早是雪兒飄粉,見梅兒瀟灑,蕊蕊争春。夢兒凍死也離魂,氣兒呵殺全無影。門兒重掩,被兒半薰。人兒不見,病兒怎禁? 屏兒靠熱床兒冷。

(朱孟震《遊宦餘談》)

校勘記

[一]《全明散曲》據《名媛詩緯雅集》收入,題作"四時詞"。

[二] 見:《全明散曲》無。壘:《全明散曲》作"叠"。

[三] 扇疊:《全明散曲》作"摺叠"。

[四] 針:《全明散曲》作"斜"。

無名氏

小　令

【半天飛】

花樣嬌嬈，便有巧手，丹青怎畫描？越地把芳名叫，能勾在懷中抱？倘就了鳳鸞交，我再替你畫着眉梢，整着雲翹，傅着香腮，束着纖腰。多媚多嬌，打扮做個觀音貌。不羡當年有二喬。

費盡心情，他作怪蹺蹊不志誠。假意兒胡答應，不顧我添心病。實爲你漸勞形。只落得吃着虛驚，挨着殘更，撫着愁胸。怨舒前生，雙眼睜睜。無韁意馬難拴定，何日堂開孔雀屏？

【步步嬌】

密約多遭，杳杳無消耗。火噴祆神廟，卿卿當鵲橋。低架天河，早渡仙娥到。春意沁鮫綃，那時當贈纏頭報。

（吴敬所編《國色天香》卷三《劉生覓蓮記》下）

套數

四景題情

【絳都春】[一]

情濃乍别,爲多才,寸心千里縈結。暗想當初,背地香偷曾玉竊。如今惹下相思孽,倒不如無情安貼。滿懷愁緒,幾能夠對他分説?

【出隊子】

蘭芽長茁,又見春光早漏泄。鶯鶯燕燕飛成列。凝眸都是傷春物,嬌滴棠梨,何心去折。

【集賢賓】

花飛碎玉飄香屑,憑欄目斷天涯。猛聽黄鸝聲弄舌,唤起我離愁切切。狠心薄劣,閃得我羅裙寬褶。無聊也,自且把珠簾半揭。

【黄鶯兒】

枝頭梅乍結,困人天微雨歇。南薰獨對枉自嗟,冰弦懶撥,香泉懶啜。端爲恩情一旦撇。心哽咽,淚濕紗衫,相看都是血。

【玉抱肚】

情乖愛奪,盼佳期,頓成永訣。空堪羨並蒂荷花,怎支吾暮蟬聲迭。蘭湯浴罷鬢雲斜,倩誰將我襴腰脱。

【山坡羊】

滿地舞旋紅葉,欲待題詩難寫。近日臨妝,不覺嬌姿怯。親瓜葛,夢與同歡悦。又被西風忽動簷頭鐵,頃刻驚開原各别。悶也,拍瑶臺燈滅。怨也,擲菱花拼碎跌。

【五供養】

西廂待月,挨幾個黄昏時節。相思滋味逐頭斷,秋來更徹。是誰家砧杵聲頻,搗得我憂心欲裂。芳盟盡屬空,好事翻成拙。楚岫雲遮,高唐夢蝶。

【忒忒令】

繡閨寒侵,把獸爐慢爇。歎藍關,人阻截。幾番間揉碎梅花,揉碎梅花,惜孤衾,香自潔。怕寒鴉,啼漸越。

【僥僥令】

愁結板橋霜,夢冷茅簷雪。書翠流紅事已賒。甚時得破鏡圓,斷簪接。

【尾聲】

相思擔重苦難車,拼與他珠沉玉缺。你不見程姬貞且烈。

(吴敬所編《國色天香》卷四《尋芳雅集》)

【南吕・一枝花】[二]

春愁黯色中,夏景繁華裏。秋悲霜降後,冬恨雪零時。觸目攢眉,許多情意,心事有誰知?三年裏幾字不通,一日間百憂並集。

【小梁州】

望碧天茫茫不盡,念青鸞杳杳無期。可憐辜負深盟誓。玉人何處,招之不至。樂昌鏡破,鳳釵雙離。蕭郎簫斷,蔡琰笳悲。怪累朝鳥雀頻啼,喜今宵玉手同攜。小梁州漫把曲兒歌,大都來細把離情訴,聲聲短歎長籲。鐘情到此,悲歡離合都經歷。悵殺我無雙翼,安得雙雙花並蒂,對對鳳于飛?古人言在天願作比翼鳥,入地願成連理枝。這言兒也君須記,死生隨你。問我何歸,相思而已。

(吴敬所編《國色天香》卷十《鐘情麗集》下)

【耍孩兒】

老天生我非容易,把俺置入花天月地。歡娛正值少年時,况兩人貌美才奇。我便是瓊瑶藏中無雙寶,你便是紫陽場中第一枝。往古誰堪比,冠世才風流曹子建,傾城色窈窕太真妃。

【五煞】

雖二人,只一身,十分佳,一樣齊。根如連理花並蒂,琪花瑶草相暉映,玉蕊金英付護持。誰知得真情意。博山下深深密約,洞房中悄悄幽期。

【四煞】

情乍深,漸妮親,頭妒交,又解攜。回頭間别三年矣,爾思予兩行紅粉淚,予思爾幾句斷腸詩。鱗鴻絶,書難寄,百樣相思端緒,萬般離况情思。

【三煞】

可勝歎嗟。椿樹倒,痛在心,那堪岸泮嚴束縶。欲重來,奈多修阻不克諧。我的心情,秋冬春夏四時裏,恨怨悲傷四字兒。此無聊不在心便在眉。令那割人腸的花開月白,那更苦人心的燕語鶯啼。

【二煞】

我只道破鏡不圓,誰承望去璧重歸。訴艱辛一一重頭起,耳才聞處腸先斷,口未言時淚早垂。相對幾聲長吁氣,哀哀怨怨,噫噫唏唏。

【煞尾】

此意兒重若山,此情兒融似泥。兩人莫負平生志。情粘骨髓刀難割,病入膏肓藥怎醫? 任生生死死,要一處相依。

【尾聲】

如此如此永由伊,由伊肯嫁情人,殞身做一個風流鬼,休獨使崔張卓司馬專美。

(吴敬所編《國色天香》卷十《鐘情麗集》下)

校勘記

[一] 絳:原作"降",據曲譜改。

[二] 吕:原作"宫",據曲譜改。

程可中

程可中(1541? —?),生平見《全明散曲》第3080頁,《全明散曲》(增補版)第4143頁。

小　令

【北寄生草】 贈無如丈二闋

楸枰上雄心遣,山林中禮法疎。撫松滿耳聞絲竹,談詩四座飛珠玉。看花一笑傾醽醁,臨流共泛木蘭舟,忘懷自度陽春曲。

笑些子蠻和觸,争甚麽是與非。悟來天地皆虛寄,便謀成王霸非真際。總不如敲殘棋局閑遊戲,你名懸魏闕道堪行,樂鐘濠濮心無繫。

(汪廷訥《坐隱先生集》卷首)

周履靖

周履靖(1542—1632),生平見《全明散曲》第3100頁,《全明散曲》(增補版)第3599頁。

小令

燕子不來香

高郵王磐作《野菜譜》,並綴以詞,雅俗相雜,山家之公案也。嘉禾周履靖作《茹草編》,亦效西樓而起。編中詠燕子不來香云:

新蒲正短,舊壘猶空,繡箔珠簾面面風。粘天芳草,碧玉茸茸,趁呢喃聲杳,曉摘芳叢。昭陽殿裏,妒緑嫌紅,無奈香消一眄中。

清婉可詠。

(徐𤊹《徐氏筆精》卷五)

【折桂令】 和王世貞問先生酒後如何二闋[一]

問狂夫意興如何,日日模糊,醉舞婆娑。一榻涼風,半窗好月,何肯奔波。世情多一時看破,謝蒼天落魄而過。譽也憑他,毁也憑他。貴客王公,我睹么麽。

其　二

問狂夫近日何如，滿甕香醪，半榻詩書。興泛蘭舟，探花問柳，蕩過村閭。曲塘路幽情滿腹，樂優遊酒醉吾顱。醒也無虞，醉也無虞。甚我徜徉，卧倒當途。

（周履靖輯《唐宋元明酒詞》卷下）

校勘記

［一］原作“和”，據此曲前題補。

餐花主人

餐花主人,真實姓名與生平事蹟不詳,有小説《濃情快史》三十回。約成於萬曆年間。

小　令

一更裏敲,風送鐘聲出晚樵。卸殘妝斜把薰籠靠,想起初交,兩意相投漆與膠。戲釣魚,把我肝腸兒吊。

二更裏敲,花影横窗月轉高。淚珠兒不覺腮邊吊,獨坐無聊,步出香閨把眼瞧。望欲穿,不見我才郎到。

三更裏敲,你在誰家醉舞腰。趁風流别戀人年少,負我良宵,夢破簷前鐵馬摇。歸朦朧,頻把我心肝叫。

四更裏敲,一下下捶心苦怎熬?影暗形只有孤燈照,蜜口如刃[一],賺我河邊拆了橋。全不顧,卻被旁人笑。

五更裏敲,跡似桃花撒漫飄。説山盟瞞不過靈神道,和你開交,狠性丟人人始抛。再不信,你這個圈套。

(餐花主人《濃情快史》第十八回《武則天上苑觀花,廬陵王房州促駕》)

校勘記

［一］蜜：原作“密”，據文意改。

屠　隆

屠隆(1542—1605),生平見《全明散曲》第 3146 頁,《全明散曲》(增補版)第 3606 頁。

小　令

【叨叨令】

緯真公至金陵,遊秦淮舊院寇四家。寇四故負才藝,有盛名者也。因請其作詞,儀部即舉筆作【叨叨令】,中含地支十二字以贈。其詞云:

了相思,一夜遊(子)。敲開金鎖紐(丑),正逢夤夜夕陽收(寅)。柳腰兒抱着半邊(卯),紅唇兒未曾到口(辰)。口吐舌兒軟若鈎(巳),更有玉杵在身旁,不是木耳削就(午)。二八中間直入,挑起腳尖頭(未),呻吟口罷休(申)。壺中酒點點不留(酉),倦來人是干戈後(戌),只恐生下孩兒非我有(亥)。

六院喧傳,以爲才子。

(《甬上屠氏宗譜》卷三十六)

套 數

【逍遥令】[一]

掛冠歸去謝君王，脱朝衣把布袍穿上，荷犁鋤擲手板腰章。今日九重丹鳳闕，明朝千頃白鷗鄉。滿西湖荷花正香，望東海月輪初上。曲岸横塘，畫橋蘭槳[二]。只此處，盡可容得疎狂。

【烏欒】

手提着閑中風月，一任他烏兔奔忙。肩擔着物外乾坤，都不管春秋來往。出火坑總領的一味清涼，離苦海安穩地喜無風浪。解憂悶服了平胃散，除煩渴飲了太和湯。俺想那華清宫馬頭殘月，到不如白沙村牛背斜陽。俺自有胸中丘壑，煞强如名利場。則看你臉上烟霞，原不是公侯相。要買卻長生訣，又何須金玉千箱。待踏遍神仙府，剛只用芒鞋一緉，有甚商量。

【挾飛仙】

卻才個謝恩辭輦離仙仗，早想雲水瀟湘。猛回頭，渾不記舊日的蘭省郎。夜來時夢早入在蘆花蕩[三]，那漁翁推篷身卧滿天霜。幾曾聽骨碌碌馬蹄忙，撲剌剌鳴鞘響，閃得人膽戰心慌。

【重繰柳】

俺也曾勤萬民月色星光，俺也曾提三尺天青日朗。俺也曾禱神明驅龍禁鬼，俺也曾走畎畝沐雨經霜。俺也曾草朝儀冲寒筆飽三冬雪，俺也曾直紫禁不寢衣熏五夜香。這也是俺爲官的理當。到如今，早尋個燒殘紅燭，夢破黄粱。大英雄苦没個好結局，盛筵席那裏有不散場？恨鏡中絲不饒豪傑，墓前土漸送侯王。你則看五街喧，車馬嚷，九門開，鼓樂張，百官朝下趨丞相。滿園飛蓋花千樹，夾道紗籠燭兩行。轉盼也相堪惆悵。早花移別院，客散高堂。

【洞簫曲】

人生得意番魔障，也都有鳥盡弓藏，兔死狐傷。牽犬恓惶，唳鶴悲涼。摩挲眼界紅塵外，抖擻毛衣白日傍。也非狂蕩，不是荒唐。喜孜孜策蹇出咸陽。

【雷龍部曲】

我也做不得載西施范蠡的行藏，我也做不得醉東山謝安的伎倆。也没有鑒湖曲君王恩賞，也没有征虜亭下官祖帳。也没有漢成都八百桑，也没有晉陶潛五柳莊。忒莽撞，抉目浮屍伍相亡；没來由，采石沉埋李白狂。又何苦江潭憔悴靈均放。頂黄冠瀟灑道人裝，裹青鞋邋遢窮酸樣。無營無想，真個是隨緣分過時光。

【大江東】

駭世路羊腸太行，論人心羅刹瞿塘。委實難防。狠戈矛從容笑裏藏，毒羽箭一霎閑中放。黑漆漆裝下了陷人坑，響當當直説出瞞天謊[四]。那裏討一副奸人面孔，高力士肚腸，直弄得人裏鴟夷飲劍芒。哭累臣，葬大江，逐山鬼，投烟瘴。毀璧成傷，剜肉成瘡。只你兩片唇撼了九地，一隻手掩了三光。又誰知功曹直日無偏黨，盡生前模糊上帝[五]，拚死後抹殺閻王。

【漁陽鼓】

俺少時也有偌的志量，秉精忠，立廟廊，奮雄威，出戰場。去擎天捧日，做玉柱金梁，然後回頭辟穀休糧。今日裏是天涯風波飽嘗，心兒灰冷鬢兒蒼。因此上撒漫文章，卷起鋒芒，結束田莊。急收回一斗英雄淚，打疊起千秋烈士腸。猛中酒迷花，也没下場；便吟詩作賦，也没情況。靈臺一點渾無恙，閑思想，且丢卻别人軀殼，早照管自己皮囊。

【水紅蓮】

你待要設機關烹麟醢鳳皇，番做了走蛟龍掣鎖開羅網。我猛擡身，青天碧海，何物不昂藏。才踏步勝水名山，是處皆閑曠。這没是非的眉頭日日揚，斷煩惱的情懷時時暢。來也何妨，去也何妨。呸，轉堪憐烏鳶死鼠，空自惹閑忙。

【天門歌】

淮陰辱，何須較，范丹窮，不用忙。老天分付休廝撞。雖然是歸來風景忒荒涼，也只落得無災障。荔薜縫裳，沆瀣爲糧。短短垣牆，小小茅堂。鬧嚷嚷鶯翔燕翔，亂紛紛蜂忙蜨忙，細茸茸花香草香。藤梢斜掛蟲絲網，晴雲房，柳遮桃映，新竹已成行。

【梨花月】

斷霞紅，海氣蒼，跳雨白，晚天涼。漲春流野塘，亂鳴蛙水鄉。烏來山上弄紅光，船回浦口聞漁唱。道人睡起羲皇上，拜暘谷，誦神王。

【緯網絮】

綺羅叢粉黛香，擁千鍾食萬羊。天生福，這不是容易教人享。但青蘇白飯覩無極，濁酒清歌夜未央。醉來時辛夷花發滿藤床，醒來時梧桐月色低羅幌。縱無榮也自然清曠。唤山妻稚子，問種幾株桑。

【江流九曲】

一從撇下紫遊韁，番然提起烏藤杖。几席外十洲三島，眉眼裏玉户金堂。仙姬毛女珠衣薄，□父從童羽蓋揚。竊來的花間竇瑟，叨陪的石上壺觴。那時節，管甚麽越弱吴强、秦短周長、楚漢興亡、田竇參商、草没齊梁、土掩隋唐，跳出陰陽，鸞鶴驂翔。呀，此乃是大丈夫生的勾當，又何須論那糞土中蜉蝣半晌，一笑回頭萬慮降。

【尾聲】

赤松黄石千年業，到青史總成虚誑，木落天高一夜霜。

（屠隆《娑羅館逸稿》卷一）

題昌朝先生坐隱園初夏景

【中吕·粉蝶兒】

別墅新成，倚松蘿天開形勝。正清和朝雨初晴，晝堂深，嘉樹暗，晝長人静。恍疑是身到蓬瀛，屐楸枰任舒佳興。

【醉春風】

風暖鳥諧聲，日高花弄影。西山爽氣落虚簷，端的是好景、景。青杏園林，黄梅時節，緑楊門徑。

【脱布衫】

驚午夢幾處流鶯，沁詩脾一派滄溟。笑塵岩烟霞自領，縣榻齋金蘭曾訂。

【小梁州】

我見他雲護山扉晝不扃，踈籬外犬吠人行。常則是憐翁野老結鷗盟，開三徑，蘿閣恣閑憑。

【么篇】

你看那長林石几纖塵净，似當年竹下逃名。客來箕踞兩忘形，趁曲水流花徑。一觴一詠，何處覓蘭亭？

【上小樓】

才轉過九仙丹磴，又早見澄湖千頃。知多少山外青山、橋外飛橋、亭外芳亭，則聽得扣舷聲弄笛聲中流相應，間着那采蓮歌美人裝艷。

【么篇】

上磯頭欲釣鯨，對滄浪且濯纓。你看那燕蹴飛花、鷺立晴莎、魚戲新萍，試將一葉乘，過蓼汀。緑波風定，望三島蒹葭掩映。

【滿庭芳】

層樓倒影，波摇欄楯，光透簾旌。動人無限滄洲興，消盡炎蒸。恰才在曲霞藏徘徊暮景，又早向眺蟾臺徙倚瑶京，見明月如懸鏡，烟開綺屏，一片玉壺冰。

【耍孩兒】

你抱經綸不改山林性，是大隱金門歲星。一龕燈火悟無生，笑等閑人世虧成。也不須沉淵洗耳甘寂寞，也不須列鼎鳴鐘慕顯榮，隨時舒卷心無兢。把千秋代謝，都看做一局輸贏。

【五煞】

愛清修讀五車，恥豪遊問五陵。圖書東壁寒光瑩，庚生燃盡青藜火，武子囊殘白練螢。思道脈承千聖，更落得詩追大曆、賦逼西京。

【四煞】

青蓮窟花雨香，紫竹林鐘磬聲。六根從此皆清净。溪邊流水天邊月，閑裏孤雲静裏僧。持半偈時参證，勘得破空空世界，爲甚麽擾擾浮生？

【三煞】

洪崖好弈棋，王喬善弄笙，純陽笛奏天風勁。他們都身隨野鶴，離群遠心，比秋江徹底清。你與他相輝映，落得這天光雲影，水秀山明。

【二煞】

竹葉杯滿滿浮，松蘿茶細細烹，冲天泉直向岩頭迸。魚蝦麋鹿山中侶，洞壑林巒世外情，紛紛玉屑霏談柄。客去呵耕雲鄭谷，釣月嚴陵。

【一煞】

落松濤棐几寒，度荷風湘簟清。枯棋三百閑中訂，摻來勝算無勍敵。識得先機，自不争陶孤興。笑他們未能守黑，容易教鴻鵠牽情。

【煞尾】

雖然□南陽愛結廬，北山羞勒銘，卻不道世緣未了還須應，誰似你吏隱先生蝶夢醒。

（汪廷訥《坐隱先生集》卷首）

校勘記

［一］逍遥：原作"消摇"，據文意改。

［二］欒：原作"棃"，據文意改。

［三］廬：原作"廬"，據文意改。

［四］謊：原作"慌"，據文意改。

［五］模：原作"摸"，據文意改。

屠本畯

屠本畯(1542—1622),字田叔,號漢陂、豳叟、憨先生,鄞縣(今屬浙江寧波)人。以父蔭任太常寺典簿,歷官禮部郎中、兩淮運司同知、福建鹽運同知、辰州知府等。萬曆二十九年(1601),罷官歸家,居鄉二十餘年。著有《茗笈》、《海味索隱》、《閩中海錯疏》,雜劇《崔氏春秋補傳》、《飲中八仙記》等。傳見《甬上屠氏宗譜》卷二十三王穉登《屠田叔先生壙表》、王嗣奭《漢陂先生狀》、周應賓《漢陂屠公生壙志》。

小　令

笑詞【黄鶯兒】三十闋

憨先生笑詞序

古之笑出於一,後之笑出於二。二生於三,又生四。自此以後,齒不勝冷也。王子曰:笑亦多術矣。然真於孩,樂於壯,而苦於老。海上憨先生者老矣,歷盡寒暑,勘破玄黄,舉人間世一切蝦蟆、傀儡、馬牛、魑魅搶攘忙迫之態,用醉眼一縫,盡行囊括,日居月諸,堆堆積積,不覺胸中五嶽墳起,欲歎則氣短,欲駡則惡聲有限,欲哭則爲近於婦人。於是,破涕爲笑,極笑之變,各賦一詞,而以之囊天下之苦事。上窮碧落,下索黄泉,旁通八極,由佛聖至優施,從脣吻至腸胃,三雅四俗,兩真一假,回回演戲,絲龍打狗,張公吃酒,夾糟待清,頓令蝦蟆肚癟、傀儡線斷、馬牛筋解、魑魅影逃,而憨老胸次,亦復雲去天空,但有歡喜種子,不更知苦矣。此之謂可以怨、可以群,此之謂真詩。若曰打起黄鶯兒,摔開皺眉事,憨老笑了一生,近又得龍耳長進,笑矣,奚其詞? 山陰友弟王思任,萬曆庚申重九日題。

笑詞【黄鶯兒】序

夫由喜而笑,笑自心生。因笑而怡,怡從面著。是故人一其身笑,百其狀者也。尼父莞爾而笑,下士聞道大笑,殷憂强笑,憶事失笑,得濟自笑,反噬狂笑,狠於軟求半面笑,守株待兔冷笑,設醴餌猩暗笑,照影墮水癖笑,聽諧倒地癡笑,閱世陸沉獨笑,見人萋菲微笑,眉目倩盼巧笑,言語啰囉忍笑,清客裝態乜斜笑,美女作腔齲齒笑,丈夫論心掀髯笑,倩女護花嫣然笑,適性忘機相視笑,掩耳盜鐘胡盧笑,讀高奇傳撫掌笑、捧腹笑,聞奇異事拍手笑、開口笑,悟樂邦軒渠笑,覽苦海噴飯笑,老人對客帶淚笑,雅妓御筵迷離笑。又有聳耳笑、懈怠笑、聽然笑、逌然笑、囅然笑、嗑然笑、啞啞笑、吃吃笑、魆魆笑、嘻嘻笑、呵呵笑、諂笑、獻笑、喧笑、含笑、握笑、竊笑,是以笑笑無窮,紛紛不已也。萬曆丙辰七夕,憨先生屠幽叟自撰。

笑品四十八

聽然笑、逌然笑、囅然笑、嫣然笑、捧腹笑、掀髯笑、拍手笑、開口笑、半面笑、嗑然笑、齲齒笑、噴飯笑、帶淚笑、胡蘆笑、莞爾笑、懈怠笑、相視笑、撫掌笑、迷離笑、乜斜笑、聳耳笑、軒渠笑、吃吃笑、魆魆笑、嘻嘻笑、啞啞笑、呵呵笑、點頭笑、叨叨笑、癡笑、强笑、失笑、自笑、微笑、諂笑、含笑、狂笑、巧笑、獻笑、冷笑、獨笑、忍笑、喧笑、大笑、暗笑、竊笑、握笑、癖笑。

笑品寓於詞中,因笑以成詞,亦因詞而可笑矣。與知己談世,相唱笑詞,憨先生不免口孽報。

世事漸朦朧,盡軒渠笑殺儂,生平憨性全無用。肩挑華峰,手摶睡龍,等閑遮被人瞞哄。向蒼穹,英雄笑我,我也笑英雄。

帶淚笑無當，爲耳聾也不妨，近來朋輩希來往。元龍傲床，接輿傲狂，淵明漉酒巾無恙。氣難降，不親魚鳥，寧自挾風霜。

鑿破不周天，不裝儒也不禪，熟思冷笑從我願。二喬似仙，六郎似蓮，温柔鄉裏新遊倦。復垂涎，六千三萬，斟酌阿誰邊？

攜杖聽黄鶯，我自我卿自卿，新詞逗引風流性。瓊桃按箏，絳樹試聲，嗎然齲齒嬌相並。唱黄鶯，簪開白玉，戴着老鬅鬙。

獨笑問羲皇，這腔兒怎様裝，人人爲説逍遥想。黄冠也攘，緇衣也攘，終南捷徑，早又人都往。笑他行，争名奪利，先上鬥雞場。

老至笑行藏，看平原墮水忙，謝郎掣腳真人想。癖非學狂，癡不笑狂，能癡能癖才吾黨。愛滄浪，濯纓濯足，隨着詠滄浪。

可是有情癡，宋家東謝氏西，君公好隱真如此。嚬不皺眉，喜不口哆，冤家自古成歡喜。睹丰儀，大家竊笑，終是有情癡。

老戒惜花行，細沉吟興又生，大都只是貪花性。因花慣經，爲花惱情，莛蘭薝蔔前緣定。唤花卿，横窗一樹，含笑采柔英。

遊口任春秋，便雌黄總勿憂，勝情勝具能還又。不忮不求，笑伊笑優，尋常捧腹堪消受。戒兒儔，休將鼻桊，苦苦要穿牛。

寧做不靈龜，鬼揶揄赤緊隨[一]，忽然失笑思前事。清惟恐知，清惟要知，向來都被人叨絮。漫嗟咨，披留潑剌，自笑弱男兒。

兔角豈虚謡，近新生卵又毛，無端變態真難料。狠狠坐要，嘻嘻笑要，賈君半面能啼笑。莫牢叨,休將牙後,撫掌向兒曹。

兀坐對喬松,罥鮮霞五色重,燕歸雁去春秋送。演獼猴進籠,教蝮蛇纏胸,兩楂物事憑他弄。莫喧哄,不吞香餌,一任響喉嚨。

噴飯笑咍咳,莽乾坤去復來,轃成多許恩和愛。蜃爲雉材,鳩是鷹胎,支離狼藉人難派。果奇哉,詩書禮樂,幻出虎狼豺。

一見嘴膀脹,這蝦蟆没肚量,翹然現出官人相。捋髭出堂,寡言坐床,都天太歲不及伊模樣。笑伊行,叨叨魖魖,何用那般腔。

衆口甚難調,見冰盤説是瓢,筏穿風掛着多般巧。何稱是曹,王呼是陶,方的專把圓來叫。好虚囂,乜斜吃吃,笑煞没開交。

强笑面皮寬,這楸枰號奕盤,輸贏白黑須籌算。袖手傍觀,將眉慢攢,橘翁岩老都是能閑漢。手談完,當機審局,依舊黑漫漫。

一笑啞然聲,這籌兒忒煞靈,虚皇佛祖無他聖。遇他病生,忤他禍攖,羯魔羅刹是他呼得應。打稜登,稜登休打,只要打稜登。

荷花傍水鮮,荇參差翠帶牽,魚南魚北田田轉。幾個這邊,幾個那邊,采蓮歸去菱歌亂。碧雲天,夷猶巧笑,魚鳥見留連。

達伯任虚舟,附先人土一抔[二],常遊馬鬣封前後。七十歲老頭,二千石故侯,家常不問無和有。輾然休,淡閑兩字,笑豁滿懷愁。

白髮老於鬉,世灣灣不爲猜,膛胸挈腳乾坤大。羊不自刲,心不弄乖,這般滯貨人那采。聽然來,無災無難,安穩了瘦形骸。

旁午睡猶酣，瘦身軀懶是蠶，思量難賣交憨券。眠時就鼾，冠時忘簪，真能忍笑看人諂。數憨憨，馬徽、阮籍，可與並爲三。

大笑世誇張，演歌謡最激昂，唐虞禪授從來謊。宋朝女郎，西施玉郎，陳三富貴爲丞相。費商量，彭籛八百，虚載壽源長。

相視笑微微，統肝腸直肚皮，高奇往事行行記。這條兒忒希，那條兒忒奇，新來釀做希奇事。莫須提，笑難開口，懈怠去來兮。

梅雨養花天，省喧囂醉聖賢，晴來急把蛛絲輦。磁缸貯泉，靈芽瀹拳，先生七碗誰曾勸。意陶然，掀髯莞爾，消受不忙緣。

取醉倒金罍，且葫蘆笑一回，佳名托賴苞苴起。戈矛謔諧，睚眥酒杯，鬼門關上空占卦。歎壘堆，生生掘坎，活活的把人埋。

覆雨更翻雲，曉卿齊暮相秦，舌端馬鹿渾無影。銘心不真，締交又頻，爲蛇爲虺機無盡。可傷神，餌猩設醴，暗笑醉群昏。

寒暑太翻騰，冬炎囂抱着冰，雪飛六月貂裘冷。忠厚假稱，真實冒能，争將文彩先儒領。更重增，談天獻笑，方許締良朋。

寫遍布頭箋，老古槌没處安，是非死後誰能管。是他不襤，攢成孽冤，過橋拔板把前程斷。坐團圞，大家拍手，握笑酒家眠。

兒口打哇哇，聽呱呱悶煞咱，脯羞棗栗把與安然罷。翻唇撩牙，鬥嘴嗑牙，太平時節人人怕。這波渣，逌然笑看，滿地是蝦蟆。

眼自笑迷離，見珍琛輒燥脾，般般尤物皆希冀。狗臉冠戩，豬頭挽皮，含沙射影爲兒戲。慣昏迷，被他賺了，猶兀自向他依。

笑詞諧語、莊語、隱語、詈語，無所不有。世態人情，洞若觀火。名言秀句，紛於霏屑。才是當行，才稱本色。自愧喜詞猶未脱博士家氣也，病體得之，勝服清涼散矣。小友王嗣奭跋。

附：王右仲索笑詞帖

不佞戲作【黄鶯兒】喜詞三十闋，豳叟先生書來亦作笑詞如其數。時猶卧病，賦此索觀，以當七發。

喜詞未必解人頤，解得人頤是笑詞。喜似巨魚還大壑，笑如豔蕊發新枝。不愁魚網紛紛集，况有春風故故吹。爲憫迷人沉苦海，卻鞭瞎馬出深池。雙珠聯璧光相映，紫燕蒼蠅好駐馳。抱病半年憔悴裏，懷人一室寂寥時。縱尋歡伯猶無趣，倘奏陽春好自持。平子已拚三絶倒，衛卿莫遣示來遲。社末王嗣奭。

周方回先生倡【黄鶯兒】怨詞三十闋，王右仲先生作喜詞，大父作笑詞，俱如其數。蓋一觴一詠，怨喜笑何妨迭奏，而載笑載歌，絲竹肉漸近自然。覽者自得於言外也。此詞爲山陰王季重先生鑒賞，爰壽諸梓人。庚申孟冬朔日，長孫藎忠百拜謹志。

（屠本畯《屠田叔小品七種》）

套　數

寫照自題

憨先生十載不貌像，顧惟心相日日遷謝。去年庚戌，有閏三月。俗謂閏年宜寫照，從之。時年六十有九歲。

【雙調·新水令】

羨人生七十古來稀，轉光陰又蚤六旬九歲。鶴形易水照，雞骨向床支。蒲柳之姿，醞釀出許多年紀。

【駐馬聽】

藻繪難施，常是烟霞籠氣質。形骸聊寄，莫將鉛粉污容儀。三峰五嶽清清麗，綸巾芒屩精精致。添上幾莖覆額龐眉，厮襯着地，閣傍髭，髯似戟。

【喬牌兒】

喜流年庚戌暮春時，恰三月正三十日。華陽巾上載不起狼藉芳菲，人説老先生到有些風致。

【沉醉東風】

三十載功名，只博得二千石，可惜乾老了玉宇瓊姿。也曾謝卻玉佩金魚袋，盡有芙蓉薜荔衣。若將山公戴着接䍦，王公披着敞衣，梁甫抱着左膝，這影兒從來畫得。

【雁兒落】

且畫着看孤山處士梅，畫着訪六逸竹溪會，畫着卧湖海元龍傲，畫着坐澄江嚴子磯。

【得勝令】

呀，你畫不出俺吟詩撚斷數莖髭，畫不出俺瞻天接想真人際，畫不出俺泠泠流水憶鐘期，畫不出俺碌碌微勳失介推。難知，只恐對面無情畫着誰。休嗤，只恐畫虎不成翻類你。

【水仙子】

張白眼看熟了炎涼態，開大口嘗熟了風流味，對愁霖試熟了房簷滴。

休題他天庭富貴蚤能期，自信咱手掌錢財聚不得。只索種心田培養了陰隲，産靈珠保護了嬰兒，覓生涯交付了希夷。

【錦上花】

俺外像兒不長，卻有些風雲氣。内性兒不忙，也有些剛腸志。口舌兒不防，盡説些不平事。手足兒不强從，没有和兄和弟。

【沽美酒】

你本事多材藝，你含毫有巧思，寫出憨生浩然氣，似敁齒酬人意。

【太平令】

俺不似辭三吴的范蠡，結四愁的平子，奉大乘的王維。你可似吴下虎頭癡，那其間真的假的，莫管他非和是。這像呵，到惹得騷人物色。

【離廷宴帶歇拍煞】

你承望滿堂賓客誇伶俐，我切待半面相知試品題。不是畫葫蘆依樣子，畫我大耳還多壽，畫我笑口爲忘憂。總不如我隆准也能慈，手中執綍時陪侶，杖上蒲瓢慣飲溪，山中清福應如此。愛我肝腸不曲都推許，怪我皮骨將衰尚倔强。到不如説我臃腫也，能詩阮氏，巷分南北。杜家瀼合，東西盡容。我譚天釣雪留長世，難道六十九年尚還未是？憑仗你淘渲得龐兒潔净些，待衆人認得憨先生也，那時剪一幅生綃再請你。

（《甬上屠氏宗譜》卷三十《影贊》）

校勘記

［一］揶揄：原作“椰揄”，據文意改。

［一］抔：原作“坏”，據文意改。

茅溱

茅溱(1543？—1604後),字號、里籍見《全明散曲》第3422頁,《全明散曲》(增補版)第4232頁。

小令

【北寄生草】 過坐隱園,贈無無居士

置丘壑身常逸,展楸枰興更豪。溪深好下嚴陵釣,林深任發蘇門嘯,花深勝采天台藥。千秋大業只在這讀書床,長生捷徑不離了燒丹灶。

套數

贈汪無如社丈

【正宮·端正好】

劍射斗牛寒,筆卷風濤壯。少年時志氣昂藏,看的那乾坤事業如翻掌,怎肯寄傲東山上?

【滾繡球】

到如今將真如默默參,把機鋒漸漸藏。也不須問滄桑誰消誰長,也不

須問彭殤誰短誰長，則索向茂林中養性靈，滄洲邊做故鄉。策孤藤坐臨丹嶂，濯清泉歌徹滄浪。軟紅步春屧千里，空翠擔詩錦一囊，笑語琅琅。

【倘秀才】

情落落襟懷大敞，意蕭蕭形骸放浪。拓地開園構草堂，雲團嘉樹色，風度萬花香，西山氣爽。

【呆骨朵】

正松蘿一帶如屏障，况碧潾潾十里湖光。怕的是車馬相尋，愛的是漁樵過訪。僻門巷遠塵氛，賢地主稱高尚。琴尊花下期，烟霞世外賞。

【叨叨令】

春來時緑楊影裏新鶯唱，夏來時翠蓮香裏輕鷗蕩。秋來時西風聲裏丹楓颺，冬來時老梅叢裏冰花降。兀的不愛殺人也麽哥，兀的不愛殺人也麽哥，落得個黑甜鄉裏吟魂暢。

【脱布衫】

玄津橋岩壑争光，玉林墟草樹生香。空華巷性天洞朗，洗心池塵襟滌蕩。

【小梁州】

半偈心持萬慮忘，手栽成紫竹琳琅。欲將白法扣支郎，蒲團上，丙夜話偏長。

【么篇】

有時上九仙五老峰頭望，見翩翩鶴駕翱翔。白雲扉真人降，洞簫嘹亮，正水月照長廊。

【白鶴子】

因此上樓頭傳秘密，龕裏發靈光。萬有總無無，身世從天放。

【醉太平】

能齊得喪，善識行藏。等閑寵辱俱忘，占楸枰勝場。荷亭一局波紋蕩，蘭臺一局蟾光漾。柳堤一局午陰涼，息塵勞在隱囊。

【煞】

觀空人我原無相，對弈雄心豈未降？戲弄些掌上天機，消磨了橘中歲月。受用些明窗净几，丟開了利鎖名韁。一會家聚如星拱月，一會家截似劍毛吹，一會家連若雁成行。攻圍多變化，白黑幻文章。

【煞尾】

洪崖一任閑來往，石室還將訂譜藏。休道是么么伎倆，則這枰内鋪張，世外徜徉，爛盡樵柯只半晌。

（汪廷訥《坐隱先生集》卷首）

黄　輝

黄輝(1553—1612),字平倩、昭素,號慎軒,南充(今屬四川)人。年十五舉鄉試第一,萬曆十七年(1589)進士,授編修。時同館詩文推陶望齡,書畫推董其昌,而輝與齊名。官終少詹事。有《貽春堂集》、《鐵庵詩選》等。傳見《明史》卷二百八十八。

小　令

這邊事情,到十全處,還未稱心,忽地便七旬八旬。歎原來一場扯淡,只落得漆園裏笑殺個莊周。應馬應牛,逍遥散誕,都將逆順境,交付上頭上天公。

(蔣一葵《堯山堂外紀》卷九十八)

李應策

李應策(1554—1635後),字成可,號蒼門,陝西蒲城人。萬曆十一年(1583)進士,歷任任丘、成都、安陽知縣,刑科、户科給事中,太常少卿、通政司左通政等。有《蘇愚山洞續集》等。傳見《乾隆蒲城縣誌》卷七。

小　令

【醉太平】 初度答賓,時年六十一

歲月六經旬,從頭又甲寅。豪傑事幹畢幾分,虚積生平悃。手筴膚展不出琢月斤,肘力輕懸不起封侯印。眼睛昏參不透迷魂陣[一],剛負了君親。

又 時因部取而諸賓勸出,有是作

既稱負君親,那勸合主賓。是人誤我,我也誤人,席難交袵。誇素日崔咸痛飲,愛倉時寇萊酣寢。耻當年潘岳望塵,向誰去辨論。

又

咱莫氣辨論,他何事緣夤。望乾坤羞荷此身,也再三揣分。績留下侍臣標凖,學著得古人風韻。食費了大官餼廪,只怪難親近。

又

越怪我難近,越着我難問。且教育子孫且隱忍,且令呵嗔。荷虞帝鳴

絃解愠,笑留侯操椎思奮。愛卜子懸鶉樂貧,快活哉耕莘。

【折桂令】 述 懷

倚芳洲誰復相攀,蒼叟黄童,白鶴青蓮。扶上瑶堤,步入羅幃,招飲謫仙。做幾曲短歌兒令人傳看,賦幾首歪詩兒與客盤桓。衣染露鮮,花逐風恬。坐望雲還,愁甚勞牽。

【水仙子】 書院和客韻[二]

神仙無分覓丹梯,漁樵有路入花蹊。文章積債結茅廬,長吟哦嘆棲遲。意飄遥豈借他嘘,管城子當年玅契,兖州伯素時樂與,醉鄉侯半世難離。

【折桂令】 和洛下叟韻

突看見渭陽故莊,縱横牧竪,參錯漁郎。盈岸花紅,沿村柳緑,遍野麥黄。學得個希夷父常跨白騾,做得個敬弘叟重繫烏羊。一顧悽愴,轉覺徬徨。人羡歸鄉,客喜烘堂。

【水仙子】 入關偶遇大賓,次韻

渭城曙色一川麗,秦關風景三春霽。鸞車華艷千人避,芙蓉池傍緑綺。□□□回首嶽低,望鸞皇百年纔遇。説鵾鵬六月還息,聽猿狨五夜長啼。

【黄鶯兒】 謁周公墓

周成藉托公,禮樂備車書同。詔歸宗社居然定,流言何足驚,大義還堪正。六尺安危懸顧命,想金縢,不遇天風,萬國人誰應。

【醉太平】 劉給事園中作

嘗甕裹酒甘,想檻外風恬。溪花趁月人排遣,把逸叟稱傳。青瑣門曾給君王諫,碧雲館不禁漁樵玩。白石庵又住神仙傳,忘却他隱共顯。

又

留詩書滿廂,有田園近莊。教五子都去省文章,將人物比方。志恢恢真得江湖量,意磊磊豈落風雲狀,跡飄飄迥别塵埃相,渾絶了夢想。

【紅繡鞋】 郊園宴客

半肩豚白截肉肥,一殻蟹黄包味腴。大瓦盃不説他瓊玉巵。喜花裏客遊遨,愛月下人團聚。罄百瓶須趁我終宵意。

【折桂令】 山園述懷

映碧空月影初圓,酴醿可釀,茉莉應煎。教婢分絲,呼僮濡筆,聽客彈絃。惜兩間矮房兒住居窄褊,笑幾隻癩牛兒走動蹣跚。有水涓涓,有語玄玄。千古情懷,一息雕鐫。

【水仙子帶折桂令】

舉鍾鼎是誰分緣,持弓旌莫它營幹。荷犁鉏遇咱志願,愛路平日色暄。携兒孫東來西轉,跳躍看階下三鱣。嘹唳聽雲中孤雁,醉學張顛,説甚麽張顛。愛此流波,横遶賓筵。輕輕舞腰,泠泠歌管[三],逐逐華鈿。笑朱户珍琦寶玩,和白衣錦繡詩篇,直到興闌。歸省元田,再飭釣纶,重閲韋編。

【沉醉東風】 述懷

悲饑歲群情擾擾,怕寒天衆語嗷嗷。豈遇城餓狐狸,也當路横牙爪。喜謾賦詩腸未枵,山和水猶堪嘯遨,擬發得滿腔宿抱。

又

承明殿争隨豹尾,蘇愚山許住驪蹄。那有意却榮名,原莫眼看濁吏。

管得他喧動鼓鼙,平沙看雁下蘆隄。收拾起書生舊第。

【水仙子】 山亭夜坐

風曳旌頭絳尾犛,月映波心組甲鮫。雪融裘背玄文豹,夜横斜梅影飄。聽歌管怎受敖嘈,留金鴨青鱗供眺。有紫蟹黄鷄共炮,着白鶴蒼凫伴老。

【水仙子】 村叟閑談

睡起槐陰疑夢境,醉來花氣問詩筒。歌罷松音留樂桶,喜相臨詩醉聖。筆傾翻浩氣霄冲,痛胡門納交三佞。笑韓公攄意五窮,學楊子惕身四重。

【水仙子】 答和元冲來韻

悠悠吸水横蜺蝀,迢迢披瘴排梟獍。翻翻隔水躍蛇龍,白楊郊春再逢。怕居山虚名忒盛,一盃酒座上未停。三尺劍匣裹又鳴,萬卷書樓頭亟整。

【水仙子】 會省垣舊僚

燕山尊酒人俱改,蟠溪綸餌時難逮。掖垣筆札風猶在,想伏蒲舊襟懷。不指望雲龍遘會,借短筇扶躡五臺。覓小舟漫遊七澤,倚長劍縱横四海。

【水仙子】 東莊宴别,和一齋感懷,又作

團團月出徑無塵,蕭蕭花謝墅猶薰。飄飄風拂胸何愠,笑歸來吠狺狺。茅蹇兒記路頗真,白石下暫别青雲。烏紗上那撿蒼旻,紫極旁盡掃紅氛。

【水仙子】 答和元冲來韻

則盼着鴻鵠冲霄,那管得狐狸盈朝。且丢訖豺狼當道,有沽來紫筍膏。月留飲醉伴英豪，把千年勳業徒勞。依三時耕耨自好，攄一腔忠愨誰照。

【寄生草】 述 懷

入文陣退雄师，過酒廬尋舊史。剛丟過千仞蛟龍志，權束訖萬里鵾鵬翅，則承得百世麒麟趾。槐陰踈且慢叫黄鸝，荇色繁故來看赤鯉。

【水仙子】 花園對諸友謾作

蒼鶻兒回翥烟霄，綠鴨兒翻衝翠沼，黄犢兒馴依花島。看腰下金錯刀，和幾韻八瑯舊璈。罄書笥一筆曾抄，竭酒罌千鍾未倒，遍華叢九衢還鬧。

【沉醉東風】 因誇奸輔及二三異相作此

六尺軀不逮曹交，三停額頓擬皐陶。籠銅鼓報衙，列隊篔横道。須説有伏犀貫惱，張嘴誇舌止住毛，怎比得傅巖惟肖。

又

悲碩大蕭嵩虚表，怪柔佞林甫多狡。正厲作九頭蟲，休亂稱百舌鳥。任玉蟒高燁錦袍，倒不如賈大夫皐，省得把穢形傳笑。

【寄生草】 答吴中孫廣文

不戀咱煌煌錦，也不羨他累累印。休文操整起七絃琴，次唐韻賦成四角輪。笑莊迂辭却五石樽，把陶潜休當阮郎認，正好去潯陽附高隱。

【沉醉東風】 賀鄰翁壽

八字眉垂垂壽毫，一片心纚纚風竅。愛花間鶴翥鳴，怕牆外人酣叫。近園常看引桔槔，頌李白清平古調。好伴兒睢陽五老。

【水仙子】 山莊作

盼得苜蓿菜芽黄,做得稻秫米粥香。縫得衲布襖裾長,安樂窩又向陽,幾般兒都也占强。老農家論甚積藏,小隱林看誰聲望。大明朝紀咱忠讜。

【水仙子帶折桂令】 四月七日,園内設壽筵,候迎老父,兼謝賓

有客獻扶桑一寸葚,有士寫蟠桃萬里根,有子着斑衣五色錦。愛炎風細細薰,八千歲慶際靈椿。葵日傾俄下半綸,梅雨歇纔供百尊。絜靄浮重羅兼珍,且都是香山舊賓。白髮朱衣,紈扇葛巾。看燕依梁,聽鶯出谷,伴鶴遊林。讀壽言謫仙垂韻,盼華度祝融候晨。佩取蘭紉,樂奏蕤賓,渭水留磯,嵩嶽生申。

【折桂令】 五月九日,祝母答賓

黄雀風摇曳緑陰,歌鼓方騰,冠佩齊臨。翠燁榴階,雲横芝圃,露接楓宸。不老藥天中剛進,長命縷節後重申。日月會鶉,山河萃林。直攀筠葆,久跌蘭蓀。

又

慶朱明歲歲兹辰,花裏蜩鳴,巖畔鹿馴。玉女捧符,金童導宴,桂子延賓。擁霞帔光浮萊錦,護萱草色映莊椿。瑞靄初分,暑氣不侵。凝碧松荷,藉重簪紳。

【雁兒落携得勝令】 薊鎮會孫、王二公及諸將於東郊,作此

歸念正忉忉,旅懷翻落落。誼重孫伏伽,文愛王逸少。夕來虎據皋,凍銷鱷陟沼。大兵屯柳寨,諸路散花刀。據鞍,披甲堪思報。市馬,齎金敢憚勞。

【粉蝶兒】 述　懷

日卧龍門,豈李生居止難近。脱紫袍甘學青衿。謝東山,裴緑野,公然道印。想玉街馳驟辛勤,倒不如樂諠諠安車高枕。

【紅繡鞋】 因時事偶憶昔年館選,對侄男志感耳

虚當了青錢學士,枉負了紫閣鴻儒。想那弄人的造化小兒,把是非容顛倒,着行違任欺紿。放個好好乾坤誰佐理。

【雙調・新水令】

何寺丞邀賞園梅,余怪其枯而復生,爲是作也,和璧韻[四]

一夜風吹殘曉角梅,看玉姿芳流叵改。馥馥香沾袖,颼颼影落臺。幽賞花魁,喜得逢何遜在。

又

槎牙兩蕚報春回,喜靈根重含否泰。風遞了清輝去,雪移得素質來。枝幹同開,依舊作峥嶸態。

又

霜葩忽又箭凌階,説甚麽蘭芳蕙茝。指藉調羹手,容臨傅粉腮。迴越凡胎,也不消春風擺。

又

一枝南望意初諧,要賦他溶溶藹藹。傾國常留色,奪標續有才。翹首天街,看誰先居鼎鼐。

【水仙子】 過精舍,爲兒輩題

我只説秀才模樣兒,倒有宰相肚腸。人且許聖賢志量。愛文焰萬丈

長，一登壇倚馬成章。豎奇勳吾門相望。立高節官家併仰，流芳譽天闕再揚。

【寄生草】 登五丈樓答賓，時有畫工在傍

問賓客真倜儻，居臺閣尤酣暢。大詞伯乞寫風雲狀，名畫師留繪山嶽象。老漁翁想披星河浪。履九霄扶起靡雲旌，開八窗懸掛流蘇帳。

【紅繡鞋】 笑王氏子亡爲

他書叵能讀得五車，他射何曾穿得七札。笑浮生半世繫匏瓜，可是醜媳婦難見面，跛和尚强説法。到不如學崔郎鬻松檟。

【雙調・新水令】 參處大奸志喜，時新轉官

一言掃蕩九重霾，荷乾剛奮庸熙載。錦袍象牙笏，紫綬黄金帶。拜舞玉階，詔幾番嘉丰采。

【清江引】 東作移山莊，和里叟韻

鹽罐油瓶汲水桶，還有釀醅甕。收拾過東莊，及社田家動。粟滿車也勾咱喫着用。

又

離不得柴屋蓬蒿徑，一掃庭階冗。近來課税繁，人事須減省。按時把農器常修整。

【粉蝶兒】 述 懷

華髮朱樓，嗟一生僕僕碌碌，効名公知止知足。皇極門，解了綬，謝了恩渥。任咱去尋芳吊古，向終南覓吾家别立門户。

【醉春風】 抵里，翻閱畢，作此

一腔血怎灑，兩目睫難下。補葺得鏄漏完段段錦紋，曾遇知我者。是

也成非，正也爲邪，真也當假。

【清江引】 答鄰壤貧生乞粟

雨粟天難供餓腹，糊口常不足。怕作舊營生，交結多親故。有兒孫却懶習耕讀。

又

怪爾生來窮肚腑，矻矻成老腐。學業進不來，又把農家誤。只乞望山翁一笑父。

【古輪臺】 偶聞蔡中郎賞月之曲，援筆和此

氣騰凌，海門潮冷一團冰。度瑯玕碧玉玲瓏，菱花水鏡，看七寶瑩瑩。饒我斧斤修整。蘭桂飄香，蟾蜍弄影，酒百壺盡不得今宵景。烟消塵净，問廣寒奏甚曲名。庾亮舊樓，袁宏新沼，李白豪興。喜爲那素娥對九重，更漏永，把霓裳高調纔删定。

其　二

花叢，且與皓彩争溶。聲切切玉笛臨臺，猿鳴鶴應。帶露披風，有往事中懸耿耿。想怕那明皇太液池，登高夜詠。也不愛漢孝武三鴨集宫，蓬壺路迴。望金梯百丈崚嶒。拊膺千古，誰到艷麗時，逢歡知警。河漢喜常清，便逍遥自在，好去賦履滿持盈。

【青哥兒携四邊静】

咱本是聖朝、聖朝名諫，常爲那九重、九重繾綣，怎比得赫赫權門勢獨炎，雄心粗大，利口讒憸，妨國蔽賢，誤主欺天。人世有這等莫伎倆的糊塗漢，誇甚麽豪華歆艷，綺錦盈門，終宵歌管。挺身八座，不怕人笑五十年。尸位，素餐，可不羞殺金閨俊彦。

【朝天子】 述 懷

身喜安閑,又慵又懶,做甚英雄漢。逍遥數去坐柴關,笑鶴也帶箭。黑鬢歸山,几留千卷。藿與薇,正可餐,臨澗洗愁顔。夷齊願比肩,恥白衣重扶輦。

【黄鶯兒】 士有指駑步而互相譏者,笑解之

萬里正加鞭,笑章臺學步難。凌風誰覺霜蹄健,北顧慣逢燕,西來聲别宛。周王駕下飛如電,敢争先。雲衢高遠,休作駑駘看。

又

八龍暫駐鞭,喜空群接跡難。生成汗血骨尤健。郭隗但留燕,李廣莫征宛。天閑高躍光浮電,步居先。力强志遠,再得風雲看。

【朝天子携西江月】

一浣塵埃,數闢蒿萊,真負烟花債。青山冥漠到吟臺,解去黄金帶。垢面蓬頭,羸車敝蓋。附郭田墾又開。怕餌魚鰲猜,懼弩燕雀駭。物與我盼舒太,且眺瞷終南峪,豈追遊薊北隈。九重無意傍,三階擾擾,隨他成敗。

【朝天子】 述 懷

有花成茵,與石爲鄰。怕觸燕榮禁,清泉邀我蚤收身。兩樹雲垂蔭,竹密重刪,木茂纔掄。蒲萄甕滿亭春。縈縈八尺縉,飄飄一幅巾。喜蓮峰對孤枕。

【山坡羊】 和杏二廬

青山外伏鸞隱鵠,紫溪旁鏗金戛玉。好檢閲平生步躅,怕寧成濕薪束。他曳九尾,携百尺,切處處,快恩讎,責備咱却酒受粟。英雄可當尋常

度，誇自家行如鈎曲，也哄把貂來續。一翻穢濁一翻辱，挽江水難浴。怎比咱結緣訪首陽舊友，再看啟嵩山枕幞。

【黄鶯兒】 和常居士

飄飄一幅巾，安樂窩自在春。十五年間快活人。王翰舊爲鄰，子期新知音。床頭明月常相問，睡息匀。山澤遺民，容我從高隱。

【雙調・新水令】 詠水車新成，和客韻

翻輪倒吸水縈紆，一俯仰陂塘滿足。激浪魚呈鱗，倚柱龍懸骨。轉盼江湖，我豈爲農和圃。

又

襟度溟含迂納污，笑智巧憑人可否。怎比漢陰翁，併學五丈夫。泮涣鷗鳧，也像他常抱缶。

【醉春風】 樓成眺望，和諸客

當簷星月低，極目江山小。突見個大鵬雛，過函谷城，兩翅雲縹渺。北凌燕闕，南盡吴門，東連海嶠。

又

翻身地崇窿，振臂心舒泰。許那様素嫦娥，把扶桑條，愁甚絲綸債。兩儀堪浴，二曜還磨，三峰不改。

【寄生草】 和舊會友

也做起詞垣長，也敵過詩壇將。力扶動維世紀綱，計除却蔓天羅網。業暨作衛國屏障，忠和孝體認着分明，治與安講求得停當。

【清江引】 王山人席遇少京兆劉公

蒸飯烹魚炊豆粉，慈竹嘗新筍。滿斟葡萄煎，頭上插紅槿。醉來不知别京兆尹。

【粉蝶兒】 詠紙帳

自喜飄揚,老書生偏宜紙帳,小學士不忿藜床。有水紋,和雲葉,四圍相映,取吟燈照耀增光。更邀那梅花月同來嘉賞。

【清江引】 赴鄉人會

鄉農做得莊家辦,留我山中玩。縮葱白拆雞,湯餅重羅麵。呼大人休怪成熟飯。

【水仙子】 玲瓏軒賡和

高倚嵐屏翠映巔,滿曳彫弓月度簷。横敁青箱書推案(以下屬三子),座看那簾半捲水一灣。愛松濤撫景團圓,詩與三百篇同傳。恩逢九五德重頒,且喜道隨二六時先見。

【雁兒落携得勝令】 薊野偶遇諸將於道側

春到看五陵金玉鞍,花開逢九陌珍珠幔。興來喜諸塞綺羅袍,醉倒思一簾冰雪碗。那池虬捲曳出重淵,那雲鵬怒起入重玄。戰士欲忘勞任缺斨,丈人欲濟難争辭劍。笑他共依菱花施翠臉,豈如咱獨向天朝放大拳。

【叨叨令】 偶因狂士酣叫而作

有會兒鼓瑶琴弄雲璈新腔調,有會兒擁布衾披衲襖懶懷抱,有會兒坐蓬丘臨荷沼閑登眺,有會兒呼田畯沽村醪常攀笑。得不着人激觸咱呵,恰好恰好,恰好恰好,誇甚麽染雲箋發天藻霹靂嘯。

【叨叨令】

日逐去服吟哦誦離騷追風雅,日逐去步郊原依花鳥樂蕭灑,日逐去掩聽覩閉喉唇學聾啞,日逐去明揖讓導愚蒙習謙下。似恁般兢兢小心呵,還要怎麽，還要怎麽，可惡那輕薄兒忒滿假忒驕詐忒村野。

【上小樓】 述　懷

離不得這雲岑石磴，蘚階蕪徑，静地幽廛，九逵林泉，一望柴荆。接楚輿，和秦筝，攀松度嶺，原來是咱麋鹿性任去縱横。

【上小樓】 初秋夜坐

乍看得天高夜永，花陰柳影，漁火牧笛，蟬噪蛩吟，蓴菜鱸羹。金井月，玉樓風，清商纔應。三兩處梨棗半紅雨餘漱冷。

【雁兒落攜得勝令】 赴劉上舍園賞春

迓公子駐雕鞍，望遊人鋪翠箪。漫樓上掛羅衣，遍地裏張油幔。正風清禁漏傳，又日午亭陰轉。書得了伯英筋，紙留下薛濤箋。蕭散，有花前詩一卷。盤桓，到月下更三點。

【黄鶯兒】 謁名世祠有感

大儒喜列公，一時聚萬古同。三秦模範須求正，人物共知名。道德俱留踵，天爲濁世開迷徑。豈逅逢，瞭瞭方瞳，簡别真賢聖。

又

抗意學周公，論文章誰與同。漢庭司馬爲予正，子厚學猶名。子儀業足踵，三鱣堂下無谿徑。會可逢，再拭兩瞳，看誰承往聖。

【紅繡鞋】 都下思歸

也好駕青牛西度函關，也好騎白鶴東入緱山。長安街風浪突潺湲，只祈求林泉好，豈指望廟堂安。他亂薨薨不要咱真鐵漢。

【朱履曲】 和馮銓部昆玉，是繼余令任丘者

我也號直戆嶽峙西京，我也負循良雷震東瀛。想官家自古喜相成。

舜五人猶併力，周八士本和衷。盼得協了心個個成梁棟。

【朱履曲】 和同垣羅龍皐給諫

看來咱着不得權門齷齪，看來咱受不成嶇路砍砢。禁闥中再休提舊玉珂，梅花調還堪弄，竹葉醅忽成酡。且任咱白眼風塵去浩歌。

【紅繡鞋】 思 歸

陳希夷買到華山，王摩詰圖就輞川，要抽身做個散神仙。看睡起三竿日，來笑傲一壺天，也須等把乾坤扶得轉。

【朱履曲】 席間晤劉大府、馬總戎，和此，劉係謫官

汲長孺南陽卧治，班仲昇西域留思，文和武好遇漢皇知。一出入高禁闥，一作止振邊陲。到而今赫赫聲華許並追。

【玉蝴蝶】 贈潼關原兵憲

重地雄兵坐鎮，襟喉晉魏，表裏嵩華。文韜武略，東升日爛朝赮。風節着庚星初見，惠澤流春水無涯。彷昔賢，漢庭諸葛，周室子牙。

【朱履曲】 和京營王協理

十二營練就熊羆，八千兵趕退鯨鯢。兩賢王闕下尚羈縻。南除絶雲間障，北袪盡日中翳。賀人間纔好登化理。

【玉蝴蝶】 時夜飲山園

春野輕馳騎從，倦依隴樹，酣嘯田家。飲盡瓦盛，山樓夕動鼓笳。傍錦林如供彩帳，望銀河欲泛星槎。兩隄間，波橫蝃蝀，氣躍龍蛇。

【紅繡鞋】 感時事，和宫詹郭明農

彈劾了二三卿相，觸犯了九五君王。古來道人世忌忠良。咱上殿争

如虎，他盈路側似狼。只得解朝簪免着群邪攘。

【清江引】 勸張子同居

愛君終不生畦畛，物我一般春。放得黄雀還，招與白鷗親。畫堂中可依舊書百忍。

【清江引】 山莊携兒女謾作

收了田禾封了咱税，兒女鬧咍咍。沽酒鱠池魚，睡起醒還醉。落得個風和月不用買。

【寄生草】 與馮大宗伯論曆

莫笑咱洛下閎，休議他耿中丞。宣夜法原依刻漏定，測日表須得圭儀正，步天歌那比衡樞醒。還不若舊靈臺懸秤落金丸，張平子偉藝齊七政。

【朱履曲】 感時事

好笑居上公掄時宗匠，好笑握大兵衛國屏障。破得黄金左右賄盈廂。鶴也去登華轂，狙也來着玉璫。把恁清朝莫得個人倚仗。

【清江引】 感時事

蒼頭開府白衣相，竈下中郎將。無角弄做麟，莫齒粧成象。到着那賤軀奴笑强項。

【山坡羊】 鼎和周期之夕，哭徹曉矣

聽醮樓鼕鼕鼓歇，過芸窗鏗鏗弦絶。漫几案經書史籍，浄蕭蕭燈和月。没兒郎，誰談説，越着我心懸結。四望車兩眸怎輟，可惜受辛勤磨折。補許多漏帙殘編，要做出掀天業。測理人誇冰鑑徹，豈尋常調格詩也。作好些，纔成立胡然長訣。

【清江引】

有謀吞人業者，以悖入悖出，禍不旋踵。里罵之，而余實憫焉，憫其獨空遺勞也

翻來覆去莫顛倒，落得眼前報。費盡多少心，空與人爭閙。把些好莊田只一掃。

【清江引】 感懷

隙來按劍空抵掌，是非莫主張。任去他齷齪，守得咱骯髒。豈説教烏程鶴自拔氅。

又

西都豪傑誰畜黨，不入奸人網。富貴少因緣，勳業多忽恍。暗室中只望着菩提長。

【水仙子】 和社友

比着漢賈誼才學，模得晉陶侃人物，賽過唐杜甫詩歌，敢子是遇謫仙犯酒魔，謝皇恩解下玉珂。爭氣做朝陽鳴鳳，立意想華表乘鶴，適情懷看錦浪遊蛇。

【寄生草】 感時事

敢子爲笑阿六鄙鄭五，敢斜封來跋扈。象不着麒麟閣上圖，計只得虎豹山中伏，淚却從麋鹿臺前哭。思量起好莫正經也，落幾回汗漫赤松遊，開一條曠達白石路。

【清江引】 閑坐花園

籜冠芒鞋布衲襖，坐卧藜床小。整畢舊田園，辦訖新糧草。要做個自在翁直到老。

【清江引】 予告入關

癯主庸奴款段馬，纔把簪纓謝。玄豹入青山，白鶴歸緑野。掃蓬門收拾起農桑社。

【清江引】 和劉公子

金羈玉勒繡羅韉，馬上笑揚鞭。官家貴公子，人世散神仙。管絃街數着我看花伴。

【寄生草】 和禮部郭宗伯

伏丹闕誰先見，別金蘭有遺彥。苦吟哦撤去六經□，倦遊行釋却三公擔。愛幽暇竪起千秋觀，也爲那帝閽日隔萬重雲，憑他播弄分疏遠。

【桂枝香】 常樂園題凉亭詞，時方宴客

雲欄歌動，冰壺宴啟。燁燁菱開碧鏡，翻翻荷着緑衣。又喜林間石峭，階下水漪。天青如洗。正火老氣將旋，金柔風已逼，六月霜飛[五]。

【金人捧露盤】 感 時

嗅嘴口，莫梁斗，窮度腸，缺底囊。笑説他原不上象。暮夜哀求，喫了些賸水殘湯。怪道是齊人，逢饜足白日誇張。

【朱履曲】 感時事

笑端揆苞苴勾當，看元勳葫蘆模樣，闕衮職空繫三臺象。那堪得覆金甌，那稱得籠紗帳。據人言只好湊真欺罔。

【混江龍】 感 懷

却想到九重日際，直哉天嘉衛史魚。那回名高青瑣，氣振黄扉。上方請出三尺劍，侍臣哭進萬言書。總期爲廟廊前去掃翳氛，豈料把省掖先來

墮翩羽。不能□□□□□，□□□□□□□。

【臨江仙】 邀社叟

故園耆舊清宵燕，踈星皎月横潭。扳條莫惜駐征驂，好偕鄰父約，再共碧山緣。

【清江引】 秋夜遇劉道士

闌干露下銀河徙，暫住五雲車。青山故國心，芳草幽人計。愛風光還陪我逍遥去。

【離亭燕帶歇拍煞】 秋夜，偕李九峨出飲北郊

羞好媚，北望燕山夕可倚，携朋醉傍月明裏。整頓了巾車，兆明明梧樹應時棲。旌直還葺檻，披公再引裾。便隨燕雀忙，已别葵藿意。步天闕星河如洗。看崔顥登樓，説江淹夢筆。闌干外一片琉璃水。莫奈何遭遇不着，也只得向楓陛，辭天仗楊園歸故廬。忽蕭颯風生兩耳，赢得個盧遨逢若士，一笑生平足多也，不能勾郁幽盡照，那管得妖孽莫除。

【不是路携過皂角兒】 重過山莊漫興

汲水烹茶，忙裏偷閑又駐車。問鄉井，蕭蕭依舊兩三家。路即賒，肯遽忘老幼雞豚社。愛只愛谿徑入雲斜。登臺挹露，步壑披風至僕困馬滑。盈林喜氣騰高下，隨地懽聲接邇遐。池平垂釣魚堪餌，山長舉網雉難罝。看那邵平瓜，莊後桑，坡底麻，爲糧草廣種綿花。從來漢法賽假，秦俗紛奢，還守咱清淡，莫羨豪華。

【朱履曲】 是日參監兑諸郎

竭民膏山積海藏，窮國計土擲沙揚。正是庖厨錯容餓虎狼，借軍中寬布袋，填馬上大皮筐。眼睜睜蓄禍到眉睫上。

【清江引】 和工部王年兄

笑他竊位臧文仲，塞了賢人徑。滿山棲豹崖，遍地藏虬洞。那去從捫虱識王猛。

【清江引】 閲門下王生新蒿

好去臨流浣臟腑，華暢辭驚吐。色色喜重新，併看德藻斧。也饒你三薰更三沐。

【清江引】 省中感懷

伏蒲感切黄門省，貴戚干朝政。大叫閶闔開，哭對軒旒訟。看弄做個破人家誰去整。

又

香含雞舌臨東省，袖疏彈執政。積薪火欲燃，讒口交争訟。且欺誑説朝綱都就整。

又

朝趨金殿夕歸省，簪筆談時政。轉圜聖人心，指望愚臣訟。愁只愁萬年宫難肅整。

治朝言路崇華省，九五出臨政。祛它誤國奸，容我憂時訟。笑把窩亂絲枲從頭整。

【清江引】 約赴山莊

麗藻山南清似畫，增倍文章價。兒童報荷開，日望仙翁駕。洗壺觴携酒去淙莊下。

【寄生草】 里居答省垣諸寮相問

子想翊聖皇留忠諫,血一腔疏千卷。曲着手也打開名利關,擡起脚便走上靈光殿,翻却身忽跳出風波岸。誰意把騰黄猶自跼霜蹄,長鄉老至空依戀。

【朱履曲】 是日參當路,和劉都諫、王少卿二公

倚龍顔數批鱗甲,驅狼踪幾挫爪牙。憑得上方三尺鍔流霞,除却了疆埸鬧,校正了藝苑差。誰料他煬竈神姦伏闕下。

【金人捧露盤】 華山和調

别金門,葺石室,長春酒,盛唐詩。這翻携得買山貲,三峰秀出,雲臺下陸海瀰瀰。歲月能幾,老至讀書力不罷。

【朱履曲】 感 懷

挑不起男兒重擔,解不來仙子玄關。提身忠孝許誰先,積陰功流百世,毓長祚引千年。且休問他白鵶火裏田。

【紅繡鞋】 念孫生夫婦同居山村,貧甚,酒憩書此

苦不過孫生閉户,窮只得卓氏當盧。看月侵竹圃影瞿瞿。好缺我茶七碗,便問他酒百壺。也要防佩下雙龍趁醉呼。

【朱履曲】

蕭豐原同年携門下荀生過訪[六],而談及邪媚,和此。蕭舊令涇陽

秦臺望蕭郎偕鳳,穎川喜荀子登龍。不羡那錦袍華轂去從横。咱站得脚根定,咱分得眼界明。較本來聲價看誰重。

【一剪梅】[七] 常樂園農人對語

山底有草流水兒,牧得牛兒,養得魚兒。地裹莫雨嘯風兒,畫得畦兒,

栽得秧兒。

【朱履曲】 抵里聞報

忙張張纔回三徑,亂嘈嘈却傍五陵。怕説安車天上候申公。緑籜包真難捨,赤松子尚堪從。免教他傀儡場中還提弄。

【金人捧露盤】 訪華州李、王二兄

愛春光,尋好友,對金卮,携張琴望嶽棲遲。蒼崖緑徑,正咸林水竹猗猗。隔窗鶯語,争和我伯仲塤篪。

又

營新莊,辭舊旅,懷逸士,對陳人,主上休思忤國臣。青蒭白飯,修禊事正遇芳辰。讓他犀玉,咱只要佩取蘭紉。

【朱履曲】 答張元冲

由説鬧攘攘駟馬千乘,由説笑嬉嬉九鼎萬鍾。無那兩首狂犬百足蟲,徼盛代臣民福,借皇家社稷靈。暗不通霹靂春前起卧龍。

【朱履曲】 予告諸友

荷的是人世三大,博得有山園一咍。闔簪裾花下倒金罍。齊撲撲肩輿到,俄鼕鼕腰鼓來。不羨他着錦袍馳縱朝門外。

【朱履曲】 汴城懷古,爲徐左轄命,和之

恨明皇誰吊真妃,悦信陵再問如姬。夷門山不見古芳跡。援趙地叢臺近,却秦兵函谷迷。獨傷心馬嵬坡上客流涕。

【朱履曲】

漢中聞播警,而倭訊亦至[八],偶遇郭兵憲,和來調八公山未聞鶴唳，五丁峽又悲猿啼。封益門用得半丸泥。燒不絶連雲閣，築不來障海隄。止好請長纓分道捉狐狸。

【朱履曲】

翰林既爲勢奪，而晉、豫開闔兩推不點命也，感書此

也不着拜玉堂騎出金馬，也不着臨玉關披起金甲，弄的把朝政紛如麻。還只抱齊人瑟，莫輕投漢士罝。誰記得咱十二年前陪車駕。

【水仙子】 傾我者，既被盜而客死於途，笑詠之

傻癡奴自迷歇脚，窮餓鬼那供喫着。老奸賊暗去消磨，比得咱携長竿披短蓑，催大鼓任意高歌。辜少年花間酒偶，愛暮春巖畔詩作，盼來歲池旁蔬禾。

【清都宴】 蜀試題出而久不發，計出監臨左矣，嘲戲之

平旦棘闈封，聚星樓，呼唤監臨不應。擬昔弘羲，澤吻磨牙，正作威風。誇稱白兔御史，倚冰山常侍殿中。怎不着，颶摧桃李，鴟譏鸞鳳。

【清江引】 山莊遇客

卜居向陽寬又大，檢閱詩書罷。對床好幾人，投壺勝多馬。愛主翁不説他宋季雅。

又

傍崖村落停車馬，分付將命者。打掃延客亭，沽酒盛老瓦。他意長遠不責我傾金斝。

【離亭燕帶歇拍煞】 納言公署作

歸去罷，萬卷山亭喜正暇。一網天朝虞盡打。無因學泛槎，經得過誠子鬧紛奢。臨軒持白簡，伏闕裂黄麻。豪傑志將灰，庸媚心愈詐。不耐煩

鬪嘴磨牙。他折脚瑺怎擎支,續尾貂空彌縫,到説把真才弄做假。爍爍星垂象,巖巖岳爲家。誰識咱風流藴藉,借光陰學個地行仙意氣任傾瀉。

【臨江仙】 空亭獨詠

一簾空翠春來晚,鷲峰鶴嶺萋萋。雨餘山嘴駕虹蜺。池塘風剪絮,院落月侵梨。

又

隔林解唱黄鸝語,遊人陌上騮嘶。獨依沮滸舊巢棲。有物冲斗牛,無風起塗泥。

【清江引】

觀政兵曹,以馬價奉命差薊鎮,時兵戈方興,衆切惟委而余偶任之,有笑其癡愚者

赤霞紫烟黄白菊,舍館清如許。亂蟬逐葉鳴,惹動思歸意。鐵錚錚不怕居兵戈裏。

又

彎弓馬上胡兒悍,萬籟聲高遠。秋色合邊風,頓覺帶圍減。托音書喜不盡南飛雁。

【寄生草】 省中感懷

好像個奴才樣,真有些花子帳。空軀殻騙了黄金榜,虚名籍辱了白玉堂。薄兒識誤了青藜杖。他笑咱盛氣傲王侯,咱也摘他甘言取卿相。

【清江引】 春遊漫興

風輕日藹春光煖,翠袖映花鈿。携取琴一張,賦就詩幾卷。兩山隈須趁節通遊遍。

【金人捧露盤】 閲李、楊二公壁間作

愛芳年，揮兔穎，喜盛事，燁鸞箋，論才思奇絶敏贍。芙蓉出水，朵朵横瑞靄祥烟。擬昔文士，如陶謝，不亞固遷。

【清江引】 鄰村老人乞火，次趙堯莊韻

村翁黑夜乞新火，正對芸窗坐。分與讀書燈，呼向亭前過。唱了曲【清江引】着和我。

又 夜有迷子問途

雪深隔嶺無烟火，憐客衝門坐。寒夜迷程途，着望西□过。□直面説有坑擠陷我。

【朱履曲】 和范凝宇

七寶床曾頒御饌，五祚宫常記天言。怕階上花陰到八磚。句鏗鏗唐杜甫，筆棱棱漢馬遷。直等着金蓮照送還。

【玉蝴蝶】 朝回志喜

聖主尊居寶位，累朝冠拱列北辰。瑞氣宏開，遠方入獻良珍。望大禹惡衣菲食，戒玄宗長枕寬衾。横輦道，龍翻綵仗，鳳舞韶音。

【玉蝴蝶】 是日有疏

麗日天垂華蓋，治祈防亂，頌敢忘箴。正穆穆皇皇，惕勵祝逢聖人。謁九廟欲嗣高帝，事兩宫克孝太壬。不誃説，金城花柳，玉闕風雲。

【朱履曲】 省中作

逐不去大奸巨惡，摘不盡小醜妖麽。出白簡放聲叫閶闔，有寸心能報主，無一念肯容他。倘着我樂清平緩步歸青瑣。

【朱履曲】 有客談仙佛於青泊園,和此

喜節序平生快樂,惜光陰半世閑過。五車書依舊費吟哦。駕不誇青牛馭,經不諷白馬馱。愛的堯舜安民除暴虐。

【朱履曲】 述 懷

想那具二難還并四喜,想那却三徵猶勤七辟。比得咱十畝筠篁千樹李。質亭亭翠百重,氣馥馥香十里。勸世人再休説東山起。

【朱履曲】 林園坐嘯

誰敢近驪龍五采,誰能辨鱸魚四鰓。一種種清香出草萊。傾日喜凫伴母,望月喜胖含胎。且不憂相如消渴病難回。

【朱履曲】 家居,和劉參戎調[九]

悶騰騰爐烟獨對,漫迢迢林鶴相隨。太平世不消講七燹。送臘時梅初放,凝雲處桂遍栽。蘇愚山整飭咱舊詩壘。

【一剪梅】[一〇] 遣 懷

軒窗幽暇合襟期,醉好談棋,睡好閱棋。園林縹緲寄情思,悶來吟詩,興來題詩。

【朱履曲】 感秋風,寄蒙讌諸丈

怕摇碎床頭梧影,恐摧殘階上菊容。忽瑟瑟悲聞畫角雄。計仙舟一葉眇,想客窗一笛清。可道是張翰思歸意益濃。

【玉蝴蝶】

贈郭青螺撫臺,時倭初平,而播惡又熾,有議招降者,作此

羊祜輕裘緩帶,入綜機密,出統藩疆。身不披甲,君侯今昔同光。凌

海島鯨氛初蕩，過黔蜀狐孽又猖。休説把，悉怛招安，孟獲釋放。

【清都宴】 坐嘯園樓

樓外峰千朵，據胡床，明月清風和我。竹徑雲飛，松林鳥唤，柳公雙瑣。往來十載逃名，處處賦瓊花瑶果。笑人間，嗜慾輕生，夜蛾赴火。

【清都宴】 感懷自詠

名叫花三朵，居隆中，憂樂行違自我。豺狼久寂，鷗鷺同閑，玉聲瑣瑣。習俗態度連綿，怕做成有漏因果。嘯餘覺，耳後生風，鼻頭出火。

【清都宴】 嘲劉居士

摛藻真玉朵，掛了冠，誰却得拘欒我。穎鋒利戟，文陣雄師，比他委瑣。持去黼黻皇猷，圖堯舜君民未果。從頭尋，書史批閲，還看藜火。

又

愛枝枝朵朵，浣花溪上，接光留我。把一腔積鬱，滿目離愁，盡付青瑣。幸來騎鶴仙人，説沿海蟠桃結果。想伴去，凌駕雲霄，謝絶烟火。

【駐馬聽】 喜孫生宴諸客有詞，口占和之

弧矢懸初，磨頂磽磽玉插頭。正是蘭階星聚，歌賦弄璋，喜莫自由。五色祥呈花萼樓，也不枉人生宇宙。醲酒傳甌，醲酒傳甌[一一]。看只看橋梓聯芳，吾門有後。

又

喜月生初，錯落明珠映筆頭。想那嵋山佳景，鍾毓蘇郎，表字瞻由。着鞭一躍跨烟樓，都荷得乾坤宇宙。坐對金甌，坐對金甌[一二]。看只看雲路翱翔，誰先誰後。

【朱履曲】 遣 懷

看到芙蓉池款款蜻蜓，蘆荻洲隱隱蛟龍。從那時青城靈藥産香芎，水不見魚驚釣，林不見雀傷弓。管教他時雨時暘報歲豐。

又 太常感時事三首

憑誰鎮玉關掃蕩邊疆，憑誰伏玉闕啟沃巖廊，都只要倚冰山熙熙穰穰。問威名無韓范，説勢利有金張。好笑他哄自家誤了君王。

又 和太常劉長寮

争不多徵九奏續了韶樂，争不多核八佾正了秘戈，把夷夔事都着病銷磨。看匣裏虹猶射斗，袖中蛇欲吞魔。無那鳥亂啼行不得哥哥。

又 秋夜喜呂山人見訪

愛灑灑故人高蹈，喜落落君子淡交，割隻雞沽酒伴寂寥。怎得如呂康琴合瑟，比陳雷膝投膠。也免致揚子雲又解嘲。

【朱履曲】 誚諸奸自翊

可那五爪雞清朝鳴鳳，可那兩頭蛇盛世遊龍。且休道西園喬木掛獼猻，踶踏壞千秋鑑，指撥亂一天星。敢子羞殺東皐避地翁。

又 予告述懷

也懶去作耳目供奉玉階，也懶去應喉舌整理銀臺，任他那竊弄朝家貽禍胎。便還訖遂良笏，且丟却傅説梅[一三]。盼得個舊漁樵共草萊。

【千秋歲】 贈薊遼孫樾峰

赫赫制府，九伐專旗鼓。東擒倭，北俘虜，魚鱗擁陣行，虎翅分營伍。單騎唐令公，後車周尚父。

又

經文緯武,决勝心良苦。耻管晏,笑房杜,洗甲東溟波,拭劍西山土。三衛俄頃心,四鎮益安堵。

【臨江仙】 次韵,空亭獨詠

一庭嵐翠春明媚,謝家池館萋萋。插空萬丈彩横蜺。曳曳翻楊柳,飄飄落棠梨。右賞春。

清香滿架葡萄熟,匝欄碧草猶萋。坐看雙佩吐青蜺。陸子遺甘橘,孔兒取小梨。右賞秋。

【駐馬聽】 代賀楊生有子,和客調,丁亥月生

月喜逢丁,有子前身縶鳳籠。却又是燕山丹桂,玉井金蓮,鍾作人龍。便看甲第耀華宗。懸弧今日還初夢。好慰平生,好慰平生[一四]。莫些時跨竈充閭,大家懽幸。

【駐馬聽】 閑居書懷,用前調

聞攝六丁,大鵬翮喜破樊籠。任那様雕鞍華佩,遮道盈門,肯許登龍。寥寥漢漠寄談宗,不知是覺來是夢。笑傲營生,笑傲營生[一五]。聽不着鬧市烘烘,便爲天幸。

又

整頓畦丁,官家何用巧編籠。咱不是岐山鳴鳳,渭水飛熊,比那癡龍。還負冤孽債幾宗[一六]。到頭白白留場夢,枉度一生,枉度一生[一七]。贏得我居易常安,甚麼是幸。

【駐馬聽】 賀張山人旅邸,聞弄璋數月。妻姓馬,郃陽人

有後成丁,正遇逍遥鵠脱籠。莫不是張公九世,馬氏五常,産鳳毓龍。

吾黨西銘是正宗，還記得庚星入夢。共祝長生，共祝長生[一八]。有異日光滿部陽，爲君稱幸。

【朱履曲】 感時事

我也愛藜藿虎豹還山，我也愛雲霞鵰鶚中天，記得椒花春頌舊詩編。候金鑾開雉尾，依寶鼎噴龍涎。看朝回蹀躞章臺馬一鞭。

又

誰啟那周公金匱，誰荷那留侯鐵椎，一片片赤空露傾陽葵。看具囿花仍艷，望驪山火又煨。且休道原田歌頌喜每每。

又 因禱雨作

東説魯焚了巫尫，西説漢烹了弘羊，好個積薪的平仲祈禳。聽人間歌蜥蜴，看階下舞鷸鵜。還要我置虎頭縱閉那陰陽。

又

想我直天階夜聽金鑰，想我侍天顏晨隨玉珂，把心鏡常教暗室磨。比那化金鈇須鎔鍊，治骨角費切磋。只是秉堅剛改不得舊枝柯。

【駐雲飛】

方予告，有携鄰陂詞索和者，作此。即未工，然迫於時，僅兩日也

便去還山，怪道命窮鬼也纏。覬無憂無患，想莫災莫難。嗏[一九]，甚地好垂竿。計途長短，伴個琴童。教跟隨供飯，灑灑落落怎不然。

又

曲路經山，處處披分處處纏。錯致一腔患，甘受一生難。嗏，如鮎上竹竿，凫哀脛短。廢寢忘餐，吃也是愁眉飯。羨説峥嶸然不然。

又

架嶺漫山，百結千縈可耐纏。巇嶮由他患，飄泊居咱難。嗏，惡竹長成竿。天長人短，擦嘴忘恩，誰報饑時飯。只求得暗裏昭然。

又

睥睨關山，蔓空有恁網來纏。雷吼彪增患，雲舉鴻脱難。嗏，百杖掛燈竿。照天短短，笙鶴盤桓，醉饜青精飯。變化乘時一奮然。

又

抱璞荆山，可道珍藏錦護纏。肘足不言患，束手安災難。嗏，比那衒長竿，饒舌弄短。願動人前，歸鬧妻兒飯。回首卞和更赧然。

又

曾渡海山，曲曲盤盤龍繞纏。濤浪何足患，兵戈誰爲難。嗏，萬里横漁竿，乾坤猶短。一餌鯨鯢，做個大家飯。怎得襟懷不浩然。

又

勒石燕山，螭紋蝌跡額雙纏。那致英雄患，除是軍國難。嗏，一筆挺如竿，取長摘短。斬却大蟲，醢作漁樵飯。碑立千秋名赫然。

又 刺奸輔

結冰爲山，那指槐階葛亂纏。釀作千秋患，倖脱一朝難。嗏，梟峙玉堂竿，聲高儀短。日費萬錢，光禄供誰飯。看到天庭淚潸然。

又 刺庸將

誰鎮天山，狗狗蠅蠅曼引纏。巧避身家患，欺遮邊關難。嗏，號令舊懸竿，三軍食短。一刻囊充，千日兵闕飯。羽檄看他意惘然。

又

握手臨山,老柏霜皮似縷纏。跋扈鰍畜患,啣壁雀知難。嗏,坐對月一竿,家長里短。沽肉無錢,煮豆湯和飯。徙倚八窗好洞然。

又

一坐春山,那説犀玉腰下纏。他到常憂患,安樂防多難。嗏,栽成竹萬竿,酒高興短。雪藕冰桃,有咱成熟飯。聞似蓬萊已果然。

又

一曲高山,歌畢兩袖落紅纏。愛仲連却患,喜子雲解難。嗏,珍重鶴膝竿,任咱長短。布襖裝綿,苦菜脱粟飯。怎得胸中不快然。

又

開門見山,依舊薜蘿石上纏。醉裏堪忘患,静裏真却難。嗏,誰到百尺竿,朝長暮短。饒却勞碌,吃碗消停飯。等待冷灰徐徐然。

又

仗戲逢山,轉見郎當綿引纏。機械旋生患,可惜人作難。嗏,還看躍飛竿,角觝笑短。争勝誇先,得手贏餐飯。誰顧生亡一惻然。

又

天欲離山,坐上青雲疊遶纏。曲突猶防患,爛額曾排難。嗏,閣起子陵竿,蘆花枕短。還整衣冠,敢忘君賜飯。端怕積薪火未然。

又

從學耕山,日惹游鷺檻外纏。虎去林多患,龍遯池多難。嗏,菉竹長成竿,留長去短。九鼎千鍾,啗些好茶飯。窮肺腑長自了然。

又

終日禱山，枉瀆神明瑣瑣纏。却不了憂患，躲不得災難。嗏，徹却誦經竿，莫長莫短。做的活多，就是有衣飯。得逍然處便逍然。

又

散坦居山，續續滔滔枉費纏。只整隔年患，不省剥床難。嗏，看竈頭火竿，先長後短。説甚熬煎，饑來吃咱飯。窮達由人聽自然。

又

坐對壁山，鬱鬱環亭綺錦纏。誰遺周秦患，旋作關河難。嗏，渭野尚留竿，消磨漸短。東望首陽，竟吃誰家飯。雨過藍光又焕然。

又

爲病尋山，日循一日更加纏。那樵子偏無患，我輩翻增難。嗏，持着護雞竿，拳長袖短。又莫米鹽，桃菜芽蒸飯。由恁窮還不自然。

又

三載居山，愁來豈爲病延纏。人世誰無患，日月猶經難。嗏，截枝碧篛竿，相風忒短。柱上天台，覓些胡麻飯。説到仙家便豁然。

又 刺内外題罔

笑他罪重丘山，不去還來執固纏。牛喘曾知患，鼠竄却稱難。嗏，斷令級懸竿，問他長短。緝緝翩翩，虚縻朝家飯。一望垂涕切痛然。

又

金粟滿山，牢繫心猿匝匝纏。龍虎馴無患，龜鶴閑無難。嗏，隨身一横竿，天竺短短。白馬駝經，到處留齋飯。擬圖前生未敢然。

又

負債歸山，腰間萬貫可猶纏。多受了驚患，是前生災難。嗏，望徹酒廬竿，人情見短。袖裹行糧，怎搆充饑飯。看得襤褸也慘然。

又

悵望秦山，縹緲城樓八水纏。六國旋稱患，二世俄遭難。嗏，翠鳳旗横竿，斯高心短。指鹿同奸，空吃君王飯。説起令人重黯然。

恰道入山，庸夫襲着又麻纏。豫太招時患，欺罔蓄國難。嗏，憑吾指佞竿，數説長短。忽復逐逐，逼造漁舟飯。且讓他閃爍魁然。

又

如蚊負山，惹動蛛絲密密纏。敵作仍匿患，亂至還飾難。嗏，虚挺萬叢竿，帷幄籌短。大腹寬腸，且厭粱肉飯[二〇]。吃的見世實徒然。

又

波漲迷山，龍蛇崖下互相纏。戚戚憑伊患，好歹從伊難。嗏，如蔓附崇竿，説長道短。跪乳酪膏，誇異循常飯。曾比我淡泊掀然。

又

憐客奔山，拘急如繩絆又纏。到處多驚患，何日离却難。嗏，拄根破竹竿[二一]，蓑衣短短。就莫吃穿，肯受嗟來飯。轉盼空庭月皓然。

又

春色滿山，羅襪竹杖緑行纏。有車誰載患，有兵誰靖難。嗏，眺望旗千竿，叢臺窄短。想像平原，養客慚無飯，俯仰林皋一爽然。

又

兀坐看山，又説詩麼酒祟纏。它豈爲咱患，咱實不懼難。嗏，水深幾許竿，龍長鳧短。俎豆肅將，休作埃墨飯。想是禴蒸多闕然。

又

惡聲臨山，何物鵂鶹終夜纏。有甚麼驚患，怯甚麼疾難。嗏，看那擊城竿，怕你長短。剥却皮毛，碎作貓兒飯。腰下寶刀正肅然。

又

殺氣騰山，太白經秋度失躔。時事今稱患，豪傑偏多難。嗏，潢池又揭竿，李紳形短。減竈俄增，難度軍中飯。安得風清海宴然。

又

醉卧浮山，徙倚風雲寄一廛。久不攖時患，有何關客難。嗏，折取竹半竿，晝長晝短。渴飲流泉，饑食藜藿飯。□□□□□□□[二二]。

（李應策《蘇愚山洞續集》卷八《詞》）

【甘州歌】 清明後三日，義塾作

愛我幽暇，忽滿堤錦綉，半壑烟霞。淡紅匀緑，望丹青如畫。興來饒備供詩藻，醉後濃斟醒酒茶。（合）魚陟浪，雁横沙，説甚扶風豪士家。且步履高，襟懷大，兩閣儲書幾十車。

【雁兒落】 和《藍關記》中調

不問你種玉方燒丹訣，自有我壺天月。度汐來晦却明，按潮去圓仍缺。冰鏡瑶空瀉，皎皎光誰滅。鼎中合了烏兔，匣裹辨了龍蛇。蓬萊，仙闕也。讓我，長生不老説。

【步步嬌】 寒食遊飲東郊二首

日暮啼烟悲杜宇,坐卧春風裏。飭輪蹄,紛紛緑陌紙錢飛。醉來嬉,禁不住綵索兒童戲。

其 二

清明節候紛華地,歌鼓追遊騎。樂郊扉,陽春郢調和猶稀。草菲菲,看鬪鷄走狗人争戲。

【皂羅袍】

撥悶詩留幾卷,一腔懷抱,盡付謳吟。虚具六韜挾六鈞,又莫個王翰與爲鄰。竊取把聖言整頓,馮它負乘,曳尾摇唇。嵬嵬千仞,獨繼龍門。不比那東山坐未穩。

【皂羅袍】

聞遼事一戰而兵損數萬,大將陣亡,與道臣以下至無算,又謂全軍覆没也。感賦此

東北延綿禍起,爍天光焰,玉石俱焚。朝廷有這等劣將庸臣,萬里山河盡赤氛。怎把爛腔熱血瀝得盡。哀哀軍士,且解冤魂,含酸滴淚,人世堪聞。還怕那烏合兵争逃遁。

【清江引】 爲余傳影,笑賦此

丹青不入凌烟閣,氣概虚卓犖。七尺偉丈夫,謬許先知覺。豈而今平地遭坎坷。

其 二

辱寫君王下綸綍,無力侍輦轂。黄花陶令持,白圭南容復。不銷把簪纓照舊着。

其　三

可惜人生多媿怍，大義怎埋没。恰望惠留人，那煩像肖我。完得個靈明死也妥。

其　四

這不是我誰是我，形影還相左。平常抑紛華，丹錦飾欲何。只本來面上摹堪可。

其　五

這是我呵呵那些不是我，襟度軒然豁。宇宙納胸中，一膜渾六合。百年後想着咱真脉絡。

其　六

不才猥荷稱金玉，争訝頭峙骨。白毫發兩眉，黑子點雙足。誇嶽嶽鸞停鵠併伏。

其　七

當時天賚殷良佐，傅説名傳播[二三]。持像版築間，盡把形骸脱。那也是朝廷懸八座。

其　八

秦穆公到留一個，有容德量大。爲國進賢能，得士銷災禍。那子孫黎庶都稱賀。

其　九

怪道麒麟返跼躅，豺狗當途卧。殫神批龍甲，儘氣折鹿角。不能遘圖書見河洛。

其　十

誰列三公繼臺閣,鞭笞多病觫。可笑爛羊頭,空側蹲鴟目。比得阿英雄紙半軸。

又　閱花幅,賞畫工劉子

雪幹雲根舊不磨,生意還勃勃。蘭桂萼常開,荆棘叢難破。而亦曾描得真陰果。

又　班中有兩秃一跛者,以康、楊取爲黨而圖之

兩鬢猶秃一足跛,麞頭鼸鼠目。九列半癡聾,遵巡又犄角。教裂麻陽城淚空墮。

【傍粧臺】琴亭作

對瑶琴,半毫俗氣敢來侵。池圍桃杏流春色,隄遶松藤落午陰。舞鶴鳴鸞千載意,登山眺水一生心。廣陵散,久不聞,笑他薄行挑文君。

【甘州歌】清明日作

暫停客馬,喜翠幕籠香,綉轂碾花。人烟喧閙處,應節争遺畫鴨。社前榆柳迎新火,階上芝蘭長嫩芽。(合)看鶯燕,賦龍蛇,醉泊林園笑語賒。溪濤漲,嶽雲遮,不禁咱潦倒鞦韆架。

【落梅風】[二四]　有頌周按臺者,感賦之二首

翻翻舄,嶽嶽冠,依法臺人文並燦。一抗顔革弊如神見,朝廷上驚魂破膽。

其　二

騎青驄,携白簡,一路荷繡衣光顯。鐵作肝又覺鐵凝面,把綱紀從新

整段。

【水仙子】

説子陵江湖性氣高，怕元龍山嶽形骸傲，喜太白月露襟懷渺。碧苔蘚歸來蚤，一壺冰千古風騷。四君子窗列聲矯矯，五大夫門容節表表，二賢人座伴意迢迢。

【漁家傲】

潤吐綠烟纔折柳，兩屐輕風三昧酒。憑他金印懸紫綬。意悠悠，龐眉愛我山陰叟。

【一封書】 席間，偶遇新狀元，賦之

宫花插帽斜，步玉堂乘金馬，喜大魁天下。是仙人侶學士家，着丹青描出瀛洲畫。錦袍色動日邊霞。七寶床，御酒賒，一代文章也爛熳發。

【皂羅袍】 恨寧夏孛、劉之變

盟血纔乾輒背，元昊逆亂，再動六軍。無端的又烈又狠。朔方真是忘恩信，賀蘭山洪河兩分。積餉屯兵，虚設關鎮。轟轟名疆，安成標凖。時時要聖皇戒慎。

【皂羅袍】 聞遼事感懷

弄成這般世界，突亡關隘，驚動嚴宸。説甚麼犀玉垂紳，馳騁八騶引雕輪。笑那一個個空皮囤，誰浴日月，誰荷乾坤，誰作舟楫，誰飭經綸，辱麽了臺垣勢分。

【不是路携過皂角兒】 時遼事未平，偶因社鼓有言，誌感也

金鼓諠天，正遇豪甿少壯年。胡亂炒紛紛，惹致放翁顛。旗騰翻，聽犄角聲勢忒兇悍。就去要應節鬧春前，可擅作軍令，車騎刀鬬，競長罵短。

怕而今屢成逆叛,恨而今誰能驅剪。體聖皇時時宵肝,望臣工人人屏翰。何不奏大廷,携一夫,提一劍,繫樓船,先定天山。若無計旁蒐起翦,活捉權瞞,只反唇疾視,那稱好漢。

【桂枝香】　二首

五車積債,一腔丹悃。墨莊不問枯榮,松竹林崖半枕。向日春光酣麗,又是良辰。展客顰何尤何悶。好去聽出谷鶯聲,看冲霄雁陣。

其　二

壺觴堪逐,風花待飲。閑却匡扶手段,且來整頓河濱。有的是鑑湖曲,筇杖綸巾。俄兩壑生雲,逍遥誰禁。只一任老鶴蹁躚,還再教靈蛇奮迅。

【皂羅袍】　誤聞邊庭有以鸚鵡遺禍者,作此

夭孽曾垂兆朕,鸚鵡能言,禍國殃身。何况那長舌利吻,都便便熒惑天君。不覺的聞之增憤。自古天王明聖,爲國重人。虞庭威鳳,周藪祥麟。放個太平偉略誰曾問。

【皂羅袍】　聞一二凶逆,賦此

不意今番消息,流毒宗社,遺痛神人。逞一朝莫要緊些須醜忿,致戮延妻妾子孫。更留下萬難區處的倫常大釁。就是剥却他皮,剜却他心,碎了那骨,抽了那筋,雪不得公家怨恨。

【水仙子】　喜兒再取河東書院

愛堯南玄豹潛縱,慕河東彩鳳馳名,想渭北非熊接踵。真是五百年際聖明,恰整起詞鋒筆穎。書香正祈衍雲仍,文運重看擢俊英,義氣還留竭忠鯁。

【村裏迓鼓】 閲邑較士録二首

喜兒輩丰姿雄鶩,得意時信手揮毫。仔看見黑玉香飄,白璧光摇。比之傾河萬斛泉源,滚滚滔滔。想來是左馬才高,李杜興豪。開口把元白壓倒,好去上堯階作殷盤周誥。

其　二

龍門誰先掛錦袍,虎闈咱迴暨霓旄。萬里争衡,文陣前矛,脱穎垂櫜,臨風草草。日麗星輝,雨飛雲落。忽烈烈起鳳騰蛟,望天庭發藻。

【山坡羊】 答里叟

具的是藍杯杏酩,携的是舞妓歌伶。做個聱世翁,披東風信馬騰騰,正好聽鶬鶊,把芙蓉,覓二玄,講六同。説甚麽三臺兩省,咱原來眼冷。任他禄萬鍾官九鼎,比得蔬一畦稻半頃。良朋,有石上松澤邸鴻。馳名,漢李膺魏管寧。

【鵲踏枝】[二五] 答新選給事詞二首

相携着五六人,纔過得兩三春。披瀝禁闈,敢負堯舜君民。積悃許早致此身,説起將眉頭又顰。

其　二

要秉節誓忠臣,須百奏極敷陳。龍逢比干,個個兒批逆鱗。將順與匡捄諄諄,都去做廊廟琦珍。

【鵲踏枝】 六科夜談二首

咱孤標迴絶塵,耻榮談要路津。侃侃掖門,期圖報聖皇恩。喫緊地位肅簪紳,古來稱記注特尊。

其　二

是非也懶摇唇，惜國紀轉紛紛。誰操史筆，舉頭白日蒼旻。休哂看六月霜隕，逐不盡庸輔邪臣。

【水仙子】　和竇山人

癩牛兒蔽車一乘，僻莊兒矮屋數楹。坡地兒瘠田幾頃，大茶甌寬酒鍾。且不論詩豪棋聖，哈哈聽幽谷遷鶯，鬱鬱看碧壑摶鵬，燁燁候中天鳴鳳。

【鵲踏枝】　上請告疏二首

有百畝足贍身，無千金可買鄰。晉脱冠裳，再辭供奉嚴宸。酣寢得荷命天申，早去接朱雲格品。

其　二

愁陌上虎難禁，憶林間鷗與親。咫尺天威，鑒我病伏吟呻。鬱困想大衾長枕，睡起課初學兒孫。

【黄鶯兒】　富平三友曾爲余慶六十也，越四年又祝，答此

問我幾添籌，六個五五個六。笑八八俄添四數，蓬萊第一丘，雲霄不二叟。望古稀剛剛六秋，好年頭，再加六六。儻期頤還相祝。

【水仙子】　偶與竇山人有談

茅階煖景色融融，煤爐寬焰氣烘烘，瓧甕酣酒味濃濃。笑人間傀儡棚，無隻眼誰别英雄。辟寒鶯燕却離叢，憑高豺虎又當衝，効靈猿鶴常臨洞。

【朝天子】

振臂豪呼，喜奮鵬雛，整起於門户。笑脱笠簾舊釣徒，陽阿留歌舞。

東墅旋開,西疇不蕪。朝遊旼夕臨壺。賓客日相迎,醉倒兒能扶。掃庭階豎旗鼓。

【山坡羊】 以生孫和畢公韻

一腔赤軒旒可對,半壑青池臺欲萃。又丹苗腴衍廣佈蚤培。明庭再育賢,太史猶占瑞。天爲英雄想不靳風雲會。看這萬萼千苞,玉嶙嶙峥嶸幾倍。比得麗春花的爍輝,光是謝家蘭竇家桂。

【油葫蘆】 感里士作二首

羈身且幸脱儒冠,任豪遊競逐攀援。老樹古藤儘去纏。咱不要避世名着笑徐績反,也不作傲人形着怪嵇康慢[二六]。端只學佈竹栽松,開社墾田,濬通活水,補葺芳巒。往來看膝下舞衣斑。

其　二

無故鬖鬖鎮日喧,恰改頭妝做少年。又不省個恥和廉。可道是陶淵明歸去心平淡,可道是謝安石坐卧身閑散,贏得我千古生涯[二七],信手裁删。屣却名利,珍愛田園,不羨那綺羅映翠鈿。

【水仙子】 客有不知仙而妄談者,偶斥之

誰是騎青牛的老聃,誰是駕白騾的陳摶,誰是御赤鯉的琴仙,咱只愛舉鴻鵠峙鵷鸞,應夔龍左馬諸賢。三春暫息碧筠園,十年高叫紫薇垣。頃時再謁明光殿。

【駐馬聽】 春日過山園漫興

載酒山園,日喜良朋解悶顔。便踏碎徑苔,度嶺逍遥,争携詩卷。竹裏花邊供玉盞,行行滴翠浮烟嵐。儘我盤桓,儘我盤桓,不覺聽岸頭漁笛悠悠轉。

【駐馬聽】 山園留客

在在行窩，踏春騎駐舊山阿。有東村西社，供茶進餅，聊充饑渴。楊柳烟横林外壑，蕣麥雪消巖底坡。奚愧奚怍，奚愧奚怍，赢得咱一談一笑一倡和[二八]。

【駐馬聽】 人日私祝二首

何人非我，萬彙同春姁太和。又是正元上七，縷金成像，老幼參錯。椒觴依齒予先酌，不銷去祝天頌佛。好缺甚麼，好缺甚麼，願大家長長親親嬉嬉樂樂。

其　二

日月如梭，富貴憑人恣予奪。惡那利嘴饒舌，競長論短，嫌少圖多。春蝶春錢空列座，寶馬雕車客連絡。氣艷薰鑠，氣艷薰鑠，比得咱居易安常守淡泊。

【駐馬聽】 和李山人元日迎春詞四首

天氣柔和，向陽魚陟冰先破。喜日行東陸，寒谷陰崖，遍更橐籥。紅入碧桃含嫩萼，青歸弱柳吐新柯。依候興歌，依候興歌，直去尋竹萌草芽逍遥快活。

其　二

悄悄云何，醉裏閑銷世故多。不覺又星回律轉，陌上李榮，階前梅落。秦川雲集龍猶卧，漢甸砂平雁再過。閑美風物，閑美風物，豈倈勞跨馬乘車襟懷自豁。

其　三

肯受折挫，擲笏經春卧碧波。許些生意滿園，邀賓沽酒，趁時安樂。

長嗚一駿飽芻木，漫空猶説烟光薄。急飭笠蓑，急飭笠蓑，看勃勃濃濃牆頭屋角。

其　四

誰厭蹉跎，名著蓬萊進士科。想去供奉九天，抗顔獨對，争讓諫坡。只爲賞心太液飛黄鶴，不覺接踵二華騎白騾。謝了玉珂，謝了玉珂，到而今十八年來，累却徵詔辭臺閣。

【水仙子】 因遼事感懷

曹彬去平了江南，伯顔出定了臨安，寇萊行撫了澶淵。想英雄濟國難，事事兒思量展轉。尉遲公正要凱旋[二九]，定遠侯併欲生還，嬴秦氏休誇席卷。

【桂枝香】 常樂園題凉亭詞，時方宴客

雲欄歌動，冰壺宴啟，煒煒菱開碧鏡，翻翻荷著緑衣。又喜林間石峭，階下水漪，天青如洗。炎月霜飛，正火老氣將旋，金柔風已逼[三〇]。

【落梅風】

佼佼傭，錚錚鐵，一代人推咱歃血。老尉遲憂國心如烈，治田莊田翁怎别。

其　二

罷吟哦，去彫篆，掙不得詞林玅選。治安書乞止君王輦，待玉階蚤擊讒奸。

其　三

惡犬羊，思貔虎，不能勾運籌帷幄。虚指望軍中萬人督，着大廷時時拭目。

其　四

鄧伏鸞，陸隱鵠，奏太平那尋頗牧。舊隆中有客居環堵，少的是買求推轂。

【對玉環帶過朝天令】

滿座蘆花，洗耳對巢由。一望巖雲，灰志謝伊周。查查鵲休傳，噦噦鸞應奏。誰不知名，千古喜長流。自不縈懷，萬里怕重遊。履西疇，眠北牖，鹿鶴追陪帳外走。笑傲任枯榮，管不得鄉鄰鬪。那九棘比咱五柳，竹葉濃斟香泛甌。

【桂枝香】 伏日園中答賓

日行在柳，風鳴自竹。援琴好引松鶴，垂釣怕驚池鷗。借有故人枉駕，説碧筒貯酒。聯床握手，酣笑優遊[三一]。着去把壺裏分冰鑑，鼎中調雪藕。

【上小樓】 四月初四，園中作

碧森森新篁脱穎，春殘晝永。月瑄迎炎，風絃奏薰，居然畏景。鶬鶊韻，螻蟈聲，聒聒足聽。櫻桃熟爛滴階紅，滿園槐影。

【上小樓】 立夏先一日，園中和薛生詞

九十日春光尚在，老紅積翠。漫村鑼鼓，遍地管絃，棲遲門外。東麓闢，南畝開，物情舒太。花與柳掩映池臺，風雲藹藹。

【桂枝香】 伏日郊居

雨渠生涼，風菰驅暑。教兒高唱採蓮，倚欄揮塵，瀟瀟獨處，此樂誰知[三二]。石凝水閣侵肌，冰冽金盤慰齒。

【紅繡鞋】 池邊對友,和衣巾王生詞

絲瓜架蕃連茶豆,芰荷欄香浮雲藕。省得去選勝覓芳幽。看跳躍池中鯉,狎往來座上鷗。舒情懷有的是閑朋友。

【上小樓】 中秋對月

爲人間平分秋色,團團桂魄,瑩光皎潔,河漢萃靈,奎畢躍彩。迎素娥,對狂客,拚醉瑶臺。笑塵匣寶鏡難埋,已重懸世界。

【上小樓】 春分日作

忽霹靂雷驚蟄啟,浪煖日熙。藍揭翠屏,桃開錦幔,人醉玉巵。移春檻,笑歌時,蕙蘭風正好棲遲。看恰恰鶯簧出峪,鯉化天池。

【上小樓】 元宵和客

碧團團鰲山皎月,三五令節。綵勝摇春,娥柳顫風,蓮燈試夜。騁寶馬,走香車,光流艷接。望千門歌鼓蕩軼,通宵不歇。

【紅繡鞋】

笑人間何争何鬪,喜自家莫慮莫愁。大棕床綿被擁黄紬。興來時觸兩句,酒到時喝幾甌。有那月影松聲皆故友。

【清江引】

時有以黨錮爲戲者,亟毁其記,併禁止傳音,不忍聞

誰作官家朋黨志,邪正謬相執。磊落舊名賢,希奇新故事。忍去聽八關十六子。

【清江引】 士有病癱十年,爲私人起用者,賦以相嘲

病噎盤中堆酒肉,聾遇調絲竹。瞽兒望艷花,紅顔配黄耇。笑他命兒

窮休乖拗。

【清江引】 吊王生

是非難與天詰究，德厚偏不祐。賢哉顔氏貧，無壽又無後。倒教張蒼富貴還長久。

【清江引】 勸鄰婦

因緣先定鸞臺媾，驕女心不足。終日怨家貧，一世嫌夫醜。豈不羨陸家姑婦學朱蘇。

【紅繡鞋】

緑沉沉槐陰停院，馝芬芳花氣穿簾。坐談了古聖與先賢。開坡下千弓地，敞樓頭萬里天。笑咱十六載寒灰豈復然。

【清江引】

常樂園中以六月十三日爲白衣觀音會，時取郎當爲戲，笑詠之二十四首[三三]

錦棚高對金天界，奇巧百般態。提出大郎當，弄作真傀儡。他牛王社那賽觀音會。

其　二

紛紛聲調梨園雜，子弟新腔罷。野唱鬪村歌，綉幕衝門掛。聽了些異代興亡話。

其三 以下對賓語

源頭曲曲長流水，吟壇圍翡翠。督責舊園奴，忍把葵藿採。碧垂垂着麗軒窗外。

其　四

平臺緑泛芰荷葉，坐愛冰壺潔。輕輕對面風，皎皎當空月。好個伏裏天不見熱。

其　五

臨村迫舍相邀待，設攞笑纍纍。蓄釀噴椒蘭，未飲心先醉。覺堤前紅膩澆磊隗。

其　六

割雞盟欲合簪佩，掃榻嫌亭窄。辛盤一味芹，放鴨釋活蟹。只教斟醁醽濃琥珀。

其　七

休道拘持不自在，好把衣冠解。欲酣便着酣，得睡且還睡。要林間志願都懽遂。

其　八

聽鳥兒聲聲格磔，來往人絡繹。齊上謝公墩，曠喜白雲適。恁村莊把七尺繫。

其　九

些小形跡莫介懷，大家懽拍拍。笑傲谿壑間，老幼忘儕輩。論不得爺爺叔伯。

其　十

拂時積悃留庭掖，百疏氣凜冽。便爲激觸煩，終被豪强格。不能勾臨軒再叩額。

其十一

名高也喜垂竹帛，天下思風采。可那懶肚腸，枉費功百倍。贏得個浣花溪上宅。

其十二

明歲輪咱酬賓客，老甕醪浮白。大餅縮長葱，魚膏煎落蕊。做個舊規兒休更改。

其十三

事怕人情不久耐，頃刻分好歹。勉開風月襟，徐償烟花債。要自家常把心頭揣。

其十四

説甚五陵和九陌，縱馬矜豪貴。歌舞擁嬌妓，望之若將浼。比得咱步步詠哦任搖排。

其十五

徘徊怎舍庭前柏，歲月憐高邁。九節杖堪隨，一幅巾還戴。留幾個詞兒作恩愛。

其十六

年年六月參禪節，肯去崇寂滅。池臺遍毓蓮，驚見曇光徹。又生生妙出白衣偈。

其十七

人間何事煩驚駭，還他墨介幘。但期山嶽明，休着乾坤壞。拚得樂嬉嬉常舒泰。

其十八 偶戲做關公立效别曹,有此

一望重圍解白馬,早把奸雄謝。斬脱五關營,保出雙妃駕。恨那時滿腔熱血無從灑。

其十九

李膺何德稱模楷,天上休物色。耿耿寸衷懸,久别嚴宸側。喜的荷君恩得常負耒。

其二十

直鈎虚入嚴光澤,恪守三不惑。避地滸原高,仿佛龍伯國。秘貯長生籙一册。

其二十一 評士子課藝

門下人多高氣概,步元更游愷。千頃决詞源,萬流歸學海。灼灼夜光難久晦。

其二十二 贈佳士

驪珠出現人争得,丰格真清灑。儼若海東青,妙於天下白。過目通經齊註解。

其二十三 辭門下之來遊者

説到時名羞去買,南畝停風翩。晨起課耕鋤,夕來唱小海。覺兩鬢秋俄衰改。

其二十四 鄉下以二十曲限我片時,笑書之

呼僮齎紙濃研墨,百韻限三刻。風騷擁筆來,奇氣横腔塞。看須臾几案流芳采。

【黄鶯兒】 常樂賞蓮歸,俄途逢雷雨,和侄三讓四首

翻翻歌採蓮,苦炎蒸六月天。松花冰酪滿團扇。正玉竦接芳瀾,金鱗逸碧灣,浮瓜沉李供遊玩。喜龍蟠,一聲霹靂,忽轟出雲霄畔。

其二 題觀音洞

苦海笑無邊,途屈曲水潺湲。慈航果否留方便。金繩休誤扳,泥牛莫浪牽,世人多少遭佛幻。望西天,傳燈付印,也切説神通見。

其三 過村莊,慰故人之貧窮者

盡日淚涓涓,少吃着多憂煎。粟粒凝肌花摭眼。悲捉襟露肩,苦得饔缺餐,遑遑迫迫真窮漢。且心寬,聖明遐矚,已不久恩流轉。

其四 勸次貧者

衣飯等身竿,添不長減不短。絲毫升合難憑算。穀米粥煮澉,花布襖裝綿。餘些準備災和難。好吃穿,寒温饑飽,都也是天排限。

【水仙子】 戒諸貧士妄求

讀書好企慕顔淵,蒞官儻比擬范丹,立身得仿佛原憲。想他知義命樂性天,忘饑寒也忘尤怨。陋巷自覺意安恬,罄甑那説行矯虔,弊衣都愛心平坦。

【黄鶯兒】

執節肯從凡,進不招退豈援。逍遥金谷塵埃斷。結茅棲華山,整綸釣渭川,青松白石尋常伴。樂清酣,唱和有年,笑詩筒窄短。

【清江引】 閲屏間鳳

高鳥投林不擇木,誰識丹庭簇。一離燕雀群,千仞鶯飛舞。且休把六

像五珍試堂廡。

【混江龍】 夜飲劉大參園中,改鼎和兒作

聽門外樵歌漁唱,兩岫烟含十畆塘。正是花香苾苾,竹韻瑲瑲。笑舞七盤明月女,醉翻雙調紫雲孃。説甚麼海上神仙,做得過山中宰相。鶯兒燕子嗔相唤,蝶使蜂媒任自狂。

【混江龍】 笑里士狂逞

一個個看他孟浪,青樓艶冶樂佯狂。誇得綉衣雕勒,錦席瑶觴。燈火人扶夜醉歸,管絃客擁春遊賞。却想到嗷嗷眼下飄零子,那悔及落落日前富貴郎。且好着田農負耙耒,漫看蠶婦執籧筐。

【混江龍】 閑詠二首

還自卧百尺樓上,錚錚匣裏透龍光。這回籌嫌用短,楮喜留長。殿中藝笑虔三絶,天下功羞仲一匡。要本等只是傅巖千古濟川才[三四],班超萬里封侯相。典謨訓誥追三代,禮樂文章佐四王。

其　二

虚負了平生倜儻,連編經緯貯雲莊。於時氣衝星漢,力震疆場。想撥燕然山頂石,請轉高華嶼底洋。自揣奮身勇比王鐵棹,剖心忠若安金藏。且不得龍翻巨壑,也只要鳳立崇崗。

【混江龍】 園亭述懷

不顧咱輪誠積悃,踈散今成自在人。多是門庭懶出,木石相親。松軒竹徑園林邃,玉檻銀床井液深。便留太尉四世環,那懸季子六國印。説不得乾坤正氣,做不來社稷名臣。

【清江引】 遊清虚觀二首

呼吸丹臺通帝闕,漱齒三光液。龍耕回絳霄,兩手浴日月。采采羊鬚珠更别。

其　二

蘢葱琪樹青城野，威鳳棲其下。叱咤落風濤，咫尺銀潢瀉。何故夕猶馳意馬。

【水仙子】

古東繪面，取踈松隔水之句，里人執以索詞，有是作

聽風松隔水笙簧，望雲藍映日珪璋，倚翠崖連天屏幌。咱原不是霹靂手錦繡腸，怎能勾虎視龍驤。詹何且整漁人網，李膺直埒名賢黨，馬援不著功臣像。

【黄鶯兒】　笑奔競者

名利轉勞牽，下也陵上也援。得失滿度横交戰。望貴兒脇肩，對窮人奮拳。且自矜誇且尤怨。日奔燕，月月往還，把鐵鞋磨爛。

【兩頭慢】[三五]　和東山人韻六首

得亦愁，失亦愁，笑他虚度半生秋。一意圖安閑，百事都將就。斷了忮求，釋了怨尤，整綸磯上伴浮漚。巨鼇眇雲莊，尋我真歸路。

其　二

莫來由，胡亂愁，嘘吸光陰春復秋。萬般做作來，八字安排就。好也無求，歹也無尤，聚散人間總一漚。本分去營生，便是平康路。

其　三

吃不愁，着不愁，今秋薄收待來秋。冲天志氣銷，經國文章就。那去干求，那去效尤，看甑裏塵埃釜底漚。鴻雁荻蘆汀，冥寞皆途路。

其　四

不自由，還要愁，爲國俄添兩鬢秋。懷沙賦謾成，投檄詩欣就。才慕唐求，筴慕嚴尤，誤把身當水中漚。三尺凜寒芒，重闢官家路。

其　五

日瘵愁，不解愁，冷落庭阜付弈秋。披襟踞竹床，名利誰屑就。朝暮講求，征滅蚩尤，中流挺峙任萍漚。無反更無側，只祈遵王路。

其　六

想緣由，喜却愁，呼嵩北望祝千秋。盛際肇風雲，豪傑紛争就。蠲却誅求，革去慢尤，乾坤豈比無根漚。怕那陰邪伏，猶碍陽和路。

【兩頭慢】　答王山人二首

上諫坡，下諫坡，感沐君恩披瀝多。赤心寄彤庭，白簡留青瑣。重際時和，重際時和，壯懷肯着病消磨。隆中舊主人，束帶常危坐。

其二　時值新婚

大登科，小登科，雲路星橋映碧羅。秦臺事又逢，漢苑聲先播。好遇姮娥，好遇姮娥，蓬萊咫尺玉鳴珂。錦繡炫長安，賓客填門賀。

【兩頭慢】　和諸茂才二首

朝鳴珂，久枕戈，虎帳鶯臺做幾何。萬兵力都降，百技膽纔落。今日凱歌，明日雅歌，笑説登壇棄甲那。縱衡吉甫才，人世憑擔荷。

其　二

一披蓑，一執柯，匣裏芒寒戢大阿。看花趁月來，隨鶴携琴過。釋却網羅，謝却閻羅，閑對終南峰幾朵。孤影伴樓臺，且向春風坐。

【桂枝香】 爲劉侍御題

跡垂東越,心懸北極。明月掌中艷吐,清霜簡上花飛。一路人驚鐵面,望行驄攬轡。好個肅然法紀,柱下繡衣。山嶽真摇動,車騎争回避。

【桂枝香】 清明日二首

厨下留餳,階頭進火。看薄暮原啼杜宇,輕風人唱踏莎。盎盎海棠山杏,也簪他幾朵。錦繡東郭,要任去婆娑。看處處掛鞦韆,家家跳綵索。

其　二

韶華正媚,酒債若何。要携個老兒做伴,再跨個蹇兒教馱。那楊柳堤横,不禁着童冠偕樂。醉後吟哦,也不消分你我。只得幽谷出鶯蚤,且想春街走狗多。

【四塊金】

許我陶陶,醉裏忘懷抱。誚我囂囂,塵外勤登眺。徐孺子氣本高,李太白興又豪。任去譏嘲,憑他温飽,獨飄蕭。山鳥熱留情,時去時來伴老。

【四塊金】

三峰齊峙,容我頭顱峭。七曜紛馳,促我年華老。靖節琴律更調,少陵詩花休惱。不能轂扶主驅曹,託孤存趙,徒焦勞。回首萬重天,鏤月彈風一笑。

【懶畫眉】 五首　時有訂交而渝盟者,因和諸茂才,及之

哈哈鶯聲覓友時,聯床虚訂百年期。瞬息人情似九疑。饒他齊向春陽蕭鼓閙,陰崖羅雀醉酣遲。

其　二

索居誰慰苦吟時,約對金樽又辜期。多因徐邈狂招孟德疑。露花濕

地春光薄,烟草迷庭客意遲。

其　三

輕風蘭砌整絃時,那得知音鍾子期。也想淡交垂白突生疑。到而今命駕長林跡杳杳,寄書孤雁信遲遲。

其　四

幾番猛省下帷時,坐誤乾坤二十期。你看那市中豈有虎堪疑。只是同襟四域相知少,高卧一庵獨起遲。

其　五

休説雲龍際盛時,此心高與古人期。咱一真悟得了無疑。知洞裏温温春意早,那知洞外冷冷日色遲。

【越調・繡停針】　二首

攄就萬言,天啟重瞳廣搜賢。趁時三策贏先獻,候檀郎蚤據廣寒。西京照耀文星燦,康前呂後艶長安。若彀得楊鼎頭全占,豈難把商輅額重顯,立等五色雲見。

其　二

御墨鼎標,九天嬌艶勝藍橋。杏紅萬朵春偏早,想瓊林虚位英豪。第一是狀元郎特席,五百人推讓姓名高。披霞宫錦凌三島,捲雲路綵曳重宵,盼得泥金捷報。

【桂枝香】

由他禁害,憑咱忍耐。惜孤亭鬱帶蒹葭,笑長夜愁連蟋蟀。此身肯作趨炎態。清光皓彩,忽中天轉過,月色留得。玉壺波上一絲風,好學嚴陵卧釣臺。

【桂枝香】 因客問及都城,笑詠之

又説起一代中興,三朝大聖。錯落瓊排烟外闕,峥嶸玉豎日間屏。忽天光閃出琉璃影,看不見祥龍威鳳。五采蒸騰,九漢縱横。光涵象緯紫薇明,氣凌冠珮黄門迴。

【兩頭慢】 閑樂感懷

武六成,韶九成,想他樂奏鳳來鳴。只從八音諧,便得千祥應。舞怕腰輕,歌怕聲濃,傾君傾國流於鄭。鏗鏗三百篇,雅頌還堪正。

【懶畫眉】 題畫中幽思二首

竟日鬱愁淚滴懷,捲簾暫過小亭臺。怎去看碧桃笑臉開。孤飛日角鴻音杳,群噪簷頭雀意猜。

其 二

悶倚幽欄刺綉遲,紫荆枝上蝶增悲。教咱忍對菱花學剃眉。臨風有客思春幕,拜月無人到夜帷。

【兩頭慢】 山臺自詠

竹不凡,花不凡,百尺臺高翠露巔。階下水滔滔,鎮日鶴留戀。醉學張顛,浪學阮咸。古今隸篆翻千卷。談笑寄風雲,肯着流俗染。

【清江引】

老來看得人情破,事事休錯過。年光不再春[三六],能得日幾樂。且高唱藍仙踏踏歌。

【清江引】 殘冬會飲二首

寬爐低座新釀酒,促襟拍着手。客訝調兒高,咱喜盤中就。盼陽春七八也到六九。

其　二

豈是老頭兒好葛蘿，悔把光陰過。連床八九年，儕輩獨留我。怕日月忽忽機上梭。

【桂枝香】 偶遇釣臺自詠

松關日耀，石崖春緲。客不知星犯北闕釣，只喜臺逼東臯好。坐卧月中烟外，愛襟懷了了。載歌載笑，免復招邀。有咱的野服羊裘煖，古渡蟠溪老。

【桂枝香】 感　懷

蕭蕭白屋，輝輝丹壑。一夕明暗爲誰，十載行違自我。醉裹乾坤日月，只隨時憂樂。居常貼妥，到處酣歌。這便是正己不求人，上達須下學。

【桂枝香】 園廬獨詠

池通幽澗，磴穿蒼壁。半簾風醉芍藥，一溝水漲芙蕖。望望青山半揜，笑薄雲細雨。少個知己，偃蹇東籬。就是蝶噪林逾静，蛙鳴室更秘。

【油葫蘆】 山亭自嘆

拭鏡由他學剪白，山月孤亭留伴客。年華任作龍鍾態。笑孔光靈壽杖休催，讓馬援矍鑠鞍須待。怕只怕興隨壯減，愁因鬱倍。盈頭未雪，徑寸先灰。日卧南窗瘦於梅。

【桂枝香】 感時事作

笑那吉凶兆，先行違計左。市棄了秦李斯，獄繫了漢蕭何。分明是見識不蚤，把機會都錯。縱横由我，要知止知足。學個范蠡駕片舟，繼得張良從辟穀。

【大迓鼓】

離塵造就洞庭船，愛林垣負笈攀轅。落落灑灑心忘倦，可禁他月下聽韋編。濟楚芸局，滿座神仙。

【紅衲襖】

谿壑中墾了舊山田，街坊頭葺了故疆廛。也枉叫做南州徐孺子，那成就個東瀛魯仲連。縱有李杜詩千百篇，曾比得孔孟書三兩卷。且任咱輕紗一幅巾，邀幾位不管事的老兒也，日日連床對七絃。

【大迓鼓】

執經門謝客三千，携孩童徙倚山巔。一覽秋意無涯岸，黄花雨後色鮮鮮。忽爐底烟騰，茶沸酒煎。

【兩頭慢】 山臺自詠

興也豪，臺也高，萬碧當階供墨騷。海上賦八仙，洛中圖九老。日舒花梢，風動柳腰。寂無閑事來膠擾。雲净薄烟收，芳菲具小草。

【懶畫眉】 立冬感懷

淒淒病骨厭高秋，鎮日風吟倍鬱愁。把兩壑清暉廢釣遊。微雪朝臨習射地，殘燈暮上讀書樓。

【兩頭慢】 集曠然臺

望田疇，携酒甌，瘦馬行吟到處休。陌草弄微寒，峪麥浮輕緑。醉豁雙眸，醉豁雙眸，九逸忘骸自故友。賣刀易犢耕，再作尋山曲。

【懶畫眉】 渡河攄懷

危時擊節誓中流，披水雄磐砥柱頭。魚鳥儻舒萬里憂。風起白蘋看浪湧，震天吼地幾曾休。

【兩頭慢】 招飲山樓

上玉樓，對玉甌，繞檻虹光看不遒。一路田豐茂，遍地樹清幽。也好停驂，也好盟鷗，山歌野唱和誰鬭。習習坐春風，笑着漫村吼。

【紅衲襖】 以《琵琶記》作之，元高東嘉，偶閲感懷

費了你好一片荆棘心，留下你好幾首琵琶韻。豈有個子受金貂不計親，豈有個夫别糟糠又結姻。白白將中郎父母成冤鬼，暗暗把丞相女孩作寵君。這樁事欺世虧人[三七]，這場話敗俗傷倫。到而今亂做胡傳，却不削辱他名高也，是和非千古誰伸。

【解三酲】[三八] 偶遇舊同儕夜話二首

想臺閣將人辜負，開口笑烟波釣徒。比似恁們做官於朝家奚補，到把個赤心爲國的着苟延虚度。咱也還能彀劉超石聞雞舞，休盼兩耳聾聵眼模糊。且擊壺，讓得你縱横梟獍，跳躍豺狐。

其 二

像他仔引類呼朋圖濟惡，怎不教幽崖遐士老蹉跎。常樂莊掛漁翁舊蓑，依泉石出入駕白騾。咱也不思身借玉堂來氣艷，那指望手持金鼎播陽和。切酣笑，笑的免西遊附劍，東去枕戈。

【桂枝香】 義塾會飲二首

依史停車，逢人下榻。留幾根竹曳窗前，培幾株柳摇階下。即愛這樓臺如畫，皓首終狎，丹顔叵假。羞説他轟轟相位紛如市，落落賢關冗似麻。

其 二

整起新車，閣起舊榻。由來是雲鵬非伍，真個也海鷗難下。笑凌烟閣

誰堪畫，把我輩猶狎，分不得真和假。且由他執簡袖還藏白簡，拜麻庭又裂黄麻。

【桂枝香】 正月歲比，爲諸生作

春色漸開，文光初聚[三九]。帷幄氣冲北斗，圖書價聯東壁。汲汲潛心大業，要隱鱗藏羽。萬里雄飛，休憚燎麻炬。忽不覺匣裏出雷電，轉看筆下落雲霓。

【四塊金】 爲遼事作

鼕鼕塞外，百閫虚鳴鼓。曳曳陣前，萬隊空翻纛。莫一個握星樞，又莫個起樽俎。只見滿道饑鴟，盈庭渴虎。祈天誅，英雄緩佩刀，切看内廷先肅。

【四塊金】

披錦拖玉，那見名矯矯。持鉞秉衡，衹覺聲擾擾。才又嗔賈生少，謀又怪顔公老。狗也續貂，木豈擇鳥。望雲霄，堂堂囁嚅流，好大冬烘頭腦。

【水仙子】 感時事作

小小兒養就鴟鵬，早早兒别得鳳龍，好好兒延過梟獍。莫大煞樂黨同。笑馬默又作驢鳴，無材要豎千尺棟。何力能挾兩石弓，好貨不直半文銅。

【清江引】 四首　和竇氏八十一公詞

我也行年六十九，世事剛參透。要喜那得喜，便愁莫甚愁。閑來植半林篁一堤柳。

其　二

嗟今時事遭陽九，虚具霹靂手。處處費安排，件件難成就。爲甚把英雄還掣肘。

其　三

凡餘身外原莫有，好歹休爭鬬。食喜爛蔓菁，坐愛繁楊柳。贏得個青山繫白叟。

其　四

笑咱骨懶不爭氣，嘯傲溪山裏。幾卷舊詩書，一畝新宅第。日日伴樵漁老知己。

【兩頭慢】

干居頭，支居頭，應候蓬萊頂上遊。名姓壓秦邦，文章冠帝州。據了虎丘，占了龍湫，英雄地位安排就。天生第一流，佇待風雲遘。

俗以燈節作悶人語，令解悟者奪之，曰"打虎"。偶兒輩作"甲子魁元"四字，云："由着顛倒，一肩擔了。五行聚處，二八矯矯。"余見而和以詞，亦戲語也，併紀之。

【傍粧臺】　和劉侍郎陷遼之詠

倚闌望關山東北凋零，海陽赤霧迷空壘，邊塞黄雲蔽故城。劉琨乘月還登嘯，忍説開元詣蜀行。摧八陣，陷五兵，匣裏寒芒虛自鳴。

【步步嬌】　先伯子山塋祭畢，登遊二首

春遊踏遍山坡路，歸笑驛饑瘦。着哏遒，行行力藉舊蒼頭。喜扳留，又幾家遠遠提盒酒。

其　二

年年拜掃迷歸路，山色塋還瘦。意不遒，東來轉喚到西頭。故人留，約吃盡杏花村裏酒。

【沽美酒】 和《藍關記》中調

恰好把國事亂番騰，恰好把軍功强扎挣。千秋擔兒豈易承，虚去更張。也把個正國的侃侃長孺，做了避世的蕭蕭弘景。是非還照舊朦朧。安禄山兵驕逞，史思明又起争衡[四〇]，且不知乾坤何日定。

【桂枝香】 爲雷、王二生候考

横經心醉，冲天志激。麗錦胸中吐秀，明珠頷下呈奇。便去領先鋒藝苑，一呼人披靡。英雄有幾，也再看風雲際。乘時氣焰剖龍窟，應候文章耀鳳离。

【步步嬌】

秋入碧梧葉紛落，四圍山列座。一黎渦，緑水沃沾隴畝多。任嘯歌，誰繫得明月清風我。

【桂枝香】 王大司成讀書處

三峰蓮岳，半畝筠塘。慕司成對越春前，笑太史依瞻渭上。留一種錦繡烟花，如催吾題賞。蘭亭可倣，又轉見諸王。渾是文明地，居然道義場。

【桂枝香】 諭兒輩讀書

李密掛角，匡衡鑿壁。千秋業尚需承，三冬手莫停披。易簡功夫久大，須近裏着己。惓惓努力，聖賢根柢。且不説吏部文章妙，翰林風月奇。

【桂枝香】 崔道人洞中

半崖寥杳，孤雲卓絶。喜白綸巾上青天，愛緑玉杖頭明月。袖拂烟霞種桃，俄洞中霹靂。登萊望闕，要得個素券。先生携爾戴星冠，諄諄證丹訣。

【金錢花】

自干碌碌閑忙、閑忙,數載又履秋霜、秋霜,松菊依稀色吐芳。雲蕭索,水清蒼,乘酣嘯,踞胡床。

【金錢花】

空令書積墨莊、墨莊,闕整嗟笑荒唐、荒唐,剖竹分泉意轉狂。題紅葉,賦長楊,留篇什,却生光。

【清江引】 謔劉、黨二生

笑他飲喙忒出醜,每頓設三九。湯無半點留,飯莫一餐勾。吃的教妻兒們胡去走。

【懶畫眉】 代題月下閨情二首

月與幽人故有期,蟾光低度映娥眉。默默悠悠坐玩遲。楊柳枝頭空照面,芙蓉帳下更留思。

其　二

團團寶鏡出塵函,冷透霓裳怕倚欄。又恨天上人間不兩全。露浥宫墻延桂子,風飄帷幄寂嬋娟。

【清江引】 笑里人二首

恁麽營生恁便益,爲甚多愁慮。吃穿莫闕時,哽哽苦不足。看世人那得有一百一。

其　二

咱也過了七個九,榮華儘得受。幾番上玉階,留得青雲路。教兒孫步步依星斗。

【兩頭慢】 山壇自詠

山蒼蒼,水泱泱,一榻松風坐墨莊。皓月夕供吟,白鶴春留賓。名也脱韁,利也脱韁,啬事農工都罷講。片心對閑雲,只愛菩提長。

【清江引】 譃王生二首

一生喜説瞞天謊,虚具人模樣。自家不值錢,却望財源長。由着去摳腮又挖顙。

其　二

只管營營去妄想,笑那糊塗帳。睁眼跳黄河[四一],却把岸貪緣上。看不着天羅與地網[四二]。

【甘州歌】 清明日作

園亭可假,喜幔捲流雲,轂碾落花。百六春光,應候誰遺畫鴨。社前榆柳纔更火,階上芝蘭正吐芽。(合)看鶯燕,賦龍蛇,醉泊芳堤笑語賒。更人烟鬧,節令佳,不禁他高豎鞦韆架。

【雁兒落】 和高道人

也好把鑑湖曲門高揭,紫蓋峰頭歇。月茫茫吐玉芽,桂飄飄流金液。便鼓雲和瑟,喜塵埃謝絶。做個無事老兒,管得人間皂白。青田,摇曳,賽過他崑崙山下核[四三]。

【雁兒落】 山園答客

做得個自在翁身無繫,築起新窟室。一片雲透靈暉,三尺芒褫妖魅。藍光照巖碧,驪彩含淵媚。囿蓄色色非常,又是麟角鳳羽,表咱,禎異。怕只怕鋸牙鈎爪横妥尾。

【清江引】 除歲之先一夕，會飲侄陽和宅

四圍團座紅爐熱，好送嘉平月。兒童跳躍歌，拍手盼年節。白皚皚門外猶飛雪。

【清江引】 暮春有懷，次前韻[四四]

歸來數數經寒熱，又到春三月。十九粟山陽，虛度有時節。管不得人世紛如雪。

【玄妙哥】 入山和客

紫石峰高，隔岸誰酣叫。綠草裙腰，茅舍蓬莊嶇徑小。遍地寥寥，風月清年光漸老。得一般，穿雲度壑，任去閑登眺。逢人嘲笑，肯效他貴易交。

【水仙子】 詠八仙，老父誕辰命作

呂洞賓背定寶刀，曹國舅吹動玉簫。徐神翁擔來鐵罩，驢兒駝張果老。望李仙鐵拐難拋，藍采和江上鶴逍遥。韓湘子洞裏虬盤繞，漢鍾離雲外鸞飛躍。

【黄鶯兒】 因徐郎問八仙，答之

大肚漢鍾離，笑兩口純陽呂。張果老在閬苑留跡，問國舅姓曹，説神翁姓徐。藍采和携着鐵拐李，湘子奇，韓仙妙髻，也待我會攀躋。

【寄生草】 正月十四日迎春，携兒孫遊觀，賦此

携兒曹嬉春節，着讀書暫休歇。碧皚皚捲去門庭雪，寂朧朧轉過樓臺月，鬧攘攘準備華燈夜。得不妨我明夕偕玩賞，也争要鰲駕三山賽蓬闕。

【清江引】 文廟瑟成，供祀生有善鼓者，和詠之

風前誰鼓雲和瑟，疑是湘靈客。清廟古遺音，疏越烟霞外。想聖門曾

點猶堪對。

【清江引】　爲西曹門士題

天街夜夜雞鳴早，想有恩光到。風雲漸改色，雨露重頒曉。不要着法紀仍顛倒。

【清江引】　閲史，感宋誅檀道濟而傷之二首

如何輕聽義昌謀，饒勇招嫉妬。一失大元戎，宋代偏多故。可惜把萬里長城誤。

其　二

曾誰召對進嘉謀，舉國姦生妬。明欲壞朝廷，暗着忠良故。還有個秦檜把高宗誤。

【清江引】　春郊漫興

傍花席地團圓座，茶爐隨飯盒。縮葱大饅頭，白煮肉堪可。飲醴酒不許加桑落。

【清江引】　園中遇客留飲

一飯家常休設果，生蒜留幾顆。韭黄肉半醃，盒蟹肥尤大。喜滿曇糟酒客先酌[四五]。

【清江引】　四　首

偶飲蒼龍閣，有索調而歌者，笑書之。二月三日作[四六]

説我老聾翁原不聾，世事難同調。巖廊墮命崖，臺閣迷魂窖。只容了姜子牙渭上作漁釣。

其　二

説我老聾翁有些聾，骨氣生來傲。跳出舊火坑，築起新月嶠。枉不了

董仲舒才高邵。

其　三

説我老聾翁只得聾，隔壁常酣叫。便作鵋梟聲，豈比鸞鳳嘯。任他那窮酋胡去炒。

其　四

説我老聾翁爲甚聾，贏得不煩惱。山河氣概卑，日月光華少。嫌那萬里乾坤還窄小。

【油葫蘆】 送劉上人西歸

飛錫重詣梵王家，不二門聽演三車。洪水茫茫正需筏，囑付我閉山房免築新臺榭。得閑時過雲林會着真風雅。也曾見天龍圍繞，海鶴迎遮，袖一卷楞嚴，背一領袈裟。整飭了塵尾蒲團和四大。

【新調山坡羊】 崇禎二年冬，聞虜犯都城告急

望邊庭豕跡蛇踪，想甸畿狼毒羊腥。好似景德初逼澶淵，契丹騷動驚恐。誰不欲保妻兒全首領，王欽若請移金陵，陳堯叟乞泊錦城。誘不得主真宗，奪不得相萊公。洪河北鼓鼙騰凌，且鼾睡却胡兵。自此銷長鏑伏良弓，奏豐亨啟聖明。四十年奠枕皇京。奇功，水也澄山也嶸。中興，地也平天也成。便忘危閑却英雄。爲甚把五鬼庸，任縱衡着亂朝廷。又處處起歌聲，要誅四凶專九征分邪正，恁拔去眼中丁，別白大忠。莫奈何歸幣定盟，遺多少病痛，空令人浩氣冲冲。

謾詞 感時輩有以侵尅而死者

哈哈，你多了甚麽，哈哈，你哄了自家。門高大幾越五侯閥，丹青塗盡五綵旗途摇曳。兩儲胥金錢並發。囷闔命脉，閭閻脂膏，可任你横竊浪誇。笑依舊還他。落下個刓不去醜瑕，洗不净垢甲，流傳教唾駡。比得咱

小圃栽瓜，長堤樹麻，寬地裏種綿花，耳邊廂聒聒漁樵話。不愛你珠盈窟貲盈篋，不愛你僕盈除客盈榻。有琴七絃劍雙鋏，牛角上書本兒常掛，驢背上詩囊兒常搭。諸雜糧吃彀咱不愁他，粗布帛穿彀咱不求他，是和非也都饒咱不惹他。想那徐孺子置朝議懶答，夏馥氏毀形截髮，袁閎氏土室自納，身世事便辜了萬千，性天樂亦認得七八。哈哈，休詬我癡侮我聾欺我啞，就是玉門關，也枉白了仲昇髮。哈哈，就是銅柱標也虛虧了新息價。哈哈，就是駟馬橋也解救不得相如渴，免着文君寡。哈哈，象你錯又錯，差更差，事牽連何時得罷，罪蔓延何時得卸。豈不羞辱你媄姆、爺爺、媳婦、娃娃[四七]，冒雨涉窒，胡走亂踏。你個個墮泥沙，誰知把滑。哈哈，且收拾檢押，抛却筆札。看飛來飛去菰蒲鴨，引得海鷗同下。負酒債幾多些還好投轄，也不折彭澤腰，也不受淮陰胯。邀兩三會飲的朋友，日日講天倫明王法。得閑狎鹿鶴，與兒童階下耍，留一叢芸暉瑶草鬬春葩。

【黄鶯兒】 庚午除夕

醉來數花甲，過今年七十八。利名再休惹動他。行裏也哈哈，座裏也哈哈。念頭喜得没牽掛。舊生涯，六經詩畫，時時着不離咱。

【清江引】 立秋遣懷

坐覺襟懷宇宙寬，秋色近茅簷。披拂清風入，徘徊皓月還。望溪山且着簾高捲。

【清江引】 和堯莊詞

生就貪庸習就懶，又把人逼散。上緊話不聽，做出教誰看。怪得咱長眉擅冷眼。

【紅繡鞋】 山莊倉卒遇客，口占謔之

蒸的飯是苜蓿芽，過的酒是酴醿花。笑山埸再無個甚麽。肉也莫處去尋，菜也莫處去賒。可道説賊來不怕客來怕。

【紅繡鞋】

有質問嘉慶子暨柔木者，偶謔之。嘉慶子，李也。問與答，皆草木名

質笑你生來蒲柳，纔看你長就樸樕。輕薄兒到底象葮莩。做不得嘉慶子，也比不得荔枝奴。豈柔木與霜下傑爲偶。

【寄生草】 因洪制臺賜顧，有言

豈虞這流寇劫殺，且怕那亂卒諠譁。莫個劉越石解圍奏笳，莫個檀道濟却敵量沙，又莫個諸葛亮做木牛流馬[四八]。笑樞衡投不着吴季札[四九]，脱弓旌起不來宋魏野。

【梧葉兒】

臉兒厚怎識羞，眉兒促不解愁，日每家胡亂走。睁眼跳百尺崖[五〇]，舉足投萬丈溝。失了個好坦途，走了些瞎歪路。急翻身早回頭，清泊園休忘舊友。

【梧葉兒】 答 賓

築一室大如斗，覆一簣遠節丘，尺五天方寸土。育滿階未頂鶴，避當路白額虎。從來是修月□秘貯，有斤錯不禁他光芒吞吐。

(前缺)床御酒賒，一代文章也爛漫發。

【一封書】 感時事作

裝作玉堂人，徒誇張飾彌綸。依赫赫龍衮，有摩棱蔽紫宸。太平豈藉扶昌運，顛倒英雄誤至尊。仰大鈞，歌小旻，願出天家社稷臣。

【清江引】 二首 爲恤刑袁公題

簡置西曹榮司寇，正遇明刑候。聖主急無辜，全爲逆璫阻。不要怕叩

闕頻執奏。

其　二

近時驛馬清南極，貫索光俱麗。九原赤日開，萬里青雲起。看蕩垢滌瑕專在你。

【混江龍】

上偶不豫，魏璫乘機竊弄抗疏諸臣，斃於西臺東廠者，數數矣。聞報之夕，不覺感泣而賦此。天啟六年仲冬廿日也

耻諂權紛紛降膝，一死鴻毛斷不移。肯着妖氛敝天，彝常掃地。枯榮便得幾多時，芳穢怕留億萬紀。看御前鹿馬曾誰辨，看樞前鳳鳥爲誰悲。丹筆直紓懇切心，採石難沉忠義氣。

（李應策《蘇愚山洞續集》卷二十二）

【一封書】[五一]

潭潭相府門，人喧鬧客繽紜。多少進殷勤，笑孤飛不入群。子房爲漢心常奮，大廷那識别蕕薰。吐英芬，直凌雲，肯從狎褻近王倫。

【清江引】　值魏璫殺人，爲門士袁司務題一首

望爾明刑司棘路，無墮逆璫手。二三抗節公，已半登鬼録。看恢恢天網曾誰漏。

【鎖南枝】

豺驅麟，犬逐羆，蝦蟆諠動卧龍池。朝見波呈夔，夕聽樹鳴鴟。虛執盟壇牛耳，鵠奮何時接跡。鴛行鳳趾。斥城狐疾社鼠，斷長蛇擊封豕。

【一半兒】　和賓興諸友二首

春深剪韭待嘉賓，天遥折柳贈行人。山高依石聚遺民。莫點塵，一半

兒風花一半兒雲。

其 二

觀國今逢天上賓,辟世昨留域外人。臨月長扳隴底民。舊囊塵,一半兒詩詞一半兒文。

【傍粧臺】

結茅庵,春淡杏桃蕊半涵。怪來鶯語却叮嚀,不知咱身世隔塵凡。凌日碧松孤挺挺,翻雲綠草鬱芊芊。開扉牖,捲幕簾,生涯收拾掛漁帆。

【傍粧臺】 夜聞吹簫感懷

誰去吹簫,忽穿雲滿耳寂寥。想是吴中人鼓腹,秦樓聲調景雲飄。幽潛壑聞蛟踴躍,朗吟庭見鳳遊翱。白玉管,蓄禍苗,老明皇休中禄山狡。

【紅衲襖】 清泊園觀樂

一聲聲錦瑟合雲璈,一曲曲龍笛協鳳簫。倡和了大雅三百篇,諧和了大音六十調。康衢兒也拍掌起謳謡,田舍翁也鼓腹作吟嘲。擊唾壺同來酣嘯,截短笻自去遊遨。櫽括得淵明舊詞,成就我雪堂斜川。歌寄宫商,笑卧東皐。

【傍粧臺】 次日,又觀樂,和客調

大夏聲高,戞玉鏗金縱革匏。洋洋竹韻絲聲合,分得靈鞉與路鞉。關雎麟趾賡周勺,白雪陽春寄楚騷。真雅頌,振雲霄,丟却秦筝不須調。

【黄鶯兒】

還想扣角歌,有着喫有着喝。靠崖居闢窑寬大。得去念彌陀,也得來抱兒哥。自在安閑少甚麽。笑呵呵,包老閻羅,他狠奈咱何。

又

笑那藍采和，一脚跣一脚靴。不受單寒不受餓。吃得做得多，踏踏盡日歌。蓬萊穩住舊城郭。卷白波，灑灑落落，儘着去快活。

【鵲踏枝】

余感伯子之孝，而建真人祠，爲愈母病也。每歲仲春二日，寶馬朱輪，綺錦接踵，遂成大觀。余實不樂有此，然爲神已習之矣

披靄靄洞日雲，襲鬱鬱閣底塵。華轂金鞍，迢遥士女争春。紈扇映羅裙，一路芳菲綺錦。

又

有象管能撥雲，得犀簪可避塵。密綴輕籠，彤芝翠羽皆春。可道醉紅裙，處處烟花接錦。

又

黄羅蓋曳碧雲，白玉珂飛緑塵。大袖長纓，紛紛歌鼓同春。呼荆釵布裙，還帶珠璣着錦。

【無俗念】 久不入常樂園，偶至遣懷

躬耕南畝舊隆中，湍地新篁嫩柳。拔户雲霞迷洞口，半庭鳥語綢繆。面前岳峙，坐下川流。免着農家送酒。自古高士幽遐，卑儒淺陋。笑僕僕從他遺嗅。

【風入松】 有　懷

紫崖深處意同幽，瑟瑟絃悲促。依稀蕙帳忽縹緲，數聲飛雁增愁。爲問當日冰人，因緣曾説到頭。

【朝中措】 譃彌風子口占

菊花色色讓鵝黄,甕底卧畢郎。解了金龜,罄了瓦盛,污了縑帳。

【千秋歲引】 時余年八十,中秋夜飲,感賦三首

南極星高,中秋月朗,笑矍鑠還來對賞。豈林下田翁,號山中宰相。且有一個張東之,年八十不高尚。列公孤侍君王,有補衮綉延年杖。

其 二

咱丟了舊皂囊,又避了新赤棒[五二]。好似歸鳥啼林,遊魚吹浪。改不得仲宣直、長孺戆,老伏生卧羲窗,携兒童事習講。

其 三

遇貴重肯低頭,過紛華不拗項。時進時退,可行可藏。象那吕望韜略强,象衛武動履康。千秋事冥漠難量,且休説咱鬚未白齒又堅,眉亦長,神猶王。

謾詞 中秋夜飲,談及金氏妖邪,賦此

杯中是月,月中有酒,忽飲盡田家五斗。不知月隨,酒亦入喉。瑩瑩五臟,滿肚子玉宇瓊樓。便説醉裹乾坤,咱何怨何尤,何忮何求,何思何慮,何喜何憂。或有挹景者刻燭,或有遣興者添籌。一清如水,萬碧欲流。那着得些兒瑕垢。可恨妖蟆臭嘴,是和非曾逃衆口。本欲晦而蘇,欲缺而周。千古中天,靈光不朽。

【朝中措】 送别尹督學

春風坐喜客趨隅,開口談經濟。可道是手披萬卷,腹笥六經,神通三極。

【無俗念】 重繕清泊園，有懷

草玄重飭子雲亭，問字人還好應。檻外晴氛籠怪石，鬱鬱松竹關情。笑魚陟鶯遷，鹿鶴不驚。富貴襟懷素冷。乘健來高攀翠堞，遐對嵐屏。出入行違不等。

【鳳池仙】 村舍望華山，次韓秀才韻

村莊一片芙蓉麗，登高力倦危梯。雙雙舞袖傍巖低。清明時候近，桃李脚蹤希。佳景還遲。玉勒芳氛，薰染羅衣。飛來飛去燕初棲。花開流水處，客醉入鄉迷。

【黄鶯兒】

笑逢春夢婆，又除了煩惱魔。携兒散誕緑楊坡。得意時放歌，知己留倡和。把横人嫉士都丢過。且由它，我不欺人，憑甚他欺我。

又

逐日呼漁簑，怕文章忤俗多。大床擺設粟山阿。時事暗消磨，前行途路錯。立朝悔莫專車坐。氣磊落，兩佩藏鍔，誰道我無長物。

又

富貴比南柯，不祈福誰招禍。人世匆匆赴燭蛾。兩袖任婆娑[五三]，鼾驚寤寐覺。風花雪月平分破。惜擲梭，光陰幾何，須蚤製凌濤舸。

【鵲踏枝】 夜遇王大僕，有談

也敢去騁英豪，也敢來誇賢勞。驤首天衢，騰踏萬里蒲梢。矯矯當主上焦熬，不覺要馮陵大叫。

又

氣凜凜塞上矛，光灼灼佩下刀。剖竹登壇，希罕玉勒金袍。靂嘯再去

跨鯨鼇，欲蹴踢天山北倒。

【好事近】 二首 都門外晤朱養淳於徐氏園，時正月

日永塞烟清，還有梅招客共。境外人語寥寥，避狀元雛從。

其 二

長安一碧擁文星，子史三冬足用。記得金蓮花燭，十載猶傳誦。

【朝中措】 送孫學博

雲寥水寂意茫茫，數爲君惆悵。一曲陽關，三杯儀狄，千秋絳帳。

【朝中措】 夏日山居二首

風度竹聲來扇底，一枕黑甜餘。脱三得勝，貼六癸符，搦五珍筆。

其 二

酒酌碧筒聯象鼻，座卧深山裏。邀黄雀風，拂紫虬髯，浸白龍皮。

【清江引】 和周妄人

笑你牙籤插架滿，咱五車腹留半。傾倒三江水，從衡九嵏山。爛出雲月横霄漢。

【桃源憶故人】 春日悼内，有懷二首

翻翻柳曳黄金縷，宛轉鶯黄送語。東風不解予悲，虚報春消息。

其 二

誰識得琴中意緒，欹枕經春曠處。記得酣歌白苧，朝暮偕容與。

【風入松】 爲兒正和居喪題

悲兒卧苫枕塊日，有客臨喪次。忽焉雙鶴入重霄，始信陶侃孝誼。母

子並付史館,書廢蓼莪斷機。

【風入松】 念正和爲其母建祠,有懷

哀哀血淚染麻衣,祠宇竭心力。陟岵樓頭瞻望處,栽松植柏築籬。千端萬緒縈愁,都寄泉臺夢裏。

【桃源憶故人】 秋日悼内,感賦三首

劬勞膝下正相依,轉盼萱階失倚。都指望百年伉儷,恨天不憖遺。

其 二

傍池小閣凉風透,裝鏡誰嗣芳躅。秋聲夜色悠悠,兀坐憐耆耇。

其 三

計客秋八月十二日,偶與恭人失諧,其夕遂有不祥之夢。忽悲感至今也,泣述之

鳳樓永短悲前定,炊臼隔年兆夢。忍來月下鼓盆,還依倚絲蘿影。

【清江引】

西莊門南第二樹槐花,裏紅而外黄。余虞其爲木之孽,或曰禎兆焉,感賦二首

常言道槐花黄時舉子忙,爲何紅搶映。及第若開先,好去還培養。怕吾兒莫有這力量。

其 二

若是天爲國降祥,隨着赤心長。徐圖像麟閣,先著名虎榜。且上應三台星兩兩。

(李應策《蘇愚山洞續集》卷二十八)

校勘記

[一] 晴:原作"精",據文意改

[二] 題目原無,據卷八目録補。下同,不一一注明。

[三] 泠泠:原作"冷冷",據文意改。

[四] 璧:疑當作"壁"。

[五] 此首亦見卷二十二,文字小異。

[六] 荀:原作"筍",據上下文改。

[七][一〇] 剪:原作"枝",據曲譜改。

[八] 訊:原作"汛",據文意改。

[九] 調:原作"謂",據目録改。

[一一] 醲酒傳甌:原作"疊",據前文補。

[一二] 坐對金甌:原作"疊",據前文補。

[一三] 傳:原作"傳",據文意改。

[一四] 好慰平生:原作"疊",據前文補。

[一五] 笑傲營生:原作"疊",據前文補。

[一六] 孽:原作"蘖",據文意改。

[一七] 枉度一生:原作"蘖",據文意改。

[一八] 共祝長生:原作"疊",據文意改。

[一九] 嗏:原作"茶",据文意改。下同,不一一注明。

[二〇] 粱:原作"梁",據文意改。

[二一] 拄根破竹竿:原作"住根破築竿",據文意改。

[二二] 據卷八目録,有【駐雲飛】三十五首,因缺頁,存三十四首。

[二三] 傳:原作"傳",據文意改。

[二四] 風:原作"花",據曲譜改。下同,不一一注明。

[二五] 鵲:原作"雀",據曲譜改。下同,不一一注明。

[二六] 嵇:原作"稽",據文意改。

[二七][二八] 贏:原作"羸",據文意改。

[二九] 凱:原作"覬",據文意改。

[三〇] 此首亦見卷八,文字小異。

［三一］“酣笑優遊”句原在曲末，有小字註“末句在握手下，誤書此”，據其註改。

［三二］“此樂誰知”句原在曲末，有小字註“末句在獨處下”，據其註改。

［三三］二十四首：原作“二十二首”，據目録与正文改。

［三四］傳：原作“傳”，據文意改。

［三五］慢：原作“漫”，據前後同調名改。下同，不一一注明。

［三六］光：原作“先”，據文意改。

［三七］樁：原作“裝”，據文意改。

［三八］酲：原作“醒”，據曲譜改。

［三九］光：原作“先”，據文意改。

［四〇］思：原作“司”，據文意改。

［四一］睜：原作“爭”，據文意改。

［四二］網：原作“綱”，據文意改。

［四三］賽：原作“寨”，據文意改。

［四四］暮春：目録作“除夕”。

［四五］據卷二十二目録，此首後有【清江引】《答贈言》一首，正文無。

［四六］題目原無，據卷二十二目録補。

［四七］娃娃：原作“哇哇”，據文意改。

［四八］亮：原作“諒”，據文意改。木：原作“水”，據文意改。

［四九］札：原作“扎”，據文意改。

［五〇］睜：原作“掙”，據文意改。

［五一］卷二十八目録作“二首”。

［五二］棒：原作“捧”，據文意改。

［五三］娑：原作“婆”，據文意改。

陳繼儒

陳繼儒(1558—1639),生平見《全明散曲》第 3318 頁,《全明散曲》(增補版)第 4113 頁。

小　令

【松下樂】 贈梅顛道人[一]

黄冠白麈最清閑[二],家在沙青水碧間[三]。竹籬門蕉葉参差見[四],槿爲牆草閣茅簷[五]。掃蒼苔[六],拂白石[七]。彈一曲高山調,讀一行《秋水》篇[八]。笑呵呵如醉如顛[九]。

蓑衣竹籬最清閑,只在紅菱白藕間[一〇]。蓼花深蘆荻蒹葭淺,舞雙橈撥破雲烟。山月下,溪樹邊,看一幅天然畫,結一生自在緣。笛聲長酒熟魚鮮[一一]。

【松下樂】 和張伯雨

年來何事太清閑,跳出鈎人名利場。滿園林竹樹紛紛長,舉杯時細草斜陽。酒腸松[一二],詩債畢[一三]。説一晌逍遥話[一四],供一爐清净香。要眠時藤枕繩床。

(陳繼儒《眉公詩鈔》卷八《詩餘》附)

校勘記

［一］《陳眉公全集》卷三十三《詞》，此二首連同下一首，作“和張伯雨三首”。

［二］黄冠白麈：《陳眉公全集》卷三十三作“棕衣桐帽”。

［三］家：《陳眉公全集》卷三十三作“只”。

［四］“竹籬門”：《陳眉公全集》卷三十三作“槿爲牆”。蕉：《陳眉公全集》卷三十三作“兼”。

［五］槿爲牆：《陳眉公全集》卷三十三作“垂陽夏”。茅簷：《陳眉公全集》卷三十三作“朱欄”。

［六］掃蒼苔：《陳眉公全集》卷三十三作“酒腸松”。

［七］拂白石：《陳眉公全集》卷三十三作“詩債結”。

［八］一：《陳眉公全集》卷三十三作“兩”。

［九］笑呵呵如醉如顛：《陳眉公全集》卷三十三作“煮茶罷推枕高眠”。

［一〇］紅菱白藕：《陳眉公全集》卷三十三作“沙青水碧”。

［一一］熟：《陳眉公全集》卷三十三作“白”。此曲又見何三畏《漱六齋全集》卷三十一，題作“題漁家傲，調【松下樂】”。其中，“籬”，何三畏《漱六齋全集》作“笠”。“紅菱白藕”，何三畏《漱六齋全集》作“沙清水碧”。“熟”，何三畏《漱六齋全集》作“白”。

［一二］酒腸松：《陳眉公全集》卷三十三作“掃蒼苔”。

［一三］詩債畢：《陳眉公全集》卷三十三作“拂白石”。

［一四］晌：原作“餉”，據《陳眉公全集》卷三十三改。

范允臨

范允臨(1558—1641),字長倩,松江華亭(今屬上海)人。徐媛夫。萬曆二十三年乙未(1595)進士,授南兵部主事,改工部,歷郎中,以按察僉事提學雲南,遷福建布政司參議。有《輸寥館集》。傳見汪琬《堯峰文鈔》卷十《前明福建布政使司右參議范公墓碑》、錢謙益《列朝詩集小傳》、朱彝尊《静志居詩話》。參見拙文《范允臨的散曲及生平考略——兼談其妻徐媛的生卒年》(收入《明清曲家考》,中國社會科學出版社,2006年)。

小 令

【桂枝香】

春光欲餞,溜紅成霰。寒生銀字笙慳,愁褪玉籠雙釧。想金羈未還,想金羈未還。刀頭塵罥,月痕雲串。數流年,畫破琉璃水,窺穿卵色天。

烟籠花甸,暖雲晴絢[一]。酥融日暈紅胭,黛辮風撚金線。望交河思綿,望交河思綿。汀州無限,江頭石變。悔從前,輕把金鞭薦,翻將翠被捐。

【黄鶯兒】

春事到蘼蕪,奈王孫芳草何,憑闌數盡歸鴉暮。香寒博爐,機停錦梭。空持暖玉,擎鸚鵡[二],看春波一池,吹皺眉黛水紋多。

【江兒水】

媚臉芙蓉褪，修眉楊柳傾。恨無端醮出傷春病。慵妝羞問安黄正，淩波膹有芳塵凝。冷落蒼苔香徑，蕩子床空，寶瑟共寒燈相映。

夢冷流蘇帳，香銷雲母屏。怕花星偏炤孤辰命。柳絲烟鎖嬌無定，梨花罩雨珍珠迸。羞對紛飛鸞鏡，惆悵登臨，見芳草汀州緑映。

【梁州序】

武陵春盡，劉郎去後，翠壁丹崖非舊。桃花流水，人間總是離愁。悵望垂楊烟鎖，十二重樓。人在樓中否，爲誰如病酒，減風流，卻教我蹙破春山恨怎休？沉水篆，銷金獸，怕月明花落黄昏後，蝴蝶夢，冷莊周。

【滿庭芳】 聞六一病

剩雪苔痕冷，狂雨攪愁初定。新蟬脈脈印波明，音書到也，報道故人病。春風醉我渾難醒，入夢芳魂静。芳魂静，更那堪衣半蕭瑟，一庭瘦損梅花影。

套數

【桂枝香】

邀歡翻去，驅愁偏住。爲他花嫁東風，使我芳顔無主。我閑憑小媄，閑憑小媄，戲占寒嚏，亂猜幽謎。殢春暉，夢落鴛鴦水，香流燕子泥。

【不是路】

芳草迷離，此路王孫昔日馳，到今日，武昌柳新栽遍。已不見，楊花撲面飛啼紅雨，那堪近日闌干裏，敲斷瓏璁碧玉枝。春歸矣，狂夫不信不思歸。請聽杜宇,請聽杜宇。

【長拍】

澹蕩輕風,澹蕩輕風,廉纖暮雨,慘銀缸燈花憔悴。正是枕屏夢兒中不辨金微。乍合有分離,狠花神不做美,把人驚寤。聽徹疏鐘月正午,可憎他窗外梅花瘦影窺,生生的望斷了虚消息,又怎知朱橋第幾,何處留伊?

【短拍】

畫史眉修,畫史眉修,琴心調綺,他兩人文福雙齊,偏我與鵑單棲。縱有雕梁舊壘,到如今也網縈塵翳。説甚蘇家錦巧,怕千絲亂難上殘機。

【尾聲】

梨花暮,重門閉,從此危樓休倚。怕生見你覓得封侯棄戾寥。

(范允臨《輸寥館集》卷一《詞餘》)

校勘記

[一] 晴:原作"睛",據文意改。

[二] 鵑:原作"武",據文意改。

袁宗道

袁宗道(1560—1600),字伯修,公安(今屬湖北)人。萬曆十四年(1586)會試第一,授編修,官終右庶子。與弟宏道、中道均有文名,世稱“公安三袁”。有《白蘇齋集》。傳詳袁中道《珂雪齋前集》卷十六《石浦先生傳》。

殘　句

伯修於詞曲號當家,又有“付阿誰楊柳蠻腰,知何處桃花人面”之句。

(褚人獲《堅瓠集》甲集卷二)

小　令

袁伯修、黄平倩二太史寒夜集朱静甫侍中維摩室[一],作禪語、莊語[二],兩相倡和[三],以捷爲勝,頓成五十七字[四]。對禪語曰[五]:

那畔消息,見半點兒[六],有甚巴鼻[七],若非是千了萬了,説不盡百様郎當。因此上雪山中忙倒了釋迦,吃麻吃米,受苦擔饑,生怕放逸魔,花費了眼前日子。

莊語曰[八]:

這邊事情,到十全處[九],還未稱心,忽地便七旬八旬。歎原來一場扯淡[一〇],只落得漆園裏笑殺個莊周。應馬應牛,逍遥散誕,都將逆順境,交付上頭上天公。

(蔣一葵《堯山堂外紀》卷九十八)

校勘記

［一］朱静甫侍中：宋存標《情種》無。

［二］作：宋存標《情種》作“戲作”。

［三］兩相倡和：宋存標《情種》無。

［四］頓：宋存標《情種》作“遂”。

［五］對禪語曰：宋存標《情種》作“袁云”。

［六］見半點兒：宋存標《情種》作“没半點空兒”。

［七］鼻：原缺，據宋存標《情種》補。

［八］莊語曰：宋存標《情種》作“黄云”。

［九］十：宋存標《情種》作“十分”。

［一〇］扯：宋存標《情種》作“慘”。

［一一］上：宋存標《情種》作“與”。

龍 膺

龍膺(1560—約1622),生平見《全明散曲》第3337頁,《全明散曲》(增補版)第4207頁。

小 令

歸來曲[一]

罷罷罷、耍耍耍[二],花花世界盡寬大[三]。五斗米折不得彭澤腰,一碗飯受不得淮陰胯[四]。種幾畝邵平瓜,卜幾文君平卦[五]。快活心坎上沒牽絓[六],耳邊廂沒嘈聒[七]。哈哈[八],世上人勞勞堪訝。秦代長城替別人家打[九],漢朝陵寢被偷兒挖[一],魏時銅雀臺到如今無片瓦[一一]。哈哈,利名場最兜搭[一二]。班定遠玉門關枉白了青絲髮,馬新息銅柱標值不得明珠價[一三]。哈哈[一四],説甚麽玉堂金馬[一五],虛費了文園筆札,只恐怕渴死了漢相如,空撇下文君再寡[一六]。罷罷、耍耍[一七],到頭來都是假。饒使你事業伊、周[一八],文章董、賈,也少不得邙山下[一九]。俺歸去也[二〇],身不關陶、唐、虞、夏[二一],夢不想圖王定霸[二二]。容膝的竹椽茆舍[二三],點景的琴棋書畫[二四],忘機的鷗魚鳧鴨[二五]。橘柚環遮周匝[二六],蘭茝平鋪凸窪[二七]。俺也不癡不聾不啞[二八],肯把韶光虛謝[二九]。閑來時向負郭問桑麻[三〇],過鄰翁數花甲[三一]。鐵笛兒牛角上掛[三二],酒瓢兒魚竿上插[三三],詩囊兒驢背上跨[三四]。眼底事拋卻了萬萬千[三五],杯中物直飲到七七八[三六]。哈哈[三七]，要罷便罷[三八]，分付那風月烟霞[三九]，准備着俺歸來耍[四〇]。

雜　拍

少年場空虚過，撒漫些荀令香，作踐些潘安果。月缺圓，花開落，春去秋來，把好事都錯。老大蹉跎，白首婆娑。到如今翻做了滚塵土的輪，擺風波的柁。之乎者也，費盡嘍囉。酸鹹苦辣，吃盡折磨。泥沙霜雪，受盡奔波。才討個黄金帶鞸，早已見烏紗帽涴，被造化小兒笑我，到不如學東海逃向北窗卧。飲幾杯彭澤先生酒，聽一曲滄浪孺子歌。早卸卻名韁利鎖，無榮無辱，無災無禍，瀫水上别尋生活，到頭穩妥。受用些蒲團竹杖、雨笠烟蓑，把那椿兒覷破。恰不道水月空華、電光石火，好不撇脱。做個有須髮的頭陀，終日家息心枯坐。長念些摩訶般若波羅密多，有甚不可。

春歸曲

趁春和返故園，芳草葱芊，黄鳥綿蠻，遥岑抹黛，嫩柳含烟。早已見華峰仙掌圖，只到商嶺藍關。霎時間楚雲冉冉，漢水潺潺。纔説過鹿門峴首，恰又是澧芷沅蘭。咫尺家山，古洞桃源。人争羡高車駟馬，俺則愛緑野平泉。回想俺揚旌沙磧，仗劍祁連，只見雨雪漫漫，征鼓闐闐，烽火連天，鐵甲雕鞍。耳聽得畫角一聲，把黄雲吹斷。到如今圖麟無分，倦鳥思還。笑吾曹賦詩退虜，謝明主拂袖歸田。漚息安禪，瀫曲談元。參悟些三乘妙法，服食些九轉靈丹，受用些蒼松下的茆舍，青溪上的畫船，把治亂安危都不管。好一似鏡湖一曲，賀監黄冠，香山九老，白傅酡顔。俺呵終日家散髮翩翩，鼓腹便便，快活俺飽飯鼾眠，長保餘年。這便是極樂佛、大羅仙，又何羡中書壽考汾陽郭、西域功成定遠班。常言道，世上浮名好是閑。

漗園曲，懺悔日小令，爲門人王伯良走筆

漗水園真佛土，松濤萬壑，柳浪重湖。罩一片蔚藍天，灑幾點清涼雨。諷着貝葉文，燃着蓮華炬。瞻禮着紫磨，全身白毫眉宇。衣緇的是高足沙門，衣素的是優婆道侶。受戒的是絳帳門徒，授記的是青溪漁父。好一似維摩室契、文殊不語，遠公社任淵明來去。何我何人，誰賓誰主。只這白粲可餐，青精堪茹，又何須那獻供天人，散花龍女。倦時節臥勝地法雲，渴時節飲香林甘露。得意來隨口兒唱一曲村居樂府，扣甚麽船子舷，打甚麽雲門鼓，且看俺弄幾出獅子在花前舞。

（龍膺《九芝集》卷十四《雜曲》）

校勘記

［一］清褚人獲《堅瓠集》丁集卷二收録此曲，題作“罷要詞”，謂“元人有【叨叨令帶風入松】詞”。《九宫大成南北詞宫譜》卷三十九曲牌作【歸來樂】，分五段，末注云：“按，【歸來樂】系宋蘇軾自度曲，傳之已久，未注宫調，舊譜皆未載。今審其聲調，旖旎嫵媚，當歸【小石角】。”《納書楹曲譜》正集卷三從之。石成金《傳家寶集》初集卷六收入此曲，有改動。曲牌作【北正宫叨叨令帶南風入松】，注云：“屠赤水原本”。謝伯陽、淩景埏《全清散曲》收入。屠赤水即屠隆，未有此作。參見拙編《屠隆集》（浙江古籍出版社，2012年）。隋樹森據《九宫大成南北詞宫譜》，將此曲收入《全元散曲》，歸入無名氏之作。任訥《曲諧》卷一：“按，兩闋詞頗馳騁，謂出元人，或不盡虚，但調則絶非【叨叨令帶風入松】。帶過曲中，亦從無此兩調相帶者。而兩首句法句數，且先不一致，其詞確爲帶過曲，特不知究是何調相帶，尚待考核耳。《納書楹曲譜》載此，字句小異，且分作五段，未知孰是。”此曲是否龍膺所作，還不能確定，見前《關於明清散曲輯佚的思考與實踐》，姑附於此。

［二］罷罷罷、耍耍耍：《九宫大成南北詞宫譜》、《納書楹曲譜》、石成金改作均作“罷罷、耍耍”。

［三］花花：《九宫大成南北詞宫譜》、《納書楹曲譜》作“茫茫”，石成金改

作作“花花”。

［四］ 胯：《九宫大成南北詞宫譜》、石成金改作作“跨”，《納書楹曲譜》作“胯”。

［五］ 卜：《堅瓠集》、《納書楹曲譜》作“賣”。

［六］ 快活心坎上没牽絓：石成金改作同，《堅瓠集》、《九宫大成南北詞宫譜》、《納書楹曲譜》作“哈哈，快活煞心窩裏無牽掛”。

［七］ 耳邊廂没嘈聒：石成金改作同，《九宫大成南北詞宫譜》、《納書楹曲譜》作“耳跟廂没嘈雜”。耳邊：《堅瓠集》作“耳跟”。

［八］ 哈哈：石成金改作無此二字。

［九］ 秦代長城替别人家打：《堅瓠集》、《九宫大成南北詞宫譜》、《納書楹曲譜》作“你看那秦代長城替别人打”，石成金改作作“你看那秦代長城被别人打”。

［一〇］ 挖：石成金改作作“扒”。

［一一］ 如：石成金改作作“於”。

［一二］ 利名：《堅瓠集》、《九宫大成南北詞宫譜》、《納書楹曲譜》、石成金改作均作“名利”。

［一三］ 值：《堅瓠集》、《九宫大成南北詞宫譜》、《納書楹曲譜》、石成金改作均作“抵”。

［一四］ 哈哈：《九宫大成南北詞宫譜》、《納書楹曲譜》作“哈哈，卻更有幾般堪訝”，《堅瓠集》作“哈哈，卻更有幾般堪詫”，石成金改作作“哈哈，更有一等堪咤”。

［一五］ 説甚麽玉堂金馬：《堅瓠集》、《九宫大成南北詞宫譜》、《納書楹曲譜》、石成金改作均作“動不動説甚麽玉堂金馬”。

［一六］ 撇下：《堅瓠集》、《九宫大成南北詞宫譜》、《納書楹曲譜》、石成金改作均作“落下”。

［一七］ 罷罷、耍耍：《堅瓠集》同，《九宫大成南北詞宫譜》、《納書楹曲譜》作“哈哈”，石成金改作作“罷罷”。

［一八］ 饒使你：《堅瓠集》作“憑你”，《九宫大成南北詞宫譜》、《納書楹曲譜》作“總饒你”，石成金改作作“饒你”。

［一九］也少不得邙山下:《堅瓠集》、《九宫大成南北詞宫譜》、《納書楹曲譜》、石成金改作均作“少不得北邙山下”。

［二〇］俺歸去也:《堅瓠集》、石成金改作同,《九宫大成南北詞宫譜》作“哈哈,俺歸去也呀”,《納書楹曲譜》作:“哈哈,歸去也呀”。

［二一］虞:石成金改作同,《堅瓠集》、《九宫大成南北詞宫譜》、《納書楹曲譜》均作“禹”。

［二二］圖王:石成金改作同,《堅瓠集》作“争王”,《九宫大成南北詞宫譜》、《納書楹曲譜》作“謀王”。

［二三］容膝的竹椽茆舍:《九宫大成南北詞宫譜》、《納書楹曲譜》作“容膝的是竹椽茅簷”,《堅瓠集》、石成金改作作“容膝的竹籬茅舍”。

［二四］點景的琴棋書畫:《九宫大成南北詞宫譜》、《納書楹曲譜》作“點景的是琴棋書畫”,《堅瓠集》作“忙手的琴棋書畫”,石成金改作作“犯手的琴棋書畫”。

［二五］忘機的鷗魚鳧鴨:《堅瓠集》、石成金改作同,《九宫大成南北詞宫譜》、《納書楹曲譜》作“忘機的是鷗魚鳧鴨”。

［二六］橘柚環遮周匝:《堅瓠集》作“適口的淡飯粗茶,檻外薔薇高架”,《九宫大成南北詞宫譜》、《納書楹曲譜》作“更有那橘柚園遮周匝”,石成金改作“檻外薔薇高架”。

［二七］蘭茝平鋪凸窪:《堅瓠集》作“庭前蘭蕙初卸”,《九宫大成南北詞宫譜》作“蘭地平坡凸凹”,《納書楹曲譜》作“蘭蕙坡平凸凹”,石成金改作作“庭外蕙蘭初卸”。

［二八］俺也不癡不聾不啞:石成金改作同,《堅瓠集》作“俺也不聾不啞”,《九宫大成南北詞宫譜》、《納書楹曲譜》作“俺可也不癡又不呆,不聾又不啞”。

［二九］肯把韶光虚謝:石成金改作同,《堅瓠集》作“誰肯把韶光虚謝”,《九宫大成南北詞宫譜》、《納書楹曲譜》作“誰肯把韶光來虚那”。此句後,《堅瓠集》、《九宫大成南北詞宫譜》、《納書楹曲譜》有“哈哈,俺歸去也呀”一句,石成金改作無。

［三〇］閑來時向負郭問桑麻:《堅瓠集》作“閑時節從負郭問桑麻”,《九

宫大成南北詞宫譜》、《納書楹曲譜》作"從負郭問桑麻",石成金改作作"閑來時從負郭問桑麻"。

［三一］過:《堅瓠集》、《九宫大成南北詞宫譜》、《納書楹曲譜》、石成金改作均作"遇"。《堅瓠集》此句後有"哈哈"二字,其餘無。

［三二］鐵笛兒牛角上掛:《堅瓠集》、《九宫大成南北詞宫譜》、《納書楹曲譜》、石成金改作均作"鐵笛兒在牛角上掛"。

［三三］酒瓢兒魚竿上插:《堅瓠集》、《九宫大成南北詞宫譜》、《納書楹曲譜》、石成金改作均作"酒瓢兒在魚竿上插"。

［三四］詩囊兒驢背上跨:《堅瓠集》、《九宫大成南北詞宫譜》、《納書楹曲譜》、石成金改作均作"詩囊兒在驢背上跨"。

［三五］萬萬千:《堅瓠集》、《九宫大成南北詞宫譜》、《納書楹曲譜》、石成金改作均作"萬萬千千"。

［三六］杯中物直飲到七七八:《堅瓠集》、《九宫大成南北詞宫譜》、《納書楹曲譜》作"杯中物直飲到七七八八",石成金改作作"杯中物直吃到七七八八"。

［三七］哈哈:《堅瓠集》此二字前有"醉中日月真無價",《九宫大成南北詞宫譜》、《納書楹曲譜》有"歡百歲誰似咱",石成金改作無。

［三八］便罷:《九宫大成南北詞宫譜》、《納書楹曲譜》同,《堅瓠集》、石成金改作作"就罷"。

［三九］那:《九宫大成南北詞宫譜》、《納書楹曲譜》作"與"。

［四〇］准備着俺歸來耍:《九宫大成南北詞宫譜》、《納書楹曲譜》作"准備着歸家來耍耍",《堅瓠集》作"濃睡在十里松陰下,一任黄鸝罵",石成金改作作"濃睡在十里松陰,一任黄鸝罵"。

劉汝佳

劉汝佳(1564—1615),字無美,號紫芝,無爲(今屬安徽)人。萬曆三十五年(1607)進士,授工部主事。歷都水司郎中,官至金華知府。因忤權貴,旋告歸,逾半年而卒。有《劉婺州文集》。

小　令

【黄鶯兒】 春閨長憶

新恨鎖眉尖,病懨懨弱息難。春光九十愁過半,鱗鴻杳然,相思苦纏。蒼苔每日空凝遍,淚漣漣。天涯遊子,相見是何年。

其　二

花影上紗窗,鬢鬅鬆懶下床。珠簾乳燕雙雙往,魂兒渺茫,淚兒兩行。被窩中清冷心兒癢,意傍徨。相逢何日,虚度好春光。

其　三

病瘦不勝衣,滿懷愁説向誰。思量無計留春住,鶯兒亂啼,花兒亂飛。令人舉目心將碎,薄情的。今經許久,因甚信音稀。

其　四

心事亂如麻,是當初一念差。向神前卜盡龜兒卦,口兒裏恨他,心兒裏想他。逢人定指名兒罵，在誰家。盟山誓海，難道没波查。

【畫眉序】 留　别

簷外雨初歇，把酒悲歌嘆輕别。笑人生容易、等閑抛撇。翠眉攢幾種離愁，香袖染數行青血。（合）支頤無限傷情事，都付送春啼鴂。

其　二

欲語又悲咽，仿佛留連費周折。況分袪正值、暮春時節。柳絲垂不管閑愁，花亂落助人淒切。（合前）

其　三

燈影映桃頰，一半含啼半悄説。酒微醒無奈、寸腸酸裂。今宵受枕淚千行，明日掛飛蓬一葉。（合前）

其　四

花影動新月，寶鴨微香已先爇。對三星重把、誓盟悄説。願今生白首如新，念昔日芳心徒熱。（合前）

套　數

【新水令】

一聲長嘯海天秋，會百六數逢陽九。歎英雄多袖手，戀魏闕祇凝眸。心事悠悠，心事悠悠，謾自撚梅花嗅。

【步步嬌】

枉提了三尺鋒向四海遨遊，醉舞青萍，寶氣連牛。只道是豐水含光，雙龍合遘，電掣星流，不覺的沉埋已久。那討個風雨津頭，着甚來由，直恁淹留。幾能彀紅塵中渴睡還醒,則怕這青鏡裏短鬢先秋。

【江兒水】

客枕纔驚夢,鄰雞忽報籌。寒風野店穿懷袖。看蕭蕭匹馬經荒堠,寥寥孤雁歸春候。無限淒涼消受。疏木殘星,更目斷蒼烟迷岫。

【雁兒落】

空對着淡昏昏斜月柳稍鈎,愁聽着響潺潺曲水溪邊溜,耐多少撲遬遬如銀馬上霜,銷多少暗沉沉似箭風前漏。本待學赤松遊,扶漢鼎志未酬。本待做滑稽流,望青鸞何處有。休、休,也不索閑窮究,甚的來因也麽由。不是姻緣,和你不就頭。

【僥僥令】

一鞭殘照野雲收,猛可地上心頭。任取兒童齊拍手,笑生事已浮漚。

【收江南】

呀,早知道這般樣虚度呵,枉敝了黑貂裘。可是那田無二頃恁影流,博换得印金如斗。細思量轉憂,細思量轉憂,怕只怕少年去了難留。

【園林好】

聘渭的瞿瞿耋叟,棄繻的英英妙儔。這都是青雲華胄。肯落落此生休,肯落落此生休。

【沽美酒】

見紅香、見紅香逐水流,却又早緑陰稠,怎都付芳草萋萋滿徑愁。攜素手,問同仇,偷冷眼,覷吴鈎。恁般樣英雄,肯落他人後。幾時得功名成就,須有日功名成就。我呵與你每如龍似虬,霖雨帝王州。呀,到如今只落得横開笑口。

【清江引】

多才自古多僝僽,就裏難参透。桃杏景無多,松柏青長久。眼前名身外事都付無何有。

秋 思

【梁州序】

清秋風景,黄花時序,墜葉蕭蕭鋪砌。空庭寂莫,愁看塞雁南飛。見一派菰蒲野水,敗柳殘荷,衰草無邊際。倚樓頻竚望,暮雲迷,又見數點昏鴉度水西。(合)湘簟冷,爐烟細,寒衣幾處催刀尺。愁趺坐,悶支頤。

其 二

黄昏悄静,微寒滋味,一點孤燈相對。朱顔褪粉,誰憐鎮日淒其。悔教從軍蕩子,流落天涯,浪撲刀頭利。甚年何日裏,棄繻回,不請長纓誓不歸。(合)他圖畫像,題青史,把盟山誓海都忘記,被名利縛,旅情羈。

其 三

雨聲兒不住在窗西,淚珠兒不離着衣袂,一從他别後,再無消息。枉自把烏箋盡寫,曲裾初成,欲寄誰傳遞。聽樓頭更漸起,夜烏啼,又上新愁鎖翠眉。(合)秋夜雨,相思淚,燈前窗外聲同滴,邊塞路,總迢遞。

其 四

病懨懨一捻腰肢,夢魂兒不知在何處,瘦伶仃多只是爲他憔悴。幾時得姻緣廝守,枕簟光輝,寶鴨薰蘭蕙。雙雙攜素手,並肩移,願歲歲年年比翼棲。(合)焚寶鼎,祈天地,秦樓早效吹簫侶,魚共水,海天齊。

【節節高】

燈花空自垂，意癡迷，猛然窗外如人語。推窗拭，細雨吹，西風急，慌忙便把窗兒閉，窮愁一寸心將碎。(合)只恐歸來鬢欲霜，可憐虛度芳年紀。

其　二

秋霜冷翠幃，淚雙垂，將身伏枕和衣睡。追前事，減玉肌，心如醉。耳邊言語成虛費，從今不信神前誓。(合前)

【尾聲】

瀟瀟夜雨在芭蕉滴，這樣離愁訴阿誰，難道你苦戀天涯不肯歸。

章臺漫興

【四塊玉】

翠蛾顰，秋波盼，剛别後，情縈絆。只爲那玉軟香嬌，翻惹得鶯慵燕懶。風波驟起，忽地把牙檣泛。夜雨梨花空蕭散。悶懨懨倦倚雕欄，急煎煎怕封素簡，氣轟轟擊碎連環。

【雁過聲】

更殘，露濕徑晚，猛聽得他芳心兒自煩。似機絲織女來銀漢，解愁顔。霎時間便眷懷滿眼，兀自難餐，同心人帶綰。夭桃滴露紅新綻，敢則是一刻千金也不道罕。

【傾杯序】

相看，口噴檀，揾未乾，蜜溜溜的香無限。道這段風流，這般嬌怯，這會沉酣,有誰曾慣。把心兒記取,寶釵亂壓,緑雲斜綰,可容伊抛閃得我玉枕自生寒。

【玉芙蓉】

三星夜未闌,月下盟香瓣。怕男兒薄倖,易使人單。殷勤欲問前程美,腼腆還疑重會難。這温香性,端的是賈女班,縱心猿意馬怎牢拴。

【山桃紅】(一名【朱奴兒犯】)

我準備着交歡盞,你舉定了齊眉案。任桃花逝水流紅瓣,春心肯逐遊絲返。尤雲殢雨情千萬,肯教伊淚珠兒羅袂偷彈。

【尾聲】

多情會,莫厭煩,説甚麽淩波襪剗,好向花陰與你整翠鬟。

廬江朱叔子侍兒典琴,雅通文史,兼善弈書。行酒燈下,余見而奇之,戲贈

【桂枝香】

桃花人面,今宵重見。任多少翠翠紅紅,更不數鶯鶯燕燕。這風流少年,這風流少年,堪稱婉孌。追隨瓊宴,可人憐。敢莫是天皇吏,思凡謫香案前。

其 二

天然良遘,如何消受。當初菱角雞頭(樂天二僮名,善歌舞者),端不讓蠻腰素口。把真情探求,把真情探求,香名是否。琴兒典守,妙相投。正是流水高山,弄纖纖指下柔。

其　三

風姿標致，神情流利。玲瓏比珠走雕盤，活潑似魚游春水。羨能通秘書，羨能通秘書，敲詩聯對。臨池三昧，更彈棋。妙契金鵬變，機藏玉局奇。

其　四[一]

香焚蘭麝，杯擎玉斝。且休題豔質彌瑕，真個比宋朝無亞。試殷勤謝他，試殷勤謝他，這般情話。休耽驚怕，等摶沙。直作逢場戲，閑看鏡裹花。

【意不盡】

仙仙玉蕊天邊桂，直恁清香攪客思。分付東君好護持。

（劉汝佳《劉嫈州集》卷八《詞部》）

校勘記

［一］其四：原無，據上文補。

沈　演

沈演(1566—1638),字叔敷,號何山,烏程(今屬浙江)人。萬曆二十年(1592)進士,授南京工部主事。遷禮部員外郎,陞本部郎中。出爲福建布政司參議,遷江西按察副使。歷陝西左布政使、順天府尹、刑部侍郎。天啟中削籍。崇禎初,起工部侍郎,官至南京刑部尚書。有《止止齋集》。事見《啟禎野乘》卷六。

小　令

小　詞

五湖烟景誰争管,一曲漁歌散。朗吟彭澤詞,勝喫惠州飯。晚渡歸來興未懶。

常勝軍中拏定管,肯使楸枰散[一]。巧排白占棋,半熟黄粱飯。君自津津吾自懶。

非是是非吾不管,過眼浮雲散。頻婆上苑珍,禾黍田家飯。得味濃時誰較懶。

春萼春禽春信管,春思郊原散。春芹碧澗羹,春色雕胡飯。春物春游春意懶。

夏雲夏日火龍管，夏雨田疇散。夏月水晶簾，夏粒滹沱飯。清晝日長人意懶。

一歲風雲秋月管，子夜吴歌散。蒹葭苜蓿灘，白黍黄雞飯。看盡落花秋夢懶。

大地陽回一寸管，似絮因風散。燔炙五侯鯖，脱粟千家飯。偷看玉獅添線懶。

右調【清江引】七首

（沈演《止止齋集》卷七十）

校勘記

［一］楸枰：原作"鍬秤"，據文意改。

李　樸

李樸,字繼白,朝邑(今屬陝西)人。萬曆二十九年(1601)進士,授彰德府推官,入爲户部郎中,疏請破朋黨之争,謫光州同知,後京察落職。天啟初起用,歷官參議卒。有《調刁集》、《雪亭集》等。傳見《明史列傳》卷九十、《明史》卷二百三十六。

小　令

【駐雲飛】 登華嶽四首

漢冲蕭太史年伯作此,效顰也。

五嶽獨雄,繼目雲霄插翠屏。萬壑奔流送,怪石紛蘿徑。嗏,飛泉漱玉鳴,山空籟静。日燦金蓮,仙掌峰頭弄。雲净烟消暮色横。

少憩玉泉,把酒相留深洞前。瀑布寒濤濺,峰頂□霞爛。嗏,石床擬醉眠,清幽堪戀。一片野心,笑與白雲伴。自在羲皇大古間。

携手登高,一杖分明出世豪。白日當空照,絶巘寒猶峭。嗏,細雨灑松濤,詩朋謝朓。吟弄嬉遊,一覽發狂叫。暫息人間萬事勞。

返轡山陬,獨上金天白帝樓。户外三峰秀,古木千章鬥。嗏,人世幾千秋,青山依舊。莫惜芳樽,拚醉消春晝。且與赤松結伴游。

高山峨峨水悠悠，駕藍輿出郊信步。人道是太白才真仙果否。

【駐馬聽】 二首

潞水開倉，百萬緹綺閙曉光。只見那曙燈燦燦，宿霧蒙蒙，衆語喞喞。出神没鬼未成行，如龍如虎皆兵象。於橐於囊，於橐於囊，折衝千里，廟堂之上。

顛倒衣裳，爲憶量沙宵夜忙。猶見那靈虬傳箭，銀漢横空，斜月穿窗。忘身誰惜鬢如霜，憂國惟喜軍容壯。六師張皇，六師張皇，士得宿飽，寧辭勞鞅。

（李楪《調刁集》不分卷）

鄭心材

鄭心材，字敬仲，號思泉，浙江海鹽人。刑部尚書曉孫。萬曆間，以廕生歷都督府都事，官至應天府治中。有《鄭京兆文集》。

小 令

【黄鶯兒】詞 戊子下第有感

齒豁趣還生，願心苗便潤津。須知老也君休遜，波光動人，春尖惹人。幾番偷訴魂難禁，覷丰神。依然情事，眉宇自嬌嗔。

眉宇自嬌嗔，細端詳心事真。嗔回喜溢堪歡慶，情如酒醇，形同意親。當年不遇時和運，歎沉淪。隋珠卞玉，剖也更憐人。

剖也更憐人，但相知舊可新。非干善價隨時定，將親最親，殘春勝春。當筵謦咳堪投分，好温存。居然半老，歷盡箇中真。

歷盡箇中真，但降來勝後生。丰姿展轉魂難定，星星可人，端端著人。天教俊格歡偏逞，細逡巡。其間就裏，知味在年尊。

（鄭心材《鄭京兆文集》卷一）

佘翹

佘翹(1567—1612),字聿雲,安徽銅陵人。萬曆十九年(1591)舉人。有《翠微集》(詩,不傳)和傳奇《賜環記》、《瑣骨菩薩》(佚)、《量江記》(今存)。詳見徐朔方先生《晚明曲家年譜》第三卷《佘翹年譜》。

小令

【北小桃紅】 與無如對弈

静籠棋局最多情,暗竹侵山徑,盡日攻圍寄幽興。不心争,地偏更與閑相稱。松蘿千頃,碧簷掩映,啼鳥兩三聲。

【南駐馬聽】 贈坐隱先生

蘿徑周回,題鳳無人到竹扉。你只將詩篇傲世,石屋逃名,棋局忘機。桓伊横笛月中吹,嵇康縱酒花間醉。貴在□希,一丘一壑心無累。

(汪廷訥《坐隱先生集》卷首)

無名氏

小　令

時尚劈破玉歌

春[一]

到春來梅蕊傳春信，孟浩然處處尋。尋來詩句添韻[二]，俄然逢驛使，寄與隴頭人。囑付我的冤家[三]，乖[四]，好耐冰霜冷[五]。

夏[六]

到夏來池内錢兒串，周濂溪載酒看。看來雨過瓊珠濺[七]，菡萏雙出水，想是並頭蓮。應看我的冤家[八]，乖[九]，羅帶同心綰[一〇]。

秋

到秋來黄菊東籬放，陶淵明詩興狂。白衣送酒多情況，風中香嬝娜，霜下色悠揚。怎的我的冤家[一一]，乖[一二]，同在花前賞[一三]。

冬

到冬來六出花撩亂，韓文公馬不前。茫茫空把家鄉盼，藍關隔千里[一四],秦嶺阻三千。不見我的冤家[一五],乖,昨夜□着俺[一六]。

四　季[一七]

一年四季光陰過[一八],笑韓彭空戰争[一九]。北邙山下無音信,滿斟樊噲酒,莫聽楚歌聲。膠漆的冤家[二〇],乖,於今成畫餅[二一]。

吹

碧玉簫夜夜在風前弄,按新聲懷舊侣人去樓空。想蕭郎昔日同乘鳳,餘音空自好,密約甚時逢。哽咽兒杜鵑,乖,淚珠似泉湧。

彈

盼才郎閑步在月明兒下,悶無聊謾撥一曲琵琶。想昭君曾抱你把單于嫁,嘈嘈如急雨,溶溶似落花。音律兒淒涼,乖,孤單殺了咱。

歌

俏嬋娟手執一把桃花扇,奏霓裳歌曲調展轉新鮮。陽春白雪人争羨,流鶯啼樹梢,明珠走玉盤。惱亂蘇州,乖,回腸日九轉。

舞

俊龐兒標格十分俏,天生成描不出一種嬌嬈。謾霓裳歌舞天然妙,櫻桃樊素口,楊柳小蠻腰。飛燕迎風,乖,翠袖兒舞得好。

琴

撫瑶琴又被宫商亂[二二],彈一曲昭君怨珠淚漣漣[二三]。陽關三疊曾留戀[二四],寡鵠孤鸞等[二五],思歸永不還。盼殺了秋鴻[二六],乖[二七],音書未寄轉[二八]。

棋

悶來時取過棋來下[二九],棋兒好一似我的冤家[三〇]。兵行詭道皆虚詐,不學車行直,偏學馬行斜。正好叫將軍[三一],哥[三二],又把炮來打[三三]。

書

拂花箋寫下離情怨[三四],自覺的有些兒羞慚[三五]。没來由何故的將他戀[三六],不記得香羅帕[三七],猩紅一點鮮。耽誤我的終身[三八],乖,天教命兒短[三九]。

畫

染霜毫描出丹青意,畫一幅比翼鳥連理枝。鴛鴦交頸池塘内,寄與情哥看,知他知不知。樹鳥也會成雙[四〇],乖,那個像着你[四一]。

漁

姜子牙把釣在磻溪際[四二],使直鈎不設餌志不在魚。兆飛熊勾引得文王至,載之歸上國,禮拜做將軍[四三]。伐紂興周[四四],乖,功勳世無比[四五]。

樵

朱買臣原是讀書客[四六],住會稽時未來也曾去賣柴。妻兒嗟怨愁無奈[四七],逼勒生離去,誰知時運來。一旦身榮[四八],乖,名揚於四海[四九]。

耕

有伊尹昔日身貧困[五〇],把犁鋤親稼穡去耕有莘。樂堯天歌舜日能安分[五一],一朝逢帝王[五二],三聘建功勳[五三]。青史上標名[五四],乖,光輝榮晝錦[五五]。

讀

漢匡衡好學家無燭[五六],一心心要讀那二典三謨[五七]。偷光鑿壁能勤篤[五八],學成文武藝,貨與帝王都。金榜上題名[五九],乖,流芳於萬古[六〇]。

士

讀書人本是無價寶[六一]，占鼇頭中狀元直上青霄[六二]。封妻蔭子添榮耀，前呼並後擁，五花頭踏高[六三]。駟馬高車[六四]，乖，方顯讀書好[六五]。

農

務農人委實身安樂，春去耕夏去耘真個逍遥。秋收冬藏年又到，乾柴並白米，安享過時光[六六]。老幼團圓[六七]，乖，誰不道你好[六八]。

工

手藝人的實真個妙[六九]，幼而學壯而行手段精高。白手能攢錢和鈔[七〇]，不用父娘本[七一]，安分過一生[七二]。無慮無憂[七三]，乖，誰不道你好[七四]。

商

做生涯委實直堪羡[七五]，走燕齊經楚粵[七六]，天涯海角都遊遍[七七]。江湖隨浪蕩，萬金腰繫纏[七八]。四海爲家[七九]，乖，到處隨消遣[八〇]。

（《八能奏錦》卷二）

新增急催玉歌

首

青山在緑水在冤家不在，風常來雨常來情書未來，災不害病不害相思常害[八一]。春去病未去[八二]，花開恨未開[八三]。倚定着門兒，手托着腮兒，心想着人兒[八四]。淚珠兒汪汪，滴滿了東洋海，滴滿了東洋海。

又

欽天監造曆的人兒不知趣[八五]，偏閏年偏閏月不閏五更[八六]。鴛鴦枕上情難盡，剛纔合着眼，不覺就雞鳴[八七]。恨的是更兒，惱的是雞兒。可憐我的人兒，熱烘烘丟開，心下如何忍[八八]。

又

俏冤家來一遍看一遍，只落得冤家兒一看[八九]。你有情我有意不得團圓，到如今你願我願天不從人願。早知道相思苦，空惹下這熬煎。可憐見可憐，心肝上心肝。不得和你成雙，我死也不閉眼[九〇]，我死也不閉眼[九一]。

又

憶當初那人兒我愛他百般標緻，可人處楊柳腰櫻桃口柳葉眉兒，秋波一轉嬌滴一笑千金價[九二]，美貌賽西施。曾記他半敞着窗兒，剛照個面兒，賣一個俏兒，冷丟下眼兒。想起那多嬌，魂也不着體，魂也不着體。

又

一重山兩重山阻隔着關山迢遞，恨不得來看你空想着佳期[九三]。默地裏思一會想一會，要寫封情書捎寄[九四]。剛纔的放下一隻桌兒[九五]，鋪上一張紙兒[九六]，磨了一池墨兒[九七]，提起一枝筆兒，正寫着衷腸[九八]，淚珠兒滴濕了紙[九九]，淚珠兒滴濕了紙[一〇〇]。

又

自那日手挽手訴衷腸[一〇一]，難割捨分離去[一〇二]，細叮嚀重囑付[一〇三]，曾許下佳期[一〇四]。到如今屈指兒數將來數將去[一〇五]，眼巴巴意懸懸不見情書捎寄[一〇六]。悶將來卸倒在床兒，手摸着胸兒[一〇七]，我想我的情兒，待他的意兒，仔細思量，那些兒虧負了你，那些兒虧負了你。

又[一〇八]

俏冤家昨對奴親把佳期許下,許今夜黄昏後來會奴家。到如今更兒闌人兒静,爲甚的不見來。看看月上荼蘼架,哄得奴半開着門兒,空待着月兒,望穿我的眼兒,不見他的影兒。恨殺這冤家,脱空將人要,脱空將人要。

又

黄昏後夜沉沉冷清清[一〇九],静悄悄孤燈獨照悶殺人[一一〇],情慘慘意懸懸愁聽那窗兒外,淅零零雨打芭蕉[一一一]。形單影隻心驚跳,悶懨懨卸倒在床兒。剛合着眼兒,做一個夢兒,見個人兒[一一二],正訴着衷腸,又被風鈴兒驚散了[一一三],又被風鈴兒驚散了。

又

憶當初與那人兩情濃魚水同戲,恨那人拆鴛鴦兩處分飛。到如今隔着山隔着水,雁兒杳魚兒沉,不得情書捎寄[一一四]。幾回間静掩着門兒,倦抛着書兒,斜倚着屏兒,謾剔着牙兒[一一五],冷地裏思量,我的心肝兒在那裏,我的心肝兒在那裏。

又

俏冤家你鍾情我得意,兩相交是真情實意。願許下與天長並地久[一一六],海枯乾石爛了兩情不替[一一七]。誰知你心變了[一一八],情詞不再提[一一九]。哄得奴上了樓兒掇了梯兒[一二〇],忘了恩兒負了心兒。這苦訴與天知[一二一],神明兒攞佈你,神明兒攞佈你。

又

俏心肝我和你相交情厚,做一雙廂邊鞋寄與你穿。穿時休把泥中串,鞋兒不打緊,我做的實艱難[一二二]。到晚來點上一盞燈兒[一二三],鋪着一片鞋兒，拿起一個針兒[一二四]，瞞着我的親夫[一二五]，晝夜把工夫趕[一二六]，晝夜把工夫趕[一二七]。

又

釣魚的我笑你是個癡呆漢，鎮日裏在江邊空執着釣竿。那魚兒上鈎，也要二比情願。不貪你香餌美，不上你的鈎兒也是閑。用盡了機關，廢寢忘餐，想斷了你的肝腸，望穿了你的眼。

又

俏冤家我與你曾發下山盟咒，燈兒前枕兒上同訂着生死相交[一二八]。到如今心兒變情兒冷意兒丢，没來由又和那人兒厚[一二九]。幾回間手摩着胸兒，暗想他情兒，細忖他話兒[一三〇]，就做一個夢兒，誰想這冤家[一三一]，不耐長和久[一三二]，不耐長和久[一三三]。

又

俏冤家肯不肯你也説一句真情話[一三四]，我被你哄去得心撩亂魂飄蕩餓眼昏花[一三五]。真個是茶裏思飯裏想，夢魂中也撇你不下。肯也是不肯，和咱也不和咱，爲甚的狠着臉兒，低着頭兒[一三六]，害着羞兒，不答半句話兒，對面的惺惺，半真還半假[一三七]。

又

當初待我似門神，朝朝夕夕不離門。只爲日久顔色淡，貼上新人换舊人。我的親，舊人昔日也曾新。

（《八能奏錦》卷三）

校勘記

［一］“春”前原有“一”字，據上下文删。

［二］半：《摘錦奇音》卷二、《樂府玉樹英》卷一作“風”。

［三］嚼：《摘錦奇音》卷二作“祝”。《摘錦奇音》卷二、《樂府玉樹英》卷一此句重復一次。

［四］乖：《摘錦奇音》卷二、《樂府玉樹英》卷一作“春”。

［五］《摘錦奇音》卷二此句重復一次。

［六］“夏”前原有“又”字，據上下文刪。

［七］來：《摘錦奇音》卷二、《樂府玉樹英》卷一作“他”。

［八］看：《摘錦奇音》卷二作“着”。《摘錦奇音》卷二、《樂府玉樹英》卷一此句重復一次。

［九］乖：《摘錦奇音》卷二、《樂府玉樹英》卷一作“夏”。

［一〇］《摘錦奇音》卷二此句重復一次。

［一一］的：《摘錦奇音》卷二、《樂府玉樹英》卷一作“得”。《摘錦奇音》卷二、《樂府玉樹英》卷一此句重復一次。

［一二］乖：《摘錦奇音》卷二、《樂府玉樹英》卷一作“秋”。

［一三］《摘錦奇音》卷二此句重復一次。

［一四］千：《摘錦奇音》卷二、《樂府玉樹英》卷一作“萬”。

［一五］《摘錦奇音》卷二、《樂府玉樹英》卷一此句重復一次。

［一六］昨夜□着俺：《摘錦奇音》卷二作“到處將誰戀”，此句重復一次。《樂府玉樹英》卷一作“别處將誰戀”。

［一七］四季：《摘錦奇音》卷二、《樂府玉樹英》卷一作“合”。

［一八］過：《摘錦奇音》卷二、《樂府玉樹英》卷一作“迅”。

［一九］笑：《樂府玉樹英》卷一作“嘆”。笑韓彭：《摘錦奇音》卷二作“嘆韓朋”。

［二〇］《摘錦奇音》卷二、《樂府玉樹英》卷一此句重復一次。

［二一］於：《摘錦奇音》卷二作“如”。《摘錦奇音》卷二此句重復一次。

［二二］瑶：《樂府玉樹英》卷一作“摇”。

［二三］怨：《樂府玉樹英》卷一作“怨來”。漣漣：《大明春》卷三、《摘錦奇音》卷二、《樂府玉樹英》卷一作“漣”。

［二四］疊：《摘錦奇音》卷二作“唱”。

［二五］鵠：《大明春》卷三作“鴻”。鸞：《摘錦奇音》卷二作“鴻”。

［二六］《大明春》卷三、《樂府玉樹英》卷一此句重復一次。

［二七］乖:《樂府玉樹英》卷一無。

［二八］《摘錦奇音》卷二此句重復一次。

［二九］取過:《樂府玉樹英》卷一作“且把”。

［三〇］一:《摘錦奇音》卷二無。

［三一］叫:《大明春》卷三無,《摘錦奇音》卷二作“的”。《大明春》卷三、《摘錦奇音》卷二此句重復一次。

［三二］哥:《大明春》卷三、《摘錦奇音》卷二作“乖”。

［三三］把:《樂府玉樹英》卷一作“被”。《摘錦奇音》卷二此句重復一次。

［三四］下:《摘錦奇音》卷二、《樂府玉樹英》卷一作“下了”。

［三五］的:《摘錦奇音》卷二、《樂府玉樹英》卷一作“得”。兒:《摘錦奇音》卷二作“好”。

［三六］的:《摘錦奇音》卷二無。

［三七］記:《摘錦奇音》卷二作“計”。

［三八］的:《摘錦奇音》卷二、《樂府玉樹英》卷一無。《摘錦奇音》卷二、《樂府玉樹英》卷一此句重復一次。

［三九］《摘錦奇音》卷二此句重復一次。

［四〇］會:《摘錦奇音》卷二無,《樂府玉樹英》卷一作“去”。《摘錦奇音》卷二、《樂府玉樹英》卷一此句重復一次。

［四一］《摘錦奇音》卷二此句重復一次。

［四二］磻:《徽池雅調》卷一作“渭”。

［四三］將軍:《摘錦奇音》卷二、《徽池雅調》卷一、《樂府玉樹英》卷一作“軍師”。

［四四］紂:《樂府玉樹英》卷一作“紂兒”。《大明春》卷三、《摘錦奇音》卷二、《樂府玉樹英》卷一此句重復一次。

［四五］《摘錦奇音》卷二此句重復一次。

［四六］是:《大明春》卷三作“是個”。客:《徽池雅調》卷一作“人”。

［四七］嗟:《大明春》卷三作“咨”。

［四八］一旦:《樂府玉樹英》卷一作“一旦了”。《大明春》卷三、《摘錦奇

音》卷二、《樂府玉樹英》卷一此句重復一次。

［四九］《摘錦奇音》卷二此句重復一次。

［五〇］有:《大明春》卷三作“商”。

［五一］歌:《大明春》卷三無。

［五二］王:《摘錦奇音》卷二作“主”。

［五三］建功勳:《徽池雅調》卷一無。

［五四］上:《大明春》卷三。《大明春》卷三、《摘錦奇音》卷二此句重復一次。

［五五］《摘錦奇音》卷二此句重復一次。

［五六］匡衡:《樂府玉樹英》卷一作“康衢”。家:《摘錦奇音》卷二作“夜”,《樂府玉樹英》卷一無。

［五七］心心:《大明春》卷三、《樂府玉樹英》卷一作“心”。那:《樂府玉樹英》卷一無。

［五八］篤:《摘錦奇音》卷二作“讀”。

［五九］金:《大明春》卷三無。《大明春》卷三、《摘錦奇音》卷二、《樂府玉樹英》卷一此句重復一次。

［六〇］《摘錦奇音》卷二此句重復一次。

［六一］是:《摘錦奇音》卷二作“是個”。

［六二］直:《大明春》卷三、《樂府玉樹英》卷一、《摘錦奇音》卷二作“身”。青:《摘錦奇音》卷二作“雲”。

［六三］高:原無,據《大明春》卷三、《樂府玉樹英》卷一、《摘錦奇音》卷二補。

［六四］《大明春》卷三、《摘錦奇音》卷二此句重復一次。

［六五］《摘錦奇音》卷二此句重復一次。

［六六］時光:《大明春》卷三作“终朝”。《摘錦奇音》卷二無此句。

［六七］老幼:《摘錦奇音》卷二作“一家的”。《大明春》卷三、《摘錦奇音》卷二、《樂府玉樹英》卷一此句重復一次。

［六八］道:《大明春》卷三作“羨”。好:《樂府玉樹英》卷一作“美”。《摘錦奇音》卷二此句重復一次。

［六九］的實真個妙：《大明春》卷三、《摘錦奇音》卷二、《樂府玉樹英》卷一作“其實有些妙”。

［七〇］攢：《大明春》卷三、《摘錦奇音》卷二、《樂府玉樹英》卷一作“賺”。

［七一］父娘本：《摘錦奇音》卷二、《樂府玉樹英》卷一作“娘根本”。

［七二］一生：《摘錦奇音》卷二作“春秋”。

［七三］無慮無憂：《大明春》卷三作“無憂無慮”。《大明春》卷三、《摘錦奇音》卷二此句重復一次。

［七四］誰不：《摘錦奇音》卷二作“人人”。《摘錦奇音》卷二此句重復一次。

［七五］直：《大明春》卷三、《樂府玉樹英》卷一、《摘錦奇音》卷二作“真”。堪：《樂府玉樹英》卷一作“個”。

［七六］粵：《摘錦奇音》卷二作“越”。

［七七］天涯海角：《大明春》卷三作“渭北天南”，《摘錦奇音》卷二作“天南地北”。

［七八］金：《摘錦奇音》卷二作“貫”。腰繫纏：《大明春》卷三作“賺繫腰纏”，《摘錦奇音》卷二作“在腰纏”。

［七九］《大明春》卷三、《摘錦奇音》卷二、《樂府玉樹英》卷一此句重復一次。

［八〇］隨：《大明春》卷三作“甚”，《摘錦奇音》卷二作“堪”。《摘錦奇音》卷二此句重復一次。

［八一］情書未來：馮夢龍《掛枝兒》卷三想部作“书信不来”。災：原作“炎”，據馮夢龍《掛枝兒》卷三想部、《摘錦奇音》卷一改。

［八二］病未去：馮夢龍《掛枝兒》卷三想部作“愁不去”。病：《摘錦奇音》卷一作“愁”。

［八三］恨未開：馮夢龍《掛枝兒》卷三想部作“悶不开”。恨：《摘錦奇音》卷一作“悶”。

［八四］心想着人兒：《摘錦奇音》卷一作“我想我的人兒”。“倚定着門兒”三句：馮夢龍《掛枝兒》卷三想部三句無。

［八五］不：《摘錦奇音》卷一作“好不”。

［八六］五更:《摘錦奇音》卷一作“個更兒”。

［八七］就雞:《摘錦奇音》卷一作“雞又”。

［八八］如何:《摘錦奇音》卷一作“何曾”。《摘錦奇音》卷一此句重復一次。

［八九］得:《摘錦奇音》卷一無。兒:《摘錦奇音》卷一無。

［九〇］［九一］閉:《摘錦奇音》卷一作“蔽”。

［九二］滴:《摘錦奇音》卷一作“滴滴”。

［九三］看:《摘錦奇音》卷一作“見”。

［九四］［一〇六］捎:原作“稍”,據文意改。

［九五］剛纔的:《摘錦奇音》卷一作“纔”。

［九六］上:《摘錦奇音》卷一作“着”。

［九七］了:《摘錦奇音》卷一作“着”。

［九八］正:《摘錦奇音》卷一作“未”。

［九九］［一〇〇］滴濕了紙:《摘錦奇音》卷一作“先濕透了紙”。

［一〇一］腸:《摘錦奇音》卷一作“情”。

［一〇二］割:《摘錦奇音》卷一無。分離:《摘錦奇音》卷一作“離分”。

［一〇三］囑:《摘錦奇音》卷一作“祝”。

［一〇四］佳:《摘錦奇音》卷一作“歸”。

［一〇五］數:《摘錦奇音》卷一作“算”。

［一〇七］摸着:《摘錦奇音》卷一作“摩摩”。

［一〇八］《摘錦奇音》卷一收入此首。

［一〇九］清清:《摘錦奇音》卷一作“情情”。

［一一〇］悶:《摘錦奇音》卷一作“閃”。

［一一一］零零:《摘錦奇音》卷一作“淋淋”。打:原作“把”,據《摘錦奇音》卷一改。

［一一二］見個人兒:《摘錦奇音》卷一作“夢見我的人兒”。

［一一三］《摘錦奇音》卷一此句重復一次。

［一一四］得:《摘錦奇音》卷一作“見”。捎:原作“稍”,據文意改。

［一一五］謾:《摘錦奇音》卷一作“慢”。

[一一六] 願:《摘錦奇音》卷一作“原”。與:《摘錦奇音》卷一無。

[一一七] 兩:《摘錦奇音》卷一作“真”。

[一一八] 心:《摘錦奇音》卷一無。

[一一九] 情詞:《摘錦奇音》卷一作“心情詞兒”。提:原作“題”,據文意改。

[一二〇] 了:《摘錦奇音》卷一作“去”。

[一二一] 苦:《摘錦奇音》卷一作“苦情”。

[一二二] 的:《摘錦奇音》卷一作“得”。

[一二三] 來:《摘錦奇音》卷一作“間”。

[一二四] 起:《摘錦奇音》卷一無。個:《摘錦奇音》卷一作“枚”。

[一二五] 着:《摘錦奇音》卷一作“了”。親:《摘錦奇音》卷一作“兒”。

[一二六][一二七] 晝:《摘錦奇音》卷一作“徹”。

[一二八] 上:《摘錦奇音》卷一作“邊”。

[一二九] 兒:《摘錦奇音》卷一無。

[一三〇] 他:《摘錦奇音》卷一作“他的”。

[一三一] 誰想這冤家:《摘錦奇音》卷一作“想你這冤家也”。

[一三二][一三三] 不耐:《摘錦奇音》卷一作“耐不得”。

[一三四] 冤家:《摘錦奇音》卷一作“心肝”。

[一三五] 去:《摘錦奇音》卷一作“弄”。

[一三六] 頭:原作“臉”,據《摘錦奇音》卷一改。

[一三七]《摘錦奇音》卷一此句重復一次。

無名氏

小　令

劈破玉歌

孝

舜天子曾把雙親敬，有王祥臘月裏卧寒冰[一]。孟宗哭竹冬生筍[二]，黄香曾扇枕，皐魚自刎身。奉勸賢良[三]，奉勸賢良[四]，乖，休忘了根本[五]。

悌[六]

燕昭王不棄親兄弟[七]，更有那張公藝九世不分居。田真田慶懷仁義，弟兄如手足[八]，同氣共連枝。須念同胞，須念同胞，乖，父母親遺體[九]。

忠

諸葛亮輔漢存忠蓋，郭子儀、李光弼唐室勳臣[一〇]。宋岳飛退虜在朱仙鎮，孫都同許副，許遠共張巡。報韓仇的張良，報韓仇的張良，乖，隨着赤松隱[一一]。

信

劉關張結義在桃園内，勝同胞扶漢室忠義無虧。有延陵掛劍高墳去[一二]，范張雞黍約，陳雷管鮑齊。有信義交朋[一三]，有信義交朋[一四]，乖，托妻並寄子[一五]。

（《大明春》卷三）

古今人物掛真兒歌[一六]

琵琶記

蔡伯喈一去求名利[一七]，抛別了趙五娘受盡孤恓[一八]。三年荒旱難存濟，公婆雙棄世，獨自築墳墳[一九]。身背琵琶，身背琵琶，夫[二〇]，京都來尋你[二一]。

金印記

蘇季子分別秦邦去[二二]，恨商鞅不上萬年書[二三]。羞慚素手歸閭里，爹娘來打罵，妻兒不下機。哥嫂無情，哥嫂無情，乖，都來羞辱你[二四]。

西廂記

張君瑞帶病修書信，托紅娘拜上我的鶯鶯。隔牆詩句無實信，夫人變了掛，小姐不志誠。害得我的相思[二五]，害得我的相思[二六]，親[二七]，病兒重得緊[二八]。

又

張君瑞跳過月牆内[二九]，崔鶯鶯問紅娘，太湖石上站的是誰？紅娘道姐姐[三〇]，是張君瑞貪夜入人家，非奸做賊拿[三一]。姐妹們的相交[三二]，姐妹們的相交[三三]，哥[三四]，豈有這個理[三五]？

荊釵記

王十朋一去求名利[三六],占頭名中狀元寫寄書回[三七]。孫汝權圈寫書中句[三八],繼母貪財寶,姑娘强爲媒[三九]。逼得我投江,逼得我投江,乖,繡鞋兒留與你[四〇]。

白兔記

劉智遠分別瓜園内[四一],丢下了李三娘好不孤恓。哥嫂逼勒重招婿,汲水並挨磨,日夜受禁持。義井傳書,義井傳書,乖[四二],咬臍送與你[四三]。

投筆記

班仲升敕使在西域[四四],丢下了鄧二娘其實傷悲。堂上媽媽憂成病[四五],靈丹無應效,割股奉親姑。你爲功名,你爲功名,夫,妻受這般苦[四六]。

千金記

韓元帥未得時來至在淮陰市[四七],受胯下曾被人欺[四八]。河邊把釣爲活計,漂母憐念耳[四九],送飯與充饑。拜將的封侯[五〇],拜將的封侯[五一],出[五二],千金相贈你[五三]。

四節記

花將笑柳欲眠春光淡蕩,杜子美李太白賀知章,解金貂换酒在曲江上[五四]。相邀黄四娘,帶領杜韋娘。久慕你的風情,久慕你的風情,乖,特地來相訪[五五]。

玉簪記

陳妙常愛的是那潘必正[五六],黄昏後獨自裏寫怨情[五七]。未睡先怕心不穩[五八]，雲堂鐘鼓響，松舍閃青燈。欲火難禁，欲火難禁，親[五九]，凡心盛得緊[六〇]。

正德記[六一]

賽觀音佛動心生得如花貌，王公子聞知道也去嫖[六二]。朱皇帝聞説親來到，君臣來鬥寶，半步不相饒。倒運的王龍，倒運的王龍，君[六三]，剥皮去獻草[六四]。

破窑記

吕蒙正是個窮漢輩[六五]，劉小姐墜絲鞭要與和諧。爹娘逐出門兒外[六六]，夫妻住破窑，山寺去邏齋[六七]。一旦身榮，一旦身榮[六八]，哥[六九]，窑也增光彩[七〇]。

斷髮記

李德武問擬出州戍[七一]，裴淑英守貞節不肯重夫[七二]。嚴君逼嫁柳家去[七三]，姑姑對嫂哭[七四]，嫂嫂對姑啼[七五]。走雪回來[七六]，走雪回來[七七]，乖[七八]，受盡這般苦[七九]。

躍鯉記

姜門盡是行孝婦，恨秋娘嘴巴巴搬鬥是和非[八〇]。將三娘趕出門兒去，婆婆恨媳婦，丈夫休了妻[八一]。七歲的安安[八二]，七歲的安安[八三]，寄[八四]，皆未去看母[八五]。

三元記

秦雪梅生得多標緻，商秀才見了他[八六]，就害相思病[八七]。不幸少年亡[八八]，愛玉去填房。生下遺腹子，僻蘆訓文章[八九]。連中三元，連中三元，乖[九〇]，榮歸拜宗祖[九一]。

十義記

李翠雲生得真堪愛,恨巢賊苦逼和諧。烈心腸就把花容壞,拘繫在監中,産下困英兒[九二]。骨肉相逢,骨肉相逢,乖[九三],剛剛二十載[九四]。

織絹記

董秀才行孝真無比,上長街賣身去葬母[九五],感動玉仙姬[九六],要與諧連理[九七]。織娟去償工,恩情百日期。槐陰裹分别[九八],槐陰裹分别[九九],乖[一〇〇],恨也恨殺你[一〇一]。

鸚哥記[一〇二]

周天子立了蘇皇后,恨梅妃狠心腸就與成仇[一〇三]。二宫争鬧金堦扭[一〇四],蘇妃來賜死,潘丞相作本頭[一〇五]。李氏夫人,李氏夫人,哥[一〇六],替死在全忠手。

西廂記

老夫人指定紅娘罵,崔鶯鶯他是個女孩兒家[一〇七]。因何引在花園耍[一〇八],月下吟詩句[一〇九],張生調戲他[一一〇]。直直招來[一一一],直直招來[一一二],來[一一三],賤人免受這頓打[一一四]。

問答掛枝兒[一一五]

小賤人生得自輕自賤[一一六],娘叫你怎的不在跟前?緣何唬得篩糠戰[一一七],因甚的紅了臉,因甚的吊了簪?爲甚的緣由,爲甚的緣由,揉亂青絲鬢[一一八]?

又[一一九]

告娘親非是我自輕自賤,娘叫我一時不在跟前。因此上走得我心驚戰[一二〇]，搽胭脂紅了臉，耍秋千吊了簪。牆角上扳花[一二一]，牆角上扳花[一二二]，娘，掛亂青絲鬌[一二三]。

又[一二四]

小賤人休得要胡争辨[一二五]，做娘的幼年間[一二六]，比你更會轉彎。你被情人扯住心驚戰，害羞紅了臉，表記丢了簪[一二七]。雲雨偷情，雲雨偷情，兒，弄亂青絲鬌[一二八]。

又[一二九]

難怪娘罵我自輕自賤[一三〇]，望老娘恕兒罪[一三一]，我實不敢相瞞[一三二]。被情人扯住魂飄蕩[一三三]，吃交杯紅了臉，俏冤家拔去簪[一三四]。一陣昏迷，一陣昏迷，娘，我顧不得青絲鬌[一三五]。

又

繡房中與書館相連近[一三六]，忽聽得俏書生讀書聲[一三七]。情人要把書聲聽[一三八]，湯之盤銘曰苟日新，日日新，又日新。聖賢的言語[一三九]，聖賢的言語[一四〇]，乖[一四一]，真個妙得緊。

又

俏冤家我待你自知道，爲甚的聽搬唆去跳槽？你若跳槽我把繩來吊，你死我也死，同過奈何橋。五百年回陽，五百年回陽，乖，還要和你好。

又

悶來時獨自在月光下，想我親想我的冤家。月光的菩薩，你與我鑒察。我待他的真情，我待他的真情，哥，他待我是假。

又

想冤家想得魂飄蕩，唤丫環取筆來寫他舉止行藏。畫不出你心疼，畫不出我心熱,只畫着温存停着筆如想。想是想得慌[一四二],畫時畫得忙。畫不出你的温存,畫不出你的温存,哥,只是把你想。

又

俏冤家我待你好似青銅鏡,到如今磨哓你反照别人。你成雙不顧人孤另,知人不知面,知面不知心。當面的清白,當面的清白,哥,背地糊塗得狠。

(《大明春》卷四)

匯選蘇州歌疊疊錦,鬧五更

其一

一更裏教奴淚滿腮,我好傷懷呀我好傷懷。斜倚幃屏呆答孩,手托腮,盼多才,不見他來呀不見他來。癡心只恐他忘舊,我好疑猜呀我好疑猜。想是冤家戀章臺,戀花街,伴裙釵,把奴丢開呀把奴丢開。

其二

二更裏教奴淚不乾,我好傷慚呀我好傷慚。領着梅香出繡房,後花園,燒夜香,哀告穹蒼呀哀告穹蒼。惟願鴛鴦事早全呀,繡幙紅牽呀繡幙紅牽。畫堂春晝鼓聲喧[一四三],兩團圓,一處眠,早結良緣呀早結良緣。

其三

三更裏奴家睡正濃,夢見多情呀夢見多情。夢見與奴同衾枕,喜欣欣,笑吟吟,雲雨交情。晚風吹得窗檽曉,鐵馬叮噹呀鐵馬叮噹。驚醒南柯夢不成,好傷情,被尚空,依舊孤另呀依舊孤另。

其四

四更裏教奴睡不着,踏破鮫綃呀踏破鮫綃。忽見樓頭月兒高,晚風峭,海棠梢,花影風摇呀花影風摇。癡心疑是情人到,出户忙瞧呀出户忙瞧。可意人兒不見了,好心焦,淚珠抛,淚雨滔滔呀淚雨滔滔。

其　五

五更裏教奴珠淚傾,我好傷情呀我好傷情。斜倚幃屏盼多情,想情人,不見蹤,我好心驚呀我好心驚。冤家那裏貪歡樂,别奴孤另呀别奴孤另。手摽胸膛自揣捫,想情人,放哀聲,哭到天明呀哭到天明。

匯選倒掛枝兒

其　一

裁白芷寫下一封書,寄檳榔[一四四],倩着劉寄奴[一四五]。想當歸不見茴香面[一四六],茵陳千里遠,常山萬里途[一四七]。使君子不來[一四八],真是黄連苦。

其　二

一更裏二更裏,三更裏四更裏雞又啼,賤毛的賤毛的不知些趣[一四九]。要叫天明叫[一五〇],要啼五更啼。驚醒我乖乖[一五一],提刀殺了你[一五二]。

其　三

悶來時且把紙牌抹,玉麒麟貪戀着一枝花。千千萬萬都來罷,告訴都總管,百萬你去拿。一□□□來,七八十板打。

其　四

俏冤家一去了無消息,狠心腸不寄書一紙。早知你撇我,又無人來往。病厭厭害相思没藥醫,死在黄泉,我也要告你。

其　五

肌巴兒得病在袴襠裏坐，叫一聲賢子們我的哥哥。這幾日不曾打從毴邊過，粗的生得醜，老的毛又多。快尋個屁股，答救答救我。

其　六

汗巾兒本是絲織就，上寫着散相思詩一首，臨行時放在你衫兒袖。你若害相思，汗巾是念頭。要解愁腸，緊緊拿在手。

其　七

送親親送在十里鋪，你也哭來我也哭。舊年許我套新衣服，襖兒紅段子裙鸚哥緑。不許我衣服，我也不來哭。

其　八

送情人送到城隍廟，手拈香口發咒再不去嫖，從今不把槽兒跳。小鬼拿住你，神靈定不饒。剜骨熬油，杵兒來揞搗。

其　九

媽媽見銀子呵呵笑，他來時我和你共哭着。從黄昏哭到雞兒叫，我也不管你，風情任你調。多哭些銀子，養活我家老。

其　十

冤家一去無音耗，虧了隔壁一個捕鼠貓[一五三]。終夜只在床頭跳[一五四]，日裏陪伴我[一五五]，夜裏摟抱着[一五六]。貓兒的恩情[一五七]，他比你更好[一五八]。

十　一

燈花不住連宵報[一五九]，蜘蛛兒吊落數十遭。眼睛禁不住連連跳，夢裹常相見，靈鵲噪得喬。可意的乖乖，今夜卻來了。

十　二

小娘兒本是個賠錢貨，紅口唇黄牙齒一雙大腳。孤老進門來，豆兒口中嚼。弦子不會彈，曲子不會歌。不會調情，只好去燒火。

十　三

紅娘子獨坐在花園後，二士入桃源，就把奴腳撏。錦裙襴脱下情迤逗，弄得落花紅滿地，雪消春水流。揉碎梅花，冤家纔罷手。

十　四

悶厭厭與姊妹同頑耍[一六〇]，忽然間想起我的冤家。告姐姐恕妹妹不陪罷，一時神昏起，眼睛禄禄花[一六一]。委是真情[一六二]，非作些兒假[一六三]。

十　五

送親親送在房門前過，羅幃裹象牙床抹着骨牌，一枝花合着油瓶蓋。梅花揉碎了，孤鴻兩分開。美滿恩情，雙龍去入海。

十　六

寄來書淚珠滴在封皮上[一六四]，拆開時止有紙半張[一六五]。冤家啞謎難思想[一六六]，話兒沒半句[一六七]，字兒沒半行。交奴家對着空書[一六八]，白白的想[一六九]。

十　七

爲親親惹下相思債，無心懶去繡花鞋。我的玉人兒今何在，心兒想着他，手兒托香腮[一七〇]。無限的相思[一七一]，看來深似海[一七二]。

十　八

俏冤家我待你真情實意，到如今丟得奴東不東西不西。今晚不知誰家睡[一七三]，去便從你去[一七四]，睡到五更時[一七五]。手拊心頭，手拊心頭，那些兒負着你[一七六]。心拊心頭[一七七]，心拊心頭[一七八]，那些個負了你。

（《大明春》卷五）

校勘記

[一] 寒：《樂府玉樹英》卷一無。

[二] 哭：《樂府玉樹英》卷一作"泣"。

[三][四] 良：《樂府玉樹英》卷一作"良也"。

[五] 根本：《摘錦奇音》卷二作"根和本"。《摘錦奇音》卷二此句重復一次。

[六] 悌：原作"弟"，據《摘錦奇音》卷二、《樂府玉樹英》卷一改。

[七] 燕：《摘錦奇音》卷二、《樂府玉樹英》卷一作"昔"。

[八] 弟兄：《樂府玉樹英》卷一作"兄弟"。

[九]《摘錦奇音》卷二此句重復一次。

[一〇] 唐：《樂府玉樹英》卷一作"堂"。

[一一] 隨着赤松隱：《摘錦奇音》卷二作"爲國忘家也"。《摘錦奇音》卷二此句重復一次。

[一二] 高墳：《摘錦奇音》卷二"在高墳"。

[一三][一四] 有：《摘錦奇音》卷二無。信義：《摘錦奇音》卷二作"信義的"。

[一五]《摘錦奇音》卷二此句重復一次。

[一六] 古今人物掛真兒歌：《摘錦奇音》卷三作"时尚古人劈破玉歌"。

[一七] 喈：原作"皆"，據《摘錦奇音》卷三改。

[一八] 了：《樂府玉樹英》卷一作"妻兒"。

[一九] 墳墳：《摘錦奇音》卷三作"墳臺"、《樂府玉樹英》卷一作"墳堆"。

[二〇] 夫：《樂府玉樹英》卷一作"天"。

[二一]《摘錦奇音》卷三此句重復一次。

[二二] 分别秦邦去：《摘錦奇音》卷三作"一去求名利"。

[二三] 不上萬年書：《摘錦奇音》卷三作"不中萬言書"。

［二四］《摘錦奇音》卷三此句重復一次。

［二五］［二六］的：《摘錦奇音》卷三無。

［二七］親：《摘錦奇音》卷三作“乖”。

［二八］《摘錦奇音》卷三此句重復一次。

［二九］瑞：原無，據《摘錦奇音》卷三補。月牆：《摘錦奇音》卷三作“月牆兒”。

［三〇］姐姐：《摘錦奇音》卷三無。

［三一］做賊拿：《摘錦奇音》卷三作“即是賊”。

［三二］［三三］姐：《摘錦奇音》卷三作“兄”。的：《摘錦奇音》卷三無。

［三四］哥：《摘錦奇音》卷三作“乖親”。

［三五］豈：《摘錦奇音》卷三作“那”。《摘錦奇音》卷三此句重復一次。

［三六］名利：《摘錦奇音》卷三、《樂府玉樹英》卷一作“科舉”。

［三七］頭名：《摘錦奇音》卷三作“鼇頭”。

［三八］汝權：《樂府玉樹英》卷一作“豪”。句：《樂府玉樹英》卷一作“意”。

［三九］爲：《摘錦奇音》卷三作“作”。

［四〇］《摘錦奇音》卷三此句重復一次。

［四一］瓜園：《樂府玉樹英》卷一作“在瓜園”。內：《摘錦奇音》卷三作“去”。

［四二］乖：《摘錦奇音》卷三作“夫”，《樂府玉樹英》卷一無。

［四三］《摘錦奇音》卷三此句重復一次。

［四四］西域：《摘錦奇音》卷三作“西域去”。

［四五］媽媽：《樂府玉樹英》卷一作“婆婆”。

［四六］《摘錦奇音》卷三此句重復一次。

［四七］市：原無，據《樂府玉樹英》卷一補。

［四八］胯：原作“跨”，據《樂府玉樹英》卷一改。

［四九］憐念耳：《摘錦奇音》卷三作“曾憐憫”，《樂府玉樹英》卷一作“曾憐念”。

［五〇］［五一］的：《摘錦奇音》卷三、《樂府玉樹英》卷一無。

［五二］出：《摘錦奇音》卷三、《樂府玉樹英》卷一無。

［五三］相贈：《摘錦奇音》卷三、《樂府玉樹英》卷一作“來謝”。《摘錦奇

音》卷三此句重復一次。

［五四］解金貂:《樂府玉樹英》卷一無。

［五五］《摘錦奇音》卷三此句重復一次。

［五六］那:《摘錦奇音》卷三無。

［五七］後:原作"候",據《摘錦奇音》卷三改。裹:《樂府玉樹英》卷一作"裩"。怨:《摘錦奇音》卷三作"幽"。

［五八］怕:《摘錦奇音》卷三、《樂府玉樹英》卷一作"愁"。

［五九］親:《摘錦奇音》卷三作"乖",《樂府玉樹英》卷一無。

［六〇］《摘錦奇音》卷三此句重復一次。

［六一］正德記:《摘錦奇音》卷三作"嫖院記",《樂府玉樹英》卷一作"正德嫖院"。

［六二］也:《樂府玉樹英》卷一作"要"。去:《摘錦奇音》卷三作"來"。

［六三］君:《摘錦奇音》卷三、《樂府玉樹英》卷一無。

［六四］《摘錦奇音》卷三此句重復一次。

［六五］漢:《樂府玉樹英》卷一作"兒"。

［六六］逐:《摘錦奇音》卷三、《樂府玉樹英》卷一作"赶"。

［六七］邏:原作"羅",據《樂府玉樹英》卷一改。

［六八］一旦身榮:《樂府玉樹英》卷一此句未重復。

［六九］哥:《樂府玉樹英》卷一作"呀"。

［七〇］《摘錦奇音》卷三此句重復一次。

［七一］出州戍:《摘錦奇音》卷三作"幽出戍",《樂府玉樹英》卷一作"選幽州戍"。

［七二］節:《摘錦奇音》卷三、《樂府玉樹英》卷一作"烈"。

［七三］嚴:《摘錦奇音》卷三作"家"。去:《摘錦奇音》卷三作"婦"。

［七四］哭:《摘錦奇音》卷三、《樂府玉樹英》卷一作"啼"。

［七五］啼:《摘錦奇音》卷三、《樂府玉樹英》卷一作"哭"。

［七六］［七七］回:《摘錦奇音》卷三作"歸"。

［七八］乖:《摘錦奇音》卷三、《樂府玉樹英》卷一作"天"。

［七九］盡:《摘錦奇音》卷三、《樂府玉樹英》卷一作"着"。《摘錦奇音》卷

三此句重復一次。

[八〇] 和:《摘錦奇音》卷三、《樂府玉樹英》卷一無。

[八一] 休:原作“收”,據《摘錦奇音》卷三、《樂府玉樹英》卷一改。

[八二][八三] 的:《樂府玉樹英》卷一無。

[八四] 寄:《摘錦奇音》卷三作“苦”。

[八五] 皆未去看母:《摘錦奇音》卷三作“哭啼啼去送米”,此句重復一次。《樂府玉樹英》卷一作“哭啼啼去送米”,未重復。

[八六] 才:原作“材”,據《摘錦奇音》卷三、《樂府玉樹英》卷一改。

[八七] 病:《摘錦奇音》卷三、《樂府玉樹英》卷一無。

[八八] 不幸少年亡:《摘錦奇音》卷三作“少年却不幸身輕棄”,《樂府玉樹英》卷一作“少年郎不幸短命死”。

[八九] 僻廬訓文章:《摘錦奇音》卷三作“奈雪梅斷機教他攻書史”,《樂府玉樹英》卷一作“秦雪梅斷機教他讀書史”。

[九〇] 乖:《摘錦奇音》卷三、《樂府玉樹英》卷一作“兒”。

[九一]《摘錦奇音》卷三此句重復一次。

[九二] 兒:《摘錦奇音》卷三、《樂府玉樹英》卷一作“來”。

[九三] 乖:《摘錦奇音》卷三、《樂府玉樹英》卷一無。

[九四]《摘錦奇音》卷三此句重復一次。

[九五] 上長街賣身去葬母:《摘錦奇音》卷三、《樂府玉樹英》卷一作“賣了身葬着母”。

[九六] 玉仙姬:《摘錦奇音》卷三作“天姬”。

[九七] 要:《樂府玉樹英》卷一作“一心要”。

[九八][九九] 裏:原作“理”,據文意改。此句《摘錦奇音》卷三、《樂府玉樹英》卷一作“會也在槐陰”。

[一〇〇] 乖:《摘錦奇音》卷三、《樂府玉樹英》卷一作“天”。

[一〇一] 恨也恨殺你:《摘錦奇音》卷三作“也在槐陰别”,此句重復一次。《樂府玉樹英》卷一作“别也在槐陰底”。

[一〇二] 哥:《摘錦奇音》卷三、《樂府玉樹英》卷一作“歌”。

[一〇三] 恨:《摘錦奇音》卷三、《樂府玉樹英》卷一無。狠:原作“很”,據

《摘錦奇音》改。

［一〇四］ 鬧：《樂府玉樹英》卷一作“鬥”。

［一〇五］ 作：《樂府玉樹英》卷一作“做”。

［一〇六］ 哥：《摘錦奇音》卷三、《樂府玉樹英》卷一無。

［一〇七］ 崔：原作“催”，據《摘錦奇音》卷三改。

［一〇八］ 因：《摘錦奇音》卷三作“你因”。花園：《摘錦奇音》卷三作“花園裏”。

［一〇九］ 吟：《摘錦奇音》卷三作“聯”。

［一一〇］ 張生：《摘錦奇音》卷三作“燈下”。

［一一一］［一一二］ 招來：《摘錦奇音》卷三作“供招”。

［一一三］ 來：《摘錦奇音》卷三無。

［一一四］ 賤人免受：《摘錦奇音》卷三作“饒你”，此句重復一次。

［一一五］ 問答掛枝兒：《摘錦奇音》卷三、《樂府玉樹英》卷一作“娘罵女”。

［一一六］ 生得：樂府玉樹英》卷一作“你生得”。

［一一七］ 緣：《摘錦奇音》卷三作“原”。

［一一八］ 揉亂：《摘錦奇音》卷三作“兒揉亂”。鬆：《摘錦奇音》卷三作“纂”。《摘錦奇音》卷三此句重復一次。

［一一九］ 又：《摘錦奇音》卷三作“女回娘”。

［一二〇］ 走得：《摘錦奇音》卷三作“走将來走得”。我：《摘錦奇音》卷三無。

［一二一］［一二二］ 扳：《摘錦奇音》卷三作“攀”。

［一二三］ 鬐：《摘錦奇音》卷三作“纂”，此句重復一次。

［一二四］ 又：《摘錦奇音》卷三作“娘復罵”。

［一二五］ 辨：原作“辦”，據《摘錦奇音》卷三改。

［一二六］ 做：《摘錦奇音》卷三作“爲”。

［一二七］ 表記：《摘錦奇音》卷三作“做表記”。丢：《摘錦奇音》卷三、《樂府玉樹英》卷一作“去”。

［一二八］ 鬐：《摘錦奇音》卷三作“纂”。

［一二九］ 又：《摘錦奇音》卷三、《樂府玉樹英》卷一作“女自招”。

［一三〇］我:《樂府玉樹英》卷一作“我是”。難怪娘罵我自輕自賤:《摘錦奇音》卷三作“小女兒非敢胡争辨”。

［一三一］望老娘恕儿罪:《摘錦奇音》卷三作“告娘親恕孩兒”。

［一三二］敢:《樂府玉樹英》卷一無。瞞:原作“满”,據《摘錦奇音》卷三改。我實不敢相瞞:《摘錦奇音》卷三作“實不相瞞”。

［一三三］被情人扯住魂飘荡:《摘錦奇音》卷三“俏哥扯住唬得心驚戰”。

［一三四］家:《樂府玉樹英》卷一無。拔:《摘錦奇音》卷三作“搶”。

［一三五］我:《摘錦奇音》卷三、《樂府玉樹英》卷一作“我也”。鬆:《摘錦奇音》卷三作“纂”,此句重復一次。

［一三六］連:《樂府万象新》卷二作“聯”。

［一三七］俏:《樂府万象新》卷二作“俊”。

［一三八］情人要:《樂府万象新》卷二作“停針謾”。

［一三九］［一四〇］的:《樂府万象新》卷二無。

［一四一］乖:《樂府万象新》卷二無。

［一四二］慌:原作“荒”,據文意改。

［一四三］晝:原作“晝”,據文意改。

［一四四］:寄:《樂府万象新》卷二作“倩”。

［一四五］倩:《樂府万象新》卷二作“寄”。

［一四六］面:《樂府万象新》卷二作“故”。

［一四七］常:《樂府万象新》卷二作“恒”。

［一四八］《樂府万象新》卷二此句重復一次。

［一四九］賤毛的賤毛的:《樂府万象新》卷二作“扁毛的畜生”。

［一五〇］天:《樂府万象新》卷二作“大”。

［一五一］《樂府万象新》卷二此句重復一次。

［一五二］提刀:《樂府万象新》卷二作“活活”。

［一五三］一個:《樂府万象新》卷二無。

［一五四］終夜只在床頭跳:《樂府万象新》卷二作“終日在我床上坐”。

［一五五］日裏陪伴我:《樂府万象新》卷二無。

［一五六］裏:《樂府万象新》卷二作“來”。

[一五七]《樂府万象新》卷二此句重復一次。

[一五八] 他比你:《樂府万象新》卷二作"比你還"。

[一五九] 宵:原作"霄",據文意改。

[一六〇] 姊:《樂府万象新》卷二作"姐"。

[一六一] 祿祿:《樂府万象新》卷二作"喙喙"。

[一六二]《樂府万象新》卷二此句重復一次。

[一六三] 作:《樂府万象新》卷二作"是"。

[一六四] 珠:《樂府万象新》卷二無。

[一六五] 拆開時止有:《樂府万象新》卷二作"忙開只見"。

[一六六] 想:《樂府万象新》卷二作"良"。

[一六七] 句:《樂府万象新》卷二作"分"。

[一六八] 交:《樂府万象新》卷二作"教"。家:《樂府万象新》卷二無。對着:《樂府万象新》卷二無。《樂府万象新》卷二此句重復一次。

[一六九] 想:《樂府万象新》卷二作"去想"。

[一七〇] 香:《樂府万象新》卷二作"着"。

[一七一]《樂府万象新》卷二此句重復一次。

[一七二] 看來:《樂府万象新》卷二作"真個"。

[一七三] 誰家:《樂府万象新》卷二作"在誰家"。

[一七四] 從:《樂府万象新》卷二作"由"。

[一七五] 睡到五更時:《樂府万象新》卷二作"不來受你虧"。

[一七六] 手掯心頭,手掯心頭,那些兒負着你:《樂府万象新》卷二無。

[一七七][一七八] 掯:《樂府万象新》卷二作"摩着"。

無名氏

小　令

時尚浙腔羅江怨歌

烟花寨埋伏柯巢，繡房中刑部的天牢。汗巾兒都是拘魂、拘魂票，安枕皮的肉儘他去燒。青絲髮剪下幾遭燒，剪只爲催錢、催錢鈔。你説我笑、笑裏藏刀，你説我哭嫁了幾遭。香茶啞謎都是虛圈、虛圈套，有錢的是奴孤老，無錢的就要開交。冤家，那管你村和、村和俏，那管你村和、村和俏。

又

紗窗外月轉樓[一]，送別情郎上玉舟。雙雙攜手叮嚀、叮嚀祝[二]，祝付你早早回頭[三]。得意人難舍難丟[四]，難丟難舍心肝、心肝上肉[五]。水路去休坐船頭，旱路去尋店早投[六]。夜風吹了誰醫救[七]，那時節郎在京都，小妹子獨守秦樓。相思兩處無人、無人顧，相思兩處無人、無人顧[八]。

又

紗窗外月正昏，見一和尚進院門。包頭裏耳黑夜進，這和尚玷辱山門。出家人起懷欲心，傍人見了你心不忿。送你到官司，問你個不應。與你私和，擂你的沙鉢，沙鉢擂了，還有一百棍。望施主免我殘生命，回山門與你多看經。算來都是孤單、孤單命，算來都是孤單、孤單命。

又

黄昏後着一驚，手扳床梃歎幾聲。清清冷冷有誰偢、誰偢問，切莫要二意三心，你要去不，到如今心猿意馬難拴、難拴定。喜只喜你伶俐聰明，愛只愛你軟款温存。誰人是我心相稱，他不必海誓山盟，又何須剪下香雲？中心一點爲媒、爲媒證，中心一點爲媒、爲媒證。

又

紗窗外月影昏[九]，鶯鶯、紅娘後花園内等[一〇]。一等等得更闌盡，粉牆外站立張生。太湖石倚着鶯鶯[一一]，紅娘寄柬傳書、傳書信[一二]。那張生跳過牆來，雙手接抱着鶯鶯[一三]。輕言細語低聲兒問[一四]，我爲你死裏逃生，你緣何不下顧學生[一五]？學生爲你憂成、憂成病，學生爲你憂成、憂成病[一六]。

時尚急催玉

首

相思病相思病相思病，相思病害得我非重非輕，相思病害得我多愁多悶。喜鵲都是假[一七]，燈花結不靈。周易文王先生、文王先生，你就怪我差些也罷。你的卦兒都不准。

又[一八]

想親親想親親[一九]，想得我肝腸斷[二〇]，念親親念得我口兒乾[二一]。有緣千里會，無緣對面難。我想我的乖親，乖親親[二二]，不知乖親想我也不想，不知乖親想我也不想[二三]。

又

王昭君出漢宫喬裝打扮,不梳妝不搽粉親去和番。猛抬頭只見一個孤單雁,孤雁呗喳叫,琵琶不住彈。哫咿呀嚬嚼噠打辣酥,騎着一匹駱駝、一匹駱駝,碧蓬碧蓬把都兒在後面趕,把都兒在後面趕。

又

俏冤家你愛我我愛你,兩相投□怕輸意,你局來我跟去害相思□□如癡。想佳期憶佳期,妻通情難通情思量無計,好教我用盡了心兒,想斷了腸兒,害花了眼兒,涕乾了淚兒。訴不盡的相思,都只爲着你,都只爲着你。

又

俏冤家我想你想得我多愁多害,害干証病□□如□如呆。這相思除非是得□人兒,在霎時間會着我心肝上的人兒,摟抱在懷兒,斜倚着床兒,□一粒丹兒解卻愁煩。這神方何處去買,這神方何處去買。

又

俏冤家我爲你受盡人虧,只落得吞聲忍氣,面兒前背兒後被傍人□我相譏。□□□受牢營□□奴許多意,□□不得清寧話,羞答答把頭低。長長短短,是是非非,都只爲這冤家笑破多人嘴,都只爲這冤家笑破多人嘴。

又

俏冤家我與你曾發下山盟海誓,衾未寒枕未冷爲甚的對人前講是談非?我想你甜言蜜語都是虚情意,明知你薄倖,又被你們欺。只落得頓足搥胸,短歎長籲,悔只悔當初,怨只怨自已,怨只怨自已。

又

俏冤家我臨行時和你再三祝付,祝付你離别後千萬寄封情書。喜你們不把了奴心負，寄來書我拆開從頭讀。人邊言字到，目邊點水枯。手裏捧着東兒，眼看着字兒，口讀着書兒，心想着情兒。真個是紙短情長，寫不盡相思苦，寫不盡相思苦。

又

害相思害得我無聊無奈，叫一聲多情的小奶奶我的乖乖。我思你想入神，心兒迷意兒癡魂靈兒不在。相思難遂願，時刻不放懷。幾時得成就了姻緣，把你做個座上觀音，我朝夕裹相親拜，我朝夕裹相親拜。

又

瞎目人挑一擔瓦盆兒賣，偶遇着老婆子提着一個粗瓶兒過。兩下相遇着，瓶盆都打破。瓶要去賠盆盆不肯，盆要去賠瓶瓶又低。瓶要去賠盆，盆要去賠瓶。瓶瓶盆盆，瓶盆都要錢來買。瓶要去賠盆，盆要去賠瓶。瓶瓶盆盆，瓶盆都要錢來買。

又

耐煩些耐煩些耐煩些罷，好姻緣終須就不必吁嗟。勸多才聽我説了幾句真情話。保重千金體，照管一枝花。好打疊着你的精神，和我慢慢耍，和我慢慢耍。

又

怎能勾、能勾（下缺）

（《摘錦奇音》卷一）

酒色財氣哭皇天歌

（上缺）非是他生得兩臉賽桃花，咳，不由人眼兒中覷着他撇他不下。俏冤家幾時娶到我家，咱兩個，咳，兀子兀兀，咳，兀子渾家。

財

要解愁腸除非是財，腰纏萬貫進門來。咳，黄的金白的銀稱奴心懷。俊乖乖不必性歪，咱和你，咳，兀子兀兀，咳，兀子心財。

氣

要解愁腸除非是忍，常將忍氣解心懷。咳，大事忍小事忍禍不招來。忍氣爲高，恁仔細，咳，兀子兀兀，咳，兀子和諧。

合

楊柳青青江頭春又來，燕子飛飛海棠花正開。終日望多才，多才不見來。一點芳心、芳心難把歪，料想雲山、雲山多阻隔，相思病兒懨懨害。終日裏愁無奈，睹物好傷情，物在人何在。俏冤家，另有甚麽人兒在？將□□丢開，將□□丢開。

時尚鬧五更哭皇天

一

一更裏靠新月正照紗窗，虞美人在誰家雙勸酒，唔、唔、唔，不想還□。罵玉郎情□□鐵打心腸，空撇下一枝花年紀小，唔、唔、唔，獨守了空房。實指望鳳鸞交地久天長，到如今害相思害得我，唔、唔、唔，眼淚了汪汪。愁也自己當，悶也自己當。兀的不是叨叨令割不斷，唔、唔、唔，心想才郎。

二

二更裏秦樓月正照花稍，空撇下象牙床鴛鴦枕，唔、唔、唔，被冷鮫綃。太平年普天樂惟有我難熬，滚繡球心不定，唔、唔、唔，别有多嬌。夜行船來接你水遠山遥，一封書寫不盡，唔、唔、唔，絮叨叨。行也爲你焦，坐也爲你焦。兀的不是稱人心成就了，唔、唔、唔，鳳交鸞交。

三

三更裏兩江月正照窗櫺，空撇下銷金帳睡朦朧，唔、唔、唔，獨自温存。倘秀才如夢令正和他雲雨交情，又被刮地風吹鐵馬，唔、唔、唔，驚散情人。醒來時剔銀燈冷冷清清，空屈指數歸期，唔、唔、唔，何日裏回程。枕冷有誰温，被冷有誰温。兀的不是願我成雙耽擱了，唔、唔、唔，魚水和諧。

四

四更裏新夜月正掛銀鈎，□樓四棒鼓，唔、唔、唔，畫角悠悠。想當初惜花心軟款温柔，又被那一江風生拆散，唔、唔、唔，比目魚遊。上小樓來望你不見你回頭，好姐姐傍妝臺，唔、唔、唔，無□嬌羞。朝也爲你憂，暮也爲你憂。兀的不是願情投花下死，唔、唔、唔，做鬼也風流。

五

五更裏梅稍月正照平川，菱花鏡照得奴，唔、唔、唔，瘦損容顔。想當初賀新郎曾發下誓海盟山，香閨内共羅幃，唔、唔、唔，鳳倒鸞顛。烏鴉啼心痛想真個熬煎，順水魚向東流，唔、唔、唔，不餌絲綸。愁也對誰言，悶也對誰言。兀的不是三學士憶秦娥，唔、唔、唔，衣錦還鄉。

又

香袋兒寄將來四四方方，南京城路州綢故春橋，唔、唔、唔，點盡了合香。窗兒前燈兒下繡成一對鴛鴦，送情人寄情哥，唔、唔、唔，地久天長。子弟們戴了他，薰透了衣裳，姐妹們戴了他，唔、唔、唔，引動了才郎。行也一陣香，坐也一陣香。只恐怕戴舊了不用我，唔、唔、唔，丢落在衣廂。

劈破玉歌

風

無形無影簷前鬧，窗兒外把花枝影亂摇。心驚錯認才郎到，擺得簾兒響，又將鐵馬敲。吹滅了銀燈、滅了銀燈，乖，添上奴煩惱，添上奴煩惱。

花

玉簪花種向明園内長，青枝發緑葉委實奇哉。蜜蜂不住枝頭戀[二四]，佳人齊戲采，才子笑微微。一見新鮮，一見新鮮，花，人人愛戴你[二五]，人人愛戴你[二六]。

雪

老天公降下瓊瑶墜[二七]，滿空中剪鵝毛撩亂飛[二八]，落凡間家家萬頃如銀砌[二九]。簷前玉簪掛，高山似粉堆。日照當空，日照當空，雪，化作湘江水[三〇]。

月

到晚來出在天邊現，照乾坤明世界[三一]。可喜嬋娟，九州萬國都遊遍[三二]。班超曾玩賞，竇儀設宴觀。蔡伯喈思親，蔡伯喈思親，月，長空萬里遠，長空萬里遠[三三]。

怨

爲冤家鬼病懨懨瘦，爲冤家臉兒常帶憂愁[三四]。相逢扯住乖親手，牡丹花下死，做鬼也風流。就死在黄泉[三五]，就死在黄泉[三六]，乖，不放你的手，不放你的手[三七]。

病

爲冤家懶去巧打扮，這幾日茶飯少手腳酸[三八]，懨懨害病無聊賴[三九]。金簪懶去插，羅裙懶去穿。斜插着牙梳，斜插着牙梳，乖，天光想到晚[四〇]，天光想到晚[四一]。

哭

爲冤家淚珠兒落了千千萬，穿一串寄與我的心肝。穿他恰是紛紛亂，哭也由他哭[四二]，穿時穿不成[四三]。淚眼兒枯乾，淚眼兒枯乾，乖，你心下還不忖，你心下還不忖[四四]。

嫁

一心心願嫁與冤家去，不知你大娘子心性何如。一妻二妾三奴婢，想後更思前，心下好狐疑。欲待要懸梁，欲待要懸梁，乖，只爲難舍你[四五]。

走

俏心肝咱和你难丢手，终日裏住秦樓卻不是良謀[四六]。今宵準備雙雙走，打破牢籠去[四七]，脱離虎狼口。清白人家，清白人家，乖，天長與地久[四八]，天長與地久[四九]。

死

俏冤家我待你自知道，爲甚的信搬唆去跳槽？你若要跳槽，我就把繩來吊。你死我也死，同過奈河橋。五百年回陽，五百年回陽，乖，還要和你好，還要和你好[五〇]。

正

正月十五元宵會，滿街上迎燈兒看得心歡喜。刀燈兒割斷恩和義，無心看燈火，懶去打燈球。走甚麽橋來，走甚麽橋來，乖，看跳甚麽鬼，看跳甚麽鬼。

二

二月二猛擡頭如梭快,害相思病漸歪。姐妹們邀我去南郊外,手托香腮,想情人不見來。有甚麽心腸,有甚麽心腸,乖,去把情來揣,去把情來揣。

三

三月裏又是清明到,要孩兒把楊花當雪飄。雨花臺上人歡樂,感起傷春病,有藥難治調。放上個風箏,放上個風箏,乖,或者也就好,或者也就好。

四

四月裏玫瑰花紅馥馥,猛聽得普德寺一對大蠟燭。姐妹們邀我南郊外,泉水橋兒等,去看接引佛。先拜彌陀,先拜彌陀,乖,後把羅漢數,後把羅漢數。

五

五月裏艾虎兒懸門户,新開河水通流好鬥龍舟,戀情人懶飲菖蒲。酒盅兒自己解[五一],不由人好心孤蘸。一蘸沙糖,一蘸沙糖,乖,心兒裏只是苦,心兒裏只是苦。

六

六月裏三伏天熱得緊,懷兒内摟抱着竹夫人。夢兒裏就與他鸞鳳交,醒來獨自睡,嗟歎兩三聲。推下他床來,推下他床來,乖,心兒只是影,心兒只是影。

七

七月裏秋風起梧桐葉落巧,蓬兒搭得甚高。忽然間想起情人來到,手撚鮫綃帕,斜插鬢邊嬌。一當去尋他,一當去尋他,乖,二當來乞巧,二當來乞巧。

八

八月裏糊下一個紙寶塔,對中秋念着□□。有珍饈百味吃不下,對着月兒拜神明保佑他。我思他是真心,我思他是真心,乖,他思我是假,他思我是假。

九

九月裏奴爲他懨懨害,重陽節懶上雨花臺。一心心指望他團圓,一起賞花還飲酒,行令把枚猜。除非他來時,除非他來時,乖,才把愁懷解,才把愁懷解。

十

十月裏朔風吹聲淅淅,害相思怕向火爐煨。病懨懨懶把宗親祭,他不保佑我,使我受孤恓。影只形單,影只形單,乖,去燒甚麽紙,去燒甚麽紙。

十一

十一月大雪紛紛落,被兒單枕兒冷似冰澆。朦朧合眼方纔睡,是誰家薄倖子,不知我心焦。炮響連天,炮響連天,乖,把奴驚醒了,把奴驚醒了。

十二

十二月冤家回重歡慶,我同他燒罷紙去看松盆。捧金杯就把香□奉,一當分歲酒,二當是接風。暢飲開懷,暢飲開懷,親,對面和你飲,對面和你飲。

又

俏冤家約會元宵清明到[五二],四月五月鑼鼓喧敲。六月七月不來到[五三],八月中秋節,重陽十月朝。十一二月,十一二月,乖[五四],又是一年了,又是一年了[五五]。

一

一更裏約定情人到,喚丫頭擺下些酒共餚。來時休與人知道,收拾衾和枕,多將蘭麝燒。薫得香些,薫得香些,乖,莫使乖親惱,莫使乖親惱。

二

二更裏盼不見情哥面,喚梅香把門兒休插全。免教他在門前站,獨擁寒衾坐,睡鞋懶換穿。猛聽得譙樓[五六],猛聽得譙樓[五七],乖,又把更兒轉,又把更兒轉。

三

三更裏不見情人至,罵一聲薄倖徒短命的,今宵貪戀誰家睡。扯碎鮫綃帕,銀燈一口吹。你若來敲門,你若來敲門,乖,决不將你理,决不將你理。

四

四更裏纔合眼朦朧睡,謊喬才驚夢醒把門推。慌忙離枕披衣起,悄悄開眼看,原來是失信賊。奴就強回嗔,奴就強回嗔,乖,憂兒變作喜,憂兒變作喜。

五

五更裏不覺雞聲唱,好良宵留戀着在何方。誤奴家徹夜懸懸望,若不分明説,誰人敢上床?站到天明,站到天明,乖,你自去慢慢想。

合

一更裏二更裏,三更裏四更裏雞已啼,扁毛的畜生好不知趣。要叫天明叫，爲何五鼓啼。驚醒我的心肝，驚醒我的心肝，乖，提刀殺了你，提刀殺了你。

又

五更裏忽聽得金雞叫[五八]，慌得奴抱情哥要上一遭[五九]。一聲聲只把心肝叫，我的俊多嬌。愛你的丰情，愛你的丰情，乖[六〇]，年紀兒又小[六一]，年紀兒又小[六二]。

又

五更雞叫得我心撩亂，愁只愁郎去後身上衣單。汗衫加在郎身上，手帕圍着頭，囑付俏心肝。一路上風霜，一路上風霜，乖，你把袖兒遮遮臉，你把袖兒遮遮臉。

又

論人生在花花世界，不風流不頑耍委實癡呆。頑頑耍耍有何害，白日莫閑過，青春不再來。虚度光陰，虚度光陰，乖，有錢無處買，有錢無處買。

（《摘錦奇音》卷二）

時尚古人劈破玉歌

琵琶記

蔡伯喈悶在書房内，叫一聲牛小姐我的嬌妻。你令尊强贅爲門婿，家中親又老，三載遇饑荒。欲待與你同歸，欲待與你同歸，妻，令尊捨不得了你，令尊捨不得了你。

又

趙五娘借問京城路，罵一聲蔡伯喈薄倖夫。堂上雙親全不顧，麻裙兜了土，剪髮葬公姑。身背琵琶，身背琵琶，夫，訴不盡離情苦，訴不盡離情苦。

又

張太公祝付賢哉婦，到京都尋丈夫。見郎謾説雙親故，謾説裙包土，謾説剪香雲。只把你這琵琶，只把你這琵琶，訴出心中苦，訴出心中苦。

又

蔡伯喈一向留都下，戀新婚招贅丞相家。家中撇下爹和媽，戀着榮華富，全然不轉家。趙五娘糟糠，趙五娘糟糠，孤墳獨造也，孤墳獨造也。

又

蔡伯喈入贅牛相府，苦只苦趙五娘侍奉公姑。荒年自把糠來度[六三]，剪頭髮葬二親[六四]，背琵琶往帝都[六五]。書館相逢，書館相逢，天，訴出千般苦，訴出千般苦[六六]。

金印記

蘇季子未遇時未至，一家人將他輕視。敬往秦邦求科試，商鞅不重儒，再往魏邦去。六國封侯，六國封侯，方遂男兒志，方遂男兒志。

又

蘇季子要把科場赴[六七]，少盤纏逼妻子賣了釵梳[六八]。一心心直奔秦邦路，叵耐商鞅賊，不中萬言書[六九]。素手空回[七〇]，素手空回[七一]，羞，妻不下機杼，妻不下機杼[七二]。

又

五言詩卻把天梯上，辭大叔氣昂昂再往魏邦[七三]。誰知佐了都丞相[七四]，百户送家書，衣錦歸故鄉。不是真親[七五]，不是真親[七六]，也把親來强[七七],也把親來强[七八]。

西廂記

孫飛虎貪着鶯鶯俊,張君瑞一封書退了賊兵。夫人悔卻成親信,兩下害相思。叫紅娘佐母親,遞柬傳書,遞柬傳書,哥,約定西廂等,約定西廂等。

又

老夫人説謊天來大,着張生叫鶯鶯佐妹妹,可憐惹下想思病。待月西廂下,迎風户半開。竚立閑堦,竚立閑堦,乖,悶殺讀書客,悶殺讀書客。

又

崔鶯鶯害相思得病牙床睡,叫一聲小紅娘我的妹妹。這幾日不見張君瑞,他的命兒薄,我的命兒低。成就了姻緣,成就了姻緣,夫人又悔了。

又

俏紅娘便把張生罵,我又不圖你酒共茶。來來往往擔驚怕,恨聲張探花,罵聲張寃家。你驚醒了夫人,你驚醒了夫人,累我這頓打,累我這頓打。

又

隔牆有耳人聽見,這丫頭高聲放刁言。羞答答怎見張生面,紅娘陪侍着姐姐,□□□低卻腼腆,□□□低卻腼腆,乖,閉着你的眼,閉着你的眼。

又

霎時間雨散雲收罷,崔鶯鶯起拜紅娘,張生也把紅娘拜。我被裏春光美,你窗前月色淒。紅娘子回言,紅娘子回言,乖,恭喜賀喜你,恭喜賀喜你。

又

張君瑞得病在書齋，□□叫一聲小琴童我的哥哥。這幾日不見紅娘過，好個鶯鶯姐，許我佳期約。今夜裏不來，今夜裏不來，這相思害殺我，這相思害殺我。

荊釵記

錢玉蓮是個貞節婦，繼母愛錢財，苦逼再重夫。將身跳入江心渡[七九]，李成舅拾繡鞋，王夫人往帝都。風雪飄零，風雪飄零，天，官亭路上苦。

白兔記

劉智遠一自投軍去，廝下嫂逼嫁着堂上姑姑。李洪信夫婦真狠毒，挨磨愁上愁，汲水苦中苦。義井傳書，義井傳書，天，兒也認不得母，兒也認不得母[八〇]。

投筆記

班仲升投了一枝筆，氣昂昂走入西域。無端李邑毀功績，□尚拿家屬，克振保他出。班仲升歸來，班仲升歸來，玉關父老泣，玉關父老泣。

又

鄧二娘行孝全倫道[八一]，爲婆婆病在深牢，將刀割股躬行孝。上書往帝京，不憚路途遥。姑嫂相逢，姑嫂相逢，清話直到曉，清話直到曉[八二]。

神獒記

趙襄子本是個忠和義，屠岸賈將趙家害得無餘類。公主入冷宮，産下一孤兒。冤報冤來，冤報冤來，賊，天也不容你，天也不容你。

玉簪記

陳妙常生得多嬌貌，他與了潘必正兩下相交。正調情原來觀主親知道，進安挑行李，必正赴科場。狠心腸的姑娘，狠心腸的姑娘，把姻緣拆散了[八三]，把姻緣拆散了[八四]。

四節記

杜韋娘悶坐在銷金帳，哭相思十二時望斷吾鄉。剔銀燈直等得月兒高，鼕鼕三棒鼓，聲聲罵玉郎。沉醉扶歸，沉醉扶歸，叨叨令兒講，叨叨令兒講。

又

秦弱蘭去把郵亭掃，猛聽得陶學士他來到。捧金杯斟玉酒相陪笑，顛鸞倒鳳凰交。恨卻當初，恨卻當初，相逢若不早，相逢若不早。

謀篡記

余夢星圍困在山頭上坐，叫一聲劉少溪我的哥哥。當初指望君王做，兵又圍得緊，朱家將又多。只爲你欺心，只爲你欺心，哥，坑陷殺了我，坑陷殺了我。

又

劉少溪兩眼雙垂淚，恨一聲陸總兵天殺的，割鬚棄袍范姜計。假意相投順，也是我命兒低。就死在閻君，就死在閻君，我也不放了你，我也不放了你。

又

余夢星得病在牢囚裏坐，叫一聲劉少溪我的哥哥。當初指望朝廷做，劫富與濟貧，朱家福分多。罪犯了蕭何，罪犯了蕭何，哥，誰人來替我，誰人來替我。

女問卦

這幾夜做一個不祥夢[八五]，請先生卜一卦問個吉凶[八六]。你看此卦那爻動，要看財氣旺不旺[八七]，禄馬動不動。仔細推詳，仔細推詳，切莫將人哄[八八]，切莫將人哄[八九]。

先生答

那先生便把卦來占[九〇]，焚名香禱告天撒下金錢[九一]。這卦兒乃是風山漸，財氣雖然旺，有些小留連。被一個陰人，被一個陰人，把他相牽戀[九二]，把他相牽戀[九三]。

女復問

那姐姐聽得長吁氣，請先生再與我卜個因依[九四]。看他們幾時撇那天殺的，問他音和信，問他歸不歸。用心搜求，用心搜求，重重相謝你，重重相謝你[九五]。

復占卦

那先生再把卦來推，再撒錢[九六]，再占占，占得個地火明夷[九七]。勸姐姐休得癡心意[九八]，行人身未動，子孫又尅妻。别戀那多嬌[九九]，别戀那多嬌[一〇〇]，因此撇了你[一〇一]，因此撇了你[一〇二]。

曲牌名

倘秀才打扮得十分俏，紅娘子上小樓步步嬌。鎖南枝上黄鶯兒叫，懶去沽美酒，等待月兒高。吹滅銀燈，吹滅銀燈，乖[一〇三]，不是路兒了。

又

集賢賓親親來陪奉，沽美酒莫把金杯空。雙聲子唱一曲花心動，點絳唇兒，窄臉帶小桃紅。沉醉東風，沉醉東風，情況大不同，情況大不同。

又

賀新郎娶得個虞美人，駐馬聽多集賢賓。雙聲子兒同歡慶，送入銷金帳，真個稱人心。我憶多嬌，我憶多嬌，乖，普天樂得緊，普天樂得緊。

骨牌名

叫親哥把骨牌兒抹，一會正撞着八不就怎得和美？拗雙飛兩下分離去，推開隔子眼，望見火燒梅。恨點不到，恨點不到，揉碎梅花了，揉碎梅花了。

又

俏冤家悔你個二十四氣，不喜美嬌娥，偏戀孩兒十。差殺二士錯入了桃源去。合着禿爪龍，正是拗雙飛。抹額的鍾馗，抹額的鍾馗，没有些兒趣，没有些兒趣。

又

八珠環是情哥送我爲表記，他曾許觀燈十五元宵佳期。到如今雪消春水秋又至，賓鴻中彈叫，霞天孤雁啼。秋去冬來，秋去冬來，寒鵲争梅也，寒鵲争梅也。

又

俏冤家我和你雙攜手踏梯望月，晝夜亭上情歡悦。取下八珠環，脱了錦裙襴。好似蝶戀着花枝，好似戀着花枝，雙龍入了海，雙龍入了海。

又

俏心肝咱和伊上天梯拜着梅稍月，兩下裏雙雙同發誓。你我一枝花，對對正雙飛。雲雨交情，雲雨交情，乖，似蜻蜓來點水，似蜻蜓來點水。

又

悶來時便把骨牌抹,看落花紅滿地。我和你正雙飛怎忍分離?魚游春水雙雙戲,梅花揉碎了,蓮蓬劈破開。美滿恩情,美滿恩情,雙龍齊入海,雙龍齊入海。

又

俏冤家此一去將軍掛印,帶領着數十個□馬軍,直殺到九溪十八洞。抱着孩兒十,扶着公領孫。只撇得孤鴻,只撇得孤鴻,在梅稍月下等。

藥　名

裁白芷寫下離情調,寄檳榔休忘了石羔。當歸時直送在紅花道,乳香遠又遠,常山高又高。使君子不來,使君子不來,教人一片腦,教人一片腦。

又

人彡一去無音信,拋撇下劉寄奴冷冷清清。沉香燒盡黽板損,好個浪蕩子,細辛守不成。寄語陳皮,寄語陳皮,早把茴香整,早把茴香整。

牌紙名

悶來時便把紙牌拿[一〇四],玉麒麟戀了一枝花[一〇五]。千千萬萬來了罷,告訴都總管,百子你去拿。一索牽來,一索牽來,七八十下打[一〇六]。

骰子名

骰子兒這骨頭人人所好,只爲你酒席間奇氣高。手兒裏擲着口兒中叫,但見一點紅,慌忙就抱腰。兩下齊歡,兩下齊歡,乖,湊了一個巧,湊了一個巧。

花　名

茉莉花生得多情趣，瑞香花腦頭多他是賤東西。梅杏到口多滋味，海棠紅一點，歲寒有高低。桂餅兒烹茶，桂餅兒烹茶，其情真是美，其情真是美。

又

大唐時人人愛看牡丹花，薔薇露滴荷心瀉。石榴紅噴火，甘菊傲霜葩。柳緑桃紅，乖親，可惜春無價。柳緑桃紅，柳緑桃紅，柳緑桃紅，乖親，真個是可惜了春無價。

（《摘錦奇音》卷三）

校勘記

［一］轉樓：《詞林一枝》作"正收"。

［二］叮嚀、叮嚀祝：《詞林一枝》作"叮嚀祝"。

［三］祝付：《詞林一枝》作"囑咐"。

［四］得意人：《詞林一枝》作"熱碌碌"。

［五］心肝、心肝上：《詞林一枝》作"心肝"。

［六］水路去休坐船頭，旱路去尋店早投：《詞林一枝》作"旱路兒去早早投宿，水路兒去少坐船頭"。

［七］誰醫救：《詞林一枝》作"無人顧"。

［八］相思兩處無人、無人顧，相思兩處無人、無人顧：《詞林一枝》作"相思兩下難禁受"。

［九］影昏：《詞林一枝》作"正明"。

［一〇］鶯鶯、紅娘後花園内等：《詞林一枝》作"那張生月下等鶯鶯"。

［一一］倚着：《詞林一枝》作"斜倚"。

［一二］傳書、傳書信：《詞林一枝》作"傳書信"。

［一三］雙手接抱着鶯鶯：《詞林一枝》作"雙手兒摟抱鶯鶯"。

［一四］兒：《詞林一枝》無。

[一五] 我爲你死裏逃生,你緣何不下顧學生:《詞林一枝》作"肯不肯見憐小生"。

[一六] 學生爲你憂成、憂成病,學生爲你憂成、憂成病:《詞林一枝》作"我爲你死裏逃生,生生死死憂成病"。

[一七] 鵲:原作"雀",據文意改。

[一八] 又:《樂府玉樹英》卷一作"思"。

[一九] 想親親:《樂府玉樹英》卷一三字未重復。

[二〇] 我:《樂府玉樹英》卷一無。

[二一] 我:《樂府玉樹英》卷一無。《樂府玉樹英》卷一此句後有"望親親望得眼兒穿"。

[二二] 乖親親:《樂府玉樹英》卷一無。

[二三] 不知乖親想我也不想:《樂府玉樹英》卷一此句未重復。

[二四] 蜜:原作"密",據文意改。

[二五][二六] 戴:原作"帶",據文意改。

[二七] 瓊瑤:《樂府玉樹英》卷一作"鵝毛"。

[二八] 滿:《樂府玉樹英》卷一作"半"。鵝毛:《樂府玉樹英》卷一作"瓊瑤"。

[二九] 撩亂飛落凡間,家家萬頃如銀砌:《樂府玉樹英》卷一作"柳絮飛滿江山,萬物如銀砌"。

[三〇] 湘江:《樂府玉樹英》卷一作"江兒"。

[三一] 到晚來出在天邊現,照乾坤明世界:《樂府玉樹英》卷一作"天邊現,似水盤明如鏡"。

[三二] 遊遍:《樂府玉樹英》卷一作"照見"。

[三三] 長空萬里遠:《樂府玉樹英》卷一此句不重復。

[三四] 常:《樂府玉樹英》卷一作"當"。

[三五][三六] 黄泉:《樂府玉樹英》卷一作"黄泉下"。

[三七] 不放你的手:《樂府玉樹英》卷一此句不重復。

[三八] 脚:《樂府玉樹英》卷一作"脚兒"。

[三九] 害病無聊賴:《樂府玉樹英》卷一作"瘦病何曾慣"。

［四〇］天光：《樂府玉樹英》卷一作"從早"。

［四一］天光想到晚：《樂府玉樹英》卷一此句不重復。

［四二］哭也由他哭：《樂府玉樹英》卷一作"哭便由人哭"。

［四三］時：《樂府玉樹英》卷一作"是"。

［四四］你心下還不忖：《樂府玉樹英》卷一此句不重復。

［四五］此首《樂府玉樹英》卷一亦收録。

［四六］裏：《樂府玉樹英》卷一無。

［四七］牢：《樂府玉樹英》卷一作"撈"。

［四八］与：《樂府玉樹英》卷一作"并"。

［四九］天长与地久：《樂府玉樹英》卷一此句不重復。

［五〇］還要和你好：《樂府玉樹英》卷一此句不重復。

［五一］蛊：原作"綜"，據文意改。

［五二］會：《樂府万象新》卷二作"定"。

［五三］來：《樂府万象新》卷二作"見"。

［五四］乖：《樂府万象新》卷二無。

［五五］又是一年了：《樂府万象新》卷二此句不重復。

［五六］［五七］譙：原作"樵"，據文意改。

［五八］裏：《樂府萬象新》卷二無。

［五九］奴抱情哥：《樂府萬象新》卷二作"雙手抱住情郎"。

［六〇］乖：《樂府萬象新》卷二無。

［六一］小：《樂府萬象新》卷二作"少"。

［六二］年紀兒又小：《樂府萬象新》卷二此句不重復。

［六三］自：《樂府玉樹英》卷一作"則"。

［六四］葬：《樂府玉樹英》卷一作"殯"。

［六五］都：《樂府玉樹英》卷一作"京"。

［六六］訴出千般苦：《樂府玉樹英》卷一此句不重復。

［六七］科：《樂府玉樹英》卷一作"選"。

［六八］纏：《樂府玉樹英》卷一作"費"。

［六九］中：《樂府玉樹英》卷一作"重"。

［七〇］［七一］空回:《樂府玉樹英》卷一作“回來”。

［七二］妻不下機杼:《樂府玉樹英》卷一此句不重復。

［七三］大:《樂府玉樹英》卷一作“三”。

［七四］佐:《樂府玉樹英》卷一作“做”。

［七五］［七六］真親:《樂府玉樹英》卷一作“親者”。

［七七］也:《樂府玉樹英》卷一作“天也”。

［七八］也把親來强:《樂府玉樹英》卷一此句不重復。

［七九］渡:《樂府玉樹英》卷一作“内”。

［八〇］兒也認不得母:《樂府玉樹英》卷一此句不重復。

［八一］行孝:《樂府玉樹英》卷一作“賢孝婦”。

［八二］清話直到曉:《樂府玉樹英》卷一此句不重復。

［八三］［八四］拆:原作“析”,據文意改。

［八五］做:《樂府万象新》卷二作“都做”。一:《樂府万象新》卷二無。

［八六］請先生卜一卦問個吉凶:《樂府万象新》卷二作“問一卜定個吉凶”。

［八七］要:《樂府万象新》卷二作“又”。

［八八］人:《樂府万象新》卷二作“人來”。

［八九］切莫將人哄:《樂府万象新》卷二此句不重復。

［九〇］生:《樂府万象新》卷二作“王”。

［九一］名:《樂府万象新》卷二作“明”。

［九二］牽戀:《樂府万象新》卷二作“絆纏”。

［九三］把他相牽戀:《樂府万象新》卷二此句不重復。

［九四］因:原作“回”,據《樂府万象新》卷二改。

［九五］重重相謝你:《樂府万象新》卷二此句不重復。

［九六］撒錢:《樂府万象新》卷二作“占占”。

［九七］個:《樂府万象新》卷二作“一個”。

［九八］得:《樂府万象新》卷二作“得要”。

［九九］［一〇〇］别:《樂府万象新》卷二作“迷”。

［一〇一］撇:《樂府万象新》卷二作“别”。

[一〇二] 因此撇了你:《樂府万象新》卷二此句不重復。

[一〇三] 乖:《樂府万象新》卷二無。

[一〇四] 拿:《樂府万象新》卷二作"抹"。

[一〇五] 了:《樂府万象新》卷二作"着"。

[一〇六] 下:《樂府万象新》卷二作"兒"。

無名氏

小　令

時興各處譏妓耍孩兒歌

臨清姐兒賽鶯鶯，十分窈窕十分清。若還見了張君瑞，摟抱深深不做聲。好輕輕，喜不勝，手段從來多慣經[一]。

又

揚州姐兒勝碧秋，朝朝暮暮逞風流。有緣遇着陳中烈，顛倒鴛鴦不肯丢[二]。好好抽，且莫休，百戰全無半點憂。

又

儀真姐兒似玉貞[三]，萬般嬝娜叫親親。眼前得見蘇郎回[四]，海誓山盟表寸心。喜欣欣[五]，拚此身，倒鳳顛鸞日日新。

又

蘇州姐兒稱小蘇，人人齊說是仙姑。朱顔緑鬢多丰采，相待常如相見初。好姐夫，手段粗，只怕明朝骨髓枯[六]。

又

天津姐兒似六娘，枕邊常伴狀元郎[七]。叮嚀此去朝天子，獨佔鰲頭姓字香。我的郎，切莫忘，才子佳人歲月長。

又

蕭山姐兒似玉蕭，傳杯弄盞勸多嬌[八]。西湖十里風光好，款款輕輕擺柳腰。問嬌嬌，香已消，偷閑莫待月兒高[九]。

又

錢塘姐兒不要錢，只圖花酒過流年。逢人便唱相思曲，撥盡琵琶珠淚漣。好向前，慢慢纏，總在仙姬一夜眠[一〇]。

又

蘭溪姐兒似弱蘭，嬌嬈體態賽人間。郵亭學士親攜手，笑把胭脂點玉顔。夢未殘，夜已闌，惱亂柔腸淚暗彈[一一]。

又

杭州姐兒情意多，紅羅帳裏叫親哥。平生手段贏人處，盡在今宵錦被窩。俏哥哥，心莫多[一二]，織錦機中好弄梭。

又

襄陽姐兒心性乖，花前把酒問多才[一三]。今宵雨散雲收後，明日情哥來不來。好情懷，得和諧，夢魂飛入楚陽臺。

又

樊城姐兒最耐煩，問郎何事買朱顔。前生欠你風流債[一四]，今宵須當盡力還。燈已殘，夜已闌，這段姻緣不等閑。

又

荊州姐兒生得清,點頭便識重和輕。一朝幸遇風流婿,軟款温柔笑幾聲[一五]。一事精,百事精,賽過南京與北京。

又

汴梁姐兒情意長,香羅取下送情郎。香羅易得人難得,幾度思量幾斷腸。出洞房,問我郎,何日重來上戰場[一六]。

又

雲南姐兒白似銀,紛紛翠袖與紅裙。謝安挾到東山上,共飲金甌酒幾巡。行得匀,唱得匀,風月場中獨出群[一七]。

又

九江姐兒名色香,芙蓉滿面體如霜。妝台百事般般曉,彈動琵琶韻更長。好風光,在西廂,莫説蘇杭與建昌[一八]。

又

廣東姐兒住海邊,逢人便唱碧雲天。殷勤勸酒多嬌媚,好似桃源洞裏仙。髀香肩,顛倒顛,一夜恩情有萬千[一九]。

又

桐城小夥好唱歌[二〇],聲聲唱出小登科。不覺秀才知道了,扯到家中當老婆。笑呵呵,我的哥,這樣嬌嬌有幾個[二一]。

又

銅陵小夥似白銅[二二],任君敲打面難紅。光光滑滑皮膚嫩,錦繡衣裳重復重。笑融融,着實籠,比那尋常大不同。

又

麻城小夥臉襯霞，逢人要把指尖爬。連爬三下肯不肯，何必調情弄齒牙。俊乖娃，兩情加，蘸着些兒滿體麻[二三]。

又

書林小夥不着驚[二四]，朝朝打扮做人情。交趾排草送一兩，任你從容打個釘。重與深[二五]，不做聲，惺惺自古惜惺惺。

又

潭城小夥娶老婆[二六]，問他何事苦吟哦。我們當初結朋友，比你前頭少一窩。叫哥哥，莫管他，任是艱難走不過。

（《玉谷新簧》卷一）

校勘記

[一] 此曲《大明天下春》卷七亦收録。

[二] 丢：原作"去"，據《大明天下春》卷七改。

[三] 貞：《大明天下春》卷七作"真"。

[四] 回：《大明天下春》卷七作"面"。

[五] 欣欣：《大明天下春》卷七作"歡歡"。

[六] 此曲《大明天下春》卷七亦收録。

[七] 常：《大明天下春》卷七作"長"。

[八] 盞：《大明天下春》卷七作"斝"。

[九] 閑：《大明天下春》卷七作"情"。

[一〇] 此曲《大明天下春》卷七亦收録。

[一一] 此曲《大明天下春》卷七亦收録。

[一二] 心莫：《大明天下春》卷七作"莫心"。

[一三] 前：原作"錢"，據《大明天下春》卷七改。

[一四] 前生：原作"生前"，據《大明天下春》卷七改。

［一五］軟款温柔：《大明天下春》卷七作“軟柔温款”。

［一六］此曲《大明天下春》卷七亦收録。

［一七］此曲《大明天下春》卷七亦收録。

［一八］此曲《大明天下春》卷七亦收録。

［一九］此曲《大明天下春》卷七亦收録。

［二〇］歌：《大明天下春》卷七作“哥”。

［二一］個：《大明天下春》卷七作“多”。

［二二］白：《大明天下春》卷七作“曰”。

［二三］此曲《大明天下春》卷七亦收録。

［二四］書林：《大明天下春》卷七作“京山”。

［二五］深：《大明天下春》卷七作“轻”。

［二六］潭城：《大明天下春》卷七作“鄱陽”。

無名氏

小　令

精選劈破玉歌

耐　心

熨斗兒熨不開眉間皺,快剪刀剪不斷我的心内愁,繡花針繡不出鴛鴦扣。兩下都有意,人前難下手。該是我的姻緣,哥,耐着心兒守[一]。

又

真不真假不假你的心腸不定,長不長短不短怎的和你完成?吞不吞吐不吐一味含糊答應。人説你志誠,看你不像個志誠人。説一個明白也,耐着心兒等[二]。

緣　法

有緣法那在容和貌,有緣法那在前後相交,有緣法那在錢和鈔。有緣千里會,無緣對面遥。用盡心機也,也要緣法來湊巧[三]。

虚　名

蜂針兒尖尖的做不得繡[四],螢火兒亮亮的點不得油,蛛絲兒密密的上不得篋[五]。白頭翁舉不得鄉約長,紡織娘叫不得女工頭。有甚麽絲線兒相干也[六],把虚名掛在傍人口[七]。

錯　認

隔花陰遠遠望見個人來到,穿的衣行的步委實苗條。與冤家模樣兒生得一般俏,巴不能到跟前,忙使衫袖兒招。粉臉兒通紅羞也,姐姐,你把人兒錯認了[八]。

分　離

要分離除非是天做了地,要分離除非是東做了西,要分離除非是官做了吏。你要分時分不得我,我要離時離不得你。就死在黄泉也,做不得分離鬼[九]。

變

變一隻繡鞋兒在你金蓮上套,變一頂汗衫兒與你貼内相交[一〇]。變一個竹夫人在你懷兒裏抱,變一個主腰兒拘束着你,變一管玉簫兒在你指上調。再變一塊香茶也[一一],不離你櫻桃小。

描　真

碧紗窗下描郎像,描一筆畫一筆想着才郎,描不出畫不就添惆悵[一二]。描只描你風流態,描只描你可意龐。描不出你的温存也[一三],停着筆兒想。

陪　笑

慣了你慣了你偏生淘氣[一四],慣了你慣了你到把奴欺[一五],慣了你慣了你反到别人家睡[一六]。幾番要打你,怎禁你笑臉兒陪[一七],笑臉兒相迎。乖,莫説打你,就罵也罵不起。

答

並不曾並不曾與你淘氣，並不曾並不曾把你來欺，並不曾並不曾到别人家睡[一八]。你的身子兒最要緊，那閑氣少尋些。我若是果有甚虧心，乖，莫説罵我，就打也應該的[一九]。

病

花不戴釵不戴連環兒也不戴，説人騃笑人騃我比人更騃，行也害坐也害睡夢也害。茶不思飯不想，骨如麻體似柴。爲了你這寃家也[二〇]，這病有三四載。

又

百般病比不得相思奇異，定不得方吃不得藥扁鵲也難醫，茶不思飯不想懨懨如醉。不但傍人笑着我，我也自笑我心癡。伶俐聰明也，到此由不得自己[二一]。

畫

玉人兒你好似一幅單條畫，隔重山隔重水隔着天一涯，好教我終朝静夜長牽罣[二二]。雁飛書不到，樹繞路途賒[二三]。有個人兒也，説不得句知心話[二四]。

歌

珠簾上燕飛，喬木上鶯啼，鶯鶯燕燕正來時。想人生有幾，想人生有幾。本待結草同心，結柏枝奈歲寒，紅線兒一根，情意牽得遠。

清　守

清宵清睡聽清漏，惱清風清冷冷强起清謳，對清光清淚滴把清衫濕透。清香助清趣，清坐轉清幽。怎得清客清談也，教我清對清燈守。

查　问

曾送你玉簪兒戴也不戴，曾送你青絲帶可曾繫來，曾送你汗巾兒在也不在？曾送你一把銷金扇，曾送你一隻半新不舊的紅睡鞋。這幾件要緊東西也[二五]，如何問着佯不保[二六]？

又

據你説不曾在别人家睡，你昨夜在誰家，做恁的今日裹頭垂足落貪磕睡？開口問你你便慌得緊，没事爲甚麽紅了面皮？現放着真贓也，還要强恁嘴。

識　破

俏冤家人説你無常愛[二七]，容易渾容易好容易丢開。你閃人人閃你好似六月債。人閃你惱不惱，便知你閃人該不該。識破你閃人的心腸也，只怕睬也没人睬。

怕　閃

風月中人兒難猜難解[二八]，風月中人兒個個會弄乖。難道就没有一個真實的心在[二九]？我被人閃怕了，閃人的再莫來。你若要來時也，將閃人的法兒改[三〇]。

緣　盡

緣法兒盡了心先冷淡，緣法兒盡了要好再難。緣法兒盡了諸般改變，緣法兒若盡了，把好言當惡言。怎能勾緣法兒重來也[三一]，將改變的都翻轉[三二]。

自　明

奴不曾圖你錢和鈔，奴不曾圖你名行兒高，奴不曾圖你容和貌。只道你綿無刺，誰知你笑裏刀？我這等樣隨和也，天，還説我不好[三三]。

吃　醋

汗巾兒汗巾兒誰人扯破，快快説快快説不要瞞我。若還不説就有天來大的禍[三四]。汗巾兒人事小，汗巾兒情意多[三五]。作賤我的汗巾兒也，如同作賤我[三六]。

嗔　妓

俏哥哥我分付你再不要吃醉，今日裏緣何吃得醉如泥，陪你的想是個青樓妓。我且饒了你，也要自三思。他若果有你的真心也[三七]，怎捨得醉了你？

寄　夫

等寃家盼寃家寃家不到，寫家書寄家書珠淚拋，千拜上萬拜上我的親夫知道。當初恩愛得緊，如今把奴拋。不是自己的親夫也[三八]，睡殺也不好[三九]。

多　心

初相交指望你一心一路，到如今眼面上就做工夫，偷鈴掩耳瞞我不過。你的挫處也不爲少，我的心腸也不算多。還只是自己的差池也，莫把惡話兒骯髒我[四〇]。

自　明

你道我淚汪汪是婦人家水性，你道我剪青絲頭又不疼。你道我害相思有誰來做證[四一]，你道我寄來啞謎都是假。難道燒香疤肉不疼，那一個肯與你投河，又肯去奔井[四二]？

管

難丟你難舍你又難管你，不管你恐怕你有了别的，待管你又恐怕淘閑氣[四三]。我管你添煩惱[四四],我不管你捨不得[四五]。你是我的寃家也,不得不管你。

無　信

玉人兒一去了奴受千般孤另,約定桃花放李花開便是回程。望斷水中魚沙中雁,不見愁中信。劃斷雕欄巧[四六],消磨了幾黄昏。好似斷線的風筝也,不見些兒影[四七]。

狠

俏寃家你好口應心不應,我待你其實是一點真心。你一箒帚掃得我乾乾凈凈。花落還有影,水流太無情。普天下人兒,頭一個是你狠[四八]。

變[四九]

做夢兒也不想你心腸改變,在先時人笑我果應其言[五〇]。想當初你話兒到也説得活現[五一],我把真心兒待着你,你原來把假意纏[五二]。負我的真心也[五三],現報在我的眼[五四]。

咒

我爲你耐着心含着苦淘盡了多少氣[五五],我爲你思着前想着後何日有個了期。我爲你拚着做强着口顧不得傍人議,我爲你要討好又偏着惱[五六]。我爲你費心機你總不知[五七]。你若負了我的真心也[五八],咒也咒殺你[五九]。

告　狀

猛然間發個狠便把寃家告,等不及放告牌就往上跑[六〇]。一聲聲連把青天叫[六一],告他心腸易改變,告他盟誓不堅牢。奴有無限的寃情也,只恨狀格兒填不了真情上[六二]。

蠟燭

蠟燭兒你好似我情人流亮，初相交只道你是熱心腸[六三]。誰知你被風兒引得心飄蕩，這邊不動火，那邊又争光。不照是我的中心也[六四]，暗地裏把你想。

簫管[六五]

紫竹兒本是堅持操，被人通了體[六六]，破了節[六七]，做下了簫，眼兒開合多關竅。舌尖兒餂着你的嘴，雙手兒摟着你腰。摸着你的腔兒也，還是我知音人兒好[六八]。

鼓兒[六九]

花花鼓兒誰不好，番轉來覆轉去擂上幾遭[七〇]。兩片皮弄出多般腔調[七一]，一會慢慢敲[七二]。弄得皮寬也，釘兒漸漸少。

睡鞋

睡鞋兒一點點將金蓮巧襯[七三]，似若耶溪吹將兩片紅英[七四]。塵不染乾净[七五]，被窩裏勾春興，眉頭上挽風情[七六]。醉眼朦朧也，幾次被他輕撥醒。

帳鈎

帳鈎兒掛在牙床上，一個東一個西，枉自同床許多時。怎的都是懸空帳[七七]，只爲你多牽掛，吊起我心腸。何時得與你勾帳也，免得兩下空思想。想着心中悶得緊，一到手輕輕勾着你。

（《徽池雅調》卷一）

劈破玉歌

粽

五月端午日是我生辰到[七八],身穿着一領緑羅襖,小腳兒裹得尖尖趫。解開香羅帶,剥得赤條條。插上二根銷兒也[七九],把奴渾身上下咬[八〇]。

木梳

木梳兒彎曲曲形容不正,本是個精光棍油滑無情。伶牙利齒輕身分,好似半輪新月樣,與你何日得圓成。把結髮生疏也,將他人鬢兒整。

鏡子[八一]

鏡子兒你忒殺恩情淺[八二],我愛你清光體態兒圓[八三]。那一日不與你相親面,我悶你也悶,我歡你也歡。轉眼見了他人也[八四],又是一樣臉[八五]。

剪刀

剪刀兒我愛你雙頭趣,骨頭健性子快裁剪隨機,長長短短如人意。中心門得緊,兩股不相離。多少繡閣佳人也,把玉手兒拿着你。

無心

悶來時到園中尋取花兒戴,猛擡頭見茉莉花兩邊排。將手摘一枝花兒戴,花雖采到手,花心尚未開。早知道無心也,花畢竟不來采。

燈籠

燈籠兒你生得玲瓏剔透,好一個熱心腸愛護風流。行動時能照顧前和後,虧殺那篾片兒幫得好,因此上心火又添油[八六]。雖是白日裏不得相親也,到黑夜裏和你走[八七]。

續選劈破玉歌

比　方

比你做水花兒聚了還散,比你做蜘蛛網到處去牽[八八]。比你做錦纜兒暫時與你牽絆[八九],比你做風箏兒線斷了。比你做扁擔兒,擔不起你不要擔。就比你做正月半的花燈也,你也亮不上三五晚。

又

同心帶結就了被你割做兩段[九〇],雙飛燕遭彈打怎能勾成雙。並頭蓮纔放開被風兒吹斷。青鸞音信杳,紅葉御溝乾。交頸的鴛鴦也,又被釣魚人來趕[九一]。

從　良

鐵心腸一徑自從良了去,你名譽高年紀小忙做甚的,把好風光一旦都抛棄。不記得吹簫同度曲,不記得剪燭共彈琴[九二]。對着那明月清風也,難道一點念頭兒都不起。

負　心

好笑好笑真好笑,好笑我相交得没下稍,癡心人又被負心人兒笑。薄情人心忒狠也,是我命所招。相交了一場也,你不曾道奴聲好。

十　愛

一愛你二愛你聰明伶俐,三愛你四愛你人物標緻,五愛你六愛你一團和氣,七愛你説話兒巧,八愛你投我機,九愛你温存也,十情愛着你。

十　恨

一恨你二恨你虧心短行，三恨你四恨你負義忘情，五恨你六恨你言而無信，七恨你丟了我，八恨你厚别人，九恨你雜情也，十恨你心腸狠。

孤　眠

孤人兒受盡了孤單情況，孤衾兒孤枕兒獨守孤房。孤鸞孤睡在孤鴛帳，孤燈對孤影，孤月照孤窗。又聽得更更也，孤樓上孤鐘響。

訴　苦

我爲你受盡了傍人氣，我爲你吃盡了許多虧。我爲你滴盡了相思淚，我爲你添憔悴減玉肌。爲你這寃家也，費盡了許多嘴。

擔　閣

從他去負多少花朝月夕，從他去冷落了繡枕羅幃，從他去罷卻了描紅貼翠。只爲自從他去後，教我獨自守香閨。擔擱我年少青春也，盡付在東流水。

春

孤人兒最怕是春滋味，桃兒紅柳兒緑紅緑他做甚的。怪東風吹不散人愁氣，紫燕雙雙語，黄鸝對對飛。百鳥的調情也，人到不如你[九三]。

又

去年的芳草青青滿地亭，避暑綺羅窗，想情郎傷情羞睹兩鴛鴦。新篁過粉牆，芰荷透水香。呀，教奴朝朝頻頻望，可憐飛燕爲誰忙。並語棲梁，攪碎也腸。我的天，那情況，無上情況。

秋

秋景瀟瀟菊正也黄[九四]，登樓勿見雁成行想才郎。哀聲嘹嚦過晝牆。

芙蓉花也芳,金菊花也黄。呀,教我愁聽那窗兒外,淅零零雨打芭蕉,形單影隻心驚跳。悶懨懨卸倒在床兒,剛合着眼做個夢兒,夢見我的才郎。正兒呼誰也,一聲聲叫到曉。

冬

三冬天受不得淒涼況,況雪花飄雨花飄[九五],風兒又狂夜如年。獨自個無人伴,擁爐偏覺冷,對酒反生寒。有那錦被千重也[九六],可是孤眠人蓋得冷[九七]。

月

悶懨懨獨坐在荼蘼架,猛擡頭見一個月光菩薩。菩薩你有靈有聖,我與你説句知心話[九八]。你與我去照察他,我待他是真心也[九九],他到待我是假[一〇〇]。

雨

驟雨兒偏向愁人滴[一〇一],一點點滴得我好不孤恓。銀燈懶滅和衣睡[一〇二],淚珠兒向腮邊落,驟雨兒在枕上催[一〇三]。同滴到天明也[一〇四],還是淚珠兒多似雨[一〇五]。

又

到黄昏獨自個只有孤燈爲伴,聽雨聲一點點隨珠淚雙懸[一〇六]。那風聲兒一陣陣,聞着千聲也[一〇七],算此際空閨人寂寞[一〇八],教奴轉聽轉心酸。問天有甚關情也,滴這相思淚萬點[一〇九]。

杜　康

俏娘兒指定把杜康駡[一一〇],因何造下酒醉倒我冤家[一一一]。進門來一交兒跌在奴懷上[一一二],那管人瞧見,幸遇丈夫不在家[一一三]。好色貪杯的冤家也,把性命兒當作耍[一一四]。

愁孕

悔當初與他偷了一下,誰知道就有小冤家[一一五]。腰兒難束肚子大[一一六],這等尷尬事[一一七],如何處置他。免不得娘知也,定有一頓打[一一八]。

狸貓

狸貓兒本是個温存獸,這兩日不見淚交流。卻便是割了我的心頭肉,你愛我也愛不着他。今夜裏無人伴,因甚的不回家。你在何處歡娛也,貓到貪戀玩耍。

貓答

姐姐你休要言三語四,你貓兒並不曾在我家裏。姊妹們切莫要相疑,今晚倘或不出來,明朝想必到家裏。還是你貓兒貪人家滋味也,顛倒不係着你。

雁

猛擡頭忽見那衡陽雁至[一一九],一行行一隊隊嘹嚦南飛。眼見得你是薄情夫婿[一二〇],你知道他來竟没有半行書寄[一二一]。等待那雁兒春歸也[一二二],我也無書寄與你[一二三]。

惜春

杜鵑枝上三更叫,叫道花開了。叫道春歸早,叫道落花紅滿地無人掃。叫道人去了,叫道天涯海角何時得到。叫道九十日春光到,有八十日眉愁也,那十日兒又被風雨惱。

喜鵲

喜鵲兒不住在簷前咶叫,霎時間又往别處飛。飛來飛去好没些主意,心性兒無定準，跳着東又跳西。你這樣的油嘴也，我把金彈兒來打你。

瑞　香

折一枝瑞香花籠在腰衫袖，我欲要揉碎了怪你多頭。貪花人，虧殺你。

答[一二四]

滿身香動了我的火，待吃你又不得喉。只怕你花謝枝枯也，你的情性兒不長久。

月

青天上月兒恰似將奴笑，高不高低不低正掛在柳枝稍，明不明暗不暗故把奴來照。清光你休笑，我與你不差半分毫。缺的日子多也，圓的日子少。

花

繡球花情性兒拿你不定[一二五]，玉簪花外面好裏面是虚情[一二六]，芙蓉花寂寞爲誰你憂成病[一二七]。梅花消瘦了[一二八]，並頭蓮兩下分。好似水面上的楊花也，浪宕没定準[一二九]。

葉

柳葉兒我爲你雙眉皺[一三〇]，藤葉兒我爲你不在心頭不能勾[一三一]。竹葉兒空心自守，紅葉兒題詩句，荷葉兒淚珠兒流。怎能似茶葉團圓也[一三二]，團圓共一簍[一三三]。

桃　子

桃子兒生得多清秀，紅又紅白又白長在枝頭。幾番要采你不能勾，牆高人又矮，欲要偷一偷。等待你熟時也，方纔好下手[一三四]。

楊　花

俏冤家情性兒好似三春柳絮輕狂性，隨着風往各處飛，亂紛紛飄蕩蕩没有個主意。風向東你便東，風向西你便西。只怕流落在泥途也，那時風兒也不睬你[一三五]。

花　蝶

花道蝶你忒殺相欺負[一三六]，見嬌娘嫩蕊時[一三七]，整日去纏奴[一三八]，熱攢攢[一三九]，輕樸樸[一四〇]，戀着朝朝暮暮。把花心來鑽透了[一四一]，將香味盡嘗過。你便又飛去鄰家也，再不來睬我。

荷

露水荷葉兒珍珠現[一四二]，是奴家癡心腸把線來纏[一四三]。誰知你水性兒多更變，這邊分散了，又向那邊圓。没真性的冤家也，隨着風兒轉[一四四]。

（《徽池雅調》卷二）

校勘記

［一］馮夢龍《掛枝兒》卷一私部“繡花針”句旁批：“恨此句”。“哥”旁批：“哥字襯得有情。”尾評：“後四句，一云：兩下都有情，人前怎麽偷？只索耐着心兒也，終須着我的手。亦佳。亦又云：香肌爲誰減，羅帶爲誰收？這一丟兒的相思也，何日得罷手。亦未見勝。《雪濤閣外集》云：妻不如妾，妾不如婢，婢不如妓，妓不如偷，偷得着不如偷不着。此語非深於情者不能道。耐着心兒守，妙處正在阿堵。”

［二］馮夢龍《掛枝兒》卷一私部尾評：“果肯耐心等，包你有個明白。只怕説人含糊，己更含糊耳。又曰：志誠二字，委實難言。一篇傳恨，還地下之枯魂；千遍呼名，走屏間之彩筆。錦文織就，薄倖回顔；緑鬢吟成，才人揮涕。真情所至，金石爲開。世無尾生、倩女其人，只索大家含糊云耳。”

［三］馮夢龍《掛枝兒》卷一私部尾評:"説盡了。"

［四］做:馮夢龍《掛枝兒》卷一私部作"刺"。

［五］箆:馮夢龍《掛枝兒》卷一私部作"筘"。

［六］兒:馮夢龍《掛枝兒》卷一私部作"兒的"。

［七］馮夢龍《掛枝兒》卷一私部尾評:"章法從熨斗兒篇來,而才情勝之。白頭翁鳥名,紡織娘蟲名,是的對。滇人郭舟屋《竹枝詞》云:金馬何曾半步行,碧雞那解五更鳴。儂家夫婿久離别,恰似兩山空得名。亦此意。"

［八］此首馮夢龍《掛枝兒》卷一私部亦收録。

［九］此首馮夢龍《掛枝兒》卷二歡部亦收録。

［一〇］内:馮夢龍《掛枝兒》卷一私部作"肉"。

［一一］變:馮夢龍《掛枝兒》卷二歡部作"變上"。

［一二］出:馮夢龍《掛枝兒》卷二歡部作"成"。

［一三］的:馮夢龍《掛枝兒》卷二歡部無。

［一四］淘:原作"陶",據馮夢龍《掛枝兒》卷二歡部改。

［一五］到:馮夢龍《掛枝兒》卷二歡部作"倒"。

［一六］睡:馮夢龍《掛枝兒》卷二歡部作"去睡"。

［一七］兒:馮夢龍《掛枝兒》卷二歡部無。

［一八］睡:馮夢龍《掛枝兒》卷二歡部作"去睡"。

［一九］也:馮夢龍《掛枝兒》卷二歡部作"也是"。馮夢龍《掛枝兒》卷二歡部尾評:"一對肉麻。襯入莫説打,莫説罵,更覺生姿。"

［二〇］這:馮夢龍《掛枝兒》卷三想部無。

［二一］馮夢龍《掛枝兒》卷三想部尾評:"後四句逼真。"

［二二］牽罣:馮夢龍《掛枝兒》卷七感部作"懸掛"。

［二三］繞:馮夢龍《掛枝兒》卷七感部作"遠"。

［二四］説不得句知心話:馮夢龍《掛枝兒》卷七感部作"怎能勾唤起同玩耍"。

［二五］要緊:馮夢龍《掛枝兒》卷五隙部作"要緊的"。

［二六］問着:馮夢龍《掛枝兒》卷五隙部作"問着你"。馮夢龍《掛枝兒》卷五隙部尾評:"半新不舊,不字佳。舊云半新半舊,便無味了。"

［二七］常：馮夢龍《掛枝兒》卷五隙部作“長”。

［二八］人：馮夢龍《掛枝兒》卷五隙部作“事”。

［二九］有：馮夢龍《掛枝兒》卷五隙部無。心：馮夢龍《掛枝兒》卷五隙部無。

［三〇］馮夢龍《掛枝兒》卷五隙部尾評：“或曰：有閃人心，方有閃人法。末句易閃人的心腸改，如何？余曰：風月中法兒最多。諺云：只怕乖而不來，那怕來而不乖。不閃人又不爲人所閃者，吾見亦罕矣。有閃人之法，因生防閃之法，又生防防閃之法。法法相生，閃閃莫悟。可悲亦可畏也。法兒其顯者，人猶不知，況心乎？”

［三一］兒：馮夢龍《掛枝兒》卷五隙部作“兒的”。

［三二］馮夢龍《掛枝兒》卷五隙部尾評：“末二句南園叟所易。舊云：緣法兒盡了也，動不動就變了臉。不知已在諸般改變中矣。”

［三三］馮夢龍《掛枝兒》卷五隙部亦收録。

［三四］來：馮夢龍《掛枝兒》卷五隙部無。

［三五］情：馮夢龍《掛枝兒》卷五隙部作“人”。

［三六］馮夢龍《掛枝兒》卷五隙部尾評：“每見青樓中，凡受人私餉，皆以爲固然。或酷用，或轉贈，若不甚惜。至自己偶以一扇一帨贈人，故作珍秘，歲月之餘，猶詢存否。而癡兒亦遂珍之秘之，什襲藏之。甚則人已去而物存，猶戀戀似有餘香者。真可笑已。余少時從狎邪遊，所得轉贈詩帨甚多。夫贈詩以帨，本冀留諸篋中，永以爲好也。而豈意其旋作長條贈人乎？然則汗巾套子耳，雖扯破可矣。”

［三七］真心：馮夢龍《掛枝兒》卷五隙部作“心腸”。

［三八］夫：馮夢龍《掛枝兒》卷五隙部作“妻”。

［三九］也不好：馮夢龍《掛枝兒》卷五隙部作“有甚麼好”。馮夢龍《掛枝兒》卷五隙部尾評：“若説好都好，若説不好都不好。”

［四〇］馮夢龍《掛枝兒》卷五隙部亦收録。

［四一］做：馮夢龍《掛枝兒》卷五隙部作“作”。

［四二］馮夢龍《掛枝兒》卷五隙部尾評：“果肯，也自難得。”

［四三］又恐怕淘閑氣：馮夢龍《掛枝兒》卷五隙部作“受盡了别人的閑

氣”。

［四四］添：馮夢龍《掛枝兒》卷五隙部作“又添”。

［四五］捨不得：馮夢龍《掛枝兒》卷五隙部作“又捨不得你”。

［四六］斷：馮夢龍《掛枝兒》卷六怨部作“損”。

［四七］不見：馮夢龍《掛枝兒》卷六怨部作“全不見”。

［四八］普天下人兒：馮夢龍《掛枝兒》卷六怨部作“我想普天下人兒也”。馮夢龍《掛枝兒》卷六怨部尾評：“末二句，亦云：若不生我這樣癡人也，十個也心腸冷。亦有情。”

［四九］變：馮夢龍《掛枝兒》卷六怨部作“心變”。

［五〇］笑我：馮夢龍《掛枝兒》卷六怨部作“笑我今日”。

［五一］活現：馮夢龍《掛枝兒》卷六怨部作“活龍活現”。

［五二］假意：馮夢龍《掛枝兒》卷六怨部作“假意兒”。

［五三］負：馮夢龍《掛枝兒》卷六怨部作“負了”。

［五四］馮夢龍《掛枝兒》卷六怨部此句前有“天”字。馮夢龍《掛枝兒》卷六怨部尾評：“唐女冠魚玄機詩云：易求無價寶，難得有心郎。觀心變二隻，益信。”

［五五］了：馮夢龍《掛枝兒》卷六怨部無。

［五六］着：馮夢龍《掛枝兒》卷六怨部作“着你”。

［五七］費：馮夢龍《掛枝兒》卷六怨部作“費盡”。

［五八］的：馮夢龍《掛枝兒》卷六怨部無。

［五九］殺：馮夢龍《掛枝兒》卷六怨部作“死”。

［六〇］就：馮夢龍《掛枝兒》卷六怨部無。

［六一］連：馮夢龍《掛枝兒》卷六怨部作“便”。

［六二］真情上：馮夢龍《掛枝兒》卷六怨部無。

［六三］是：馮夢龍《掛枝兒》卷八詠部作“是個”。

［六四］是：馮夢龍《掛枝兒》卷八詠部作“見”。中心：馮夢龍《掛枝兒》卷八詠部作“心中”。

［六五］簫管：馮夢龍《掛枝兒》卷八詠部作“簫”。

［六六］被：原作“彼”，據馮夢龍《掛枝兒》卷八詠部改。體：馮夢龍《掛枝

兒》卷八詠部作“節”。

［六七］節：馮夢龍《掛枝兒》卷八詠部作“體”。

［六八］知音：馮夢龍《掛枝兒》卷八詠部作“知音的”。

［六九］鼓兒：馮夢龍《掛枝兒》卷八詠部作“鼓”。

［七〇］幾：馮夢龍《掛枝兒》卷八詠部作“千”。

［七一］馮夢龍《掛枝兒》卷八詠部此句後有“一會兒是緊板”句。

［七二］一會：馮夢龍《掛枝兒》卷八詠部作“一會兒”。

［七三］襯：原作“觀”，據馮夢龍《掛枝兒》卷八詠部改。

［七四］若耶溪：原作“莫耶”，據馮夢龍《掛枝兒》卷八詠部改。將：馮夢龍《掛枝兒》卷八詠部作“將來”。片：馮夢龍《掛枝兒》卷八詠部作“瓣”。

［七五］塵不染乾净：馮夢龍《掛枝兒》卷八詠部作“塵埃不染偏乾净”。

［七六］眉：馮夢龍《掛枝兒》卷八詠部作“肩”。

［七七］怎：馮夢龍《掛枝兒》卷八詠部作“掛”。

［七八］日：馮夢龍《掛枝兒》卷八詠部無。

［七九］二：馮夢龍《掛枝兒》卷八詠部作“一”。銷：馮夢龍《掛枝兒》卷八詠部作“梢”。

［八〇］馮夢龍《掛枝兒》卷八詠部尾評：“字字肖題，卻又自然。詠物中最爲難得。”

［八一］鏡子：馮夢龍《掛枝兒》卷八詠部作“鏡”。

［八二］殺：馮夢龍《掛枝兒》卷八詠部作“煞”。

［八三］體：馮夢龍《掛枝兒》卷八詠部作“滿體”。

［八四］了：馮夢龍《掛枝兒》卷八詠部無。

［八五］馮夢龍《掛枝兒》卷八詠部尾評：“古鏡謎云：南面而立，北面而朝。象憂而憂，象喜而喜。絶佳。此篇可謂善脱化矣。”

［八六］上心火：馮夢龍《掛枝兒》卷八詠部作“心火上”。

［八七］親也，到黑夜裏和你走：原缺，據馮夢龍《掛枝兒》卷八詠部補。馮夢龍《掛枝兒》卷八詠部尾評：“篾片二字，入得巧。”

［八八］牽：馮夢龍《掛枝兒》卷六怨部作“銜”。

［八九］錦：原作“綿”，據馮夢龍《掛枝兒》卷六怨部改。暫時與你：馮夢

龍《掛枝兒》卷六怨部作“與你暫時”。

［九〇］你：馮夢龍《掛枝兒》卷六怨部作“刀”。

［九一］又：馮夢龍《掛枝兒》卷六怨部無。

［九二］琴：馮夢龍《掛枝兒》卷六怨部作“棋”。

［九三］到：馮夢龍《掛枝兒》卷七感部作“還”。

［九四］瀟瀟：原作“消消”，據文意改。

［九五］况：馮夢龍《掛枝兒》卷七感部無。

［九六］有：馮夢龍《掛枝兒》卷七感部作“便有”。錦：馮夢龍《掛枝兒》卷七感部作“綿”。

［九七］冷：馮夢龍《掛枝兒》卷七感部作“暖”。

［九八］我與你：馮夢龍《掛枝兒》卷七感部作“與我”。馮夢龍《掛枝兒》卷七感部此句後有“月光華菩薩”一句。

［九九］也：馮夢龍《掛枝兒》卷七感部無。馮夢龍《掛枝兒》卷七感部此句後有“菩薩”二字。

［一〇〇］馮夢龍《掛枝兒》卷七感部尾評：“不雕琢而味足，求之舉子業，其成、弘之間乎？”

［一〇一］驟雨兒：馮夢龍《掛枝兒》卷七感部作“雨兒雨兒你”。

［一〇二］馮夢龍《掛枝兒》卷七感部此句後有“雨呀，你便不住在檐头下溜”二句。

［一〇三］淚珠兒向腮邊落，驟雨兒在枕上催：馮夢龍《掛枝兒》卷七感部作“我的淚珠兒也不断在枕上垂”。

［一〇四］也：馮夢龍《掛枝兒》卷七感部無。

［一〇五］似：馮夢龍《掛枝兒》卷七感部作“是”。

［一〇六］雨聲：馮夢龍《掛枝兒》卷七感部作“雨聲兒”。

［一〇七］聞：馮夢龍《掛枝兒》卷七感部作“間”。也：馮夢龍《掛枝兒》卷七感部作“長嘆”。

［一〇八］算：馮夢龍《掛枝兒》卷七感部無。

［一〇九］馮夢龍《掛枝兒》卷七感部尾評：“通篇俱舊，而結語可觀。”

［一一〇］指定：馮夢龍《掛枝兒》卷一私部作“指定了”。

［一一一］因何：馮夢龍《掛枝兒》卷一私部作“你因何”。

［一一二］上：馮夢龍《掛枝兒》卷一私部作“下”。

［一一三］遇：馮夢龍《掛枝兒》卷一私部作“遇我”。

［一一四］作：馮夢龍《掛枝兒》卷一私部作“做”。馮夢龍《掛枝兒》卷一私部尾評：“語云：酒是色媒人。但有駡杜康者，而無謝杜康者。杜康冤矣。余足一篇云：杜康哥我把你做恩人叫，虧殺你造下酒，成就了多少相交。三杯落肚其實妙。春興虧你發，春愁虧你消。生澉澉要去的冤家也，虧你弄醉留住了。六公云：讀此詞，杜康功浮於罪。”

［一一五］有：馮夢龍《掛枝兒》卷一私部作“有了”。

［一一六］腰：馮夢龍《掛枝兒》卷一私部作“主腰”。

［一一七］尷尬事：馮夢龍《掛枝兒》卷一私部作“不尬不尷事”。

［一一八］馮夢龍《掛枝兒》卷一私部尾評：“肚子不凑趣，可恨。”

［一一九］猛：馮夢龍《掛枝兒》卷七感部作“正”。

［一二〇］是：馮夢龍《掛枝兒》卷七感部作“是個”。

［一二一］來：馮夢龍《掛枝兒》卷七感部作“回来便”。寄：馮夢龍《掛枝兒》卷七感部無。

［一二二］雁兒：馮夢龍《掛枝兒》卷七感部作“鴻雁”。

［一二三］馮夢龍《掛枝兒》卷七感部尾評：“一行行雁都是情書，恐錦字撩人，未必勝此。”

［一二四］答：原作“搭”，據文意改。

［一二五］兒：馮夢龍《掛枝兒》卷八詠部作“滚”。

［一二六］花：馮夢龍《掛枝兒》卷八詠部作“兒”。

［一二七］誰：馮夢龍《掛枝兒》卷八詠部無。

［一二八］消：馮夢龍《掛枝兒》卷八詠部作“清”。

［一二九］宕：原作“岩”，據馮夢龍《掛枝兒》卷八詠部改。没：馮夢龍《掛枝兒》卷八詠部作“没些”。

［一三〇］皺：馮夢龍《掛枝兒》卷八詠部作“鞶皺”。

［一三一］不：馮夢龍《掛枝兒》卷八詠部作“緾”。

［一三二］茶葉：馮夢龍《掛枝兒》卷八詠部作“茶葉兒和你”。

［一三三］馮夢龍《掛枝兒》卷八詠部旁批："巧。"

［一三四］馮夢龍《掛枝兒》卷八詠部尾評："等待熟時，又怕先蛀了。"

［一三五］馮夢龍《掛枝兒》卷八詠部亦收録。

［一三六］殺：馮夢龍《掛枝兒》卷八詠部作"煞"。

［一三七］娘：馮夢龍《掛枝兒》卷八詠部作"紅"。

［一三八］去：馮夢龍《掛枝兒》卷八詠部無。

［一三九］攢攢：馮夢龍《掛枝兒》卷八詠部作"攢攢"。

［一四〇］樸樸：馮夢龍《掛枝兒》卷八詠部作"撲撲"。

［一四一］鑽：馮夢龍《掛枝兒》卷八詠部作"攢"。

［一四二］露水荷葉兒珍珠現：馮夢龍《掛枝兒》卷八詠部作"荷葉上露水兒一似珍珠現"。

［一四三］纏：馮夢龍《掛枝兒》卷八詠部作"穿"。

［一四四］隨着風兒轉：馮夢龍《掛枝兒》卷八詠部作"活活的將人來閃"。

無名氏

小　令

新增劈破玉

風

不周山怒氣來何驟,推白雲掃黄葉慣送扁舟。吼青松催綻了章台柳,花間驚夢蝶,江上起眠鷗。鐵馬兒叮噹,鐵馬兒叮噹,風不住,只管走。

花

洛陽城金谷苑春風爛熳,顫巍巍嬌滴滴開遍名園。千紅萬紫人争羡,王孫春玩賞,士女曉憑欄。蜂蝶翩翻,蜂蝶翩翻,花,只爲紅一點。

新增雜調北腔歌

俏冤家口應心不應,想當初説話兒水裏點燈,到如今閃得個乾乾净。欲待要開言罵,難舍我舊恩情。説在我舌尖,説在我舌尖,乖,忍上又加忍。

又

想當初不相識真個妙,也無憂也無惱也不心焦。我如今做事多顛倒,薄情明心歹，也是我命兒招。半世的交情，半世的交情，乖，並不説我一聲好。

又

俏冤家知心的能有幾，又不知那一個是可意哥。可意人又不在跟前坐，本待要與你好，未知你意如何。既有了他人，既有了他人，冤家，何須又纏我。

又

從黄昏想到金雞叫，想冤家因甚的把奴抛。仔細思量想不到，莫不是嫌奴醜，莫不是怪奴喬。爲甚的緣由，爲甚的緣由，乖，故意將人惱。

又

從天光想到紅日落，想冤家情意兒果然是薄。山盟海誓都忘卻，辜負了神前願，辜負了痛香疤。黑漆漆的心腸，黑漆漆的心腸，乖，天雷會把你們打。

又

想當初罵一句心酸痛[一]，到如今打一場好似耳邊風[二]。説來話兒如春夢[三]，人無千日好，花無百日紅。事熟人頑，事熟人頑[四]，乖[五]，再不聽你哄[六]。

又

俏冤家進門來衝衝怒發，這幾日不見來想是怪奴。豈爲人那一個無些錯，歹的日子少，好的日子多。十二分不是，十二分不是，乖，將就將就我。

又

寄來書休得要與別人看，盡都是心上事枕邊言。又恐你前後心腸變，記得臨行語,不必再三言。負義的人兒,負義的人兒,乖,皇天自有眼。

又

意懸懸好一似雙黄蛋,一脚兒踹着兩邊船,一張弓怎射得雙飛雁?一心與你好,那人苦要纏。你兩下調情,你兩下調情,乖,看你不上眼。

又

想冤家盼冤家冤家不到,寫情書寄情書珠淚兒抛,千拜上萬拜上拜上他知道。自從他去後,相思病難調。鬼病兒懨懨,鬼病兒懨懨,乖,茶飯進得少。

又

不來罷不來罷不來也罷,離得多會得少不是緣法,生不生熟不熟到把虚名掛。早知君誤我,何須戀着他。着甚麽來由,着甚麽來由,乖,我把真心换你假。

又

要相交則除是良人家婦,有也去無也去定不生心,來來往往相親敬。一日裹不相見,慌忙問信音。約定在今宵,約定在今宵,乖,我要點着燈兒等。

又

俏郎君一見令人愛,愛冤家情性兒柔行事兒乖,乖人兒惹下我相思害。得病懨懨瘦,瘦得骨如柴。柴門兒半掩,柴門兒半掩,乖,倚着紗窗兒待。

又

别冤家奴爲你心焦燥,牽了腸掛了肚把珠淚兒抛,戀你又被傍人笑。

乖乖争口氣,切莫去跳槽。美滿的恩情,美滿的恩情,乖,相期直到老。

又

要開交就開交開交了罷,説甚麽剪頭髮炙下香疤,山盟海誓全不怕。這裹丟了我,那裹纏住他。一處裹無情,一處裹無情,乖,到處裹情兒寡。

又

俏冤家這幾日全不見面,問着你低着頭不肯回言,直直的説來你在誰家戀。冤家好大膽,反來歪死纏。扯住奴羅裙,扯住奴羅裙,乖,忙把房門兒掩。

又

桃花開放十分妙,西王母降凡來親赴蟠桃,東方朔一見呵呵笑。壽酒飲三杯,年年遇此朝。福壽綿綿,福壽綿綿,乖,長生再不會老。

又

俏冤家我勸你存心忍耐,守松柏耐歲寒切莫丟開,風花雪月依然在。雪下人間冷,風吹萬物開。月照當空,月照當空,花,但静由人采。

又

俏冤家進門來妝容做臉,又不知是誰人對你胡言,我豈肯就把心腸變?雙膝跪在地,一聲聲只叫天。我若是欺心,我若是欺心,乖,皇天自有眼。

又

八哥兒一去無音信,鐵斑鳩在繡房中冷冷清清[七],黄鶯兒害了相思病。畫眉癡癡想,鴛鴦不得雙。喜鵲兒喳喳,喜鵲兒喳喳,鳥,終日將人謊。

又

臨行時不用你重囑付，再來的人兒難得見奴，王孫公子無心顧。若要奴心變，石爛與江枯。送舊迎新，送舊迎新，乖，除非是第二世。

又

烟花陣就是諸葛亮也打不破[八]，傾了城傾了國還不知覺，刀槍不見魂離散。媽媽鬼子母，忘八是活閻羅。無常的丫頭，無常的丫頭，乖，又把那圈套兒來縛。

又

害相思害得我無明夜，眼見一命從今罷，淚珠兒濕透了鮫綃帕。寄與我親親，死也只爲他。鬼門關上，鬼門關上，乖，等你同去耍。

又

俏冤家原何説着這等驚人話，你害相思非獨是只爲咱，你心中好似一幅相思畫。天高海樣深，相知亂似麻。你若要尋咱，你若要尋咱，乖，先去勾了他。

又

俏冤家情性兒生得妙，身材俊寸金蓮緩步相邀，輕摇小扇微微笑。櫻桃樊素口，楊柳小蠻腰。眼角兒薄情，眼角兒薄情，乖，真個有些巧。

又

俏冤家情性兒生得傲，見人來身不動好似木雕，裝模作樣把嘴兒竅。落在烟花巷[九]，縱好也不高。有甚麼聲名，有甚麼聲名，你要與萬人撟。

又

老鴇兒愛的是錢和鈔，有錢的那看你低高，向人前用盡了虚圈套。口裏甜如蜜，心下狠似刀。餓狗子的肚腸，餓狗子的肚腸，乖，何人能勾得你飽。

又

我爲你受(下缺)。

(《樂府玉樹英》卷一)

新增京省時尚倒掛枝歌

掛枝兒唱得真個妙，聽將來交奴魂自消，同聲和韻頻頻調。板兒輕輕打，字兒慢慢調。知趣的人兒，知趣的人兒，唱得這般樣好[一〇]。

(《樂府玉樹英》卷二)

校勘記

[一] 駡一句心酸痛:《萬花小曲》作“駡一聲心先痛”。

[二] 場:原缺，據《萬花小曲》補。好似耳邊風:《萬花小曲》作“也是空”。

[三] 説來話兒:《萬花小曲》作“相交一旦”。

[四] 事熟人頑，事熟人頑:《萬花小曲》作“想起往日的交情”。

[五] 乖:《萬花小曲》作“哥”。

[六] 再不聽你哄:《萬花小曲》作“好笑我真懞董”。

[七] 斑:原作“班”，據文意改。

[八][九] 烟:原作“胭”，據文意改。

[一〇] 得這般樣好:原缺，據《樂府萬象新》卷二補。

無名氏

小　令

【嬌鶯兒】 閨中追思郎君

春寒成陣，繡衾誰與温？枉自换爐薰，可怪東風連夜則管通花信。夜長風力緊，教人眠不穩。我這裏顧影徘徊，又被這一簾花霧，遮得個月兒昏。

（《樂府万象新》卷一）

新增京省倒掛真兒歌

風流要曲時時變，掛真兒賽過粉紅蓮。聽嬌聲聞細語唱得人不厭。句句動奴心，相思病轉添。恨不得到來，恨不得到來，與他學一變。

又

送親親送到在黄河岸，叫梅香背琵琶送他上船。船開一似弓飛箭，黄河風又緊，孤舟浪裏顛。不見我親，不見我親，只見桅杆閃。

又

送親親送在凉亭後，手挽手祝付嬌嬌。親親聽我從頭告，葫蘆沉海底,麼底水上漂。若和你開交,若和你開交,貓兒被鼠咬。

又

送親親直送在陽關道,千叮嚀萬祝付切莫去嫖。花街女子真强盜,口甜心裏苦,殺人不用刀。用盡錢兒,用盡錢兒,他不和你好。

又

送親親送别在花園後,他手挽我手,叮嚀祝付心肝肉。逢橋須下馬,有路莫登舟。到晚來孤單,到晚來孤單,少要吃些酒。

又

送親親送别在十里店,袖兒裏取出一把快夾剪。好銀子剪下三錢半,去的只管去,奴也不罣牽。不爲這銀子,不爲這銀子,不送你這等遠。

又

俏冤家進門來把你名兒叫,是誰家小乖乖我的嬌嬌。你緣何生得這般俏,唇紅齒又白,眼乖腳又小。站在我跟前,站在我跟前,魂魄都丢了。

又

俏冤家指定把爹娘駡,爲甚的生得我一枝花？人人見了把心牽掛,張三纔罷手,李四又來拿。鐵鑄的棚棚,鐵鑄的棚棚,不禁這等打。

又

俏冤家一見了教人戀,動人處細語輕言。何時得遂心頭願,好個書生輩,姮娥愛少年。金榜上提名,金榜上提名,和伊成姻眷。

又

幼年間做女兒真個趣,到如今做媳婦受盡了虧。晚來時要伴着郎君睡，兩腳窾窾起，那話兒往裏追。追出魂來，追出魂來，要唚個嘴。

又

春日阿春青草，春山下春水流春意兒嬌，春鳥兒止不住春樹上叫。春心名焦燥，春意加煩惱。春叫貓兒，春叫貓兒，思春心動了。

又

做夢也不想你心腸變，我也曾有好意在你跟前。緣何就把心兒變，怨只怨自己叫不應蒼天。負義忘恩，負義忘恩，半路將人閃。

又

姐兒生得嬌模樣，穿一套竹根青的衣裳。臉兒清香眉兒淡，曲曲金蓮小，纖纖玉指長。站在門前，站在門前，多少行人把你想。

又

爲親親各廟都遊遍，手拈香燒告靈神佛前。訴不盡愁和怨，南無我的佛，阿彌我的天。佛見我淒涼，佛見我淒涼，也把頭來點。

又

相思害得我神無定，茶不思飯不想懶得做聲。誰知撞入迷魂陣，口說要丟你，心兒還不肯。說起丟時，說起丟時，愈加想得很。

又

相思病害得你心不净，瞞了我背地裏去偷情。人人都說我不信，如今纔見你，臉上抓破痕。縱是他纏，縱是他纏，也要你心裏肯。

又

此一去要把龍門跳，脱藍衫换紫袍直上青霄。蟾宫折桂多榮耀，萬般皆下品，惟有讀書高。駟馬高車，駟馬高車，誰不道是好。

又

天生玉人誰不愛，冤家説話委的是乖。教奴惹下相思害，害得仃伶瘦，瘦得骨如柴。我的冤家，我的冤家，千金無處買。

又

悶來時獨坐在南樓上，燈兒昏月兒光酒兒又香。眼巴巴望不見東方亮，歡娛嫌夜短，寂寞恨更長。十二時辰，十二時辰，刻刻把你來想。

又

悶來時獨自在月兒下，茶裹思飯裹思思我冤家。行行坐坐丟不下，月兒的菩薩，你與我鑒察。我待他真情，我待他真情，他道是我是假心情。

又

悶來時獨對着銀燈兒坐，猛然間想起我的哥哥。連燈帶影人三個，燈兒我的人影兒我的哥哥。吹滅銀燈，獨孤單殺了我。

又

悶來時且把棋來下，我是紅來你是黑。當頭一炮誰不怕，你把卒兒推，我把車兒拿。一陣的昏迷，一陣的昏迷，輸了我的馬。

又

俏冤家説出斷頭話，死在閻王前，我必告訴他。發奴來生從良罷，東邊是你住，西邊是我家。對面的調情，對面的調情，慢慢和你耍。

又

心肝兒指定情人罵，在誰家貪戀酒共花。山盟海誓全不怕，枕邊言不記，被裹情都假。伸起這巴掌，伸起這巴掌，捨不得將你打。

又

火兒黑了灰還熱，想才郎恨才郎忒也情絶。瞞心昧己隨燈滅，我心熱如火，你心冷似鐵。死在黄泉，死在黄泉，我怎肯和你歇？

又

蠟燭本是仙人造，黄白蠟來澆委實蹊蹺。緣何賣與别人照，怕的迎風點，霎時吹滅了。黑洞洞的光陰，黑洞洞的光陰，幾度虚過了。

又

害相思害得伶仃樣，忽聽窗外尖指敲。丢卻煩惱忙陪笑，軟款温柔也，低聲不敢高。笑臉相迎，笑臉相迎，又怕乖乖惱。

又

害相思害得伶仃樣，别人家害相思我到笑一場。如今輪到奴身上，疼又不是疼，癢又不是癢。悶悶昏昏，悶悶昏昏，只是把你想。

又

人兒肉兒真伶俐，説話兒一句透着機，因此把你來牽繫。鬼病懨懨害相思，你怎知手抱着他人，你怎知手抱着他人，我的心兒還想你。

又

初相交説話甜如蜜，哄得奴上了樓掇去了梯。坑陷我有腳難着地，欺心短命死，吃盡你們虧。再不信糖樣舌尖，再不信糖樣舌尖，花做的嘴。

又

初相交説話甜如棗，哄得奴渡江便折斷了篙。欺心自有天知道，人説你薄倖,果是你心僥。負義忘恩,負義忘恩,誰肯與你好。

又

俏冤家一進門便問名和號,咱和你纔是初交。媽媽受了錢和鈔,閑話休要説,風情任你調。送我些銀子,送我些銀子,咱便和你好。

又

俏冤家咱和你和了罷,千不是萬不是都是我的差。莫聽小人般唆話,眼見纔是真,耳聽都是假。久後相交,久後相交,才見真和了假。

又

恨嬌嬌接一個丢一個没有下稍,惹得情人當官告。媽媽無理會,忘八不去瞧。賣了你這丫頭,賣了你這丫頭,天大事都了。

又

燈花不住連連爆,喜珠兒吊了十數遭。眼睛禁不住頻頻跳,禁裹常相見,靈鵲噪得焦。可意的乖乖,今夜却來了。

又

俏冤家一見了昏如醉,病懨懨妙藥難醫理。眠思夢想難丢你,何日日子好,時辰又吉利。買個媒人,買個媒人,央來説和你。

又

俏冤家一去難相見,害得奴鬼病懨懨,求醫服藥全無驗。若還我死後,閻王殿前報卻了冤仇,奴纔放你回轉。

又

俏冤家一去無音信,害得奴鬼病在身,求神拜佛無靈應。何日再相會,與你訴衷情。倒鳳顛鸞,倒鳳顛鸞,醫好奴此病。

又

悶懨懨獨立在窗兒下,猛然間想起我的寃家。記當初約會在元宵夜,二月花朝過,不見轉回家。恨殺親親,恨殺親親,誓盟都是假。

又

夢兒裏夢見情哥到,夢兒裏想着情哥好,夢兒裏這把心肝叫。夢中成夢友,夢中會鸞交。夢裏相逢,夢裏相逢,夢中又去了。

又

鼓兒燈識破是虚套,陰美人燈害相思有些蹊蹺。兔兒燈倒惹得傍人笑,老人燈無靠,走馬燈跳槽。無情意的人燈,無情意的人燈,空空又去了。

又

想當初錯認了相思擔,到如今重沉沉放不下相思債。何曾見枕邊言是假,哭得神思顛。會温存寃,會温存寃,偏會將人閃。

又

一天星斗把文章焕,願此去中解元中會元連中了狀元。鹿鳴宴去年中第一,今春又佔先。擺列丹墀,擺列丹墀,甚是多貴顯。

又

俏心肝多承你好情意,俺和你相交非是一日。如今辭别書齋去,身子要保重,不必定佳期。若得成就,若得成就,須當先報你。

又

勸才郎去書齋要努力,咱和你相交值得甚的。功名二字非容易,窗前勤苦學,馬上錦衣回。後擁前呼,後擁前呼,方見讀書美。

又

俏冤家魆地裹他來到,叫一聲俏肝心我的乖乖。今宵共枕同歡愛,比目魚游水,投林鳥共巢。兩下裹團圓,兩下裹團圓,團圓直到老。

又

俏心肝俺待你真情實意,好共歹歹和好只在肚裹。是非休聽傍人語,乖人惟奪趣,争風定是癡。相交的雖多,相交的雖多,真情還在你。

又

俊親親特愛你風情俏,動奴心纔和你相交。誰知你膽大似活强盗,不管好共歹,進門就抱着。撞見人來,撞見人來,如何如何了。

又

舊人兒説我和新人厚,新人兒教我把舊人兒丢。你兩個都是我心肝肉,新人我不舍,舊人我不丢。一個願天長,一個願天長,一個願地久。

又

剔銀燈對着情哥笑,微微摟抱着我郎腰。口中止不住連聲叫,就死陰司後,須過奈何橋。五百年還魂,五百年還魂,還要和你好。

又

叫嬌娘與我圓成了罷,他是個大人家女娃娃。見他不必多説話,假若變了臉,怎肯干休罷。這件事兒,這件事兒,休要當作耍。

又

俏冤家站立在簾兒下,逞風流賣俊俏俊使奴牽罣。巧丹青見了難描晝,想又想着他,盼又盼着他。何日裏相逢,何日裏相逢,和你兩個要。

又

俏冤家果是天生下,又温存又且典雅,嬌滴滴千金價。看着眼兒花,揣着手兒麻。和你得成雙,和你得成雙,守到白頭髮。

又

俏冤家我待你真情意,到如今反來説是非。再三思誰是誰不是,早知不相交,不如早相識。説與你心裏,説與你心裏,儘你又儘你。

又

俏冤家那裏吃的醺醺醉[一],手扯手摟抱一堆。銷金帳裏要一會,黑又等不得黑,色膽又來催。解不撒羅裙,解不撒羅裙,先哽幾個嘴。

又

俏冤家生得龐兒俊,説話兒打動奴的肝心,不由人害了相思病。何時湊得巧,與你便交情。成就了姻緣,成就了姻緣,百歲不打緊。

又

老和尚得病在床上坐,叫一聲徒弟們我的哥哥。這幾日不見小官兒過,私窠子要錢多,大姐又招禍。尋個尼姑,尋個尼姑,搭救搭救我。

又

俏才郎打扮裝得十分雅,牽奴情意放不下。真個相思悶,悶得飯湯不愛親。寄信我的乖乖,數日不見來,解我心頭鎖。使我添煩惱,使我添煩惱,千萬再來叙前好。

又

俊多才險些被你坑殺我,只因前日會一遭,至今不見來,使我添煩惱。

幽情欲訴無誰可，我今寄與乖乖語。你莫薄情，你莫薄情，前好亦要兼後好。

又

想冤家想我病纏身，昏昏如醉的茶飯都不討。何時得了你，方纔活得我。愬嬌嬌切莫忘情，愬嬌嬌切莫忘情，戀了别人丢了我。

又

俏冤家進門來就把乖親叫，叫一聲小乖乖我的嬌嬌。你如何生得這般俏，唇紅齒又白，眼巧腳又小。在我跟前走，在我跟前走，乖乖，魂靈兒都吊了。

又

想親親朝思暮思不見音，我今再寫一封書，多拜上我的親我的親。你今丢我何處去，有日查出那真音，有日查出那真音，我便一場詈。

（《樂府万象新》卷二）

教坊新傳海鹽兩頭忙歌

歌

可意嬌可意嬌，我和你相交没有下稍。嗄呀，丢罷了又怕傍人笑[二]。我的嬌嬌，那一夜不等待月兒高，嗄呀，睡了罷又怕嬌嬌叫。

又

可意才可意才，我和你相交後面來。嗄呀，進門來媽將冷眼待。我的乖乖，我的乖乖，相交好似祝英臺。嗄呀，要偷情又被媽媽怪。

又

玉石圈玉石圈，如今別在腦後邊。嗳呀，你戀新婚就把心腸變。奴死在黄泉，奴死在黄泉，欺心頭上有青天。嗳呀，奴死和你陰司見。

又

可意人可意人，眉清目秀動人心。嗳呀，比昭君更比昭君俊[三]。一見吊了魂，一見吊了魂，這幾日呵茶飯不粘唇。嗳呀，拜上他救我殘生命。

又

可意才可意才，雙平抱奴上床上。嗳呀，上床來魂不在，我的乖乖，我的乖乖，好似上司發下一張牌。嗳呀，你也提得緊，我也來得快。

又

可意郎可意郎，摇摇擺擺進蘭房。嗳呀，好似俊郎君，生得嬌模樣。若到蘭房，若到蘭房，見他一會病一場。嗳呀，幾時與俏冤家，算算風流帳。

又

上天台上天台，望見月中丹桂開。嗳呀，摘一枝斜插在帽檐兒外，我的乖乖，我的乖乖，瓊林宴上酒三篩。嗳呀，吃得醉醺醺，扯住姮娥帶。

又

可意的嬌，可意的嬌，櫻桃口兒楊柳腰。嗳呀，對郎君賣盡子般俏。我的嬌嬌，我的嬌嬌，花言巧語絮叨叨。嗳呀，這般假丰情，惱亂人懷抱。

又

玉仙姬玉仙姬，櫻桃小口柳葉眉。嗳呀，這般俊龐兒，真個稱人美。

又

一更天一更天，月照紗廚人未眠。嗳呀，等得我、我的身子兒戰。我的心肝，我的心肝，你在誰家貪花酒喧？嗳呀，這啗你還在花街兒上。

又

二更多二更多，我爲情人睡不着。嗳呀，睡不着，好教我連衣兒卧。我的哥哥，我的哥哥，叫一聲梅香把燈兒照着。嗳呀，好教人難放過。

又

三更愁三更愁，月照秦樓孤雁兒飛。嗳呀，孤雁兒飛人憔悴。負心的賊，剪髮拈香爲着誰？嗳呀，遭這磨上在别人家作。

又

四更頭四更頭，半時分那裹去遊。嗳呀，冷面皮教人難禁受。説個來由，説個來由，你又勉强，我又害羞。嗳呀，想殺人心肝上肉。

又

五更話五更話，説謊的嬌才你在誰家？嗳呀，誰家説下連天話，我的冤家，我的冤家，有朝一日小心着咱。嗳呀，捧頭兒響你也不怕。

又

大姐們大姐們，伶俐乖巧有些驕人。嗳呀，見小夥就與相親問。兩下調情，兩下調情，被媽媽瞧見打上一頓。嗳呀，若淡情只管調則甚。

又

小娘兒小娘兒，不搽脂粉醜似鬼。嗳呀，門前站的似泥塑。你好醜癡，你好醜癡，快到閻王換過裹皮。嗳呀，來接客方纔中客意。

又

架上的架上的,不去裝扮果然標致[四]。噯呀,牙梳插在烏雲鬢。賽過月姬,賽過月姬,没個人兒中得他意。噯呀,只一個不得全收。

又

孤雁飛孤雁飛,我的人兒在那裏?噯呀,見孤雁疑是書來至。真好孤恓,真好孤恓,你那裏貪歡忘了歸期,噯呀,閃得人渾無計。

又

我的乖乖,我的乖乖,從别後幾時來?噯呀,莫使奴常把相思害。叫聲多才,叫聲多才,寧閑花休你來采,閑花别了心上愛。

又

月兒明月兒明,不見情哥悶殺人。噯呀,望紅樓全無鴻雁信,你好薄情,你好薄情,想是棄舊又戀新。噯呀,别的奴家卻了相思病。

又

燈兒燿燈兒燿,奴爲情人心上焦。噯呀,寄書來説道元宵到,月兒又缺了,燈兒又鬧了,教奴空把門兒靠。噯呀,一夜思量,偏只待雞兒叫。

時尚太平新歌

當今天子考奇才,黄榜初開,狀元及第踹金堦。瓊林宴上酒三篩,暢奇哉。

又

黄榜開時御墨鮮,喜得高登,玉堂金馬活神仙。好個風流美少年,五尺天。

又

月裏姮娥愛少年,成就姻緣,花開喜結並頭蓮。于飛百歲永團圓,兩情牽。

又

萬里迢迢望洛陽,心事忙忙,美人不見獨淒涼。教人怎不愁斷腸,淚汪汪。

又

長安望來天際頭,倚遍南樓,雁書不到使人愁。幾時重整舊風流,訴緣由。

又

得清閑處好清閑,莫歎艱難,明朝酒罷與歌閑。勸君且放心寬,解愁煩。

又

暑往寒來春復秋,世事悠悠,眼前何必苦追求。勸君且自樂田疇,莫求他。

又

桂子開時不等閑,惱亂心腸,姮娥報一枝丹。單單留與狀元扳,姓名揭。

又

笑折蟾宫第一枝,香滿羅衣,瓊林宴罷笑嘻嘻。方表男兒大丈夫,拜丹墀。

又

華國文章補衮才，九棘三槐，紫袍金帶象牙牌[五]。一步步踹着金堦，頓開懷。

又

長安富貴不尋常，志氣軒昂，狀元榜眼探花郎。翰林聲價姓名香，做高官。

又

梅花開時獨佔先，春色無邊，人人齊唱太平年。四海樂堯日舜天，好豐年。

又

杏花開時十里紅，春色溶溶，狀元歸去馬如龍。□□□□□□□，鬧叢叢。

又

荷花開時在碧波，解語婆娑[六]，畫船摇拽似拋梭。人人齊唱採蓮歌，笑呵呵。

又

庭前芍藥是奴栽，朵朵花開[七]，玉人曉起傍妝台。問花無語憶多才，手難擡。

又

瓊林春色醉仙桃，個個英豪，宫花斜插樂陶陶。男兒此日拜金鼇，醉酕醄。

又

金谷園中花正開，醉倒仙客，桃紅李白競芬芳。遊玩何妨日夕陽，好風光。

五句妙歌

歌

桂子開時舉子忙，才人收拾赴科場。鯉魚跳在荷葉上，轉身就是狀元郎、郎，白馬紅纓返故鄉。

又

一管毫兒送情郎，情郎拿去寫文章。有朝一日登金榜，烈烈轟轟做一場、場，白馬紅纓返故鄉。

又

桂子開時香滿天，忽聽姮娥把信傳。報導今年花更早，才人努力要争先、先，高枝留與貴人扳。

又

桂子開時黄似金，你是花中第一名。未曾結蕊香仙透，花開引動狀元心、心，果然身價值千金。

又

心肝小哥我的人，昨夜莫是你敲門。未知是你，一夜想你到天明、明，思量悟殺人。

又

送郎送到十里亭，難捨難分恩愛情。欲要送郎三十里[八]，鞋弓襪小步難行、行，斷腸人送斷腸人。

又

郎上孤舟妾倚樓，東風吹水送行舟。老天若有留郎意，一夜風西水到流、流，五拜拈香三叩頭。

又

五更雞來五更雞，聽我從頭囑咐伊。你要叫時天明叫，莫學寒雞半夜啼、啼，心肝去了好孤恓。

又

五更雞來五更雞，誰人叫你四更啼。多少鴛鴦交頸睡，被你驚散兩分離、離，一個東來一個西。

又

送郎送別大門東，願郎此去步蟾宫。月中丹桂名三種，我郎先折狀元紅、紅，金堦莫負我情濃。

又

心肝小哥痛心腸，如何叫我不思量。冬天抱着透心暖，六月抱着透心涼、涼，貌似觀音世無雙。

又

拜上拜上我的哥，拜上心哥莫改常。只學山水與松柏，莫學花草一時香、香，和你相交到鬢霜。

又

燒盡殘燭等郎歸，二人攜手入羅幃。姐把紐扣含羞解，即把銀燈待笑吹、吹，紅羅帳裏會佳期。

又

和姐相交共一場，我今默默細思量。歲寒説知松與柏，君子情懷奈久長、長，莫學無情瓦上霜。

（《樂府万象新》卷三）

套　數

追想舊交難忘

【梧桐樹】

香醪爲解愁，酒醒愁依舊。斜目殘燈，正是愁時候。愁憑酒破除，酒被愁拖逗。酒力無多，酒去愁還又，愁深酒消難禁受。

【東甌令】

花凝恨，柳含羞，花柳傷春人病酒。鶯啼燕語清明候，全不管人憔瘦。殘雲剩雨兩悠悠，遮斷晚妝樓。

【大聖樂】

桃源洞花事都收，許劉郎重到否？啼痕濕透春衫袖，傷秋傳惱江州。我這裏瑶琴罷卻求鸞奏，恰正是紅葉誰人寄御溝？陽春夢杳，若追蹤問跡，似無還有。

【解三醒】[九]

忘不了共攜纖手,忘不了東園秉燭遊。忘不了同心帶結鴛鴦扣,忘不了羅襪雙鈎。忘不了香囊雜彩親排誘,忘不了百寶珍珠絡臂韝。閑窮究,把嬌歡美,愛盡東流。

【尾】

好姻緣還成就,繡幃錦帳共綢繆,月底新詩再和酬。

暗地私憶前情

【香遍滿】

一長春病,香肌近來偏瘦生。簾外鶯啼春又盡,薄情何處行,紅樓獨自憑。萬生翠靄凝,衹見歸鴉影。

【懶畫眉】

飛花紅日點窗楞,自惜流光暗裏更。羅衫濕透淚盈盈,懶向妝台整,憔悴紅顔怕鏡明。

【梧桐樹】

君行萬里程,妾守孤幃冷。自出河橋,一旦如萍梗。香奩冷落,殘脂粉淡盡春山,教我如何學效顰? 幾回欲遣懨煎病,暫理冰弦,又奏出相如薄倖。

【浣溪沙】

伶仃瘦形,芳菲麗景總無情。見了傷情,多才更不憐。羡蛺蝶和香寢,嫦娥斜倚玉壺冰,同我帶三星。

【金蓮子】

悶轉增愁聞，暗水流花徑，不斷絶哀聲怎禁？又聽得隔穿窗一聲聲，嗚咽夢難成。

【尾】

好涼天，重門静，香消寶鴉夜深沉，真個是相思海樣深。

（《樂府万象新》卷一）

校勘記

［一］醮：疑爲"醺"之誤。

［二］罷：原作"擺"，據文意改。

［三］昭君俊：原作"昭勇俊"，據文意改。

［四］標：原作"嫖"，據文意改。

［五］紫：原作"柴"，據文意改。

［六］娑：原作"婆"，據文意改。

［七］朵朵：原作"孕孕"，據文意改。

［八］送：原作"欲"，據文意改。

［九］酲：原作"醒"，據曲譜改。

無名氏

小　令

楚江秋曲

一

昨宵一夢間,騎鯨上廣寒。姮娥接我在清虚殿,殷勤笑指桂花攀。插戴儒冠,臨行更把金杯勸。仙風兩袖翩,天香萬斛傳,這回遂了男兒願。

又

相思病漸焦,紛紛珠淚抛。才郎心狠將奴抛,過渡拆了橋。癡心想你天知道,金釵兒你戴着,汗巾兒你袖着,冤家休惹傍人笑。

又

相思病漸加,淹纏都爲他。一年害得春和夏,到於今秋來症候轉酥麻。幾番叫着名兒駡,拈香也是差,山盟也是差,負心人自有天鑒察。

又

相思病漸滋,春來知幾時。如今過了三和四,想當初臨岐分别問歸期，説道春歸。春光已去人不至，神魂也是癡，形骸也似癡，起來休展鴛鴦被。

又

相思病漸枯，雁魚音信疎。平安欲問關山阻，恨伊家這般薄倖把人辜。忒也模糊，全然不顧花無主，蛛絲驗也無，燈花驗也無，幾番不准佳期數。

又

相思病漸來，終朝懶放懷。忘餐廢寢愁無奈，憶當年花前月下喜盈腮。共舉金杯，歡聲笑語都安在。琴囊也怕開，棋枰也怕開，幾時償了風流債。

又

相思病漸難，冤家不見還。口兒念了千千萬，我爲他梨花帶雨淚闌干。寂寞愁顔，這般症候誰經慣。花開也又殘，鶯啼也又殘，指尖掐破歸期限。

又

相思病漸攢，東風料峭寒春衫。欲寄情人畔，教奴家書兒寫下去時難。萬水千山，秦鴻不到吴魚雁。淚珠也暗彈，衾寒枕又單，老天不管人離散。

又

相思病漸纏，紛紛珠淚漣。畫梁早見雙飛燕，粉牆西新篁脱筍，緑娟娟意惹情牽。歸期數到摇紈扇，天時兒似去年。樓臺似去年，去年心上人不見。

又

相思病漸僥，是誰家品玉簫。江城吹出梅花調，向晚來池臺明月好良宵。睡眼纔交，分明夢見他來到。魂靈也似飄，身軀也似飄，合歡未了將人惱。

又

相思病漸多，牛織會銀河。彩樓乞巧陳瓜果，但願得人間天上兩和諧。惱殺姮娥，他們此夜年年過。床空怎奈何，衾空怎奈何，廣寒孤另誰憐我？

又

相思病漸成，芙蓉照水明。一枝點染秋江景，自和他陽關唱徹百憂生。瘦得伶仃，至今羞睹菱花鏡。龜兒也不靈，簽兒也不靈，幾時解脱懨懨病？

又

相思病漸沾，爲他春色鮮。不由我不把心忍念，怕的是黄昏時候苦熬煎。意惹情牽，教人想得肝腸遍。睡來在眼前，坐來在眼前，何時得遂陽臺願？

又

相思病漸熬，紛紛珠淚拋。情書到了人不到，恨只恨才郎心狠把奴拋。過河拆了橋，虧心自有天知道。金釵奴戴着，汗巾你繫腰，冤家莫把王魁效。

又

相思病漸黄，梅梢月映窗。分明心上人模樣，想當初羅衣半解玉肌香。躲躲深藏，銀燈笑剔精神爽。這愁我怎忘，這愁我怎當，何時再共銷金帳？

又

奴家去觀花，花園遇着他。雙手摟抱在荼蘼架，羅裙底下海棠花，白玉無瑕。哥哥色膽天來大，你頭在手裏拿，舌尖在口裏揸，冤家快快來了罷。

又

多情人未歸，慨慨懶畫眉。寸腸百結渾如醉，怕的是山遥路遥信音稀，雁斷魚沉，不覺兩眼雙垂淚。夢多相見稀，相思只自知，何時再共鴛鴦被？

又

黄鶯枝上啼，紫燕在花間語。杜鵑叫道添奴氣，怎能勾鴛鴦戲水兩相隨，錦帳歡娱鸞鳳配？今成姻契，斑鳩獨自啼，粉蝶正雙飛，失群孤雁聲嘹唳。

又

牽牛婿不歸，頓綻了地骨皮。甘草口改做黄連味，曾許我紅花紫草是歸期，枳實、當歸、檳榔、厚樸忘恩義，怒川穹没藥醫。爲杏仁不見歸，偷情貝母君須記。

又

思量恨轉加，紛紛淚似麻。虧心自有天鑒察，你在人前背後短奴家，短倖油花，多言多語將奴駡。非奴性兒花，哥哥你自差，從今兩下丟開罷。

又

相思病在床，汪汪淚不乾。只因錯放相思帳，昏昏悶悶，惱惱煩煩，長江洗不盡相思狀。愁來我自當,苦也我自當。一日難熬十二時想,只爲人遠路途長,待歸來與你算一算相思帳。

又

十五去觀燈,踏梯望月月又圓。孩兒十扯住裙兒褊,隔子眼裹偷睛看。看見二士入桃源,一霎時楚漢争鋒難留連。梅梢月兒轉,順水魚何時便。若得天圓地方正雙飛,遂了奴心願。

又

虞美人病纏倘秀才,忙把藥來點。山坡羊宰倒告蒼天,焚動桂枝香,保佑他身清健。那時節集賢賓賀太平,好姐姐都歡忭。稱人心無嗟怨,普天樂吾門獨盛,快活三喜共團圓。

又

和你兩交情,被爹娘駡得我不成人。我也只是低頭忍,好也只在心,歹也只在心。我也不女婦人,勸你休將假認真。若還争閑來吃醋,莫説爹娘怕見人。細叮嚀,莫負星前月下盟。

【清江引】調

其 一

冤家去了丢不下,使奴心牽掛。望得眼兒穿,倚遍荼蘼架。俏冤家戀新人忘記咱。

又

從今兩下開交罷,背地裹將奴駡。冤家不見來,爲你相思殺。俏冤家好姻緣難共榻。

又

冤家都把人辜負，萬水千山阻。親親不見來，一去無回顧。俏冤家戀別人拋下奴。

又

何時得遂陽臺願，愁聽那鶯和燕。月掛海棠稍[一]，悶倚闌杆遍。俏冤家不見來教人怨。

又

起來休展鴛鴦被，見了教人氣。當初相見時，只說不相離。到於今都做了風中絮。

又

那知有人人憔悴，別後思量味。紗窗月影移，照見知衣睡。這其間滿懷愁仗誰洗？

又

去年心上人不見，撇得奴常常念。閑時彈曲琴，寫出相思怨。悄不覺淚濕弦中線。

又

合歡未了將人惱，輾轉添焦躁。分明訴衷腸，又被你來驚覺。願只願吹簫的長睡着。

又

廣寒孤另誰憐我，謾把牙兒挫。秋來夜正長，教我如何過。幾回壓不住心上火。

又

負心自有神明鑒,這病教人怕。若還害殺奴,扯郎做一把。咱兩個鬼門關上同去耍。

又

誰家姐兒年十九,躲立在門兒後。郎把眼兒瞧,姐把眉兒皺。好交熱煎煎滚鍋中難下手。

又

兩下裏口不言心自有,咱兩個不能得勾。望得我眼兒穿,何日得成就。我和你要成雙,兩下裏真難開口。

又

如今小夥不識好,鎮日與人炒。肯用三分銅,脱褲將身倒。仰面幹也好,背後幹也好。這樣風流經慣早,叫聲哥哥快快抽,恐怕人來瞧破了。

又

日出扶桑,月沉在海,兩下穿梭快。白髮趲少年,後代催前代。常言道這光陰有黄金那裏去買。

又

打球場到處閑遊戲,傍妝臺懶畫眉。取過八寶妝,紅綉鞋忙穿定。步步嬌繞地遊穿芳徑。

又

九溪還有十八洞,群鴉來噪鳳。二郎五嶽遊,二士桃源路。俏冤家莫不是戀么紅[二]。

又

再來不落空圈套，爲你把家筵蕩棄了。別嬌妻如今無下落。從今後烟花路兒都撇了[三]。

又

天涯人兒歸未到，望斷長安道。朝夕數歸期，寒到君不到。正相逢好夢兒天又曉。

又

玉人兒模樣生得俏，小小櫻桃口，彎彎柳葉眉，嬝娜腰肢軟。怎能得鳳鸞交遂了吾心願。

又

我的命苦怨甚麽天，癡心老婆負心漢。甜言巧舌頭，將我心説轉。我有個負心的冤報冤。

又

思君不下懷，懷君情性乖。乖人常把相思害。傳與俊多才，相思都是歪。乖人賣與歪人害。

又

去了去了他去了，去了他傷懷抱。怕殺燈兒明，嫌殺雞兒叫。幾時見他纔是好。

又

桃紅柳緑無心戀，羞睹雙飛燕。孩兒十不回家，晝夜停長思念。好教奴倚着扇錦屏風望不見轉。

又

睡到五更天未曉，忽聽金雞叫。起來忙梳妝，快把菱花照。照見奴臉兒上黄瘦也。

又

去了去了他去了，去了他没着落。新村酥酒斟，懶把瑶琴操。幾時見他纔是好。

又

教人恨殺牽牛婿，不見茴香信。冤家不見歸，惹下相思病。到如今臉麻黄没藥醫。

又

香醪滿斟花在手，笑把花枝折。花插少年頭，醉舞春衫袖。常言道有花方酌酒。

又

慈幃白髮親衰老，游子音書杳。日暮倚門閭，夜永燃萱草。正相逢好夢兒天又曉。

又

小梅香走將來，吊了香羅帕。尋又尋不見，恐怕夫人罵。想是小書生偷去耍。

又

從今撇卻迷魂鬼，爲你拋妻子。敗了好家私，又被傍人議。到如今撇烟花不戀你[四]。

又

佳期已負青春好，心事因誰惱。青鸞畫不開，緑鬢羞頻照。正相逢情意好，只恐天漸曉。

新增一封書

其　一

銷金帳，脱繡鞋，大膽喬才走進來。羅裙解，抱在懷，白綾褲兒脱下來。一朵鮮花由你采，休向人前去賣乖。俊多才，俏多才，忙裏偷閑早些來。

又

黄昏後，點上燈，手托香腮想情人。媽媽叫，不做聲，説謊的喬才不志誠。本待收拾歸房睡，又恐親親來叫門。俊書生，俏書生，今夜不來想殺人。

又

床兒上，枕兒邊，一雙玉手挽金蓮。身子動，腿兒顛，一陣昏迷一陣酸。叫聲哥哥緩緩，要等待妹子同過關。俊心肝，俏心肝，小妹子留情在你身上。

又

七娘子，進繡房，口口聲聲駡玉郎。銷金帳，脱布衫，遺失金鈎八寶妝。你今貪戀紅娘子，忘了神前一炷香。俊才郎，俏才郎，一夜思量一夜長。

又

烟花路，休要行[五]，姐兒心腸那有真。裝模樣，假奉承，巧語花言哄殺人。有錢和你消停耍，轉後如同陌路人。子弟們，莫癡心，留得黄金養自身。

又

説得是，道得真，小妹子恩情在你心。奴告稟，你須聽，前世姻緣非是今。舉案齊眉長相守，比目雙雙一處行。説分明，道分明，小妹子恩情都是真。

又

忘恩義，好負心，辜奈冤家薄倖人。低頭想，珠淚垂，哄了妹子還哄誰。嬌嬌身子伴着你，還在人前講是非。好心虧，賽王魁，往日恩情一旦灰。

又

尋思起，我的郎，别後全無紙半張。空教我心望想，兩處相思愁斷腸。幾時和他同衾枕，心事從頭訴一場。俏情郎，薄情郎，負義忘恩不記長。

又

書中意，只自知，拜上親親莫待遲。黄昏後，起更時，妹子專心等待伊。今夜與他成雙對，來時休被外人知。俊人兒，俏人兒，莫把青春錯過時。

又

張三哥，計較多，專與小官打成夥。東交個，西交個，只望相交當老婆。三分銀子捨不得，東走西挨没奈何。問哥哥，笑哥哥，捨不得錢時休想我。

又

推窗望，一鼓初，短倖冤家不見臨。心繚亂，意似癡，好似鴛鴦失伴孤。你在那裏高歌樂，奴受淒涼誰得知。恨相知，怪相知，等你回時，打你幾掌花花嘴。

又

推窗看，二更天，短倖喬才那裏眠。奴盼望，眼兒穿，心中一似滚油煎。你在誰家閑玩耍[六]，撇得奴家意懸懸。哭青天，叫青天，枕頭兒雙雙奴獨眠。

又

元宵夜，看罷燈，正撞着姮娥遊月宫。天香噴，環珮聲，髻若堆鴉愛殺人。紅裙罩着金蓮小，縱有丹青難畫描。畫不成，描不成，夢裏相思纔認真。

又

紅綾被，象牙床，懷中摟抱可意郎。情人睡，脱衣裳，口吐舌尖賽砂糖。叫聲哥哥慢慢耍，休要驚醒我的娘。俊才郎，俏才郎，剪髮拈香切莫忘。

又

開船罷，往下摇，手扳船舷望上瞧。情人去，把手招，快叫稍公緩緩摇。急水灘頭流不住，我爲親親走一遭。叫聲高，淚滔滔，轉過灣兒不見了。

又

男兒漢，性兒剛，打扮奴家去爲娼。伽藍殿，去燒香，回廊遇着俏和尚。和尚愛我金蓮小,我愛和尚兩頭光。大和尚,小和尚,慢慢消停不要忙。

又

天津衛,姐兒多,那見外郎養老婆。三分銀子又嫌少,且把吏巾來當着。外郎哥,提控哥,明日升堂戴甚麽?

又

折腳雁[七],順水魚,賓鴻中彈兩分離。八不就,火燒梅,格子眼兒珠淚垂。桃紅柳緑人去也,寒鵲争梅不見歸。正雙飛,拗雙飛,貪花不滿三十歲。

又

相思病,幾時休,我爲情人不自由。何處去,不回歸,撇下奴家没倸俫。幾時守得同衾枕,白髮夫妻直到頭。俏風流,俊風流,急早回來解我憂。

又

提將起,珠淚抛,心腸改變去跳槽。奴不忿,恨怎消,閃得人來没下稍。山盟海誓都忘了,剪髮燒香一旦飄。罵一場,咒一場,負義辜恩薄倖郎。

又

風月事,總是空,似一對鴛鴦波浪冲。思量起,恨匆匆,你在西頭我在東。黄昏等到初更鼓,怎奈藍橋路不通。恨天公,怨天公,他又無緣我命窮。

又

烟花女[八],心不良,假意虚情淚汪汪。千般計,百樣裝,佛口蛇心賊肚腸。逢人便把青絲剪,遇客常燒手上香。俊婆娘,俏婆娘,交舊憐新没下場。

又

紅娘子,淚珠零,懶上蛇床夢不成。去半夏不見影,斜倚門冬望你身。只見石燕雙飛繞,怒氣川穹駡幾聲。盼當歸,望當歸,早早茴香莫待遲。

又

巫山上,十二峰,八珠環,錦屏風,斷么絶陸他去了,八黑孤紅不見蹤。雙飛雁,秃爪龍,天地人和小不同。鍾馗抹額人人怕,索纜孤舟不放鬆。

又

丢不下,好難熬,輾轉教人心越焦。佳人恨,苦命招,薄倖寃家把奴抛。買賣經商歸去蚤,何處貪歡不到來。采殘了,趂殘了,思慮淒涼没下梢。

又

堪得破,説得真,過愛兄弟盡在心。姊妹恩愛長相守,比目雙雙一處行。説分明,道分明,百步徘徊有些情。

又

烟花債[九],姐兒家,休要癡心戀着他。齊打扮,脂粉搽,閃得人來没下梢。遇人便説剪頭髮,對客個個炙香巴。俊寃家,俏寃家,摟着新人抛别咱。

又

花園内,把眼瞧,海棠姐姐賽多嬌。玉簪翠,白葉飄,月月紅開兩三遭。你在那裏貪金盞,粉團身子一樣腰。翠梅梢,臘梅梢,辜負芙蓉等待着。

又

相思病,藥怎醫,病在膏肓誰得知?只因花下初相識,引去魂靈意似癡。書窗寂寞無人伴,夜半衾中夢見伊。鐘聲響,雞又啼,驚散鴛鴦兩下飛。相思淚,濕透了鮫綃被。

又

書窗下,共盞燈,四目相看各有情。奈緣不肯輕秦晉,雖是男兒漢,軟玉温香賽女人。可憐一旦成仃病,茶也不沾唇,飯也不沾唇,終日昏昏似醉人。俊肝心,俏肝心,觀世音大舍慈悲,救我殘生命。

【新山坡羊】

其 一

悶來時在樓房上作樂,這幾日不見妙人兒來到,小妹子爲你憂愁憂悶。只見那門兒外簾兒前,一起人兒取那米兒錢、鹽兒錢、肉兒錢、葱蒜韭菜錢,無錢還他,誰知他在門外鬧炒。纔罷了,又見蘇、杭二州一起客人,取那紵絲錢、綾兒錢、梭布汗巾錢,無錢還他,叫他不去,挨他不動。咳,氣得珠淚子汪汪,幾時跳出深坑,還了這些烟花債[一〇]。纔罢了,又見對門一個時興子弟過來。頭戴馬尾帽兒,身穿藍絹褶兒,腳踹布底靴兒,手拿排金扇兒,摇兩摇,擺兩擺,叫幾聲姐姐、姐姐。俺這裏連忙答應,請進門來房而坐下。管家媽媽叫保兒把茶來篩過了一遍,那光棍把銀包打一看,那媽媽把黄竿等子加二秤,秤得六錢單七分。好肉打上一二斤,好酒盪上一二瓶,我與姐夫飲幾鐘。吃了沉醉與東風,三三兩謊不放空。咚咚鼓打一更,好似張生戲鶯鶯。咚咚鼓打二更,紅羅帳下幹營生。咚咚鼓打三更,好似王祥去卧冰。咚咚鼓打四更,更好似王魁負桂英。咚咚鼓打五更,更好似昭君出禁城。那光棍起來要起程,走走走,走了罷,免得弄出消息笑殺人。哄得姐兒起來順穿襖，反穿裙，又不曾穿布褲。一步步，送情人，一送送出大門前。出門遇着打頭風，吹得姐兒屁股響蝸風。走入山門底下去躲，遇着兩個念經僧。我問和尚怎麽念，他道來也空，去也空，是二位姐姐運不通。那姐回家打一睡，睡到日頭紅。那媽媽把那銀子打一看，原來六錢七分寡白銅。忘八保兒不甘心，一趕趕到半途中。誰知光棍會弄拳，打得保兒屁股倒掛葱。保兒哭哭啼啼轉院門，媽媽道罷罷，走了罷，若是銅變成金，買些肉動動葷[一一]，買些蒜兒辣辣心。若是錫把來補酒瓶，若是生鐵把來鑄火盆，若是熟鐵打個釘，釘在房門掛油瓶。誰知兩個老鼠來成親，一咬咬斷油瓶索。咬斷釘，吊了瓶，不知瓶打釘，釘打瓶，打得一夜好傷情。嗳，那媽媽叫姐姐起來，梳妝打扮，打扮梳妝，把個板凳攔門坐着，就是鬼子母鍾馗的娘。這等歪貨誰人要，若要招個好沽樂，除非是向閻王殿，把這臉皮兒换過了。

又

姐姐你言而無信，君子人兒莫懷着舊恨。是姐姐親口許我，小兄弟纔來投奔。雙膝跪在地埃塵，問姐姐允也不允。欲待歸家家不近，望姐姐把門兒開了，床兒上雖窄，我在脚凳上安身。哎，聽言，教小兄弟上無親下無鄰，那裏去聽到明。聽言，哎，勸你發一個善心。自古道，人投人，鳥投林。

（《大明天下春》卷四）

新編百妓評品

產　妓

十月已臨期，女仍娼男復龜。母子總有爹何處，進時□□□□娱。出時節觔勞力疲，那堪花户開難閉。把兒窺，像容想像，仿佛不知誰。

矮　妓

懷五老門墩，想攸飛是後身。牙床欲上腿先掙，汗巾兒做裙，膝褲兒做裩。乳名唤作丁三寸，肚罂撑，若非懷孕，還道未成人。

黔　面

嫫母恁般烏，炭爲肌漆染膚。皂羅帳裏鍾馗卧，鼎鐺般耳朵，烟囱般鼻竅。墨池涅就無鹽婦，插牙梳，似昆侖初月，半片出玄都。

猾　妓

婀娜半佯羞，萬千登始上樓。潘郎玉貌尤嫌醜，低歌一曲[一二]，斜矚兩眸。當筵十度更羅袖，意難投，行雲易變，心事曲如鈎。

大　食

對案便垂涎，筯頭兒不住槺。秦樓最喜頻開宴，肥豬吃得半邊，肥羊吃得半邊。舞腰那怕難纖軟，願蒼天，今生有幸，飽死肉山邊。

貪　財

只愛匾兒多，更村夫那管他。少年幾自尋窠座，是石崇也接他，是范丹也接他。生朝一月三回做，你知麽，迷魂太歲，那怕鄭元和。

棄　妓

恩愛忽緣慳，那人兒不似前。鴛鴦已折伊空戀，花殘酒殘，歌闌酒闌，柳絲難把無情綰。莫埋怨，請看鏡裏，無復舊朱顔。

典　妓

春色質千緡，向豪門繫此身，烟花業債填無盡[一三]。行監有人，坐守有人，任他費俏錢難趁。歎良辰，每逢月朔，生息又三分。

囚　妓

紅粉命多磨，掩闌扉月影孤。身居銅雀深深鎖，潸潸淚枯，蕭蕭鬢疏。

樊籠何日飛鸚鵡，問囚奴，雙雙月貌，比舊瘦些無。

守　妓

濃拌伴孤燈，立簷頭户未扃，東西轉展頻延頸。目挑他也不成，手招他也不應[一四]。過門不入真薄倖。腿兒疼，和衣假睡，專聽打門聲。

扯　妓

捋手假温存，聳香肩擠入門。籠他兩袖都搜盡，贖簪兒也要銀，贖帽兒也要銀，冷茶一盞爲幫襯。告親親，可憐幾日，發市上無人。

孝　妓

龜殼脱千齡，累娘行縞袂新，蛾眉不掃抛鉛粉。家中哭聲，門前笑聲，淡妝月下相輝影。拜先靈，一般服色，若似個親生。

酒　妓

狹客鬧樊樓[一五]，鬻歌娘不害羞。琵琶纖撥不停手，這筵前一謳，那筵前一謳。殘肴曲罷求兄口，索相酬，青蚨一二，也當錦纏頭。

店　妓

末路歎當壚，借春風釀一壺。青簾摇颺輪蹄路，南來的也呼，北來的也呼。酒籌玉指頻頻數，日將晡，高陽醉者，今夜是吾夫。

妓　亡

泡幻影中花，向東風空自嗟。春蠶到死絲方罷，昨日呵門前鬧嘩，今日呵門前冷耶。浮生花月光光乍，恨鉛華，孤墳何處，香骨委泥沙。

刺　肱

挑處血淋漓，墨花濃沁玉肌。願言畢世同連理，臂兒寫伊，心兒想誰。

只因愛鈔虧遺體，待他歸，恖除去也，另注一新的。

香　疤

苦肉釣錢鈎，把香肌結作仇。不量穴道將來炙，一壯不休，二壯不休，綿脂爇處眉兒皺。問疼麽，舊疤兒上，覺得辣搊搊。

乾情人

結義妹和兄，總相親虚有情，通家不管非同姓。一個似嫖客行徑，一個似情人未真。只落得靴兒磨破我花境，問卿卿，昔年交厚，兩體未相親。

包　妓

欲占鳳鸞巢，擲千金買幾宵。門前有客教回了，鉛華盡抱，打扮故喬。冤家已落伊圈套，總看牢，時來别室，潛與那人交。

詭幼妓

華髮已星星，説年年二八春。相逢怕聽尊庚問，道二旬也未真，道三旬也未真。除非要從良，暗裏推真命。約生辰，整除花甲，尚是十三齡。

慶生辰

平地壽筵開，仗名兒廣索財。滿堂瞞過他鄉客，有幾個贈釵，有幾個贈鞋。星官前假意深深拜，性兒乖，算來一月，此席已三排。

争風妓

開口辯妍媸，跳槽郎東復西。烟花隊裏傷和氣[一六]，一個道你搶我的，一個道你胡我的。因他撒漫交争利，等些時，那人嫖脱，兩下裏便休提。

抽豐妓

人事買些須，遠相投訪故知。道自君别後長相憶，你家中有的，我家中没的，管教滿載方回去。另尋誰，望門投止，又遇着妒花期。

抽集妓

家具只琵琶，住不牢又想他，東追西逐如驛馬。賺錢尚賒盤纏兒拿，又怕同行人家捱不下。論生涯，不拘何處，旺地便爲家。

禱　神

地上列三牲，闔家兒拜路神。紙錢一陌祈靈蔭，願門如驛亭，客似密星，財源此後來滾滾。念伶仃，自從梳攏，寂寞到如今。

官鬻妓

明府締良姻，業身軀又屬人。親生龜鴇難廝認，原值十緡，公還一緡。再休提倚市塗脂粉，這良人，只憑給配，未審俏和村。

私妮妓

色空本相因，舍身軀救衆生。禪床共枕名入定，洞開法門，廣種善因。悔前挽髮無蟬鬢，這修行，輪回再世，乳犬是卿卿。

怕　癢

閃縮避人吹，這娘行似紫微。肋旁頷下常防刺，一抓笑嘻，再抓笑癡。近前倒褪忙奔退，揣他肌，指頭纔到，便縮做一堆兒。

騎驢妓

策蹇縱康莊[一七]，效昭君出塞妝。雕鞍跨處朱扉敞，叫的又忒忙，鞚的又忒忙。瘦脊兒挨得牝心癢，卸行裝，那鞭兒踕躍，忽見意彷徨。

躲債妓

生意已闌珊，索錢的日幾番。不如他處尋衣飯，雞鳴度關，鐘鳴度山。

只愁追騎風來趕，算難還，來生他世，做畜也填還。

賃衣服

典鋪即吾家，鎮春秋穿緞紗。移來換去誰知假，有客着他，没客摺他。只愁污了追債價，眼前花，未知裁匠，服飾盡繁華。

賭　博

博客厠花奴，闌樗蒲賽神盧，紫氍毹上蹲牝虎。贏時節一籌不蹉[一八]，輸時節千金也孤。狠心一擲釵雙股，總稍多，算來畢竟，總與這虔婆。

打　丁

過客惹春心，或三分或數文。鴛鴦半晌同衾枕，恰纔着裙，又索脱裩。謝天時有閑錢剩，送和迎，花心未燥，兩股濕難禁。

品　簫

玉樹入谽谺，嗅㨨時松齒牙。主家麈柄光和大，一個中中性發，一個津津唾滑。只憎他有蒂難吞下，好貪花，渾如饞犬，足捧骨樁呀。

卷髮妓

辮髮種還留，縐紗絲升滿頭。連拳屈曲如獅首，曉妝靠油，晚妝靠油。扯來縮去依還鬖。遇胡酋，教他錯認，是環腳黑羊裘。

闊　額

白鮝樣芳顔，上頭開下段尖，五官占得些些面。蛾眉上邊，髮際下邊，闊廣尺二零分半。曉妝妍，摘來荷葉，貼作翠花鈿。

濃　眉

半額翠蛾揚，笑東施柳葉蒼，春山兩座如屏障。刀剃了又長，線界了又長，萋萋芳草秋波漲。試晨妝，巧施青黛，羞殺那張郎。

大　目

矑老閃晶光，這秋波太渺茫。淚珠半點如抛浪，横五寸長，開三寸長。雙懸火鏡在山根傍，想娘行，磨坊障眼，也掩不盡四周眶。

隆　准

高骨類懸瓶，特昂藏這土星。醒兒三斗都吸盡，准未出門，鼻已到鄰。孤峰對聳臨妝鏡。問緣因，多應老鴇，夜夜抱胡人。

黄　齒

嘴角臭涎流，共伊言撚鼻頭。黄金妝盡三十六，難共茶甌，難共酒甌。向人舉袖頻遮口。又胡謅，道因含黄柏，别去色還留。

耳　聾

心話悄難傳，告他時傍耳喧。浩歌隔壁猶疑遠，鑼聲也枉然，雷聲也枉然。有言指點教他見。到炎天，總蟬聲高噪，難醒竹眠床。

缺　舌

語澀吐還吞，疊音多不奈聽。嬌喉氣咽還如梗，心兒自靈，舌兒自渾。急忙時半句那能省。話多情，相思一半，□響未成聲。

短　視

每事近前窺，眼兒光一寸微，秋波半似開和閉。看花霧迷，踏青路迷。想是酣眠未醒初扶起，也希奇。情郎對面，兀自問伊誰。

長　乳

一對肉王瓜，軟鋪鋪手兩揸，胸前誰把銀瓶掛。母豬的小似他，母牛的小似他。像酒囊未入槽坊榨。更堪誇,教伊乳哺,倒飽得十娃娃。

體　氣

兩腋起腥風,滿華堂溷廁中。名香枉爇成何用,衣開氣冲,被開氣冲。芸芽莫訝終宵□。要相逢,除非鼻塞,方可片時同。

病　黄

素性嗜春芽,儼金妝塑釋伽,面皮土色悲衰謝。常將粉搽,頻將扇遮。莫不是飽饞酣睡難消化。血無乖,病深黄膽,一個帶霜茄。

秃　指

十指忒蹺蹊,筍兒尖没一些。琵琶欲撥須裝假,梧桐未芽,木筆未花,袖中籠着雙犁耙。更堪嗟,若逢癢處,只索倩人爬。

巨　足

撇道朗兜村,幸遮羞繞地裙。弓鞋三尺還嫌緊,踢跔大聲,響屧大聲。香塵武敏雙蓮印。强娉婷,帶兒纏殺,不喊半分分。

豐　臀

尻肉太肥饒,後裾兒似掛包。胡羊巨尾生來蹻,行得不嬌,坐得忒牢。湘裙十二猶嫌小。雨雲交,軒昂恰好,不必墊高腰。

陰　深

智井窅然幽,怯銀瓶綆不修。等閑僅把門兒扣,這的有盡頭,他的没盡頭。花心要着無能夠。盡情抽,直窮到底,除非丈八點蛇矛。

陰　寬

玄牝廣難填,腹包藏一洞天。合歡夜夜如新産,也不着這邊,也不着那邊。么麼豈中東床選。已千年，敖曹逝矣，何地覓良緣。

不潔

塵坌繞蘭房，枕和衾没點香。生平肥皂誰知樣，污穢滿裳，油垢滿妝。相逢氣息真難傍。試蘭湯，三回浴罷，水尚膩如漿。

生虱[一九]

齪齪惹頑蟲，蟻般多蚊樣凶。累累密聚衣兒縫，黑的髮中，白的被中。一宵客到傳伊種。癢難容，解衣一捉，掐得指尖紅。

易來妓

樂極意全輸，到陽臺雨便飛。温泉湧出嬌如醉，麻來也不知，魂摇也不知。莫不是欲溺難回避。兩相宜，似將玉杵，倒浸小盆池。

白淋

髓竭骨如柴，受精多不聚胎。總然頻灌流無奈，扯幅紙揌，拿幅絹開。裩兒日掛竿頭曬。月紅來，紅紅白白，雞蛋殼敲開。

遺溺

乳竇不曾□，未三更濕數番。清泉一脈流銀線，戒茶也枉然，戒湯也枉然。玉莖塞不住原泉眼。點痕斑，錦衾繡褥，曬喜豔陽天。

鴇子

歌扇已成塵，護奇花高索緡。傳家衣缽推脂粉，客來便欣，客去便嗔。袖中帶把加三等。老魔君，運籌帷幄，知陷幾王孫。

火者

薰得手兒焦，日三餐不住燒。腳湯常備花房要，吃的剩餚，穿的破襖。

客來求賞些兒鈔。遇陪嫖，推伊薦寢，誰不道□糟。

水瘞妓

薦裹索二條，付清波貯阿嬌。水流花落東風惱，隨潮蕩漂，隨船浪摇。茫茫水無人吊。可悲號，槎□手足，掩鼻渡城濠。

男色妓

淫巧亂雄雌，要相逢敞後扉。腰間别有風流處，子瑕是衛姬，最賢是漢妃。不交其面交其背。歲華飛，起來遲，對鏡畫蛾眉。

閨中女

金屋貯嬋娟，要相逢似遇仙。華堂深處誰能見，□□兒情誰傳，相思病對誰言？眠思夢想空留連。告蒼天，赤繩曾繫，願早結良緣。

寡　婦

命薄早霜居，算青春正及時。陽臺夜夜空雲雨，花前的不敢期，月下的不敢期。只恐漏洩春消息。遇相如，文君竊玉，遺下個白頭詩。

淫　婦

欲火熱難禁，愛風流喜趁人。恨此身不在烟花陣[二〇]，日也抱親親，晚也抱親親。免在人家受孤另。罵王孫，秦樓偏去，不上我家門。

小　官

誰家俊娃娃，好芳容似粉搽。冰肌雪膚難描畫，六郎不似他，蓮花更争差。黄金難買春無價。知音話，勸君開口，休教老了後庭花。

又

絶色賽嬌娘，向書幃看文章。知心量有情朋伴，垂髮不多長，衣裳更素妝，動人眉目春風蕩。細思量，則除是文章滿腹，夜雨自連床[二一]。

又

平康一俊英，臉桃花體似銀。六街三市閑遊戲，鄉人也相知，客人也相知。兼愛墨子無差次。得青蚨，酒樓歌肆，又飲兩三壺。

嘲棄舊

年夜換門神，貼新人棄舊人。舊人已是無情分，新人兒時下親。只等過三冬又遇春，顏色淡眼睛昏。那時節，送舊人，又換上新人。

美　妓

楊柳舞腰輕擺，櫻桃笑口微含。梅花點處額三小，火八字蛾眉輕歛，鞋露金蓮。小袖籠玉筍纖纖，石榴裙子越羅衫，春滿桃腮杏臉。

詠梳籠

武陵春色濃如酒，游冶才郎初試花間手。絳蠟燒殘人静後，眉峰便作傷春皺。霎時瘋狂和雨驟，柳嫩花柔，渾不奈僝僽。明日餘香知在否，粉羅猶有殘紅透。

詠争風

一個將大明寶鈔手中藏，一個把萬卷詩書口内講。兩個鬥英雄坐倚秦樓上，問佳人那個强。粉頭無語心中想，錢財雖好，讀書人難量。老虔婆計較廣[二二]，有錢的歸羅帳，無錢的出洞房。麗春園内不是(下缺)。

(《大明天下春》卷六)

時興玉井青蓮

歌

等郎月上暗偷情[二三],只爲爹娘難脱身。欲待開門門又響,欲待開窗窗又鳴。惱人心,心驚膽戰怕人聽。

又

小郎身似桂花船,有花無月枉徒然。幾時移在蟾宫裏,臨到開時月自圓。兩團圓,自古姮娥愛少年。

又

心肝小哥我的郎,如何教我不思量。舊年八月嘐個嘴,至昨猶作桂花香。我的郎,一度思量一斷腸。

又

心肝小哥我的親,因何迎新棄舊人。新人有日終須舊,舊人昔日也曾新。心傷情,冤家原是虎狼心。

又

心肝小哥我的人,收拾行李下南京。房中設下餞行酒,叫聲心肝痛殺人。我的親,水面行船要小心。

又

心肝小哥我的乖,眉來眼去被人猜。對面相見先還禮,狹路相逢兩閃開[二四]。我的乖,這些心事莫忘懷。

又

心肝小哥住海東，路途遥遠信難通。郎作黄蜂奴作蝶，百花園内喜相逢。要相逢，除是南柯一夢中。

又

當初是你把我調，如今是你把我抛。合清扇兒吊下水，淡了顔色脱了膠。兩開交，閃得奴家没下稍。

又

昨日同姐到花園，百般花兒在眼前。世上花兒都不愛，情哥只愛並頭蓮。莫相嫌，此花紅活又新鮮。

又

昨日許我今日來，今日來時門不開。不是孔明諸葛亮[二五]，因何三請不出來。臭奴才，逞甚英雄賣甚乖。

又

昨宵一夢玄又玄，夢見心肝共枕眠。醒來依舊還是我，冤家只在夢中纏。好難延，夢裏相交也枉然。

又

昨宵一夢睡朦朧，夢見心肝甚意濃。雞啼驚散鴛鴦夢，醒來依舊各西東。恨衝衝，枉費團圓在夢中。

又

魆地敲門奴吃驚，急忙穿衣便起身。黑暗開門月下看，隔年桃核舊時仁。我的人，今宵重整舊姻盟。

又

碧紗窗下畫情人,畫得情人一樣形。畫姐同床又共枕,難畫情人心上情。我的人,知人知面不知心。

又

燈下修書付多情,包藏兩字甚分明。目邊點水言難盡,門裏桃心悶殺人。好傷情,兩淚汪汪寫不成。

又

燈下修書付我人,筆箋寫不盡離情。一行字灑千行淚,半紙書傳萬里情。我的親,未必君心似我心。

又

燈下修書付我郎,臨岐攜手訴衷腸。秦樓楚館休貪戀,願得成名返故鄉。我的郎,異日榮歸晝錦堂。

又

罷了罷了我收心,十遭遇着九遭人。洛陽橋上花如錦,偏我來時不遇春。我的親,莫爲心肝吊了魂。

又

愛姐俊俏又聰明,愛姐説話又知音。愛姐能知心上事,愛姐一片好真心。俏肝心,這樣妙人何處尋。

又

想姐不見到天光,一炷名香告上蒼。惟願蒼天保佑我,休教織女誤牛郎。早成雙,海誓山盟切莫忘。

又

姐兒房中抹骨牌，天地人和兩邊排。手裏拿着奪錢伍，揉碎梅花不起來。我的乖，鐵索孤舟不放開。

又

姐兒門前一樹槐，二十餘年花不開。今年八月開一朵，又被遊蜂采將來。我的乖，小小蟲兒這等歪。

又

姐兒門前一口塘，一隻鴛鴦裏面藏。姐説鴛鴦好似我，鴛鴦似我不成雙。我的郎，前生燒了斷頭香。

又

姐是丹青美人形，小郎見了謾沉吟。笑口歡容難説話，體態風流難近身。好傷情，無緣對面不相親。

又

姐是上苑百花林，郎是黄蜂尾上針。也曾穿破蓮心藕，也曾刺破牡丹心。俏肝心，采着滋味又來尋。

又

姐送才郎赴玉堂，金門待漏謁君王。金馬玉堂三學士，歸來身惹御爐香。我的郎，這場榮耀果非常。

又

姐兒生得白洋洋，賽過排草與麝香[二六]。洋子江中洗個澡，麝香冲倒海龍王[二七]。得成雙，燒炷明香答上蒼。

又

姐兒身上骨頭輕，舊船載過許多人。管驛鋪陳接多客，積年猾吏騙人精。活妖精，剪髮拈香盡假情。

又

青銅鏡兒緑沉沉，裏面照見外面人。分明兩下都有意，緣何對面不貼身。我的親，中間少個做媒人。

又

石榴花開葉兒尖，姐兒開口要三錢。麻布説了緞子價，山查賣了荔枝錢。莫胡言，一分杭貨一分錢。

又

桃花大姐桂花郎，梅花格子雪花床。繡花枕頭紅花被，賣花姐遇買花郎。我的郎，洞房花燭到天光。

又

金銀花開香又清，可喜耽個野花名。惜花哥哥貪耽我，早上移栽到家庭。我的人，更比家花香十分。

弋陽童聲歌[二八]

時人作事巧非常，歌兒改調弋陽腔[二九]。唱來唱去十分好，唱得昏迷姐愛郎。好難當，怎能忘，勾引風情掛肚腸。

又

郎唱山歌唱得新，姐在房中不做聲。悄悄聽他唱甚麽[三〇]，唱來唱去動奴心。好難禁，我的親，幾時鸞鳳得和鳴。

又

紫竹簫兒肚裏明，輕輕吹出巧樣聲。温存只在舌尖上，要討風情指下生。借風清，俏肝心，倩我吹送故人聽。

又

天是陽來地是陰[三一]，也有同心會合情。願郎一似天心正，姐心好似地心平。天地心，巧分明，與你姻緣百歲成。

又

天地神明一樣心，彼此相交要長情。我郎惟願松柏老，姐如翠竹四時新。我的親，要真心，鸞鳳和鳴到鬢星。

又

父母親來不見親，惟有心肝動我情。軟款温柔乖又巧，幾回説話又知音。我的親，愛殺人，與你和諧百歲姻。

又

姐在房中繡鴛衾，郎在外面唱歌聲。誰家心肝唱得好，唱得昏迷吊了針。没處尋，氣殺人，恨不得摟抱命肝心。

又

姐在房中繡鴛衾，郎在外面唱歌聲。誰家心肝唱得好，唱得昏迷吊了針。没處尋，氣殺人，恨不得摟抱命肝心。

又

姐在房中繡枝花，郎唱山歌唱得佳。分明繡朵櫻桃蕊，緣何繡出瑞香花。亂如麻,老冤家,恨不得番身摟抱他。

又

姐在房中繡花鞋,忽聽山歌唱妙哉。分明繡對鸞和鳳,唱得昏迷繡不來。好難捱,我的乖,何時得遂楚陽臺。

又

姐在房中繡荷包,郎在外面賣仙桃。三冬那得仙桃賣,哄姐出來瞧一瞧。我的嬌,莫心焦,和你相逢在這遭。

又

姐在房中織紅綾,郎在外面唱歌聲。輕輕巧巧唱得好,唱得昏迷織不成。好難禁,我的親,只恨藍橋水又深。

又

小小魚兒小小鱗,小小姐兒愛殺人。若得姐兒要一要,救苦救難觀世音。我的親,俏肝心,春宵一刻值千金[三二]。

又

姐兒好似厘等形,慣使梟心撮弄人。無錢身子全不動,有錢就知重和輕。厘等形,太無情[三三],被你秤過幾多銀。

又

姐兒好似撮貴形,搬動其中竅妙深。無情做出有情事,有情轉眼就無情。撮貴形,太無情[三四],被伊哄過幾多人。

新增協韻要兒

順昌姐兒上戲臺,輕輕唱個俊多才。張生見了鶯鶯姐,悄悄冥冥抱在懷。好好挨，慢慢來，露滴牡丹花正開。

又

荊州姐兒生得嬌，紅裙翠袖兩飄飄。桃腮杏臉櫻桃口，還有輕盈楊柳腰。心下焦，吹玉簫，果把乘龍女婿招。

又

湘江女兒顔色多，穿的襪子是綾波。千嬌百媚人間少，好似姮娥降世呵。唱着歌，抛着梭，織得鴛鴦錦被麽。

又

蘇州女兒賽姮娥，身穿緞□與綾羅。嬌嬌滴，無瑕疵，夫婦相交情意多。少差訛，拜公婆，白玉堆瑕尚可磨。

又

鎮江女兒蹋戲球，花前月下意綢繆。春情欲寄無方便，紅葉題詩逐水流。夢悠悠，無處求，閨閣徒勞望斗牛。

又

揚州女兒好讀書，文章烈烈動台樞。六韜三略胸中飽，發策先知勝與輸。情也舒，意也舒，一段風流賽緑珠。

又

臨清女兒貌似花，桃腮杏臉鬢堆鴉。如今莫道人間婦，月裏姮娥難比他。生也佳，色也佳，賽過江南百萬家。

又

杭州女兒顔色嬌，寶爐常把夜香燒。才郎聞道低低語，夜半相思夢魂消。貧不焦,富不驕,百歲姻緣在一朝。

又

九江女兒情思多,尋花弄柳亂如梭。春來要去求鸞鳳,坐向高山巧唱歌[三五]。下草坡,扯哥哥,成就姻緣好也麽。

又

建昌女兒好殷勤,才郎未配叫新人。緑絲窗下拈針指,終日滔滔繡鳳麟。朝也勤,暮也勤,忙裏偷閑問鬼神。

又

金華女兒生得奇,朱顔緑鬢又娥眉。微微一笑千金價,多少才郎心下迷。會佳期,入繡幃,無限風光在眼前。

又

徽州小夥似石灰,清清白白自成堆[三六]。中間放着些兒水,熱氣哄哄任你杯。笑嗯嗯,慢慢推,只要哥哥記在懷。

又

沙市小夥穿縐紗,摇摇擺擺去人家。十分顔色多光彩,好似團團錦上花。抱琵琶,非我誇,出塞昭君難比他。

又

團鳳小夥貌堂堂,巧語花言任你盤。逢人謾説三分話,遇着知音便下房。事已完,不要忙,抱住情哥懶下床。

又

蘄州小夥分外奇,與人方便最多時。任君做到艱難處,喜地歡天不皺眉。哭啼啼，行步遲，扯住君衣不忍離。

又

漳州小夥有主張，少年辛苦學文章。青燈獨坐無人伴，夜半思量實慘傷。這壁廂，那壁廂，成就多少探花郎。

又

上清小夥生得清，道人見了懶看經。夜來覆雨翻雲後，睡得濃濃到五更。夢已醒，叫幾聲，莫把奴奴看得輕。

九句妙齡情歌

其　一

郎做魚兒水上游，姐做金絲釣魚鈎。當初只因錯開口，如今吞了倒鬚鈎。掛住喉，怎開交，我心焦，我的嬌，教我難舍又難丢。

又

正月初一來拜年，雙膝跪在姐跟前。十指纖纖摻郎起，我兩相交拜甚年。莫歪纏，請向前，敘姻緣，聽奴言，早晚奉事不周全。

又

江水渾來河水清[三七]，我兩相交要長情。任他毁訕狂言語，渾的渾來清的清。我的親，久長情，休丢罷，又戀新，教奴日夜好傷心。

又

姐兒上山砍柴薪，被郎扯住黑松林。千喬萬推我不肯，番來覆去逼成親。遭了瘟，扯破裩，打個釘，我害疼，再來砍柴燒自身。

又

郎在杭州寄書來，姐拿房中忙拆開。眼裹看書心裹想，提起教人淚滿腮。汗巾揩，哭聲哀，叫聲乖，好傷懷，爲何書來人不來。

又

三條緑線白青黄，造成啞謎寄情郎。白白丢奴清清冷，相思害得臉皮黄。只爲郎，病在床，苦難當，寄衷腸，叫郎三思自忖量。

又

假不假來真不真，我也難調你的心。若還調你真心轉，除非丢了心上人。莫忘尋，放開心，我的親，纔得成，銷金帳裹結同心。

又

眉來眼去數十遭，用心用意把你調。今日人多情難盡，勸你歸家宿一宵。開了交，休跳槽，我的嬌，莫心焦，斷然許你到明朝。

又

心肝人兒我的嬌，昨夜因何又跳槽。走到他家拿住了，一夜打得不開交。鞠情由，不住休，死臭囚，羞不羞，再敢跳槽不跳槽。

又

郎在窗内做文章，姐在窗前燒夜香。一炷心香願郎中，幾炷心香答上蒼。槐花黄，赴科場，我的郎，姓名揚，那時節，白馬紅纓歸故鄉。

又

姐在房中織繡羅，郎在外面唱山歌。你是誰家風流子，口唱這等異樣歌[三八]。吊了梭，滿地摸，使腳蹉，我的哥[三九]，恨不得翻身摟抱呵。

又

小小道童下山來，手拿魚鼓上長街。不化錢來不化米，只化心肝齋我齋。小乖乖，靠前來，打個拐，就丟開，明中舍去暗中來。

（《大明天下春》卷七）

校勘記

［一］棠：原作“堂”，據文意改。

［二］俏：原作“悄”，據文意改。

［三］［四］［五］［八］［九］［一〇］［一三］［一六］［二〇］烟：原作“胭”，據文意改。

［六］玩：原作“挽”，據文意改。

［七］折：原作“拆”，據文意改。

［一一］葷：原作“暈”，據文意改。

［一二］［三五］［三八］歌：原作“哥”，據文意改。

［一四］手：原作“于”，據文意改。

［一五］狹：原作“挾”，據文意改。

［一七］莊：原作“壯”，據文意改。

［一八］羸：原作“羸”，據文意改。

［一九］虱：原作“風”，據文意改。

［二一］自：原作“目”，據文意改。

［二二］較：原作“校”，據文意改。

［二三］等：原作“寺”，據文意改。

［二四］狹：原作“峽”，據文意改。

［二五］諸：原作“朱”，據文意改。

［二六］［二七］麝：原作“射”，據文意改。

［二八］［二九］弋：原作“戈”，據文意改。

［三〇］悄悄：原作“俏俏”，據文意改。

［三一］地：原作“他”，據文意改。

［三二］千：原作“于”，據文意改。

［三三］［三四］太：原作“大”，據文意改。

［三六］堆：原作“准”，據文意改。

［三七］渾：原作“混”，據上下文改。

［三九］哥：原作“歌”，據文意改。

孫湛

孫湛,字子真,休寧(今屬安徽)人。萬曆年間在世。與潘之恒相善。

小令

【北滿庭芳】 觀無如丈手談

楸枰閑開,身攖軒冕,心脱樊籠,静中自有天機動。情識都空,伸一着似丹山飛鳳,斂一着似滄海潛龍。這掺縱,仙家妙用,知守辨雌雄。

【南黄鶯兒】 高士欲謝絶一切,而筆硯更復爲黑,故爾戲贈之

雅興在林泉,掩雲扉欲守恬。無奈客求墨攜卷,將耕硯田,愁牽世緣。便長安紙貴心何願,總不如□天年。用於無用,棋罷北窗眠。

(汪廷訥《坐隱先生集》卷首)

套數

嚴陵贈周姬

【雙調・新水令】

一從黄浦倚青樓,頓消殘嬌花嫩柳。名兒還第二,姓氏又更周。爲惜

名流，空墮落風塵久。

【駐馬聽】

未去先留，幾度雲情消白晝。迎新送舊，一團月色減清秋。只顧他青錢多向錦囊收，那管你鴛鴦長傍鷗鷺宿。若是倚門兒空自守，怎當得老鴇兒相僝僽？

【雁兒落】

病懨懨藥怎求，絮聒聒言難受。還爲他抱孩兒伴客眠，苦教你做乳母將身垢。

【得勝令】

誰似你嘹亮囀歌喉，調拍按梁州。白雪高難和，行雲遏不流。優遊，絶勝霓裳奏。清幽，争誇金縷謳。

【沉醉東風】

彈錦瑟遊魚知否，撫瑶琴棲鳳堪求。筝傳秦女聲，舞拂楚姬袖。抱琵琶撥動江州，一曲相看淚未休。只落得青衫濕透。

【折桂令】

歎韶華去也難留，早尋個天長地久。休待要雨散雲收，損卻蛾眉殘，教杏臉冷落鶯儔。願只願桃葉女芳流渡口，莫愁姬名占湖頭，紅拂私投，緑綺情稠，柳挽章臺，玉弄秦樓。

【清江引】

你身邊往來雖是有，那是你情兒厚。不爲蕩子妻，便作商人婦，也强如覓纏頭求配偶。

載周姬還新安舟行

【南吕·一枝花】

林酣紅葉稀，露滴黄花瘦。江空流水寂，雁度野雲浮。一葉輕舟，似范蠡歸來後，載西施，願已酬。只爲那忙催的差使艄公，因此上早别了詩盟社友。

【梁州】

纔離卻嚴陵下浦，又早到馬目灘頭。清溪練水行迤逗，平沙穩泊，烟渚頻留。千山落日，一水澄秋。俺這歸去的休猜做乘興王猷，你那並舟的到是個夢蝶莊周。棹歌兒好一似度曲彈箏，茗碗兒也强似持觴舉酒，蓬窗兒瀟灑似翠館朱樓。心休，意休，從今不用眉兒皺。病自蘇，緣成就，十載要盟一筆勾，生死相投。

【尾聲】

歸時正值重陽後，到日今當十月頭。拚與這半老佳人永長久，寒盟的可羞，全盟的少有。堪做本傳奇，留播世人口。

子真既載周姬歸里，其社友程明卿往診，曰："幸矣，姬遇我而生矣。即古押衙續命丹，固不神於吾技。浹旬三往而病脱，誠有心人哉。"子真卜上元酒，程、莊洎余屬姬奏琵琶，真一快心事也。

（潘之恒《亘史鈔》外紀卷八）

附　周姬傳

莊持節曰：

周姬，行二，字文娟，本廣陵荀氏女也。豐肌修體，鬒髮秀目。見者咸都曰美而豔。姬亦深自好，且自傷生之弗良也。幼聰慧，父母篤愛之。性嗜音律，以歌鳴於時。尤工琵琶，每一鼓再行，即善者無不心孫其妙。名溢江之南矣。於時陪京有佳公子者，稱賞音，遍索琵琶聲伎中，習姬名，躬往省之。姬爲歌且鼓，畢竭其技，一坐盡傾。公子舉酒揖諸賓從曰："南國多麗人，若貌技雙麗，未睹如姬者。"因解橐中裝，可數百金，買姬。姬歡然抱琵琶以從，私幸生憾可釋。已，公子買姬歸，寵冠後房。諸姬竊相妒，謂吾等廑以色取妍，新人妍而多技，且見顯席，乃遞爲侮撓，譖端蠭湧。公子擁姬泫然曰："我實愛姬技，令姬以技困，非善用愛者。"因誡門下客，扶姬北行，幸濟揚子以承父母歡。姬泣，別去。門下客不用命，陰嗾舟人棹南發，至虎林，賣娼家。姬覺，引琵琶絶弦慟哭曰："冤乎，不善此，當終侍公子。冤乎，不善此，克寧饕重賂，令妾至此極耶？"姬既穽娼家，絶不爲往來遊者鼓琵琶一聲。而往來遊者心知姬工琵琶，豔慕之，又不敢强之鼓，第約結時時過姬，覬一當姬意如陪京公子者。久之，姬終不爲遊者一鼓琵琶聲。用是，遊者咸睊睊目姬，姬履虎尾矣。娼家懼計不去姬，禍且及身，一日，托爲權貴召姬，數健兒突入門，掖姬登輿去。人莫敢詗，姬莫知其由。及錢唐，入舟，始知更爲嚴陵娼家詭得也。當是時，姬年方十九，春姿曄曄，芳韻襲人。人往來遊者，盡相籍籍稱嚴陵周二姬爲周家娼，益隱約不自適。客悦之百端，得聆其一歌，輒自幸當姬意。雖知其工琵琶，揣姬不輕鼓，亦不敢强，乃含怒者不少矣。周娼家瞯客志，以威愓姬曰："若等以柔媚獻笑，輕出諸客錢。若懷技不顯，將爲誰用乎？若寂爾弦，吾斷爾指。"姬曰："鼓之何難，難在聽者知音寥寥。寧甘挫折，未忍向不解人羞吾技。"娼家怒，操梃抶不休[一]，且嚴與姬約曰："客來若迎，客往若送。諸姊妹拙略款洽，若爲左右羈縻，令無虛夕。吾有孩提，若任受佐乳。致吾家累千金，膏腴百晦，乃聽擇可若意者去，此稱良家婦。不爾，烏龍馬目，梃林立懼，若柔骨不敵也。"姬低徊良久，潸然曰："惜妾技，不得不惜妾生。謹如約。"如是者十餘年，深歡客子心，周用富饒。乃琵琶塵封，自錢唐西棹來，曾不一理也。會華陽仙史蔡翁，年七十，都人士謀佐酒歡。翁者召姬，抱琵琶至其家，更相揶揄："姬今能袖手不鼓耶？"姬念翁偕解元雲翼君客大梁,大梁人善琵琶,如胡人以笳,齊人弄瑟,翁必審聞,解其妙,乃爲歌且鼓,畢竭其技。翁聞之樂甚,顧都人士,謂余從梁來,久不聆此音,嚴瀨上有如此奇絶技,諸君宜憐之。安得有心人,不惜金錢,出之湯火也。都人士笑謂:"良工剖珍示人,價增千鎰。自有憐而出之者。"萬曆辛丑春,海陽雷溪山人孫子真乘流東下,將止虎林,覽西湖之勝。舟次嚴陵,聞蔡雲翼下第歸,往訪之。雲翼出肅客,向子真請曰:"家君待山人彩筆生色,非一日矣。郡治西有湖,大分虎林者什一。中丘如陼,規如瓜郡。邑大夫嘉其勝,爲構椺棨,衆木森森芘覆。命曰寶花洲。登則左眺烏龍,右瞻馬目,南北兩高峰對峙錐卓,亦可曠目寄興也。山人少留,尋當選伎載酒。"於時楊柳拖青,桃花爛熳,春雨新霽,湖水平堤。蔡翁策杖導前,子真、雲翼諸客後先。西步及舟,姬已擁琵琶倩妝待之矣。酒酣,姬爲歌且鼓,畢竭其技。子真賞其音,訝問:"江南安得此姬乎?"翁語之故,且告之困。子真曰:"憐哉,當圖所以出姬者。"是夜,宿姬家。見姬攢眉揾淚,局局如束濕,扼腕大言曰:"憐哉。"翌日,向蔡翁、雲翼對姬盟而去。明年春,余以講藝過雲翼。子真亦至,賦詩談志,憾相見晚。適俞子德章來,余以困酒避客,卧榻上,德章從几上目余詩,詢雲翼誰作,是唐聲者。雲翼笑指余:"此鼾卧榻上人。"德章掀袖扶余起,相顧而笑,莫逆於心。蔡翁曰:"諸君托業千秋,臭如澤蘭,兹會未可易易已也。"翌日,泛舟釣臺,要盟羊裘翁,結雙臺社。夜返,子真邀飲姬家。姬爲歌且鼓,畢竭其技。坐中客笑問:"今夜青衫誰濕乎?"余謂:"憐者自濕也。"子真酌酒向余曰:"白公《琵琶行》,至今在人口。足下幸爲抽思,勿俾白公雋美。"余因作《琵琶行》以寫姬怨,辭別載。子真拉姬前謝曰:"今日之事,願倚諸君,踐姬氏之盟。"姬大喜。無何,子真急應金陵召,倉卒向周娼家謀出姬。娼家瞷吾兩人急行,百計沮格,子真不獲已,集諸友飲姬家。言别,更作樂府一闋贈姬,拂衣去。甲辰春,子真由金陵間道歸,期東下,令姬必出。姬聞子真且來,引領西望曰:"得面而病死,亦復何憾。"子真行業有日,而疽難於腹,不得行。少間,金陵諸貴人遣急騎,要重海陽令趣子真。子真迫於令,輿疾往金陵,竟孤姬望。每嘻吁語諸貴人曰:"久負心期,人病且死。倘令賫憾長逝,可不謂由我致之耶?”諸貴人謂子真:“君當走一力往問疾,期之繼至。彼得君問也,必自寬疾,可無死。然後吾儕竭蹷翼君復酒樓,他日君攜姬偃息其上,令人稱孫楚復生、莫愁再見,不爲一大快事乎?”子真矯手謝曰:“籍貴人言,姬得不死,山人厚幸。”因移書慰姬嚴陵,身日鳩工作酒樓莫愁湖上,事别見。顧而樂之曰:“孫將軍不亡矣,莫愁安在?”誠念姬深也,然爲諸貴人留,不得去。惟往往柬慰姬,申前盟,示不忘。姬亦往往告病甚,恐無能生見耳。丁未冬,子真還雷溪,意決舟東下。會蔡雲翼至新都,期余講藝南華閣,不獻歲不行也。向余及子真言姬病,幸不死狀。子真喜曰:“莫愁無恙,願附蔡先生破春濤往出之。”因對酒賦詩以暢志。越明年春,子真偕雲翼下嚴陵,過姬家。姬從蓐中起拜,悲喜見於面,徐謂子真曰:“今將奈何?”子真指橐中謂姬:“吾今安爲姬惜此乎? 姬心幸事諧矣。”時嚴陵文學徐心魯在坐,起揖子真曰:“君金即不足,弟囊餘此萬錢,可咄嗟辦也。”翌日,姬又謂子真曰:“今將奈何?”子真因出金畀姬家,顧從者趣束裝,若即載姬行意决也。姬家度不得以金少辭,實不欲令姬輕去,隨以計紿子真,且曰:“暮秋爲期。”子真信其言,流連數日别去。姬復憒憒病蓐中,昕夕怨秋來何遲也。時郡邑大夫當入計,司理並視郡邑事,丁江盜稍稍劫客舟,司理占此輩非娼家無容也,頃刻逐兩浦娼家,急如風雨。姬家在逐中,就夜行。旦日,子真走力聞姬家,期且來。姬室虚無人,力急下錢唐,白子真。子真悵惘失聲曰:“姬良苦哉,安知所如?”因徘徊虎林,進退弗決。久之,從間道歸雷溪,遣人四往索姬,竟不得。又明年,或謂子真,姬隱寓武强。子真遣力至武强,姬家先去武强月餘矣。亡何,或謂姬寓蘭江。來者皆云:“有周娼,非姬家也。”九月,當湖蕭令君介人逆子真。子真曰:“吾今順往訪姬處。”道嚴陵,余時客雲翼家。子真永夜向余慨姬遇若此。旦日,嚴陵人報子真,姬家寓桐江,姬病甚,乃急下桐江問姬。姬卧床蓐中,聞子真至,欲强起,力不勝。兩人執手蓐中,涕淚相對,各不能出言。見者酸鼻。子真因瞪目視姬,語姬曰:“相姬之色,法在不死。吾乞有靈藥,今餌姬。姬善自寬,無以寒盟爲慮。當湖君行八燕待吾久矣,吾且往面當湖,旋必挾姬出此。”因大數周娼家譎詐,誤前期。姬稱:“若功首,若遇姬素惡，我豈難爲，若難耶，念姬在耳。”娼家股慄，敬請曰：“妾等不知君愛姬爾爾，君且行，妾善護之，聽君旋爲計。”子真向姬更矢曰：“不信前盟，有如皎日。”姬伏蓐上，泣語子真曰：“予日望之。”子真至當湖，蕭令君肅之若重客。一日，酒甚樂，子真向令君悉語姬事，乃遣力至桐江，娼家已他去，不知所往。庚戌夏四月，娼家扶姬返桐江，偵知子真止虎林，因人面請子真曰：“姬病未損，惟君命。”子真初逆其詐也，故標之以覦其意。翌日，請益力。子真私念姬業瀕死乎，彼慮我將爲難也。更念姬瀕死，即力請，何解於吾難。密察請者情，姬病，實不死。乃謾語請者：“生死無二。君子之行，若歸語姬氏，餌藥自寬，吾徐徐來。”請者既去，客謂子真曰：“姬急君往，君故緩之何？”子真笑語客：“我急彼緩，娼家叵測，今佯示之緩，彼意我以姬病二心，出姬必矣。”秋九月，子真至桐江，就蓐中喚姬。姬張目視子真，遽問曰：“今將奈何？”子真微語姬曰：“我以緩急姬，姬不知也。”翌日，娼家誠請曰：“姬在，惟君命。”子真曰：“金在，若取金，我扶姬往。”姬辭行，皆賀曰：“去此，稱良家婦矣。”子真載姬道嚴陵，謁諸友，告美成，期共老於莫愁湖上。姬令人之故居梁塵中取琵琶，入舟拭弦而悲，又色喜，語子真曰：“妾以此失身，以此得君也。”時余又客雲翼家，雲翼爲子真召諸友，賦詩紀其事，祖之觴無算。蔡翁舉酒賀子真曰：“君今始稱真憐姬人也。”又舉酒飲余曰：“君爲姬作《琵琶行》，今更爲姬傳，姬可不朽。”諸友曰：“莊君何辭於子真？”余曰唯唯。行於舟中，對秋色，令穎人從事，乃共子真别。諸友方舟上三百六十灘，凡五日，次余雪溪而傳。訖，子真張蓬揖手曰：“姬致語莊君，病幸而差，當遲君金陵城西外酒樓，爲取琵琶，一鼓再行謝也。”

南華氏曰：余讀班氏史，至李夫人謂以色事人者，色衰而愛弛，愛弛則恩絶。真人情哉。孔子曰：吾未見好德如好色。丈夫大都溺此矣。子真載姬道嚴陵，無不人人爲子真危者，子真謂生於我依，死於我殯，未敢以色衰誖盟言。令諸君誚山人好色也，然則子真獨憐姬乎哉？蓋生平任俠負意氣，自重其信也。今亡矣夫，今亡矣夫。

亙史云：傳稱子真者，即祝給諫所表閭高隱君湛也。少從王仲房山人稱詩，旁及詞曲，皆得三昧，而絶句、樂府尤擅場。在金陵，交王曼容、郝文姝，有憐才聲。創孫楚酒樓，莫愁湖上復前賢遺跡。生平慷慨任俠，多類此。即不負周姬於病餘，其篤誼可想見矣。托興莫愁而鐘情周氏，骯髒寥落之懷，亦少表露，以洩其憤懣。諸詩已梓集中者，不録。録樂府二闋，風流餘韻，酷似仲房。維其有之故也。若莊元達之《琵琶行》，則有關於世道，豈遊閑公子取適意於章句可擬哉？

（潘之恒《亙史鈔》外紀卷八）

校勘記

［一］梃：原作"挺"，據文意改。

文 淑

文淑，號素蟾，江夏（今屬湖北）人。歌妓，萬曆時人。能詩文，潘之恒《亙史鈔》外紀卷三十四録其詩文詞曲六十多首。小傳見《亙史鈔》外紀卷三十四附。

小 令

【尾犯序】

兩意似綢繆，待要回頭，覺難開口。夢繞琵琶，怨徹箜篌。僝愁，哄殺人盟山盟海，牽殺人尋花問柳。睁睁底怎忍半途抛卻，只愁覆水難收。

也空勞名占青樓，也須知魂斷滄洲。欲綰同心，事成掣肘。淒楚，歎不盡紅顔薄命，許不得白頭共守。王生的把深情分隔，都付與東流。

相思無了休，誰將打鴨，我未忘鷗。咫尺陽臺，惱亂蘇州。差謬，可屈指百無一二，不如意十常八九。㦘㦘裹欲吞復吐，恰似中魚鈎。

風絮浪花□，□琴不定，流落堪羞。百般相奏，一筆難鈎。知否，非是我恩多成怨，怎奈人無中説有。綿綿處芳心一點，不斷楚江秋。

【桂枝香】

人兒不見，夢兒忽亂，枕兒傍半晌如癡，燈兒下幾行如線。病兒可憐，病兒可憐，心兒牽絆，口兒作念意兒專，滋味兒舌尖上，香疤兒肐膊邊。

浹旬分别，臨風淒惻，長相思雪上加霜，好事近水中撈月。書來數行，書來數行，啼痕湮滅，雨聲悲切。漫吁嗟，短枕螭雲冷，疏簾燕影斜。

【黄鶯兒】

睡鴨冷爐薰，恨幽期隔彩雲。啼痕界破殘妝粉，江蘭自芬，秋鴻斷群，疏鐘聲送黄昏枕。月繽紛，前村砧杵，琴瑟不堪聞。

戍鼓動嚴城，灑山窗夜雨聲。叫雲孤雁和愁聽，閑偎玉屏，慵調錦箏，相思勝較前番更。夢難成，寒燈半壁，今夜爲誰明?

暝色入高樓，菊華天淡素秋。霜風着鬢催僝僽，石城莫愁，山陰子猷，興來一曲何時又。恨無休，那禁短笛，吹徹小梁州。

鏡破失容光，拼團圞似樂昌。麗情肯逐秋雲涼，君侯醉鄉，佳人洞房，心心脈脈遥相望。覷回塘，雙飛比翼，不效野鴛鴦。

【金衣公子】

揾淚各東西，映河橋緑草萋。王孫歸去迷征騎，那車兒馬兒，那衾兒枕兒，夢魂行色相縈繫。草雲低，若逢驛使，爲折隴頭枝。

爲折隴頭枝，路迢迢到也遲。一鞭意馬江皋驛，入醉鄉轉悲，入愁鄉自支。尊前笑語燈前淚，兩心知，江樓倚棹，何日協風期。

何日協風期，揾香腮學畫眉。從頭訴盡心間事，向花叢舉巵，向文房寫詩。清歌妙舞春閨裏，燕子飛，重尋舊壘，風絮惹香泥。

風絮惹香泥，豔陽天媚晴時。一簾麗日薰風氣，歌殘竹枝，情牽柳絲，想應紅雨沾羅袂，斷腸詩，鸞箋半刺，字字寄相思。

【孝順歌】 早春遊柳雲庵

尋花客如玉人，探春山寺結伴行。柳試幾枝青，雲幻半江影。卿似臨岐柳，予如出岫雲。莫浪説，憑無心，辜負黄金嫩。

套　數

【泣顔回】

山掩夕陽暉，烟汀雲樹霏微，冰輪初轉，如銀光射荊扉。凝疏漫憶，那人兒玩賞天涯際。燦星華偏入金卮，挹天香尚襲羅褘。

【石榴花】

輕飆驅暑，秋夜忒相宜。懸玉鏡中，瓊規嬋娟，試浴碧漣漪。驚眸雪質，冰肌魂消思飛。美人兮遥隔瀟湘水，喜天上不愛良時，恨人間虚負佳期。

【泣顔回】

娟娟應也照深閨，須知兩處縈思，嫦娥無伴，空庭隻影身隨。危闌獨倚，問蒼穹，此夜能餘幾？哀雁兒聲落宵帷，似牛郎夢繞寒機。

【石榴花】

遥天如洗，分外散清輝。愁亂縷，髩成絲，不堪顧影重淒其。誰憐宋玉多悲，潸然淚垂。夜沉沉鳳侶分蕭史，睡送岑寥，涼浸秋砧，起徘徊色戀霜衣。

【川撥棹】

怎如南樓上對景雅談奇，怎如西廂下暗地俏題詩，怎如東牆畔魄皓正圓時，怎如傍妝臺新學蛾眉，怎如清虚殿舞罷玉腰肢？

【尾聲】

着人只豁吟眸子，美滿翻嫌十五遲，重會花前雙拜之。

【步步嬌】

蘭房握手芳心沁，空戀花容靚，香車候曉行，兩月團圞，一旦成孤另。種種暗傷神，枕邊私語尊前興。

【醉扶歸】

雖然物在人何在，莫道無情卻有情。想來宵半壁短檠燈，孤零零獨伴離人影。恨只恨别易見時難，怕只怕人遠天涯近。

【皂羅袍】

誰料誰能薄幸如卿，如蘇小我也雙生，酒痕争比淚痕深，今番病較前番更。春催人老，幽期可憎。人憐春去，愁懷自縈，惡心腸何事尋花徑？

【香柳娘】

哀雁兒數聲，哀雁兒數聲，柘烟剛暝，隔窗掩淚和愁聽。歎離群夜驚，歎離群夜驚。短笛起江城，螭雲夢初冷。拼相逢何日，問相逢何日。小院碧桃開，深杯花下等。

【十二時】

江樓歸去同誰憑，口不言兩心自省。鸚鵡洲前草又青。

（潘之恒《亘史鈔》外紀卷三十四）

張　卯

張卯，字曉曉，楚中角妓，萬曆時在世，與程可中（仲權）交往密切。小傳見潘之恒《亙史鈔》外紀卷三十六《張卯傳》。

殘　句

張卯，字曉曉，楚中角妓，以善歌傾武昌。余未入武昌，從金陵晤程仲權，稱卯不置口。……仲權有曲贈卯，多微詞。卯親爲余釋。余見卯，輒憶仲權，令歌一曲，如覿仲權面。卯亦有曲答仲權，爲余誦其末句云："心在君旁繫，來時可帶還。"頗賞其韻致。

（潘之恒《亙史鈔》外紀卷三十六）

陳全遊

陳全遊，金陵妓，萬曆年間在世，餘不詳。

小　令

全遊善詞調詠諧[一]

陳全遊乃金陵妓也，高於詞章，多有題詠，俱是俏語。題《睡鞋》詞云：

新紅睡鞋三寸正，不着地，偏乾净。燈前换晚妝，被底勾春興。醉人兒幾回輕薄醒。

一日，與鄰妓何瓊仙者同飲，適見雌雄雞相交者，仙請詠之。其詞曰：

女靈禽[二]，非走獸[三]，風流事，誰不有？只好背地偷情，那許當場弄醜。若是依律問罪，應該笞杖徒流。更加一等强論，殺來與我下酒。

《詠妓新浴》曰：

華清宴罷新浴起[四]，帶濕裙拖地[五]。單嫌月色明[六]，偷向花陰立。悄東風[七]，悄東風[八]，有心兒輕揭起[九]。

見一妓就地小遺，詠曰：

緑楊深鎖誰家院[一〇]，佳人急走行方便[一一]。揭起綺羅裙[一二]，露出花心現[一三]。冲破緑苔痕，滿地真珠濺[一四]。那小娘兒不見，牆兒外馬兒上有人見[一五]。

後爲士夫所娶，生三子，俱顯。

（托名李贄《山中一夕話》下集卷二）

校勘記

［一］詠：原作“恢”，據文意改。褚人獲《堅瓠集》甲集卷四云前三首爲陳全作。

［二］女：褚人獲《堅瓠集》甲集卷四作“汝”。

［三］走：褚人獲《堅瓠集》甲集卷四作“蠢”。

［四］華清宴罷新浴起：褚人獲《堅瓠集》甲集卷四作“温泉起來忙護體”。

［五］濕：褚人獲《堅瓠集》甲集卷四作“温”。

［六］單：褚人獲《堅瓠集》甲集卷四作“翻”。

［七］［八］悄：褚人獲《堅瓠集》甲集卷四作“俏”。

［九］兒：褚人獲《堅瓠集》甲集卷四作“見”。並云：“《買愁集》作曹娥詞。”

［一〇］褚人獲《堅瓠集》甲集卷二“村婦道傍便旋”云：“王威寧越善詞曲，嘗於行師時見村婦便旋道傍，因作【塞鴻秋】曲云：……一作陳全詞。”《全明散曲》據此歸入陳全名下。

［一一］佳人：褚人獲《堅瓠集》甲集卷二作“見一女嬌娥”。

［一二］揭起綺羅裙：褚人獲《堅瓠集》甲集卷二作“轉過粉牆東蹴地金蓮”。

［一三］露出花心現：褚人獲《堅瓠集》甲集卷二作“清泉一股流銀線”。

［一四］真珠：褚人獲《堅瓠集》甲集卷二作“珍珠”。

［一五］那小娘兒不見，牆兒外馬兒上有人見：褚人獲《堅瓠集》甲集卷二作“不想牆兒外馬兒上人瞧見”。

皮光淳

皮光淳，萬曆年間在世，字號、里籍見《全明散曲》第4043頁，《全明散曲》(增補版)第3964頁。

小 令

【南駐馬聽】 坐隱園贈無如高士

至樂當尋，橘裏閑談歲月深。況有泉鳴幽澗，松走寒濤，鶯囀春林。踈簾清簟絶塵氛，隱囊紗帽多風韻。應世無心，只恐東山難解蒼生任。

套 數

坐隱園與全一真人談弈

【雙調·夜行船序】

参透先機，羨當場一着，誰與争馳？人間世，變態浮雲難齊。休迷，百歲光陰，逝波一似，淹留無計。追悔，把輪鞅盡皆抛，任取放情山水。

【前腔】

環翠，選勝開園，見湘簾高軸，萬峰迤邐。笑金谷空自繁華難擬。幽棲，十里澄湖。朝朝暮暮，塵心堪洗。閑題，除是舊王維摹寫輞川佳麗。

【江兒水】

樹密雲團户，花開錦錯堤。六橋楊柳扁舟繫，九仙島嶼中天起。一潭藻荇文魚戲，風過蘭亭香細。求友嚶鳴，雅稱流觴曲水。

【玉交枝】

西山爽氣，映樓頭翩躚鶴飛，玄津好與群真會。一龕閑萬念俱灰，達生臺畔蘿蔦垂，觀空洞口松濤沸。愛清虚白雲款扉，笑風塵蒼岩振衣。

【玉包肚】

欲持半偈，對青蓮齋心六時，歎浮生總屬空華，向蒲團静參真諦。種成紫竹影離離，赤日行天午不知。

【前腔】

長林石几，賞心來摩挲鼎彝，擬揚雄嘲解玄亭[一]，況劉向火借青藜。圖書東壁不停披，興到長吟白雪飛。

【解三酲】

念賭墅東山高致，與烟霞夙有幽期。你今日行藏舒卷都無意，結林下幾心知？静思世上千年事，不值山中一局棋。閑遊戲，安排些雁行馬目，儆多少兔走烏飛。

【前腔】

對楸枰□然自適，慢呼童采蕨烹葵。集賢島上成高會，逢敵手兩相持。聲聲剥啄林花落[二]，面面攻圍海燕飛。閑情寄，識破了棋中三昧，怕甚麽前路危機。

【川撥棹】

成和毀，笑長安似弈棋。問何如橘裏棲遲，問何如橘裏棲遲。世緣空心中坦夷，謝塵勞蝶夢回，養天和鶴算齊。

【僥僥令】

推窗雲共駐，俯檻月相隨。黑白雌雄須更辨，卻不道柯爛山樵人代移。

【尾聲】

譜成石室千秋秘，坐隱從知勝坐馳，曾向長生説息幾。

（汪廷訥《坐隱先生集》卷首）

校勘記

［一］揚：原作"楊"，據文意改。

［二］啄：原作"喙"，據文意改。

歐陽陰惟

歐陽陰惟，字玉甫，廬陵（今江西吉安）人。萬曆年間在世。名字、籍貫據套曲題下署。

套　數

題坐隱，奉贈無無居士

【中吕·好事近】

人境結精廬，種當門垂柳扶踈。喧忘車馬，高士此中容與。庭除，障日參天嘉樹，分明是大隱之居。堪圖，澄湖緑嶼，映帶着芝房月榭，烟道雲區。

【泣顔回】

羞與世沉浮，日涉滄洲成趣。親人魚鳥，當窗兢躍歡呼。胸羅萬古，但揮毫倒峽詞源富。酒酣時慣讀離騷，月明中閑注陰符。

【榴花泣】

春來秋去，容易歲華徂，邯鄲道是危途。笑他每機關用盡鬢毛枯，空孤負玉兔金烏。塵心未刬歉，何從問向長生路？你一龕中養得惺惺，片言間且證無無。

【石榴花】

俗緣割斷何必用昆吾,持半偈,坐跏趺。興來林下覓潛夫,展楸枰石室歡娱。記東山當年將墅賭,仰風流尚然如故。因此上舍繁華愛瀟踈,友麋鹿,狎鷗鳧。

【普天樂】

未着先君能悟,對壘時君無負。羨靈光默識河圖,豈尋常掩襲機謀?縱横自如,任旁觀頃刻柯爛樵夫。

【古輪臺】

利名虚,幻如蕉鹿夢回餘。倩誰重唤莊周,起與談玄素?常記他至樂逍遥,謾隨趁牛馬相呼。爾管押江山,差牌風月,詩囊棋局酒葫蘆。向松蘿深處,脱形骸散誕無拘。臨池灑翰,分泉煮茗,開籠放鶴,清賞勝仙都。斜陽暮,殘局對冰壺。

【餘音】

橘中歲月優遊度,只恐望繫蒼生未可孤,你須學雲岫無心自卷舒。

(汪廷訥《坐隱先生集》卷首)

張曼倩

張曼倩，萬曆年間在世。

小　令

【北朝天子】 高士逃名於棋，率此奉贈

杯兒中影蛇，枕兒上夢蝶，枉使肝腸熱。光陰快似下坡車，莫負閑風月。楚漢雌雄，隋唐優劣，這盤棋空打劫。識時務是俊傑，善藏名是大俠。你自有不朽千秋業。

【南駐馬聽】 過昌湖，觀無如對弈

湖上尋盟，隔竹遥聞落子聲。羡你相逢國手，雅迺玄風，洶瀉凡情。比灌花洗竹有餘清，似狎鷗群鹿無争競。任意縱横，想青龍入夢常操勝。

（汪廷訥《坐隱先生集》卷首）

孫胤伽

孫胤伽,字唐卿、伏生,號生洲居士、東川居士,常熟(今屬江蘇)人。孫樓孫。好詩文,精填南詞,熟唐宋稗官及金元雜劇。有《豔雪齊集》、《談觚》、《玉臺外史》等。小傳見《康熙常熟縣誌》卷二十《人物·文苑》。

小　令

【北醉太平】 題坐隱,贈昌朝詞盟

青山故友,彩筆千秋,達人悟徹此生浮,肯虚名浪收。抱琴就向松風奏,攜枰展向筠房門。引觴醉向月陂謳,續東山勝遊。

【南傍妝臺】 無如丈已得棋中三昧,而著作更稱大家,奉贈二闋

天地一閑人,紅塵不上白綸巾。遲鄰翁開竹户,移短榻就花陰。棋聲已博東山墅,詩思還添北海尊。驚風雨,泣鬼神,清時且樹墨池勳。

新曲儷瓊瑶,只宜度入紫鸞簫。緑尊前頻唱和,紅燭下慢推敲。詞稱黄絹難爲巧,韻比陽春似□調。你是烟霞主,風月豪,一聲歌發壯懷銷。

(汪廷訥《坐隱先生集》卷首)

朱慶槲

朱慶槲，萬曆年間在世。

小 令

【南駐雲飛】 寄懷坐隱先生二闋

遥憶松蘿，欲和高人白雪歌。無奈關河闊，難逐鱗鴻過。嗏，你塵夢破南柯，橘中尋樂。聞道樓頭，夜夜來笙鶴，緑字丹書授碧阿。

三徑徜徉，不是談棋即舉觴。閑處遊情爽，醉裏吟魂暢。嗏，笑傲水雲鄉，襟懷迭宕。海闊天空，盡自容踈放，無事山中日月長。

（汪廷訥《坐隱先生集》卷首）

胡仁廣

胡仁廣，字德敷，萬曆年間在世。

小　令

【南駐雲飛】 同無如社兄花下小酌

才比春葩，一段閑情寄水涯。但坐山林下，愛聽漁樵話。嗏，花底寂無嘩，繁香堪把，片片殘紅，吹落黄金斚。劇飲渾如吸紫霞。

【南駐雲飛】 同無如堤上小步

徙倚長堤，緑浪寒摇蘿薜衣。畫舫中流艤，白鷺冲風起。嗏，春色正芳菲，花開如綺，步入湖心。面面山光翠，落日淹留一局棋。

（汪廷訥《坐隱先生集》卷首）

劉　然

劉然，字季然，歙縣（今屬安徽）人。善行楷書。萬曆年間在世。與汪廷訥交善[一]。

小　令

【南黄鶯兒】 仝一手談，頗得神解

寄興一盤棋，論饒人不是癡。敲殘江月閑遊戲，但能解頤，何勞用機？河圖理數從君契，着前知，得心應手，若個敢相持？

（汪廷訥《坐隱先生集》卷首）

校勘記

［一］另有清初人劉然，字簡齋，江寧（今屬江蘇）人。有《西澗初集》、《西澗二集》。輯有《國朝詩乘初集》、《諺榷》、《説林》等。

風月軒又玄子

風月軒又玄子，真實姓名與生平事蹟不詳，有小説《浪史》（又名《浪史奇觀》、《巧姻緣》、《梅夢緣》）四十回。約成書於萬曆末年。

小　令

【鬥鵪鶉】

小丫頭家口没遮攔，一味裏的言語傷殘。走了機關，好不羞慚。趕着這緑窗徑静，雲雨巫山。他做了半腰裏的饒頭，你做了一杯兒裏的添番。

（風月軒又玄子《浪史》第九回《大娘哄誘裙釵，春嬌耍弄書生》）

【紅納襖】

夢兒裏相偎的是伊，夢兒裏相抱的是伊。卻才舒眼來倒是你，只顧閉眼去想着伊。鳳倒鸞顛雖便是你，雨意雲情都只是伊。你今便耐久兒學我乖巧也，我只圖個快活兒，顧不得傷了你。

（風月軒又玄子《浪史》第十六回《李文妃春風意度，王監生一命歸陰》）

宋楙澄

宋楙澄(1569—1620),字幼清,松江華亭(今屬上海)人。萬曆四十年(1612)舉於鄉。有《九籥集》。傳見其子宋徵輿《林屋文稿》卷十《先考幼清府君行實》。

小　令

【中吕・鮑老兒】 嘲沈楚雲嫣

你那裏想着月明來的故人,只恨着臨行時錯擺了迷魂陣,到如今只指望雪入明壚變了花,銀人如玉,博得個柳色黄金嫩。你開着口好一似螻娘驚蟄,行一步似蝎婆擔孕,斜着眼似鬼母初醺。

【中吕・堯民歌】 代楚雲嘲

你一似喬楊花沾淤泥到處兒生根,化浮萍在波浪兒裏存身,變蠶蟲到衣服兒上招魂。那裏也白雪紛紛,只合着趁東風着地兒滚。

【中吕・十二月】 嘲楚雲

我和你恩情最親,畫得餅饑和飽共吞,填得海乾和濕同趁,撈得月有與無並分,鬼打鈸没字錢用了幾文,平勃達忽地生嗔。

(宋楙澄《九籥集》詩卷四)

米萬鐘

米萬鐘(1570—1628),字友石,又字仲詔,自號石隱庵居士。關中人,居京師。米芾後裔。萬曆二十三年(1595)進士,授永寧令,累官江西按察使。爲魏忠賢所惡,削籍。忠賢誅,起太僕寺少卿。一生好石,人稱友石先生。尤擅書畫,與董其昌有"南董北米"之稱。有《篆隸訂訛》、《北征吟》等。傳見倪元璐《鴻寶應本》卷八《米友石先生墓志》、《明史》卷二百八十八。

小　令

【掛枝兒】 打

幾番的要打你莫當是戲,咬咬牙我真個打不敢欺。才待打不由我又沉吟了一會。打輕了你你又不怕我,打重了我又舍不得你。罷、罷、罷,冤家也,不如不打你。

(馮夢龍《掛枝兒》卷二歡部)

天然癡叟

天然癡叟，號浪仙，生平事跡不詳。有擬話本小説集《石點頭》十四卷。

小 令

【掛枝兒】

王仲先你真是天生的造化，這一個小朋友似玉如花，没來由被你牽纏下。他夜裏陪伴着你，你日裏還饒不過他。好一對不生産的夫妻也，辨甚麼真和假。

（天然癡叟《石點頭》第十四卷《潘文子契合鴛鴦塚》）

馮夢龍

馮夢龍(1574—1646),生平見《全明散曲》第3583頁,《全明散曲》(增補版)第4423頁。

小　令

【掛枝兒】

語云:酒是色媒人。但有罵杜康者,而無謝杜康者。杜康冤矣。余足一篇云:

杜康哥我把你做恩人叫,虧殺你造下酒成就了多少相交。三杯落肚其實妙。春興虧你發,春愁虧你消。生澀澀要去的冤家也,虧你弄醉留住了。

六公云:讀此詞,杜康功浮於罪。

(馮夢龍《掛枝兒》卷一私部)

【掛枝兒】

或問余:"後篇番案佳矣,子尚能轉一語否?"余隨賦一篇云:

據你説燒窑人教我怎麽不氣,磚兒厚瓦兒薄既是一様泥,把他做磚我做瓦未爲無意。便道頭頂着我,到與你擋風雨。那脚踹的吃甚麽虧,頭頂是虚空也,脚踹是着實的。

(馮夢龍《掛枝兒》卷四别部)

【掛枝兒】　湯　婆

分明是竹夫人醋湯婆語。湯婆獨無言乎?余爲代一篇云:

湯婆子本是個耐歲寒的情性，一謎裹熱心腸和你温存。繡幃中錦被裹多曾幫襯，虧我伴過了三冬冷，你又别娶了竹夫人。你兩個貼肉的相親也，就放我在脚跟頭，你也還不肯。

家有二醋，主人苦矣。余再以一篇解之云：

竹夫人你是伶俐的體爲湯婆悶，湯婆子你是老成的也莫怪竹夫人。你兩人各自去行時運。冷時節便用湯婆子，熱時節便是竹夫人。我與你派定休争也，各自耐着心兒等。

（馮夢龍《掛枝兒》卷八詠部）

捉　奸

弱者奉鄉鄰，强者駡鄉鄰，皆私情姐之爲也。因制二歌歌之。一云：

姐兒有子私情忒忒能，無茶有水奉鄉鄰。巡鹽個衙門單怕得渠管鹽事，授記個梅香賠小心。

一云：

慣説嘴個婆娘結識子人，防别人開口先去駡鄉鄰。六月裹天光弗怕掀個凍瘡曆，行兇取債再是討銀精。

（馮夢龍《山歌》卷一）

【梧葉兒】

争甚麽名和利，問甚麽咱共伊，一霎時轉眼故人稀。漸漸的朱顔易改，看看的白髮來催。提起時好傷悲，赤緊的可堪，當不住白駒過隙。

（馮夢龍《三教偶拈》卷一《皇明大儒王陽明先生出身靖難録》）

札付紗帽詞

帽子滂頭青纻襖，换了烏紗真個好。道是文官勿見考，道是武官本事少。道是春官節氣早，道是壽官年紀小。道是陰陽各色官，又不曾隨着僧綱道紀司在府裹點個卯，還是家中有些金銀有些寶。呸，你還認甚麽真、弄甚麽鳥?

（池上餐華生輯《詩笑》卷下）

附　孫樓

嘲　妓[一]

馮猶龍有《嘲妓》【黄鶯兒】一卷。其《嘲長妓》云：

仰面覷妖嬈[二]，出蘭房須曲腰[三]，粉牆半露花容貌[四]。也不是雲妝髻高[五]，也不是繡鞋底高，拜如折竹因風倒[六]。好姣姣[七]，太湖石畔，有個女曹交。

《嘲麻妓》云：

繡閣俏嬋娟，恨朝朝費粉錢[八]，龐兒亂撲梨花片。千圈萬圈，不方不圓，水漚滿泛青波面[九]。貼花鈿，繁星拱照[一〇]，點破鏡中天。

（褚人獲《堅瓠集》戊集卷四）

校勘記

［一］此二曲又見《南宫詞紀》,《全明散曲》收入，孫樓作。《全明散曲》注云："此題中孕妓、娼妓、麻妓、眇妓、跛妓、秃妓、鑽妓、妒妓、癡妓、航妓、老妓等十一支小令，亦見馮夢龍編《黄鶯兒》一書，不著撰人。"

［二］妖嬈:《南宫詞紀》作"多嬌"。

［三］曲:《南宫詞紀》作"折"。

［四］粉牆半露花容貌:《南宫詞紀》作"牆頭露出如花貌"。

［五］雲:《南宫詞紀》作"宫"。

［六］折竹:《南宫詞紀》作"綽楔"。

［七］好姣姣:《南宫詞紀》作"對芭蕉"。

［八］費:《南宫詞紀》作"害"。

［九］青:《南宫詞紀》作"清"。

［一〇］照:《南宫詞紀》作"月"。

蘇子忠

蘇子忠，生活於明末，馮夢龍友。

小　令

捉　奸

古人説話弗中聽，那了一個嬌娘只許嫁一個人。若得武則天娘娘改子個本大明律，世間囉敢捉奸情。

此余友蘇子忠新作。子忠篤士，乃作此異想。文人之心，何所不有。

（馮夢龍《山歌》卷一）

舟　婦

小　令

勸郎歌

有舟婦制勸郎歌頗佳，因附此。

勸郎莫愛溪曲曲，一棹沿洄，失卻清如玉。奴有秋波湛湛明，覷郎無轉矚。

勸郎莫愛兩重山，帆轉山回，霎時雲霧間。奴有春山眉黛小，憑郎朝夜看。

勸郎莫愛杏遮舠，雨餘紅褪，點點逐春潮。郎試清歌奴小飲，腮邊紅暈繞。

勸郎莫愛檣烏啼，烏啼啞啞，何曾心向誰。奴爲郎啼郎弗信，驗取舊青衣。

勸郎莫愛維船柳，颭亂飛花，故撲行人首。奴把心情緊緊拴，爲郎端的守。

勸郎莫愛湖心月，短槳輕橈，攪得圓還缺。奴願團圞到白頭，不作些時別。

勸郎莫愛汀洲雁，一篙打起，嘹嚦驚飛散。縱有風波突地邪，奴心終不變。

（馮夢龍《山歌》卷四）

一鄉人

小 令

莫道鄉下人定愚,儘有極聰明處。余猶記丙申年間,一鄉人棹小船放歌而回。暮夜,誤觸某節推舟。節推曰:"汝能即事作歌,當釋汝。"鄉人放聲歌曰:

天昏日落黑湫湫,小船頭砰子大船頭。小人是鄉下麥嘴,弗知世事了,撞子個樣無頭禍。求個青天爺爺,千萬没落子我個頭。

節推大喜,更以壺酒勞而遣之。

(馮夢龍《山歌》卷五)

秀才僕

小　令

月子彎彎

一秀才歲考三等，其僕作歌嘲之云：

月子彎彎照九州，幾家歡樂幾家愁。幾家賞子紅段子，幾家打得血流流。只有我裏官人考得好，也無歡樂也無愁。

（馮夢龍《山歌》卷五）

張嗣音

張嗣音,會稽(今浙江紹興)人。瑞州推官丁聖功妻。

小　令

【懶畫眉】　憶　外

忙將筆墨譜離愁,爲憶兒夫在遠遊。緣何一去遂淹留,反把閑言來迤逗。怎不記少婦閨中又白了頭。

(王端淑《名媛詩緯初編》卷三十七)

校勘記

[一] 王端淑《名媛詩緯初編》卷三十七:"端淑曰:姆氏慧心蘭質,明敏幽芬,予之益友也。惜乎早凋。一曲得之巾帨,不勝惋愕。"

馮喜生

馮喜生，名妓，與馮夢龍交善。

小　令

送　别

勸君家休把那燒窑的氣，磚兒厚瓦兒薄總是一樣泥。瓦兒反比磚兒貴，磚兒在地下踹，瓦兒頭頂着你。腳踹的是他人也，頭頂的還是你。

後一篇，名妓馮喜生所傳也。喜美容止，善諧謔。與余稱好友。將適人之前一夕，招余話别。夜半，余且去，問喜曰："子尚有不了語否？"喜曰："兒猶記【打草竿】及吴歌各一，所未語者若者，獨此耳。"因爲余歌之，【打草竿】即此。其吴歌云：

隔河看見野花開，寄聲情哥郎替我采朵來。姐道我郎呀你采子花來，小阿奴奴原捉花謝子你，决弗教郎白采來。

嗚呼，人面桃花，已成夢境。每閲二詞，依稀繞梁聲在耳畔也。佳人難再，千古同憐。傷哉。

（馮夢龍《掛枝兒》卷四别部）

校勘記

［一］王端淑《名媛詩緯初編》卷三十九："【打草竿】隔河看見野花開，寄

聲情哥替我采朵來。姐道郎呀你采子花來,小阿奴奴原拿花謝子你,决勿教白采來。龍子猶曰:此名妓馮喜生所作也。善諧謔,與予稱好友。將適人之前一夕,招予與别。夜半,予且去,問馮曰:子尚有不了語否?馮曰:兒猶記【打草竿】及吴歌各一,所未語者,獨此耳。因爲予歌之。……端淑曰:巧慧絶倫。”

李雲翔

李雲翔，號爲霖子，廣陵（今江蘇揚州）人。有《金陵百媚》、《十醜十俊》、《名姝詞曲》、《六院女史清流北調詞曲》等。

小　令

【貓兒墜】

纖纖桃渡蕊，嫋嫋柳枝腰。花色春深籠月標，多嬌，衹應是姮娥謫世人間少。

【懶畫眉】

懨懨無奈可人憐，風雨相思夜不眠。乍逢心醉殷勤面，無端訴出衷腸怨，卻使知音一念懸。

【黄鶯兒】

綽約百花王，挹花魂夢欲香，筆尖描出風流帳。肖西施粉妝，肖楊妃玉妝，惹才人一似狂蜂蕩。歌聲喨，恍疑是仙樂奏蘭房。

【琥珀貓兒墜】

少年花影，飛月度東牆，兩兩清謳徹未央。翠眉含笑羞張敞、張敞，這仙姝玉女，仔細思量。

【寄生草】

俏冤家如花貌，惹得人心意焦。怎能勾摟抱小蠻腰，那時節方把想思覺。粉香膩玉人人好，又何須青紗帳紅綾被鸞顛倒。

【刮地風】[一]

俏嬌娘，俏嬌娘，風流的體態賽王嬙，怎能勾湯一湯，一湯到與人消災瘴。我的嬌娘，我的嬌娘，幾時守得摟抱了倒在俺的牙床，我也顧不得慢些慢些着[二]，管甚麽流蘇帳。

【寄生草】

俏冤家天生俊，天生下俊絶倫。嬌香一點小朱唇，玉溜半是情人近錦衾。莫教鴛鴦混，再休提無人畔錦屏前把香腮揾。

【刮地風】[三]

好花枝，好花枝，獨擅平康委是奇。斜軃着翠雲、翠雲裘，半挽着蟠龍髻。真是名姬，真是名姬，一點芳心託付伊。誰休，直待日色、日色西，方把那心猿繫。

【寄生草】

冤家的忒稔色，一見了難擺劃。怎當他有紅有白粉香腮，嬌嬌滴滴風流態。流蘇帳裹暢奇哉，叫幾聲俏乖乖，把你做心肝待。

（爲霖子《新鐫六院女史清流北調詞曲》卷一）

【北寄生草】

俏冤家情兒媚，新詞兒不費思，鴛鴦倒寫着相思字。俊郎君幾度常留住，纏頭百萬何須計。只願你軟温温香馥馥胸前睡。

【刮地風】

解語花，解語花，何事風流落狎邪。莫論你的俏心、俏心肝，怎比你的嬌嬌態？我的乖乖，我的乖乖，幾時守得暖玉温香抱滿懷，我也顧不得嫩腰、嫩腰肢[二]，一任那狂風擺。

【北寄生草】

一見你魂飄蕩，卻教人心下癢，相偎相抱難廝放。鳳頭鞋雙扣着要鴛鴦，眸凝秋水翻清浪。拂花箋寫情詞，一個個逢着上。

【刮地風】

千人愛，千人愛，千人賞識到有萬人害。都只爲你這一點俏心、俏心兒，引惹得那遊蜂采。翠黛兒新裁，翠黛兒新裁，扭捏着你那瘦腰肢，嬌滴滴輕盈態。我和你並香肩去醉芳、醉芳辰，偷結着同心帶。

【北寄生草】

俏冤家人留戀，十指兒玉纖纖。則見了他那宜嗔宜喜的桃花面，令人心下梭梭戰，人人盡是有姻緣。湯一湯，見一見，都把那鴛枕薦。

【刮地風】

俏龐兒，俏龐兒，人人愛你性兒奇。你畫出數峰、數峰青，又畫出個嬌嬌媚。好個仙姬，好個仙姬，一雙小腳兒步移遲，越教人知重、知重你，越教人心兒裏醉。

【北寄生草】

冤家的生來俏，若楊花到處飄。隨風逐浪無相較，秋波兒一轉，令人魂靈吊。人人見了叫嬌嬌。怎當你寫丹青，這風流其實妙。

【刮地風】

俏娉婷[四],俏娉婷,一雙那妙手兒寫丹青,賽過了倪雲、倪雲林。説甚麼徵明盛,真個惺惺,真個惺惺。他那談詩寫字更聰明,好個百事、百事通,越教人越知重。

【北寄生草】

俏寃家天生韻,見了人假親親。逢迎的曲盡了那千般順,嬌羞時不住的把那金蓮遁。春風滿面自可人,怎當他寫黄庭,一筆筆都是些迷魂陣。

【刮地風】

俊天生,俊天生,猛見你個龐兒體態輕,我只道是月殿、月殿仙,原來是個章臺媵。我的親親,我的親親,一雙的小腳兒值千金,且莫説你鳳幃、鳳幃中,款把那香腮揾。

【北寄生草】

俏寃家丰姿俊,見了他不覺的軟廝禁。些兒不見,教人心中歆。摸一摸兒,昏一陣來麻一陣。傳情寄興與知音,再放些錦香囊、紅繡鞋,攬着牙齒印。

(爲霖子《新鐫六院女史清流北調詞曲》卷二)

【北寄生草】

香馥馥的烏雲髻,青隱隱的兩道眉,怎當他苗條的一搦腰如醉,賣風情一雙的小腳兒嬌嬌媚。瑶琴一曲奏相思,一聲聲一句句,都是些留人意。

【刮地風】

理瑶琴,理瑶琴,惹得那王孫着意尋。滿搽着那錦纏、錦纏頭,幫得個嬌嬌襯。好個佳人,好個佳人,目凝秋水碧無塵,等得個欲黄、欲黄昏,再把香腮搵。

【北寄生草】

天生就寃家妙,天生就小阿嬌。天生就俊心兒那樣多靈竅,天生就小腳兒裹紅綃。天生就玉手兒撥得琴聲巧,天生就象牙床紅綾被鸞顛倒。

【打棗竿】

論佳人誰似你風情高妙,解人心知人意其實多嬌,醒時看醉時耍無不風騷。斜挑着金蓮小,輕將彩袖拋。可那雙星眼兒朦朧也,便是六斛珠兒何處去討?

【北寄生草】

俏娃兒恁嬌模樣,其如他性格兒良。逢迎的禮數兒,怎麽只等多明爽。見了他不由得心神蕩,逢人便效野鴛鴦。喘吁吁嬌怯怯,輕掩過芙蓉帳。

【打棗竿】

俏寃家誰似你另自個風流調,比你做海棠花你又更嬌。青紅嫩緑枝枝俏。將花比卿卿又解語,將卿比花花又易凋。怎似你個俊俏娘行也,一點慧性靈心兒知覺得早。

【打棗竿】

美佳人爲甚的可人意,初見時魂已亂怎禁我的相思,翻來復去一似隨卿意。還是隨你的那秋波兒轉,還是隨你的蓮步兒移。若是隨得上你的心兒也,夢兒裹也隨着你。

【打棗竿】

玉人兒誰似你般般會,也扮男也扮女那一件兒不宜[五]?登場時一團的,那嫋娜兒可人意。十指兒纖如玉,雙勾小腳兒稀。怎當他一轉的秋波也,乖人兒渾欲死。

【北寄生草】

俏冤家年紀幼,憑着你的一雙巧舌頭,千般的做作那百般的就。一雙的小腳兒偏疾溜,狃捏着腰肢似一個不繫舟。軟温温嬌滴滴一陣陣麝蘭透。

(爲霖子《新鐫六院女史清流北調詞曲》卷三)

【北寄生草】

俏冤家年方幼,風情兒怎麼人罕儔,輕盈的體態多疾溜。只憑那秋波兒見了人把情丢,怎當他遮遮掩掩眉兒皺,怎麼的一個個見了你情迤逗?

【打棗竿】

想當時那一個將嬌娃來做,做出來卻是個俊俏的青娥。席兒前枕兒上百般要做,做出的意態兒温如玉,做出的情兒熱處多。怎麼你一個小小的娘兒也,比那個老青樓還貼妥。

【打棗竿】

可愛你小身軀皎如飛燕,可愛你小腳兒千金難换。可愛你俏心兒傳情寄念,可愛你含羞情更遠。可愛你帶笑態偏妍,可愛你的眼角兒上風情也,臨去又把人勾轉。

【北寄生草】

冤家的爲甚來把你愛,也只是爲着你心性兒乖,風流兒惹下了相思債,到如今怎分開合歡帶。嬌嬌滴滴粉香腮,向晚來摟緊了,一搵一個牙齒界。

【北寄生草】

休説你的那年紀少，怎禁你的體態嬌。人人稱你是個女中豪，誰知你風流倜儻是天生妙。腰如嫩柳兒騁妖嬈，到晚來銷金帳紅綾被裏把乖親叫。

【打棗竿】

問娘行何事兒令人心繫，多因是軟妖嬈魄散魂飛。知乖識趣多風致，笑談時温似玉，酣歌時態更恣。只這一番放浪的追歡也，便是那俗人兒也先自喜。

（爲霖子《新鐫六院女史清流北調詞曲》卷四）

套 數

【越調·鬥鵪鶉】

春色争妍，陽和乍還，景物方鮮，芳菲萬千，一枝獨豔，最人可憐。恁的呵飄揺丰韻，體態娟娟。做了些迎風的飛燕，做了些待月的金蓮。

【紫花兒序】

則見他桃臉兒窈窕柳眉兒翠翹，則見他鴉鬢兒鸞肩，多管是着了呵半晌昏迷，多管是没利亂，魂飛心戰。姻緣，可教人盈盈秋水望將穿，卻不道意絆情牽。則爲那一搦腰肢，反惹下風流業冤。

【小桃紅】

弱態，出水紅蓮，皞拂可人肩，玉腕舒金釧。想他呵蕊珠宫裏謫降仙，正芳年，須教有玉種藍田。只愁玉漏頻催銀箭，只恐怕阻隔天塹，因此上不惜那買花錢。

【麻郎兒】

怎當他巧笑兒嫣然，玉筍兒纖纖，溫柔的性格堪憐，風流的靈犀堪戀。

【么】

縱不是天上仙謫降塵寰，也須是人世麗娟，也須是秦淮妙年，也須是南都首選。

【綿搭絮】

繡幕低垂，花枝掩映，則見他體態兒嬌柔，丰姿兒俊俏，卻不道對月兩嬋娟，怎得個錦衾共伊眠？便是那羽化登仙，説甚的赴高唐離恨天。

【尾聲】

須知是卿卿首占平康嬌豔，好共歹須則是朝朝鶯燕。不是俺品次恁冠秦淮，怎捨得你俏心兒如蓬轉。

【中吕・粉蝶兒】

蕊珠宮殿，謫降下素娥仙眷，超出那花柳鶯嬌娃萬千。恁還認落風塵隨錦陣桃花人面，只見了他玉質冰姿，早令人魂靈兒飛在天畔。

【醉春風】

細端詳他風流態，意已癡，俊嬌姿，情先戀，怎禁他步香塵底樣淺，牽惹得心兒裹留連，腰肢兒柳眠，玉溜兒秋水，蛾眉兒翠鈿。

【石榴花】

佳人窈窕人爭羨，一點櫻桃飛紅茜。梨花嬌面色偏鮮，秋波兒一轉，意態翩翩。未語那人前，先自兒靦腆。只見有一笑嫣然，慢將心事倩誰傳,也須是百萬錦腰纏。

【朝天子】

鶯鶯,燕燕,垂柳風前,摇曳黄金線。湘江緑水步金蓮,紅唇玉粳,那生嬌豔,對月下兩嬋娟。可怎生俊似神仙,恰又是心兒靈變,引惹蜂迷蝶戀,恍似那武陵源[六]。

【耍孩兒】

嬌娃體態柔,瀟灑真堪念。乍相逢月下花前,休言那輕盈羅襪金蓮小,鞸拂鴉翎緑鬢鮮。則見了他芙蓉嬌面,早千回迤逗,萬種留連。

【二煞】

情而媚,意而甜,琴調瑟弄牽紅線。柳腰乍折星眸斂,翠鈿初垂燕語歡。風流况味雛鶯燕,休説道粉香膩玉,只他那慧質難言。

【三煞】

夜深沉,枕簟前,軟温嬌滴如花面。檀腮低揾櫻桃小,玉擘斜舒粉項偏。喘嘘怯怯鶯聲顫,他做下千般嬌媚,無限妖妍。

【尾聲】

解語花難比,風流態自仙。王孫遺策才人羨,可能日醉芳叢金谷園。

【中吕·粉蝶兒】

俊俏丰姿,占青樓聲名久著。品格稀奇,風流堪數,則見他態温柔,情嬌媚,可人心知乖識趣。微酡臉上胭脂,不由人不風魔,浪蕩了心脯。

【醉春風】

烏雲半挽未成妝,好一似芍藥初含霧。縹緲羅衫,兩袖春未步。先回顧,賣弄些半折弓鞋,纖葱玉筍,滿面嬌婷。

【滿庭芳】

金蓮緩步,苗條身子,臨風玉樹。一雙兒俊眼淺碧如注,再休提那洛神賦,説甚麽妖妖的小蘇,能詩的薛濤難符。只是見了他玉梳雲鬢鋪,待月在黄花暮[七],賽嫦娥只少個白玉兔。

【四邊静】

體似凝酥,温香玉乳,一雙小腳兒湘裙護。燈兒下没揣的把高唐赴,鴛頸交,丁香吐。見星眼乜斜,耳邊廂不住,把小名兒輕呼。

【尾聲】

千金一刻春宵度,難罷手將人留住。再會那碧紗廚,則索要掀翻錦被,攪亂隊武。

【仙吕・點絳唇】

玉貌稀奇,嬝娜腰肢態委蛇。風流況味,占盡江南地。

【天下樂】

只疑是蕊珠仙謫塵世,香凝白玉肌。羅袂生春月上時,透靈犀花心醉,吐丁香舌上私,多應是王孫幾度迷情思。

【鵲踏枝】

舉金杯意態遲,俏心兒止自知。露春心眉兒眼兒,天生俊姿。輕盈弱態,帶雨花枝,乍見時渾欲死。

【煞尾】

春色滿章臺,春光在眉底,占卻人間佳麗。烏雲半欹,秋波湛渼,逞風流百般旖旎。鮫綃帳裏，鶯聲喘吁金蓮起。胭脂滑膩，梨花帶雨，垂海棠迎風醉。嬌滴滴俏娘兒，誰人不愛你。

（爲霖子《新鐫六院女史清流北調詞曲》卷一）

【雙調·新水令】

嬌媚龐兒畫怎描，瑞香浮花枝撩繞。秋波凝碧玉，雲鬢裊金翹。羅袖輕摇，試春衫軟柳腰。

【駐馬聽】

試弄花梢，人影衣香一路飄。眼色輕撩，淡翠眉峰止自描。驚起紅房醉欲消，怯東風怕聽金雞叫，繡抹酥胸蘭麝飄。赴高唐，怎禁他燕語鶯嬌？

【雁兒落】

我則見他拂鸞箋，寫就相思調，真是那高白雪免推敲。消了些愁愁悶悶懷，添了些想想思思俏。

【得勝令】

恰便似織錦散鮫綃，繫春心賽小喬。回文雙繡錦，譜韻落簫韶。真嬌，天生就靈慧心苗。俊俏，騁盡了風流調。

【折桂令】

着人處迷留没亂，魄散魂消。描不成他星眸欲醉，寫不出他獨坐無聊。楊柳舞纖腰，鬥東風粉汗流香態更嬌。破花朝儘着逍遥，年方少嫩葉柔條，翡翠蘭苕。佳期暗招，吟風弄月，酒酌葡萄。

【錦上花】

憑着你筆下知乖識俏，賣弄你風情迎機送巧。抵多少錦帳中紅豆相調，任翠點紅殷，轆轤春曉。

【碧玉簫】

情種心苗，金屏貯阿嬌。歌樓歡笑，彩簿宴芳宵。傳青鳥，日輪中人易老。粉酥融，態自妖[八]。碧落朝邀，明星夜醮，勝巫山雲雨迢遥。

【鴛鴦煞】

雲情雨意人所好，詩詞兒又勝似簫韶。秦樓多楚腰，似寃家俏心兒恁的少。月華姬，叢臺女，巫山清曉。幕寒生鴛鴦夢杳，畫屏深桃李相笑。有仙郎，是佳期，休認了春光老。

【正宫・端正好】

紅樓女阿嬌，眉鎖青螺黛。玉溜湛秋波，雙纖籠絳彩。步愣蹭做盡輕盈態，對花朝似王昭君來紫塞。

【叨叨令】

紫霞裳黄金釧雜着環珮，羅襪輕金蓮小嬌嬌媚，款歌喉瓠齒玉劃碎。你性兒温柔，真超出風流隊。是必休誤了也麽哥，休誤了也麽哥。那好花枝及時須戴。

【倘秀才】

你看他玳筵前輕謳那天籟，你看他花月下吟詩那答對。擅盡平康諸聾瞶，那羨閬苑仙廣寒姊欲臨法界。

【白鶴子】

脱鮫綃會藍橋把那鴛鴦帶解，透靈犀見他粉香洽背，喘吁吁難將兩氣安，嬌怯怯只將寃家愛。

【二煞】

夜雲輕銀燭輝，錦被翻低問誰，雨雲飛鶯聲細柔情如醉，良宵耿枕邊有釵横墜。美恩情一宵未了明朝再。

【三煞】

我從來見有章臺妓似卿卿真明姝，休只言他眼角流青睞。你看他筆尖横掃斷腸詩，將那香囊埋伏相思債。俏多才人争愛，惹多少王孫落魄，有辜負才子興懷。

【收尾】

做不得李將軍畫出漢宫春曉，俺這裏卷不去的俏心情，嬌滴滴天生丰彩，只趁着這嫩花枝迎曉露及時開，早須拚取百萬的錦纏頭，向錦叢中香閣内用心去買。

【中吕・粉蝶兒】[九]

俊麗嬌娘，體似凝酥，更温柔有香，淡春山横晚翠修蛾較長。似奇葩羞曉日，愁雨驟又怯風狂。鳳釵斜插，羅袖郎當，那知乖識趣的玉溜湛瀟湘。

【醉春風】

覷着你那寄春心舒玉簡寫幽思敢是謊，迤逗人心兒裏覺癢癢。儘日裏多管是雲施雨張。流蘇帳更忙，斷送了蜂媒，引惹得蝶狂。

【迎仙客】

我則見他似芙蓉怯曉霜，怕西風心懷那悒怏。歛容光，收豔香，傍浮鷗獨立秋江上。這風情非雅俊，詞壇不敢嚐。

【脱布衫】[一〇]

俏娘行舉止端詳，全没那風塵習尚。斂羅衫款款問個起居，和情詞鸞笙鳳篁。

【小梁州】

似觀音只少個白鸚哥柳枝瓶相傍，行一步金蓮散香。絳綃籠纖纖筍長，轉盼處令情人欲斷腸。

【快活三】

看人間天上，數佳期鴛鴦被裏翻紅浪。着了呵多因是遍體酥麻，魂迷半晌，抵多少老在那白雲鄉。

【四邊静】

錦屏半障，避情人深處學鴛鴦。銀燭吐光，同心設誓，地久天長。若能彀與你魚水永相忘，説甚麽十年身到鳳皇。

【尾煞】

性格兒温柔，嬌容非是謊。只這乍相逢，難盡識他風流况。須要弄月吟風，賡和詩章。

【中吕・耍孩兒】

只見他嬝娜腰肢官樣妝，俊龐兒一似梨花夜芳。鬢雲松雖是螺髻欹揚，瘦金蓮剛三寸長。閑將那情詞寫寄香羅帕[一一]，悶來呵纖指時撩紫玉璫。綺筵前銷金帳裏春心蕩，休道你有德言工貌，果然是柔媚温良。

【二煞】

嘲笑時不作腔，酒微醺興更狂。乍相逢郎當舞袖隨風颺，少温存選技徽歌咳唾香，便教是一傾百斗無謙讓。真個是離魂倩女，勾引些擲果潘郎。

【尾煞】

膩玉俊嬌姿，花羞非是謊。倜儻風流豪爽。雖然是漫效野鴛鴦，煞强如望雲英傍藍橋，索取那瓊漿。

【商調・集賢賓】

雖然是在風塵，他心神不逐流。看這俊麗芳姿，歌樓鮮儔。羅袂麝蘭香透，鎖春山翠色輕浮。那盈盈秋水横波，轉盼處兩情迤逗。檀結丁香，玉扣搔頭。舞罷時郎當兩袖，嬌柔似嫩柳迎風驟，粉臉似夭桃向日羞。

【掛金索】

姐姐呵你玉肌生香，羅袖胭脂透。裙展瀟湘步步金蓮瘦，芙蓉帳暖香裊鴛鴦繡。帶笑吹燈，羞解相思扣。

【金菊香】

早見你那筆尖兒曉盡了描鸞畫繡，不争你對有情郎，又與他花前和酬。對綺席頓開歌喉，眉翠常皺，愛殺你軟嬌柔。

【醋葫蘆】

我這裏欲寫你丰姿秀，怎當你靈心兒不可求。胸藏着無數江山，多因是寫來半幅錦繡。遠看着峰外峰樓外樓，近看來時又雲烟馳驟。正是遠沙洲，恍似近沙洲。

【梧葉兒】

比着小李將軍，你又多些靈秀，比着那王摩詰，便又多些馳驟。縱然任意放收，又守着繩趨墨轂。真個是白描高手，真個是士女班頭。

【青歌兒】

都一般樣俊龐兒、龐兒伊秀，似這等又聰明真個難右。花柳叢中第一籌，星眸交溜，芳心自投。對人前百樣的嬌羞，若梨花愁風驟。

【浪裏來煞】

我爲他相思未肯休，他那裏未必因君瘦。乍逢迎追歡的一段巧舌頭，叮嚀的今生裏效鴛鴦永偕不休。誰承望轉盼處玉人依舊，到如今悔卻從前錯念頭。

【雙調・新水令】

論秦淮歌舞久多聲價，似卿卿玉貌如花。秦樓宜少匹，楚館居伊亞。這俊俏冤家，湯一湯骨軟筋麻。

【步步嬌】

只見伊緑鋪雪鬢玉梳斜，軟腰肢剛纔兒一把，兩頰似凝霞。仔細端詳，可憎的玉溜，好似碧水泛桃花，一望裏竟無涯。

【落梅風】

金爐香篆浮，翠袖熏蘭麝。助嬌容玉花尖尖低亞，乍相逢，禮度從容，意兒浹洽，休還認做敗柳殘花。

【錦上花】

看你筆下丹青頃刻成花，酒後豪吟萬言如瀉。人人争羡你是個女孩兒家，煞强如風流隋何、浪子陸賈。

【甜水令】

想着你夜静無譁，頻斟玉斝，款啟朱唇，唱一個後庭花。説甚麽聲振林木，響遏行雲。月下胡笳，使天涯遊子盡忘家。

【水仙子】

俏娘兒，你分明是美玉無瑕，怎當你又誤落在狎邪，辜負你玉筍纖纖籠絳紗。小金蓮，真無價。想着你碧紗廚蘭臺芳榭，我與你乍相逢，記不真俏娘行軟玉温香，怎顯得態似梨花，趁東風及時須嫁。

【鴛鴦煞】

嬌鶯鳴，芳菲節，漫擁着七香車，拂鉛華，舒彩繪，寫着鮫綃帕。粉臉生春，雲鬢堆鴉。雖然是露水交情，怎當他温柔難罷。相思相見儘由他，無相訝，誰知你筆底走龍蛇，嬌滴滴玉人兒，莫令他隨風飄落。

【紫花兒序】

覷着你那倚定香几兒停思，將那隃麋墨輕研，執着筆尖兒酌量，都是些玉精神嬌模樣喬妝，都是些俏心兒不肯魯莽嬌娘。真個是帶雨兒般梨花醉日海棠，引得人意亂心忙。休只恁逐浪隨波，須索要金屋收藏。

【鬼三臺】

青山兒畫幾行，真清曠，遠處淡近處兒濃妝，流水兒汪洋。又畫着個小舟相傍，再畫着古堤畔垂柳兒絲長，牽惹玉人兒紙上。尋思這都是丹青將自主張，包藏了萬頃瀟湘。

【煞尾】

雖然是筆底風流俊俏娘行，怎禁他玉體兒生香，朱櫻斗帳。掩流蘇漫自温存,抵多少人桃源前度漁郎。

【仙吕·八聲甘州】

輕盈弱態,動多委蛇,嫩軟腰肢,迎風旖旎。見人先自笑嬉,滿面温柔不自持,一腔情熱原無異。娘行真個是賣俏妖姬。

【天下樂】

姐姐呵我見你按拂鮫綃,款款運思,寫出幽蘭芳香兒襲人衣袂,畫出那山水兒曠邈神奇。這是個青樓歌妓,脱胎在廣寒宫裹,因甚麽直恁聰慧多姿。

【寄生草】

想着你多丰韻意更恣,看你那情兒忒熱性兒肆,臉兒清潤身兒麗,不由人見了你,情牽心兒裏繫。鳳鸞交星眸乍動興偏濃,不由得不一個昏迷死。

【雙調·新水令】

緑雲蟬鬢嚲鸞簪,綻朱唇麝蘭香散。那秋波凝碧玉,羅袂怯春寒。月下偷看,對嫦娥也不恁般三。

【駐馬聽】

玉琢花攢,秀色嬌姿若可餐。體態幽閑,三眠宫柳舞腰蠻。一雙羅襪生蓮瓣,兩道蛾眉畫遠山。嬝嬝的婷婷,俏心兒好令人難廝探。

【攪箏琶】

打扮的身子兒嫺,準備着跨鳳兒乘鸞。只爲這撥雨撩雲,做出些賣笑追歡。操觚染翰[一二]，獨擅女詞壇。真個是俊俏罕班雲鬟。這等様龐兒若蕙蘭，個個要争攀。

【沉醉東風】

分明是飛瓊乍謫塵寰，又何論青樓柳敗花殘。一段温柔兒自可人，一片俊心兒真難按。筆下敘寒温，寫向鴛鴦簡。百忙裏牽惹人呵，使魂飛魄散。恁的是釣鼇的娘兒，勞把釣竿。

【甜水令】

良宵寂静，月上柳梢，絲管輕彈。真個是叶鳳和鸞。須索要款款温存，悄悄按納，唱個宜男。休錯認酒興方酣。

【離廷宴帶歇拍煞】

須記取畫堂風静翠簾閑，還須記解放襟衫噴麝蘭。分明是玉襯朱顔。嬌滴滴秋水湛碧波，緑沉沉鴉鬢初月吐，嫩纖纖春筍控連環。晚妝樓上等更闌，比及將鴛鴦錦帳彈。這事兒可曾慣，且自把玉乳兒輕摹。想着那靈犀兒暗度，則見他甜話兒熱鑽。虚喘喘軟一堆，一陣陣酥胸汗。從今後須是要忙裏偷閑，休辜負他枕畔言，天長地久，反去那濫檀槽，别尋個俏冤家調眉弄眼。

【中吕・粉蝶兒】

年少娘行，俊似那梨花洗妝，軟弱的身材兒飛燕回翔。我見他步香塵金蓮小舉止的當，雖不是出塞王嬙，也須是掌雲雨神女行藏。

【石榴花】

修蛾歛秀春山嶂，翠袖生香玉筍長。秋波轉盼情先蕩，嬌媚在臉上。錦心繡腸，鮫綃帕上，寫出那字琳琅。湯一湯手慌腳忙[一三]，渾身恍似添魔障[一四]，不覺的心兒裏癢癢。

【上小樓】

龐兒雅淡妝，皎潔真喬樣。這芳心識重知輕，逐意尋香，迤逗柔腸。縱然是有主張，對伊行，自目摇心蕩，何須待象牙床上戲鴛鴦。

【脱布衫】

曉妝時容貌端詳，百般那風韻眉尖上。對鸞鏡嬋娟兩兩，畫不就風流佳況。

【小梁州】

俏嬌娘，你衣袂自生香。乍見時情長意長，紅裙宜嫁緑衣郎。投羅帳，看雙雙鴛鴦，被底肯教輕輕放。

【尾煞】

趁良宵恣意顛狂，殘香破玉蹂紅浪。再莫説心兩身雙别樣嬌，休教那紗窗易曉聞雞唱。

【雙調・新水令】

乍相逢花下俊妖嬈，動人情柳葉眉梢。眼角兒風流，金蓮兒較小。玉梗櫻桃，未語時先含笑。

【落梅風】

杏臉欺紅玉，宫妝豔碧桃，看盈盈一似三月雛鶯巧。他優閑禮度無輕佻[一五]，舞霓裳只恁多嬌。

【錦上花】

目挑心許，文君風調。一刻千金，難買春宵。放不下的丰姿秋波俊嬌，買不盡的風情性乖心巧。

【喬牌兒】

字工歐顔精妙[一六]，將花箋自掃。休誇那晉人的風味高，豈如俏嬌娘無價奇寶。

【尾煞】

佳人解語花，漫説郎君俏。若少吝些纏頭錦鈔，縱有相如奇才，空看個飽。

【紫花兒序】

只見你玉貌蛾眉，粉香油膩，繡帶羅衣，髻挽烏雲，臉紅眉翠。菱花鏡裹，輕舒玉擘兒，喬妝些俊俏丰姿，準備着清矑送媚。人人稱道陽城下蔡，意惑魂迷。

【金蕉葉】

且休提芙蓉爲面柳爲眉，輕裊裊玉質香肌。只這俊俏的一腔情癡，寫向那錦雲箋紈扇時。

【綿搭絮】

裙染胭脂，香薰羅綺，花映青郊，月滿秋閨。呀，此際與個得意人，問柳穿花若耶溪。雖然是霎時夫妻，煞强如待西廂月兒西。

【尾聲】

風流人識風流味，不是風流莫與伊。再休提朱顔易委鬢雲凋，彩雲易散琉璃脆。

（爲霖子《新鐫六院女史清流北調詞曲》卷二）

【中吕·粉蝶兒】

花貌佳人,怎當他妖嬈丰韻,步香塵羅襪逡巡。黛眉高,烏雲嚲,臉生紅潤。比及將秋波盼頻,不由得這俊王孫兜的便親。

【醉春風】

則見他皓腕露春葱[一七],粉香濕練裙。輕歌麗曲似嬌鶯,恁響遏行雲。半額嬌羞,一腔春恨,兩道眉顰。

【朝天子】

纖柔柳腰可温,輕盈體態可親。他剪雪裁雲,又調脂弄唇,笑盈盈滿面春。月夕花晨,蘭麝香焚,操一曲【水龍吟】,真個清新。説甚麽知音律的卓文君。

【小梁州】

我只道玉質霞姿,秋水爲神,鶯鶯後身。偎紅倚翠心常馴,相思印,無限温存。

【石榴花】

記得在花亭月榭理瑶琴,露纖纖玉筍。彈的是《鳳求皇》,白雪與陽春。又道是黄鶴醉翁音韻,兩兩鴛鴦護水文。卻又是宋玉賦《洛神》,只一段溶溶孃孃芳韻幽,似鐵馬兒驟西風不住奔。

【鬥鵪鶉】

恰又似落花流水,悠悠颺颺,直恁冷沁人心。知音的眉留目亂,已自個一腔都是春。説甚麽性格的温純意態兒真,若是坐在紫竹深林,恍似個救苦的觀世音。

【尾聲】

鴛衾輕展，漫將蘭麝燻。背銀燈笑把繡鞋褪，玉扣鬆，金釵軃，寬卸了白練裙，抱冤家低低問，你休把美滿恩情作容易分。

【雙調・五供養】

東風軟，佳人初把羅衣换，黄金釧漸鬆那玉腕。豆蔻花前，薔薇亭畔，星眸轉翠，眉顰欲言，先笑還憨，低低唱和頻頻勸。兜的呵情親，兀的呵美孌。

【新水令】

只見他濃豔芳容，嬌羞猶粲，對韶華賺王孫忙裏偷閑。情若遊絲，輕輕的將人牽絆。若不是花下良緣，多管是武陵溪畔。

【喬木查】

夭夭色麗鮮，更嬌癡可觀。怎禁他那顛風弄雨經時换，怪紛紛只有鉛華虚幻，還戀他舞裙歌扇。

【慶宣和】

理瑶琴，對芳晨，款弄個三疊陽關，這都是令人留戀。莫説道初把那同心結兒綰，這番我只怕意馬乖心猿慢。

【折桂令】

我這裏軟玉温香，翠擁紅遮，芳心輕按。他可甚麽半含羞秋波流盼，笑對知心，悄語低聲。説個誓海盟山，道休忘了今夜輕拋散。

【月上海棠】

爲娘行把春心兒飄蕩，爲風流把寸腸兒欲斷。怕楚雲深鎖，那後期兒頓艱,廢寢忘餐[一八]。若負德辜恩,水枯石爛。

【喬牌兒】

想着你俏心兒,教我怎生的閃?想着你嬌模樣,教我怎生的拚?雖不是那送暖偷寒,何日裏再續團圞[一九]?

【尾聲】

佳人多窈窕,風流足大觀。從今後再莫向金屋裏把玉容探,則索向碧梧前蒼松下,聽卿卿把絲桐慢闌。

【越調·小桃紅】

風流,冤債未曾酬,章臺作楊柳恁嬌柔。白玉兒妝成就,嬝娜更含羞,甜話兒越覺的多情竇。雖則是燕乳鶯雛,只見他舉止端詳,分明是舊家風生來秀。

【麻郎兒】

我見他容貌嬌且年紀幼[二〇],相看着更比花枝瘦。嬌羞,先掩過那芙蓉袖,不覺的笑盈眸。

【絡絲娘】

見了人佯整着碧玉搔頭,蹙春山學把翠眉顰皺。乍破瓜的雛鶯情兒陡,不勝那雨馳風驟。

【尾聲】

徵歌初入譜,又把冰弦奏。只恐怕你不耐曉寒凝,又恐怕你難禁黄昏後。

【仙吕・元和令】

青樓中多紅袖，愛的是追歡賣笑騁風流。誰似伊款款温温慢整鴛鴦扣，輕輕的舒羅袖？誰似伊麝蘭香炷黄金獸，理瑶琴，慢撫個求鸞奏？

【上馬嬌】

正是那才人見了雲情先妒，幽意先投，正是淑女宜好逑。且休説眼角的風流，步香塵可敢那小腳兒飛紅繡？

【天下樂】

方信道蘭姿蕙質稱來久，兀自有體似凝脂香透。我則見螺髻上裊裊烏雲驟，檀結朱唇，腰肢較瘦。多管是有情人乍相逢魂飛魄走。

【尾煞】

雖然是花柳章臺，看伊行一似芳閨弱秀。縱不是閬苑裏的素女仙姝，也羞殺那齷齪青樓士女流。

【仙吕・八聲甘州】

花色芬芳，嬌媚娘行，兩者相當，花也應讓，自是豔麗無雙。追歡獻笑情多熱，解語知心獨擅長。且攜雲握雨，温柔有香。

【那吒令】

千嬌百媚，嬝娜行藏，幽芳自賞。乍同那錦席歡娱，情迷心蕩，豈辜負那人調笑未央。想着錦雲叢月夜花朝，佳期非浪。

【鵲踏枝】

指尖兒相商，眼兒裏着忙。推敲摹畫，都做了妙常嬌樣。只恐怕此際少個潘郎,俏人兒空懷悒怏。

【尾聲】

素文久擅平康巷,一種風情,兀自温良。恰如那海棠帶雨羞初日,豈似那柳絮兒,一任你隨風飄蕩。

【越調·鬥鵪鶉】

龐兒清俊,秦淮罕稀。腰肢瘦怯弱不勝衣。情兒温厚,性兒又恣。款步金蓮較遲,轉盼秋波神繫。百媚千嬌,豈宜遐棄。

【金蕉葉】

猛見了俏嬌娘玉骨冰肌,不由的人目眩神馳。與他向羅幃話個心知,只恐怕赴高唐又有所思。

【調笑令】

我這裏趁東風軟時,悄悄的與他話温存,慢慢的追隨。真似一個玉嬌梨,使得人乍見了心如醉。可喜娘的臉兒胭脂膩,兀的不引的那蜂狂蝶戲。

【小桃紅】

解語佳人態自奇,玉貌真無貳。閑來也緑窗人静時,慢把那棋枰敵。對知心少試國手兒,轉星眸睨視詳思。都是些情態嬌癡,兩般兒惹得人常愛伊。

【煞尾】

鴛鴦帳把鮫綃舒放,揾香腮怎禁他那弱態難支。温存時,慢慢的把花枝折取,休得要急忙裏,卻將這義海恩山,當做那等閑間野草牆花容易移。

【仙吕・那咤令】

温柔體態,嬝娜腰肢,世果無雙,蹙損淺淡眉峰春山較長。三寸的金蓮款步瀟湘,杏黄的衫子玉璫半扣巧妝宫樣。

【尾聲】

粉臉飛紅玉,檀舌吐丁香。我與他乍相逢在羅幃鳳帳,則索的款款温存着意相將。

【越調・綿搭絮】

佳人窈窕,春風初曉,羅袂生寒,玉肌更嫋。便道是秋波轉盼情多俏,怎當他柳似腰肢嫩且嬌? 雖然是青樓佳媵,何曾減金屋裏妖嬈。

【煞尾】

文鴛方妙年,媚比冰玉皦。莫教那曉風吹折嫩花枝,忍教零落無人掃。

【雙調・慶宣和】

蕊珠仙嫦娥妹美玉的無瑕,我見他玉腕輕籠絳紗,轉星眸,那情態似蜂蝶兒將花枝低亞,嬌滴滴雲鬟玉梳斜。

【尾煞】

羅袖香生扇,冰肌綴彩霞。這的是俊俏佳人,休猜做逐浪花。

【小梁州】

驀然見俊龐兒桃花嬌面,一雙的小腳兒似紅蓮兩瓣。向人前百般的留戀,不由人不愛這嬌鶯乳燕。

【尾聲】

流蘇帳底訴衷情,鴛鴦枕畔須綣繾。道休得要將佳期容易抛,須索要把同心帶重綰。

【中吕・粉蝶兒】

花貌嬌嬈,趁東風曉寒猶峭。軟腰肢剛一搦三眠柳條,蹙湘裙行一步可人憐,鞋弓兒較小,芙蓉那面兒滴滴嬌嬌。乍相逢,未語時,只見他先含着笑。

【醉春風】

只見你風流俊雅多靈妙,雜劇兒色色高。裝了些傳情的紅娘調,裝了些拜月把夜香燒。遺鞋兒更巧,聽琴兒幾遭。這《桃花記》居要。

【迎仙客】

我只見他嬝嬝婷婷、苗苗條條,這風流人世間絶少。貌兒嬌,心兒俏,扭捏着百般兒做作,縱有那妙人兒真難學。

【快活三】

他拾翠花朝,對幾個知心的俊俏閑年少,演一回浣沙溪上,兩兩眉目兒相挑,再做個秋江别棹。

【尾聲】

佳人態自奇,賣盡風流調。莫説道是秦淮中美少年,便是塞北江南應須少。

【仙吕·元和令】

少小妖姬他龐兒忒妍，軟弱的腰肢兒隨風吹轉，似嬋娟乍離了那蕊珠宫殿。行一步最可人憐。只看了他的嬌模樣，好教人意惹情牽，且魂驚心顫。

【上馬嬌】

只見他温良性，果然是謫降仙。呀，只他那鳳眼多留戀，唱一個【水紅花】，共着那離恨篇，再休提寄錦箋。

【勝葫蘆】

碧沉沉一泓秋水，無那最堪憐。見脣吐櫻桃茜，芳心嬌怯雛鶯燕。筵前席上，裝男扮女[二一]，幾度任更遷。

【節節高】

俊龐兒旖旎鸞肩，俏心兒靈慧難言。見了桃面嬌羞，兀自的遮遮掩掩。性兒温柔，情兒婉媚，且秀色娟娟。清謳一曲，雜劇幾番，舞袖翩躚。呀，卻不是蕊珠仙子偶落筵前。

【尾聲】

繡幃錦帳中，蘭亭花榭前。休提着鳳倒鸞顛鶯燕小，只這一段婉轉歌喉，不由得人不眼花撩亂口難言。

【中吕·粉蝶兒】

俏媚芳容，瘦腰肢玉扣輕鬆。烏雲嚲金釵欹鳳，蓮步移湘裙驟，秋波轉濃。檀板敲輕整喉嚨,唱一個《後庭花》江上芙蓉。

【尾煞】

眉宇妒夭桃,談吐多流動。真是那章臺中俏嬌娥,錦陣中志誠種。

【仙吕・勝葫蘆】

則見他如花嬌態果難描,賽江東小喬。一番流動生來妙,翠翹金鳳,檀板輕敲,只聞蘭麝飄。

【尾煞】

殷勤滿面春,倜儻多風調。若是共他在鳳幃中效鸞交,撥雨撩雲,興致偏饒。

【中吕・上小樓】

看他個龐兒玉瑩,兼着他體態輕盈,可早是説話知音。眉黛春山,星眼波横。休説他唱【金縷】,恰便似聽歷歷啼鶯。真是白雪陽春,少人和賡。

【尾煞】

纖腰嬌欲舞,蓮步甚輕盈。更有追歡色色精。

【中吕・醉春風】

則見他玉溜横秋水,春山簟翠翎。雙鈎羅襪金蓮俏,暢好是輕盈。怎當他筵前一曲,檀口香生,嬌鶯乍鳴。

【煞尾】

果然是小佳人有情,怎當他事事精?嬌鶯乳燕乍成人,只恐怕你小腰肢不恁撑。

(爲霖子《新鐫六院女史清流北調詞曲》卷三)

【雙調·新水令】

桃腮杏臉襯朝霞,軟腰肢忒嬝娜些。他舉止輕盈,那雲鬢堆鴉,玉梳斜插,似洛浦仙娃。

【駐馬聽】

金屋繁華,藏貯嬌娃,方二八美玉無瑕。秦樓楚館喬作衙,擅盡了那千金價。玉腕輕籠紫絳紗,湯着些手麻。動人處將秋波斜抹。

【攪筝琶】

只説是雙成謫下,又當做吴宫西子誇。卻原來是燕燕鶯鶯,惹得人心難禁架。王孫芳草,多因是殢殺。怎當他唱徹【水紅花】無差,嬌滴滴似鶯聲低亞,休自抱琵琶[二二]。

【甜水令】

楊柳柔腰,淩波瘦襪,唇吐丹砂。説甚麽風月豪華,須索向錦帳濃香,鴛衾鳳枕,款款浹洽,您有個風流調法。

【喬牌兒】

你看他情誼兒温洽,更不曾有些争差。紅錦纏頭多留下,何曾羨五侯家。

【尾聲】

清謳獨擅名,玉貌應無價。乍相逢記不真你的俏風情,只這鶯聲兒,一字字心常掛。

【越調・鬥鵪鶉】

曉妝初罷，眉宇相嘲。烏雲疊翠，釵橫鈿翹。情兒更媚，性兒更妖。相見了不心癡，過後也情偏着。楚楚清清，嬌嬌嬈嬈。

【調笑令】

我見他不將脂粉描，淡掃着那兩道蛾眉生來的俊俏。金蓮一搦湘裙罩，玉筍纖柔裹絳綃。輕謳低唱，似鶯聲將雕梁繞。兀的不引得人意馬難調。

【禿厮兒】

早是那秋波兒牽引着眉梢，那堪他曲聲兒唱徹的簫韶。雖然是詞出那佳人的妙，怎禁他一聲聲訴衷腸情好。

【金蕉葉】

乍見你俏娘行百媚千嬌，弄柳拈花心性巧。賣弄他些閑情别調，休猜做似楊花落野店溪橋。

【絡絲娘】

最堪憐星月下歌喉嬝嬝，會温存語言輕俏。雖然是歡娱未罄，怎當他雲雨相撩。

【尾聲】

芳容興果佳，青樓最年少。且莫説他一曲勝陽春，只這媚情兒，先令人絶倒。

【仙吕・八聲甘州】

龐兒俊幽,香肌罕儔,鴛鴦結扣,雲鬟輕收,風流體態難又。含羞玉溜魂應斷,蹙損春山態自柔。怎禁他弄嬌嬈,將靈犀緊湊。

【尾煞】

芳卿色太殊,就裏多情竇。且莫説他體態賽陽春,只這個曲擅金陵少並儔。

【仙吕・賞花時】

佳人一似嬌花逢人意,體態清幽委實的稱奇。芳心自斂,情兒解頤。我共他手兒相攜,講不盡情兒意兒。

【尾煞】

芳容斂翠,意兒較遲。才子騷人,盈滿客廬。再不向花前注所思。

【中吕・粉春風】

佳人體態多丰韻,俊龐兒似玉樹臨風倒。一鈎羅襪襯朝霞,秋波兒情先覺。怎當他纖纖玉筍,嫋嫋腰肢,青螺翠翹。

【尾煞】

輕盈俊嬌娃,擅盡清謳調。怎禁你一種柔情,一見了芳心先自好。

【雙調・新水令】

只見他容貌嬌嬈丰韻瀟疏,暢風流閑中媚嫵,俏心情似浪滾的飛花無住。小蠻腰滑膩如酥，與你倒鸞顛把衷腸訴。

【尾煞】

柔情冷處勤，不向閑中誤。真是個知趣着人的嬌娃，遍金陵難步武。

【中吕·醉春風】

遍青樓見幾個佳人卿自奇，那一個如卿俏？心兒靈性兒柔年兒少，情兒媚着人處更巧。簫聲兒嬝嬝，曲聲兒歷歷，非關是别調。

【迎仙客】

我則見鬢堆鴉擁翠翹[二三]，玉梳兒斜插金鳳梢。步遲遲，聲悄悄，真是個仙姬謫絳霄。一番兒嬝娜，自是生來妙。

【石榴花】

聰明性兒多風調，舌上吹成雙鳳簫。情流眼角猶含笑，俏賣金蓮小。湘裙輕罩，漫唱個【水紅花】在雲外飄。雲爲他停留碧霄，且知乖識竅誰能到，真是個俊麗小妖嬈。

【鬥鵪鶉】

我見他玉筍兒輕籠絳綃，未語人前先含笑。舒徐舉止不拘攣，輕盈一搦腰。量這浪蝶狂蜂，多因是將伊撩繞。也不管鶯雛燕嬌，也不管柔枝嫩條，儘着你百般傾倒。

【尾聲】

姿容媚色更嬌，雅淡妝梳，情態兒自好。豈必是逐浪隨波到處飄。

【紫花兒序】

比着你花貌嬌妍，金翹翠鈿，羅袂翩翩，輕盈婉媚。秀色娟娟，與那芳榭綺園，燈月下没揣的悄步花前，則見他無不可人憐。不恍疑他是蕊宫仙子偶降人間。

【金蕉葉】

他那裏畫春山翠黛兒鮮，拂烏雲鴉鬢蟬聯。扭捏着那腰肢若楊柳三眠。鬥春風，深小院，百千嬌軟。

【調笑令】

玉簫聲唤醒那豔陽天，多少的王孫公子，貪戀着你這舊家庭院。嬌嬌滴滴可人憐，行不動俏小的金蓮，見了他無不情意掛牽。兀的不是那魂飛天塹。

【秃廝兒】

早是那眼波兒斜溜着情緣，那知他俏心兒先懷着靦腆。只這和鸞簫低調着鳳管，一字字，訴衷腸，真堪戀。

【尾聲】

連城久有聲，青樓稱淑媛。只這鸞簫吹徹麗春院，無一個俊郎君不將卿卿戀。

【越調・小桃紅】

風流忒殺俏嬌娥，嬝娜難克和。脚下金蓮一瓣荷，軟紅羅，翠眉兒雙月蛾。留情恰在眼波，灑笑時醉顔微酡，熱温存也難瞧破。

【尾煞】

吹簫引鳳皇，歌聲雲欲墮。只是那一味風流，便是鐵石人也動火。

【中吕·上小樓】

只見他弄柳拈花,又不是裝聾做啞,則是投桃寄謎,月下花前,情屬沙吒,傍着那珠簾下。恰便有眼角兒酥麻,和那腳尖兒難禁架。

【尾煞】

蕙生多倜儻,玉貌更如花。只是灑脱風流,不肯早趁東風嫁。

【仙吕·上馬嬌】

他本是蕙質蘭姿,幽芳自奇,那羡他春風牆外枝,漫把那香羅翠袖垂。只見他嬝嬝婷婷,似仙姬,渾無二。

【煞尾】

初生雅潔天生就,不作輕盈叫佻姿[二四]。只是這一種的幽香,須是那知心人方識伊。

【落梅風】

玉筍籠紅袖,香肌絡臂韝。一腔兒埋伏的盡錦繡。那嬌柔似海棠帶雨羞,逞風流芳姿覺瘦。

【煞尾】

夢裏久已占平康,一種丰姿,另開情竇。嬌嬈雖不並西施,只雅淡清標難又。

【中吕·普天樂】

豔冶花,色色精,秋波玉琢神,眉黛山如畫。把香肩兒嚲,將金蓮兒按。款款輕輕步月明,齊齊整整,美玉無瑕。則是他胸襟兒更春容豁達,體態兒又風流飄灑,雅意兒温似那朝霞。

【快活三】

言慷慨,實可誇,一番兒俐齒伶牙。繫春心不似隨風嫁,情態兒更自浹洽。

【上小樓】

這的是腰如弱柳,卻不道臉似桃花。傳杯弄盞,須是那一飲千杯,雄談四座,花枝低亞。且自唱一個【謁金門】,那【攪箏琶】[二五],人争道閬苑仙娃(【攪箏琶】[二六],曲名)。

【四邊静】

心情兒尚奢,他態度從容脱灑,意興更佳。笑顔開,無虚假,這的是伶俐冤家,休認做喬作衙。

【小梁州】

良宵夜,遥看明月上窗紗。輕舒繡榻,兩袖蘭香方乍卸,摟冤家,香腮輕着牙。

【尾聲】

檀口搵朱唇,舌上吞蘭麝。這一種風情,若是那俗人兒,反説着風裏揚沙。

【雙調·新水令】

看了他玉貌恁娉婷,體凝酥嬝娜輕盈。髻松雲半挽,眉黛翠還輕。果是惺惺,對人前事事精。

【步步嬌】

他把那蛾眉淡掃脂粉輕,反憎他污了我芳容。縞素若壺冰,仔細端詳,風流的體態,恍如月下許飛瓊,偶來塵世降瑶京。

【落梅風】

綽約俏妖嬈,風流若可憎。只這番倜儻人人敬,無一個不引了魂靈。真個是龐兒越整。

【喬木香】

這曲聲兒音律輕,笑談間其實惺。一團脱灑,真個動人情。早是貌兒冰清,臉兒撲堆可憎。

【甜水令】

想着他綺席筵前,賡歌勸飲,賭墅呼盧,色色兒俱精。便羅幃繡枕,倒鳳顛鸞,温柔玉瑩,尋思來真勝蘇卿。

【尾聲】

飛玉芳名久,乍相逢滿面春生。莫言他眼角留情,只風流令人先自心兒肯。

【小梁州】

可喜佳人,喬妝宫樣新,真個是流水行雲,秋波伶俐誘人魂。情先馴,怎忍得隔朝昏?

【尾煞】

風流迴出塵,灑落多丰韻。只是那叫笑雄豪自不倫。

【禿厮兒】

可是他風流體態更娉婷,向人前賣弄他百般的聰明。真個是吟詩角技色色精,只這衾兒中、枕兒邊猶惺。

【煞尾】

筵前酬和,曲聲清真,真個是花外嬌鶯。只不可等閑容易間,浪把芳晨輕自擲。

【小梁州】

則見他玉容花貌果難描,真個是並西施賽過小喬。一番流動真奇妙,恁風騷,氣宇自雄豪。

【尾煞】

翠翹金鳳頭,羅袂生香馥。漫言他檀板輕度霓裳曲,只這媚黛新裁,恍似神仙眷屬。

【脱布衫】

原來是天上仙姬,暫謫在秦樓假寓。他風流體態恁旖旎,眼兒佳麗,情兒更恣。

【煞尾】

豪歌一曲真無對,賣俏迎歡兀自奇。休言他熱意相將,只這酒後乜斜，有無限嬌癡。

（爲霖子《新鐫六院女史清流北調詞曲》卷四）

校勘記

［一］刮：原作“括”，據曲譜改。下同。

［二］慢些慢些：原作“漫些漫些”，據文意改。

［三］肢：原作“枝”，據文意改。

［四］娉：原作“聘”，據文意改。下同。

［五］［二一］扮：原作“辦”，據文意改。

［六］武：原作“五”，據文意改。

［七］在：原作“再”，據文意改。

［八］妖：原作“夭”，據文意改。

［九］吕：原作“宫”，據曲譜改。

［一〇］布：原作“衣”，據曲譜改。

［一一］帕：原作“怕”，據文意改。

［一二］觚：原作“弧”，據文意改。

［一三］慌：原作“荒”，據文意改。

［一四］魔：原作“磨”，據文意改。

［一五］［二四］佻：原作“跳” 據文意改。

［一六］歐：原作“毆”，據文意改。

［一七］腕：原作“婉”，據文意改。

［一八］廢：原作“費”，據文意改。

［一九］續：原作“序”，據文意改。

［二〇］紀：原作“幾”，據文意改。

［二二］琵琶：原作“琵琵”，據文意改。

［二三］鴉：原作“雅”，據文意改。

［二五］［二六］琶：原作“琵”，據文意改。

王象春

王象春(1578—1632),原名王象巽,字季木,號虞求,新城(今屬山東淄博)人,王士禎從祖。萬曆三十八年(1610)進士,歷官上林苑典簿、南京大理寺評事、工部員外郎、吏部考功郎等。詩宗前後七子,有《齊音》(亦題《濟南百詠》)、《問山亭集》等。傳見錢謙益《牧齋初學記》卷六十六《王季木墓表》。

小　令

山雲水月

【黄鶯兒】 山

嵐氣日鬱蒸,到春朝分外明。尖岑平岫遥相映,聽牧笛晚聲,聽樵斤遠聲。夕陽過雨浮雲弄,醉芙蓉,他也不管古今興廢,只是一抹色青青。

【黄鶯兒】 雲

擁翠出盤中,吐天花幻物容。歸岩出岫原無定,朝來楚宫,暮壓秦封。引得那天涯遊子歸心動,望遥空,似這等漫漫蔽日,須仗大王風。

【黄鶯兒】 水

春澤碧溶溶,泛桃花出漢宫。風來吹縐金波湧,映雲霞在空,送年華此中。無情聲咽愁人動,問朝宗,茫茫晝夜,何事只奔東?

【黄鶯兒】 月

初見一鈎斜,漸團圓映彩霞。千門破夢深深夜,照閨人窗上紗,照征人塞上沙。嫦娥孤另何年嫁,望玉華,也有那清歌妙舞,恨不得常駐海雲車。

【黄鶯兒】 湖 朝

幾處起漁謳,點殘星水面浮。一霎時柳梢日影熹微透,鷗睡醒遠洲,魚浮吞聚漚。露盤牽動珍珠溜,轉灘頭,誰家夜飯,狼藉未曾收[一]。

【黄鶯兒】 湖 暮

擊榜衆帆收,噪歸鵶争樹頭。燈光歷亂人喧湊,采的蓮滿舟,打的魚滿舟。回身背指阿誰後,村酤酬,相邀夥伴,明日過西洲。

【黄鶯兒】 春 來

春色在何方,點花溪映柳塘。隨烟繚繞隨波漾,偕鶯聲到窗,送蝶飛過牆。雲稍更有春三藏,且徜徉,鬢眉香透,錦繡作肝腸。

【黄鶯兒】 春 去

春去可如何,問芳華尚幾多。昨濃今淡開還落,墮紅滿波,流鶯懶歌。惱得個多情杜甫只關門坐,恨花魔,吹來吹去,錦樹變青柯。

(王象春《問山堂詩》卷九)

校勘記

[一] 藉:原作"籍",據文意改。

淩濛初

淩濛初(1580—1644),生平見《全明散曲》第 3695 頁,《全明散曲》(增補版)第 4543 頁。

小　令

【商調・醋葫蘆】

衆嬌娘,黯自傷,命途乖,遭魍魎。雖然也顛鸞倒鳳喜非常,覷形容不由心内慌。總不過匆匆完帳,須不是桃花洞裏老劉郎。

夜光珠,世所希,未登盤,墜淤泥。清光到底不差池,笑妖人枉勞色自迷。有一日天開日霽,只怕得便宜翻做了落便宜。

(淩濛初《拍案驚奇》卷二十四《鹽官邑老魔魅色,會骸山大士誅邪》)

【畣調山坡羊】

那風月場那一個不愛,只是自有了嬌妻,也落得個自在。又何須終日去亂走胡行,反把個貼肉的人兒送别人還債。你要把别家的一手擎來,誰知在家的把你雙手托開。果然是keep的倒先羅了,你曾見他那門兒安在?割貓兒尾拌着貓飯來,也落得與人用了些不疼的家財。乖乖,這樣貪花,只算的折本消災。乖乖,這場交易,不做得公道生涯。

(淩濛初《拍案驚奇》卷三十二《喬兑换胡子宣淫,現報施卧師入定》)

【正宫調·滚繡球】

是誰人碾就瓊瑶往下篩,是誰人剪冰花迷眼界,恰便似玉琢成六街三陌,恰便似粉妝就殿閣樓臺。便有那韓退之藍關前冷怎當,便有那孟浩然驢背上也跌下來,便有那剡溪中禁回他子猷訪戴。則這三口兒,兀的不凍倒塵埃。眼見得一家受盡千般苦,可甚麽十謁朱門九不開,委實難捱。

(凌濛初《拍案驚奇》卷三十五《訴窮漢暫掌别人錢,看財奴刁買冤家主》、抱甕老人輯《今古奇觀》第十卷《看財奴刁買冤家主》)

【綿搭絮】

瘦來難任,寶鏡怕初臨。鬼病侵尋,悶對秋光冷透襟。最傷心静夜聞砧。慵拈繡綖,懶撫瑶琴。終宵裏有夢難成,待曉起翻嫌曉思沉。

(凌濛初《二刻拍案驚奇》卷三《權學士權認遠鄉姑,白孺人白嫁親生女》)

【黄鶯兒】

積雨釀春寒,見繁花樹樹殘。泥塗滿眼登臨倦。江流幾灣,雲山幾盤。天涯極目空腸斷。寄書難,無情征雁,飛不到滇南。

(凌濛初《二刻拍案驚奇》卷四《青樓市探人蹤,紅花場假鬼鬧》)

【商調·醋葫蘆】

兩情人各一舟,總春心不自由。只落得雙飛蝴蝶夢莊周,活冤家猶然不聚頭。又不知幾時消受,抵多少眼穿腸斷爲牽牛。

(凌濛初《二刻拍案驚奇》卷七《吕使君情媾宦家妻,吴太守義配儒門女》)

【掛枝兒】

俏冤家你當初纏我怎的,到今日又丢我怎的?丢我時頓忘了纏我意。

纏我又丢我，丢我去纏誰？似你這般丢人也，少不得也有人來丢了你。

【銀絞絲】

前世裏冤家美貌也人，挨光已有二三分好温存。幾番相見意殷勤。眼兒落得穿，何曾近得身？鼻凹中糖味，那有唇兒分？一個清白的郎君發了也昏，我的天那，陣魂迷迷魂陣。

（淩濛初《二刻拍案驚奇》卷十四《趙縣君喬送黄柑，吴宣教乾償白鏹》、抱甕老人輯《今古奇觀》第三十八卷《趙縣君喬送黄柑子》）

【畬調山坡羊】

這小秀才有些兒怪樣，走到羅帷忽現了本相。本是個黌宫裏折桂的郎君，改换了章臺内司花的主將。金蘭契只覺得□味馨香，筆硯交果然是有筆如槍。皺眉頭忍着疼受的是良朋針砭，趁胸懷揉着竅顯出那知心酣暢。用一番切切偲偲來也，哎呀，分明是遠方來樂意洋洋。思量，一□一□是聯句的篇章。慌忙，爲雲爲雨還錯認了龍陽。

（淩濛初《二刻拍案驚奇》卷十七《同窗友認假作真，女秀才移花接木》）

杜文焕

杜文焕(1581—1646後),字弢武,號日章、元鶴子,原籍崑山(今屬江蘇),徙延安衛。神宗時,以蔭累官寧夏總兵。熹宗時,鎮延綏、寧夏、寧遠,進右都督,尋引疾去。崇禎時,復故官,復謝病歸。入清不仕。有《太霞洞集》。傳見《太霞洞集》卷二十九《元鶴逸史傳》、《明史列傳》卷八十九、《明史》卷二百三十九。

小 令

【玉芙蓉】 二首 閑 適

垂髫被主恩,仗鉞清氛祲。向燕然親磨,盾鼻銘勳。銷鋒紫塞惟高枕,抗疏彤庭早乞身。(合)願從今,利名休問,任逍遥去跨蹇尋真。

同 前

烟霞氣味新,雲水風流甚。喜今朝遺榮,證法成真。清風明月情無盡,五岳三函自可親。(合)願從今,利名休問,任逍遥去辟穀全身。

【宜春令】 二首 即 景

韶光麗,淑氣濃,看無邊遊絲滿空。試尋芳郭外,緑陰千頃黄鸝應。殢人嬌日照桃蹊,可人意風回花徑。(合)喜清邊緑蟻堪浮,群賢相送。

同　前

鶯簧弄，燕翼翀，美三春芳菲正穠。向杏花村裏，典衣沽酒同歡慶。聽喧闐幾部鳴蛙，看倒掛一雙么鳳。（合）喜清邊緑蟻堪浮，群賢相送。

【畫眉序】 四首　紀　典

帝寵降門闌，出守雄關愧才淺。喜光生玉節，氣凜金壇。蓮花幕珠履繽紛，細柳營雕戈輝煥。（合）聊乘勝日開芳宴，謾鋪陳綺席瓊筵。

同　前

畫閣敞鈴嚴，壯志飛揚壯猷遠。看奇生豹略，詭出龍鈐。風雲幻八陣縱横，烟燧銷三邊清晏。（合）聊乘勝日開芳宴，謾加餐斗酒豚肩。

同　前

酒罷興逾妍，坐接群英對編簡。且暫韜武略，共撰文言。援枹手灑落珠璣，佩劍身憑淩詞翰。（合）聊乘勝日開芳宴，漫消受茗飲爐烟。

同　前

生怕愛根纏，習静遺榮得玄遠。任逍遥竹院，容與芝田。三宗會逸韻何高，五岳遊清心非淺。（合）聊乘暇日開芳宴，謾消受露飲霞餐。

【桂枝香】 四首　春　情

春光明媚，韶華佳麗。花開畫閣香凝，柳嚲瑶階風細。聽黄鶯對啼、黄鶯對啼，求友聲聲圓美。使我芳心摇曳，感良時，偎紅倚翠雖如此，惜玉憐香更待伊。

同　前

皇華星驛，紅塵雲騎。紛馳報我壇邊，有個人來天際。喜林英正滋、林英正滋，又是一番春意。自此芳情堪繫，盼佳期，整頓芙蓉褥，安排孔雀帷。

同　前

魚軒新蒞，鶯儔相契。行同雨釀朝雲，卧似魚游春水。看鸞交鳳飛、鸞交鳳飛，春宵堪貴。千金寧易，美如飴，不減登金榜，還如拜玉墀。

同　前

金尊浮蟻，銀盤烹鯉。熒熒畫燭高燒，滴滴銅壺初起。坐金屏繡幃、金屏繡幃，笙歌鼎沸，觥籌交會。興遄飛，百歲常相守，千年不暫離。

套　數

三教會樞

【集賢賓】

會庵窈窕霞際起，雲林烟水相宜。儒服黄冠羅漢履，日講學尋真問偈。環中規裹，自喜得三函頓啟。(合)心似洗，風不動博山香細。

同　前

齋名止善雲外倚，帷緇壇杏逶迤。習習春風當坐起，時共拈名宗性理。談鋒競起，探天心月窟無疑。(合)心似洗，風不動博山香細。

同　前

存真館搆珠樹裹，桃花流水成蹊。五色祥烟低復起，任縹緲壺天清麗。雲裝霞轡，看鎮日仙駢來去。(合)心似洗，風不動博山香細。

同　前

觀空洞鑿寒巘霽，鳴鐘清磬神怡。静向蓮龕参法旨，喜水净軍持堪浴。天花雲氣，儘空色氤氳相繼。(合)心似洗，風不動博山香細。

【餘文】

由來三教同歸旨，羨此際函三不二，悟後真詮永不迷。

五嶽壯遊

【駐雲飛】

世授韜鈐，元凱風流奕葉傳。手裏丘明傳，腰下袁公劍。嗏，承蔭美紅顔，十三榮顯。奏捷沙場，三十登壇坫。喜得功成在壯年。

同　前

掃蕩風烟，百戰功成若等閑。凱奏龍沙宴，銘勒燕然遍。嗏，持此報龍顔，急流回轉。跨蹇尋幽，五嶽參差見。喜得優遊在壯年。

【玉交枝】　二首

登高臨遠，鬱參差五山鎮天。雲梯風磴相縈絢，蔽峰巒縹緲風烟。丹崖峭削横翠巖，修篁晻藹長松偃。(合)任翱翔尋真討玄，任逍遥冥搜勝攬。

同　前

嵩高絶巘，鎮神州特立中天。岱宗太華東西限，恒衡常南北巉巖。三公峻秩標萬年，群仙靈宅紛填滿。(合)共攀緣向平比肩，漫追趨少文爲伴。

【玉胞肚】

名流勝選，陟崔巍葛引藤牽。揮彩翰覓句分題，庀行廚命酒開筵。(合)幽情非淺，啼猿唳鶴共盤桓，鎮日留連雲水間。

同 前

烟霞荏苒，共邀遊水曲山巔。縱步屐遍歷高深，放襟懷醉卧巖巒。(合)幽情非淺，啼猿唳鶴共盤桓，鎮日留連雲水間。

【餘文】

名山五嶽原非遠，浹歲能周萬里天，容與優遊不羨仙。

還山即事

【雙調・新水令】

一時投紱謝浮名，向山深儘多幽興。乾坤雙眼放，風月兩肩輕。穩步林坰，索强似冒烽烟圖僥倖。

【南步步嬌】

戟門漸遠旌旗影，笳鼓聲初静，紅塵隔窅冥。只見一片閑雲，幾盤幽徑，髣髴上蓬瀛，鴻飛霞舉今方稱。

【北折桂令】

想當年領將提兵，只爲那胡羯披猖、蠻獠狰獰，苦奔馳北討南征。俺已曾營開鵝鸛，京筑鯢鯨。恢蜀土功希鐘鼎，定天山威震邊庭，况親標馬柱、手勒燕銘。幸不比一丁無識，寸箭無能。

【南江兒水】

到如今百戰空皮骨，三思耗性靈。依依豹霧求虚静，悠悠鶴轡從馳騁，泠泠鳳吹交相應。矯首霞光耿耿，寄傲追歡，總在松丘桂嶺。

【北雁兒落帶得勝令】

餐霞居恰勝似受降城，踏月廊争穩似坑人阱。瑯嬛樓常近着白玉京，少游車不戀那元戎乘。俺又將烏帽换簪纓，把金策易霓旌。只這個熊羆相好，結就鷗鷺盟。功成，住物外逍遥境。心明，向霞邊自在行。

【南僥僥令】

爲儒緡縹帙，問道解丹經。索須把金函同印證，會三教期將大道成。

【北收江南】

呀，俺自期三教同歸大道成，那時節着羽帔禮瑶京，仙霞九色任憑淩，更圓通三昧斷凡情。俺喜孳孳不勝，喜孳孳不勝，又何須五侯七貴競浮榮。

【南園林好】

戀椿闈龍車緩迎，閉松關鸞軿且停。待百年恩情盡領，方好去恣遊行，向丹臺事玉清。

【北沽美酒帶太平令】

霞漿溜石髓清，丹鳳曜紫麟鯖。高宴春臺眺赤城，似李泌蚤歸衡。看冠蓋烟霞相映，好共玩天光雲影。任冥搜水秀山明，從此後千齡綿永，總福慧雙修交證。俺呵唱幾曲長清短清，論甚麽無名有名。呀，但自向閑裏求閑，静中尋静。

【南尾聲】

廿年蝶夢今初醒，五嶽幽棲四樂并，再不去執鋭披堅博利名。

（杜文焕《太霞洞集》卷三十二《詞餘》）

翁吉爔

翁吉爔，字裴郎，福建永春人。崇禎年間貢生，曾官儒學訓導。有《石佛洞榷侲小品》。

套　數

七　夕

【商調・二郎神】

相別久，到今宵尚將新話舊。記往年鵲步情偏幼，蟾宫簾捲，瑶娥獨坐寒橋。爲甚麽佳情病花酒，一段恩愛曾消受。念奴嬌，多更是天帝玉敕九霄。

【鶯啼序】

仙宫絳闕日逍遥，但恨參辰卯酉。錯把姻緣隔遼，不是姻緣差謬。相對淚罷盈盈休，説世上情還比仙家有，雨落花開人浪口。

【簇林鶯】

望北斗，景瀟瀟，説甚高唐把夢挑。銀河水流不斷，星宿怎把情休。千秋萬載，因此上傳道牛郎織女，弄玉吹簫。支機石畔，敲却月明條。

【啄木兒】

曾梭落，垂珮條，七月七夕長聚首。記玉妃晝掩清扉，想河前碧漢槎舟。更憶他寄語羞看羅花袖，欲歌又罷君郎右，望郎莫把這情僥。

【鬬雙雞】

天台近，天台遠，桃源女伴不知路，桃源女伴結輕綃。最惱花間緣就，花間是何處，送郎落後。把年年春風一旦盡邀。

【念佛紅花】

何須七七九九，被何人阻逗遛。奈嚴命恨飄飄情飄飄，卿卿惜否。多應媒舌失配，緣似水漂，天門難扣九霄。光陰不迅思量起，幾旌揺。殷勤囑付也付話難囉。

【尾聲】

漫低徊，莫低徊，低徊却把相思焦，直待要王母月娣會西瑶。

懷　人

【南吕・石竹花】

佳人何處，情鬼肝魔，只爲傷情情傷多，怎惹着相思禍。濃花怎麽，叢閑館空擲玉梭。教却斷腸斷若何，懨懨愁倒，昏昏朊朊。料應是春去花乖，弄得我思病沉疴。

想當日春夢春羅，幾時特地愁消破。漫蹉跎，翻教我挫磨，方纔得碧落雲山懶卧。數日裏殷勤較可，無奈朝暮思量何。流水何赶落花舵，眼成穿何曾把悶過。怎知道楚臺秦樓，甚時也相思安妥。

【漁家傲犯】

莫不是月明浪雲波,莫不是斜日西鎖,莫不是丹霞布未和,莫不是隔墻花笑罪犯他。我爲你心醉眼癡被親友呵唾,我爲你蘭冰雪玉都變是火,我爲你盡日思難到,我爲你暗歎輕呵。

愛殺你鳳鶴舞和,愛殺你螓首燕肩雙眉蛾,愛殺你相將梨花杏花歌,愛殺你奇香貼腮親弟哥。這深情耐何,割着銀雁擔磨挫。未識甚時節相見,枉如今思滿心羅。知麽,這恩情是人人經過。設錦箏未訛,計徘徊,鸝語向我温存,想也應相憐我。

【尾聲】

衷腸幾度玉娥,訴把心懷坎坷,我也繡槎泛銀河。

(翁吉熼《石佛洞榷倀小品》卷十六)

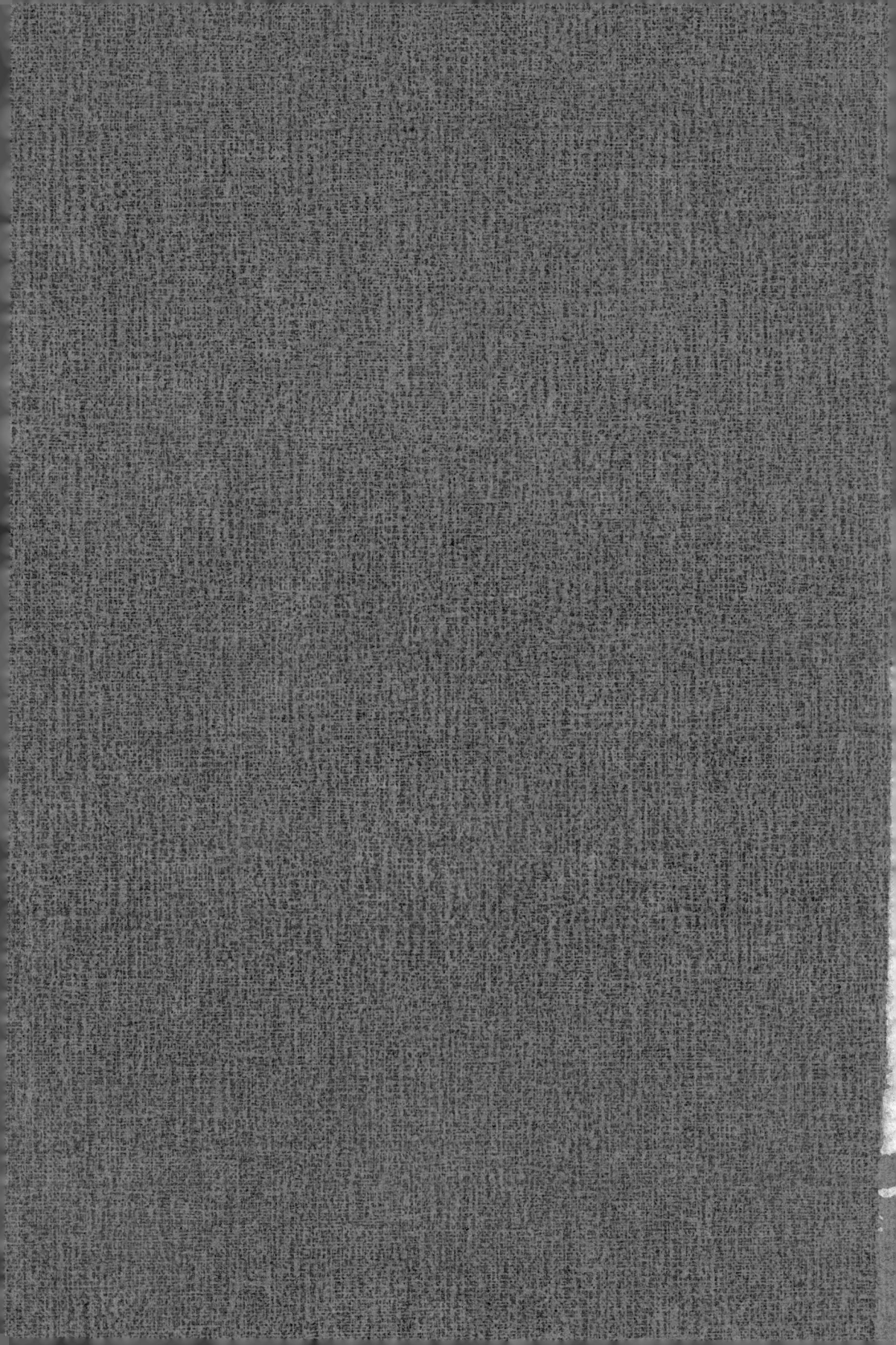

明清散曲輯補

（中）

汪超宏 編纂

范壺貞

范壺貞，字淑英、蓉裳，吴縣（今屬江蘇）人。范允臨侄孙女，胡畹生妻。有《范蓉裳胡繩詩集》。

小 令

【玉胞肚】 並頭蓮紀勝

碧灣波媚，小池芳花容撲眸，懺神明做了並頭。頭並處兩心如醉，消除心苦解忘憂。面面相看也耐羞。

【前腔】 代並頭蓮答

良緣判定，結同心三年蚤謀，藕絲兒並繫心頭。中央水分明作證，香銷粉墜不須愁。再世相偎聽苧謳。

【黄鶯兒】 獨坐懐友，代兄

夏杪又輪秋，歎韶光幾度流。絲桐囊久誰堪奏。爐香静浮，魚書懶修，池塘花氣隨風透。睡侵眸，羲皇一枕，穩泛夢中舟。

鎮日想丰容，悶懨懨日下春。驚飛小鳥花枝動。鐘清梵宫，琴鳴遠鴻，逢人懶説相思夢。猛臨風，丹霞天末，顥氣壓崆峒。

【懶畫眉】 代兄賀友人納寵

池塘秋暮水痕收,隔浦尋芳花徑幽,玉人應上晚香樓。須知此夕何夕,只見他人月雙清共九秋。

套 數

觀荷紀趣

【梁州序】

羅衫新整,池荷争放,此地花神偏旺。清陰四繞,多情挈伴徜徉。恰是凌波仙韈,舞月霓裳,巧會難描狀。花神應笑也,覷何妨,若個風流賽六郎。(合)清世界,真蕭曠,任荷歌蓮曲頻頻唱。休辜負,再來賞。

【前腔】

碧潭雨過,蓮衣風颺,水濺荷珠如浪。花心暗動,並頭槳出新妝。那更嬌姿欲語,殢態如狂,值得相親傍。無端聲勞攘,莫慌張[一],漫拾餘香滿袖涼。(合)清世界,真蕭曠,這一番行樂消魔障。須記取,酤新釀。

【前腔】

露珠兒滴綻蓮房,月圓候堪乘宵爽。羡天然梳掠,星眸偷向。好似輞川襟韵,金谷風光,此景佳無量。何須争伎倆,好尋芳,一曲蓮歌入醉鄉。(合)清世界,真蕭曠,喜今宵樂事從天貺。天做美,任人暢。

【前腔】

俏低聲二八女郎,殢芳情常懷悒怏。趁清宵懸鏡,荷風徐盪。那怕冶游浪子,倒白顛黄,惟有花相諒。何緣頭共並,細端詳,出水雙蓮浴水鴦。(合)清世界,真蕭曠,記天生百媚花模樣。停描繡,且徐想。

【節節高】

年年菡萏香,水中央,嬌裝靚束爭春往。波新漲,雨漸凉,冰輪晃,此時此夜君休忘。只恐清光去難留,從今學得身無恙。

【前腔】

情癡共態佯,貌如狷,問花不語渾拋漾。初相訪,再上場,勾清帳,奈脚兒禁住心兒痒。只恐清光去難留,夢中花語來書幌。

【尾聲】

追尋芳翠非虚獎,花滿池塘月滿廊。願取花月同人歲舉觴。

(范壼貞《范蓉裳胡繩詩集》卷一)

校勘記

[一] 慌:原作"謊",據文意改。

楊爾曾

楊爾曾，字聖魯，號雉衡山人、夷白主人，錢塘（今浙江杭州）人。生卒年不詳，編有小説《東西晉演義》十二卷五十回、《韓湘子全傳》三十回。《韓湘子全傳》卷首有烟霞外史天啟癸亥(1623)序。

小　令

【桂枝香】

鶴童覺悟，師來看顧。一自去年送汝到昌黎，至今日又離丹府。汝不要啼哭，汝不要啼哭，聽咱吩咐。目今安否，暫拘束，久已後升騰紫霄，名鐫洞府。

鶴兒寧耐，暫居天外。歎循環暑往寒來，撚指間光陰二載。想韓門小孩，想韓門小孩，非常氣概。端的棟梁才，本是大羅天上客，思凡下玉街。

（楊爾曾《韓湘子全傳》第二回《脱輪回鶴童轉世，談星相鍾吕埋名》）

【上小樓】

我愛的是山水清幽，我愛的是柴門謹閉。我愛的小小曲曲、悄悄静静茅庵底，我愛的喜孜孜仗數杯如癡如醉，我愛的日三竿鼾眠未起。

【那吒令】

我若做大人，佩金魚掛紫袍。若做客人，秦莊妟有親。我若讀三史書,也須學車胤。我若做個道人,步霞卧雲。這三人惟道獨尊。

【鵲踏枝】

我只待住山林,整絲綸,爲道人,草舍茅庵過幾春。巨富的大廈高門,居官的位尊臺鼎,都不如草履青巾。

(楊爾曾《韓湘子全傳》第三回《虎榜上韓愈題名,洞房中湘子合卺》)

道 情

歎水火兩無情,欲火煎熬損自身。還須着意多勤慎,陰陽自生。築基煉神,降龍伏虎休狂奔。養其身,調神息氣,内外兩無侵,内外兩無侵。

【五更轉】

一更裏端坐,慢慢調龍虎,潤轉三關,透入泥丸路。龍盤金鼎,虎咽黄庭户。得些功夫,等閑休訴,等閑休訴。

二更裏二點敲,陰陽真氣妙。上下三關,莫教錯了。嬰兒姹女得黄婆,自然匹配了,自然匹配了。

三更裏月明,正把乾坤照。産藥根苗,只在西南道。鉛遇癸生,急采方爲妙。海底龍蛇,自然來相盤繞,自然來相盤繞。

四更裏更妙,坎離要顛倒。晨昏火候合天樞,子在胞中,萬丈霞光照。位産玄珠,此法真奇奥,此法真奇奥。

五更裏天曉,籠内金雞叫。有個芒童,拍手呵呵笑。喂飽牛兒,快活睡一覺。行滿功成,自有丹書詔,自有丹書詔。

【梧桐樹】

一更裏調神氣,心猿意馬牢拴繫。莫學閑遊戲、閑遊戲,昏昏默默煉胎息，開卻天門地户閉。果然通玄理，通玄理。

二更裏傳宇宙，一道靈光漸通透。龍虎初交媾，初交媾，提防三關莫要走，莫要走。

三更裏一陽動，金鼎將來玉鼎共。煉就真鉛汞，戊巳配元紅。鼎内金花吽，金花吽。

四更裏月當空，玉鏡高懸處處同。照見海東紅，隔山取火鬧哄哄，鬧哄哄。

五更裏雲收徹，靈圭弄新月。處處瓊花結，瓊花結，火候抽添按時節，氤氳降紅雪。莫把天機泄，天機泄。

【沽美酒帶清江引】

想爲官有甚好，看富貴似波濤。不如俺色空清净破衲襖。掩柴扉静悄，也不戀雌雞叫。紫羅袍煞强如傀儡棚中喧鬧，榮華的似瑞雪湯澆。閑伴着仙童采藥苗，悶把瑶琴操。操的是古調，鶴鳴九皋，一任旁人笑。有一日削禄禍難逃，藍關雪擁長途道，那時方曉。

【黄鶯兒】

慢慢自沉吟，下深功受苦辛，經行日夜眠不穩。要見本來那人，把心猿緊縈。三關運轉透入《黄庭經》。煉真精，刀圭不用，天理自相生。

忽見那牛奔，鼻撩天吼一陣，摇摇擺擺擒不定。拽住了那繩，休教亂行，往來日夜跟隨緊。牧牛人，丹田界，管取稻花生。

（楊爾曾《韓湘子全傳》第四回《灑金橋鐘吕現形，睡虎山韓湘學道》）

【山坡羊】

想人生空忙了一世，攢家財都成何濟？看看年老，漸漸把你容顔退。親的是你兒，熱的是你女。有朝一日無常來到，那一個把你輪回替？傷悲，不回頭待幾時？傷悲，葉落歸根在那裏？

【桂枝香】

至今日便離城，訪仙家做好人。看你爲官爲宦圖些甚，辭别了六親，跳出了火坑，把酒色財氣都休論。兩離分，華堂精舍都不愛，我愛卧松陰。

天清月皎，白雲弄巧。脱離了業海波濤，不顧家中老小。把家緣棄了，把家緣棄了。徑往山中學道。日勤勞，但得功成就，飛升上九霄。

（楊爾曾《韓湘子全傳》第五回《砍芙蓉暗諷蘆英，候城門衆譏湘子》）

【桂枝香】

天明月皎，修真學道。今朝領到山中，傳汝真經玄妙。汝把無明滅了，無明滅了。戒言除笑行顛倒，把門牢。五嶽朝天日，金丹火内燒。

心明意皎，工夫不小。只因你宿世根緣，遇着長生正道。把三屍降倒，三屍降倒。形神俱妙且逍遥。慢飲長春酒，方知滋味高。

師明法皎，拈香祝告。若得見性明心，纔顯恩師傳教。喜穹蒼知道，穹蒼知道。心中情表是今朝。乾坤互换，離坎卦中交。

（楊爾曾《韓湘子全傳》第八回《菩薩顯靈升上界，韓湘凝定守丹爐》）

【浪淘沙】

貧道下山來，少米無柴。手拿漁鼓上長街，化得錢來沽美酒，自飲自篩。

漁鼓響聲頻,非假非真。不求微利與鴻名,一任狂風吹野草,落盡清英。

【遍地錦】

十歲孩童正好修,元陽不漏可全周。金丹一粒真玄妙,身心清净步瀛洲。

二十以上娶渾家,活鬼同眠不怕他。只怕金鼎走丹砂,撞倒玲瓏七寶塔。

三十以上火烟纏,卻似蠶兒繭内眠。渾身上下絲纏定,不鋪蘆席不鋪氈。

四十年來男女多,精神耗散損中和。思量若是從前苦,急急修來也没窠。

五十以上老來休,少年不肯早回頭。直待元陽都耗散,恰似芝麻烤盡油。

六十以上老乾巴,孫男孫女眼前花。那怕個個活一百,皂角揉殘一把渣。

七十以上頃刻慌,妻兒似虎我如羊。若有喜來同歡喜,若有憂愁只自當。

一個老兒七十七,再過四年八十一。耳聾眼瞎没人扶,苦在人間有何益?

【浪淘沙】

酒醉眼難開，倒在長街。人人笑我不咍咳。動問先生居何處，家住蓬萊。

（楊爾曾《韓湘子全傳》第十回《自誇詡龜驚雁災，唱道情韓湘動衆》）

【玉交枝】

貪杯無厭，每日價泛流霞瀲灩，子雲嘲謔防微漸。托鴟夷彩筆拈，季鷹好飲豪興添，憶蓴鱸只爲葡萄釅，倒玉山恁般瑕玷。又不是周晏相需，糟醃着葛仙翁，麯埋着張孝廉。恣狂情誰與砭，英雄盡你誇，富貴饒他占。則這黄壚畔有禍殃，玉缸邊多危險。酒呵，播聲名天下嫌。

【么】

待誰來掛念，早則是桃腮杏臉，巫山洛浦皆虚豔。把西子比無鹽，那裏有佳人將四德兼？爲龍漦衾枕是干戈漸，錦片似江山着敵斂。可曾悔戀子穠纖，碎鸞釵，閑寶奩，這風情怎强諂？眼見墜樓人，猶把臨春占。笑男兒自着鞭，歎青娥藏刀劍。色呵，播聲名天下嫌。

【么】

富豪的偏儉，奢華的無邊是聚斂。王戎、郭況心無厭，擁金穴，握牙籤。可知道分金鮑叔廉，煞强如牢把銅山占。晉和嶠也多褒貶，恰便是朱方聚殲。有齒的焚身，多財的要謙。斗量珠，樹繫縑。刑傷爲美妹，殺伐因求劍。空有那萬貫錢，到底來亡溝塹。財呵，播聲名天下嫌。

【么】

英雄氣焰，貔虎般不能收斂。夷門燕市皆爲僭。空僝僽，枉威嚴。探丸厲刃掀紫髯，笑談落得填溝塹。盡淋漓一腔丹慊，惹旁人血淚横霑。冷覷王侯暖，守兵鈐，髮冲冠，雄猛添。驚惶博浪椎，寂寞烏江劍。恁忘了泡影與河山，算相争都無饜。氣呵，播聲名天下嫌。

【醉鄉奉】

打漁鼓高歌興添，采靈芝快樂無厭。大叫高呼，前遮後掩。騰雲駕霧，霎時間遊遍九天。一任傍人笑我顛。

（楊爾曾《韓湘子全傳》第十回《自誇詡龜鶩罹災，唱道情韓湘動衆》）

日月轉東西，歎人生百歲稀。總不如我頭挽一個雙丫髻，身穿領布衣，脚穿雙草履。許由瓢是俺隨身計。待何如，雲遊海島，誰似俺猶夷。

老公公，我看你兩鬢白如綿，你今日開了酒店，只爲要賺些錢。因此上老少們不得安然。俺化你一壺香醪飲，保佑你買酒的閙喧喧。你若是肯欣然，俺替你做一個利市仙，包得你一本兒增出一倍錢。

堪歎那人心不足，朝朝暮暮，只把愁眉蹙。凡夫怎識大羅仙，胡言亂語多詆觸。笑你年高猶自不修行，開張酒店空勞碌，人心待足何時足。

【畫眉序】

兒封母拆書，霜毫未染淚如珠。幼年間遭不幸父母雙徂，多虧叔嬸撫遺孤，養育我二八青春富。雖然娶妻房林氏蘆英，抛撇了去出家修行不顧。算將來六載有餘，煉丹砂碧天洞府。謹附書拜覆，嬸娘萬勿空憂慮，萬勿空憂慮。

【浪淘沙】

貧道乍離鄉，受盡了恓惶。抛妻恩愛撇爹娘，萬兩黄金都不愛，去躲無常。

身穿破衣裳，百衲千行。手中持缽到門傍。上告夫人慈悲我，乞化齋糧，乞化齋糧。

曹溪水茫茫，上至明堂。胎元十日體生香。身外有身真人現，怕甚無常，怕甚無常。

【浪淘沙】

生我離娘胎，鐵樹花開。移乾就濕在娘懷。不是神天來庇佑，怎得成孩？

白髮鬢邊催，漸漸猥衰。腰駝背曲步難移。耳聾不聽人言語，眼怕風吹。

得病卧牙床，疼痛郎當。妻兒大小盡驚惶。曉夜不眠連叫苦，拜禱醫王。

人死好孤恓，撇下夫妻。頭南脚北手東西。萬兩黄金將不去，身埋土泥。

死去見閻王，痛苦彷徨。兩行珠淚落胸膛。上告閻王慈悲我，放我還鄉。

瓜子土中埋，長出花來。紅根緑葉紫花開。花兒受盡千般苦，苦有誰哀？

（楊爾曾《韓湘子全傳》第十一回《湘子假形傳資訊，石獅點化變成金》）

【雁兒落】

看青山緑水沉，見松柏常依舊。石崇萬貫財，彭祖千年壽。究竟來歸何有？我每日常安樂，朝朝得自由。快活無愁，萬事皆成就。舒展那自由，飲數杯長生不老酒。

（楊爾曾《韓湘子全傳》第十二回《退之祈雪上南壇，龍王躬身聽號令》）

【駐雲飛】

壽旦開筵，壽果盤中色色鮮。壽篆金爐現，壽酒霞杯豔。嗏，五福壽爲先。壽綿綿，壽比岡陵，壽算真悠遠。惟願取，壽比南山不老仙。

壽靄盤旋，壽燭高燒照壽筵。壽星南極現，壽桃西池獻。嗏，壽雀舞蹁躚。壽萬年，壽比喬松，不怕風霜剪。惟願取，壽比蓬萊不老仙。

壽祝南山，萬壽無疆福禄全。壽花枝枝豔，壽詞聲聲羨。嗏，海屋壽籌添。壽無邊，壽日周流，歲歲年年轉。惟願取，壽比東方不老仙。

壽酒重添，壽客繽紛列綺筵。壽比靈椿健，壽看滄桑變。嗏，得壽喜逢年。壽彌堅，壽考惟祺，蟠際真無限。惟願取，壽比昆侖不老仙。

【黄鶯兒】

明月杖頭懸，論清閑誰似俺？蒼松翠柏常爲伴。看岩前野猿，聽枝頭杜鵑。青山緑水真堪羨。向林泉，心無掛念，山澗下自留連。

道　情

韓大人不必焦燥，看看的無常來到。我吃的是黄齏淡飯勝似珍肴，你縱有萬貫家財難倚靠。想石崇富豪，鄧通錢高，臨死來也歸空了。總不如我悶把瑶琴操，彈一曲鶴鳴九皋，無榮無辱無煩惱。逍遥，慢把漁鼓敲，訪漁樵，爲故交。

（楊爾曾《韓湘子全傳》第十三回《駕祥雲憲宗頂禮，論全真湘子吟詩》）

道 情

衲頭勝羅袍，腰間金帶不如我草縧。我在蒲團上拍手呵呵笑，大人早朝，丹墀拜倒。雙丫髻勝似烏紗帽，我逍遥清閑，快活終日樂滔滔。

【古衲歌】

這衲頭，不中看，不是紗羅不是絹，不是綾紬不是緞。冬天穿上暖如綿，夏天穿着如搧扇。也不染，也不練，不用紅花不用靛，功到自然成一變。線脚八萬四千行，補丁六百七十片。不拆洗，不替换，不怕風吹雪撲面。燒不焦，浸不爛，不怕刀槍不怕箭。嚴霜驟雨總一般，風寒暑濕皆方便。乾三連，坤六斷，九宫八卦隨身轉，曾與天地成功幹。陰是裹，陽是面，中間星辰朗朗排，外頭世界無邊岸。竪裹直[一]，横裹寬，穿在身上寶樣看。不在州，不在縣，一切經商不敢販。披一邊，掛一片，内中自有真人現。也曾穿到廣寒宫，也曾穿赴蟠桃宴。休笑吾穿破衲頭，飛升直上龍霄殿。

【折桂令】

想人生不得十全，便十全嗟歎難言。一年四季少吃無穿，享富貴先亡命短。有一等受貧窮松柏齊年。暗想當初，多少英賢，仔細思量，萬事由天。

【上小樓】

我今日單來度你，你快撇了家緣家計。我和你挽手挨肩，抵足談玄理，再休執迷。速抽身，躲是非，隱姓埋名一地裹，在首陽山，壽與天齊。

養羊歌

養羊之法甚簡易，也不拴，也不繫。饑食無心草上花，渴飲澗下長流水。羊飽任顛狂，不放閑遊戲。一般頭角共毛皮，偏能參透人間意。不野走，也不睡，左右團團不出市。呼得來，喚得去，用之不用棄不去。我若賣時無人買，拿着黄金無處覓。高打牆，獨自睡，女娘如狼心也醉。吃盡羊羔不口酸，吞卻元陽没滋味。人不惺，畜倒會，那個識得其中意。我今學得任逍遥，你們不會《參同契》。鬢邊白髮幾千莖，閻王排到拘將去。饒君法術果通神，泄了氣時成何濟。

羊作歌

堪歎世人不養羊，争氣貪財道我强。酒色太過神氣散，百病臨身不提防。腰疼痛，淚眼汪，咳嗽不止卧牙床。請師巫，唤五郎，許齋許醮許豬羊。求神拜佛俱無效，針灸渾身儘是瘡。不省悟，怨上蒼，尋思日夜怕無常。早知弄巧翻成拙，何不當初學養羊。要養羊，費思量，拜明師，求妙方。養羊精氣補腎堂，羊飽顛狂防走失，晝夜不睡看守羊。緊扎籬，高築牆，有狼有虎要提防。若還被狼拖羊去，一場辛苦枉勞張。不惺惺，倒呆裝，色心引在鬼門鄉。因甚少年君子頭白了，損了丹田走了陽。有人解得養羊法，便是長生不死方。

【山坡羊】

將羊兒長收在圈兒裏，休惹得狼來戲。飽了怕顛狂，顛狂防走失。問大人知不知，這消息誰省得？你養的嬰兒姹女，盡都是你元陽氣。吁嗟，亡精又敗髓。傷悲，粉骷髏是追命的鬼，粉骷髏是追命的鬼。

【清江引】

將羊兒養在丹田裏，休教狼偷去。你戀美嬌娃，損你真元氣。這樣玄言説與你，這樣玄言説與你。

將羊兒養在圈兒裏，休等狼駝去。財是殺人刀，色是偷羊鬼。問大人這消息可曾知未，這消息可曾知未？

江兒裏海兒裏都是這水，那討一塊閑白地？走又走不得，行又行不去。勸大人尋一個穩便處，尋一個穩便處。

走遍了天下知音少，料有幾個通玄妙？買的無處尋，賣的没人要。因此上把好光陰虚度了。

（楊爾曾《韓湘子全傳》第十四回《闖華筵湘子談天，養元陽退之不悟》）

小小一葫蘆，中間細，兩頭粗。費盡了九轉工夫，堪比着那洞庭湖。你們休笑我這葫蘆小，裝得你海涸江枯。

【上小樓】

人道我貪花戀酒，酒内把玄關參透。花裏遇神仙，酒中得道，自古傳留。煉丹砂，九轉回陽身不漏。只管悟長生，與天齊壽。

（楊爾曾《韓湘子全傳》第十五回《顯神通地上鼾眠，假道童筵前暢飲》）

歎人生空自忙，不覺的兩鬢霜。你便積下米千擔，攢黄金萬萬兩，曉夜枉思量，費心腸。恨不得比石崇家私様，王愷富豪强，孟嘗君食客成行。總之一身難卧兩張床，一日難餐二斗糧。有一日大限臨在你頭上，那一個親的兒熱的女，替得你無常？有錢難買不死方，有錢難買不無常。你就有李老君的丹，釋迦佛的相，孔夫子的文章，周公八卦陰陽，盧醫、扁鵲仙方，他也一個個身亡。世間人誰敢和閻王强？假如你做了梁王，置買下田莊，留與兒郎，或生下不成才破家子，出頭來一掃兒光。

花開時三月天，家家在荒郊外掛紙錢。百般排列在墳前。孝子淚漣漣，亡人幾曾沾？你如今有得吃有得穿，速回頭去學仙，過幾年得自然。若還不肯抽身早，免不得北邙山裏穩穩眠。

【黄鶯兒】

勸大人莫倡狂，烈烈轟轟總一場。吉凶禍福從天降，站立在朝堂，誰人敢相抗。那個高官得久長？細推詳，君王怒發，遣戍在他方。

【混江龍】

位冠群僚，官居極品身榮耀。果然是清廉律己，正色當朝。殿上侍君懸玉帶，家中宴客續蘭膏。自恃雄豪，名揚八表。從古官高禍亦高，船行險處難回棹。只恐怕一封朝奏，夕貶不相饒。

【皂羅袍】

軟弱的安閑自在，剛强的惹禍招災。閑争好鬥是非來，閉口藏身無害。安然守分，愁眉展開。光陰有限，青春不來。功名得意終須耐。

勸大人且從容，春花能有幾時紅，堆金積玉成何用？歎金谷石崇，笑南陽卧龍。今來古往都成夢。細研窮，歸湖范蠡，他到得安榮。

（楊爾曾《韓湘子全傳》第十六回《入陰司查勘生死，召仙女慶祝生辰》）

家住半山坡，水爲鄰山伴我。山前山后無人過，不納税糧正課，也没有漁樵賡和。衲衣穿着似風魔，共那虎豹豺狼作夥。

我住在終南境，佳山水可怡情。閑來時謾將仙鶴引，得意處好把《黄庭》竟。參玄談道，了悟無生，長春自在心緣净。

謾説爲官好，争如學道高，無憂無辱無煩惱。山中景致人知少，四時不謝花長在，一任雙丸頻跳。壽與天齊，喜得長生不老。

【一枝花】

山林中山鳥飛，山頂上山雞叫，滿山川盡都是芭蕉。緑蔭蔭高松古柏，紅燦燦山果山桃。明晃晃落下些青鸞翠鶴，烏燕皂雕。我只見山雞兒一來一往，山猢猻倚定青楷。神龍行處，霹靂東閃，虎離窩擺尾伸腰。只聽得山寺裏鐘聲不斷,山觀裏法鼓忙敲。山和尚議論些經文佛法,山道士貪戀着清高。又見一個打柴的樵夫,手執着大斧呵呵笑。笑着的是巔頂高,峰巒巧。忽抬頭見那酒望子摇,酒店裏村姑俏。唤山童急急忙忙沽入酒瓢,同吃一個飽。

(楊爾曾《韓湘子全傳》第十七回《韓湘子神通顯化,林蘆英恩愛牽纏》)

叔父你怎不愁?我只怕災禍臨身,逆鱗觸犯難收。一心爲國,誰知反做冤仇。我勸你早回頭,尋一個雲霞朋友。

前世裏曾修,今世裏酬,怕只怕名韁利鎖難丢。倒不如張良棄職,跟着赤松子去游,漢高皇要害何能夠?

【寄生草】

你休得再胡言,勸修行徒枉然。俺官居禮部身榮顯,俺君臣相得人争羡。俺簪纓奕世家聲遠,俺朝朝執笏上金鑾。誰肯呵棄功名,忍饑寒去學仙?

(楊爾曾《韓湘子全傳》第十八回《唐憲宗敬迎佛骨,韓退之直諫受貶》)

歎文公,不識俺仙家妙用。妄自逞豪雄,山嶽難摇動。朝堂内誇爾尊,衆官僚俱供奉。權傾中外,誰不順從?豈知佛骨表犯了重瞳,綁雲陽幾乎命終。幸保奏敕貶潮陽,一路苦無窮。如今方顯俺仙家妙用。

我度你非同容易,你爲何苦苦執迷?空教我費盡心機,你毫不解意。只得變番僧藏機度你。再若是不回頭,光陰有幾,閻王勾悔之晚矣。

(楊爾曾《韓湘子全傳》第十九回《貶潮陽退之赴任,渡愛河湘子撑船》)

聞説功臣拜禱,南壇瑞雪紛。普救黎民困,枯槁禾苗潤。今得宰相到來臨,自古道貴人難近。斂衽含一羞,免不得相恭敬。

玉斝香醪，且喜新知是故交。只願青絲綰結，白首同調。切莫半路相拋。請寬袍，憐新棄舊，風雨打花朝。

【山坡羊】

路迢迢藍關不到，恨悠悠饑寒難保，白茫茫馬不能前，步遲遲進退多顛倒。夢魂消些辭難遠招，終年結果真難料。命蹇時乖，忠心天表。蕭條，滿荒山雪亂飄。林皐，苦迎眸鴉叫號。

（楊爾曾《韓湘子全傳》第二十回《美女莊漁樵點化，雪山裏牧子醒迷》）

【寄生草】

家住在深山曠野，又無東鄰西舍。只見些山水幽清，禽鳥飛鳴，麂鹿忙奔。到晚來人烟稀鳥聲静，冷冷清清。做伴的是樹梢頭殘月曉星。

【山坡羊】

想當初有駟馬高車，爲恁麽到藍關險地？今日英雄在何處，只怕要馬倦人亡矣。心慘淒，夫妻兩處飛，更添那雪積、雪積如銀砌，回首家鄉一路迷。傷悲，此際艱難誰替你？孤恓，早早回頭也是遲。

（楊爾曾《韓湘子全傳》第二十一回《問吉凶廟中求卜，解饑渴茅屋棲身》）

【清江引】

一更裏昏昏睡不成，對影成孤另。我意秉忠貞，誰想成畫餅，只落得腮邊兩淚零。

二更裏不由人不淚珠拋，雪擁藍關道。回首望長安，路遠無消耗，想初話兒莫錯了。

三更裏又刮狂風雪，門外有鬼説。馬兒命難逃，孤身何處歇？想韓愈前生多罪孽。

四更裏雞叫天未曉，聽猛虎沿山叫。三魂七魄蕩悠悠，生死真難保。没計出羊腸，只得把神仙告。

五更裏金雞聲三唱，不覺東方亮。忙起整衣裳，要到藍關上，怎當那風雪兒把身軀葬。

（楊爾曾《韓湘子全傳》第二十二回《坐茅庵退之自歎，驅鱷魚天將施功》）

【雁兒落】

下一局不死棋，談一回長生計。食一丸不老丹，養一日真元氣。聽一會野猿啼，悟一會《參同契》。有一時駕祥雲遊遍了五湖溪，誰識得神仙趣？得清閑是便宜，歎七十古來稀，笑浮名在那裏？

【山坡羊】

想人生光陰能有幾，不思量把火坑脱離。每日價勞勞碌碌，没來由争名奪利。無一刻握牙籌不算計。把元陽一旦都虚費，直待無常，心中方已。總不如趁早修行，修行爲第一。

【不是路】

歡笑淘淘，暫駕祥雲下玉霄。遍遊海島，看樽中有酒，盒内堆肴，忒逍遥。且到長安市走一遭，度那人功行非小。

（楊爾曾《韓湘子全傳》第二十三回《苦修行退之覺悟，甘守節林氏堅貞》）

【駐馬聽】

鶯兒最多，百千之中難學我。我從南海飛來，勸你回心，你還貪着笑歌。怕只怕無常來到，任你珠璣萬斛難逃躲，不回頭要受磨。縱你是好漢英雄,也要學韓愈秦川受饑餓。

【山坡羊】

老夫人不須焦躁,看看的無常來到。你縱有萬貫家財,到臨終没有下梢。誰似我無榮無辱也,散誕逍遥没煩惱。聽告,不如棄了繁華好。苦惱,戀塵寰怎得長生不老?

【醉翁子】

勸夫人得休便好休,榮華水上漚。雖然月享千鐘粟,何不抽身早轉頭?早轉頭,免心憂。若是不知進退,直等待洪水漂流,母南子北實堪愁。路逢猛虎難行走。勸你修時你不修,那時懊悔,空把神仙叩。

(楊爾曾《韓湘子全傳》第二十四回《歸故里韓湘顯化,射鶯哥竇氏執迷》)

【清江引】

一更裏汪汪珠淚抛,離别了長安道。回首望家山,路遠無消耗。想當初把好話兒錯聽了。

二更裏呼呼怪風起,刮得我肝腸擠。兩眼望空瞧,魂靈上紙橋。告蒼天把竇氏兒將就了。

三更裏夢兒還不醒,見湘子形和影。説我不思量,途中滋味長。這是我不回頭惹禍殃。

四更裏看蒼天尚未曉,忽然見湘子到。規模總一般,衣服都破了。一聲聲埋怨我回頭不早。

五更裏見湘子來救咱,他説話全不啞。醒來不見他,拍手空嗟呀。只怨崔群不辨真和假。

(楊爾曾《韓湘子全傳》第二十六回《崔尚書假公報怨,兩漁翁並坐垂綸》)

【清江引】

布袍寬袖誰能夠,説恁麽金章和紫綬。吃的是淡飯並黄齏,受用的青山共緑水。看人生名和利,猶如水上漚。

【出隊子】

我看你這花,花開時人看好。千紅萬紫逞嬌嬈,蝶戀蜂攢難畫描。花,我只怕風來刮[二],雨又飄,把你花來零落了。

【雁兒落】

我也曾遇明師傳妙訣,指與我天邊月。月圓時玉蕊生,月缺時金花謝。三五按時節,老嫩自分别。送入黄婆舍,休教輕漏泄。這是我的訣。你看靈龜吸盡金烏血,下一個烈决,做一個長生不老客。

有一個鐵牛兒扶過江,有一個泥馬兒山中放,有一個石獅子咬住繩,怎的枯井裏翻波浪。有一個泥土地念文章,木羅漢誦金剛,畫美女能歌唱。有一個紙門神會舞槍,眼見的蛇吞象。非是俺謊,家住在南洋。信不信二三更顯太陽。

【羅江怨】

春天百草生,滿眼皆生意。正好去游方,卻坐在團瓢内。静裏鬧喧除,指望成真易。誰知道緣慳分淺人難會。

夏天漸漸炎,心在清涼地。棄了子共妻,去住茅庵裏。尋幾個道心人,把天地時蟠際。鸞飛鶴舞上瑶池,眼見鳶魚妙趣。

秋天日漸涼,出家人閑遊蕩。走彀了數十年,纔遇着明師講。傳與俺内外丹,心地裏明朗朗。不覺的三年陽神降。

冬天雪亂飛,出家人心自知。寒暑不相犯,神鬼不相欺。困來時曲肱枕之,饑來時棗果支持。澗泉常解渴,此是妙玄機。

【一枝花】

先明天地機,後把陰陽辨。有天先有母,無母亦無天,這是俺道教根源。把周天從頭數,將乾坤顛倒安。采後天築基,煉已奪先天。誰後誰先,咸聖爲仙。離中虚,坎中滿,離中乏物,求坎還元。青龍白虎相争戰,見枝圓存乎口訣,得聖手妙在心傳。逆成丹龍吞虎髓,順成人虎奪龍涎。提防着心前露刃青鋒劍,怕的是急水風波難住船。感只感黄婆勾引,候只候少女開蓮。此事難言。五千日後心堅算,三十時辰暗裏搬。胎元沐浴,面壁九年,纔做了閬苑蓬萊雲外仙。

【沽美酒】

傳與汝進道功休暫輟,説與汝修真路要烈訣。得守元陽休漏泄。我與汝天邊月,月圓時金花自結,月缺時紅鉛又卸。任姹女嬰兒歡悦,看白雪黄芽茁。我呵把工夫下着剔塵垢,做一個蓬萊仙客。

【浪淘沙】

那日下天門,騎鶴飛臨。登壇祈雪雪紛紛。指石爲金多變化,要度你回心。

兩度慶生辰,頃刻花生。逡巡酒滿賀長春。仙籃仙果神通大,要度你回心。

佛骨獻明君，貶你潮城。漁樵耕牧話平生。狼虎縱橫傷人命，要度你回心。

茅屋暫安身，馬死難行。卓韋山上見真人。屈指算來十二度，纔得你回心。

（楊爾曾《韓湘子全傳》第二十七回《卓韋庵主僕重逢，養牛兒文公悟道》）

【黄鶯兒】

日月轉東西，歎人生百歲稀。如何棲息玄門裏，頭梳雙髻，身穿布衣。芒鞋漁鼓隨身計。笑嘻嘻，雲遊海島，看破世人癡。

（楊爾曾《韓湘子全傳》第二十八回《墨尿山樵夫指路，麻姑庵婆媳修行》）

你不學陶彭澤懶折腰，你不學泛五湖范蠡高。你不學張子房跟着赤松子，你不學嚴子陵七里灘垂釣。你不學陸龜蒙筆床茶竈，又不學東陵侯把名利抛。怎如得我布袍上繫麻縧，把漁鼓兒敲。

我家住終南有屋三間，蓋的瓦便是青天，四下裏無牆無壁又没遮攔。萬象森羅爲拱斗，兩輪日月架在雙肩。睡卧時翻身踞蹐，怕觸倒了不周山。不漏數千年，也是前緣。一朝功行滿三千，前來度有緣。

玄關一竅，先天始交，金木兩相邀。陰汞能飛走，陽鉛會伏調。收拾住頑猿劣馬，不放半分毫。將心如止水，情同九霄。堅牢，温養握固。烹熬，看取寶珠光耀。

金丸玄妙，蒙師傳教。但得個啟發愚迷，敢憚劬勞。愛仙家歲月，金闕清高。香消寶篆，烟散九霄。從今散誕得逍遥。

【步蟾宫】

坎離坤兑分子午，須認取自家祖宗。地雷震動山頭雨，要洗濯黄芽出土。捉得金精，牢固閉煉。庚申覆生龍虎，雙開夾脊過昆侖，得氣力時思量我。

聽吾所告，仙丹匪遥。八卦布周遭，保守的嬰兒壯，相從的姹女嬌。請得個黄婆媒，合離坎，换中爻。向西南採取，初生藥苗。須調火候，火候須調，温養着汞鉛丹竈。

汞鉛丹竈，能飛善消，火候最難調。便誘得心猿順，當防着意馬驕。若不把離爻换坎，這乾坤怎交？若誤一分毫，工夫虚渺。還須着意、着意烹熬，才顯出金丹玄妙。

仙家最高，仙興最豪。仙關一訣真玄妙。眼見蓬瀛遠，丹成路不遥。白雲封洞，弱水沉毛，輕身飛渡赴蟠桃。滿斟仙酒飲，光焰自淩霄。

（楊爾曾《韓湘子全傳》第二十九回《人熊馱韓清過嶺，仙子傳竇氏玄機》）

青天歌

真仙聚會瑶池上，仙樂和鳴鸞鳳降。鸞鳳雙飛下紫霄，仙鶴共舞仙童唱。

仙童唱歌歌太平，嘗得鶴算壽萬齡。瑞靄祥光滿天地，群仙會裏説長生。

長生自知微妙訣，幾番口開應難説。不妨洩漏這玄機，驚得虚空長吐舌。

舌端放出玉毫光,輝輝朗朗照十方。春風只在花稍上,何處園林不豔陽。

豔陽時節采靈苗,莫等中秋月色高。顛倒離男逢坎女,黄婆拍手喜相招。

相招相唤配陰陽,密雨濃雲入洞房。千載靈胎生個子,倒騎白鶴上穹蒼。

穹蒼灝氣罡風健,吹得右璿從左轉。三辰萬象總森羅,三界仙宫朝玉殿。

玉殿金階列衆仙,蟠桃高捧獻華筵。仙酒仙花映仙果,長生不老億千年。

(楊爾曾《韓湘子全傳》第三十回《香獐幸脱離水厄,韓林齊證聖超凡》)

套 數

【步步嬌】

苦海茫茫深萬丈,今古皆淪喪,英雄没主張。特駕慈航,穩載爾離風浪。今日裏若不悟無常,凡魚終墮青絲網。

【新水令】

你若肯一朝揮手謝君王,脱朝衣把布袍兒穿上。早離了金鑾殿,即便到水雲鄉。兩袖飄揚,兩袖飄揚,覓一個長生不死方。

【寄生草】

歎富貴風中燭，想浮名水上泡。勸你把包巾換了烏紗帽，衲衣漁鼓祥雲罩。仙家妙境誰能到？只這個五湖四海恣遊遨，煞强如王家一品花封誥。

【煞尾】

風急浪花浮，鼠齧枯藤倒，便從此撒手，回頭猶欠早。莫等到席冷筵殘人散了，一沉苦海中，永劫難撈。但靈消難認皮毛，鬼窟翻身知幾遭？平生意氣豪，只争一些兒不到。這時節，那裏尋貴王公官品高？

（楊爾曾《韓湘子全傳》第十六回《入陰司查勘生死，召仙女慶祝生辰》）

校勘記

［一］豎：原作“舒”，據文意改。

［二］刮：原作“括”，據文意改。

沈自晉

沈自晉(1583—1665),生平見《全清散曲》第1頁。

殘　套

【三仙序】 翻北,詠柳憶別

【三仙橋】傷心畫橋東畔柳,這青青還如舊。含顰兩葉,有時曾放否?【白練序】拖逗,贈遠遊,散晴雪飄摇向馬頭。空回首,雕鞍翠幙,碧波烟藪。

【醉天樂】

【醉太平換頭】羅袖,纖纖玉手,綰東風,迢遞將損輕柔。同心勝結,簇不成纓絡文毬。休,休。【普天樂】鴛鴦雙扣團不就,早把雙鳩驚飛走。聽枝頭巧囀鶯喉,弄春嬌,聲聲唤友。更無端夢回,聒醒閑愁。

(沈自晉《南詞新譜》卷四)

【征胡遍】

【征胡兵】長條正恐春馳驟,何時少休。待將折取一枝,怕動離情恁陡。【香遍滿】雨晴珠淚濕,翠銷烟黛羞。都是你惹攀揉,怎免卻閑僝僽。(比前曲多"雨晴"一句)

【梅花郎】（可入【仙吕】）

【蠟梅花】天涯目斷，晚鴉倦收，流光那惜春歸否？自灞陵人不留，章臺別後。【賀新郎】盼斜陽渺渺三眠又，誰管領這時候？

【瑣窗帽】

【瑣窗寒】殢風流還怨風流，只怕多病多愁不耐秋，更關情在曉風殘月簾鉤。【劉潑帽】霜華未染先消瘦，不自由，怎禁得商飈透？

【節節令】

【節節高】青絲纜怎收，總牽愁。孤舟莫繫行蹤驟，離筵酒，憑畫樓，魂消後，一般斷送顔非舊。【東甌令】可憐飛綠下空溝，嗚咽向東流。

【尾聲】

短長亭，閑窮究，一雙青眼傍誰留？多管是東皇點點愁。

（沈自晉《南詞新譜》卷十二）

【簇林鶯】“驀地把愁擔”套

【簇御林】因雖至，意怎諳？假和真，還怎探？問伊何事輕撇賺？【黄鶯兒】爲甚花兒懶簪，髮兒亂鬖，病懨懨獨自難立站？態兒憨，情癡未解，望得眼兒饞。

（沈自晉《南詞新譜》卷十八）

董斯張

董斯張(1586—1628),生平見《全明散曲》第 3913 頁,《全明散曲》(增補版)第 4777 頁。

小　令

【掛枝兒】 噴　嚏

對妝臺忽然間打個噴嚔,想是有情哥思量我寄個信兒。難道他思量我剛剛一次,自從別了你,日日淚珠垂。似我這等把你思量也,想你的噴嚔兒常似雨。

此篇乃董遐周所作。遐周曠世才人,亦千古情人。詩賦文詞,靡所不工。其才吾不能測之,而其情則津津筆舌下矣。願言則嚔,一發於詩人,再發於遐周。遂使無情之人,噴嚔亦不許打一個。可以人而無情乎哉?

(馮夢龍《掛枝兒》卷三想部)

沈祖量

沈祖量,字同生,生活於萬曆年間,沈德符友。

殘　句

吴中才士好爲小令,不過閨奩烟粉中語。吾友沈祖量同生贈妓作一詞,末句云:“任他百般打罵百般羞,也只是書生薄福難消受。”余謂柔情亦吾輩佳事,何至卑下委媟乃爾。此君雖有才名,其如風雲氣短何。沈未幾以貧鬱早世。

(沈德符《萬曆野獲編補遺》卷三《士人》)

無名氏

殘　句

【清江引】

繡球兒吊落在波心裹，漂泊無定止。東風吹過來，西風刮過去。□等好(下缺)。

(《詞林一枝》卷一)

小　令

□□你的舌頭去哄别人，極的寃家歎一聲眼泡通紅，手扶着肩膀細細告誦。打三更纔得空出離中庭，恨不得步就到了，怕有人行，偏有人行。這邊去看看，又上那邊去看看。戰兢兢，冷清清。你若不疼我還有誰疼，我若不疼你待把誰疼？吟吟的解羅衫，春滿巫山，雲滿巫山。可意的寃家摟抱着俺，口兒親，腰兒貼，鳳倒顛鸞，魂靈不知那去了。天上的神仙説不出口來，滋味好甜。緊一番，慢一番，輕着些罷麽，我的心肝。慢着些罷麽，我的心肝。

(丁綵《小令》附)

黄祖儒

黄祖儒，生平見《全明散曲》第 3237 頁，《全明散曲》(增補版)第 3952 頁。

套　數

【花心動】

花底黄鸝，聽聲聲一似唤人遊戲。東風裹，玉勒雕鞍，争馳佳時。日暖風和偏稱，對景尋芳拾翠。遥指，隱隱見杏花深處，酒旗摇拽。

【前腔】

迤逦，曲徑芳堤。競香塵不斷，往來羅綺。亭臺上，急管繁弦聲細。雙飛蝶舞花枝，鶯囀上林，魚游春水。芳菲點檢在萬花叢，昨夜海棠開未。

【鬥寶蟾】

堪提，緑柳陰中，見秋千高駕，彩繩飛起。是誰家仕女，雙蹴嬉戲。相宜，奇花映粉腮，輕風蕩繡衣。動情的正是遊人牆外，笑聲牆裹。

【前腔】

聽啟，春色三分，一分塵土，二分流水。向花前共樂，莫負良時。歌妓低低唱小詞，雙雙舞柘枝。可人意，間竹桃花相傍，小橋流水。

【錦衣香】

芳草池魚遊戲，翠柳堤，鶯聲細。只見仕女王孫，幕天席地。高挑一個鬧竿兒，深深步入杏塢桃溪。對良辰美景，想蓬萊也只如是。休把閑愁繫，且拚沉醉。光陰迅速，人生能幾。

【漿水令】

正相同尋芳未已，奈紅輪已覺墜西。海棠枝上子規啼，聲聲似把喚着春歸。花陰下人似蟻，花藤轎兒雕鞍騎。相隨趁，相隨趁，風流隊裏。拚沉醉，拚沉醉，倒扶歸。

【尾聲】

今宵共約同歡會，先教從人歸去。安排齊，整筵席。

（賓彦斌輯《新鐫詞林白雪》卷五《讌賞》）

陸人龍

陸人龍，字君翼，錢塘（今浙江杭州）人。崇禎時，小説撰寫、評點、刊刻者，有《型世言》、《魏忠賢小説斥奸書》、《遼海丹忠録》等。

小　令

【桂枝香】

雲流如解，月華舒彩。吐清輝半面窺人，似笑我書生無賴。笑婆娑影單，婆娑影單，愁如天大，悶盈懷。何日獨把蟾宫桂，和根折得來？

學深湖海，氣淩恒岱。傲殺他繡虎雕龍，寫向傍人怎解？笑侏儒與群，侏儒與群，還他窮債。且開懷，富貴原吾素，機緣聽他付來。

（陸人龍《型世言》第十八回《拔淪落才王君擇婿，破兒女態季蘭成夫》）

【掛枝兒】

吴朝奉你本來極臭極吝，人一文你便當做百文。又誰知落了烟花井。人又不得得，没了七十金。又惹了官司也，着甚麽要緊。

（陸人龍《型世言》第二十六回《吴郎妄意院中花，奸棍巧施雲裏手》）

【駐雲飛】

金剪攜將，剪出春羅三寸長。豔色將人幌，巧手令人賞。嗏，何日得成雙,鴛鴦兩兩? 行雨行雲,對浴清波上,沾惹金蓮瓣裏香。

(夢覺道人、西湖浪子輯《三刻拍案驚奇》第六回《冰心還獨抱,惡計枉教施》)

丘田叔

丘田叔,楚人,萬曆年間在世,餘不詳。

小　令

【掛枝兒】

楚人丘田叔亦寄余翻案一篇,出意更新。詞云:

據我説你與燒窑的不必心焦躁,磚兒厚瓦兒薄都是你兩個自招。厚待薄待我原無他道。那磚兒自塊塊方正平實得好,那瓦兒一片片反覆又蹊蹺。難道到教我厚那蹺蹊的人兒也,把穩實的來薄了。

田叔又自翻二篇云:

聽説罷燒窑人愈加要氣,磚兒瓦兒總都是泥,作好作惡也難容恕。把磚兒做平實了,把瓦兒做蹺蹊。你既做出個平實蹺蹊也,厚薄只得由着你。

燒窑人聽多時向前施禮,笑你個忒多心也忒多疑。厚薄偏正我原無意,但磚體兒不得不平正,那瓦體兒又不得不蹺蹊。若曉道不得不平正蹺蹊也,又何必怨厚他薄着你。

(馮夢龍《掛枝兒》卷四别部)

白石山主人

白石山主人,姓名、生平不詳。

小　令

【掛枝兒】

白石山主人又翻案云:

再勸伊休把燒窑的氣,磚做厚瓦做薄誰不道是一樣泥? 厚與他薄與你我自有個主意。頂戴你幾番風水虧你遮蓋了,踹定他不許人將他丢打你。我雖和你薄相處情長也,他厚殺也趕不上你。

(馮夢龍《掛枝兒》卷四别部)

周清源

周清源，杭州人，有擬話本小説集《西湖二集》三十四卷。今存最早刊本爲崇禎年間雲林聚錦堂刊本。

小　令

好賭的你好貪心，思量一錠贏人十錠。你要贏人的錢財，人也要贏你的錢財。誰知道贏的是假，輸的是真？又説道賭錢不去翻，誰肯送還？直待綿被兒輸了也，還只是怨恨着命[一]。

（周清源《西湖二集》第十三卷《張彩蓮隔年冤報》）

朶那女，生性偏，怎生不結丈夫緣？莫不是石二姐行不得方和便，故意是女將男换？若果是有那件的東西也，這烈火乾柴怎地瞞[二]？

（周清源《西湖二集》第十九卷《俠女散財殉節》）

金屋銀屏疇昔景，唱徹雞人眠未醒。故宫花草夜如年，塵掩鏡，笙歌静，往日繁華都是夢。天上曉星先破暝，明滅孤燈隨只影。翠眉雲鬢蘭麝香，空歎息，成悲哽，無數落紅堆滿徑[三]。

（周清源《西湖二集》第二十二卷《宿宫嬪情殢新人》）

校勘記

［一］此曲又見陳樹基《西湖拾遺》卷四十一《嫁仇人報冤索命》。

［二］此曲又見陳樹基《西湖拾遺》卷二十五《俠女散財殉節》。

［三］此曲又見陳樹基《西湖拾遺》卷三十八《宿宫嬪鬼戀情人》。

黄方胤

黄方胤，本名方儒，號醒狂，别署醒狂散人，金陵（今江蘇南京）人。生平不詳。馬麗華《陌花軒雜劇敘》謂其"翩翩俠公子"，周暉《金陵瑣事》謂其"落魄廢其業"。有《曲巷詞餘》和《陌花軒雜劇》（又稱《柳浪雜劇》，見祁彪佳《遠山堂劇品》）。

小　令

【掛枝兒】　是　非

俏冤家進門來緣何不坐，曉得你心兒裹有些怪我。這場冤屈有天來大。幫襯我的少，攛掇你的多。你須自立定主意三分也，休得一帆風怪着我。

此黄季子方胤作。又【吟調山坡羊】云：

進門來尋我風流罪犯，怎知我心兒没一些破綻？三條路兒打中間徑走，你不見有神靈知見。好笑你耳官罷軟輕信人言。你不記得曾參殺人，不記得顔回竊飯。常言道舌頭底下壓死了人來也呵，不明白的冤家，如同不下雨的天。天、天，你説出話來傍人也是膽寒。天、天，你壞了我的清名，壞不得我赤膽忠肝。

詞亦佳，並存於此。

（馮夢龍《掛枝兒》卷五隙部）

【黄鶯兒】 詠 蚊[一]

陌花館有詠蚊【黄鶯兒】數篇。余録其二云：

恨殺咬人精，嘴兒尖身子輕。生來害的是撩人病。我恰才睡醒，他百般做聲。口兒到處胭脂贈。最無情[二]，嘗咱滋味[三]，又向别人哼[四]。

恨殺咬人精[五]，是人兒撲面迎。未曾伏枕他先憑。好的也一丁，歹的也一丁。逢人小嘴便生硬。鎮朝昏，來來往往，盡是口頭情。

（馮夢龍《掛枝兒》卷八詠部）

校勘記

［一］《全明散曲》據《南宫詞紀》録有黄戍儒【黄鶯兒】《嘲蚊蟲》二首。黄戍儒，字參鳳，上元（今江蘇南京）人。其餘不詳。

［二］最無情：《南宫詞紀》作“假山盟”。

［三］嘗咱滋味：《南宫詞紀》作“血浸牙後”。

［四］又向别人哼：《南宫詞紀》作“不管我心疼”。

［五］此首《南宫詞紀》作“恨殺咬人精，可憐伊太瘦生。枕邊怎足得窮貪興？待憑他怎憑，待撑他怎撑？逢人小嘴便生硬。最無情，嘗俺滋味，又向别人亨。”

清溪道人

清溪道人，方汝浩號，洛陽(一説鄭州)人。有小説《禪真逸史》、《禪真後史》、《東度記》等。《東度記》序署崇禎乙亥(1635)。

小　令

【黄鶯兒】

蜃氣化爲樓，誑飛禽吸入喉。亭臺花榭皆虚謬。飛鶴倦投，道童誤游，些兒險做他糧糗。轉輪愁，狡奸脱化，頑鈍没來由。

(清溪道人《東度記》第二回《道童騎鶴闖妖氛，梵志惺庵留幻法》)

【晝錦堂】

雨濯紅芳，風颺白絮，日日飛繞眸前。懊惱一春心事，都鎖眉尖。愁聽梁間雙燕語，那堪敧枕孤眠。人憔悴，獨倚欄杆，怕風透入珠簾。

(清溪道人《東度記》第六回《本智設法弄師兄，美男奪俏疑歌妓》)

怪的是鐵馬聲鬧吵，終朝永日長天。分付丫鬟伏侍，怎奈懨懨。妝臺對鏡愁無語，龍簫鳳管没心拈。怎能勾蕭郎到，這時節兩意俱歡。

(清溪道人《東度記》第六回《本智設法弄師兄，美男奪俏疑歌妓》)

【解三酲】

論青樓美人可意，買笑心恨我當時。只因妒惡不賢的，使作我費家私,到如今懊悔時遲矣。怎的叫糟糠賢德妻,他回心喜、回心喜,我豈肯戀野雉撇卻家雞?

(清溪道人《東度記》第四十二回《誦毛詩男子知書,付酒案邪魔離婦》)

【西江月】

原爲相親解悶,誰知他朝夕不離。忘卻敲鐘打鼓念阿彌,齋醮全然不濟。

偶向朱門寄跡,誰知那白社攢眉。相親相愛百年期,只爲他下樓不記。

適量而止爲上,誰教他貪濫恣情。懨懨鎮日不能醒,不到黄昏不定。

(清溪道人《東度記》第四十六回《正綱常見性明心,談光景事殊時異》)

誰不是沽來美味,那個不快樂醄醄。流涎不盡百川糟,愛養淺斟爲妙。

(清溪道人《東度記》第四十七回《祖師慈悲救患難,道士方便試妖精》)

【西江月】

自歎生來遭際,與人歡合怡怡。文齊怎奈福難齊,專與僧人割氣。

(清溪道人《東度記》第四十七回《祖師慈悲救患難,道士方便試妖精》)

【西江月】

本是順親孝子,只因回護妻房。婦人坐罪丈夫當,得患風癱床上。

本是婦人不孝,誰人造罪誰當。吾今監管這村鄉,且救善夫災障。

(清溪道人《東度記》第五十二回《悍婦淩夫遭鬼打,道人懲惡變驢騎》)

【駐雲飛】

切莫貪財,壞法貪財枉受災。行憲難寬貸,有利終須害。呆積惡,不知哀。上有青天官長精明,你縱能遭怪,笞杖徒流任你捱。

(清溪道人《東度記》第五十五回《犬怪變人遭食毒,鼠妖化女唱歌詞》)

【如夢令】

販客你世上財當取義,誰叫販賣婦女。一旦本利雙亡,反把行囊貼與。怎處,怎處,將何填還債主?

拐子你資生盡多賣買,何苦壞心拐帶。可憐人家孩童,一旦分離在外。木怪,石怪,要的他遭刑受害。

(清溪道人《東度記》第七十回《仲孝義解難甚奇,古僕人悔心救痛》)

世事看來多翻覆,欲足何時足?可笑那癡人浮生空碌碌,只落得百年時成朽骨。

(清溪道人《東度記》第七十三回《猿猴歸正入庵門,道院清平來長老》)

老苗兒費盡了平生辛力,一味價剜肉成瘡經營貨殖,可憐見破服纏身齏鹽充口,何曾見錦衣玉食?虧着這些兒儉嗇,成就了百千萬億。呀,剗地裹禍生不測,老閻王肯容時刻?

小苗兒忒煞風流,鎮日價舞榭歌樓,花朝月夕浪飲貪歡那知稼穡?要時間將銅斗兒家私盡歸他室。幸投了明師暗傳藝術，欲上高牆平生兩翼。這的是替祖宗推班出色，方顯得没來由爲兒孫做馬牛的樣式。老天呀，要後代興隆須修陰德。

（清溪道人《禪真逸史》第四回《妙相寺王妃祝壽，安平村苗二設謀》）

妙，妙，妙，老來賣着三般俏：眼兒垂，腰兒跳，腳兒嬌。見人拍掌呵呵笑，龍鍾巧扮嬌容貌。無言袖手暗思量，兩行珠淚腮邊落。齋僧漫目追年少，如今誰把前情道。

本，本，本，眉描青黛顏鋪粉。嘴兒尖，舌兒快，心兒狠，捕風捉影機關緊，點頭掉尾天資敏。烟花隊裹神幫襯，迷魂陣内雌光棍。争錢撒賴老狸精，就地翻身一個滚。

（清溪道人《禪真逸史》第五回《大俠夜闌降盜賊，淫僧夢裏害相思》）

和尚是鐘僧，晝夜胡行。懷中摟抱活觀音，不惜菩提甘露水，盡底俱傾。

賽玉是妖精，勾引魂靈。有朝惡貫兩盈盈，殺這秃驢來下酒，搭個蝦腥。

（清溪道人《禪真逸史》第八回《信婆唆沈全逃難，全友誼澹然直言》）

【北調江兒水】

瓊宫玉府，卻離了瓊宫玉府，新翻風月譜。你可也辦着青州從事，紫誥真符，改衣妝來混取。翠館莫冠笏，紅樓不用呼。俺自有鬱帥驅魔，湯氏當爐，甚酸甜堪救苦。你是繡衣士夫，好一個繡衣士夫，正配着這缸邊吏部，又何須踏魁罡做了挈壺。

（清溪道人《禪真逸史》第十三回《桂姐遺腹誕佳兒，長老借宿擒怪物》）

【桂枝香】

愛你龐兒俊俏,怪你心兒奸狡。不念我結髮深恩,反道那無端惡累。心旌自摇,心旌自摇。慢罵你薄情輕佻,耽誤奴青春年少。暗魂銷,幾番枕冷衾寒夜,縮腳孤眠獨自熬。

雖憐你腔兒窈窕,可惜你性兒粗糙。嘴喳喳一味研酸,怎當我心兒不好? 更紛紛草茅,紛紛草茅。這些關竅,有何風調,那通宵,恁般空闊深如海,争似陸地行舟去使篙。

深情厚貌,心同虎豹,只圖那少艾風流,全不顧旁人嘲誚。淚珠兒暗抛,淚珠兒暗抛。拼得個今生罷了,兩分張各尋纙耀。小兒曹,木樨花戴光頭上,受這醃臢,惹這樣騷。

心雄氣暴,終朝聒噪,大丈夫四海襟懷,豈屑與裙釵争鬧? 羡當今宋朝,當今宋朝,願與他死生傾倒,難回你别諧歡笑。漫推敲,任予延納三千客,讓你黄家一草包。

(清溪道人《禪真逸史》第二十四回《伏威計奪勝金姐,賢士教唆桑皮筋》)

【掛枝兒】

着青衣進門來大呼小叫,兩小弟奉公差那怕勢豪。不通名單單的稱個表號,有話憑吩咐,登門只這遭。明早裹拘齊也,便要去點卯。

吃罷茶就開科道其來意,有某人爲某事單告着伊。莫輕看他是個有錢的豪貴,摸出官牌看,一字不曾虚。急急的商議也,莫要耽誤你。

吃酒飯假做個斯文模樣,我在下極愚直無甚智獐。他告伊没來由真真冤枉。説便這等説,還須靠白鏹。不信我的良言也,請伊自去想。

酒飯畢不起身聲聲落地，這牌生限得緊豈容誤期？有銀錢快拿出何須做勢，若要周全你，包兒放厚些。天大的官司也，我也過得水。

接銀包才道聲適間多謝，忙扯封估銀水如何這些。我兩人不比那窮酸餓鬼，輕則輕了已，不送也由伊。明日裏到公庭也，包你爛只腿。

（清溪道人《禪真逸史》第二十五回《遭屈陷叔侄下獄，反囹圄俊傑報仇》）

【北寄生草】

淒慘慘愁添緒，急煎煎火燎眉，渾身疲軟精神悴。喘吁吁難統貔貅隊，氣昏沉怎把官軍退？咭咚咚怕聽鼙鼓震邊關，撲簌簌揾不住兩眼英雄淚。

（清溪道人《禪真逸史》第二十六回《山徑逃蹤鋤禿惡，黃河訪故阻官兵》）

咱快活心胸，肉滿春台酒滿鋪。直飲到昏鐘動，傾幾個青花甕。嗏，醉了樂無窮。嬌嬌陪奉，潔腳登床，便把云云弄。管甚麽圍城不透風。

三位娘行，一個幡竿兩木樁，立起似筆架樣，坐倒是山形狀。嗏，與你熟商量：今宵當長，明夜輪他，後夕在三娘帳。不若今夜都來共一床。

白臉黃邊，二物從來入手難。或把繩兒貫，或作攢絲面。嗏，財與命相連。有他飽暖，骨肉團圓，慶賀深沉院。富貴由人，説甚麽天？

（清溪道人《禪真逸史》第二十九回《軒轅廟蘇樸遭擒，延州府伏威遇弟》）

東魯落落平生

東魯落落平生，真實姓名與生平事蹟不詳，有小説《玉閨紅》三十回。約成於崇禎年間。

小　令

愁鎖淡春山，淚灑頰邊。天涯腸斷恨難填，教人羞煞深閨面。

喜煞奴家，樂煞奴家，那人有奴福分大。一天到晚入洞房，新郎换他十來個，把錢與奴花。□□□□真好受，□□□□沾着上來酥麻。不願作人家，只願朝朝暮暮在花下。

叫聲哥哥你使勁□，休把奴膛透。奴家爲你把命喪，人休來把别人逛。别看六文不打緊，小妹對你好心腸。口裏哼着□□□，還□□□動刀槍，就是你把奴□□□□□□□□香。

（東魯落落平生《玉閨紅》第八回《通花徑糞夫作樂，强梳攏小姐受苦》）

桃源醉花主人

桃源醉花主人,真實姓名與生平事蹟不詳,有小説《别有香》十六回。約成於崇禎年間。

小　令

□瞳眸焉□昏昏,那辨妍媸?見嫫母喚作西施,對□童羡是髫年。想他有竅便思鑽,馬牝羊物彼也欲。

(桃源醉花主人《别有香》第六回《藏香餌稚子遭魔》)

古怪生涯,不愛餛飩喜面抓,花竅無心□。知趣好渾家,不用嗟。别尋□□,那怕□□下,你不來時不慮他。

(桃源醉花主人《别有香》第十回《墮花街月惜貪花》)

秋菊綻寒葩,剪絨球葉細楂,似鶴翎卸下籬邊叉。西施舌似他,觀音面讓他,牡丹芍藥總不及他。聲價肖荷花,玉團鎖甲,付與狀元誇。

(桃源醉花主人《别有香》第十四回《黄小娥秋夜戰書生》)

金木散人

金木散人,姓吴,名不詳,有話本小説集《鼓掌絶塵》四集四十回,編寫、刊行於崇禎年間。

小　令

【桂枝香】

春衣初换,春晴乍暖。聽枝頭春鳥緡蠻,又間着春鶯宛囀。想青春有幾,青春有幾,惹得人春情撩亂,春心難按。這暮春天,只愁翻起傷春病,斷送春閨人少年。

【桂枝香】

花開滿眼,花飛滿面。問長安花事猶饒,想洛陽花期將半。奈惜花早起,惜花早起,花神何晏,竟不管花英零亂。這賞花天,只愁幾陣催花雨,斷送花枝在眼前。

【鬧五更】

一更裏不來呵痛斷腸,不思量也思量。眼兒前不見他,心兒裏想。呀,空身倚似窗,空身倚似窗。你今不來,教我怎的當?你今不來呵,唔嗳喏,教我怎的當?

二更裏不來呵淚點衾,紗窗外月兒明。銀盤照不見咱和你呀,抬頭側耳聽,聽得打二更。枕兒旁邊,缺少一個人。枕兒旁邊呵,唔嗳喏,缺少一個人。

三更裏不來呵淚點抛,紗窗外月兒高。促織蟲兒不住梭梭叫呀,簷前鐵馬敲,簷前鐵馬敲。好一似陳摶,睡又睡不着。好一似陳摶呵,唔嗳喏,睡又睡不着。

四更裏不來呵淚點滴,紗窗外月兒西。花朵身子獨自一個睡呀,負心短行虧,負心短行虧。你在誰家,貪花戀酒杯。你在誰家呵,唔嗳喏,貪花戀酒杯。

五更裏來了呵吃得醉醺醺,打着罵着只是不則聲。聲聲問他,只是不答應呀,嚇得臉兒紅,嚇得臉兒紅。短幸喬才,笑殺一個人。短幸喬才呵,唔嗳喏,笑殺一個人。

訴罷離情呵,奴爲你受盡了許多熬煎氣。那一日不念你千千遍。呀,焚香禱告天,焚香禱告天。幾時得同床共枕眠,幾時得同床呵,唔嗳喏,共枕眠?

(金木散人《鼓掌絶塵》第十二回《喬識幫閑脱空騙馬,風流俠士一諾千金》)

套　數

【四塊玉】

石爲盟,金爲誓,因鳳詠,成鸞配。恁見我意馬奔馳,我見恁心旌搖曳。那花前月下,總是留情地。無奈團圓輕拆離,眼難擡秋水迷迷。臂難移玉筍垂垂，步難移金蓮踽踽。

【大聖樂】

和伊，恩情誰擬似？錦水文禽共隨。無端驟雨陰霾起，一思量，一慘淒。恨啼鵑因別故叫窗西，將愁人聒絮。幸須垂惜玉憐香意，怕等閑化作望夫石。

【傾杯序】

傷悲，最關情是別離。受寂寞，從今夜想影暗銀屏，漏咽銅壺，烟冷金猊。向此際誰知，休戀着路旁村酒、牆畔閑花，和那野外山雞。怎教人不臨岐，先自問歸期。

【山桃花】

共執手難分袂，書和信當憑寄。低語細叮嚀，莫學薄情的。舊恨新愁，已被千重繫。相歡復受相思味，霎時間海角天涯。

【意不盡】

願郎君功名遂，早歸來與奴争氣。再莫向可意人兒共詠題。

（金木散人《鼓掌絶塵》第二十八回《文荊卿夜擒紙魍魎，李若蘭滴淚贈驪詞》）

醉西湖心月主人

醉西湖心月主人，真實姓名與生平事蹟不詳，有小説《宜春香質》、《弁而釵》等。二者均成書、刊刻於崇禎年間。

小　令

【黄鶯兒】

病起值清和，拾松枝煎雨蘿。冰弦自理無求和。倦卧南柯，興到高歌，閑時翻得黄庭破。癖成疴，清香斗室，几硯日相磨。

病後興多高，愛幽閑反致勞。般般清課開心竅。盆滿日澆，園鶴時調，茶笥藥籆頻頻掃。事猶饒，删竒拂石，閑拾柏花燒。

養病就華齋，樓雨濕徑鑽苔。蛛絲封得重簷隘。對對蝶埋，雙雙燕裁，白鷴睡熟青荷蓋。步蒼階，園林十日，蓬户未曾開。

耽病負名葩，步香塵歎落花。池塘荷蓋添多大，硃榴乞華，碧梧放芽，玉階香滿薔薇架。柳絲斜，芭蕉盛長，分緑蔭窗紗。

首夏病初痊，消白晝喜楸枰。嘉賓時至敲彈勝。新泉一瓶，幽香半庭，家風淡泊無供應。興偏真，手談松下，柯爛任輸贏。

病愈向文筵，對芸窗簡舊篇。新痊未久蒐羅遍。《南華》數篇，《黄庭》百言，壁經諸史隨心展。論真詮，《離騷》纔讀，齒頰便森然。

因病起嘗遲，閉山齋改舊詩。茶烹石鼎澆新思。詠擊金巵，笑折花枝，夏禽春草成佳句。意如癡，凝神窗下，聽鳥説天機。

晚霽病瘳新，向幽篁理素琴。絲桐乍撫薰風近。鳳泣鸞吟，璽絶淵沉，竹風陣陣清松近。水無聲，曲終雲散，孤月照禪心。

祛病有奇方，蕉爲扇布殺裳。科頭袒服形骸放。淡淡羹湯，清清蕨香，無求寡欲精神壯。遣時光，任他世態，冷暖與温涼。

久病亦耽閑，畏煩瑣日閉關。蒲團博得人疏懶。風生竹間，月印空潭，白雲起處澄心看。獨倚欄，天清夜静，松鎖自珊珊。

（醉西湖心月主人《宜春香質》風集第三回《孫一之才名卓犖，虢裏蛆巧計迷心》）

青樓詞

青樓滋味略嘗些，還須見機。他是山猿野馬難拴繫。信着他分明是癡，戀着他分明是迷。只可與他逢場作戲，休認作團圓到底。饒他被内中顛狂温柔會施爲，只落得拈酸吃醋空淘氣。没來由空耽是非，没來由空争閑氣。正親親熱熱，倏時間又是别離。鄰家唱徹五更雞，他是何人我是誰？

（醉西湖心月主人《宜春香質》雪集第五回《塵埃中物色英雄，晝錦堂分明德怨》）

贈燕含杏，配杏花，空勞神女下陽臺

【二郎神】文葩葉，正芳菲在韶春半度，似一片紅霞枝上護。驚眸，濃豔天然，色相難圖。【女冠子】不向牆頭顯麗膚，高陽臺還自向上林裏露。怎許那無情蜂蝶等閑相妒？

贈黄海棠，配海棠花，黄鸝飛上海棠花

【黄鶯兒】春色透芳姿，沁瓊肌淺淡脂，臨風盡把新妝試。【月上海棠】分明是櫻桃含顆，金彈垂絲。今日裏此地棲遲，不枉卻錦江來至。探花使，爲一種輕盈，惹動情思。

贈桃有華，配桃花，人面桃花相映紅

【江頭金桂】向只道武陵溪遠，争知在目前。只這門中一朵，群芳都賤。更何須玉洞中萬樹鮮？【一江風】自愧分薄，三生何幸迷劉阮。芳心喜正聯，芳心喜正聯。别情苦倏言。【柳摇金】願明年相見，相見明年，不減去時嬌面。

贈左湘蘭，配蘭花，美人顔色嬌如花

【念奴嬌】胎含九畹，比尋常豔冶，名花别自清奇。向日迎風，飛舞處香散故來沾衣。還異，惟願參芝，不嫌伴草，潛蹤幽壑少人知。【賽觀音】真戰勝萬千旖旎。【玉芙蓉】更須知，擅名金谷自相宜。

贈金金蓮，配荷花，紅裙争看緑衣郎

【香柳娘】羡亭亭雅妝，羡亭亭雅妝，清奇堪賞。出泥塗不着泥塗相。【虞美人】綴緑蔭九夏生春，舞幽風十里聞香。【好姐姐】嬌羞，一段從教輸六郎。【朱奴兒】淩波上，無窮相思長。【賀新郎】囑蘭舟仙客輕摇槳，怕容易也減紅芳。

贈梨花月，配梨花，正直窗櫺月一團

【瑣窗寒】迥群芳不鬥精神，掩重門味自真。情投淡月夢冷，閑雲雪虧清瘦霜，輸柔嫩亞一等，香含玉蘊。【人月圓】間尋論元稹詩句，錯贈他人。

（醉西湖心月主人《弁而釵》情俠紀第三回《鐘子智排迷魂陣，張生誤入阿鼻城》）

套　數

【二郎神】

强遊遨，見彤雲遮斷相逢道，望桃源何處覓春曉。無限相思，徒自心中懷抱。癡魂時傍情幃繞，志誠經讀得心焦。他去了，無音無耗，怎禁珠淚抛？

【集賢賓】

伊行已隔碧天遥，審覷處恍結丰標。耳邊似把離情叫，再三聽是自口相嘲。意攘心勞，料他們相思瘦倒。揉碎薛濤，忍見他斷腸詞調？

【黄鶯兒】

輾轉愈無聊，倚蓬窗怕遠眺，愁峰蹙損離人貌。詩賦慵敲，經史懶瞧，清淚臨風落布袍。音書杳,鍾情我輩,怎不掛心苗?

【貓兒墜】

狂風驟雨,何事恁摧擾?連理枝頭拆散了,妒花不管花窈窕。悲號,幾時得延平劍合,好友從交?

【尾聲】

相親相愛關心竅,吞聲忍氣强别了。覆讎時,斷首剜心絶獍梟。

(醉西湖心月主人《弁而釵》情貞紀第五回《風摩天秘跡奇蹤,趙王孫玉堂金馬》)

【集賢賓】

窗前細雨歷亂飄,正人事蕭條。猛聽流鶯聲漸老,又心生一種愁苗,如何是好?算九十霎時又到,良計少,留不定畫春勘道。

【不是路】

望墳魂摇,着處蘼蕪簇翠袍。蒼烟繞,我於何處索春橈?謾牢騷,柔紅個個眠芳草,新緑重重鎖畫橋。空長笑,軟香信斷憑誰忍,憮然凝眺,枉然凝眺。

【江兒水】

轉迓韶光迅,翻疑逆旅消。看天公萬事都推調。芳菲不戀花容貌,迍邅不顧人年少。弄出無窮機巧。還是爲甚來繇,攪得個世情顛倒。

【滴溜子】

從他是、從他是恁般顛倒,空辜負、空辜負連城重寶。嘿料,襟懷孤傲,漸同向火裹□□炎燠。不若似東海潛鱗,南山隱豹。

【雙聲子】

自今朝,自今朝,一片雄心托大刀。難禁受,難禁受,尊鱸興豪,何時返卻山陰棹?

【尾聲】

餘生恨乏防身詀,只得向玄冥小笅。無奈春去秋來纘俊髦。

(醉西湖心月主人《弁而釵》情烈紀第一回《成丈人退親害親,俏女婿編戲入戲》)

【梁州序】

遭時不偶,歎命多磨。男兒犯了淫魔。墮身南院,一任東君弄播。最恨將男作女,賣笑追歡,一味相輕薄。牢騷問天公,知道麽?巾幗原何加丈夫?(合)愁似織,恨轉多,半是思鄉半奈何。生平志,怨裏過。

【前腔】

父脱囹圄,兒入天羅。救父怎辭身禍?將良入賤,任滅又還任磨。最苦親歸南國,兒禁燕畿,兩地如刀割。傷心不敢説,在心窩。烟埋絲竹月寒波。(合)愁似織,恨轉多,半是思鄉半奈何。生平志,怨裏過。

【前腔】

弱怯怯瘦不勝羅,愁脈脈雙眉皺娥。恨天涯流落,欲歸無路。好似劍老燕山,珠沉海底。山長水又多,無能飛越也,歎蹉跎。一度思親一淚沱。(合)腸已斷,血又枯,臨風幾度裂雙眸。男兒事,恁折挫。

【前腔】

慘離離蕭索情多,氣懨懨連綿體羿。怕城頭清漏,更殘夢破。怎奈厭詠雕蟲,懶焚香獸,空自嗟零落。魂遊鄉國,去淚滂沱。身在他鄉身在吴。

(合)腸已斷,血又枯,臨風幾度裂雙眸。男兒事,恁折挫。

【節節高】

秋從客裏過,謾凝眸,滿林楓葉如兒哭。梧桐露,芙蓉渡,蘋花娜,涼蟬帶月疏柳哦,蘭船隔水菱歌和。(合)喚起離思可奈何,西風一夜羅衣薄。

【前腔】

幽思如敗荷,如何過?哀腸欲訴還自遏。淚如梭,情似渴,心如火,思親不忍唱驪歌,思鄉錯聽歸來樂。(合)喚起離思可奈何,西風一夜羅衣薄。

【尾聲】

聊將痛哭寄吟哦,誰是知音聽我歌?莫話作一片閑情掛碧蘿。

(醉西湖心月主人《弁而釵》情奇紀第二回《長歌當哭,細雨傳情》)

無名氏

小　令

【黄鶯兒】　毽　踢

曾記【黄鶯兒】一曲,以毽子喻妓,甚佳。今附於此。云:

只爲兩文錢,做虚頭一線牽。渾身裝裹些花毛片,撇人在眼前,賣俏在腳尖。番來覆去,一似風前燕。這身邊,方才着腳,又到那身邊。

(馮夢龍《掛枝兒》卷三想部)

【皂羅袍帶排歌】

枉了通經博史,可堪的家廢,只索教書。爲因些少飯和衣,無端窗下閑愁氣。也曾每食設醴,也曾彈鋏無魚,也曾東南盡籌[一],也曾桃李乖違。甘酸苦澀俱嘗至。(合)寒共暑,飽共饑,自家心事自家知。言與行,動與移,受人拘束受人虧。

旅食朱門甲第,未能勾顧脱,只索到底。雖然名分是賓師,也須步步循規矩。何曾歡歌沉醉,何曾舞劍敲棋,何曾樗蒲博戲,何曾寫畫題詩。風花雪月俱抛棄。(合)寒共暑,飽共饑,自家心事自家知。言與行,動與移,受人拘束受人虧。

(托名李贄《山中一夕話》上集卷三)

【憶瑶姬】

姑射真人宴紫府，雙成擊破瓊苞。零珠碎玉，被蕊宫仙子撒向空拋。乾坤皓彩中宵，海月流光色共交。向曉來銀壓琅玕，數枝斜墜玉鞭稍。荊山隈，碧水曲，際晚飛禽，冒寒歸去無巢。簷前爲愛成簪箸，不許兒童使杖敲。待效他當日袁安、謝女才，詞詠嘲。

（馮夢龍《喻世明言》第三十三卷《張古老種瓜娶文女》）

【南鄉子】

怎見一僧人，犯濫鋪摸受典刑。案款已成招狀了，遭刑，棒殺髡囚示萬民。沿路衆人聽，猶念高王觀世音。護法喜神齊合掌，低聲，果謂金剛不壞身？

（馮夢龍《喻世明言》第三十五卷《簡帖僧巧騙皇甫妻》）

【西江月】

是水歸於大海，閑漢總入京都。三都捉事馬司徒，衫褙難爲作主。盜了親王玉帶，剪除大尹金魚。要知閑漢姓名無，小月傍邊疋土。

（馮夢龍《喻世明言》第三十六卷《宋四公大鬧禁魂張》）

小尼姑

小尼姑在庵中，手拍着桌兒怨命。平空裏吊下個俊俏官人，坐談有幾句話，聲口兒相應。你貪我不舍，一拍上就圓成。雖然是不結髮的夫妻也，難得他一個字兒叫做肯。

（馮夢龍《醒世恒言》第十五卷《赫大卿遺恨鴛鴦縧》）

【掛枝兒】

小娘中誰似得王美兒的標致，又會寫又會畫又會做詩。吹彈歌舞都餘事。常把西湖比西子，就是西子比他也還不如。那個有福的湯着他身兒也，情願一個死。

王美兒似木瓜空好看，十五歲還不曾與人湯一湯。有名無實成何幹，便不是石女，也是二行子的娘。若還有個好好的羞羞也，如何熬得這些時癢？

劉四媽你的嘴舌兒好不利害，便是女隋何雌陸賈不信有這大才[二]。説着長道着短全没些破敗。就是醉夢中被你説得醒，就是聰明的被你説得呆。好個烈性的姑娘也，被你説得他心地改。

俏冤家須不是串花家的子弟，你是個做經紀本分人兒。那匡你會温存能軟款知心知意。料你不是個使性的，料你不是個薄情的。幾番待放下思量也，又不覺思量起。

（抱甕老人輯《今古奇觀》第七卷《賣油郎獨占花魁》）

【掛枝兒】

問使君你緣何不到横州郡，原來是天作對不作假斯文。把家緣結果在風一陣。舵牙當執板，繩纜是拖紳。這是榮耀的下梢頭也，還是拿的舵兒穩。

（抱甕老人輯《今古奇觀》第四十卷《逞多才白丁横帶》）

【掛枝兒】

東南風起打斜來，好朵鮮花葉上開。後生娘子弗要嘻嘻笑，多少私情笑裏來。二十去子念一來，弗做得人情也是呆。三十去了花易謝，雙手招郎郎弗來。

（佚名《山水情》第八回《鬧花園蠢奴得佳扇》）

【黄鶯兒】

包趙兩相逢,做媒心個個雄。忽生嫌隙奸心動,渾名兒自攻,醜聲兒自同。喧嘩攘臂相争勇,氣冲冲。頭蓬髻亂,沫血盡顔紅。

(佚名《山水情》第十七回《義僕明冤淑媛病》)

【黄鶯兒】

雙貴錦衣旋,鬧街坊鼓樂闐。三簷蓋傘隨風轉,繡鞍兒色鮮,藍旗兒粲然。摩肩擦背人争羡,賽登仙。親年未老,及第樂無邊。

(佚名《山水情》第十八回《金昆聯榜錦衣旋》)

校勘记

[一] 南:赤心子、吴敬所編《綉谷春容》雜録卷九作“門”。

[二] 隋:原作“隨”,據文意改。

酌玄亭主人

酌玄亭主人，姓名、生平不詳。有小説《閃電窗》與《照世杯》。

小　令

【桂枝兒】

論風流也只差前後，走前門一道深溝，拖漿帶水情難湊。女的又氣苦，男的又易丟。尋一個後門，哥哥倒好藏些醜。

（酌玄亭主人《閃電窗》第四回《錢鶴舉買妾迷情》）

【黄鶯兒】

一對好夫妻，到黄昏請脱衣。兩般心事曾傳寄。燈兒又吹，門兒又閉，暗中摸索風流味。莫狐疑，兒家朱户，舊有個老僧題。

（酌玄亭主人《閃電窗》第五回《花二姐悔親坑陷》）

【掛枝兒】

吊牌的人終日把牌吊，費精神有甚麽下梢？四十張打劫人真强盗，頭家要現采，贏家不肯饒。悶懨懨的回來，哥哥還有個妻兒吵。

（酌玄亭主人《照世杯》第四回《掘新坑慳鬼成財主》）

西安一廣文

西安一廣文,姓名與生平不詳。

小 令

窮斷脊梁[一]

《雪濤集》載,西安一廣文,性介善謔,罷官家居,賴門徒舉火,乃自作【清江引】謔詞曰:

半夜三更睡不着,惱得心焦燥[二]。跎蹭的一聲[三],盡力子駭一跳[四],原來把一股脊梁筋窮斷了[五]。

(獨逸窩退士《笑笑録》卷四)

校勘記

[一]《全明散曲》據《北宫詞紀》收入,題作"貧士自嘲"。

[二] 心:《北宫詞紀》、褚人獲《堅瓠集》甲集卷一作"我心"。

[三] 蹭:褚人獲《堅瓠集》甲集卷一作"蹬"。一聲:《北宫詞紀》作"響一聲"。

[四] 駭:《北宫詞紀》作"嚇"。

[五] 原來:《北宫詞紀》無。股:《北宫詞紀》作"條"。褚人獲《堅瓠集》甲集卷一下接"秦藩中貴聞之,轉聞於王。王喜,召見,賜之百金。"

青蓮室主人

青蓮室主人，生平不詳，有小説《後水滸傳》。

套　數

【畫眉序】

道長亂天朝，嘯聚湖中作窟巢。賀雲龍參不透仙家妙，袁軍師有才没料。羞睹那何能舌摇，王摩原是山中盜。今日裏天兵俱到。

【黄鶯兒】

要捉馬隆梟，筋斗雲一旦消。可憐屠俏夫妻枉自好，驪龍去爪，青蛇截稍，八臂哪吒做不出那喧天鬧。笑楊么，刺面刑身，怎做得皇棟兒曹。

【四時花】

【黄鶯兒】癩頭黿侯朝，【皂羅袍】那岑兒上灘兒外，瓦解冰消。【金鳳釵】悲號，分水犀牛難脱逃，鐵殼臉兒用火燒，錦毛犬一齊焦。【皂羅袍】岳軍驍勇，定不相饒，安排陷阱縛群妖。【勝如花】賊衆似鵂鶹，鵰鴞來啄難推調。休藏狡，人狡性狡，心狡意狡。

【皂羅袍犯】

姓柳是花斑豹，那毛頭獅曾也鎮蠻獠，忘恩反作山魈跳。羞見你脱冠除幘欣欣傲。不由見惱，絶根去苗。虬髯孫本，撒開斷腰。千愁萬恨，教我怒沖雲霄。辭殿陛，駕橈船，胸中已具留侯料。機關巧，大地包，幾番算准星歸杓。

【解三酲】

懸秦鏡奸邪俱照，衆嘍羅悔悟暗投標。退鱗魚兀自釜中躍，雖有盧醫難治療。我這裏綰絲繩扣住了鐵鷂，卻不道君王有福惡魔消。凝眸眼，盼不到奏捷音書一紙條。

【浣溪紗犯】[一]

造輪船，心志滿，笑伊不是蕩舟奡。年年來往樂朝朝，真個心高氣恁驕。若還識破投腐草，泡鼠何須半勺瓢。啾啾淚雨痛無搔，饒他焦面鬼也難刁。

【奈子花】

岳軍旗動馬蕭蕭，甲騎如雲水面飄。蟲鑽鐵裏，星火熔燒。哪怕你越飛過海，聽告，休嫌作絮叨叨。

【集賢賓】

衆軍兵齊登土垚，似周郎戰鏊，得勝須將鞭鐙敲。休得要推聾匿奥，兔藏窟狡[二]。怎知我計如天罩，誰知道，看取那水沸山摇。

【琥珀貓兒墜】

昔年自逞無敵横行剽，爲甚今朝貓怕交？這頭避了那頭哮。堪笑，近學得縮頭時，深潛土窖。

【啄木鸝】

岳家軍奉天征討，元帥胸中智量高。山嶺下岳雲發惱，船兒上岳憲催橈,那莽牛皐殺生噍。咚咚戰鼓,上下往來挑,怒吼吼,只恐你水底鼇魚,變做了臭魚乾蒿。

【玉交枝】

怎推得耳聾目眊,一霎時敗葉殘凋,八千人流淚歸鄉早。那重瞳自刎刀,小天王惡擦擦逃,小太歲雄赳赳傷心悼。殺得他攔路虎跑,殺得他没遮攔要懊。

【憶多嬌】

風静静,日閑閑,正春天卻是相征好。俺這裏縱征鞍,他罷卻輪船鬧。舌尖代簫,舌尖代簫,書記手腹也應枵。

【月上海棠】

失運時,算計鬼也應含笑,無緣那介紹,可知六藝枉勞,空有興雲接浪蛟。潑天火怎敵秋陽杲,賊衆怎知竅,癡心的怎避得炎火眉燒。

【尾聲】

你看那黄佐知機早,才算得是大英豪,不日同升拜聖朝。

(青蓮室主人《後水滸傳》第四十五回《岳少保收服么摩,衆星宿各安躔次》)

校勘記

[一] 紗:原作"沙",據曲譜改。

[二] 兔:原作"免",據文意改。

西子湖伏雌教主

西子湖伏雌教主,真實姓名不詳,崇禎年間在世。有小説《醋葫蘆》。

小　令

【桂枝香】

鮫綃尺素,點瑕非故,又不是桃葉隨波,好一似梨花含露。這痕兒出奇,痕兒出奇,敢是珠樓咳唾,還是嵬坡血污?謾躊躇,好似竹上湘妃染,這的是枝頭杜宇污。

(西子湖伏雌教主《醋葫蘆》第七回《落圈套片刻風光,露機關一場拷打》)

都白木,都白木,肚裏原無半點墨、半點墨。可是行屍,應同走肉。從來嫖賭行中熟,不惜黄金賤珠玉、賤珠玉。有日囊空,齊人裝束。

賽綿駒,賽綿駒,肚裏原無半句書、半句書。陽關三疊,一曲驪珠。後庭花果萬千枝,皮場廟裏多精致、多精致。賴有屯田,問津可據。

論人生,男共女,匹陰陽,前對前,如何後宰門將來串?分開兩片銀盆股,抹上三分玉唾涎,盡力也篩將滿。那裏管三疼四痛,一謎價萬喜千歡。

小易牙,小易牙,身伴原無一技佳、一技佳。不惟煮水,且會烹茶。魚頭肉鹵味堪誇,鵝湯鴨汁先嘗着、先嘗着。賓客餘殘,區區飽嚼。

熱幫閑,熱幫閑,手内原無半個錢、半個錢。全憑一嘴,賺盡人間。説無説有撇空拳,踢天弄井專行騙、專行騙。鐵甲面皮,何愁缺欠。

(西子湖伏雌教主《醋葫蘆》第十一回《都氏瓜分家財,成飆浪費繼業》)

波斯那,波斯那,此時不歸奈爾何?靈山久離事蹉跎,好將塵土濯清波。忍不住笑呵呵,忍不住笑呵呵。

(西子湖伏雌教主《醋葫蘆》第十二回《石佛庵波斯回首,普度院地藏延賓》)

西湖漁隱主人

西湖漁隱主人，姓名不詳，有小説《歡喜冤家》。

小　令

【掛枝兒】

皮笊籬水筲汲得漏，進一文積一文着甚來由。家私積得真豐厚，猶自貪心重，惹得個女風流。指望他萬頃田園也，反弄得空雙手。

（西湖漁隱主人《歡喜冤家》第十二回《汪監生貪財娶寡婦》）

鄧志謨

鄧志謨，字景南，號竹溪散人、百拙生，饒州（今屬江西）人。萬曆、天啟、崇禎年間在世。有傳奇《八珠環記》、《玉連環記》、《鳳頭鞋記》、《瑪瑙簪記》、《並頭花記》，小説《鐵樹記》、《飛劍記》、《呪棗記》、《山水争奇》、《風月争奇》、《梅雪争奇》、《花鳥争奇》、《童婉争奇》、《蔬果争奇》、《茶酒争奇》等。

小令

【掛枝兒】

咬銀牙卻把狡童罵，罵幾聲没廉恥的小油花。門三户四難找價，孤老是你接，貪戀你後庭花。只爲你攙行，雜種，我姊妹們都守寡，我姊妹們都守寡。

【掛枝兒】

聽伊言只得回言道，臭花娘好没分曉。你前我後隨人要，我賣的是圓粿，你賣的是肉糤。各自行頭，花娘，你休得和俺吵，你休得和俺吵。

（鄧志謨《童婉争奇》卷上）

西吴懶道人

西吴懶道人，明末清初人，有《剿闖小説》十回，又名《剿闖小史》、《剿闖孤忠小説》、《馘闖小説》、《忠孝傳》等，刊於南明弘光元年(1645)。

小　令

何須慮，不用焦，人世上貧多榮貴少。大丈夫當異國封侯，肯殉着故君空老。畢竟事舊事新一般道，人生幾個忠和孝，何必道親在江南，身歸順朝。

(西吴懶道人《剿闖小説》第七回《盧溝橋樵夫歎歧路，金壇縣秀士鬧黌宫》)[一]

校勘記

[一] 士：原作"子"，據目録改。

王一翥

王一翥(1592—1668),字子雲,號補庵,黄岡(今屬湖北)人。崇禎三年(1603)舉人,入清後,隱居江西廬山。有《王子雲集》。

小　令

【山坡羊】　三闋

你也休,我也休,去時節,莫回頭。師襄竟向海邊去,明月空停沂水秋。今古共荒丘。行不得,早回頭,好哥哥,正好休,不肯休。門前寒碧行人看,林外黄雲老婦愁。剩得木蘭舟。

來也悲,去也悲,莫作客,莫言歸。人生七十古來稀,春風依舊主人非。辭過舊書幃。行不得,草萋萋,歸不得,暮烟迷,暮鳥飛。海水漫天天静雨,靈山遍地地闢扉。漁舟迷不迷。

好哥哥,去不成,來轉迷,來底多,去底稀。唐陵漢寢無人掃,王謝堂前燕自飛。長歎是和非。好哥哥,死不成,生何爲,生何用。今宵酒點隨人灑,明日寒風江畔吹。雲樹一重衣。

【滚遍】　六闋[一]

杭州去,好風光,斷橋嫩柳倩春鵤,羅衣裳。這場冤債,只爲寧波太守,要人説好,留恨與兒郎。

江寧去，看海棠，秦淮歌管鬧鴛鴦，早凝妝。這場煩惱，只爲翰林出使，呼衙放審，冷落送文章。

段家店，好恓惶，獨驢乖行冷孤塘，藕花香。這場光景，只爲關情朋友，前言不用，後事費商量。

廬山腳，有茅堂，寸青尺緑當雲章，野花香。這場往返，只爲黄州世族，不能免俗，臨轉又牽腸。

朋友邊，好羞惶，忍饑受凍有何妨，想帝王。這場勞碌，眼見得波濤險阻，骨肉難依，只自恁淒涼。

妻子聽，莫佯狂，國恩未報夢中忙，殺牛羊。這場富貴，何須問孝陵青草，薊北黄楊，獨自過山梁。

【七聲甘州】 有 憶

雲山隨意，送他太早。只怕下里周旋，藍采和依然未到。纔遇着送子仙姬，缺缺圓圓，鏡子裏，不見了張果老。這纔是窮人憔悴旁人笑，情人離别窮人惱。惱的是衣衫襤褸，笑的是形容枯槁。指望他一步兒行來，月借牆陰上樹梢。

【黑麻亭】 送有容甥

寸寸腸，醒時節尋誰人訴，只得借劉伶酒，去灑嵇康土。滿面桃花是緑珠，當日帶三分恨，做做夫妻，留一點愁。説是那朋友，明晨麥地驢兒走。走一腳，便瘦卻相如手。吐也莫吐，閑卻店門兒，不知幾夜的夢兒同守。

【折桂枝】

入户片青成故徑，低坡到緑不須梯。偶然歡喜，怕瀰瀰雨吹不散情人淚。無聊摘西苑梨花，相求在東窗桃李。非同兒戲，咦，大都是玄鳥銜泥，那飛揚的鶺鴒書難寄。

送春時節無人問，家家賣米書難寄。如何歡喜，怕沉沉日偏照着床頭淚。忠臣去千里沉湘，怨女借孤毫寫意。神仙休戲，咦，卻叫那渴鳳悲呼，任兒道敵飛泉流不及。

【鵲橋仙】　里有歌柳七娘詞者，俚甚，易此曲

柳七哥娘子，你是何時去了，火中花，戰取風光好。踏青鬥草，尋春巧，江樹杳[二]。俏冤家，悵望蓮船小。吊不盡屈原江舊恨，寫不盡曹娥渡辭藻。且休裝火焰公主，有元女九天獨嘯。

【七聲甘州】　同兒洽丹穴，又沂夜坐

藍毛斑尾，樹邊一鳥。迨教訴汝三生，吕洞賓情冤顛倒。縱然肯割愛還丹，孤孤另另，吹笙時怎撞着浮邱老。免不得負心紅粉妝臺草，賣與群英野店燒。燒不就燕市貢金草，拖出商山四皓。到今宵一筆兒勾下，剪了的烟鬟漸漸小。

緑羅如剪，嬌麥空疇。隔溪有子真垂釣，寄書的盼還羅浮。要知是饑寒近事，清清泠泠，拍板時又還遇着盧。伴風流，愁只愁，裴小姐甘剃了頭，趙五娘害不得羞。羞不到青烟黄壤，剃不盡鳳友鸞儔。任溝中泥長孤生竹，猶望那情人在畫樓。

（王一翥《王子雲集》卷五）

校勘記

［一］原有注："似爲子寅父子作。按，韋子寅，名克振。"

［二］杳：原作"杏"，據文意改。

辛　陞

辛陞(1593—1658後),字克羽,無錫(今屬江蘇)人。庠生。顧憲成弟子。以文章氣節,爲東林黨所稱許。明亡後,以遺民終。有《寒香館遺稿》。傳見《明代千遺民詩詠三編》卷九、《梁溪辛氏宗譜》卷三。

小　令

見右族子孫沿門貼絶田,作詞志慨,調寄【黄鶯兒】

羡爾祖宗賢,紛紛的去置田。高堂大厦連霄漢,軒車路闐,快馬揚鞭,山頭松柏參天見。最堪傳,烏紗象簡,到處動人顔。

一旦子孫淹,紛紛的去絶田。側厢廊下孤身漢,夏月戴氊,冬月葛穿,山頭墳墓牛羊踐。最堪憐,賣兒鬻女,猶自説前賢。

(辛陞《寒香館遺稿》卷三)

鄭　鄤

鄭鄤(1594—1639),字謙止,號峚陽,武進(今屬江蘇)人。天啟二年(1622)進士,改庶吉士。崇禎中,爲温體仁所搆,誣以杖母不孝,磔於市。有《峚陽草堂文集》、《詩集》。

小　令

和楊用修【黄鶯兒】調四闋

野鶴倦歸籠,指雲霞舞向東。休糧不羡伊蒲供,雲來幾重,霞流幾鍾。輕風細雨銷殘夢,倦歸籠。山中春永,長嘯海天紅。

又

回首笑癡迷,看斜陽日日西。戲場散罷誰留戲,刀山劍梯,龍潭虎溪。人間何處安閑地,笑癡迷。山中春霽,洗耳杜鵑啼。

又

雨笠帶雲簪,趁西池又海南。蕭然省得閑愁怨,丹書夜函,晞暘曉藍。清泉白石天生伴,帶雲簪。山中春暖,還上最高嵐。

又

重結黍珠胎,坎離交南换北。御風列子猶多待,芝田自栽,棋枰且開。由他劫火滄桑改,黍珠胎。山中春在,隨處有瓊臺。

(鄭鄤《峚陽草堂詩集》卷八)

天花藏主人

天花藏主人，生活於明末清初，有小説《人間樂》等。

小　令

【點絳唇】

殘唾滿喉，只道一壇都是酒。指望三甌，止住涎流口。不道槽丘，盡爲西湖有。唯而否，這班秃狗，説也真正醜。

虧殺阿難，一碗才乾仍一碗。甘露雖甘，那得如斯滿。不是饕貪，五臟神靈感。冷與暖，自家打點，更有誰來管。

（天花藏主人《醉菩提傳》第十三回《松長老欣飛錫杖，濟顛僧怒打水壇》）

套　數

【畫眉序】

兜底上胸膛，好教我費盡端詳。他家何處是，□□夫傍。訪雲間踏遍街衢，魚雁杳，絶無音耗。衹因夙世交情淺，今生裏怎結芝蘭？

【黄鶯兒】

□般少年郎，□丰姿意氣揚。風流記得嬌模樣，心懷企仰，何時敢忘？

怨天公付我男兒相，細思量，此身速變，下嫁鳳求凰。

【集賢賓】

非是心中亂想，他若肯換衣裳，不亞當年西子龐。枝頭鳥雀争喧嚷，誠求上蒼。倘若許我商量，何須長，敢將缺陷自芬芳。

【貓兒墜】

兩形判□，頂立同天壤。筆硯將來友誼長，訂交生死有何妨。愁望，這種相思，□子承當。

【尾聲】

天教相見非應謊，若得論心共飲漿，敢怕事到方濃醉海棠。

（天花藏主人《人間樂》第十二回《簾控金鈎天女素妝微露影，閑齋寂静書生憔悴染濡毫》）

天花才子

天花才子,姓名與生平不詳,順治、康熙年間在世。有小説《快心編》。

小　令

【黄鶯兒】

兵備叫希寧,要銅錢不論情。縱饒有理原不停。小事十名,大事千金,不然狠把桁楊訊,禍殃臨。官司才了,家業已無存。

(天花才子《快心編》初集第三回《露機關湘烟送信,受刑罰魏義存忠》)

檇李烟水散人

檇李烟水散人，孫楷第《中國通俗小説書目》、譚正璧《中國文學家大辭典》、胡士瑩《話本小説概論》、戴不凡《小説見聞録》認爲是徐震號。徐震，字秋濤，浙江嘉興人。明末清初人（一説康熙年間人），有小説《桃花影》（一名《桃花影快史》）、《燈月緣》等。

小　令

【黄鶯兒】

寂寞宋家東，羨牆花一樹紅，恨無白璧在藍田種。楞楞曉風，沉沉夜鐘，這淒涼，只少個蛾眉共。夢魂中行雲何處，又不到巫峰，幽恨與誰同。歎清宵尊已空，佳期付與梨花夢。芸編倦攻，薰爐自烘，恩情美滿，誰把風聲送？隔簾櫳，原來是鸞顛鳳倒，雲雨兩情濃。笑語忒匆匆，正翻殘桃浪紅，好一似寒塘戲水鴛鴦共。酥乳兒貼胸，鬢雲兒已松，陽臺浪把歡娱縱。怎知道小牆東，人兒在外，親見你醉春風。清露滴梧桐，聽譙樓鼓四咚。他燈兒滅了收殘夢。雲情已空，悽惶付儂，半屏殘月花陰重。自惺憁，靈犀一點，偏我尚朦朧。

【銀絞絲】

紗窗外白溶溶月轉花梢，羅幃裏笑盈盈似漆如膠。莽蕭郎怎不去章臺走馬，小紅娘好一似鵲入鸞巢。俏心肝低聲叫，這歡會從來少。鬢兒也蓬鬆了，身兒也酥麻了，恨只恨隔鄰蕭寺不做美的鐘聲也敲得早。

（檇李烟水散人《桃花影》第一回《小書生鑿壁窺雲雨》）

攜手入蘭房，解紅裙，上玉床。腹兒相偎，腿兒相壓，靈根一湊渾身爽。一似蛺蝶迷花，鴛鴦戲水。丁香舌吐瓊津美，玳瑁釵横雲鬢光。低聲囑，莫太狂，從今後休忘卻山盟海誓，莫誤了月幔花窗。鴛念鳳枕，願和你永久相親傍。一會兒眼乜斜，一會兒魂飛蕩。一任你狂抽急搗，俺只得把弱體禁當。呀，好一個會風流的貪色郎，不肯將奴放，看看的烟横庭竹，月到回廊。

（檇李烟水散人《燈月緣》第七回《戴嬌鳳月下偷郎》）

套　數

【山燈漁犯】

燈如晝，人如蟻，總爲賞元宵。妝點出錦天繡地，抵多少鬧攘攘笙歌喧沸。試問取今夕何夕，這相逢忒煞奇。輕輕説與他，笑聲要低。雖則是燈影堪遮掩，也要慮露容光惹是非。愛煞他果傾城婉麗，玉芙蓉害相思，經今日久，甫得效于飛。

【錦庭樂】

【錦纏道】笑他每振盈盈，村的俏的，男女混相攜。更喧嘩，打着燈謎。【滿庭芳】且和你離芳街，步星橋，略一徙倚，傳歌聲落梅穠李，響銅壺玉漏頻滴。【普天樂】一任他攘攘熙熙，偏咱巧遇是這上元之夕。

【朱奴兒犯】

一處處燈輝月輝，一陣陣喧填鼓聲，一曲曲升平賀聖禧。大家羨皇都佳氣，從今後歲歲如斯。玉芙蓉願和伊，一雙遠擬鳳鸞棲。

【六么令】

夜闌風起，蕩春衫香靄遥飛。金鞭欲下馬頻嘶，歸去也，月西移。聽雲璈隱隱朱門裏，聽雲璈隱隱朱門裏。

【尾聲】

歸來重把欄干倚，慢慢的唱和新詩贈月姨。直等那斗轉參移始掩扉。

（檇李烟水散人《燈月緣》第五回《僞公主大鬧上元夜》）

烟水散人

烟水散人,清初人,有小説《新刻鴛鴦》(即《鴛鴦媒》、《鴛鴦配》)。

小　令

郎情重,姐意焦,不得和諧鸞鳳交。姐在簾内立,郎在簾外招。郎便道姐呀我爲你行思坐想,我爲你意惹魂飄。害得我茶飯不知滋味,害得我遍身欲火如燒。你不要推三阻四,只管約今夜明朝。空教我一日如捱一歲長,縱有那柳嫩花鮮懶去瞧。姐便道郎呀你有我心終到手,我有你心非一遭。不是我言而無信,只爲着路阻藍橋。你且堅心守,免使别人嘲。到其間終有一日相會面,管和你合歡床上話通宵。

(烟水散人《新刻鴛鴦》第八回《奸臣蠹國害忠良,歠友設計偷羅帕》)

西泠狂者

西泠狂者，有小説《載花船》，成書於明末清初。

小　令

【商調過曲・黄鶯兒】

貂璫勢恁豪，奉皇恩賜紫袍。尚方在握誇榮耀。聘賢良要驍，訪材能更麃。原來單取龜能□。語兒曹，龜身養大，勝似讀書高。

（西泠狂者《載花船》卷三第九回《女天子宫禁談龜》）

瀟湘迷津渡者

瀟湘迷津渡者，明末清初人，有小説《都是幻》（包括《梅魂幻》和《寫真幻》二篇）、《錦繡衣》（包括《換嫁衣》和《移繡譜》）、《筆梨園》（今存《媚嬋娟》）等。

小　令

【二郎神】

孤幃悄，元自憑闌思窈窕。這酸風偏向單衣繞。吹簫誰何，梅花片，落江皋，空思弄玉偕同調。没緊要的良宵窗欞小。恨那冷月偷窺，笑人空老。

悲悼，把往事追思，舊情憶料。歎容貌如花命薄，早魂消魄落，一天風雨飄摇。滿地落紅誰個掃？好含恨狂且惡巧，把玉山倒。霎時間櫻桃楊柳，抛殘芳草。

【囀林鶯】

爲誰悲怨多繚繞，聲聲啼血嗷嗷。諒難消似閨的更難曉，何不移步樽前來共倒？可知相如孤也，抱琵琶撥着文君好。晚風飄，看畫圖動處，人下今宵。

香魂雲水縹和緲,好似穿簾燕子無巢。寂寂寒欄倚遍了,此情試問人知否?枉自空煩惱,倒不如惜花園的閑蜂鳥,且把酒頻澆。看今朝花謝,昨日曾嬌。

(瀟湘迷津渡者《寫真幻》第二回《死香魂曲裏訴幽恨》)

【皂羅袍】

曾問春來消息,這寒風冷月將他阻隔。梅花開來,看枝頭何時送到江南色?燕兒別也,欲留無計,雁兒來也,有愁如織。這去來無定牽人憶。

降下一天喜憶,看上林點綴十分春色。化工無意,把春俊緑到名園花自植。關不住也,香梅紅杏,原有主也,蜂消蝶息。看今朝花燕偕相值。

(瀟湘迷津渡者《寫真幻》第五回《人替死自身享安樂》)

青心才人

青心才人，順治、康熙時人，著小説《雙奇夢》，又名《金雲翹傳》、《雙合歡》，成書於順治、康熙年間。

小　令

【黄鶯兒】

雖與木爲仇，喜圈套中得出頭。感方圓遮蓋全身醜，但脅肩於羞，坐井可憂，可憐淚痕流，不到衫和袖。謝賢侯，教人强項，再不許放歌喉。

（青心才人《金雲翹傳》第十二回《衛華陽智伏馬娼，束生員喜聯王美》）

西周生

西周生，山東人，生平不詳，有小説《醒世姻緣傳》，成書於清順治年間。

小　令

【汨羅江帶巴山虎】

老天、老天，你低下些頭來聽我禱告。縱着那衆生負義忘恩，你老人家就没些顯報。由着人將玎當響的好人作賤成鄷都餓鬼，把一個萬人妻臭窠子婆娘尊敬的似顯靈神道。俺每日燒好香爲你公平來也，誰知你老人家，也合世人般偏向着那强盜。罷了，俺明知多大些本事兒，便待要出得他們的圈套。罷了，狠一狠死向黄泉，合他到閻王跟前分個青紅白皂。

（西周生《醒世姻緣傳》第三回《老學究兩番托夢，大官人一意投親》）

【黄鶯兒】

之子好紅顔，翠眉峰柳葉彎。烏綾帕罩雲鬟暗。春纖筍鮮，金蓮藕尖，輕盈盈移步公堂畔。怕多般，呼名嬌應，嘴揾布青衫。

（西周生《醒世姻緣傳》第八十二回《童寄姐喪婢經官，劉振白失銀走妾》）

【清江引】

金蓮踏動秋千板，彩索隨風轉。紅裙緑襖新，乍看神魂撼。細睨参卻原來少一個眼。

（西周生《醒世姻緣傳》第九十七回《狄經歷惹火燒身，周相公醍醐灌頂》）

五一居主人

五一居主人，真實姓名與生平事蹟不詳，有小說《五更風》四卷。書約刊於清初。

套 數

【新水令】

花沉月冷海天秋，雨淋零江山如奏。空傳千古散，無恙片帆遊。檢點經籌，檢點經籌，耐不得水雲留逗。

【步步嬌】

小年更漏和愁鬥，無奈黄昏驟。虚摹别樣妍，夢眺天江，詢不定海門潮候。楓淚染邦溝，把迷樓天半癡魂搆。

【折桂令】

撞不停鹿小心趨，怎能彀魔城萬仞打破重堠。樹情懺心□，要閃驅欲卒，意馬星投。把住心頭，又早喉頭，叫不開重重離恨，□不住渺渺□□。

【江兒水】

顧瘦塊疑夫，形□□漸丟，把閑衾刺枕喬相守。無奈風雨來依舊，姻緣段段翻新彀。□湖初終休咎，細記根由，須數盡一天星宿。

【雁兒落】

我爲他怯梅梢影似彪,我爲他怕松濤聲如吼,我爲他偎倦火達旦守,我爲他護奸風窺窗隅,我爲他燐香空護昔年薰,我爲他惜别常□經夕酒,我爲他向空中細細知答叩,我爲他人前堆堆若木偶。休、休,杜鵑叫月三更後,怎得他綢也麽繆。準備着錦纏頭覓好逑,準備着錦纏頭覓好逑。

【僥僥令】

那姮娥分明在天際灣,一隊隊慘陰雲,圍住了迷魂地。把錦揚州做了斷猿門,把錦揚州做了斷猿門。

【收江南】

呀,早知道相思没底呵,恨殺我爲情囚。忽忽的怒看□寒去似郵,英雄消盡兒女愁。話聲聲小樓,笑迎迎片舟。最慘是偷丟百媚暈雙眸。

【園林好】

待思時空包下一天羞,待撇時怎勾下一天愁。欲待要寫情由,腰空纏,傘怎修,腰空纏,傘怎修?

【沽美酒】

□□矣,都與□□□時一分休。病□□□又上了鈎。身□□骨已髏,早□苦□□□□□□□癡魂傍走,天缺補之□□,地闊縮的跳就。我呵這時節朝耶暮耶,醒耶夢耶,恨朦朦杳不知東西前後。

【尾聲】

鴻音鯉素轉無有,片片癡心段段疣。怎學得撲琅坐飛向跟前鷗鷺□。

(五一居主人《五更風·劍引編》上卷)

艾衲居士

艾衲居士,亦稱艾衲道士、艾衲老人,真實姓名與生平事蹟不詳。著有擬話本小説集《豆棚閑話》。今存康熙刻本。

小　令

邊調曲

老天爺,你年紀大,耳又聾來眼又花。你看不見人,聽不見話。殺人放火的享着榮華,吃素看經的活活餓殺。老天爺,你不會做天,你塌了罷。老天爺,你不會做天,你塌了罷。

(艾衲居士《豆棚閑話》第十一則《黨都司死梟生首》)

顧石城

顧石城,號佩蘅子,吴中(今江蘇蘇州)人。有小説《吴江雪》四卷二十四回。前有康熙四年乙巳(1665)自序。

小　令

鎮日狂蜂蝶鬧,恨飛花無主,一任飄颻。薄情偏是恁丰標,負心到此真難料。期他不至,香肌暗消。芳魂隨夢,天涯路遥,何時説與伊知道。

强笑人前堪醜,想冤家此際,何處閑遊。東風無意送春愁,楚腰應是添消瘦。庸人俗子,推他反留。風流短命,思他不休,楚襄不上巫山岫。

當日殷殷相許,對蒼蒼設誓,字字無虚。雙鴛比翼效于飛,花枝偎傍成連理。誰言一去,春歸不歸。傷心立載,愆期負期,鏡中枉自傾城美。

(顧石城《吴江雪》第七回《老夫人虚聯姻契,小秀才實害相思》)

守節勵冰操,數年來淚暗拋。可憐冷落芙蓉貌,陰中似燒。今番怎熬,暫將叔叔通宵抱。莫相嘲,牌樓休造,就死也風騷。

(顧石城《吴江雪》第十回《江潮看情書,弄兒施巧計》)

【皂羅袍】

盡是風流年少,見江郎如玉,使妾魂銷。巫峰清夢已相招,烟花敢擬稱同調。瓊漿滿泛,雲英意饒。裴生玉杵,殷勤訂交。殘紅何幸親蘭草。

（顧石城《吴江雪》第十二回《巫女有心薦枕，楚襄無意爲雲》）

吹遍東風春光好，柳陌鶯簧巧。深閨競細腰。薄幸王孫，芳草天涯道。鏡裏玉容消，被他誤了傾城貌[一]。

青鸞影妝臺寂寥，香羅帶襤襂不牢。夢尋他悠悠路杳。欹珊枕，淚痕交，欹珊枕，淚痕交。

起覩雙飛燕，淚暗拋。朱顏竟付空閨老，春色飄零情猶惱。癡心還憶郎年少，可愛丰姿玉貌。何事無情，暗把琴彈别調。

絶無音耗，羨弄玉秦樓，跨鳳吹簫。教人空想着，昔日始相交，誓同永好。這冤家風流俊俏，今日空餘恨，何處笑相邀。短行狂且，負奴不小。

青春過了，這愆期非是一遭。擲錢卜課都虚渺。想着他别戀多嬌，教奴花鈿慵貼恨怎消，雲鬢零亂憂心悄。最難禁孤燈雨宵，最堪憐寒衾夜迢。

最堪惱負心的念已拋，要重諧説也徒勞，要重諧説也徒勞。書寄去反貽嘲笑，豈無人，只敝貂？這相思没下稍。

趁今日鶯花事來凋，猶喜得傾城貌尚嬌。步邯鄲無不魂銷，步邯鄲無不魂銷。我只得别尋俊俏，且羞他這一遭，且羞他這一遭。

風流何事情偏少，空有這子都容貌。不知你今夜幽琴向何處調？

（顧石城《吴江雪》第十二回《巫女有心薦枕，楚襄無意爲雲》）

校勘記

［一］被：原作“彼”，據文意改。

蘇庵主人

蘇庵主人,真實姓名與生平不詳,有小説《繡屏緣》二十回和《歸蓮夢》十二回。《繡屏緣》卷首有弄香主人康熙庚戌(1670)序。

小　令

【南吕・九疑山】[一]

【香羅帶】(“一從鸞鳳分”起,至“首飾典無存”止)愁鸞埋鏡塵,雙飛斷雲,關山夢轉。衾未温,畫圖難與唤真真也。【犯胡兵】(“飯食何處有”起,“方纔可救”止)向殘燈自忖,把題箋寄恨。莫不是我宿世因緣,今生已盡。【懶畫眉】(“强對南薰”起,“流水共高山”止)空歎離情暗傷神,想昔時,投珮偶親,把幽香星下結深恩。【醉扶歸】(“只怕爲你難移寵”起,“心先痛”止)繡幃彩鳳雙棲穩,説不盡惜花心一段温存,描不就嬌香體五更殘困。【梧桐樹】(“黄鶯似唤儔”起,“故把人僝愁”止)巫山暮雨昏,洛水朝霞暈。不道吹簫弄玉非凡品,綺樓會晤迷方寸。

(蘇庵主人《繡屏緣》卷首)

五更小調[二]

一更裏捱,一更裏捱,香亂雲鬟卸玉釵。對銀缸空把燈花拜。想起喬才,想起喬才,萬種恩情難打開。恨離愁不斷相思債,恨離愁不斷相思債。

二更裏捱,二更裏捱,斜擁熏籠傍鏡臺。照癡情明月知無奈。心上安排，心上安排，夢見雖同相見乖。記盟香縱死心常在，記盟香縱死心常在。

三更裏捱，三更裏捱，淚滿羅衫恨滿懷。怨今生不了前生愛。夢斷魂來，夢斷魂來，只爲情深死亦該。負心的自有天誅害，負心的自有天誅害。

四更裏捱，四更裏捱，香冷金爐燭暗臺。暫朦朧怨殺魂歸快。何處投胎，何處投胎，但願雙雙死共埋。化行雲永結同心帶，化行雲永結同心帶。

五更裏捱，五更裏捱，斷雨殘雲總不諧。爲傷心使我無聊賴。且自疑猜，且自疑猜，還望天緣合繡鞋。那其間始信盟如海，那其間始信盟如海。

（蘇庵主人《繡屏緣》第十二回《結新恩喜同二美，申舊好笑釋三冤》末評）

【黄鶯兒】

黑臉嵌深麻，髮黄茅眼白花，龜胸駝背真難畫。但聞得口中糞渣，更添着頭上髻疤。鼻斜耳吊喉嚨啞，坐如蛙。癩皮搭脚，慣喜弄花蛇。

（蘇庵主人《繡屏緣》第十五回《醜兒郎强佔家資，巧媒婆冤遭吊打》）

【駐雲飛】 效沈青門唾窗絨體

昨夜飛雲，暫向陽臺寬繡裙。花照羅幃近，酒泛瓊卮穩親。簫史正留秦，多嬌聰俊，錦帳香濃，月透珠樓潤。一半鮮明一半昏。（以下同[三]）

情榜掄元，種玉迷香總是緣。年少潘安面，錦繡陳思儔。仙亭畔戲雙鴛，百花開遍。滿座瓊姿，齊把金樽勸。一半長斛一半淺。（雲客）

白玉無瑕，一朵千金籠絳紗[四]。羞比行雲化，遠效瓊漿話。他夢裏抱琵琶，崔徽初畫。粉黛餘香，繡得湘裙衩。一半題詩一半花。（玉環）

羅幕雙棲，鏡掩回鸞香暗低。歸鳳終成對，小燕添嬌媚。奇花裏定佳

期,全憑夫婿。今世良緣,前世紅絲繫。一半相思一半喜。(季茗)

睡損紅妝,風韻依稀似海棠。嬌怯情初放,引動魂飄蕩。郎曾記鳳求凰,銀河相望。歸夢同圓,始得圖歡暢。一半清閑一半忙。(素卿)

暮雨温柔,被蟾影分明照畫樓。眉掃雙蛾秀,鬢掠單蟬瘦。幽燈下更風流,並肩攜手。小篆香低,暫且鬆金扣。一半追歡一半羞。(蕙娘)

風韻難描,似映水芙蓉初放稍。隨苑花堆俏,楚岫雲光耀。嬌相會在藍橋,風流年少。這段姻緣,總是紅鸞照。一半多情一半巧。(絳英)

瑶島仙娥,暫往人間附女蘿。千尺情牽墮,五夜花相和。哥春酒醉顔酡,倚樓同坐。兩袖温香,繡下昭陽唾。一半遮藏一半拖。

(蘇庵主人《繡屏緣》第十九回《繡屏前粉黛成雙,花樓上畫圖作對》)

校勘記

[一] 原未署名,此前有"蘇庵漫識"之《綉屏緣凡例》、《蘇庵雜詩八首》,應例,曲應爲蘇庵之作。

[二] 五曲録自《銹屏緣》第十二回"附言"。從第二回末"自記"、第十二回末"附言"來看,這些回末文字應是蘇庵自爲,因將五曲歸爲蘇庵之作。

[三] 以:原作"已",據文意改。

[四] 籠:原作"龍",據文意改。

松雲氏

松雲氏，震澤（今屬江蘇蘇州）人，真實姓名與生平不詳。有小説《英雲夢傳》八卷十六回。寫成與刊刻於清代何年不詳。

小　令

紗窗外月影兒香，春雲暖遊興忙忙，青海如豆和風、和風暢。茜紅裙妒煞佳芳，燒香客盡是嬌娘，畫船疊滿山門、山門泱，柳伴鶯輕翅輕狂。花間蝶粉壁東牆，新聲燕語翻花、翻花浪。笙簫處多少才郎，歌樓内誰要還鄉？紛紛醉客傳杯、傳杯觥。

【黄鶯兒】

黄昏月正斜，俏冤家不回家，多因戀着風流奼。想思頓加，衾冷難撾，陽臺夢裏情兒假。狠心呀，翻雲覆雨，刻刻望燈花。

道　情

采藥仙，晚歸岩，講《玄經》，説道簽，燒丹運度成真煉。芝蘭滿室生光彩，鳳鶴飛鳴火棗兼，青松道法容常儼。但見那雲童垂髮，真個是桃源無限。

（松雲氏《英雲夢傳》第一回《玩春光山塘遇美，尋秋色玄墓贈金》）

【月宫春】

廣寒宫殿玉玲臺,仙姬慶紫杯。霞裳一曲愛姣木,憐取桂花開。露潤銀河香飄異,嫦娥相戲月中回。天開瓊瑶喜報,神仙親送來。

舞衣不勝蕊珠香,霓雲護衆芳。留情笑獻紫霞觴,芙蓉星斗光。月色花叢人意軟,瑶池會上我佯佯。風列花亭景物,君且有容光。

(松雲氏《英雲夢傳》第十四回《香閨内花神夢兆,錦堂前桂子雙生》)

天花主人

天花主人，順治、康熙間人。有小説《驚夢啼》、《雲仙笑》（又名《雲仙嘯》）等。

小　令

【黄鶯兒】

何處最難熬，在他鄉苦寂寥。兩人心事誰知道？今朝運交，今宵興高，枕邊互把心肝叫。樂陶陶，顛鸞倒鳳，一夜好風騷。

（天花主人《雲仙笑》之《平子方·都家郎女床奸婦，耿氏女男扮尋夫》）

王 氏

王氏，金閶（今江蘇蘇州）人。約生活在明末清初。

小 令

吴士召乩仙，署曰黄花女兒。問其氏族，曰金閶王氏。生時與黄生歡好，一生愛插黄花，人呼黄花女兒。問卿是夭逝耶，曰年十五而殞。問黄生安在，曰相繼亡矣。今與同寢處，若人間伉儷也。衆乞詩，遂題數語云：

忘不了對攏雙袖，忘不了佳期月下偷，忘不了柳遮花映黄昏後，忘不了羅帳綢繆，忘不了紗窗風雨清明候，忘不了多病心情懶下樓[一]。

風流藴藉，字有餘香[二]。

（褚人獲《堅瓠集》丁集卷一）

校勘記

［一］此曲又見錢尚濠《買愁集》卷一、任訥《曲諧》卷一。

［二］錢尚濠《買愁集》卷一後有一句"竟不知誰家紅玉也"。

李聖許

李聖許,清康熙年間人。

小　令

江都李聖許有月字謎云:

俏冤家切莫做小人行徑,許佳期其實不曾。我若肯時也不止在如今肯。空爲我腰肢減一半,鎮日裏無主恨青春。待明朝日落時辰也,再休要閑去門前等。

(任訥《曲諧》卷一)

方玉坤

方玉坤，順天（今北京市）人。清人，具體年代不詳。

小　令

雁　字

丁寧囑咐南飛雁，到衡陽與儂代筆行些方便。不倩你報平安，不倩你訴饑寒。寥寥數筆莫辭難，只寫個一人兩字碧雲端。高叫客心酸，高叫客心酸。萬一阿郎出見，要齊齊整整子細讓他看。

（顧名《曲選》三《小令》）

丁耀亢

丁耀亢(1599—1669),生平見《全清散曲》第76頁。

小　令

蓮花落

東京有個黄表三,也會吃來也會穿。一生好放官例債,不消半年連本三。巢窩裏放債現過手,他管接客俺使錢。線上放債没賒帳,他管殺人俺管擔。積的黄金拄北斗,臨了没個大黄邊。蓮花落,蓮花落。

看看爺娘不是親,有錢且去敬别人。三年乳哺成何用,娶了媳婦就要分。好酒好肉老婆吃,不怕爺娘餓斷筋。生前不曾見碗米,死後誰人來上墳?蓮花落,蓮花落。

看看兄弟不是親,三窩兩塊説不均。同胞也要分彼此,争多争少要理論。有酒只和旁人吃,自家骨肉作仇人。蓮花落,蓮花落。

看看老婆不是親,三媒六證結婚姻。嫌貧愛富賣家女,半路辭了朱買臣。牆西有個劉寡婦,守到五十還嫁人。夫妻且説三分話,未可全抛一片心。蓮花落,蓮花落。

看看朋友不是親，吃酒吃肉亂紛紛。口裏説話甜如蜜，騙了錢去不上門。一朝没有錢和勢，反面無情就變心。孫龐鬥智刖了足，那有桃園結義人？蓮花落，蓮花落。

（丁耀亢《續金瓶梅》第十六回《沈乞兒故園歸夢，翟員外少女迷魂》）

【鎖南枝】

思罷了想，想罷了焦，現成成的人兒那裏去了？薄命人閃得俺没着落。俺也曾潛窺燈光，俺也曾摇動花稍，癡冤家笑也不笑一笑。俺又不是吃人的狐精，俺又不是殺人的飛刀，見了俺唬得心窩跳。拿住你怎肯干休，好歹要鳳友鸞交，只落得手兒裏捏着花心叫。

（丁耀亢《續金瓶梅》第三十三回《風雨夜淫女奔鄰，琉璃燈書生避色》）

【鎖南枝】

砍只該砍你的脚，剁只該剁你那唇。削平了額髏，纔是個妙人。去一般添上一般俊，三般兒醜得蹊蹺，因此上客不臨門，胡突蟲拿着俺殺恨。俺也曾替你拉人，俺也曾替你扒皴，俺也曾替你拿虱子使的渾身困。俺又不曾摸摸你的琵琶，俺又不曾弄弄你的瑶琴，去了我看你燒火夯不夯。

（丁耀亢《續金瓶梅》第四十一回《同床美二女炙香瘢，隔牆花三生争密約》）

他借游方是道人，串州府，渡關津，遊食無籍真光棍。暗通響馬劫行客，糾合强徒進院門，求齋化飯先通信。用的是蒙汗毒藥，遇着他一命歸陰。

他有隱身法不露身，定身法，没處跟，又會踏罡步斗迷魂陣。拘魂魘鎮奸良婦，打火燒鉛做假銀。更有一件真堪恨，把小孩子蒙了隨去，做蒙藥摘膽剜心。

他葫蘆内百様毒，使機謀把酒巡。頭昏腳軟先昏暈，臨危假落慈悲淚，怕醒還將法水噴。把財物搜尋盡，將骸抛在野外，那知道我又還魂。

五閻羅把我迎，崔判官把我親。他説我吃齋念佛多忠信，金橋來接純良客，地獄難留這好人，連忙送出酆都郡。他打折我三條左肋，現如今俱有疤痕。

（丁耀亢《續金瓶梅》第四十八回《蓮净度梅玉出家，瘸子聽骷髏入道》）

徐士俊

徐士俊（1602—1681），原名翽，字三友，號野君，仁和（今浙江杭州）人。有《雁樓集》、雜劇《春波影》、《洛冰絲》二種。傳見王晫《霞舉堂集》卷四《徐野君先生傳》、卷十一《徐野君先生哀辭》、《光緒唐棲志》卷十二。

小　令

【楚江情】 次袁凫公韻

春風掠鬢涼，花飛滿床。堤頭戲馬鞭太揚，踏殘芳草落紅香。也把珠簾高卷，瑶琴細張，逗得咱躭眠乍起如緑楊。綰住垂絲，莫向行人蕩。你看烟青罩小窗，烟青罩小窗。山青礙短牆，鎖不斷春愁況。

【尾犯序】 四美寓言

銀燭繡簾明，一束紅絲，無限牽情。昨夜香閨，聽珊珊珮聲。佯整，驚羨煞穠桃豔李，卻凑着鴛稠鳳枕。銷魂處，雙眉畫就，深淺問低聲。

【前腔】

小婦更娉婷，例仿傍州，權亞夫人。恐怕他嫌，向花間定情。眉影，一般是雙蛾細柳，立遍了苔階梧井。星兒嘒，宫闈景色，辛苦並甘心。

【前腔】

團扇倍關情，往日芳姿，忽地交承。婢妾雙魚，結三生水因。廝幸，香馥馥含桃素口，軟怯怯楊枝小影。還堪伴，風流雅謔，不負鄭康成。

【前腔】

夫婿狹斜行，野渡鴛鴦，三豔齊傾。可惜珍珠，擲紅樓户桯。豪興，聽不厭瓊簫象板，抱不盡花魔酒病。專待取，春風領袖，馬首看分明。

【北罵玉郎帶過上小樓】 豔 情

只索温柔鄉内棲，揭起芙蓉帳，處處迷。佳人絶代正相宜，褪羅襦，暢好是鴛枕斜欹。對銀燈笑吹，對銀燈笑吹。怎便熱臉羞偎，傍酥胸細思，傍酥胸細思。當不過他粉香滑膩，忍不住蜂黄狼藉[一]。驀忽地顫動流蘇，驀忽地顫動流蘇。金釵溜下，蟬鬢葳蕤。揹雙鉤，舞三眠，雨亂雲飛，愛只愛櫻桃綻玉津偷遞。

【么】

度盡春花秋月時，算這相思簿，肯動移。教人恨殺五更雞，夢初回，報道是麗日紅閨。乍閑行又隨，乍閑行又隨。生就並蒂雙枝，借金莖一杯，借金莖一杯。暫解俺病懷渴味，怕都是水痕花氣。被人説兒女情長，被人説兒女情長。銷魂粉陣，半臂難推。做殷勤，助温存，淚眼愁眉，那裏討滿園春霎時同聚。

【么】

最苦歡濃又别離，寂寞長亭路，折柳稀。年年斷送幾蛾眉，怪鶯啼，偏湊着燕子來時。卷珠簾恨誰，卷珠簾恨誰。遣盡落月深帷，怕吹蔫嫁衣，怕吹蔫嫁衣。准備着裹朱外翠，好幫襯豔妝新髻。這時節人在樓頭，這時節人在樓頭。幽懷逸思，感動弦徽。縱題名與傳臚，和那駟馬高車，怎比得被窩兒那般滋味。

【北二犯江兒水】 贈弦索施誼之

蘭陵風韻，傾倒煞蘭陵風韻。乍驚花芳信緊，看香檀按雪，慧舌流雲，賽張娘紅豆穩。楚楚奏新聲，依依戀舊人。烟月精魂，絲管清芬，便周郎應讓恁。秋宵雁群，怕吹落秋宵雁群。春初鶯嫩，學得個春初鶯嫩。這相逢似旗亭一樣聞。

【幺】

君家聰俊，羨的是君家聰俊。抱秦箏閑自品，甚吴歈浪比，越調堪矜，下流泉纖指冷。今夜客中聽，他年夢裏尋。十二時辰，三五黄昏，助相思單着枕。勝國施君，休只羨勝國施君。東吴豪興，還剩卻東吴豪興。縱天涯肯忘伊一片情。

套 數

詠桃花

【念奴嬌序】

江南媚景，看桃花滿樹，新妝妖冶春工。十里西湖，光掩映驕煞人面微紅。相共，朱户雕欄，畫簾銀蒜，驚呼護在小衾擁。（合）君對此，休嗟緑瘦，攀住春風。

【前腔】

仙種，天台路迥，問當時劉阮，歸來回首悲痛。去後誰栽，端的是前度劉郎玉洞。遥夢，上苑春明，宫鶯銜出，御街踏遍馬蹄紅。（合前）

【前腔】

寒凍，我欲剪出春衫，裁成半臂，夜深燈火月華濃。閑比並似半朵佳人簾櫳。争寵，第一橋邊，吹簫明月，嬌嬈占斷兩湖中。（合前）

【前腔】

愁送，犬吠花源，雞鳴桑樹，夾林惆悵捕魚翁。人世上難駐脂肉芙蓉。驚恐，倩女魂歸，夕陽花影，一時啼老杜鵑紅。（合前）

【古輪臺】

小車中，金鈿自鎖翠眉濃。隨他露浥閑招閧，生來矜重。怕陌上相逢，三五閨心挑動。之子于歸，古人祝誦。把桃夭都譜入管弦中，如今一統。算從來化起深宫，漫嗟薄命，不禁狼藉[二]，烟花塵冗。白鼻與青驄，風流種，耆卿墳上酒杯湧。

【前腔】

神通，幻出纖影芳蹤。荒園内李妹桃姑，一班供奉，幡影摇空，未許金鈴風動。更有换蕊移枝，真人擸弄。白日青天破幽夢，三生果種。况王家小婦姿容，桃根桃葉，秦淮渡口，流連目送。豔異古難窮，但願春光永，被窩穩似燕泥封。

【尾聲】

風情亂，星眼朦，畫不出遥山翠聳，細寫鴛鴦花瓣中。

湖上偶然作

【桂枝香】

朝烟山罅,鋪來如畫。正當門楊柳雙株,摇曳處晴絲風掛。是芙蓉舊居,是芙蓉舊居。圖書盈架,峰巒幽雅。夕陽斜,可有誰家美,招儂去吃茶。

【不是路】

油壁香車,蘇小西陵松柏芽,今誰亞。松陵柳子號吟家,得逢他。兩湖春色千金價,一段風流半縷斜。樓頭話,墨光鬟影驚飄灑。似玉床初下,玉床初下。

【長拍】

爲雨爲雲,爲雨爲雲,不雲不雨,惹起六橋喧咤。濤箋浪擲,趁西風雁落平沙,柳絮滿天涯。記那時堤畔,共卿閑踏。愁殺西湖明鏡裏,留不得一枝花,依舊燕孤鶯寡。歎門前柳色,惟有啼鴉。

【短拍】

翠掩重門,翠掩重門,新詩手把。這其間薄粉輕紗,酒醒夢難加,逐句句端相真假。漫説置書懷袖,看他個三歲尚含葩。

【尾聲】

讀書燈紅生蠟,美人環珮護雲霞。方信道柳汁青青染嫩芽。

集曲牌名

【北新水令】

御林春色繞河橋，十二時擔煩受惱。六么新令舞，三疊舊歌飄。懶畫眉梢，聽賣花聲唱過了垂楊道。

【南步步嬌】

思憶王孫何時到，水底魚書杳。四園春自嬌，薄幸不來，一枝花老。羅帳裏坐無聊，玩仙燈不覺天將曉。

【北折桂令】

意難忘再訴心苗，多敢是沉醉東風，忘念奴嬌。孤負俺銷金帳裏，梅花酒好。孤負俺錦堂月下，寶鼎香銷。恨繞紅樓，針線箱拋。助人愁的玉漏遲遲，四邊静悄。

【南江兒水】

何處迎仙客，空傳碧玉簫。章臺柳漫賦青青好，祝英臺恨殺來生杳，虞美人死向烏江道。金谷園，生荒草，月照西江，不見夜行船到。

【北雁兒落帶得勝令】

還想甚傍妝臺把翠黛描，還想甚剔銀燈把羞容照。還想甚石榴花裙着腰，還想甚香羅帶同心好。還想甚金蓮子垂雙耳，還想甚玉交枝插翠翹。金焦，做不得海棠花供歡笑。小桃，卻趁那桂枝香雲外飄。

【南僥僥令】

鬧樊樓上戀多嬌，愁殺我獨鎖寒窗怨寂寥。纔見漢宫春信早，又不覺金索掛梧桐秋色饒。

【北收江南】

呀,本待要駐雲飛去呵,不是路怎相邀?只落得滿江紅淚似波濤。哭相思這遭,哭相思那遭。青衫兒濕透好無聊。

【南園林好】

梧葉兒庭前亂飄,玉芙蓉江邊開早,刮地風恁般寒峭。誰寄去皂羅袍,誰寄去皂羅袍?

【北沽美酒帶太平令】

風馬兒簷前鬧,掛玉鈎聲韻巧。俺只道雁過南樓有信稍,元來是吹畫角霜天曉。好教我意遲遲心轉焦。倘秀才何方流落,好姐姐共誰歡笑?罵玉郎問伊知道,哭皇天玉山頹到。我呵這相思雲高月高,節節的高。呀,一封書倩誰傳到?

【南尾聲】

聲聲慢唱多情調,得稱人心在那朝。但願得永團圓同到老。

小婦詞

【十二紅】

【山坡羊】乍相逢銀燈一笑,亞夫人贈伊封號。問芳年亭亭有餘,破瓜期此夜纔知道。【五更轉】滴秋波,捱暮雨,襄王到。低頭小語,小語釭花俏。恐怕援例傍州,被娘子軍聲驚哨。【園林好】記當初韋郎玉簫,賀佳配周郎小喬。桃葉渡寒波輕棹。【江兒水】羔酒停歌,伴學士茶香雪照。【玉交枝】朝雲吹杳,剩西湖笙歌畫橋。愛他通德伶玄好,怪不得紅暈眉梢。【五供養】驀忽五更雞叫,没亂裹衣裳又顛又倒。櫻桃樊素口,楊柳小蠻腰。羞殺是低聲手語紅綃。【好姐姐】窈窕，玉床斜靠，渾一似芙蓉夜嬌。相如福分，添個茂陵琴操。【玉山頹】金爐烟影瘦，意飄蕭。曉風兒吹起夢魂消。【滴滴金】紫釵翠翹，行來珮環隨步摇。新穿杏子衫豔嬌。【川撥棹】那更長裙繞，襯瀟湘水色遥。愁只愁一束春條，愁只愁一束春條。向百尺樓頭帶月描。【嘉慶子】把風姿覷個周遭，把風姿覷個周遭。心字香濃，鴛鴦被怎教？【僥僥令】蠙珠傾六斛，燕尾喜雙桃。走馬章臺花巷小，肯换卻花間騮馬驕？

【尾聲】

小孤山色青來好，奈小婦新官初到。怎禁得一紙降書在城下招？

集鳥名

【梁州序】

鴛鴦雙宿，鸞凰齊跨，對對收香倒掛。金衣公子，長陪燕尾年華。試聽催歸杜宇，勸酒提壺，百舌枝頭話。數行雁字也，寄天涯，行不得哥哥可憶家。(合)隨鳥使，來花下，碧桃紅杏相低亞。傳彩筆，譜雲霞。

【前腔】

伯勞東去，鷓鴣南下，野鶴横江半夜。西雝振(平聲)鷺，昭陽日影寒鴉。只見桑間鳩婦，籠内鸜哥，鎮日相思話。白頭翁老也，染霜華，秦吉了生來識漢家。(合前)

【前腔】

步摇輕翡翠横斜，羽觴飛鸕鶿傳把。更海青搏兔，雲白鷩蛇。可是畫眉未了，姑惡頻催，盍旦心猶詫。一聲啄木也，莫驚呀，野鶩山雞總一家。(合前)

【前腔】

執金吾辟惡驅邪,山和尚行飛坐化。做竊脂糊口,老鸛彈牙。何日鷓鴣夢穩,孔雀屏開,金翅光無價。得過且過也,盡風華,萬里鵬程自返家。(合前)

【節節高】

連朝鵲語嘩,竹雞啞,臨池放筆驚鵝鴨。鶺鴒者,鸂鶒耶,流離也,争傳吐綬文光射,雙鳧點點隨波下。(合)莫使歌殘鳥聲悲,春來又把桃花罵。

【前腔】

葱鶩水面撾,雪姑嗟,溪頭沙嘴鵁鶄話。晨風乍,戴勝加,泥滑滑,文山鴻豹難停踏,江東桔鞠群飛下。(合前)

【餘文】

繇來花鳥同評跋,何處秋蟲得近他,指點芳名堪奏雅。

花月美人合詠

昔云世無花月美人,不願生此世界。余深喜兹語,仿古樂府三婦豔之意,按拍歌之。

【畫眉不盡】

花瓣美人頰,不惜珍珠浪輕舍。喜盈盈三五,自堪比絜。按紅牙錦幛重施,握青管機絲三絶。春江正好,花陰月斜。秋娘未老,花房月遮。温柔鄉裏尋周折。

【羅袍再穿】

生怕幾番開謝，更瓊樓高處，霧渺烟賒。美人家住畫橋斜，小名掛在壚頭者。莫咨嗟，駕香車，打起鶯兒驚夢蝶。

【封書另修】

撩亂滿天涯，笑回頭都是也。風流債欠些，略奇擎齊帶挈。但使是鄉吾老矣，何事他行得並耶？絆瓜瓞分明三婦，小大莫争些。

【黄鶯有偶】

高髻學靈蛇，礙花梢不住斜。開簾拜倒新生月，花兒姐姐，月兒姐姐，幾時同會瑶臺闕？休浪説，那裏是三分鼎折。

【集賢會友】

繡腸幾曲千萬結，生來不分癡呆（音耶）。鏤玉雕瓊光照徹，肌和骨疏影横斜。釵分綺列，配得上個中枝葉。無年夜，没倒斷弄月争花，不禁狼藉。

【醉翁未醒】

看者，清世界三無一缺，况象板銀箏，相催不迭。佳絶，小立在屏前，半露出雙頭紅錦靴。勾惹，禁不得枕上顛狂，紫釵輕跌。

【琥珀回文】

歌殘玉樹，美酒滿紅椰。管領春工花鳥帖，青青柳色芳菲節。且、且、且與那舊日佳人，斷香重接。

【尾聲】

情根一點春成屑，花福還宜消受些。莫道君家心性野。

春　懷

【步步嬌】

初試單衣餘寒裹，一抹香肩亸。堤頭鶯燕多，覆着衾窩，愁殺閨中我。樹裹乍聞歌，問青春怎地因循過？

【沉醉春風】

草如茵鋪來翠窩，剛沒有香車碾破。朱欄下轉回波，影兒雙個，鏡臺邊舞鸞羞那。花間笑呵，人前慢哦。閑將柳帶輕輕摘着細搓。

【園林好】

丟一簇春山淡螺，分半面胡伶漾波。數寸鞋痕輕儺（儺，乃可反），單接着珮環拖，單接着珮環拖。

【江兒水】

何處深閨豔，分明林下娥，自然風韻宜花朵。曲曲紅橋牽衣坐，直欄橫檻華生唾。怎知道有個人兒心可，揣着風流，等待佳人抛果。

【五供養】

傷心怎麼，有限韶光，占定春窩。花房蝶夢冷，樹底鳥聲和。留儂若個，甚處裹閑衾擁卧。過了花朝也，線添多，勸娘莫去踹紅靴。

【川撥棹】

相思課，正初開詞女科。湊將來雙美無多，湊將來雙美無多。恰好似鶯花舞歌，襯湘裙六幅波，看緗絢兩點梭。

【尾聲】

閑愁掛在紗窗左，但斜月欄杆清坐。欲報私書怎奈何？

（徐士俊《雁樓集》卷十四）

校勘記

［一］［二］藉：原作“籍”，據文意改。

趙善增

趙善增(1602—?),字公受,號桃花潭老人,安徽涇縣人。明末以貢授漢陽通判,清初由薦辟授雷陽推官,後調肇慶推官,改瓊州教授。順治十一年(1654)充廣東鄉試同考官。能書善畫。有《偶庵詩文集》、《兩郡理言》等。

小　令

【香柳娘】　金陵客舍戲吟緑蔭

喜濃蔭覆階,喜濃蔭覆階,蔭生涼快,炎曦縱酷渾無奈。謝天工安排,謝天工安排。空翠滴蒼苔,反炤翻新彩。忽風來雨來,忽風來雨來。虎嘯萬山崖,鳳舞頽垣外。

【香柳娘】　戲詠黄鸝

這禽聲美哉,這禽聲美哉,枕邊窗外,雙柑斗酒何須帶。愛多情忒乖,愛多情忒乖。絲竹疊和諧,不用一錢買。更朝來暮來,更朝來暮來。清沁夢魂回,幽令詩腸改。

(趙善增《偶庵集略》附曲調)

楊思本

楊思本(1602—?),字因之,黎陽(今安徽休寧)人。有《筆史》、《榴館初函集選》等。見《四庫全書總目·筆史提要》、《四庫全書總目·榴館初函集選提要》。

小 令

春 曲

意況所到,信筆寫來,不較長短,漫成三曲,未有牌名,亦未檢韻,聊以適興云爾。

夢魂深處,一線隙光欲曙。暖衾繡褥氲,人醉睡不着。還須睡,正好夢來時。奈出林嬌鳥,聲聲逗人情緒。趁春時早起,早起下妝臺。理上春風髻、春衫,試春何處,説不盡會裏何須語。訪幾個眼中人,會我意中事。走向誰家花樹,酒幾杯,詩幾句,拾得春趣。須聽取,三十年容易老,莫辜負日暖風恬。銅池吹皺,烟繞青山嘴。有時節淒淒村雨,泥深屐齒。空懊恨,殘英亂落,水流春去。

海棠曲

記舊時遊處,重門半瑑,葳蕤動摇。正值海棠時候,照水妮人嬌。鬧烘烘成團糅塊，晝長人静，一段生紅翠欲銷。長只是深慵淺懶，似醉似欹，丰韻無聊。悵望玉人何在，期不至音問迢迢。空擲下生花一把，衹剩得供人詩料。興未盡，摘得來絳紗，還照烟朝霧曉。蜂來蝶去，等閑歡處，生怕雨瀟瀟。如今一别蓬萊杳，惟有夢魂還到。知他猶在舊時紅處，未信道飛鴻踏雪，仗花神愛護，咫尺藍橋。

中秋曲

中秋何在，六街燈市人如海。誰曾約會，滚滚前遮後擁，東來西去。也放空中爆火，火蛾兒作對，盡自彈箏邀笛，連臂踏歌，向燈前買醉。時見衣香麝染，翩翩冶袖，許多胡覷，一笑低徊。獨自我厭得聽聞，對月臺前，欣然自賞。分付華燈莫礙，也不知着甚相歡。只是一味清輝伴我，便覺俗骨都清，神情都改，如在十洲三島。見鳳吐流蘇，龍銜翠蓋，抱膝長吟。歎月輪常在，照破多少興亡。説甚蟻蟲兒名利，向人前争强數大，較短量長。怪道珊瑚擊碎，試問王孫知否？人生爲着境，牽出無名煩惱，萬端顛沛。不信呵，没些時鐙銷人静，也不知歸在何處？收拾排場傀儡，惟有饑鼠跳梁，蟲聲窸窣。想見魚龍寂寞，華表巍巍，浪説姮娥應悔堪愛，何必鳳渚懷仙，棄家訪道？但得才情無恙，不爲剛風吹墮，也勝似人間十倍，出脱塵垓。

（楊思本《榴館初函集選》卷十《詩餘》）

汪 膺

汪膺(1604—1634),字元御,號玉淙,長洲(今江蘇蘇州)人。汪琬父。天啟丁卯(1627)舉人,卒年三十一(《四庫全書總目提要》云其"年四十餘而卒,"誤)。有《寸碧堂稿》。詳見《寸碧堂稿》附汪琬《詩集後序》。

套 數

除 夕

【仙吕入雙調・步步嬌】

暗逗瓊葩韶光轉,玉砌香猶淺。良宵共綺筵,銀箭初傳,欲別情還繾。白紵試新弦,仗清歌喚起春如線。

【醉扶歸】

暖溶溶翠袖籠香篆,燦紛紛銀花散彩烟。浪愁多情,債惹鴛鴦。但年來心事隨飛燕,無端春興入流年,徘徊還向燈前見。

【皂羅袍】

堪羨玉梅低撚,問東君消息,眼底誰傳?瑶華凝駐彩雲邊,東風漫過閑庭院。寒歸何處,簾垂暮天。陽回何處,枝籠淡烟。紅樓一夜笙歌遍。

【好姐姐】

從今、莫教意牽,總今宵破除銷遣。閑愁舊悶,都送入殘年。添新戩,瀛洲壽算河陽選,更金谷風流鄴下賢。

【香柳娘】

願春來盡駢,願春來盡駢,賞心誰羨?玉簫吹徹餘寒淺。聽鐘聲欲傳,聽鐘聲欲傳。離別有誰憐?一杯且教餞,撥寒灰更然,撥寒灰更然。無計留連,只得放伊回轉。

【尾】

天公耐把芳辰展,可是去年人面?待看取、妝點春華出上元。

端　陽

【商調過曲・二郎神】

薰風爽,傍雕欄正葵傾日漾。玉壘巢空新燕長,低飛掠水,欣逢時序端陽。遍結香蒲懸翠幌,逗離情又添新況。是誰行,竹西歌吹,偏度與淒涼?

【鶯啼序】

喧闐何處哀楚湘,蘭橈雙趁桂槳。怎做得桃葉迎郎,空自有椒花催浪。看投糈龍沫波浮,悲沉黍彩絲輕颺。都虛謊,剛載得暮愁千丈。

【簇林鶯】

心自怏,念怎忘,問懷沙人那廂?平蕪天遠渾難望,新知味長,別離意傷,生譜出斷腸情況。騷辭上,路微茫,夢魂飛渡,欲附彩雲航。

【啄木兒】

倦追遊，懶下床，玉秫炊香無意想。掩珠簾艾虎懸鈎，引清飆紈扇回涼。更難忘，榴心細束千重絳，蘭湯輕沐三生浪，紅袖雙纏一縷長。

【滴溜子】

橫烟暮，橫烟暮，哀些楚江，淩波渡，淩波渡，笙歌晚涼。玉燕鏤成新樣，奈飛不到瀟湘，空懷悒怏。怕對宜男，懶帶雄黃。

【水紅花犯】

又是佳期虛枉，倒芳樽誰與嘗？裁昌歜，疊絳囊，總添將相思魔障。靈符驅辟，未全降住膏肓，層層續上。恰還如花繒縈臂，一絲絲綰斷腸。只落得淚成行也囉。

【尾】

花箋寫就丹書樣，分付靈蜍持上。待問取月窟嬋媛甚日雙。

（汪膺《寸碧堂稿》外集）

來集之

來集之(1604—1682),初名偉才,又名鎔,字元成,號倘湖、元成子,浙江蕭山人。明崇禎十三年(1640)進士,官安慶府推官,遷兵部主事。南明福王時,官至太常寺少卿。南明覆滅後,隱居倘湖之濱,課耕讀以自給。有《倘湖樵書》、《博學匯書》、《讀易偶通》、《易圖親見》、《卦義一得》、《春秋志在》、《四傳權衡》、《倘湖文集》、《南行偶筆》、《南行載筆》、《倘湖近刻》、《倘湖詩餘》、《樵書初編》、《樵書二編》、《倘湖遺稿》等,還有雜劇《藍采和長安鬧劇》、《阮步兵陵廨啼紅》、《鐵氏女花院全貞》(總名《秋風三疊》)、《挑燈劇》、《碧紗籠》、《女紅紗》等。

套　數

錢塘懷古

【南仙吕入雙調・曉行序】

故國山圍,問錢塘前事,物遷人異。英雄淚,灑向日晷斜西。閑追十里荷蕁,三浙浩蕩,千門桃李。佳麗,算只有兩高峰,不改昔日容儀。

【前調】

休題,鳳舞龍飛,草間碑版,鐫着舊王名字。山横翠,不是螺髻蛾眉。

時移，保俶基荒[一]，握髪殿壞，婆留井圮。難記，只好向三生石，夢裏啞謎猜疑。

【黑麻序】

有志同悲，伍子胥雙目，炯炯如箕。笑從來賣國，恁多宰嚭。無知，山棲賴種蠡，臺崩更靠誰。晚潮回，共見素車白馬，仍載鴟夷。

【前調】

還記有宋，垂尚衣冠文物。半壁江水，忽飛來白雁，臣主狼狽。颭隤，文山魄未歸，厓山浪又催。化鵑啼，最慘是奸髠造塔，搜及荒泥。

【錦衣香】

陳少陽叩黄扉筆尖費，陳龍川對丹墀舌尖鋭。大都蔽日權奸，先殘正氣，高燒銀燭擁妖姬。一朝破碎，身也何依。博個下場頭，木棉庵月黑烏棲。四野人何罪，干戈匝地。少陵野老，江頭雪涕。

【漿水令】

採孤山梅花種稀，看西陵松柏影迷。施公祠下劍光飛，糊塗帳一肚皮，天醉未醒誰唤起。秦家呵夫妻長跪，岳家呵父子追隨。千秋下、千秋下史書一字，小人耳、小人耳怎見便宜。

【尾文】

西湖灘下蘆花底，淒泠漁翁閑瞌睡。聽他歌一曲，歸去來兮。

（來集之《倘湖遺稿・曲調》）

校勘記

［一］俶：原作"叔"，據文意改。

魏方炳

魏方炳（1608—1668 後），字大方，號直庵，山陰（今屬浙江）人。入清後，奉親入山，著書自娱，兼諳醫理。有《問霞閣集》。小傳見阮元《兩浙輶軒録》卷二、《嘉慶山陰縣誌》卷十四。

套　數

天鏡園春去了詞

同李文生館於此園，次朝立夏，偶聞鵑聲而賦。

【二郎神】

春歸了，卻如何這番纔覺，怪得啼鵑來説道，説道三春不再。教人疼惜花朝，笑的碌碌東風他自老。輕別去南園悄悄，急相招，怕九十明光，半日還嬌。

【换頭】

萍交，緑流細討。此去幽通曲沼，三徑無荒松正好。娟娟媚月，知他幾夜橫橋。悵煞那緑暗雙扉誰待敲，曲徑隱苔生不到映池飄。這片刻垂楊，尚是春條。

【集賢賓】

不覺的林竿又舞百尺梢，漸離籜干霄。鮮碧廊回風静小，側堂開濠濮清遥。親人魚鳥，歎此地何年耕釣、耕釣蚤，趁着這槐覆緑陰新了。

【前腔】

又只見西山薄靄晴未消，正雲住波揺。蘆荻斜舒青玉爪，對菰花出水黄翹。那長林茂杪，把幾曲人烟圍罩、圍罩巧，這的是茆舍短簷春攬。

【啄木鸝】

空臺際，翠袖招，黄裏緑衣君自嫋。美哉住靈獅怪石飛來，喜的留卧龍鏡湖歸老。西施城畔歌聲悄，五雲門外雷音杳。渡頭囂，南來北往，竟日不停橈。

【前腔】

閑亭下，廊轉迢，陡的洞口巉屼山徑窈。那赤松子化虎蹲階，這石丈人阿顛拜倒。青梅如彈驚多鳥，朱欄如畫疑三島。小危橋，如拳緑沼，且自試雲瓢。

【黄鶯兒】

剛值燕歸巢，洞雲深鎖寂寥，紫林回望觀音道，孤亭自嘌，危楊頗驕，渾堅别是清齋調。素風標，中庭倚竹，都是玉枝交。

【前腔】

初粒已成桃，拂牙松剪鳳蕉，侵階更有芳菲草。海棠睡蚤，荼蘼粉焦，暗新方丈游魚藻。隔軒撩桐間百舌，不似舊時勞。

【隔尾】

沼亭花木延春少，枉費疏尋幽討，則除是極目登樓敢未銷。

【皂羅袍】

猛向樓頭舒嘯，恰愀然望遠，一片空郊。荷鋤人在力誅茅，驅犁時有閑停鳥。高樓虚敞，卿雲可邀，平疇寥廓，和風可交，斜陽幾處殘春道。

【前腔】

爲問南山春秏，見蒼然欲滴，淡寫濃描。濃的是米家亂點暮烟饒，淡的是雲林數筆輕眉巧。恰又橘英吐荳，香泥繡巢，荷錢及盞，金衣渡橋，眼見的雛禾欲向薰風笑。

【尾聲】

閑情悄逐荒烟杳，便憑高畢竟難招。試聽杜宇林西，還則一聲聲道春去了。

（魏方炳《問霞閣集》）

李　漁

李漁(1610—1680),生平見《全清散曲》第 2909 頁。

小　令

【黄鶯兒】

處處惹人愁,最關情是兩眸。等閑一轉教人瘦。腰肢恁柔,肌香恁稠。凡夫端的難消受。與卿謀,人間天上,若個許相儔。

(李漁《連城壁》第九回《妒婦設計贅新郎,衆美齊心奪才子》)

無名氏

小　令

小　曲

日字兒多似猛松雨，既要相交那在乎一時。要自要你有情來我有義，再别拿着丹田的話兒在我心坎上遞。也自是柴重人多不湊咱兩個的局，也罷了另擇個日子把佳期敘，也罷了另擇個日子把佳期敘。

天下最明不過就是你，你怎麽這般樣着迷。牆有風壁有耳非兒戲，受困那一因一着機不密。雖有一個别途，未否是你偕老的佳期，候伊允我這裏自然有主意，候伊允我這裏自然有主意。

自己的心腸勸不醒，當局者迷旁觀者就清。勸我的人金石良言咱不聽，大端是未曾害過相思病。有一句話兒你牢牢的記在心，常言説是花兒也自開一噴，常言説是花兒也自開一噴。

不必你老表心事，我眼裏有塊試金石。一見了你就知道你是疼人的，初相交就與我個捨不的。人人道你最出奇，也是我三生有幸今朝把你遇，也是我三生有幸今朝把你遇。

你不必好歹跟着人家樣子兒比,人有好歹物有高低。痴心的人到處裏聞名,深感及負義的使盡了機關情不密。我雖然眼底下不齊後會有期,那其間上了高山你纔顯平地,那其間上了高山你纔顯平地。

似你温良真少有,望攀有意碍口失羞。久聞着你件件疼人真情厚,但不知佳期能勾不能勾。雖然説會着你一遍留下一遍念頭,無憑據自恐怕其中不實受,無憑據自恐怕其中不實受。

學不會的温良真可喜,疼人的訣竅難得難習。行情處情必顯然投我的意,又觀人眉目之中自望心坎上遞。但與你交接無不着迷,留下的好魂夢之中教人長影記,留下的好魂夢之中教人長影記。

一見乖乖把念頭起,又不知投你的機來不投你的機。風月中滑脆脆的人兒如心膩,不似你件件樁樁合上我的意。從合着你傍花野草掛口兒不題,説不想不由的念你不知是咱的,説不想不由的念你不知是咱的。

一因一着非爲强,順天者昌逆天者亡。欲好情誰不鑽心去謀望,看着難得着易的有吉降。思少思强月老冰人自有個主張,都要取了齊罷痴煞呆迷往那塊放,都要取了齊罷痴煞呆迷往那塊放。

向日的真心蒙慨允,付來的字兒欽此欽遵。感你的情時刻懸思念不盡,我怎肯在你身上爽全信。怕只怕下玷於你蠢莽愚村,不過是交情泛好投緣分,不過是交情泛好投緣分。

雖然合你相交淺,如同相交好幾年,從離了你再不把别人戀。我的心實實伏在你身上,有兩句碍口的話兒不好和你言,又未知親人情願不情願。

這兩日不曾見,未知親人安不安。從離了你泪珠兒就何曾斷,數歸期十個指尖都掐遍。你遇着有竅的人兒儘着和他頑,歡娛去對着鏡兒把我念一念。

做了一個蹊蹺夢,夢兒中會我親人。那親人説的話兒知輕重,又未知親人心順不心順。覷着你俊龐兒一似鶯鶯,喜殺了我把衾兒枕兒安排定。

從南來了一行雁,也有成雙也有孤單。成雙的歡天喜地聲嘹亮,孤單的落在後頭飛不上。不看成雙只看孤單,細思量你的淒涼和我是一般樣。

既有真心和我好,再不許你要開交,再不許你人面前兒胡撕鬧。再不許你嫌這山低來望那山高,再不許你見了好的又把槽來跳。

小親人兒心上愛,愛只愛情性乖。因此上懨懨病兒牽纏害,一見你魂靈兒飛在雲霄外。一刻兒不見你放不下懷,要不想除非你在俺不在。

你在那裏朝朝想,我在這裏夜夜思。思只思親人待我的好情意,愁只愁熱香香的人兒分離去。雖然説去了還有個來時,怕只怕眼下淒涼無人緒。

隔着桌子把瓜子殼兒打,三番五次看着咱。斟一盃酒兒説了幾句在行話,臨起身大腿兒上掐一下。掐的我腰兒酸來骨頭麻,天晚了今夜不如歇了罷。

成就佳期恭喜賀喜,展放開愁眉皺眉。有勞你費盡心機多累有累,幸今宵百年和偕身遂意遂。無罣碍再不去疼誰想誰,深感激痴心未退邪心退。

實不欺心災少禍少,從無天理前瞧後瞧。聖人言在上不驕當拗別拗,所謂修身在正其心慎要謹要。你别説自誇其能心高志高,畫虎不成反惹得旁人不笑也笑,畫虎不成反惹得旁人不笑也笑。

知己投機最少而可少,情性温良不交也交。但有些餘下的工夫候教領教,你行的事百中百發玄妙奥妙。只因你美目上傳情教我胡猜亂猜,俊龐兒思想起來不愛也愛。

實意真心疼你爲你,要我的無常千移萬移。既許下欲待虧心何必不必,因此上着意留神叫你心細仔細。朋友面前克要你隨機應急,放寬心勿要拗争氣賭氣。

頻墜燈花結彩報彩,昨宵驚夢奇哉怪哉。他與我訴離情躭耐敏耐,我回答因痴心少待等待。幸今宵獨對和景音來信來,喜相逢從整佳期真愛可愛。

沉墜宫花結彩映彩,今夜淒涼難捱怎捱。夢兒中訴離情急壞想壞,醒來時自落得話在人不在。幸遇着乖乖音來信來,喜團圓二次佳期真愛可愛。

爲去煩難怕有偏有,恩愛牽連欲休不休。現放着盆沿上佳期一就難就,又無一個幫襯的人兒成湊弗得湊。心坎上堆累着新愁舊愁,似你多鬼病懨懨憔瘦體瘦。

我爲你招人怨,我爲你病懨懨,我爲你清減了桃花面,我爲你茶飯上不得周全,我爲你盼望佳期把眼望穿。親人若團圓,净手焚香答謝天,怎能勾手攙手兒同還願。

河那邊一隻鳳,我怎麽叫他不應,大端是我親人少緣分。僱一隻小船兒把我來撑,撑到那河邊問他一聲。他若是不應承,轉回身來跳在水中,你教我有名無實終何用。

人害相思微微笑,我只説故意兒装着。誰承望我今入了你這相思套,懨懨瘦損我命難逃。海上仙方嘗盡了,急的我雙跌腳。親人罷了我了,要病好除非是親人在我懷中抱。

久别尊容可安否,失親敬面帶着僥,從離了你諸般樣的事兒無心料。他那裏怎麽樣兒温存對着我來學,我這裏照着樣兒侍奉我那年紀小的嬌嬌。你閃我我不惱,愁只愁把你牽連壞了,愁只愁把你牽連壞了,我定要復整佳期鸞凰效。

洛陽橋上花如錦,偏我來時不遇春。大端是君子人兒時不正,遇着一個疼我的人兒不把我來親,親近我的人兒不會温存。你也是個人,我也是那十個月的懷胎八個字兒所生,我也是那十個月的懷胎八個字兒所生,大端是前世前緣少緣分。

晝夜家牽連不閉眼,愁只愁心事難全,慮只慮恩人不得到頭真可嘆。我怎麽自是相與個人兒乍會新鮮,乍會情濃比蜜兒還甜。哄的我托心和他好,脚蹉着這山眼又望着那山,脚蹉着這山眼又望着那山。怎麽來幾番家決斷則是決不斷,怎麽來幾番家決斷則是決不斷。

一别經年無經慣,兩次相思誰人敢躭。三不知的你去的一個音絶斷,似有如没盼不到我跟前,五行書裏命犯着孤鸞。六月連陰天,淒淒涼涼敢向誰言,淒淒涼涼敢向誰言。八不能閃了我和他行伴,八不能閃了我和他行伴。

叫一聲誰答應，叫二聲有誰應承。叫三聲乖親兒去的一個無音信，叫四聲走近前來着着意兒聽。叫五聲年小的乖乖有影無形，叫六聲我的人。細想想白叫了七聲又叫八聲，乖乖不來傾了我的命，乖乖不來傾了我的命。

不在行誰把你來想，因爲你在行惹下牽連，巴不得常攙手來和你明陪伴。交情兒容易拆情兒好難，提起一個離別的字兒，摘了我的心肝。凡事無心戀，時時刻刻掐不斷的牽連，凡事無心戀，時時刻刻掐不斷的牽連。苦淒涼搶着手兒和你願從願，苦淒涼搶着手兒和你願從願。

風月中在行的人兒到也廣，不在行誰把你牽連，常攙手明陪伴，還等拿好來換。交情的容易都是夙世裏有緣，提起個離別的字兒魂飛在半天。晝夜家牽連想，想壞了人年紀小的心肝，想壞了人年紀小的心肝。團圓了罷手攙着手兒願情願，團圓了罷手攙着手兒願情願。

孤雁在天邊叫，鯉魚兒在水面上飄，雁看着魚魚看着雁只是乾急躁。雁叫聲魚一心裏要和你鳳鸞交，魚叫聲雁又吃虧這水波兒阻隔着。雁叫聲魚我的人，魚叫聲雁我那滑翠翠的嬌嬌，魚叫聲雁我那滑翠翠的嬌嬌，要團圓除非是雁化了鳳魚化了龍就把龍門跳，要團圓除非是雁化了鳳魚化了龍就把龍門跳。

【劈破玉】

春來到春來到春天來到，遊春景玩春山春花又嬌，春鳥歇在春亭上叫。春人飲春酒，春扇慢慢摇，春猫嗷嗷。哥，春心引動了。

夏來到夏來到夏天來到，看香蓮遊碧水備樂在河橋，採蓮船鬥龍舟在河中鬧。王孫來戲耍，佳人把彩扇摇。緑樹陰濃，哥，你看榴花開遍了。

秋來到秋來到秋天來到，金風起桐葉墜細雨飄飄，秋寒蛩不住的在窗前噪。秋月涼如水，秋扇慢慢摇。秋菊花開，冤家，秋病又發了。

冬來到冬來到冬天來到，降嚴霜朔風刮瑞雪飄飄，白頭的漁老兒在銀舡上跳。綉閣涼如水，村中酒價高。不怕冷的樵夫，樵夫，你把玉樹來砍到。

前日瘦今日瘦看看越瘦，朝也睡暮也睡懶去梳頭，説黄昏怕黄昏又是黄昏時候。待想又不該想，欲丢又不肯丢。把口問問心來，親，又把心來問問口。

夢兒裏夢見冤家來到，梦兒裏双手兒就摟抱着，梦兒裏又把乖親叫。梦兒裏成鳳友，梦兒裏效鸞交，梦兒裏相逢。冤家，梦兒裏又去了。

做夢兒也不想你的心腸改變，我也曾有好處在你先前，誰知道你忽地裏將他人戀。恨只恨我無眼，再不敢怨着天。忘了我的恩情，冤家，保佑别人兒將你閃。

會變時你也變連我也變，你變針我變線到底牽連，再變個簡妝兒與你重相見。你變個盒兒好，我變個鏡兒圓。千百様變來，哥，切莫要變了臉。

舊人兒抱怨我與新人厚，新人兒攛掇我把舊人丢，總恩情莫論新和舊。舊人也不捨，新人也不丢。一個兒天長，哥，一個兒又地久。

從他去不問無靈卦，只把那金簪兒在紙窗上插，一日不來插上他一下。從頭細細數，數了一百八。爲你這冤家，冤家，准准守了六個月的寡。

這封書見了不由人不氣，説來時又不來這話兒眼見得虛，那些個有緣千里能相會。親口説的話不准，幾個草字要他做甚的。寄與我那薄倖的情郎，情郎，你把那巧舌頭兒收拾起。

相思鋪這幾日翻騰重蓋，大門外掛一面賣相思的牌，有幾等相思賣與人來害。單相思背地裏想，雙相思兩下裏捱。還有鶻突相思，哥哥，還是鶻突人來買。

發了願再不把相思害，猛可的撞見個俊多才，不由人見了心中愛。正是拆了秦樓瓦，又蓋上楚陽臺。賣了相思，哥哥，又把相思買。

這兩日鬆了你有些作怪，衣袖裏灑出條汗巾來，小字兒現寫着你還要賴。快快的説與我，莫討我做出來。就扯做個條兒，冤家，這冤仇還不解。

茉莉花未開時珍珠模樣，開來時香更香，賞花人悶倚在闌干上。欲待要摘一枝，怎奈我手不長。十二個時辰，乖乖，刻刻的把你想。

綉毬花你情兒拿不定，玉簪花外面好裏面是虛情，芙蓉花寂寞憂成病。梅花清瘦了，並頭蓮兩下分。水面上楊花，哥哥，飄飄無定準。

石榴花眼裏火人人喜愛，芙蓉花真個好冷落人懷，瑞香花頭腦多偏招人怪。梨花逢夜雨，葵花向日開。風吹的楊花，哥哥，飄飄無人睬。

紅棗兒本是個青棗兒曬，叫一聲黑棗兒我的乖乖，圓圓荔枝人人愛。柿餅兒心腸軟，核桃咬不開。雨灑的櫻桃，心肝，容顔長不改。

是誰人把奴的窗來餂破[一]，眉兒來眼兒去暗送秋波，俺怎肯把你的恩情負。欲要摟抱你,只爲人眼多。我看我的乖親[二],哥[三],乖親又看着我。

眉來眼去情兒厚,有一個惹厭的人當住在前頭[四],因此上要成就不能勾成就。若還成就了,磕你一萬個頭。負義忘恩[五],冤家[六],就做桌兒下的狗[七]。

想當初罵一聲心先痛,到如今打一場也是空,相交一旦如春夢。人無千日好,花無百日紅。想起往日的交情[八],哥[九],好笑我真懵董。

害相思害得我伶仃模様,半夜裏爬起來打梅香[一〇],梅香爲何我瘦你偏壯。梅香覆姐姐,你好不思量,你自想你的情人[一一],姐姐[一二],我把誰來想。

鉄心腸一逕自從了良去[一三],你與我往常間説盡了話兒,誰知你到如今造下拖刀計。曾被賣糖人哄了,再不信你口甜的。想起你往日的恩情[一四],冤家[一五],分明是白日裏見了鬼[一六]。

俏冤家扯奴在窗兒外,一口兒咬住奴粉香腮,雙手就解香羅帶。冤家等一等,恐怕有人來。再一會無人,哥哥,褲帶兒隨你解。

俏冤家這幾日眼孔兒有些大,俫不俫睬不睬冷落了咱,你幹的事都在我心兒下。凡事留前後,勸你自斟酌。熱灶裏燒燒,哥,冷灶裏也要着一把。

俏冤家我待你如金似玉,你待我好一似土和泥,到如今只中了旁人意。痴心人是我,負心人是你。也有人説我,哥,也有人來説着你。

俏冤家請坐下拜你幾拜，千叮嚀萬囑付我的乖乖，在人前休把風月賣。如今人眼孔淺，莫討人看出來。若看出你這虚牌，哥，連我也没光彩。

俏冤家轉身來我和你從長計較，我和你好一場没個下稍，到不如嫁了你終身有靠。聞知你大娘狠，這也是奴命所招。捨不得你的温存，哥，願做你的小。

俏冤家來也罷不來也罷，街坊上出了個吃醋的遊花，那遊花不住的在門前駡。不説我爲你，只説我怕他。不爲我這冤家[一七]，冤家，我出去和他打。

俏冤家過去了頭也不掉，這兩日做事兒有些蹊蹺，還是我那些兒温存不到。有話當面講，何必要開交。得罪在今朝，哥哥，往日的恩情好[一八]。

俏冤家來也罷不來也罷，離的多會的少不是個常法，想當初錯把了這着棋來下。逢東説東好，何必剪頭髮。没眼色的冤家[一九]，冤家，拿着真來换你的假。

俏冤家你口應心不應，我待你其實的一点真心，你一苕帚掃得我乾乾净。花落還有影，水流太無情[二〇]。普天下的人兒，哥哥，頭一個是你狠。

俏冤家人説你没常愛，容易好容易歹容易丢開，你閃人人閃你好似六月債。人閃你也惱，你閃人該不該。識破你的心腸，哥哥，只怕無人睬[二一]。

俏冤家看上你我也不得能勾，見了你臉兒上害羞，尋幾個幫襯的人兒替我成就。當面不好允，背地裏又擔愁。曉夜思量，哥哥，何日纔到手[二二]。

俏冤家近前來我與你説話,千叮嚀萬囑付莫入烟花[二三],近來的姊妹都是活强盜。口甜心又苦,殺人不用刀[二四]。哄盡了你的錢財,哥哥,他又與别人好。

俏冤家原許我三更天來到,粉壁牆窗兒外把扇柄兒敲[二五],敲來敲去不知道。我又不敢高聲語,手扳着紐扣兒摇。狠心的冤家,冤家,原何睡着了[二六]。

俏冤家斜倚在闌干外,看見個蜜蜂兒飛過牆來,採牡丹又把羣花愛。撞見蜘蛛網,纏身解不開。喪了你的殘生[二七],哥哥,只爲貪花壞。

俏冤家你的情拿不定,想當初你待我掌上之珍,到如今都做了仇和恨。欲待要呪駡你,卻不得往日情。駡到了舌尖,哥,我忍上又加忍[二八]。

俏冤家我待你情兒也厚,離了我背地裏與别人偷,問着你時常賭呪。久後訪出來,人面前把你羞。叫了聲乖乖[二九],乖乖,打又下不得手。

俏冤家進門來篩糠抖戰,心兒裏好一似滚油煎,要調情又恐怕人瞧見。話兒低低講[三〇],身子不得沾。若要和你團圓,哥哥,慢慢的將你掩。

俏冤家我愛你聰明伶俐,我愛你説話兒又投機,我愛你乍相逢留情留意。我愛你人物俊,我愛你做事實。我愛你知趣的冤家,冤家,我纔把真心付與你[三一]。

是誰家小鑽勞窗兒前唱,時興的【劈破玉】拿定腔,引的奴心兒裏魂飄蕩。中聽又入耳,門内把眼張。若得與奴成雙,乖乖,免得我把你想。

【西調鼓兒天】

一更鼓兒天,一更鼓兒天,我男征西不見回還,早回還與奴重相見了呀。叫了一聲天,哭了一聲天,滿斗焚香祝告蒼天。老天爺保佑他早回還,早回還奴把豬羊獻了呀。

二更鼓兒多,二更鼓兒多,我男征西無其奈何,没奈何叫奴實難過了呀。叫了一聲哥,哭了一聲哥,我想我哥哥淚如梭,泪如梭不敢把兩脚錯了呀。

三更鼓兒催,三更鼓兒催,月照南樓奴好傷悲,一張象牙床教奴獨自睡了呀。獨守孤幃,獨守孤幃,南來孤雁一聲一聲催。雁兒你落下來,奴與你成雙對了呀。

四更鼓兒生,四更鼓兒生,我男征西在路徑,在路徑叫奴身懷孕了呀。你好狠心,你好狠心,是男是女早離了娘的身。山高路又遠,誰人稍書信了呀。

五更鼓兒發,五更鼓兒發,夢兒裏夢見我的冤家,手攙手説了幾句衷腸話了呀。夢裏夢見他,夢裏夢見他,架上金雞叫喳喳,驚醒來忽聽見人説話了呀。

雙手把門開,雙手把門開,過路的哥哥帶將書來,忙接下我這裏深深拜了呀。二哥請進來,二哥請進來,忙叫丫嬛把酒篩。你那裏篩暖了酒,我這裏定下菜了呀。

滿滿斟一甌,滿滿斟一甌,我替我二哥磕上二個頭,二哥你在外邊想與我男兒厚了呀。慌忙斟一甌,慌忙斟一甌,我替我二哥吃上几甌。二哥,早知你不吃齋,我這裏熬上肉了呀。

一齊往上端,一齊往上端,薄餅卷子一替一替的端。先上了肉粉湯,后上大米子飯了呀。其實不中看,其實不中看,丫嬛調湯不知鹹酸。二哥,你不美口,權當家常飯了呀。

嫂嫂我來擾,嫂嫂我來擾,有一句話兒不好對你説,守貞節不與旁人笑了呀。不必你叮嚀,不必你叮嚀,我男征西掌團营。他本是大丈夫,奴怎肯掃他的興了呀。

送出前堂,送出前堂,回進後房,弓箭什物掛在兩牆,手拿着響襆頭弓弦無人上了呀。打開櫃箱,打開櫃箱,關東靴兒四針四針行。我男兒不在家,再有誰穿上了呀。

巴到黄昏,巴到黄昏,忙叫丫嬛掌上銀燈,照的奴影兒斜自有身子正了呀。手抱小嬰孩,手抱小嬰孩,問着你爹爹幾時回來,臉兒手好像黄花子菜了呀。

上的床來,上的床來,脱吊了綉鞋换上睡鞋。我男兒不在家,小腳兒誰來愛了呀。巴到天明,巴到天明,日頭出來一點一點紅,叫丫嬛抬簡妝,取過青銅子鏡了呀。

對面相逢,對面相逢,照的奴一陣一陣昏來一陣一陣明。明明的害相思,不覺的憂成病了呀。上的樓來瞧,上的樓來瞧,滿州的哥哥過去了。腰掛着簡金刀,頭帶着鞛子帽了呀。

可不到好,可不到好,轉過湾來不見了。好叫我那塊瞧,自是乾急躁了呀。抬頭往上瞧,抬頭往上瞧,八洞神仙過去了。前頭是漁鼓響,後頭是簡板子鬧了呀。

雲裏逍遥,雲裏逍遥,王母娘娘赴着蟠桃。韓湘子飲仙酒,大家同歡樂了呀。相思害的慌,相思害的慌,青銅鏡照的臉帶子黄。拿過了鴛鴦枕,倒在牙床上了呀。

兩眼泪汪汪,兩眼泪汪汪,夢兒裏夢見我的情郎,醒來時獨自在牙床上了呀。想得悶懨懨,想得悶懨懨,拿過烟鍋吃上袋子烟。吃袋子烟,好似重相見了呀。

奴好心焦,奴好心焦,忽聽門外一聲一聲高,開門瞧却是兒夫到了呀。擺擺摇摇,擺擺摇摇,十指尖尖摟抱着,進門時不覺微微笑了呀。

攙手上高廳,攙手上高廳,忙叫丫嬛把酒斟。擺上了新鮮酒,與我郎同歡慶了呀。寬衣到銷金,寬衣到銷金,自從你稍書摘了奴的心,臉皮黄身子又成病了呀。

【清江引】

説來説來來不到,相會在今朝。欲待口兒噙,又要懷中抱,但不知那一些纔爲是好。

吴　歌

【劈破玉】

小親親原許下黄昏時候,這儹晚還不來爲甚麼原由,叫丫嬛將房門替我牢拴緊扣。摩一摩銀壺裏酒可暖,燈盞裏無油添上些油。等待了一更二更不來,等待了一更二更不來,丫嬛你睡去罷,我孤單獨自守他一守。

【桐城歌】

一更一點月照臺，月照窗臺郎不來。月照窗臺郎不來，一壺美酒頓成醋，一籠好火化灰臺。小乖乖還不來，苦難捱，月迎腮，眼泪汪汪换睡鞋。

小　曲

明月兒當空照，紗窗外樹影兒摇，痴心腸自説是我冤家到。推開了簾籠往外瞧，却原來一陣陣狂風擺柳梢。喜容兒變成惱，煩惱憂愁變成焦，煩惱憂愁變成焦。恨起來指着他的乳名兒叫，恨起來指着他的乳名兒叫。

吴　歌

一更裏月兒往上升，正黄昏，綉房忙忙掌銀燈，把茶烹。昨宵約定正初更，到如今，人兒不見踪，何處戀多情。手托香腮倚門屏，自沉吟，自沉吟，急叫丫嬛掩上門，切莫要貪眠用意聽。

二更裏月兒放光明，照乾坤，照的奴房冷清清，越傷情。蓮步輕移出房門，到園中對月理瑶琴，慢訴我離情。隔牆兒又恐怕有人聽，好心驚，好心驚，急叫丫嬛進房門，那人猶恐轉回程。

三更裏月兒到半天，懶去眠，听見人家笑語喧，好熬煎。幾處裏成雙一處兒單，好心酸。你那裏並香肩，我這裏被窩寒。誓海山盟枉徒然，何處煩，何處煩，急叫丫嬛把門關，短倖的冤家不想還。

四更裏月兒往西斜，夢兒裏會見他，笑剔銀燈上綉榻。將枕押，摟抱着腰肢情意恰。温柔殺，揉碎海棠花，鐵馬被風刮。醒來依舊在兩下，泪如麻，泪如麻，急叫丫嬛把門插，各自歸房不等他。

五更裏月兒往西沉，天漸明，架上金雞報曉聲。睡沉沉，猛聽敲門吃一驚。且從容，想起扣户人，必是我多情。又恐怕他露水兒濕衣襟，好心疼，好心疼，急叫丫嬛快開門，面腆的鑽勞臉皮兒紅。

【清江引】

五更的月兒沉海底，咱二人相思味。一夜不來家，容顔都憔悴，咱二人面相逢團圓到底。

【銀紐絲】

一更裏難挨燈落也花，喬才戀酒在誰家。自嗟呀，叫人提起泪如麻。多因是你乖，非干是俺差，枕邊言錯聽了當初話。尋思量別尋個俏冤家，又恐怕温存不似也他。我的天哪，撇下難，難撇下。

二更裏難捱月照也窗，停針無語對銀釭。損柔腸，圍屏斜倚盼才郎。人兒不見來，影兒怎得雙，何時了却相思帳。輕移蓮步出蘭房，暗卜金錢只爲也郎。我的天哪，磨障人，人磨障。

三更裏難挨香盡也爐，離人愁聽滴銅壺。怎支吾，和衣卧枕暗心孤。妾非薄倖人，遭逢薄倖夫，可憐把奴青春誤。佳期約定在春初，秋雁南來書信也無。我的天哪，孤負奴，奴孤負。

四更裏難捱衾枕也寒，猛聽得譙樓鼓聲喧[三二]。好熬煎，傷情自覺損容顔。紐扣漸漸鬆，羅帶漸漸寬。千思萬想誰爲伴，賓鴻不肯把書傳，這等閑愁上眉也尖。我的天哪，留戀誰，誰留戀。

五更裏難捱雞唱也鳴，烏鴉啼散滿天星。枕寒衾，番來復去夢難成。天台路又高，藍橋水又深，可憐悶殺人孤另。早晨梳洗去告神明，提起他名心痛也驚。我的天哪，孤另人，人孤另。

正月裏思郎看罷也燈,萬紫千紅總是春。減精神,相思害的病兒深。酒泛瓊巵冷,香消寶篆温,冷清清没一個真實信。不知何日是歸程,想起他温柔哄殺也人。我的天那,愁悶人,人愁悶。

二月裏思郎未到也家,寒食東風御柳斜。自嗟呀,薄情何事寄天涯。青目纔窺柳,山城未見花,香閨寂寞誰問話。終朝懶去對菱花,減盡了春容只爲也他。我的天那,擎架難,難擎架。

三月裏思郎景物也鮮,翠掩重門燕子閑。喜鞦韆,滿身香汗髩兒偏。零落桃花雨,顛狂柳絮烟,悶殺人静坐腰肢倦。傷春消遣把針拈,要綉鴛鴦線懶也牽。我的天那,伸怨難,難伸怨。

四月裏思郎日正也長,樓臺倒影入池塘。好淒涼,抛人何處戀紅妝。嫩竹含新粉,紅榴叠絳囊,枕邊言時刻牽心上。攪人情緒斷人腸,紈扇輕摇不見也郎。我的天那,倚傍誰,誰倚傍。

五月裏思郎天氣也炎,点溪荷葉叠青錢。别經年,滿觴曾勸小亭前。水上龍舟渡,門庭艾虎懸,想當初不和你成姻眷。相思兩地把情牽,憔悴眉兒蹙損也尖。我的天那,留戀誰,誰留戀。

六月裏思郎熱更也加,緑陰冉冉徧天涯。想冤家,腰肢懶去着輕紗。玉碗葡萄釀,金刀自剖瓜,悶懨懨時序逢深夏。才郎何事不歸家,想起他風流身上也麻。我的天那,牽罣人,人牽罣。

七月裏思郎乞巧也多,頻邀織女弄金梭。兩奔波,人間天上事如何。天上佳期少,人間離恨多,正新秋爽氣開簾幕,西風乍起暑消磨,刮透冰肌樹影也那。我的天那,存坐難,難存坐。

八月裏思郎月正也明，更待銀河到底清。影伶仃，木樨香透噴衣襟。四壁蛩聲砌，隣家夜搗砧，賞中秋玉露瑶街静。輕移蓮步過花陰，不覺星移斗柄也沉。我的天那，憂病成，成憂病。

九月裏思郎可送也衣，竹外秋聲漸作威。記離時，别他容易見他遲。玉體肌如雪，香雲鬢有絲，想相思欲寄誰傳遞。鸞箋難寫斷腸詩，寒雁嘹嘹動我也思。我的天那，寄信誰，誰信寄。

十月裏思郎信未也通，斷續聲隨斷續風。睡朦朧，隣雞聲送到房中。綉閣施輕粉，臨窗整病容，想才郎蹙損鞋尖鳳。雲山迢遞水重重，阻隔佳期一似也空。我的天那，共誰同，同誰共。

十一月思郎寒氣也淒，晴窗早覺愛朝曦。好孤恓，朔風冷透宿霜衣。暖榻無人共，紅爐獨自依，忽然間窗兒外梨花砌。思量何日是歸期，枯木寒鴉聲亂也啼。我的天那，存濟難，難存濟。

十二月思郎雪舞也狂，騷人閣筆費評章。好恓惶，梅梢竹裏散清香。柳絮梨花亂，雪飛古道旁，好豐年瑞雪空中降。幾時得會情郎，訴我離愁話語也長。我的天那，消帳難，難消帳。

【清江引】

四季思郎十二個月，惹下風流孽。日日害相思，夜夜難抛撇，等他來訴離愁慢慢的説。

【玉娥郎】

春色嬌，麗融和，暖氣多，景物飄飄美堪憐。花開三月天，妖嬈嫩蕊鮮。草萌芽，桃似火，柳如烟，士女王孫戲耍鞦韆。暗傷殘春歸兩泪漣，愁鎖兩眉尖。蝴蝶對對，穿花兩翅搧。清明賞景園，和風吹牡丹，玉樓人醉杏花天，玉樓人醉杏花天。

五月五，端陽節，鬧龍舟在水面上剗，鑼鼓叮噹響波查。多才子剪花，佳人遍體紗，采蓮船盡都是些富豪家。着輕紗，艾葉靈符在鬢邊插。泛流霞，沉李浮瓜新鮮飲玉茶，水閣涼亭對對佳人把彩扇拿。三伏似火發，薰風透體刮，賞名園開徧了海榴花，賞名園開徧了海榴花。

七月七，織女共牛郎，一年一度巧成雙。天河阻隔郎，回文織錦忙。賞中秋，歌歡宴引喜心狂。風吹鉄馬响叮噹，雁成行，離人思故鄉。對景好淒涼，梧葉飄飄豈非常。金風透體涼，佳人恨夜長，飲菊酒家家慶賞重陽，飲菊酒家家慶賞重陽。

十月節，朔風冷，景物悲，士女停針看雪梅。臘風陣陣吹，鵝毛片片飛。暖閣内，圍紅炉，掩香閨，獨宿佳人泪暗垂。卧寒幃，共相隨，佳人倚翠微，賞雪人兒個個貪花飲玉盃。飄飄大雪飛，青眼盼不歸，孟浩然踏雪去尋梅，孟浩然踏雪去尋梅。

正月節，慶新春，喜笑歡，萬象更新樂豐年。低頭懶待言，心事有誰傳。咬銀牙，空發恨，數十番，可恨月老心性偏，受孤單。可惜美少年，堪堪減容顔，我爲他瘦損腰肢羅帶寬。元宵懶去頑，無心賞月圓，爲情郎百花燈懶待點。

二月節，地氣温，草芽生，雪消冰散水流清。綉房對誰云，無語思郎君。恨喬才，忒心歹，不至誠，恋裙釵改變心。不想那幾春，空説海山盟，在那裏恋酒貪花愛别人。黄昏展孤衾，綉被與誰温，鳳鸞交鴛鴦枕只少個知音。

三月節，融和天，好時光，遍地萌芽錦綉妝。無心綉鴛鴦，香腮泪兩行。百花開，遊蜂對，粉蝶雙，李白桃紅柳綫長。罵情郎，牢頭命不長，心上長疔瘡，抛閃奴留恋在那方。你説你會頑，爲人太不良，越思越慘傷，相會時合他嚷上一場。

四月節，薰風起，立夏時，薄幸人兒不見回。知他在那裏，故意逞狂爲，只恨我無主意，忒心痴。人説寃家心性賊，真正似王魁。脱空再無敵，故意兒説謊撒津臉涎皮。可惡磣東西，再來通不依，空發恨幾番家心兒不灰。

五月節，玩賞時，慶端陽，燕子銜泥遶畫梁。他們到成雙，偏我受孤單。菖蒲酒，誰共我飲雄黄。相會寃家把臉番，怎容寬，擰咬抓腮臉。拳頭打一千，從早起跪到黄昏不放参，發恨枉徒然。知他在那邊，橛榴花無心戴，泪道兒不乾。

六月裏，三伏節，熱難挨，獨坐涼亭想喬才。那裏戀裙釵，何不把心拍，減風流添憔瘦體如柴。一去天涯不見來，痛傷懷。憂愁眉不開，淚珠濕香腮，通不學司馬文君兩和偕。屈指密密猜，畫盡知金釵，錦花嘴哄了我該來不該。

七月裏，秋風起，透羅衣，鐵馬兒叮噹助我悲。相思妙藥也難醫，冷清清，獨自個受孤恓，織女牛郎配夫妻。暗傷悲，淒涼苦告誰，悶坐守寒幃。有一日枯木逢春，相會時與他炒一回。搗破臉上皮，那其間人勸我只是不依。

八月節，慶中秋，月兒明，獨坐房中少知音。身心再不寧，獨自守孤燈。睡曚矓，纔合眼，夢見郎君抱摟在懷中。那樣親，臉粘唇，伸手解羅裙。和偕兩意濃，忽然間驚醒回來不見踪。丫嬛快点燈，床前仔細尋，找不着妙人兒我好傷心。

九月裏，是重陽，到殘秋，無語無言暗点頭。思量没來由，痴心再不休，休戀着楚館并秦樓，拆散奴家鸞鳳儔。暗泪流，狂爲那裏遊，幾時會牢頭，由着我搯打揪撏嘴巴抽。專聽小人勾，逐日在外頭，忘我恩到只怕天按頭。

十月裏，寒風起，冷氣涼，怕到黄昏情慘傷。譙樓鼓聲喧，孤人恨夜長。伸脚冷，縮脚酸，搗枕搥床數十番。守衾寒，牙床獨自眠，紅綾被空閑，只因你件件能絶□頑。何時得團圓，成就鳳鸞顛，那其間把相思且撩在一邊。

十一月，數九天，朔風刮，密布彤雲灑雪花。薄幸忒情雜，知他在誰家，這些時飯不飯茶不茶，發恨丢開不想他，由不的咱合眼又見他，叫我鬼病發。想起你百様温存遍體麻，今日樁樁件件差，幾時來到家，綉花鞋打一千不饒他。

十二月，數歸期，好心焦，忽聽窗外把釘鍋摇。丫嬛開門瞧，那人可來了。急慌忙臉朝裏推睡着，站立床前把我招。叫多嬌，忘恩天不饒。跪着偷眼瞧，由不的面歡心慈又笑了。起來摟抱着，不住的駡囚牢，惡相思至今日一旦消。

【金紐絲】

春景融融花正也芳，繁華獨自巧梳妝。想才郎，等閑瘦損減容光。蜂兒戲牡丹，蝶兒戀海棠。呀，教奴對景心悒怏。冤家别戀俏紅妝，把我恩情一旦也忘。我的天那，别様難，難别様，别様難，難别様。

夏景炎炎日正也長，涼亭避暑倚紗窗。想才郎，羞睹池内兩鴛鴦。新篁過粉牆，荷花拂水香。呀，教奴朝夕頻頻望。可憐飛燕爲誰忙，並語雕梁攪斷也腸。我的天那,情况多,多情况。

秋景蕭蕭菊正也黄,登樓忽見雁成行。想才郎,哀聲嘹喨過樓牆。芙蓉花也芳,金菊花也黄。呀,教奴凄楚羅幃帳。難挨孤枕怨更長,對月焚香告上也蒼。我的天那,惆悵人,人惆悵,惆悵人,人惆悵。

冬景飄飄雪灑也窗,寒衾獨抱淚汪汪。想才郎,忽然一夢會情郎。歡娱在洞房,覺來怎得雙。呀,誤奴獨宿銷金帳。曉來移步出蘭房,雲鬟鬔鬆懶去也妝。我的天那,悒怏奴,奴悒怏,悒怏奴,奴悒怏。

【清江引】

思君卜盡周易卦,欲罷情難罷。想是玉郎歸,訴出衷情話。罵幾句,賽王魁你好情太寡。

十和偕

一和偕,一和偕,七月七夜裏妙人來。呀,正湊巧,心肝愛。

二和偕,二和偕,御史頭行肅静牌。呀,莫則聲,心肝愛。

三和偕,三和偕,瞎眼猫兒拐雞來。呀,抓得緊,心肝愛。

四和偕,四和偕,姐在房中吃螃蟹。呀,縮縮脚,心肝愛。

五和偕,五和偕,珊瑚樹兒玉瓶裏栽。呀,輕輕放,心肝愛。

六和偕,六和偕,叫化老兒上船偷木柴。呀,急急抽,心肝愛。

七和偕,七和偕,酒醉人兒坐險崖。呀,莫要動,心肝愛。

八和偕，八和偕，傀儡人兒上戲臺。呀，耍得好，心肝愛。

九和偕，九和偕，郎在河邊等船來。呀，渡了罷，心肝愛。

十和偕，十和偕，鸚哥兒飛上九層臺[三三]。呀，下來罷，心肝愛。

一和偕，一和偕，蜜蜂飛過粉牆來。好個俊虫兒，我的乖乖。

二和偕，二和偕，奴在房中脱綉鞋。蹻起些，我的乖乖。

三和偕，三和偕，樵夫上山去砍柴。緊緊收，我的乖乖。

四和偕，四和偕，手執銀壺把酒篩。斟上罷，我的乖乖。

五和偕，五和偕，打把鋼刀鋒芒快[三四]。好殺你，我的乖乖。

六和偕，六和偕，玉簪花兒移到石盆來。輕輕過，我的乖乖。

七和偕，七和偕，船到江心不攏崖[三五]。過來罷，我的乖乖。

八和偕，八和偕，八十歲老兒吃長齋。好熬長，我的乖乖。

九和偕，九和偕，鶯鶯房中拆螃蟹。抓起些，我的乖乖。

十和偕，十和偕，鳳凰飛過碧天外。下來了，我的乖乖。

【醉太平】　十二風流

（前缺）散恩情輕重把等兒分，是一個風流客人[三六]。

閨女思嫁

【西江月】

話説閨女思嫁，春天動了慾心，爹娘婚配是前因，留在家中説甚。男女願有家室，長成當嫁當婚。央媒説合去成親，千里姻緣分定。

【兩頭忙】

艷陽天，艷陽天，桃花似錦柳如烟，見畫梁雙雙燕。女孩兒淚漣，女孩兒淚漣，奴家十八正青年，恨爹娘不與奴成姻眷。

淚如梭，淚如梭，春猫兒房上去起窩，奴在綉房中懶把生活做。嫂嫂與哥哥，嫂嫂與哥哥，二人説話情意多，到晚來想是一頭卧。

愿爹媽，愿爹媽，李二姐張大姐都嫁人家，養孩兒周把大。他也十八，奴也十八，爹媽傷寒没大薩，正青春怎不將奴嫁。

園林折花，園林折花，雙雙媒人到我家，險些兒把奴歡喜殺。爹到在家，爹到在家，若是門當户對好人家，望爹爹發了帖兒罷。

帖兒去了，帖兒去了，不覺兩日並三朝，急得奴雙脚跳。不見來了，不見來了，想必是帖兒看不好，到晚來不由人心急躁。

點上灯，點上灯，灯兒下慢慢細沉吟，媒人來就是我婚期動。不見回音，不見回音，想必是帖兒不曾與人，思量起把媒人恨。

恨媒人，恨媒人，討了帖兒没回音，成不成叫奴將誰問。雁杳魚沉，雁杳魚沉，等閑捱過好青春，説不出心中悶。

媒人來，媒人來，只得佯羞到躲開，待要聽又怕爹娘怪。惹得疑猜，惹得疑猜，梅香歡喜走將來，説道是將插戴。

婆婆相，婆婆相，忙施脂粉换衣裳，越顯得精神長。站立中堂，站立中堂，低頭偷眼把婆張，這婆婆到也善佛相。

忒妝嬌，忒妝嬌，往我門前走了幾遭，小廝們就把姑爺叫。我也偷瞧，我也偷瞧，儀標俊雅又風騷，正相當稱年少。

眼巴巴，眼巴巴，巴得行禮到奴家，怕去看行盒下。寶玉金花，寶玉金花，我心兒裏着實的不喜他，喜則喜將奴嫁。

好長天，好長天，捱過了一日似一年，快雖快還有兩日半。喜上眉尖，喜上眉尖，催妝担兒更新鮮，尋下些柔纏絹。

嫁妝鋪，嫁妝鋪，有些事兒罣殺了奴，安穩些床和鋪。坐下圍炉，坐下圍炉，滚湯接力不可無，想着席子香定把精神助。

洗浴湯，洗浴湯，偏生的今日用些香，怕人張故把門拴上。仔細思量，仔細思量，鮮花今夜付新郎，到明朝又怕别一樣。

起來時，起來時，渾身换了些色新衣，沉檀降遠香滋味。淡粉輕施，淡粉輕施，人人説我忒標致，做新人不比尋常的。

把頭梳，把頭梳，根兒挽緊不比當初，鬏髻兒也要關得住。少戴釵梳，少戴釵梳，今日晚來要將除，只怕手兒忙全不顧。

日頭西，日頭西，喜歡的茶飯懶得吃，我精神已在他家去。灯燭交輝，灯燭交輝，叮咚一派樂聲齊，好婆婆親來至。

月兒高，月兒高，都到房裏把奴搖，一擁着忙上轎。鼓樂笙簫，鼓樂笙簫，爆竹起火一齊着，怕不成只是微微笑。

到門前，到門前，踹堂的鞋兒軟如綿，下轎來行不慣。瞥見妝奩，瞥見妝奩，冤家站立在踏板兒前，同坐上床兒畔。

坐床時，坐床時，安排熱酒遞交盃，兩齊眉坐富貴。就扯奴衣，就扯奴衣，惟有這會等不的，却有些真淘氣[三七]。

插房門，插房門，燈下看得忒分明，他風流奴聰俊。摟定奴身，摟定奴身，低聲不住的叫親親，他叫一聲奴又麻一陣。

乍交情，乍交情，不覺快活只覺疼，熬煎殺了奴强闔閙。血染紅腥，血染紅腥，相偎相抱訴衷情，叫聲郎輕輕動。

第二遭，第二遭，漸漸的和偕摟抱腰，真個好其實妙。不覺聲高，不覺聲高，狂蜂采動嫩花稍，惹得人心中要。

門外呼，門外呼，媽媽叫醒把頭梳，下床時難移步。心上糊塗，心上糊塗，問着話兒强支吾，媽起身我也無心顧。

打扮衣，打扮衣，打扮的就像個謝親的，叫幾聲方纔去把奴將惜。叫幾聲方纔去把奴將惜，糖心雞子補心虛，手兒酸難拿住。

自今朝，自今朝，朝朝夜夜斷不饒，同行走同歡笑。本事真高，本事真高，二十四解不須教，到明年管有個孩兒抱。

【清江引】

女愛男來男愛女，男女當廝配。女愛男俊俏，男愛女標致，他二人風情真個美。

（《新鐫南北時尚萬花小曲》）

校勘記

［一］奴：《絲弦小曲》作“我”。

［二］乖親：馮夢龍編《掛枝兒》卷一私部、《絲弦小曲》作“乖親也”。

［三］哥：馮夢龍編《掛枝兒》卷一私部、《絲弦小曲》無。

［四］當：《絲弦小曲》作“擋”。

［五］負義忘恩：《絲弦小曲》作“那一個負義忘恩也”。

［六］冤家：《絲弦小曲》無。

［七］的：《絲弦小曲》作“底”。

［八］交情：《絲弦小曲》作“交情也”。

［九］哥：《絲弦小曲》無。

［一〇］爬：《絲弦小曲》作“扒”

［一一］情人：《絲弦小曲》作“情人也”。

［一二］姐姐：《絲弦小曲》無。

［一三］一：《絲弦小曲》無。

［一四］恩情：《絲弦小曲》作“恩情也”。

［一五］冤家：《絲弦小曲》作“呸”。

［一六］了：《絲弦小曲》作“個”。

［一七］這：《絲弦小曲》無。

［一八］往日的恩情好：《絲弦小曲》作“我往日恩情好”。

［一九］的：《絲弦小曲》無。

［二〇］太：《絲弦小曲》作“忒”。

［二一］此首《絲弦小曲》亦收録。

［二二］纔:《絲弦小曲》作“方”。

［二三］莫入:《絲弦小曲》作“休要去”。

［二四］不用:《絲弦小曲》作“少把”。

［二五］把:《絲弦小曲》作“使”。

［二六］原:《絲弦小曲》作“緣”。

［二七］的:《絲弦小曲》無。

［二八］此首《絲弦小曲》亦收録。

［二九］乖乖:《絲弦小曲》作“心疼的乖乖”。

［三〇］講:《絲弦小曲》作“説”。

［三一］此首《絲弦小曲》亦收録。

［三二］譙:原作“樵”,據文意改。

［三三］哥:原作“歌”,據文意改。

［三四］鋼:原作“剛”,據文意改。

［三五］攏:原作“隴”,據文意改。

［三六］《全明散曲》收入前五首,第六首六句全,第七句不全,第八句缺。原缺二頁,第十二首只存二句。

［三七］淘:原作“陶”,據文意改。

無名氏

小　令

小　曲

人害相思微微笑,我只説故意兒裝着。誰承望我今入了這相思套,懨懨瘦損我命難逃。海上仙方嘗遍了,急的我雙跌腳。親人罷了我了,要病好除非是親人在我懷中抱。

河那邊一隻鳳,我怎麽叫他不應?大端是我親人少緣分,雇一隻小船兒把我來撑。撑到河那邊問他一聲,他若是不應承,轉回身來跳在水中,你教我有名無實中何用。

我爲你招人怨,我爲你病懨懨,我爲你清減了桃花面,我爲你茶飯上不得周全,我爲你盼望佳期把眼望穿。親人若團圓,净手焚香答謝天。怎能勾手挽手兒同還願。

雖然和你相交淺,卻像相交好幾年。從離了你再不把别人戀,我的心實實伏在你身邊。有兩句礙口的話兒不好和你言,又未知親人情願不情願。

這兩日不曾見,未知親人安不安。從離了你淚珠兒就何曾斷,數歸期十個指頭都掐遍。你遇着有竅的人兒盡着和他玩,歡娛處對着鏡兒把我念一念。

做了一個蹺蹊夢,夢兒中會我親人。那親人説的話兒知輕重,又未知親人心順不心順。覷着你俊龐兒一似鶯鶯,喜殺了我把衾兒枕兒安排定。

從南來了一行雁,也有成雙也有孤單。成雙的歡天喜地聲嘹亮,孤單的落在後頭飛不上。不看成雙只看孤單,細思量你的淒涼,和我是一般樣。

既有真心和我好,再不許你要開交,再不許你人面前胡廝鬧,再不許你嫌這山低來望着那山高,再不許你見了好的又想把槽來跳。

小親人兒心上愛,愛只愛情性乖。因此上懨懨病兒牽纏害。一見你魂靈兒飛在雲霄外,一刻兒不見你放不下懷。要不想除非是你在俺不在。

你在那裏朝朝想,我在這裏夜夜思。思只思親人待我的好情意,愁只愁熱禿禿人兒分離去。雖然説去了還有個來時,怕只怕眼下淒涼無人緒。

隔着桌子把瓜子殼兒打,三番五次看着咱。斟一杯酒兒説了幾句在行話,臨起身大腿兒上掐一下,掐得我腰兒酸來骨頭麻。天晚了今夜到不如歇了罷。

一串鈴(四套)[一]

玉人兒千般俏,柳葉眉分外嬌。梳鬌頭賽過潘安貌,輕輕一撚楊柳腰。不亞楊妃醉舞嬌，看一看便把人的魂兒都引吊。□梳鬏頭青絲髮，桂花油頭上擦。大紅繩把根扎，挽蘇髻賽油搨。金簪子，玉耳挖，通氣簪面前插，桂花毬兩邊撒。金丁香兩手掛，珠粉兒臉上擦。柳葉眉好像筆描畫，櫻桃小口糯米牙，十指尖尖賽藕芽。赤金戒指金光灼，銀手鐲，珐瑯花。雞皮縐襯裹袦，大紅夾襖是縐紗。石藍披襖皮金押，金玉紐頸子裹恰。小衣兒是絨紗，八幅羅裙灑紅花。白綾膝褲紅帶扎，大紅鞋白拽拔。葫蘆高低灑梅花，漂白裹脚四尺八。川金扇手裹拿，伽楠扇墜高高掛，走一步真愛煞。(唱)是誰家年少妻兒來賣俏，尋個媒人去説他。説了來家做媽媽，娶了來家供養他，供養他又恐怕香烟大。

表子家多作怪，銀粉兒撲香腮。胭脂兒搽在嘴唇外，裙子露出腿肚來，大脚還要兩邊擺。其然也不該，生成樣不改。數這婦人生的醜，听我從頭誇他有。撞門子，走街頭，説是非，順口流。慣扯謊，不怕羞，睡覺睡到出日頭。扒起來，把眼揉，愁洗臉，怕梳頭。黄頭髮挽個揪，通草花插滿頭。松香眼，鼻涕流，孤拐腮，廣額顱。大耳朵，其實醜，鵝鴨嘴，大舌頭。黄板牙，好臭口，兩支膀子賽熟藕。十指尖尖釘爬手，鑽拳頭賽柳斗。破袦子露着奶頭，藍布裙打着磕膝頭。醬油褲子拖着走，花邊膝褲一尺六。青布鞋露着脚指頭，没後跟靸着走。樓梯裹脚半寸厚，一雙大脚往裹鈎。(唱)似這般表子真個醜，那些兒動人肉。

吃醋的人千千萬，不吃醋的人兒倒有萬萬千。吃醋的頭醋兒還叫淡，不吃醋的二醋兒還叫酸。吃醋的人兒家堂上供養着個醋玄壇，數那玄壇鉄幞頭烏油面，遮腮鬍子如鉄線，皂羅袍起金線。騎着虎，執着鞭，和合二聖站兩邊。抬着頭，仰眼觀，五六瓶七八罈十數缸，拿起來口對口兒叫聲乾。(唱)這纔是吃醋的人兒，當作了家常飯。

正月裹把年來過，辦酒殺件件精，諸般事物皆相稱。過了年節又看燈，鑼鼓喧天鬧殺人。炮竹不絶聲，來往人鬧哄。看看燈，且散散我這心頭悶,數滿街上把燈瞧。綉毬燈高掛着,料絲燈故事高。香爐燈細劚巧,要孩燈把鼓敲。鬥鷄燈前後跑,鯉魚燈頭尾摇。牡丹燈枝葉嬌,荷花燈好根苗。百鳥燈把翅招,猴子燈抱樹梢。老鼠燈鑽圈套,鸚鵡燈摘金桃。老虎燈滿山跑,鳳凰燈尾巴摇。仙鶴燈血染頂上毛,孔雀燈金屏靠,走馬燈不住跑。(唱)看罷燈,不覺的散了這心頭悶。

邊關調

油兒盡了燈兒滅,手搭伏着炕沿懶待歇。猛聽得窗兒外,雨打的都是芭蕉葉。是誰家吹彈歌舞不斷絶,你歡娱全不顧我難熬夜。

小親人是我的命,你去了我活不成。相思病兒看看重,口兒想着心兒痛。相交一場總是空,要相逢除非是南柯夢。

大脚的不大十分瘦,做雙鞋用了六十六個潞州綢。千針萬線虧他做,脚尖東昌府,脚後跟在臨青州。要打個來回,自把身子紐一紐。

細思量那人兒真悔氣,没來由娶了個大脚妻。□唇快嘴惱了一世,又臭又且肥,脚丫裏許多泥。炒鬧了一場,他自是不肯洗。

我那人多作怪,一去了不回來。音書想是無人帶,丢下嬌妻怎放懷。隔水生涯總不該,思量又傷懷,莫非戀花街。好狠心[二],全不想妻恩愛。

紙錢灰燒得團團轉,小寡婦泪漣漣,手捧着三牲在靈前獻。燒包紙兒哭了一聲天,兒夫聽我言。好處安身苦處用錢,你丢的我二八青春誰爲伴。

悶來時堂前觀古畫,古畫旁邊四季花。頭一季迎春柳兒真難畫,第二季芍藥牡丹開頭大。第三季鉄梗海棠把奴要,第四季寒鵲争梅放不下。

好人兒不得見,好人兒容易離,常言道好事兒不相濟。路兒迢遥音信稀,夢兒飛遶冷烟迷。默默自尋思,真心付與誰,愁只愁可意人兒何時會。

哭一聲不得見,哭一聲不得團圓,哭一聲藕兒斷了絲蓮牽。哭一聲山高路又遠,哭一聲親人難得見。

你愛我千般好,我愛你百樣嬌。妙人兒正遇着人兒妙,既相交論甚麽錢和鈔。山盟海誓枕邊言,知心話兒休使人知道。

你爲我花容貌,你爲我情意兒高,你爲我温柔典雅椿椿妙。爲你惹下心内焦,爲你晝夜睡不着,我爲你這兩日有些魂顛倒。

睡不着,睡不着,忽聽得譙樓上畫鼓敲,畫鼓敲,又不知誰來到。泪珠號啕,泪珠號啕,巴到天明把香燒。只燒到南武當北五臺,大九華小九華,青峰頭有一尊伽藍爺。你有靈,你有聖,你有感,你有應,催一催,趲一趲,催一催,趲一趲,保佑我那離鄉在外的人兒早早來了罷。

【掛枝兒】

薄倖的這時節方纔來到,擁香衾和繡枕只做睡着,耳邊厢當不起他千般聒噪。下次不敢了,權恕我這一遭。偷眼兒瞧他也,好笑又好惱。

你説我負了心無憑枳實,激得我頓穿了地骨皮,願對威靈仙發下誓。細辛將奴想,厚朴你自知。莫把情書也,當做破故紙。

瓜仁兒本不是稀奇貨,汗巾兒包裹了送與我情哥,一個個都在奴舌尖上過。禮輕仁義重,好物不須多。拜上我情哥也,休要忘了我。

害相思害得我伶仃瘦，半夜裏爬起來打丫頭[三]，丫頭爲何我瘦你也瘦。我瘦是想情人，你瘦好没來由。莫不是我的情人也，你也和他有。

【哭皇天】

到春來桃杏開奴好傷懷，倚圍屏心内惱手托香腮。想着你情意好心兒又乖，在誰家貪頑耍不想回來。你薄倖全不想舊日情懷，撇得我冷清清獨自難挨。愁也是命裏該，悶也是命裏該，你好似一枝花無心插撇在塵埃。

到夏來並頭蓮交頸初開，在凉亭來避暑想起多才。猛抬頭見燕子對對飛來，引的奴情亂了心癢難猜。貪戀着女多嬌把我丢開，叫一聲負心人跌綻花鞋。愁也是自己捱，悶也是自己捱，好一似對鴛鴦遭棒打兩兩分開。

到秋來黄菊綻奴好淒凉，想冤家真個狠鉄石心腸。你那裏配成雙我守孤鴦，好姻緣都負了不得團完。眼巴巴望才郎不見回還，歹心腸全不想舊日風光。愁也是自己當，悶也是自己當，好一似衆賓鴻失了伴不得成雙。

到冬來瑞雪飄碎剪鵝毛，紅爐内添獸炭想起多嬌。望冤家不見來珠泪雙抛，臘月天水成冰這冷怎熬。可惜的好青春虚度過了，到晚來對孤燈奴好心焦。愁也是自己熬，悶也是自己熬，奴爲他城隍廟懶把香燒。

秋來景

秋來的景兒壯離愁、壯離愁，咫尺天涯無尽頭，千嬌萬媚無人兒厚。我自傷懷泪自流，我對寒燈獨倚樓。

秋來的景兒好孤恓、好孤恓，風捲黄花月映池，冷清清不見情郎至。

斜倚圍屏盼望伊，獨倚銀屏泪注衣。

秋來的景兒黄葉飄、黄葉飄，一别嬌姿萬里遥。思恩情那得人兒到，曉夜思量睡不着，曉夜思量睡不着。

秋來的景兒果其憂、果其憂，堦下寒蛩語啾啾。瀟聲細雨疎零透，我爲冤家獨對秋，我爲冤家獨對秋。

秋來的景兒月掛簾、月掛簾，暗想芳容真可憐。當初指望與你紅絲玩，誰知如今各一天，誰知如今各一天。

秋來的景兒動悲心、動悲心，衰柳殘荷静掩門。花箋寫不盡心中恨，囑付孤鴻好寄音，囑付孤鴻好寄音。

秋來的景兒最堪傷、最堪傷，百歲姻緣各一方。晴空斗柄雲遮放，萬里征鴻錦段行，萬里征鴻錦段行。

秋來的景兒最關情、最關情，颯颯金風鉄馬鳴。情人别後無音信，猛聽隣砧欲斷魂，猛聽隣砧欲斷魂。

秋來的景兒雨色愁、雨色愁，聲滴寒堦萬種愁。風翻荷碎添憔悴，惟有芙蓉獨葉秋，惟有芙蓉獨葉秋。

秋來的景兒喜色新、喜色新，昨夜燈花報家音。多情喜得重相見，錦帳鴛鴦情更親，錦帳鴛鴦情更親。

秋來的景兒螢亂飛、螢亂飛，上下寒光去復回。坐中庭獨自人難寐，雲鬢鬌鬆茉莉垂，雲鬢鬌鬆茉莉垂。

秋來的景兒夜漸長、夜漸長,枕簟清清閑半床。響叮噹鉄馬簷前撞,復去翻來神自傷,復去翻來神自傷。

秋來的景兒雨綿綿、雨綿綿,悶掩香閨夜又闌。一絲絲隨着風兒散,響碎梧桐好夢難,響碎梧桐好夢難。

秋來的景兒風自輕、風自輕,何處悠悠弄玉聲。羅幃久卧寒成陣,楚向陽臺夢見君,楚向陽臺夢見君。

秋來的景兒烏鵲棲、烏鵲栖,耿耿銀河漸漸稀。牽牛織女成佳配,何事人間曉唱隨,何事人間曉唱隨。

秋來的景兒月正明、月正明,照見孤幃並離情。困沉沉羞向嫦娥問,獨自蕭條影伴形,獨自蕭條影伴形。

秋來的景兒雁南飛、雁南飛,嚦嚦天邊惱悶懷。問賓鴻有信書何在,手捲寒衣懶去裁,手捲寒衣懶去裁。

秋來的景兒海棠嬌、海棠嬌,粉帶輕盈無息摇。低頭自把愁人笑,常在深閨伴寂寥,常在深閨伴寂寥。

秋來的景兒雲漢垂、雲漢垂,滿樹花開盡紫薇。暗香飄更有庭前桂,誰向蟾宫帶取回,誰向蟾宫帶取回。

秋來的景兒柳色黄、柳色黄,幾陣寒蟬噪夕陽。凭欄不敢明盼望,忽聽砧聲别院狂,忽聽砧聲别院狂。

【刮地風】

月兒明正好去調情，冤家一去無音信。撇下香閨綉閣倚闌屏，又不知譙樓鼓幾更[四]。親親，説來的海誓山盟，誓海山盟立等，那等陣陣雜情。

月兒斜難捱過今夜，到天明他去也，把一根玉簪兒跌作兩三節，可意的人兒情難捨。冤家，説來的海誓山盟，誓海山盟立等，那等陣陣是假。

月兒歪相思常害，俏冤家一去了不見回來。千般巧計亂安排，狠心的人兒心腸歹。乖乖，説來的海誓山盟，誓海盟山立等，那等陣陣不該。

月兒落好姻緣錯過，心兒裏又無個奈何。銷金帳獨自個，無有個人兒陪伴我。哥哥，説來的海誓山盟，誓海山盟立等，那等陣陣不可。

心兒有不能成就，好姻緣不得到頭。奴爲你擔煩受惱度春秋，可意的人兒不長久。丢丢，説來的海誓山盟，誓海山盟立等，那等陣陣休休。

【羅江怨】

紗窗外月正明，張生月下等鶯鶯，一等等到更闌静。粉牆外站立張生，太湖石叙側鶯鶯，紅娘遞柬傳書信。那張生跳過牆陰，雙手兒摟抱着鶯鶯，輕言細語低聲問。肯不肯見憐小生，我爲你死裏逃生，思思想想憂成病。

紗窗外月影黄，得中蔡邕爲議郎，牛府强逼做東床。撇雙親同在高堂，陳留郡遭遇飢荒，倚門終日懸懸望。請官粮搶去堪傷，趙五娘暗地挨糠，公婆見了雙雙喪。築坟臺孝感神幫，背琵琶去尋蔡郎，張公要打無情棒。

紗窗外月影移,落魄蘇秦不第歸。黄金百兩分文去,西廊叫妻不下機。告哥嫂嫂不爲炊,爹娘打駡真無計。去投井三叔救回,發奮起刺股懸錐,招賢魏國身榮貴。説君王六國從區,都丞相衣錦回歸,威風凜凜人人畏。

紗窗外月影長,照見修行陳妙常,驟逢必正尋姑娘。聽琴聲寫出悠揚,作詞兒字字生香,觀音賽過嬌模様。潘必正動了心腸,白雲樓恍似西廂,這腸喜到眉峰上。竊其詞有了主張,成就了一對鴛鴦,有經念佛無心向。

紗窗外月影迷,照見金精戲竇儀,妝喬變化真奇異。入書齋要會佳期,勸君子共效于飛,調琴答對無拘繫。這風情十分罕稀,難動他鉄石心機,今宵辜負奴心意。到如今冷落仙姬,諒情况財不苟取,前程指示三公位。

紗窗外月影摇,可羡雲長武藝高,獨行千里誅强暴。霸陵橋飲酒挑袍,過五關斬將提刀,保全家眷都倚靠。刺顔良手段雄豪,赴單刀子敬魂消,華容道上逢曹操。鎮荊州一路滔滔,扶漢室信義堅牢,上帝勅命爲神道。

紗窗外月影移,可笑秋胡來戲妻,男兒金帶藏腰繫。奉聖旨駟馬高車,别五載始得歸期,看看來到桑園地。那女子好似吾妻,聊試他節義何如,黄金一錠來調戲。那黄金要他何濟,不俶睬各自回歸,心如鉄石空奸計。

紗窗外月正明,照見弱蘭掃駟亭。喜逢學士相恭敬,到秋來敗葉飄零。襯苔堦掃得清寧,偶觀庭下裙釵俊。抛箕箒笑臉相迎,鋪衾枕喜氣盈盈。姻緣也是前生定,好姻緣一夜消停,徘徊偶尔風光興。

【寄生草】

小冤家床前跪,罵了聲狠心賊。這幾日不見你在誰家睡[五],想是另有别姊妹。花言巧語來哄誰,快招成饒了你的風流罪。

昨夜裏灯花爆,耳輪兒似火燒。眼皮兒止不住梭梭跳,喜鵲兒不住的喳喳叫。昨宵一夢好不蹊蹺,想冤家今朝不到明朝到。

俏冤家天生下,天生下一枝花。一枝花倒值了千金價,千金價難買知心話。知心話稍與俏冤家,來不來信不信由他罷。

俏冤家登程去,我問你幾時回。腮邊止不止雙垂泪,逢花遇酒少貪醉。名成利就早回歸,免奴家望的肝腸碎。

俏冤家進門來,他就在床沿坐,伸手就把那話兒摩,癢將起來挨不過。等我一等把衣脱,咱二人銷金帳裏同歡樂。

崔鶯鶯床前跪,告紅娘我的妹妹,這兩日怎不見張君瑞,寫封書稍去花園内。羊羔美酒奉上幾盃,哄醉了老夫人,喒三人同在一床兒睡。

玉人兒天生俏,梨花面楊柳腰,金蓮剛剛三寸小。唱一個【寄生草】,巧筆丹青難畫描。合你們共一夜,勝强如把一個龍門跳。

久不見冤家面,提起來泪漣漣,金錢問卜全無驗,降明香祝贊了千千遍。神靈爺可憐俺孤單,把冤家催起重相見。

昨夜裏孤枕眠,恨秋風透骨寒。合眼就見冤家面,鉄馬兒咭叮咚把鴛鴦散。輕來依舊受孤單,空教我拖着枕搗着床把天來怨。

到春來桃花放,恨冤家在那廂。撇奴房中魂飄蕩,到晚來獨宿在銷金帳。做了一梦會情郎,醒來依舊在牙床上。

到夏來炎天熱,恨冤家把奴撇。那一夜不等到三更夜,爲冤家纔把神靈謝。恨老天因甚麽,雲遮了中秋月。

到秋來菊花翠,恨冤家不見回。今晚不知在誰家睡,不由人吊下兩點恓惶泪。對對寒雁向南飛,想賓鴻還有個情郎會。

到冬來雪花飄,恨冤家路途遥。親親這早不來到,不由人纔把泪珠抛。凍的奴番來復去睡不着,想冤家只哭到金鶏叫。

(《新刻南北時尚絲弦小曲》)

校勘記

[一] 鈐:原作"齡",據目录改。

[二] 狠:原作"很",據文意改。

[三] 爬:原作"扒",據文意改。

[四] 譙:原作"樵",據文意改。

[五] 幾:原作"已",據文意改。

孫廷銓

孫廷銓(1613—1674),字枚先,山東益都人。明崇禎十三年(1640)進士,官魏縣、撫寧知縣。入清,歷官河間推官、吏部主事、郎中,太常寺卿、户部左侍郎,兵部、户部、吏部尚書、秘書院大學士等。卒謚文定。有《南征紀略》、《顔山雜記》、《沚亭删定文集》等。

套　數

自　笑

【北曲雙調・新水令】

山東鄙人起爲朝吏,支離拙訥,初無玲瓏會通之材、餔糟啜醨之智,而謬致通津,顧朝士懷才孔多,願忠者衆。旨酒一盛,褐父睨之。處非其據,能無惡乎?於是相與捃摭細碎,督以不急之務,咎以非所任之事,臏策輪攻,交章迭起,必欲鋤而去之。僕閉閤思過之餘,日夜以幾,冀得黜削,以避賢路,遂丘樊,不意復被朝恩,許其留任,雖謡啄暫息,或非其意也。詩不云乎,亦云可使怨及朋友,歌以訊之。

俺本待灌園學稼老孤村,樂皇朝太平熙運。青山横北郭,流水入西鄰。瓦缽磁盆,守愚賤半生分。

【駐馬聽】

玉陛宣綸，四野弓旌，招大隱金臺求駿，一封表薦動朝臣。十年長樂曉鐘聞，千門過雨春花潤。渾忘了北山文，西風斷卻猿鶴信。

【沉醉東風】

又不是扶社稷調羹補衮，動君王逆耳批鱗。論官階署兩宫消永日，只餐三頓，慚愧煞詠毛詩坎坎伐輪，寸草春暉未報恩，因此上惹動了飛章論本。

【殿前歡】

那一班直節紀綱臣，青霜白簡甚情親，遮莫是公孤三事名特進，怎禁當衆口紛紜，旋風般不住輪。依公論，煞是一言難盡，也只合低頭認罪，終不然覥面求人。

【雁魚落】

准備着褫羅袍稱放民，荷簑笠爲寒畯，永辭别青鎖闈，没指望黄金印。

【得勝令】

呀，謝天恩雨露一番新，又蹉跎風月逐閑身。似這般遇事渾無事，不信道無神卻有神。就罰了柴薪，有月米何須愠。革了宫勳，着朝衣則做人。

【川撥棹】

聽原因，請先生三自忖，抵多少羽扇綸巾。東閣平津，灑落君臣，圖畫麒麟，便不沙也渾俗同塵，綿裹藏珍。博的個駟馬高門，畫鼓聲頻，響鈔精銀，翠袖紅裙，寶鼎雷紋，袖被蘭薰。對人前撑達些賢豪氣分，也不枉他守寒窗，且證本。

【七弟兄】

争似您青草閉閑門，等閑不覺春光褪。把一個洛陽街花攢錦簇美前程，生扭做望江亭風清月冷喬丰韻。

【梅花酒】

顛倒是鳩拙無倫，那裏也龍性難馴。只如今風沙摧鬢短，霜雪上頭新。踏紫陌，踐紅塵，逐馬隊，入雞群。愁曉角，悵斜曛，羞前輩，讓時人，充話柄，弄彈文。弄彈文，恰便像直舍郎果偷了金，李司徒真傅了粉。

【收江南】

呀，青門柳色一般春，他年年安排青眼送行人。有一日掛朝簪歸去禮白雲，但乞求的皇恩有准，園收芋栗未全貧。

【鴛鴦煞】

鸞凰久上河南尹，干戈近罷珠厓郡。看從容宣室求賢，没動静細柳移軍。暢道是四海歡騰，千年曆引。若論起文武官紳，果然是諸公衮衮多豪俊[一]。就放了俺朽木陳人，只當個野鹿山麋，打甚麽緊。

歸　田

【北曲仙吕・點絳唇】[二]

予滯留京邸，復六七年。家有老親，端居善病。又素秉鹿門之遥尚，卻魚軒而不居。小子顧婆娑終日，心焉愧之。矧陶令園田荒蕪可念，長統釣弋樂志無時。休亭退谷，彼何人哉？辛丑秋七月，勃興歸省之思，懷疏將進，友人遽止之。其謂國有嚴□，一請不得，致觸藩也。退而卜之，兆曰可。遂得告。聞命之晨，涣然如病初愈，灑然如釋重負。比及秋分露瀼，則在舟中矣。是用作歌,以志喜焉。

解組辭朝,東門祖道清秋照。攬轡逍遥,螺黛晴如掃。

【混江龍】

徘徊瞻眺,又子見那芙蓉雙闕入天高。昨日個隨班待漏,今日個先路鳴鑣。投至得野老,還成村社會。端的是天恩希遘聖人朝,任幾番新貴上青天,只一生用拙存吾道。博得個斑衣故里,煞强如玉珮丹霄。

【油葫蘆】

野店疏林過草橋,羡煞他送河梁故舊交。都道是先生此去其實妙。喜得是錦堂歡鳩杖雙親老,茱萸會雁序列時髦。裹天香孫枝砌繞,窺雲路雛鳳晞毛。漫憑青史笑兒曹,從來白髮無公道。且自去吟南郭,嘯東皋。

【天下樂】

休題起政事堂前選俊髦,雲也波霄爛錦袍。大古來紅塵清夢少。一會家憶村鄰詩酒狂,想湖山風月招,恨不將黄鶴樓搥碎了。

【那吒令】

因此上聽雞人報曉,望螭頭拜表,望螭頭拜表。把烏情懇告,把烏情懇告。感龍天放饒。跳出了是非場,蹬脱了連環套,且倘羊明月清宵。

【鵲踏枝】[三]

乍離了鬧炒炒聒耳金鑣,旋駕起虚飄飄載酒蘭橈。歸去波江上垂綸,洞裏吹簫,便做道俗緣未了,也應黄髮老漁樵。

【寄生草】

可正是收韁馬須趁早,開花結果憑天道。裝么做勢傷時調,且吟風弄月從吾好。閃煞人旌門畫戟虎頭牌,喜煞人神錢花鼓牛王廟。

【么篇】

趁着這風波静去路遥,過了些朱樓半面斜陽照,聽了些紅霞萬縷征鴻叫,看了些青林一抹青烟罩,早望見白雲親舍鳳凰山,頓忘了黄粱客夢邯鄲道。

【賺煞】

爲甚麽懶上嚇蠻書,單奏陳情表,滿盤棋只看那後來一着。拼着醉東風愛眠原上草,又弄荷珠紈扇輕摇。纔看了丹青峥七夕河橋,早見那雪點寒梅小院飄。守着咱泛流霞雙親壽考,仗着咱鎮江山吾皇有道,盡教俺放了假的村童燈球笛鼓鬧。

(孫廷銓《沚亭删定文集》卷下)

校勘記

[一] 衮衮:原作"滚滚",據文意改。

[二] 吕:原作"侣",據曲譜改。

[三] 鵲:原作"雀",據曲譜改。

王端淑

王端淑(1622—?),字玉映,號映然子,又號青蕪子,山陰(今屬浙江紹興)人。王思任(季重)次女,錢塘丁聖肇妻。工詩善畫,長史學,時負才女名。年八十餘卒。編有《名媛詩緯》、《文緯》、《史愚》,著有《映然子吟紅集》、《留篋集》、《恒心集》等。

殘 句

【□衣公子】中州女謩謳(下缺)。

(王端淑《映然子吟紅集》卷三十)

雲遊道人

雲遊道人，真實姓名與生平事蹟不詳，有小説《燈花夢》（一名《和尚録》、《奇僧傳》）十二回。約成書於清初。

小　令

【離江怨】

夜闌燈影斜，南窗閉也，遲遲更漏，初長髻兒，懶卸衫兒，懶忻昏黄，怕看天邊月。淚流衿上血，衆穿羅衣流香汗，只嫌火冷中腸熱。

【清江引】

光光頭皮白如雪，借他花心拽。滾入軟如綿，硬子十分熱。瓊置疊鎬娥娘凶滿瘦。

和尚頭如鐵杵，點到深深處。兩足擂後臀，雙手摸前胸。淫液也亂沾花上雨。

今宵快活真個，第弄得個身汗。只憑和尚研，碎鮮花絳鐫。流水來過和尚閉着眼。

（雲遊道人《燈花夢》第一回《紅婆子戲法動夫人，楊夫人堅心抱和尚》）

汪象旭

汪象旭，原名淇，字右子，號憺漪子、殘夢道人，西陵（今浙江杭州）人。約生於明末，卒於清康熙前期。有《濟陰綱目箋釋》、《保生碎事》、《尺牘新語》、《吕祖全傳》等。

小　令

俺是個雲遊的大漢，向長途尋幾碗麻姑的酒飯，卻不會吃你的殘杯剩盞，又不要出你的心中勉强。只學得俺無拘管，没牢籠，煞强似你鎮日間心勞意攘。

笑吾儕卻是個小乞兒的模樣，不知俺弟兄們是那終南的野漢。只爲着度愚頑，同避這無常網，下雲頭把一個儀容來丟放。你道是下流中無主宰的萍花，浮梗閑飄蕩。

歎俺們丟去了名利機關，在弱水間把乾坤日月蘆中放。爲你的那青年漢，因此上要提攜化些兒酒飯，只恐怕别吾儕要見時，你卻空思想。

飄遥散蕩，紅塵外世事全無礙。麻姑飲一盃，荷芰爲衫帶。到長途，跨青牛，只落得閑自在。

笑你把名利來空牽擾，世事多機巧。巴積萬兩金，心上還嫌少。苦奔忙,碌碌的頭白了。

滾滾塵波洶湧,笑你的舟兒浮動。一篙怎抵得江上風,怕到這其間,帆楫皆吹送。縱要轉岸頭與沙鷗共,怎奈何不容得不做槐南夢。

勸你丢去了樊也麽籠,踢開了歡也麽哄。一心兒要把丸丸弄,到得那道岸邊,這個船兒方與你終身共。

山花開了,嚶嚶啼鳥。吹短笛步過重崗,跨小犢行遊巒隩。見四野人烟悄悄、人烟悄悄,無煩無惱,無白無皂性逍遥。唱一個蓮花落,自忘卻乾坤小。

松陰密密,火雲自息。敲殘了石上碁兒,弄一管無腔竹笛。那管世途惡逆、世途惡逆,涼風習習,竹聲瀝瀝。看鳶魚滿目天機露,玄關在在奇。

金飆滿嶺,楓顔紅襯。看飛桐一葉輕飄,聽寒蛩數聲孤另。堪歎人生浮梗、人生浮梗,何時夢醒,還須自省。漫勞神一日精枯竭,如同敗葉根。

彤雲滿目,梅英破玉。有幾個暖閣紅爐,有幾個妻號子哭。笑枉自人間奔碌、人間奔碌,何時自足,無常來促。漸消磨兩鬢,堪堪白金銀買得麽?

咱吃的是粗糲糧,煞勝似羔與羊。茹的是蕨與蒿,煞强似百味香。飲的是石澗泉,自不愛葡萄釀。穿的是百衲衣,自不要綺羅紋幛。居一間石壁茅簷也,賽過那充棟榱題百丈長。

咱不讀書幾行,咱不識帝與王。那知他秦强楚弱争雄長,那知他漢國興衰晉振亡。咱自與鹿鶴同嘻也,時布卻青雲作石關。有時間駕輕舟遊海洋,有時間乘小鶴閑來往。有時間化做一個凡人樣,有時間化做一個物行藏。乾坤歷遍無拘也,浪蕩逍遥孰主張。

也没個陰與陽,也没個短與長,也没個乾旋坤倒分消長,也没個古去今來柔與剛。煉就咱一粒金丹也,石爛江枯性自長。

錦閣柔風,海棠弄香。彩衣舞袖偏長,一聲啼鳥似笙簧。巧擲金梭在綠楊。王孫輩,士女行,同遊挈伴往尋芳。逢樂處,即戲場,何須身外覓仙方。

小沼新荷,重重似錢。薰風初入虞弦,流螢飛入畫堂前。一雨涼生竹簟眠,呼小婢,整杯盤。漫把香醑細細添,同歡賞,人月圓,那知人世有神仙。

颯颯涼飆,輕飛井桐。階前啼擾寒蛩,岩頭楓葉勝花紅。塞上斜征一字鴻。情思好,酒滿鐘,赤壁遨遊興更雄。行樂地,能幾逢,休言彭祖狀龍鍾。

六出瓊花,長空亂飄。暖圍獸炭頻燒,淺斟低唱烹羊羔。笑見梅開月掛梢。敲檀板,舞細腰,人間安樂是雄豪。貂裘美,金束高,笑他方外伴蓬蒿。

向山坡跨犢遊,披青蓑,箬裹頭。野花笑折雲巒口,見一個水鷗,聽一個雨鳩,那知他人世生僝僽。思悠悠,朝朝暮暮,只圖個樂忘憂。

過層巒,步小崗,脱麻鞋,掛破□,□陰驅犢閑來往。□的是石漿,吹的是信腔,眠的是竿竿嫩草爲床幃。細思量,無拘無束,一恁他天地自弛張。

岩前桂色已黄,峰頭菊味已香。涼飆吹動雲飛颺,鵬翎喜健揚,鳶班有幾行。月明似水消塵想。見瀟湘一帆輕葉風浪,有幾多翻。

看我們在山中樂,笑他們多顛倒。把一個富貴功名閑擔着,空惹得煩和惱,空惹得愁和擾。勸你好丟抛,劈破牢籠計,那時節能將生死逃。

(汪象旭《吕祖全傳》)

徐石麒

徐石麒(？—1675後),生平見《全清散曲》第119頁。

套 數

自度錢難【雙調】曲[一]

【新香過】

仰天拍手笑呵呵,恁機關這番識破。不與你掂斤播兩,不與你説少論多,大踏步直跳出地網天羅。解裙腰放肚皮,岸巾幘橫眉角,從今後快活快活。

【晚雲籠】[二] 錢

休將我輕薄,我平生智多,白泠泠出山來不怕火[三]。雇得驢騾[四],買得酒肉,换得綾羅,也須是天地的精華孕出我。

【駿馬嘶】

俺則從市門邊過,見幾個買賣的插喬科。刃解了豬羊,湯烹了蟹蛤,刀刮了魚鱉[五],火炙了雞鵝,更有那賣絲的娘子焯蠶蛾,販皮的商賈搜狐貉,不爲你來爲甚麽,這可也傷了天和[六]。

【山頭月】 錢

若少我虧了國課，大司徒搔耳叫如何。怕少了官員的俸禄，將士的糧芻。催儹得急如星火[七]，遲一刻也難過。須知我是朝廷血脈。

【醉仙吟】

不説道朝廷還較可，説將來淚雨如梭。選官的上秤稱管甚麽才學，選將的用斗量有甚麽韜略[八]。出都門一個個做儸儸。上任時到了一盤贼，起身時放了一把火。亂嘈嘈釀出多少無根的禍[九]，似這等誤朝廷也勾囉[一〇]。

【釣魚竿】 錢

窮秀才夜擁着妻兒坐，眼睜睜只一口氣兒呵。米星兒没一顆，菜根兒無一個[一一]。閑放着碗大的鍋，經年價不舉火。空抱着幾本文章做甚麽[一二]，想得臉皮黄，念得舌頭破，我笑他没我來也難得活。

【停橈聽】

閉書齋十載吟哦，倚寒窗幾年燈火。把鐵硯磨穿，將筆頭吮破，也只爲赴文場，選士科，則被你閃殺人呵，蠢房師薦的是雪花邊，瞎主考取的是松紋錁[一三]，黄榜中那裏插上我。

【催花鼓】 錢

一家兒過活，富貴的如何？有我時骨肉團圓，没我時東西散夥。有我時醉膏粱，没我時擔饑餓。有我時曳輕裘，没我時鶉衣破。有我時坐高堂，没我時茅簷下卧。這壁廂妖童妓女擁笙歌[一四]，那壁廂淒風苦雨人一個。要我來不要我？

【大旗風】

呀，您硬牙根逞説伎倆多，我屈指頭數出你罪名兒大。爲甚麽父子們平白地起風波，爲甚麽兄弟們頃刻間成水火，爲甚麽朋友們陡的裏動干戈？見幾個貪贓的欺了君父，愛小的滅了公婆。下多少鑽謀，添多少絮聒，直吵得六親無可靠，九族不相和。您罪也如何？

【空閨怨】 錢

我若是從你門前過，你便也活潑。我若是在你家中坐，你便也安樂。到頭來那個勘得破。漫道是愁多悶多，一家兒恨他怨他，則問你好麽歹麽，真實的因何爲何。算來時只少俺其中者個[一五]。

【歸烏煞】

我則教孔夫子把龍床坐，燮理陰陽有孟軻，遣曾參開賢孝科[一六]，命顔子主文淵閣，汲長孺在諫議曹，范希文把農桑課。邊庭上關張韓岳荷干戈，詞林裏屈莊班馬司文墨。道紀司是李老君，僧綱司是釋迦佛，重五穀[一七]，輕泉貨，養成了滿世熙和，將你來鑄成磚，砌糞坑，打成盆，承穢污，直須剗斷人間是非果。

（《瀛寰瑣記》卷二）

校勘記

[一] 徐石麒《黍香集》卷三作“錢難，自度【雙調】曲”。

[二] 籠：原作“龍”，據《黍香集》卷三、《全清散曲》改。

[三] 泠泠：原作“冷冷”，據《黍香集》卷三、《全清散曲》改。

[四] 雇：《黍香集》卷三作“傕”。

[五] 刮：《黍香集》卷三、《全清散曲》作“刮”。

[六] 和：原作“河”，據《黍香集》卷三、《全清散曲》改。

[七] 儹：《黍香集》卷三、《全清散曲》作“趲”。

[八] 用：《黍香集》卷三、《全清散曲》作“動”。

[九] 出：《黍香集》卷三、《全清散曲》無。

[一〇] 此句原無，據《黍香集》卷三、《全清散曲》補。

［一一］根:《黍香集》卷三、《全清散曲》作“頭”。

［一二］抱:原作“把”,據《黍香集》卷三、《全清散曲》改。

［一三］錁:《黍香集》卷三、《全清散曲》作“課”。

［一四］妓:《黍香集》卷三、《全清散曲》作“季”。

［一五］者:《黍香集》卷三、《全清散曲》作“這”。

［一六］《全清散曲》“參”字以下缺。

［一七］穀:原作“殺”,據《黍香集》卷三改。

無名氏

小　令

時　調

窨坑,窨坑,我與你何仇何氣,偏偏跌在我脚底。非是你尋我,還是我尋你。悔往日在途迷,而今始悟那作非。從前俺爲的朋友,顧的臉面,向的親戚,架子是自己。不管那有錢無錢,只是抓東抓西。弄的光光凈凈,跌在窨坑門裏。惹的是膏藥,遭的是擢逼。地縫裏難鑽,盡勾也難支。任憑我柏能生法,他只是補鰾祖師。

（佚名《回頭傳》卷五）

宋存標

宋存標(約 1601—1666),生平見《全清散曲》第 189 頁。

套　數

畫　橋

【集賢賓】

江山極目通九霄,鎖鐵柱銀橋。百尺遊絲雲縹緲,睹垂虹下舞潛蛟。飛梁幾道,似龍尾蛇蜒回抱。寒烟峭,卻望見星流樹杪。

【前腔】

九天仙子來絳霄,看佩帶風摇。遥盼淩波羅襪小,印香泥寧共塵消?藍橋信杳,但約略春多秋少。將垸掃,好繫艇長堤芳草。

【鶯啼序】

龜巢蓮葉翻燕巢,渺萬里雲濤。聽江州響起蘭橈,青衫淚滿紅潮。欲共照銅壺玉表,須准備繩床竹轎。朱雀巧,看帆影風翔電繞。

【前腔】

揚州烟月風韻標,探瓊樹根苗。任遊人燈火千條,月明才算良宵。若要把鼇山再造,須謾把昆侖推倒。歸路早,遮莫是渭城來到。

【琥珀貓兒墜】

題橋春老,裘馬自飄摇。分手東西看落照,緑楊影裏杏花梢。迢迢,往年寒食,今歲花朝。

【前腔】

到天津杜鵑啼早,問灞橋爲恁説魂消?雁信難逢槎使杳,滄桑莫變待回潮。寥寥,支磯石上,牛女無聊。

【尾聲】

我待要愚公移卻巫山島,精衛填成瀛海道,再邀媧后重修烏鵲橋[一]。

(姚燮《復莊今樂府選》第一百九十一册)

校勘記

[一]《全清散曲》自"媧"字以下缺。

宋徵璧

宋徵璧(約 1602—1672),生平見《全清散曲》第 236 頁。

套 數

秋 思

【小措大】

揾殘紅淚,問誰教染丹楓?平野助愁,啼徹寒蛩,又新雁乍橫空。在窗兒外,聲聲把我撩動。恨無奈驚秋秋漸永[一],愁轉濃,白露蒹葭一水中。怨征人但憑青雀,飄零常逐秋風。

【不是路】

回首行蹤,何處天涯盼轉蓬?閑吟詠,茂陵秋老落梧桐。正朦朧,砧因夜月聲還弄,菊傍重陽酒乍逢。意難窮,悲愁本是瀟湘種[二]。秋來誰共,秋來誰共?

【長拍】

悄悄香閨,悄悄香閨,深深庭院,淒涼好似蟾宫。霜娥清冷,想愁心幾倍冲冲[三]。秋色滿巫峰,害黄昏清旦,相思千種。雨灑芭蕉腸已斷,奈蟋蟀伴霜鐘,都是亂愁催送。怪簷前鐵馬,直恁玲瓏。

【短拍】

點點蘆花,點點蘆花,飛飛敗葉,芰荷衣玉指裁縫。團扇泣流螢,道一瞬秋光如夢。自小傷心此景,我直是怕見夢魂中[四]。

【尾聲】

説不盡傷秋痛,且落得尊鱸供奉。你只看剪不斷的輕雲一萬重。

(姚燮《復莊今樂府選》第一百九十一册)

校勘記

[一] 奈:《全清散曲》作"那"。

[二] 愁:《全清散曲》作"秋"。

[三] 冲冲:《全清散曲》作"忡忡"。

[四]《全清散曲》自"團"字以下缺。

陸　進

陸進，字藎思，餘杭（今浙江杭州）人。明末至康熙年間在世。貢生，官温州府學訓導。與徐士俊、宋琬、毛先舒、吴綺、王晫等相善。有《巢青閣集》。小傳見《嘉慶餘杭縣志》卷二十七《文藝傳》、《民國杭州府志》卷九十四《文苑》。

小　令

【北二犯江兒水】 西湖泛雪

同雲鋪練、看一霎同雲鋪練，散梨花輕似剪，做湖山粉障，樓閣瑶箋，把王維舊畫懸。絮絮柳吹綿，晶晶路撒鹽。羔酒頻傳，獸炭交燃。舞回風窗外轉，漁翁釣船、單剩個漁翁釣船，龍門佳宴、可更有龍門佳宴。趁良朋，玉壚頭，醉暮天。

【么】

西施粉面、渾妝卻西施粉面，兩峰高雲壓匾。怪湖心失鏡，驢背遺鞭。訊梅花香未遠。漫道剡溪船，誰家擁被眠。撑過橋邊，倚向風前。笑天公遊戲衍，孤山鶴旋、遥望見孤山鶴旋。陽春歌遍、聽幾度陽春歌遍。待明朝，掃晴堤，拾翠鈿。

套數

閨情

【十二紅】

【山坡羊】掩流蘇春雞才報，揭羅幃玉釵輕掉。鏡臺前芳塵未揩，杏梁間日影紅初照。【五更轉】悶無端，思舊事，還羞道香雲挽救、挽救盤龍巧。只恐獨上樓頭，又被垂楊牽擾。【園林好】念兒家芳年正嬌，悔夫婿封侯志高，魂夢裏關山難到。【江兒水】打起鶯兒，免得個枝頭聒噪。【玉交枝】花陰深杳，盼西園朱闌畫橋，幾時攜手同歡笑，空落得信斷江潮。【五供養】女伴邀，尋芳草，驀忽地銷魂，柳綿吹少。幾番抛繡線，多日罷吹簫。無可奈，開簾放燕歸巢。【好姐姐】波俏，窺池淚抛，怪近日朱顏暗消。腰支一束，不似向時懷抱。【玉山頹】斜陽花影外，馬蹄驕，恁韶華，迤逗太無聊。【滴滴金】下階細瞧，春衫惹風紅杏飄，養花天氣鶯燕嬌。【川撥棹】何處笙歌繞，奏清商，怨語嘈。掛新蟾樓外花梢，掛新蟾樓外花梢，傍幾曲闌干望眼勞。【嘉慶子】看歸飛宿鳥争條，看歸飛宿鳥争條，心怯空房，屏山路轉遥。【僥僥令】被翻紅浪冷，帳掩玉缸摇。可惜温柔鄉易老，空倚着熏籠把寶篆燒。

【尾聲】

愁容羞對菱花照，辜負了香閨年少，但願得簪筆歸來把翠黛描。

偕友人過尹校書齋中

【二郎神】

風流種，到春來客愁難送。走馬章臺飛絮擁，長條依舊，青青正舞東風。朱户輕敲他自懂，卧花陰猧兒驚動。小鬟通，溜鶯聲，問誰偷犯臨邛。

【集賢賓】

開簾笑語紅袖捧，蹴金蓮緩步花叢。翠壓雙鬟雲半擁，試青螺淡掃眉峰。風流萬種，仿佛似巫娥入夢。連畫拱，見一片彩雲飛動。

【黄鶯兒】

幻出錦江峰，浣花箋小樣同。春纖閑把霜毫弄，春城句工，蒹葭韻濃，清才豔色真殊衆。漢春宫，邢姬縱美，争似尹娘容。

【簇御林】

清明節，錦繡叢，好看花洛水東。同人盡是相思種，啼鵑驚破紅樓夢。聽花驄，誰家嘶過，又逐牡丹風。

【貓兒墜】

鳳團烹罷，薄醉小槽紅。銀燭光摇翠幕中，催歸憎殺玉花驄，東、東，丟不下一種温柔，十二巫峰。

【尾聲】

美人絶似嬌嬈董，可惜隨人趁落紅。認取斑騅是阿儂。

西溪看梅

【步步嬌】

一棹篷窗西溪去,似金屋將春住。清姿玉不如,姑射仙人,漢家公主,隱隱暗香疏。韶華領袖君須做。

【江兒水】

玄墓雖然好,揚州也不殊。這溪山是我梅花主,况處士林家相依附。霜天鶴影長飛住,更有名泉堪煮。瓣瓣花痕,教過客留題無數。

【川撥棹】

尋孤嶼,看梅花有萬株。傍寒溪一帶花舒,傍寒溪一帶花舒。淡黄昏香寒影疏,趁清閑且自娱,動琴心醉酒壚。

【尾聲】

仙人赤脚尋梅去,幾曲幽香水國疏。抵多少夢醒羅浮落月孤。

同人飲巢青閣叢桂下

【玉芙蓉】

風清桂子香,夜静冰輪上。集西園勝侣,九秋歡暢。光華乍吐重簾漾,豪興初飛舉座觴。(合)凝眸望,看雲霞滿堂。問嫦娥,可先攀付探花郎。

【前腔】

淮南賦擅場,靈隱詩争賞。這高齋也算,一時星降。有恁的廣寒仙樹

三千丈,惜甚麼翰苑名箋九萬張。(合前)

【前腔】

芙蓉浦口霜,杜若洲邊浪。怎如他馥鬱,自然圍幛。説甚麼春江花月相思帳,這的是秋士尊罍不老方。(合前)

月下獨步南湖

【步步嬌】

山色餘杭看來好,一派南湖繞,堤邊桃杏嬌。百媚春光,鳥啼花笑。須把酒杯澆,十千兑得休嫌少。

【醉扶歸】

出東門,有女如雲,好似西湖一般風景饒。待將他花柳擔頭挑,又何妨烟月圖中照。同人豪興踏春郊,怎如咱輕衫夜步情懷悄。

【皂羅袍】

望去烟巒如罩,更黄昏月色,斜掛花梢。恍疑一曲段家橋,試聽幾拍歌聲小。嶙峋石勢,藤蘿細交。巍峨岳殿,鐘鈴静敲,夜闌風露驚棲鳥。

【好姐姐】

幽懷霎時亂飄,廣寒殿金波玉照。影娥池畔,漢家宫殿遥。空探討,支機擬泛明河棹,乞巧還愁梭子抛。

【尾聲】

南塘歲歲生春草,月姊誰人肯獨邀?種遍花時月也高。

悼 亡

【尾犯序】

追憶定情篇，十五盈盈，正是芳年。初日金閨，愛書聲枕邊。經典，惟願我青雲上騁，那肯學柔情迷戀？誰知道，紅銷瘦靨，歸去類啼鵑。

【前腔】

淒然，驚斷舊朱顏。縱使鸞膠，難續姻眷。追數生平，一樁樁堪憐。詩卷，解吟就烏絲佳句，更雅勝青桐妙選。幽花伴、常教佇立，薄醉殢吴箋。

【前腔】

當年，奉事最稱賢，堂上承歡，中饋無愆。有日歸寧，博雙親愛憐。愁遠，百般樣調和情性，幾回價殷勤排遣。甘清浄，工夫繡罷，猶欲學参禪。

【前腔】

因緣，兒女債牽纏，兩對明珠，盡付黄泉。二十三秋，便鸞離鏡前。人面，淚灑盡當年潘令，腸斷煞今朝荀倩。傷心處，芳魂入夢，百首悼亡箋。

（陸進《巢青閣集・紅麽集・詞餘》）

柳　葵

柳葵，字靖公，杭州人。康熙初年在世。名、字、里籍據散曲下署。有《餘清詞》。

套　數

【仙吕入雙調過曲·步步嬌】[一]

簾影横斜華遮映，地遠柴門静，天空景物清。香裊金爐，茗泛春鼎，指玉戛弦冰。這風流判與高人領。

【江兒水】

雷斵寒成調，桐焦火作聲。高山流水無人聽，別鶴離鸞無人正，幽蘭白雪無人贈。莊子揮弦獨勝，冬夏春秋，都與宫商相應。

【玉交枝】

湘潭波静，夜烏啼悽悽月明。繁音促節霜華冷，衡陽雁叫破青程。龍吟十弄夢中成，清溪五曲烟中景。按雍門長清短清，辨岐王秦聲楚聲。

【玉抱肚】

龍門誰並，聽雲邊笙吹鶴鳴，瀉銀濤修竹留風。捋羊珠瑶島長生，鈞天逸響囀宫鶯，修禊還童一水盈。

【川撥棹】

空山磬,釋談章發深省。醉芳心春思梨雲,醉芳心春思梨雲。太平奏簫韶九成,蚤朝吟爽氣凝,蚤朝吟爽氣凝。

【前腔】

三峡流泉四座清,誰説何勞弦上聲?端的可導德宣情,端的可導德宣情。勝中散當年廣陵,問桓譚操可曾,問桓譚操可曾?

【尾聲】

一彈再鼓聲依永,萬籟蕭蕭倚翠屏。從此掩卻吾家雙鏁名。

有弦有歌,古之道也。有倡有和,人之情也。蝶庵莊子精於琴,所以表彰之者。既已序之詠之,諸體皆備,而柳子靖公,獨以填詞相贈,借九宫一曲,描寫蝶庵新制十二譜,五彩炫爛,若無縫天衣,則真稱絶調也已。蓋柳子固恃其所長,然以今之弦歌,追合古之弦歌,相去亦不致河漢。求其友聲,是亦縞帶之歡云爾。武林王暭丹麓氏跋。

(莊臻鳳《琴學心聲》附録樂府)

校勘記

[一] 雙:原無,據曲譜補。

陸　雲

陸雲，字天濤，武林（今浙江杭州）人。康熙初年在世。名、字、里籍據散曲下署。

套　數

【越調過曲・漁家傲】

礀户晴雲繞座飛，金鴨香飄，烟隱翠微。移情止有絲桐美。月明天際，花發庭前，泉流石底。一曲臨風可息機。

【前腔】

鳥舞魚遊興不違，白鵲鶤翔，師曠擅奇。龍吟十弄多深致，妙臻羊體，功越嵇心。千秋獨契，静聽君操世所稀。

【剔銀燈】

叩羽角，温寒遞，移鼓宫弦，慶雲欲墜。召南吕習習涼風起，激蕤賓冉冉陽和至。堪追瓠巴異術，更不數高山子期。

【攤破地錦花】

訪清溪，寫靈跡，超人意，雲生石衣。悠揚處一片花飛，流水泠泠，玉屑霏霏。廣陵散，有誰知？

【麻婆子】

焦尾焦尾饒風韻，幽窗俗事希。緑綺緑綺偏清雅，閑情望夕暉。漫愁化作彩雲飛，只疑身欲乘風去。但識琴中趣，試問陶家，聞此更何依？

（莊臻鳳《琴學心聲》附録樂府）

許敦彝

許敦彝，字常伯，浙江杭州人。康熙初年在世。名字、里籍據散曲下署。

套　數

湖上月夜聽琴，酬莊蝶庵道翁，有跋

【南商調・二郎神】

秋風起，人在西泠西復西。見淡月籠烟剛一縷，同人笑語。唤取聽琴來去，恰好茶香酒熱時。觴莊叟，幕天席地。今宵裏，遇高山流水，恍惚似鐘期。

【集賢賓】

移宫换羽，汎新詞，更白雪隨之。謖謖松風聲逾美，看嵇阮坐參差。神怡心醉，攜鳳尾，月中更替，清徹髓，歎司馬淚痕濕地。

【黄鶯兒】

漸漸月西飛，料嫦娥掩鏡回。人奏清商還未已，傍庭梧放几，襲荷香罷棋，一聲一字冰弦脆。可人的、飄摇蕭灑，指下逗微微。

【貓兒墜】

夜深雲鏁，觴詠門桐絲。得句欣將贈所私，抽箋紀事漫題詩。風致，覺冉冉金徽，點點離奇。

【尾文】

銀濤滾雪拚沉醉，此夜淒清不負矣。須曉得聽此新聲生受你。

此詞譜【商調】也。丁未新秋，明月之夕，偕蝶庵傍荷香，進名酒，鼓瑶琴，循泛湖之故事，續彦伯之風流。儼若鶯喉宛轉，如絲如珠，嫋嫋如烟波縹緲之次，不覺其神魂飛舞。聊制是曲以和之。自跋。

（莊臻鳳《琴學心聲》附録樂府）

傅治平

傅治平，字以弓，康熙初年在世。名、字據散曲下署。

小　令

【北二犯江兒水】

山明花秀，恰好值山明花秀，清風明月有，乍金猊篆冷，蝶夢醒遊。撫焦桐，陽春奏，魚出聽音幽，泠泠水指流。聲入雲頭，鶴唳松楸。韻悠揚，屑霏霏，嵇康叉。伯牙喜儔，的然是伯牙喜儔。成連畏友，真個是成連畏友。這時節欲乘風，歸到十洲。

（莊臻鳳《琴學心聲》附録樂府）

張臺柱

張臺柱，字砥中，錢塘（今浙江杭州）人。師事沈謙，與洪升齊名。康熙十三年甲寅(1674)從軍，授招撫教諭職銜。以不檢被斥。中年遊俠江淮，後入婺州太守幕，挾其家人而竄。被擒，置獄中。遇赦放還，會怨家聞其漏網，陷入不赦，被斬。工填詞，有《洗鉛詞》數百首，《萬人敵》、《八寶刀》傳奇等。事跡見徐逢吉《清波小志》卷下。

小　令

【滿庭芳】

茶熟龍團，香添鳳髓，夜深寒露初垂。疏簾半卷，天淡絳河低。一派花枝柳枝，遮不斷月影星輝。殘更静，張徽一曲，不住彩雲飛。淒淒弦未絶，離群鶴怨，獨舞鸞悲。聽江流聲咽，雁陣驚回，四座相看悄悄，都不覺淚滿春衣。東風外，餘音嫋嫋，千樹曉鶯啼。

（莊臻鳳《琴學心聲》附録樂府）

瞿天賚

瞿天賚,字梅賓,錫山(今江蘇無錫)人。見其套曲下題署。順治、康熙時人,與王翬(石谷)善。莊一拂《古典戲曲存目匯考》云其有《雨花臺》傳奇(第1228—1229頁,上海古籍出版社,1982年)。

套　數

石谷先生八十,作此侑觴

【新水令】

望虞山駕海冠南沙,插星峰一天圖畫。錦林皴暮靄,繡谷染朝霞。粉蝶排牙,半環在塔尖下。

【步步嬌】

鶴舞龜朝山之罅,浪把蓬瀛話。晴嵒卷落花,驀地裹水拂仙風,細雨飛下。那裏知流繞尚湖沙,只今尚父猶瀟灑。

【折桂令】

羡吾翁古貌清華,野服芒鞋,拜舞天街。只見你鳳闕揮毫,龍樓焕彩,掩映宫紗。感青宫銀鈎賜楷,動詩人彩筆生花。一任你潑墨如鴉,也當得美玉無瑕。今日裹滿室清暉，閃得人千里蒹葭。

【江兒水】

對景思年少，擎樽感歲華。記得弦歌巷口，騎竹馬，赴館課。曾經兵鋒嚇，剃青絲，兀自把金刀怕。八十載滄桑一霎，只有梅花，歲歲把清香揮灑。

【雁兒落帶得勝令】[一]

想着你詣天朝凫可踏，想着你攜竹杖龍堪化。且莫説雞窠兒没古今，算不着絳縣老忘冬夏。呀，便窮經梁灝插宫花，更諱年傅永聘金騧。争似你拜高堂盈玉樹，争似你舞春庭戲彩霞。榮華，這天倫樂事真無價。生涯，只有個輞川圖稱世家。

【僥僥令】

傾漿流玉斝[二]，剥棗泛春芽。一任他頌禱闐門車和騎，我自有剡溪藤銅雀瓦。

【收江南】

呀，看錦堂前椿樹並萱花，鳳簫聲吹和到髮生華。一雙雙童顔，相對笑伊呀。東王公道似咱，西王母道似咱。便華封人善祝也未稱誇。

【園林好】

説高風荊蠻最遐，兄和弟天各一涯。今日得鵲橋來駕，望喬木恁槎枒。喜攀附蔦蘿花。

【沽美酒帶太平令】[三]

任揄揚梨與楂，任揄揚梨與楂，還仰望古槐家。見繞膝龍孫舉世誇，論文章聲價。倒烟樓有時高跨，步蟾宫桂香攀下，歸故里錦衣披下。三老杖賜來闕下，一封詔飛來吴下。您呵幾年來筆花墨花，變做了曲江堤杏花。呀，這榮封果然爲大。

【尾聲】

人來慢進常珍斝，須知吮霜毫久已飽丹砂，便造到八百彭年也當耍。

（徐永宣等輯《清暉贈言》卷七）

校勘記

［一］得：原作“德”，據曲譜改。

［二］漿：原作“槳”，據文意改。

［三］沽：原作“沾”，據曲譜改。

瞿穎新

瞿穎新，字賡年，錫山（今江蘇無錫）人。見其套曲下題署。

套　數

石谷先生八十，作此侑觴

【端正好】

天上謫仙翁，地下稱眉壽。從頭數八十載春秋，笑滄桑幾度翻新舊。争如俺筆底江山久。

【滚繡球】

鬢絲兒點得花，童顔兒皴不皺。衣丹霞鶴飛雙袖。這一幅壽星圖天巧裝修，何須把虞山墨去圖，琴水筆來鈎。誰不道蓬萊春晝，問蟠桃王母初收。聊與您仙翁獻歲無回敬，拚寫幅閬苑仙山自可酬，索勝那老東方暗裏來偷。

【叨叨令】

畫堂中歌兒曲兒聽不盡喧喧闐闐的奏，錦庭前壺兒榼兒祝不盡年年節節的壽，會耆英老的耄的席兒前淋淋漓漓的酒，敘天倫長的幼的膝兒邊親親暱暱的摟。兀的不樂殺人也麼哥，樂殺人也麼哥。也不須烘的染的把六老圖勾勾勒勒的湊。

【脱布衫】

抵多少唾珠璣點了額頭，那裏知灑丹青占了鼇頭。羡吾翁青宫握手，驀然一見王曰叟。

【小梁州】

試問取尚父當年家在否，白茫茫水泛漁舟。都説是因聞養老移家久，稱黄耇，猶挾着鈎魚鈎，輕撇下湖光五鶴從西走。怎如俺墨潑神州，早着了君王手。今日裏山明水秀，仍還我少年遊。

【笑和尚】

難、難、難、難的是韞藏墨寶真希遘，來、來、來、來的是盈門賞鑒空回首，奇、奇、奇、奇的是揮毫燭底方瞳溜，點、點、點，點得那龍破壁，寫、寫、寫、寫得個鬼生愁。呀、呀、呀、呀，真壓倒昔日黄子久。

【白鶴子】

筆尖通造化，畫譜入丹丘。爲甚的堂前玉樹恁斑斕，這的是丹青染作萊兒袖。

【煞尾】

靈椿自有春秋候，紀歲何須北海籌。你自把甲乙子丑逐載輪流，高標畫絹頭，省卻那海屋仙人多費手。

（徐永宣等輯《清暉贈言》卷七）

宋思玉

宋思玉，生平見《全清散曲》第565頁。

套　數

秋　千[一]

【畫眉序】

粉蝶舞春風，彩架高懸畫閣東。正眉分積翠，臉帶微紅。整纖鞋步蹴金蓮動，雙環釵摇珠鳳，芳蘭竟體香來擁。翩躚仿佛遊龍。

【黄鶯兒】

春去恨匆匆，嫩鶯啼鎖玉籠。無端影落天光送，眉横楚峰，腰羞漢宫。頻驚燕子榴裙動，意無窮。回眸自照，暗惜鬢雲松。

【集賢賓】

輕扶彩索風入松，又戲指驚虹。牆外窺人疑是夢，看行人語笑匆匆。雲溪影動，恍疑是雲來風送烟花重，衣輕恨煞遊蜂。

【琥珀貓兒墜】

緑柳垂影，遥望見羅襪踏殘紅。佩帶空摇春晝永，身輕飛燕瑞烟籠。

從容紅，汗痕深，自將梭弄。

【尾聲】

斜陽影裏春歸路，穩步淩波醉晚風，且看你手挽遊絲繫落紅。

（姚燮《復莊今樂府選》第一百九十册）

校勘記

［一］《全清散曲》在宋思玉套曲《詠雁》末句注云："原目次尚有《秋千》【畫眉序】一套，曲文未見。"即此套曲。

趙　濬

趙濬,字元升,號念堂,涇陽(今屬甘肅)人。康熙十八年己未(1679)進士,官常熟知縣。見《宣統涇陽縣志》卷十一《選舉表》,楊廷福、楊同甫《清人别稱字號索引》。

小　令

初夏小曲

涇陽趙念堂先生,有《初夏》小曲云:

豆角兒香,麥索兒長,轡嘶唧繭車兒風娘揚。青杏兒才黄,小鴨兒成雙,雛燕語雕梁。紅石榴花滿西窗,黄蜀葵葉掃東牆。泥金團扇涼,香玉紫紗囊。將佳節,慶端陽。

(褚人獲《堅瓠集》補集卷二)

四橋居士

四橋居士,真實姓名與生平不詳,研究者疑其爲《隔簾花影》作者。《隔簾花影》爲删改丁耀亢《續金瓶梅》而成。《續金瓶梅》刊行不久,康熙四年(1665),丁耀亢被逮下獄,年終結案,詔令焚書。删改其書,易名而出,顯然是爲蒙混世人,逃避文網。四橋居士可能即爲删改者。

小　令

搗喇張秋調

山東有個武城縣,武城有個南宫吉。出身原在市井中,財多謀買提刑職。狐朋狗黨結交人,嫖賭場中爲貨殖。爲人一味用奸謀,做事全覓使勢力。貪財已具虎狼心,好色便成性命癖。大妻小妾兩三人,足彀房中娱枕席。自家受用苦不知,還要將人妻女溺。一朝見了紅繡鞋,魄散魂消想入室。百般勾引壞本心,謀殺親夫也不惜。喜喜歡歡弄到家,一段風流事已畢。奈何見了銀紐絲,拐騙金銀心更急。先奸後娶不怕人,抵盜家財只如拾。宦家太太也不饒,夥計食兒也要吃。貪淫只道鐵鑄身,誰想精神不禁吸。暗中天理不饒人,頭上神明只三尺。一朝死去如吹燈,水已流乾火已熄。買來烏紗戴不成,拐騙金銀空自積。交遊烏合没人來,懷中但有孤兒泣。如花似玉騙來人,又到别家樂朝夕。可憐一夢吐空花,罪業隨身消不的。遊魂何處受冥愆,寡婦孤兒彰顯跡。華堂燒得似瓦窑,酒到墳前無一滴。奉勸世人行好心,萬萬莫學南宫吉。

從來惡孽皆自作,南宫受報已不錯。更有本赤姓屠人,他的報應更鑿鑿。沙糖舌頭彎彎嘴,到處有他插隻脚。幫閑院裏説他能,引虎吃人人不覺。利己損人是本行,傷天害理惟他闊。舌尖當面奉承人,轉過面來就挑撥。外名綽號屠油嘴,自家也認是毒藥。一生吃的南宫吉,大事小事把他托。恩人身死變了心,老婆家人盡攛掇。哄騙寡婦賣莊房,留下銀子改文約。一千文錢賣慧哥,多少前情不念着。忘恩負義黑心腸,天理難容報應確。妻兒老小死個净,瞎眼叫化滿街摸。三日不得一頓飯,眼黄地黑死郊郭。一筐骨頭喂了狼,狗也不吃嫌他惡。我今遍唱勸世人,這樣光棍切莫學。

(四橋居士《隔簾花影》第三十九回《董翠翠被騙烹鷄,屠本赤喪明喂狗》)

步　光

步光，小字青兒，大同（今屬山西）人，康熙年間歌妓。事蹟見汪景祺《西征隨筆·步光小傳》。

小　令

【叨叨令】

偶讀前清汪景祺之《西征隨筆》，其記侯馬驛（即侯馬鎮，在山西曲沃西南三十里）妓女步光事，謂其色冠一時，善騎射，能歌新聲，好酒悲壯，蓋奇女子也。按，琵琶歌自製曲【叨叨令】曰：

你將這言兒語兒休只管嘮嘮叨叨的問，有甚麽方兒法兒對得俺昏昏沉沉的悶？俺對着衾兒枕兒怕與那腌腌臢臢的近，談甚麽歌兒舞兒鎮日價慌慌張張的混。兀的不恨殺人也麽哥，兀的不恨殺人也麽哥，俺只願荊兒布兒出了這風風流流的陣。

景祺知步光意有所恨，堅詢之，乃曰：江南進士某郎，謁選北上，困於大同。妾時年十七，憐之，謬有終身之約。傾囊出千金，資之北上。兩年無耗，旋聞官河南，别納寵姬二人。乃遣使責前諾，彼曰：豈有堂堂縣令，以娼妓爲妾者乎？妾坐是被假母淩辱幾死。頃所歌者，乃答某郎之曲。尚有二曲，願並歌之。即援琵琶，歌《信不至》曰：

想當初香兒火兒罰下了真真誠誠的誓，送他去的車兒馬兒掉下些孤孤悽悽的淚，盼殺那魚兒雁兒並没有寒寒温温的寄，提起那輕兒薄兒不由人熬熬煎煎的氣。兀的不痛殺人也麽哥,兀的不痛殺人也麽哥,閃得俺朝兒暮兒受盡了烟烟花花的罪。

又《薄幸》曰:

你聽那金兒鼓兒每日裏丁丁東東的響,你和那姬兒妾兒不住的咿咿啞啞的浪,不想着鞋兒襪兒當日過着寒寒酸酸的樣[一],不念我腸兒肚兒可憐煞癡癡呆呆的望[二]。兀的不氣殺人也麽哥,兀的不氣殺人也麽哥,爲甚的神兒魂兒混這等糊糊塗塗的帳[三]。

歌罷,慟哭不止,縱談至天明而别。後聞某郎丁憂去官,復因虧帑革職,財産入官,妻妾改嫁,潦倒以終。

(《警務月刊》1947 年第 1 期拙庵《拙庵雜録》)

校勘記

[一] 着:汪景祺《西征隨筆·步光小傳》無。

[二] 不:汪景祺《西征隨筆·步光小傳》作"也"。

[三] 魂:汪景祺《西征隨筆·步光小傳》作"聖"。混:汪景祺《西征隨筆·步光小傳》作"似"。

江左淮庵

江左淮庵，真實姓名與生平事蹟不詳，有小説《醉春風》八回。書約刊於康熙年間。

小　令

【掛枝兒】

小曲精你如何把妹子來近，同窠生並肚長怎配鸞儔？嫡親骨血要把淫根湊，不是豬和狗，定是馬和牛。還虧他妹子的無知也，險些兒出場醜。

【黄鶯兒】

欲待把門敲，怕無人枉這遭，不住的小鹿在心頭跳。非關太騷，只因久熬。好心焦，滿身寒噤，難度此良宵。

（江左淮庵《醉春風》第一回《處子深閨心性劣，富兒書館夢魂顛》）

【掛枝兒】

俏冤家才上床纏我怎地，聽見説你一向慣纏别的，怕纏來纏去没些主意。今夜假温存纏着我，日久真恩愛去又纏誰？冤家你若再要去纏人也，我也把别人纏個死。

（江左淮庵《醉春風》第二回《合卺夜恩情美滿，反目後歡愛潜移》）

【掛枝兒】

夢兒裏夢見冤家到，夢兒裏把手摟抱着。夢兒裏把乖親叫，夢兒裏成鳳友，夢兒裏配鸞交。夢兒裏交歡也，夢兒裏又交了。

（江左淮庵《醉春風》第三回《蕩子不歸生婦怨，孤房獨守動淫情》）

【掛枝兒】

昨夜裏又做了齷齪勾當，今夜親老公又進奴房。親老公把硬物頂在花心上，不拘大與小，那論短和長。誰知這樣個騷精也，已佈滿了偷人網。

【玉交枝】

爲人風泛，怕空房須人伴閑。漏聲才定多歡宴，憑他賣俏行奸。將軍闖來隨入關，誰云險似盤山棧。歎嬌姿花殘月殘，任狂夫長看短看。

（江左淮庵《醉春風》第四回《傾資結客無虛夜，破壁迎郎有剩歡》）

【寄生草】

你也真波俏，况兼多貌嬌。我連珠放了冲心炮，你陰門不閉逞威豪。那知我將軍直搗囊山窖，女先鋒忙叫，且收兵拜轅門。空留下一場笑。

（江左淮庵《醉春風》第五回《天綱不振還一振，婦行無終迄不終》）

【排歌】

好弄婆娘，翻身跨馬。掀開兩片精巴，外邊茅草裏頭滑。一半真哼一半假，隨心弄，着意耍。憑他提起兩丫，又非好女是慣家，出乖露醜甚收煞。

（江左淮庵《醉春風》第七回《吃官司淫心未已，尋舊好癡骨難醫》）

【簇御林】

官員相，經歷容，池前雛，唱道雄。村夫野婦都驚動，左右的都遵奉。

轎兒中烏紗繡服，滿面好春風。

【掛枝兒】

硬肚腸從了良去做偏房，僥倖煞没快心腸。誰知張三郎先把奴抛棄，睡遲還不穩，短歎又長吁。把角先生權做丈夫也，只被小丫頭瞧煞你。

（江左淮庵《醉春風》第八回《張監生言旋故里，趙玉兒甘守空幃》）

姑蘇癡情士

姑蘇癡情士，真實姓名與生平事蹟不詳，有小説《鬧花叢》十二回。約成書於清初。

小　令

十供養

這副骨牌，好像如今的脱空人，轉背之時没處尋。一朝撞着格子眼[一]，打得像個折腳雁鵝形。

這把剪刀，好像如今的生青毛，口快舌尖兩面刀。有朝撞着生摩手，摩得個光不光糙不糙。

這把等子，好像如今做蔑的人，見了金銀就小心。有朝頭重斷了線，翻身跳出定盤星。

這個銀錠，好像如今做光棍的人，面上妝就假絲紋。用不着時兩頭蹺[二]，一加斧鑿就頭疼[三]。

這隻玉蟹，好像如今做戲的人[四]，妝成八腳是爲尊[五]。兩隻眼睛高突起，燒茶燒水就横行。

這朵紙花兒,好像如今的老騷頭,妝出馨香惹蝶偷。腳骨一條銅絲顫,專要在葱草上逞風流。

這隻通氣簪兒,好像如今的喬福翁,外面椿成裏面空。一朝一日没了法,撓破頭皮問他通不通。

這面鏡子,好像如今説謊的人,無形無影没正經。一朝對着真人面,這張醜臉現了形[六]。

這個算盤,好像如今做經紀的人[七],毫釐絲忽甚分明。有時脱了錢和鈔,高高擱起没人尋。

這枚金針,好像如今老小官,眼兒還要别人穿。一朝生了沿缸痔,掛線尋衣難上難。

(姑蘇癡情士《鬧花叢》第七回《假醫生將詩挑病,瞽卜士開口禳星》)

校勘記

[一] 着:金木散人《鼓掌絶塵》第二十六回《假醫生藏機探病,瞽卜士開口禳星》(以下簡稱《鼓掌絶塵》)作“到”。

[二] 蹺:《鼓掌絶塵》作“蹻”。

[三] 就:《鼓掌絶塵》作“便”。

[四] 做:《鼓掌絶塵》作“串”。

[五] 是:《鼓掌絶塵》作“逞”。

[六] 現了形:《鼓掌絶塵》作“見了眼睁睁”。

[七] 做:《鼓掌絶塵》無。

汪 項

汪項，字嘯尹，與評點《三國演義》、《琵琶記》的毛綸（德音）有交往。見褚人獲《堅瓠集》補集卷二《汪嘯尹祝詩》。

小 令

閨怨詞[一]

汪嘯尹項戲拈《閨怨詞》調寄【黄鶯兒】，每句隱《西廂》曲一句：

跌綻鳳頭鞋（腳跟無線），卷珠簾（畢罷了牽掛）收鏡臺（只少一個圓光），懶拈針線懨懨待（指頭兒告了消乏），把象棋下來（安排着車兒馬兒），把雙陸打來（又在巫山那廂），怎奈寸情遠逐征輪邁（小則小心腸兒轉關）。酒醒才（改變了朱顔），蒼天叫破（直振響喉嚨）[二]，哭倒在塵埃（也有些土氣息）。

（褚人獲《堅瓠集》補集卷二）

校勘記

［一］《全清散曲》據《曲選》收入，題作“閨怨”，作者爲汪瑣。“瑣”當爲“項”之誤。

［二］振：《曲選》作“恁”。

雲陽嗤嗤道人

雲陽嗤嗤道人，約生活在順治、康熙年間。有小説《警寤鐘》、《五鳳吟》、《催曉夢》等。

小　令

【拍拍緊】

和尚頭賽西瓜，和尚形似雞巴，今生莫想風流話。師傅若認真，徒弟莫睬他。這騙錢的經文休念罷。我本是聖賢門，怎做得無礙掛？若再來向我張牙，恨一聲賊秃驢，就不做這光光乍。

（雲陽嗤嗤道人《警寤鐘》第一卷第一回《伴光頭秃奴受累》）

【雙疊翠】　美人十勝

美人雲鬢，一勝

俺的親，俺的親，繞繞青絲似緑雲，髮髻兒挽得多風韻。懶戴珠金，懶戴珠金，時花斜插鬢旁輕。到晚來，怎禁得狂風陣。

美人蛾眉，二勝

俺的乖，俺的乖，一線新蟾畫不來，笑與顰總是添人愛。曉傍妝臺，曉傍妝臺，兩灣細柳付多才。淡與濃，全在你調螺黛。

美人星眸，三勝

俺的嬌，俺的嬌，臨去秋波那一瞧，暗垂情，覷殺人年少。顧我魂銷，顧我魂銷，傳情只在眼兒稍。睡朦朧，更有千般俏。

美人絳唇，四勝

俺的姨，俺的姨，一點櫻桃怎熟時，正含芳，偏與郎嘗滋味。枕畔嬌噓，枕畔嬌噓，滴滴鶯聲笑語徐。叫一聲，把我魂收去。

美人粉頸，五勝

俺的姬，俺的姬，粉香捏就一蝤蠐，嫩蘇蘇，還比香腮膩。爲盼佳期，爲盼佳期，瘦損頻將紐扣提。眷嬌才，便作回頭意。

美人香肩，六勝

俺的心，俺的心，愛殺香肩玉琢成，恁嬌柔，怎躭得相思症。斜倚思情，斜倚思情，半出香閨半倚門。待成雙，先咬幾個牙齒印。

美人酥乳，七勝

俺的肉，俺的肉，酥胸微奀兩峰頭，怕人瞧，緊把蛟綃口。鳳友鸞儔，鳳友鸞儔，常傍情郎摸不休。那時節，又恐在窗前漏。

美人柳腰，八勝

俺的姑，俺的姑，一撚腰肢柳不如，趁風前，倚定雕欄處。緊繫羅襦，緊繫羅襦，悶殺才郎玉手扶。上陽臺，搖擺得東風妒。

美人玉筍，九勝

俺的妻，俺的妻，春葱十指賽柔荑，白纖纖，舒出温然玉。攜我羅衣，攜我羅衣，密約幽歡掐數期。袖兒中，便立下招魂計。

美人金蓮，十勝

俺的人，俺的人，兩瓣金蓮窄窄輕，羨淩波，怎與塵凡混。淺印苔痕，淺印苔痕，舉足頻勾夢裏魂。趫尖尖，須把雙肩襯。

（雲陽嗤嗤道人《警寤鐘》第一卷第三回《陪嫁童妾思佳麗》）

娥川主人

娥川主人，生活於康熙年間，有小説《生花夢》、《世無匹》、《炎涼岸》等。

小　令

【皂羅袍】

只恐遭逢天狗，又誰知織女會着牽牛。雖逢天賊爲吾仇，酒壇狼籍君知否。若還破敗，須伏罪由。虧他福厚，紅鸞護稠。不將名列官符首，明星近，月一鈎。玉堂瓦陷一聲愁，天成巧，效竊偷，貪狼小耗酒壚頭。（計集星名十七）

（娥川主人《世無匹》第二回《多情憐白面干白虹潦到醉鄉，賤價買黄金金守溪浮沉利海》）

【入賺】

女不中留，年長應須覓好逑。休迤逗，春心一發便情稠。任綢繆，懨懨鬼病春深後，醫藥如何得療愁。要他瘳，除非早把姻盟偶。勝如針灸，勝如針灸。

（娥川主人《世無匹》第三回《花燭下氣倒丈人峰，風雪途誤識奸雄面》）

【一江風】

論人情炎暖徒相朦,涼冷誰相問?羨仁人風雪叢中,生死關頭,頓續須臾命,嚶鳴眼底親。風雲異日生,巧心機更向竿頭進。

(娥川主人《世無匹》第四回《患難臨頭陳與權雪中遇俠,冤家路狹劉天相桿下亡身》)

【黄鶯兒】

煩惱已臨頭,熱心腸招怨尤。恰青衿早已披枷杻,文宗枉收,鄉紳枉求,笑財星敵不過文昌宿。好擔憂,未曾科舉,先去上皇州。

(娥川主人《世無匹》第五回《救饑溺暗裏贈多金,爲朋友熱心得奇禍》)

【梁州新郎】

【梁州序換頭】怨時節忽改尊顔,感時節頓移炎面。笑人情變態,恩怨俄還。總成均路巧,庠序群空,定屬青錢選。功名方寸地,可回天。自古文章不擅權。【賀新郎】真豪傑,誰曾見,千金不惜成人善,天不負此佳念。

(娥川主人《世無匹》第六回《三司設計救危難豪傑遭刑,萬金薦友入風雲奸雄得路》)

【北雁兒落帶得勝令】

我則道昧心人終運亨,又誰知淹死鬼來催命。也應思錢財難强求,須信是飲啄皆前定。呀,不管賺殺井中人,只要驅卻眼前釘。儘教人意多深險,那知天心常不平。偏生恃着恁慣使强兒性,難憑,誰道是强中更有人。

(娥川主人《世無匹》第七回《謀客貨計賺井中人,露官銀屈遭盆下獄》)

【錦纏道】

最傷心,歎池魚生分琴瑟,兒女枉情深。自從海棠開,想到如今,衹因爲被奇災，因此把良緣陸沉。恨豺狼賺蛾眉，黑陷難禁。何處望佳音，惱殺了愁潘病沈。望蒼蒼，空淚零，休說是同衾共枕，買相思，早已葬千金。

（娥川主人《世無匹》第九回《惡衙蠹坑人窮秀才望門墮淚，賢閨女矢節俠丈夫飛垣救人》）

【古輪臺】

笑娘行，墮他奸計不提防。人情虛幻，只道是一般人面，一樣衷懷，那知是一味荒唐。布虎弓蛇，鑠金消骨，舌端何處辨雌黃。一似蜃樓海市，空閃爍魚鳥迷光。不管賺他狼狽，齧他膏血，拆他離散，笑罵也何妨，只憑我一雙辣手恣相戕。

（娥川主人《世無匹》第十一回《鬧公堂村夫殉義，占田產恩婦離家》）

【醉歸花月渡】

【醉扶歸】這的甥甥舅舅都胡帳，是夫夫婦婦自商量。怕假假真真費推詳，可知道擒擒縱縱原虛謊。【四時花】堪傷，恩星爲難那可防，娘兒滿門胥受殃。【月兒高】禍起在蕭牆，變生於幃帳。閣起恩情面，現出冤家相。【渡江雲】那知不是元良敵斧槍，倒是活鬼催人特地忙。

（娥川主人《世無匹》第十三回《設奸謀假成真舅甥弄活鬼，賣虛情真還假擒縱算深淺》）

【沽美酒帶太平令】

羨英年孝義高，拚生死報劬勞，萬里尋親不憚遥。風霜裏伴漁樵，崎嶇處對山魈。雖然是冤深未報，只因那恩厚難消，況當這五年顛倒，敢忘卻三年懷抱。俺呵爲思親魂勞夢勞，顧不得山遥水遥。呀，待歸來與椿萱傍老。

（娥川主人《世無匹》第十四回《授居亭一女報德，投山左萬里尋親》）

【駐雲飛】

數載漂流，父子俱從上國遊。親在名先售，兩事都成就。嗏，此際見恩仇，天涯聚首，朋友師生，盡屬交情舊，一見能消萬斛愁。

（娥川主人《世無匹》第十五回《臨清驛氣煞癩頭官，大同府喜遇知心友》）

【淩霄竹】

風波舊日情，逞吾能，看他傾陷何須問。家先罄，業可吞，貲堪並。深恩誰復重思省，從前做事今折證，没興齊來總成空，請君歸去南雄嶺。

（娥川主人《世無匹》第十六回《恩怨分明賢太守掛冠歸去，賢奸報復小翰林衣錦還鄉》）

【掛枝兒】

小冤家因甚的披緇入寺，爲奸情弄破了剪下青絲。助奸謀假慈悲，要壞人的節義。他的心不轉，你的禍怎辭？若是勸轉他心兒也，這籌兒又僭了你。

（娥川主人《生花夢》第三回《安排巧計尼姑借巧計以興災，硬扭奸情烈婦爲奸夫而殉節》）

【江兒水】

本是青衣婢，裝成金屋嬌。嬝婷婷做作千般調，實丕丕不見些兒貌。錦團團裝出三分俏，妍醜憑人顛倒。暗引多才，惹出一場煩惱。

（娥川主人《生花夢》第六回《真淑女賺殺假春容，假小姐嚇走真才子》）

【山坡羊】

見緑澄澄碧潯相映，錦重重落花鋪襯，看累累瓜蔬架懸，見深深曲榭朱樓近。花笑迎幽禽相和鳴。籬根樹底，黄犬聲聲應。是修竹吾廬，别開三徑。分明，畫橋東水一泓。幽清，粉牆邊鶴一聲。

（娥川主人《生花夢》第八回《東園賡雅調自許同心，南國有佳人再諧

連理》)

【掛枝兒】

小冤家做人情要熬些痛苦,香温温玉軟軟貼着心窩,柢樹園也有着春風一度。甜頭兒嘗着了,下次兒便更夫。佛呀只爲那色是空花也,怎不許密陀僧結個果。

(娥川主人《炎涼岸》第三回《夢觀音苦中作樂,縛和尚死裏逃生》)

步月齋主人

步月齋主人，姓名不詳，康熙年間在世，有小説《幻中遊》。

小　令

【步步嬌】

人材一表，兩鬢整齊，烏雲繚繞。柳腰桃腮，美目清皎，口不點唇，蛾眉淡掃。金蓮步來三回轉，卻只因鞋弓襪小。何等樣標致，怎般的窈窕。細看來，真真是世上絶無人間少。

【耍孩兒】

面龐員漫細長身，鬢髮如雲。鬢勾髻高半尺頭上戴，金蓮三寸不沾塵。口輔兒端好，眸子兒傳神。丰姿甚可人，丰姿甚可人。雖不是若耶溪邊浣紗女，卻宛似和番出塞的王昭君。

（步月齋主人《幻中遊》第七回《窮秀才故入陰魔障》）

【蝶戀花】

紗窗兒照，照卸殘妝，暫把熏籠靠。好叫我心焦躁。月轉西樓，還不見才郎到。燈光兒閃閃，漏聲兒迢迢。怎長夜幾時，叫奴熬到雞三號。

【滿江紅】

盼玉人不來，玉人來時闖滿懷。解解奴的羅襦，托托奴的香腮。你好風流，我好貪愛。顧不得羞答答上牙床，暫且勾了這筆想思債。

（步月齋主人《幻中遊》第八回《富監生誤投陷人坑》）

無名氏

小　令

【山坡羊】

這小秀才有些兒怪樣,走到羅帷忽現了本相。本是個黌宫裏折桂的郎君,改换了章臺内司花的主將。金蘭契只覺得肉味馨香,筆硯交果然是有筆如槍。皺眉頭忍着疼受的是受,明針砭趁胸懷揉着竅,顯出那知心酣暢。用一番切切偲偲來也,哎呀,分明是遠方來樂意洋洋。思量,一羅一羅是聯句的篇章。慌忙,爲雲爲雨還錯認了龍陽。

(佚名《人中畫》第四回《杜子中識破雌雄,女秀才移花接木》)

【一半兒】

西園秋半月輪高,寂寞飛霜侵短裯,修竹蕭疏風亂號。樂淘淘,一半兒花林一半兒草。

佳人倚月夜吹簫,纖手輕排冰玉條,嘹亮輕腔雲外飄。最妍嬌,一半兒低談一半兒笑。

香肩强倚木蘭花,二八輕盈年破瓜,半點朱唇開玉芽。好容華,一半兒風流一半兒雅。

閑閑細説海棠秋，瞥見檀郎低了頭，亂把花鞋重復兜。去還留，一半兒驚忙一半兒走。

星眸回盼意瞿瞿，潛入花叢輕斂裾，問到殷勤情有餘。費躊躇，一半兒含羞一半兒語。

三生石上立彷徨，相對依依嬌欲藏，漫度鶯聲低問郎。道端詳，一半兒從情一半兒强。

櫻桃紅破話綢繆，强把薄葵微掩羞，怯得幾回香汗流。忒温柔，一半兒相親一半兒醜。

傳情措意笑咳咳，摇動鬢邊金鳳釵，粉頸纖腰垂復擡。暫相陪，一半兒嫌疑一半兒愛。

偷斜媚眼轉秋波，細語低聲情更多，幾度佯言歸去呵。妙如何，一半兒踟躕一半兒坐。

攀花傍柳起安舒，指盼阿鬟尋舊途，密約叮嚀忙復徐。意何如，一半兒回頭一半兒去。

（佚名《螢窗清玩》第四卷《碧玉簫》）

【山坡羊】 變調

郎君俏郎君俏，不脂不粉偏勝如花貌。如花貌，宜嗔宜喜還宜笑。一臉兒盡皆文字嬌，滿身上都是風流竅。花見了早魂消，鳥見了應驚叫，人見了誰一個不心歡樂。若是肯相憐，情願與他同偕到老。

【山坡羊】 變調

才情妙才情妙，題詩縱筆一似風雷到。風雷到，超唐跨漢齊周召。一句句無非風與騷，一字字都是名和教。筆頭尖花正嬌，墨池裏龍潛躍，錦箋上亂紛紛珠璣落。彈琵琶文運交，忽然遭此風流品藻。

（佚名《宛如約》第二卷《青眼誤借彈詞款婚姻，俏心深偷和詩送消息》）

一更裏月兒低，寡婦房中哭啼啼。叫聲孩兒石宗輔，兒呀心肝你在哪裏？只説出外做買賣，割舍冤家把娘離。娘在家掐着指頭將兒來盼，誰知臘盡兒未回歸。如今是三月半，你叫爲娘甚是着急。

二更裏月兒高，寡婦房中哭嚎啕。叫聲孩兒石宗輔，兒命因何不保好？别的死法還猶可，决不該死在荒郊破瓦窑。你身造下甚麼罪，造定離鄉在外抛。自從周公算你死，娘心好似攮千刀。我兒今夜若有差遲處，撇下娘半邊人兒没下稍。

三更裏月正中，寡婦房中哭悲痛。叫聲我兒石宗輔，不知因何惹着災星？如今遵依任小姐的法兒來擺布，但不知方法兒靈不靈？果然我兒有命若得回家轉，娘便滿斗燒香謝神明。

（佚名《陰陽鬥》第四回《石婆子求救孤兒，任佳人教施異術》）

唐夢賚

唐夢賚(1627—1698),字濟武,號豹岩,淄川(今山東淄博)人。清順治六年(1649)進士,官至秘書院檢討。順治九年(1652),以言事罷歸。性孝友,與王士禛、高珩相友善。有《志壑堂集》、《借鴿樓小集》、《林臯漫録》等。傳見《志壑堂後集》附《唐濟武太史小傳》、《今世説》卷四、《國朝耆獻類征初編》卷一百十五。

套 數

遊勞山看日出,回番轅嶺,海市現滄洲島

【雙調・新水令】

花嬌柳豔正長天,整遊衫尋真結伴。招呼明月路,吟嘯緑陰邊。瓢笠翩躚,緑陰邊瓢笠翩躚,攜手到蓬萊院。

【駐馬聽】

問水窮山峭壁,摩雲鳥道險,追風掣電,長橋落日蹇驢懨。俺則見雪濤無際碧天粘,這凡胎生把紅塵閃。回頭仔細檢癡蛾,誰教你將燈油戀?

【雁兒落帶得勝令】

且休提杏花村狐狸仙,現放着天寶朝活宫監。説甚麼題名到八柱臺,

誰曾見脱殼在三清殿？吃緊的長春秘偈懸，古怪煞華樓望眼穿。小可的青玉潤吉丁杖，想殺人試金涯石子圓。奇緣，誰承望駿骨千金换。偶然，剛完了瑶臺一夜眠。

【折桂令】

入寶山怎肯空還，少不的水府申文，龍藏求簽。一霎時瓊島奔馳，百忙裹蜃樓打扮，穩借了海市奇觀。這幾日銀河浪恬，恰三更紅日團圞，花鳥間關，水石潺湲。走了些一抹松林，聽了些百道鳴泉。

【沉醉東風】

破題兒鶴山上岸，到頭來慧院談禪。從來草榻寬，敢道方壺遠識，龍沙八百功完。虧不盡漢武秦皇徹底酸，望瀛州潸潸淚掩。

【清江引】

登時滄海清還淺，屈指從頭算。麻姑昨日來，王母今朝宴。央及煞喒飛升俺只是懶。

庚子臘日自祝，用馬東籬韻

【夜行船】

塵世浮名逐浪蝶，看今古蟪蛄空嗟。白首巢由，烏衣王謝，一彈指電光明滅。

【銀漢浮槎】

瑶池貝闕，不是那皇輿分星野。人到瀟湘，親見説，早蒼梧，暮十洲，袖底青蛇。

【慶宣和】

蝸國人家近蟻穴，逞甚英傑？蕊珠天上仙桂折，睡耶夢耶？

【落梅花】

休倔强，莫咧奢，猛合眼黑天長夜。劉元城便算伊身是鐵，争還似今宵風月。

【風入松】

獮猴帽子弄歪斜，枉拉鹿牛車，重樓瀟灑参差雪。玉泉鄉滋味全，别只道熟梅略拙。這懶殘總不癡呆。

【撥不斷】

口濤竭，意鋒絶，菱花肯教浮雲惹？泥海難將蓮性遮，蓬壺久空前生缺，斬新房舍。

【離亭宴歇指雙鴛鴦煞尾聲】

邯鄲夢枕纔安貼，蠶叢鳥道從今歇，傀儡場一齊都徹。絮叨叨口邊禪，木楞楞唾下粕，鬧旋旋心頭血。拗開一字傳，硬結三家社。何須學那些郭象注蒙莊，考亭辨白鹿，阿難参迦葉。山中自在仙，花下長春節。是那部丹書，見者道老聃過東家，去西竺專候也。

（唐夢賚《志壑堂集》卷十二附）

校勘記

［一］圞：原作"欒"，據文意改。

褚人獲

褚人獲,約生於崇禎八年(1635),康熙三十四年(1695)前後去世。字稼軒,又字學稼,號石農,長洲(今江蘇蘇州)人。未中試,終身不仕,文名甚高,能詩善文,著述頗豐。有《堅瓠集》、《讀史隨筆》、《退佳瑣録》、《續蟹集》、《宋賢群輔録》、《隋唐演義》等。

小　令

【解三醒】[一]

歎釜底魚龍真混,笑圈中豕鹿空奔。區區泛月烟波趁,謾持竿,下釣綸。試問溪風山雨何時定,只落得醉讀《離騷》吊楚魂。

(褚人獲《隋唐演義》第四十九回《舟中歌詞句敵國暫許君臣,馬上締姻緣吴越反成秦晉》)

【黄鶯兒】

皎皎欲生光,臉如瑩體愈香。雲鬟慵整偏嬌樣。羅裙厭長,輕衫取涼,臨風小立神駘宕。細端詳,芙蓉出水,不及美人妝。

(褚人獲《隋唐演義》第八十三回《施青目學士識英雄,信赤心番人作藩鎮》)

【掛枝兒】

安禄山你做張守珪的走狗,犯死刑姑饒下這驢頭。卻怎敢恃兵强,要學那虎争龍鬥。你本是狼子野心腸,人道是豬首龍身獸。到今日作孽的豬龍也,倒死在豬兒手。

安禄山你負了唐明皇的寵眷,不記得拜母妃欽賜洗兒錢,怎便把燕代唐要將江山占。可笑你打家賊的鞭何重,那禁他斫大腹的刀太尖。則見你數斗的腸流也,爲甚赤心兒没一點?

【掛枝兒】

進明阿你也食唐家禄否,人望你振災危冒險的求救,誰知你擁强兵竟不能相救。不曾見你興師去,倒要將他勇士留。可憐那南八男兒也,十指兒只剩九。

進明阿你不顧千年的唾駡,任南八苦求救只不聽他,眼睁睁看他將指頭兒咬下。他當時臨去空咬指,我今日説來亦咬牙。好把你睢陽廟裏銅人也,盡力的狠敲打。

(褚人獲《隋唐演義》第九十四回《安禄山屠腸殞命,南霽雲齧指乞師》)

【黄鶯兒】

重會狀元郎,上秦樓卸道裝,從今勾卻相思帳。姓兒也雙,名兒也雙,前時瞞過難尋訪。笑娘行,今須聽我,低叫耳边廂。

(褚人獲《隋唐演義》第九十八回《遺錦襪老嫗獲錢,聽雨鈴樂工度曲》)

隱天干地支[二]

曾見歌中隱天干十字,亦有巧思,戲録於左:

顛倒没來由,十事九不就。兩人同出一人休,可意兒難開口。算佳期成了又還勾,巴不得一點在心頭,莫向平康去小求。雖幸書來無一語,任人兒要丟[三]，拼一發把弓鞋罷繡。

予亦戲隱地支名：

一日思君十二時，仔細思量，人兒無賴，便狃做私情也，非奴不才，夤衣怎挨？今夕撇奴不睬。記當年折柳，料此際已成柴。既蒙辱愛，怎把寸衷丟開[四]。這卷書藏頭露尾難猜。許多時候無言耐，把朱鞋拋撇懶鋪排。暢好恩情容易敗。拼一飲如泥，睡醒來，看星兒稀，暗燈還在。想姻緣成不到這半勾兒，也是命當該。不言了卻相思債[五]。

（褚人獲《堅瓠集》甲集卷三）

套 數

塞外曲

【粉蝶兒】

百拜君王，俺這裏百拜君王，謝伊家把人肮髒。没些兒保國開疆，卻教奴小裙釵宫闈女，向老單于調簧。萬種愁腸，教人萬種愁腸，卻付與琵琶馬上。

【泣顔回】

回首望爺娘，抵多少陟屺登岡。珠藏閨閣，幾曾經途路風霜。是當初妄想，把緹縈不合門楣望。熱騰騰穩坐昭陽，美滿兒國丈風光。

【石榴花】

卻教我長門寂寞妒鴛鴦，怎憐我眠花夢月守空房。漫説是皇家雨露，翻做個萬里投荒。笑堂堂漢天子是甚麽綱常，便做妙計周郎，也算不得玉關將帥功勞帳。這勞勞攘攘，馬蹄兒北向顛狂。怎似冷落長揚，聽胡笳一聲聲交河上,不由人靴尖踹破淚千行。

【黃龍滚】

愁一回塞上賢王,肯惜伶仃模様。思那日朝中君相,慘撇下别時惆悵,閃得人白草黄花路正長。他那裹擺雲陣,迓紅妝,鬧喳喳塵迷眼底,悶懨懨愁添眉上。

【小桃紅】

到家鄉只夢中,見君王只夢中。明日裹捱到穹廬,料到今生怎得歸往。情黯黯撥亂宫商,情黯黯撥亂宫商。姻緣誰信這三生賬,但願和親保太平永享。

【尾聲】

羞殺漢庭君和相,枉把妻孥抱衾帳。怎比得大皇隋威名萬載揚。

(褚人獲《隋唐演義》第三十五回《樂永夕大士奇觀,清夜遊昭君淚塞》)

校勘記

[一] 解三醒:原作"醉三醒",據曲谱改。

[二] 姚燮《復莊今樂府選·散曲》收入,作二題"天干謎詞"、"地支謎詞",未署作者。

[三] 丟:姚燮《復莊今樂府選·散曲》作"去"。

[四] 怎:姚燮《復莊今樂府選·散曲》作"怎又"。

[五] 褚人獲《堅瓠集》續集卷一《天干地支謎》:"甲集得'顛倒不自由'天干謎,戲作《閨情》地支以配之。"

蒲松齡

蒲松齡(1640—1715),生平見《全清散曲》第587頁。

小　令

夜雨思夫曲

小引:難消日影偏遲遲,窗外好鳥唱唧唧。雙眉不待情君掃,自點胭脂自整衣。

【雁過聲】

譙樓一鼓敲,譙樓一鼓敲,佳人忙把銀燈挑,不住地往外瞧。盼不到好瞧,愁鎖雙眉淚珠拋,愁鎖雙眉淚珠拋。

【前調】

譙樓二鼓急,譙樓二鼓急,忽聽窗外雨淋漓,不住地淚珠迷。風愈緊,雨愈急,梧桐葉落草萋萋,梧桐葉落草萋萋。

【前調】

譙樓三鼓過,譙樓三鼓過,争奈愁思往事何。冷清清,風颯颯,幽愁長,燈花落。淒風涼雨長夜何,淒風涼雨長夜何。

【前調】

譙樓四鼓交,譙樓四鼓交,無限傷心被他拋。聽聆淋雨聲遥,疏還密,低復高。幾陣窗前人驚攪,幾陣窗前人驚攪。

【前調】

譙樓五鼓初,譙樓五鼓初,紛紛淚點如雨珠。半壁殘燈離迷,雨中因想更淒。聲聲默默動人思,聲聲默默動人思。

康熙五年秋月之初,有鄰村之賢婦者,但伊夫素嗜韓壽之癖,如適其性,恒終夜不歸。而是婦輒於風宵雨夜而伺之以爲常。玆以素悉其概,故作是曲以志。松作。

新婚宴曲

小引:朧明春月照花枝,始是新承恩澤時。長倚玉人心自醉,年年歲歲樂於斯[一]。

【疊斷橋】

一更鼓兒敲,一更鼓兒敲,孔雀屏開銀燈照。借燈光細把佳人瞧,輕點朱唇,淡把蛾眉掃,輕點朱唇,淡把蛾眉掃。面龐兒自來帶笑,面龐兒自來帶笑。

【前調】

二更樂聲喧,二更樂聲喧,陳設酒筵色色鮮。有侍婢雙雙把杯盞,玉液瓊漿,珍味盛大盤,玉液瓊漿,珍味盛大盤。果品兒樣樣新鮮,果品兒樣樣新鮮。

【前調】

三更肴羹萃,三更肴羹萃,交換金樽調美味。互相勸各盡兩三尋,迴飲千杯,也是不能醉,迴飲千杯,也是不能醉。並肩兒玉人一對,並肩兒玉人一對。

【前調】

四更酒興闌,四更酒興闌,雙攜玉手並香肩。剪燈花仔細來相看,玉體亭亭,金蓮又纖纖,玉體亭亭,金蓮又纖纖。輕盈兒一雙臂腕,輕盈兒一雙臂腕。

【前調】

五更星月稀,五更星月稀,同入羅幃同解衣。早現出那珠輝玉麗,明霞般骨,似沁雪般肌,明霞般骨,似沁雪般肌。盡力兒擁抱偎依,盡力兒擁抱偎依。

特志事略:康熙六年仲春之月,適在王村,課蒙爲業。有村古城,偶往遊焉,訪故人耳。作席地談。某之比鄰,素亦望族,吉期合巹。新婚之夜,交杯換盞,情愛異常。人生極樂,孰比於斯。豈吾慕之,人人慕之。故作此曲,永久志之。

尼姑思俗曲

小引:尼姑睡蒙矓,夢見一書生。二人恩和愛,鐵馬響一聲。驚醒南柯夢,翻身是個空。叫聲小情郎,影兒無了蹤。

【疊斷橋】

一更裏獨坐禪堂,一更裏獨坐禪堂,手拿着木魚兒,一陣好悲傷。手拿着木魚兒,一陣好悲傷。落了髮去修行離了家鄉。最可憐奴在青春,未配那少年郎。最可憐奴在青春,未配那少年郎。算小奴活不過三、六、九歲,因此上二爹娘將小奴舍在廟堂,因此上二爹娘將小奴舍在廟堂。恨只恨老爹爹行事太錯,想當年做此事,二老並未商量。想當年做此事,二老並未商量。

二更裏珠淚兩行，二更裏珠淚兩行，山門外走進來美貌女紅妝，山門外走進來美貌女紅妝。穿着紅掛着緑多麼好看，懷抱着小孩童口口叫聲娘，懷抱着小孩童口口叫聲娘。黑真真烏雲髮猶如墨染，鬢邊上斜插着花兒秋海棠，鬢邊上斜插着花兒秋海棠。有閑事和無事山門外看，看一看衆黎民，都比我出家强。看一看衆黎民，都比我出家强。

三更裏睡正蒙朧，三更裏睡正蒙朧，山門外走進來美貌一書生，山門外走進來美貌一書生。走上前拉住了袍和衣袖，他言説同入幃房，敘敘相思情。他言説同入幃房，敘敘相思情。我二人正在那愛戀之處，忽聽得鐵馬兒，嗳，當啷響了一聲。忽聽得鐵馬兒，當啷響了一聲。這才是驚醒了南柯一夢。翻翻身叫情郎摟抱一場空，翻翻身叫情郎摟抱一場空。

四更裏打掃禪堂，四更裏打掃禪堂，開山門人進來還願又燒香，開山門人進來還願又燒香。也有男也有女也有老少，也有那好夫婦男女好情腸，也有那好夫婦男女好情腸。有姑娘共學生成雙配對。最可恨作小尼苦守在禪堂，最可恨作小尼苦守在禪堂。見婦女懷抱着小小嬰孩，可歎我當尼姑一世也白來，可歎我當尼姑一世也白來。

五更裏淚流如雨，五更裏淚流如雨，眼看着月色歪天到發了明，眼看着月色歪天到發了明。清晨起到禪堂蒲團打坐，洗洗手漱漱口奴好去念真經，洗洗手漱漱口奴好去念真經。有小尼正把那真經來念，猛聽得半空中呼喚一聲。叫一聲小尼姑洗耳敬聽，叫一聲小尼姑洗耳敬聽。我本是上方界普化三通，奉上神來點化你且記心中，奉上神來點化你且記心中。從今後且不可思念紅塵事，小心着造下禍五雷又來轟，小心着造下禍五雷又來轟。訓話罷一陣風無了蹤影。有小尼才知道上神把話明。從今後回禪堂苦苦去修行，從今後回禪堂苦苦去修行。

康熙十有二年，暮春之初，寂寞無聊[二]，與高念東徒步而遊。偶至邑城東北之故有蓮花庵，即同入隨喜。上方佛殿遍覽既畢，徑憩於禪堂。俄一小尼蹀獻茶。窺其意旨，頗有思俗之念。偶成此曲，兹志之。不無世有小補焉。柳泉氏作。

夜雨鰥夫思妻曲

小引：半壁殘燈閃閃明，雨中因想雨淋零。傷心一覺興凶夢，直欲裁書問杳冥。

【霜天曉角】

黄昏初更交，獨將銀燈照。愁深夢杳，白髮添多少。最苦佳人逝早。傷獨夜，恨閑宵，不堪閑夜雨聲頻，一念重泉一愴神。挑盡燈花眠不得，淒涼□内更何人。

【小桃紅】

忽聽二鼓敲，冷風冷雨戰長宵。聽點點都向那梧桐梢。蕭蕭颯颯，一齊亂把暗愁敲。才住了，又還飄，那堪是空幃空串烟消。人獨坐，廝湊着孤燈照。恨同聽没個嬌嬈，猛想起舊歡娱，止不住泪痕交。

【下山虎】

三更又來報，風雨仍不消。萬山古道，峰嶺岩嶢，急雨催林杪。簷鈴亂敲，似怨如愁，碎聒不了。響應空山魂暗消。一聲兒忽慢搊，一聲兒忽緊摇。無限傷心事，被他們挑。寫入清商傳恨遥。

【五韻美】

四更鼓聲高，聽淋淋，傷懷抱。淒涼萬種新愁繞，把愁人禁虐得十分惱。天荒地老，這種恨誰人知道。你聽窗外雨聲越發大了，疏還密，低復高,才合眼,又幾陣窗前把人驚攪。

【山麻秸】

五更報雞鳴了,才蒙朧猛聽喊聲嬌。細認如花貌,猶然自現在人間當面堪邀。忙教潛出了書齋内夾城復道,顧不得夜深人静,露涼風飄,月黑途遥。清冷冷荒郊遠郊,颯剌剌風摇樹摇。猛然一聲,全不見了。叫不出花嬌月嬌,料多應行消影消。我只道誰驚殘夢飄,原來是亂雨蕭蕭。只隔着一個窗兒,直滴到曉。

五更合歡曲

小引:斗畫長眉翠淡濃,遠山移入鏡當中。曉窗日射胭脂頰,一朵紅酥旋欲融。

【念奴嬌】

初更新合歡,沉吟半晌。怕庸姿下體,不敢陪從椒房。受寵承愛,一霎時,身判人間天上。唯願取恩情美滿,地久天長。

【古輪臺】

二更月上窗,下金堂,籠燈就月細相量。庭花不及嬌模樣,輕偎低傍。這鬢影衣光,掩映出丰姿千狀。此夕歡欲,風清月朗,笑他夢雨暗高唐。

【前調】

三更月,月高仙掌,今宵占斷好風光。紅遮翠障,錦雲中一對鸞凰。瑶花玉樹,夜月春江,聲聲暗唱,月影過牆。搴羅幌,好扶殘醉入蘭房。花摇燭月映窗,把良夜歡情細講。

【字字錦】

四更月,花影重,恩從天上濃,緣向前生種。金籠花下開,巧賺娟娟鳳。燭花紅,只見弄盞傳杯、傳杯處,驀自語兒唧噥。匆匆不容宛轉,把人央入帳中。帳中歡如夢,綢繆處兩心同,綢繆處兩心同。

【前調】

五更月落西,奈朝來背地,有人在那裏,人在那裏,裝模作樣,言言語語,諷諷譏譏。咱這裏羞羞澀澀,驚驚惕惕。猶憶夜來旖旎,回看處,恰似鴛鴦對宿。白頭偕老,今日伊始。

道　情

鼓逢逢,第一聲,莫爭喧,仔細聽,人生世上渾似夢,春花秋月銷磨盡。蒼狗白雲變態熊中[三],遊絲萬丈飄無定。謅幾句盲詞瞎話,當作他暮鼓晨鐘。

露水珠兒曲

露水珠兒在荷葉上轉,顆顆滾圓,顆顆滾圓。姐兒一見忙用線穿,喜上眉尖,喜上眉尖。恨不能一顆顆穿成串,排成連環。要成串,要成串,誰知珠兒也會變,不似從前。這邊散了,那邊去團圓,改變心田。閃殺奴,偏偏又被吹散。被風吹散,被風吹散,落在河中間。後悔遲,當時錯把寶貝看。叫人心寒,叫人心寒。

康熙十有三年仲夏,陰雨連朝,水流如注。欲出遊而不得,寂寞殊甚。偶作閑散短曲,藉以驅睡魔耳。

細細雨兒曲。連陰不晴,遂作此曲

細細雨兒濛矓濛矓下,地下甚是滑。可意的人兒,未曾在家,外邊做生涯。倘若在家,倘若在家,憑你老天下多大,不怕房屋塌。告老天,這陣雨兒住了罷。上香告菩薩,濕透了衣服,不值甚麽,怎麽回家?常言道黄金有價人無價,不是偏疼他。你再下,你再下,你再下,我就把棒槌掛。是個方法,是個方法。

李醜三吃狗肉曲

康熙爺登基壬寅年,有一段奇事出在淄川。他家住城東十里外,大王莊上有家園。祖上姓李未改姓,他的名字叫李醜三。此人生來甚是胖,腰圍足夠五尺圓。身高一丈還靠外,頭似柳斗肩膀寬。此人生平無所好,一生最愛吃家犬。山珍海味都不愛,惟有狗肉吃着鮮。閑來無事在坡裏逛,遇着一隻黄犬下了山。李醜三一見心歡喜,挽挽袖子攥攥拳。一個箭步跳上去,照着那狗頭就是一脚尖。那黄狗撲通一聲張在地,李醜三上前抓住後腿順手牽。三拳五脚就打死,挾將起來往家顛。挾到家中將皮剥,刀板鍋勺耍的歡。作洗乾净用鍋煮,葱薑花椒又加鹽。煮罷多時狗肉爛,燙上燒酒蘸蒜餐。喝罷一回真快樂,好似劉阮上九天。這是説的實在話,後人休得當胡言。

賭博五更曲

一更裏黑了天,打夥子商量去賭錢。坐下就把端陽平,叫了個么六,輸了半斤。不打一更天,輸了八柱錢。人家坐紅,俺擲十三。兩吊銅錢,輸了個净。到吃了局家七八袋烟,賭博場裏閑打蹭。坐下就把端陽弄,四五六點都拷盆,一心卻還不足興。時氣低,運氣蹭,坐下點子照着硼。抓起骰來熱了盆,一輪輸了個净打净。

二更裏月轉高,借了貳百文輸了。那裏誆借再來賭,借了一遭無曾借着。這錢極好撈,就是無了捎。極瞪着兩眼好似肉邊,埋怨自己無主意,最不該一回都輸净了。埋怨自己無身分,平日合也胡打混。抓耳撓腮借不着,明日還人也不信。暗暗惱,心發恨,好似交了死絶運。手裏無個低小毫,這待怎麽着光打棍。

三更裏半夜多,手裏無錢看歪博。人家吃餅卷雞蛋,饞的俺嘴裏光咽唾沫。急的俺把腳跺,躁的俺把手撮,不住旁裏瞎咕弄。人家拉俺睡了覺,睡了多時無曾睡着。羸家走,輸家求,站在旁裏閑多口。使心勞點一着,除不承情罵不休。閑多口,無良鬥,局家好似呲拉狗。揪着耳朵摔出去,無顔搭撒往家走。

四更裏眼正花,扒杈起來轉還家。推開門往家走,老婆炕上他又罵[四]。罵了聲賊强人,罵了聲强人殺。無白無黑做的甚麽,惱惱性子不合你過,不是投井就是吊殺。不怨别人怨自己,前世命薄攤着你。那時燒了短頭香,攤着你這賭博癖。孩子哭全不理,跳將起來把皮起。吃穿二字受操勞,看看誰來不强似你。

五更裏大天明,婆子咕噥只推聾。埋怨自己做的錯,忍氣吞聲不做聲。疲困渾身疼,發花眼難睜。翻來覆去又受用,一頭扎在炕頭上。回頭朝裏推害汗馬,抓毛豎空炕上爬。做夢又把骰來抓,么了就是七星劍,八九就是一枝花。趕着羸,趕着杈,趴跤起來轉還家。炕上使了一身汗,醒來還是平鋪塌。

離了家鄉

正月裏,梅花焦,春風飄,又見春光上柳條。家家鬧元宵,走冰又過橋。他鄉人,也跟着混一遭。

二月初二是花朝,凍初消,榆錢綻樹梢,春風鳥夢遥。

不覺的三月清明又到了，杏謝放紅桃，墳頭把紙燒。可憐俺，望家鄉，萬里遥。

四月裏，小麥黄，稻插秧，困人天氣日初長。紫燕上雕梁，黄鶯囀緑楊。這時節，又不熱來又不涼。

五月五裏是端陽，腳忝香，艾虎掛門旁，葡萄酒滿觴。

又早是六月入伏熱難當，荷花滿池塘，暖水洗鴛鴦。可憐俺抛妻離子在他鄉。

七月裏，到秋間，聽寒蟬，桐葉飄飄下井欄。十五是中元，家家祭祖先，離鄉人舍墳墓好心酸。

八月裏，中秋白露寒，蛩聲喧。人家妻子歡，月圓人也圓。那堪這，在他鄉。

又到九月天，此時列酒筵，菊花插鬢邊，可憐俺遠遊人行影單。

十月裏，天氣寒，覺衣單，鴻雁行行盡向南。行行時，雨漣漣，又是雪漫天，北風起，凍我手是冷慘慘。

十一月裏，難上難，河腹堅，日色冷慘慘，火爐不教寒，受冰霜。

又到臘月天，歲盡已冬殘，行人都回還。可憐俺，又見人家過新年。

（盛偉編《蒲松齡全集・聊齋小曲》）

校勘記

[一] 於斯:原作"干期",據文意改。

[二] 聊:原作"寥",據文意改。

[三] 態:原作"熊",據文意改。

[四] 炕:原作"坑",據文意改。

顧　姒

顧姒，字啟姬，錢塘（今浙江杭州）人。鄂曾室。有《静御堂集》、《翠園集》等。

殘　句

顧姒，字啟姬，杭州人，適鄂生某。康熙庚辰，從其夫至京師。嘗見所著《御堂集》，小賦詩詞頗婉麗。九日，予與同人飲宋子照工部小園，限蟹字韻。翌日，鄂詩先就，顧代作也。其末云："予本滄蕩人，讀書不求解。爾雅讀不熟，蟛蜞誤爲蟹。"予驚歎。顧善歌，所制詞曲，有"一輪月照，一雙人面"之句，予最賞之。

宗柟附識：蒿廬先生嘗戲云："舉杯邀明月，對影成三人"，真神仙語。讀"一輪月照，一雙人面"之句，又覺願作鴛鴦不羨仙矣。

（王士禎《帶經堂詩話》卷二十）

錢鳳綸

錢鳳綸(1644—1705後),字雲儀,錢塘(今浙江杭州)人。黄弘修室。有《古香樓集》。

套　數

和亞青新曲,題《芙蓉峽》院本

【普天樂】

繡屏間[一],爐香燼,窗兒閉,燈兒暈,小坐久更漏將分。微醉醒寒風漸緊,清宵寂寞,屈指閑評論。卻羨伊行琴瑟引,意綿綿才子情親,喜孜孜夫人意肯,豔晶晶柳枝沾露迎春。

【雁過聲】

風塵,年華一瞬,何心戀當筵笑嚬。安祥淡雅多丰韻,態兒閑,性兒温,是恁般世外紅裙。夫人,親目允,水鷗許傍鴛鴦趁。寄語,你柳腰兒休瘦損。

【傾盃序】

關津,隔朝霞,斷晚雲,都惹縈方寸[二]。他那裏檀板慵拈,杯酒慵斟,鬢雲慵整,羅幕慵熏。想新歌寄遠,簡兒初到,淚兒猶拭,把愁眉暫時舒展放歡欣。

【玉芙蓉】

巫山夢已陳,江水波猶滾,把夷光阻隔,在苧蘿村。正鶯聲細滑梨花嫩,少不得鴟夷泛舟湖水濱。功名就,早飄然幅巾。一爐香,半輪斜月酒微醺。

【小桃紅】

超世俗,成高隱,怪湖海,魚龍混,攜琴喜對春風鬢,花間蝶夢棲香穩[三]。蕙娘賢哲陽臺順,果然是美滿姻親。

【尾聲】

和鳴賦交影文,早寫就風流話本,竚看雙雙賜石麟。

冬暮歸寧,與亞清夜坐西軒,聽歌新曲

【山坡裏羊】

心兒急煎煎難按,天兒黯朦朦將旦。穿衣錯把裙兒反,呼翠鬟,熏籠爇麝蘭。妝臺細理烏雲綰,對鏡纖纖畫遠山。眉彎,倩傍人看又看。衣單,校前朝寒更寒。

【皂羅袍】

目斷孤城荒岸,更寒山路轉,流水溪灣。松濤幾樹響潺湲,梅英數點紅初綻。只見朱門悄閉,雲窗静關,金鈎低控,風簾自翻,鸚哥不報人歸慣。

【解酲甘州】

乍相逢歡生眉眼，道勝常細問平安。驀忽地吹笙子晉，今宵返緱嶺上，調新翻，仙音妙巧真是罕，頓教我心醉能忘子夜寒。共君步花陰閑倚雕闌。

【玉抱肚】

月明雲散，並香肩盈盈笑看。廣寒宮冷落嫦娥，舞霓裳卻在人間。鞋兒透了莫怯露珠寒，須信人生良會難。

【掉角望鄉】

聽譙樓更聲漸闌，返香閨燈花猶燦。問何人紅牙譜歌，是蘇娘錦機新撰。度幽閑，神蕭散，韻珊珊，精心細把宫商按。仙才妙，豈易攀，從今後無詞翰。

【尾聲】

生平最是愁縈絆，怎今夜幽消悶散，都只爲數闋新詞，剪燈相對看。

悼亡娣柔嘉

【榴花泣】

樓空人去，塵滿畫簾旌。恨則恨阻幽明，年華忽换總心驚。入春來砌草重生，對芳菲憶卿。惱殺那狠風姨[四]，斷送了紅顔命。似梨花放自舒香[五]，驀忽地漫野飄零。

【前腔】

殘膏剩粉，尚有舊餘馨。風兒慘，火兒熒，一天霜露月兒升。泉臺下夜冷孤清[六],這些時誰伴行。想俏身軀再不染生前病,但聽得鐵馬嘶風,便猜做珮響泠泠。

【喜漁燈犯】

記生前並無半點相爭競,待和你共百歲永。誰想到[七],竟頃刻分離,做了飄蓬斷梗。爲甚麼年運多災眚,空拋下半生先行?待與卿相攜覽遍明湖勝,待與卿鳳團清夜烹,待與卿共侍姑嫜鎮日朝昏問省,待與卿日午芸窗兩下裁詩對詠,待與卿緩度新聲。淒清,絮叨叨淚眼盈,念生時教人愁悶轉增。

【瓦漁燈】

想着你朱唇露半櫻,想着你態娉婷[八],想着你體瘦多寒病,想着你枰開處落子聲聲,想着你繡裙兒雙鴛並,想着你病龐兒越整,想着你遺詩寫怨語偏輕。這樁樁事猶能記省,傷心話儘教訴與芳靈。也知是黄粱一枕驚夢醒,長辭去寂静掩霞扃,伴雲英繁華畫屏。怎能彀蕙幃小帳低聲應。癡心,望你今宵還再生。

【尾聲】

花容重睹真徼倖,不忘生前廿載情,莫做香斷金爐灰自冷。

春日,蕉園與啟姬話别

【瓦盆兒】

晴和麗景,關關燕語鬧芳春。偏則是恨離群,勸休行,情兒款款意兒真。想着你瘦腰圍那慣倚雕輪,怎支持恁嬌柔懨懨多病身。望長天賓鴻難問,途路遠,任勞碌,擔驚怕,添愁悶,好教我提起淚沾巾。

【榴花泣】

回想當初，芳社正逢春。月兒漸轉麝初焚，小庭花睡酒微醺。蘭心蕙性各自吐芳芬。争奇校敏，賭新詩逐字推敲穩。忽剌剌風卷遥空，把雁陣輕分。

【喜漁燈】

儘教想殺梨花韻，縱音信准，也須要望眼頻頻。清宵自忖，夢中料也關山近，村雞報又早清晨[九]。酸辛，拚教瘦損，帶圍兒寬褪幾分。

【尾聲】

絮叨叨言難盡，卻又遠樹雲封日半曛，幾時得重向蕉園烹紫筍。

（錢鳳綸《古香樓集·古香樓曲》）

校勘記

[一] 間：《全清散曲》作“閑”。

[二] 縈：《全清散曲》無。

[三] 穩：《全清散曲》作“隱”。

[四] 風：《全清散曲》作“封”。

[五] 自：《全清散曲》作“白”。

[六] 臺：《全清散曲》作“召”。

[七] 到：《全清散曲》作“道”。

[八] 娉：原作“聘”，據文意改。

[九] 晨：《全清散曲》作“景”。

陳夢雷

陳夢雷(1651—1723左右),字則震,一字省齋,號松鶴、得一道人,福州閩縣人。康熙九年(1670)進士,選庶吉士,授編修。康熙十二年(1673),回家省親。十三年(1674),耿精忠反,脅受官。以附逆之罪,遣奉天爲奴。康熙三十七年(1698)回京。雍正即位,再遣黑龍江,死於戍所。有《松鶴山房集》。詳見謝國楨《陳則震事輯》(《明清筆記談叢》第197—214頁,上海書店出版社,2004年1月)。

小　令

四時行樂曲

正月來東風暖,共慶新年。懸彩勝掛桃符户貼金錢,拜佳節邀親戚車馬聯翩。到月中元宵景樂事無邊,簇花燈攢烟火急管繁弦,翠鬢松香汗濕鬧耍秋千。喜的是好事全,愛的是風月妍。真個是一歲中多歡慶,始自春天。

二月來春光好,已近花朝。高崖上遠林中緑萼青條,燕初向簾外舞玉剪雙敲。夢乍回聊攲枕鶯語聲嬌,杏開唇桃露靨淡抹輕描,選勝遊踏青侶不用相邀。喜的是緑滿郊,愛的是香滿瓢。真個是醉鄉春春如醉,任意逍遥。

三月來春將老,卻喜花開。誇第一牡丹王姚魏移栽,李如雪桃映日爛熳蓓蕾。金雀黄丁香紫點綴庭階,嬌海棠香玫瑰萬朵千枚,曲水邊招詞客閣筆銜杯。喜的是錦繡堆,愛的是弦管催。真個是賽右軍蘭亭會,放飲開懷。

四月來薰風度,天氣清和。梅雨後蝶蜂狂滿徑紅多,麥秋到新緑滿切莫蹉跎。浴佛日金錢會鬧壞韋馱,慶元君裝故事笑倒彌陀,人世間真成夢混鬧如何。喜的是貼水荷,愛的是醉後歌。真個是樂及時莫輕過,且共婆娑。

五月來端陽節,正喜天中。裝艾虎捕蟾蜍鑄鏡盤龍,繡金縷絲五彩繫臂當胸。奪錦標競飛渡俠少争雄,吊靈均投角黍此事朦朧,緑蟻浮蒲香泛且飲千鐘。喜的是菡萏紅,愛的是吸碧筒。真個是沙棠舟木蘭楫,醉入芳叢。

六月來華屋内,曳縠披紗。烹雀舌剪龍團漫試新茶,倦絲竹漱寒玉沉李浮瓜。那得如林泉裏蟬唱聲嘩,雨霖餘添鼓吹萬壑鳴蛙,開北牖面場圃試問桑麻。喜的是曲徑賒,愛的是樹影斜。真個是塵世中神仙客,嘯傲烟霞。

七月來梧桐落,一葉驚秋。風淅淅雨蕭蕭幾點螢流,鵲橋夜歡一宿織女牽牛。乞巧娘陳瓜果那得相酬,歎人間心更巧何事多求,莫管他安吾拙且整觥籌。喜的是夜漸悠,愛的是暑已收。真個是愁怕多樂嫌少,秉燭行遊。

八月來中秋月,分外光明。陳餅果望蟾宫設供中庭,微風度聊側耳滿砌蛩聲。燕將歸賓鴻度嘹嚦長鳴,桂花開香滿座家釀堪傾,興到時度新曲拍按瑶笙。喜的是月色瑩,愛的是夜景清。真個是廣寒遊在人世,到處蓬瀛。

九月來三秋老,卻好登高。風落帽孟參軍一代人豪,敬亭上悲古昔太白牢騷。對菊花東籬外彭澤揮毫,聚文峰傳一曲那怕題糕,戲馬臺龍沙會且漫嘮叨。喜的是甕滿醪,愛的是蟹滿膏。真個是不用賒白衣送,快飲陶陶。

十月來寒風動,正好冬藏。長空外散天花六出飛揚,一望裏皆同色玉樹琳琅。陶學士烹雪水冷落文章,醉羊羔銷金帳寶鼎焚香,小蠻腰樊素口翠佩明璫。喜的是小洞房,愛的是琥珀光。真個是恣歡娱良夜永,樂意難忘。

十一月一陽復,好事重尋。晝偏短夜偏長玉漏沉沉,畫堂上列銀燭静理瑶琴。擁獸爐翻經史討古論今,拂瑶箋題好句戛玉敲金,興到時開芳宴緩唱輕斟。喜的是絲竹音,愛的是短長吟。真個是俗累捐紅塵少,爽快身心。

臘月來家家鬧,歲事將闌。簇獸炭擁重裘那怕嚴寒,舊風俗傳臘八果粥加餐。敬灶神焚香楮祝願千般,祀家先供天地爆竹聲歡,貼對完團圓宴又理辛盤。喜的是心事閑,愛的是上下歡。真個是五福全千祥湊,四季平安。

松鶴老人曰:此曲名殊不佳,王隱之。但書平仄,作譜屬余爲之。既成,王以實告,余對曰:“願王光輔太平,使海内窮鄉僻壤歌【哭皇天】者,皆歌《四時行樂》,則仁遍天下矣。”王笑曰:“余之願也。”爲之引滿。

(陳夢雷《松鶴山房詩集》卷九《雜曲》)

套　數

元夜新詞

【北新水令】

慶新春元夜月華輝，吉祥雲散作千門瑞氣。羨多少人間極樂事，恰遇着天上最佳時。媚景遲遲，誇不盡春光美。

【南步步嬌】

節序初開芳年喜，正值春光霽。花燈不夜時，八節雖佳，上元更麗。玩賞自相宜，笙歌處處成歡隊。

【北雁兒落】

最堪憐春光宇宙新，最堪憐春色園林媚。韻悠悠春風環珮聲，靄飄飄春陌焚香氣。

【南沉醉東風】

望天街星球十里，火城中銀花萬蕊。徹夜禁弛金吾，徹夜禁弛金吾。鈿車寶騎坌香塵，明璫珠翠，王孫聯轡。佳人擁擠，燈光映處，紛紛歌管相催。

【北得勝令】

呀，但見得舞龍燈盤旋勢，但見得走馬燈逐輪馳。更有那魚躍龍門裏，更有那獅子把球戲。街市上如鼎沸，琉璃爍，霞光百道飛。

【南忒忒令】

紅焰焰蓮燈吐輝，碧緑緑菜燈青翠。金鐘左右，鼓子排成對。高岩上掛松枝，長橋下小船移。是耶非，卻又是鼇山點綴。

【北沽美酒】

寶珠燈影陸離，寶珠燈影陸離。畫屏燈賽九微，滴翠玲瓏是漏絲。鑿冰成燈更奇。好風光共歡會，好風光共歡會。

【南好姐姐】

望迷，火樹花飛，看蘭菊芙蓉同蒂。葡萄別種，累累滿架垂。青和紫，空中寶塔層層起。一霎時，紅雲向月低。

【北川撥棹】

霎、霎時間遍地雷，霎時間遍地雷。朱旗掣，紫電催，共道是鞭響丹墀，彈碎庭梅，怒喝橋摧，炮打裹圍。一會兒烟開霧霽，只剩得月和燈，共輝矣。

【南園林好】

半空中見羅裙倒飛，粉牆頭簇紅妝幾圍。是一架秋千高繫，喧笑語暗相窺，喧笑語暗相窺。

【北太平令】

又聽得秧歌滿耳，團團擁人衆追隨。暖烘烘兒童歡喜，笑呵呵尋雙捉對。俺呵那曾見桃腮柳眉，都是些妝嬌撒癡。呀，大頭僧瘋魔如醉。

【南川撥棹】

酒樓中少年郎喊幾回，鬧轟轟行令猜枚，鬧轟轟行令猜枚。任更闌度曲傳杯，趁燈宵盡醉歸，趁燈宵盡醉歸。

【北梅花酒】

苦芳辰歎空閨，苦芳辰歎空閨。對銀缸心慘淒，飛半鏡人未回。藏鈎會無心戲，甲煎焚，孤鴛被，燈花殘，亂芳意。月落時，淚沾臆。

【南錦衣香】

最喜是九重天歌聲沸，上林中懸珠翠，共道鳳管鸞笙。沉香火底，五枝青玉巧蟠螭。百華芳苡，白鷺轉飛，共黄龍吐水。月分光，金凫銀燕列隊。千門浮瑞氣，明霞散綺。君王有道，千秋萬歲。

【北收江南】

呀，想此際侯門勳貴兒，畫堂上蘭膏百枝，蚖脂豹髓列珍奇。紅牙導舞衣，金缸照玉卮。傳柑宴罷，寶炬逐輪歸。

【南漿水令】

漏聲殘遊人回騎，月兒低金蓮步移。街坊鄰舍喜追隨。佛殿尼庵，抱女攜兒，酬香的、祈嗣的，金錢擲下還留意。急忙裏、急忙裏，遺簪珥，同歸去。同歸去，曉雞啼。

【北清江引】

元宵幸遇升平世，樂事真無比。歌舞夜連朝，絲管迷珠翠。且去待來宵續殘燈踏歌同醉。

得一道人曰：遊戲中風華絢爛，錯彩鏤金，使人神往。

月夜泛舟

【梁州序】

柳塘花徑,良辰美景,返照初收欲暝。緑陰深處,幾枝疏影斜横。喜新晴氣爽,萬里長空,玉宇飛金鏡。欲待乘風也,架彩繩,還訝林中匹練横。誰點綴,遮清影。斧柯未握吴剛柄,緱嶺下,暫吹笙。

【漁燈兒】

漫道是秋夜遊霓羽清聲,漫道是嵩山客七寶妝成。又何羡唐生女暗室懸燈,更何羡知微酒脯,雨後峰霽色光明。

【錦漁燈】

可歎是雲海外望鄉孤影,可歎是照流黄錦字難成。我更傷光斜後丁丁聽漏聲,我還傷雲和團扇訴衷情。

【錦上花】

趁今夕月色瑩,碧波間素影澄,清歌妙舞不須停。傾玉液,進瑶觥,撥蘭槳,繞岸行。鳧鷺驚起向前汀,銀漢静無聲。

【錦中拍】

只聽得那松濤韻清,似鳳管鸞笙。枝間鵲驚棲欲定,曲岸邊鴛鴦交頸。最喜的照酒杯蟾影倍明,漾清波琉璃交映。濯素魄冰壺共瑩,玉貌多情,嬋娟對影,指三星,應私慶。

【錦後拍】

一望中水連天共空明,拍按紅牙奏新聲。憶古人逸興,憶古人逸興。

中夜裏賒來月色向洞庭中,買酒白雲汀。又共傳采石騎鯨,更有牛渚袁郎詩畫舫,堪共聽。

【罵玉郎帶上小樓】

岸草汀花白露盈,好似珠聯貫,蚌吐英。清光一片玉連城,泛蓬瀛,更何處貝闕瑶京。望嫦娥降臨,望嫦娥降臨,難邀羽蓋霓旌。似憑虚御風,似憑虚御風,直到了廣寒仙境,卻不怕銀橋路迥。我疑同羽化登仙,同羽化登仙。陽臺巫嶺,快意怡情。任漱瓊膏酌流霞,潦倒沉冥何須計。續銀缸,更殘漏永。

【前腔】

檀板輕敲别調清,試合今和古,算一生,曾經幾夜月圓明,更揚舲,漫徙倚,芷岸蘭涇。金叵羅自斟,金叵羅自斟,莫負玉笛瑶箏。問嵇康、劉伶[一],問嵇康、劉伶[二],我何似東坡佳興,縱一葦真淩萬頃。霎時看斗轉參横,看斗轉參横。盤空殽罄,酒盡壺傾,便倒習池吐車茵,誰濁誰清。又何暇問青天,陶然酩酊。

【尾聲】

世人共醉何須醒,且休誇焚香煮茗。最難遇月夕風晨,須泛山陰艇。

得一道人曰:此篇不難於摹寫景物,援引故實,妙在有主意,條貫其中。大抵寄情感慨,托於餔糟啜醨。【梁州序】一冒,足見大略。然外似乎放達,中卻實有一段見幾安命、瀟灑自如之致。借平臺之柘枝,洗胸中之塊壘。何必復作逍遥、齊物也。

松鶴老人曰:朱邸千秋,賜宴梨園樂作,王曰:“《八仙》一曲,俗不可言。思有以易之,先生一構思可乎?”余以不習音律辭。王曰:“姑勿論字之陰陽,但如填詞平仄,按譜以付歌兒。不叶,則易一二字可耳。”余不敢辭,勉效顰以應命,後未聞有所改易。究未知其叶與否,徒資識者噴飯耳。

至此曲，則王欲四時皆可通用，不着春夏秋冬一字，頗難措筆。及成，而一夕舟中置酌，余侍坐，奏此曲，亦未有所改也。豈此道可偶暗合耶？存之，以質顧曲之周郎耳。

（陳夢雷《松鶴山房詩集》卷九《雜曲》）

校勘記

［一］［二］嵇：原作“稽”，據文意改。

林以寧

林以寧(1655—?),字亞清,錢塘(今浙江杭州)人,洪昇表妹,錢肇修妻。善書畫,與其姑顧玉蕊,均工詩文駢體。有《鳳簫樓詩集》、《墨莊詩鈔》、《墨莊詞餘》、《墨莊文鈔》等。

套　數

憶　外

【小桃紅】

暗風蕭瑟起林臯,捲得那一天的同雲罩也。看空閨中朱門欲閉轉無聊,飛霰亂飄飖。咱便有鳳笙吹倩誰調,熏爐暖同誰靠也,怎當他竹上梅梢,共夜漏,一聲聲生生的把魂銷。

【下山虎】

畫樓晚眺,想着前朝,把手陽關道。柳垂嫩條,轉眼是暮景冬天,六花裊裊。我這裏重重繡幕交,尚然幾凍倒,他那裏伴淒涼一敝貂,冒雪衝寒去,病餘體勞,想殺伊人天際遥。

【五般宜】

咱爲你擔愁思瘦成楚腰,咱爲你塵封鏡翠眉懶描,咱爲你清淚透鮫綃。待要向遊子寄語,晚雲縹緲,天涯去了,如何是好?須知道總貧困相依,勝黄金身畔繞。

【五韻美】

寄來的平安報,聲聲勸我休懊惱[一],道相逢應須在春杪。刀環尚杳,怎不教傷人懷抱。幸得個新詩句格調高,燈影下還細細將伊意兒尋討。

【山麻稭换頭】

夢憶着燕山道,望着那滚滚黄河,堪渡輕橈。今宵,誰將那倩女的魂靈相召。怎安排一腔心事,半眶清淚,千種情苗?

【江神子】

多君才思高,更和那衛玠丰標,使人夢想魂勞。壚頭春暖釀新醪,待歸來和他傾倒。

【尾聲】

孤幃片影寒風悄,殘雪裏一燈相照[二],還只索和衣兒睡到曉。

寄家兄禹都

【二郎神】

秋風裏,看輕帆向長江遠濟[三]。便盼斷雲山勞夢寐[四],茫茫信杳,中條山勢崔嵬。我嘗賦新篇思衛水[五],花萼樓春光旖旎。怎追陪,再舉觴花下,和曲塤篪。

【集賢賓】

當時少小同下帷,把博士相期。教讀西窗明義理,算君家桃李成蹊。

焚膏繼晷，斷簡裏生涯堪寄。常自喜，喜朝朝説詩敦禮。

【黄鶯兒】

一自俺于歸，便安能曉暮依，老親身畔惟君矣。奔波朝負米，斑斕夜舞衣，吾兄呵向來獨任多勞悴。謾猜疑，前人已誤，怎生女不須悲。

【簇御林】

當春令，塞草肥，把王孫歸路迷。經年分别憐同氣，我病久膏肓内。倩刀圭，然鬚有待，親自煮參芪。

【琥珀貓兒墜】

禹都風景，近日怎棲遲，怕是財狼當道窺，杜鵑聲裏不如歸。休疑，願奉嚴親，乘春反旆。

【尾聲】

太行鴻雁雖迢遞，終不似衡陽迴避，莫忘音書寄大雷。

深閨懷遠

【祝英臺】

正景融和春色好，雙燕語簾鈎。緑柳絮飛，紅杏花繁，嗔他爲覓封侯。堪憂，甚來由蝸角虚名，孤負了三春花柳。我還怕提起雙眉頻皺。

【换頭二】

消瘦，總不耐畫雙蛾，窺寶鏡，無語淚盈眸。知他久滯薊門，貧典征衣，曾否醉眠壚頭？難剖，但能彀人返秦臺，我拚把金釵沽酒，待和他向燈前同話離愁。

【换頭三】

相守，我爲伊不恥當壚，就滌器也風流。渴病茂陵，遊倦梁園，知在那方羈留？休休，夢中猶得相偎，醒來時淒涼依舊，這淹煎生生的教人擔受。

【换頭四】

不朽，想着我舉案齊眉，逸韻播千秋。貽鏡妙辭，織錦新詩，難效古來芳猷。三秋，那日分袂河干，猛回思中心如疚。甚心情坐也，還索把孤衾重覆。

送啟姬之燕

【畫眉序】

芳社訂蕉園，每向良時共歡宴。謂蒹葭相倚，此會年年。春花放並影高樓，秋月皎聊吟深院。恨他時事多更變，纔轉眼不似從前。

【滴溜子】

長亭外、長亭外柳絲翠軟，春江上、春江上緑波清淺。送君東門設餞，怕的酒頻傾，日漸轉，好教我一霎時懷愁萬千。

【滴滴金】

陽關唱徹離魂顫，雨過殘紅沾翠幰。捧金卮怎地將他勸，恨綿綿，渾難遣，雙眉不展。望扁舟大江天樣遠，令人眼穿，都是那朝雲暮烟。

【鮑老催】

歲月遷延，人生稱意非偶然。天教挫折良友緣，不能向青玉案，翡翠牋，琉璃硯。新詞賦就同評選，從今只盼鱗鴻便[六]，寄錦字頻回轉。

【雙聲子】

簾猶捲、簾猶捲，冷落了梨花院，帆杳然、帆杳然，看不見桃花面。雙淚懸，雙淚懸，兩意堅，兩意堅，這情思曉夜一樣纏綿。

【尾聲】

送君去矣含悽怨，只索歸來但醉眠，聽杜宇聲聲落照邊。

喜雲儀過訪

【山坡裏羊】

猧兒吠狺狺相报[七]，車兒響轔轔來到。瑶階風細裙拖裊，玉佩摇羅衣香暗飄。惹來粉蝶簾前鬧[八]，驚看靈妃降紫霄。迢遥，多君不憚勞。蓬蒿，慚余難奉邀。

【皂羅袍】

此際重親言笑，記秋風一别，又幾昏朝。西窗深掩共然膏，花間煮雪茶聲鬧。孔融盈座，嘉賓興豪，陳蕃下榻，良朋見招。何如繡閣憐同調。

【解酲甘州】

論親誼已爲中表，勝金蘭似漆和膠[九]。每逢佳景同登眺，重與爾話今宵。勝他蠹魚窗下飽，攜手論文雅事饒。染毫，任意將好句推敲。

【玉抱肚】

空閨愁抱，生生的爲君頓消。新句成剪燭微吟，喜才情更勝丰標。陽春奏雅，堪佐香醪，遮莫明珠暗裏抛。

【掉角望鄉】

今日個謝庭前聯吟調高，聽雍雍塤篪歡樂，插茱萸同懷尚遥，可常思夢中春草令魂消。休重道，泛紅槽，癡情更倩君相勞。知音有，姑共嫂，休再也增懊惱。

【尾聲】

還愁杜宇催歸早，儘今夜談心到曉，多少别後相思，徒然魂夢勞[一〇]。

除夜哭先姑

【白練序】

靈幃畔，冷淒淒相依自慘傷。不能彀猛然再聞音響，精氣向那方？只留下丰神懸寶幢，難親傍，千行淚血，萬分懷想。

【醉太平】

惆悵，今宵漏轉，又經年間别，堪痛柔腸。江魚小饌，翻爲了膢臘烝嘗。兒行，哭啼啼奠送椒漿，總都是淚痕爲釀。縱饒神降，安能比他戲綵高堂。

【白練序】[一一]

回思，繡閣傍，鍼籠綫筐[一二]。咱常是夙夜裏總承不遑，還愁婦道荒，滫瀡和羹曉暮將。重稽顙，如今忍得，將兒抛放。

【醉太平】

淒涼，殘燈半滅，繐帷高掛，悲風飄颺。稱觴獻壽，除非是夢中歡暢。思量，幽明迴異似參商，我還望頓開泉壤。願天重賜，音容笑語，片時瞻仰。

【尾聲】

夜漏沉沉將昧爽,蘅蕪爇盡返魂香,痛碧落黄泉兩渺茫。

與夫子夜話,有懷校書河東三鳳

【普天樂】

畫眉郎,歸來後,將别恨成虚謬。我爲你割肚牽腸,他爲我提心在口,尊前喜見人如舊。再把芳心相分剖[一三],道前番旅邸情由,共年時關山奔走,又低聲訴與那段風流。

【雁過聲换頭】

風流,自昔未有,從來也連枝並頭。尋常未許胡行走[一四],這相逢恁情投。想見伊當時蘇小温柔,還思攜素手,那些再與深追究,肯使你短轅車聲聞醜。

【傾杯序换頭】

凝眸,望野雲,共晚烟,遮斷春山秀。那人呵蟬鬢慵梳,象管塵埋,鳳簫抛棄,思抱衾裯。我這裏殘粧未了,剪燈清話,笑傳杯酒。可憐他此時獨自聽更籌。

【玉芙蓉】

前時片紙投,我已神交久。憶纖纖素指,那種輕柔,寫將來一字無差謬,雁鴻稀未將佳句酬。章臺柳,正長條翠稠,勸檀郎,晚來休倚最高樓。

【小桃紅】

舊遊地空回首,恐添了休文瘦。深情未肯將他咎,多言翻自慚獅吼。

興來偶譜宫商就，好傳與那人清夜歌謳。

【尾聲】

紅紅輩，簡簡儔，果然是才情不謬，何惜明珠十斛求。

題《芙蓉峽》傳奇

【八聲甘州】

爐烟裊裊，向綺窗拂几，重把燈挑。纖塵不到，水精簾半捲冰綃。金鍼繡帖今且拋，緗帙芸編伴此宵。然膏，把丹黄評定推敲。

【皂羅袍】

非是然藜相照，問何來霞氣，亂染青綃？磊磊珠璣暗香飄，芙蓉仙峽新詞稿。曉樓開宴，金尊翠瓢，閑堦夜咏，雲箋彩毫。怳如異境身親到。

【前腔】

細玩芳詞清調，歎悲歡離合，逗起情苗。瀟灑心情伴漁樵，功成豈肯居廊廟。鴟夷春泛，風前弄潮，龐家高隱，花前解貂。平生志願皆能道。

【羽調排歌】[一五]

豈肯悠悠，還同腐草，恨緹縈有志難標，含冤只合殉荒郊，奈日近長安路轉遥。啼鵑血，魂暗消，荒鷄林外已三號。思親淚，不住拋，何時重見整歸鑣[一六]？

【掉角兒序】

喜窮經何曾憚勞，素心慕五湖烟棹。想當初螽斯命篇，媿如今小星虚照。若得他陽阿舞，金谷嬌，傾城笑，可抒懷抱。灞陵共老，何愁寂寥。那其間吟風咏月，自憐同調。

【尾聲】

慧心人，情思巧，一任你筆尖顛倒，怕只怕那有仙姬似小濤。

寄啟姬燕山

【金梧桐】

春來别思盈，怕向高樓憑。吴樹燕雲，都是相思境。風摇翠竹斜，雨暗梨花冷。庭院依稀，猶有當時景。鸞輿何日歸芳徑。

【東甌令】

三千里，信難憑，滿眼烽烟隔去程。音容笑語空思省，忘不了蕉園盛。惟餘池館暮烟横，腸斷到三更。

【大勝樂】

看風搏柳絮輕盈[一七]，憶閨人新句成。多君占了詞場勝，怎教我暫忘情？姊妹花開，曉夜枝頭並。嘆世事茫茫多變更，韶光去也，又見春波漲緑，難遇歸艇。

【解三酲】

自您去硯臺塵凝，竟没了那時清興[一八]。新詞麗句和誰政[一九]，剛道着淚如傾。加餐寫就思寄卿[二〇]，悄没個鴻雁凌風北向行。真僥倖，前宵夢裏，得見分明。

【尾聲】

絮叨叨情難罄，離魂願托女牛星，夜夜流光入帝城[二一]。

挽凌雲子

【集賢賓】

凌雲去矣何處依，似乘鳳瑶姬。鸞鏡初分香未徙，望蓬萊空想丰儀。燈昏帳底，猶髣髴丁冬環佩[二二]。深院裏，痛蕭蕭蕙枯蘭萎。

【啄木鸝】

蘇娘錦，謝女題，林下風流誰似你。更和那孝行高風，卻教人曉夜思惟[二三]。春葱細切江魚膾，纖腰每著斑衣戲。温凊高堂博解頤，石室共圍棋[二四]。

【貓兒墜】[二五]

和鳴琴瑟，静好永無違。佐讀螢窗清漏遲，新詩酬唱句同揮。看伊，一代文名，半生聰慧。

【滴溜子】

君將那、君將那玉樓賦擬，堪憐我、堪憐我晤言未幾[二六]，怎生將人拋棄。蘅蕪空自焚，何來步履，淚漬紅冰，香冷素幃。

【尾聲】

望粧樓凄寂苔封，砌半簾寒雨夜烏啼，蒿里吟成腸九迴。

秋 怨

【繡帶引】

烟雲外頻勞望眼，啼痕兩袖斑斑。銀河畔片月孤清，疎林裏敗葉風翻。憑闌,蛩聲幾處愁向晚[二七],淒涼境幾曾經慣。剛言道相逢恁艱,便覺那秋霜吹入青鬢。

【懶針線】

昔日恩情海和山,鳳友鸞交兩意安,粧臺親自畫眉彎。向清宵嘯咏渾忘旦,曾不羨泛槎銀漢。那些時繡帳春寒夜,那些時鴛衾熏麝蘭。真希罕,玉皇仙吏,咱與你雙謫人寰。

【醉宜春】

今番,山長水遠,爲朝朝怨别,憔悴朱顔。柔腸細綰,終日裏廢寢忘餐。潸潸,裙拖香裊石榴殷。冰絃上宫商慵按,鬼病懨懨。堪哂,似癡如懶。

【瑣窗繡】

記當時分袂河干,絮語丁寧須早還。到而今忘了義重如山[二八],多應遇了桃紅瓣,便追尋胡麻香飯。又何須盼秋江布帆,又何須盼秋江布帆。

【大節高】

不如那賦性癡頑,儘嬉遊心思散。多情空自多牽絆,雙星燦,清露繁,芙蓉綻。般般都把相思犯,拂箋剛待揮清翰。寄語天涯薄情人,雲中墮卻雙飛雁。

【東甌蓮】

新知樂,舊盟寒,棄妾長門重會難。從今説甚風流案,儘着您將人慢。恩情如昔總無關[二九],我自有伴青燈,瘦梅花紙帳畫斑斕[三〇]。

【尾聲】

寫麗詞,情何限,松風梧葉扣雙鐶[三一],驚起閨人擲筆看。

重遊顧圃，有懷又令、季嫺、雲儀諸子

【曉行序】

杏小梅青，愛春光如許[三二]，此際特來芳徑。相攜處，隨着燕語鶯聲，行行。一帶迴廊，卻喜步步柳逢花迎[三三]。名勝，問傍人，何似金谷園亭。

【黑蟆序】

閑憑，十二雲屏，怕衣香暗染，素影猶剩。見薔薇滿院，籬外相映。娉婷，風前環佩輕，花間笑語聲。轉疎櫺，姐妹花開，忽地逗起衷情。

【錦衣香】

門半扃，塵猶疑[三四]，路已更，苔還净[三五]。回思前日同遊，頗饒佳興，翩翩林下舊知名。攜來花外，共訂文盟。牙籤同檢韻，寫新詞字字輕清，還與丰標稱。待從頭評定，誰行第一，誰堪廝并。

【漿水令】

記和他池邊照影，記和他小閣共登，半窗疎柳漾簾旌。風光似舊，轉嘆飄零。催歸去，還暫停，花雨亂飄迷香徑。仙源裏、仙源裏莫辜好景[三六]，紅塵外、紅塵外記不分明。

【尾聲】[三七]

（林以寧《墨莊詞餘》）

校勘記

［一］ 懊：《全清散曲》無。

［二］ 照：《全清散曲》作“昭”。

［三］濟：《全清散曲》無。

［四］盼斷：《全清散曲》作“聆”。

［五］我：《全清散曲》無。

［六］便：《全清散曲》作“使”。

［七］报：《全清散曲》作“抿”。

［八］惹：《全清散曲》、國家圖書館藏胡文楷抄本作“若”。

［九］勝：《全清散曲》無。

［一〇］相思，徒然魂夢勞：《全清散曲》無。

［一一］白練序：《全清散曲》作“白練序换頭”。

［一二］線：《全清散曲》作“綿”。

［一三］把：《全清散曲》無。

［一四］許：《全清散曲》作“講”。

［一五］羽調：《全清散曲》無。

［一六］歸：《全清散曲》作“舊”。

［一七］搏：《全清散曲》作“搏”。

［一八］竟：《全清散曲》作“意”。

［一九］政：《全清散曲》作“改”。

［二〇］卿：《全清散曲》作“鄉”。

［二一］帝：《全清散曲》作“勞”。

［二二］冬：《全清散曲》作“令”。

［二三］惟：《全清散曲》作“帷”。

［二四］石：《全清散曲》作“右”。圍：《全清散曲》作“團”。

［二五］貓兒墜：《全清散曲》作“琥珀貓兒墜”。

［二六］堪憐我：《全清散曲》三字未重復。

［二七］蛩聲：《全清散曲》作“吟蛩”。

［二八］到：《全清散曲》無。

［二九］恩：《全清散曲》作“思”。

［三〇］帳：《全清散曲》作“悵”。

［三一］扣：《全清散曲》作“和”。

［三二］許：《全清散曲》作“訢”。

［三三］柳逢花迎：《全清散曲》作“柳衣迎”。

［三四］塵：《全清散曲》作“生”。

［三五］苔：《全清散曲》作“苦”。

［三六］仙源裏：《全清散曲》作“仙源里”，三字未重復一次。

［三七］下缺。

黄　鉽

黄鉽(1656—1705 後),字招愔,號雁翁,山陰(今浙江紹興)人。終生不第,有傳奇《四友堂里言》。

套　數

初夏閨詞

【步步嬌】

一夜薰風歸春悄,花謝酴醾早,繁華風景銷。杜宇無情,耳畔催叫,好事易飄摇。春來倍看腰圍小。

【醉扶歸】

苦懨懨捱過東皇悄,悶亭亭今來第一朝。慢相期摇扇並蘭湯,則可憐覽鏡孤雲膏,傷心媚婕爲誰撟,翠裙久撇宜男老。

【皂羅袍】

怕是簾櫳静窗,慘離離孤影强對蕭蕭。翠樓引動燕鶯交,重門惹遍蛛蜂繞。長安日近,人遥思遥,沙場路遠,魂勞夢勞。知他何計安排好?

【好姐姐】

思量中心似擣，看瑩瑩羅紅退了。年來洗面，都將雨淚澆成呆僝。薄幸心腸人間少，薄命紅顔若個消。

【香柳娘】

漸吁吁困怠，漸吁吁困怠，炎威吹燎，奄奄氣息誰行吊？向闌干試倚，向闌干試倚。波擎翠蓋摇，鳥探朱櫻少。怕南薰拂弦，怕南薰拂弦。山長水遥，鳳悲麟愀。

【尾聲】

寃家倖短真難料，立紗廚單衫恰好，則恐怕梅子酸心雨又澆。

四時閨詞，集樂府題

【新水令】

小桃紅鬥杏花天，醉春風滿庭芳豔。嬌鶯啼序緩，新水令方宣。芳草芊芊，訴不盡傷春怨。

（小桃紅、杏花天、醉春風、滿庭芳、鶯啼序、新水令、芳草、傷春怨）

【步步嬌】

閑繞池遊，步步嬌還軟。沉醉東風面，香羅帶自寬。爲憶王孫，常相思怨。驚夢鷓鴣天，春光好處何人見。

（繞池遊、步步嬌、香羅帶、沉醉東風、憶王孫、長相思、鷓鴣天、春光好）

【折桂令】

訴衷情薄幸誰邊，敢會河陽，豈宴桃源？是者等競舞孤鸞，簾空疏影。

佩解連環惜分飛，陽臺路漫望遠行。西子妝殘，慵整花鈿，懶畫眉尖，耳邊廂又早聽狀元郎折桂令喧。

（訴衷情、薄幸、會河陽、宴桃源、孤鸞、疏影、解連環、惜分飛、陽臺路、望遠行、西子妝、整花鈿、懶畫眉、折桂令）

【江兒水】

楊柳枝剛緑，溜花泣又燃。江兒水漲黄梅院，荷葉杯擎無人勸，珍珠簾控薰風扇。何日少年行，轉同傍妝臺，狠罵玉郎一遍。

（楊柳枝、溜花泣、江兒水、荷葉杯、珍珠簾、少年行、傍妝臺、罵玉郎）

【雁兒落】

者幾日大和仙勤去參，則教人雙蝴蝶羞相見。他那裏三學士戀情深，我者裏四時花無心看。呀，直恁底鳳簫吟斷倏經年，悄不覺銀潢又駕鵲橋仙。痛底是兩同心遭磨難，想、想底個雁兒落，又信不傳，我哭皇天，誰消受遐方怨，傳言玉女，魂離望可憐。

（大和仙、雙蝴蝶、三學士、戀情深、四時花、鳳簫吟、兩同心、鵲橋仙、雁兒落、哭皇天、遐方怨、傳言玉女）

【僥僥令犯】

江頭金桂出廣寒，一枝花影圓。誰孤負錦堂月闌，誰擔擱僥僥令犯？見梧桐樹卷涼颸片，芭蕉雨滴真珠串。説甚麼玉芙蓉花暎芙蓉面？

（江頭金桂、一枝花、錦堂月、僥僥令犯、梧桐樹、芭蕉雨、玉芙蓉）

【收江南】

呀，便做道收江南未下呵，也索記南浦别時言。早難道我秦樓月障霧和烟，你綺羅香趁别嬋娟。惜奴嬌病纏，哭相思淚漣。問紅情何處醉無鞭。

（收江南、南浦、秦樓月、綺羅香、惜奴嬌、哭相思、紅情、醉無鞭）

【園林好】

青哥兒伊心忒偏，紅娘子儂情太堅。一任他菊花新園林好豔，意不盡，口難言。

（青歌兒、紅娘子、菊花新、園林好、意不盡）

【沽美酒】

駐雲飛茫漠天，刮地風栗烈寒。雁過南樓帶雪還，一剪梅雀鬧喧。沽美酒誰共歡，鎖南枝六花鋪豔。小蓬萊玉山頹遍，鳳皇閣已成瓊觀，簇御林都爲瑶殿。我呵到黄昏紗窗恨添，繡停針無邊思牽。呀，便戀繡衾，孤衾誰戀？

（駐雲飛、刮地風、雁過南樓、一剪梅、沽美酒、鎖南枝、小蓬萊、玉山頹、鳳皇閣、簇御林、紗窗恨、繡停針、戀繡衾）

【清江引】

清江引帆歸舳遠，淚洗多嬌面。忽報臘梅花，早探春工倩。儂則是怕春歸，又先教春思牽。

（清江引、多嬌面、臘梅花、探春、怕春歸）

初　妬

【新水令】

半窗花雨寄天涯，忽遭逢浣紗溪外。雕龍傾玉佩，繡虎動金釵。氣合聲諧，料不是洙鄉派。

【步步嬌】

一種癡情頻年害，命薄無倚賴，紅顔鏡裏埋。幸有今朝鸞鳳廝會，攜手告多才，者姻緣五百君應在。

【折桂令】

問卿卿，你是個上界仙材，俺下里拘儒，怎受底北國栽培？是看上你南楚文章、東都韻思、西蜀人才。俺不曾效河陽桃軒李載，卿可也怨朱洲柳隕花災。者赫赫星臺、皎皎明懷，俺若是昧深恩壽短名虧，奴則是悔初衷粉化香埋。

【江兒水】

繡户春常閉，嬌花晚未開。十年風雨甘寧耐，幾處燕鶯深防害，一朝珠玉輸誠待。忙把紅襦松解，滿院幽香，早勾去魂靈天外。

【雁兒落】

猛見了豔晶晶冰玉胎，早閃動光燦燦珍珠怪。輕扣着怯纖纖楊柳肢，偏背着嬌滴滴桃花貴面。呀，者明明萼緑駐塵埃，則書生何計可安排？俺把者皓股兒松松啟，俺把者嬌蕊兒款款捱。輕裁，猛噴了猩紅賽。驚回，喘吁吁真可哀。

【僥僥令】

羞究無地躲，嬌面可難擡。一擲千金輕廝付，則願守初心不似纔。

【收江南】

呀，便則是到海枯石爛呵，也不用費疑猜。俺則把觀音般惻惻，俺何曾頃刻敢忘懷。請消停者回，再端詳那回，俺惜花終不教花埋。

【園林好】

問歡儂此生果偕，痛兒家此身實哀。願洗盡鉛華相待，甘荊布守裙釵。

【沽美酒】

謝娘行志不回,歎薄福福何該。的的相看真異哉。者深德倩誰儕,者癡願望重諧。瘦金蓮横分斜派,嫩酥胸輕偎低蓋。小櫻顆深深含采,窄香肩孜孜摟載。我呵低聲問情兒可開,悄聲答魂兒具衰。呀,覷眉峰依然顰害。

【清江引】

雙雙再將天地拜,感謝神恩大。樹成連枝理,縷結同心帶。咱和伊到三生情似海。

再　姤

【新水令】

晚花風定倒窗紗,透銀蟾繡簾重掛。霞光明錦珮,雲影媚新鴉。香裊烟斜整,候着桂蘭駕。

【步步嬌】

一夜恩私如天大,想像真無價。紅鸞此地跨,霧暗花明,小徑行踏,庭院啟梨花。望卿卿,望不到紅輪下。

【折桂令】

者一霎喜盈盈眼笑眉花,悄問東君,何地回車?愛殺你筆透珊瑚、鏇璀玳瑇、玉潤蒹葭,撥銀釭孜孜笑話,倒金樽冉冉擎拿。月射窗紗,風静簷牙。暢好是百歲夫妻,先受用一夕風華。

【江兒水】

玉向三生種,人逢兩地佳。夜來風雨卿曾怕,今日燕鶯吾重下。待將珠玉同輪價，莫負良時輕舍。兩兩鴛鴦，穩護着花枝低亞。

【雁兒落】

待和你並香階閑望花，待和你賡新句同濡蠟。你看者月溶溶照影雙，偏湊俺燈燦燦憑人語。呀，恁襄王急色好情奢，問神女幾個候巫峽。俺不是窺宋玉東牆女，俺不是奔長卿西蜀娃。匪誇，者就裏郎知察。休訝，略消停則半霎。

【僥僥令】

烟寒沉細柳，露冷喚棲鴉。則恐嫦娥將人妒，且自赴鮫綃同喜洽。

【收江南】

呀，俺則把中腸猛訴呵，俺爲甚甘寒賤老年華，俺則爲爺娘從幼誤蒹葭，將身許嫁到天涯。怨癡禽錯跨，幸文鴛得嘉。因此不羞自衒獻君家。

【園林好】

聽芳言英英可誇，教熱腸偎偎頓加。擁香肩同登繡榻，舒寶扣褪輕紗。

【沽美酒】

幸良緣會不遐，笑書生直恁邪。不管羞人，卻怎麼剪絳炬，揭紅紗，窺軟玉，捫新葩。輕身偎靡靡豐暇，低頭覰盈盈光射。待恣卻芳情輕耍，還則恐香魂驚詫。俺呵捧雙鈎撐嘉達嘉，透靈根漁罝獵罝。呀，漸融融眉松腰卸。

【清江引】

俺把香腮細偎情細加，喜極真無那。肥兔正撐輪，新鷹初放架，則共伊美甘甘真不舍。

（黄鉽《四友堂里言》附）

徐旭旦

徐旭旦(1659—1729),生平見《全清散曲》第 640 頁。

小　令

【哭相思・鬧五更】

看看是一鼓深,看看是一鼓深,閉着窗兒,掩上了門呀掩上了門。無聊自向我心頭忖,須知夢裏逢還愁夢裏分,夢裏的個冤家也,冤家是這樣心腸狠。夢裏的個冤家也,冤家是這樣心腸狠。

看看是二鼓交,看看是二鼓交,繡被香熏,心轉也焦呀心轉也焦。紛紛淚點在腮邊掉,當初說白頭,而今没下梢。恨殺的個冤家也,冤家把你向陰司告。恨殺的個冤家也,冤家把你向陰司告。

看看是三鼓初,看看是三鼓初,你上牙床,忘卻了奴呀忘卻了奴。衾寒枕冷我千般苦,癡心是婦人,無情盡丈夫。薄幸的個冤家也,冤家不管我青春誤。薄幸的個冤家也,冤家不管我青春誤。

看看是四鼓來,看看是四鼓來,仔細思量,怎麽的挨呀怎麽的挨。誰人替我把衣裳解,身兒不住翻,頭兒懶去擡。想着的個冤家也,冤家又做下來生債。想着的個冤家也,冤家又做下來生債。

看看是五鼓鼕,看看是五鼓鼕,一夜相思,都落了空呀都落了空。可憐咬得這牙根痛,剛聽雞亂啼[一],驚看日又紅。撇下的個冤家也,冤家想你也終無用。

撇下的個冤家也,冤家想你也終無用。淒涼一宵全不睡,受盡冤家累。歸來扯定他,拗得渾身碎。向銷金帳裏,再問他個欺心的罪。

(徐旭旦《世經堂詩詞鈔》卷二十九)

校勘記

[一] 啼:原作"蹄",據文意改。

石成金

石成金(1660—1747後),生平見《全清散曲》第704頁。

小　令

《賽金聲》序

余愧才淺,承乏劇邑,常以不克副職爲懼。今夏五月,緣奏銷赴蘇。是時,舟泊吴門,午倦隱几,傍有巨艦鳴金絲余舟而過,其聲鏜然。余夢驚覺,急往撫轅請謁。若或稍遲,撫憲即有常州之行。非惟不面,且將奏册注余下考,而吏議及之矣。因思世人沉酣於夢夢者,不爲不尠,安得遍擊金聲,以警醒言耶?正在太息,適天基石子以所著歌詞語録遺余,較訂繙閲之際,喜其以極正之訓,出以極淺之詞,雖愚夫俗子,未有見而不恍然警悟者,勝於鳴金之警矣,因以《賽金聲》名其書。今聖天子在上,四海昇平,凡屬黎民,應多安分樂業,非理之事,自當謹戒,共享太平之福。念若稍左,亟宜改悔。倘聞言不悟,必罹危難。猶聞金而仍憒憒於夢中,不亦深可憫哉。年家眷弟張應皐拜題並書。

新撰有福人【耍孩兒】歌

【西江月】 引　首

浩浩乾坤似海，昭昭日月如梭。偷閑聽我唱山歌，各要存心改過。貴賤前生已定，有無空自奔波。從今安分樂天和，福人長享福果。

後列各歌，首二調是“有福人”起句。自第三調起，俱以“勸世人，莫”字爲起句。

總　概

有福人，聽我言：这歌詞，用意編，從頭細細将言勸。披肝瀝胆君須記，苦口叮嚀切莫嫌，知音急早爲良善。一句句修齊至寶，依得我福壽綿綿。

聽　從

有福人，仔細聽，这歌詞，理義明，言言切着真心病。世人若肯回頭轉，方信吾言值萬金，非同詞曲閑吟詠。我這裏高歌低唱，一聲聲喚醒迷魂。

凶　惡

勸世人，莫行凶，施毒惡，顯神通，機關使尽南柯夢。嘉言入耳全爲謊，好事當前不用工，轉臉反笑人無用。任憑你乖巧伶俐，只恐怕天理難容。

姦　淫

勸世人，莫邪淫，俏紅顏，最動情，誰知損德亡身命。你若淫人妻共女，你的妻女也又淫，循環果報原相應。非獨是招災惹禍，怕後來滅絶兒孫。

争 鬥

勸世人,莫鬥争,閑是非,不可聽,須知忍耐多和順。若還恃己施强勇,脚踢拳傷人命傾,王章一命償一命。最可憐披枷带鎖,纔晓得望救無門。

詞 訟[一]

勸世人[二],莫興詞,告狀的,真是痴,花錢受辱荒田地。贏了冤家圖報復,輸了刑傷活慘悽,如爐官法非兒戲。有甚麽深讐大隙,自尋那困苦流離。

嫖 蕩[三]

勸世人[四],莫要嫖,姊妹們,慣逞嬌,做成假意虚圈套。痴心恩愛如珍寶,當面温存背跳槽,黄金散盡誰歡笑?只落得梅瘡遍體,最可憐衣食無聊。

賭 博[五]

勸世人[六],莫賭錢,迷魂陣,似蜜甜,無昏無曉相留戀。頭家幫客都想賺,打駡争喧最可嫌,娼優隸卒同卑賤。起先時衣囊折揭,到後来典賣田園。

貪 刻

勸世人,莫亂貪,不義財,休戀看,何苦身被他牽絆。奸巧刻薄强争取,利己損人心怎安,兒孫恐怕難承担。空留下他人浪用,惡罪業自己填還。

酗 亂

勸世人,莫醉沉,飲半酣,可稱情,貪杯誤事還成病。言顛語倒相争鬥,膽大心粗不認人,愚夫此際常拼命。惹起來姦偷壞事,從這裏敗德亡身。

烹　宰

勸世人,莫宰生,悲痛聲,不忍聞,怎忍口腹傷殘命。盤中香美脂膏味,都是生烹活剥成,可憐冤報何時盡。你只想針芒刺肉,百般樣痛楚難禁。

奢　華[七]

勸世人[八],莫奢華,淡泊些,最是佳,何須浪費争高大。珍饈羅列喉如海,衣服新鮮錦上花,只恐福小難招架。這作爲怎能長久,總不如樸實成家。

規　望

勸世人,莫巴高,富與貴,天數招,榮枯得失誰能拘。眼前飽暖都爲福,向後盈虚任長消,但萌妄想皆非道。不知足時時苦海,能安分處處逍遥。

怨　尤

勸世人,莫怨天,好和歹,宿世緣,痴人何苦多埋怨。前生修積今生受,數定時辰有後先,怎能事事如心願。不退想自尋煩惱,能知福快活神仙。

虚　妄

勸世人,莫妄求,得休時,且罷休,功名富貴天生就,粗衣淡飯隨時過,勞碌奔波早白頭,清閑自在多長壽。作好人身安夢穩,行好事快樂無憂。

昏　昧

勸世人,莫志昏,五更時,心自捫,細將往事公平論。憑何陰騭能消罪,有甚修持種善因,請君快把前途奔。惡心腸急須改悔,速回頭挽轉天心。

謀　慮

勸世人,莫遠籌,子與孫,何必憂,各人衣禄安排就。糾纏世事催人老,撇却塵緣得自由,電光石火須臾候。且享些清閑自在,先落得安飽無求。

憂　愁

勸世人,莫憂愁,將煩惱,一筆勾,誰人管得前和後。榮華富貴天生定,豈是常人智力求,心機費盡終無就。到不如隨緣快樂,享許多自在悠遊。

痴　迷

勸世人,莫痴迷,年見老,雪鬢堆,此生聚散如萍會。花無長放香無久,月有團圓光有虧,無常迅速難回避。試看你形容枯槁,还不肯意轉心回。

因　循

勸世人,莫因循,見死亡,也自驚,無常那論高年近。亲朋死别无其數,老少凋零不忍聞,人人爲你傳音信。急回頭累功積德,莫辜负萬劫人身。

(石成金《傳家寶初集》卷二)

新撰好男兒歌【耍孩兒】

【西江月】　引　首

若論乾坤大事,首重綱紀人倫。我編俚唱勸今人,各要留心細聽。俗語淡中有味，粗言淺内含深。男兒要好莫因循，急早改邪歸正。

後列十調内，有鄰里奴婢，雖非五倫，乃处己之要事，因附於末。

綱　領

好男兒，依我言，重倫常，最要先，綱常倫理人争羡。果能做得倫常好，勝積陰功幾萬千，何須拜佛祈神願。一處處太平世界，快活人共樂堯天。

心　志

好男兒，先正心，人是樹，心是根，根傷枝葉焉能盛。行事先將自己想，自心不欲就莫行，姦貪乖巧休稱興。到頭來善惡果報，怎逃得天地神明。

主　上

好男兒，要盡忠，事君王，禮鞠躬，赤心報國成梁棟。清廉正直无私曲，不愛民財秉至公，流傳萬古芳名重。行仁惠恩加百姓. 不枉了禄享千鍾。

本　源

好男兒，孝雙親，念劬勞，養育恩，此生報答真難盡。懷胎生産耽驚險，就濕推乾受苦辛，饑寒舉動勤相問。切須要竭力盡孝，莫忘了天地高深。

昆　玉

好男兒，愛弟兄，念同胞，一母生，不宜争競傷天性。哥哥愛弟年輕小，弟弟尊哥手足情，一家和睦鄉邦敬。休聽那枕邊言语，爲錢財賭氣相争。

唱 隨

好男兒,重宿緣,做夫妻,總聽天,雙雙和愛無埋怨。妻能内助家門盛,夫善刑于禮讓先,同衾共枕情休變。最悲傷紅顔薄命,纔知道福在醜邊。

後 嗣

好男兒,教子孫,訓義方,不可輕,賢愚成敗關家運。勿勞縱愛非真愛,積德非金却勝金,切休釀就豺狼性。做不法玷污宗祖,作非爲敗壞家門。

金 蘭

好男兒,信在先,與人交,戒妄言,一言九鼎無更變。托妻寄子全忠義,一諾千金自古賢,交情休論貧和賤。只學那桃園结義,切莫效孫臏龐涓。

鄰 里

好男兒,要睦邻,鄰里人,義轉親,左鄰右舍須和敬。莫因些小生嫌隙,患難常施救濟恩,相逢喜壽先歡慶。試看那水火盜賊,急難中難望遠親。

奴 婢

好男兒,恤下情,奴婢們,最苦辛,孤單凍餓誰來問。雖然貴賤尊卑體,也是爹娘一樣生,何苦打罵施威令。凡百事從容教導,可憐他愚拙痴心。

【清江引】

敦倫重理真個好,不負聖賢教。消除薄惡情,依順中和道,方纔是男兒無愧了。

《好女娘歌》叙

家之有賢妻，猶國之有良相也。相良則國治，妻賢则家自興矣。然而聰明男子，尚賴教訓以成人，何况婦女乎？但婦女處閨閣之中，通文識字者甚少，若以深奥之言向説，奈彼茫然不解，雖説與不説同也。予先將勸戒男子者，已編成《有福人》、《好男兒》等書覺世，至於輔助成家之婦女，豈可不論乎？因又將妇女事所宜者，另編【要孩】十調，或配渔鼓，或合絃索，令彼聞音知義，各各成良善好婦女，何愧於國之良相哉？因以《好女娘》名其歌。天基石成金撰。

新撰好女娘【要孩兒】

於各反其意，已另著《壞婆娘歌》十首，同此調，同此韻。

孝公姑

好女娘.是好人，事公婆，極小心，問安視膳多和順。你能竭盡心和力，後代兒孫照樣行，賢良自有人欽敬。就是那公婆惡薄，能孝敬纔鄉里傳名。

敬丈夫

好女娘，依好言，敬丈夫，如敬天，家庭事事相和勸。安貧守分方爲美，共力同心就是賢，何曾愛富嫌貧賤。你看那孟光淑女，敬梁鴻舉案眉前。

和妯娌

好女娘，聽我歌，妯娌們，總要和，上恭下敬隨時過。相親相愛家中實，無是無非福自多，一生安樂消災禍。你只看人家興旺，再不起無事干戈。

教子孫

好女娘，看得長，教兒孫，學善良，明師好友相親傍。起居出入都恭敬，飲食言談必正當，家庭事事相謙讓。你看那三遷孟母，斷機杼万代揚名。

守閨門

好女娘，性淑貞，守閨房，不妄行，閑遊戲耍從無問。燒香入寺休提起，看會迎春不出門，繁華不喜耽幽静。惟遵守三從四德，這纔是蘭蕙爲心。

慎言語

好女娘，謹語言，是和非，總不傳，家庭内外無埋怨。诸姑伯叔都相敬，鄰里亲朋總有緣，一團和氣人争羨。詠于歸宜家宜室，性温柔無怨無嫌。

勤女紅

好女娘，儉又勤，做生活，手不停，織紝紡績偏多興。縫聯補綻常漿洗，裁剪綾羅手段精，衣衫件件都干净。再不會好吃懶做，又何曾戲耍閑情。

理中饋

好女娘，不憚勞，入廚房，自煮燒，烹炮飲食般般妙。豐腴葷素皆中吃，鹹淡酸甜五味調，延賓款客都周到。小菜兒精緻潔净，勝人家美味佳餚。

待親友

好女娘,會掌家,親友們,都敬他,猶恐失欸心常怕。親族到了安排飯,賓客來時準備茶,從無簡慢輕人話。專喜歡雪中送炭,再不去錦上添花。

恤婢妾

好女娘,順又柔,不暴横,不苛求,立心步步存忠厚。知甘識苦奴心喜,體恤饑寒婢不憂,恩存呼令皆歡受。從不會敲敲打打,又何嘗嚷罵無休。

【清江引】

賢良婦女真個好,事事能周到。勤儉會持家,纔是家中寶。奉勸好女娘,依我十勸,不可少有違背了。

《壞婆娘歌》敘

婦女本來原無壞處,總因習染無教而成也。予已將女事之宜者,編爲十調,名曰《好女娘歌》。若不依予言,則不孝公姑,欺辱丈夫,種種不賢,小則惹人唾罵,大則身亡家破。乃世俗所謂壞婆娘也。因又各依原韻,反和十調,就名曰《壞婆娘》。要知笑之罵之,正所以發其慚愧羞惡之心,勝如教之訓之也。但願有志婦女,聽聞之餘,痛自改悔。獅吼之性,變爲柔順之質,則受福不小矣。或有恨我語言刻度而生怒罵者,是不可救藥終壞婦人,深可惜哉。天基石成金撰。

新撰《壞婆娘》【耍孩兒】，和《好女娘》原調原韻

不孝公姑

壞婆娘，恨殺人，待公婆，没好心，心高氣傲非和順，不遵禮節共甘旨，惡語狂言放肆行，全無一點真恭敬。直弄得家門破敗，惡媳婦到處傳名。

不敬丈夫

壞婆娘，不可言，不敬夫，反怨天，打夫罵主誰能勸，好穿好吃常丟醜，撒潑行凶大不賢，人人見了都輕賤。動不動報生怨死，嫁錯了懊悔從前。

不和妯娌

壞婆娘，聽我歌，妯娌們，總不和，大家不肯安閑過，憎嫌嫉妒偏生有，惹事招非到轉多，憑空弄起無根禍。他弟兄原如手足，爲你們同室操戈。

不教子孫

壞婆娘，看不長，好兒孫，教不良，狐群狗黨相親傍，偏心護短難收管，溺愛嬌生不正當，家庭吵鬧何曾讓。到後來釀成不肖，敗家精到處傳揚。

不守閨門

壞婆娘，性不貞，愛風流，喜浪行，多言好事逢人問，觀山玩水遊僧寺，看會迎神造跕門，生來好動何能静。説三從全然不懂，純是些狗肺狼心。

不慎言語

壞婆娘，不謹言，招風嘴，話亂傳，行行步步招人怨，諸姑伯叔參商了，鄰里親知總没緣，説張説李誰人羡。最可恨婦人長舌，敗家聲屁臭屎嫌。

不勤女紅

壞婆娘，不肯勤，坐房中，事事停，織紝紡績全無興，不管兒女衣和履，就是人間懶惰精，一身邋遢無干净。好睡覺（音叫）日高怕起，不梳頭滿臉痴情。

不理中饋

壞婆娘，最怕勞，全不管，煮與燒，生茶生飯何能妙，無分葷素唇難進，不論酸鹹味不調，烹炮火候何曾到。小菜兒從來没有，還説甚麼美味佳餚。

不待親友

壞婆娘，不管家，親友們，都恨他，惡名遍曉全不怕，諸親斷絶難來往，有客來時莫想茶，逢人慣説餿兜話。就遇着至親好友，都當做眼底虚花。

不恤婢妾

壞婆娘，不順柔，惡冤家，亂苛求，狠心毒口非忠厚，監茶料飯家僮苦，肚餓身寒婢妾憂，時常打罵難禁受。有一朝把人逼死，那時候怎了怎休。

【清江引】

不賢婦女怎的好，妒忌淫偏到。七出有明條，牝雞不是寶。奉勸壞婆娘，依我十戒，速回心再莫壞了。

《天福歌》自叙

昔平泉陸先生有《巧字歌》曰："巧巧巧，慣使機關終日攪。是人虧，只己飽，閻羅拙算霎時來，千般受用生前狡。"予讀之，喜其味長，恨其幅短，因和而廣之，各以兩字順聯而撰，遂成二十調。至於孝弟忠信等字，雖云甚好，因限於格調，未免詞不盡意，所以未曾編入。況予另有《好男兒》等歌，已悉其意，又何須重綴乎？讀者因歌而省悟，則有許多天福可享矣。因以《天福》爲名，非敢曰覺世，亦不過增演陸子未盡之詞義耳。天基石成金撰。

新撰天福歌

後列各歌，每二首題疊字，一正一反而撰。惟心、身、富、貴、嫖、賭六歌，是順目未反。讀者知之。

心心心，披毛作佛此中分。庶民去，君子存，只此幾微成善惡，遠在兒孫近在身。

身身身，誤盡愚夫錯做人。將假合，認成真，不務回光尋本體，癡癡何用苦貪嗔。

富富富，幸入寶山休虛負。開禮門，定義路，積而能散還復來，放利而行徒怨惡。

貴貴貴，患所以立不患位。半世官，百世罪，眼前赤子任君行，頭上青天真可畏。

閑閑閑，柴門雖設晝常關。尋顔樂，憚許煩，世事才來催白髮[九]，幾人休去伴青山。

忙忙忙，心慌恰似失林獐。都前定，枉倉皇，等到白頭將歇足，人間又有染鬢方。（末二句吕純陽詩）

忍忍忍，怒火須將急水噴。剛易折，柔長存，早知泡影須臾事，悔把恩讐抵死分。（末二句史彌遠詩）

争争争，争財争氣命都輕。幾人醒，幾時平，握籌算就千年計，屬纊惟留一歎聲。

拙拙拙，貌似癡呆口更訥。不謀求，不侵奪，一聽造物有安排，偷得浮生轉快活。

奸奸奸，對面如隔幾重山。説鬼話，弄機關，儘自眼前施狡猾，拚身六道苦填還。

明明明，浸潤膚受不能行。如鏡照，没點塵，君子一生皆信實，小人滿面是虚情。

癡癡癡，用盡聰明不見機。空算計，枉奔馳，可憐三萬六千日，不放身心静片時。

福福福，没病没愁没欺辱。無災殃，有蔬粥，上比不及下比餘，多少饑寒嗟半菽。

禍禍禍，世事如棋一着錯。看得破，忍不過，只説天網甚恢恢，你看到頭饒那個。

嫖嫖嫖，香腮粉面小蠻腰。賣花箭，獻笑刀，燃肌剪髮甘情死，哄煞癡郎没下稍。

賭賭賭，此病人生第一苦。尋貧窮，招欺辱，身家兩敗骨肉傷，良朋遠棄羞爲伍。

休休休，紅塵看破即丹丘。除妄想，務真修，有定榮枯徒拙算，無多歲月莫閑愁。

勞勞勞，東西南北苦周遭。忽憔悴，且逍遥，一心似水惟平好，萬事如棋不着高。（末二句韓樂吾詩）

真真真，欺人欺己即欺神。誠爲實，信是根，無學世情多薄惡，虚頭厚貌弄空心。

幻幻幻，假合一場精扯淡。遞消長，倏聚散，世間何物一得堅牢，勸君早把前程辦。

（石成金《傳家寶初集》卷三）

校勘記

［一］［三］［五］［七］此曲又見石成金《雨花香》第二十種《少知非》。

［二］［四］［六］［八］世人：石成金《少知非》作“你們”。

［九］才：原作“柴”，據文意改。

唐　英

唐英(1682—1755),字俊公、叔子,號蝸寄居士、陶人,人稱古柏先生。奉天(今遼寧瀋陽)人,隸漢軍正白旗。官内務府員外郎兼佐領,奉使監督景德鎮窑務,先後達十餘年。又曾監理淮關、九江關、粤海關税務。工詩善畫,雅愛戲曲。所作戲曲十七種,總稱《燈月閑情》,又稱《古柏堂傳奇》。詩文集《陶人心語》、《陶人心語續選》等。傳見《陶人心語》卷首附沙上鶴《瀋陽唐叔子蝸寄居士傳》、《清史稿》卷五百十。

小　令

【寄生草】　小　曲

今朝添重了冤業病,又不癢來又不痛。身子兒懨懨煎煎難鍘挣,壁上的琴對了君家無心弄。在行湊趣儘是假充,可笑你睁着兩眼兒說的是夢,可笑你睁着兩眼兒說的是夢。

可笑你粗蠢像,可笑你不在行。可笑你帶着包果子兒來學闖,可笑你祠堂不如俺烟花巷。勸你本分過時光,若不聽,挑水燒湯你多力量,挑水燒湯你多力量。

誇煞我的山東話,愛煞我的鬍子麻。笑煞我毬腔要擺個風流架,牛魔王何苦又把人來嚇。勸你早早快回家,羅刹女盼你想你還將你罵,羅刹女盼你想你還將你罵。

（唐英《麵缸笑》第一齣《鬧院》）

【皂羅袍】

只説新郎來到，原來是一班兒粗蠢囚牢。我寒梅不伍柳枝條，狂風癡雨蠻吹攪。脱不過站堂喝道，壓肩挺腰，執鞭墜鐙，調油炒椒。惱人心欲嘔翻成笑。

【梆子腔排律】

院司道府州縣堂，吏禮兵刑工户房。作弊蒙官奸似鬼，嚼民吞利狠如狼。捉生替死尋常事，改短爲長竟不妨。婆惜老公真好漢，暗龜明賊黑三郎。

【清江引】

憐伊官比芝麻小，宦況甚苦惱。俸薪缺養廉，堂上無批稿。還怕那大計時填年老。

老爺堂上的威風大，回宅擔驚怕。猶如淮鼓兒，又像秋千架。每日裏受推敲吊着打。

（唐英《麵缸笑》第四齣《打缸》）

徐大椿

徐大椿(1693—1771),一名大業,字靈胎,號洄溪老人,江蘇吴江人。名醫,有《樂府傳聲》、《洄溪道情》等。參見鄧長風《徐大椿和徐爔——父子醫家兼曲家》(《明清戲曲家考略續編》,上海古籍出版社 1997 年版,第 189—197 頁)。

小 令

自 序[一]

道情之唱,由來最古。其聲則飛馭天表,遊覽太虚,俯視八紘,志在冲漠之上,寄傲宇宙之間。慨古感今,有樂道徜徉之情,故曰道情。其説相傳如此,乃曲體之至高至妙者也。迨今久失其傳,僅存時俗所唱之【耍孩兒】、【清江引】數曲,卑靡庸濁,全無超世出塵之響,其聲竟不可尋矣。癸亥之春,余作《樂府傳聲》將竣,凡諸音調,俱探本窮流,辨悉微奥。猶慨古人聲音之道失傳者尚多,而道情之絶爲尤可惜,尋其聲而不可得,即今所存【耍孩兒】諸曲,究其端倪,推其本初,沿其流派,似北曲【仙吕入雙調】之遺響,乃推廣其音,令開合弛張,顯微曲折,無所不暢。聲境一開,愈轉而愈不窮,實有移情易性之妙。但徒以工尺四上爲之譜,則有聲無辭,可餉知音,難以動衆。且不便於傳遠,因拈雜題數十首,半爲警世之談,半寫閑遊之樂。總不離於見道者之語,以聲布詞,以詞發聲。悉一心之神理,遥接古人已墜之緒。若古人果如此，則此音自我續之。若古人不如此，則此音自我創之。無論其續與創，要之律吕順，宫商協，絲竹和，可以適志，可以動人，即成曲調之一家。後世有考音者出，亦不得不舍此不問，而别求所謂道情矣。洄溪主人自敘。

勸孝歌

五倫中，孝最先，兩個爹娘，又是殘年。便百順千依，也容易周旋。爲甚不好好的隨他願？譬如你詐人的財物，到來生也要做豬變犬。你想身從何來，即使捐生報答，也只當欠債還錢，那裏有動不動將他變面。你道他作事糊塗，説話欹偏，要曉得老年人的性情，倒像了個嬰年。定然是顛顛倒倒，倒倒顛顛。想當初你也曾將哭作笑，將笑作哭，做爺娘的爲甚不把你輕抛輕賤，也只爲愛極生憐。到今朝，换你個千埋百怨。想到其間，便鐵石肝腸，怕你不心回意轉。

勸葬親

生養親，死葬親，養親不是要功勳，葬親不是爲兒孫。只爲那腐爛的屍骸入土方安分，那裏有倒做了希奇貨物，靠他發貴，靠他救貧？聽了那看風水的胡言，説道東邊的地掘藏弗真[二]，西邊的地做官不尊。今年冲太歲，來歲犯將軍。直守到一生半世，到底葬不成你的雙親。這心術傳與後人，你的賢郎極肯遵家訓。兩代棺材，一同放在破屋半間，誰把你來瞅問。東邊火起，火葬你的身，西邊水發，水做你的墳。那時節仔望一品官高，十萬家私，是無是有，是假是真，何不把一塊閑田近地，早些葬了，也免得骸骨無存。何曾見看風水的盡享高官厚禄，只見他窮得來無投奔。勸世人，只須得省衣節食，早早的送你爹娘入土。這就是造福之門。

勸争産[三]

争田地，終日喧，錦江山，不要錢。人生何苦把家園戀，昆侖在右邊，滄海在左邊。那其間千村萬落，奇花異卉，舟車士女，無萬無千。你把輕舟掛了帆[四]，駿馬加了鞭，便走到五載三年，也怕你遊他不遍。何苦將這破屋荒田，與旁人争長論遠。你説道傳與子孫，只怕你的子孫，敗得來身上無綿，手裏無錢。得了人幾串青蚨，幾片銀邊，把筆來寫得根根固固[五]，杜杜絶絶。土無一寸，瓦無一片。那時節你在黄泉，方曉得枉抛了十萬倍錦繡乾坤，又保不住一角兒土缺牆圈。

讀書樂

要爲人，須讀書，諸般樂，總不如識得聖賢的道理，曉得做人的規矩。看千古興亡存敗，盡如目見耳聞；考九州城郭山川，不必離家出户。兵農醫卜，方書雜録，載得分明；奇事閑情，小説稗官，講的有趣。讀得來滿腹文章，一身才具。收了心，省得些妄念淫思；束了身，斷絶那胡行邪路。這是讀書的樂[六]。更説那不讀書的苦。記姓名寫不出趙李張王，登帳目纏不清一三四五。聽見人説故事，顛顛倒倒記了回來；聽見人論文章，急急忙忙跑將開去。更有那有錢的閑不過，只得非嫖即賭。到後來敗了家私，遭了刑戮。我見他不但心情慘戚，又弄得體面全無。

戒酒歌

造酒的，是魔君，把米麥高粱，爛做了這樣醃les醖。明明白白的人，只消得三杯落肚，眼目漸漸昏，神思漸漸渾。話不得的言談滿口難容忍。自古來酒後狂言，喪了多少英雄命。也有的家私日落，也有的疾病相循。白日青天，宛然做夢；出言作事，竟像亡魂。走近來滿身希臭，跑開去跌倒難蹲。敬親朋，必灌死方爲快[七]；争意氣，便醉殺也無論。有甚冤仇，這樣的懷深恨。勸世人，戒得來，真豪傑。熬不過，也須是對花賞月，養老留賓。三杯五盞，禮讓逡巡。斷不可昏頭搭腦，終日醉醺醺。

戒賭博

昧良心，是賭錢，賊算計，鬼胡纏，不知誰人造這坑人院[八]。對强盜的真容幾幅，把蠻牛的朽骨一拳。自然也變了蠻牛的心肺，得了强盜的淵源。不論親朋骨肉，心心要圖他財帛；不論富貧良賤，念念要奪彼田園。誰知你會贏他五百，他到要輸你一千。翻來覆去，只落得幫閑的、撮頭的厘厘登串[九]。即使淘千場，劫幾局，得的銀錢，斷不能享了幾世幾年。更堪憐捉將官去，頭頸裹帶了兩具鎖，屁股上打了八根簽。爹娘氣得捶胸跌肚，妻子哭得叫地呼天。弄得來衣衫藍縷，垂頭喪氣，看看候選入卑田院。勸諸君，把你的聰明心計急回頭，也還得重整家園。

時光歎

歎人生，不久常，恨光陰，駿馬忙。百年幾度春風颺，才脱了兒童的形像，早做了爹娘的模様。嘴上胡鬚放得幾時，已經半百；鬢邊頭髮長得幾日，忽地皆蒼。多少的美貌紅顔，不多時盡變了個奇形怪狀。過新年菜花滿地，略轉眼新穀登場。一日時辰，只好梳頭吃飯；終年算計，無非覓食尋糧。更有那經官犯法，自尋煩惱，又有那遭喪得病，天與淒涼，只得幾年精力，反抛了一半時光。往常時百算千謀，滿頭汗出，忽一日三長兩短，兩脚冰涼。勸世人且快活幾時，饒人一步，不要等那鐘鳴漏盡，懊悔淒惶。

時文歎

讀書中，最不齊，爛時文，爛似泥。本來原爲求賢計，誰知變了欺人技。看了半部講章，記了三十擬題，狀元塞在荷包裹[一〇]。等到那歲考日，鄉試期，房行墨卷，汪汪念到三更際。也不曉得三通四史是何等的文章，也不曉得漢祖唐宗是那朝的皇帝[一一]。讀得來口角離奇，眼目眯萋，腳底下不曉得高低，大門外辨不出東西。更有兩個肩頭一聳一低，直頭吃了幾服迷魂劑。又不能穩中高魁[一二]，只落得昏沉一世。就是做得官時，把甚麽施經濟。得趣的是衙役長隨，只有百姓們精遭悔氣。勸世人，何不讀幾部有用的經書[一三]，倘遇合有期，正好替朝廷出力。若遭逢不偶，也還爲學校增輝[一四]。

行醫歎

歎無聊，便學醫，唉，人命關天，此事難知。救人心做不得謀生計，不讀方書半卷，只記藥味幾枚。無論臌膈、風勞、傷寒、瘧痢，一般的望聞問切。說是談非，要入世投機。只打聽近日時醫慣用的是何方何味[一五]，試一試偶然得效，到覺得希奇。試得不靈，更弄得無主意。若還死了，只說道藥不錯，病難醫。絶多少單男獨女，送多少高年父母，拆多少壯夫歲妻。不但分毫無罪，還要藥本酬儀。問你居心何忍，王法雖不及，天理實難欺。若果有救世真心，還望你讀書明理，做不來，寧可改業營生，免得陰誅冥擊。

邱園樂

做閑人，身最安，無辱無榮，無惱無煩。朝來不怕晨雞喚，直睡到紅日三竿。起來時籬邊草要芟，花邊土要翻。香蔬鮮果尋常饌，只聽得流水潺潺，鳥語關關。頑兒癡女跟隨慣，緑蓑青笠隨時扮。也有幾個好相知，常來看看。掛一幅輕帆，直到我堂灣，帶幾句没要緊的閑談細細扳。買碎魚一碗，挑野菜幾般，暖出三壺白酒，吃到夜静更闌。

隱居樂　時余寓野芳浜毛氏園旁[一六]

避卻紅塵，覓個幽棲。繩床鋪草，土壁塗泥。瓦盆貯酒，石甕藏齏。箬皮爲帽，荷葉裁衣。盛來麥飯滑，煮得菜根肥。想人生富貴繁華，誰能保得常相繫。就每日裏煮鳳烹龍，也該曉得窮滋味。莫笑我矯情飾智，做得希奇。我實怕周旋世故勞心血，並非是不合時宜滿肚皮，感造物無私意。一樣遣清風入户，一樣教朗月侵帷。興濃時鳴雞報曉書還讀，心灰處紅日臨窗夢未回。有個頑童，囑付你，牢牢記，倘有客尋蹤跡，只說先生采藥去，去到西山西復西。

泛舟樂

駕扁舟，水上飛，活神仙，不讓伊。東西來往無拘繫，琴書寶玩憑咱寄，衣裝飲饌諸般備。到春來緑柳環堤，紅桃暎水，錦帳千層逐處迷。到夏來萍花隨櫓，荷香撲鼻，滿天涼雨掛虹霓。到秋來菰蒲藏雁，蘆花暎月，遠浦魚歌繞釣磯。到冬來千山霽雪，被裘小酌，玉樹瓊林兩岸垂。樓臺城郭朝朝異，名山巨壑隨時憩。更稀奇，百里家鄉，一望雲迷。只半夜輕風，兩幅征帆，一枕黄粱未已。朦朧地，聽說道老子歸來，似稚兒口氣。推篷看，已到我草堂西。

遊山樂

到山中，便是仙，萬樹松風，百道飛泉。更有那野鳥呼人，引我到僧房竹院。異草幽花香入骨，奇峰怪石峭鄰天。一步一回頭，景象時時變。越走得路崎嶇，越騙得精神健。到了那山窮水轉，又是個別有洞天。清風吹我塵心斷，不知今夕是何年。遥望着牧豎樵夫，洗足清泉與他言，竟不曉得唐宋明元[一七]。直說到日落虞淵，借宿在草閣茅軒。雨前茶，澆一碗青晶飯。擡頭看,只見藤蘿月[一八],卻掛在萬峰尖。

田家樂

一頃良田,十畝桑園。兩只耕牛,一對農船。柳杏桃梅,籬間岸間。雞犬豬羊,欄邊樹邊。看了蠶,收起絲綿,穿得來花樣鮮,渾身軟。過了黄梅,把青苗插遍。到得那稻花香日,又正是明月團圓。收成好,滿場米穀,柴草接連天。手擁着爐,背負着暄,抱女呼男,擦背挨肩。宰一只雞肥,捉幾個魚鮮。白米飯如霜似雪,吃得來喜地歡天。完糧日,到城中,買一面逢逢社鼓,只等賀新年。

贈陳聖泉先生　名法[一九],號聖泉,貴州安平人。學問氣節,推重一時。由翰林院出爲副使

戴德半中原,卉服芒鞋謁大賢(少傅榕門陳公宏謀,歷撫七省,復駐節江蘇,因得晉謁)。見蒼髯鶴鬢,步出屏間(先生與少傅公同宗相契,迎留署中),一别京華四十年,誰料此地重逢見(雍正二年,余遊都門,因武水許鶴湖閣學得交於先生[二〇],遂結心知)。憶當時學問文章,領袖鳳池閬苑,到後來清節仁風,流頌冀青淮甸。今日把經綸事業,付與嗣賢,纔得做逍遥散仙(令子名慶升,官居給事中)。我曾爲娱我衰親,譜得周樂唐詩入管弦(先慈年高目瞽,無以爲歡,因將《關雎》、《鹿鳴》等篇及唐人名句按宫定譜,令童吹唱,以娱晚境)。今遇知音,慢把芳樽勸[二一],教兒曹唱一曲《皎皎白駒》篇(先生招同許閣學枉顧洄溪草堂,即以古樂、唐詩侑酒)。更相期,把洞府龍庭遊遍,也不枉萬水千山來路遠(先生久聞洞庭、林屋、龍渚之奇,相訂同遊,因暑雨,不果)。醉相看,形雖老,精神健,他年定得重相見,尚有三生未了緣(送先生後,至來春,少傅公果復迎先生至署,竟成讖語)。

題翁霽堂《三十三山堂圖》 名照,江陰人

何處卜居良,三十三山有草堂。坐個先生,春風面目,白雪肝腸。萬卷藏書圍枕簟,一篷春雨載詩章。這詩章,做出來,曉得你揉腸刮肚,傳開去,動得人眠思夢想。公卿屢聘頻移席(爲督撫記室三十年),天子曾呼懶出場(舉鴻博,辭不就)。只把同學知交,後生小子,個個相推獎[二二]。這一片度世深情,佛也甘心讓。到如今年登七十,時露出孩提模樣。總是赤子天懷全未忘,有日住家鄉,只看兒童笑,婦女歌,到處家家畫霽堂。

贈曹慈山 名楝,字楷人,嘉善人

萬樹梅花,一曲溪灣。遇個篷舟,坐着慈山。說道十年契闊,曾款柴關。追尋到此,載酒同還(時余從鄧尉探梅歸,道遇慈山。言訪余至此,遂同返半松山舍)。你原是王謝諸郎,光華璀璨,到中年竟領袖詞壇。今日更皓首窮經,探微索隱(君著《孔子逸語》、《婚禮通考》、《筮法正誤》等書[二三],皆補裨經典之學),教人從何處躋攀。歎今朝故舊凋零盡[二四],新知契合難,願你乘興常來看藥欄。但你學業隨年進,我頑皮老更頑。相對何顏,莫笑我逍遥閑散,也只爲百歲光陰有限。你不要鋤熟了亡經佚史,抛荒了越水吴山。

題席士俊小照 洞庭山耆士

震澤中間,擺座仙山,有個先生,鶴髮朱顏。他最愛清幽境,棲身別有天。澗底青桐高百尺,簷前修竹舞千竿。掃幾握松毛,拾幾枚橡斗,把嚇煞新茶慢慢煎(洞庭碧螺峰有茶曰碧螺春,又名嚇煞人。形容其味之奇妙也)。忽聽得兩個黄鶯,宛轉間關,便拖條竹杖,步到湖邊。見風帆一幅,在柳烟桃浪之間。想是洄溪道者,又到東山。令童子高聲呼唤,說與來

船，教道人莫往他峰去，此地清閑。昨夜窗前，新開了幾朵素心蘭（先生善養素心蘭）。

贈方又將　名庴，號西疇，揚州詩人[二五]

一片清光，隔斷了紅塵千丈。瀟灑襟懷，清新詩句，流出真如相（先生身列商籍，儒雅超倫）。正是碩果猶存，點綴這淮海維揚。更兼你忠誠孝友，培植綱常。無職無官，把民溺民饑，攬在心兒上。因此上終年碌碌，多是爲他人作嫁衣裳。如今要遁跡林泉，陶情詩酒，只怕無人肯放。還要供你在蓮臺之上，當做個真身菩薩，朝暮一爐香。

題唐悔生《寒林行嘯圖》　名思，揚州人，改堂先生第三子。豪邁工詩，兼通武藝

天淡霜濃，葉落林空。一溪寒水，滿徑枯蓬。猿猱上下，狼虎西東，樵夫牧豎都驚恐。他穿芒帶笠，不怕崎嶇路不通。長嘯一聲，宛如鸞鳳，高出雲中。一腔浩氣淩霄漢，數片殘霞掛碧峰。只怕良材不許終無用，工師急欲求梁棟。待得花明柳媚，看雕鞍駿馬，又去踏春風（五年之後，果作令雲南）[二六]。

壽韓開雲先生九十　名孝基，號祖昭，長洲慕廬先生次子

天與地商量，吳郡名邦，原是文章節義鄉。當須鑄個人兒樣，不要全重了風流跌宕，忘卻了忠厚敦龐。想先公崇經復古，創一種盛世文章。從此家學相仍，世有宗工碩匠。先生更篤誠明允，玉質金相，略展聲華，已珥筆彤墀之上。只因志淡神清，胸開目曠，一身拂袖歸林壑，子侄都教佐廟

廊(先生入詞林,未幾,即假歸)。經書啟後進,禮義勖家邦。行來朗月生虚室[二七],坐處春風布滿堂。壽躋耆頤[二八],精神彌旺。問先生何處得養生方,先生道此理極平常,不必有金丹辟穀,何須求玉液充漿[二九]。只不忘慈仁恭敬,人盡壽而康。

壽沈歸愚先生八十　名德潛,字確士,長洲人

遇合豈無憑,學修行成,聖朝那肯埋明鏡?試看茂苑一書生,説禮敦詩,久困科名。自分閉卻蓬茅,退老躬耕(先生年六十外,纔登鄉會榜)。誰知天子坐明廷,深歎息寂寞揚雄今難得,那曉得活跳一個相如出茂陵。一朝脱卻牛頭褌,十載虞廷侍拜賡。遂令天下耆儒宿學,個個私相幸,竟做了千古奇逢話柄。到得引年歸政,許返家邦作典型。爲君恩深厚,不敢向青山攜杖,還復自皓首窮經(先生告歸後,掌紫陽書院教)。諸生個個私評論[三〇],説道這不是都門送出閑疏廣,卻是黄閣歸來老伏生。

壽何寓庸　名堂,字子未,長洲人

懶極定忘機,精華老不疲。讀書不爲功名計,只咀嚼閑滋味。不衫不履,學幾種唐詩晉筆;不尷不尬,擺幾件夏鼎商彝。自家貪睡朝慵起,倒要拉煞鄰家報曉雞。風骨自清奇,潛身見面希。燈光淡淹書帷裏,欲向南園化蝶飛。依稀敲户聲無力,童子披衣欲問誰[三一]。何須問,畢竟是陳家昆弟[三二],踏月款柴扉(君寡交,惟陳禾叔光嶽常相往來)。

壽沈井南　名□,字超亭,吴縣牧瀆鎮人

自余廣道情之體,一切詩文,悉以道情代之。然搆此頗不易,必情境音詞,處處動人,方有道氣,故非知音不作。余與井南交三十年,井南知余,余亦自以爲知井南。今井南甲子初周,以道情壽之。

四面青山，一水灣環。三椽茅屋，數畝沙田，有個先生，樂道其間。他氣豪性爽由天性，論文稽古得師傳（井南爲何義門先生入室弟子）。向學老彌篤，敦倫貧更難。硯田糧收取無多石，賣文錢討得幾何千。撫門庭孤寡，同饑同飽，同燠同寒。只把肥甘輕暖，奉慈庭博取歡顔。良朋相對談今古，高呼狂笑；清夜孤眠謀釜甑，力盡心酸。憔悴憑誰訴，相憐獨有天。只看九旬壽母身逾健，三歲麟兒角嶄然。定爺書讀遍，早把門廬焕[三三]，才得你身閑。我與你百花開處常攜酒，萬柳深中共繫船，樂境無邊。

壽丁三母舅五十　名鎧，字聲宏，隱居吉水港

遥望見烟水和融，桑竹陰濃，樓閣當中，有個仙翁。那仙翁温文雅静，孝友謙恭，閑愁不管，樂境難窮。門前緑柳停輕舫，簾外閑花颺晚風。棋局常敲響，清樽也不空。他有個癡甥，學道崆峒，值仙翁壽筵初啟，客滿堂中。帶幾個綽約仙童，唱幾曲杳渺高宫。引得那仙翁狂笑，兩頰都紅。

壽蔣貪山五十　名元泰，吴縣人

一對書生，一樣聰明。一個是玉堂金馬（令兄時庵先生）[三四]，一個是短笠常檠。都説道文章有命，造物無情，那知是天意憐君，特把清閑贈。時際清平，地據名城。石湖月朗，虎阜花明。攜朋載酒，檀板紗燈。歌詠三唐逸韻，臨摹兩晉遺型（君詩才、書法絶工）。更生個俊偉佳兒，頌老夫詩句縱横。心樂身輕，不必羨風塵勞競。想當年，君家兄弟正髫齡，同我看潮海寧。我逐潮不及，倒地難撑，君家兄弟，拍手笑狂生。轉眼幾時，白髮將窺鏡。光陰如此迅，須得要及時尋樂，休忘了壯歲豪英。

壽吴復一表兄六十　名起元

復一自稱艸艸居士，嘗與余論詞曲，以《琵琶》爲古今第一。因仿《琵

琶》體，作道情爲壽。

我的姨娘，是你的親娘；我的親娘，是你的姨娘。姊妹雙雙，單生着你和我兩個兒郎。你今日六十捧瑶觴，要我一句知心話講。你從來瀟灑襟懷，不曉得慕勢趨榮[三五]，問舍求田伎倆。注幾卷僻奥經書，作幾首古淡文章。常只是少米無柴，境遇郎當，你全不露窮愁情狀。終日笑嘻嘻，只向親知索酒嘗。不論黄白燒刀，千杯百盞無推讓。憶當年，外祖父母在江鄉，與你隨母拜高堂。寄讀在母舅書房，千家詩，百家姓，齊呼迭唱。轉眼光陰，俱是白頭相向。從今後，願歲歲年年，同你對秋月春花醉幾場。見你時如見我姨娘，轉念我親娘。

六十自壽

倏忽光陰，花甲已齊。回念平生，約略重提。想當年束髮從師，志薄風雷，也曾窮經辨史，也曾談玄講理，也曾嗜僻探奇。原仔望少博微名[三六]，幸叨半職，些微展布蒼生計。誰料嚴君見背[三七]，諸弟連摧，只剩得單親獨子，形影相依。朝持兩槳辭娘出，暮倚柴門望子歸。只得譜幾調高宫細羽，聊代斑衣戲。賣幾片陳皮甘草，權當負米回。待守到風木悲餘，我的年華老矣，分明是黄粱一夢。只不曾顯榮富貴，單受盡離别悲淒。如今是秋深露冷蟬將蜕，春老花殘蝶倦飛。只願得天公憐我，放我在閑田地，享用些閑滋味。直閑到東溟水淺，西山石爛，南極星移。

吊何小山先生　名煌，字星友，義門先生弟，吴縣人

凡哀死祭吊之作，自《離騷》、四言而外，一切詩詞歌曲，無體不全，而獨無道情。自余追考其音而譜之，先生尤擊節賞歎。今先生卒矣，即以先生之所賞者吊先生。

蕭瑟秋風，木落寒江。典型云謝，非爲私傷。想先生博雅胸腸，炯炯目光，把亡經僻史，疑文奇字，考究精詳。不論夏鼎商彝，唐碑宋畫，真與

贗難逃鑒賞。普天下文人，那一個不問小山無恙。到今朝耆舊云亡，空了襄陽。許大一座蘇州，又少個人相撐杖。想生前，也有怕他説短論長，也有怪他駡李呵張。從今後，倘有那年少猖狂，銅臭鴟張，有誰人再管這精閑帳。今日裏鴉叫枯楊，月照空梁，只有半部校殘書，攤在塵筵上。如此淒涼，任你曠達襟懷，也不禁淚灑千行。况我半世相隨，一朝永訣，落落狂生，向誰人更覓知音賞。思量，只得譜一首【商調】道情詞，代做招魂榜。望先生來格來臨，嗚呼尚饗[三八]。

祭潘文虎先生　名其炳，震澤爛溪人

戊辰正月，余以《樂府傳聲》質之先生，先生曰："是可傳[三九]，而子作道情，有別趣。前年我七十，辭一切獻壽之言，子曷補作道情壽我？"余應諾，而鹿鹿未就。乃先生忽焉捐世，因即以道情祭先生。以鳴感惻，亦許劍之義也。

一片清霜，凋我高桐。典型其盡，溪流不東（先生居爛溪之東）。想當年先祖壽筵中，我赤腳垂髫向氍毹，學個參軍弄。先生説此童，定不是個凡庸種[四〇]。誰料白髮已蓬松，樗散成何用，辜負先生獎誘功。又想我先君寡合鮮同，獨與先生情好如昆仲（先生父稼堂先生，與先祖同舉博學鴻詞）。因此侍先生，如侍我先公。到今朝三世交情，並成一慟。先生文章行誼，兩邑人宗，爲人如爲己隆。敦古道，執身如執玉，恪守家風。只看今年整飭先賢祠址，百年存血食（徐俟齋先生祠屋久廢，竭蹶整理）。剖析青烏奥訣[四一]，千古識真龍（先生作地理書，未竟。易簀前，强起續成，投筆而逝）。心願俱終，便投筆返長空。憶春宵燈下教歌童，先生開笑容。要索一首道情詞，補祝嘏稱觴頌。蹉跎久掛胸，誰知翻做了挽誄哀辭用。欲待唱一回，哭一回，寫出人琴之痛，又怕人笑我狂蹤。只得向靈前默誦，灑淚滿西風。

哭蔣迪甫先生 名恭棐，字惟御，長洲人。乾隆十八年，應運使之招，爲揚州梅花書院山長。卒於書院

二十年中，三哭西原（先生所居，有西原草堂。一哭其長君晦之，再哭其太翁淡存先生，今哭先生）。想人生樂少哀多，念及公家倍黯然。先生冲幼岐嶷（少有神童之目），名播高軒。爲才多遭忌，翻令兩赴瓊林宴（乙未得第，以誣被黜。後登辛丑科進士，入詞林）。只是品望清隆，文辭典雅，又惹人嫌怨，因此閑住林泉已十年。常相見，不説閑談野語，不説酒板歌筵。只歎息經學荒蕪，文體卑靡，全失了先民型典。幸今年知己遠招，整理維揚書院。教諸生學古通經，欲令世風丕變[四二]。那知道騎鶴揚州，一徑歸天。皇路庵前，丹旐翩翩，共送文星入九泉（喪舟自揚歸，受吊於皇路庵）。從今後寒山寺外，烏啼月落（先生所居近寺），更覺冷露淒風滿客船。

祭大司寇秦味經先生 名蕙田，無錫人

葉落秋庭，公書適至。説道旌旆端歸，命我在石湖相俟（先生面奏乞歸，就靈胎醫治，故先有書來訂）。誰料得玉柱摧殘，竟不及華堂隨侍。博得個九重震悼，四海謳思。憶當年淮海萍逢，敘述先公世好，因而誼篤塤篪（公祖對岩先生，與先祖同舉宏博）。不多時公展翅雲霄，遂做了文章領袖，禮樂宗師（公以尚書兼樂部大臣，纂修三禮，平昔著述極富）。唯帝曰咨，謂敬刑成德，惟卿足恃。公一腔惻隱全民命，十載勤勞答主知。遂令天下稱平，群工勖志[四三]，獨念我樗材散棄，特奏通墀。又憐其老病，乞天恩復返耘耔（二十六年，上訪天下名醫於諸大臣，公以靈胎名對。後以老病乞歸，實出自聖恩，公亦代爲陳奏）[四四]。因此筑室在白雲深處，日夕拜恩施（其地在吴山之畫眉泉，祝頌聖恩，並以頌公）。那曉得斯民無幸，遽

返天庭與世辭。公是嶽瀆降神,這精靈還做了江流山峙,擁護聖明時。今日裏一束生芻一酒卮,悲痛不勝持,也只是半爲蒼生半爲私,公其來格來思。

哭沈寶硯先生　名岩,字穎谷,長洲人

人生如寄,七旬有八知何戀。哭先生,乃是爲世惜賢。隆學問明經稽古,正文體醇雅清淵。篤行誼讓廉孝友,接朋黨温厚恭虔。師資盡宗工碩德(楊文端先生、何義門先生),交遊必俊乂英賢。白璧黄金都不羨,案頭羅列精奇研。非清玩,要比他堅貞融潤[四五],歷盡磨礱永不穿(先生酷嗜古研,所蓄不下數十方。俱精奇無比,不惜重價,寧忍饑以得之)。硯依然,寶研的人兒已遠。他年重整姑蘇志,把斯人斯德,畢竟在耆舊傳中傳。我與先生相知四十年,輩行在師友之間。名儒宿學凋零盡,只此追隨杖履邊。真是一朝不見三秋隔,誰知十日相逢已九泉。老淚潺湲,痛傷心,那堪重過胥江面,除非是迂道横塘别放船(先生所居在胥江日暉橋内,余從吴江至郡,必經其門,故得時相過從。後余筑室石湖之滸,石湖至郡,不經胥江,竟成讖語)。

哭沈果堂　名彤,字冠雲

總角知交,歲歲摧殘。到先生,更復增悲歎。試把一生甘苦,説與旁人亦淚彈。憶當初生計維難[四六],行竈雖存(先生貧,無竈,以行竈吹爨,自有《行竈記》),無米難成飯,賴慈親豆莢燒來當一餐(一日絶糧,其母夫人摘羊眼豆以供晚食)。遺經逸史,讀到月落更闌。訪名師(謂何義門先生),求益友,傳將名字上文壇。博學通經,動得公卿薦幾番(少宗伯晚楓吴公以博學宏詞薦,大司寇立恒阿公薦入《一統志》館,少宗伯望溪方公薦纂修三禮)。爲志高年邁,自問折腰難(《一統志》成,議敘以主簿用,不就)。飄然便作歸與歎,向寒齋經籍重翻。把人生骨節,稱量辨别(先生有

《釋骨》一卷),將周官田禄,校對增删(先生有《周官禄田考》一册)。力瘁精疲不憚,只愁得無人能看。他一生憂慮,只替古人擔。到臨危,猶把文章重整,欲得留傳在世間,因此枯竭心肝。賤軀多過失,感先生深規切諫。從今後,更有何人肯絮煩,我便似野馬亡韁絆,只恐宿草縈墳淚未乾。

吊馬秋玉　名曰琯,號嶰谷[四七],揚州人。能文,豪士

苦雨連旬,傳説江淮合並流。有客款柴門,正值黄昏時候。報道先生歸去休,魄駭魂驚,倍覺淒風驟。這不是失了衣冠領袖,恰是減了江山文秀。他慈祥誠篤,寬大和平,天生仁厚,清文妙筆,風神氣宇[四八],絶代風流。半世精神,收藏這玉軸牙簽。商尊周鼎,依然在山館書樓(君收藏書畫法帖爲江左第一,何義門手披之書,以重價購藏,十歸七八)。竟飄然抛卻,向何處遨遊。明明是厭棄紅塵,不肯共詩卷長留。憶我甲子初周,乞先生一言爲壽。仿我作道情一首,不但意綣情綢,格調宫商,絲絲入扣。今日人琴俱亡,這流水高山[四九],向誰同奏?從今後,邗江渡口,多少公卿耆舊,騷人墨叟,一聲聲哭過揚州(君好客樂施,凡一長一藝,無不周旋。懷恩感德,幾遍士林)。

祭顧碧筠　名棟,字肇聲,長洲人

同林四鳥,飲啄相招。三鳥雲逝,哀鳴嗷嗷。想當年未識君時,有何家兄弟,是我舊同袍,與君相遇在紅橋(碧筠爲虹橋何子懷、子未兩兄妹婿,因得遇於何氏。四人遂爲密友)。握手訂新交,君賦性端凝,篤誠謹慤,我天生頑魯,狂放粗豪。性别形殊,一冰一炭,情投誼合,如漆如膠。從此登山必並屐,渡水每同舠。到後來懷才欲試經綸手,捧檄何辭道里遥。遂兩宰岩疆,謳歌載道(先浦城,後蒲城,俱有慈明之頌)。誰知廉吏難爲,保全了數個冤民,幾至一官不保[五〇]。算不如拂衣歸去,還我舊書巢(宰蒲城時,以昭雪冤民,拂上臺意,毅然假歸)。奇文秘籍搜羅盡,漢帖

唐碑校勘勞。家法閫儀，儼如廊廟。明經勵行，訓迪兒曹。更睦族敦親，矜孤恤寡，事事把先民效（事詳碧筠自叙中）。真乃是克儉克勤，惟忠惟孝。我與君情比同胞，更欲重結婚姻，永綿世好（碧筠欲與我聯姻，而年無相稱者。余因以幼女許其第四孫）。我年過古稀，君還未老，定能待我女于歸，親陳栗棗。誰知棟折山頹，音容遽杳。今日裏秋景蕭條，木落天高，我將這幾點傷心淚，滴入婁江（碧筠居婁門之内），直流到海盡天窮恨未消。

題何師之《采藥圖》 名垣，長洲人

師之病中，屬題《采藥圖》。未即應命，而師之卒。因題其遺照，即以爲吊。

窮也不希奇，最傷心才高藝絶，偏要顛沛流離。一家寄食三千里，更没個兒郎啼苦饑（寄居山東内家，馮氏無子）。詩冷欲侵肌，一枝湘管筆，畫出晉唐風氣。不僅向家庭討鉢衣（謂義門先生），提籃采藥非他意，只爲無糧代采薇。但我又生疑，紫芝白菊，種種是長生味，爲甚麽迷入雲霞竟不歸？親識慢悲欷。人生百歲終如寄，惟有清名不易。只看衡山京兆，一脈精英終古垂。

哭亡三子爔

山河同泡影，身世等浮萍。方曉得蕩蕩乾坤，原來是一片無情境。古今來佳兒令子，多少殀生短命。爲父母的敢誰怨誰争。人道你堅辭婚娶，不近人情（從幼不願有室，雖性極和平，惟談及姻事，則必發聲徵色以拒之），誰料你先覺先知，恐怕留下寡妻弱子，遺累匪輕。何不連你也不來下顧，更覺得乾乾净净。你嗜好全無，喜怒不形，樸儉真誠，謙和寧静，到臨回志氣清明，總無一語眷戀丁寧，竟似久客思歸，瀟灑登程。想前春歎古樂淪亡，我與你相參訂。推究黄鐘大吕，譜出《關雎》、《鹿鳴》（將《關雎》、

《鹿鳴》及唐人【清平調】等章，皆循宫准律，填工尺以入管弦。余倚聲成調，爆按笛歸宫，遂續千古絶響）。從今後再不聞侵晨飄笛韻，再不聽半夜讀書聲。只遺下文章百首詩三卷，傳示旁人俱淚零。我熟誦老莊經，難道肯爲你傷情滅性？恨只恨又失了一個青年道友，教誰人伴我度殘生？

題《山莊耕讀圖》[五一] 三代六人，悉列此圖，督耕課讀。俗所名合家歡也

祖父兒孫，聚首一堂。免不得做一首道情詞，教爾曹都來聽講。我是個樸魯寒儒，有甚麽相依傍？除非是奮志勤修，方能象個人兒樣。因此口不厭粗糲糟糠，身不恥敝垢衣裳。打起精神，廣求博訪。有時敦詩説禮，有時尋蓍采藥[五二]。有時徵宫考律，有時舞劍掄槍。終日遑遑，總没有一時閑蕩。嚴冬雪夜，擁被駝綿，直讀到雞聲三唱。到夏月蚊多，還要隔帳停燈映末光。只今日目暗神衰，還不肯把筆兒輕放。難道我對爾曹説謊，今日裏置個山莊，造座書堂，雇幾個赤脚長須，種植些米麥高粱。你若是吃飽飯東遊西蕩，定做些敗壞身家的勾當。"所期無逸[五三]，稼穡艱難。"這兩句載在《尚書》上，怎麽不思量？斷不可矜才炫智[五四]，也不望身顯名揚。只要你謙恭忠厚人皆敬，節儉辛勤家自昌，才守得這幾畝稻田，數間茅舍，年年歲歲，徐姓完糧[五五]。

（徐大椿《洄溪道情》）

校勘記

［一］以浙江大學圖書館藏徐大椿《洄溪道情》清抄本爲底本，校以上海圖書館藏清道光戊申年(1848)姚椿刻本、1925年群衆圖書公司出版校點本、浙江圖書館藏光緒二十二年(1898)珍藝書局刻本、光緒間著易堂書局刻本、1925年中華書局刻任訥編《散曲叢刊》本。自序：原無，據姚椿刻本、群衆圖書公司校點本、珍藝書局刻本、著易堂書局刻本、《散曲叢刊》本補。

［二］掘：原作"握"，據姚椿刻本、群衆圖書公司校點本、珍藝書局刻本、

著易堂書局刻本、《散曲叢刊》本改。

［三］勸：任訥《散曲叢刊》本改爲“戒”，注云：“戒，原作勸。”

［四］把：珍藝書局刻本無。

［五］來：珍藝書局刻本無。

［六］讀書的樂：原作“讀書樂的”，據姚椿刻本、群衆圖書公司校點本、珍藝書局刻本、著易堂書局刻本、《散曲叢刊》本改。

［七］方爲快：任訥《散曲叢刊》本校云：“鈔本‘方爲快’，作‘方體’二字。”

［八］誰人：珍藝書局刻本、著易堂書局刻本作“誰”。

［九］撮：姚椿刻本、群衆圖書公司校點本、珍藝書局刻本、著易堂書局刻本作“捉”。

［一〇］荷：姚椿刻本、珍藝書局刻本、著易堂書局刻本作“壺”。

［一一］朝：姚椿刻本、珍藝書局刻本、群衆圖書公司校點本作“樣”。

［一二］能：群衆圖書公司校點本作“得”。

［一三］的：珍藝書局刻本、著易堂書局刻本無。

［一四］任訥《散曲叢刊》本校云：“按：牛應之《雨窗消夏録》所載，與此略異：讀書人，最不濟，爛時文，爛如泥。國家本爲求才計，誰知道變作了欺人計。三句承題，兩句破題，擺尾摇頭，便是聖門高弟。可知道三通四史是何等文章，漢祖唐宗是那朝皇帝？案頭放高頭講章，店裏買新科利器。讀得來肩背高低，口角嘘唏，甘蔗渣兒嚼了又嚼，有何滋味？辜負光陰，白白昏迷一世。就教他騙得高官，也是百姓朝廷的晦氣。”臨鶴山人《紅樓圓夢》第二十四回引此曲，與《雨窗消夏録》同。

［一五］用：珍藝書局刻本作“相”。

［一六］浜：珍藝書局刻本作“濱”。

［一七］明：珍藝書局刻本作“服”，誤。

［一八］只：珍藝書局刻本無。

［一九］用：群衆圖書公司校點本作“洪”，誤。

［二〇］水：群衆圖書公司校點本作“林”，誤。

［二一］慢：群衆圖書公司校點本作“漫”，誤。

［二二］個個：珍藝書局刻本作“個呵”。

［二三］著：珍藝書局刻本作“蓄”。

［二四］歎：珍藝書局刻本、著易堂書局刻本作“算”，群衆圖書公司校點本作“到”。

［二五］珍藝書局刻本漏刻此題和注釋。

［二六］（ ）内文字原無，據姚椿刻本、珍藝書局刻本、著易堂書局刻本、群衆圖書公司校點本補。

［二七］室：群衆圖書公司校點本作“空”。

［二八］者：珍藝書局刻本、著易堂書局刻本、群衆圖書公司校點本作“期”。

［二九］何：珍藝書局刻本、著易堂書局刻本無。

［三〇］論：珍藝書局刻本無。

［三一］欲：珍藝書局刻作“服”。

［三二］昆：珍藝書局刻本、著易堂書局刻本、群衆圖書公司校點本作“兄”。

［三三］廬：珍藝書局刻本、著易堂書局刻本、群衆圖書公司校點本作“閭”。

［三四］庵：珍藝書局刻本作“鹿”，誤。

［三五］趨：珍藝書局刻本作“超”，誤。

［三六］仔：珍藝書局刻本、著易堂書局刻本、群衆圖書公司校點本作“指”。

［三七］料：姚椿刻本、珍藝書局刻本、著易堂書局刻本、群衆圖書公司校點本作“料得”。

［三八］嗚呼：原作“呼嗚”，據姚椿刻本、珍藝書局刻本、著易堂書局刻本、群衆圖書公司校點本、《散曲叢刊》本改。

［三九］可：珍藝書局刻本作“何”，誤。

［四〇］個：姚椿刻本、珍藝書局刻本、著易堂書局刻本、群衆圖書公司校點本無。

［四一］烏：珍藝書局刻本、群衆圖書公司校點本作“鳥”。

［四二］世：珍藝書局刻本、群衆圖書公司校點本作“士”。

［四三］工：珍藝書局刻本、著易堂書局刻本作“士”。

［四四］代爲陳奏：珍藝書局刻本、著易堂書局刻本作“曾爲代奏”。

［四五］比：珍藝書局刻本無。

［四六］難：珍藝書局刻本、著易堂書局刻本作“艱”。

［四七］嶰谷：原作“□□”，根據其生平補。

［四八］風：姚椿刻本、珍藝書局刻本、著易堂書局刻本、群衆圖書公司校點本、《散曲叢刊》本作“丰”。

［四九］流：珍藝書局刻本作“熟”，誤。

［五〇］至：珍藝書局刻本作“致”。

［五一］題：原無，據姚椿刻本、珍藝書局刻本、著易堂書局刻本、群衆圖書公司校點本、《散曲叢刊》本補。

［五二］采：群衆圖書公司校點本作“探”。

［五三］期：珍藝書局刻本、群衆圖書公司校本作“其”。所期：著易堂書局刻本作“其所”。

［五四］炫：原作“晾”，據珍藝書局刻本、著易堂書局刻本、群衆圖書公司校點本改。姚椿刻本作“眩”。

［五五］姚椿刻本、珍藝書局刻本、著易堂書局刻本、群衆圖書公司校點本、《散曲叢刊》本此曲後附跋云：“先王父《洄溪道情》一册，辭近旨遠，最爲雅俗共賞。其間有裨世教之言尤多。蓋以元人之詞，説宋儒之理，遂覺體格創新，情詞斐亹，感人易易，良有由也。培不才，無以推闡先人遺藴，然絃而歌之，涵養性天。私幸三十年來，立身行己，亦藉是稍免大雅謗議焉。板行既久，漫漶寖多，因將原刻，重付剞氏，庶幾傳者益廣，俾世道人心，感孚日衆，是則先王父之志也，亦培重刻之心也。道光甲申夏六月，孫培謹識於奉新官廨。”

吴應鋐

吴應鋐,字希聲,號梅垞,歙縣(今屬安徽)人。太學生。約康熙、雍正年間在世。有《膚寸集》。見《吴氏傳家集》卷九小傳。

套 數

春 閨

【南吕・懶畫眉】

九十春光無限情,撥新鮮梳掠自解輕盈。淹淹惜惜弱難勝,怨底是蕙蘭香褪。可人兒恰與梨花同病。

又

返照斜陽柳絲横,柔風迭送鶯喉冷。怕頃刻便成幽夢,風鳶到處添丰韻,一線穿成,不定的閑情迸。

【仙吕入雙調・品令】

世間何物可作堅牢境,一縷香魂,掌上珍珠擎,總不分明。何日分明定,恰似海棠新睡,又被東風驚醒。病魔愁劫迭相逕,鴛鴦懶繡成。

【荳葉黄】

恨蘭房冷暖，許多幽静，單則是個人乘興，最嫌床負合歡名。斜傍雲屏，巧凑牕楹，到添些獨眠人的行徑。没多些反側時的吟詠也，自虧他緊相偎，更長夜永。

【玉交枝】

春山半影，纔漏泄豔軟風情。玉釵敲斷數歸程，殘棋整頓燈花映。宿誰家别院閑庭，戀何處嬝娜娉婷。盼斷了長亭短亭，聽殘了風聲雨聲。

【仙吕·月上海棠】

太多情，謝歡娱紅淚霖霖。熱性兒忒殺憑鳳紙，細意叮嚀，碎相思個字何處尋。記得月陰竹掠窗紗影，愁如海，知那日風帆一水平。

【江兒水】

殘酒傍黄昏，淡妝臨晚鏡。清冷只多清絶境，閑愁只恐閑成病，紅裙只怕紅顔命。没包彈鄰女盈盈，由來志誠也，解事春愁打併。

【仙吕入雙調·二犯么令】

女蘿風震睡鴉鳴，閃燈青一點熒熒。嗚嗚咽咽，又隔牆月明，小犬吠花陰。小鬟不醒頻夢，囈喃喃兒作聲，彈動的疎欞，共黠鼠床頭相應。

【雙調·川撥棹】[一]

近清明，花落去，總堪驚，知何日破此愁城，知何日破此愁城？猛聽得按小秦筝，慘淒淒不可聽，冷冥冥待怎聽？

【尾聲】

惹事的花英月英，春歸去斷送輕輕，難道是從來心硬？

（《吴氏傳家集》附録吴應鉱《漱芳閣填詞》）

附

録《傳家集》竟，復撿遺編，得月溪公樂府一卷。吾友方兄岫雲讀而善之，曰："筆疎而致密，言短而韻長，亦俚亦雅。非入元人窔奥而嚌其胾者，不能也。"因爲遴其尤者若干首，又出家梅垞侄《春閨曲》見示。梅垞下世，近二十年矣，而方兄珍弆楮墨若新。故人之情，有足感者，遂録附於集後。蓉村、莞亭兩先生詩餘不多，吉光片羽，棄之可惜，因並存之。士岐識。

昔李梅亭見其王父藏修翁遺詩於族弟春卿處，留連繾綣，不能已已。既賦詩以贈春卿，後兩家曾、元各從而和之，又鑱諸石，以垂久遠。吴文正公謂梅亭不以貴而遺其族，春卿不以遠而忘其宗，足見李氏多賢子孫。夫文辭，末技耳。或比之榮華飄風，無關輕重。然余謂人家孫子，能留意祖先文字者，最爲難得。蓋先人手澤，其後人能兢兢愛護，則於繼志述事之大，必能曉夜無忘，可知也。吾鄉謝少連先生撰有《定唐書》四十帙，折中新、舊二史，竭一生精力成之，實天下之巨作。又有梅花二百律，題壁猶存。友人某，謝氏之甥，拉余往觀。又踰年，復訪之，壁已加鏝。問《定唐書》，則拉雜摧燒之矣。余驚歎不怡者累月，僅抄得詩文《花乘》數卷以歸。噫，前人著述，其有賴於賢子孫者，何如哉？鳳山吴子奉其尊人命，校栞家集，廣搜博采，多至如干卷。使君家文正公見之，不知如何嘉歎也。書成，培受而讀之，服其用心之勤，因有感於李梅亭、謝少連二公之事，書其後，以告世之有先人著述，而不知珍重者。其他已詳沈序，不復贅云。岫雲弟方成培拜題。

（《吴氏傳家集》附録吴應鉉《漱芳閣填詞》）

校勘記

［一］棹：原作"掉"，據曲譜改。

李修行

李修行，生卒年不詳，字子乾，山東陽信人。康熙五十四年乙未(1715)進士。有《夢中緣》小説十五回、《四書文稿》、《葩經集議》、《家訓十則》等。

小　令

【山坡羊】

虚飄飄風筝線斷，忽剌剌鴛鴦拆散。顫巍巍井落銀瓶，忽煎煎眉鎖平康怨。憶前歡，如同夢裏緣。沾襟淚點，淚點和血染。再不得湖上題詩，席間侍宴。天、天，今世裏遭業愆。天、天，何日裏續繼弦。

意懸懸愁懷不斷，哭啼啼悲聲自咽。痛煞煞淚盡江流，眼睁睁望斷關河遠。日如年，羞看鏡裏顔。青樓滋味，滋味難消遣。那裏是故國風光，舊家庭院。天、天，今世遭業愆。天、天，何日裏月再圓。

（李修行《夢中緣》第十回《明説破姊妹拜姊妹，暗鋪排情人送情人》）

曹斯棟

曹斯棟，字仙耨，號飯顆，浙江仁和人。雍正、乾隆年間在世。諸生。與厲鶚相善。有《飯顆山人詩》、《稗販》等。傳見《稗販》卷首南湖逸叟《飯顆山人小傳》。

小　令

自　述

利鎖名韁一筆勾，世人笑我不風流。軟紅門外高千尺，佛祖臨凡也要愁。自家飯顆山人是也。選官簿上無名，教書行抗中有我。許多詩云子曰，消摩着卅年來春夏秋冬；幾篇短詠長謡，作成了一個的鰥寡孤獨。今日村齋無俚，編成道情一套，不過洗滌蓬心，豈敢滑稽玩世？聽我唱來：

求童蒙，没奈何，且開堂，且設科，今休賣弄先生大。惰冰心原不因人熱，白首偏教現世磨。看他還把工夫課，聽枝頭行不得也，一聲聲唤着哥哥。

歎無知，難起予，指東瓜，話葫蘆，攻須鳴盡吾徒鼓。憑他妙手能彈鋏，那有閑情顧食魚。陶潛乞食從來苦，算如今清茶淡飯，且漫説不承權輿。

想當初，儘自由，鬥朋尊，曳綺裘，等閑肯把眉兒皺。無端矮屋偷伸脚，多事方巾戴上頭。姓名慣落孫山后，看他家泥金報捷，長楊賦萬口歌謳。

錦團圞，總是空，聽晨雞，又算鐘，孤辰寡宿前生種。夫妻竟是同林鳥，兒女猶如避戈鴻。白楊轉盼圍泥塚，再休題釵荊裙布，抱衾裯夢叶維熊。

笑書生，着實呆，盼公侯，望鼎台，閑常漫把青春賽。何知髩髮多公道，究竟功名是瞎猜。將他石硯重新壞，倒不如蒲團佛火，打鐘魚稽首蓮臺。

最淒涼，是舊年，絜空囊，病連綿[一]，尋常得個人兒見。挽歌斷送愁無地，勿藥終朝喜靠天。魋頭夢裏今猶魘，休不了才高八斗，再忙他事業三千。

舊知交，有幾人，賦同袍，數飲醇，青山木拱寒鴉問。機鋒後輩推班巧，文字衰翁退氣真。關西妄想尊楊震，更無端災梨氄棗，莾題籤飯顆名新。

志向高，路頭差，舍精微，拾土（讀作臘）苴（讀作杳），取裁總在中人下。文章貧賤難行遠，稗販詅癡莫浪誇。將來定惹旁人罵（近開雕《稗販》説部），你看他錦衣烏帽，撮歪詩倒有籠紗。

羨山家，縛草堂，靠清溪，帶緑楊，閑雲野鳥多來往。鼕鼕芸鼓穿空起，沓沓漁榔隔浦長。夫妻子女無謙讓，一任他醺醺醉倒，樂華胥夢裏荒唐。

儘風流，算杜門，粗布衣，老瓦盆，修行無過培方寸。通名人是羲皇上，擁卷榮逾茅土尊。軟紅十丈隨伊滚，胡謅着村謡里曲，憑吊他月魄花魂。

【尾】

蠅營狗苟心腸掃，便是登瑶島。縱有筆如刀，不上長安道。俺唱完這詞兒，教(平)書去了。

繆蓮仙曰：先生學問淵雅，淹通古今，爲吾杭名宿。又復文情絶世，風流道學，兼而有之。顧久困諸生，一氈終老。晚年喪偶，子且夭亡，境遇至先生而極，然其胸次磊落，視塵世事，悉付達觀。即如此作，吐屬風雅，不徒作牢愁故態。因歎有道人度量之相越，蓋誠遠已。

(繆艮編《文章遊戲初編》卷七)

道　情

繆蓮仙《文章遊戲》内，載道情數套，皆用板橋體，不用洄溪。板橋之調修整，洄溪則似乎任意。然起調亦必作三言四句，雖加襯者，正格終未嘗亂也。四句以下，則愈參差疏散，愈益吻合語調，無所拘牽造作。特鮮排句，又鮮五七言句，讀之頗嫌平衍拖沓耳。兹録曹斯棟板橋體兩首，以資比較。

笑書生，着實呆，盼公侯，望鼎台，閑來慢把青春賽。須知髩髮多公道，究竟功名是瞎猜。將他石硯重新壞，倒不如蒲團佛火，打鐘魚稽首蓮臺。

論風流，算杜門，粗布衣，老瓦盆，修行無過培方寸。通名人是羲皇上，擁卷榮逾茅土尊。軟紅十丈隨伊滚，胡謅着村謡俚唱，憑吊他月魄花魂。

蓮仙謂曹爲杭州名宿，久困諸生，一氈終老。乃文情絶世，風流道學，兼而有之云。

（任訥《曲諧》卷四）

校勘記

［一］綿：原作"錦"，據文意改。

無名氏

小　令

兩淚交流,濕透羅衫袖。非奴把相思念,也只爲别時容易見時難。

儂别去,淚雙流,使我揉斷離腸何日休。未知幾時重相會,直到海底揚塵石爛頭。

幾欲把東風幽闥傳,怎奈夢魂兒撩亂? 幾欲旁遊絲把花片牽,卻又恨病魔兒來窺探。卿須看我愁容可似當時面,一段好姻緣,如何翻出相思怨? 從今後必再要與你訂山盟海誓全,必再要挽同心情更歡,必再要意綢繆長眷戀,望素娥送暖偷寒,生豈敢再向人前把一字宣?

詠　鏡

明鏡兒我怪你忒煞恩情淺,想當初愛着你清輝滿身體兒,那一日不與你相覿面。我悶你也悶,我歡你也歡。誰知你轉背兒着他人也,又另是一樣臉。

詠　針

金針兒我愛你針心針意，每常間望着你眼兒穿，怎得知裁得偶相逢，又和你相抛棄。我還時常來挑逗你，你的心腸原來是鐵打的。倘若肯一線相通，也不枉着往常間常摩弄你[一]。

（吴騫輯録《扶風傳信録》）

校勘記

［一］任訥《曲諧》卷四《扶風傳信録》："此所録中，惟知費長房云云，爲楊升庵夫人詞句。餘或皆出新撰。若針、鏡兩調，的是明人南詞之詠物，殊可采也。惟主僕之與人語言初接，即以善歌自獻，作謳啞聲，若迫不及待者。嗣乃無夕不歌，歌皆時調。亦可謂豪於歌者矣。顧其人自謂，則爲宋時之宫嬪也，豈不支離可笑？"

鄭燮

鄭燮(1693—1765),字克柔,號理庵,又號板橋,泰州興化(今屬江蘇)人。乾隆元年(1736)進士,官河南範縣、山東濰縣知縣,有惠政。詩、書、畫曠世獨立,世稱"三絶","揚州八怪"之一。有《板橋集》。

小令

道情十首

楓葉蘆花並客舟,烟波江上使人愁。勸君更盡一杯酒,昨日少年今白頭。自家板橋道人是也。我先世元和公公,流落人間,教歌度曲。我如今也譜得道情十首,無非唤醒癡聾,銷除煩惱。每到山青水緑之處,聊以自遣自歌。若遇争名奪利之場,正好覺人覺世。這也是風流世業,措大生涯。不免將來請教諸公,以當一笑。

老漁翁,一釣竿,靠山崖,傍水灣,扁舟來往無牽絆,沙鷗點點輕波遠。荻港蕭蕭白晝寒,高歌一曲斜陽晚。一霎時波摇金影,驀擡頭月上東山。

老樵夫,自砍柴,捆青松,夾緑槐,茫茫野草秋山外,豐碑是處成荒塚。華表千尋卧碧苔,墳前石馬磨刀壞。倒不如閑錢沽酒,醉醺醺山徑歸來。

老頭陀,古廟中,自燒香,自打鐘,兔葵燕麥閑齋供,山門破落無關鎖。斜日蒼黄有亂松,秋星閃爍頹垣縫。黑漆漆蒲團打坐,夜燒茶爐火通紅。

水田衣，老道人，背葫蘆，戴袱巾，棕鞵布襪相廝稱，修琴賣藥般般會。捉鬼拏妖件件能，白雲紅葉歸山徑。聞説道懸岩結屋，卻教人何處相尋？

老書生，白屋中，説黄虞，道古風，許多後輩高科中，門前僕從雄如虎，陌上旌旗去似龍，一朝勢落成春夢。倒不如蓬門僻巷，教幾個小小蒙童。

盡風流，小乞兒，數蓮花，唱竹枝，千門打鼓沿街市。橋邊日出猶酣睡，山外斜陽已早歸，殘杯冷炙饒滋味。醉倒在回廊古廟，一憑他雨打風吹。

掩柴扉，怕出頭，剪西風，菊徑秋，看看又是重陽後。幾行衰草迷山郭，一片殘陽下酒樓。棲鴉點上蕭蕭柳，撮幾句盲辭瞎話，交還他鐵板歌喉。

邈唐虞，遠夏殷，卷宗周，入暴秦，争雄七國相兼並。文章兩漢空陳跡，金粉南朝總廢塵，李唐趙宋慌忙盡。最可歎龍盤虎踞，盡銷磨燕子、春燈。

吊龍逢，哭比干，羨莊周，拜老聃，未央宫裏王孫慘。南來薏苡徒興謗，七尺珊瑚只自殘。孔明枉作那英雄漢，早知道茅廬高卧，省多少六出祁山。

撥琵琶，續續彈，喚庸愚，警懦頑，四條弦上多哀怨。黄沙白草無人跡，古戍寒雲亂鳥還，虞羅慣打孤飛雁。收拾起漁樵事業，任從他風雪關山。

風流家世元和老，舊曲翻新調。扯碎狀元袍，脱卻烏紗帽，俺唱這道情兒，歸山去了。

是曲作於雍正七年，屢抹屢更。至乾隆八年，乃付諸梓。刻者司徒文膏也。

（鄭燮《板橋集》）

徐述夔

徐述夔(1701—1763),生平見《全清散曲》第 3047 頁。

小　令

【臨江仙】

燕子樓中關盼盼,至今節義流傳,尚書墓上有人還。白楊堪作柱,紅粉淚無端。死別生離同一歎,願依昔日嬋娟。從今學道洗朱顔,不興巫女夢,且戴妙常冠。

(徐述夔《快士傳》第八卷《飲壽觴漫題冷暖句,救色妓不動雨雲情》)

【寄生草】

靈姐何曾有,師巫總是邪。止因他甕中合着腹中詐,便認做生人已説亡人話,更不信恩星能把災星化。憑你遊魂且喜變歸魂,只道是有災占卻無災卦。

信鬼誠如夢,求仙也是迷。只因他官人難把强人斥,爲此教道人假託仙人筆,怎認做罪人已正軍人律。何異相人妄引晉人言,生把黑人指作吴人墨。

(徐述夔《快士傳》第十六卷《招俊彦少女結良姻,格奸頑快士傳佳話》)

李百川

李百川，約生於康熙五十九年(1720)前後，卒於乾隆三十六年(1771)之後。有小説《緑野仙蹤》。

小　令

【寄生草】

我愛你頭皮兒亮，我愛你一抹兒光。我愛你葫蘆插在脖子上，我愛你東瓜又象西瓜樣。我愛你繡球燈兒少提梁，我愛你安眉戴眼的聽彈唱。我愛你一毛不拔在嫖場上浪。

【寄生草】

你好似蓮蓬座，你好似馬蜂窩。你好似穿壞的鞋底繩頭兒落，你好似半生的核桃被蟲鑽破。你好似石榴皮子坑坎兒多，你好似臭羊肚子翻舐過。你好似擦腳的浮石着人嫌唾。

【林稍月】(絲弦調)

初相會可意郎，也是奴三生幸大。你本是折桂客誤入章臺，喜的奴竟夜無眠，真心兒敬愛。你須要體恤奴懷，你須要體恤奴懷。若看做殘花敗柳，豈不辜負了奴也。天呀，你教我一片血誠，又將誰人堪待?

【桂枝香】（絲弦調）

如意郎情性豪，俊俏風流，塵寰中最少。論門第督撫根苗，論才學李杜清高。恨只恨和你無緣知好。常則願席上樽前，淺斟低唱相調謔。一覷一個真，一看一個飽。雖然是鏡花水月，權且將悶解愁消。

（李百川《緑野仙蹤》第四十回《聽宣淫氣殺温如玉，恨譏笑怒打金鐘兒》）

套　數

【點絳唇】

海内名家，武陵流亞。蕭條罷，整日嗟呀，困守在青樓下。

【混江龍】

俺言非誇大，卻九流三教盡通達。論韜略孫吴無分，説風騷屈宋有芽。人笑俺揮金擲玉貧堪罵，誰憐俺被騙逢劫命不佳。俺也曾赴棘闈含英吐華，俺也曾入賭局牌鬥骰撾。俺也曾學趙勝門迎多士，俺也曾做范公麥贈貧家。俺也曾伴酸丁筆揮詩賦，俺也曾擕少妓指撥箏琶。俺也曾騎番馬飛鷹走狗，俺也曾醉燕市擊筑彈鋏。俺也曾效梨園塗朱傅粉，俺也曾包娼婦贈錦投紗，俺也曾摟處子穴間竊玉。俺也曾戲歌童庭後摘花，俺也曾拚金帛交歡仕宦，俺也曾陳水陸味盡精華。爲甚麽牡丹花賣不上山桃價？龜窩裏遭逢淫婦，酒席上欺負窮爺。

【油葫蘆】

俺本是風月行一朵花，又不秃又不麻，錦被裏温存頗到家。你纖手兒搦過俺弓刀把，柳腰兒做過俺旗槍架。枕頭花兩處翻，繡鞋尖幾度拿。快活時説多少知心話，怎如今片語亦無暇。

【天下樂】

你把全副精神伴着他，學生待怎麼？他是跌破的葫蘆，嚼碎的西瓜，謊的你到口酥，引的你過眼花。須提防早晚別你把征鞍跨。

【那吒令】

你見服飾盛些亂紛紛眼花，遇郎君俏些豔津津口誇。對寒儒那些，悶懨懨懶答。論銀錢，讓他多，較本事，誰行大？我甘心做破釜殘車。

【鵲踏枝】

你則會鬟堆鴉，臉妝霞，止知道迎新棄舊，眉眼風華。把他個醉元規傾翻玉斝，則俺這渴相如不賜杯茶。

【寄生草】

對着俺誓真心，背地裏偷人家。日中天便把門簾掛，炕沿邊巧當鴛鴦架。帳金鈎搖響千千下，鬧淫聲吁喘呼親達。怎無良，連俺咳嗽都不怕。

【尾聲】

心癢痛難拿，唱幾句拈酸話。你安可任性兒沉李浮瓜，到而今把俺做眼内疔痂。是這般富炎窮涼，新真舊假，拭目你那蛛絲情盡，又網羅誰家。

【三煞雙調琥珀貓兒墜】（加字羅羅腔）

【一煞】

你唱的是葫蘆吒，我聽了肉也麻。年紀又非十七八，醋壇子久該倒在東廁下。說甚麼先有你來後有他，將督院公子擡聲價。你可知花柳行愛的是温存，重的是風華。誰管你祖上的官兒大。

【二煞】

自從那夜住奴家,你朝朝暮暮無休暇。存的是醋溜心,卜的是麻辣卦。筷頭兒盤碗上打,指甲兒被褥上搯。耳朵兒竊聽人説話。對着奴冷譏熱嘩,背着奴鬼嚼神喳。半夜裏喊天振地叫張華,夢魂中驚醒叫人心怕。

【三煞】

奴本是桃李春風牆外花,百家姓上任意兒勾搭。你若教我一心一信守一人,則除非將我那話兒縫殺。從來舊家子弟多文雅,誰想有參差。上品的凝神静氣,下流的磨嘴粘牙。

(李百川《緑野仙蹤》第四十回《聽宣淫氣殺温如玉,恨譏笑怒打金鐘兒》)

劉　璋

劉璋,生平見《全清散曲》第 3041 頁。

小　令

【黄鶯兒】

巫山夢正勞,聽柴門有客敲。窗前淡掃梨花貌。鴛衾兒暫拋,春情兒又調。當筵不惜歌喉妙。勸兒曹,纏頭頻解,方是少年豪。

果是少年豪,纏頭錦不住拋。千金常買佳人笑。心騷意騷,魂勞夢勞。風流未許人知道。問兒曹,閑愁多少,好去肩上挑。

【打棗歌】

兩冤家我愛你身材俏,我愛你打扮得忒煞風流騷。更愛你唱曲兒天然入妙。一個兒如鶯囀,一個兒如燕嬌。聽了你的聲音也,乖乖,委實唱的好。

(《鍾馗斬鬼傳》第五回《忘父仇偏成莫逆,求官做反失家私》)

【駐雲飛】

閉目摇頭,兩道彎涎往下流。哇而吐一口,都是些飯菜饅肉。恰好似狗吐聖酥油,難消受。反復翻腸,不怕塵和垢。量小何須攬大甌?

（《鐘馗斬鬼傳》第九回《好貪花潛移三地，愛飲酒謬引群仙》）

酒呀酒，我愛你入詩腸能添錦繡，我愛你壯雄心氣冲斗牛，我愛你解愁悶掃清雲霧。摇頭輕富貴，冷眼看王侯。這樣的清香，這樣的美味，鐘馗焉敢鄙薄酒。

（《鐘馗斬鬼傳》第九回《好貪花潛移三地，愛飲酒謬引群仙》）

錦被兒斜着枕頭兒歪，玉天仙降下了瑶臺。嬌滴滴粉臉兒人多愛，紅粉襯香腮。斜插金釵，好一似昭君出塞來。

百般病比不得相思奇異，定不得方吃不得藥扁鵲又難醫。茶不思飯不想懨懨如醉如癡。旁人笑着我，我也自笑我心癡。伶俐聰明也，到此也由不得我。

（《巧連珠》第十回《遊楚館偶吟絶調，寄吴門共受虚驚》）

【黄鶯兒】

鼓樂夜喧天，做新娘不論年。十三十四成歡燕，喜筵接連，花燈不全，媒婆晝夜奔波懶。最堪憐，村村俏俏，錯配了姻緣。

（《巧連珠》第十一回《扮新郎明諧花燭，點淑女暗移梅香》）

李春榮

李春榮,約生於雍正二年(1724)前,字芳普,有《水石緣》(一名《奇緣賽桃源》)小說,自序作於乾隆三十九年甲午(1774)。

套　數

【解三醒】[一]

喜桂楫蘭橈並進,看牙檣錦纜縱横。黄龍青雀飛相趁,歌擊汰,復揚舲。對一輪日落江湖白,見幾度潮來天地青。春風正,片帆懸,瞬息千程。

【前腔】

看兩兩三三舴艋,載芳醪問字元亭。笑漁舟誤遞花源信,尋不出武陵春明。放着渡迷寶筏,誰來問津?從來破浪長風,有幾個乘寒江静?最喜是月明空載,野渡無人。

【前腔】

載吴姬采蓮歌應,載祖逖擊楫聲沉。堪笑殺漢陽江上連環陣,須不比遊赤壁晚風清。且學個成連蹔撇俞牙去,忍見他少伯仍攜西子行。還乘興,一溪寒玉,夜棹山陰。

【尾腔】

時平且喜戈船静,貝母休將估客驚。抵多少畫舫中流簫鼓鳴。

（李春榮《水石緣》第十二段《天風吹送入桃源，佛子扳留住繡嶺》）

【梁州序】

井桐摇緑，衰荷墮粉，團扇涼，驚玉枕，飄空野雲，暮林遥送寒砧。最早疏風扣竹，密雨侵簾，好夢驚偏醒。聽一片吟蛩淒惻也，碎秋心，嘹嚦還添孤雁聲。滅不盡殘燈暈，紗廚照見單棲影。情默默，奈何寢。

【前腔】

參商宵隔，轆轤夜引，别緒遥牽素綆。寒更乍永，懷人有夢難尋。一任娥眉黛減，雲鬢蓬飛，鏡裏容誰整？可憐這海棠紅褪也，困秋陰，颯颯金風冷畫屏。對碧落，長河耿。願隨月姊飛明鏡，千里外，照君影。

【前腔換頭】

坐閑，空惡抱如醒，步庭際小闌獨憑。恍蕭郎月下，歸來對影。似訝，容非昔豔，態減初嬌，怯怯蠻腰損。猛一雁横空今散也，怨秋聲，墮葉啼蛩何處尋？聽咽露，蟬嘶暝，宫商做弄出心頭病。無限恨，有誰省？

【前腔】

記分攜芳草初青，又瞬息桂花摇影。報魚書一紙，緘愁難盡。似慮佳期雲散，别調風吹，依約言還隱。還只怕郎情果薄也，若秋雲，慢取楊花比妾心，憑尺素，心逾哽。叮嚀别語堪追省，燈下誓，未曾冷。

【節節高】

悠悠兩地心，總難憑，三生石上疑還信。宵征訂，誓海深，盟山峻，丹誠一點他年證。惟歌銀河風浪平，黄姑纖步幽期近。

【前腔】

雖多思轉深，好難禁，愁城高疊重圍困。流光迅，秋色分，黄花近，雁鴻空遞遥天信。只恐朱顔易報秋，西風吹老芙蓉韻。

【尾聲】

羈人何日歸鞭整，展離懷握手同傾。免賦秋聲百感生。

（李春榮《水石緣》第二十一段《投合浦雲影探親，困雙娥富豪發難》）

校勘記

［一］醒：原作“酲”，據曲譜改。

馬　魯

馬魯(1725—1784後)[一],字希曾,大荔(今屬陝西)人。乾隆庚辰(1760)恩科舉人,官静寧州學正。有《山對齋文詩存稿》、《南苑一知集叢談》等。見馬先登編《關西馬氏世行後録》卷八馬魯《例贈修職郎增廣生先考東園公行狀》、張廷榴《例贈修職郎增廣生先考東園馬公墓誌銘》。

小　令

【中吕過曲·駐雲飛】 石門夕照

暮靄層層,望裏石門雲樹迴。牧笛聲相應,烟鎖歸樵徑。孰肯爲蒼生,不憚長征,有個雄冠,去訪重關令,帶着飛鴉影子行。

【南吕過曲·香柳娘】 齊人妾倚門相待

倚柴門望歸,倚柴門望歸,午陰鋪地,晨炊已過村烟細。憶良人伴隨,憶良人伴隨,鼎列松江肥,香斟葡萄味。望嫡妻釋疑,望嫡妻釋疑,一路相攜,我也抱衾裯齊備。

【仙吕過曲·寄生草】 任人鄰女愁

曾聽得隔壁兒,親迎不重周公制,好逑那問十年字。西家止宿無關係。漫説是西廂待月户迎風,竟敢來摳衣不掃牆頭茨。

【南吕過曲·鷓鴣天】 夢舜跖争相招

一枕南窗萬慮空，樓頭初報五更鐘。幾希兩念交相攻，仿佛阿誰叫語通。分善利，莫冬烘，古人前路任追從。唐堯的女婿雞鳴起，柳下季的弟郎依舊在夢魂中。

【南吕過曲·一江風】 丙午端陽

捲簾鈎，新釀菖蒲酒，滴取薔薇露。百花洲，説有王孫，紈扇輕搖，步向垂楊路。喧聲不暫休，喧聲不暫休，神靈也喜遊，擡將來去看龍舟鬥(俗擡神座滿街遊，謂之出行)。

【前腔】 端陽遊女

戴丹榴，鄰女相攜手，艾虎纔穿就。做嬌羞，袖托香肩，帕襯香腮，半躲稠人後。神前許願酬，神前許願酬，中懷默禱求，那見得繫絲時不是牽絲候。

【中吕過曲·石榴花】 石榴花

我只因難憑花露洗煩襟，已囑教芍藥殿殘春。爲甚麽丹榴似火又烘人，纔透出叢中一點欲動人心。且試看小窗前、小窗前，青青草色饒芳潤，任枝頭蝶鬧蜂喧，擾不得藤床高枕，也只許傍牆陰，也只許傍牆陰，待等朵朵紅如錦，由他馬上染羅裙。

(馬魯《山對齋文詩存稿》卷二《詞餘》)

校勘記

[一] 馬魯《山對齋文詩存稿》卷二《甲辰初度》六首其一："漫將文字鬥鮮新，鏡裏鬚眉到六旬。"甲辰是乾隆四十九年(1784)，逆計之，則其生年是雍正三年乙巳(1725)。

蔣士銓

蔣士銓(1725—1785),生平見《全清散曲》第883頁。

套　數

題吴香亭太常《古藤詩思圖》

【忒忒令】

鎖濃陰尚書苑牆,尋舊跡海王村巷。半庭風月,剩藤花無恙。猶記得禹鴻臚,爲山人,圖詩思[一],曾此寄勝賞。

【沉醉東風】

主客圖誰家姓王,渾不是烏衣門巷。移棨戟,换金張,燕泥抛漾,認琅邪攀條惆悵。畫屏這廂,畫簾那廂,依然護着,一周遭的畫廊。

【園林好】

舊騷壇詩人散亡,恰有個鴻臚繼響,暢好發延陵高唱。虚亭下着匡床,雕闌畔樹吟幢。

【嘉慶子】

覓藤陰此處成想像,便縛架親扶舊本僵,誰卷卻紫綃羅帳?遺滿院日蒼涼,遺滿院月昏黄。

【尹令】

半年謝君培養,數枝倚君生長,三春托君吟賞。待新梢吐花,做滿架薔薇發古香。

【品令】

齋前花木,六詠記留将。石泉大令,高吟贈漁洋。時移事往,幾人窺蘿幌。竹邊鵝鴨,補畫須煩石丈。試重展生綃,抵多少合付邊鸞與趙昌。

【豆葉黄】

七十年老輩,文宴飛揚。聚詩人酒客尊前,寫巾帶鬚眉一樣。前賢壇坫,後生主張。問兩個長身君子,問兩個長身君子,可記得藤花籠罩歡場?

【玉交枝】

尋思已往,醉揚州紅橋酒鄉。冶春詩社吾曾訪,低回到鬟影衣香。二分月明過粉牆,數株新柳垂一桁。斷人魂江南夕陽,繫人思江南夕陽。

【玉抱肚】

茅亭清曠,古藤陰詩情自長。忽然間調鶴閑階,忽然間聽雨虚窗。呼之欲出小漁洋,不數風流冒辟疆。

【江兒水】

野服同桑苧,冰銜改太常。看琴邊酒畔清豪狀,更茶畔香初蕭疏樣,又歌闌宴罷低迷况。在文字堆中跌宕,比並前人,誰道先生無兩?

【川撥棹】

琉璃廠,認韋家花樹坊。笑争墩王謝荒唐,笑争墩王謝荒唐,去來今因緣兩忘。夫于亭在那廂,帶經堂在那廂。

【前腔換頭】

願人與藤花壽共長,藤與詩人名並芳。説新城固始相望,説新城固始相望,證前身三生石旁。悟風來鼻觀香,悟風來鼻觀香。

【尾聲】

鵝溪絹寫詩翁像,合改换吴家白玉堂。且把這一架新藤,讓與替人掌。

題吴香亭太常《引藤書屋圖》

【金絡索】

根從舊第來,花向新棚蓋。嫩葉疏枝,不放朝曦曬。誰牽翠荇釵,月痕篩,垂幾穗雲衣風細擺。比行鞭孝筍旁支代,比分蔓匏瓜子姓偕。滕公派,亢强宗移自海王街。似當年墨氏離胎,唐叔方孩,剪一片桐圭拜。

【前腔】

書聲見古懷,吟韻和天籟。小袖雲藍,有個人兒在。怕藤梢掛寶釵,悄提鞋,將畫盞詩奩逐件排。緑窗人静情無奈,料薄命愁深福未該。蓮花界,把心經頻誦淚痕揩。念消寒九九圖開,寂寂春來,恐冰雪身難待。

【前腔】

松針落古釵,蘚印粘裙帶。喜送新枝,吉夢端陽屆。是蘭徵豆蔻胎,報生孩,怎黄土朱顏一例埋。歎韶華十九生天再,算慧業更番墮劫該。郎無奈,泣枯藤引蔓斷前荄。珮環聲倘得歸來,便周澤長齋,莫管河魁在。

【前腔】

藤條漫比排，揮劍能分解。竹報平安，一樣尚書宅。看新梢滿架，纔護莓苔，喜花映朝衫紫綬開。正碧桃和露參差種，紅杏依雲次第栽。圍金帶，比揚州芍藥報臺階。不多時百尺琴材，滴一點桐孫乳。

【繫梧桐】

搴吉祥，垂書帶，移宅到横街，屈指記壬辰載。筆床茶竈，對着藤陰鋪擺。述德詩成，取家傳手編排，更仿平原告身摹金薤。還把文章自檢點，滴露研硃細改。

【梧桐樹犯】

難忘是坐忘，索解無真解。轉眼兒孫，長過藤枝矮。端郎戲引桐官拜，續餘話分甘笑口開，向先人種樹書中載。可知一本靈根，轉移長在。

題仇十洲《華清出浴圖》，爲同年費道峰南英司諫題[二]

【繡帶兒】

纔收起一堆晴雪，梨花帶雨些些。拭羅巾两暈微乾，繫湘裙花影難遮。瞧者，烟迷暖玉剛半截，漏春光似淡雲偷月。蓮房小凝酥並列，渾不是隔中單的紅綃全卸。

【前腔换頭】

乜邪，回身處三郎笑瞥，歡如魚戲蓮葉。淩波起錦韈才兜，横釵後鈿盒重揭。扶掖，新荷出水珠乍瀉，沁華池玉魚應熱。樓東豔齊紈自遮，空延佇，好淒涼的玉階明月。

【東甌令】

仙音部，教陳設，一片紅氍階下帖。永新娘子梨園姐，還倚個箜篌妾。曲江風味較争些，少個八姨車。

【秋夜月】

花影斜，好煞驪山夜。細把霓裳羽衣疊，當頭一片長安月。薛王呵醉也，壽王呵睡者。

【尾聲】

玉獅兒不解棋中劫，禁持定雪衣娘慧舌，還只怕小温泉[三]，洗不退漁陽亂兵也。

題王夢樓太守袖手圖

【十二紅】

【山坡羊】翠奩中星兒成敗，眉峰上些兒機械。儘卿卿商量恁般，悄無言立向楸枰外。【五更轉】倚藤蘿笑看三姝態，長松冉冉垂青蓋。分明五老峰前，那個聽棋人在。【園林好】飲玉漿張華漫猜，贈羅囊羊曇自諧。【江兒水】戲遍了華山滄海，十幅琅玕，肯换緋衣魚袋?【玉交枝】延之官解，對江山清遊放懷。消磨白晝應無礙，讓師川一着高才。【五供養】況有佳人錯愛，是三素雲飛，朝嵐暮彩。隨風清出岫，沾牖翠成堆。更有幅雲衣妙處難裁。【好姐姐】陪待，笠兒頭戴，卞家郎棋仙與偕。【玉山頹】和他坐隱，因甚的輸贏盡戒。浮山空説法，住清淮，是南山木偃號乖厓。【鮑老催】薑芽怎開，盤中冷暖吾自捱，場中黑白卿自排。【川撥棹】幸文桑不改，算先生負局該。可憐人竹雨秋燈，可憐人竹雨秋燈，羡清簟疏簾楚峽齋。【桃紅菊】任天邊鴻鵠毰毸，任天邊鴻鵠毰毸，落子聲遲，援弓手懶抬。【僥僥令】休提蛇鬥急，説甚雁行挨，便覆局風流卻寧耐，曾賭過宣城太守來。

【尾聲】

爛柯山下人游再，笑婆媳寒宵無賴。分付你鈎弋空拳，休從劫後開。

（蔣士銓《忠雅堂詩集》稿本）

校勘記

［一］思：邵海清、李夢生校箋《忠雅堂集校箋》作“意”。

［二］爲同年費道峰南英司諫題：蔣士銓《忠雅堂詩集》刻本，邵海清、李夢生校箋《忠雅堂集校箋》無。

［三］小温：蔣士銓《忠雅堂詩集》刻本，邵海清、李夢生校箋《忠雅堂集校箋》無。

徐 爔

徐爔(1732—1807),字鼎和,號榆村,江蘇吴江人。徐大椿子。有雜劇《寫心劇》十八種和傳奇《鏡光緣》、《聯芳樓》、《雙環記》,《夢生草堂詩文集》等。傳見《光緒吴江縣續志》卷二十。

小 令

【仙吕】 道 情

澗水回環,吴山縹緲,先生此地維名教。到如今音容難接,只留一副生綃。俺沐手展圖,但見鐵面虬髯,衣冠古樸,一腔浩氣冲天表。他因早得科名,懶向紅塵裝歡作笑,因此上高隱荒山,整日裏詩文字畫,留下千秋寶。二百年來,澗上堂傾,芳徽日杳。咱侄山民臨文追慕,把公往跡從頭考。修葺新遺廟,倩名流遍處款題不憚勞。這也是宿世因緣今世了。

(徐達源編《澗上草堂紀略》卷下)

哭星標兄,【仙吕】 道 情

憐我爔,痛我爔,前遭何業,罰到人間,消受那死别生離。哭父母妻子、親朋兄弟,數十年來晨昏未已,更何堪又遭兄繼。想你是逍遥蓬島,樂佇天西,何勞咱手足摧殘淚濕衣。只爲你孝義端方、親情族誼、仁慈温厚、文雅襟期,不禁的一一從頭憶。猶記挑燈夜話,歎浮生若夢,處世還同一局棋。你早得了神仙妙着,不更争先竟自歸。俺如今霜侵鏡影憑塵掩,春老花魂趁蝶飛。今日裏隨着你子子孫孫，哭哭啼啼，送入黄泥。咳，要曉得人生全福，如斯而已。這夢幻泡影，悟也還未？

（徐達源《黎里志》卷十四）

老友徐靈胎度曲嘲時文及題墓詩，余已載《詩話》中。甲寅八月，其子榆村爔送其兒秋試，又度曲贈我云：

千山萬水，裝點了吴越規模。天地又躊躇，須生個奇才異質，風雅超殊。放在中間，空前絶後，著出些三教同參萬古書。更不讓他才華埋没，又把月中丹桂，天街紅杏，閬苑瓊珠，一一都教攀住。略展經綸，便使那萬户黎民，争稱慈父。才許他脱卻朝衫，芒鞋竹杖，歷盡了層巒疊嶂，游遍了四海五湖。方曉得花月神仙，詩文宗主，贏得隨園才子，處處家家個個呼。端的是菩薩重來，現身説法，度盡凡夫。咱也乞灑楊枝一滴，洗净塵心，跳出迷途。

（袁枚《隨園詩話補遺》卷八）

戴全德

戴全德(1732—1802),瀋陽(今屬遼寧)人,滿族。曾任九江搉運使。有《潯陽詩稿》四卷,一折雜劇《輞川樂事》、《新調思春》二種,合稱《紅牙小譜》。

小　令

【馬頭調】

酒色財氣如四甕,迷人在内做春夢。貪酒的終朝爛醉成了病,好色的骨瘦如柴圖受用。愛財的千方百計要多弄,使氣的稍不如意狠的痛。有一日打破了甕,驚醒了夢,纔知道酒色財氣把命兒送。

【措大小】

喜一宵恩和愛,被功名二字驚開。好開懷,喜酒飲三杯,嬋娟四人在,立馬五更門外。六街喧傳,英年氣概,七步奇才,得中蹬上八寶臺。願你沉醉了九重春色,便看花十里歸來。歷十年窗下苦,遇梅花凍九纔開。真個是富貴與妻榮,八字裏安排。七香車,穩情載,六宫宣召,由你朝拜。五花官誥封你,四德三從也,惟願二指大,泥金報喜,打一輪皂蓋飛來。

【清平調】

舉目向牙床,憶情人去不回家。桃腮杏臉,幾曾經這晝夜嘈雜。受淒涼,遭獨寢,更難禁,夜夜夢見他,醒來時雨淚交加,展不開雙眉暗鎖。

【清平調】

七里虎邱塘,多少遊人畫舫,誰家宅眷,風流體態無雙。脂痕粉光,倚新妝賣弄豪華相。俏家童侍立船頭,小優尼陪坐中艙。

【清平調】

秋月欠分明,秋雨秋風成陣。秋燈掩處,秋蟲四壁哀鳴。秋懷怎生,怕杜秋娘也爲悲秋病。莫教人盼斷秋波,早歸來秋色盈庭。

【清平調】

要聽西皮調,必須是真正老西。月琴胡琴彈拉好,是真會唱的,十八梆唱一句,更一聲鑽入雲眼裏。先唱齣油漆匠嫁女,再唱齣馬充霄换妻。

【清平調】

春雨遍芳郊,春入長堤芳草。春花飄處,雙雙春鳥歸巢。春閨翠翹,倚春臺懶把春衫掃。似恁般春色撩人,怎禁得春心動了。

【清平調】

姐兒悶不過,心眼裏只要遊湖。大姑小姑都請到,就把骨牌抹。文管文,武管武,更不許詐湖亂賴訛。這姐兒一牌無滿,急得他只是嗳喲。

【清平調】

春歸恁寒峭,使人意懶心喬。早起妝成,薰香獨坐無聊。終日逍遥,怎剗盡助愁的芳草,甚法兒點活心苗,是禁不得,燕吵鶯鬧。

【清平調】

密語囑多才,有個從長計策。奴居後巷,郎君住在前街。朝還暮來,送盤纏,也要功夫待。到不如搬到奴家,省多少送米擔柴。

【清平調】

不挽翠雲翹,任意村妝潦草。吁吁餘喘,風霜歷盡昏曉。驕驄蹀躞,控絲韁一抹風塵繞。仗英雄救拔奴身,沾恩澤海天深浩。

【清平調】

佳人生來俏,不施脂粉更好。眉彎新月,眼似一汪秋水。櫻桃小口時時哂,人見欲魂消。似觀音飛來海嶠,恍嬋娥偷離碧霄。

【清平調】

花繁濃豔想容顔,雲想衣裳光燦。新妝誰似,可憐飛燕嬌懶。名花國色笑微微,常得君王看。向春風解釋春愁,沉香亭同倚闌干。

【清平調】

回首望京華,爲甚麽奔走天涯。嬌枝嫩蕊,幾曾經這途路波查。受風吹,遭雨打,更難禁跋涉高和下。啼盈盈兩淚交加,振不開滿面塵沙。

【清平調】

纔到夢兒邊,無奈丫鬟唤醒。再睡不便,則索因循面靦。雨香雲片,潑新鮮,又冷汗粘煎。閃得我心憂步彈,只落得意軟情牽。

【清平調】

喜鵲噪簷前,悄把丫環低唤。將他廝趕,急忙飛過鄰園。非奴意偏,爲連宵早被燈花賺。假饒他喜事堪憑,怎不見夫婿回還。

【花柳調】

鑽新火,點廟香,虔誠爲因有情郎。只見香靄繡旛幢,細樂風微颺。

仙真呵威光無量,把一點真魂早度天上。怕未盡凡心,再作人身想。做兒郎,做女郎,願他永成雙,再休似少年亡。

小二哥,吃飯多,見人來了蓋上鍋,人去了他就打老婆。老婆上窗户,窗户没蹬兒打得老婆去照鏡兒。鏡兒無底,打得老婆唱曲兒。曲兒不明白,没頭兒打得老婆耍猴兒。

拈花朵,偷問郎,花枝比奴誰貌强?郎意太顛狂,巧把話兒講。道是花枝模樣,比着奴顔,十分停當。我便揉碎花枝,擲向牙床上。請今宵自主張,好去伴花枝宿鴛帳。

【花柳調】

二急兔,命運乖,娶了個女人像妖怪。那婦人臉黑麻子大,眼斜嘴又歪,腳大腿瘸手瘊。魑魅魍魎,不能比賽。有人説他貌醜,動刀就拼命。男人受委曲不敢言,無奈口裏誇心中怨。

【花柳調】

譙樓上,三鼓撾,殘妝卸了掩碧紗。獨自對燈花,占盡繡鞋卦。你在何處歡耍,撇下奴家,空房害怕,引得淚雨如麻,濕透芙蓉帕。教奴又想他,又恨他,畢竟想是真恨是假。

【花柳調】

鄉裏人,真慊貨,拾個鏡子問老婆。他媳婦接過纔一照,哭駡就撒潑。婆婆來問一照,又嚷又鬧,要送忤逆。公公趕來一照,大駡打兒子,問你婊子老鴇那裏來,這個老忘八誰家的。

【花柳調】

誰家女,打扮喬,手攜烟袋門外瞧。你看大紅繡荷包,裝來浦城好。

一點櫻唇姣小,帶笑偷含,千般波俏,淺吸輕呼,四處雲霞繞。引得輕薄子魂也銷,僥倖下風頭站來巧。

【花柳調】

太太起,肚内饑,左思右想没得吃。叫小廝上街鋪中,買現成熟東西。不拘燒餅饅首,虛糕黄墳,俱可吃的買的歸來。順便再買些喝的,你聽甜漿粥别太稀,教他打一扒稠些的。

【花柳調】

想着你,恩難罄,恨怎忘,風流陡然没下場。那裏是西子送吴王,錯冤做宗周爲褒喪。名花無恙,傾國佳人,先歸黄壤。總有麥飯香醪,澆不到孤墳上。只落得望斷眸叫斷腸,淚如泉哭聲放。

【花柳調】

八角鼓,武藝高,夥計三人幭子好。做正的打鼓彈弦子,丑脚是站着。傢伙響動開唱,曲詞新鮮,幭子脆嬌。丑脚鬥亘堪笑,脖子打腫了。可愛初次聽真暢快,可惜再復説俗氣了。

【花柳調】

花陰犬,吠不休,檀郎夜深來畫樓。他身軟渾雙眸,醺醺帶殘酒,倒向牙床欲嘔。冷冷清清,和衣相守,放着薰熱衾窩,今夜都寒透。我待駡檀郎又害羞,只得口喃喃把杜康咒。

【花柳調】

江西人,有慊貨,官話一字不會説。打鄉談,没有説是卯,甚麽説莫思,睡覺説是困醒。養個兒子,説堪個崽,下了一窩小豬,倒説養娃子。詫異尊敬人稱老婊,太謬叫母親稱姐姐。

【花柳調】

金函啟，玉案張，臨風細繙春晝長。只見那塵影弄晴光，靈花滿空降，枉了雪衣提唱。是色非空，誰觀法相，贏得錦襪香殘，猶動行人想。你看鶯花亂飛草正芳，恰好應清明雨飄蕩。

【花柳調】

作閑得兒真快活，無拘無束自在多。每日價站街等生意，人叫去做活，抗豬抱菜俱可。走不多遠，又可閑着。剩得幾十工錢，以便去吃飯。來到冲天館板蹬居，即可喝平端吃肥抓。

【花柳調】

東風至，日漸好，百花次第争豔姣。花間風蝶舞，庭中紫燕繞。閨思女心暗焦，奴好似谷中花空開了。

【花柳調】

節節高，好的少，聲色俱佳翻了稍。只見那茶館不能邀，家當早定了。賺得許多銀錢，師父意滿，徒弟興高，唱過三年五載，買賣大蕭條。聽他唱的聲九頭鳥，至好九老爺丢開了。

【花柳調】

庫圖欒，把馬溜，緩行來到後門口。順着街一直往北走，只顧看熱鬧。地下曬的丸藥，馬吃一口，藥鋪叫賠。馬主可可到來，説馬是官馬，死了叫你賠。藥鋪怕，尊聲度老芽弗得洗（大老爺不得死）。我賣的藥，全是蕎麥麵做成的。

紅杏深花，菖蒲淺芽，春疇漸暖年華。竹籬茅舍酒旗兒叉，雨過炊烟一縷斜。提壺叫，布谷喳，看林外多少野人家。千村轉歲華，陽春有腳，經過百姓人家。月明無犬吠杏花，雨過有人耕緑野。真個村村雨露桑麻。平原麥灑，翠波摇剪剪，緑疇如畫。如酥嫩雨，繞塍春色蠢苴。羨江南土疎田脈佳。田脈佳，怕人户們抛荒力不加。還怕有那無頭官事，誤了他好生涯[一]。

寂寞簾櫳，韶光明媚春情透。斜倚闌干，尋思鳳侶，眷戀鸞儔。强整烏雲，人兒憔悴身兒瘦。意懨懨慢步金蓮，低襯着翠裙鴛繡。恰正值柳絮池塘，梨花庭院，飄蕩動人愁。無限幽情，懶上妝樓，好春光付與東流。心頭事，簇上眉頭。簇上眉頭，越顯春山秀。試問那紅顔緑鬢，如何消受。越顯春山秀。試問那紅顔緑鬢，如何消受。

滿院榴花，薰風一夜都吹綻。繡閣佳人，守宫印臂，彩勝堆盤，角黍傳來，五絲巧繫同心線。笑吟吟藺虎釵符，低襯在緑雲鬢畔。好共伊悄下香階，偷拈萱草，背地祝宜男。更上江樓，遥望平川，有多少朱旗簫鼓，向江頭共鬧龍船。共鬧龍船，濕透羅衫汗。到不如蒲觴滿桌，花前頻勸。到不如蒲觴滿桌，花前頻勸。

嫩緑池塘，薰風乍轉，樓臺倒影漾珠簾。槐陰庭院，響漱寒泉，只覺得香肌無暑，自在清閑。荷花池館，寶篆沉烟，倚遍碧闌干。日長人困，緑楊深處晝鳴蟬。雨過南軒，見池面紅妝零亂。更有那香風十里，新月一彎。新月一彎，此景佳無限。蘭湯浴罷，素質生涼，懶去安眠。此景佳無限，蘭湯浴罷，素質生涼，懶去安眠。

涼生水榭，暑散風亭，暢好是浮瓜時候。銀屏内晝長人倦，水晶簾卷上瓊鈎。遥望見柳外芳洲，半摺榴裙，一曲蓮歌，人在蘭舟。傍槐陰聽罷鳴蟬，懶待去調冰玉碗，弄水金甌。且抱焦桐，彈幾疊松風雅奏。早見冰輪，又掛妝樓。笑吟吟小扇輕羅攜在手，趁着這蘭湯浴罷，一步步花徑追涼獨自遊。獨自遊，最清幽，卻被流螢點點飛來，惹人羅袖。

天淡雲閑，列長空數行新雁。御園中秋色斕斑，柳添黄，蘋減緑，紅蓮脱瓣。一抹雕闌，噴清香桂花初綻。攜手向花間，暫把幽懷同散。涼生亭下，風荷映水翩翻。愛桐陰静悄，碧沉沉並繞回廊看。戀香巢秋燕依人，睡銀塘鴛鴦蘸眼[二]。别殿景幽奇，看雕闌畔，珠簾外，雨卷雲飛，逶迤，朱闌幾曲環畫溪，修廊數層接翠微。繞紅牆，通玉扉[三]。看你似柳含風，花怯露，軟難支，嬌無力，倩人扶起。和你肩相並，手共攜，不須花底小車催。趁撲面好風歸[四]，意中人，人中意，則那些無情花鳥也情癡，一般的解結雙頭學並棲[五]。

打疊登程，殘霞剩水渾如畫。野外人家，牆頭嫩柳，籬畔嬌花。遥望前村，古樹枯藤起暮鴉。曲彎彎轉過旗亭，流水處小橋低跨，翠陰中斜繫漁舟。釣竿竹笛，兒女笑喧嘩。回首家山，撲面塵沙，消受些斜陽古道，經歷盡瘦馬天涯。瘦馬天涯，景色真無價。交付與疏林殘葉，漁樵閑話。交付與疏林殘葉，漁樵閑話。

野曠天高，卷長空雲霞縹緲。見幾處草舍蓬蒿，種桑麻，載竹樹，迤邐有清流環繞。近遠林皋，村店荒郊。只見那小橋流水，野渡空舠，深林中鳥語，曲徑花飄。又聽得韻悠悠樵歌牧唱，飛鴉聲噪那山坳。那山坳，見一幅酒旗兒，隱隱躍躍，招颭在花梢。見一幅酒旗兒，隱隱躍躍，招颭在花梢。

冷颼颼荒堤上荻花蕭瑟，閃摇摇斷橋邊漁火明滅。無限傷心事，付與琵琶，一聲彈破江心月。指尖上訴幽情，訴不盡愁悶千疊。想當日銷魂豔曲珠千串，血色羅裙酒半截。盡都是北里烟花，南院根葉。空船此際，剩流水嗚咽，縱然夢到巫山岫，算也不稱那年少情節。只落得滿面啼痕，對着淒涼夜色，偷向弦上説。弦上説。還只怕有心的隔船兒惹下青衫濕，還只怕有心的隔船兒惹下青衫濕。

翠亭亭松竹兒占盡三冬秀,香馥馥臘梅兒意味特清幽[六]。亂紛紛落葉兒遮不住寒山瘦,溂喇喇朔風兒陣陣鳴窗牖。白漫漫雪花兒片片飛舞遍瓊樓,冷清清短檠兒夜静聽殘漏。醉醺醺美酒兒斟滿在銀甌,斟滿在銀甌,暖烘烘玉人兒偎傍金猊獸,暖烘烘玉人兒偎傍金猊獸。

聽雨點打窗紗,緊一陣珊珊,慢一陣珊珊。今夜裏對殘燈,開一回書卷,掩一回書卷。想當初偶爾窺園,因甚俏魂靈,梅邊活現,柳邊活現。一般樣繡閣嬋娟,你恁的有緣,我便恁的無緣?合着眼摹擬千番,又則怕我醒也徒然,夢也徒然。癡情事待説又難,待不説更又難。吮霜毫訴向鸞箋,寫向鸞箋。寫向鸞箋,紅淚難乾。和着窗前夜雨,今宵滴不斷。和着窗前夜雨,今宵滴不斷。

美甘甘湯兒厚,酸溜溜味兒甜,奶光兒吊爐皮脆甚新鮮。喜的是鹿尾鰣魚、冬筍閘蟹、美酒肥羊,好親好友,共坐吃嚐。嘩一拳大家歡笑,行一令多吃幾觴,拚一醉無事何妨。無事何妨,睡一覺醒後,熱水净面,嗑些兒酸辣湯。睡一覺醒後,熱水净面,嗑些兒酸辣湯。

嬌滴滴容顏俊,笑盈盈話語甜,玉人兒梳妝打扮賽嬋娟。愛他的桃腮杏臉,柳腰兒細細,蓮步輕輕,温柔典雅,心性兒聰明。説句話鶯聲燕語,笑一笑人人心動,飄一眼個個魂勾。個個魂勾,自古道淑女君子好逑,不知他是何人匹配鸞儔,不知他是何人匹配鸞儔。

狠着心兒輕輕把你來抛下,要試郎心是真是假。對着奴家,怕你虚心,向奴偏説知心話。同心帶綰不多時,背地裏心猿意馬。累得奴驚心春雨,傷心秋月,心緒亂如麻。一點癡心,莫作浮花,終日裏提心在口,惹多少心口嗟呀。心口嗟呀,悶向心頭掛。把奴心换得郎心,愁心纔罷。把奴心换得郎心,愁心纔罷。

熱撲撲心兒淡，忙碌碌暫偷安，悟人兒富貴功名看得賤。喜的是山清水秀，古柏蒼松，尋梅訪玉，老農老圃，對坐閑談。説甚麽高樓大夏，説甚麽利鎖名韁，唱一曲歸來未晚，飲一醉萬慮皆空。萬慮皆空，歎人生若夢，爲歡幾何，倒不如且埋名，在深山隱姓。歎人生若夢，爲歡幾何，倒不如且埋名，在深山隱姓。

青山隱隱，緑水迢迢，喜的是空江垂釣。烟波裏絲綸斜掛，撑駕着桂櫂蘭橈。鎮日間扁舟不繫，南北東西，浮浮泛泛，蕩蕩飄飄。傍長堤淺水蘆花，低放下青絲網罟，蹴破春潮，鎮住輕鯈，看魚兒行行陣陣，纔越文鱗，又掛銀刀。這生涯領略些曉風殘月，受用些酒碗詩瓢，歎世上利鎖名關空自勞。空自勞，到晚時鼓櫂歸來，沉醉高歌，漁家真樂。到晚時鼓櫂歸來，沉醉高歌，漁家真樂。

套　數

【馬頭調】

正大光明宇宙間，人人皆被利名纏。讀書的雪窗螢火望高中，莊稼漢愁水愁旱盼豐年。手藝之人要得大工價，作客商想賺加倍重利錢。

【弋腔戲】

有些個守本分甘貧窮，能行那孝弟忠信、禮義廉耻令人愛。有些個作高官擁富貴，不忠不孝、不仁不義討人嫌。自古道積善之家多餘慶，行惡之人有餘殃。只見那天鑒煌煌，善惡昭彰。

【馬頭調尾】

須知道，天地無私終有報。休疑慮，勸君試看天何言。

【馬頭調】

世上愚人貪心重，爲名爲利苦經營。卻不道壽夭窮通皆有分，得失難量。聖人云，來之不善，去之亦易。貨悖而入，亦悖而出總不如。

【疊斷橋】

樂天知命，守分安常。榮華花上露，富貴草頭霜。大數到，難消禳。自古英雄輪流喪，看破世事皆如此。

【馬頭調尾】

名利何必掛心腸。

【平調】

春夏秋冬四季天，有人勞苦有人閑。不論好和歹，都要過一年。

【花柳調】

春日暖，有錢的桃紅柳緑常遊戲，無錢的他那裏天明就起來，忙忙去種地。夏日炎，殷實人賞玩荷池消長晝，受苦人雙眉皺挑擔沿街串，推車走不休。秋日爽，有力的登樓飲酒賞明月，無力的苦巴竭，莊家收割忙，混過中秋節。冬日冷，富貴人紅爐暖閣銷金帳，貧窮人在陋巷，衣單食又缺，苦的不成様。

【清江引】

一年到頭十二個月，四時共八節，苦樂不均匀，公道是誰説？世上人惟白髮高低一様也。

【泛調】

大江東去永不停，廬山正對潯陽城。陶淵明不作官，願把那菊花種。白居易送客，留下了《琵琶行》。

【弋腔戲】

有一個名英布，據潯陽稱王霸業。有一個晉庾亮，鄱陽湖訓練操兵。宋時節岳王武穆忠良將，威名大雄鎮九江。更有那明太祖，督兵鏖戰陳友諒，臨陣柁壞，多虧元將軍。你看那鄱陽潯陽，古時戰場。

【泛調尾】

手擎着筆管仔細追想，長江有廬山在，人似後浪催前浪。長江有廬山在，人似後浪催前浪。

【馬頭調】

常言幕友架子大，毫無區別不成話。紫檀木書架雖小人貴重，楊柳木架子極大誰愛他？

【花柳調】

紫檀架内裝着五經四書，心貫串變化高。文章能治國，韜略平天下。楊木架内裝着美酒肥肉，吃下肚變化出，清者即是屁，濁者臭巴巴。

【馬頭調尾】

請幕友不論架子大與小，只要他行爲體面居心正，將公事辦的妥當，寫的又好，才稱得錢不虚花頭不大。

【平調】

受戒吃齋,心無罣礙,眼前雲霧喜分開,我奉師父之命探路來。

【弋腔戲】

名揚天界,蟠桃會上好安排。仙桃濃啖,玉酒頻篩。弼馬温,嫌官小,提金棍殺上龍霄界。王靈官皺雙眉,張道陵魂不在。可笑天王哪吒渾無策,二十八宿將咱拜。九曜七星亂奔逃,南北二斗遭毒害。二郎小子弄神通,變化來時不尷尬。好威風,真快哉,不想遇着光頭佛祖實僽賴,將俺壓在五行山,受盡了風吹日曬實難挨。今日裏皈依三寶,撇卻了舊日胡歪,舊日胡歪。

【平調尾】

趲取程途八如來拜,若得能成正果,到慈悲法界,便是修行各有時,憑着俺精進志,休嫌遲到蓮臺。

【溝調】

爲人在世如作夢,夢長夢短皆前定。好夢兒久長不能一百歲,苦夢兒淺短難過三十春。

【弋腔戲】

有一種再來人,達天理淡泊寧静。有一種初世人,不知命諂媚鑽營。常言道白馬紅纓彩色新,不是親者也來親。貧居鬧市無人問,富在深山有遠親。看不盡世態炎涼,競短争長。

【滿調尾】

把那些虛幻泡影千年計，夢兒醒，榮華富貴總是空。

（戴全德《潯陽詩稿》）

校勘記

［一］此曲抄録自湯顯祖《牡丹亭》第八齣《勸農》二曲【排歌】、【八聲甘州】。

［二］從"天淡雲閑"至"鴛鴦蘸眼"，抄録自洪昇《長生殿》第二十四齣《驚變》二曲【北中吕・粉蝶兒】、【南泣顔回】。

［三］從"別殿景幽奇"至"通玉扉"，抄録自洪昇《長生殿》第二十一齣《窺浴》【羽調近詞四季花】曲前九句。

［四］從"看你似"至"好風歸"，抄録自洪昇《長生殿》第二十一齣《窺浴》【二犯掉角兒】曲後八句。

［五］從"意中人"至"學並樓"，抄録自洪昇《長生殿》第二十一齣《窺浴》【尾聲】。

［六］臘：原作"蠟"，據文意改。

丁秉仁

丁秉仁,字香城,蘇州(今屬江蘇)人,乾隆、嘉慶年間在世,有小説《瑶華傳》十一卷四十二回。前有嘉慶八年(1803)自序。

小　令

【雙調過曲·繡帶兒】

香閨女亦何瀟灑,相邀社友還家。移繡榻,盡主誼,相陪不提防,竊視揭輕紗。難遮擁衾窩,顯出光光乍。扇柄兒將親那答,把個風流客,笑得委難禁架。還叫個俏梅香也,笑得聲兒啞。

(丁秉仁《瑶華傳》第十五回《已見睡情方竊笑,欲誇武藝反投誠》)

【黄鶯兒】

莫笑女嬌娃,受皇恩意氣排。雄兵十萬塵埃拜。叱風雲口開,揮鬚眉手擡。一番威武旋旌旆。過長街,精明相士,直與寫形骸。

(丁秉仁《瑶華傳》第十九回《大閲歸來傳相術,升辭就道耀兵威》)

【黄鶯兒】

可惜有情郎,戲花叢名太彰。人皆知是風流將。堆黄金滿箱,指青雲可翔。爲聰明反上了糊塗當。罵强梁,好肥羊肉,偏與狗充腸。

(丁秉仁《瑶華傳》第二十九回《三雅沉酣迷色相,二形煽惑縱春情》)

【字字錦】

兀的不快殺人也麽嗏，女娘行報父怨偏自雅。無端帝室親，慘遭若輩代宴客羅。苦只苦伶仃女没了爺，恨只恨你的爹没處抓。我無可奈，只將你姐妹拿。嗏，天理昭彰，你不須怨咱。他稱福禄酒，我名恩怨燈。他食我爹肉，我把他的嫡骨血來炙化。兀的不樂殺人也麽冤家。

（丁秉仁《瑶華傳》第三十五回《仇讐骨肉充燈燭，道路災殃幾死生》）

套數

時調

舞袖招颭，歌聲迭奏，敬仙真遮不得當場醜。輕移蓮步，摇顫釵頭，步虚聲裏韻偏幽。這科儀是吾師辛苦親裁就，知音觀聽切宜分，莫作閨中優孟舒情誘。

其五

藝圃初建，工夫悉授，鬼狐狸赤緊的將因情叩。皈依頗切，更不讐仇，故教藩府把胎投。幸而今積功累行如山斗，陶鎔一一盡人才，堪憫黄粱一夢歸烏有。

其四

罪孽深重，消前積後，感吾師肯廿載恩光覆。爲山一簣，集腋成裘，居然也入劍仙流。只可憐劬勞鞠育皆相負，仙靈俯鑒拔泉臺，乞賜金符寶籙空中佑。

其三

雖是奴隸，追隨自幼，主人恩直與兩間高厚。承師培植指戈矛，幾番征戰獲封侯。旋乾坤袈裟,換卻羅袍袖。同儕都半化黃泉,還望元機普拔母遺後。

其 二

短髮雛婢,深閨翼覆,德如山只隔得親身肉。錦衣被體,玉食充喉。鄉君名號作銜頭,盡師恩提攜陶冶真稱厚。追思一樣受恩人,早拚黃沙壘壘祈拯救。

其 一

合誦誠意,叨恩曲佑,拔幽沉更有勝蒲牢吼。前尤知悔,後過宜修,而今豈敢不回頭？鑒前車鬼狐有志遇成就,從來難得是人身,何忍輪回,轉入追禽獸。

【煞尾】

几筵恭敬惟杯酒,胸臆因情訴不休。爲只爲九地羈魂有千萬愁。

(丁秉仁《瑶華傳》第四十回《遣道演成驚俗眼,雄狐造就返仙蹤》)

彌堅堂主人

彌堅堂主人，姓名、履歷不詳，有小説《終須夢》四卷十八回。孫楷第《中國通俗小説書目》將此書歸入乾隆、嘉慶間才子佳人類小説。

小　令

【離亭怨】

從今後玉容消磨，桂花朵，秋風吹羅。這相思何時諧和？記得當初，天后爲斧柯，到了如今，父母作風波。望夫石渺渺，太行山峨峨。白茫茫陸地來厚，碧騰騰青天般高。仰望東，落海毒害的恁麽？

【天下樂】

春風生繡帳，溶溶露滴牡丹。開檀口，揾香腮，淡淡雲生。芳草濕，碧澗涵皓月，滿池泛浮鷗。我將這鈕扣兒松，你將這縷帶兒解。陽春和暖渾身泰，軟玉温香抱滿懷。柳腰效擺，半推半就，花心輕拆，又驚又愛。背後着腮潤，不知春後何處來。胸前着肉磨不開。花落幾多少，杏臉觀月色，櫻唇映月開。鸞被惹金釵，首飾捱雲鬢。曲盡人間之樂，不啻天上之降。

（彌堅堂主人《終須夢》第四回《注生廟誓約花燭》）

【紅納襖】

徒向着土堆前列酒色，恨不得見玉容對鏡時。縱則向夢兒中能相會，痛殺我安得日中見伊。想當初十年前無知識,到如今此時間免淚垂。除非是起死回生,一雙雙挈丁令還靈也,現原身使我知。

(彌堅堂主人《終須夢》第六回《遭大變妻子俱亡》)

【鵲踏枝】

見了那人,吟得句兒真。想了那詩,念得字兒新。青春年少,俊俏聰明,悵惹眉梢,心事向誰吟?愁撞心苗,性命有誰憐?真是有心了奈無心好,多情卻被無情惱。

(彌堅堂主人《終須夢》第九回《蔡平娘魂棲玉真》)

【天净沙】

黄昏後,悲來欲解全憑酒。全憑酒,只憑酒醒,悲情還又有。難解薑桂耐心久,此情未識君知否。君知否,惟求來世,天長地悠。

(彌堅堂主人《終須夢》第十三回《幸有緣客鄉相會》)

【油葫蘆】

翠被生寒,壓繡絪,休將蘭麝熏香。殘燈挑盡難成夢,莫把珠淚添。然想那時錦囊佳篇,思那人玉堂蹁躚。這些兒坐既不寧,睡又不眠。那幾日登臨不快,閑行又寡情伴。意承,泣涕連連,神魂飛纏在君邊。

(彌堅堂主人《終須夢》第十五回《處勢窮設計脱身》)

【黄鶯兒】

成就了知心、知心和諧,記得嘗相謔相尋,渾忘一段溶溶春嬌、春嬌畫不成。氣味深形銷骨霪,魂飛沉九天長吟。雲鎖雙禽,遍體盡香侵。當年鼓瑟,今日又同衾。蕭蕭陽臺,濃濃花陰。審問明,又疑是昨夜夢,和甚夢,知甚值千金。

(彌堅堂主人《終須夢》第十八回《能知足衣錦還鄉》)

俞用濟

俞用濟，字秋帆、遥帆，吴蘭征夫。乾隆、嘉慶年間人。吴蘭征有《絳蘅秋》傳奇。

套　數

俚句填贈玉卿賢妹丈《瀟湘怨》傳奇

【黄鐘・醉花陰】

錦繡年華大江水，極目紅塵萬里。愁緒楚雲飛，總引得人心碎。遣悶覓梅溪，要譜出清新，可怎生不見你？

【喜遷鶯】

向詩書經義，覽秦碑漢碣。依稀好奇，玉金堆積。我則見古聖前賢白盡髭，憔悴死，問何似。風流自負，倒有些滋味的相思。

【出隊子】

紅燈剪矣，意癡癡，心轉迷。縱然見玉堂前文陣老雄師，更有那裴相國萬絹黄甫碑，卻不道埋文塚傷心唐學士。

【刮地風】

因此上題遍牙籤盡惹癡，話秋聲風月情司，則見那柳耆卿律吕多情意，無端的體態支離。又何必鐵板關西，夢縹緲桃花扇底，興淋漓銀箋燕子，後庭花冷落了故國靈犀，唱白練有秦淮薄命兒。俺待尋可意傳奇，向臨川，志已移，招人喜，又添個年少多情杜牧之。

【四門子】

你看這夢紅樓，人世上皆如此。誰能彀演出新奇，真心兒揣着意兒擬，好教你曲未終時意已迷。真心兒揣着意兒擬，儂可許和他對質。

【古水仙子】

覷定着一味癡，便湊個生花的東君筆一枝。想當初永夜淒其，葬花心難已，花想容，月想衣。只道是杳杳的冷卻羅幃，俏魂靈倩誰爲點絳脂，情種兒恁舍得追魂技，掩瀟湘，又減了腰圍。

【者剌古】

破情天筆仗奇，有即有離。揭愁城心不醉，情福情癡。秋花枉恨死，春風一任披。消受那循環理，雲草低。

【神仗兒】

草囑梨園須着意，休得等閑視。還恐那年少優伶兒也，唱到淚珠揮。

【節節高】

恩山雲黯，恨天風唳，情關魔累，猛然見紅樓穩睡。雖則是排戲場，水中月，鏡内枝，争奈我於今猶夢裏。

【尾聲】

且漫説無多斷腸的事，問可似《牡丹亭》唱徹秋閨，惹多少好兒女，拚爲他傷心到死。

内弟秋帆俞用濟拜跋。

（萬榮恩《瀟湘怨》傳奇附）

甘立媃

甘立媃(1743—1819),字如玉,奉新(今屬江西)人。父甘禾,雍正四年(1726)舉人,官兵部主事。夫徐曰吕,補博士弟子員,赴省秋試,患暑疾而卒,年僅三十。如玉守節撫子。有《詠雪樓稿》。

小　令

北調【寄生草】　醒世詞

天上風雲易散,人間富貴難真。費精神只把名韁利鎖羈身,暗使人向南北東西碌碌奔。一瞬時把朱顔憔悴霜侵鬢。幾曾見勢焰人入無常陣,能求得鐵面閻羅饒了命。

富貴似風輪,天公旋轉原無定。既降生爲人,當留下忠孝全名。愛親敬長,憫老憐貧,扶危救急,順理推情。更需記世事如夢易醒,多做些善果良緣,好登天上蓬瀛。

北調【玉交枝】　秋　夜

窗虚月透,故移孤影光浮。猛然舉目魂銷,星逼斗牛,雲襯晶球,庭空景幽。正飄寒落葉悲秋,悵風姨拆散鸞儔。論知音筆硯同愁,論傷心琴劍同憂。

北調【哪吒令】 述 懷

歎緣乖運乖，抱些兒鄙才。對花猜鶴猜，感些兒幽懷。傍琴臺鏡臺，動些兒徘徊。慟親尊忍不住淚珠篩。願孤兒繩武，快步金階，休辜負宵殘漏盡，筆去梭來。

北調【鎖窗寒】 感懷三首

問天使我落凡塵，何事蹉跎秋復春。既生爲女子，莫令不辰。

其 二

探天青鳥降何辰，故使孤鸞伴此身。炎涼俱歷盡，滿目悲辛。

其 三

憶天憐我墮釵裙，仿佛仙風示轉輪。待清消夙業，仍返昆侖。

北調【夜雨打梧桐】 示二子

論芸窗功課，時敏戒慵惰(平聲)。雞晨起溫習最清和，攤書飽食尤多。廣搜羅，講時文精深在揣摩。若夕陽西隱無他，暗把一日工夫思索(去聲)。或吟哦，或挑燈静坐，楷帖書堪作(去聲)。

叮嚀，須記着筆潤助文波。摛毫掞藻，玉律金科，文字訂真訛。汝可知麽，讀書人功積名方大。若不向閑時入魔，到臨場空唤奈何。方知錯，追悔真無那，枉自怨蹉跎。

北調【傍宫桂】 秋日述懷

時景最撩人，寒扉添雨暗，素袖透涼新。歎琴音早寂静，頻展詩書細溫，深把聖賢欽敬。欲學乘風飛入雲，鵬摶羊角，鯉躍龍門，怎奈注生南斗，誤安排個女兒身。

北調【秋夜月】 聞促織

促織鳴，苦機婦寸腸挑盡，那管幽閨夙夜勤。偏吟雨露，啾啾使人忍聞。淚滴錦回文，淚滴錦回文。

北調【玉交枝】 示勉兩兒

世情看透，汝儒家學問宜優。展詩書勤讀，待風雲際會，好出人頭。念雙慈苦度春秋，鏡中孤影梭中瘦。囑兒曹早下鼇鈎，望兒曹快步瀛洲。

（甘立媃《詠雪樓稿》卷五《詩餘》）

顧元熙

顧元熙，字麗丙，號耕石，江蘇吴縣人。嘉慶十四年(1809)進士，授編修。有《小楷金石萃編》等。

小　令

顧學士【黄鶯兒】詞

卞雅堂光禄守常州[一]，門下士顧耕石學士元熙，時爲館客，嫌官廚酒殽惡劣，作【黄鶯兒】詞譏之曰：

蹄子小多毛，秤梗鰻着膩燒，海參崛强蹄筋跳。魚蝦壽夭，雞鵝壽高，冬舂米飯黄而糙。最難熬，新薌水酒，故意滿檯澆。

光禄見之，大笑“海參”以下二十二字。自後傳餐時，光禄親自臨視。見有不堪適口者，必訶責庖丁，令易精品焉。

(《清代名人軼事》)

校勘記

[一] 守：原作“寺”，據《鄉飲樓賓談》卷二改。

左　輔

左輔(1751—1833),字仲甫、蘅友,號杏莊,陽湖(今屬江蘇常州)人。乾隆五十八年(1793)進士,歷官安徽南陵、霍邱、合肥、懷寧知縣、泗州知州、潁州知府、廣東雷瓊道、浙江按察使、湖南布政使、巡撫等。有《念宛齋文稿》、《念宛齋文補》、《念宛齋詞鈔》、《念宛齋詞曲》等。傳見《國朝耆獻類徵初編》卷一百九十六、《清史稿》卷三百八十一。

小　令

【垂楊】　凡調

年華易老,看碧柳依依,得秋何早。春水樓臺,也曾好夢勾留到。芙蓉泣露臨清曉,盼不着一絲顫裊。剩空條,帶個歸鴉,襯些兒衰草。況是離愁難了,趁古堠殘霜,亂山斜照。那不銷魂,這番憔悴,原知道,相看漫訝烟痕少,是鏡裏春人畫稿,可能彀風信吹回依舊好。

【六么令】　六調、凡調

梨花過也,柳絮又看舞。是誰滴珠團粉,端正倚妝户。説是春魂易斷金屋,嬌無主,冷烟飛處,勾來明月,要共嫦娥夜深語。前夜丁香細結,密意留將住。今夜晴雪成堆,任意開將去。准待屏風十二,好夢深深與,也無心緒。哀絲豪竹,只有團圞舊情訴。

【點絳唇】 小工調

暢好年光，幾曾銷得閑惆悵。嫩寒初釀，淺醉人無恙。象管鸞笙，炙手休教放。渾難忘，春風亭上，覓個花枝傍。

【鳳凰臺上憶吹簫】

疑立瑶階，昵窺珠户，那禁雲月荒荒。怪而今才見，又攪柔腸。多謝露濃風軟，生護得十斛春香。休憐我珠危玉顫舞袖郎，當難忘。已拚輪與教酒釀濃情，霞豔容光。但繫將春住，不恨他鄉。多少門前楊柳，都爲我踠地絲長。更摘取花心，撚成彩縷千行。

【滿庭芳】

絲雨初停，晴雲乍卷，院落吹遍春香。簾櫳低語，愁聽燕商量。廿四番風過也，看不盡芳草斜陽。休辜負瓊臺仙子，一色倚新妝。雙雙明繡纈，紅潮潤臉，翠珮摇襠。倩宵燈照與曉露，扶將舊夢惺忪。記得偏飄瞥，弦柱行行，留他住，裝成金屋，檀板譜霓裳。

【江南春】

聲嫋嫋，影幢幢，分明依舞袖，窅窕度雲房。酒濃花豔春如海，憑遍欄干夜未央。

【鶯啼序】

春風忽吹好夢落，江船小住，渾不管憔悴蕭郎，牽惹多少愁緒。似隔世桃花，燕子尋來，闖入相思路。怎消他一櫂盈盈，個人如許，鄂渚移舟，湘皋解珮，舊事星星誤。念蓬轉天涯，贏得鬢絲如縷。一聲聲華年錦瑟，總彈入烟程津鼓。便剗將香草心苗，阿誰看取？雙花脈脈嬌不成，裝眼底，又愁予。忍不住，全身輸，意爲君撥起檀槽，低翻樂句。曲中彈淚，掌心畫字。巫雲洛水，天教合也，些些釀點楚山雨，都無憑據。偏是打槳迎潮[一]，眼見得一程程去。才揮别淚，便隔雲山，又遮烟樹。吹急浪亂風燈，畢竟彩雲何處。紅紅小字深深印，拚我傷心，怕爾心還苦。春風吹夢誰爲主，歎銀潢碧海真難渡。只憑俺彩筆勾魂意，蕊空花已離塵土。

【真珠簾】 小工調

愁中草草年光過，劃春風一半和。花濃做花盡如雲，界得幾重山破？多少春人花裏住，誰肯撇家山如我？無那與尋巢燕子商量歸，可説是人歸真個？者盈盈江水，誰催離舸？天遠莫愁春，恐春愁還大。春與愁人同作客，已消受冷烟寒火。摧挫同此江東下，知他歸麽？

【暗香】 小工調

玉人去也，算幾番得共烟寮月榭？小夢乍醒，已是闌風散初夏。休説冰魂拋遠，還戀着空枝未舍。放些子酸苦心兒，教那人嘗者。牽惹，怎堪把歎？冷蕊暗香，不到瑶毕翠圓來。乍休認輕丸浪拋灑，都是春風怨魄。須珍重前生身價，只這裏偏誤了故園清夜。

【疏影】

才傷絮落，又水邊院角，撩亂心曲。看宿雨初收，斜日低銜，平添一架新緑。珠簾不卷留春夢，怕飛出葳蕤深閣，盡濃雲壓住，鬟釵那管。粉痕銷肉，應念鸞箋未寄。曉來斂翠黛，珠淚盈斛。知否，年時紫玉成烟剩，有燕飛華屋。傷心一樣相思種，不及豆紅堪掬。只模糊眼底眉梢，掛垂垂千絡。

【眉嫵】

正梨雲夢沓，慘淡模糊，又是斷腸境。知有梅花在門前路，天涯消息難問。翠樽易冷，恨素幃都共烟暝生。拚得瘦骨衝寒立，别魂抱愁醒，我亦難消夜永。聽瓊珠雨灑，冰柱風迸，想後夜春如海花光瑩。何人雙對清鏡？闌干休憑，怕月痕窺我愁病。只簾菾重垂，守着這窗兒燈影。

【蘇幕遮】

玉波寒，羅袂濕，怕上高樓。悄並秋花立，一樣清宵歌吹歇。燕子分明又還，明朝别，悄無言，愁不極。此意沉吟，畢竟和誰説？要識阿儂心曲折，除向回廊看取欄干月。

（左輔《念宛齋詞曲》）

校勘記

［一］槳：原作"槳"，據文意改。

許鴻磐

許鴻磐(1757—1837),字漸逵,號雲嶠,山東濟寧人。乾隆四十六年(1781)進士,歷任安東知縣、泗州知州等。因事離職,以教讀爲生。有《方輿考證》、《六觀樓雜著》、《六觀樓文存》、《六觀樓詩存》、《六觀樓北曲六種》等。

套　數

贈陳秀山

【中吕·粉蝶兒】

馳騁浮華,歎人情波流日下。參不透世事虛花,弄浮名,圖厚利,總成話靶。瞥見君家,卻怎生風情無價。

【沉醉東風】

論義氣傲雷陳,説文章高賈馬。具一副不合時的肚皮兒,問知音寡、寡。誰識您真正風流,自然本色,更别般瀟灑(作去)。

【迎仙客】

對風花新景致,尋待酒舊生涯。可憐煞瘦骨一把,包無限志誠心,藏許多風和雅。須知道不賣梨查，好胸懷秋月雲端掛。

【石榴花】

俺也曾對黄葉詠西風，泛碧斝嘯明霞。孤岑性子厭喧嘩，一味價冷眼嗟呀。歎疏狂貽笑真癡傻。誰料道老子雲不棄侯芭，孫陽錯認了空群馬，倒省俺隔秋水望蒹葭。

【鬥鵪鶉】

曾記得雨夜雪朝，和那花前月下，共檢詩牌，叨陪清話。有時節一局敲殘攔暮霞，酒興轉賒，拼得個銀海生花，誰管他玉山倒架。

【上小樓】

那時節似癢得爬，如冰欲化，快吐胸懷，暢論些古今，也不算佻達。講甚麽俗眼驚詫，且消這半天閑假。

【快活三】

俗情靠後些，詩酒到處即吾家。今日個庭前又放海棠花，再共醉吟海棠花下。

【煞尾】

作文章喜有師，近芝蘭欣漸化。這是俺别裁僞體親風雅，敢道是忘年交君共着咱。

嘲陳季義納寵

【步步嬌】

把名花移來閑園治，驀地春先到。美人尚殢嬌，那半老襄王多時渴倒。春在小梅梢，問東皇何事風光早。

【醉扶歸】

記得潤豐豐曾睹如花貌，軟咍咍也見過賽蠻腰。道是合歡杯酒定相招，可怎生狂蜂兒背地尋香料？春横眉黛想多嬌，玉精神想出落的十分俏。

【皂羅袍】

他怎受燕抄鶯鬧，想連朝鏡裏粉褪黄消。羅浮萬點翠梅飄，陽臺一片紅雲罩。珠簾月悄，銀缸焰燒，銅爐篆熄，金尊酒饒，玉人兒睡飽了風流覺。

【好姐姐】

黄金屋恁樣藏嬌，也不怕風姨妒媢。問外廂衾枕，誰去慰寂寥？須知道劉郎不返天台棹[一]，那袖底人兒，望斷眼梢。

【尾聲】

桃花洞裏偷開了，待結實兒，須教青鳥報，也好來湯餅會三朝。

（許鴻磐《許雲嶠先生手書詩文稿》）

校勘記

［一］棹：原作“掉”，據文意改。

張問陶

張問陶(1764—1814),字仲冶,號船山、藥庵退守、老船、蜀山老猿,四川遂寧人。乾隆五十五年(1790)進士,授檢討,改御史,再改吏部郎中,出知山東萊州府。以忤上官,稱病去職。卒於蘇州。詩稱一代名家,亦工畫。有《船山詩草》。傳見《清史稿》卷四百八十五。

小　令

伯夷、叔齊

張船山太守在登州府試,以《伯夷、叔齊》命題。有作八比文者,則伯二比、夷二比、叔二比、齊二比也。先生題俳語於卷上云:

孤竹君哭聲悲,叫一聲我的兒子呵,我只道你在首陽山下做了餓殺鬼,誰知你被一個混帳的東西,做成了一味吃不得的大煠八塊。

可爲噴飯。

(梁紹壬《兩般秋雨庵隨筆》卷一)

江雪樵

江雪樵，號雪樵居士，江西人。生活於乾、嘉時期。久寓南京，善詩詞曲，有《清溪風雨録》、《秦淮聞見録》、雜劇《牡蠣園》等。

小　令

湖上小曲

山光照檻水繞廊，逼真此地好風光。想晦翁也曾遊過湖樓上，不親來怎説得這般廝像？旁人兒笑我、笑我好顛狂，前朝事因何煩惱費平章。

少婦身邊畫阿侯，自有兒孫在六朝。如何的一朝斷了這根苗，莫不是忍心不上這墳頭。驀地暗懷羞，不肯認青樓，幸有那遊人騷客把魂招。

詩人逸興太荒唐，豔詞題遍舊禪堂。幸喜是老僧不解先生話，方免得夜夜相思夢一場。蒲團的和尚，畫裏的姑娘，怎教他朝朝暮暮相依傍？

（江雪樵《牡蠣園》第三出《遊湖》）

繆艮

繆艮(1766—1830後),生平見《全清散曲》第1285頁。

小令

挽施菉村

鶯殘花落不勝愁,利欲驅人萬火牛。人世幾回傷往事,兩行清淚語前流。自家火蓮道人是也。只爲着菉村施二,與俺有瓜葛之親,同硯田之業,忽一日夜遭回禄,死於殷氏書齋。儒冠誤人,已歎困同屈蠖;城門失火,誰知殃及池魚。痛切朋儕,悲深戚鄗,用是編成道情幾個,抒俺哀挽之心。不免到菉村靈前,唱歎一番。

老書生,泣窮途,運淹蹇,災切膚,文章端的天公妒。祝融肆虐偏仇士,介子焉文竟毀軀,可憐一夕拋家去。早難道書藏滿腹,祖龍怒用火坑儒。

空齋裹,烈火揚,七尺身,一炬亡,親朋聞信多驚惘。昨宵賓主談庭内,今日妻孥哭路傍,形銷骨爍歸焦壤。倒做了文人慧業,昇天去脱卻皮囊。

歎人生,命所遭,聞君死,首頻搔,如何寒士身偏燎?生前不作趨炎態,死後翻貽附熱嘲,悲哀我輩傷同調。莫不是仙家舊例,五百年劫數難逃。

易消磨，曠世才，難躲避，無妄災，平生空剩遺編在。堪嗟象齒同焚卻，不信天將玉樹摧，有靈地下君應悔。悔的是兒孤婦寡，怎能彀心死如灰？

守正絶偏頗，翻搆飛來禍。冷櫈從今君不坐，轉歎俺熱尚因人覓蠅頭，如蛾赴火。

菉村諱承烈，與予爲中表親。性質直，寡言笑，工詩古文詞，老於諸生。家貧，以筆耕爲糊口計。生平無失德事，然卒遭慘禍，竟不得其死。嗚呼，天道顧可以常理測乎，吾還以叩諸蒼蒼者。自記。

義心苦調。敬齋兄震。

自　悼

十載寒窗太瘦生，一衿青後一氈青。茫茫大地誰知己，下里巴人或可聽。自家幻蓮道人是也。未能投筆封侯，聊且沿門乞食。鎮日價吟詩作賦，换不來柴米油鹽；逐年間賣字鬻文，養不活妻兒老小。一領敝袍長掛體，三椽老屋不遮貧。今日悶坐空齋，追思往事，不免編成道情幾個，將俺身世傷悼。這番唱來，請教諸公，同聲一歎。

繆蓮仙，住杭州，隸仁和，籍貫留，蘭陵譜系家聲舊。父兮仁德今誰比，母氏賢能世罕儔，得男三索予居後。貌端方嶄然頭角，試啼聲衆譽悠悠。

乾隆朝，丙戌年，月春王，試燈前，十三卯刻予生建。陽和節序時方啟，平旦清明氣占先，命名易卦期無忝。艮少男兼山爲字，加別號景慕青蓮。

憶當初，幼稚時，識之無，從塾師，同游半屬屠沽子。無端逐隊成嬉戲，不覺因循換歲時，韶華荏苒如波逝。十二三四書纔了，只增得一部毛詩。

始成童，便廢書，二七年，市井居，持籌握算勞心膂。魚鹽敢謂儕先哲，闤闠非誇隱大儒，小人謀食聊爲此。争奈俺書生材料，利藪中究竟懸殊。

棄生涯，迫饑寒，辭故都，客長安，天涯遊子增悲歎。當時欲奮懸弧志，此日空嗟行路難，兄先弟後程途趕。到燕京寄人籬下，念雙親淚未曾乾。

入都門，六載多，無能爲，没奈何，賦閑重把詩書課。終軍弱冠纓難請，劉向傳經志未磨，工夫抵死辛勤做。博得個殘編斷簡，出吟聲着了文魔。

鳥倦飛，歸去來，返家園，舊徑開，高堂喜把雙親拜。貧兒重樂斑衣舞，下士慚邀玉尺裁，無端一項方巾戴。從今後棘闈屢躓，只落得人唤書獃。

歎書生，命低微，室家成，志願違，食貧翻受妻孥累。黴蘭已惜彫初蕊，愛日俄驚謝晚暉，百身莫贖終天罪。痛雙親道山齊返，華表鶴何日同歸。

滯青雲，且訓蒙，爲饑趨，西復東，可憐舍此無蛇弄。人情冷暖嘗應遍，兒女啼號夢不通，等閑空把流年送。更堪嗟旁人冷眼，説先生頭腦冬烘[一]。

一年年,空自忙,歎頭顱,四九强,功名兩字都成謊。書香幸繼終何補,世德難承最足傷,寧馨辜負當時奬。對青銅風姿非昔,愁潘鬢怕要飛霜。

半生行事多顛倒,樂歲難圖飽。休説讀書高,不管文章好,只俺這七尺軀兒把儒冠誤了。

蓮仙跌宕多才,而所遇輒蹇。讀此可爲浩歎。雖然,可歎者,豈獨蓮仙? 特蓮仙尚有人歎之,蓮仙又豈終於爲人所歎者哉? 淡畦李紹城。

貧士悲哀,聲情曲繪,板橋不能獨擅風流矣。使蓮仙他日及第歸來,執漁鼓,歌此闋,能無回憶做秀才時筆耕之苦,淒然一慟,其餘哀有不至碎琴拔劍者耶? 夢漁王敬曾。

(繆艮編《文章遊戲初編》卷七)

登坑曲,調寄【黄鶯兒】[二]

褪袴去登東,聳尊臀禮太恭,痔瘡掙出肛門痛。毛如草叢,烟如火攻,腿□抖得雞巴動。撲通通,尿流屁滚,好像倒錢筒。

余館濡江,時許小憨戲譜此曲,汪醉侯與余和之。醉侯蓋調余齋中無如廁地也。繆蓮仙。

(繆艮編《文章遊戲二編》卷六)

校勘記

[一] 腦:原作"惱",據文意改。

[二] 此首在許成傑《登坑曲,調寄【黄鶯兒】》后,原作"前題,依體次韻",因改。

許成傑

許成傑,字小敢,仁和(今浙江杭州)人。與繆艮相善。

小　令

登坑曲,調寄【黄鶯兒】

急轉小牆東,找毛坑要出恭,只因腹有些兒痛。蒼蠅亂叢,黄柑亂攻,兩條窄板身難動。臭烘烘,來時倉卒,忘記帶烟筒。

(繆艮編《文章遊戲二編》卷六)

汪掄秀

汪掄秀，字醉侯，無爲（今屬安徽）人。與繆艮相善。

小　令

登坑曲，調寄【黄鶯兒】[一]

愛潔是賢東，不埋釭怎出恭，宵來腹脹須熬痛。蟠龍内叢，虮蝨外攻，肚皮揉捺如雷動。急衝衝，和盤托出，一段竹連筒。

（繆艮編《文章遊戲二編》卷六）

校勘記

［一］此首在許成傑《登坑曲，調寄【黄鶯兒】》后，原作"前題，依體次韻"，因改。

沈逢吉

沈逢吉,生平見《全清散曲》第 1293 頁。

小　令

賦　歸

家住西湖第六橋,秦淮勝處掛詩瓢。秋風一夜歸心急,揚子江頭渡晚潮[一]。自家秋河道人是也。少年落魄,浪跡江湖。東走西奔,消完英鋭;曉行夜宿,受盡風霜。自從吴下淹留,前後已經三載;不覺金陵羈滯,首尾又是一年。且喜歸帆無恙,心猿暫爾還山。但恐孽障未除,驛馬又來速駕。今日家門伊邇,桑梓依然,不免將近況,編成道情幾個,唱歎一番,請教諸公,以當一時清話。

沈秋河,放縱多,自家事,自己歌,歌來要把衷腸訴。窮通世路多看透,冷暖人情也試過。利名好似韁繩鎖,早知道文章無用,怎到得歲月蹉跎?

思往事,最無聊,記去秋,木葉凋,茫茫正是傷弓鳥。一年節序循環轉,千里關山信問遥。腸回九曲重重繞,今日個歸帆掛起,望前途喜上眉梢。

出南京,燕子磯,到金山,雞盡啼,江流浩淼無邊際。鎮江膏藥名聞遠,惠麓清泉品不低。土宜出處真無比,見多少異鄉風景,舡頭坐露濕征衣。

到蘇州,滸墅關,過閶門,休泊船,歸期雖近程猶遠。吴江平望官塘直,烏鎮寒山水路灣。塘棲過後鄉音軟,這不過家園暫返,那算得鳥倦知還。

落日照城隅,仔細分明認。卻似去年離别景,不堪轉眼復登程。回首城樓,又悵望斜陽影。

繆蓮仙曰:風流自賞。

(繆艮編《文章遊戲初編》卷七)

校勘記

[一] 揚:原作"楊",據文意改。

伊佐圻

伊佐圻，字鐵耕，平湖(今屬浙江)人。道光十九年己亥(1839)舉人，屢上春官不第。肆力詩詞，尤工樂府。有《鐵耕詩詞集》六卷，今不傳。小傳見《光緒平湖縣誌》卷十七《人物》。

套　數

吴門寓舍讀沈實甫《壬寅乍浦殉難録》，譜南北曲一套題其後

【新水令】

沙蟲劫後感蕭條，念家山淚痕多少？青燐依故壘，碧血灑荒郊。何處魂招，都收入傷心稿。

【步步嬌】

我也把往事重提同悲悼，忽地飛妖鳥，腥風卷怒潮。斗大孤城，有烏鬼憑城嘯。鳳泊鸞飄，一霎時敗葉秋風掃。

【折桂令】

則聽得葫蘆城鼙鼓頻敲，訝將星飛墮馬革屍抛。緑旗營苦戰酣鏖，也

身糜鐵炮,血濺鋼刀。接短兵殺人如草,棄殘骸水溢山坳。遍地流膏,新鬼悲號。一個個胸穿脰折,一個個額爛頭焦。

【江兒水】

燕雀猶棲幕,鴟鴞竟毀巢。有焚身象齒癡魂覺,有投身虎口驚魂掉,有葬身魚腹遊魂渺。那得個室家完好,吸髓敲脂,都只把鯨鯢喂飽。

【雁兒落帶過得勝令】

况恁是步珊珊瘦影嬌,恨綿綿芳華小。有的墜銀瓶玉甃香,有的掛羅巾珠帏杳。玻瓈迸裂玉顔銷,胭脂揉碎花魂悄。斷腸聲妒煞雨風驕,絶命詞寫出冰霜操。焚椒,羨佳人大節千秋照。鐫苕,藉才人芳名一卷標。

【僥僥令】

烽烟消,戰艦薪水整書巢,珠山乳水重憑吊。只索要訪遺民,雪涕鈔。

【收江南】

想當時苦吟瘦損沈郎腰,紀新詩短詠更長謡,又何須一燈秋雨續《離騷》。盡悲涼添得奚囊料。悵貞松自凋,歎芳蘭自熬。這都是湖山正氣薄雲霄。

【園林好】

謝良朋代刊梨棗(謂助梓諸君),慰幽魂不委蓬蒿。也算得嫏嬛墨寶,任兵燹不能燒,任紙劫不相遭。

【沽美酒帶過太平令】

望家鄉一水遥,望家鄉一水遥,歎年來吴市聽吹簫,風雨懷人總寂寥。喜郵筒寄到,挑燈讀,可憐宵。這幾頁波翻浪攪,這幾頁柳悴花憔。一會兒興來微笑,一會兒悲來狂叫。直讀到星稀月高,茶乾酒消,睡魔來纔把書抛了。

【清江引】

故園恨未拏歸棹，倚新聲鄉心恡慅，孤負了九點青山依舊好。

（沈筠《壬寅乍浦殉難録》）

坐花散人

坐花散人，生平不詳，有小説《風流悟》。《風流悟》編成時間不詳。日本天明年間(1781—1788)，秋水園主人《小説字匯》曾引用此書。

小　令

俏冤家我愛你的龐兒俊，去了來來了去挨得我腿兒疼。卻誰知那多嬌，一見心先訂。儂愛我聰明，我愛儂風韻。兩下裏牽情也，將好向門前等一等。

(坐花散人《風流悟》第三回《花社女春官三推鼎甲，客籍男西子屢掇巍科》)

李林松

李林松(1770—1827),字仲熙,號心庵,上海人。嘉慶元年(1796)進士,授户部主事。嘉慶辛酉(1801)、戊辰(1808),分典廣東、廣西鄉試。有《周易述補》、《中庸禮説》、《易園集》等。傳見《易園集》卷首汪能肅《李心庵先生傳》。

套　數

【南商調・山坡羊】

悶沉沉雕梁燕歎,悄飛飛花叢蝶懶,路悠悠小招未來,瞢騰騰把酒和愁嚥。儂微賤,奈生來偏具眼。着衣吃飯,跟着娘行慣。拚受得些波查,下不得的斷。私憐,爲飄零一葉舟。佯歡,索郎詩教小鬟。

【前腔】

漸年年羅衣嫌短,嘴喳喳媒婆休騙,小奴奴自知命慳,便鬼精靈也只向俺家戀。村農賤,把鋤頭手軟。突臀竅肚,儘有牙郎絹。縱受用些錢財,做不得伴。誰憐,衾裯中夜寒。儂歡,書聲入耳偏。

【水紅花】

三郎唬罷二郎眠,急煎煎爐寒送暖。郎君失意酒腸寬,再休提紅愁緑怨。聽得將奴頻唤,顛倒把衣穿。堂前有客,醉歌喧也囉。

【前腔】

粗茶淡飯儘相安，直錚錚不如巧宦。無多長物也隨捐，意孜孜相於癡漢。聽得將奴頻喚，顛倒把衣穿。支離病骨，未明言也囉。

【山坡羊】

奈偏偏麟兒種慾，又剛剛河魚災譴。怕遙遙留不住的藁砧，卻微微聽得見的人兒喚。儂意倦，這火坑跳來也，算何苦戀人間。不早些兒雲散也，帶得些胡麻煮得些飯。翩翩，不如歸故山。綿綿，人生總百年。

【前腔】

況亭亭曇華姓潘，怒轟轟鼃山潮轉。忒楞楞飛渡海的鶴車，鬧叢叢接得去仙家眷。朝露眩，眼眶兒一線，手兒勁把着哭聲兒咽。便討得個金裙也，化做蝶兒扇。熬煎，生人才是難。蟬嫣，雙雙往下看。

【水紅花】

他生定受多情譴，罰投胎補還前件。聰明切莫帶身邊，問紅顏何曾老健。記取周家襪剗，一隊步虛還。劉綱與婦共升仙也囉。

【前腔】

郎君五十文章賤，只青衫誰曾青眼。徑須婚嫁了中年，倩芒鞋把青山遊遍。記取周家襪剗，一隊步虛還。東方小婦也隨肩也囉。

【尾聲】

游仙曲本招魂變，這宋玉的腸回也有老淚彈。只怕普天下有情人都要揩兩眼。

（李林松《易園集詞集》）

姚　椿

姚椿(1777—1853),字子壽、春木,自稱蹇道人、樗寮病叟、東佘老民,婁縣(今上海松江)人。道光元年(1821 年),舉孝廉方正,辭不就。先後主講河南彝山書院、湖北荊南書院和松江景賢書院。著有《通藝閣詩録》、《通藝閣詩續録》、《通藝閣詩三録》、《通藝閣文集》、《晚學齋文録》、《茸城筆記》、《萬里圖述》、《望雲集》、《禹州志》等,輯有《國朝文録》、《古文辭類纂續編》等。

小　令

道情樂,書《洄溪道情》後

歎昏迷,唤不醒,請諸公,聽道情,此腔卻自洄溪引。不必學他武藝精,也不必學他醫術深,更無論兩番特召聲名盛,但學他居家孝友,舉筆輕靈,此亦是人生本等。又何須五車博學,八斗虛聲,算人生原只是虛花空影,但也須略有些實際,方能彀影晃花明。癡頑老子真堪憫,到晚歲方曉得浮雲世事。落日前程,休嫌孤另。縱無那琅邪陽夏賢孫子,幸有個無着天親老弟兄。苦相依邛蟨同爲命也,尚可以怡情適性,和歌一曲酒杯停。弟不比那柴桑陶縣尹,兄不比那雒下邵先生。鼓鼙鼙,與春鶬秋蟀遥相應。縱脱不盡老莊習氣也,煞强似名利韁繩。

道光戊申清明節後十日,東佘老民姚椿書於晚學齋。

(姚椿刻徐大椿《洄溪道情》本後附)

招子庸

招子庸(1786—1846),字銘山,别號明珊居士,廣東南海人。嘉慶二十一年(1816)舉人,官山東濰縣知縣,有政聲。道光間,任青州知府,坐事落職,卒於家。工畫蘭竹及蟹,曉音律,撰輯《粤謳》一卷。

小　令

解心事[一]

心各有事,總要解脱爲先。心事唔安,解得就了然。苦海茫茫,多半是命蹇。但向苦中尋樂,便是神仙。若係愁苦到不堪,真係惡算。總好過官門地獄,更重哀憐。退一步海闊天空,就唔使自怨。心能自解,真正係樂境無邊。若係解到唔解得通,就講過陰隲個便。唉,凡是檢點,積善心唔險。你睇遠報在來生,近報在目前。

又

心事惡解,都要解到佢分明。解字看得圓通,萬事都盡輕。我想心事千條,就有一千樣病證。總係心中煩極,講不得過人聽。大抵癡字入得症深,都係情字染病。唔除癡念,就係妙藥都唔靈。花柳場中,最易迷卻本性。温柔鄉裏,總要自出奇兵。悟破色空,方正是樂境。長迷花柳,就會墮落愁城。唉,須要自醒,世間無定是楊花性,總係邊一便風來,就向一便有情。

揀　心

世間難搵一條心，得你一條心事，我死亦要追尋。一面試佢真心，一面防到佢噤。試到果實真情，正好供佢酌斟。噤噤吓噤到我地心虚，個個都防到薄行。就俾佢真心來待我，我都要試過佢兩三勻。我想人客萬千，真吓都冇一分。個的真情撒散，重慘過大海撈針。况且你會搵真心，人地亦都會搵。真心人客你話夠幾個人分，細想緣分各自相投，唔到你着緊。安一吓本分，各有來因，你都切勿羨人。

唔好死

唔好死得咁易，死要死得心甜。恐怕死錯番來，你話點死得遍添。有的應死佢又偷生，真正生不顧面。有的理唔該死，實在死得哀憐。我想錯死與共偷生，真正差得好遠。一則被人辱罵，二則惹我心酸。大抵死得磊落光明，就係生亦冇咁顯。你睇忠臣烈女，都在萬古留傳。自古女子輕生，都係情字引線。關頭打破，又要義字爲先。情義兩全，千古罕見。唔在幾遠，你睇《紅樓夢》上，三姊與及柳湘蓮。

聽春鶯

斷腸人怕聽春鶯，鶯語撩人更易斷魂。春光一到，已自撩人恨。鳥呀，係重有意和春共碎我心。人地話鳥語可以忘憂，我正聽佢一陣。你估人難如鳥，定是鳥不如人。見佢恃在能言，就言到妙品，但逢好境，就語向春陰。點得鳥呀，你替我講句真言。言過個薄幸，又怕你言唔關切，佢又當作唔聞。又點我魂夢化作鳥飛，同你去搵。搵着薄情詳講，重要佢回音。唉，真欲緊，做夢還依枕。但得我夢中唔叫醒我，我就附着你同行。

思想起

思想起，想起就含悲，不堪提起個個薄幸男兒。起首相交就話無乜變志，估話天長地久咯，共你兩兩相依。我想才貌揀到如君，亦算唔識錯你。

枉費我往日待你個副心腸，你就捨得把我別離。今日只怨我命孤，唔敢怨君呀你冇義。捨得我係桂苑名花，使乜俾的浪子折枝。累得我半站中途丟妹自已，若問起後果前因，你我切勿再提。呢陣半世叫我再揀個知心，都唔係乜易。開口就話我係敗柳殘花，有乜正果歸。點曉得檜樹根深，重要跟到底。九泉相會正表白過郎知，一定前世共君你無緣，故此今日中道見棄。唉，真正冇味，浮生何苦重寄。不若我死在離恨天堂，等君你再世都未遲。

花花世界

花花世界嘥，有乜相干。唉，我何苦做埋咁多冤孽事幹，睇見眼前個的折墮吤，你話幾咁心寒。我想到處風流都是一樣，不若持齋念佛，去把經看。呢回把情字一筆勾消，我亦唔敢亂想。消此孽賬[二]，免至失身流落呢處賣笑村場。呢吓朝夕我去拈香，重要頻合掌。參透色相，定要脱離呢處苦海，直渡慈航。

緣慳

相識恨晚，自見緣慳。呢吓相逢就別，我實見心煩。做乜相見咁好時，相處都有限。今日征鴻兩地怨孤單，做女個陣點知流落呢處受風流難。夜夜雖則成雙，我實在見單。當初悔不聽王孫諫，欲還花債，誤落到人間。既落到人間，須要帶眼，還要會揀。世上惜花人亦有限，但係好花扶得起，就要曲意關闌。

離筵

無情酒，餞別離筵，臨行致囑有萬千千。佢話分離冇幾耐，就有書回轉。做乜屈指如今，都有大半年。我相思流淚，又怕人偷偷睇見。你個無情，何苦得咁心偏。我只話日夜丟開唔掛念，獨惜夢魂相會，又試苦苦相纏。叫我點能學得個隻雙飛燕。唉，佢唔飛亂，秋去春回轉。呢喃相對，細語花前。

訴 恨

偷偷歎氣，此恨誰知。自從别後，都冇信歸期。呢番憔悴[三]，都係因君你，教奴終夜夢魂癡。唉，前世想必唔修，至會今日命鄙[四]。注定紅顔係咁孤苦，唔知苦到何時。虧我背人偷抹腮邊淚，恐憂行跡露出相思，總係無計丟開愁一個字。唉，真正冇味。天呀，我想你呢會生人總有别離。

辯 癡

難爲我辯是癡情，情到癡迷有邊一個醒。世間多少相思症，但有懷春不敢露形。叫佢含羞對面，點把絲蘿訂，真正有口難言苦不勝。大抵都係少年兒女性，心唔定，所以咁多磨滅，事咁難成。

心

心只一個，點俾得個咁多人。點得人人見我，都把我來憎。個陣我想着風流，亦都無我份。縱有相思，無路去種情根。恨只恨我唔知邊一樣唔得人憎，故此人地將我咁恨。個一個共我交情，就個一個死心。累得我一身花債，欲把情人問，唔通寶玉是我前生。唉，我話情種，都要佢有情根，方種得穩。若係無緣，癡極亦誤了殘生。唔信你睇眼淚，重有多得過林黛玉姑娘，自小就癡得個寶玉咁緊。真正係冇忿，就俾你係死心，亦不過乾熱一陣。佢還清個的眼淚，就死亦不得共佢埋群。

嗟怨薄命，凡五

人寂静，月更光明，欲海情天，個的孽債未清。離合悲歡，雖則係有定，做乜名花遭際總是凋零。你睇楊妃玉骨埋山徑，昭君留墓草青青。淪落小青愁吊影，十娘飲恨，一水盈盈。大抵生長紅顔多半是薄命，何況我地青樓花粉，更累在癡情。既係做到楊花，多半是水性，點學得出泥不染，都重表自己堅貞。怕只怕悲秋桐葉飄金井，重要學寒梅，偏捱得雪霜淩。我想花木四時都是樂境，總係愁人相對，就會飲恨吞聲。唉，須要自醒，命薄誰堪證，不若向百花墳上，訴吓生平。

嗟怨薄命，對住垂楊，送舊迎新，都係個對媚眼一雙。見佢迎風嬝娜個的纖腰樣，又見佢雙眉愁鎖恨偏長。青青弱質都是憑春釀，獨惜被人攀折，你話怎不心傷。捨得我唔肯嫁東風，我心都冇異向，偏要替人擔恨在去國離鄉。若問情短情長，都是冤孽賬。恐怕離愁唔捱得幾耐風光，虧我癡心一點付在陽關上。輕蕩漾，身後唔禁想，不若替百花垂淚，化作水面飄揚[五]。

嗟怨薄命，對住荷花，點能學得你出水無瑕。記得才子佳人來買夏，亭亭玉質，好似閬苑仙葩[六]，當時得令高聲價。千紅萬緑幾咁繁華。水月鏡花唔知真定假，秋風殘葉唔知落在誰家，情種情根唔知何日罷。唉，真可怕，水火難消化。或者蓮花咒缽，正化得我地孽海根芽。

嗟怨薄命，對住梧桐，飄零一葉怨秋風。嫩緑新枝情萬種，曾經疏雨分外唔同。蕭疏偏惹騷人夢，詩人題詠在緑陰中。若係知音便早帶佢去亭邊種，漫道焦時始辨桐。恨只恨佢一到秋來隨處播弄，惹起人愁問你有乜甚功。大抵憐香惜玉你心先動，恐怕吹殘弱質，你早把信音通。細想名花有幾朵捱得霜花重。唉，你心錯用，提起心腸痛。自古經秋唔怕老，只有澗底蒼松。

嗟怨薄命，對住寒梅，點能學得你獨佔花魁，冰肌玉骨堪人愛[七]。雖然傲骨到處能栽，高插你在膽瓶我羞作對。晶瑩玉質問你幾時修來[八]，獨抱芳心，沉在孽海，亦都係柳絲蓮性碧梧胎。我想名花未必終肯被遊蜂采，須忍耐，留得青山在，還清花債，依舊可以到得蓬萊。

真正攞命，凡六

將我品性，想吓生平。對住皇天，我要問佢一聲。做乜佢風中弱絮飛無定,做乜我水上殘花又洗不清。人在風月場中尋出樂境,做乜我在烟花叢裏筑起愁城。好似小青照不出前生影,就把彌天幽怨一力擔承。實在無藥可醫心裏病,誰肯做證,我自招還自認。係咧攞人條命,都係個一點癡情。

真正攞命,卻被情牽。一緘春恨,唔知向乜誰言。雖乃係緑柳多情,牽緊弱線,總係章臺春老,望絶寒烟。縱有才人賞識我的春風面,皆因同病,故此相憐。你話淪落在呢處風塵誰不厭[九],總係殘紅飛不出奈何天。敢就飄零一樣好似離巢燕,唉,風又亂扇,失路在林間剪。敢就一生埋没,葬在花田。

真正攞命,卻被情拿。共你海誓山盟個一念差,回頭好夢都如畫。好似水中明月鏡中花,我梅魂虚把東風嫁。到底孤負多情萼緑華,累我不定心旌難以放下。料應條命死在君家,人前我亦未敢分明話。唉,君你偷偷想吓,底事真和假,我望你早乘秋水泛月中楂。

真正攞命,卻被情招。虧我浮萍無定,係咁浪飄摇。君你青衫濕後,我就知音渺。縱有新詞,羞唱到【念奴嬌】。恨只恨楊柳岸邊,風月易曉。你話何曾夜夜是元宵,月落烏啼人悄悄。真正雲散風流,好似落潮。共你相思欲了,唔知何時了。唉,心共照,苦把皇天叫。天呀,做乜個一個纏綿,就向個一個寂寥。

真正攞命,卻被情魔。共你私情太重,都係錯在當初。今日芙蓉江上無人過,我玉鏡憑誰畫翠娥。呢回殘燈斜月愁無那,縱有睡魔,迷不住我帶淚秋波。敢就雨暗巫山春夢破,好似鷓鴣啼切,哭叫哥哥。你一擔相思交俾過我。唉,真正恨錯。天呀,你亦該憐憫我地兩個,做乜露水姻緣,偏會受此折磨。

真正攞命，卻被情傷。做乜知心人去話偏長，話起別離兩字，我就三魂蕩。第一傷心還在過後思量，今日秋水蒹葭，勞妹盼望。所謂伊人，在水一方。點得再會共哥有期，你心冇異向。等我生爲蝴蝶，死作鴛鴦。或者在地在天，消此孽賬。唉，心欲喪，不能無此想。你睇海天無際，只剩一寸柔腸。

花本一樣，凡二

花本一樣，點曉得世態炎涼。對住情人分外香，可惜花有妙容，難道奴就薄相，做乜看花人懶看妾人忙。花開歲歲都是花模樣，花亦憑天爲佢主張。可惜我在花月場中捱盡的苦況，就冇一個惜花人，似得水咁情長。温香美滿都是成虛想，花亦似憐人孤寂，伴佢成雙。人話奴貌勝花，都是過奬。就俾你如花美眷，願亦難償。花花世界，都是情根蒓。花敢樣，重還不了風流帳。點得我早日還完花債，共你從良。

花本一样，憂樂佢都唔知。佢話落花還有再開時，恐防春老東君棄，落後焉能再上枝。來春雨露自有來春意，若再等到來春放也遲。雖係鮮花咁好，未必無人理，須防開透被蝶蜂欺。你芳心檢點去尋知己，唔係嘸你。探花人緊記，總係百花頭上，莫折錯薔薇。

薄命多情

天呀，你生得我咁薄命，乜事又生得我咁多情。情字重起番來，萬事都盡輕。我想人世但得一面相逢，都係前世鑄定。况且幾年共你相好，點舍一吓就分清。人地見我待得你咁長情，都重愁我會短命。我想情長就係命短，亦分所當應。呢吓萬樣可以放心，單怕郎冇定性。怕你累我終身零落，好似水面浮萍。點得撇卻呢處烟花，尋一個樂境。個陣你縱然把我虧負，我都誓願唔聲。想我女子有咁真心，做乜月你唔共我照應。重要多煩你撮合呢變，免得使我咁零丁。我兩個癡夢癡得咁交關，未知何日正醒。唉，真正劈，在過共你同交頸，做乜望長望短，大事總唔成。

難忍淚

難忍淚，灑濕連枝，記得與君聯句在曲欄時。你睇粉牆，尚有郎君字。就係共你倚欄，相和個首藕花詩。今日花又復開，做乜人隔兩地。未曉得你路途安否，總冇信歸期。蓮筆叫我點書呢段長恨句，愁懷寫不盡，好似未斷荷絲。今日遺恨在呢處曲欄，提起往事，唉，想起就氣。睇住殘荷凋謝咯，我就想到世事難爲。

瀟湘雁

瀟湘雁，寄盡有情書。衡陽消息，俾做何如。雁呀，你聲聲觸起奴愁緒，虧我夜來殘夢捱到五更餘。春衫濕透離人淚，叫我點能等得合浦還珠，爲郎寫不盡相思句。唉，情又不死，握手人何處。雁呀，我個知心人去，你爲我帶呢首斷腸詞。

同心草

同心草，種在回欄，只望移根伴住牡丹。點想花事係咁闌珊，春事又咁懶慢。好似我共郎，兩地隔斷關山。丟奴一去，好似孤另雁。雁嘿雁，你在地北天南，重辛苦慣。我在青樓飄泊，自見心煩。天寒袖薄，倚憑闌干盼，西風簾卷，自怨孤單。君呀，你在歡處，不知奴咁切慘，我爲你眼穿腸斷，又廢寢忘餐。往日勸你在家唔好拆散，點估你江湖飄蕩不肯歸還。想起人地吖情哥咁聽妹諫，虧我諫哥唔聽，敢就十指偷彈。今日人遠在天涯，相見有限，時常珠淚濕透春衫。累得我多愁多病，抱住琵琶歎。唉，天又欲晚，夕照花容減。君呀，你摘花係咁容易，要想吓種花難。

花貌好

花貌咁好，做乜日日咁含愁。人如花面，卻爲郎羞。咁好春光，勸你唔好洩漏。把人虧負，要想起吓前頭。情字個種深傷，你妹平日捱夠。一場春夢，點估至今休。往日估你一個真情，今日知到係假柳。聽人冷語，拆散我鸞儔。花房香膩，卻被蜂侵透。做乜銀河得渡，就把鵲橋收。如果你咁樣子做人，你妹真正惡受。唉，我偷睇透，你心腸唔似舊。君呀，你若係冇厘聲氣，我死都要追求。

心點忿

心心點忿，拆散絲羅。怨一句紅顏，怨一句我哥。世界做得咁情長，做乜偏偏冇結果。就把舊時個種恩愛，付落江河。共你相好到入心，又被朋友架禍。因愛成仇，你妹見盡許多。試睇人地點樣子待君，君呀，你就回想吓我，從頭想過，正好共我丟疏。天呀，保佑邊一個薄情，就好邊一個折墮。唉，真正冇錯，免使枉死含冤，受此折磨。

累世

真真正累世，乜得你咁收人，枉費你妹從前個一片心。多端扭計，你妹情願受困。思前想後，試睇待薄過你唔曾。做乜分離咁耐哩，就學王魁咁薄行。我定要問明，邊一個唆攪，你定係自己生心。兵行詭路，你妹心唔忿。唉，情可恨，一刀斬，斬斷兩橛，丟開你妹，唔使掛恨。啐，捨得我待郎敢樣子心事，愁冇個至愛情人。

花本快活

花本快活，爲月正添愁。月呀，你敢樣子憐香，就會把我命收。我想春信尚有愆期，唔得咁就手。共佢約定月月中旬，都肯爲我留。月呀，你敢樣子多情，又怕我地紅粉不偶。得你月圓我地花又謝咯，你話幾世唔修。月呀，一年四季多少憐香友。邊一朵鮮花唔愛月，你把佢香偷。有陣香魂睡醒，月重明如晝。總係對影憐香，倍易感秋。點得月你夜夜都會長圓，花又開個不透。唉，唔知真定假柳啫，但得係就好咯。自願世世爲花，種在月裏頭。

春果有恨

春果有恨，柳豈無知。柳呀，你日日係咁牽情，到期有乜了期。春來偏惹起離人意，可恨春風如剪，又剪不斷情絲。累得長亭病馬鞭唔起，又累得繡閣臨妝懶去畫眉。正係春夢一場都交俾過你，替人憔悴，枉費你心機。恐怕年年捱不慣的秋風氣，青黄滿面，瘦骨難支。個陣意欲尋春，春又不理。情薄過紙，愁種在相思地。柳呀，勸你生長在人間，切莫去縮個種别離。

多情月

多情月，掛在畫樓邊。月呀，你照人離别，又似可人憐。人在天涯，你妹心隔一線。萬里情絲，兩地掛牽。我日日望君，君呀唔見你轉，雙魚無路把書傳。月月係咁月圓，你妹經看過幾遍。你在他鄉，曾否盼妹嬋娟。我想出路與及在家，都係同一樣掛念。唉，偷偷自怨，願郎你心事莫變。到底能相見，個陣花底同君，再看過月圓。

無情月

無情月，掛在奈何天，相思嫌月，照住我孤眠。月呀，你有缺時還有復轉，做乜我郎一去得咁心堅。哀求月老爲我行方便，照見我郎，試問一句，睇佢點樣子回言。若是佢心歪唔記念，叫佢手按住良心睇一吓天，做人唔好做得咁心肝變。你唔記如今亦都記吓在前，爲郎終日腸斷牽。叫我點能學得個個月裏嬋娟，捨得相逢，學月敢易見個無情面。我唔怕路遠，定要去到問明佢心事見點，免使虚擔人世呢段假意姻緣。

天邊月

天邊月，似簾鈎，泛在長江任去留。月呀，你有團圓，人自會等候，總係眼前虧缺恨難收。我想人世咁長，唔得咁就手。大抵好極人生，都有一樣愁。你睇文君新寡，重去尋佳偶，班姬團扇尚悲秋。唉，心想透，待等八月中旬候。月呀，總有一個團圓，卻在後頭。

樓頭月

樓頭月，掛在畫樓邊。月呀，做乜照人離别，偏又自己團圓。學你一月一遍團圓,你妹重唔係乜願。何况天涯遥隔,愈見心酸。人話好極都要丢開,唔好咁綣戀。大抵久别相逢,重好過在前。雖則我心事係咁丢開,總係情實在惡斷。第一夜來重難禁得夢魂顛。我想死别共生離,亦唔差得幾遠。但得早一日逢君,自願命短一年。天呀,雖乃係好事多磨,亦該留我一線。唉,做乜唔得就算。不若當初唔見面,免得我一生遺恨。月呀,你對住我長圓。

孤飛雁

孤飛雁,驚醒獨眠人。起來愁對月三更,擔頭細把征鴻問。你欲往何方得咁夜深,雌雄有伴你便跟應緊。呢陣影隻形單,問你點樣子去尋。我地天涯人遠難親近,有翼都難飛去爪得佢親。無計夢中尋到個薄行[一〇],又俾你哀聲撩醒,未講得幾句時文。捨得帶佢一紙書來,我亦唔捨得把你怨恨。累得我醒後無書,夢裏又别君。意欲話好夢可以再尋,我還向夢穩。又怕茫茫烟水,渺渺無憑。唉,真正肉緊,淒凉誰見憫。呢陣衡陽聲斷,問你點覓同群。

傳書雁

傳書雁,共我帶紙書還。唔見佢書還,你便莫個番。今日不見回書,大抵佢心事都有限。抑或你帶書唔仔細,失落鄉關。縱使佢愁極,寫書心事懶。有書唔寄,你便達一紙空函。等我一張白紙,當佢言千萬。二人心照,盡在不言間。呢陣不見回書,空見雁返。唉,雁嘅雁,你亦不必傳書柬,等我照樣不回書信,你便去見個個薄情男。

多情雁

多情雁,一對向南飛。雁呀,秋風何苦重咁遠飄離。你在江湖流落,尚有雌雄侣。虧我影隻形單異地棲,風急衣單無路寄。寒衣做起,誤落空閨。日日望到夕陽,我就愁倍起。只見一圍衰柳鎖住長堤,又見人影一鞭殘照裏,幾回錯認是我郎歸。唉,我思想起,想必紅塵擔誤了你。點得雲歛風晴，共你際會期。

楊 花

紛紛灑淚，淚盡楊花。你有幾多愁恨，記在心懷。我想別樣花飛，無乜掛帶，單係你替人承受，呢一段薄命冤家。佢話香國係咁繁華，真正冇價。點忿俾狂風吹散，咁就賤過泥沙。你睇月呀，係咁樣團圓，都會變卦。縱有千金，難買九十韶華。我若勸你堪破春心，唔恨亦假。你縱春愁如海，亦都枉自嗟呀。不若我苦命楊花，同你哭罷。唉，風任擺，墮絮無心化。等我替你萬花垂淚，灑遍天涯[一一]。

鏡 花

我唔願照鏡，又不想貪花。鏡光花影，都係過眼烟霞。鏡會憐香，就愛花作畫。花容偷睡，就在鏡裏爲家。有陣花能解語，請入屏間話。幸得花愛臨妝，又向住他。若係有鏡無花，春色就減價。若係有花無鏡，又怕春信難查。點得鏡係咁長圓，花又不嫁。唉，真定假，你睇桂影長春，愛住月華。

花有淚

花有淚，月本無痕。月呀，你照見我地花容，瘦有幾分。可惜月呀，你有圓時，我地花總係會褪。就俾你桂香輪滿[一二]，都係有影無根。我想花信不過二十四番，容乜易盡。遇着風狂雨驟，敢就斷送了我終身。個陣你在九霄雲外，縱有心相印，總係東西尋逐。點顧得我地墮溷飄茵。莫謂過眼烟花，無乜要緊。獨惜被人攀折，未免想起吓來因。呢陣雲路係咁迢遥，我亦知相托都冇分[一三]。唉，心不忍，試把嬋娟問。問你廣寒宫有幾闊咯，點葬得咁多冇主花魂。

烟花地

烟花地，想起就心慈。中年情事，點講得過人知。好命鑄定，仙花亦都唔種在此地。縱然誤種,亦指望有的更移。今日花柳風波,我都嘗到透味。况且歡場逝水,更易老花枝。既係命薄如花,亦都偷怨吓自己。想到老來花謝,總要穩的挨依。唉,我想花謝正望到人地葬花,亦都係希罕事。總要花開佢憐憫我,正叫做不負佳期。細想年少未得登科,到老難以及第。况且秋來花事,總總全非。今日我命鑄定爲花,就算開落過世。你試問花,花呀誰愛你,佢都冇的偏私。花若有情,就要情到底。風雲月露,正係我地情癡。至到人地賞花憎愛,我都不理。仙種子,休爲凡心死,我爲偶還花債,故此暫别吓瑶池。

又

烟花地,苦海茫茫,從來難穩個有情郎。迎新送舊,不過還花賬。有誰惜玉與及憐香,我在風流陣上,係咁從頭想。有個知心人仔,害我縱死難忘。有陣丟疏,外面似極無心向。獨係心中懷念你,我暗地淒涼。今晚寂寥,空對住烟花上。唉,休要亂想,共你有心,都是惡講。我斷唔孤負你一點情長。

容乜易,凡六

手抱琵琶百感悲,做乜老來情事總不相宜。青春一去難提起,提起番來苦自知。一向癡迷唔肯料理,今日鏡中顔色,自見嫌疑。人話風流老大還堪恃,試睇菊殘猶有傲霜枝。身世係咁飄蓬,重争乜硬氣。好似水流花謝,渺渺無期。相思萬種從今止,無的味,歎聲容乜易。等我帶淚和情,訴吓舊時。

容乜易過在青樓,歌舞歡場事事休。薄命紅顔天注就,減低情性學吓温柔。至此春烟迷住章臺柳,任佢三起三眠,總不愧羞。往日迎新,今日送舊。蝶愛尋香點自由,只估買斷青春拿住手。緑雲深鎖不知秋,再冇話楊花重曉得去憐身後。心想透,恰被風掩逗,敢就化作浮萍逐水流。

容乜易醉酒千盅,情有咁深時,味有咁濃。我想冤家必定係前生種,種穩情根,不肯放鬆。酒邊都要人珍重,莫話魂迷心亂,兩下交融。大抵歡場過眼渾如夢,席散人歸萬事空。遞盞傳杯心事重,問你面上桃花有幾耐紅。今日霞觴滿酌,唔知憑誰共。唉,中乜用,未飲心先痛。一生遺恨,誤入花叢。

容乜易放柳邊船,木蘭雙槳載住神仙。東風爲我行方便,吹得情哥到我面前。鴛鴦共宿人人羨,好似兩顆明珠一線穿。滿意東君常見面,今生還結再生緣。正係藕絲縛住荷花片,一體同根,冇乜變遷。唔想帆影就隨湘水轉,難遂願。線緊風箏斷,虧我留落在呢處天涯,實在可憐。

容乜易散彩雲飛,春帆頃刻就要分離。誰人肯願分連理,事到其間點樣子設施。早知割愛唔輕易,何苦當初一力護持。今日送別無言惟有淚,離人折盡柳千枝。長亭自古傷心地,你話後會何曾有定期,紈扇預防秋後棄。唉,嗟命鄙,風流雲散易。個陣欲舍難分,恨亦已遲。

容乜易老鬢蒼蒼,關心誰記往日珠娘。秋風陣陣添惆悵,白滿船頭一夜霜。四條弦澀難成響,總係彈到情深怕惹恨長。淪落幾人同我一樣,不記起從前,就不會慘傷。好花畢竟成飄蕩,叫我怎能禁得個的蝶浪蜂狂。此後我孤零無乜倚向。唉,低眉唱,還了風流賬[一四]。虧我手抱琵琶,悶對夕陽。

水會退

水會退,又會番流。水呀,你既退,又試番流,見你日夜不休。臨行自古話難分手,做乜分手到如今,又在別處逗留。大抵人世相逢,都憑個氣候。花行春令,月到中秋。當初慌久情唔透,一講到情深,總不顧後頭。在我都話會少離多,情重更厚。唉,君你想透,若係日日癡埋,你話點做得女牛。

花易落

花易落，花又易開，咁好花顔問你看得幾回。好花慌久開唔耐，想到花殘，我都願佢莫開，好極花容終會變改。你睇枝頭花落，點得再上枝來。大抵種得情根，花就可愛。總怕並頭花好，又要分栽。鮮花咁好，又怕遊蜂采，落花無主，自見癡呆。記得花前發誓，都話同恩愛。點想倚花沉醉，有個薄行王魁。點得尋着個個花神，拉住佢問句，唉，花在鏡内，究竟真情，還是假愛？到底桃花個種薄命，問佢點樣子生來？

月難圓

花易落，月又難圓，花月情深，就結下呢段孽冤。花月本係無情，總係人地去綣戀。恨只恨佢催人容易老咯，重去惹人憐。花若係有情，就愁把月見。月你團圓得咁辛苦咧，你話怎不心酸。月若係曉得憐香，又點肯把花作賤。但得月輪長照住你，就係花謝，亦見心甜。總係共計十二個月一年，月呀，你亦不過圓十二遍。就係四時花信到咯，亦不過向一時鮮。總係我地薄命如花，難得月你見面。得到我對月開時，又怕你缺了半邊。雖則月係咁難圓，重有圓個一日可算。花謝等到重開，重要等隔一歲添。總係人遠在天涯，就會對住花月自怨。唉，心緒亂，眼穿腸欲斷。君呀，重怕花開，長對住你落咯，月缺對住你長圓[一五]。

蝴蝶夢

蝴蝶夢，夢繞在花前。蝶呀，你爲貪采名花，故此夢得咁倒顛。我想人世遇着情魔，就係清夢都會亂。一吓魂迷心醉，就夢到孽海情天。況且相愛，又試相連，點信癡夢會短。定要追尋香夢，向夢裏團圓。個陣朝朝暮暮，夢作神仙眷。離魂一枕，夢當遊仙。睇佢綺夢係咁沈迷，就呼唤都不轉。重要鴛鴦，同夢化作並頭蓮。勢冇話夢幻，本屬無憑，人事會改變。點想一場春夢，都是過眼雲烟。大抵夢境即是歡場，勸你休要眷戀。唉，花夢易斷，今日夢醒人去遠。恨只恨意中人，秪結一段夢中緣。

想前因

煩過一陣，想起吓前因。此生何事墮落紅塵，我想托世做到女流，原係可憫。况且青樓女子，又試斷梗無根。好極繁華，不過係陪酒個陣。等到客散燈寒，又試自己斷魂。有客就叫做姑娘，無客就下等。一時冷淡，把我作賤三分。或者遇着人客有情，都重還有的倚憑。鬼怕個的無情醉漢，就係攞命災瘟。大抵個日落到青樓，就從個日種根。唉，總係由得我着緊，啫總要捱到淚盡花殘，就算做過一世人。

自悔

實在我都唔過得意，算我薄情虧負嘢你。等我掉轉呢副心腸，共你好過都未遲。人地話好酒飲落半罈，正知到吓味。因爲從前耳軟，所以正得咁迷癡。今日河水雖則係咁深，都要共你撑到底。唉，將近半世，唔共你住埋唔係計。細想你從前個一點心事待我，叫我點捨得把你難爲。

義女情男

乜你惱得咁快，一見我就心煩。相逢有咁耐咯，惱過亦有咁多番。共你惱過正好番，個情字都帶淡。君呀，你時常係敢樣子惱法，我實在見爲難。我減頸就得你多，又怕把你情性弄慣。削性開喉，共你嗌過一變，免使你惡得咁交關。或者你過後思量，重聽我勸諫。呢回從新相好過，免俾别人彈。我都係見你共我有的合心，故此唔捨得丢你另揀。就係共你時常惱出面，都係掛你在心間。點得心事擺開，從君你過眼。個陣相見恨晚，呢回二家唔放手，重要做個義女情男。

唔好熱

唔好咁熱，熱極會生風。我想天時人事，大抵相同。唔信你睇回南日久，就有涼風送。共佢好極都要離開，暫且放鬆。我想人世會合都有期，唔到你放縱。年年七夕，都係一日相逢。人地話相逢一日都唔中用，一日十二個時辰，點盡訴得苦衷。我話相逢一日莫話唔中用。年年一日，日久就會成功。點得人學得七姐咁情長千載共，真情種。只有生離無死别，分外見情濃。

留　客

你如果要去，呢回唔使你開嚟。索性共你分離，免得耐耐又試慘悽。人話我地野花好極唔多矜貴，做乜貪花人仔，偏向個的野花迷。我郎好極都係人地夫婿，青樓情重，是必怨恨在深閨。不若割斷情絲，免使郎你掛繫。但得我郎唔見面，任得我日夜悲啼。相思兩地，實在難禁抵。久别相逢，叫我點捨得你去歸。千一個唔係住埋，千一個唔得到底。唉，真正累世，湊着你我都有人拘制。生不得共你同衿[一六]，死都要共埋。

心把定

心要把定，切莫思疑。但得意合情投，我就一味去癡。烟花到底不是長情地，有日花殘，就怕會被蝶欺。個的野蝶采花，都是無乜氣味。咁好鮮花唔采，偏向個的野花棲。總係仙花遇着仙蝶，就會成知己。死命留心，睇佢向邊一處飛。有陣深心冷眼重會將人試，假意采吓個的殘花，試睇佢知到未知。莫話我地仙花種子無根氣，睇住你來頭，我就早早見機。我知到都詐作唔知[一七]，還去試你。偏向風前摇曳，好似冇的挨依[一八]。唉，須要會意，多受的折磨，或者共我消减的晦氣。我心都爲你死，個的貪花，都是在門外企。蝶呀，你有心來采我，等我開透都唔遲。

奴等你

打乜主意，重使乜思疑。你唔帶得奴奴[一九]，你便早日話過妹知。我只估話等郎，至此落在呢處烟花地。捨得我肯跟人去上岸，乜天時，只望共你敘吓悲歡，談吓往事，點想你失意還鄉事盡非。一定唆攪有人將我出氣，話我好似水性楊花逐浪飛。呢陣講極冰清你亦唔多在意，萬般愁緒，只有天知。况且遠近盡知奴係等你，今日半途丟手，敢就冇的挨依[二〇]。

枉費我往日待你個副心腸，今日憑在你處置。漫道你問心難過，就係死亦難期。唔見面講透苦心，死亦唔得眼閉。君呀，你有心憐我，你便早日開嚟。見面講透苦心，死亦無乜掛意。唉，休阻滯，但得早一刻逢君，我就算早一刻離別。

吊秋喜

聽見你話死，實在見思疑。何苦輕生得咁癡。你係爲人客死心，唔怪得你。死因錢債，叫我怎不傷悲。你平日當我係知心，亦該同我講句，做乜交情三兩個月，都冇句言詞。往日個種恩情，丟了落水，縱有金銀燒盡，帶不到陰司。可惜飄泊在青樓，孤負你一世，烟花場上冇日開眉。你名叫做秋喜，只望等到秋來還有喜意，做乜纔過冬至後，就被雪霜欺。今日無力春風，唔共你争得啖氣。落花無主，敢就葬在春泥。此後情思有夢，你便頻須寄。或者盡我呢點窮心，慰吓故知。泉路茫茫，你雙腳又咁細。黄泉無客店，問你向乜誰棲。青山白骨，唔知憑誰祭。衰陽殘月，空聽個隻杜鵑啼。未必有個知心，來共你擲紙。清明空恨個頁紙錢飛。罷咯，不若當作你係義妻，來送你入寺。等你孤魂無主，仗吓佛力扶持。你便哀懇個位慈雲施吓佛偈，等你轉過來生，誓不做客妻。若係冤債未償，再罰你落花粉地，你便揀過一個多情，早早見機。我若共你未斷情緣，重有相會日子。須緊記，念吓前恩義。講到銷魂兩個字，共你死過都唔遲。

傷　春

鳥啼花落暗傷春，人老對住花殘，想起就斷魂。青春自信都有人憐憫，恐怕脂粉飄零，寂寞一生。唔知邊一個多情，邊一個薄行，總係紅顔偏遇個的喪心人。今日蝶去剩朵花開，叫我何所倚憑。唉，喉帶噎哽，想到玉碎香埋，阻不住兩淚淋。

花心蝶

花心蝶，捍極佢都唔飛。一定貪圖香膩，卻被花迷。花爲有情，憐憫蝶使，蝶爲風流，所以正得咁癡。大抵花蝶相交，都係同一樣氣味。唉，情願死，叫我割愛，實在唔輕易。除是蝶死花殘個陣，正得了期。

燈　蛾

莫話唔怕火，試睇吓個隻烘火燈蛾，飛來飛去，總要摸落個盞深窩。深淺本係唔知，故此成夜去摸。迷頭迷腦[二一]，好似着了風魔。佢點曉得方寸好似萬丈深潭，任你飛亦不過。逐浪隨波，唔知喪盡幾多。待等熱到癡身，情亦知到係錯[二二]。總係愛飛唔得起，問你叫乜誰拖。雖則係死咯，任你死盡萬千，佢重唔肯結果。心頭咁猛，依舊向住個的猛將張羅[二三]。點得你學蝴蝶夢醒，個陣花亦悟破。唉，飛去任我，就俾你花花世界，都奈我唔何。

長發夢

點得長日發夢，等我日夜共你相逢。萬里程途，都係一夢通。個的無情雲雨把情根種。種落呢段情根，莫俾佢打松。雖則夢裏巫山空把你送，就係夢中同你講幾句，亦可以解得吓愁容。君呀，你發夢，便約定共我一齊，方正有用，切莫我夢裏去尋君，你又不在夢中。君呀，你早食早眠，把身體保重。心想痛，問你歸心何日動。免至我醒來離別，獨對住燈紅。

唔好發夢

勸你唔好發夢，恐怕夢裏相逢。夢後醒來，事事都化空。分離兩個字，豈有心唔痛。君呀，你在天涯流落，你妹在水面飄篷。懷人偷抱琵琶弄，多少淒涼，盡在指中。捨得你唔係敢樣子死心，君呀，你又唔累得我咁重。睇我瘦成敢樣子，重講乜花容。今日恩情好極，都係唔中用。唉，愁萬種，累得我相思無主，血淚啼紅。

相思索

相思索綁住兩頭心，温柔鄉里困住情人。君呀，抑或你唔肯放鬆，定是奴綁得你緊。迷頭迷腦[二四],好似昏君。縱有妙手話解得呢個結開,亦無路可問。就俾你利刀,亦難割得呢段情根。你有本事削性丟開唔掛恨,點想日來丟淡,夢裏又要追尋。天呀,你既係生人,做乜把情字做引。但係情長情短,未必冇的來因。總係唔錯用個點真情,就唔使受困。縱使一時困住,到底有日開心。真正最會收人,都係瘟緊個陣。唉,都係敢混,唔怕精乖,唔怕你渾屯。總係情關難破[二五],就係死亦要追尋。

相思樹

相思樹種在愁城,無枝無葉冷青青。相思本是花爲命,每到低頭只爲卿。總係春寒根蒂生唔定,敢就化作浮萍,又往別處生。我勸世間蝴蝶,莫去穿花徑。唉,花冇定性,就係蝶亦終難醒。究竟相思無樹,春夢亦無憑。

想思結

相思結解極都無開,一定冤孽前生結下來。當初慌久唔恩愛,今日恩愛深時,反惹禍胎。愛了又憎,憎了又愛,愛憎無定,我自見心呆。好似大海撐船撐到半海,兩頭唔到岸,點得埋堆。唉,須要忍耐,折磨終有福在。你睇神仙咁安樂,未必一吓就到得蓬萊。

分別淚,凡三

分別淚,莫灑向離人。離愁未講,已自難禁。邊一個唔知到行路咁艱難,須要謹慎,總係臨行個一種説話。要先兩日向枕畔囑咐殷勤,若係臨時提起,就會撩人恨。不若強爲歡笑,等佢去得安心。自願去後[二六],大大哭過一場[二七],或者消吓怨恨。哭到個一點氣難番,又向夢裏尋。夢裏見着個個多情,就要安慰佢一陣。細把行蹤問,首先唔好向佢講到半句苦楚時文。

分別淚,繳極都唔乾。淚呀,人有人地牽情,使乜你咁着忙。相思滿腹,唔知覔誰講。講極過人知,都冇個爲我慘傷。頃刻車馬就要分開南北二向,點得疏林將就吓,爲我掛住斜陽。唉,心想愴,風笛吹離況。君呀,你前途咁辛苦,都要謹慎吓行藏。

分别淚,轉眼又番場。君呀,捨得你學我眼淚易回頭,使乜我咁慘傷。今日别期未了,就把歸期望想。想到一自自孤寒,叫我怎不斷腸。意欲忍淚暫歡,同你細講。虧我淚流不斷,好似九曲湘江。點得眼淚送君,好似河水一樣。水送得到個方時,我淚亦到得個方。君吓[二八],你見水好似見奴,心莫異向,須念吓我地枕邊流淚到天光。我雙淚盡地落到君前,你便爲我分吓苦況。就俾你共我分開流淚,都係見淒凉。唉,心想愴,别後心難放。總係你學我望郎咁心事望我,就不會掉轉心腸。

無情語

無情語勸不轉君身,眼底天涯萬里人。妝臺春老,重有誰憐憫,客邸無花,又算一春。人話路頭花柳,最惹得人憐恨。君呀,你莫尋漁父去問武陵津。雖則過眼烟花,無乜要緊,你便安吓本分,乃念雙親長念你,都係個一點精神。

無情眼

無情眼送不得君車,淚花如雨,懶倚門閭。一片真心,如似白水。織不盡回文,寫不盡血書,臨行致囑無多語。君呀,好極京華,都要念吓故居。今日水酒一杯,和共眼淚,君你拚醉,你便放歡心,共我談笑兩句。重要轉生來世,共你做對比目雙魚。

無情曲

無情曲對不住君歌,緑波春水奈愁何。好鳥有心憐憫我,替我聲聲啼喚,舍不得哥哥。今日留春不住,未必係王孫錯。雁塔題名,你便趁早一科。我想再世李仙,無乜幾個,休要放過。今日孤單,誰識你係鄭元和。

三生債

花花世界,問佢點樣子生埋[二九]。既係生埋在呢一處咯,做乜又總總相乖。大抵紅粉與及青衫,終會變改,所以情根唔肯向雪泥栽。點估話絲連藕斷結下三生債,致此牽纏風月在呢處柳巷花街。雖則你似野鶴,我似閑鷗,無乜俗態,總係鴛鴦雲水,兩兩相挨。我只話淡淡啫共你相交,把情付與大海。點想心血一陣陣來潮,叫我點樣子放開。到底舊愛與及新歡,我都唔會自解。唉,真冇了賴。罷咯,不若轉生來世,共你海角天涯。

桄榔樹

桄榔樹,我知到你係單心[三〇],你生來有個種心事,我一見就消魂[三一]。你在瘦地長成,又無乜倚憑,是真情種,故此有咁樣情根。我想人世有敢樣情根,你真正惡搵。樹猶如此,我怨只怨句情人。我近日見郎心帶不穩,一條心事,要共幾個人分。捨得佢學你咁樣子單心,我就長日冇恨[三二]。唉,真真正不忿,要把花神問。樹呀,你唔肯保祐我郎,學你敢樣心事,我就話你係邪神。

無了賴

無了賴,是相思,思前想後,你話點得心辭。一世怕提離別兩字,好似到死春蠶尚吐絲。不願共你同生,情願共死,免令日後兩地參差。古來多少傷心事,天呀,你敢妒忌我呢多情,似極有私。你睇紅拂女係咁識人,嬌你略似。今日飄泊,應憐我李藥師。呢會降格任人呼我做浪子。唉,今若此,香國傳名字。或者有個知音,來聽我呢首斷腸詞。

對垂楊

斷腸人怕對住垂楊,怕對垂楊,個對媚眼一雙。見佢愁鎖住眉尖,同我一樣。柳呀,做乜你愁唔了,又試惹起我愁腸。可惜咁好深閨唔種,種你在離亭上。見一遍離情,就會碎一遍膽肝。恐怕愁多捱不慣呢首相見賬。唉，須要自想，試睇睇吓陽關上，柳呀，做乜初秋顔色，你就變了青黄。

聽哀鴻

斷腸人怕聽哀鴻，驚散姻緣在夢中。雁呀，你係咁孤鸞，奴咁寡鳳。你哀殘月，我獨對燈紅。可惜你一世孤單，無侶可共。我地天涯人遠，重話有信息相通。雁呀，我共你同病相憐，你便將我書信遠送。你莫向江關留戀，阻滯行蹤。我望雁好比望郎，心事更重，愁有萬種[三三]。雁呀，你莫學我情郎身世，只係斷梗飄蓬。

生得咁俏

我生得咁俏，怕有鮮魚來上我釣。今朝拏在手，重係咁尾摇摇。呢回釣竿收起都唔要。縱不是魚水和諧[三四]，都係命裏所招。我想大海茫茫，魚亦不少。休要亂跳，鐵網都來了。總係一時唔上我釣啫，我就任得你海上逍遥。

唔系乜靚

你唔系乜靚啫，做乜一見我就心傷。想必你未出世就整定銷魂，今世惹我斷腸，亦係前世種落呢根苗，今世正有花粉孽賬。故此我拚死去尋花，正碰着呢異香。紅粉見盡萬千[三五]，唔似得你敢樣。相逢過一面，番去至少有十日思量。捨得死咯，敢話死去會番生。我又同你死賬，難爲我真正死咯，個陣你話有乜相干。呢會俾佢天上跌個落嚟，我亦唔敢去亂想。真真要見諒，莫話粒聲唔出，就掉轉心腸。

乜得咁瘦

乜得你咁瘦，實在可人憐。想必你爲着多情，惹起恨牽。見你弱不勝衣，容貌漸變，勸你把風流兩個字睇破吓[三六]，切勿咁癡纏。相思最會把精神損，你睇癡蝶在花房，夢得咁倒顛。就係恩愛到十分，亦唔好咁綣戀。須要打算，莫話只顧風流，唔怕命短。問你一身能結得幾多個人緣。

心　肝

心肝呀，你唔好咁鬥嬲，竟自氣到我頭瘟。做乜見親人好樣，你就份外留神。知你日久生心，呢回嫌妹眼緊。見你近來待我，都冇往日三分。我自係相識到至今，爲你長日受困。枉你當初同誓，今日背了前盟。我只估話有個情哥爲做倚憑，算來男子冇個真心。只話唔掛你死去投生[三七]，想過唔做得咁笨。點好讓人快活，我自己做了枉死冤魂。記得起首相交，今日你就唔記得個陣。做乜你騙人咁耐，你又試貪新。呢回你改過自新，我共你緣正有分。唉，心不忍，免招人話薄行。你便修心憐憫我，算我怕你咯恩人。

真正惡做

真正惡做，嬌呀，汝曉得我苦心無。日夜共汝癡埋，重慘過利刀。近日見汝熟客推完，新客又不到。兩頭唔到岸，好似水共油撈。早知到唔共汝住得埋，不若唔相與重好。免使掛腸掛肚，日夕咁心操。勸汝的起心肝，尋過個好佬。共汝還通錢債，免使到處受上期租。河底下雖則係繁華，汝見邊一個長好得到老。究竟清茶淡飯，都要揀個上岸正爲高。況且近日火燭咁多，寮口又咁恶做。河廳差役，終日係咁嗌嘈嘈。唔信汝睇各間寮口部，總係見賒唔見結，白白把手皮撈。就俾汝有幾個女都養齊，好似話錢債易造。恐怕一時唔就手，就墮落酆都。雖則鴇母近日亦算有幾家係時運好，贖身成幾十個女，重有幾十個未開鋪。想到結局收場，未必真係可保。況且百中無一，個的境遇實在難遭。汝好心采撥埋，尋着地步，唔怕冇路，回頭須及早。好過露面抛頭，在水上蒲。

人實首惡做

人實首惡做，都冇日開眉。俾極真情待汝，汝都未知。我爲汝淚流，長日抖氣。我想過做人咁樣子，汝話冇乜心機。汝叫我個個待到咁真心，唔得咁易。總係見君君啞，我就唔肯負卻個段佳期。莫話珠江盡是無情地，今日爲情字牽纏，所以正得咁癡。做乜開口就把薄情看待我地，怪得汝時常相聚，都係貌合神離。呢會汝會念奴，奴亦都會念汝。唉，唔好咁厭氣，做個存終始。等汝花粉叢中，識吓我地女兒。

辛苦半世

辛苦半世，都係兩個人知。做乜苦盡，總不見甘來，汝話有乜了期。我自係識性，就知到做人唔係乜易[三八]。只望捱通世界，正有的心機。點想冤債未償，墮落花粉地。江湖飄泊，各散東西。我苦極都係命招，埋怨吓自己。唉，唔忿得氣，往事休提起。點肯話終身淪落在呢處，苦海難離。

無可奈

無可奈，想到癡呆，人到中年，白髮又催。自古紅顏薄命真難改，總係紅粉多情，都是惹禍胎。我想塵世汝話點能逃得苦海，總要前生修得到，或者早脱離災。一定前世唔修，故此淪落得咁耐。唉，難割愛，人去情根在。不堪回首咯，我要問一句如來。

寄遠

唔好咁熱，熱極就會難丟。一旦離開，實在見寂寥。好極未得上街，緣分未了。况且乾柴憑火也曾燒，叫我等汝三年，我年尚少。總怕長成無倚，我就錯在今朝。此後鸞儔燕侶心堪表，獨惜執盞傳杯，罪未肯饒。自怨我薄命如花，人又不肖。捨得我好命如今，重使乜住寮。保佑汝一朝衣錦還鄉耀，汝書債還完，我花債亦消。総係呢陣旅舍孤寒魂夢繞。唉，音信渺，燈花何日兆。汝睇京華萬里，一水迢迢。

春花秋月

春呀，你唔好去自，重有一句商量。共你年年離别，實係情傷。睇見花事係咁飄零，我就魂魄蕩。大抵人生難定，都是聚散無常。捨得真正共你冇緣，我亦唔敢咁勉强。做乜綢繆三個月，又試兩地分張。睇吓王孫歸去,我就添惆悵。挽留無計,算我負卻春光。我想繁華春望,亦都成虛況。唉,無乜别講,送君南浦上。呢回有書難寫,可惜紙短情長。

花呀,你唔好謝自,重要賞吓芳容。無聊愁對住雨陰中,講到紅顔薄命,邊個話心唔痛。算來人世,共你一樣飄蓬。花你有時夜静,重把香來送。真正累人,如果係個的淺深紅。若係花你無香,未必惹得我真情動。獨惜我護花無力,怨恨東風。呢回蜂狂蝶浪,亦都唔中用。唉,你妹愁有萬種[三九],往事多如夢。邊個有憐香心事,你便譜入絲桐。

秋呀,你唔好老自,重要繫住吓年華。滿懷愁緒,對住蒹葭。人話秋風蕭瑟堪人怕,我愛盈盈秋水浸住紅霞。既係秋你有情,未必把我長牽掛。睇見你常留明月,照我窗紗。大抵可人盡在個的丰瀟灑[四〇],莫話因風憔悴,敢就瘦比黄花。我想悲秋宋玉,都是成虚話。邊一個對秋唔想去泛仙槎。呢回我亦憐秋,秋亦要憐我一吓。唉,你妹喉帶咽啞,采菊東籬下。你睇潯陽江上,淚滴琵琶。

月呀,你唔好落自,重要照到我通宵。夜裏懷人,更重寂寥。人地只曉得月你團圓,心就喜笑。點曉得月到圓時,一自自減消。月呀,你一個月一遍團圓,我見你圓得太少。點得相逢卅夜,夜夜都把我相邀。試把聚散問吓嫦娥,應亦略曉。點解我姻緣無路,敢就拆斷藍橋。更有心事許多,重想月呀,你同我照料。唉,你妹愁都未了,衷情誰爲表。點得夜夜逢君,學個的有信海潮。

鴛 鴦

鴛鴦一對,世上難分。総係人在天涯,見佢倍愴神。佢眠食都捨不得離開,叫我心事點忿。問一句鴛鴦呀,我願托生爲你,不願爲人。都係情義佢睇得咁鬆,至此名利佢看得咁緊[四一]。想到青春難買,就枉費你千金。都係俗眼重個的虚名,故此想分佢一分。又想話爲奴争啖氣,正捨得割斷情根。我地相隔睇住你相歡，如果係肉緊，唉，真正係笨。就被你覓覓到封侯，你妹都要悔恨。想想到呢陣鳳寡鸞孤，叫我怎不斷魂。

扇

手拈一把齊紈扇，提起共你分攜，隔别一年。熱起番來常紀念，做乜但到秋來，就會棄捐。大抵扇有丢抛，人有厭賤。細想人情冷暖，總不堪言。世態炎涼，休要自怨。冷時邊一個唔在熱時先，總係熱處須從涼到打算[四二]。莫個逢人就熱，熱得咁癡纏。雖則話係咁啫[四三]，熱極個陣只曉得癡迷。點想到後來人事改變。唉，瘟咁眷戀，撥埋心事一便。係囉，呢會丢埋個的冷處，總不記得熱在從前。

烟花地

烟花地，是邪魔，有咁多風流，就要受咁多折磨。雪月風花，我亦曾見過。無限風流，問你買得幾多。只可當渠係過眼烟雲，若係癡，就會錯。恐怕鑿山難補個的冇底深河。若講到真義真情，邊個共你死過。總怕金盡床頭，好極都要疏。大抵花柳害人，非獨一個。唉，須想過，好息心頭火。普勸世間人仔，莫誤結個段水上絲蘿。

銷魂柳

銷魂柳，黯牽衣，柳呀，既曉得牽情，又點捨得别離。東風一夜人千里，暮雲春樹，惹妹相思。關山迢遞，你妹書難寄。總要情同金石，永不更移。莫話呢吓握手長情，歇吓分手就負義。須記陽關，贈君一枝。你妹自小失身，原是爲你。唉，情一個字，君呀，你唔念於今，都要念吓舊時。

情一個字

情一個字，重慘過砒礵，做乜無情白事斷人腸。搔首問天，天呀，你又唔好敢樣。命薄如花，總不爲我主張。怨只怨我生錯作有情，故此多呢種孽賬。當初何不俾我鐵石心腸。你睇頑石重有望夫，留在世上。須要自想，任你魄散魂飄蕩。總係邊一個多情，就向邊一個抵償。

多情柳，凡二

多情柳，贈俾薄情夫。夫呀，分離二字，問你可憐無。一心只望你唔虧負，兩存恩愛，水遠山高。點想共你無緣，敢就分拆在半路。呢陣烟水雲山，阻隔路途，做女個陣點知離别得咁苦。唉，真正可惱。呢會衷情，都係覔柳你代訴。故此咁遠致到得呢處離亭，我亦不憚勞。

多情柳，淚眼雙雙。柳呀，做乜見人快活，見我就淒涼。你種在灞橋，就知到你係冤孽賬。送人歸去，净對住個對宿水鴛鴦。柳呀，你弱質咁難扶，都係同我一樣。春風唔怕，怕捱到秋霜。今日形容咁枯槁，似極無依傍。唉，唔好異向，到頭終有望。自古新荑，還只望佢再發枯楊。

愁到冇解

愁到冇解，怨一句命蹇時乖。天呀，你敢樣子生奴，你話點得一世埋。鮮花豈有話唔思戴，總係命裏帶不得，風流都係白白咃。相思擔起尋人買，逢人都叫我轉過柳巷花街。重勸我有價可沽，無價亦可賣。還了舊債，好過隨街擺。免得相思無主，冇日開懷。

愁到極地

愁到極地，懶整殘妝。繡簾唔卷，爲怯風寒。你妹半減腰圍，心都爲你愴。你在何處貪戀風流，總不返故鄉。就係唔念你妹呢處青樓，亦該思憶吓府上。就係妻兒唔掛，都要紀念吓爹娘。做乜身在天涯，你心就異向。唉，何苦敢樣。君呀，切莫聽人唆攪，你掉轉心腸。

點算好，凡二

點算好，共你相交，又怕唔得到老。真情雖有，可惜實事全無。今世共你結下呢段姻緣，待等來世正做。你爲和尚，我做齋姑。唔信你睇《紅樓夢》上有段鴛鴦譜。個個寶玉,共佢無緣。所以黛玉得咁孤,佢臨死哭叫,四個字一聲,唉,寶玉你好。真正無路可訴,離恨天難補。罷咯,不若共你淡交如水,免至話我係薄情奴。

點算好,君呀,你家貧親又咁老。八千條路,敢就冇一點功勞。虧我留落呢處天涯,家信又不到。君歸南嶺,我苦住京都。長劍雖則有靈,今日光氣未吐。新篁落籜,或者有日插天高。孫山名落朱顔槁,緑柳撩人,重慘過利刀。金盡床頭,清酒懶做,無物可報。珠淚穿成素,君呀,你去歸條路,替我帶得到家無。

唔怕命蹇

唔怕命蹇,總要你心堅。捨得心堅,愁冇一個月老哀憐。莫話命蹇時乖,你就尋個短見。半世冇一日開懷,恐怕你做鬼亦冤。若係話刊定板八個字生成,唔到你算。又未知到後來真定假,未必有個食飯神仙。大抵人事都要盡番,或者時運會轉。唉,休要自怨。莫話好事難如願,若係堅心寧耐等,就係破鏡都會重圓。

嗟怨命少

嗟怨命少,恨我帶不得幾多條。人人都係咁攞命,叫我點捨得把佢來丟。捨得我有命,每個俾佢一條,無乜緊要。無奈呢一條爛命,好費事正剩到今朝。個的多情爲我喪命,我亦填唔了。佢死亦見心甜,都算得我命裏所招。我想貪花喪命,都係因年少。究竟風流到底,正算得係老來嬌。你睇牛女歲歲都有相逢,大抵佢年紀亦不小。唉,心共照,七夕同歡笑。總係長命又要長情,正可以渡得鵲橋。

身只一個

身只一個,叫我點順得兩個情哥。一頭歡喜,一便把我消磨。佢兩個晚晚開來,偏偏要叫我。捨得一人一晚,都免使我咁囉唆。削性共佢一個好埋，等佢尋過别個。又怕個瘟屍唔好得到底唎，我就苦怨當初，又怕佢個薄情，唔忿得我。個的旁人唆攪是非多。唉，點得我心破得做兩邊，人變得做兩個。呢會唔使動火，但得佢二家唔食醋咯，重好過密餞波羅。

吹不斷

吹不斷，是情絲，情絲牽住，割亦難離。牽到入心個陣，就無乜主意。魂魄唔全，只剩一點癡。若係两個情癡，就俾佢癡到死。死亦心甜，不枉做故知。鬼怕一個情癡，一個唔多在意。單思成病，藥亦難醫。個陣你肯爲佢舍生，佢亦唔多謝到你。唉，真正冇味。實在話過你聽咯，你要死，亦訪到情真，死都未遲。

結絲蘿

清水燈心煲白果，果然青白，怕乜你心多。白紙共薄荷，包俾過我。薄情如紙，你話奈乜誰何。圓眼沙梨包幾個，眼底共你離開，暫且放疏。絲線共花針，你話點穿得眼過。真正係錯，總要同針合線，正結得絲蘿。

船頭浪

船頭浪合吓又分開，相思如水，湧上心來。君呀，你生在情天，奴長在欲海。碧天連水，水與天挨。我地紅粉，點似得青山長冇變改。你睇吓水面個的殘花，事就可哀。似水流年，又唔知流得幾耐。須要自愛。許你死後做到成佛成仙，亦未必真正自在。罷咯，不若及時行樂，共你倚遍，月榭風臺。

桃花扇

桃花扇，寫處斷腸詞。寫到情深，扇都會慘悽。命冇薄得過桃花，情冇薄得過紙。紙上桃花，薄更可知。君呀，你既寫花容，先要曉得花的意思。青春難得，莫誤花時。我想絶世風流，都無乜好恃。秋風團扇，怨在深閨。寫出萬葉千花，都爲情一個字。唔信你睇侯公子、李香君，唔係情重,點得遇合佳期。

相思纜

相思纜帶我郎來,帶得郎來,莫個又替我攬開。是必纜係心緒絞成,故此牽得咁耐。逢人解纜,我就自見癡呆。纜呀,你送別個陣可憎,回轉個陣可愛。総係兩頭牽扯,唔知幾時正得埋堆。我心事一條,交你手內。可恨你時時要斬纜,敢樣就亂我心懷。我想誓使乜定要對住個山,盟使乜定要對住個海。総要心莫改。若係唔同心事,纜都絞你唔埋。

相思病

乜你咁病,見你面帶青黃,相思唔咕會入到膏肓。我想天地俾我一段情緣,就係同我寫一幅病狀。既係與君同病,藥亦同嘗,郎呀,藥咁難嘗,到底你嘗見點樣。今日苦上心頭,净我共你兩個慘傷。我兩個大早就死心,病重還有乜指望。眼前無路,苦海茫茫。如果死後共我結得再世姻緣,我就把菩薩供養。又怕我六根唔净,到不得西方。世事講到來生,亦都全係妄想。無乜倚向,青樓就係地獄咯,重講乜地久天長。

對孤燈

斷腸人怕對孤燈,對影孤寒,想吓就斷魂。呢陣衿枕咁孤單,無乜倚憑。影呀,你無言無語,叫我苦對誰伸。雖則共你成雙,亦難慰得我恨。不若把杯同影,共作三人。愛只愛你生死不離,咁跟得我緊。就係天涯海角,你我都難分。君呀,大抵呢陣銀燈獨對心相印,恨只恨我隻影難隨,共你酌斟,願你對影暫將魂魄認。唉,心不忿,夢寐難親近。當作挑燈長見我,切勿對影傷神。

聽烏啼

斷腸人怕聽烏啼,啼成咁辛苦,想必爲借一枝棲。邊一個唔想望高飛,大抵唔係乜易擠。况且你滿身毛羽,尚未生齊。鵲呀,做乜你净係替人地填橋,總唔曉得自己贏𠷎,兩頭頻撲你𡁻搵的挨依。今日風露咁清涼,林木咁阻滯,須要早計。莫話烏頭轉白,正知到世事難爲[四四]。

梳　髻

頭路撥開,梳過一隻髻。等佢知頭知路,早日開嚟。髻心須要侵頭髮,把定心頭,怕乜是非。札住髻根,聯住髻尾,我重要跟郎到尾,正有的心機。花管帶花,通到髻底。等我花債還通,管得你待我去歸。重要花伴髻,髮邊藏住月桂。正係月老與及花神,都重保佑我地兩個白髮齊。

還花債

想必緣分已盡,定是花債還齊。債還緣盡,惹起我別慘離淒。我地兩個人咁情癡,再不估情不到底。想起吓從前個種風月,好似夢斷魂迷。起首共你相交,你妹年紀尚細。共你細談心曲,怕聽水上鳴雞。只估話日子咁長,你同妹設計。點想你夫妻情重,帶不得賤妾回歸。累得我斷梗飄蓬,無所倚繫。細想吓漂流無定,只着要搵的挨棲。今日人地講我地薄情,唔係都似係。總係同群咁多姊妹[四五],點曉我心事咁難爲。我身上着呢件青衫,都是淚眼淚洗。唔係計,君呀,你是必硬着心腸,唔多顧睇。故此自從聽見話我去咯,此後總總唔嚟。

點清油

清油半盞,點着幾條心。君呀,你心事咁多時,叫我點樣子去尋。睇你心頭咁猛,亦都唔禁浸。你試睇吓,個盞清油尚有幾深,恐怕越浸越乾,油重越緊。點似得心少油多,漫漫斟。你唔怕我𠺝,莫學無人恨。你重要剔起心頭,正好做人。

别　意[四六]

想必緣分已盡,花債都還齊。債還緣盡,故此惹出別慘離悽。唉,我兩個係咁情癡,點估話情不到底。想起從前個種風月哩,好似夢斷魂迷。

記得起首共你相交,你妹年紀尚細。個陣傾談心事,怕聽見海上鳴雞。只望相與日子有咁長,你亦會同妹設計。點想你夫妻情重,不肯帶賤妾回歸。累得我斷梗又好似飄蓬,無所倚繫。想到話飄流無定咯,只着要揾的挨依。今日人地話我薄情,唔係都似係。再不估同群咁多姊妹,冇個知我心上咁難爲。我近日面上桃花,只係憑眼淚洗。唉,君呀,你唔好爲我贔屭,知到拗硬個副心腸,唔多顧睇。所以你自從聽見話我要去咯,此後你總不開嚟。

(招子庸《粵謳》)

校勘記

[一] 以浙江圖書館藏清光緒五桂堂刻本《粵謳》爲底本,校以上海圖書館藏清道光八年(1828)羊城富經堂刻本、清咸豐八年(1858)廣州登雲閣補刻本、抄本《粵謳》,浙江圖書館藏清光緒二十六年(1900)以文堂刻本《校本正粵謳》、光緒二十九年(1903)守經堂刻本《原本正粵謳解心》,今人陳寂評注本《粵謳》(廣東人民出版社,1986年)。

上海圖書館藏道光八年(1828)刻本、咸豐八年(1858)補刻本、抄本卷首有序二篇、梅華老農《題粵謳四截句》、紅蓼灘邊漁者【沁園春】詞、九天仙客題《集司空詩品》、首村漁隱七絶四首、耕烟散人七絶一首、篴江居士七律二首、瓣香居士七絶四首、瑶仙七絶四首、鹿野七律二首,浙江圖書館藏光緒五桂堂刻本、光緒二十六年(1900)刻本、光緒二十九年(1903)刻本,今人陳寂評注本均無。兹將二序録下:

戊子之秋,八月既望,蟋蟀在户,涼風振幃,明珊居士惠然詣我,悄然不樂曰:此秋聲也,增人忉怛,請爲吾子解之。余曰:唯唯。居士曰:不攬夫珠江乎,素馨爲田,紫檀作屋,香海十里,珠户千家。每當白日西逝,紅燈夕張,衣聲綷縩,雜以珮環。花氣氤氳,蕩爲烟霧,穠纖異致,儀態萬方。珠女珠兒,雅善趙瑟,酒酣耳熱,遂變秦聲,於子樂乎?余曰:豪則豪矣,非余所願聞也。居士曰:龍户潮落,鼉更夜午,遊舫漸疏,涼月已静,於是雛鬟雪藕,纖手分橙,蕩滌滯懷,抒發妍唱,吴歈甫奏,明燈轉華,楚竹乍吹,人聲忽定,於子樂乎?余曰:麗則麗矣,非余所心許也。居士曰:三星在天,萬籟如水。華妝已解，薌澤微聞。撫冉冉之流年，惜厭厭之長夜。事往追惜，情來感今。乃復舒彼南音，寫伊孤緒。引吭按節，欲往仍回。幽咽含怨，將斷復續。時則海月欲墮，江雲不流。輒喚奈何，誰能遣此？余曰：南謳感人，聲則然矣，詞可得而徵乎？居士乃出所録，曼聲長哦。其音悲以柔，其詞婉而摯。此繁欽所謂悽入肝脾，哀感頑豔者。不待【河滿】一聲，固已青衫盡濕矣。石道人序。

粤自擁檝歌傳，鼓櫂謳著，素馨竹葉之製，插秧採茶所詠。中秋踏月，三春浪花。或綰髻流響，或摸魚遣聲，宛得風人之遺，咸推越俗所擅。又況河連玉帶，洲近琵琶，江花江月，珠兒珠女，擅子夜之佳名，撫么弦而自訴。即彈多之所撰，已漸近於自然。屢作桓伊之喚，曷睹周郎之顧。然而豪如羊侃，曲製採蓮；情似王珉，歌翻團扇。劉賓客持賦九章，或以俚歌鄙陋；李昌谷每就一詩，恒爲教坊求取。不有才人，罕聆絶唱。明珊詩老，温李之才，姜張之學，賦朝雲莫雨，大有微辭；悦螓首蛾眉，非關好色。閑作冶游，特工情話，迭引曼聲，俾成妍弄。賦就石城，酷如臧質，譜出前溪，群推沈玩。達可人如玉之情，傳著手成春之態。將刀斷水，亦遜其纏綿；擣麝成塵，罕如其激楚。合坐皆知，李衮諸伎，共白王郎。悦秦觀作貴人，目元稹爲才子。傷春傷别，唯有司勳；詠月嘲風，誰如學士。流聞已遍，篇什轉多，手録口授，都爲一集。而或且謂延露陵陽，第悦鄙人之聽；下里巴人，難致國中之和。委巷之聲，鉅公色厲；狎客之署，名流齒冷。而不知樂府靡傳，土風迭操。唐山之製，不必叶於雎麟；大晟所演，或且渝於桑濮。古來詞客，例倚新聲，寄宓妃娀女之思，寫岸柳江梅之韻。本無傷於盛德，正賴寫其中年耳。僕未能識曲，敢附賞音？竊嘗卧酒吞花，偎紅倚翠，悦庭花之翻落，驚積雪之倒飛。幾疑夏統所歌，不覺流涕；方訝成連已去，亦移我情。當夫參横斗轉，標燈環炭，喝明月以如盤，剪餘霞而作袖。天原不曉，曲是無愁，抗喉遏雲，激齒逗雨。釧動花飛，悵美人之獨處；潮平酒醒，已蠟淚之成堆。此一時也。迨至登叢臺，入曲房，解明璫，跕利屣，堅石爛海枯之誓，永天長地久之約，假白雪以通辭，借回波而儷曲。鳴琴在御，曷此聲之似啼；吹氣勝蘭，實一時之無偶。此又一時也。若乃鴛鴦打散，蝴蝶驚飛，經南浦以送君，下西洲而别汝，樹梨普梨之曲，團雪散雪之歌，櫻桃委窗，勺(芍)藥墮水，憐驄馬之一去，撫鵾弦而獨悲。盈盈别淚,茫茫離緒。此又一時也。至若秋扇永捐,冬缸獨對,怨舊盟之已寒,締新歡而誰與。理抛殘之錦瑟,檢吹折之紅簫,蛛絲密織,冰弦玳匣,永安銀甲。聲聲决絶,卓文君有越禮之悔;字字回環,蘇若蘭之回文宛織。此又一時也。别有租船詠史,載酒看山,不無寥落之感,久絶鉛華之夢。鬢絲扇影,干卿何事;曉風殘月,未免有情。霧閣星房,酒旗歌板,洛陽之紅粉誰回,司馬之青衫已濕。此又一時也。莫不悦魂蕩魄,損心酸骨,宛聽韓娥之善,欲盡秦青之技,雖云解則好之,亦復誰能遣此。痛古人之不見,嗟來日之大難,酒闌燈炧,哀感頑豔,而謂撫斯卷者,能不冠阮元瑜於坐中,數米嘉榮爲前輩也哉。誰訶綺語,早付琬鐫,石崇妙伎,僅同郭訥。言佳李,奇新曲,差免邯鄲僞託。誰誇各擅詩名,詣旗亭而共畫;方睹盛傳海内,有井水而能歌。戊子送秋前四日,珏甡漫題。

[二][一四] 賬:原作"賑",據道光八年刻本、咸豐八年刻本、陳寂評本改。

[三] 呢:光緒二十九年本作"已"。

[四] 命:光緒二十九年本作"俞"。

[五] 揚:陳寂評本作"楊"。

[六] 閬:原作"聞",據道光八年本、咸豐八年本、陳寂評本改。

[七] 玉:光緒二十九年本作"面"。

[八] 問:原作"間",據道光本八年作、咸豐八年本、光緒二十九年本、陳寂評本改。

[九] 落:陳寂評本無。

[一〇] 到:陳寂評本無。

[一一] 遍:道光八年本、咸豐八年本、光緒二十九年本作"偏"。

[一二] 輪:光緒二十九年本作"輸"。

[一三] 分:陳寂評本作"份"。

[一五] 上海圖書館藏鈔本《月難圓》後,均無。

[一六] 衿:原作"矜",據道光八年本、咸豐八年本、陳寂評本改。

[一七][二二][三〇][三八][四四] 到:陳寂評本作"道"。

[一八][二〇][三二] 冇:原作"有",據道光八年本、咸豐八年本、光緒

二十九年本、陳寂評本改。

［一九］奴奴：陳寂評本作“奴”。

［二一］［二四］腦：原作“惱”，據道光八年本、咸豐八年本、陳寂評本改。

［二三］住：陳寂評本作“往”。

［二五］破：原作“被”，據道光八年本、咸豐八年本、光緒二十九年本、陳寂評本改。

［二六］自：陳寂評本作“寧”。

［二七］大大：原作“太大”，據道光八年本、咸豐八年本、光緒二十九年本、陳寂評本改。

［二八］吓：陳寂評本作“呀”。

［二九］埋：原作“理”，據道光八年本、咸豐八年本、光緒二十九年本、陳寂評本改。

［三一］消：陳寂評本作“銷”。

［三三］愁有萬種：陳寂評本作“唉，愁萬種”。

［三四］是：陳寂評本作“見”。

［三五］粉：原作“紛”，據道光八年本、咸豐八年本、陳寂評本改。

［三六］吓：原作“下”，據道光八年本、咸豐八年本、陳寂評本改。

［三七］死：陳寂評本無。

［三九］你：陳寂評本作“我”。

［四〇］丰：原作“風”，據道光八年本、咸豐八年本、陳寂評本改。

［四一］看：陳寂評本作“着”。

［四二］到：陳寂評本作“處”。

［四三］話：陳寂評本作“話你”。

［四五］姊：陳寂評本作“姐”。

［四六］此首浙江圖書館藏清光緒五桂堂刻本、光緒二十六年刻本、光緒二十九年刻本、上海圖書館藏抄本、陳寂評注本均無，據道光八年本、咸豐八年本補。

孫家穀

孫家穀(1791—1832),字曙舟,號幼蓮,鄞縣(今屬浙江寧波)人。道光二年(1822)進士,官襄陵知縣。有《襄陵詩草》、《襄陵詞草》、《種玉詞》等。

小 令

【北越調·紫花兒序】 題扇頭美人

溜苔痕鞋幫露重,簇榴枝裙釵香籠,趁花陰轉過畫欄東。那就是鶯兒院落,空守着燕子簾櫳。誰同,算雙鬟小婢影和儂。春來一夢也,只則絮絮綿綿,怨着東風。

(孫家穀《襄陵詞草》附)

鄭儒珍

鄭儒珍，字多賓，號雙橋，慈溪（今屬浙江）人。道光間諸生。有《古箬山房吟草》等。

套　數

蒲節哭邱芸史

【玉交枝】

浴蘭人渺，又端陽追思故交，長沙善哭空年少。卅載藍衫破帽，並難苦守舊書巢。可憐早醒黄粱覺。異生離山遥水遥，痛長眠魂飄淚飄。

【玉抱肚】

添人煩惱，破窗櫺雨聲碎敲。柳吐紅映我啼痕，草餘青傲汝宫袍。傷心觸景更蕭條，聊奠壺漿等桂椒。

【三月海棠】

獻爵陳詞，不過是應酬套。問知心，作麽樣舊仍描。無聊一杯，要把予心表。一時要望君魂到，爐香裊，燭影摇，可還能相對話今朝。

【江兒水】

嗚咽情重訴，殷勤酒再澆。你青年竟向書中老，他青蠅苦向墳邊吊，我青琴懶向窗前抱。別按宫商顛倒，當哭長歌，唱這淒涼調。

【川撥棹】

誰知道夢中緣，君已了，又何須日讀《離騷》。謝紅塵置身碧霄，羨神仙萬慮拋，剩凡庸五内焦。

【尾聲】

呀，休將角黍供悲悼，歎才人修文慣召，願長命絲兒來生繫得牢。

（《滎陽詩抄合選》卷四鄭儒珍《古箬山房吟草》）

陳　森

陳森(約 1797—約 1870),生平見《全清散曲》第 3063 頁。

小　令

俊郎君,天天門口眼睁睁。瞧得奴動情,盼得你眼昏。等一等,巫山雲雨霎時成,只要京錢二百文。

一個兒臉麻,一個兒眼花,瞎眼雞同着癩蝦蟆。你愛的是咱,咱愛的是他。莫奢遮,溫柔鄉裏,不像老行家。

楊柳枝,楊柳枝,昔年宫裏鬥腰肢。如今棄向道旁種,翠結雙眉怨路歧。畫船何處繫,駿馬向風嘶。盼不到東君二月陌頭來,只做了秋林憔悴西風裏。

想當年鴛與鴦,到今是參與商。果然是露水夫妻不久長。千山萬水來此鄉,離鸞别鳳空相望。歎紅顔薄命少收場,便再抱琵琶也哭斷腸。

想情郎,昂昂七尺天神樣。千夫長,百夫防,洞庭南北多名望。恩愛爹娘,溫柔一晌漓江上。到如今撇下奴瘦嬋娟伶仃孤苦,真做了一枝殘菊傲秋霜。石公壩追得好心傷,畫眉塘險把殘軀喪。全湘沅湘,三江九江,只指望趕得上桃根桃葉迎雙槳,誰知道楚尾吴頭天樣長。又過那金陵王氣未全降，瓜州燈火揚州望。渡河黄，怕見那三閘河流日夜狂，淮徐濟兖無心賞。幸一路平安到帝邦。只不曉得那薄幸兒郎在何處藏？我是那剪頭髮尋夫的趙五娘，你休猜做北路邯鄲大道娼。

（陳森《品花寶鑒》第十八回《狎客樓中教箆片，妖娼門口唱楊枝》）

花溪逸士

花溪逸士，真實姓名與生平不詳，有小説《嶺南逸史》二十八回。最早版本爲嘉慶十四年(1809)刊本。

小　令

【黄鶯兒】

何意忽成雙(叶)，霜絳羅開見海棠。春光猶溢情難暢。事兒正忙，宵兒愛長。五更深怕雞聲唱。囑情郎，還圖白首，恩愛莫相忘。

(花溪逸士《嶺南逸史》第五回《浪吟詩黄逢玉中計，甘作妾李小鬟招親》)

妹相思，不作風流到幾時。只見風吹花落地，那見風吹花上枝。

大頭竹笋作三啞，敢好後生冒好花。敢好早禾冒入米，敢好攀枝冒棕花。

山有木兮木有枝，心悦君兮君不知。君不知兮妾心苦，妾心苦兮向誰訴?

黄蜂細小螫人痛，油麻細小砂仁香。敢好娘兒郎不愛，郎心敢是鐵心腸。

（花溪逸士《嶺南逸史》第九回《三請兵激怒督撫，兩招親瞞脱梅英》）

手撚梅花春意鬪，生來不嫁隨意樂。江行水宿寄此身，摇櫓唱歌槳過深。

官人騎馬到林池，斬竿削竹織筲箕。載緑豆緑豆恨相思。相思有翼飛開去，只剩空籠掛樹枝。

雲在水中非冒影，水流影動非身情。雲去水流兩自在，雲何負水水何縈。

（花溪逸士《嶺南逸史》第十回《尋舊盟竟成畫餅，控匪赤反自招災》）

姊也兒鳳陽來，那怕千山萬水，越破弓鞋。但願得個多情君子，贈奴金釵。扳郎頸門個嘴來。（合）和諧，漫道郎垂，還是奴垂。

鳳陽來者，盡許多王孫貴客，半是庸才。那有得如相公風流氣概，倜儻情懷。憐芳也踏雪尋梅。（合）歸來，不是牙牌，就是詩牌。

妹也兒鳳陽來，看殺許多蛾眉粉緑，絶少珠苔。那有得如姑娘天然秀美，不假安排。風情也占斷寒梅。（合）奇哉，不羨天台，那數陽臺。

（花溪逸士《嶺南逸史》第十二回《急救夫人起三軍，蓮奇謀遂破六步》）

饒大嫂你莫哭，你夫生來似水漚，何有皮來何有骨。蜃樓海市雖虚浮，鏡花水月還堪矚。你夫行似風倏霜，不解全身化害物。而今狂魄似糠揚，誰人不被他荼毒。你莫哭。

（花溪逸士《嶺南逸史》第十七回《願征寇假公濟私，忌成功散兵歸寨》）

檀園主人

檀園主人,真實姓名與生平不詳,有小説《雅觀樓》四卷十六回。是書有兩種版本,一爲檀園主人編芥軒刊本,一爲道光元年(1821)維揚同文堂刻本。

小　令

千山萬水將你盼,盼到跟前已是枉然。想當初山盟海誓兩情願,到如今有了新人你心改變。你只圖新鮮不顧長遠,恨將起喝口水兒將你咽。

(檀園主人《雅觀樓》第三回《游平山乘舟邀妓女,進水關帶醉鬧娼門》)

花月癡人

花月癡人,真實姓名與生平事蹟不詳,有小説《紅樓幻夢》二十四回。自序作於道光二十三年癸卯(1843)。

小 令

盼佳期無休無息,欲寄詩與詞,撩亂得我無心緒,又怕你顛倒費神思。葫蘆題你知我知,單圈兒我思你,雙圈兒兩下思。輕想着圈便稀,重想着圈便密。時時想着無數連環圈得細,更有那説不盡的離情,一路圈兒圈到底。

俏人兒睡朦朧,我合你檀口揾香腮,吐吐吞吞元在舌尖上兒弄。愛殺你芳心未折柳腰軟擺,叫我輕輕的送露滴牡丹開桃花浪湧,又要我學那蠢蟲兒般動,霎時間昏沉如醉雲雨散巫峰。未移時還約我重赴陽臺,再整前番的夢。

(花月癡人《紅樓幻夢》第二十二回《誕雙生千人湯餅會,膺一品五世綍綸恩》)

套 數

【連理枝】

這的是靈河仙草萎重生，那便是青埂神瑛暗復瑩。十年魔障今消盡，打破了生關死劫，超脱了冤孽沉淪，才博得鴛鴦夜月銷金帳，孔雀春風軟玉屏。固因他貞芳自成善行維誠，須知是窮通壽夭由天定，立志潛修卻在人。看此日歡偕連理，相與樂長春。

【幻無常】

美質絶纖瑕，性堅貞，氣自華。晶瑩似雪真無價。得良人愛他，恨凶人劫他。忽把個妙連城，空受强梁陷，幸神靈呵護交加。提出污泥中寄人籬下，喜相逢多情義士牢牽罣。這正是任良工重經雕琢，與圭玉爲儕。

【樂重生】

西池玉蕊芬馥，嬌紅合藏金屋。如何摇落歸空。恨只恨鶯嗔燕妒，更何堪剥蝕頑蟲。感凋殘物化覓豔無蹤，幸陽春有腳返魂，香萼月下重逢。此日多情公子撫今追昔，默識芳容，合歡時，但領取靈根甦换並敷榮。任是無言桃李，一樣笑東風。

【煞尾】

色本空中現，空明色更多。漫説道寂静虚無乾净也，轉幻出空中樓閣勢巍峨。又只見錦繡繁華地，温柔安樂窩，都只爲人情缺陷長爲恨，因此上補出這玉潤珠圓一曲歌。

（花月癡人《紅樓幻夢》第一回《警幻仙情圓宿世因，絳珠女魂遊太虚境》）

無名氏

小　令

【黄鶯兒】

五個禿雌光，逞威風戰一陽。孤軍衝突禪床上。鶯聲細揚，口脂嫩香。按輪番攪亂真空相。恣顛狂，眼朦朧處，幾度唤仙郎。

幾度唤仙郎，俏覷乖會弄腔。花心點得魂飄宕。西方那方，禪房洞房。這風流盡足超塵障。任襄王，一更一换，日影上紗窗。

（佚名《醒名花》第六回《慈航渡慣作陷人坑，連理枝陰謀劫妹計》）

【一江風】

俏冤家獨立在簷兒下，手撚着綿綫叉。細端詳他亂綰烏雲斜，把這金叉壓。我輕輕摟抱他，我輕輕摟抱他，令人遍體麻，思量怎肯便丢開罷。

（佚名《一片情》第一回《鑽雲眼暗藏箱底》）

【解三醒】

念鯫生自知無理，還怎敢强辯是非？從來守着伊規矩，今日裏偶來遲。渾身責打皆由你，切莫要抓傷我臉上皮。休淘氣，且將息貴體。從今後再不敢暫時離，爲甚的人便曉得種。

（佚名《一片情》第十一回《大丈夫驚心懼内》）

【掛枝兒】

俏冤家一去了便無消息，你去後我何曾放下了心，那一日不在門前等。愁只愁丈夫狠，恨只恨這臘梨精。擔驚受怕的冤家也，怎麽來的這樣難得緊？

俏冤家你想我今朝來到，喜孜孜連衣兒摟抱着腰，渾身上下都堆俏。摟一摟愁便解，抱一抱悶已消。縱不得與你通宵也，一霎也是好。

（佚名《一片情》第十四回《騷臘梨自作自受》）

【掛枝兒】

小學生把小女兒低低的叫，你有陰我有陽恰好相交。難道年紀小，就没有紅鸞照？姐姐你還不知道，知道了定難熬。做一對不結髮的夫妻也，團圓直到老。

（佚名《巫夢緣》第一回《二試神童後必達》）

【掛枝兒】

熨斗兒暈不開眉間皺，快剪刀剪不開心内愁，繡花針不出合歡扣。嫁人我既不肯，偷人又不易偷。天呀，若是果有我的姻緣也，拼耐着心兒守。

（佚名《巫夢緣》第二回《雛兒未諳雲雨事》）

【掛枝兒】

青天上月兒恰似將如笑，高不高低不低正掛在窗半腰。半分毫，半分毫，缺的日子偏多也，團圓的日子少。

（佚名《巫夢緣》第三回《嬌娘大戰少年郎》）

【香羅帶】

重新識面初，鶯兒燕雛，毿毿短髮巧樣兒，雙眸秋水浸蕖也。你看風蕩漾,瘦身軀,幽香陣陣透綺疏。三寸金蓮也,緩步徐來嬌倩扶。

(佚名《巫夢緣》第四回《才郎誤入迷魂陣》)

【掛枝兒】

小賊囚你爲何也來羅,他方才一遭過你又一遭。是娼妓家要我把槽來跳。奴兒没了主,似牆花亂亂拋。小賊囚,若不要你走腳通風也,怎肯和你嬲?

(佚名《巫夢緣》第五回《群奸設謀傾寡婦》)

【掛枝兒】

手執着課筒兒深深下拜,撲簌簌止不住淚珠兒下來。祝告他姓名兒就魂飛天外,一問他好不好,再問他來不來。總只問兩個的終身也,須是好歹無更改。

(佚名《巫夢緣》第六回《書生塔下且藏形》)

【掛枝兒】

親哥哥且莫把奴身來破,嬌滴滴小東西只好憑你婆娑。留待那結花燭,還是囫圇一個。蓓蕾只好看,地且莫輕鋤。你若是只管央及也,拼向娘房裏只一躲。

(佚名《巫夢緣》第八回《才女持身若捧玉》)

【掛枝兒】

不脱衣只褪褲兩根相湊,你一冲我一撞怎肯干休?頂一回插一陣陰精先漏,慣戰的男子漢,久曠的女班頭。陳媽媽失帶了他來也,精精的弄了一手。

(佚名《巫夢緣》第九回《俏郎君分身無計》)

【掛枝兒】

俏冤家得意回如何吃得爛醉,倒着頭和衣睡一毫兒不知。枉了人點着燈坐了三更多天氣。待要開門看,又怕他醉後癡。若論他醉後的顛也,定是纏個死。

(佚名《巫夢緣》第十一回《大登科罷小登科》)

【掛枝兒】

他細細詳我死期已在十分上,早早來還得見也算與你厚一場。若是幾日裏來遲也,切莫等到身首異處才將咱想。

(佚名《梧桐影》第十回《官不苛求二女藏羞徙他郡,法無輕法兩孽含笑入黄泉》)

套　數

相思曲

【錦纏道】

文緣逋,悔當初,春風識畫圖,盟誓怎莫鋤?意煎煎,活疼活癢模糊。費思量藍橋玉杵,枉辛勤珠箔珊瑚。明月盼人孤,更淒涼好花風妒,花星照也無。笑看花劉郎前庭,只落得渺渺獨愁予。

【普天樂】

蕩魂絲兜不住,擁情波推不去。冷金猊扯淚流蘇,獨成灰撥盡寒爐,更初悶餘。這離愁,未知甚日消除。

【古輪臺】

好支吾,黄昏時候,把眼揩枯。三星翻湊參商數。未關門,空對着剩枕餘衾,淺簷低廡。明柳香花,兩相辜負,迷離醉態有誰扶?把春光塵土,誰信道溷墮新紅，泥沾輕絮，飛驚彩鳳，啼殘杜宇，剗地暗踟躕。相思努，自挑情簷自糊塗。

【尾聲】

好姻緣，無憑據，怎捱得朝朝暮暮？教我亂結愁腸恁樣梳。

（佚名《巫夢緣》第六回《書生塔下且藏形》）

張振夔

張振夔(1798—1866),字慶安,號磐庵,永嘉(今屬浙江)人。嘉慶十八年戊寅(1818)舉人,道光六年丙戌(1826)大挑一等,官鎮海教諭。有《介軒詩文鈔》、《介軒外集》等。傳見張振夔《介軒外集》卷二附張碩《顯考磐庵府君行述》、《介軒詩鈔》卷首孫衣言《永嘉張先生墓志銘》。

小　令

【傾杯樂】 謝諸同學招飲

水檻平腰,石亭迎面鋪席人先到。遲遲送盞烟和雨,閑把魚竿頻釣。獨憐半畝芳塘,魚兒瘦小,憑誰補種紅蕖碧藻?六月炎夏來,倚風窗試眺。

謝我友飛觴調笑,且收拾杯盤須早。念此地看看山光波影,安置琴書妙,多才正復年少。儘日恁蘸墨摛辭,研朱選調,眼底合着虬髯張老。

【越調南正曲・五彩結同心】 題《青燈有味圖》

書生何嗜,書味醰醰,從來秪賴書檠。忘食還忘暑,除朋舊呼酒,月下閑評。須知人面搖紅處纔酣暢,宵鼓三更,怎無奈杯殘炙冷,索然獨問誰醒?

豆燈老來如乍,向芸編細嚼。腹果牙馨,漫詡塗鴉,妙論肥瘦形影,自已分明。料今嘗遍酸鹹外，悟微炷留養元精。且默聽兒孫吟誦，更温十有三經。

【黄鐘宫南正曲·玲瓏玉】 題曾竹史《愜素圖》

心事誰知，秖贏得孑孑囂囂。尋花覓葉，悶來翻恨春嬌。可訝芳蘭静好，問空山何所，雲掩風漂。今朝纔相逢，真慰寂寥。

幻出玲瓏片玉，似麻姑舒爪，迎面先招。幾度沉吟，倩誰來淺畫輕描？毫無纖塵容注，便誇道涵波浴日，也少風標。且歸去，奠三閭，相和洞簫。

【懶畫眉】 自題小照

百年心事馬牛風，畢竟偷閑愧佃農。太倉升斗恁何功，一霎南柯夢，倒做貪腥蠹骨蟲。

涸魚僵燕恨重重，垂手行來四大空。月明人在玉壺中，暢好登秋隴，秖望田園到處豐。

（張振夔《介軒外集》卷二）

套　數

自題《柳巷觀射》小照，用王渼陂壽康對山原韻

【北雙調·錦上花】

是也非耶，問誰勘證。目眵眉低，鬢映髩青。心軟難描，骨瘦空形。四十頭顱，蹉跎半世情。一亭出柳新，雙袖倚闌平。好做個推聾裝啞先生，休别妍媸判重輕。腹果三餐，餘歡便猛騁。

【南銷金帳】

憑君畫就一幅蟠桃峥,品鸞簫,吹鳳笙,掀髯坐聽調初定。更一種清興,拈弓搭弦,且看誰儂先勝? 雕翎燕尾,穿楊百步三枝正。低低問虎頭,道這老優遊暮景。

【北折桂令】

這優遊暮景,先生好是個食禄冬烘。職重官輕,衙署蕭條,衣衫破綻,筆墨縱橫。喬依靠尼山孔聖,歹追隨斗府魁星。修道明經,總是虚名。巴結着填册千文,享用着釋奠三牲。

【南二犯江兒水】

把官守朝朝思省,科條天子定,許明倫南坐,約束群英。更春秋課朔望,傳禮樂萬年情。文章四子經,摳袂趨庭,挾册環廳。讀卧碑戒飭諄諄,北面聽,老教官雲開月明,佳子弟金暉玉映。思量起,怎償的諭訓名?

【北雁兒落帶得勝令】

難償諭訓名,怎改瀟灑性? 得尋荒渺蹤,追畫逍遥景。柳巷拂濃烟,羽箭試新晴。品竹更番奏,哦詩打疊成。書生拈矢頭須正,先生對棚眼尚明。

【南疊字錦帶沉醉東風】

暗想向日十三經庫裏行,有經師尊德性,閑來便引領諸生,團團歌詩雅樂忙折證,玉漏銅壺滴二更,尚兀自低回不盡情。猛見得門前横鋪草徑,徵歌校射,這都是儒家分。暗想向日十三經庫裏行也,似那樣探奇揀勝,向櫺星步趨分明,應把頖池細評。尋思了自歎,衹圖着脱塵緣豪興,捕風弄影,來往垂楊遊詠。看你個老經師,悶葫蘆如何自逞?

【北川撥棹帶七弟兄】[一]

烹苜蓿，煮蔓菁，束詩書，招俊英，叉手遥迎，笑臉順承，聳耳恭聽。暢好是么篇小令，要孩兒、繡太平，拚三鐘酩酊，把四坐叮嚀。望宫牆豎俟正，文經武緯誰堪並，銜肩作要且隨行，恁的呵纔顯門徒盛。

【南川撥棹帶僥僥令】[二]

天之命，剩蘼蕪，埋碧徑，青衿子佻撻東城，是誰人向咱叩扃。問當年觀德亭，柳成蹊，山作屏。交情疎晏平，古義絶張衡，耽卻懨懨相如病。聽濤頭潮汐聲。

【北梅花酒帶收江南】

樸堂外雨未静，硯屏北燈猶明，越顯人孤另。情未騁，悶休縈，把歡娱且捏成，分闢目，付丹青。儒衣怕對桓榮，奇書怕説崔悛，風儀怕以王澄[三]，聰聽怕作徐陵。呀，正是騰騰兀兀酒初醒，柑甜橘苦口中噙，鵝長鳧短眼中明，貓兒莫道盡貪腥。竹林寺真有影無形。

【南餘音】

狂歌妙畫從今並，惟願的龐兒端正，看取悶裏陶情。

（張振夔《介軒外集》卷二）

校勘記

［一］棹：原作“掉”，據曲譜改。

［二］棹：原作“掉”，據曲譜改。僥僥：原作“繞繞”，據曲譜改。

［三］以：疑當作“似”。

崇恩

崇恩(1803—?),愛新覺羅氏,字仰之,號雨舲(一作敔舲),别號香南居士、語鈴道人,滿洲正藍旗人。由廩貢生官至山東巡撫。工詩善畫,精鑒别,富收藏。有《枕琴堂詩鈔》、《香南居士集》、《香髓閣小令》等。事蹟見《清畫家詩史》辛上、《國朝書人輯略》卷九、《甌鉢羅室書畫過目考》卷四、《皇清書史》卷一[一]。

套數

歸去來兮辭,並引

【北雙調・水仙子】

巧宦嗤予懵懂,拙翁自愧癡聾。雖因衰病始龍鍾,樗櫟本來無用。弈陣休誇智勇,詞壇誰信豪雄。近來頗亦顯神通,美睡恬然無夢。自家語鈴道人是也。十年讀書,一行作吏。兩次冠謄録榜,抵不得一名舉人。五科任監臨官,算不了正副主考。也曾分符典郡,管領名山。沉臬開藩,彈壓勝地。渥蒙知遇,再任封疆。屬以時事多艱,海氛不靖,雖吴郡籌防,曹南辦賊,不無微勞,而□源赴援,高唐合圍,終乏實效。猶得備員學士,典禮太常,孤負恩私,莫名感愧。一昨萬里持節,道阻干戈,三年載途,身嬰疾病,心雖尚壯,算來早有四宜休樣不入時,細看竟無一可取。因自投劾,誓報來生，乃荷隆施，僅予鐫職，懔臣心之水潔，早歸興之雲飛。長歌里詞，用陳衷悰。嘻，宦情如戲，我先交過排場，幻境非真，君莫認差脚色。

孤忠卅載冒艱危，病廢頻年强自持。散材早已宜休致，沐皇恩，僅鐫職。乞殘骸，歸去來兮。重負心先釋，輕裝手自攜，倩春鴻報與親知。

關河長路苦奔馳，風雨勞人惹夢思。湖山勝賞關心事，喜今番旋故里。且高歌，歸去來兮。也不厭粗衣大布，也不嫌淡飯黄虀，也不問雪爪鴻泥。

春山迎面笑舒眉，春柳彎腰鬥舞姿。春蕪滿眼含生意，美風光，佳□遲。興飄然，歸去來兮。雨潤苔莓徑，風喧桃李蹊，蝶醉蜂迷。

嫩黄楊柳裊千絲，淡白梨花亞幾枝。嬌紅桃塢□三里，戒征途，春景熙。趁韶光，歸去來兮。風月容爲主，鶯花正及時，選勝尋詩。

錦鳩隔樹學鶯啼，翠麥鋪田似剪齊。紅蝶點草如花麗(蝶字，平讀)，景融合，情自怡。任逍遥，歸去來兮。飲水勝於酒，買山何用資，獨佔漁磯。

俺也曾蹀血夜登陴，俺也曾裹瘡親誓師，俺也曾造膝叨獨對。到而今，休再提。拂征鞍，歸去來兮。夢破黄粱熟，回頭日已西，歸興雲飛。

再休説五次蒞文闈，再休説三年拯溺饑，再休説兩任膺疆寄。愧無功，酬主知。便脱然，歸去來兮。南浦輕言别，北山安用移，境坦心夷。

平生遊歷盡存詩，半世功名盡悟棋，中年嗜好閑習字(習字，平讀)。博虚名，常自疑，老侵尋。歸去來兮，陶元亮能知止，白樂天先識幾，且圖個無是無非。

雕龍繡虎逞奇思，喝雉呼盧快一擲，穿楊刻棘須全力。到興闌，才盡時。倒不如，歸去來兮。窮措大，褦襶子，老冬烘，章句師，一任嘲譏。

突圍全仗運籌奇，得算何妨下子遲，守成更賴收官細。莫輕敵，休自欺。且推枰，歸去來兮。要打便打個長生劫，要成便成個雙活持，一局殘棋。

紅塵不到釣魚磯，碧水潛通灌菜畦，黄柑雅稱聽鸝寺。草堂寬，茆屋低。喜居然，歸去來兮。種幾畝桑麻地，租一灣菱藕池，守分隨宜。

東坡元不合時宜，北海何曾悟事機，南園並未阿權勢（世謂放翁爲韓侂胄作《南園記》，爲白璧微瑕。乃耳食語耳。實則《南園記》有規諷而無佞諛，固未嘗爲侂胄所屈也）。鬧熱場，多險巇。有幾人，歸去來兮。大自在，心無滓，小從容，手自題，非惠非夷（京邸有萬松老人從容庵遺址，因題小從容庵以顔吾齋云）。

御園西畔水平堤，舊隱西湖更向西，湖村幾曲漁舟艤。歎年來，牽夢思。幸而今，歸去來兮。松菊存三徑，芰荷香一溪，小筑幽棲。

青山排闥水環溪，綠樹藏門竹護籬，芳藤蓋瓦苔鋪地。瓜滿疇，蔬滿畦。田舍翁，歸去來兮。飯罷松間步，客來花下棋，此趣誰知？

豐臺處處灌花畦，南頂家家卓酒旗，長河日日尋山寺。草橋東，二閘西。溯前遊，歸去來兮。紅杏塢粉黛香車集，綠楊灣笙歌畫舫移，柳醉花迷。

養生從此悟筌蹄，物自難齊理自齊，逍遥遊遍人間世。春夢中，蝴蝶戲。醒來時，歸去來兮。不佞佛清净參真諦，不求仙自然通化機，我貴知希。

丹爐茗碗色香奇，古畫名琴位置宜，明窗净几情懷適。擁圖畫，羅鼎彝。小精廬，歸去來兮。擬和遂初賦，長歌招隱詩。小行楷，玉版烏絲。

簪花妙格寫宫詞，戛玉嬌音誦選詩，調鸚雅韵嫻標致。伴寂寥，慰我思。喜雙雙，歸去來兮。溯天涯病困勤將息，嘆頻年艱危謹護持，跬步難離。

爲迎桃葉琢新詞，欲比紅兒賦豔詩，喜誇謝女耽佳句。風流翰墨宜。錦韶華，歸去來兮。演漾淡痕膩，玲瓏花影移，美景良時。

閑吟妝閣贈蘭詩，妙制繡簾吹絮詞，偶拈畫牒觀梅字。聰明善自持，指瑶京，歸去來兮。暖集花間蝶，風傳燕外絲，春倦難支。

如花美眷總情癡，似水流年轉瞬迷，浮雲富貴須臾逝。虚空粉碎時。終有個，歸去來兮。盛業幾人賞，寸心千古期，珍重維持。

【尾聲】

曰歸真個得歸矣，愧無能閑過聖明時。把幾首擊壤詞，聊歌詠羲皇世。況有那邱壑清奇花竹美，安享到期頤。

同治丙寅二月二日，自蒲州北上，輿中時拈小令以遣悶，日有所得。暮宿旅廨，即付趙姬。比至太原，已積至廿有餘闋。時表弟鐘石帆陳臬於晉，曾孫恩瑞適掌中衡，展轉傳觀，至沈石年太守處，許録清本見貽。瀕行，崇之乃竟化爲烏有。幸趙姬寫有副本，惜僅十八首。抵京，李蘭孫四弟見而愛之，遂借觀，旋亦遺失。不得已，仍從趙姬篋中搜索，只得十五首，仍多缺損，已付之無可如何矣。今年七月三日，偶然取讀，頗有可喜。

病中撿閲故紙,忽遇二首,及贈趙姬三首,不覺喜極欲狂,因補作總結一首,而繼之以【尾聲】,居然頓還舊觀,亦病困中一快事也。乃力疾書此册,以存梗概云。時同治癸酉八月八日,敔翁書於嘉孚堂。

(崇恩《香髓閣小令》)

校勘記

[一] 鄭逸梅《藝林散葉薈編》:"崇恩有滿州才子之稱,喜啖火腿。罷官後,甚窘迫,乃手書條幅與人,以易金華火腿。"

趙蘭心

趙蘭心，乳名紅喜，鐵嶺（今屬遼寧）人。崇恩姬，卒年二十二。

小 令

昔在太原旅次，趙姬曾云：考城景物似已略備，惟未及食品，何不再作數首以足之。雖笑而頷之，然不暇爲也。姬妄擬一首，語意鄙淺，殆不足存。而石帆見之，大爲許可。因念一時情事，附録於後，用志我賢弟憐才之意。故不嫌其贅云。其詞曰：

油熗果脆賽燒雞，乳碗酪甜如蜜脾，麻花糖餌酥薄脆。慰清饞，鄉味宜。指春明，歸去來兮。桃李脯，誇糖煎，山查糕，卷奶皮，觀我朵頤。

姬名蘭心，乳名紅喜，鐵嶺人。回里後，四日而歿。時甫二十有二。八月十三日，重閲復記。

（崇恩《香髓閣小令》）

黄燮清

黄燮清(1805—1864),原名憲清,字韻珊,又字韻甫,别號吟香詩舫主人、繭情生,浙江海鹽人。道光十五年(1835)舉人,六應會試不第。咸豐二年(1852)入京謁選,充實録館謄録,用湖北知縣,以戰亂未赴任。咸豐十一年(1861),太平軍攻佔海鹽,攜家至鄂。同治元年(1862),赴宜都知縣任。二年,調任松滋。三年夏,卸任。同年病卒。有《倚晴樓詩集》、《倚晴樓詩續集》、《倚晴樓詞餘》,選刻《詞綜續編》,傳奇《帝女花》、《桃溪雪》、《茂陵弦》、《淩波影》、《脊令原》、《鴛鴦鏡》、《居官鑒》七種,合稱《倚晴樓七種曲》,還有傳奇《玉台秋》、雜劇《絳綃記》等。

小　令

鮮花調・小調

西施去採蓮,西施去採蓮,蓮花呀楚楚,相對俏紅顔。聘出了個苧蘿村,花放了長洲苑。平不了個伍胥潮,鹿走了姑蘇殿。

前　調

昭君去和番,昭君去和番,琵琶呀哀怨,彈出了雁門關。生别了個漢官家,夢逐着黄沙斷。死葬了個老匈奴,恨結着清蕪滿。

前　調

好一個貂蟬,好一個貂蟬,黄昏呀拜月,妒煞了玉嬋娟。嫁了那個吕温侯，一對兒神仙眷。破了那個白門樓，一霎裏恩情斷。

前　調

好一個玉環，好一個玉環，侍兒呀扶起，賜浴到温泉。没證據的鵲橋仙，不管你漁陽變。最淒慘的馬嵬坡，剛賸得梨花怨。

（黄燮清《桃溪雪》第七齣《題箏》）

覲 光

覲光，姓氏、生平不詳，有小説《忠烈全傳》六十回。前有“正德元年戲筆主人題”之序，序已提及《三國演義》、《西遊記》、《金瓶梅》，則“正德元年”應系僞託。

小 令

佳人獨坐在高樓，想起終身心内愁。奴也是個風流女，可恨爹娘把我嫁個臘痢頭。生就幾黄頭髮，像甚麽鬼形抓鬏。夏天要被蒼蠅咬，立在人前奴也替他羞。到晚來時還要奴奴一頭睡，臘痢頭上有些癢秋秋。自己兩手搔不住，十指尖尖還要替他扣，扣得臘痢頭上鮮血流。腥騷臭，膿血流，可惜奴奴一個花枕頭。

（覲光《忠烈全傳》第七回《雌鐵嘴臭口談天，孫衙役押犯投轅》）

【清江引】

一個姐兒十六七，見一對蝴蝶戲。香肩靠粉牆，春筍彈珠淚。唤梅香趕他去别處飛。

（覲光《忠烈全傳》第十回《門分金門客公暖，因再娶二妾吞酸》）

【山坡羊】

注姻緣八字安排，没商量聽天差。何必人事苦營來。如若不中心懷，只得把心任摧殘[一]，做個貞潔女孩。

（觀光《忠烈全傳》第十一回《老院公逢奸行奸，姚夢蘭將計就計》）

【薄倖前】

淡妝多態，更的的頻回盼睞。已早定顧家，自許與綰會歡雙帶。恨華堂篋客逢迎，輕嚬巧笑將人害。縱利害相加，我自思量，只好剪刀自裁。

（觀光《忠烈全傳》第十四回《夢蘭復活誓貞操，孫虎恨女行奸計》）

【江兒水】

店主人駕了牛車，押着親送去。那料只賊狗肺狼心賺來人，我今已回心轉意，請進士僱了湖船，親送到他家，方許兩下完聚。

（觀光《忠烈全傳》第十八回《孫虎假意送親迎，紅絲河邊僱船隻》）

【逍遥樂】

一片山河影，中有仙娥倚愁境。黄塵碧落兩難憑，下界刀兵，妖法無敵，夢受天文。

（觀光《忠烈全傳》第二十一回《天宫仙女思同伴，彌佛夢中傳仙法》）

【耍孩兒】

勸人生莫做壞人，只歌詞着意聽。披肝瀝膽伊須信，果然一力不行善，豈有皇天不報應[二]，自然天誅無吉慶。今日做小人奸詭，到後來刑罰加身。

（觀光《忠烈全傳》第二十四回《孫虎被審訴真情，解芬代女送盤費》）

【哭相思】

歡娱事、歡娱事方才初生，瘟疫病、瘟疫病又沾到身。焦愁結成眉峰一寸，離合悲歡分一瞬。心摇憾，無憑准，我欲替他，奈吹得西風又緊，停一刻無人肯。但願老天公，早開一線恩，藥得應病起死回生。

（觀光《忠烈全傳》第二十六回《都天散疫傳廣陵，藥聖改裝醫蘭姐》）

【臺春後】

將有策還取狗血，破得取血。灑那番兵，縱有飛劍，也無處使，都化作飛灰紙蝶。破則而今已破了，鍊是怎生重鍊得。妖道斗然怒，忙將蜈蚣出。

（覲光《忠烈全傳》第三十回《王宗保計破飛劍，番道人計出蜈蚣》）

【喜遷鶯後】

班師回大國魚水君臣，妖道已今破喜氣眉生。佳辰可賞，天語敕封武共文。帝喜奠安社稷，即命擺宴沾恩。女先鋒游宮侍宴，母后賜金銀。

（覲光《忠烈全傳》第三十四回《郭子儀班師回國，孫蘭娘賜宴游宮》）

【尾犯序】

虧空了錢糧，心慌意忙。夜入官堂，係是同年，且去騰挪項。幸有隔簾俠女紅妝，肯出千金救人軟心腸。那知善願足，上帝招彼入仙鄉。

（覲光《忠烈全傳》第三十九回《孫蘭娘病中俠助，藥師佛奉勅招仙》）

【繞地遊】

文人秀士，費力征戰討。雖囊中筆頭如鋒有何勞，潼關殺炒。幸得有羅方將豪，殺得那番狗臂上一刀。

（覲光《忠烈全傳》第四十四回《顧孝威三進潼關，彌合臈被傷左臂》）

【黃鶯兒】

同考金鑾殿，勦守和各人見。只要合皇上心田，即能中選，欽賜進士。即封參軍賜雙劍，着他計策勝人先，欽命潼關征戰。

（覲光《忠烈全傳》第四十八回《金鑾殿文學封官，王夫人思孫責子》）

【薄媚衮】[三]

癡元帥行詭神機，又來把籌畫謀計。假扮蠻王，當頭喝住，將繩慌把神獸計。天要亡伊,天要亡伊。遭誅伐營盤失去,只得逃走家邦,把餘生暫憩息。

(覲光《忠烈全傳》第五十回《卜通砍死番邦帥,宋信施威斷歸路》)

呀,呀,呀,俺只裹銀指甲把虺皮包的鼉首箏□□,擼木杖把象齒釘的駿□鼓擊鏜,奏軍中一曲一曲蠻娘。

早把那舞裙兒蛺蝶般輕摇漾、摇漾,叶着那箜篌節奏管雙簧。是闢土丁零曲了腔,説甚的小蠻兒王也麽王。没呆張歌驚得慌。舞得慢似驚鴻欲飛來翔,舞得快奪袖低昂。儘按定宫商,蘇謾兒昌昌,扈那兒洋洋,挐覽兒堂堂。遏略高張,來乃輕揚。摩□嬪嬙,烏特姬姜。把桃臺歌唱,荅都舞仗,儘數徜徉。慚愧俺、慚愧俺化彩雲的風流,風流休要想。

(覲光《忠烈全傳》第五十一回《番王無奈降南朝,唐帥開筵觀女樂》)

【十棒鼓】

中人媒保咱獨步,出進大門户。擯身插腳走千户,僉花着押分一股。還愁别人搶咱主顧,事情穩穩,做顧家賣田土。

(覲光《忠烈全傳》第五十四回《兩中保各懷己見,老夫婦變産救民》)

【步步嬌】

聞孫兒讀書能用心,不覺喜歡欣。書香不斷人,忽有遠任來迎。束裝登程,孫兒聞聽,有祖祠亭,已今毁敗。借出巡,訪跡卿農。

(覲光《忠烈全傳》第五十六回《王夫人聞讀色喜,顧觀察問俗觀風》)

【雙赤子】

誠祭祠堂[四],官員紳士匆忙。遇道人言語實非常,即忙陳情中養。歸家且自收拾花廊,頗供遊賞。怕高年難步,整備軟車行。

(覲光《忠烈全傳》第五十八回《遇道人猛省辭朝,歸家庭遊玩娱親》)

慢整衣冠步平康，爲子花箋幾斷腸。藍橋何處問玄霜，輕、輕、輕而丁門響，忽聽鶯聲度知牆。

倒馬桶灘簧調

太陽一點照當空，南園上龜子要去倒馬桶。麥柴涼帽頭上帶，青布衫石鈕□子胸。柿漆褲子俏起管，骨隻天蓋地瓶袋，是大紅西津橋蒲鞋真有樣。手裏拿子喇叭，頭嘴竹烟筒。肩介浪挑子臭糞擔，走到冷巷裏，便叫倒馬桶。連叫數聲無答應，倒馬桶人兒往内冲。正有一位年少姑娘婆，馬桶唬得他臉上紅。倒馬桶人兒唬得他出不出來進不進，登坑起子面孔木冬春。張家馬桶掇子李家去，李家娘娘實在凶。就將凶婆來扭住[五]，拿子三角磚頭背上春。搜他身上可有財和物，那知外頭霍猷裏頭空。隔年票子有幾張，還有私鑄剪邊共。寬永麥柴涼帽扯得粉粉碎，露出子油灰蠟痢臭烘烘。二人正在來争論，來子對門李瑞風。娘娘不要打，不要打，骨個吾裏三表兄。乩是長工，七錢半銀子拿去用。掇差子馬桶齋百怪，紙馬桶請子姜太公。希牙蠟燭請一對，自斟寧，裏靠子狀元紅，速將沉香買幾塊。二物買子正面龍，定勝糕上擦子海棠紅，饅頭上面要盤龍。倒馬桶人兒身作揖，李家娘娘就駡淫婦種，六古要呃骨答狗得頭鬼扮弓。端端四去手捧胸，引得衆人哈哈笑。倒馬桶人兒氛衝衝，挑子臭糞桶到家中。難間萬世烏龜再弗去倒馬桶，拿子鋤頭鐵答園地浪去做子扒泥蟲。時節下去賣葱，元看姣容。

【應時名近】

遊亭院，過盡廊，畫船十番曲匆忙。皇恩欽賜扁，又賜壽冠青雲裳。凡的不是積德所揚。

（覲光《忠烈全傳》第五十九回《顧文學預備畫船，王夫人接詔暖壽》）

【舞霓裳】

看取祥雲罩門闌，從古難。酌取流霞演劇，看堂前壽母全天福，膝前孫子滿堂官。誰道皇天無眼,逢華誕,太老爺歸家,喜事重重不得閑。

（覲光《忠烈全傳》第六十回《王夫人百旬壽誕,顧孝威歸家團圓》)

校勘記

［一］摧:原作“催”,據文意改。

［二］皇:原作“黄”,據文意改。

［三］衮:原作“裹”,據曲譜改。

［四］祠:原作“詞”,據文意改。

［五］凶:原作“胸”,據文意改。

庾嶺勞人

庾嶺勞人，有小説《蜃樓志》（又名《蜃樓志全傳》、《情中奇》）二十四回。有嘉慶九年(1804)刋本。

小　令

兩個冤家，一般兒風流瀟灑。奴愛着你，又念着他。想昨宵幽期，暗訂在西軒下。一個偷情，一個巡查。查着了奴實難回話。吃一杯品字茶，嬲字生花，介字抽斜。兩冤家依奴和了罷。

（庾嶺勞人《蜃樓志》第十四回《郎薄幸忍恥吞聲，女多謀圖奸嘗糞》）

雪樵主人

雪樵主人，生平不詳，著小説《雙鳳奇緣》（又名《昭君傳》）八十回，有嘉慶十四年（1809）忠恕堂刊本。

小令

五更怨詞

一更裹，王昭君苦痛心，爹娘愛我如寶珍。好光陰在家過，舉世難尋。珍珠件件有，綾羅色色新。羊羔美酒多歡慶，合家個個喜稱心。誰知道，遭奸陷，使女丫鬟四下裏分。蒼天呀，受用多，苦又臨。

二更裏，細思量，我二親雙雙年邁靠何人？好傷情，家鄉盼望没音信。在家呆呆坐，每日想姣生。朝思暮想心不定，只望進京見朝廷。蒼天呀，命多苦殺人。

三更裏，冷宫内，半夜多，忽然想起舊當初，好淒慘。陽臺得夢到京都，進宫來遊玩，漢王遇着奴，將奴調戲情無數，聲聲只叫俏姣娥，醒來陽臺一南柯。蒼天呀，哭命裏如此人虚度。

四更裏，又傷懷，苦難當，淒淒慘慘淚汪汪，好倉皇。奴命苦，真斷腸。

可恨毛延壽讒言進君王,未到西宫去成雙,貶入冷宫受淒涼,自悔奴家没主張。蒼天呀,仗誰人,人誰仗?

五更裏,夢初醒,天未明,宫門一帶冷清清。痛傷心,奴家好苦命。嫁劉君,父母空想女,女也枉思親。誰人代奴傳書信?兩地相思終無音,拋撇琵琶彈不成。蒼天呀,奴命苦,福分低。

(雪樵主人《雙鳳奇緣》第七回《彈琵琶月洞相思,歎五更冷宫訴怨》)

曲牌名

相思情多付你江兒水去,紅繡鞋踢綻了惱恨劉君。泣顔回苦殺了紅粉佳人,怎能夠朝天子御駕親征。全不想在西宫醉扶歸去,香房内剔銀燈陡長精神。須忘了桂枝香蘭麝薰透,錦被裏滚繡球噴鼻生香。花心動摟住奴顛鸞倒鳳,魂飛處黄鶯唤驚醒佳人。愛惜奴憶多嬌誓同生死,更忘了香柳娘枕上恩情。曾記得集賢賓金口親許,心不思意不想不念前情。兵不到將軍令行不下去,忘卻了祝英臺扯住肘衿。忽貶在冷宫内流滴雙淚,將寶鏡傍妝臺懶畫蛾眉。奴好似錦堂月被雲遮蓋,多仗了好姐姐林後恩人。普天樂合家歡皇宫氣象,各院内園林好遊玩散心。召父母來供養沾恩食禄,御賜的皇封酒奉與雙親。正交歡彩旗兒送奴出塞,番邦的紅納襖穿在奴身。你賜我紅皂袍至今還在,我贈你金洛索留表奴心。送奴似長安道啄木兒戲,每日裏哭相思不見征人。只聽得林中鳥怨聲齊唤,子規啼節節高句句傷神。醉翁子彩藥草閑遊疏散,山和尚松林叫沉醉東風。山野内石榴花千紅萬緑,山坡羊無人管遍地羊行。惜奴姣行不得千山萬水,就差了金甲神保奴長情。奴請的二郎神番兵殺退,救奴回長安路再整鸞衾。到如今眼巴巴高山難越,虎傷人尋歸路要走無門。奴只待月兒上懸梁自盡,舍不得要孩兒錦繡京城。

(雪樵主人《雙鳳奇緣》第四十九回《雪擁馬蹄見學士心,眼盼雁門譜昭君曲》)

自幼出來十九春,父母愛如掌上珍。只因一夢成異事,越州召取女昭君。有奸賊子愛金銀,改了人圖起貪心。一時不合將才使,自畫人圖費精神。未遂奸謀懷了恨,一路哄到帝王京。點黑痣,奏聖君,將奴貶入冷宫門。身受苦,冤莫伸,無心得遇姓林人,救出冷宫偕連理,抄没奸黨問典刑。透消息,走奸臣,逃至北方起刀兵。將奴人圖來哄獻,硬要奴家嫁番人。可憐損兵與折將,苦壞天朝漢室君。倘欲不舍昭君女,又怕江山不太平。欲要舍了昭君女,好好夫妻兩地分。夫妻本是同林鳥,一旦各自奔前程。夫在南來妻在北,要想見面萬不能。琵琶别抱真遺醜,只好千秋落駡名。忍恥偷生來到此,保的漢室錦乾坤。佑天子,救群生,憐兵將,恤萬民,干戈平靖四方定,總爲區區一個人。自古紅顔多薄命,何必惜愛戀浮生。可歎世人癡愚子,貪花只管逞凶横。只利己,不顧人,何妨忍耐少煩心。强中更有强中手,多少好漢付灰塵。

(雪樵主人《雙鳳奇緣》第五十四回《昭君智哄番邦主,王龍計下蒙昏藥》)

奴今正想宜春令,無心去看賣花人。夏天懶見鴛鴦面,並頭蓮兒兩地分。思鄉又恨秋天雁,寄書去了没回音。冷天怕唱普天樂,心事怎訴漢王君?淚珠好似湘江水,悲悲切切不成聲。淚痕濕透紅衫袖,紅繡鞋難穿脚跟。怎得一朝升平樂,香柳難得救回程。思君懶看十樣景,夜宴羞嘗百味珍。孤凂怎帶金落索,欲上小橋步難行。院中怕憶紅芍藥,鬢邊斜插桂枝根。徘徊常靠西河柳,思王坐到月兒明。可憐又增叨叨令,冷風吹落花後庭。

(雪樵主人《雙鳳奇緣》第五十八回《彈琵琶帶病思鄉,囑御弟含悲生别》)

嫏嬛山樵

嫏嬛山樵，姓魏，餘不詳，有《增補紅樓夢》、《補紅樓夢》。據《增補紅樓夢》自敍，書成於嘉慶庚辰(1820)。

小　令

俺笑着那戒酒除葷閑磕牙，做盡了真話靶。他只道草根木葉味偏佳，全不想濟顛僧他的酒肉可也全不怕，彌勒佛米汁貪非詐。咱囊頭有襯錢，現買恁的不虚花。那裏管西堂首座迎頭罵，卻不道解渴勝如茶。

聽他一聲兩聲句句含愁悶，看他人情道情都是塵凡性。一曲琴聲，淒清風韻，怎教斷送青春？那更玉軟香温，情兒意兒，那些兒不動人。他獨自理瑶琴，我獨立蒼苔冷，分明是西廂行徑。望早就少、少年秦晉，少年秦晉。

祖師禪，如來藏，兀突帳，祖師禪葫蘆提如來藏，山與水也不弱西方。他們掛緇衣，剃光頭，都覺那僧伽像。少不得披毛戴角，做一個衆生相。

（嫏嬛山樵《增補紅樓夢》第十四回《縱奇觀芙蓉城玩月，得美缺太平縣上官》）

轉過雕欄，正見他斜倚定荼蘼架，佯羞整鳳釵。不説昨夜話，笑吟吟掐將花片兒打。

（鄉嬛山樵《補紅樓夢》第十四回《花氏襲人錯認寶玉，椿齡鶴仙喜遇薔芹》）

套　數

紅樓夢餘音

【仙吕・點絳唇】

何事情天，古今不變。伊誰遣，萬載千年，直恁地束縛人如絹。

【混江龍】

試看這紅樓夢演，珠圍翠繞總堪憐。鎮日價癡男繾綣，怨女纏綿，從來意重没世心堅。只道是三生有幸，那裏曉一旦無緣。因此上心迷肺腑，智失瘋顛。真教那金鎖空偕連理夢，那知這絳珠久賦斷腸篇。説甚麼長垂玉箸，報答那甘露恩涓。悲繡户愁眉枉黛，病瀟湘淚眼空穿。葬花人心惜桃花落片，埋憂女魂悲弩箭離弦。咄咄手書空，不向那儒書就理；默默心解脱，竟來將内典參禪。昏迷時遇名師圓通妙解，透徹處逢良友道悟玄詮。説甚麼脱拘牽咸通鬼趣，喜的是解束縛同證天仙。翻笑煞小兒女癡迷，曩日全仗着大道力悔悟從前。今日裏點頭頑石主蓉城，會當年紅心弱草還仙院。割斷了塵緣障礙，從今後瀟灑情天。

【油葫蘆】

説甚麼尤物移人驀地牽，平白地結朱陳兩姓聯，又誰知浮言錯認誤嬋娟。因此上扯碎了同心券，猛然間血濺了鴛鴦劍。這一個先歸了離恨天，那一個倒做了世外仙。到頭來無意中剛趁了心中願，笑煞那再世結姻緣。

【天下樂】

春滿宫闈可也早佔先，年也波年不長圓，返雲霄先離了日月邊。惟有那探春風三妹妍，性聰明，閨閣賢，到如今宦途中適良人，福壽全。

【哪吒令】

坐香閨幽閑少言，手芸編簡編。嫁豺狼可憐，甚奇緣孽緣。又何堪苦煎，把身捐命捐。本待要歎人間稱屈冤，又誰知有天道能消怨。早只見刀斬了惡獸施嚴譴。

【鵲踏枝】

只爲怪三春快着鞭，因此上歎駒隙韶光淺。參古佛悟道人間，把天花一笑先拈。檻外人招邀非遠，事功成屍解登仙。

【么篇】

細數有情人第一先，可意女人嬌豔。更有個運蹇英蓮，恰似他詩稿頻添。生憎那畫梁雙燕，説甚麽薄命堪憐。

【寄生草】

獨不施脂粉輕盈姊妹翩，香閨針黹拈絨線。紗窗筆硯拈詩柬，珠簾卷處拈花片。喜的是佳兒佳婦兩和偕，享受了五花官誥榮非淺。

【么篇】

冰雪聰明净風流窈窕，偏心酸潑醋人猶羡。心藏棘辣人皆怨，心傷氣苦人難勸。堪歎是英姿出衆總成空，到如今芙蓉城裏重相見。

【么篇】

侍妾心腸好，嬌娃巧性賢。平安保得芙蓉面，魚車嫁得東床倩，鸞膠續得賢家眷。可知他兩下裏富貴正綿長,榮華受享方無限。

【么篇】

人世嬌多少,殊難數淑媛。有一個青燈課子兒稱善,有一個青編粉指兒夫顯,有一個青蓮女士閨中彦。大都來富貴喜長存,一個個相夫教子登金殿。

【么篇】

遲早來仙境,同歸離恨天。一個捐生殉主由來鮮,一個輕生從井冤難辯,一個偷生恨把金吞咽。到如今芙蓉女已聚蓉城,又何須悔不當初便。

【么篇】

豔麗温柔女,情多締好緣。一個相思女遺帕多留戀,一個畫薔女局外人忘倦,一個黄冠女抱恨抛經卷。須知道鍾情原只爲情多,到如今多情遂了多情願。

【賺煞尾】

秋滿蔚藍天,春冷蘅蕪院。他自把抱負才猷大展。試看那蘭桂齊芳官爵顯,一樁樁富貴頻添勝當年。可曉得天上人間增巨典,看紅樓夢淺,爲紅樓事變。願只願普天下有情人,早去證情天。

(娜嬛山樵《補紅樓夢》第三十回《警幻宫歌紅樓夢餘,芙蓉城舞鴛鴦寶劍》)

無名氏

小 令

【黄鶯兒】 嘲大脚

玉趾不尋常，三寸半只横量。看來好似劃船様，鞋幫兒又長，鞋頭兒又方，走將來只聽得槨當響。出華堂，堂磚兒踏碎，地板也心慌。

（姚燮《復莊今樂府選・耍詞》）

陳少海

陳少海，字南陽，號香月、紅羽、小和山樵、品華仙史等。有小説《紅樓復夢》一百回。卷首自序作於嘉慶四年己未(1799)。

小　令

梧桐葉落，金風動翠，被生寒半貼着身兒半邊空。想得我病體懨懨，一日輕來一日重。你全不想别離時，我拉着你的衣襟兒送，親口叮嚀海深山重。你説是春盡夏初是必歸來影同形共，到如今雁字兒書空，水花兒將凍。恨的我要個縮地符兒，又找不出些兒縫。我爲你四處兒的肉疼，你待我一點兒不心痛。我想你的癡心兒，每夜裏總是那紅樓中的好夢。

(陳少海《紅樓復夢》第三十三回《老尚書思家説夢，小姑娘留客唱歌》)

春草萋萋，遊人踏遍花香地。轉眼迷離，荷露盤滴薰風裏。高柳蟬鳴，清波魚戲，鵲橋渡後涼如水。金粟飄香，團圓月色真無幾。醉酒黄花，重陽去也，雁聲陣陣西風起。離别了一年，相思了四季。我在這裏多愁，你在那裏有趣。倒不如撒開了手，我幹我的你幹你，省了我看着影兒乾淘氣。

(陳少海《紅樓復夢》第六十回《桑奶媽失身遇鬼，陶姨娘弄玉生兒》)

歸鋤子

歸鋤子，生平不詳，有《紅樓夢補》。據自序，書成於嘉慶二十四年己卯(1819)。

小　令

鐵笛吹還裂，金磚煉欲柔。脱韁意馬倩誰收，調和了甜酸苦辣，撒匀了離合悲歡，霎時間掣電驚漚。無緣的悔不當初，有情的但看日後。謾説道月從西墜水東流，認准了根由，大踏步闖開世界三千伸出拿雲手。一腔熱血在心頭，化作人間海市與蜃樓。

（歸鋤子《紅樓夢補》第二十二回《清虚觀仙詞留粉壁，幻影鑒亡配照黄昏》）

馬頭調

繡不完細針密線的鴛鴦帶，拭不乾淚珠滚滚滴下香腮。想起我那可意人兒今何在，病懨懨香銷錦帳，軟咍咍夢醒陽臺。聽梧桐葉落，雨滴空階，剔銀燈苦把秋凉耐。歎命薄的紅顔錯轉了胎，恨只恨今生還不盡相思債。

（歸鋤子《紅樓夢補》第三十九回《恩償夙願追憶畫薔，緣了前生重諧卜鳳》）

蓮花落

田家樂，春景天，甕頭春酒美香甜。一朵蓮花，鄉村社火家家樂。一朵蓮花，綠楊影裏耍秋千。咦嘛哈哈哈，蓮花雯拉拉，梅花落。

田家樂，夏景天，一溝新雨插秧田。一朵蓮花，空來閑話前朝事。一朵蓮花，輕摇蒲扇晚涼天。咦嘛哈哈哈，蓮花雯拉拉，梅花落。

田家樂，秋景天，中秋供月慶團圓。一朵蓮花，高糧稻黍班班熟。一朵蓮花，不欠官糧便是仙。咦嘛哈哈哈，蓮花雯拉拉，梅花落。

田家樂，冬景天，茆簷曝背笑聲喧。一朵蓮花，迎神社鼓咚咚響。一朵蓮花，五穀豐登大有年。咦嘛哈哈哈，蓮花雯拉拉，梅花落。

（歸鋤子《紅樓夢補》第四十三回《聽捷音稻香村設席，洗繁華蓮花落侑觴》）

一個是閬苑仙葩，一個是美玉無瑕。只怕没前因，今生怎想遇着他。畢竟有奇緣，肯教心事成虚話。從前枉自嗟呀，到後何須牽掛。撈起了水中月，栽活了鏡中花。眼中能有多少淚珠兒，怎忍他秋流到東，春流到夏。

（歸鋤子《紅樓夢補》第四十八回《過除夕了結絳珠緣，撕改册驚醒紅樓夢》）

湯誥

湯誥,號二樓,錢塘(今浙江杭州)人。乾隆四十三年戊戌(1778)進士,官衡山知縣。見《民國杭州府誌》卷一百十一《選舉五》[一]。

小令

集杭州俗語弦索樂府[二]

無緣對面不相逢,神仙難斷瓜裹紅。時來遇着了酸酒店,騎牛撞見親家公。看這個師姑摸這個奶,做一日和尚撞一日鐘。三個銅錢聞臭腳,一床錦被遮雞籠。做這只狗要吃這堆屎,開一扇門自有一股風。一法通,萬法通,兩片生薑一段葱。偷來是鐘,鑄來是鐘,爲甚麽現鐘不打去燒銅?肉骨頭敲鼓昏鼕鼕,還要記記敲在鼓當中。

問我摇頭三不知,情人眼裏出西施。一日賣的三擔假,三笑徒然當一癡。讀曲爬秦猜古董,魚龍雞鳳菜靈芝。彼一時此一時,十年身到鳳凰池。這叫做瓦爿尚有翻身日,只争來早與來遲。人老珠黄没藥醫,自飽不知別人饑。矮子不摇便是寶,蜒蚰不動自然肥。蜣兒窠撞着楊辣子,支苕帚對了破畚箕。清官難斷家務事,好女不穿嫁時衣。常將冷暖觀螃蟹,那有閑錢補笊籬。貪便宜,折便宜,見了丈母叫阿姨。八個罈兒七個蓋,十根頭髮九根拔,天上雀兒飛。

學生非别是區區,千不如來萬不如。渾濁不分鰱共鯉,貪贓買了灌水魚。灶司老爺不識字,明欺項羽不讀書。一着虚,千着虚,三着不出車,滿盤皆是輸。打呵欠,夜明珠,别人騎馬我騎驢。

阿貓阿狗有稱呼,奴裏奴來該煞奴。走煞金剛坐煞佛,官到尚書吏到都。一文錢逼死英雄漢,財上分明大丈夫。拳頭大,肐膊粗,獻出西川地理圖。銀不起利,屋不起租,年年吃酒酒錢無。這叫做檀樹銀包使鐵箍。

上梁不正下梁歪,大娘吃酒二娘篩。不圖財禮只圖吃,上場子下場牌。饞咬舌,餓咬腮,金頂帽兒水草鞋。十九尊羅漢真厭物,大方伯棉花是賤胎。取得經來唐三藏,不須提起蔡伯喈。三歲孩童會念佛,八十歲公公難買柴。你舍得死,我舍得埋。太太死了壓斷街,老爺死了没人擡。倚定門兒呆打孩,門檻底兒鑽出個險道神來。奇哉又怪哉。

一杯一杯復一杯,一催二催三四催。書中自有女顔如玉,路上行人口似碑。瓦罐不離井上破,好漢不吃眼前虧。門裏大灶前威,他是何人我是誰。狗咬尿胞空歡喜,貓兒哭鼠假慈悲。羊血湯湯打天下,賜也何敢望回回。天坍若没有長人頂上,八洞神仙倒盡了煤,辟歷拍拉跌下一大堆。大家齊叫阿喂喂。

百年難遇歲朝春,阿姨不上姊夫門。小娘兒家裏吃早飯,强盜頭上撒網巾。多管閑事多吃屁,積陰功,半養身。毛坑官兒狗皂隸,少年公子老封君。年三十,賣門神,搭桌兒,揀戲文,蘇秦原是舊蘇秦。别個老婆窩不熱,可惜了人中樣子樣中尊,戴了箬帽做親親。那裏有一夜夫妻百夜恩。

叫花子打出鉢焦團,撇卻黄金抱緑磚。胳膊上邊跑得馬,宰相肚裏好撑船。强中更有强中手,硬樹自有硬蟲鑽。河裏有鬼不洗脚,廚下無人莫托盤。有的不知没的苦，車的不如削的圓。曲裏曲，彎裏彎，拔得蘿蔔地皮寬。恩報恩來怨抱怨，頭兒圓圓中狀元，狗屁文章密密圈。這教是只願文章中試官。

一角安時四角安，莫管他家瓦上單。醬裏蛆蟲醬裏死，丞醬要挖些鼻涕乾。心病還須心藥治，爲人容易做人難。女偷男，隔布襴，隔盡肚皮隔層山。無疾不成瘧，無火不成痰。貪花不滿三十歲，就到了三十三，還要犯刀劚。一馬休思配一鞍，好像三日守一攤。一日過三灘，賣嘴郎中無好藥，太上老君不煉丹。待過了佑聖觀裏爬雀竿，一個牙齒痛，滿口不安耽。只好穿了皮襖等脾寒。

一日新鮮一日蔫，行船走馬打秋千。七碗跳不到八碗裏，小船總歇在大船邊。除了死法有活法，守過荒年有熟年。清官難逃猾吏手，和尚不趁道士錢。人争氣，火争烟，莫把忠良當惡言。三個黄梅四個夏，九月團臍十月尖。有緣千里能相會，千里姻緣使線牽。只怕的不是丫鬟顛倒顛，巧妻常伴拙夫眠。

十個鬍子九個騷，十個駝子走過橋。三寸雀兒七寸嘴，十節尾巴九節焦。識得秤來没肉賣，斫得樹倒有柴燒。少不顛狂老不板，少無隔症老無癆。伸頭一刀，縮頭一刀，剥了皮來當鼓敲。萬事不由人計較，世間好物不堅牢。人心不足蛇吞象，這山望見那山高。分明是矮子見了大氣脬，討好跌一交。

好漢只怕病來磨，悶到頭來渴睡多。着衣吃飯量家道，停鑼住鼓唱山歌。馱馱馱，賣升籮，肩頭破，没老婆。夫妻本是同林鳥，雪白的公雞當不得鵝。有一日牛郎織女會銀河，討一個月裏婆，不管他背曲腰駝鼻涕拖。沙緑布膝褲紅鞋子，好像個紅嘴緑鸚哥。水不離波，秤不離砣。瞎貓拖雞不放他，囉哩囉咀只哆，囉哩囉娑也麽哥，慶賀新砂鍋。

車行直路馬行斜，三教原來共一家。見佛不拜見鬼拜，端午龍船端六劃。漾卻甜桃尋苦李，分開竹葉見梅花。歪嘴兒吹喇叭，吃魚吃肉瘦巴巴。搖頭格戰戰隨手打娃娃[三]，不管你娘的娘爺的爺，大膽翻芝麻，也塞你個雷峰的大醬瓜。

老來勤謹夜來忙，作惡空燒萬柱香。骨頭没有四兩重，鼻涕拖出丈二長。一番生活兩番做，三分顔色七分妝。仰面婦人頭漢，癡心女子負心漢。蒲鞋頭裹過日子，劃皮船兒載太陽。媽媽羊跳過牆，光頭兒扁頭娘。惹出禍來老孫當，好似虞姬别霸王。陳摶一去不還鄉[四]，一腳跨過錢塘江。莫管他家瓦上霜，只落得分付梅花自主張。

千日琵琶百日箏，三日黄沙九日晴。黄泉路上没老少，公門裏面好修行。三年徒弟打師父，百樣都依没良心。鄉裏獅子鄉裏跳，當方土地當方靈。擔個寒毛比大腿，只求卵袋離眼睛。賴學精起五更，皮膚燥癢骨頭輕。將軍不下馬，各自奔前程。將在謀而不在勇，只説武將提刀定太平，誰知錯認定盤星，賠了夫人又折兵。

誰家保得萬年興，做得夏衣水成冰。銅錢眼裏翻觔斗，卵袋頭上繫麻繩。踢殺猢猻弄殺鬼，流來和尚氽來僧。老鼠尾巴生癤子，刺梨頭上撲蒼蠅。纏殺人一根藤，麻雀兒撞着餓老鷹。火燒烏龜肚裏疼，卻原來是半夜回來不點燈。

一家女兒百家求，出門歡喜入門愁。快活不知日腳過，紅粉佳人白了頭。不會放屁連屎出，打出烏珠趁勢揉。這邊羞，那邊羞，難洗今朝滿面羞。眼淚打從肚裏落，鼻涕如何往上流。千年田地八百主，前人田土後人收。勸君得好休時便好休，莫與兒孫做馬牛。

男兒膝下有黄金，百夜夫妻似海深。常將有日思無日，未卜他心是我心。鷺鷥腿上來割股，黄連樹下去操琴。那籌兒没處尋，芥菜子跌落在繡花針。彩雲易散琉璃脆，一日相思一日沉。問着郎中就有藥，他説道地黄丸降火又滋陰，還要屁股裏吃人參。

賣油娘子水搽頭，賣肉娘子齆骨頭。肚皮貼着背脊骨，眼睛生在額角頭。掩着耳朵吃栗子，數了和尚做饅頭。蛤蟆跳在戥盤裹，老虎趕到屁股頭。行得春風有夏雨，吃了早上没晚頭。菖蒲花兒難見面，桑樹底下不點頭。張打頭，李打頭，不打貓頭打狗頭。釘頭對鐵頭，不是冤家不聚頭。走了田頭，失了地頭。東倒吃羊頭，西倒吃豬頭。相打手裹奪拳頭，頭頭都是道，簇簇起花頭。頭碰頭，有興頭。丁香花百頭千頭萬頭，鰐兒羹都是頭。頭頭不了，再討添頭。直待君恩與狀頭，一路榮華到白頭。這才是富貴不斷頭[五]。

（繆艮《文章遊戲二編》卷五）

校勘記

［一］姚燮《復莊今樂府選·耍詞》作者題湯小眉，誤。湯小眉是湯誥子。

［二］杭州俗語：姚燮《復莊今樂府選·耍詞》作“杭諺”。

［三］娃娃：原作“哇哇”，據文意改。

［四］摶：原作“搏”，據文意改。

［五］姚燮《復莊今樂府選·耍詞》後有評語二段：壬申十月初四日，又遭吹白之悲，整頓家藏書籍，不意於故紙堆中得此，校讀一過，驚驚動魄，句句寫我目前行樂，不僅破涕爲笑，恐隔夜數，亦無此貼且也。無我相居士偶評。

今歲辛卯，棘闈已踏十次，未悉能幸獲否？如再落孫山，斷不復萌故態，作此無益之據矣。自□文山農識。

邗上蒙人

邗上蒙人，姓名不詳，道光年間在世，有小説《風月夢》（又名《名妓争風全傳》、《揚州風月記》、《風月記》）。書首自序作於道光二十八年（1848）。

小　令

【離京調】

洋縐花鞋三寸大，未曾穿過送與冤家。送冤家留爲憶念來收下，我没奈何硬着心腸來改嫁。你若想起我這好，看看鞋子上花。要相逢除非三更夢裏罷，若要想團圓，今生不能只好來生罷。

【吉祥草】

冤家要去留不住，越思越想越負辜。想當初原説終身不散把時光度，又誰知你抱琵琶走别路。我是竹籃打水枉費工夫，爲多情誰知反被多情誤，爲多情誰知反被多情誤。

（邗上蒙人《風月夢》第二十九回《背盟誓鳳林另嫁，卷資財巧雲還鄉》）

通元子黄石

通元子黄石，有小説《玉蟾記》(又名《十二緣評話》、《十二緣玉蟾記》)。最早版本爲道光七年(1827)緑玉山房刊本。孫楷第《中國通俗小説書目》認爲通元子黄石爲崔象川，未詳何據。崔象川，博陵(今屬河北)人，嘉慶、道光年間在世。有小説《白圭志》。

小　令

胡老彪，真好瞧，身似橄欖核子雕了個猴兒曹。人説是連釘一條，我説是老鼠有屎藥裏調(《本草》老鼠屎名兩頭尖)。

魏老豹，真好笑，頭似渾圓金斗套了個壽星老。人説是肉頭雙料，我説是疝氣上冲醫無效。

(通元子黄石《玉蟾記》第二十一回《棗核釘毒計栽誣》)

落魄道人

落魄道人,姓名不詳,嘉慶年間在世,有小説《常言道》(又名《富翁醒世傳》)。

小　令

花　鼓

一家兒過活,富貴的如何?有我時骨肉團圓,没我時東西散夥。有我時醉膏粱,没我時擔饑餓。有我時曳輕裘,没我時鶉衣破。有我時坐高堂,没我時茅簷下卧。這壁廂妖童妓女擁笙歌,那壁廂淒風苦雨人一個。要我來不要我?

(落魄道人《常言道》第一回《論人我當思人即我我即人,計得失須知得是失失是得》)

一更裏個思量這個也錢,今來古往獨推先。惹人憐,説來個個口流涎。形如坤與乾,又如地與天,世人誰敢來輕賤。算來真與命相連,今夜叫我怎樣子個也眠。我的錢阿,提起你,誰弗羨?

二更裏個思量這個也錢,欽心久仰在先前。實通仙,一文能化萬萬千。好换柴和米,能置地與田,隨心所欲般般便。教人怎不把情牽,勝比爹娘共祖子個也先。我的錢阿,稱買命,是古諺。

三更裏個思量這個也錢，朦朧如在眼睛前。樂無邊，精神强健骨頭顫。心中真爽快，眉間喜色添，此時才得如我念。誰知卻是夢魂顛，依舊身兒在炕子個也眠。我的錢阿，醒轉來，越留戀。

四更裏個思量這個也錢，怎生落在水中間。恨綿綿，心頭無計淚漣漣。一時拾弗着，心思想萬千，如何設法來謀面。越思越想越淒然，這件東西非等子個也閑。我的錢阿，要見你，何時見。

五更裏個思量這個也錢，心中許願意誠虔。告蒼天，千愁萬緒苦無邊。區區若到手，時時供佛前，焚香跪拜心無厭。至誠至敬不虛言，伏望錢神賜憫子個也憐。我的錢阿，早早來，如吾願。

一夜裏個思量這個也錢，翻來覆去不安眠。意心堅，腹中好似火油煎。黄昏思想起，直到五更天，東方發白心難變。幾時飛到吾跟前，弄得區區心想子個也偏。我的錢阿，勿負我，心一片。

（落魄道人《常言道》第三回《時規被小人作賤，錢愚受一文牽制》）

【黄鶯兒】

有數本難逃，勸人生安分高。欺心自有天知道。强的莫驕，弱的莫焦，到頭善惡終須報。放眼瞧，行凶霸道，那個好收稍。

（落魄道人《常言道》第十六回《半世經營無只字禍因惡積，一家歡樂得雙錢福緣善慶》）

姚　燮

姚燮(1805—1864),生平見《全清散曲》第1503頁,参見拙著《姚燮年譜》(中國社會科學出版社,2011年)。

小　令

【折桂令】 春　遊

指湖干一帶楊花,春情半依,别夢都賒。苧白衫飄,杏紅韉跨,柳緑鞭斜。行樂地占斷了笙歌臺榭,錦繡天買不盡詩酒人家。真個繁華,鶯捎畫船,燕逗香車。

【水仙子】 題《遊仙圖》

霞宫春暖茯苓肥,鶴圃人閑環佩稀,玉笙歌悄桃花睡。鳳車夜未歸,鎖蘼蕪洞天第一。名斗崆峒劍,摹符岣嶁碑,六甲儀威。

【滿庭芳】 湖　船

蘼蕪畫舫,木蘭小槳,茉莉回窗。數聲欸乃春波漾,攪碎斜陽。倚紅袖瑶英薛娘,醉青衫玉局蘇郎。閑遊蕩,六橋無恙,一曲一垂楊。

【醉太平】 花燭詞,贈王聽秋

半折鞬弓,斜搦腰虹,銷金帳底醉春風,誤蕭郎引鳳。桃花紅鎖天台洞，璚漿軟沁藍橋夢，玉雨酣沈楚峽峰。認卿卿情重。

【折桂令】 記 麗

盼桃花紅暈春潮，雙轉鶯波，一掬蠻腰。丰韻璚璚，才情灼灼，體態翹翹。香唾盂肉屏風春圍玉小，百嬌壺雙粲枕帳暖金銷。受用良宵，鶴骨斑簫，鳳尾檀槽。

【皂羅袍】 秋江夜唱

猛聲雁叫夜，正空江寥寂，瘦月橫斜。樓臺燈火白雲遮，芙蓉烟水微風瀉。清謳繚繞，一曲琵琶；鳴榔欸乃，十里蘆花。看不盡河山大地流光瀉。

【小桃紅】 舟 憶

綠楊疎處顫晶鉤，茉莉香微透，一曲秋娘淚雙袖。第三樓，熏爐曾慰羅裙縐。十分韶秀，九分消瘦，鸞枕舊風流。

【小桃紅】 題《瀟湘秋意圖》

綠螺隱約畫君山，木落湖光淡，浪蹴湘君碧蓮瓣。送歸帆，斜陽玉笛簫樓幔。晴雲斷棚，白蘆一雁，人在洞庭灣。

【折桂令】 題 情

隔花陰微露鬆絲，金縷秋娘，玉屧西施。一度鐘情，九分憔悴，兩地相思。蝶琵琶彈破辛夷，燕秋千打碎胭脂。有幾春時，碧恨空題，紅葉無詩。

【皂羅袍】 四闋 閨思

簾外落紅成陣，正璚簪寂寞，銀蒜忪惺。燕泥風碎屧廊聲，蝶魂月瀰薇梢影。天涯惱夢，也只爲君；河橋泣柳，也只爲君。帶長腰瘦裙圍褪。

鎮日如癡似醉，奈春蠶半老，曉麝成灰。鸞膠難續舊崔徽，雁書怨織嬌蘇蕙。燈花紅炧，郎君未歸；鏡奩緑聽，郎君未歸。早知薄幸今空悔。

惹起閑愁萬種，盡題雲搨雨，泣翠啼紅。畫橋羞看玉腰驄，弓鞵怕刺泥金鳳。春殘蝶餓，命乖似儂；風飜桃落，命乖似儂。衾寒惆悵雙棲夢。

猛聽催歸杜宇，拚鶯花消瘦，風月相思。眉山裊亂鳳娘絲，帕羅揾透湘妃淚。人孤漏永，情誰妾知；妝慵鏡鏽，情誰妾知？歸期迢遠今重計。

【一半兒】 秋 思

白雲山寺半疑無，黄葉樓臺涼欲枯，夜冷燈前人影孤。聽模糊，一半兒鐘聲一半兒雨。

【一半兒】 白雲山道上

蘆花一抹澹斜陽，楓葉雙溪凍曉霜，鷗外酒簾秋半揚。水雲鄉，一半兒垂竿一半兒網。

【寄生草】 雪

寒顫地，白漫天，粉缸兒吞饞霸被蘇卿占，鹽樽兒炙身活把袁郎醃，棉衾兒軟腰欒殺逋仙塾。且看他晶樓接瓦壓灰堆，難道是玉皇做餅篩羅麪。

【天净沙】 偶 成

綺屏隔斷花羞，湘簾卷過詩愁，斜月窺床半鈎。爲誰消瘦，春風十二紅樓。

【朝天子】 晚 思

閑庭，夜深，玉戛瀟湘影。翠樓冷落鳳凰吟，人杳嫦娥静。廿四圍屏，十二窗櫺，一半蟾蜍浸。鳴琴，慢聽，無非是離騷恨。

【折桂令】 題《藍橋圖》

啟朱環誤入瑶宫，廿四靈芝，十二芙蓉。鹿麈揮雲，鶴衣繡月，鸞佩摇風。蕚緑華蕊珠錦洞，王瑶姬巫峽仙峰。塵夢匆匆，玉杵研丹，麩枕貽紅。

【滿庭芳】 偶 憶

是誰家妙娟，半遮紈扇，故整花鈿。教郎領取桃花面，徙倚簾前。粘不攏風流恩眷，打不笑語因緣。防人見，秋波一轉，情意暗中憐。

【折桂令】 題 情

誤揚州廿四虹橋，兩岸珠簾，十里蘭橈。小媚含羞，小香倚暖，小宛垂髫。桂花廊迎鸞玉簫，石榴窗簇蝶紅綃。無限妖嬈，眼妒波澄，眉借山描。

【寄生草犯江兒水】 美人眉

瘦蹙芙開影，嫵顰柳借姿。十斛螺描不定朝烟碎，一彎蛾畫不盡秋蟾媚，兩道鴉掃不破春山翠。又何須絳仙黐譜鳳臺妝，定教那張郎握管紗窗試。

【寄生草】 詠 古

烈士消沉日，英雄遲暮年。伏波七尺埋荒骨，常山三寸枯寒舌，荊卿一斗噴冤血。銅琵彈破壯魂消，唾壺擊碎眶眥裂。

【寄生草】 題《雲林畫册》

支籐杖，渡石橋，只見那一溪寒荻迷斜照，半林殘葉埋荒廟，數聲短笛隨孤棹。盡輸他孤鴻叫醒畫圖魂，且看那烟巒送出尋詩料。

【落梅風】 秋 思

藏春榭，中秋夜，桂花香悄飛冷蜨。意中玉人何處也。惱璚簫，紅樓唱月。

【撥不斷】 旅懷二曲

木蘭舟，桃葉秋。白迷夜月琵琶逗，緑鎖香蕪鸚鵡愁，紅拕夕照芙蓉瘦。惱人時候。

當青衫，賭緑鬟。風流冷淡笙歌慢，露水消磨香玉删，雲山間阻音書斷。那堪回盼？

【朝天子】 水仙花

玉洞，曉風，錯認羅浮種。六銖環佩步瑶宫，雲涷巫山夢。洛女驚鴻，玉兒跨鳳，謫蓬萊第幾峰。香松，態慵，水仙歌冰弦弄。

【柳營曲】 題《梅花帳圖》

冰肌顫，玉骨妍，笑芳卿魂招第五弦。春悄蝦簾，暈撲凫烟，彷佛到瑶天。撩綺夢妝點麗娟，引詩魂月駐逋仙。香雪海，多情種，羅浮境，未了緣。眠，悟徹美人禪。

【賣花聲】 春睡

芙蕖碧醉鴛魂繞，楊柳烟籠蝶夢嬌，海棠紅印鴨香消。臂橫玉小臉酣霞皎，伴熏籠侍兒聲悄。

【一半兒】 春思

鸚哥悶語緑絲鉤，燕子春捎紅雨樓，羅袂風尖人欲秋。最勾留，一半兒棠梨一半兒柳。

【河西六娘子】 蟋蟀

葉落風棱到處涼，憔悴了冷酒殘香，歎蟲兒徹夜添情況。不是這壁廂，就是那壁廂，定有離人暗斷腸。

【青杏子】 腰

遮莫殢情蘇，宛三眠楊柳風蘇。記曾人到章臺路，梧階拜月，花陰尋夢，弱不勝扶。

【賣花聲】 夏 思

雲迷蔻暈蜂魂凍，香冷薇妝蝶翅慵，玉闌人怯藕花風。倦欹半晌，柔情欲動，妒雙鴛紅扶緑擁。

【落梅風】 秋海棠次韻

香殢夢，玉描容，賭東皇別開錦洞。倚闌干孤淒十二紅。泣真妃，淚和風凍[一]。

【撥不斷】 寄 遠

盼征途，不見夫，緑情空向鸚哥訴。錦字難傳旅雁孤，紅樓諒被閑鴛誤。天涯何處。

【寄生草】 寄王隱者返真

這道方爲道，非空即是空。穩取那蒲團秋雨邯鄲夢，不争似石床曉雪華陽洞，又何必瓊簫夜月瀛臺鳳。饑來呵仙根閑斫肉芝腴，渴來呵天香碎嚼梅花凍。

苦味紅塵趣，清閑碧落緣。打疊着梅仙浮宅風波窟，記取着葉師譜曲清虚殿，安排着石郎受詔芙蓉闕。喜時節鳩笻横擔貯烟霞，怒時節龍泉倒斫駈雷電。

【小桃紅】 贈玉香童子書扇

銖衣楚楚佩珊珊，鸚鵡仙郎伴，舊掌琅函玉香案。侍紅鸞，芙城領袖詩壇冠。緑珠傳贊，碧桃箋判，小字紵碑刊。

【水仙子】　詠　妝

碧奩鸞鏡盼嬋娟，翠黛蛾眉畫絳仙，青絲螺髻梳飛燕。額兒黄撚着兜羅軟，俏櫻桃染不慣紅胭。靨暈了芙蓉粉，鬟簪了茉莉鈿，可人兒越覺嬌妍。

【水仙子】　麗　情

粉肌匀熨茯苓硝，翠鬢輕黏茉莉膏，衣香細合梅花料。打扮來忒苗條，風韻兒越顯得妖嬈。暗語通眉角，閑情睇眼梢，真個魂消。

【折桂令】　白　梅

誤飛璚小謫疏林，冰骨珊珊，霓珮盈盈。豔笑紅羅，清輸緑萼，暈妒檀心。銀蝶醉茜窗人静，玉龍眠紙帳春深。也是芳卿，烟鎖香温，月澹妝沉。

【折桂令】　秋　閨

剔除銀燈挑起閑愁，纔到新凉，又是深秋。蝶冷蕖灣，蛩荒菊榭，雁泣萸洲。河滿子拚揾着一雙羅袖，杜韋娘譜不出十三箜篌。地遠天悠，君戍黄沙，妾守紅樓。

【柳營曲】　題　情

出繡房，步回廊，可人兒又在那壁廂。譜訂鸞凰，線繫鴛鴦，兩地裏各思量。怕躭延地久天長，巧安排竊玉偷香。回轉頭故羞佯，躡着脚細端詳。郎何日，夢高唐。

【殿前歡】　野　行

趁斜陽，嬌黄一抹杏花香，板橋小舫輕過槳，白鷺雙颺。柳冥蒙紅寺牆，雲杳靄青屏嶂，牛彳亍黄泥巷。椶櫚樓閣，薜荔山莊。

【醉太平】 殘　春

香消翠被，夢悄鴛幃，春情半爲送春癡。盼殘春旖旎，茜紗籠暈破酴醾醉，玉闌干壓倦棠梨睡，碧斑簫唱斷柳枝詞。歎東君去矣。

【一半兒】 即　事

嬌魂半駐杏花梢，軟態輕羈楊柳腰，斜倚小窗低褪翹。眼兒挑，一半兒猜疑一半兒曉。

【一半兒】 柳

畫橋十丈黛痕梳，白下三春鞭影虛，絲短意長香挽車。不蕭疎，一半兒輕烟一半兒雨。

【朝天子】 夏　日

垂楊，草堂，晝永延秋爽。一蟬孤樹半窗涼，影搨輕羅障。茗爇烟颺，芰辫雲香，彈棋倚印床。蝶廊，鶴帳，愛風靜衫兒漾。

【寄生草】 遊大楓嶺

唯有我，悄無人，路迷拜倩晴雲引。小閑笑向林花訊，春歸代托嚦烏恨。興來時天風怒激謫仙歌，倦來時石苔閑枕潘郎鬢。

【小桃紅】 題《迷樓圖》

璚花秋老蕊珠宮，腸斷迷樓夢，雲鎖蘅蕪玉蕤凍。夜棲螢，紅綃露透雙肩重。阿糜錦鞚，竇兒彩鳳，殘月落花中。

【小桃紅】 閨　思

綠毛么鳳掛桐梢，秋黯歌廊悄，月鎖孤娥廣寒嶠。夜迢迢，三弦雙斷鴛鴦操。小紅短調，牡丹舊窖，春夢碧簪橋。

【鎖南枝】 戲集常談

有得用，無得熬，過了橋兒還拆橋。松鼠偷葡萄，跳得八丈高。打小陣，落大抄，得人憎，添煩惱。

獨股拄，兩頭緘，還了本錢算利錢。有情留一線，無情弗見面。哄的哄，騙的騙，拜四方，見十面。

張家短，李家長，家花不比野花香。和尚偷婆娘，終久是勿像。大狗跳牆，小狗看様，十隻五雙，半斤八兩。

白日撞，黑良心，打着燈籠没處尋。販出八合升，賣進廿兩秤。趁手提，隔頭拏，上岸要錢，落水要命。

弗能勾，何苦求，螞蟻扛仔螯骨頭。見錢弗放手，眼鏡像菉豆。你會賴，我會偷，三腳貓，四眼狗。

無情理，忒强横，莫管他家瓦上霜，搔着勿怕癢，頭敲腳會響。不像爹，不像娘，晦氣人，隔壁賬。

没的吃，没的穿，今年捱過看明年。攢路打空拳，隔山駡知縣。要扁就扁，要圓就圓，只吃硬，弗吃軟。

攢紗帽，打皮賬，朝着日頭乘風涼。藤牌對鳥鎗，豌豆炒生姜。落弗落，上弗上，兩日扳罾，三日浪網。

折壁腳，拱烟頭，雞來討債鴨來愁。缸爿翻搗臼，外甥像阿舅。鬼見怕，賊勿偷，稂不稂，莠不莠。

小戲文,大排場,蛳螺殼裏做道場。鹹虀當肉香,東瓜牽豆棚。陰弗陰,陽弗陽,狗發溺,鬼打牆。

羅漢裙,判官帽,肚皮浪裹打草稿。家裏燒缸灶,外面充有老。擂落地,一團糟,窮似煎,餓似炒。

捉官路,當人情,莫道無心卻有心。簷下點天燈,對牛談胡琴。現世寶,背時人,圍袋爿,倒涼亭。

狗會叫,雞會嘑,心病還將心藥醫。見人没臉皮,立腳無錐地。敗門坊,弗争氣,雲裏來,霧裏去。

看腳色,趁頭祖,有了髭須弗會鬍。依樣畫葫蘆,裝强嚇老虎。魂靈小,膽氣粗,鉗木梢,吃小苦。

【落梅風】 閨　思

數蓮漏,倚香篝,阮郎衾今誰侍候? 恨記畫橋歌楊柳,泣梨花軟紅雙袖。

【落梅風】 憶别時

歎孤另,到如今,恨斜陽模糊鞭影。明年那時誰管領,病相思秋千人静。

【撥不斷】 花　影

寫嬌紋,殢嫣雲,斜陽半幅胭脂印。水墨三分蛺蝶熏,沈香一抹嬋娟隱。幾回錯認。

畫闌憑，絳綃凝。荷燈明滅蘇娘錦，菱鏡迷離倩女魂，蓮波撩亂湘妃影。色空難定。

【撥不斷】 郊　行

矮圍籬，半掩扉，三間茅屋枯楊蔽。一道磚牆斷荔肥，半彎石徑蒼苔蔽。野人風味。

【寄生草】 吊岳武穆

本欲君仇報，其如天命何？令森森鐵兵百萬奸雄破，恨茫茫金牌十二河山挫，慘凄凄莫須三字沉冤獄。血凝雪窖杜鵑啼，風寒泥馬丹魂哭。

【朝天子】 琵　琶

輕拈，慢撚，指底珍珠濺。何須江上月明船，淚濕香山面。紅撥秋妍，翠袖雲嫣，背荷燈擲錦纏。倚簾，懶眠，聽一曲關山怨。

【一半兒】 塞　上

銅關鬼哭月涼屍，玉累人荒血漬脂，白髮將軍戈斷支。戰多時，一半兒逃生一半兒死。

劍龍叫夜塞風秋，旗虎飛雲關月愁，十里黃沙尖上頭。我何謀，一半兒交攻一半兒守。

髑髏暈紫污芒刀，狼燧烟腥刮戰袍，糧絶馬僵軍士號。補饑饕，一半兒枯灰一半兒草。

枕戈咽甲十餘年，泣子啼妻萬里天，枯骨半因君命捐。戍關邊，一半兒荒灘一半兒險。

霜鋒斷刃曉埋蕪，露布調兵夜走都，陣幻五花魂落胡。直前趨，一半兒笳聲一半兒鼓。

【一半兒】 閨 曉

薔薇盥露汗香凝，茉莉簪翹鬢玉傾，笑倚鏡臺妝未曾。忒温存，一半兒胭脂一半兒粉。

【一半兒】 春 情

繡囊香鎖玉纖揉，弓襪羅尖蓮影勾，恐被人疑難轉眸。頰紅流，一半兒春情一半兒酒。

【殿前歡】 閨 憶

最相思，鳳哥雙掛小桐枝。屏山徙倚人獨自，損了腰支。續回文碧錦詩，翻北里青樓志，憶歌苑紅綃事。風姨去後，月姊來時。

【折桂令】 記所見

悄無聲倚着珠簾，眼雨輕擡，腕雪斜偏。髻擁飛鸞，釵簪么鳳，鈿顫輕蟬。梨花枝三分緑颭，豆蔻梢二月紅緘。恍遇神仙，不是淩華，難道非烟。

【折桂令】 春 晚

問春君來去憑誰，約得春來，又送春歸。玉減香銷，紅枯緑萎，燕老鶯違。一百又五日沉埋蛺蝶，二十四番風冷落薔薇。無計留伊，空挽輕衣，莫駐征驪。

【折桂令】 劍

老將軍走馬樓蘭，血濺蠻頭，指繞龍彎。鵰泣鋼寒，虎文玉篆，虬閃珠嵌。十丈光消磨牛斗，三尺影守護江山。何日飛還，濤紫延平，月黑潼關。

【寄生草】 别　情

飛絮愁同汝，孤鸞竟屬予。思量你蛾眉同畫消愁譜，切望你雁鈴頻寄題情句，只願你鳳樓占斷長楊賦。這壁廂低徊恨上七香車，那壁廂停鞭勒馬頻回顧。

【朝天子】 湖　上

月殘，罷簫，風暖停橈，人間立西湖曉。無情燕子剪烟綃，夢蹙蘇娘惱。眉遠山描，腰瘦楊嬌，認紅簾第六橋。香車鬢翹，花驄，鞍雕，拚取今朝鬧。

【朝天子】 閨　怨

多才，未來，背坐銀釭待。瑣廊月豔轉玫瑰，誰解同心帶。多情忍害，特地疑猜，照孤鸞豈命該？托腮，蹙黛，恨被冤家害。

【一半兒】 花燭詞，賀王雨畊

畫堂鳳燭夜初闌，錦帳鴄香爐未殘，花爇洞房宵不寒。倚床闌，一半兒支持一半兒懶。

綠窗月落鎖葳蕤，紅袖風寒下錦幃，卸罷玉釵雙鳳支。蹙蛾眉，一半兒擔憂一半兒喜。

低頭不語暗知情，擡眼含羞兩印心，三寸軟鈎蓮褪金。理紅衾，一半兒俄延一半兒緊。

雲鬢翠瓀鉀璚簪，玉頰紅潮背瑣燈，幾許妙年低問卿？答嬌音，一半兒模糊一半兒省。

繡襦松解暖香生,羅帶圍寬軟玉凝,欲試狂郎偏倚屏。假惺惺,一半兒推辭一半兒肯。

雲嫣翠葯牡丹傾,露滴紅邑豆蔻噙,小膽托花春恣情。細呻吟,一半兒輸心一半兒忍。

【水仙子】 月 夜

芙蓉冷豔玉千城,楊柳模糊畫一屏,梅花綽約人三影。小嬋娟環珮輕,蕊珠香散滿乾坤。到處皆鸞板,誰家不鳳箏,辜負何曾?

【水仙子】 寄 情

玉香婉和阮郎詩,黄絹新翻幼婦詞,簪花小楷夫人字。這其間都是心中事,倩誰寄去相思?鸚鵡珠鈴豆,鴛鴦押印脂,穩取些兒。

【水仙子】 春 怨

海棠鸜鵒叫沉烟,楊柳鷓鴣泣峭寒,梨花燕子傳新宴。春愁又一年,那堪風景依然?綺夢繞紅橋舫,吟魂隨緑玉鞭,不管他香壓秋千。

【水仙子】 元夕觀燈

瀛洲樓閣碧鼇銜,蕊殿蟾蜍白鳳攙,瑶宫珠玉黄龍散。是風流是李三,小金錢擲滿人間。團玉紅圈帔,泥金緑暈衫,錦繡江山。

【水仙子】 紅荔莊夜集

唾壺玉暖沁紅冰,譚柄雲香拂翠屏,詩牌錦碎緘丹印。所事兒忒風韻,不争似月譜花評。鑿落鵝兒酒,流蘇鳳脰燈,一刻千金。

【水仙子】 詠 古

杜思勳勾消紅袖魂,李學士沉埋翠省恩,韓吏部收拾藍關恨。歎英才何處存,莽回頭乾坤古今。花零落埋荒土,草蒼茫掩墓門,鵑叫黄昏。

【折桂令】 繡　鞋

小弓形費煞嬌娘,兩瓣裁瓊,一寸留香。滑泥青蓮,低挪緑暈,淺露紅幫。倚梧桐飛來鳳凰,踏芙蓉蹴損鴛鴦。步轉回廊,閑褪湘床,被底輕勾,夢想蕭郎[二]。

【皂羅袍】 白桃花四闋

曉冷半欹茜袖,算幻留玉砌,影搨晶樓。阮郎腸斷玉生秋,美人恨鎖香疑瘦。巫山縞袂,雲迷也愁,馬嵬羅襪,月豔也羞。無言錯認梨花逗。

飛到瑶雲一岸,盼含情脈脈,顧影珊珊,根抛世外蕊宫閑,妝窺人面春風澹。天台玉洞,紅塵半删,武陵釣艇,香雪壓殘。恨他燕剪冰綃散。

漫説生來薄命,認嫩肌彈粉,素面回雲。瑶笙叫破畫圖魂,夕陽淺上胭脂暈。秋千烟鎖,玉奴骨温,珮環風打,珠娘袖沉。一灣流水春無影。

十二冰窗寒峭,歎紅愁如洗,碧怨都消。河陽人老鬢絲翹,玄都仙蜕羅裙悄。乘鸞萬玉,瑶池暗捎,離魂倩女,粉廊淡描。夢醒一縷靈緣裊。

【朝天子】 閨　情

相思地杳[三],離恨天高。羅浮蜨夢黯梅梢,惱春風太早。品瓊簫,軟雲嫣雨遊仙調;理檀槽,戰紅酣碧題情操;護湘綃,尤香殢雨鎖寒巢。阮郎去了。

【一半兒】 美人面

酥紅豆蔻啟香苞,媚薄桃花恨暈消,個裏揾來傳處嬌。特妝喬,一半兒含嗔一半兒惱。

【殿前歡】 閨 思

妙嬋娟，一春心事逐秋千，緑楊界住東君面，想像遺鞭。青抡翡翠鈿，白暈桃花扇，紅斷鴛鴦線。夢中俏語，鏡裏愁顔。

杜鵑啼，小闌干外落紅飛，繡鞵露涑莓苔地，恨阻廊西。鳳凰竹院羈，蛺蝶珠宫碧，鸚鵡金籠繫。彩雲無夢，紅葉空題。

【滿庭芳】 偶 題

珠簾怕鈎，情山隱隱，恨水悠悠，歎腰支半被相思瘦。春去西樓，金葉格落花桃逗，碧雲嶓涼月勾留。紅綃袖淚痕消受，端的替誰愁?

【柳營曲】 杏 花

蝶鬧窗，鶯睡廊，衾寒夢回春雨颺。豔笑棠薔，錦妒鴛鴦，膩粉拭愁妝。狀元鞭十里晴江，尚書詞一幅斜陽。飄罨畫文君旆，壓胭脂宋玉牆。香，禁否曉雲狂。

【柳營曲】 别怨二闋

難寧貼，多離缺，被窩兒幾時温熱。衷情兒滅，腰支兒趄，臉兒瘦啅嗻。唱驪駒那壁去者，拆鴛鴦何時來也。昨夜並頭捱，今宵獨自歇。咱，忖起真難舍。

呆打孩，空着急，可意冤家不見也。愁團兒難捺，心地兒胡拿，意蜜兒怎浹洽。啞謎兒受了擔折，悶腸兒畢了撑達。舊恨兒牽惹，新愁兒鬱結。呀，明日又西斜。

（姚燮《紅雪吟》）

套　數

風情七闋

【雙調・新水令】

軟香簾梳攏牡丹花，醉春嬌東風未嫁。緑情鈎屈戍，紅怨鎖琵琶。驀見嬌娃，翻拙了心頭話。

【喬木查】

眤着眼兒覷咱，惹得性兒難捺，西子文君争不差。殢人窺，羞澀多，紈扇斜遮。

【攪筝琶】

肌香融麝，粉暈擡花。爲他可意兒出格温存，我相思擔何時交卸。即使那堝兒一味裏妝鰕，怎奈這没查没例，偏打疊着可意寃家。

【甜水令】

况他身兒苗條，臉兒俊俏，心兒牽掛，欲罷也何如罷。仔細端詳，啞聲廝耨，衷情誰達？急熬煎那些歡洽。

【雁兒落】

難道何郎粉厭得搽，韓壽香竊得怕。甘撇了酬情軟玉翹，寄韻香羅帕。

【得勝令】

我這裏心事巧安排，他那裏情思暗搔爬。既害得軟兀剌莫動彈，還只怕硬打捱難調發。本不是没掂三,那好使半途把。躲天,那送了人呵不是耍。

【離亭宴煞】

你果然措支理妝得出撒嬌撒乖,我何必呆打孩捱不過無明無夜。若説有情的只怕是心地兒胡拿,説無情又怎肯秋波兒撑達。哎,並非閑裏磕牙,爲些兒忍把卿來駡。只不合自從梅暈窗紗,直躭到門掩落花紅雨謝。

春 怨

【北雙調・新水令】

海棠睡破曉天晴,暈嫣紅茜窗人静。芳魂羈瘦燕,殘夢逐流鶯。愁緒牽縈,撇不掉憐花性。

【南步步嬌】

想象嬌姿影逐形,鎮日傷孤另,雲雨徂前程。些小因緣,薄煞書生命。曾否破愁城,害些時坐立總無定。

還憶着散步閑庭,你笑相迎,我笑相迎。那時節纖趾輕挪,嬌波斜印,細語如笙。擲紅綃羞無半星,挽青衫狂欲呼卿。一片肫誠,不是胡伶。難道是對面難捱,背後忘情。

【南江兒水】

卻喜衷腸洽,誰知離别輕?楚陽臺收拾了鴛鴦令,兜率宫關鎖了絪緼境,離恨天漫罩了圓靈鏡。觸處都成病,説不是夢裏南柯,怎不許香肩並。

【北雁兒落帶得勝令】

若果然有緣呵,盥洗着薔薇花露清,安排着茉莉香囊聘,打點着丁香紫結開，支持着豆蔻紅梢勁。你將如文君識長卿，我敢如王魁負桂英。槐黄影摇亂了崔家院，牡丹魂勾出了杜氏亭。赢也麽赢，赢得那知別趣的楊花性。輕也麽輕，輕逗她識風流的蛺蝶情。

【南僥僥令】

到如今呵，獨坐蘭齋剔短檠，不見玉娉婷。要把衷情來訴你，咫尺間，隔萬程。

【北收江南】

我欲遏眼窩裏淚珠傾，我欲解愁腸恨緒萬絲縈。怎昨夜燒香，又覷着多情。猛擡頭定睛，兀的不舊思兜搭上心迎。

【南園林好】

你可也蹙損了春山隱隱，你可也望穿了秋水盈盈，那些兒和誰折證。歎遇合本無憑。

【北沽美酒帶太平令】

惹得柳三眠病消停，花一朵瘦伶仃。若非俊的啤嗻俏的疼，怎使我好看承？究其實總不相因。也不是蕭娘淺恁[四]，也不是崔郎薄幸。若是要定情，再生始得共鴛衾。這其間只好尋個夢境。

【清江引煞】

或者今生緣可等，摟得心肝定。掇來連理盟，擡過相思病。情愁滿懷訴與聽。

夢 遊

【北正宫・端正好】

竹拌住寫翠詩，花滴碎鏤紅句。都爲他俏嫦娥斜倚窗虚，麝烟消不見伊人處，空盼斷陽臺路。

【滚繡球】

特地裏約幽情遍體蘇，引詩魂入眼糊。見一帶薜荔牆倒掛着沉沉碧霧，沿一曲芍藥闌淺勾着裊裊紅鬚。剛轉到翠門畔薔薇露腴，又來到玉洞裏桃葉雲梳。近接着蘇式的六角亭香圍躑躅，遠連着楊式的三眼橋水漲蘼蕪。左壁裏玉簪綽約蜂魂罥，右壁裏金線芊綿蝶夢蘇。幾費躊躇。

【滚繡球】

莫不是巫山雲沉雨浮，莫不是武陵溪紅凝緑冱，又不是古道邯鄲景物鋪。豔情多滑突，芳意也模糊。春日風迷此度。

【滚繡球】

早窺着玉卍櫺翡翠疎，小回廊鸚鵡呼。順手揭軟紅簾，驚起了燕兒撲簌，放膽入静芳室，見了些鴨篆徐紆。秋芙鏡穩駕着雙轉轆轤，夜酣香斜障着百寶流蘇。掛一幅步藍橋雨雲舊譜，安一册題紅葉風月閑書。剛數到翠屏掩映飛金雀，驀聽得霞佩叮咚響玉魚。嚇得我氣喘吁吁。

【倘秀才】

難道是許飛璚鸞回蕊珠，難道是秦弄玉鳳歸繡户，又難道蘇小小遊倦西泠返翠車？不覺個誰是主，倘問我何處徒，怎生的發付？

【叨叨令】

抖然見困騰騰腰滯垂楊舞，軟哈哈襪欵湘蓮步[五]，靨沉沉醉暈檳榔霧，汗微微香沁梨花露。兀的不魂靈飛去也麼哥，兀的不魂靈飛去也麼哥，更輸他瞥面秋波注。

【脱布衫】

他説道病相如撥瑶琴已入胡塗，渴裴航挹璚漿空悶葫蘆。我説道莽宋郎盼東牆一番既誤，妙崔娘佇西廂三生可許。

【小梁州】

誰知他任我東風着意扶，俏膽生虚，無言低首半支吾。斜移步，掩了碧紗幮。

【么篇】

麝蘭香熏透芙蓉褥，背侍兒偷解羅襦。也不是月下廊，也不是花間路。春衫半露，彈破了玉肌膚。

【尾聲】

可也是抵着牙襯着袖連環勘破相思獄，可也是並着肩攜着手彩筆描成秘戲圖。泡玉幻香定偕侣，畫龍影郎作完聚。愛粉褪金訶軟玉酥，看鈎解紅靴碧印舒。春透嬌胸幾費延佇，玉揾香腮悄無言語。募玉樹胭脂隨雲冱，頓紅浪桃花銜春吐。怪錦帳鸞魂逐去孤，爲畫閣鵑聲啼難住。空翠幙梅痕殘月浮，剩碧檻荷缸餘焰互。盼梧陰密疎，聽蛩兒斷續。始悟徹問柳尋花，多半是夢中情緒。

七夕三闋

【南吕·一枝花】

茫茫夜色闌,獨立梧桐影。翠鬟餘霧繞,玉臂半寒生,香靄斜横。招緑輦的青鸞逞,駕藍橋的烏鵲靈。多管是俏星姨豆蔻春生,妒煞那蠻月娥芙蓉夜浸。

【梁州第七】

釀不就洗鳳帳瑤池露潤,看不出送鴛輿玉液雲傾。全無風浪的銀河静。話支機舊事,訂河鼓新盟。他繫了犢飲,這抛卻梭聲。三千丈玉乾坤寫出精瑩,十二月鐵相思拚説分明。莫不是訪天仙羅襪娉婷,莫不是步天台桃花掩映,莫不是送天風環佩輕盈。長情,短情,任兒郎背地裏閑評定。黛葉籠黄花冷。怕只怕頃刻依然兩地行,聽那邊鐘破三更。

【煞】

鴛鴦線誰穿破同心印,鳷鵲樓誰私祝合歡軿。全無風浪的銀河静,少甚麽長生殿裏癡情性。紅牆兒又沉,緑翹兒慢贈,再安排來歲通芳訊。

集傳奇名三闋

【南吕·一枝花】

燕子樓磨糊萬古情,鴛鴦棒打三生果。如意册勾消紅線女,忉利天占斷彩雲歌。夢幻緣多看緑綺龍膏鎖,又紅綃鸞鎞拖。錯認他李玉蘭芍藥顔酡,還道是藐姑仙石榴花弹。

【梁州第七】

憐香伴招來青瑣，狀元香拭透紅羅，軟藍橋半被春醅。奈芭蕉井竭梧桐雨過，牡丹亭香芙蓉峽峩。好教我慈悲願許不出連環套鎖，恨着他相思譜寫不就玉杵金梭。不由人心握着一捧雪情寒竇娥，耳側着九串珠惱聽鸚哥，腰帶着四弦秋撥亂孽婆。這個，那個，眼兒媚盼不到紅梅閣，瑞霓羅，銷金鎖。縱教夢續青樓，没奈何錦帶閑挫。

【煞】

穩取那鬱輪袍唱徹了花蕚吟魔，不怕他賣花錢換不來翠鄉夢多。十錦塘占斷一雙和合，書生願和，花魁情妥，永團圓，且把春燈謎猜破。

（姚燮《紅雪吟》）

校勘記

［一］此首後有【落梅風】《秋思》，與前面重復，原注："又，重録。"今删去。

［二］此曲後有【折桂令】《記麗》一曲，與前重復，今删去。

［三］杳：原作"香"，據文意改。

［四］蕭：原作"簫"，據文意改。

［五］哈哈：原作"台台"，據文意改。

王復

王復(1822—1861),字彦卿,江蘇吴縣人。少曾習醫,稍長,從吴興王二樵學詩及書啟。後拜齊學裘門下學詩,詩格清妙。以遊幕爲主,曾爲江北糧道楊簡侯能格辦書啟。一生布衣飄泊,窮困潦倒。作有雜劇《豔禪》一折行世。事跡見齊學裘《見聞隨筆》卷五《王彦卿殉難》。

套數

復道人自四明拏舟來訪,綺人結綺緣,乃以《懺綺圖》見示。展卷未半,粲者輩出。姿媚千萬,風情萬千。綺障方深,云何得懺? 余則不知綺,並不知懺。偶然拍板,聊當拈槌。蓋選莫雨娘之最窈窕者,曼聲按歌,道人自倚鐵笛和之。空有兩兩鴛鴦飛起,雲水光中,得解脱也。咸豐紀元閏中秋,吴門王復彦卿。

【雙調・新水令】

訝情天一味酣嬉,替吾偏賦些愁喜。打將來網裏,跳不出圈兒。碧宇輝輝,點染紅和翠。

【駐馬聽】

無限雄奇,莽莽蒼蒼聚士氣。忽然旖旎,憐憐惜惜女郎詩。針尖枕上鳳鸞飛,劍鋒天外蛟蛪倚。低頭事黛眉,赤緊得把肝腸向羅綺。

【沉醉東風】

長念,最喜他助嬌月姊,又恨這拂興風姨。從碧雞坊畔,乃向金谷園中誓。彩旛竿花叢豎起,誦了些觀音偈。願花英瓣瓣,咒上花枝。花真壽矣,便青詞夜奏,稱花萬歲。

【雁兒落】

俺把些碎情腸訴與花知,便是那花也怪忒憔悴。普世界的紅心草盡荑,只不過一掬東風淚。

【得勝令】

只幾度春去與別離,博得些長相思。懊恨方因彼,咨嗟又爲伊。悲淒,苦業來難回避。低迷,愁根種没轉移。

【喬牌兒】

待從頭懺起,貝葉中尋活計。可怪這解脱禪葫蘆提,道八萬四千的天女姿。

【甜水令】

只爲嬌嬌豔豔娟娟秀秀心血亂沘,事業建香閨,但得個婀娜雙聚,低拜稱知己,也不枉萬劫情癡。

【錦上花】

一個個鈎魂麝融脂膩,一個個消魂玉醉蘭迷。姍姍走的下,這把塵人兒戲你,這捧卷添香人兒愛你。眉峰又頻挑,眼波又牢覷。寶劍兒光瑩鸊鵜,斬不來一堆軟結。萬丈柔絲,到頭時,苦了這個蒲團你。

【碧玉簫】

辨盡妍媸,何故生才思?泯卻雄雌,不願有靈慧熱惱世,但爲人綺障隨。甘受些日炙風明，霜淋雨洗，化塊頑石空山裏。

【鴛鴦煞】

人間歇了紅緑事，太虚復了空明體。揮手把春辭，鶯兒驅，蜂兒趕，蝶兒逐，更把粉兒撒去的疾，脂兒打掃的潔。蒲牢聲剨琅琅地，險做了殉馬塍豔三良，死鴛窗人姓尾。

（姚燮《瓊貽副墨·〈懺綺圖〉卷題辭》）

江順詒

江順詒(1823—1884),生平見《全清散曲》第1700頁。

套　數

和琴川吴逸香女史葉小鸞眉子硯南曲

【步步嬌】

蹙損春山春夢曉,雨打梨花老。優曇一現消,埋玉深深留香草。草片石劫難燒,伴雕奩曾箸傷心稿。

【醉扶歸】

休疑吮兔毫,自寫芳容好。休疑畫螺峰,花樣簇新描。原來短命佳人似夭桃,賸有芳魂飄泊依秋草。縱然靈光不滅佛能招,不過是空中幻影如花貌。

【皂羅袍】

鏡裏樓臺空照,祇團香鏤雪碎點瓊瑶。易脆琉璃不堅勞,才人那用生天早。懺來綺語,花嬌柳嬌[一],返來豔魄,愁苗恨苗。恁蒲團參得如來妙。

【好姐姐】

此日摩抄,想黛痕娟好,漫認取簪花格妙。月子一彎照,生前影最嬌。祇落得瓊空抱,綺歲消磨,芳心化了。這淡淡修蛾並無人掃。

【尾聲】

吴江楓冷墳碑倒,難證取三生容貌。問硯兒流落,誰與訂心交。

(《瀛寰瑣紀》卷五,1873 年)

校勘記

[一] 綺:原作"倚",據文意改。

嚴　鍔

嚴鍔，清末人，生平不詳。

小　令

消寒第三會啟

【南仙吕·九回腸】 有小引

消寒第三會，另檢新題，仍遵舊約。詩以代簡，諸公既各盡所長歌也，有思小子敢自藏其短，按紅牙而敲檀板，難追古調於元人；唱白雪而和巴詞，願步後塵於宋豔（閏會，王君惜庵填【意難忘】詞作簡）。雖淺斟低唱，不如帳裏紅情；而短笛無腔，聊佐簷前白醉。試歌一曲，以出三單。

笑閏餘前詩未改，問三九後會頻催。風簾炙硯重新擺，暖騰騰炕比春臺。索詩不斷門前債，傳檄早痊頭上災。真堪愛，唐花豔發婕蜂采，好一似意蕊争開檻。俘唐阜，詩囚去，箭定天山凱奏回。休笑俺敗軍將疲兵難，再不妨三戰，各把陣安排[一]。

校勘記

[一] 此首出處一時失記，後反復翻檢諸書，無法找出，又不忍舍棄，只好暫時缺如。

西泠野樵

西泠野樵，字竹秋，浙江上虞人，姓及生平不詳。有小説《繪芳録》(又名《繪芳園全録》、《紅閨春夢》)。據自序，書完成於光緒四年戊寅(1878)十二月前。

小　令

月明深夜露華濃，微風陣陣透過房櫳。俏佳人悶欹錦枕把羅衾擁，猶記得昨宵身入巫山夢。執手多才，細説喁喁，最堪嗔隔牆僧舍晨鐘動。

書成欲寄難相寄，欲訴分離，怕訴分離。我只好糊裏糊塗的寫幾句，只勸你努力加餐，舟車留意。又怕你少年心性花前醉，誤了功名，損了柔軀。我專望你泥金帖報，歸馬如飛，齊喝彩狀元及第。

秋風秋雨秋時候，引起愁人無限愁。小多才輕身遠别關山走，未知你容顔今昔可能如舊。

月色冷妝樓，梧桐夜影幽。悶倚闌干，細數更籌，最淒涼，膽怯空房獨自守。不語自凝眸，淚濕羅衫袖。油兒醋兒潑滿在心頭，歎終朝無時不把雙眉皺。

我不怨天不把人尤，只恨我命運兒生小、生小鈎輈。歎人生好似蜉蝣,怎捱得這别離長久。軟綿綿自擁衾裯,惱寒蛩壁下、壁下啾啾。逗得我一片離腸萬斛愁,只落得短歎長吁、長吁不住口。

天孫七夕會牽牛,他一年一度今宵成就樂綢繆,可恨我有願不能酬。屈指多才去,而今已數秋,好叫我淒涼孤另情難受。連朝忽忽又悠悠,三餐茶飯懶入口。我的天呀,怕只怕多情到處迷花柳。縱然你功名得意錫爵封侯,只恐怕歸來有個人清瘦。

無端離合人難計,説與情癡切莫癡情。有合時别離轉眼心如刺,有離時一朝聚合天涯至。離離合合,只有心知。寄語多情,那有這不離的事。

鼓 詞

日出東方月没西,光陰迅速去如飛。我今不説别的事,單把那列國遺蹤提一提。所説又不是别一個,就是那秦國賢臣百里奚。百里大夫做了高官爵,忘卻家中結髮妻。他妻兒萬水千山尋到此,見門高駟馬勢巍巍,欲待上前問一句,那虞侯們高聲吆喝若狻猊。他妻兒眉頭一皺道有計了,何妨投到他府中去浣衣。一日百里奚大夫堂上坐,兩旁奏樂肅威儀。百里大夫都覺不愜意,道音未諧來律未齊。他妻兒趁勢上堂忙叩首,尊一聲大夫聽庸愚,小婦人自幼習得新音律,敢在大夫堂前試一爲。百里大夫頗詫異,不禁點首笑微微,你這婦人居然能音律,只怕你言大而誇把我欺。他妻兒退步下堂身向外,拍手高歌音慘淒。歌道百里奚,五羊皮,你做高官我浣衣。可記得臨動身時那一日,我代你餞行烹伏雌。可憐家中尋不出多柴草,燒卻了前門破扊扅。百里奚呀百里奚,你富貴忘我卻何爲?百里大夫聽罷心驚訝,趨下堂階辨是非。執着他妻兒雙手仔細認,不由得失聲歎欷歔。妻呀你鞋又弓來足又小,怎樣路遠迢迢尋着予。負了你又苦了你,苦了你用盡多少曲心機。即忙吩咐府中妾婦等,快點淋浴香湯服侍伊。又把鳳冠霞帔與他來穿戴,儼然一位誥命夫人好容儀。從此他夫妻多安樂,百年鴻案舉眉齊。列公聽了我這段話,身到富貴場中要留意些。一不可學蔡伯喈負了趙五姐,二不可學薄幸王魁撇首妻。饒到百里大夫好一個大賢士,猶留話柄把後人提。

（西泠野樵《繪芳録》第十一回《慶壽筵醉綰同心結,鬧喜酒争補洞房詩》）

姐兒約郎在黄昏後,相約郎君到奴的繡樓。他二人手挽手兒並肩走,郎道姐兒呀,雖蒙你待我恩情厚,何時你我方可天長共地久。這露水夫妻,終是個將就。我還有一句不中聽的話,你卻不可把我咎。我只恐你這樣多情,繡樓中不止我一人行走。姐兒道哎喲,郎君呀,你這句話好没來由。我雖不是三貞九烈女,也知道恥來識得羞。一來愛你人俊秀,二來你前晚上百般苦哀求,我才肯今宵相約把你心願酬。我猶是個深閨豆蔻葳蕤守,你若不相信,我情甘對天立下横死咒。郎君含笑忙掩住姐兒口,我這玩話乃是信口謅,你聽三更鼓兒打譙樓,休辜負你我陽臺雲雨春時候。緊掩上房門,急松了鈕扣。郎笑道你是女兒家,緣何這樣高高的乳頭,莫非是早經銜過孩兒口?又爲何肚皮兒聳似青山岫,莫非是其中有了六七八個月的小鬼頭。姐兒呀,我也顧不得那話兒聲名醜,多分把一個粗石碑馱在脊梁後。

（西泠野樵《繪芳録》第二十一回《鬧家庭偏傷愛日情,浪閨闥共恥中風菁》）

昨宵夢入陽臺裏,攜手羅幃,同效于飛。弱蜻蜓低回款點秋江水,俏鴛鴦酣眠軟借春花蕊。醒來猶記,重訂佳期,問今宵可能再領風流味?

冤家猶是少年心,終日把閑花野草尋,可知你閨中妻子望殷殷。你只顧鬥雞走馬似落葉飄萍,一味價東西不定,决不想旁人的議論批評。他只説你戀着了奴家改了情性。

【銀鈕絲】

風清月白好良宵,八月秋深丹桂香飄。雁聲兒高,人生及時須要行樂好。樽中酒不空，座上客常到，鬧嘈嘈猜拳行令同歡笑。看看月影已是滿天了，那露濕無聲冷透花梢。賓主兒呀好歸去，歸去明日再請早。

（西泠野樵《繪芳録》第四十九回《執觴政令主首當權，嚴酒律王郎偏受罰》）

海天獨嘯子

海天獨嘯子，真實姓名與生平事蹟不詳，有小説《女媧石》二卷十六回，未完。初版爲東亞編輯局鉛印本。甲卷印行於光緒三十年(1904)六月，乙卷印行於光緒三十一年(1905)二月。

小　令

奈何歌

四百兆人民也算多，爲何引頸受干戈？胡兒强兮漢人弱，漢人弱兮白人强。既舞且高歌，且高歌。白人肥，黄人削，白人富，黄人貧且薄。白人騎馬當街跑，前呵殿兮後絡繹。昨日洋官下一令，野蠻支那男和女，壯做工兮老填河，男做奴兮女做公娼、公妓、公役作。吁，可有官家豎義旗，保我哀哀小公婆。可奈何，奈何，奈何，奈何，奈何。可有官家豎義旗，保我哀哀小公婆。

二千餘年寸金寸鐵寸國土，是我祖國祖。東割西讓南北租，是我亡國史。昨夜洋官絡繹來，説道你們快快報財籍，於今大英大俄大法來爲主。今朝語我兒，我兒泣且語。爹娘今老矣，兒今棲身往何處？可奈何，奈何，奈何，奈何，奈何。兒今棲身往何處？

身體髮膚受之父母，不敢毀傷孔子語。爲何采生行妖俗，纏我足兮折我骨。折我骨，一步一顛痛徹肺腑。娘持白布三丈餘，姐持金蓮三寸齊。説道我雖痛你没奈何，必要如此方楚楚。可奈何，奈何，奈何，奈何，奈何，必要如此方楚楚。

誰奴誰主誰天下，同食漢毛踐漢土。於今大禍捷於眉，請後内嫌先外侮。我將此語告政府，政府憒且怒。寧被亡於敵，毋被奪於奴。敵亡猶可，奴奪欺我。可奈何，奈何，奈何，奈何，奈何，奴奪欺我。

（海天獨嘯子《女媧石》第十五回《綺琴抵掌論音樂，水母當筵動急淚》）

魏自勵

魏自勵,字儆齋,自署伐檀生、前清遁叟,生於道光二十三年癸卯(1843)[一],卒於民國四年乙卯(1915)十月後[二],山東巨野人。光緒二十年甲午(1894)歲貢生,候選訓導。有《貢樹生香詩稿》。生平記載見《民國續修巨野縣志》卷七崔淩霄《魏公協占暨配張孺人墓志銘》、《貢樹生香詩稿》卷首郁濬生《貢樹生香詩序》[三]。

套　數

金山題壁,摹《桃花扇》孔東塘【哀江南】,甲寅仲春

【北調新水令】

麟川名勝數金山,趁晴天登高望遠。周圍環雉堞,聳峭擁螺鬟。斷壁頹垣,是昔日萬家爨(咸豐甲申,金山結砦。辛酉冬,遭火災,廟宇多毀)。

【駐馬聽】

佛海禪關,小院方池雀鳥喧。木魚清梵,翠鬘珠絡像莊嚴。琳宫紺宇亙諸天,玉皇高閣臨霄漢。緑蔭滿,文昌閣右三清殿。

【沉醉東風】

磐路側豐碑矗遍,戲樓傍(原作旁字讀)怪石巉岩。迤東行步步高轉,

南踅稍平坦。望天門碧落高懸，寶鼎香爐裊篆烟，那纔是碧霞宫院。

【折桂令】

到春三十一二三（自三月十一至十三，正會三日），寶馬香車，輻輳喧闐。香火因緣，聯裳掎襻，接踵摩肩，拴香孩綵絲紅線（求嗣者名爲拴娃娃）。隔楹欞撞擲金錢（神前掛一金錢，外隔木欞，燒香者競以銅錢撞擲金錢，名爲撞金錢眼。每日落錢滿地。官斯土者，於收行鎮會之時，將木欞封鎖，派人監守。又片席鋪地，惟入磚縫者，僧人間得一二）。回首當年，如在目前。結勝遊幾度登臨，聽清唱盡日留連。

【沽美酒】

你看那陡懸崖石刻嵌，經回禄半燒殘，觀稼高亭今不見（山門外東首有觀稼亭，係邑尊王英齋所建。背靠石崖，多嵌石刻《詩經》。兵燹後，亭子毁於火，詩句亦燒殘漫漶，字跡模糊矣）。簇新新的蒼蘚，將字跡半遮漫。

【太平令】

幸喜得數十年節次修完也，恰似魯殿巋然。奎宿閣高聳雲端，觀音閣尚仍舊貫（辛酉火災，惟南天門外觀音閣如故）。衆亭子焕然改觀（山上共五亭子，人祖亭、白衣亭皆修，惟書院及觀稼亭未修，地皇亭修），似浮圖合尖，纔完全這廬山舊面。

【離亭宴帶歇拍煞】[四]

曾記得山村結圩逢兵燹（辛酉、壬戌），延師開課招賢館（庚午，稍爲平定，於金陵書院立學塾，延本邑王子珮瑀明經主課，附近多在塾肄業），各肄業操縵安弦。有多些入膠庠，有多些食廩餼，有多些成俊彦（王星樓、王咸中、王丕成、滿汝屏等）。這文光射斗牛，俺曾書文昌匾（書院文昌閣，舊有文光射斗匾額，經火燒毁。光緒甲申，王丕成、滿汝屏、魏仲明在此肄業重修,迄今二十年矣),將六十年滄桑看遍。幸投閑燕歸巢,脱羈籠驥伏櫪,早棲枝鳥飛倦。晚年漸耄荒,好景多留戀,一任他年光流轉。唱一曲【山坡羊】(實事),我老夫興不淺。

代筆其骨清也,見《聊齋·細侯》。

(魏自勵《貢樹生香詩稿》)

校勘記

[一] 魏自勵《屬續詩》五首:"癸卯三月初一日,余周甲弧辰,置酒大醉。"六十年爲周甲。弧辰,男子生日。癸卯是光緒二十九年(1903),則其生年爲道光二十三年癸卯(1843)。《貢樹生香詩稿》按年代順序而編,中有《辛卯除夕》、《壬辰元旦》、《五十初度》、《晨起書懷,時正月初六,是日立春》、《六月二十三日,攜酒登金山,醉後書壁,癸巳》等,辛卯、壬辰、癸巳分别是光緒十七年(1891)、十八年(1892)、十九年(1893)。光緒十八年壬辰,魏自勵五十歲。逆計之,則其生年亦爲道光二十三年癸卯(1843)。《貢樹生香詩稿》卷首郁濬生《貢樹生香詩序》:"既而此邦人士有纂修縣志之議,群謂魏君徵齋足勝任。……其猶子奇謂八十老翁猶健飯而健步,豪於飲,更豪於詩。……乙卯年十月下浣,任巨野縣知事古皖巨川郁濬生拜撰。"乙卯是1915年,文中言魏自勵"八十老翁",乃概數,非實數,本年魏自勵七十三歲。

[二]《貢樹生香詩稿》有《寄郁縣尊濬生二首,辭修志書之任》,附皖人郁濬生和稿《乙卯夏五,並序》:"麟川學子議修志書,聞徵齋魏之賢行,將禮聘,惠詩二章,撝謙抑抑,依韻卻和,不盡流連,勿再興辭,成兹巨制。"據《民國續修巨野縣志》卷三《職官志》,郁濬生,安徽天長縣人,光緒癸卯優貢生,民國四年五月至六年五月任巨野知縣,民國八年(1919)五月再任。《民國續修巨野縣志》卷首郁濬生《縣志續編序》:"民國四年春,濬生來宰是邦。……既而蒐考方志,近百年間,缺焉未備,慨然有續貂之志。……六年秋,受代南征,轉徙湘贛。……八年夏五,被命重來。……民國九年歲次庚申十一月下澣,知巨野縣事皖人郁濬生巨川撰書。"由上知,民國四年乙卯(1915)五月議修縣志,十月,郁濬生《貢樹生香詩》作序。《貢樹生香詩稿》中紀年止於此,魏自勵本年十月還在世。

［三］除詩作收入《貢樹生香詩稿》外，《民國續修巨野縣志》卷七收有魏自勵《王團長裕經戎政碑》、《薛尊賢先生述德碑》、《田君殿三德望碑》、《陳君立堂德行碑》、《奚文肅先生傳》、《劉母奚孺人序略》等文，《送子衡父臺晉省》、《己卯鄉試，蒙沈子衡父臺招飲歷下亭》等詩。

［四］歇：原作“血”，據曲譜改。

俞 達

俞達（？—1884），生平見《全清散曲》第1698、3080頁。

小 令

道 情

花月風流第一人，鍾情鐘到我情真。而今悟得空空色，願向深山避俗塵。金挹香，住蘇城，擷芹香，發功名。雙親溺愛寶和珍，聰明容易聰明誤。憐香惜玉最關情，此心總向美人傾。卿愛我，我憐卿，十分憔悴爲卿卿。三十六美盡多情，花前旖旎有前因。到後來，掇巍科，五美敘家庭，不輸那蝴蝶花前過，一生豔福言難盡。誰知道，天没情，催歸三十六宫春。惜憐憐，恨沉沉，飄零只剩兩三人。滄桑迭變更繁華，如夢方初醒。今日裏，悟情關，今日裏，參色界，情願棄囂塵。芒鞋竹杖寄山濱，不再費經營，顯門庭。着鞭上跨竃，不妨期望後來人。

（俞達《青樓夢》第五十九回《小輩公然進捷，道情勉强尋歡》）

無名氏

小　令

【北雙調・折桂令】

莽塵寰一醉陶然,得失雞蟲,富貴雲烟。少日文章,壯年事業,暮歲神仙。早辦取青鞋布襪,再休戀金紫貂蟬。顛也麽顛,且泛秦淮,爲五湖先。

算游蹤海嶽難全,有好湖山,便爾流連。撫薊門松,聽巫峽雨,飲惠山泉。祝融頂雲開萬里,洞庭秋月照雙圓。顛也麽顛,蓑笠烟波,簫鼓畫船。

向清溪錦纜輕牽,金粉六朝,裙屐蹁躚。心字湖中,丁字簾前,亞字闌邊。譜新曲玉簫再世,感舊愁錦瑟當年。顛也麽顛,春女秋娘,不辨媸妍。

問年時烽火綿延,憑仗何人,洗滌腥膻。墜粉胭脂,沉沙劍戟,委地花鈿。纔博得河山再造,還教人風月重編。顛也麽顛,酒滿金卮,花滿瓊筵。

逞清狂逸興高騫,燈月輝煌,絲竹喧闐。是不夜城,是群芳國,是大羅天。丈八溝佳人舟泛,尺五莊詞客吟聯。顛也麽顛,萍蹤浪跡,一笑姻緣。

南詞唱句

雅謔風流一個金企真，花前幾度費逡巡。他是負多情不與時流競，願偕姐妹訂知心。是日清和天氣朗，鬧紅會雅集在虎丘濱。品名花才子鍾情甚，又教獻技細評論。有的是一闋豔詞多合拍，揮毫腕底盡生春。有的是瑶琴一曲向知音，奏《胡笳十八》感飄零。也有的寫幅梅花形古峭，唱酬佳什盡清新。打燈謎對對多工巧，更有那圍棋一局費經營。度曲臨書皆穎悟，最可愛讀篇文字好書聲。愧我無才難並奏，又怕那巨觴爲罰令須遵。所以某編就俚詞君莫笑[一]，不將聰慧妒他人，愚鈍亦前因。

（俞達《青樓夢》第七回《品名花二生逸致，奏妙技諸美才能》）

校勘記

［一］某：原作“没”，據文意改。

王維言

王維言，字海秋、念如，號夢簫[一]，生卒年不詳[二]，歷城（今屬山東）人。光緒二十年甲午(1894)舉人，有《方言釋義》十三卷、《夏小正箋疏》一卷、《毛詩疏證補陸》六卷、《陸疏廣證》七卷、《毛詩名物狀》三卷、《玉映樓綴芳集》（不分卷）。生平資料見《宣統續修歷城縣志》卷三十四《選舉表》、《玉映樓綴芳集》中《仙子警夢記》後附記。

小　令

豔情，【一半兒】曲

低呼小玉遞花箋，故意撩人喬作態，幾度喚他未肯前。慢俄延，一半兒殷勤一半兒懶。

□人生小□嬌□，手撚庭前紅豆枝，天遣多情怨别離。最相思，一半兒模糊一半兒記。

花枝年紀解風流，柳葉眉兒慣帶愁，欲點羅丸卻又休。漫凝眸，一半兒微舒一半兒縐。

人前撞見故低頭，别後思量不自由，小婢防人似防囚。不下樓，一半兒諒他一半兒咒。

宵來悄步曲闌陰，驀遇檀郎喜不禁，握手花前玉漏沉。夜深深，一半兒猜疑一半兒認。

春光已到宋家東，小倚闌干數落紅，鐵馬聲傳簷下風。響丁冬，一半兒消停一半兒動。

香蘭房居嫩寒輕，坐背銀釭怨月明，驀地人來心暗驚。見多情，一半兒喜歡一半兒恐。

香肩偎倚太殷勤，帶緩纖腰度幾分，私語纏綿不忍聞。淚紛紛，一半兒喬明一半兒信。

屏山腳下小勾留，欲卸殘妝轉自羞，幾度催眠不點頭。眼波流，一半兒推辭一半兒就。

別郎时節正新春，盼得郎來春已除，訴罷衷情淚滿襟。你憑心，一半兒□郎一半兒恨。

春風偷入莫愁家，笑撚庭前夜合花，銀燭高燒照碧紗。認不差，一半兒依從一半兒怕。

燈邊切切問檀郎，花信風過妨不妨，明月團圞夜正長[三]。慢商量，一半兒實情一半兒謊。

殷勤翠袖倚郎肩，紅淚雙流劇可憐，説甚盟言山海堅。哄嬋娟，一半兒相偎一半兒遠。

拋郎獨自倚窗紗，掐碎釵頭茉莉花，故作嬌嗔喬坐衙。目微斜，一半兒真情一半兒假。

瓜分年紀可憐生，粉捏腰肢掌上輕，碧玉今年初解情。喚卿卿，一半兒搖頭一半兒肯。

明珠煥彩玉無瑕，十五盈盈是小家，獨立東風撚杏花。漫嗟呀，一半兒聰明一半兒傻。

香奩，【一半兒】曲

同行小妹上頭初，翠黛朱櫻賽畫圖，豔雪風姿白玉膚。儂不如，一半兒可憐一半兒醋。

香軀扶病奈何嬌，一段春愁上柳條，螺黛研濃眉懶描。太無聊，一半兒含顰一半兒笑。

翠翹金鳳下妝樓，閑卷珠簾上玉鉤，十二屏山隔遠愁。小勾留，一半兒離間一半兒湊。

鴛鴦繡罷蹙雙蛾，一點嬌紅暈玉窩，隔着紗窗看見他。故磨跎，一半兒是他一半兒錯。

香魂驚轉碧紗廚，雲母窗前頭懶梳，接到檀郎湖上書。罵糊塗，一半兒歡欣一半兒怒。

天然風韻細腰肢，一領冰綃弱不支，閑倚高樓望九嶷。遠迷離，一半兒青山一半兒水。

兒時曾記挽雙丫，悄步門前劇折花，春色深藏宋玉家。這些些，一半兒遊蜂一半兒㨗。

春風一線裊爐烟，心字香燒不卷簾，最愛凝妝倚畫闌。漫流連，一半兒流鶯一半兒燕。

機中錦字淚痕新，鏡裏蛾眉兩段春，翠繞珠圍最惱人。問假真，一半兒胭脂一半兒粉。

鄰家姊妹小嬋娟，鬥草春風髻子偏，羞説唐家楊玉環。惡因緣，一半兒金釵一半兒鈿。

盈盈含笑倚妝臺，碧玉連環解不開，呼婢邀將鄰女來。共疑猜，一半兒羅裙一半兒帶。

香篝撥火坐三更，繡閣春寒翠袖輕，欲卸晚妝忽動情。再惺惺，一半兒珠花一半兒勝。

曉寒壓被繡帷開，小婢殷勤撥火來，獨對菱花頭懶擡。一聲唉，一半兒螺丸一半兒黛。

宫花時樣綴珠璣，寶釧光明耀火齊，價值千金婢不知。太呆癡，一半兒釵環一半兒珮。

花枝婭姹助妝成，茉莉穿簪壓鬢輕，比作畫圖太瘦生。認分明，一半兒牙梳一半兒鏡。

娟香扇墜簇紅絲，粉玉凝光手自持，小對菱花子細窺。好風姿，一半兒鬢花一半兒的。

勸世道情

桑田滄海幾驚心，蒼狗白雲成古今。欲向君平問消息，人生一定是升沉。自家砭俗道人是也。現身説法，曾看頑石點頭；苦口勸人，聊學天龍豎指。營營逐逐，可笑可憐。雖然使盡萬般心思，却是做了一場春夢。恍恍惚惚，先覺何人？糊糊塗塗，經營甚事？你看紅塵之中，争名攘利，無盡無休。不是冷露中寒蟬，便是熱鍋上螞蟻。當局者茫然不悟，旁觀者看得煞清。勸之不能，警之不得。思量此事，直是無可如何。今日閑暇無事，我不免謅幾個道情，到世界上唱歎一番。或者唤醒於他，也是一場功德。

顛道人，説道情，莫喧嘩，子細聽，萬般事業皆由命。集枯集菀皆前造，呼馬呼牛過一生，浮萍飛絮原無定。早知道空花泡影，没來由奪利争名。

道光中，海禁開，五洲會，汽輪來，泰西直越地中海。法人南徼挑兵釁，日本東瀛啟禍胎，拳民更把中華害。若再不亟圖富强，我黄種盡是奴才。

最可惜，康與梁，變新法，太慌忙，幾乎徑把身軀喪。章程愈改人無主，新舊交閧禍未央，胡蘆畫出終依樣。説甚麽講求實學，唱自由先廢三綱。

怎知道，時勢難，思想起，心膽寒，可憐冷眼從旁看。應酬上憲真能吏，保護教民是好官，添丁加税多籌款。全不想漏卮彌補，整武備添造兵船。

讀書人，更不强，爲壯觀，入學堂，青衣白領西人樣。測天量地終無用,文字語言更不詳,星期一到沿街逛。似這等皮毛學問,倒不如八股文章。

最繁華,是女娘,去黰飾,喜淡妝,洋脂洋粉嬌模樣。納涼愛飲荷蘭水,浣手多添花露香,賽銀烟管春雲漾。第一樓偷閑小坐,碧螺春撲鼻芬芳。

最暢懷,是茶園,撥活火,烹雨前,沾唇始覺瓊漿賤。旗槍春盎蓮花盞,黰雪香迷茉莉籃。樓中香榻烟痕滿,坐片時梨花月上,解錦囊燈下數錢。

大自在,是烟寮,吸沆瀣,撥霞膏,銀燈影閃玻璃罩。烟霞古洞調金管,花月揚州品玉簫,賞心樂事知多少。銷魂處陳蕃榻上,遊仙枕終日逍遥。

戲園中,弦管鳴,拍香檀,調玉笙,紅氍毹上仙雲影。花枝解語金無價,柳葉傳神玉有情。揭簾喝彩人聲競,流連處新歌一曲,須提防天上人聽。

嗜賭人,莫浪誇,把金錢,等泥沙,迷龍幻相真堪怕。黄牌手法能招禍,葉子因緣終破家,雙輝銀燭分籌馬。更有那千金一擲,花□頭當作生涯。

最富豪,是洋商,販洋貨,開洋行,衣冠華麗充官樣。票單偷漏海關道,勢利結交官幕場,十年不結收支帳。常來往輪船鐵路,辭天津又到申江。

勸世人,早回頭,鬧攘攘,幾時休,紅塵看破誰能彀?人情薄似隨風絮,歲月疾於下瀨舟,有錢只買今朝酒。收拾起當場閑話,枉教人半晌勾留。

此番唱歎君休笑,憂世傷懷抱。落日動秋風,遠山明夕照。俺則待唱着這道情兒歸山去了。

歎風月道情

歷亂鶯花三月春,劇憐天地一癡人。阿儂絶少傾城色,不是西施莫效顰。自家有心道人是也。一瓶甘露,灑來應化爲蓮萬種;癡情醒後,方知是夢思之無味。説也可憐。昨日與東海蟄仙、天半逍遥子,在明湖居觀劇,見有女伶二人。一名玉福,一名紅寶。生得容華絶世,豔麗無雙。體態安閑,秋波撩送。珠喉一轉,四座生春。雖非天下第一美人,到是兩個有情女子。這也不在話下。不料他二人回來,相思不忘,着了色魔。我不免謅幾個道情,到他二人齋中,唱歎一番。藉此唤醒於他,也是一段快事。

有心人,太狂顛,風流興,未嘗捐,批風抹月生平慣。樽前笑解同心結,大内曾開並蒂蓮,紅燈緑酒春宵暖。俺縱有閑情萬種,看做了水月一般。

記當初,少年心,結絮果,覓蘭因,多情羞煞鴛鴦錦。九龍玉佩投仙史,雙鳳羅巾贈美人,花香無奈春風怎?自得了金丹大道,一翻身跳出紅塵。

蟄仙翁,意氣粗,解黄金,贈當壚,探花幾到娜嬛府。翠簾夜月調鸚鵡,紅袖春風舞鷓鴣,采蓮船上聞簫鼓。想長安名花看遍,還賞識小玉校書。

逍遥子,道學名,風月事,不關情,無端觸起風流興。金環脱手憐蘇小,銀絹纏頭贈愛卿,阮囊羞澀三春罄。一自從相逢阿寶,悶懨懨獨對孤燈。

問二君,胡爲乎,休依様,畫葫蘆,道人原是情天主。逢場作戲情疏脱,惜玉憐香事有無,胸懷未被聰明誤。俺自有冰心一片,明朗朗藏在玉壺。

擲金錢,徵妙歌,單相思,可奈何,蛾眉盡是賠錢貨。珠擎掌上原憐你,金盡床頭又屬他,青樓誰識風流我?俺情願輕揮慧劍,爲二君斬斷情魔。

笑野花,紫與紅,問因緣,色是空,陽臺本是荒唐夢。梅花玉笛高樓上,翡翠湘簾明月中,癡情如此同誰共?倒不如高歌一曲,醉醺醺付與東風。

勸蟄仙,莫迷陽,紅樓夢,細參詳,癡心休作憑空想。六州鑄鐵能成錯,頃刻開花不是香,天涯旅夢真惆悵。收拾起囊中琴劍,趁青春正好還鄉。

逍遥子,須達觀,作事業,莫辭難,青雲方顯男兒願。三千粉黛皆如土,十二金釵便是仙,美人自古藏黄卷。問他年樓臺歌舞,原在那經史鑽研。

道人癡語君休笑,悟後方知妙。才比岫雲生,心如明月照。俺則待唱這個道情兒,把君唤醒了。

直是晨鐘暮鼓,唤醒一切。翰臣郭錫祺。

懺紅道情，爲飛鴻館主作

花鄉春老不知愁，沉醉東風恣未休。薄幸名多天不管，十年悔煞在揚州。自家懺紅道人是也。柔情未斷，那堪軟蝶勾來；癡夢方酣，恰被流鶯喚醒。思量往事，可笑可憐。只因作了半世癡人，不料添得許多煩惱。這也不在話下。今日清閑無事，頗覺自在逍遥，不免謅幾個道情，將當年罪孽，懺悔一番。藉此唤醒世人，也是一場功德。

癡道人，性情疏，綺語戒，未消除，風流反被風流誤。紅酣翠膩風光暖，玉醉香迷小洞虚，鴦箋譜出相思句。抵多少閑情萬種，都成了依様胡盧。

問個儂，何多情，意煎煎，可憐生，心猿意馬常無定。碧桃花下春三徑，雲母窗前月半棱，羅幃低掩香肩並。軟咍咍蘭房深處，背銀燈悄訴衷情。

劉碧玉，是小家，腰輸柳，靨羞花，勝常未道紅生頰。媚含秋水情無限，軟握春纖玉有芽，明珠十斛千金價。最好是紅燈緑酒，蘇合香薰透輕紗。

穿芳徑，扣朱扉，卸繡幌，掩香帷，無言悄把銀釭背。側身護影遮紅袖，小語偎人蹙黛眉，口脂散馥增嬌媚。乍相逢洛川神女，攜高唐雲雨同歸。

芙蓉面，醉花叢，楊柳腰，舞春風，巫雲鎖住同心夢。遠山雨滯三分翠，曲徑花飛一撚紅，春深似海誰能共？仿佛是西廂待月，俏雙文偷度牆東。

牡丹亭,花正開,楊柳梢,月上才,千金一刻誰能買?酒斟琥珀傾金液,帳暖芙蓉溜玉釵,柳娘笑解香羅帶。暢好是燈前枕畔,細端詳可憎的才。

小柳條,洩春光,苦相思,惱斷腸,藍橋春水如天樣。梁間燕子驚春夢,門外驪駒送夕陽,宵來明月淒涼況。卿作了離魂倩女,我作了陌路蕭郎。

惡姻緣,惱殺人,教相見,不相親,最難消受多情恁。芳姿團扇多憔悴,司馬青衫有淚痕,桃源有路應難問。只贏得柔腸九轉,盡日價情思昏昏。

想嬌姿,忒風流,念恩情,更綢繆,珠還合浦怎能彀?夢中歡笑明知假,醒後思量不自由,從今拼卻丟開手。怎禁他相思一片,常掛在眼角眉頭。

自別後,想從前,意中人,各一天,青鸞飛去音書斷。風中柳絮原無定,樓上花枝笑獨眠,春花秋月消磨慣。没來由提心在口,常贏得意惹情牽。

初相逢,喜非常,乍別離,意難忘,朱櫻翠黛嬌模樣。媚香扇墜丁香珮,卍字闌干亞字牆,蓬山隔斷莫惆悵。一霎時蜂黄蝬粉,孤負了海棠春光。

空是色,色是空,鬧擾擾,春夢中,一聲清磬心驚動。漫將綺語留遺恨,好把文章補化工,陽臺本是荒唐夢。看天邊白雲蒼狗,説甚麽月貌花容。

現身説法君聽者，不是閑饒舌。狹邪能戕生，密約終成孽。且聽俺這段道情兒，有深意存也。

勸世道情

桑田滄海有升沉，蒼狗白雲成古今。莫怪杜陵憂世切，蒼生霖雨甚關心。自家有心道人事也。現身説法，曾看頑石點頭；苦口勸人，也學天龍豎指。叵耐這世界上的人，不明道理。當此時勢多艱，列强環伺，直把我中國看得無人。要不講求些學問，尋一個跕脚的地方，求一個立身的事業。子細想來，是何了局。不料那紅塵之中，争名奪利，無盡無休。不是冷露中的寒蟬，便是熱鍋上的螞蟻。豈不可笑，豈不可憐？這正是燕巢幕上、魚遊釜中的時候，尚是不知警懼，直是無可奈何了。今日閑暇無事，我不免謅幾個道情，到世界上唱歎一番，或者唤醒世人，也是一場功德。列位請坐，聽我道來：

有心人，説道情，莫喧嘩，子細聽，世人盡做三春夢。人情到此誰能化，名利從來總是空，思量時勢心酸痛。我不免謅些瞎話，權當作暮鼓晨鐘。

道光中，海禁開，五洲會，汽輪來，西人直越地中海。法人南徼挑兵釁，日本東瀛啟禍胎，拳民更把中華害。若再不亟求自立，我黄種盡是奴才。

讀書人，太不强，把學問，等秕糠，虚聲純盗良心喪。文明進步人偏少，新舊交訌禍未央，胡盧畫出皆依樣。説甚麽講求實學，盡都是名利心腸。

怎知道，時勢難，思想起，心膽寒，有人冷眼從旁看。毫無智慧真人役，不讀詩書是野蠻，利權外溢無人挽。最可惜聰明子弟，一個個吸了洋烟。

回頭望,我東鄰,遍國中,氣象新,國民教育成標准。變更法令伊藤相,管領度支井上馨,天生三傑英雄恁。一個個主張歐化,終振起尚武精神。

拿破侖,真壯哉,用兵武,掃氛埃,霹靂到處人驚駭。南征埃及威名遠,北破俄兵基業開,英風震鑠波羅海。雖然是出師未捷,也等得曠世奇才。

大彼得,爲俄皇,雄赳赳,求自强,變裝偷入工人廠。變通新法仿西式,訓練水師鎮北洋,雄才大略世無兩。遷新都聖披得堡,漸漸的拓土開疆。

想群雄,真絶倫,我中國,豈無人,爲何不把威風振?外交内政皆先務,愛國合群有熱心,普天率土同忠憤。再若要因循誤事,恐被人豆剖瓜分。

求進步,須改良,開風氣,莫荒唐,農工商務般般講。搜羅寶貨開商埠,教育人材設學堂。用心莫學皮毛樣,須知道中華文物,全球上自古無雙。

八股廢,學界寬,弓箭去,武備全,多年陋習一朝變。人人都道讀書好,日日才知吃飯難,亡羊莫悔補牢晚。趁此時同心努力,依然是舜日堯天。

還有那,婦女儔,女學界,須講求,雙彎放卻休留逗。班昭百代才華富,孟母三遷教訓優,持家道理須明透。君不見緹縈救父,孝女名彪炳千秋。

勸世人，莫胡塗，鬧穰穰，胡爲乎，何須守舊稱頑固。平權莫信時人論，安分勤披古聖書，遊移莫作隨風絮。收拾起當場閑話，枉費了半晌功夫。

者番唱歎君休笑，憂世傷懷抱。落日動秋風，遠山明夕照。俺則待唱着這道情兒，歸山去了。

熟於中西歷史，熟於本國人情，借道情唱出，委婉動人，是詩史，是風謡，是佛偈，喚醒世人，一起頫首。李明浦。

（王維言《玉映樓纈芳集》）

套　數

贈凝翠軒主人南北曲一套

【新水令】

想平陵最好是湖山，我與君平分一半。秋高紅樹老，春晚緑波寒。栗六蘭三，作一個無拘束漁樵伴。

【步步嬌】

記當初湖上相逢天氣暖，楊柳飄金線，芙蓉蕩畫船。賭酒評花，任意兒没拘管。顧影自翩翩，逞風流又被姮娥賺。

【折桂令】

不提防蝴蝶兒飛上花邊，鬢影衣香，月債風緣。最銷魂燈灺酒闌，香疏粉褪，藕斷絲連。這壁廂梨花人面，那壁廂杏子輕衫。幾番兒心比紅蓮，情比紅綿，誰料想花落春風，翻惹得梁燕呢喃。

【江兒水】

休恨藍橋遠，還將綵線牽。喜孜孜看滿桃花扇，韻琤琤聲動梅花釧，静悄悄月照藤花院，恍惚惚桂花宫殿。果然翡翠蘭苔，莫錯認天台麻飯。

【雁兒落】

再休題訴相思寫花箋，説甚麽贈羅巾還珠串。你看有的是石季倫金谷園，有的是李三郎長生殿。酒醒時品笛曲欄邊，夢醒時聯句妝臺畔。玩秋月呼婢卷珠簾，怯春寒燃火添香篆。年年掃落花開夜讌，天天鬥芳草佩宜男。

【僥僥令】

書生真面目，才子舊因緣。花月痕惹得魂兒戀，似者般多情人共樂傳。

【收江南】

嗏，我也把風流佳話寄毫端，羨主人豔福種生前。仗豪情花天月地快流連。閑來時走馬章臺，認取五陵少年，認取五陵少年[四]，羨煞人鶯花隊裏作神仙。

【園林好】

對柴門湖水澄鮮，敞雲窗佛岫烟巒。好景兒任人消遣。買畫舫水中天，占名區秋柳園。

【沽美酒】

望城外鵲華山，望城外鵲華山，想名流今不見，空剩楊柳斜陽鎖碧烟。

没些兒隔限。想當日東海邊,我望蜃樓鏡中成幻,訪鶴忙裏偷閑。逞壯志山亭舞劍,寄高情乾坤放眼。你呵休笑那英雄氣短,休被那兒女情牽,步青雲方顯得男兒願。

【尾聲】

從今不受情絲絆,拼個詩酒狂歌也得自然。你看那春夢迷人有誰喚?

贈李雲林同年南北曲一套

【新水令】

謫仙去後酒樓高,問君家文章多少? 湖山留勝跡,詩酒證仙僚。烏帽青袍,認得這瘦書生的一幅梅花照。

【步步嬌】

沉香亭子【清平調】,筆底花生妙。想當年意氣豪,留幾卷詞章,剩些須墨藻。蘭芷競舒翹,承家學共説七郎好。

【折桂令】

暢好是采芹香泮水逍遥,趁山川秀色,乘興揮毫。接連着天開恩榜,槐花黄後,桂子香飄。原指望戰棘闈元燈照耀,登桂苑雲路翔翺,果然是翼展扶摇,身謝塵囂。誰料想副車誤中博浪沙,挫了英豪。

【江兒水】

文運開鵬翼,仙才起鳳毛。你天涯誰和陽春調,你濁興誰識明珠寶,你山澤誰佩蘭蓀草,羸得奇材排奡,貢入成均,從此後文名遠噪。

【雁兒落】

幾番兒對青燈,三更鶴夢遥。坐青氈五夜雞聲早,披青緗千篇鴛錦詞，攤青箋寫幾卷鶯鳴稿。呀，早碧芸窗外月輪高，眼見那邊舊詩朋折柬招，轉瞬間秋風兒又來到。自分是金榜上姓名標，遊也麽遨。莽征車往返平陵道，波也麽焦。歎風雨重陽劍氣消。

【僥僥令】

待提起莫多磊落品，盡教人惆悵又牢騷。關心惟有同胞，忘不了桃李好。只得托南飛的孤鴻把錦字捎。

【收江南】

説甚麽濟南年少呵，笑逸興枉雲高。有幾個桂林快赴辟賢軺，有幾個杏林又被春風笑。歎貞松不老，悵芳蘭自熬。只剩得暮雲春樹雨瀟瀟。

【園林好】

披鯉書深情綿邈，承鶴簡雅意訂交，羨高懷一塵不擾。文字禪最難逃，名利心須丢掉。

【沽美酒】

望黄河水一條，望黄河水一條，我空在沙棠舟上倚蘭橈，偏隔着駭浪與驚濤。想後期難料，曾幾番水遠又山高。這壁廂雪泥鴻爪，那壁廂鳳翥鸞飄。待重論詩書宿好，定當在北燕南趙。今日個風月淒寥，山水蕭條，博詩人臨風一笑。

【清江引】

從今莫恨知音少，我與君一般的夭矯。填一套南北曲兒，聊當瓊瑶報。

爲榕湖主人朱福階亡姬李蓮仙女史作南北曲一套

【新水令】

莽天涯何處吊湘君,燕子箋落紅成陣。巫雲春一夢,花月夜千金。如小果蘭因,風流人偏贏得風流恨。

【步步嬌】

記當初小住仙源花正嫩,螺黛山光潤,鵝黄柳色新。賭酒評花小紅樓,何處問雙屐踏雲深,入天台一路香風引。

【折桂令】

暢好是道勝常雅意殷勤,嚦嚦鶯聲,花外微聞。乍相逢暗結同心,酒碧燈紅,真個銷魂。這壁廂紗櫥寶枕,那壁廂檀板金樽。幾番兒窗畔逡巡,燈畔温存,不提防愛水生波,倒被那嫦娥笑人。

【江兒水】

旅夢三千里,芳齡十七春。誤煞人一盞紅螺醞,痛煞人兩段彩鴛錦,悔煞人幾幅青鸞信。霎時間心驚眼瞤。恨他江上芙蓉,苦殺了司花令尹。

【雁兒落】

再休題秋香院醉紅裙,説甚麽妝鏡臺攜玉筍。你看有的是九霄月掩浮雲,有的是一爐香成灰燼。楊通幽妙法何曾真,李少君幻術全無准。焚靈符何處召香魂,窺寶鏡無賴留紅粉。傷心,相思事説不盡。傷神,琵琶弦調不匀。

【僥僥令】

三杯新緑酒,十大軟紅塵。盡癡情憔悴何郎粉,渾不是賦香草懷美人。

【收江南】

呀,我曾聞揚州當日杜司勳,他選花還向曲江濱,不多時殘紅滿地緑成陰。記生平惜玉憐香,竟把良緣因循,把良緣因循,惱殺人簾前鸚鵡喚頻頻。

【園林好】

盼重逢夢中問訊,思往事醒後酸辛。把一枝名花揉躪,恨阿母太無親,報檀郎拼此身。

【沽美酒】

懷千古女英俊,懷千古女英俊。梁緑珠性情峻,知他花是顔容冰是心,没些兒私徇。紅拂女更絶倫,把豪俠情眉頭暗隱,風塵恨心上平分。識真才藥師偕遁,聯同宗仲堅相認。你呵重多情淺笑輕顰,拼餘生玉碎珠沉。料想那斷腸人安能忍?

【尾聲】

從今抛卻相思分,但願再世玉簫也學横陳,休笑那多病潘郎成緑鬢。

題張海門司馬家藏韓文公落霞琴南北曲一套

【新水令】

廣陵人去月輪高,鳳凰山梧桐秋老。滄桑餘感慨,風雨幾蕭條。劫火頻燒,留下這磨不滅的三尺青囊寶。

【步步嬌】

落日東風閩中道,山水殊清妙。有詞臣駐星軺,悵芳草天涯,望斜陽林表,旅夢逐鞭梢。欲吟詩恐被山靈笑。

【折桂令】

不提防危岩下龍吟虎嘯,驀一聲霹靂目眩神摇。分明是佳城鬱鬱,漆燈未滅,石匣横交。百忙裏肅衣冠墓門拜倒,奠清酒淺土頻澆,有古琴緑玉周遭,朱弦七條。認得是韓家故物,啟琅函光燦瓊瑶。

【江兒水】

詩卷花生筆,文章夜起潮。闢佛骨砥柱中流峭,貶潮陽風雪藍關渺,折强藩忠義乾坤傲。畢竟奇才卓犖,詩酒餘閑,有幾許風流懷抱。

【雁兒落】

幾番兒設檀床雨敲松子飄,坐芸窗曲譜梅花巧。寫茅廬千秋梁父吟,眠蕉陰彈幾套平沙調。嗏,莽平陵烽火透重霄,眼見這邊上將軍萬寶刀,剿不盡紅巾兒三千攬。幸留下竹樓兒一半牢,波也麽焦。歎圖書滿架皆焚了,遊也麽遨。喜絲竹有靈聲未消。

【僥僥令】

待提起磊落光明品,卻教人何處報投桃。高山流水迢迢,想高風今已邈,只剩得四寸的軫池把姓字標。

【收江南】

説甚麽潁川遺老,呵笑意氣枉稱豪。自分是海中琪樹韞仙巢,倒做了茂陵金碗人間少。喜香光墨藻,歎忠愍才高。一任他名流題詠吮仙毫。

【園林好】

想當年人隨雲杳,到而今神與古交。羡高懷一塵不擾,文字禪定難逃,翰墨緣偏相遭。

【沽美酒】

軟紅塵十丈高,軟紅塵十丈高。不數那雙成笙與子登璈,翻覺着簫管太嗷嘈,惹詩人煩惱。好冰絲匀配錦囊韜,一彈時鳶飛魚躍,再彈時鳳泊鸞飄。問何人雪泥鴻爪,有落霞仙館遺稿。今日個風淒月寥,茶乾酒消,枉教人臨風憑吊。

【清江引】

從今莫道知音少,瘦書生眼福真不小。這是那大明湖上張氏傳家寶。

法官歎南北曲一套

【北新水令】

土牆土屋太荒涼,無半點法庭氣象。紅氈鋪半案,皂役列兩旁。高坐堂皇,高坐堂皇,也裝個縣尊模樣。

【南步步嬌】

生平豪氣淩雲上,有分登金榜,無緣到玉堂。命運平常,説甚官星旺。無印無堂,但憑着高審廳一紙委任狀。

【北折桂令】

民刑訴子細參詳,辦了些命盜重案、鬥毆輕傷,還有那誘拐婦女、收受藏匿、詐財貪贓。有幾個刁棍徒難逃法網,有幾個狠强盜鎖押班房。氣味難當,身體遭殃。更頒下易笞條例,只打得出生入死,血肉飛揚。

【南江兒水】

民事案更莽撞,假契約獻上堂。最難辨宅基地,畝争夥巷,爲債務盡都是造謊賬，要證據只落得無影響。再休提無冤無枉，要知人情狙詐，漸漸的刁風日長。

【北雁兒落帶過得勝令】

又撞着河北地盜賊更猖狂，好百姓受劫遭魔障。只顧着日夜裏嚴提防，又誰知衆惡徒膽更壯。他放響馬肆强梁，放明火執兵仗。説甚麽武裝，膽敢把官兵抗，説甚麽警防，可憐把勇隊傷。商量，購眼線緝獲休輕放，慌也麽忙。訊實了捆綁，起斷送，一聲槍。

【南僥僥令】

供詞千百字，堂判兩三行。只見分類卷宗歸一檔，還有那判决書紙一張，判决書紙一張。

【北收江南】

呀，司法部訓令莫違章，高等廳通飭更周詳。盡都是風行雷厲，一行行牢記莫忘。手續熟，莫更張。

【南園林好】

任憑你反蒼作黄，任憑你李代桃僵，俺自有秦廷孽鏡，魑魅影難遁藏，魑魅影難遁藏。

【北沽美酒帶過太平令】

莫須有，太荒唐，清慎勤，自主張。盡生平不飲貪泉，那有枉法贓。謝朋友八行，破情面勵官方。一任他鬼蜮伎倆，一任他奸雄度量，一任他狐朋狗黨，一任他銀錢金磅。俺呵自有那手段高强。嗏，逃不出老法官天羅地網。

【清江引】

研究法律求真相，那管人誹謗。風波世路難，險詐良心喪。到何日改作個行政官長。

（王維言《玉映樓纈芳集》）

校勘記

［一］王維言《夏小正箋疏》卷首、《毛詩疏證補陸》、《陸疏廣證》、《毛詩名物狀》、《方言釋義》每卷首下均署："歷下王維言學。"《玉映樓纈芳集》之《仙子警夢記》附記："予於戊子歲更今名時，易字念如，號夢簫生。……壬寅嘉平九日，歷下王維言海秋氏附記。"

［二］王維言《玉映樓纈芳集》中有文提到的年代均在光緒年間，如《同寅春宴圖序》："光緒丙申正月八日，東郡馮太守蘭楫宴同寅於府治之依緑亭。"《春夜書懷詩序》附記："己亥新春，小遊冠氏。……庚子仲春望後，海秋氏識。"《蔣振生澄心圖額跋》："癸卯仲秋，來遊大梁。"光緒丙申是光緒二十二年(1896)，己亥、庚子、癸卯是光緒二十五年(1899)、二十六年(1900)、二十九年(1903)。王維言《方言釋義》卷首《方言釋義自序》提到"年十五"，但不知其十五歲是哪一年，也無法確定其生卒年。序云："年十五，從家大人學爲制藝及詩賦雜作、解經之學，幾二十年。趨庭之暇，輒肆力於故訓。……乙未春，公車東旋，偶檢素昔所札記者，琳琅觸目，不忍棄置，遂匯而抄之，删其煩，益其簡，自乙未五月至丁酉六月，其功始竣。……時太歲在强圉作噩季夏伏日，歷下王維言海秋氏謹識於東郡學署。"乙未、丁酉是光緒二十一年(1895)、二十三年(1897)，"强圉作噩"，丁酉年。

［三］圞：原作"欒"，據文意改。

［四］取：原缺，據前文補。

范　濂

范濂(1847—1905),字禹萬,號鏡川、咄咄子,晚號聾丞,浙江山陰人。自幼定居江西。爲謀生計,先受雇抄書,後授館江西廣豐,又遊幕四川、江西豐城、永新等。工詩文詞曲,有《世守拙齋詩詞》、《如何是可齋外集》等。傳見章乃羹《觀山文稿》卷九《范鏡川先生墓表》。

套　數

題鳳蘭校書《簪菊圖》

豐溪鳳蘭校書鬻歌爲生,豔如桃李,而冷如冰雪。遊客意所不愜,多遭白眼。即愜意者,酒闌曲罷,亦以閉門羹待之。以故色未衰而貧甚。厭原山樵憐其遇,爲營香巢,鏡檻繡床,色色周妥。既落成,復爲寫《簪菊圖》小影,徵諸同人題詠。余自甲戌歲識校書於賽會畫舫,瞬忽五年。羅隱重來,雲英已嫁。青衫顑頷,紅粉飄零。境異情同,觸懷興感,率題此曲,以質知音。時戊寅冬日也。

【三疊引】

黄花開遍疏籬畔,絶好幽居庭院。着個戴花人,更比花容嬌蒨。

【九回腸】

是纔將鬟鬟雲斂，是纔將眉黛青填。披叢揀得霜葩豔，拈來欲插俄延帶。將翠葉多應翦，配着金釵色可鮮。癡凝眄，千斟萬酌成嬌怨。怨容成悄對無言，簪花格調誰人獻？整髻風情衹自憐，卻恁地教周昉輕瞧見，將幽意畫圖傳。

【巫山十二峰】

揚州樊川遊倦，溯濃春如過電。只芳卿舊事尚逢場，觸念喧闐一畫船。嬌坐篷窗按四弦，歌喉轉，鶯簧新弄，雁箏低撚，天遣韶光正豔。是瓜分碧玉，一樣芳年。頭纔上了，龐兒比滿月還圓。人前含情，故擲橫波眼。忽地紅潮上雙臉，暢舒懷錦地花天，那關心春鴻秋燕。不多時檀槽撥到愁邊，歡場氣象隨時變，豪情盡斂。縱然一曲當筵，紅綃投贈尠。況清裁姹女，自來羞數錢。只落得效餐英，作一個神仙眷。看階前玉潤霞妍，敢說兒家晚節堅。衹風斜雨細，月苦霜嚴，亭亭瘦骨依然健(時方病起)。豔思捐，蝶和蜂，難留戀。茫茫路歧，自傷窮阮，鴻泥再印。借人家一椽，漫說文章光焰，也只與杜韋娘清歌同賤，信黃金壓得吾曹匾。有美玉且懷卷，待將愁寄翠鈿，訪仙源。怕桃花再避漁郎，畫蘭心眷，鬟影黏，衣香戀。看圖卻把黃花羨，何須孤僻訝陶潛，知己有嬋娟。

【尾聲】

徵歌自分難如願，且結丹青翰墨緣。須知道微笑拈花即是禪。

渝川紀事

【雙調・新水令】

聽東鄰陡地起喧嘩，啟門瞧教人唬煞。是粉香叢生毒火，胭脂虎厲鋼牙，醋海無涯。這波浪潑天大。

【駐馬聽】

則見椀擲盤撾，肴酒淋漓飽犬豭，床翻榻卸，枕衾歷亂委泥沙。喊冤聲一路到官衙，火雷簽頃刻臨茅舍。人擠軋，幾乎軋倒蒲桃架。

【雁兒落】

一個小青衣將髮髻抓，一個紅號褂把衣裳搽。一夥傻紀綱簇擁着行，一班賤廝養跟隨着罵。

【得勝令】

没奈何屈嬌膝案前爬，只落得垂粉頸淚如麻。畢竟是菩薩低眉善，不似那金剛怒目加。鞭枷，全羞恥姑寬赦。皮撾，責香腮聊示罰。

【沉醉東風】

纔喜的睹青天霧消雲化，又誰知忤星辰陰錯陽差。想從來女子癡，怎識得官媒詐？誑漁郎誤入桃花，逼索媒紅不肯賒，疾喚起門前伏甲。

【水仙子】

野鴛鴦雙縛送晨衙，衆鬼蜮齊施射影沙，老龍圖難恕傷風化。有誰歌莫打鴨，但加功折柳摧花。霎時間碎裂了櫻桃口，雕零了玉粳牙，兩芙蓉血灑紅霞。

【折桂令】

想通都多少烟花，誰不令嫖客憎妻，誰不教蕩子傾家？它怎生不慮争風，不憂潑醋，不畏搜拿？衹不過交官幕憑資庇廈，結丁差免受梳爬。一琖香茶，幾口烟霞，能消得幾個銅錢，卻省了無數波查。

【離亭宴帶歇拍煞】

你道是暗偷情恥學河間姹，怎知道穢名傳難擺幽閨架？到如今空自嗟呀，挨盡了苦痛刑，吃盡了官媒氣，聽盡了譏嘲話。狂蜂侮落英，餓犬窺殘炙。好難堪惡耍。搦一搦牡丹芽，探一探雞頭乳，摩一摩桃花頰。含羞不敢言，欲拒還遭駡。没阿堵央人乞赦，似這等活摧殘，倒不如死瀟灑。

題《春波照影圖》

【北中吕・粉蝶兒】

無地埋憂，借填詞消磨長晝。歎人生一似浮漚，月難圓，花易落，好春不久。拍紅牙細數根由，畫中人也應眉皺。

【南泣顏子】

身世托扁舟，鐘毓江山靈秀。娉娉嬝嬝，春風荳蔻梢頭。羅幃静守，閟葳甤不許遊蜂覯。繡春衫瞋繡鴛鴦，誦風詩嫌誦雎鳩。

【北石榴花】

記當年一船書畫住滄洲，小杜正風流。向篷窗初見便情投，把嬌波暗溜。暖語時兜，雛年那便春懷逗。定前生印下綢繆，粉脂馨化作如蘭臭，水雲鄉何意接温柔。

【南泣顏子】

清秋蛩語夜，啾啾知人愁。數更籌鳳鞵罷繡，替安排茗碗香篝。寒生纖手，潤詩腸還把新橙剖。豔晶晶紅袖青衫，絮叨叨射覆藏鈎。

【北鬥鵪鶉】

纔提起秋夜情懷，更憶着春陽節候。泊花汀憑檻觀魚，背阿母拔釵沽酒,笑酌深杯勸不休。任酣眠,倚翠幬,似這般坐傍行偎,又何必鶼雙鰈偶。

【南撲燈蛾】

長疑背地愁,問着語還羞。是紅絲暗牽成錯謬,求燕婉戚施偏遘。似没價珠遭塵涴,似無瑕璧向泥投。雖不到琴焚鶴煮,也怨香愁玉一生休。

【北上小樓】

斷腸詞慘罷謳,傷心淚觸又流。有多少繡虎才華,扛鼎英雄,炙輠機謀,衹不過跡溷吹竽,人輕彈鋏,侶儕屠狗,比傾城更增僝僽。

【南撲燈蛾】

也休把天公苦咎,這都是理中應有。牽恨的楊柳腰,含淒的秋水眼,好光景怎生消受?從古道紅顏薄命,有誰能福慧雙修?則索向丹青留影,使彩雲朝槿得千秋。

【尾聲】

漢皋不是巫陽岫,雲自無心水自流。莫錯認逃越鴟夷載美遊。

題《秋棠雙影圖》

廣晉之野,大河之濱,有鑒湖夢隱之寓圃焉。主人莳秋海棠二叢於籬下,素商將晚,著花甚繁,爰有雙姝來繡其側,並皆韶顏稚齒,與花相歡。主人常有詩紀之。曾不幾時,人境俱失。主人適館豐溪之歲,屈指曩昔,星已一終。對秋花之仍茂,感芳塵之不再,因圖前景,並賦四詩。意有未伸,復制此曲。

【雙調·十二紅】

悔閑情中年元亮,抛綺債無心周昉,衹難消鮫珠滿懷,灑齊紈幻作秋花放。想當初托體在空江上,有誰愛惜、愛惜加培養。只被冷雨淒迷,逼出風情高朗。溯前身空閨怨長,更今生霜天夢涼,還喜有雙株相傍,雁候蛩餘,把絮果蘭因同講。蜂喧蝶嚷,溷猜疑勾人野薔。看它雖是嬌模樣,卻中心一點金黄。繁華伴當,數秾李夭桃,都嫌放浪。合歡羞作隊,萱草恥同行。算許結知心,衹有修篁。指望移栽書幌,與鄭草江花並芳。誰知薄命,忽地遭逢莽戇。一枝輕折去委空廊,一枝兒淒惻殞嚴霜。此情怎當,隨鴉鳳苦身帶創,留臍麝死香未亡,是甚多魔障。草青詞,訴上蒼,問緣何碎玉蹂香,問緣何碎玉蹂香,使浪蕊浮花得意長?怪花神不善平章,怪花神不善平章,遲了江梅,難教配作雙。鳥啼雖有淚,花恨豈能償?願自此靈根棲蓬閬,莫再到人間感斷腸。

【尾聲】

故交修竹雖無恙,也歲晚雕零萬狀。怎能彀重把清陰覆翠裳?

自題四十二歲小像

【北雙調・新水令】

衹爲虎頭癡難肖惡哀駘,把傳神遠求海外。丹青新技業,土木舊形骸。窮狀堪咍,是希文嫡支派。

【南步步嬌】

廣晝如田知堪愛,争奈形難改。吾生況有涯,元髮雕零,朱顔頹敗,憂患有從來。把前塵細溯增長慨。

【北折桂令】

溯從師竹馬遊纔,奇對能聯,詩句能裁,十三經熟誦無乖。九歲能文,人譽靈孩。實指望科名拾芥,又誰知寇盜爲災,把壯志沉埋,鉛槧拋開。

學了些説卦譚星，讀了些金匱靈臺。

【南江兒水】

亂世身難措，依人事可哀。四騈六儷爲之怠(習幕豐城、永新，皆爲居停邀掌書記)。五刑八議詳之再，三流二死言之慨，冷炙殘杯寧耐。一楮三年刻就，誰憐吾憊？

【北雁兒落帶得勝令】

禰生刺空教鎮日懷，元禮門未許常人踹。似求仙風將船引回，似燒丹爐被貓污壞(壬申歲，文輔卿觀察欲邀入虔南權幕，爲鄉先輩某所阻)。豔芙蕖衹好看别人栽，嫁衣裳只合爲貧姝代。不過與胥吏稱同輩，那裏有文章達上臺。嗟哉，抵多少没字碑高齊岱。悲哉，空自有等身書束似藞。

【南僥僥令】

頻年餐草具，無館比翹材。陳蕃舊榻分明在，誰肯爲小徐生更下來(先德曾客洪州幕)。

【北收江南】

聰明原是禍根胎，糊塗不合成聾聵。早難道天公有意絶名階，因此把兜元國裏門先塞。任親朋笑猜，任親朋笑猜。只落得無言對客意如呆。

【南園林好】

聽臚傳今生願乖，便徵歌中年興衰。倒省了雷霆驚駭，虀粥料早安排，牛龍謗且丟開。

【北沽美酒帶太平令】

笑榮華似瓦苔，笑榮華似瓦苔，不過憑雨露長根荄，衹幾日晴乾便槁稭，讓庸樗長在。禁風雪，耐推排，也知愧潘安、衛玠，幸免墮邪山欲海。

假事業九儒十丐，真本領酒囊飯袋。俺呵非乖是乖，説破了都無聊賴。幻中身，誰個是金剛不壞？

【南尾聲】

何當了卻妻孥債，把霧眼塵胸一洗揩，那時節向邱壑裏藏身更瀟灑。

代旁觀醒眼人題前圖

【仙吕·點絳唇】

瘦島身材，寒郊氣概。貧何怪，嗟歎胡來，畢竟是胸襟隘。

【混江龍】

君猶憒憒，待我這旁觀醒眼説將來。你骨節兒虞翻不媚，你性情兒阮籍多哀。你頭呵比不上筆公尖鋭，你口呵學不得曼倩詼諧。你手僵不解操籌算，你足短難趍謁上臺。你衣無何晏婦人嬌，你帽無慶忌神冠大。看你這一身猥瑣，便合要畢世沉埋。

【油葫蘆】

那些得意諸公你曾見來，可寒酸，誰褦襶？若不是鬢髯如戟峻風裁，也肥頭大耳方家派。童顔鶴髮耆儒態，大官羊須皤腹餮，儉池蓮要花貌賽。縱九方臯識在驪黄外，誰刮目到駑駘？

【天下樂】

你説是下筆能文九歲纔，疑也麽猜，誰見來，怎一領兒青衿未許裁？算能詩似蚓吟，便作賦如駝疥，真個没條長襪綫材。

【鵲踏枝】

就是這小生涯，也還仗着大栽培。那裏是律例精通，援引無乖，計工資已强於傭舂鬻菜，論聲價也高過皂隸輿儓。

【賺煞】

無聞四十該，莫把天公怪。收拾起窮愁感慨。世上啼饑人似海，問可曾餓到君來？利名場眨眼興衰，争似你這鏡裏朱顔常在哉。一編書遣懷，一杯茶渴解，勝虚名漢家諸將畫雲臺。

（范濂《如何是可齋外集》）

洪炳文

洪炳文（1848—1918），字博卿，號楝園，别署祁黄樓主、悲秋散人、綺情生等，浙江瑞安人。光緒十七年（1891）貢生，以教書、遊幕爲業。曾在瑞安中學、温州第十中學任教。民國初，任纂修《瑞安縣誌》之總採訪。南社社員。有《花信樓文稿》、《詩稿》、《詞稿》、《空中飛行原理》，雜劇、傳奇《懸嶴猿》、《警黄鐘》、《芙蓉孽》、《後南柯》等十五種。

小　令

道　情

拜娘娘，娘娘福祐保我鄉。讀書之人發科甲，場中取起好文章。

拜娘娘，娘娘福祐保我鄉。種田之人年辰好，五風十雨歲豐穰。

拜娘娘，娘娘福祐保我鄉。手藝之人多獲利，價廉物美招遠商。

拜娘娘，娘娘福祐保我鄉。生意之人多發跡，金銀財寶滿倉箱。

拜娘娘，娘娘福祐保我鄉。夫貴妻榮膺封誥，穿着綾羅好衣裳。

拜娘娘，娘娘福祐保我鄉。生男育女多順利，養得兒孫長又長。

拜娘娘，娘娘福祐保我鄉。男長女大應婚配，門當户對結鴛鴦。

拜娘娘，娘娘福祐保我鄉。花會紅子獨名拿，拿得銀錢白洋洋。

道　情

女貞樹，花未開，天上冰輪墮下來。水中月，鏡裏梅，觀音佛母坐蓮台。色即是空空是色，色相空明莫浪猜。出娘胎，作嬰孩，賽是當今女秀才。

女貞樹，花正濃，姻緣分定胡相公。夫和婦，洞房中，有如柳緑對桃紅。説詩講對猶自可，射覆春燈别樣工。勤婦功，修婦容，不愧夫人林下風。

女貞樹，花正多，東海倭奴暗弄戈。嘯狐鼠，聚蛟鼉，要問中朝戰與和。剽掠金銀猶自可，無端赤子受奔波。逢百罹，可奈何，指望軍中唱凱歌。

女貞樹，花正垂，床褥纏綿夫病危。求方藥，覓良醫，只恨岐黄出世遲。呼天求代天不應，骨瘦如柴苦不知。寇來時，步難移，死伴郎君總不離。

女貞樹，花正香，岩洞藏夫自主張。海寇至，逞强梁，戟指燃眉罵一場。噬膚齧耳猶未已，熱血淋漓灑滿裳。刃刺腸，死不僵，節烈聲名萬古揚。

女貞樹，花正繁，一縷靈魂到鬼門。鬼門上，訴奇冤，要借陰兵去滅番。東嶽上奏玉旨准，就差將軍葉一源。外兵援，内兵屯，毛賊剿除永斷根。

女貞樹,花正霏,百歲老翁説是非。老人夢,是先機,建起宫來築起基。董事全靠陳員外,塑像見夢真稀奇。披宫衣,戴珠璣,英烈夫人執白旗。

女貞樹,花正明,劉阮題詩最有情。有情有義識衷情,更有嬌娃杜雪瓊。雪瓊本是一才女,生死相隨不背盟。年紀輕,心思靈,書記翩翩更有名。

女貞樹,花正新,來了行瘟金甲神。行瘟使,要害人,奉天敕命説來因。娘娘手把血衣撲,瘟部神兵難近身。造花名,牒上真,保我章安千萬民。

女貞樹,花正鮮,又有妖精勢蜿蜒。窺營闞,吸山泉,嚇得居民顛倒顛。飛書去借金雞鳥,又借靈禽白鶴仙。焚香烟,出毒涎,從此妖氛永寂然。

女貞樹,花正嬌,有個狂徒性達佻。入神廟,肆譏嘲,夢裏供詞親口招。娘娘把他釋放了,鐵案如山不動摇。悔前愆,許成全,罪孽何妨一筆銷。

女貞樹,花正佳,好善無如員外家。大洋裏,蛟龍拿,險些性命恒河沙。保全性命猶自可,成就婚姻更不差。御香車,進官衙,一段姻緣在賞花。

(洪炳文《水岩宫》第二十一齣《道情》)

道　情

阿芙蓉,花正香,吾勸士人且無嘗。嘗了鴉片肌骨懶,焉能日日做文章？鄉會院試並小考，題目到手費思量。你若平日把烟吃，精神大耗元氣傷。有朝一日考期到，檢點書籠並衣裳。場籃一半入場食，一半烟斗並烟槍。到得場前烟癮發，大土館中吃口添。點名接捲入場去，擺開被鋪作烟床。吃了一筒又再吃，大土小土並清漿。打了五更分題目，號單送來紙一張。雙手擦開昏花眼，今年題目長又長。點了烟燈把書看，不曉書在哪一章。迷迷糊糊作幾句，精神疲軟意頽唐。看看太陽又過午，既情急兮心又慌。只得勉强作一藝，想斷一寸是肚腸。今年何苦來應試，只怕名字貼照牆。一心收拾出場去，檢了行李歸家鄉。讀書之人烟勿吃，方能真正把名揚。

阿芙蓉，花正鮮，吾勸農人休吃烟。吃得烟時肌骨懶，焉能日日去種田？春時插秧夏耘草，秋時割稻冬過年。一年四季散工用，雇人須用人工錢。别人不如己勤力，半日作息半日眠。你自偷懶不肯去，叫人哪得肯上前？在家吃烟得安逸，百斤輕擔難上肩。别人收成大豐熟，打穀幾百又幾千。你不種田是種草，還有五穀在哪邊？田園荒蕪種不着，空問年辰去求籤。簽詩説你不勤力，日日拜佛亦枉然。囤中無穀桶無米，三餐不給真可憐。妻子餓得咨咨叫，有何東西請祖先？欠了錢糧公差到，長命線兒把你牽。花了差錢且寬緩，這個人情大似天。三日之内不完納，縣官叫你坐秋千。思量吃烟真不好，何苦自己受熬煎。一心立誓把烟戒，戒斷烟癮活神仙。若要戒時吾有藥，只怕凡人心不堅。種田之人烟勿吃，一定發財子孫賢。

阿芙蓉，花正濃，手藝之人是百工。一吃烟時肌骨懶，焉能日日去做工？木匠泥水並石匠，打銀打錫並打銅。竹工雕花又添匠，做鞋做襪做裁縫。全靠精神身子健，一日過西又過東。你若吃烟費時候，做起生活脆又松。主家不要賣不去，一定丟棄在家中。主顧之家不要你，生意路數便不通。出門天早爬不起，只説昨夜偶冒風。主家差人來相問，神氣不足眼朦朧。被窩之内把烟吃，吃了大土有幾筒。起來一樣精神好，身體手脚硬綳蹦。若或不將烟來吃，四手四脚軟冬冬。此人身上有大癮，腹中生起烏烟蟲。殺蟲之藥吾自有，戒烟丸藥最明公。你若不信且試試，方知吾言不落空。戒了烟時做生活，身子康健面色紅。手藝之人烟勿吃，只有發跡不愁窮。

阿芙蓉，花正紛，生意場中經商人。商人重利算出息，出門全靠生意經。一吃烟時肌骨懶，焉能日日去近銀？賬簿交代夥計管，夥計待你受俸薪。一宗貨物帶將去，行情漲落你不聞。瞞背東家去作弊，貨色飛去不知因。只説外面行市賤，並非夥計不盡心。你在烟床全不理，算賬時節不頂真。虧了本錢欠了賬，一宗貨錢上起身。一本賒賬一支用，並無存留半毫分。你若不信我的話，城隍廟裏去懯神。苦苦只得勾了賬，呆了半刻一時辰。明年我自出門去，夥計作弊冤難伸。一到碼頭落客棧，終日烟床把烟噴。水販牙户生意鬼，慣欺孤客計生深。做就盤子逼你受，你不受時難過門。貴買賤賣虧了本，歸家無面見鄉親。思量總是吃烟誤，誤我生意事非輕。一心戒烟重整頓，四方顧客定如雲。經商之人烟勿吃，自然生意會隆興。

阿芙蓉，花正明，四民之外有兵丁。當兵全靠好漢仗，校場操演技藝精。一吃烟來肌骨懶，手脚跳舞總不靈。校場有時去擺陣，兩耳只把號令聽。帥字旗下分五色，紅黄白黑復有青。走陣一畢去打靶，烟癮發作真現形。兩手擎槍每發抖，焉能打靶對準星？三四槍發打不着，神氣昏亂便不清。背起槍兒就要走，官前忘記去報名。巡捕叫你再跪下，重則軍棍作責懲。磕頭密密如搗蒜，只得力求保前程。思量要把糧頂去，頂去之後家難成。每日三分三銀子，又有官倉米一升。頂出糧價花用了，落雨還要想天晴。不如發心把烟戒，戒烟之後好當兵。多少投營有官做，何苦吃烟去碰釘？當兵之人烟勿吃，一十三級提台升。

阿芙蓉，花正霏，在家爲女嫁爲妻。勤儉成家是正理，上和下睦家道齊。一吃烟來肌骨懶,蓬頭散腦穿破衣。舅姑責罵丈夫打,還有兒女哭啼啼。或有伯爺並兄叔,更有姑娘並小姨。人人罵你烏烟鬼,烟鬼毛病最難醫。天早煮飯爬不起,腹中忍着渴與饑。一月不紡紗一個,經年不能上織機。廚房針黹俱不全,只有烟燈不肯吹。鄰舍婦女都傳説,這等懶婦真稀奇。忍氣吞聲非一日,搬弄口角招是非。一心思想要拼命,就吞生烟一茶匙。一時毒發難解救,嗚呼一命到陰司。娘家人來告人命,要你丈夫的家私。私和人命有幾百,還有謝禮並訟師。靈魂到得閻羅殿,枉死城内去嬉嬉。要得人來好替代,無人便無出世時。丈夫養你有一世,死了害他家分離。你生你死無用處,不如養頭狗和豬。若要戒烟趁早戒,今朝戒起非算遲。我有戒烟藥靈驗,不用銀錢半分厘。婦女人家烟勿吃,定能百歲永齊眉。

(洪炳文《芙蓉孽》第七齣《仙拯》)

尹恭保

尹恭保(1849—?),字仰衡,江蘇丹徒人。同治九年(1870)舉人,捐同知。中法戰争期間,兩廣總督張之洞派赴越南諒山前線。諒山大捷後,以知府留原省補用。光緒十一年(1885),兩廣總督張之洞、勘界大臣鄧承修派赴欽州核查勘界事務,因功加三品銜。十四年(1888)代雷州知府,後爲韶州知府,有政聲。升道員,改官廣西,會辦營務處,歿於軍中。有《周官瑣記》、《抱膝山房詩文稿》、《江東詞稿》、《援越紀實》等。

套　數

予不能如徐文長、湯臨川諸先生,自按牙簫作傳奇也,然本朝蔣太史,性情真摯,古近詩外,何嘗不爲之。至如吴梅村、尤西堂,尤以此擅長矣。偶作一二,自寄天倪,不足比例前人也。三山樵客自識。

改官赴南粤,初去京師

【忒忒令】

過桑乾天風泬漻,碧琉璃瑞虹雙照。玉驄驤首繫垂楊,悲嘯。曾記得走金坡捧黄麻,簪彩筆,鶯啼宫樹曉。

【沉醉東風】

憶當時楊枝秀韶，按宫商女床鸞鳥。撾羯鼓，度瓊簫，銅琶繚繞。一霎天涯，斜陽古道，桐枝暮摇，槐花雨彫。渭城三疊，已江魂暗消。

【園林好】

莽風塵飛蓬亂飄，聽長途子規暮號。滿目是無情芳草。秋瑟瑟路迢迢，天黯黯馬蕭蕭。

【豆葉黄】

十年摇落，紙悴花憔。漫思量緑意紅情，漫思量緑意紅情，悔都被填詞誤了。潘郎二毛，沈郎瘦腰，最怕聽哀絲豪竹，最怕聽哀絲豪竹，便只恐青衫司馬淚濕今宵。

【月上海棠】

俏庭坳偏有個秋蟲叫，歎離人身世梗泛萍漂。碎愁心露滴花梢，攪愁腸家山夢繞。邊兒調有角聲吹起，月落天高。

【玉交枝】

關山渺渺，柳蕭疏長條短條。登樓王粲空年少，夢邯鄲未離席帽。詩名枉説賦亭臯，才名已被張融笑。甚愁懷痛讀《離騷》，解愁懷難反《離騷》。

【玉抱肚】

秋蟬亂噪，問征夫關河路遥。吊金元蒼茫古壘，昌國君廢塚蓬蒿。黄河八月瀉銀濤，安得乘槎泛碧霄。

【江兒水】

廢苑昌華杳，朝臺霸氣銷。蠻箋定寫新詩稿，蠻山定入新詩料，蠻天定瘦吟詩貌。隴西才子，説予懊惱(謂李仲約學士)。

【川撥棹】

参軍傲，有何人容庾杲。擬珠江輕泛蘭橈，擬珠江輕泛蘭橈。竹枝詞蠻姬自教，訪羅浮丹藥燒，攜朝雲慰寂寥。

【尾聲】

荔枝欲譜開元操，種桄榔東坡投老。願一卷心經都將恨事拋。

聞　笛

【香遍滿】

蟲聲乍静，滿院篩雲竹影横。是誰倚霜篴，初入聽，一聲聲，樓中月色明，庭中露氣清。側耳把闌干憑。

【懶畫眉】

嗚嗚咽咽訴衷情，怕有蛟龍水底聽。穿雲裂石愈分明，似江城一闋梅花引，還比那麗玉箜篌感不禁。

【二犯梧桐樹】

鳳樓芳草吟，换羽風波定。到入破聲高，只天風相應。譜一曲關山夜月龜兹韻，譜一曲曉角霜天酒客醒。爲甚麽乍揚乍抑音悲哽，想似有哀思了無人醒。

【浣紗溪】

折桂令，踏莎行，按紅鹽回腸慣經。是魚龍不寐瀟湘境，是黄鶴高樓楚岫青。愁無盡，又銀漢秋澄旅雁鳴，别離人惆悵中庭。

【秋夜月】

響暫停，復嫋嫋傳來，仿佛霓裳三疊真妃詠，比湘娥鼓瑟誰堪勝。乍吹開雲影，又吹低花影。

【尾聲】

算平生顧曲關情性，況此夜有人兒擫笛奏商音，但隔了這一角紅牆烟樹深。

（尹恭保《江東詞稿》雜曲）

儲桂山

儲桂山，號馨遠、格致散人，揚州（今屬江蘇）人。有小説《達觀道人閑遊記》。

小　令

勸戒鴉片烟道情

世上儘多樂境，獨貪鴉片爲何。久躭形影盡消磨，確實飛蛾赴火。點化癡頑猛省，譬如勸念彌陀。俺今譜出醒迷歌，惟願斯人改過。

顯達人，姓字香，啟朱門，拖紫裳，烟盤陳設翻時樣。欵留賓客稱清品，狎暱歌姬作妙方，風流上了風流當。一任你參苓滋補，總難療毒入膏肓。

豪富人，氣勢驕，擁紅粧，弄玉簫，花烟吸得無昏曉。倦來有此神偏旺，樂處憑他興倍饒，田園萬頃都消耗。將家貲燈頭化盡，苦壞了後代兒曹。

讀書人，通古今，課三餘，惜寸陰，斯文儒雅人欽敬。毛錐揮秃文章老，鐵硯磨穿學問深，緣何無病常欹枕。好一個時髦英俊，被洋烟隔斷雲程。

武弁人，氣概雄，跨雕鞍，曳寶弓，穿楊百步枝枝中。堪誇氣宇非凡品，準擬疆場立大功，烟槍一舉全無用。任憑他英雄蓋世，癮來時渴睡朦朧。

九流人，用意專，藝求精，得秘傳，性靈心巧隨機變。通元奥術争先着，點穴金針補後天，因何竟愛烟朋騙。更可笑歧黄妙手，也將那鴉片熬煎。

書吏人，儘可修，食洋烟，格外求，憑空伸出拏雲手。舞文弄法欺良善，遇事生風造蜃樓，搭台每向燈前湊。爲嗜好芙蓉異味，壞心術貪得無休。

行商人，事遠遊，客他鄉，别故邱，山川跋涉風霜受。花街身繫忘歸計，烟館魂迷儘逗遛，青春少婦懸望久。縱不顧金釵卜斷，還當思父母憂愁。

坐賈人，事業豐，善經營，權算工，賤藏貴鬻因時動。室居奇貨財都聚，計晰秋毫利自通，無端也把烟槍弄。只説是逢場作戲，誰想到吸得囊空。

店官人，暨土牙，可棲身，可養家，作衣總爲他人嫁。應當勤儉爲身計，縱有贏餘豈可奢，大烟一吸教人怕。論出息如何過癮，壞聲名難做生涯。

百工人，逐日忙，少贏餘，無蓄糧，居然常在烟燈闖。罄囊衹博形骸槁，負債猶圖齒頰香，如蠶作繭甘心喪。怕只怕無錢癮到，定做個乞丐兒郎。

差役人，穿皂袍，假官威，逞勢豪，晨昏喜向烟燈靠。奉持簽票聞風捕，踏着污泥把藕淘，无名錢鈔無多少。倘一時誤公革黜，癮難過挾竹拿瓢。

空門人，自在身，早燒香，晚諷經，皈依釋教真清净。既爲極樂禪關客，怎向烟燈枕畔横，藉言爲解虚寒病。吸廣膏袈裟鬻盡，穿破衲托缽沿門。

小道人，玉洞居，步天罡，篆赤符，性頑難把仙機悟。黄庭幾卷成何用，道德千言有若無，洋烟枕上騰雲霧。説甚麽拏妖捉鬼，假背着採藥壺盧。

體胖人，血氣饒，食肥甘，飲濁醪，腰圓背厚魁梧貌。儼然羅漢裝嚴象，也慕西洋福壽膏，霎時膚皺肩扛了。還認作神仙丹藥，那知道削骨鋼刀。

瘦弱人，體格單，怯風侵，怕受寒，三餐飲膳猶清淡。應當自惜安閑過，何苦趨時把命拚，洋烟一吸真難看。已是那蕭條形影，怎禁得鴉片摧殘。

閨閫人，禀質柔，謹坤儀，守静幽，燈槍豈合樱桃口。燈開白晝閑眠榻，枕亂烏雲懶挽頭，可憐漸漸形消瘦。改變了花容月貌，真是個紅粉骷髏。

斯文要脱迷魂套，快把燈吹了。傾去大烟膏，槍斗都抛掉。聽俺只道情兒，回頭學好。

（儲桂山《達觀道人閑遊記》第十三回《且作道情來勸世，姑將義塾課藝人》）

楊味西

楊味西，有《時新小説》。

小　令

俺勸那爲官爲官聽原因，爲官的須當秉忠正。你在那十年窗下受盡辛勤，懸梁并刺股，映雪又囊螢。驀聞得選塲開，驀聞得選塲開，展奇才獻策將皇都進。躋鏘鏘金堦也那九頓，幸逢着聖明君，幸逢着聖明君，占鰲頭多榮幸，宫花兒斜插帽簷新。不枉了寒窗十載，不枉了寒窗十載，今日裏喜連登。須要爲官清正，休得要負皇恩。切莫要貪財虐下民，當守着官箴。論文官把筆安天下，爲武將持刀定太平。

俺勸那子女須聽，俺勸那子女須聽，爲子的當把雙親奉敬。先受娘十月懷胎，先受娘十月懷胎，更三年乳哺恩深。男教着詩書萬卷佐朝廷，養女兒教針指嫁着豪門。養得個男女成人，養得個男女成人，受盡了萬千勞頓。千秋歲，男女們，男女們，須當聽。父母恩，天高海深。休違背親言，效一個慈烏反哺慇勤。男和女，也要聽，人子道須當盡，莫把天倫紊。簷前滴水，毫不差分。

（楊味西《時新小説》第八回《陳善人周濟貧窮》）

戒鴉片

一更裏窗前月光輝,可嘆呀烟漢打茶會出城來。走進呀,把勢官人出來陪,娘姨裝水烟,外塲送茶来。今日裏那陣香風吹過來,本家吓傍邊就説挑挑哉。肉裏肉活勿肯用大菜。我好恨吓,這時候呀,還要把奢心來開,我好恨吓,這時候呀,還要把奢心來開。

二更裏窗前月光孤,可嘆呀烟漢還去賭。合乓和,走到吓賭塲對子裏面坐,起口押青龍,剛剛開白虎。苦憐他記記押的是緊對過,自己吓思想實在銀子多,何日裏才能吓贏一个官做做。我好恨吓,没的本吓,賭塲裏面做賭奴,我好恨吓,没的本吓,賭塲裏面做賭奴。

三更裏窗前月光清,可嘆吓烟漢打食品。吃時新,燕窩吓鴿蛋燒海参。朝朝三鮮麵,夜夜肉餛飩。火腿吓蝦肉炒蟹粉,到晚來茶食水菓攤點心。越吃裏越饞呀越要吃葷腥[一]。我好恨吓,借個洋吓,一生一世爲子吃食病,我好恨吓,借個洋吓,一生一世爲子吃食病。

四更裏窗前月光圓,可嘆吓烟漢要顯換。軋沉漫,緞子呀馬掛縐紗滿,鈕頭小洋錢[二],領頭是京圓[三]。三不時合子朋友去游玩,茶坊呀酒肆對子裏面鑽[四],没有元元呀對子别人看。我好恨吓,到如此吓,還要做啥空心大老官,我好恨吓,到如此呀,還要做啥空心大老官。

五更裏窗前月光偏,可嘆吓世人吃鴉片。好重驗,剛剛呀官府大禁烟。有子無吃處,莫説無銅錢。可怜他眼淚鼻涕打花欠,頭髮吓勿剃扛两肩,瘦得子骨頭吓獨剩子皮連牽。我好恨吓,没奈何吓,拿点烟灰来過念,我好恨吓,没奈何吓,拿点烟灰来過念。

天明裏窗前月光高,可嘆吓世人軋挨窑。没收梢,四季吓衣衫獨剩當押票。銅錢無半個,銀子没分毫。苦憐他頭上載一頂無邊破氈帽[五],三飡吓茶飯落裹又一頓飽,丢得家中呀七顛又八倒。我好恨吓,赶出門吓,大爺老爺沿街叫,我好恨吓,赶出門吓,大爺老爺沿街叫。

(楊味西《時新小説》第二十一回《李員外口授戒烟曲》)

校勘記

[一] 饞:原作"纔",據文意改。

[二][三][五] 頭:原作"豆",頭的省寫,因改。

[四] 肆:原作"四",據文意改。

倜儻非常生

倜儻非常生,河北人,有《瓢牕新談》。

小　令

【滿江紅】

俏人兒,人人愛,愛你多丰采,俊俏好身材。望着奴嘻嘻笑,口兒也不開,不痴又不呆。拿出對茉莉花,穿成大螃蟹,望奴頭上帶。我家殺蠢才,將我怪。花撩地塵埃,不許將你採。奴爲你害相思,何日兩和諧,纔了相思債。何日兩和諧,纔了相思債。

【滿江紅】

俏人兒,我愛你風流俊俏,丰雅是天生。我愛你人品好,作事聰明,説話又温存。我愛你非是假,千真萬真。夙世良緣兮,易求無價寶,真個難覓有情人。何日將心趁,我有句衷腸話。欲言我又忍,不知你肯不肯。欲言我又忍,不知你肯不肯。

(倜儻非常生《瓢牕新談》第七回《途中遇友,滬上評花》)

醒世人

醒世人，如皋（今屬江蘇）人，有《醒世新書》。

小　令

怨一聲蒼天、蒼天生人男最好，生下女來怎離苦惱。往常事聽憑訓教，但這纏足疼痛難熬，向誰人哀告。哎呀呀，向誰人哀告。

怨二聲父母、父母不應把足裹，好好肌膚頓被折挫。説甚麽金蓮朶朶，潘妃步還一點不錯，有誰人看過。哎呀呀，有誰人看過。

怨三聲當初、當初誰教把足裹，陷害女人非同小可。四寸五寸還在數，六七八寸被人笑説，想起怎能過。哎呀呀，想起怎能過。

怨四聲幼時、幼時提起真堪怕，血肉淋漓害結瘡痂。狠心就要早裹下，任你疼得骨瘦如麻，還要遭駡打。哎呀呀，還要遭駡打。

怨五聲長大、長大成人又要嫁，嫁到人家不比自家。綉房那能常坐耍，漫着步兒要入厨下，到晚纔能暇。哎呀呀，到晚纔能暇。

怨六聲夜長、夜長難寐實悽傷，翻來覆去挨靠枕上。背地那敢稍鬆放，清淚盈盈溼透衣裳，猶未天明亮。哎呀呀，猶未天明亮。

怨七聲終朝、終朝每日真難熬，百般淩虐忍受多少。細想起來心焦躁，看着平地反不能跑，却怎生是好。哎呀呀，却怎生是好。

怨八聲自己、自己苦恨是女子，穿耳梳頭要忙多許。如何又把足纏細，直待弓鞵穩穩貼地，還要漫漫履。哎呀呀，還要漫漫履。

怨九聲薄命、薄命紅顔無人問，是誰把我送入火坑。幸虧脱離這陷阱，爲何又將雙足傷損，得的是難症。哎呀呀，得的是難症。

怨十聲世人、世人何苦要纏足，莫若旗妝全無拘束。少受些眼前地獄，不信聽我細訴衷曲，定要同聲哭。哎呀呀，定要同聲哭。

（醒世人《醒世新書》第四回《劉氏怒打不肖子，有良折損有情人》）

沈桂香

沈桂香，號月樓，福建人，有《時新小説》。

小　令

一更時取粿葉細細剪裁，一尺五一尺六長短不齊。分兩股合一根鴛鴦交遞，痛奴夫到邊關尚無音信。

二更時線績成粗中有細，入一針出一針兩眼垂淚。奴縱然受凍冷權且遮體，只可憐我二子身寒戰慄。

三更時剪粿葉袖十指細比，一要短二要窄舉動合宜。奴在家都有妙計，痛二叔在邊關怎樣安身。

四更時開粿葉領圓圓剪起，風冷徹骨指僵難提。忽听見我婆婆歎息聲，想必是床鋪冷睡不安席。

五更時孤燈獨對半滅半明，恨油乾燈草盡好不注心。衫已就眼未閉好不傷悲，數行針兩行淚誰憐我董素書這般苦景。

（沈桂香《時新小説》第十二回《干戈動出守邊關，賊馬亂纏足殞命》）

張佃書

張佃書,生平不詳。

小　令

正月裏來正月正,提起審判毛髮驚。身上有重任,沉淪最苦情。傳道來指引,逃出將亡城。固執易遷都來攆,拿定志向判永生。

二月裏來冷風凄,前行落在憂鬱泥。渾身都沾染,不能辨東西。越動越深墜,哀呼聲漸低。幸有恩助來打救,險些一命歸了西。

三月裏來道心充,曉示領我入美宫。來到窄門外,挂號同盡忠。魔王齊動手,救主顯神通。姓字寫在生命册,脱去重任萬法空。

四月裏來意高攀,邁步上了艱難山。道上受勞碌,亭内卧安閑。因把評據掉,無法拜金顔。急忙回頭去尋找,耽誤了工夫多費艱難。

五月裏來走慌忙,前行來到陰翳庄。左邊溝似海,右有陷哈湯。蛟龍並虎豹,魑魅與魍魎。指着救主我不怕,恩光一照見太陽。

六月裏來認真途,巧遇唇徒與利徒。幾乎被他害,誤了真工夫。二人徉徜去,道心漸漸蘇。不着救主來指引,一生空把仁蒼呼。

七月裏來渡鵲橋，虛華市上走一遭。異物千般有，佳人十分高。奢華世無比，到此多難逃。不着救主下恩手，險些一命歸陰曹。

八月裏來桂花香，奔走天路好凄涼。脱過虛華市，盡忠一命亡。十二惡官証，獄内身體傷。不着救主來顯化，險些一命喪黄粱。

九月裏來菊花黄，錯路到了疑寨崗。内有絶望主，暴虐更非常。枷鎖兼拷打，獄内黑無光。弗信欲將身骨碎，幸有鑰匙免災殃。

十月裏來天欲霜，跟定黑漢走山崗。絆在羅網内，愛出總無方。救主來裂網，鞭打又被傷。路程單兒明明在，一時粗忽苦難當。

十一月來寒風多，爲走天路受奔波。走過迷氣地，又忽涉死河。天城面前在，急走不蹉跎。救主恩手長保護，脱了纔升大羅。

十二月來盼永生，天使接到一天城。超升三界外，鼓樂一齊鳴。不飢兼不渴，晝夜放光明。人家説是修行苦，罕是修行享福荣。

（張佃書無名小説第七回《戒烟癮形容换舊，聞天道意念從新》）

無名氏

小 令

愛同鄉歌

好哥哥,好弟弟,我真愛重你。你在上海,勤儉巴結,天天做生意。積得銀錢,種家養眷,不肯浪花費。夜裏空來,愛皮西提,還要念幾句。

其 二

好哥哥,好弟弟,我且祝頌你。祝你牌子靈,人人出去都相信。祝你志氣高,照樣葫蘆不要描。祝你心放平,不貪小利害公論。

其 三

好哥哥,好弟弟,我且祝頌你。祝你多看報,消息靈通生意好。祝你多看書,教教子弟不會愚。祝你多往來,日常見面無嫌猜。

其 四

好哥哥,好弟弟,要緊告訴你。你且勿膽小,看見洋人都怕惱。你亦勿惡意,他是來賓應客氣。若使硬來侵,四明會館有前情。

其 五

好哥哥,好弟弟,我要請教你。你有空時間,白話館裏來談天。你有好見識，同鄉會中來演説。話差不要緊，好在都是同鄉人。

童子調[一]

正月瑞香花兒開，想起中國眼淚來。埃及印度並越南，個個做奴才。嗳，兄弟吓，前船榜樣後船看。

二月杏花映日紅，洋人手段是真凶。滅國滅教又滅種，説説要心痛。嗳，兄弟吓，大家都在劫數中。

三月桃花笑壓簷，我們百姓實可憐。大唐國號數千年，今日命難延。嗳，兄弟吓，瓜分只怕在眼前。

四月薔薇花正香，官辦彩票騙銀洋。湖北江南浙江省，月月買一張。嗳，兄弟吓，中國是個大賭場。

五月榴花照眼明，滿朝都是老先生。不好武來只好文，個個没良心。嗳，兄弟吓，中國地皮送乾净。

六月荷花透水開，八國聯兵引進來。義和團裹少將才，北地受奇災。嗳，兄弟吓，剛毅到底是禍胎。

七月水仙花盈盈，北京要防留學生。日本欽差太狠心[二]，到處拿革命。嗳，兄弟吓，淆亂時世難做人。

八月桂花滿院黄，中國辦事欠停當。總理衙門無事忙，處處賠教堂。嗳，兄弟吓，人才還算李鴻章。

九月菊花香正清，俄人占我東三省。日本尚且抱不平，我反看輸贏。

噯,兄弟吓,自家事體靠别人。

十月芙蓉映水亭,年年賠款真傷心[三]。只爲輸來勿爲赢,該死是百姓。噯,兄弟吓,房捐酒捐頂要緊。

十一月梅花放幾瓣[四],俄國借我山海關。只有借來勿有還,進退實兩難。噯,兄弟吓,中立條約已破壞。

十二月臘梅花兒黄,挽回時勢第一章。來了一班維新黨[五],趕緊辦學堂。噯,兄弟吓,大家都要幫點忙。

習業歌

問吾將來習何業,何業最利益?山林原隰取不竭,吾其習農業。種瓜得瓜豆得豆,萬事不能及。還有牛羊雞犬豕,生生更不息。海有魚兮山有薪,水産與森林。吾爲國民謀利益,吾其習農業。

問吾將來習何業,何業最利益?二十世紀工戰場,吾其習工業。開條大路造條橋,行路何逍遥。再將火力作蒸汽,舟車去若飛。電氣煤氣能發光,通宵火煌煌。吾爲國民謀利益,吾其習工業。

問吾將來習何業,何業最利益?我本最古經商國[六],吾其習商業。大店小鋪物流通,字號更殷實。况設銀行開公司,財源滿此出。利權在握大競争,何往不三倍。請將商業富國民,吾其習商業。

吾輩將來習何業,何業最利益?不論農工不論商,利益均第一。做個國民盡個份,團體不可分。忠勇信義問自身,呼起中國魂。隻手擎天臂一振,有志事竟成。願吾同學少年人,珍重此前程。

愛國歌,歎五更調

一更裏月初升,愛國的人兒心内明。錦繡江山須保穩,怕的是人家要瓜分。

二更裏月輪高,愛國的人兒膽氣豪。從今結下大團體,四萬萬人兒是同胞。

三更裏月中央,愛國的人兒把眉揚。爲牛爲馬都不願,一心心只想那中國强。

四更裏月漸西,愛國的人兒把眉低。大聲呼喚喚不醒,睡夢中的人兒着了迷。

五更裏月已殘,愛國的人兒不肯眠。胸前多少血和淚,心裏頭一似滚油煎。

送郎君

送郎君送到北京城,北京城裏鬧哄哄。今朝有酒今朝醉,忘記了八國聯軍來破京。

送郎君送到天津城,天津的城牆一鏟平。金銀財寶都搜盡,還有那狼和虎張口要吞人。

送郎君送到大連灣,外洋的兵來好靠山。卧床讓與他人睡,保不定那一年方肯歸還。

(前缺)靠。便没人贊他好,自己也低頭看幾遭。

象山不纏足會歌

瑞香含蕊正月正，爺娘生我一樣身。前世勿修今世苦，閻王罰我做女人。

二月杏花開得紅，兩三四歲小兒童。雙脚雙手天生成，本無殘疾本無瘋。

三月桃花開滿樹，女兒生長七八歲。哥哥弟弟都上學，只有奴奴脚繞住。

四月薔薇開正盛，我做女兒真倒運。一雙脚紗太無情，害奴夜夜睡勿穩。

五月石榴照眼明，可憐十指痛連心。叫天叫地無人應，鐵打心腸也軟幾分。

六月荷花水上開，脚小原是風流媒。三寸金蓮啥好看，多少眼淚流出來。

七月鳳仙開得齊，背人暗自哭啼啼。本來脚小勿稀奇，大概都作裏高底。

八月桂花香正濃，長年出血又流膿。生男育女種勿强，强盜火種走勿動。

九月菊花像金子，大清皇帝出聖旨。大家小户都勿繞，快快來看好樣子。

十月芙蓉開得遲，如今女人要讀書。學堂一立風氣開，才郎總配好女子。

十一月山茶雪裏香，到處立會到處放。皇后正宫都大腳，漢人滿人總一様。

十二月臘梅香噴噴，放腳好處話勿盡。象山風氣還未開，唱隻山歌勸人聽。

警世歌

正月裏梅花朵朵開，外國人殺進中原來。文官只想拿個家當保，武官只怕做炮灰。

二月裏杏花滿樹紅，做官做府才是一湖風。步步高升原勿算舍煩難事，無不銅錢也是空。

三月裏桃花路浪多，義和團鬧事起風波。弄得聯軍殺到北京去，虧得李鴻章出來講一場和。

四月薔薇勿值錢，大大小小都吃子鴉片烟。中國脂膏刮得乾乾净，做起事體勿連牽。

五月石榴照眼睛，做工人才到北京城。北京城裏有個工藝局，到過外洋出過名。

六月裏荷花水面浮，種田機器真勿邱。一畝田耕起十畝止，鄉下人不必買黄牛。

七月裏鳳仙是秋涼,十八個省分開學堂。愛皮西提人人讀,過子三年五載,好進翻譯房。

八月裏桂花木犀蒸,鐵路造得密層層。天下世界可以團團轉,猶如插翅去飛騰。

九月裏菊花黄又黄,國家大事要相商。拿格星壞官才换脱,大家小户可以安樂過時光。

十月裏芙蓉顔色嬌,做官格銅錢勿可上腰包。青紅皂白要細細問,勿能屈打就成招。

十一月裏山茶雪裏開,小百姓命裏要當災。横捐豎捐捐勿斷,弄得賣田賣地賣嬰孩。

十二月裏臘梅香噴噴,自家難保自家身。開化事體勿爲做,唱隻山歌勸别人。

戒烟五更調

一更一點月已升,烟癮初成。摇摇得噲,烟癮初成。雙搓手掌掛百筋,點烟燈,吸一筒,骨節靈通。摇摇得噲,骨節靈通。

二更二點月漸高,烟癮難熬。摇摇得噲,烟癮難熬。阿欠鼻涕緊叨叨,真不了,一口氣,一兩烟膏。摇摇得噲,一兩烟膏。

三更三點月中天,手捏烟筒。摇摇得噲,手捏烟筒。大土小土都冷籠,昏懂懂,吃得來櫃盡箱空。搖搖得嚕,櫃盡箱空。

四更四點月上牆,想吃台漿。搖搖得嚕,想吃台漿。銅錢没有没商量,典衣裳,弄到頭,只剩烟槍。搖搖得嚕,只剩烟槍。

五更五點月色黄,吃得精光。搖搖得嚕,吃得精光。兩肩聳起頭髮長,像鬼王,吃烏烟,終没收場。搖搖得嚕,終没收場。

時事曲,仿吴歌體

一更一點月正明,一統大清。搖搖得嚕,天下太平。文做秀才武當兵,守本分。到後來,大家勿齊心。搖搖得嚕,鷸蚌相争。

二更二點月正高,弄出長毛。搖搖得嚕,性命難逃。大州小縣動槍刀,亂抄抄。到後來,瓦解冰消。搖搖得嚕,刮盡脂膏。

三更三點月轉輪,拳匪殺人。搖搖得嚕,做鬼裝神。六丁六甲像煞真,下紅塵。到後來,自害自身。搖搖得嚕,得罪强鄰。

四更四點月正寒,駕幸長安。搖搖得嚕,道路漫漫。冲風冒雨文武官,半年寬。到後來,九月回鑾。搖搖得嚕,中外臚歡。

五更五點月影消,四萬同胞。搖搖得嚕,熱血如潮。國民擔子勿輕抛,要把牢。到後來,總有翻梢。搖搖得嚕,做個英豪。

女子四勿歌

勿、勿、勿,女同胞,切勿信念佛。和尚本爲民間賊,梁王水陸都是騙銀錢。妄説輪回把你嚇[七],讀書明理真功德。女同胞兮,自今伊始勿念佛[八]。

其　二

勿、勿、勿，女同胞，切勿去裹足。傷筋斷骨遭慘毒，筍纖蓮瓣都是娼家言。淫風流行此最惡，讀書明理樂莫樂。女同胞兮，自今伊始勿裹足[九]。

其　三

勿、勿、勿，女同胞，切勿愛扮飾[一〇]。珠寶脂粉件件撇[一一]，淡妝濃抹都是畫中人。妖嬌只取男兒悦[一二]，讀書明理求自立。女同胞兮，自今伊始勿扮飾[一三]。

其　四

勿、勿、勿，女同胞，切勿受拘束。張大女權在今日，抑陰扶陽都是專制家[一四]。復我自由妄談絶[一五]，讀書明理要崇實。女同胞兮，自今伊始勿拘束[一六]。

近體水調[一七]

一更一點月東升，來了俄人。摇摇得噲，鐵路工成，火車來往如流星。啥要緊[一八]，大利權，送把别人。摇摇得噲，自家没份。

二更二點月正悠，占了滿州。摇摇得噲，真是辣手，奉天失守將軍囚。甚來由，喪國權，實在出醜。摇摇得噲，眼淚空流。

三更三點月正明，日本不平。摇摇得噲，立刻出兵，多少兵船攻旅順。打勿進，做炮灰，苦了百姓。摇摇得噲，送脱性命。

四更四點月正陰，風鶴都驚。摇摇得噲，又説瓜分，大法大德並大英。分得匀，浙江省，歸了意人。摇摇得噲，弄假成真。

五更五點月正西,勿要怕俚。摇摇得嚕,啥個希奇,只要大家争口氣[一九]。冒冒險,替國家,做點事體。摇摇得嚕,奪還地皮。

農人悔賭

苦呀苦,苦我窮人走無路。今年種田無本錢,要想發財去戲賭。賭債欠了啥來還,牛犁車耙拉仔去。芒種下田無食糧,夏米背仔來湊數。日日愁來夜夜愁,畢竟愁愁有啥譜。

沙剪動,新稻香,可憐我家人餓肚腸。十足年成五袋另還了帳,穀能有幾斤仗。收租老板凶得狠[二〇],討不到手投保長。送到縣裏無好趣,一面大架等等有斤兩。挽親謀眷去叨情,千求萬求,求你老板生好心。寫張欠票明年還,如若勿信憑保人。官司斷結出監牢,還要銅錢了衙門。

唉,苦呀苦,都是我自己作孽自討苦。老婆反臉來相罵:呸,叫花子,你爲啥,要想横財去戲賭?請問你,呼五呼六到底有啥趣?自作自受你應該。我勿應該苦到介地步。碎米粥,麥碎飯,苦得我多少日子勿落肚。阿唷悔呀真個悔,悔煞我爲啥勿顧後,單忖赢來勿忖輸。一向只管望前走,走、走、走,走到盡頭路,悔也悔不轉。列位呀,已過事情不必説,以後做人我想透。

賭博錢財實難挣,是賭必輸古話有。不是軟騙就硬做,即使赢勿來長久。王伯伯,李阿哥,都是現在老賭手,十場落子九場赢。弄到頭來,個個劉阿斗。

唉,秤花學會蘿菔瘟,我今後悔悔不及。種田有啥大出産,嬉場斷斷上不得。你看那出頭放賭啥個人,都是個紅眼緑髮黑良心。阿三上吊阿四逃,那個不是賭債逼做成。

列位呀,你勿比像我笨,主意終要捏得定。排九、馬將、花會、摇攤都騙人,列位走開勿要近。我們氣力賺銅錢,那好説,小小輸贏無要緊。唉,列位呀,我是賭博場中過來人,受過苦楚話勿盡。前頭吃迭後做忌,自己歎歎把你聽。

歎中華,仿北調歎烟花

豪傑士,歎中華,思想起中華國運差。文武官員都是這些無能輩,横着良心把那飯盌抓。

開學堂,最可憐,章程定了再把名目編。中西文法鬧得人頭痛,學生們黑地又昏天。

講武備,練洋操,測量算學不懂半分毫。會了幾句口號中甚麽用,一聽槍炮早已没命逃。

買山地,把礦開,哄騙人家只説會發財。金銀銅鐵没有一點兒影,招股章程丢在字紙堆。

造鐵路,第一樁,帶了工程師,先把地段量。一年兩年修不好,十年八年付了汪洋。

守舊黨,苦哀哉,八股策論一様把頭埋。癡心妄想要把功名幹,河南鄉試遠遠的來。

維新黨,嘴裏誇,譯書看得眼睛花。又是甚麽流血革命闖下滔天禍,行文各處説要把他拿。

種田的，怕完糧，差人一到無處可躲藏。何不講究弄些肥田料，一秋兩熟米穀成倉。

做工的，是粗人，賺些銅錢好不苦辛。只要機器一部代他的手，聲名洋溢日日進黄金。

生意人，愛便宜，同行嫉妒處處把人欺。奉勸大衆喝杯齊心酒，貶價招來其實太調皮。

豪傑士，歎中華，從今新法有了萌芽。栽培方法慢慢兒的想[二一]，不怕各國要分瓜[二二]。

老鴉歌

老鴉、老鴉對我叫，老鴉真正孝。老鴉老了不能飛，對着小鴉啼。小鴉朝朝打食歸，打食歸來先喂母。自己不吃猶是可，母親從前喂過我。

螞蟻歌[二三]

螞蟻、螞蟻到處有，成群結隊滿地走。米也好，蟲也好，含來就往洞裏跑。誰來與我争，一起出仗，大家把命拚。不打勝仗不肯回，守住洞口誰敢來。好、好、好，他跑了，得勝回洞早。有一處，更好住，要做新洞大家去。

其　二

莫説螞蟻、螞蟻小，一團義氣真正好。人心齊，誰敢欺，一朝有事來，大家都安排。千千萬萬，都是一條心。鄰舍也是親兄弟，朋友也是自家人。你一擔，我一肩，個個要争先。你莫笑螞蟻小，義氣真正好。

小五更,北調

一更鼓裏天,一更鼓裏天,八國聯軍反進了中原。瓦德西坐則在儀鸞殿,車駕幸長安,哭壞了文武官。六街三市廢井頹垣,義和團到此時他不見面。

其　二

二更鼓裏鳴,二更鼓裏鳴,外國的人馬進了北京。亂姦淫苦壞了衆百姓,男女放悲聲,家破財又傾。武衛三軍無影又無聲,文武官這時候難顧命。

其　三

三更鼓裏催,三更鼓裏催,各國小將破了重圍。有心人掉了幾點憂國的淚,城市化劫灰,瓦礫亂成堆。城牆上開門任性妄爲,這時候誰還敢説破風水。

其　四

四更鼓裏多,四更鼓裏多,全權大臣進京來議和。滿盤空才知道那一着錯,干戈化玉帛,賠款實在多。此刻中國有理也難説,到後來國困民窮怎麽過。

其　五

五更到天明,五更到天明,畫了和約天下太平。好江山搶了一個一家净,回鑾到北京,龍體慶安寧。兵燹的情形觸目又心驚,聖天子百靈相助,也該有靈應。

近體紫竹調,傷奴隸

第一種奴隸屬非洲,想起黑奴眼淚流。視之如物件,養之如馬牛。一磅美金買一頭。噯[二四],黑奴呀,一磅美金買一頭。

第二種奴隸真是冤,想起蝦夷心要酸。甚麽叫做王,甚麽叫做官。賽會編入人類館。噯[二五],蝦夷呀,賽會編入人類館。

第三種奴隸西半球,想起紅人心裏憂。有事當前敵,無事作犁牛。世界已落東家手。噯[二六],紅人呀,世界已落東家手。

第四種奴隸束縛牢,想起印度心如搗。魚在網中跳,鳥在籠中巢。充當巡捕好不好[二七]。噯[二八],印度呀,充當巡捕好不好[二九]。

第五種奴隸永沉淪,想起波蘭總銷魂。百姓兒荼毒,土地兒瓜分[三〇]。三國待你太狠心。噯[三一],波蘭呀,三國待你太狠心。

第六種奴隸枉叫天,想起埃及實可憐。國權無我分,民黨啥稀奇。流血空有亞剌飛。噯[三二],埃及呀,流血空有亞剌飛。

第七種奴隸生計窮,想起猶太氣填胸。耶蘇一腔血,歐洲十字軍[三三]。故國地圖血染紅。噯[三四],猶太呀,故國地圖血染紅。

第八種奴隸實可哀,想起緬田心膽寒[三五]。西望悲印度,東望哭安南。白人坐轎黄人抬。噯[三六],緬田呀[三七],白人坐轎黄人抬。

第九種奴隸在海中,想起琉球劫運終。地是倭人管,官是倭人封。明治是你主人翁。噯[三八],琉球呀,明治是你主人翁。

第十種奴隸屬鄰邦,想起高麗心暗傷。日兵九連城,俄兵東三省。要你江山作戰場。噯[三九],高麗呀,要你江山作戰場。

老雄雞歌

滿地礱糠滿地粞,雄雞奪食啄花雞。花雞逃到花中去,得意雄雞喔喔啼。喔喔啼,喔喔啼,抬頭一隻老鷹飛。一時逃走難逃走,喂了老鷹餓肚皮。老哥哥,老弟弟,老妹妹,老姊姊,强人還有强人制,好待同胞不要炊。

小麻雀歌

樹陰裏,喲喲喲喲,一群小麻雀,新生雛翼惹人愛。飛去有飛來,看、看、看,再看看,毛羽尚未滿。兄弟姊妹最親愛,同胞同種類。

瓦楞裏,嚶嚶嚶嚶,一群小麻雀,落花蝴蝶東風輕。好過此青春,銜根柴,做個窠。不受風雨吹,不怕寒暑逼身來,長樂永平安。

十二月太平年,北調

正月裏,正月正,八國聯軍進了北京城,義和團跑了無蹤影。太平年,十萬里江山不太平。

二月裏,龍抬頭,民教無端結了仇,亂殺亂砍齊動手。太平年,大街小巷掛人頭。

三月裏,開蟠桃,八國兵來無處逃,文武百官一半兒跑。太平年,到處男哭又女嚎。

四月裏,四月八,有錢之人破了家,咬牙切齒將團匪罵。太平年,無端蹂躪好京華。

五月裏,到端陽,外國兵來無處藏,分明認得是紅燈照。太平年,卻被洋人恣意淫荒。

六月裏，蓮花開，百官一去民當災，武衛軍吃糧不能打仗。太平年，反把洋兵讓進來。

七月裏，七月七，拆散人家好夫妻，恐怕失身盡節死。太平年，好勸兒夫奔陝西。

八月裏，月正圓，多少兵頭要洋錢，也學官場送把萬年傘。太平年，千方百計奉承洋官。

九月裏，菊花黄，劉、張二帥保長江，半壁山河没有亂。太平年，黄河以北受災殃。

十月裏，十月一，全權大臣心着急，四百兆賠款少不去。太平年，從此後中國刮盡地皮。

十一月，小陽春，北京城中被各國分，堂堂龍旂無蹤影。太平年，小旂争書日本順民。

十二月，整一年，畫了和約回了鑾，危急存亡全不管。太平年，火燒眉毛暫顧眼前。

近體五更調[四〇]

一更裏，戰端開，俄日的兵船駛到旅順來。你一槍來我一炮，就有那中國的兵船造了災。

二更裏，説富平，富平船是隻大商輪。只爲遭了俄人炮，把全船打得碎紛紛。

三更裹，中立成，主人翁做了袖手人。自家事體勿敢管，倒還要立在旁邊看輸贏。

四更裹，没奈何，中立的遼河勿准過。那知俄人敗壞中立約，紛紛的俄兵渡過河。

五更裹，最難堪，弱國的情形實可哀。倘然勿早來變計，恐怕那八國聯兵又要來[四一]。

體操歌

男兒第一志氣高，年紀不嫌小。哥哥弟弟手相招，來做兵隊操。兵官拿着指揮刀，小兵放槍炮。

龍旗一面飄飄，銅鼓鼕鼕鼕鼕敲。一操再操日日操，操到身體好。將來打仗向前跑，男兒志氣高。

從軍行

送郎送到大門前，替郎君裝上了一筒烟。龍蛇影閃旂門下，我郎的一馬要當先。

送郎送到小橋灣，雙手的替郎阿整衣衫。封妻蔭子都在郎身上，要學那班超生入玉門關。

送郎送到大道旁，郎今的此去要思量。食人之禄忠人事，莫糜費這些兵馬與錢糧。

送郎送到古城樓，背井離鄉是不要愁。轟轟烈烈方是大丈夫的事，老死在牖下羞不羞。

送郎送到馬鞍橋,一語的郎心要記牢。馬革裹屍本是尋常事,何惜這頭顱吃一刀。

送郎送上火輪船,回首的中天月正圓。拓土開邊就是這一舉,從來的興國重强權。

送郎送上河南車,從今後咫尺即天涯。冲風冒雨是郎分内事,何論的雁磧與龍沙。

送郎送上大高山,何年何月唱刀環。高堂大廈不是郎君住,鐵馬的金戈阿共往還。

送郎送到大海隈,莫把生平的壯志灰。縱屬時乖與運蹇,望鄉也上那李陵臺。

送郎已畢郎執鞭,雕鞍的駿馬去如烟。三年五載不容問,何須的燈下卜金錢。

練兵歌

操場十里鬧盈盈,銅鼓喇叭一片聲。龍旗飛動,當中一座演武廳。小炮連聲,乒、乒、乒、乒、乒,大炮連聲,轟、轟、轟、轟、轟。

横刀躍馬繞場行,戰盔戰甲色鮮明。騎兵、炮兵、工兵、步兵、輜重兵,齊齊整整,來聽將軍令。軍令嚴明,預備臨大陣。

上海吟

如此繁華冠五洲,春申浦上水悠悠。遠見那帆檣萬道如梭密,錯疑陸地可行舟。那知道猋輪火琯機關妙,不輸似木牛流馬武鄉侯。國旗招颭風吹起,五色澄鮮濮院綢。無非是英、法、德、美寫蝌蚪,通商口,占勝籌。

有干戈不把版圖收,卻在這經濟問題可細求。軍火今番雖歇絶,米糧萬石漏卮流。綺羅繡貝三都賦,大齊珊瑚越國謳。象牙管,玳瑁鈎,一一神工鬼斧細雕鏤。

捆載而來銷路廣,列肆而居把利牟。分良窳,辨劣優,不能抵抗祇含羞。雖然是銅山金穴人無數,紛紛服賈與牽牛。力量何能爭上游,况是通鐵軌,置電郵。

礦苗山谷易窮搜,不似閉關絶市扼咽喉。試看馬路迢迢上,貴家公子翠雲裘。何曾下箸皆珍品,吴綾蜀錦替纏頭。兵馬縱横全不管,猶然歌舞在紅樓。艱難稼穡誰人曉,辜負當年燕翼謀。民貧財竭此來由,書生自笑無良策。空思借箸補金甌,發聾振聵爲吾分。聊寫胸中百斛愁,願諸君勿疑江上四弦秋。

勸學歌,近體十杯酒[四二]

一杯酒兒,鐘聲之個響。快取書本到講堂,切莫把聲揚。噯噯吓,切莫把聲揚。少暫吓一刻,教習之個來。大家都要把身擡,便把書攤開。噯噯吓,便把書攤開。

二杯酒兒,告的是歷史。數千餘年過去事,都是後人師。噯噯吓,都是後人師[四三]。先告吓中國,後告是他邦。治亂成敗一樁樁[四四],做了好榜樣。噯噯吓,做了好榜樣。

三杯酒兒,輿地又上班。非亞歐美寒熱帶,大水與高山。噯噯吓,大水與高山。西比吓利亞,鐵路已告成。俄羅斯奪我東三省,日本抱不平。

嘜嘜吓,日本抱不平。

四杯酒兒,算術算得清。加減乘除都要緊,處處要當心。嘜嘜吓,處處要當心[四五]。筆算吓學完,代數愈加深。天地人物甲乙丙,開個簡方程。嘜嘜吓,開個簡方程。

五杯酒兒,最要是方言。念六字母牢牢記,愛皮與西提。嘜嘜吓,愛皮與西提。片音吓平音,五十之個字,矮意烏安須記取[四六]。空時譯譯書。嘜嘜吓,空時譯譯書[四七]。

六杯酒兒,化學要留心。弗氣緑氣淡養輕,試驗更分明。嘜嘜吓,試驗更分明。無機吓有機,考察須精明。聲光水電漸漸進,廢物成有用。嘜嘜吓,廢物成有用。

七杯酒兒,政法莫曠課。英國立憲美共和,專制是中俄。嘜嘜吓,專制是中俄。强權吓世界,公理都喪盡。治外法權最痛心,異族竟横行。嘜嘜吓,異族竟横行。

八杯酒兒,國文莫看輕。筆尖兒横掃五千人,議論自風生。嘜嘜吓,議論自風生。文明吓輸入,此任要擔當。美雨歐風驟復狂,説説要心傷[四八]。嘜嘜吓,説説要心傷[四九]。

九杯酒兒,體操操得齊。朝朝暮暮勤習練,保你身强健。嘜嘜吓,保你身强健。兵式吓體操,更加是要緊。步伐要齊槍要整,尚武有精神。嘜嘜吓,尚武有精神。

十杯酒兒,星期又來臨。大家出去散散心,理理舊課程。嘜嘜吓,理理舊課程。我勸吓諸君,聽我勸學歌。黄金光陰莫蹉跎[五〇],到老悔如何。噯噯吓，到老悔如何。

近體四季想思[五一]

春季裏想思困人天，江山呀已被勢力圈。警烽烟，我民呀國事日已非。人人皆婢膝，個個盡奴顔。可憐吾獨立國旗何日建，莫不是奴隸根性已天然，忘卻了當初呀我祖羲與軒。吾的民呀，你是中國的人[五二]，怎莫把心腸變。你是中國的人[五三]，怎莫把醜態獻。

夏季裏想思草閣涼，歐洲呀勢力蓋東洋[五四]。日膨脹，我國呀總是没收場。甚麽袁與盛[五五]，甚麽吕與張[五六]。可憐吾一般男子盡姑娘，莫不是紅羊浩劫由天降，報還了當年呀專制狠心腸。吾的國呀，你是個好文明[五七]，怎做成這般樣。你是個好江山，怎做成這般樣。

秋季裏想思天氣清，西洋呀來了大兵輪。要瓜分，我天呀酣睡幾時醒[五八]。今朝割旅順，明日送臺澎。可憐吾房捐酒捐啥要緊，莫不是支那種教數該盡，一任他列强呀虎噬與鯨吞。吾的天呀，你是個當國人，怎好冤了百姓。你是個當國人，怎好害了百姓。

冬季裏想思雨雪飛，二十呀世紀風會移。盡披靡，我友呀大局共支持。出洋到日本，留學往太西[五九]。可憐吾千鈞一髮相維繫。君不見少年做成意大利，到如今五洲呀處處揚國旗。吾的友呀，你是黄帝的孫，還須争點黄帝氣。你是中國的人，還須做點中國事。

破國謡

説奉天，話奉天，北京唇齒正相連。一朝入了俄人手，最傷心滿城彈雨又硝烟。

長將軍，膽氣粗，辦理外交還不算糊塗。有個無恥人辱没了大清國，甘心情願做人奴。

庚子年,天步艱,旌旗一片早已出函關。黑龍江縱守得住咽喉路,鐵路如飛又往還。

一年内,撤兵期,俄公使言語太支離。要他密約親簽字,百般要索本不足爲奇。

得消息,吃一驚,白蘭金戈自古是名臣。甚麽齊齊哈爾也是囊中物,者般奉送不見主人情。衆大員,費商量,頤和園召見往來忙。敝車羸馬歸何處[六〇],不是茶坊便是那酒坊。

占衙署,逐華官,慘目傷心不忍看。有多少士農工商遭了紅洋劫,眼看着家鄉没有了盤纏。

紅鬍子,最猖狂[六一],行蹤飄忽出没又無常。楚才晉用應了前人話,對了中國兵,架起後膛槍。

出榆關,士卒屯,棘門霸上猶有舊將軍。歷來兵法揣摹熟,扎了營盤終日醉昏。

説可憐,話可憐,眼前没有太平年。發祥之地那有閑情管,巍巍皇帝終朝坐在奈何天。

寧波謡

强、强、强,寧波第一可愛商業場。近日本兮遠南洋,華民營業處,都有我同鄉。冒險進去不可當。重洋萬里,霎時飛渡,視如一葦航。

其　二

橫、橫、橫，寧波第二可愛工業場。製造局兮祥生廠，造船造兵處，都有我同鄉。冶金斵木盡精良。我若罷工，坐看西洋老鬼餓且僵。

其　三

良、良、良，寧波第三可愛漁業場。潮汛一到南風涼[六二]，陳前會泊處，螟蛹甘且香。供食有餘遠輸將。海天一色，都是我民，産出黄金鄉。

其　四[六三]

青、青、青，四明山脈來到甬江城。城樓一望峰巒秀，同胞耕植處，阡陌最分明。年年五穀慶豐登。南望剡曲，五金礦産，蘊藉生光瑩。

國民歌

醒、醒、醒，我國民，叭喇鳴兮銅鼓震。龍攘虎鬥東三省，聞雞起舞應有人[六四]。我國民兮，醒、醒、醒。

起、起、起，我兄弟，國家老病危乎微。地圖顔色今且變，存亡一息賴少年。我兄弟兮，起、起、起。

好、好、好，我同胞，秣爾馬兮淬爾刀[六五]。並力一心向前跑，仇讎血染雙刃飽。我同胞兮，好、好、好。

振、振、振，我黄人，亞東大陸漸沉淪。睡獅睡獅爾曷醒[六六]，奮力一蹴全球動。我黄人兮，振、振、振。

（痛國遺民編《最新醒世歌謡》）

校勘記

［一］童子調:《最新婦孺唱歌書》卷九作"近體童子調,醒世"。《最新婦孺唱歌書》卷首《最新婦孺唱歌書編輯大意》:"秏矣,哀哉,支那二十四朝專制之劇,其沉沉哉;支那二十世紀瓜分之禍,其涓涓哉。越社諸君,匍匐長號,欲自貢其三斗之熱血,以遍灑同胞,而顧未得其當也。繼而匝繞松陰者數日,徘徊結想,奔走狂呼,曰:吾不能以直接力餉我同胞,吾猶得以間接力餉我同胞。因取少年所作諸歌,並參以近體小曲,裒成一編,而囑余以爲四萬萬人之介紹。余讀竟,一字一珠,一珠一淚,乃喟然曰:此栗留也,此蟋蟀也。栗留一鳴,則天下皆春;蟋蟀一鳴,則天下皆秋。吾猶願諸君一歌再歌、三歌四歌,每人化千萬栗留,以鼓吹之;每人化千萬蟋蟀,以唱和之。則吾四萬萬人之大夢,或者其醒乎?同胞同胞,請聽此歌。甲辰歲清和月,越中熱廬識。"

［二］狠:原作"狼",據《最新婦孺唱歌書》卷九改。

［三］年年:《最新婦孺唱歌書》卷九作"時時"。

［四］幾:《最新婦孺唱歌書》卷九作"數"。

［五］維:原作"惟",據《最新婦孺唱歌書》卷九改。

［六］經:原作"經往",往,疑衍,删。

［七］説:《最新婦孺唱歌書》卷七作"設"。

［八］自今伊始勿念佛:《最新婦孺唱歌書》卷七作"切勿信念佛"。

［九］自今伊始勿裹足:《最新婦孺唱歌書》卷七作"切勿去裹足"。

［一〇］扮:《最新婦孺唱歌書》卷七作"修"。

［一一］寶:《最新婦孺唱歌書》卷七作"玉"。

［一二］兒:《最新婦孺唱歌書》卷七作"人"。

［一三］自今伊始勿扮飾:《最新婦孺唱歌書》卷七作"切勿愛修飾"。

［一四］抑陰扶陽:《最新婦孺唱歌書》卷七作"扶陽抑陰"。

［一五］談:《最新婦孺唱歌書》卷七作"説"。

［一六］自今伊始勿拘束:《最新婦孺唱歌書》卷七作"切勿受拘束"。

［一七］近體水調:《最新婦孺唱歌書》卷九作"近體水調,東三省。"

［一八］啥:原作"舍",據《最新婦孺唱歌書》卷九改。

［一九］争口氣:《最新婦孺唱歌書》卷九作“肯争氣”。

［二〇］狠:原作“狼”,據文意改。

［二一］培:原作“倍”,據文意改。慢慢:原作“漫漫”,據文意改。

［二二］瓜:原作“爪”,據文意改。

［二三］螞:原作“馬”,據文意改,下同。

［二四］嗳:《最新婦孺唱歌書》卷九作“黑”。

［二五］嗳:《最新婦孺唱歌書》卷九作“蝦”。

［二六］嗳:《最新婦孺唱歌書》卷九作“紅”。

［二七］［二九］不:《最新婦孺唱歌書》卷九作“勿”。

［二八］嗳:《最新婦孺唱歌書》卷九作“印”。

［三〇］瓜:原作“爪”,據《最新婦孺唱歌書》卷九改。

［三一］嗳:《最新婦孺唱歌書》卷九作“波”。

［三二］嗳:《最新婦孺唱歌書》卷九作“埃”。

［三三］［五四］洲:原作“州”,據文意改。

［三四］嗳:《最新婦孺唱歌書》卷九作“猶”。

［三五］［三七］田:《最新婦孺唱歌書》卷九作“甸”。

［三六］嗳:《最新婦孺唱歌書》卷九作“緬”。

［三八］嗳:《最新婦孺唱歌書》卷九作“琉”。

［三九］嗳:《最新婦孺唱歌書》卷九作“高”。

［四〇］近體五更調:《最新婦孺唱歌書》卷九作“近體五更調,東三省”。

［四一］八國:《最新婦孺唱歌書》卷九作“八國的”。

［四二］勸學歌,近體十杯酒:《最新婦孺唱歌書》卷九作“近體十杯酒,勸學”。

［四三］嗳嗳吓,都是後人師:原無,據《最新婦孺唱歌書》卷九補。

［四四］椿椿:原作“裝裝”,據文意改。

［四五］處處要當心:原無,據《最新婦孺唱歌書》卷九補。

［四六］矮意烏安:《最新婦孺唱歌書》卷九作“亚意阿哀”。

［四七］嗳嗳吓,空時譯譯書:原無,據《最新婦孺唱歌書》卷九補。

［四八］［四九］要:《最新婦孺唱歌書》卷九作“亦”。

[五〇] 蹉跎:《最新婦孺唱歌書》卷九作“錯過”。

[五一] 近體四季想思:《最新婦孺唱歌書》卷九作“近體四季想思,時事”。

[五二][五三] 中國:《最新婦孺唱歌書》卷九作“支那”。

[五五] 袁與盛:《最新婦孺唱歌書》卷九作“吕與盛”。

[五六] 吕與張:《最新婦孺唱歌書》卷九作“袁與张”。

[五七] 個好:《最新婦孺唱歌書》卷九作“好個”。

[五八] 醒:原無,據《最新婦孺唱歌書》卷九補。

[五九] 太:《最新婦孺唱歌書》卷九作“泰”。

[六〇] 羸:原作“羸”,據文意改。

[六一] 猖:原作“昌”,據文意改。

[六二] 汛:原作“汎”,據文意改。

[六三] 其四:原無,據上下文補。

[六四] 聞:原作“鬥”,據《最新婦孺唱歌書》卷四改。

[六五] 秣:《最新婦孺唱歌書》卷四作“秩”。

[六六] 曷:原作“蓋”,據《最新婦孺唱歌書》卷四改。

鄒弢

鄒弢(1850—1931),字翰飛,號酒丐,别署瘦鶴、瘦鶴詞人、味雪主人、瀟湘館侍者,室名三借廬,金匱(今江蘇無錫)人。歷館姑蘇,幾及十年,與俞達爲患難交。居滬上亦甚久。有《三借廬筆談》、《三借廬叢稿》、《斷腸碑》(一名《海上塵天影》)、《澆愁集》等。

套數

題飯顆山樵《秋樹讀書圖》

【南北仙吕入雙角·北新水令】

莽塵寰何處避喧囂,負良辰英年潦倒。人情争擾擾,世事總滔滔。且結團蕉,從此後任細嚼烟霞飽。

【南步步嬌】

老屋荒村欣完好,佳景徵邱壑(上聲),秋風爽氣高。三徑荒荒,有何人能到。塵市遠迢遥,看蕭疎老樹參天表。

【北折桂令】

不羨那陶公莊秋色蕭條,歐陽館又秋籟清寥,但求幽徑闢蓬蒿,小隱盤桓，月夕花朝。要煮茗林間葉掃，要寫字鼎内芸燒。愛煞你俗慮相拋，愛煞你野趣相饒。只一編風雨摩挲，管甚麽世外波濤。

【南江兒水】

露冷荷香溼，天空桂蕊飄。淡無言菊影籬邊繞，静無聲蛩語階前悄。迓清涼秋夢消煩惱，況對此輪囷榦老，安敢對酒眠琴，但一味長吟孤嘯。

【北雁兒落帶得勝令】

結幽棲謝繁華誦六韜，萬卷披挹精華邊笥飽。從今我羨你劉歆書才略饒，我羨你韋賢經承述好，也不須愁手倦一編拋，不須愁歲月山中老。跨鰲，看將來瀛闕到。干霄，看雲程意氣驕。

【南僥僥令】

江湖留鶴影，天地寄鴻巢。向物外忘情塵寰小，只落得穩棲身志不摇。

【北收江南】

你鎮日價尋猿約鶴侶漁樵，更眠雲載月快游遨，到閑來縹緗坐展破清寥。滿林間黄意堪憐，偏值梧桐葉飄，值梧桐葉飄，還襯着一叢秋草幾芭蕉。

【南園林好】

且銷聲山林跡韜，且逃名琴書趣超，休負了駒光草草。每薄暮涉東臯，看新月上花梢。

【北沽美酒帶太平令】

念詞人雅興豪，遠聞名已傾倒，卻恨露白葭蒼一水遥，夢魂兒難到。

問何日話書寮，共挑燈相思同表，拌對酒一醉酕醄，起舞劍騰空長嘯，把牢愁心頭盡掃。有時枕流眠鷺鷗伴招，踏雲遊神仙侶邀，長林下優游，將展卷平生老。

【南尾聲】

畫圖占盡園林好，但願誦讀餘閑復去作樵，肯徒把夢裏浮生虛度了。

戊寅冬孟，梁溪釣徒瀟湘館侍者弟鄒弢倚聲。

（《申報》1878 年 12 月 27 日）

蓬萊舊樵

蓬萊舊樵，山陰（今屬浙江）人。

小　令

醒嫖，【黄鶯兒】

花柳最迷人，自古來到處興，近年滬上爲尤甚。穿着又新，擺設又精，彝場勢燄無人禁。號堂名，留廂出局，也算是經營。

局外最清靈，一進房心已渾，洋烟水菓皆端正。按得酒兵，破得愁城，引人都入迷魂陣。更欺人，樓頭送客，裝點許多情。

書局最清高，畫樓中貯阿嬌，玉容秀麗金蓮小。檀板輕敲，寶鼎濃燒，琵琶彈徹新俞調。忒逍遥，昏迷不醒，夜夜度良宵。

最貴是長三，要熟人相好攀，一家不過人三兩。打扮蘇裝，曲調京腔，起初似覺情兒淡。要排場，時時擺酒，常用十三番。

么二最輕狂，喊移茶都到堂，風花雪月且休講。鴉片一裝，乾濕一檔，了完故事房間讓。太匆忙，今朝卜局，當夜好留廂。

短挂小門簾，跳老虫一百錢，半番銀餅門兒掩。車夫一天，馬夫一天，朝朝迎送情無厭。更堪憐，牽兒曳女，終日倚門前。

爲愛聽京腔，約良朋到戲場，呼拿局票裝時相。你寫一張，我寫一張，當時好比無錢樣。漫思量，盤桓片刻，又是幾多洋。

遊興更驕奢，帶倌人坐馬車，正人相見總無怕。滿目繁華，滿耳諠譁，霎時可比騰雲駕。又回家，昏天黑地，終日戀烟花。

快快轎兒擡，上酒樓笑口開，忙端凳子身邊擺。你也一杯，我也一杯，郎君輸酒倌人代。更開懷，耳邊細語，席散早些來。

争氣不争財，燒路頭把酒排，大家闊氣今番賽。你擺單台，我擺雙台，房間霸定誰肯退。最倒霉[一]，牙床獨睡，不見玉人來。

蕩子已忘家，見垂髫欲破瓜，盲人不辨真和假。狂蝶採花，猛雨折芽，循環天理都無怕。莫奢華，看他妻女，報應總無差。

可笑此中人，聽嬌娘要贖身，賣空田産都高興。不論千金，不顧家貧，還稱我是爲情分。莫昏沉，既非置妾，何必太痴心。

衣服本尋常，説堂名勢利場，窮凶打算装身上。不糴稻粱，不備柴桑，管教打扮時新樣。太猖狂，債臺重疊，也爲置衣裳。

嫖賭兩相投，替倌人挑個頭，託人到處邀朋友。今日應酬，明日應酬，萬金家業歸烏有。早時休，急忙猛省，安樂過春秋。

鴉片本無情，況秦樓擺現成，天天呼吸成真癮。欲長精神，逐漸加增，管教斷送英雄命。爲開心，自投羅網，歎息更無人。

也有宦途中，見嬌娥興更濃，三朋四友天天閧。穿着威風，打發從容，有錢鬧到成虧空。莫矇矓，上司聞信，受累更無窮。

鄉井有農夫，到丁棚身亦酥，不知耕種長年苦。今日糊塗，明日糊塗，賣完穀米難如數。太模糊，東扯西曳，不夠算陳租。

更勸做工人，賴經營賺幾文，此端也是偏高興。不理正經，不顧家丁，一朝用得乾乾净。不貪淫，街坊求乞，何以結良朋。

莫羡好樓臺，勸商人更不該，終身名望須珍愛。他亦爲財，你亦爲財，莫将事業被他害。實堪哀，敗家歇業，都是此中來。

可笑是耄年，尚昏迷花月前，天天叫局總無厭。多擺酒筵，多送衣穿，時新珠翠憑他點。任留連，殷勤陪伴，不過爲銅錢。

可嘆少年郎，走花街志氣狂，戲錢酒帳皆豪爽。倒盡空囊，只要輝煌，回頭不想無家當。太荒唐，老婆兒女，何以過時光。

過節最艱難，白相人要過關，本家送禮街頭擔。茶食一籃，水菓一籃，又加火腿和皮蛋。到其間，一攤局帳，催你早歸還。

或遇意中人，也愛他年紀輕，般般言語都相信。你也癡心，我也癡情，一心要把終身定。不估名，銀錢用盡，萬事總無成。

算得是多情，娶回家作正經，素來放浪難安分。不睦家人，不協鄉鄰，驕奢淫佚較前甚。没淘成，蹧空家産，仍舊下堂名。

游蕩總非宜,遇情人錢是泥,千金用盡難如意。不識東西,不辨高低,管教財旺稱知己。似狐狸[二],甘心篾騙,仙佛也昏迷。

也有肯回頭,説明朝從此休,人前賭盡無窮咒。一見朋儔,身不自由,急忙仍向前途走。總難丟,綢繆不斷,終世上魚鈎。

樂極反多愁,到後來不自由,倌人漫把良心負。初是風流,漸入下流,正經親友皆疎透。無他謀,除非偷盜,此外復何求。

度日漸無錢,悔當初也枉然,家中父老難相見。今日路邊,明月街前,生成骨氣原輕賤。有誰憐,饑寒凍餓,何以永天年。

山陰蓬萊舊樵稿。

(《申報》1879 年 5 月 11 日)

校勘記

[一] 霉:原作"煤",據文意改。

[二] 狐:原作"孤",據文意改。

香鷟生

香鷟生,生平不詳。

小令

海上十空曲

簾捲香風,着粉施朱夕照中。秋水雙波動,勾引多情種。咚,酒緑與燈紅,請君入甕。帳卧銷金,直把金銷送。君看露水恩情,總是空。青樓

浪蝶狂蜂,問柳尋花意興濃。覿面情偏重,乾濕殷勤奉。咚,仔細莽巫峰,將人斷送。擲盡黄金,驚覺癡兒夢。君看影裏情郎,總是空。游客

香霧滿空,折桂頻教到月中。臺上仙來鳳,一笑烟槍奉。咚,仿彿入花叢,瓊漿兼送。約度巫峰,怎奈雙蓮重。君看半截觀音,總是空。女堂烟館

弦索錚鏦,作態登場顔轉紅。音韻悠揚弄,還恕無迎送。咚,堂唱興尤濃,相思拚種。無奈曇花,一現兜羅夢。君看一曲琵琶,總是空。女書

鑼鼓聲中,鬼幟神旗氣象雄。奇幻盤絲洞,艷治描金鳳。咚,異曲更

同工,京徽争閧。士女紛紜,錯坐幾無縫。君看優孟衣冠,總是空。戲館

異處求工,淫逞妖姬狂逞童。花鼓新腔送,□眼春心動。咚,醜態帽兒同,干戈虚弄。一様排場,難把周郎哄。君看輕薄桃花,總是空。花鼓戲、貌兒戲

舜韮堯葱,下着千錢未足供。樓説慶興重,肴饌依時奉。咚,處處一般同,嘉賓任共。行令猜枚,月影花梢動。君看饕餮成風,總是空。酒館

閣廠松風,非陸非盧興也濃。嘈雜人聲閧,搭脚揎頭共。咚,麗水混魚龍,天開一洞。龍井松蘿,只要兄方孔。君看調水分符,總是空。茶館

妝亦稱紅,施本西家忽住東。草榻烟氛重,此腹真堪捧。咚,硬扯蠢狂童,妖精出洞。袖得千錢,十匣欣然奉。君看一陣殘花,總是空。花烟

裝飾偏工,有女如雲廟入紅。一瓣心香奉,伴侣虔誠共。咚,邑廟憶城中,閣來丹鳳。稽首慈悲,早賜團圓夢。君看色相真如,總是空。燒香

海上之游,幾及十稔,此調久已不彈,近閲諸吟侯滬上竹枝洋涇浜序等作,形容盡致,不覺忘其固陋,輒思效顰,戲爲《海上十空曲》,調寄【金絡索】,以博善顧者一噱。曲終,更綴一絶自懺云:青天碧海復尋春,五十年華閲歷身。我本東來狂道士,狂歌幾曲渡迷津。香鶩生未定草。

(《申報》1873年2月13日)

鴛湖詞客

鴛湖詞客，生平不詳。

套　數

讀諸大吟壇憶王郎喜壽詩詞諸作，因填南北曲一套，呈請瘦腰生、清風明月軒主評，花仙史顧誤

【新水令】

梨花門巷暮雲青，問蒼天怎消離恨？笙簫猶嘹喨，萍絮自飄零。草長閑庭，衹落得紅不盡的斜陽一條影。

【步步嬌】

洄溯江流情難盡，曲與回腸並。怎修書寄那人，去的是風帆，來的是歸艇。岐路兩紛紜，怎由人不唱相思令？

【折桂令】

一個是舞斑衣去奉雙親，把舞裙歌扇拋向花陰。一個是鳳翥鸞翔三山，似髮絆住紅雲。一個是猛回頭長安日近，翻別調短笛風清，一個是劍氣縱橫海宇游行，偏賸這似朱似碧對芳園，翦彩成林，兼譜八十彩林。

【江兒水】

宇宙同身寄，瑯琊願死情。對蒼茫那有淩波影。這東邊畫閣層層峻，這西邊書鼓聲聲緊，斷得我魂兒盡。訴與誰知，且覓個燈窗夢境。

【雁兒落】

想當時拍紅牙燈邊記曲清，透青衫淚濕桃花粉，展香輪相隨紫陌頭，萬千回看不盡丰神俊。呀，恨未曾相醉便離分，做得那隔着江流唱後庭。留不住片帆兒南風猛，集不起黄金的屋宇新。呼也麼靈，更誰將猜破相如病。去也麼尋，須借個題兒往玉京。

【僥僥令】

咳，真個風魔還自笑，望江雲短誦又長吟。爲誰一片癡心，且解這幽窗悶，檢出那舊日的名箋把姓氏尋。

【收江南】

倘今日把風流逞呵，笑微癖異同群。不願上巫峰楚峽會天神，又不願五花駿馬千街騁。願簾垂水晶，貯雙雙白丁，明月裏半窗劍影半簫聲。

【園林好】

興豪時看伊鶴奮，興平時聽他燕鳴。把豔福人間享盡，算不負走紅塵，更何定做公卿。

【沽美酒】

可憐他月自明，可憐他水自清，都不管離人掩面對殘燈，將怨緑嘲紅化夢痕。這金爐香燼，恐者番心字總難焚。雖不是蓮花頭並，雖不是蓮子同心，還比那藕絲娲净，牽住幾人方寸？還暗卜何時轉程，何時轉程，訪君平拂龜虔問。

【清江引】

水流花落尋常甚，怪東皇殺些兒風景，只落得十樣的箋兒封固寄贈。

（《申報》1876年8月11日）

無名氏

套　數

湖北官場恭祝萬壽新曲

本月二十六日，恭逢皇上萬壽。鄂督張宫保於是日宴各國領事於織布局，先期命幕府製成新曲一闋（或謂係張少保所自爲者），屬惲伯初大令按譜填入工尺，並調需次人員中之諳音樂者十餘輩，届時於月臺上陳奏娱賓，並聞凡歌者樂者，均由縣備辦蟒袍，而以惲爲伶官之領袖云。今抄得曲稿於下：

【商大吕・法宫雅奏】

壽宇戴堯天，探靈策斯年億萬。華封須祝三多徧，今朝喜溢垓埏。冕旒拜，閶闔瞻徹涼生殿。正揮絃，虞陛薰風扇，江漢流，朝宗遠。

【正宫・普天樂帶芙蓉】

撫皇圖，膺天眷，法乾行，勤宵旰。無逸圖深念民艱，大寶箴御幄常懸。文謨武烈貽謀遠，重熙累洽家法善。奉慈闈孝德光昭，問安視膳，先意承歡。舞萊衣，譜成朱蕚白華篇。

【仙吕】 雍熙清頌

夏后中興,旋轉乾坤,自强變法,宣布臣民,卧薪嘗膽,振勵人心。木陳必蠹,絃慢須更。武備干城,文才國楨,合農工商賈,共樂維新。

【仙吕】 九九大慶

睦鄰有道,萃環球萬國共輯邦交,珠槃玉敦永永常聯歡好。收廣益楚材晉用,溥同仁海澨山遥。崑崙遠蟠木高,友邦君咸助中朝。群生茂萬象包,采薇天保奏靈璈。

【南吕·尾聲】

堯尊進酒濃如海,萬方歌舞頌康哉,願吾皇聖壽萬萬載。

(《大公報》1902 年 8 月 13 日)

柳隱詞人馬相如

柳隱詞人馬相如,生平不詳。

套　數

感舊曲

【南商調・梧桐樹】

情天錦繡開,活現春如海。萬種風流,第一情痴債。温柔性格陪,承受多嬌愛。天放東風種緑苔,端正心香,侍奉佳人拜。

【東甌令】

燈前見,月下來,月下燈前經半載。分花拂柳添嬌態,越越的心兒愛。日長好夢乍驚回,件件費疑猜。

【大聖樂】

紅窗事天自安排,别離愁甘忍耐。天生你我兄和妹,風雲變爲甚來。莫是嫦娥負了相思債,只是耽誤卑人理不該。我真心待你,試想玉肩相並,忍便忘懷。

【解三醒】

我知你芳心無奈,我知你珠淚頻揩,我知你可憐年紀將花愛,我知你弱線慵拈刺繡鞋,我知你厭厭瘦損因儂害,我知你含怨當脩一口齋。難輕怪,我知你繡簾風細,蝶夢驚回。

【前腔】

我把你心肝般待,我把你珠玉般懷,我把你言詞銘刻衷腸内,我把你愁種心苗次第排,我把你盟言句句蒼天對,我把你錦樣衷腸子細裁。非胡揣,我把你緑章夜奏,敕賜花魁。

【尾聲】

從今冷暖願卿卿愛,記蕊榜喧傳,將信息回,方知我心田甘苦的爲卿來。

其　二

【南仙吕入雙調·步步嬌】

苦苦風懷,難陶瀉旅館秋寒。夜窗前月影斜,夢醒驚寒,自把夫容下。陡的恨頻加,歎舊時春色難描也。

【山坡羊】

碧熒熒燈花初卸,冷清清竹枝低亞,悶厭厭知爲甚來,瘦岩岩累的心兒怯。半忘懷無端又掛懷,芳心無那、無那將誰買,怎地胡拏將人抛下。思卿,是真耶是假耶。恨卿,是癡耶是夢耶。

【解三醒】

思則思三生結下相思債,思則思眉語何曾故使乖,思則思紅窗曾共佳人拜，思則思素手輕攜淚暗揩，思則思偎紅片刻恩深重，思則思柳色深藏小謝家。和誰話，思則思如花美眷，碧玉年華。

【前腔】

恨則恨前頭鸚鵡調人話[一]，恨則恨漏洩春光付歎嗟，恨則恨風流挂盡旁人口，恨則恨海樣恩情一旦乖，恨則恨春歸我爲名花哭，恨則恨苦苦尋他信息差。渾難捨，恨則恨夢回蝴蝶，悶了窗紗。

【皂角】

寄一股傳情玉釵，兼一幅拭啼羅帕。情知卿未必思量，且胡亂試卿心麽。若果是十分歪渾是歹卿，既然我索性一勾都罷。卿卿負我，非儂負懷，偏是你生來嬌小，越越羞花。

【尾聲】

可憐秋雨愁司馬，將鴛蝶拈來取次排，把來世因緣題了者。

柳隱詞人馬相如録舊作。

（《申報》1885 年 3 月 20 日）

校勘記

［一］鸚鵡：原作“嬰武”，據文意改。

眀 廣

眀廣，生平不詳。

套 數

題倪雲林山水畫册，用馬東籬先生《秋思》一套

【北雙調・夜行船】

古樹荒磎秋色老，西風緊草樹全凋。水勢争流，山容含笑，就是您卧遊也(作平)好。

【喬木查】

再莫説秋容潦草，再莫去聽秋聲另畫傷心稿，再莫嫌古木荒山生意少。本來是才人遊戲筆，自寫牢騷。

【慶宣和】

俺筆墨生涯久已拋，也只爲没個人瞧。今日裏自把新詞細推敲，解嘲解嘲。

【落梅風】

您畫中人休相笑，俺世上人没下梢。好風光怎生遊眺，俺若是今宵夢

裏遊賞了,還望您五更時暗中關照。

【風入松】

歎故家風景易蕭條,倒不如尺幅寫生綃,還有人把零珠碎墨珍藏好。到今日再見您雲壑波濤,猶古是心兒暗瞧。呀,這山溪還是前朝。

【離亭宴帶歇拍煞】

咳,輞川别墅春光小,杜陵老屋秋風早,害的俺書呆子越樣無聊。也没有遣愁詩,也没有排悶酒,也没有忘憂草,怎生耐苦辛,容易起煩惱,兀自把江山看飽。不耐煩摇一隻捉魚船,没打緊種一行楊柳樹,甚來由寫一幅神仙照。倪黄水墨圖,零落知多少。難得您厮守着雲林舊稿,湊一道斷腸詞,惹先生笑我了。

(《國粹學報》1905 年第 16 期)

無名氏

小　令

【醉太平】

前在西湖太和壇扶乩，有女仙降壇，書【醉太平】一闋云：

風來露涼，雲歸月忙，銀河界破秋光，墮飛星遇牆。蕉陰半窗，籐陰半廊，回頭悄問檀郎，是情長夢長。

請仙姓氏，則乩已寂然矣。繹其詞旨，輕蒨清圓，宛似彈丸脱手。

（耐冬居士《女仙降乩詞》，《申報》1872 年 6 月 22 日）

沈惜紅

沈惜紅，生平不詳。

套　數

題顧曼盦《夢回撫枕圖》

【南正宮・喜遷鶯】

一簾明月，睡覺起情撩，長夜迢迢，豆樣孤燈獨自挑，愁腸回繞。這相思圖稿倩誰描。他那裏顰山蹙損，笑狂生心癢難搔。想是他夢魂尋不到，不由心惱。

【朱奴剔銀燈】

徘徊在紅綃帳凹，猛可地陡起思潮。倦眼朦朧意未消，撫孤枕淚珠欲吊。無聊，者相思怎拋，猛擡月掛樹梢。

【雁過聲】[一]

梧葉蕭蕭，院深静悄，那堪聽驚露滴芭蕉。一聲聲端得如敲，萬般愁和萬般憔，倚枕兒越越難熬。真個愁難了，恨多情卻被這無情惱，委實的怎生好。

【小桃紅】

想不了伊人貌，醫不了愁和惱。珊瑚枕上倩痕杳，孤衾轉側空懷抱。沈腰瘦損人渺渺，這一夜相思潘鬢白了。

（《新社草刊》1889 年第 19 期）

校勘記

［一］過聲：原作“聲過”，據曲譜改。

梅鶴山人

梅鶴山人,生平不詳。

套　數

南北曲,爲洪憲章兄題《載酒聽鸝》小照

【新水令】

莽天涯何處避塵囂,莫輕教鬢絲愁老。春花尋舊夢,秋水感離騷。今日個纔寫出真吾稿。

【步步嬌】

記當初載酒新安道,放眼乾坤小,壯志薄雲霄。利鎖名韁,一例兒非吾好。一笑解金貂,豈不知行樂須求早。

【鬥寶蟾】

逍遥,嫩韶光,看柳翻緑浪,花送紅潮。便賒得村醪,也須醉倒。尤妙,向湖堤走遭。軟綿綿石上鋪茵席地,翠生春草。

【錦衣香】

唤憨奴掛酒瓢,看春色添詩料。呀,又聽那黄鶯兒聲聲嬌小。

【漿水令】

訪林逋梅花謝了，問陶潛菊花尚早。塵寰何處覓心交，卻不道良時易過，勝景難拋。傷今古，徒長嘯，黃鸝叫得春心俏。你且把、你且把嬌音住了，我準備明日來邀。

【尾聲】

畫圖寄托君休笑，拚個爛醉如泥也意氣豪。不信呵爾看他飲中八仙春不老。

（《瀛寰瑣記》卷五）

茗青館主人

茗青館主人,生平不詳。

套　數

題瘦梅居士《雙鬟索句圖》南曲一套

【園林好】

是棲鸞圖成錦箋,是行雲飛來九天。聽説道舊管瑯嬛庭院,香案吏掌書仙,謫人世了塵緣。

【江兒水】

鳳泊鸞飄日,瑶琴錦瑟篇。爲輕狂誤了蓬瀛選,要清閑懶起封侯願,儘清高不慕如花眷。何處雙鬟嬌倩,想筆底春生也,惆悵桃花人面。

【五供養】

花濃雪豔,唱新詞索要嬋娟。錦囊佳句,滿玉箚墨花妍。知音人遠,合付與雛鶯乳燕。有心填恨海,無術補情天。料寫向丹青,有萬種閑愁繾綣。

【玉抱肚】

新圖細展,把鲰生銷魂黯然。記當時載酒揚州宴,旗亭花月流連。韶華過眼等雲烟,明月淒涼幾度圓。

【玉交枝】

海天帆轉賣魚灣,今雨新聯,算雪鴻爪印平沙淺,也是三生石上因緣。蠅頭蝸角利名牽,飛蓬又向天涯遠。喜知音幾日纏綿,慘離情一番悽戀。

【川撥棹】

情無限,唱驪歌兩意牽,似荻花楓葉江天,似荻花楓葉江天。聽琵琶青衫淚漣,要相逢知甚年,更相逢在那邊。

【尾聲】

病維摩笑看天花現,惟願早配取個玉臺仙眷,莫更向情外生情損少年。

(《瀛寰瑣記》卷十三)

胡元鼎

胡元鼎，字梅臣，山陰（今浙江紹興）人。

套　數

南北詞合套，爲陳步周州佐題《乞丐圖》

【新水令】

莽風塵何處覓逍遥，展圖兒令人長嘯。西山千古石，吴市一枝簫。世事如潮，卻教俺苦譜這淒涼稿。

【步步嬌】

可憐他若輩當時皆年少，緑遍王孫草。春風怒馬驕，醉月評花，鎮日兒同傾倒。脱下赤霜袍，喜孜孜狂索金甌到。

【折桂令】

他道是濁榮華城樣堅牢，卻便是枕底黄粱，一夢雲消。你看昨日今朝，一是一非，怎生不雙淚珠抛？舊樓臺空聞雀鳥，好田園都是蓬蒿。家室漂摇，八口鴻嗷，這時兒托缽沿門，只落得蒙袂來郊。

【江兒水】

東郭春播祭，翳桑舊路迢。有的是依門折着花兒笑，有的是啼愁攜着猿兒叫，有的是瘵饑唱着紅兒詞。呀，莫不是酒客咸陽也，那嬉春圖貌。

【雁兒落帶得勝令】

多管是一年年烽火遭，驀地干戈擾。妖雲出膽魂銷，彗星過荒災早，薄桑田逐波漂，破茅廬隨風掃。料得是命臨磨蝎難圖飽，因此上劫遇紅羊不可逃。無聊，竹枝兒歌懊惱。輕敲，花鼓兒破寂寥。

【僥僥令】

誰開生面筆，曲把世情描。間題名可是監門號，料不是俸錢，羞乞恩膏。

【收江南】

呀，我把這一端端心事問青霄，共生成何必不同胞。風刀雨陣害良苗，兵氣不能撓。倘餓殺此曹，倘餓殺此曹，只恐怕無人重把你香燒。

【園林好】

俺這裏立風前金罍首搔，他那裏在雲中玉京殿高。恨不得插翅去烟霞盡掃，那時節天雨粟福堪邀，人鼓腹餓無殍。

【沽美酒帶太平令】

諸君仔細瞧，這圖莫漫嘲。他也是爲着米兒且折腰，不是乞憐尾搖。雖則是走江湖形同枯槁，不過是溷浮塵何傷破帽。不比拜庭除蒙羞媚竈，你看長橋短橋，任他慢騰騰的踏遍紅塵街道[一]。

【尾聲】

我苦吟十載知音少，飯籮空哭倒嬌兒小。倒不如把這圖兒效，博得個浩蕩光陰也閑過了。

（《瀛寰瑣記》卷二十一）

校勘記

［一］慢：原作“漫”，據文意改。

花消英氣詞人

花消英氣詞人，生平不詳。

套　數

題《知音宛在圖》北曲

庚午新秋，滬城北郭寓齋，照蔣心餘《題陳檢討填詞圖》北曲填，並次原韻。

【粉蝶兒】

暮靄横綃，到夜來月明飛照。莽他鄉不耐凝銷，老荒苔，陳古跡，但堪憑吊。耐飄蓬情緒無聊，問知音摇頭難道。

【叫聲】

想把這雙眉樣淺深描，横瞧豎瞧，總難同春柳裊。因此上偶填琴趣幾篇詞，渾不想等身著作留叢稿。

【醉春風】

蔡邕女那方尋，卓文君尋不着。人間萬耳聽吹簫，直吹教人盡老。老對琴弦，淚漬絛絛。要學那孫登不語，並象那焦先枯槁。

【迎仙客】

是誰調脂粉弄彩毫，驀見個畫裏知音何處討。問芳名可喚做琴操，廝對朝朝，廝看容華飽。

【紅繡鞋】

下指候低鬟微笑，曲終時雲鬢輕搔。長吟短鎖細推敲，定能新曲校。肯付俺來鈔，願同你黍銖度。

【普天樂】

想從前那個鄭康成，那個羊元保，都有個蛾彎淺黛、雉笑如皐。况禪家天女伴維摩，修道的拔宅遊蓬島。俺便學填詞白石自吹簫，亦要個小紅兒廝陪聊落。猛回頭老鳳無巢，要覓個知心，承受眼角眉梢。

【石榴花】

端詳仔細這多嬌，小口比櫻桃。認眉梢，意氣定英豪，低垂鬟鳳了，臉暈紅潮，玉纖纖指爪似麻姑鳥。倘廝逢真個在今宵，掃閑愁月缺濃花老，對彈琴更鼓坐來消。

【剔銀燈】

天風環珮聲摇，高山流水音凋。唤伯牙知音，重把鐘期吊。囑伊家保玉體似玉堅牢，且把這蠟燭燒，塊壘澆，只怕心上愁根不拔似荷么。

【蘇武持節】

猛想畫師亦是俺同調，此畫意何難量較。怎不畫個書生容貌，成英雄臉腦？恨千條，弦七條，恨如作繭春蠶繞，弦外之音何處飄。定是熟讀《離騷》，把美人香草詞當畫稿。

【紅衫兒】

身伴枯桐老，誰替佳人吊。心枉勞，手枉勞，夢泡枉尋找。宮也抛，徵也抛，怕宮徵和鳴没了。

【煞尾】

畫圖中知音枉自招，夢魂兒一例古人覺。冷瑶琴緑陰眠，儘力唤真真照。只怕那個灰酒無靈，依舊是不見人峰青了。

（《瀛寰瑣記》卷二十六）

無名氏

套　數

哀江南曲

癸丑之歲，金陵瓦解，離亂十年，饑驅四省。今夏，聞捷音於泲上，喜恨交集，廬墓所在，不忍卒述，而人民凋敝，城郭荒涼，不堪設想。昔庾子山有《哀江南》作，爰師其意，作南北曲。

【北新水令】

烈轟轟露布過江皋，報王師金陵直搗。紅羊銷浩劫，白馬靖塵囂。勘定功高，把一座金甌收復了。

【南步步嬌】

古來競説江南好，名勝知多少。繁華景更饒，者番兒直被那妖狐騷擾。有夢記歸橈，唱一闋念家山情更惱。

【北折桂令】

錦江城荒烟蔓草，秋風疏柳，斷送鴉巢。近鄉原□片土焦，邱墟敗屋，禾黍蕭條。昔日個羔酒聚蓬茅，今日個青燐遍四郊。眼見的狐兔咆哮，卧荊榛誰家華表。一般是室邇人遥，者淒涼畫稿難描。

【南江兒水】

淮水清依舊，鐘山峙自高。噴波濤燕雀名湖倒，遭烽烟琉璃古塔燒。看連天萋萋芳草，辨不出當年道。聽杜宇聲聲慘叫，有心人愁不了。

【北雁兒落】

最慘的是逋逃，唱刀環有幾輩歸來早。無枝的繞樹尋巢，有家的數椽傾倒。認頹垣敗井斜陽照，歎緑窗朱户人俱杳。問東鄰説早已遭强暴，訪西鄰竟没個音和耗。昨宵覽鬚眉尚心豪，今朝憶往事倍心焦。

【南僥僥令】[一]

白晝稀人跡，黄昏作鬼嚎。夢魂中猶恐怕鵂鶹叫，怕的是風瀟瀟，雨飄飄。

【北收江南】

再休提金粉擅南朝，没了□曲清溪道。風櫺雲榭，一炬烟銷。問東流翻惹得桃花笑，對斜陽淚拋，對斜陽淚拋。歎覆巢燕子依人，也覺太無聊。

【南園林好】

名祠古寺一包糟，賸幾柯古樹風號，千年法物今無考。游息地任飄摇，臨眺處滿蓬蒿。

【北沽美酒】

離亂中苦難熬，離亂中苦難熬[二]，此際不堪分曉。任春風秋月等閑拋，興廢真難料。再莫説博官高，再莫説郭况金銀窖，再莫説綺羅紈綺競華豪，幻花泡影成空妙。有幾輩盡室抽身早，全性命事後逞賢勞，果然是德業將身保，者天恩祖德難終靠。

【尾聲】

烟塵滿地從今掃，雖則瘡痍難療，喜見天上恩波宏覆幬。

（《瀛寰瑣紀》卷八，1873 年）

校勘記

［一］僥僥：原作"澆澆"，據曲譜改。

［二］熬：原作"煞"，據前文改。

孫　點

孫點(1855—?),字君異,號頑石,來安(今屬安徽)人。拔貢生,官知縣。光緒十三年(1887)調充駐日使館隨員。有《嚶鳴館春風迭唱集》、《夢梅華館集》十三種等。

套　數

遵義節使述職還朝,東都士人依依惜别,贈行之作既已成編,森子槐南復譜南北曲一套,情文相生,河梁絶唱。點以屬吏,感公恩知,親炙三年,見聞允愜,謹撮述公出山以後事實,演而爲曲,並次森子原韻,見獵心喜,不叶宫商。世有周郎,希爲顧誤。孫點並識。

【北新水令】

笑男兒墮地落塵埃,誰逃來江湖河海?雲天隨處换,時局逐年開。休老蒿萊,振精神泛槎客。

【南步步嬌】

博望張侯今生再,勳業追前代。旌旗海外開,破浪乘風,東西笑待。握手敘衷懷,識四洲情態惟公賴。

【北折桂令】

記當年書上天階,諫草生花,彩陋霜臺,僅知那粉飾升平,模棱吁咈,遮掩無才。好羊毫惟描眉黛,沐猴冠錯插遺釵。短黄昏且與卿挨,毒紅巾争讓人捱。有書生瀝肺肝,登聞擊鼓,官吏醒偕(同治初,軍事頗棘,公以諸生由黔入都,上萬言策,切中時弊。毅廟特賞,頒示廷臣。莫不聳動。旋奉特旨,以知縣發往江南大營差遣,一時傳爲佳話)。

【南江兒水】

上相奇功奏,中興交頌來。是武鄉洗甲澄滄海,是臨淮隻手新疆界,更文襄拓地開邊塞,仍此帡幪無外。公下馬執筆,欣欣露布,當時豪態(公至江南,入曾文正公幕府,參與機務。未幾,軍事底平,關隴以次肅清,僉謂湘鄉、合肥、湘陰三相國,實造我朝中興大業)。

【北雁兒落帶得勝令】

秣陵城山河撥積霾,荷花池江浪時澎湃。古松陵新棠遍地陰,小青溪甘雨隨車灑。拙摧科怕聽雪鴻哀,減供張裁去青油蓋,比文翁諭蜀莫疑猜。這神君闔境争推戴。奇哉,更與門文來都驚敗,哈也麽哈,只此柳韓歐好脱胎(公在江寧,襄辦善後各事。既,復榷税於江陰之荷花池。事皆繁重,公措之裕如,大府交薦,才可大用。旋知吴江縣事,政聲卓著。量移青浦。所至以清廉稱,民皆愛戴。暇輒爲古文辭,淵深古雅,卓然大家)。

【南僥僥令】[一]

皇華辭不得經濟最淹該,擊楫中流休驚怪。這便是那漢廷中絶域才(湘陰郭筠仙侍郎嵩燾使英、法等國,奏請以公爲參贊官。是爲公奉使之始)。

【北收江南】

呀,絶温裾暫脱彩衣萊,爲君親且去行蠻貊。歐西世界隔天開,日東壇坫朝衡在。但同盟克諧,但同盟克諧,纔算是折衝禦侮兩無災(公在歐西,歷駐各國逾七年之久,咸稱職。辛巳,遂拜欽差出使日本國大臣之命。

時太夫人春秋已高，公夫人率公子侍養於上海旅邸）。

【南園林好】

驀然間萱堂燭歪，痛無端麻衣運乖。慘輿襯長途疲憊，走萬里典金釵，卜吉壤踏芒鞋（甲申冬，公由差次奉諱。既歸國，即日恭奉靈輀，歸葬遵義）。

【北沽美酒帶太平令】

又驊騮道路開，又驊騮道路開。賦駪征四牡來，且更上清淺蓬萊縹緲臺，許騫槎同載。聯舊雨慰羈懷，取紙筆權將舌代。酒杯中深情感戴，讌集編流光易改，題襟會滿城冠蓋。公呵何其盛哉，棗和梨僉云不害。這真面問廬山，便知好壞（丁亥冬，再使日本，交誼益篤，每年讌集詩文成編。此次贈行，尤極一時之盛。點並編輯，沿例印行。爲期已促，不及删潤諸君大作，悉依原稿）。

【尾聲】

森森棨戟歸天外，三十年間政跡開，准備那修國史的諸公好搜采。

（孫點《庚寅讌集三編》卷下《題襟集》）

附　森槐南

森槐南（1862—1911），日本明治時期著名漢學家及漢詩詞作家。名大來，字公泰，號槐南小史，通稱泰二郎，別號秋波禪侶。有《槐南全集》、《中國詩學概説》、《杜詩講義》、《古詩平仄論》等。

套　數

蒓齋公使言旋在即，大來已賦七言律詩二章奉餞，爰推擴其意，更填南北曲一套。僕本不嫻詞令，直抒胸臆。所謂東洋問題者，觸緒一發，語涉忌諱，知不免矣。顧以巴人之調，寫杞人之憂。各言其志，言豈一端？公使洪量如海，請付之一笑，並賜顧誤爲幸。明治廿三年十二月，東京森大來並識。

【北新水令】

望齊州九點莽烟埃，拂雲來錦帆東海。鼇頭蓮嶽出，蜻尾玉壺開。清淺蓬萊，泛星槎日邊客。

【南步步嬌】

破浪乘風今來再，又到瓜期代。離筵九日開，飲菊餐英，更番款待。痛飲好披懷，恕狂奴醉態無聊賴。

【北折桂令】

展文茵玉樹臨階，錦繡楓林，彩翠樓臺，有多少側帽題襟，登高送遠，能賦多才？暎飛觴青山粉黛，舞驚鴻紅葉裙釵。乍彎腰卻月相挨，小垂手颭髩相捱。劈鈿箏裂帛聲終，催畫燭賓主歡偕。

【南江兒水】

四坐休嘩處，百端交集來。是幾時兵洗絛支海，是何人馬飲長城界，更誰家笳動盧龍塞？放眼高句麗外，君不見虎視眈眈，直北浮雲情態。

【北雁兒落帶得勝令】

白骨田黄塵匝地霾，黑龍江濁浪黏天湃，鄂羅斯山河健鶻盤，薩伽連草木腥風灑。雪霏霏一陣朔鴻哀，野茫茫無數穹廬蓋。到如今彼我漫疑猜，怕他年兵甲誰擔戴？嗟哉，請看古今來成和敗，哈也麼哈，只願笑談間絶禍胎。

【南僥僥令】[二]

浩歌悲亦得，妄語罪應該。一介書生公休怪，原不是個覓封侯百里才。

【北收江南】

呀，活神仙豈可隔蓬萊，莽風濤只恐連蠻貊。天孫氏國早丟開，古河湟地今安在？使鄰交益諧，使鄰交益諧。纔信道中流共楫定無災。

【南園林好】

笑拍肩孫郎帽歪，暗橫波陳郎眼乖。僕何者公然愁儓，且擊節愛卿釵，試拓掌繡娘鞋。

【北沽美酒帶太平令】

古神山縹緲開，古神山縹緲開，見其中綽約來，這的是童女童男舊舞臺，甚樓船曾載今夕事？盡風懷，數不盡蒼茫世代。二千年芙蓉雪戴，太古來滄桑不改，靈淑氣扶輿籠蓋。恁呵江山美哉，齒聯唇尤關利害，早難道把君家長城自壞。

【尾聲】

三千弱水盈盈外，赫赫扶桑杲日開，休枉了那斗大的金章好光采。

（孫點《庚寅讌集三編》卷下《題襟集》）

校勘記

[一][二] 僥僥：原作“澆澆”，據曲譜改。

懷　明

懷明，號雨香、青州從事、會稽山樵子、曹娥江漁翁，浙江紹興人。有《西遊記記》，完成於咸豐六年丙辰(1856)至十一年辛酉(1861)。

小　令

道情六出

黑河神，溯中流，紫河車，驛遞郵，玉爐升降憑樞紐。一條脊髓曹溪路，陡壁關前幻贅疣。法身元運看星斗，須信道迎風戴月，巧相逢車力赤留。

大力王，坐灘頭，善人家，慕中州，倒懸解得龍吟吼。禪門伏點仙家卯，恨苦扯車不自由。從公魁卯臨罡酉，爲甚事傭工搬運，恰如他名利行舟。

賜壽長，只一漚，滯後天，累如囚，分明如表盤腸走。鉛情汞性聯姻眷，法相如如法性柔(法性，忍性也)。朦朧合眼凈塵垢，圍此處簸箕一陣，保護他海角雲遊。

秉忠良，良美猴，報不平，平月鈎，西南夢龠無還有。長庚太白珠光透，只此圈中萬象收。向東一指僧回首，提攜得妖邪脊度，早來登百尺瓊樓。

正道心，第一籌，法護身，天爵修，巢兹腳邊巢兹手（天根明窟中界）。兹時膽大心愈小，攢緊拳拳運火周。雷公站面瓊鐘扣，講甚麼燒丹煉汞，寂寂中蝶采蜂偷。

智淵淵，水如油，觀三清，聲韻悠，回風混合守瓶口。絪緼呼吸淺雲卷，受用東西那是羞。起於一數終於九，都認得五百交親，這其間互看春秋。

（《西遊記記》第四十四回《搬運車遲三十三難》）

【醉太平】　四　拍

秉心塞淵，銀河通天，昆侖督聳雲巔（曰總督天河，是以聖僧夜阻）。問渡口尋船，信毋心偏，陳家善緣。耳東四五班聯，豎一首竿旛。

轉坤旋乾，感通斗躔，香風陣陣沙灘。須祭賽調元，車遲會元，鈸言聲喧。慶雲甘雨承宣，懷抱得明圓。

澄清水源，並頭金蓮，童男童女青年。正上下平弦，秤金朱鉛，保東鎖關。袖籠果子新鮮（如袖裹乾坤手），留後代香烟（南華謂之命留）。

東西鈎連，丹材兩般，必須長嘴攀牽。罡布静盟禪（此則金木垂慈），坐擡丹盤，陰陽純全。童男吃得烹黿，這造化占先。

（《西遊記記》第四十七回《路逢大水三十六難》）

【南柯子】　六　拍

一白從貞起，通天斡斗樞。至誠無息是功夫（混元一點白，起自貞下，東北丑艮。天自通於西北戌亥，東北後艮。艮脊背，斗樞斡運，透西北先艮。艮山，鼻也，爲山根毓秀，所以過行過巔頂，即望見山凹樓臺高聳也）。且自兜韁住，結個紫葫蘆。煉石補天缺，山凹秘吸呼。曹溪一縷透元初。古木參天處，莊老杖藜扶。

性養弦平地，圈中最善區。心和意合自如如。劃地爲牢坐，牢穩保無虞。性不從情亂，鉛飛汞與俱。安身此法掌擎珠。暗室虧心處，電目閃廉隅。

犬吠南柯蔭，莊前聽轆轤。莫教柯蔭命根枯。杖數通明白，息息有贏餘。飯熟騰騰氣，半鍋實不虛。神昏默默竟如愚。養命留丹料，揑缽滿圓盂。

象鼻蓮乖倒，穿堂後結廬。斯文入裏走趄趄。電目開眉宇，樓窗隱帳鬚。動心須忍性，骷髏斗大粗。一元大武認模糊。神光通暗息，莫使濫吹竽。

慎獨須誠意，兕王獨角圖。性光合與命根符。暗室憑香火，侍奉有人無。納錦心穿背，冲寒護脊需。一程造化賦三都（曰三五一都是）。背手當心貼，剪捆不松紓。

怪洞金兜遇，翠崖虎負隅。山根凹缺最崎嶇。圈裏藏圈妙，袖出一圈俱。舌蒂森森白，梭抛古董胡。任教千百鼻光紆。套入回回口，息息細吹噓。

（《西遊記記》第五十回《金兜山遇怪三十九難》）

【園林好】

本來是貞觀送用，化南柯滿盛了一缽。土地說這氣騰騰，知功完新熱。請禪主來分吃，吃了呵凹孕凸。

【清江引】

遥看柳岸垂陰碧，水澄澄如玉液。早春問渡時，卻逢下弦白。着這個梢婆咿咿啞啞撑船只。

【梧桐樹】

渡纜拴樹密，渡水銀翻雪。舀吃些些少半瓊爲液，還剩多半一氣如鯨吸。有肉塊團團，一霎時骨冗冗的血跡。草蒲墩坐把青麻績，賣酒人家，且問個燒湯計策。

【玉胞肚】

迎陽館驛，照胎泉心心印隔。這些子母河離不斷根，影雙雙如何脱出。瓜蒂圓鑽那玄牝妙窟，尋穩婆從那協間甲拆。

【玉胞肚】

生生不測，養兒腸休教錯窄。一包漿溶溶潤澤，疼陣陣催待時刻。喜小娃娃降仙謫，問老婆婆墮胎術。

【醉扶歸】

必須是解陽山裏解精魄，必須是破兒洞裏破軍客，必須是落胎泉裏雄爻一。道人盤坐緑莎茵，人情聖旨無儔匹。

【山坡羊】[一]

悟空空寶鼎中也欠實，認朋朋幼時交也疏失。毒芒芒硝生膽邊，䰄睖睖腦後一聲霹靂。卻好是先生壬也，一合爲奴，且與悟空敵。腳後弦鈎，孫公一跌。古格，要是依天的沙僧命立。新格，多是真水的黄婆水得。

【浣溪紗】

個花磁，舀浥浥，解邪胎銀蟾中魄。净中太倉藏息息，煎粥補虚兩弦弼。心慮滌,這水瓦罐中盛埋後,密石棺材,命初本密。

(《西遊記記》第五十三回《吃水遭毒四十二難》)

【江兒水】

真人種得,笑呵呵真人種得。休嫌施醜拙,還得臊豬嘴臉,喊發烟花園中出。注名上簿迎陽驛,照胎泉有影雙雙覓。手下人三綹梳頭,綹絲絲兩截穿衣,傳言是實。

【玉交枝】

陰陽配合,喜投桃傳家帝業。夜來香夢香花,馴蛺蝶蝶傳媒,御溝紅葉。願月老夫妻繩端,打個同心結,待他允許成親非强逼。好女王傾心穩接,好女王留心贅匹。

【僥僥令】

一陽天賜特,法性西來日。造化逢時休再失,柳箕柳兜通變格。

【園林好】

玉成了大君婚事,莫誇這口邊擺鹽醬碟。吃肯酒先安排一席,烟花網怎脱出,歡魚水計全密。

【好姐姐】

香案前欄衣偶識,仔細看淫情汲汲。嬌聲滴滴,呼御弟來占鳳鸞集。嫦娥離月窟,碧桃王母前因結。羞答答聽他輕啟櫻桃含笑説。

【好姐姐】

種情深鳳乘鉛赤,忍不住性光活潑。涎流汞碧,好便似個青獅舌。丹爐凝白雪,心頭鹿撞最關切。不覺的都化了心猿無處覓。

【減字歸朝歡】

醺醺醉，醺醺醉，連骨筋無跡，請哥哥上龍車共轍。眉花笑，眉花笑，空空色色，女王攜和尚，到珠宫蕊闕。

【三段子】

嚷些酒吃，喜今宵辰良日吉。素筵葷席，左右邊分明擺列。入端門，笙歌東閣胥安貼。這便是交歡合巹留婚式，十指尖尖，斂袍袖兒，傳杯息息。

【節節高】

程一鞭行捷，這本是迎陽星驛，下不得馬兒軍歇。息注瓊液莫貪杯，卻誤了换付關文牒。天開黄道應明日，明日改换了年號，從新登寶極，傳家萬代子生孫，恩情美滿圓無缺。

【嘉慶子】

咨御弟同甘陳呵，認御弟同胞唐呵，那三徒唐朝異科，那三徒中程附科。合合和和，均平妥貼。憑女王磨龍賓，飽潤香翰筆，添注了法名好親切。

【皂羅袍】

花押了關文付給，這御米三升壯添行色。無掛牽迎輿甲，別粉骷髏做甚夫妻。憐憐惜惜，變卦風番，又好得臊豬醜潑，便沙僧净也，人叢搶出，卻不道又遭風月魔，弄陣旋風攝。

（《西遊記記》第五十四回《西梁國留婚四十三難》）

【滴溜子】

温柔鄉裏招親出，又抱了琵琶，且要耍了毒敵卻變卦。回風兒混合，未躡天根豈識人。這剥復關頭，坐花亭密密。

【香柳娘】

素鐪鐪手劈，葷鐪鐪怎劈？火候調停息息，留天根不多甲坼。素破分魂返魄，葷囫圇完魄。兩攀談相吸呼，兩撫摩相梭織。這一盤果核，這一盤種核，潛躡佳人跡。做個道伴兒，露出那指纖纖春葱十。

【減字憶多嬌】

噂鼻中火赤，噴口中烟碧。三股鋼叉多手集，使出個倒馬樁，腦毒癰含液。

【東甌令】

意淫淫，嬌弄色，做好夫妻兒香房步入，咬定牙關，任百般的巫山媚暱，纏到散言碎語深。更逼一條繩捆了，柔獅緘繡舌。私情終究非良匹，靠後看來是濫淫老賊。

【步步嬌】

修持不壞金剛質，一本身初色，率循天命立。根躡踐形，福自天申。特休放放休，浪浪活潑潑。

【金縷曲】

一個魚籃挈分明，是金芝菜秀、瑶竿竹碧，好是虚心方得禄。尾上鈎如太乙，卻賞得丹臺月窟。曾在雷音聽佛説，佛指兒也被他鈎斡，降伏他須求告光明德。扶桑有曜寅賓日，炎炎的一身金縷，芒芒的一行兵列。奉旨巡營躔度按，一體純陽晉接。當正午穿的拜駕朝衣朝帝極，舉薦星官來後面。退陰符盡把塵緣割，乾金海一團爛醬泥丸汁。

（《西遊記記》第五十五回《琵琶洞受苦四十四難》）

【月雲高】

烟霞石屋，鬧枝頭紅錦簇。聽嬌聲申萬福，風和調雨香馥。顯露柔枝，這都是錦繡珠玉，伴麥場藏縮，含微酸憐過熟。翠袖中烟籠蜜合汗巾揩，怕揩不乾淚多美人局。

(《西遊記記》第六十四回《棘林吟詠五十二難》)

【山坡羊】 兩　拍

懸釣絲絲絲息浄，穿出窗櫺繫定。天關托手，本一處心心印。認雌雄要同飛，品丹材妙全徵。文華殿宿留，當在天根境。起奪人生也，天街萬籟無聲。分明，八正八副評。真精，輔弼運津白露英。

藥裹也虧有馬，歇後兜鈴一架。夜修丹物，心主邀同亞。午月天中左右分，龍舟競鬥彩騰霞。金聖果海榴錦彈，霎時推出花亭下。子母分胎也，鵲橋路不岐叉。三擲，太歲勾芒吐玉芽。堪誇，的是蒼天太乙華。

(《西遊記記》第六十九回《降妖取金聖五十八難》)

道情六唱

出花亭，錦彈榴，部先鋒，展槍頭，打成兩截歸西西。西門接濟離炎火，水滿街心帶月流。權將御奉金杯酒，加佩得申王心印，推讓他好個皇州。

擔黃旗，背文書，這鋪兵，走流珠，敲鑼送信通言語。仙衣五彩裝新聖，月白瑶臺姤復初。魚鱗狎鬣排鐘乳，完全了方圓鄞鄂，卻纔稱造紫符朱。

下戰書，後先鋒，袖裏揣，文武叢，烟沙火放搏鉛汞。兑丁艮丙刀圭戊，簇簇英華寶鼎濃。息來息去回旋踵，問名字腹心小校，打得他棍搗前胸。

馬兜韁,獅兜鈴,午端陽,慶朱明,山根凹處旗黃杏。留將表記通消息,方信從中系别情。減妝盒裏形留影,憑雙個黃金寶串,引出來人語猩猩。

剥皮亭,碩果存,廳後邊,麗宫門,兩班狐鹿分玄牝。中中一貫倚天地,踵息研朱立紫群。夫妻敘個前緣晝,虛静候長生久視,積雷樞蒂系天根。

三鈴兒,煉紫金,盜取他,哄同心,交歡片玉鴛鴦枕。外房托付憑心腹,鼻息綿綿蜜蜜緘。停呼兩孔含三品,必須要從傍取事,這其間仔細搜尋。

(《西遊記記》第七十回 缺題)

【山坡羊】 三 拍

恍惚癡蠅寐魔,落在烏雲髻散。又跳下左心玉掌,好似榴推錦彈。百合枝毬繡斕斑,墨點濃靈活華鉛。休放出攔五分餘水,休放出攔圈券。全仗這春嬌也,下手時切傍邊。纏禪,向晦深房息宴安。交歡,不斷蚊芒僕僕緣。

耳後根深蜜際,這玉枕宫華壯麗。砂銀鉛汞,遞互穿雙喜。喜交杯歌舞締,喜巫山雲雨迷。筋麻骨軟剥爛床,膚髓腦癢得難熬也,血玄黃,咂丸泥。振衣,着印三臺望月犀。靈機,得手三更鎖解扉。

逼得杳冥覺醒,問得外公名姓。細查來歷,認識了千字文印證。百家書雌雄論説詳評,二三環師獅授受分明。天宫弼馬,丹成粒粒奴燒鼎。繫金柷姤初也,雄見雌伏不騰。消停,乏兔英賢手住甥。解鈴,一心遥望正羅星。

【西江月】一　拍

自在觀音妙相，柳枝灑露凝青。繫鈴又復解金鈴，犼項如如正定。就舊新裝五彩，衣棕兩雛懷明。弓開正副兩弦平，福釀春宮内聖。

（《西遊記記》第七十一回 缺題）

【畫眉序】一　拍

也道一團觔，卻是人油煉人肉。認瓊漿腦腐幻入膻葷，寄幽情種玉藍田，論因果虛心得禄。霎時順手牽羊去，一個個撐腰坦腹。

【前腔】又　拍

紀緒緯綸經，首甲乾綱勢緣督。這穿穿道道密密層層，骨都都鳳杼龍梭，纏縷縷飛銀迸玉。春留玉洞傳消息，眉宇間簾開慧目。

【滴滴金】一　拍

布九宫九鼎真陽火，憑後羿弓開分一十。子南來好顛倒午墜北。遥望中，這泥丸釀玉液，星星色色，卻便是紫金華融滴滴。看烏飛碧汞華池，趁暄温净滌。

【香柳娘】一　拍

出天玄入牝，出天玄入牝，他心予忖，問藍橋玉鎖開金印。解觀音紐裩，解觀音紐裩，三十六宫春，洞口桃花嫩。露風流隱隱，露風流隱隱，中間一段深情，金蓮襯寸。

【前腔】

碧桃花露潤，碧桃花露潤，珠銜玉韫，看絪緼釀出風流韻。洞口藏深穩，洞口藏深穩，妙合種天根，踵息綿綿趁。休恣淫誤認，休恣淫誤認，霎時運遍周身,風催信汛。

【江神子】 一 拍

色豔豔華池玉液温,這其間子息絪緼,怕低了申王子系姓孫。種情根,不若斷盤根,静聽得海潮聲陣陣。

【醉花陰】 一 拍

古木香亭財寄庫,舊衫裙香消春煦。剥净了多七套,巧蜘蛛,值午姤,好退陰符。灌神水春買玉提壺,養天命向玄關緊守固。

【出隊子】 一 拍

謝攜帶把陰陽倒换,卻也許出家人聯同席。擔一擔書笥竹古影摇竿,洗一洗同浴塘魚摸空色。喘息息緯織東西乞巧盤。

【粉孩兒】 補全一拍

醖釀得信中孚,甘受和,休漫憐香惜玉,筑釘鈀聲斷發黄芽,玉露糖甜如蔗根。半抱琵琶,口聲聲願貼盤纏,是留名名留話把。

【粉孩兒】 一拍,合前腔半拍

端的處在山根,須静會,眼暈花。消息蟠桃玩耍,看跟頭輪轉跌爬爬。午姤中棧洞摇車,附青雲有影無形,能忘形幻身原假。

【滴留子】 一 拍

打市語,打市語,人叢絶七,休客氣,休客氣,種非真的。鷹兒根心生色。那蟲兒欺負人西方結習,熱鬧場中都是幻跡。

(《西遊記記》第七十二回《七情迷没五十九難》)

【紅芍藥】 一 拍

朱砂鼎綻出黄花,露英英老圃新芽。漫分别衣冠扯班架,講修行會他同亞。櫺紗，一體弄爐家，景致看鵲橋横跨。謹閉扃戍候琵琶，賞菊開東廊坐下。

【耍孩兒】一　拍

梯頂梁拿藥下，是烏糞煎熬成寶，一包兒柱支犬牙。東華三升俸，喜見山門架。問寶山素手前姻婭，忠誠佛，休驚訝。

【刮地風】一　拍

卻好雨雷驚怒茁芽，旗槍雀舌，生成這奇珍没價。在後面尋得了美果新茶，换將來留紅守黑。紅四鐘奉承仙客，黑一鐘奉陪下色。一束束剥棗兒擺布他，休低造化。直到那透眼前春風生滿面，誰道是住家人長貧説話？

【四門子】一　拍

煉玉爐火裏飛紅雪，這一枝靈妙丹砂。學穿梭壬兄癸妹同窗雅，鉛先生原不差。掐些些，摁些些，只黍米兒神符胎鼎下。必須要黑投紅、紅串黑，一霎時鐘攢碎，半真半假。

【鮑老催】一　拍

饒他命假，曹溪一路通呼吸，鵬程一路通摶擊。齊着力，齊縝密，齊踐跡。要曉得七星北斗歸南極，從兹了命劖膿汁。只在懷明也，同窗爾雅。

【琥珀貓兒墜】一　拍

絲絲按踐妹妹本同窗，繡鳳描鸞様合腔。唐僧還得命繫樁，村尨瑪腦兒漿，叉角兒雙。

【僥僥令】一　拍

芒芒光影簇，粒粒性光珠。柳眼垂青騰彩霧，籠罩得齊天在玉壺。

【雙聲子】 一 拍

眼千隻,眼千隻,大智慧,光融澈。擡兩協,擡兩協,净瓶柳,眉宇碧。這個是銀蟾色,魂拘魄。霧絲織,霧絲織,桶奇特,桶奇特,甲鱗鱗還從艮山鑽出。

【下山虎】 一 拍

愁眉淚眼,竹影搖竿,兩界争長短。虚心拂棧,向觀主黄花平分判半。霜英傲綻,但哭得聲悲報紙錢。命根深,情無限,性根高,賦自天。敢戲梭穿换,色空纏聯,這卻是太始當初結就緣,五百年前。

【會河陽】 一 拍

性命雙修,憑他聖賢。洞千花錦繡柳絲穿。纏禪,聽雞犬無聲,黄鶯巧囀。紫雲繞,伴花片。休驚,腦後影,閃春電。命留,藏慧劍,通明殿。

【越恁好】 一 拍

深藏後柱,深藏後柱,守的下平弦。杳冥入定,魄真息,悄綿綿。竹敲門不出三百年,鑽地訪知。魚籃會,這個是圭田柳線。龍華會,這個是芝田杏宴。

【水仙子】 一 拍

繡、繡、繡、繡描鳳鸞,擔、擔、擔、擔老孫摁耳金箍緣腎督。細、細、細、細乞巧人對月針穿,悄、悄、悄、悄雞犬聲停雌伏。破、破、破、破一竿立影争竹,黿、黿、黿、黿奩擔鏡静觀慧目。煉、煉、煉、煉斯界烏藏火種蓮,駭、駭、駭、駭昴日公雞點得龍華眼,取、取、取、取衣領裏春曉旭。

【畫眉序】 一 拍

定慧照天然,何必尋針多費目。在毗藍手托,舌蒂綿綿,感仗他命玄奘安息。我含霜傲菊，包兒索性愁眉破，積陰德紅丸解毒。

【縷縷金】　一　拍

千花洞鎮桃符，此公堪護法，七尺匣中拘。也懷明，也蟄潜，褪光裝聱。看梅香撲鼻隱葫蘆，才踐形守門户，才踐形守門户。

（《西遊記記》第七十三回《多目遭傷六十難》）

【霜天曉角】　一　拍

屍蟲盤據，敢短西天路。基命從天諟顧，多情網破蜘蛛。

【一封羅】

抄水石崖青，開路神扛磨明。塵不染花欞，定息喘，掃多精。那道味無多悲歌楚聲，那頂缸哄散八千團兵，且不如顧諟天明命。

（《西遊記記》第七十四回《路阻獅駝六十一難》）

【字字雙】

褪剥獅皮净六根，心穩。搗霜换骨象圖文，膽准。雲鵬抽得一團觔，肝藴。變個蠅兒福自申，予忖。

【折桂令】

不閟了拓胸開息静爐烟，舌底瓊漿，醖釀華鉛。賣玉壺醉我逃禪，恒益風雷，瀝膽披肝。只看他撒垓心飛雲掣電，不住的走盤珠架打秋千。分明是坐釣魚筌，地軸中間，滴流流舞也飛運動周天，活潑潑性光圓渾身涣汗。

（《西遊記記》第七十五回《怪分三色六十二難》）

【清江引】

叫外公後八歷平弦，克念心回善。揮揚進步鞭，勢逞靈霄殿。吐英氣萬里鵬程才好漢。

【前腔】

做勾當在肚也何奇，莫小英雄輩。好漢豁雙眉，萬里傳千里。你看那激動轟轟雷貫耳。

（《西遊記記》第七十六回《城裏遇災六十三難》）

套　數

【五般宜】一　拍

喜這個網蛛破虎牢斷情，皎這個弦太白性塵不染珠。佇看一輪冰，卻休驚短路截路。有性珠透櫺，功曹送信，乾乾凈凈，銀須水鏡。但只怕仍守黑的醜形，冲撞他懷抱影。

【小桃紅】

手摸着喜他年少又身輕，對公公來問訊。本是大唐聖僧，從東土、西方特上拜求經。怎膽小須問一聲，端的是甚妖是甚精？月移窗竹趁竿搖影。一向長後路、短前行，説與我好解他、解他萬里鵬程。

【江兒水】

莫説神通大，相交只後生。論生來賦予洪鈞命，論生初賦秉過頭性，論生機靈山彌陀證。經幾轉高高上乘，把七八猜猜，才十五團圓寫影。

【五韻美】

尾連頭，杖拄定，八威助膽申王性。也把他放在心，老實礪功行。煉形隨影，要顧諟天之明命。

【山麻楷】

看狐假寅威影,現空半幌亮彩霞,太白金星庚庚,卻混裝模樣聯長命。休怪道來遲報信,西尋轉路,李小留名。

【黃鶯兒】

三日露華英英,三羊震納長庚。清光昴畢西南應,潛潭證明,嘔輪吐萌。大來輻輳同寅影,一竿燈,春煦開泰,仔細保長生。

【黑麻令】

悄静際行庭艮庭,聽背肩梆聲鈴聲。送公文鋪兵汛兵,要提防後腳搓纏。他會變癡蠅金蠅,聯綿這穿經緯經。幌亮得通明懷明,在留心帽子耳邊,一絲絲密匝圖影形。

【步步嬌】

試把機關東西運,合兩風雷混。通家拾翠人,一憑他家法森嚴,但蟬聯震巽,聳雁塔寅申。可面生,須仔細猜認。

【園林好】

好騰挪猴王福申,那一般雷聲出震。真個是背臺威鎮。風與火一家人,升燒火來山巡。

【折桂令】

點巡風墜腳含新,有字銘牌,火候斯文。氣温和燒得氤氳,從尾閭升稍總制稱尊。第一面山根鼻准,第一件子系龍孫。緑絨穿息息存存,金蒜頭細細匀匀。冲撞時斗柄旋輪,見面時五兩丹銀。

【集賢賓】

高尖督總坐山根,查勘樸含真。南山頭混躧風聲,須謹慎,這個中鼻祖,探消息陶甄。和風醲醞,差一些兒合不着孫家系趁。聽玉漏伺候他吸呼音信。

【僥僥令】

天堂撐混沌,菜子細温存。因蟠桃大會,予心争忖,口頭話,十萬兵,用力吞。

【園林好】

卧蠶眉破,鈎弦簇新,丹鳳睛點,神龍慧根,便鼻似蛟龍的准。名與利銅鐵身,呼又吸簾卷人。

【鳳凰臺】

海風摶運,萬里鵬程一振。圖南魁斗附青雲,坐得鳳凰臺穩。陰陽玄牝,這二氣中間,他心予忖。

【二郎神】

背庭艮,這獅心原盤旋方寸[二],臂來趁相交通炎潤。錦城華國,住那廂好個心君,紛紛紜紜,倒不如吃了個乾乾净净。要不老長生,來頂洞勾聯認認。打夥兒結同群,在細底天根。

【二郎神】

天根,地逢雷處,闢元出震。探底細聲傳空谷應。馬嘶人喊,説些大話驚魂。好變迎風相合混,虚與實個中蠢蠢。氣絪緼,性存存,一層一層,道義之門。

(《西遊記記》第七十四回《路阻獅駝六十一難》)

【桂枝香】

蠅鑽縫處，陰陽絡注。化蓮臺紅孩誘坐，搏造化良能天賦。這大鵬是主，這大鵬是主。實在功用吸呼，屈伸朝暮。握靈樞櫝韞藍田玉，胎懷老蚌珠。

【皂羅袍】

吸申王透理美在中孚，香冥静會苦愚，但言通一信機奔赴，看龍蛇變幻，輝生火符。修文舌銜珠，偃武輪旋玉樞。這便是一陽來復，春和暖煦。

【羅袍歌】

卻好春深杜宇，仗三根護命腦後瓊株。那廂果有杖來扶，絲絲緑染藍成組。扳篋下弓弦，鑽眼亮透蓬壺。自蛇盤賜贈，坐卧與俱。這十分挺硬擎天柱，楊柳葉禾曾枯。觀音自在本如如，好造化退陰符，瓶涼性活命蘇蘇。

【新水令】

太倉直透舌喉珠，爛胡同肺通穢肚。瓶花蒂固入，裝得默如愚。鑽破蘭盂，也得個生神奇在臭污。

【步步嬌】

陰陽氣泄藍絲縷，活潑神情栩。驪龍影寫圖，一手排空，控開牝户。搜走莫趑趄，兩世人色色空空古。

【一江風】

定魂樁，息宴誠無妄，寫立公同狀。取鉛華紙筆斯文，也合魔頭和唱。丹爐仔系藏，丹爐仔系藏，灘頭鷺少雙，混沌時留下個先天創。

【一江風】

魄端詳，一本渾然象，入晦遵時養。認瓢頭並合公公私私，刀削劈開爲兩。弦平道味香，弦平道味香，分身論短長，汞萬殊卻似個聲隨響。

【吴小四】

耳聽梆，舌鼓簧，卻去迎他錐處囊，乘機一口吞和尚。慎獨工夫聖莫狂，惡惡臭，鄰太倉。

【前腔】

占黄裳，厭囊糠，火散丹爐性斂光，玉息停鞭收不放。命送初基宥密償，好壽器，石匣藏。

【收江南】

呀，聽猴兒一聲聲話説住中宫，又堅饑實在一爻雄。試嘔他擺布出胡同，燒鹽湯華鉛何用？要變通，眉花兩袖風，眉花兩袖風。在獅肚生根定息暖融融。

【夜行船序】

住息殘冬，固堅貞膽破，根生不動。喘定了，浪静帆收和風。雲封，造化神工。打起禪來，藍田玉種。休言，枵腹盡空腔，吃净運搬旋踵。

【前腔】

吃米粒歉登豐，餓何曾腹笥便充。已地溷糊口，折迭鍋來廣東。玲瓏，禄借千鐘。分付我兒，陰縻鶴俸。從兹，定息穩取經，還勾盤纏受用。

【夜行船】

皎潔清明融雪凍，支土釜曲檻花濃。玉管烟籠，圓靈窟灶，亮透天窗月洞。

(《西遊記記》第七十五回《怪分三色六十二難》)

【懶畫眉】

曠闊平區列雄師,鵲噪鴉鳴擺陣宜。看風開霧鎖走轟雷,點大小多精搏朋隊。一息通關我作爲。

【雁兒落】

相比並在同場運軍機,活扣了赤心肝根深系。美兩全月印前川,串兩頭,從上齶癢爬挲,息通噴嚏。

【得勝令】[三]

呀,只消扯繩兒,那肚裏拴一絲。息通時便扣緊絡緯細,頂透靈光,放彩線玉箏飛。片雲高紡車拍戲,讓行程央揚得純陽地,按清明聽楚歌垓下吹。

【嘉慶子】

本寬洪大量相符企,拓萬古心胸好秉彝。鼠腹蝸腸喉細,拴兩截,各分持,合同印,串危微。

【忒忒令】

專害人言彭三屍,吞下口被人心逼死。七情六欲,信棺材座子。幸申福顯新魂,印青獅。那膿包守,歎何能濟事。

【奉時春】

着個藍旗報信傳,聽謊説弄虛叫戰。調度三千,當鄉破綻。何曾瞞華櫺月穿?

【黑麻序】

機變，莫忒心偏。要同心搭上，兩平通線。鼻蛟龍漏泄，梅鎖窗扇。尋瞞，月移紗簾半。蠢生成竹影摇竿，權經難。莫道豬宗没用，急救牽援。

【江兒水】

且浸池塘，耳朵跟潛智淵。半浮沉火散分形踐，嘴呼呼酉戌銘雕篆。大秋蓬墨黑經霜蓮，也是龍華會傳。聞攢積私房，可有從公光顯。

【瑣窗寒】

假聲音後面晦銀蟾，是龍華也可憐。悟良能八戒，法號新鮮。憑他勾司注定時，影留幻。套金繩鐘催旭旦，都來一處會同躔。了帳跟隨伴判。

【錦衣香】

索盤纏，行方便，拉回旋，休火散。原來四六關頭，丹銀股煉，央他巧匠鼎成煎。耗消分許，束帛戔戔，積幾多襯券。卻才跨白馬雕鞍，六出飛花片。出家人眷戀，舍了千金不换，耳摠東畔。

【沽美酒】

步跟來打向前，步跟來打向前。沁金鈀，趁機緣，須教他運合得公私鼻柱端，棒花兒要眩。眉花眼花，這勾當手舒腰卷。

【太平令】

卷滑的傲梅争瓣，卷夯的佛心信傳。大智光形隨影幻，長進時枝頭萼綻。細心絲雞眠犬眠，丈靈通鶯穿蝶穿。呀，兩象奴可解得那羲文爻彖。

【錦堂月】

拳拳，細細綿綿，步跟隨手，霎時日過三磚。向酉息更初，憑一幌一搗一轉,饒生命,兩個象奴符同繾綣。柄調打艮其背限,前程展。霎記生津,護疼回心向善。

【晝錦堂】

卦變,兑路蹁千。腦鳳元精,經營調虎離山。酉卯性通,寅命改頭换面。完全,鄞鄂金城新筑就,日長繡衮多添線。珠一串,唱聲聲魂魄相拘,十六鬼誕登彼岸。

【漿水令】

轎香藤秋桂蟾圓,最高乘辰杓魁躔。魂清八月兩平弦。一枰躚躚,一枰拳拳。呀,十六鬼,布罡聯,綽擡起佛場中妙選。鵬程向、鵬程向行路開前,遞聲揚、遞聲揚燃燈果傳。

【尹令】

伏氣精神券圈,齊整營周刻按。遂意滿,心炳涣。看罡指魁杓,這便是返魄還魂道自然。

【品令】

殷勤喬遷,侍衛結善緣。經營早晚,金城筑完堅。歸程四百,望安居前面。兩傍心驚一跳,多許黄芽露綻。命本性光,法界成功第一篇。

【玉交枝】

舍廬新建,耳聽風一響驚禪。看轟轟起蟄雷飛電,怒胸懷震地冲天。必須融首尾,顧無邊。要翻身做個男兒漢,愛多承喜喜歡歡,穩鵬程息息丸丸。

【豆葉黄】

各遵傳號令,果證長安。到這處梅魂笑雪,坐當中金鸞月殿。必須要卷旗息鼓，穩鎮心田。他本是玄奘英彦，他本是玄奘英彦。禁不得摇慌，東土含酸。

（《西遊記記》第七十六回《城裏遇災六十三難》）

【一剪梅】

向晦昏蒙入地明，宴息初更，定息三更。開心搧翅賽同行，十萬雲程，九萬鵬程。

【風馬兒】

罷戰封爐會入蒸，擡四隔一層層。這個中自是真金鼎。低頭看處，火烈氣騰騰。

【宜春令】

炎上火，在消停，法温温，休猛烹。心離腎坎，調和一陣風香冷。謹護持孕育虚精，細盤旋吹嘘北溟。這鍋底，初基赫赫，交通定命。

【宜春樂】

神運計，影搏形，火輪流三更五更。用心看守，子後寅初遵命令，退後宫一覺初醒。空臭味調和色净，就黄房息屏。休籠頭氣悶，晦不瓏玲。

【繡帶兒】

融色相籠烟簇静，夜沉人默無聲。下雲頭造化浮層，纏禪會變個鉛蠅。嚶嚶，焦桐入聽忍天性，拓胸開虚堂憑鏡。荷擎蓋火候純青，文换班同聲相應。

【醉太師】

明證寒多濕病，盡耐他合意黄庭。陶情，燒班武火文换性，後肩擔運斧丁丁。怎要你掛□枯藤？這四隔，他原是不龍命根，添得是深藏木母鈀柄。

【如夢令】

一枕甜甜黑境，鶴夢休驚昏瞑。不走息鼾風，栩栩香魂抱影。神定，神定，退後朦朧自省。

【金落索】

潛藏悶氣誠，息斂缸摩頂。極樂開懷，活溜靈光性。這凡身滯五行，濁希明，要覓仙梯界外登。爬牆計捷由松徑，一路雲飛骨換形。僻幽静，回東還見柳條青。有秘傳天例禁盟，口敞何人證。

【金甌線解醒】

陰留血肉形，累卻仙根影。撮不如擡，超界陰消净，看陽從七日生。夢初醒，滚透圖南二七明。乾離四楇聲聲應，地二生火天七成。這交代，换班壬丙，脱斷根藤。

【梧桐花】

地八坤，跟北溟，歷震兑離，乾先天定。柴燒四楇安丹鼎，火脚全無喪北朋。這子後换班形問影，到圖南，心心印，心心證。

【桂枝香】

玄奘作聖，東來奇秉，後前簷玉柱標題，懷中抱心收神定。聽聲和樂細，聽聲和樂細。這道味必須調停潔整，才入那極樂界西天趣境。福申朋，鐵鑄藏深櫃，香闗錦一亭。

【安樂神犯】

腦田剿净，奈中田色相，尚自留情。憧憧不住走精靈，穿宫息縷探其竟。一致原從直，百慮爾從朋。含忍牛刀等，金雞攬割剔心燈，東方日出曉司鳴。酸流淚,尖日省,傳揚善果誦黄庭。

【秋蕊香】

我佛如來勝境,如如定何處根生。可惜呆根迷不省,偏教苦功勞我等。

【普天樂】

被魔根欺本性,原來一體形隨影。幹這事不線單絲,因這果孤掌難鳴。須尋問皈依僧,休教他氣散心傷畫成餅。送東土振衣梅嶺,容易做等閑就肯。道如如訣真,也只平平。

【一封書】

梅開撲鼻馨,西方永住含英。牛王喘息前凝,幾番努力消停。遮莫粗狂忘卻禮,那比南天要取經。急翻升,忖山靈,見面從今奉召行。

【沉醉東風】

室虚虚佛門依憑,鼻尖尖笑雪梅香競。搶白白,吼轟轟,聽鶴鳴和應,拜蓮臺冰輪寶鏡。松籬兒夢甜初醒,湧泉兒液酸悲聲。關心這事事切切的雨淋鈴。

【普天樂】

混沌初初基溟,絳宫心心交命。鳳臺穩,鳳臺穩,一點虚靈。育分雙孔雀、雲鵬,卻符同印證。樞傳玉漏,更只向個中一吸,早已通明。

【玉抱鶯】（【玉胞肚】）

才離北溟,出世來吸弄嬰。這壁廂東北喪朋,那壁廂巽五挑燈。玉抱鶯,在同場選佛,他本是一母生。

【喜遷鶯】

一任你丈六程智慧銘，也吸下精英母氣騰清。脊剖開，便靈山登極，暢好是地理中黄出谷鶯，竹林中有外館甥做佛。這會門囿密，總算來終始大明。

【滴滴金】

鬼靈車地理黄裳吉，那黑氣偏通封土凈。□如如不動三尊證，主人公同一的。恰是見虚堂明鏡，兩弦圍，金光影，腳踏踩兒，好一座樓城。

【川撥棹】

精靈定，拜如來一體明。到西南得月爲朋，到西南得月爲朋。好奪他雷霆，自扶摇，氣上騰，要圖南，善服膺。

【大和佛】

岸闊五湖風景澄，白沙汀，眼空宇宙，鷺亭亭，點漁燈，揪筋一指月分明。明明，原來一貫陽摩頂，玲瓏和合，鵲也金烏巢等。不聽見禪師語，作佛會門，照見得空空色色，一卷密多心經。

【雙聲子】

天申命，天申命，多業障，胡能凈。恒河性，恒河性，多美利，光不滅。祭先贈，焰前定。縱持齋把素酒，他法懷明。

【金蓮子】

一點虚靈到如今，蛇頭不睡誤筆蠅。雲開霧凈，各自逃生。錦香松鐵鎖，鞭短整長行。

（《西遊記記》第七十七回《請佛收魔六十四難》）

【福青歌】

好個雷公,因時奮動,向任老武軍猛摇弄。睡麻糊,熟香夢,在青陽花牆下寄踵。有月城光寵,福自天申抱擁。恰還是大鵬真種。

【前腔】

好個城中,樞機錯綜,有新立帝王擅一統。唤比丘,神取用,爲甚麽通明界堵壅？失小來大共,福賜青青隆棟。要曉得明都穩重。

【步蟾宫】

如何門首放鵝籠,排列得描鸞繡鳳。偏宜黄道賞花紅,結會處婚姻通共。

【鵲橋仙】

明都窟宅,南訛懵懂,個裹請君入甕。何如蜜蜜醉花蜂,偏寵得恩憐怨恐。

【小蓬萊】

休道是操存不動,怎教他闖入蒸籠？换班燒火,坎離男女,酉卯西東。

【宜春令】

危微旨,允執中,必須要秉丹心,和私叶公。歎肉團情衆,看待得父精母血胎生種。不信他附耳低言,恰好是南柯寄夢。從今後入懷明月,聽笛聲三弄。

【解三酲】

偏不是燈光影弄,獨在那悄悄噥噥。系小子,失丈夫,系丈夫,失小子。須是丈夫、小子公私共,才算比丘國大明通。恰好有道人攜得金平枰，特前來進獻，王幸在宫。承恩寵，遣不了陰神美妬，神困命窮。

【前腔】

是海島真人息踵，系丈夫白鹿榮封。妙方單着那心肝引，互魄魂日影銜東。後三擔，惟精惟一危微用，這赤子鵝籠養在中。火深種，如如不動，耐老奇功。

【槳水令】

養金鵝是九苞儀鳳，憑黄婆在瓶裏輕籠。正是那長伸鶴頸息胎胸，仗他鹿鼻允執符同。棺材口哭英雄，別家擡在自家慟。人心合、人心合先天炁融，闡道妙、闡道妙古人色空。

【海棠春】

先天要旨庖犧用，分逆順來迎往送。莫走入傍門，絶欲胎人種。

【惜奴嬌】

要旨參同，在乾南二七，印三八離東。那個裏穩心丸子，救世大藥神通。涵空，過去未來現在夢。净孤明，妙引用，攝鵝籠。正是至誠無息，刮動陰風。

【前腔】

色色空空，恰好如如不動。刮動陰風，便拘了陰神遣去，勿悶着相緣中。機通，月影移花花誰弄？物格時，休驚恐，攝鵝籠。正是至誠無息，救出兒童。

【菊花新】

霞開石屋影三竿，光彩玲瓏月一般。西路黑漫漫，有甚好誕登道岸。

【翠華引】

爲僧可能不死，鬼神莫測真詮。向這無量壽佛，丹成永注童顏。

【望吾鄉】

活潑心田，西方一朵蓮。春風沂水留香瓣，滯雲净處冰輪現。萬境都浮幻，孤明照，五味禪，夜氣存平旦。

【朱奴兒犯】

火深藏須應時切按，火無根反揠種熬煎。這卻是寂滅參禪不學仙，怎養得丹成九轉？都是那陰神枯禪。自古來心印危微，尊道獨無上品在？日出離東畔，才認得性從斯滅，脱凡塵骨秀證胎堅。

【傾杯玉芙蓉】

曉旭升東立一竿，抱影從西見。認個中無物，取心瀝膽披肝。刮去鵝籠，獨照先天，巍巍送上金鑾殿。後證行長短證前，穩心丸。休教着意偏，保長生，香魂勾互魄完全。

【玉芙蓉】

東來聖果禪，十世修行煉。得心心相印，是大還丹。金爐玉鼎經摶轉，强似嬰兒净白單。壽無算，足保誕，登道岸。這玄英原來脱殼號金蟬。

【大迓鼓】

必須要遵循大禮宜，以和爲貴。這美在長安，從斯求取青雲棧。心心供奉息綿綿，魄宅魂新，到此際步武行前，與他個耀武桓桓。

【剔銀燈】

涣王居渾身是汗，革三就改頭换面。大來小往從中變，印心心好天樞斡轉，和木液封固了臊泥一片。穩玄奘申宮加酉位，僧命始全。

（《西遊記記》第七十八回《比丘救子六十五難》）

【三段子】

心香道香，鼻觀通傳留國香。神光性光，城郭完幾多錦光。圓全黑魄魂才朗，胎懷活汞鉛收養。瞞不得協比東西，分明色樣。

【北粉蝶兒】

挺起胸膛，剖開了挺起胸膛，肉團心昏昏一髒。忍耐得兑酉秋芒，仙入禪，人合道，多心和尚。黑鉛華好做藥湯，憑着他榮封鹿丈。

【撲燈蛾犯】

忍尖尖憑牛刀短樣，耐亨亨聽一聲雷響。看種種人心無道昏，骨都都失收全放。血淋淋陰神夜釀，必須要息綿綿金爐不斷香，才取得黑雄雄鉛華孕就，明白白信他海外有仙方。

【上小樓犯】

那時節晦昏昏退潜藏，密多多息黄房。主公呵定入杳冥，後入謹身，圓入韜光。休説道怎麼見人，除舊生新，拓胸開悶，了此和彼唱，滌前垢精神愈爽。

【迭字兒犯】

隱隱清華洞朗，靄靄明霞采亮。這便是青青的木龍蒼，昭昭的太乙莊，漏泄春光。紫毓蟾精晃，一條條華林文章，九叉叉總顆乾綱。綠蔭溪長，南岸頭升東旭昶。佇看他兩平弦，轉左右天罡。

【啄木兒】

門開扇壁那廂，洞府清華屏上榜。任憑他抱懷中初姤一陰，督完了喘噓噓鹿鼻純陽。經幾轉神機斡運靈根壯,才能夠香魂會合比丘覍。爲甚的雲破月來影過牆?

【歸朝歡】

這時候、這時候精融炁芳,激得他難撓心癢。在何處、在何處溪頭岸楊,推倒了一齊心放。嚶嚶孕育兒聲響,榮榮血冒瓊津釀。卻好似萬壽山,又好似木仙庵,果樹尋根十倍償。

【石榴花】

在這裏説情施禮震東方,恰好是頂會罩寒光。開辟了天門兩扇地户中央,八威助膽,龍曜騰蒼。又好是蜜多羅,又好是蜜多羅,命基時竹影竿三丈,憑他腳力清華大壯。極乾南處老人星,極乾南處老人星,輪起蟠龍杖,他那裏看劍引杯長。

【青歌兒】

空函色,無包有,月狐心因前照後。西南抵住一弦鈎。千般變相,仍作披毛畜獸。

【太師引】

且停留,莫打爛他窮上垢,必須要種情根懷中抱摟。這張月鹿系長生腳力,那心月狐系少女珠喉。一任他香惟丈鼻嬌舌紐,聞幾聞眷戀聲呦。深藏龥,把片杏存收。這其間,督完了傲骨一番寒透。

【三學士】

得命拚腰歸項扣,從兹伸嘴點頭。眉心抱月荷香定,腦蒂藏風劍影浮。尋那裏一簇華林通卯酉,便是危微界去化凡到比丘。

【黄鶯兒】

黑白各分籌，一盤棋影空留。分明如表盤腸走、曹溪逆流、漁汀順投，直等那東華客去才收手。指輪周，這好機會天樞斡運，正遇着美申猴。

【前腔】

歲月等浮漚，到年衰神罷休。還丹火不純青候，必須要樵溪擔收、松雲束留、餘三碧棗。籠衣袖，獻茶酬，華精玉液，潤得貫珠喉。

【簇御林】

陰功積，欲精留，從此判東西、定中州。潛藏退步因無漏，曉得取坎填離不。你但看短參前、長靠後，將長補短，分明是竹影一竿修，聲傳谷口。此教静中求。

【漁家傲】　三　拍

風卷殘雲不肯留，過去心空，星傳客郵。有形畢竟歸枯朽，怎得長生介壽？還要將夢破尋搜，請認認正主當朝。是懷明穩口，把已了情緣一筆勾。

混俗凡心不識羞，逆料將來，輸贏運籌。須知造化無聲臭，借此長生保壽。何苦將謎語猜求，請認認正主當朝。到清明收手，把未了情根一筆勾。

活潑田苗不繫舟，現在心靈，波凝一漚。入塵何必離塵垢，一日長生一日壽。休要問他做戲來由，請認認正主當朝。在圓明守後，把難了情多一筆勾。

（《西遊記記》第七十九回《辨認真邪六十六難》）

【出隊滴溜子】

聲傳杜宇，谷口遥啼入耳初。長安春暖記鄉居，待成功榮歸故土。前進且放心，富貴求從那處。活下圓靈，死下工夫。

【夜行船引】

要問西天真的路，佛如來有與無俱。撤西搬東，移魂互魄，才好尋着靈經取去。

【不是路】

奔走崎嶇，怎得杳冥宴息區？正閑敘，那廂又得杖來扶。晦如愚，甜濃夢境無中有，黑釀鉛華實不虚，卻可人情栩。此間清雅長鞭駐，林深坐處，林深坐處。

【駐馬聽】

亥末子初，當壬會定中勃發如。憑玄奘元陽一點，他原是轉世金蟬，好看取祥瑞神符。幸此間松公十八育靈株，黄芽從此機械露。這便是丹頭躍出丹爐，周幾次火候細修行，忽見鉛華吐。

【解三酲】

空美色離中姹女，定淫精夜耗子虚。心交坎腎靈山鼠，命聯性踐形拘。通同兩截分埋綁，丑土開基亥木俱。問一句白毛金鼻，何事吹嘘。

【四邊静】

純純素素貧婆住，南離善心部。拜掃到邱墟，清明夬時遇。花言巧語，倚强侮主。戀色拐虚拘，衆四夥散盤去。

【攤破錦地花】

奴奴是美色照荷蕖，綁定靈株。周朝暮六十時符，轉幾回積德深長，算火候純青節度。救一命性光紓,休忘了洪恩沐。偏教他月明孤。

【降黄龍】

醍醐,貫頂蓬壺,發大慈悲,救一命綁松珠樹。只見那黑濃氣厚,蓋罩祥光,早盡情丹鉛吐露。天樞,古者謂之懸解,弄出來太乙鉛爐。都是那弼馬温申宫買賣,善寫雄圖。

【黄龍衮】

修行依善圖,修行依善圖。要得真經取,怎知道配合,金丹大命從天賦,元陽一縷求他育。輔息陣陣吹耳内,順和風只此花言兩句。

【麻婆子】

好心猿護主、護主,圓明鏡,申宫福,自有餘。問原來大藥,生從坎子、坎子冲離午。這後一擔兒,若要老孫擔起呵,禪室虚,坤裙艮腳澈天衢,從根七級造浮屠。活潑潑的性藉情跟補,鉛靈汞不枯。

【憶秦娥】

原來利禄財奴輩,斯文火候坤符退。坤符退,先迷後得,西南夢會。

【浣溪紗】

好逢時,西南得,運來凑月轉花移。退符交姤青年致,同走楊朱泣路歧。中通理,須防備混奸情、拐佳人,按條例,一串牟尼。

【金梧桐】

生初賦命基,稟性無貽累。他當時透露黄芽,也只防枯死。今采了華津到舌根,不穩鞍丈駟,怎跟得碧汞珠靈鉛合契?纖纖趾,必有那勿忘勿助温丹事。

【東甌令】

騰牝馬，穩同騎，午北子南斗柄移，無人也不行千里。鉛與汞，應處置，牽空照顧木龍依。本來他賣買棧雲梯。

【北醉太平】

平弦下虧，歪東倒西，雲樓鐘鼓不曾齊。問西方，指路迷。陽萌兑巳禪林地，靛青下截坤爻氣，瓊津釀雪白元滋。雨淋鈴，喜仔仔。

【南普天樂】

一陽萌，三更子，扣瓊鐘，虚精事。醜模樣、黑模樣，響破晨曦，拾塊磚巳土支離。呀，載鹿車靈鬼，驚魂壓不飛。方出來迎進，援引住持。

【北朝天子】

奉香烟住持，進後邊整齊。現面前打劫沿山隊，都只爲清空眼界，朋來從爾思。就到那下弦後退藏身多芥蔕，雖然是臣心兒不迷，争奈臣門兒如市。净私净私净净私，舍破間任憑鬼魅，任憑鬼魅。半燈光從新制，半燈光從新制。

【南普天樂】

月穿林，盟禪寺，慧傳燈，香霧綴。虚和實，虚和實，穩叶公私，兩相親笑面唏唏。呀，做佛門弟子，丹材定有基。脱空經無本，嗣後休題。

【北朝天子】

認高徒醜奇，保玄奘聖師。造化低，舌卷聯根系。都用得迭橋開路，自東來向西。因此上猛雷公猴王美，奮不能滯遲，慧不如乘勢。化機化機化化機，天生成精華拔粹，精華拔粹。撞進來解匏繫，撞進來解匏繫。

【縷縷金】

圖書府，兩提攜，合璧聯珠，命坎性離。影寫真空相，形符法贊。積陰功念念在慈悲。僧僧贊親意，僧僧贊親意。

（《西遊記記》第八十回《松林救怪六十七難》）

【女冠子】

天昏方丈燈光燦，空色色，族攢攢。

【卜算子】

眼下注菩提，宴息禪房便。只鼠精兒實在鉛，腦府天王殿。

【臨江仙尾】

不消放飯杖頭錢，腹空多吃碗，傷食下丹田。

【前腔】

何曾傷食太倉前，子精方勃勃，踵息自綿綿。

【隔尾】

管華精脱命還留戀，憑鎮海澄空一味禪，養護靈株結就丹。

【八聲甘州】

因東命篆，且顧了見一面，送上竹報平安。憑這申猴印處，便符日影三竿。中孚頓教音信傳，澈底靈根好探源。任萬里關山，只一觔斗兒霎回還。還筆硯濡乾。

【越恁好】

佛門深遠，佛門深遠，接定兩天淵。超登彼岸，神造化消息問心猿。

命根兒准與性光聯，雲中一貫。通明殿，照空空的眉心閃電。森羅殿，血淋淋的玄黃野戰。

【大環着】

想回東貶轉，想回東貶轉。本脱背金蟬，佛法雙明，因何輕慢。該有這場大難。要曉得，一切空中聽口講，大乘經數珠一串。在舌底玄膺下咽，怎失腳太倉左畔。昏盹會，粒米偏，何須打點送終，定是命基完撰。

【福馬郎】

他是佛法回東形影换，特發求經願。因此上修行苦，拜西天，重整得釣魚竿，卻不似衆生緣。能飲食尋常事，果然是知味鮮。

【山花子】

凡夫那得些兒便，從來晾卻根源。這精靈據住荒山，秉生初不斷牽纏。念空經人心欠删，果因輪轉衆生緣，涵空鎮海枯坐禪。欲火髓溺，屍祟熬煎。

【會河陽】

行止分明，花雄果山，齊天大鬧靈霄殿。陣陣酒香，玉液華津，平吞寶丹。月寫影，金箍棒，金睛眼。上弦回鎮海妖魔剗，下弦過碧海神通顯。

【粉孩兒】

防貽累，顧玄奘當穩便。這海底真金柄回樞轉，子申兩下酣角戰。水清涼一吸知鮮，是甘露海外方仙。卻疑那長嘴師吃傷源遠。

【紅芍藥】

靈根灌大智淵淵，賣玉壺靈丹一般。月圓候病兒減秋半，也吃些撑胃倉，胡麻粒飯，弄銀蟾，抱影移櫨着底穿。剛低頭，早已冰輪入咽，貫珠喉雯印前川。卻便是那長嘴師吞並多碗。

【風入松慢】

得饒人處且饒人,鶴立雞群,高低寫影。心含刃端,須忍字操存。

【水底魚】

狐兔何分,悲從吃了人。致知格物,大命自陶甄。

【普賢歌】

用心仔細貫端門,佛殿星稀月掩輪。黑暗沓黄昏,成性自存存。分明點起琉璃穩。

【醉花陰】

響罷東西鼓鐘振,黑漫漫二更時分。下弦殘月魄初申,呼踵息蘭射香熏。猛可的荷風一陣,小和尚識來因。只盡情手敲木魚,十二三時趁。

【出隊子】

摟住得鼠仙猿引,口聲聲,嘴親親。直到那後園中,色欲誘情根。交歡去精,醞釀氣氤氳。玄牝,跟了他怎擺布,機生務本。

【刮地風】

色郎涵空假抱真,潛後面暮雨朝雲。只聽他叫哥哥,密處心肝問。貼襯,命開基手掐腎根。趾艮,使絆腿功止住先天震。回風混,橐籥乾坤。我的兒、我的兒,呼吸姓孫息來踵。冰吐銀,坐跌區,虎踞猿蹲,一轆轤下手此時趁。這是斗指寅,福天申。

【水底魚】

坎子艮寅,樣合兩通神。喪朋何處,魄死又還魂。

【紅繡鞋】

原來子系龍孫、龍孫，眉心蹙處求伸、求伸。定睛看月平分，猛生計，走抽身。脱花鞋，空色弦新、弦新。

【喜遷鶯】

剛好是生心趕緊，左花鞋弦前脱下，東寅後艮歸跟，一陣風攝玄英。陷空轉瞬，卻忽地怒氣填胸，雲夢勢吞，莫不是難含忍？到此際，評火候，武無文，説甚麽骨噥噥，大雅分群。

【水底魚】

軟款柔温，靈山土寄匀。回心合意，和事協朱陳。

【風入松】

端來湯飯兩三盆，吃飽了太倉力盡。休説道半邊許下天高峻，再來這幾多碗淩空海鎮。要曉得，回東走松林左巡，依然從舊路，問跟因。

【急三槍】

這便是火深種，弄做個心風氣。因此上息充滿，三比六，魄互魂。

【風入松】

原來酉六卯三鄰，至息從中默運。打了一路，見得其中土地山神。再打一路，東分太歲出乎震。這便是專結夥阿私蠢蠢，得了手，亥卯未同窠合群。端須從實供，仔細論。

【急三槍】

風響處，松林黑，隨變化，恰來自正南下。子冲午丁壬，一千貫，是端門。

（《西遊記記》第八十一回《僧房卧病六十八難》）

【傳言玉女前】

仔細絲鬆，好似魚籃提手，襯珠圓窩藏古否？

【玉女傳言後】

寒泉井甃，識那山凹嘴口。津生液注，枕流石漱。

【畫眉序】

一得性温柔，種火深淵月寫秋。在兩心相照，一半心留，楊木偶受福無量，檀木箍油房液凑。只將禮樂爲先導，何須滿身都手。

【雙聲子】

吃從幼，吃從幼，福同苦，形分受。圖肥口，圖肥口，看消息，弦雙彀。梵鐘扣，梵鐘扣，笙簧奏，笙簧奏。在圓和爲貴，禮樂交修。

【隔尾】

根源歷歷無中有，歡朵頤，好會説圓和順口。喝斷聲長制逆流。

【嘉慶子】

這個是一爻雄，不怕那深潜淵陡。這個是月明在湖心下釣鈎，這個是抱石得雲迤逗。因此上銀飛雪、結丹頭，銀飛雪、結丹頭。

【大勝樂】

分明嫩轉歌喉，井元乎，勿幕收，癸壬一六成交媾。這好水腎府侔，離需坎濟黄芽茁，汞自鉛生泛玉漚，芭蕉挺秀。司命處生初息踵，絲細入扣。

【雙勸酒】

洞中交媾，金丹配就，款待已消受。這便是玄英太乙。何須玄之多又,各理安心手。還靠他三徒匡救。

【望梅花】

巴巴眼納約自牖,雁塔高標,祥雲引逗。遠遠搜尋,深山印坎西。虚精日鼠魂銷,白日裏鬼留魄留。

【四門子】

漫山看聳出層崖陡,溪活潑簷剔透。眉簇金芝,眼簇金兜,正中間瓊漿釀出雞缸口。這的是玉架支凹、竹户支喉,石方圓爬光溜溜。

【朱奴兒】

休道是深沉底黝,卻靠那風聲日晝。一貫牌樓滴水樓,豎團團松竹都周。因此上得船無底,澈底底兒固從何漏。

【節節高】

西來一向,性命雙修,中庸正道無歪竇。款筵席,好姻親成配偶,只怕陽喪陰生姤。輪回墮落陰山後,一男半女盡他求。翻身那世還丹就,翻身那世還丹就。

【水底魚】

既有心勾申孫,樞一紐,刁鑽上下,盤腸如表走。高低造化,門開珠浦口。胸懷拓古,神明虧屋漏。

【不漏水車子】

蒸悶氣,使人愁,獅肚細尋搜。搠烟洞聽蛟龍夜吼,退坐東廊月影留。鼓打樓頭,鼠竄鴻溝。雨歇雲收,挨肩攜手。又聽得雨淋鈴處瓊鐘扣。門開看女牛,飛金丹仙方肘後。

【醉羅歌】

和尚和尚代傳後，耍子耍子任勾留。行進草亭擬中洲，妙與哥哥偶。柳眉桃臉，接耳交頭，髻鴉兩鞋鳳雙鈎。那一串素葡萄酒，篆心下情兩投，蟲兒細蝶蜂偷。

【古水仙子】

規這個守蜉蝣[四]，規這個守蜉蝣[五]，坐東廊應聲娘子有，遇、遇、遇、遇嬌娃陽萌姤，交歡處含笑含羞。海、海、海、海棠花色嬌柔，耳、耳、耳、耳跟叫一串歌喉。喜、喜、喜、喜花兒□點水晶球，敘、敘、敘、敘情話進火按時候，散、散、散、散露珠運隨周。

【菊花新】

鵲巢安穩拙居鳩，玉液生花滑似油。姹女育陽求，問幾轉更傳玉漏。

【賞宫花】

操存性靈，横秋一個鷹。仔細文偷處，輪爪利從亨。奮武降空心膽碎，不容個裏困玄英。

【天下樂】

息氣噂噂坐草亭，門樓側耳静中聽。指天指地爲媒證，餺素東西混一蠅。

【南江兒水】

勃勃關將住，淫淫孕得精。論餺膻胥麻初基命，論素餐心地澄空性，論調和私叶公然興。一任氤氲燒紙，白日青天，擺布事踐形搏影。

【前腔】

後花園露英，後花園露英。掃通一徑，攙從格子開新境。手相攜悄聲，手相攜悄聲。要子悶遂亨，散心活天性。到桃林息停，到桃林息停。果熟花馨，青紅另並。

【前腔】

覓桃源洞青，覓桃源洞青。陰根背静，個中一紐陽收柄。日懷魂月明，日懷魂月明。舐住護花鈴，綻紅午風定。候消停熟生，候消停熟生。仔細猜評，碩果枝頭盡剩。

【北折桂令】

丹完了熟透紅成，向前去摘個泥丸，解下懸鈴。休説道本色原空、涵空愛色，只須那一串换雙平。後前弦是的真聲求氣應，果是個恩愛人。□倒哼口口丁丁，盡着他穩種深情，到處逢迎。恰好是新開園果粒圓靈，一觔斗入腔中，剛夢破初醒。

【水紅花】

耳畔髓路澈澄清，聽梆聲五髒淘净。空腔亥建弄虚精，水銀晶真人妙孕。鶴降珠胎得手，一霎已成形，恰也似心急疼服胸膺也囉。

【前腔】

月寫風景五湖明，結前盟留心惜命。金鈎下處照漁燈，羅星晶移花弄影。送出今番自背下種顯真情，别尋個因地果還生也囉。

【七娘子】

叮當洞口操鈀柄，火文青還須武競。外合駝長，澄心裏應，同門接上玄英聖。

（《西遊記記》第八十二回《無底洞遭困六十九難》）

【北新水令】

徑歪醃臢古香通，核釘兒艮亥兑丁。雙弦合縫林東，成一束束就出林東。火隱神龍，舐上齶，停吟弄。

【南步步嬌】

叮當兩口抽雲洞，架住金箍棟，原來一體同。配偶分開，陰開雷閧。巽五把腰躬，坤貞子息朋從踵。

【搗練子】

橋横鵲纏禪通，正是深中造化工。出口與争才了帳，何須送個滿腔紅。

【紅繡鞋】

先天艮趾停蹤、停蹤，順來逆去神通、神通。花鞋脱下下弦弓，戌亥會，陣清風。左右遺，色雙空，左右遺，色雙空。

【北雁兒落帶得勝令】

好去來，才低頭，顧命宗，西回徑，收朱汞。卻見那坐佑英巧相逢，懷抱住，還攝洞。呀，這流珠水把銀煉，如泉湧。只在那兩耳傍，夾腦風，便可是歪纏徑出胡同，定識得命雙腎丹頭種。玲瓏，一條繩挽韁住穿鼻孔，果然萍也麽蹤。路傍處但見半截兒拖起緑絨。

【南僥僥令】

夯貨休抛鞚，還丹子午冲。火周金滿芭蕉洞，望三五到純乾，才得完功。

【南園林好】

胬初基真人命雄，静凝華全無一空。穩虛精向深暗踵，周圍三百餘里呵，尋這腔卻有個鵲巢同。

【北收江南】

呀，忽聞得他暗裏爐烟撲鼻呵，卻從那後飄來一陣香風。果然有三間倒座靠牆東，丹温温寶鼎碧紗籠。李天王恩洪，鳳安棲古桐。因此上金牌大字寫尊翁。

【北沽美酒帶太平令】

鉛一爐香氣濃，天樞柄升降從。鼻紐金脾感應通，命參天性循雄。有倒座艮庭李供，金跟水種，叱離三火搏木汞。告天堂玉皇聽訟，狀兒明證憑兼總。這告字呵鼻牛下口，休道是陷空，卻是個真空悟空。這狀兒呵耳片犬戍，休認定牆東，還有個大東小東。呀，檣帆上風，只問他要人，果在那秀英鐘，息收細孔。

【滿江紅】

祥雲一縱、祥雲一縱，直至懷明暗息通。更引入王座靈霄，呈狀髓交融，聖旨原呈批出公。長庚太白入内報，琴童承天寵。造命泥凡，雲樓蕊宫。

【滿江紅尾】

鼻柱梏牛橦，告字兒細穿雙孔。釀得玉髓溶溶，丹頭活水銀汞。躍欲怒氣哼哼，息息金光轉桶。

【生查子】

手撲篆烟香，怒激瓊晶皎。按律有明條，不誣憑空告。

【菊花新】

甑山頂上奏升熬，上界元勳沸勢驕。雞割借牛刀，先把這猴頭捆倒。

【三學士】

二七圖南懷入抱，貞英那會裝妖。輸贏省事人涵道。雖則遵先肘後操，老孫的買賣，東西循壁靠。申宫策，運魁杓。

【榴花泣】

龍吟匣劍架鸞刀，聲停怒沸息嗷嗷，驚魂失色篆烟消。便是真空道義也，淡全交。

【泣顔回】

真空息消，子生初命，息瓊瀛島。那左東哪字兒，呼一口膽助觔絛。這右西吒字兒，呵一口鉛晶踏倒。

【駐馬泣】

基命三朝，後累瞻依，還他不屬毛。必須要幻影常無、元神得一，才能夠聖作凡超。只憑那靈魂一點佛恩叨，有這等慧眼垂青重生造。

【泣顔回】

從今後仗着他藕骨荷衣，救得那觳軀兒，做鶴借雲巢。

【桂枝香】

木金分表，棋讎争兆。運神通無中有包，告如來輸還贏寶。這一座浮屠勝造、浮屠勝造，好憑他含真珠手，淩空珠照。恰好似擎荷蓋托標，靈魂懷舍利，一層層有佛，佛法善和調。

【賺】

他本不同胞，結拜恩聯隔界遥。恰逢那歪纏巧，正好是坎任乾督腎全交。穩梧巢，深山丈鹿長生訣。從後來撲鼻香風劍氣弢，水晶淼，臨淵最羡依文藻。養魚停釣，養魚停釣。

【東風第一枝】

子息金融，吹嘘鼻竅，使人之意也消。鉛華定入虚精，凝觀白的銀毛。香花實腹觀音現，半月弦描。地湧兒通理黄裳，土埋下，界基牢。

【長拍】

喜下花兒，喜下花兒，生成後代，傳玉漏都憑夜耗。只管在御前籌策，滚擡繩解費工夫，算放鑽刁，已到那影寫月輪高。有長庚現白、緊寬評校，卻照銀潭裏形隨方便印，從何處水中撈。休説道，再没勿忘勿助大事，在天宫大鬧，誤揠新苗。

【短拍】

駟馬難追，駟馬難追，言緘舌蒂。他被告呵免追提，這原告美猴呵，怎肯禪逃？情面義金星，寅與申緘，原一向倒顛顛倒。只輪那雲樓李姓，劈分得污耳樹頭瓢。

【一撮棹】

東南地，兑巳口，芥堂坳，簷傍竹，户通香窩窄小。鉛一氣，玄珠闕，喜花苞，逼住做成親事。虚倉窖，圓兒蒂，胎兒孕，臍深際，息藏韜。荷風趁，趁明月，刺漁篙。

【園林好】

命終休形移影摇，性歸本還丹大造。真空體哪吒神妙，奉玉旨的乾金海出囊包，乾金海出囊包。

（《西遊記記》第八十三回 缺目）

【丞相賢】

時當乾午叫東回，正好熏風灑雨絲。洞離須守純陽蒂，要投西，黑氣漫漫前路死。

【賀聖朝】

青含柳眼舒眉，任聯督處巢香枝。西南會，東北好提攜，看老母孩兒。

【滴溜子】

前生裏、前生裏冤緣結始，羅天願、羅天願隨端手指。東東朝三暮四，湊他乾重九坤朋二。這法兒萬歸宗，圓靈滿桂。

【嘉慶子】

好認得非旁門，轉路的從根聯譜系。好認得送命的良工遇善材，好認得賣嘴胡向晦。因此上蝴蝶夢帶花飛，蝴蝶夢帶香飛。

【撲燈蛾】

是聖修天縱齊，孫姓子旁系。燈草骨頭輕，頂透燈傳智慧也，冲融喜氣。只憑他壁間龍曜織梭飛，男兒孕息胎嬰細，無繩没棍運神機。

【前腔】

這膽瓶鵝養裏，息留火停細。仔細天心數愁區，撲向三街六市也，灣弦月霽。好便是新眉淡掃，翠蛾飛隅，頭凹角籠燈系。須認那正中家住往來依。

【撲燈蛾】

王小二胡麻飯，王小二胡麻飯。華精酤瓊髓，個腦中往又來。送兼迎安然熟睡也，巧作蝶蜂偷，方憑圓忖。孕鉛墨、孕鉛墨山根筆飛，不良心、不良心、朦朧生暗喜。裝進城，雲開月影夢花移。

【撲燈蛾】

息收且晏安，息收且晏安。盡情搬行李，一時防疏失。黄房裏蜜藏緊秘也，垂簾向晦，好垂簾穩憩。點睛題、點睛題、云雲破壁，龍飛燈、智慧明懷戌會。撲依稀，定中火息子尋細。

【尹令】

原來虛精黑子，原來懷明做事。原來暗中攔四，鶯穿蝶衣。因此上風雨龍吟匣劍飛。

【品令】

圓和净持，混俗便權宜。只消半年不剃，塵生法支離。毛髮法也，但憑眼下凹曲通無滯。木龍根止，兩頂縫，聯工綴。套换穿衣，好看那吊搭窗前舞燕飛。

【豆葉黄】

有、有、有登樓來推開窗格，借息枝棲。正好坐下處映射蟾輝，正好坐下處映射蟾輝。恰不用燈花添蕊，四碗茶清，液净丸泥。從影後徑上雲梯，從影後徑上雲梯。在百尺竿頭，收住帆飛。

【玉交枝】

東來四字，好登那瓊樓望西。師徒模樣都收起，憑老任學生孫系。讓伊口開品新題，弟兄成十參同契。煉丹香爐烟篆飛，煉丹香爐烟篆飛。

【六么令】

居同姓異，從北方販馬來城。踵息羈縻，乾留任舍握樞機。隨風絮，住騰飛，伽持得。仗君客夥維綱紀，仗君客夥維綱紀。

【江兒水】

月窟觀初姤，西東印度持。只憑那融融店様西南最，圓圓趙壁虧顛躓。彎彎寡失前弦隊，件件告知列位。實在講定房錢，要曉得先後小人君子。

【古輪臺】

相揀相宜，一張二位兩弦齊。三五團圓際，請陪那離中歌妓。此心印即西方東印度也，最相應秀繞蛾眉。問壺中日麗，長安近市，瓊液隨篩。合盤甘旨，憑鑽隔板自猜枚。循鍋底花深固蒂，從事青齊圖口肥。没人服侍，挈瓶小智，杖錢寵賜。造化喜仔仔，卻好鍋門睡。賺得幾多銀子，終究得安排上様大伽持。

【高陽臺引】

百尺樓觀，心歡意滿，分明月印前川。整治東西，締結良緣，純純素素原向善，卻無需宰殺腥膻。問申王怎好開饘，怎様安禪?

【憶鶯兒】

玉樓端，錦泥丸，鳳腦龍肝配素餐。月影移花寫綺筵，山根醉仙，眉心坐禪。申宫印西新開眼，斗隨躔，庚辛一串，上様奉承宣。

【燕歸梁】

耳畔聞聲應上田，隨玉漏，曉鐘傳。舉杯邀請麗嬋娟，須索性，會齊圓。

【漁燈兒】

防破綻，在層樓，忽地兒透頂無端。要尋穩便，認光頭不露酣眠，必須那向晦雲深玉枕安。雖然是此間没蚊子，南風拂掮，也只要在黑處睡，便通得黑漫漫的佛路西天。

【錦漁燈】

倚財櫃吹噓暗氣，真形躡踐，便鎮日坐灘頭，霎時兒行了九灘。恰好是申酉印交悟纏禪，做不了買賣，多生意，息綿綿。

【錦上花】

休只管倚櫃歎，要只管入櫃眠。就此誕登道岸，切記耳輪邊。任憑你繞回欄，任憑你手勾欄。本來是我家息件，古範不逾閑，東帛賁戔戔。

【錦中拍】

任舍下蝸居窄，只香喉細咽。有財櫃好偷安，到戌候偏有那心腸要玩。忒小心插銷了鎖住，這幾多馬販。德財本利，今收搭聯。一腔冲穴，從中息晏。後三三的根源，五千搗鬼夢幻，還勾他前三三的蓮開瓣。

【錦後拍】

黑甜處好鎮日的坐金灘，突然執仗火明丹。丹熟了前行短，丹熟了前行短。恰像偷蟠桃一般手眼，會翻飛。天井暗透路漫漫，憑冲穴忽地誕登道岸。也省得奔波走，擡櫃到西天。

【山坡羊】[六]

密多多原身馬販，洗澄澄回東左畔。瓊息息燈傳武换，忍尖尖櫃腳鑽通眼。正在睡濃，大分身脱殼蟬。凝端的白的白含毫篆。牛騎背穩燕逐風翻，雲梳髮絲絲鶴信傳，花羞色空空蝶夢刪。

【人月圓】[七]

髮無窮生滅原無限，貪色悟空從一貫，憑端斂息花兒綻。這時候偏好金毫分布散，靠玉枕細評消息，開鎖金關。

【前腔】

與道合真，左右宜攝踐，總撚做形神俱妙焉。調和切記推敲按，依舊消停玉枕眠。鑽金櫃，摁針耳，法身本相還原。

【畫眉序】

遠寺曉鐘傳，樂奏鶯簧巧歌囀。問和聲皇帝，誠正天然。夢醒破錦被窩中，剔銀燈眉開柳綻。伽持滅凈蒙塵難，一垢湊成圓滿。

【前腔】

文武並聯班，褒貶春秋表章撰。看桃開玉洞，法界全篇。混元體一切空中（改作混元體綱紀懷明，亦可），柳眼青形花影幻。伽持滅凈無端難，點魄湊成圓滿。

（《西遊記記》第八十四回《滅法國難行七十難》）

【仙呂・賞花時】

這賊贓憑馬販多財兩搭聯，這櫃蓋憑揭破開看九轉丹。端的個匣中劍躍龍泉，他本是我木龍上選。呀、呀、呀，只四僧湊滿了萬方圓。

【秋夜月】

選青錢個竇通方便，城郭完全多圓便。撥雲見日洪恩便，躲原身穩便，果金鸞巧便。

【懶畫眉】

欠少鈎金的真詮，頃國歸依，一搭兑弦。白端守定黑松關，萬法都圓滿。福自天申欽法傳。

【么篇】

觀月窟一姤才經子系纏，憑改號骨换金身脱背蟬，點白從兹飛上西天。這最好名生死始，法相真的如是，管教你風調雨順萬方安。

【點絳唇】

此一法喜動眉花，玲瓏玉架，無礙罣。秀整容華，我只觀鼻端珠，煉出那甕中身假。

【混江龍】

正好做通場笑話，卻見形山一竇秘籠紗。憑獨照孤明高覆跨，那怕他塔聳遥遮。記禪師密多多心經持印靶，紐鼻端境澄澄息候净恒沙。煉純陽在督任處尋罅，必談意在慎獨處毫差，隨吸呼在靈峰處筆下。好修行在合縫處趺跏，碎虚空總納得那氣無涯。莫狐疑，且禪妥，那雷音蘭若隨猴俑，子系眼底筋巴。

【天下樂】

這懸岩處眉搭上抱琵琶，可是錦飛霞，逼弄出風霧喧嘩[八]。便搗了蒜泥，算了暗𤞤，恰黑個懷明人，且照顧，能造化。教他先一仗，出頭青木吐黄芽。

【油葫蘆】

要躡定天根地逢雷處哄耍，在積善人家。村頭桑柘緑，霧繞吐瓊葩。好似那甑山頂氣升熬，玉髓融融油醡。這本是應同聲顧諟腎明命不差，蒸就了齋僧把米面舍水原來潤下，休嫌他太鹹騰上調和得一甕海精華。

【哪吒令】

這事真實呵盡着他村東賽社，這事費心呵拓提他離午鞭撾，這口中哼的呵上大人持迦敲木魚也念經，陣圈兒也待價，晦也入中加。

【鵲踏枝】

霧銷那種砂，净收符退罷。胸懷從古拓，休教他打攬了騰空駿馬。是山中得道妖仙，領受這松風韻雅。憑路口問圈兒話，把上籠蒸和尚留拿。

【寄生草】

個圈兒銀蟾掛陰符退印窗紗，趁竹影摇竿滴翠盈亭榭，鼻中嘑涎累得津生蔗。一牢人息運了攀全嫁，脱網羅須照護梯架，做將軍捉弄那武行前，剖路開瞞不過龍文駕。

【懶畫眉】

幾轉玲瓏火青純，曾記獅駝斗指寅。月明人定竹敲門，骨换牌名蠢。一六深蟠雲斷根。

【前腔】

高坐懸崖默斯文，鳳腦津淫千百群，西聯東界月成鄰。妙選榆錢潤，探取括囊叉手伸。

【戀芳春】

任憑讖語督開前進，羽林整部從軍。仔細埋藏，幹個火候調匀。撲鼻香傳准信，供换骨春風寫韻。詩囊趁，此計梅花瓣分，劈取禪吞。

【解三酲】[九]

伏茅陂蟄埋動蠢，苦争持魄互香魂。猛可兒出地春雷奮，對耳後聽聲折震。白完性地晶丸降，皂染情關種果因。言而信，道是口中囊串，心捧效顰。

【皂羅袍】

原來折嶽連環霧隱，似這般妥掛梅額簾紋。跨騎牛背好安身，懸岩凹際低眉認。金箍息透，山腰氣氳，鶯穿蝶引，雲蟠石根。有情人覓何處烏巢穩。

【園林好】

後園中松筠竹筠，憑高在山輝玉韞。那主子盡情搬運，任刮毒髓丸珍，任刮毒髓丸珍。

【梧桐樹】

林園積翠分，對面肩樵襯。本住雲山，采拾精華蘊。卻逢東土向西趁，僧聖也還乾净。進谷底超升，果在心心印。幽冥有主通明鎮。

【泣顔回】

本是在家人，息息消停松韻。雲端督畫，任聯老姆分潤。男精如媾守鰥，居竅未探玄牝。算生機靠後肩柴，更傷情竿長粉裩。

【前腔】

青紫沐君恩，一例生初繩准。交流雙淚，留心啟沃忠藎。鶴鳴子應，息息懷承順。督同任理叶樞符，哭聲聲吠奎躔天開文運。

(《西遊記記》第八十五回《隱霧山遇難七十一難》)

【雙勸酒】

神静息融，以和爲用。行軍武功，青龍吟弄。霎時眉花穿綜，收腦後眼底矇朧。

【粉蝶兒】

韻淡香濃，骨傲瓣分霜凍。劈心撈月到天中，當離午，應坎子，絲些隙縫襯簾櫳，鶴守幾多好俸。

【四園春】

連亙回環嶽柱東，撑天終始大明通。之三折，玉玲瓏，隱霧藏身毛羽豐。誤認桃源洞，酒賣那家紅。

【千秋歲】

美申公便是震雷公，歷件件外來承奉。大量寬洪，大量寬洪。西南會，月懷明，朋從衆，定分瓣驪珠捧。怎結果靈樞總，假趁真謎哄，便氣納無涯，卻也仗先鋒。

【前腔】

占爻雄何必逞英雄，一顆人柳根種。怒息和融，怒息和融。拋門窟，剩光頭，銀蟾湧，休認錯夢中夢。聽梆子棟隆棟，假靠真輝寵。這魄亙魂新霧掃澄空。

【越恁好】

精華息踵，精華息踵，本來自震方東，旗亭客送。三眠柳，夙根通，原來也哄豬祖宗。南柯話夢，雲破罅月來花影弄，真識貨擔梢評古董。

【紅繡鞋】

懷珍拓古難通、難通，修真借假難工、難工。難識貨難縫分内外，仗金公奉承，好得認同宗。

【步步嬌】

滑净新鮮流珠汞，鎮宅甘棠頌。抱月入懷胸，納獻乘生雲。埋香塚血滴雨花醲，向陽崖上排翁仲。

【風入松】

隋堤春寫柳枝濃,左右烟遮碧擁。石堆鵝卵清盤供,好逗出黄芽萌動。這個是懷明雙腎也,都憑那曹溪澗松,卻可乘生氣白雲封。

【急三槍】

蔭摩頂心留點達權傭,恰好埋蟾魄漏聲終。要那長生意懷表白息香通,方便報恩孝穩深衷。

【風入松】

雲漿插入釣魚筒,此際眉迎目送。籃編紫竹腥珍重,好指點遷鶯簧弄。避不得雨香龍涎也,記往古爻抽白雄。活潑潑的瓊花日高影重。

【急三槍】

王白額南山隱拓開胸,從古稱放蕩大家風。要知講三教評素位座尊崇,辨别他多行止問外公。

【風入松】

通場橐籥補天功,一白分身運用。春懷蕩意長弛縱,須要是血泥歸統。憑着他裏應外合,霎現原身挫先鋒。鐵背個蒼根始終,收法相臭味同。

【緱山月】

忽聽響溪頭,春水碧長流。步藍橋紅玉髓如油。桃源花織錦,白雲深處,暗鎖鴻溝。

【錦纏道】

枕清流,溯曹溪層雲翠樓。風送片帆收,息絲抽,穿墉水鼠旁搜。我的兒聽聲唧啾，攛通時明珠暗投。一帶鵲橋横，柳陰處侵門碧溜。井窺天仔細探頭，向離已朝陽春晝，曬乾巴鏡裏影空留。

【朱奴剔銀燈】

琴堂坐和聲應求，傍門破圓明智謀。曉露叢深樹蔭稠，金谷地文園藝囿。候呼傳，定息更傳漏，怕樞機欠周。趁風汛丹爐火走。

【雁過聲】

何仇長生延壽，這都是屍蟲鬼謀。須知道味無聲臭，料煎油，大家嘗。香噴噴群鳥養羞，添多海屋籌。鹽花醃古成悠久，春潮上水晶瑩不朽。

【小桃紅】

甑山固堅貞守，入定中息消受。絲絲穩入平弦彀，雙持定慧挑燈湊。梅花寫帳香枝瘦，呼呼的夢寄沙鷗。

【一枝花】

門深基密宥，撲鼻梅枝齅。觀棋柯欲爛，樵夫偶對面朋儔，臥月巢雲手。這擔肩收後，寅命申留。古者謂之命留，舍大慈悲援救。

【梁州序】

爬崖層峻，過溪深陡，抱石得雲迤逗。風酸雨淚，昏沉菊腦枝頭，數黄道黑口口。悲聲納息新開牖，柳眉碧鎖祥光透。霽照荒墳魂顯鈎，筑爛他魄亡舊。

【前腔】

回家魂顯，出家慈侑，消息魂新魄受。曉風殘月，沉埋柳岸人頭。虧他替代明命，東僧幻塊輪還又。金蟬脱殼悲遺臭，盤根剗斷因緣漏。洞府精空橐籥收，拚瓊漿初醒酒。

【節節高】

精空腦骷髏，水平漚，人心解厄繩松扣。占魁首，卷簾鈎，西南抖，删除花艾骨生秀。兒天兒地息尋究，引見任家嫩嬌柔。柴扉漫道蝸居陋。

【風入松】

孀居奉養靠薪櫄，督完了何處追求。留心忍字操樞紐，好指點功夫成就。任家母生生息摟，就此送上西天路，莫煩憂。

【前腔】

舌蒂貫珠喉，息和酬，忽聽夜半瓊鐘扣。圓明候，柄皭周，太平奏，屯蒙早暮安行走。仙鄉谷，神生秀，西天大路向中州，洪恩造命懷高厚。

（《西遊記記》第八十六回《隱霧山遇難七十一難》）

【臨江仙】

不假城池分界限，空中佛法無邊。辭樵問路上西天，莫將儀鳳爛，錯唤是靈山。

【秋夜月】

向西天印得珠光串，南離市口人叢幻。從中天竺還輪轉，憑玄關剖判，才身登彼岸。

【夜行船】

拓净人心忙又亂，三從二萬物玄關。路讓通衢，嘴長紋篆。施醜木精芽綻。

【步步嬌】

絳部炎炎遭乾旱，法在前行短，心依耳目官。姓系龍吟，聲和鳳管。

冠帶立簷前，標榜華文展。

【沉醉東風】

這靈通算那件件，都憑着申王呼喚，好報喜到心田。馨香美滿，當街心津生渴咽。鳳穴人仙，鳳閣神仙。封侯消息，西方解語蓮。

【園林好】

種金蓮眉前眼前，怕炎赫連年乾旱。上官正眼耳鼻，舌珠喉一貫。藏舌蒂火珠圓，藏舌蒂火珠圓。

【江兒水】

不事多財，未積金千，黄金百煉經搏轉，功德成時論深淺。上坐下拜低頭，只在回心善。那怕暘征燥暵，福自天申，神水津淫溉灌。

【川撥棹】

結同伴，羽翼兒隨斗轉。要與他綆引淵泉，要與他綆引淵泉。舍慈悲念動真言，智光明玉華鉛，吼吟龍趁機緣。

【前腔】

蒙呼唤，正東來烏雲一片。須奉承玉旨傳宣，須奉承玉旨傳宣。盡其心知性知天，准綸音動水官，才解他民命懸。

【一封書】

星回斗轉，歲周新舊换。統乾元到督巔，緣何正上官。冒昧仁心麗日天，午酉齋明昏戌犬。推倒坎離素供，口出穢言。共闌殘，三事桂香披月殿。

【鳳凰臺】

脾隨心絆，太倉邊，嗛米金雞滯戀。庚西昴日服拳拳，莫道玄腐貪咽。

鏡懸奩焕,在明明德靈圓,兑光開電。

【前腔】

心苗長短,嫩喉邊,繡舌簧言吠犬。庫圖書東壁戌魁躔,齶拄定巳場麥麵。兑芒餂倦,在新民安全,哈巴兒銜珠香瓣。

【前腔】

心經紐篆,艮山邊,鼻架通明午殿。兜凹金鎖玉匙關,督際任紅熬煉。呼吸下面,在止於至善,燈傳巽風顯展。

【五供養】

一霎含羞滿面,槖籥風春,舍利光丹。樞機藏宇宙,斗柄斡坤乾。煉不了遲濡道果。這消息珠喉區判,要在那留心賞,穩心丸。太平儀鳳,法界成篇。

【賽觀音】

鬥惡言,瞞上界,震一時怒發無知。恍惚會處,心生神異,記憶從何解危微。

【金雞叫】

計較關心事,考中庸歸依子系。憑着申宫只一指,要解何難,真實啟明示。

【八聲甘州】

回心印契,滿城人啟建正果仁慈。洋洋盈耳,本來雨露無私。天聽奏申通尺咫,命造同場護國西。神機,善聲中一片開迷。

【排歌】

天申福，太平儀，風調雨順不差池。精神足，感應奇，雷轟電閃靠扶持。

【八聲甘州】

天師通明，傳遞道僧家符合關牒文。題詞披香，三事含樞剖判撑支。霎時空中通美理，善果明心助八威。恩施，喜和融靈雨膏滋。

【排歌】

通呼吸，奉無私，春臺登得衆人熙。明消息，風雨時，三階平處玉華隨。

【錦上花】

保壽建生祠，保壽建生祠。煉瓊髓膽助神威，精交神水。煉瓊華膽助神盛，意也消，意也消，願天下，普既濟。

【朝元令】

風雲際會，奉旨甘霖霈。壺凝玉脂，液液承天賜。殿閣巍峨，山門壯麗，浩大功程完備。龍曜雲霓，寶珠孕蚌拈牟尼。靈鷲一峰支，懷明棲借枝。雨香光蕊，住行腳名留禪寺，名留禪寺。

（《西遊記記》第八十七回《鳳仙郡求雨七十二難》）

【點絳唇】

陰神消遣，陽魂華顯，果勝那比丘岸。一搭心田，只仗他驪珠串。

【混江龍】

梭穿珠串，穿穿串串繡出鳳鸞仙。這甘霖福善，玉液華鮮，見城垣影影陽魂隨魄轉。論宗派，存存鄞鄂譜聯編。生機果地，運火周天。中州無異，法界人烟。申寅猴虎伏，巳亥舌喉綿（舌爲赤龍）。喜棧洞光輝含卯禄，看豬王漱引木龍泉。沁金煉，當慶會時丁巳節也，休道是馬腹兒不及長鞭。

【天下樂】

記唐朝與極樂神州界一般，明都本不瞞，太倉豐登受得油八厘、米四錢。滑融融胡麻髓滿，鬧轟轟西域諸番。仔細觀，誰道是路黑漫漫。

【油葫蘆】

記不得苦行功程那日全，暑和寒，後行長路經歲月，幾推遷，十四年。用朝暮金烏輾運周天，在漏下火候兒遍。息呼呼十萬八千，才到了寶方。憑這頌留言，吐出朵華池中瓊蓮瓣。

【哪吒令】

觀朵頤典膳，吞瓊英下咽。請齋素同緣，忍不住盹眠。休道他醜不妍，卻都是達經權。良苗種好這心田辦，紗暴毫端，穩整得臨風線。緑絨兒曬已乾，織成了對月針穿。

【鵲踏枝】

趁步武踵息綿，幸康强詩骨健。系小子三臺映月，擄袖伸拳。天生就命基初，這個英雄漢，那山裹走來，精裝做玉霜摶。

【寄生草】

山怪兒醜，玉人兒鮮，雄糾糾色改春風面。心如如言出秋毫善，丁巴巴艮覆玲瓏碗。輕狂海口泣鮫珠，龍梭織就冰綃卷。

【么】

棍齊眉，柳開眼，拘窄地，法參天。妙手空空踏祥雲隨施展，頂會中息充了瓊花散。顯神通吟弄得黄龍轉,運全周因玉漏推敲按。起初時伽持處錦添華,次後來神息融融只一片冰輪現。

【么】

孕真精,華鉛煉,忍不住踵超騰麒麟汗。手叉兒雲棧木龍野戰,沁金鈀忽點上霜花片。督天河霎震耀雷門電,吐鐘乳支耀雷門拄玉,垂芽息呼呼橐籥東風扇。

【六么序】

呀,這杖鳩兒降妖挪撚,那珠簾兒卷也放進月娟娟。是梭羅一派的真傳。鑽出上流沙岸灣,土净塵緣,線整魚筌,汞活泥丸,己意膺拳。虎窩寅撲食在懸崖攛,頭點點,鳳朝陽,捧日心丹瀉金光,枝探桂影横銀漢。這些兒手段補天,疾忙裏大將功宣。

【賺煞】

一齊間左旋右轉,武揚威火爐操演。悟空空空中美滿,氣蓬蓬玉鼎丹材翠露鮮,意如如中土纏綿,算火候餌刀圭法界完篇。祥雲現簇簇攢攢,菩提路率循得通圓展。通圓消息符判半,真禪原不比枯禪。學神仙必須是享清平,果正九天仙。

【番卜算】

本是修真借假,會門心經印下。天開地辟,數點玉梅花。傳度得細息兒,傾城資謝。

【繞地遊】

敢是裝聾做啞,相逢處知音寡。出家人分毫根絶,善緣締結,印傳心切。情來歸任因督加。

【三臺令】

既是心誠意悦,任重端須量斡。月淡透窗紗,虎風從寅申圖畫。

【高陽臺】

振策前程,拳拳膺服,知仁勇力交加。遵道而行,休教途半肩歇。些差,寅生庫戌成芻狗。喜子系蘭孫和孌,汞歸鉛華池神息,消停申窟。

【前腔】

轉下身來,誠由曲致,著明動變傳加。法位尊高,依稀凝傲霜雪。芽叉,天關地軸香添縷。心印證漸行薪接,授門人神師木土,西方留説。

【前腔】

静室芝蘭,暴紗亭後,圖形畫影持加。斗指罡旋,雲房玉韞珠綴。華葩,寸中神潛周天火。蓄精鋭脱胎换骨,午端門心傳口訣,蓮開錦舌。

【玉胞肚】

筵前傳罷,許門人移形造化。出天玄入牝機關,正華池月桂仙槎。降魔護法整鞭撾,轉换依般溪浣紗。

【前腔】

呀,銀爐韻寫,正三更午門子夜。道離人在廠明違,手中柯睨視無差。春融谷口錦飛霞,造命寅宫緣法賒。

(《西遊記記》第八十八回《失落兵器七十三難》)

【錦上花】

印處再凝思,印處再凝思。珠海蓮藏,膽敢心欺。自沉吟,自沉吟,已五代賢苗裔。

【搗練子】

剛半晌,勉支持,怎能消長比神師? 濁界凡人無慧器。

【燕歸梁】

南山豹隱天根際,頭腦上養丸泥。神仙福分個中基,言定命,莫狗私。

【漁燈兒】

入端門,把頭回,後背狼魁,聽報得藍關春曉一枝梅。巡走處腦畔雲跟轟細雷,逢僥幸盤桓洞内玉人胚,會釘鈀杏宴新醅。

【前腔】

玉爐銀,醉菩提,紅杏村迷,通亥卯豬羊乾上集青齊。生花眉宇簇東西,會藍橋瓊漿壺買曙春曦,際貞元换過綿衣。

【錦漁燈】

這兩個蝴蝶兒翩翻鬥飛,憑着那唾壺春宴息停機。定身珠穩口深藏羽不儀,申寅際,這個那個粉牌兒,一樣的倒分題。

【錦上花】

寅申會,兩分儀,融神水,玉華池。同一樣身心顛倒等參差,刁鑽古,古怪奇。收魄散,定魂飛,卻好三臺印月日闌西,花影霎移枝。

【錦中拍】

進山凹青紅細絲,息來踵注兹。坐首席北南午子,連頭目離三震四。立竿長節節,東華匣題,慶丁巴嘉朋合禮,治肴酌觀我朵頤。這才是一六同宗,天根祖氣,幸勿外竹孫兒銜感至。

【錦後拍】

升合得個甑山岸叢，安排那九鼎支，鐘乳吐新荑。這寅卯兔髓，這寅卯兔髓，那時簇金毛精華鬣綴。自古來延命餌松脂，木龍癡露英英尺咫。休道路兩歧，藉此叶公私，負笈緊隨師。

【西地錦】

古樹花開頑耍情，閑雜項多精，呵呵趕到豬羊□。丹材集，火生銀。

【啄木兒】

物隨主，莫留停，戌會乾方集後英。兩山頭棒杖東西，正中個鈀釘操柄。丹銀償收黄婆證，彩眉目間霞光映。亮放天心寅初嘉會亨。

【前腔】

淩雲節，無限情，好是天奇乙丙丁。閃後邊月偃鉛爐，神慧器支叉天井。震東離三蟠桃梗，四明罕長前尖影。弄虚頭靠實端須良悟能。

【三段子】

冰澄玉晶，細軟絲紆回州城。無聲有形，鼎爐材窗紗院亭。巢雲根斷燒乾净，攢袪人欲屍蟲勝。才一片天理流行，圓明水鏡，圓明水鏡。

【節節高】

連環九曲靈，立竿青青，華上拂泥丸影。齊天聖，曙停更，仙翁境，帝君寅卯震摩頂。真人師祖髓融鼎，踵系敲門慧傳燈。盤桓顧諟申明命。

【催拍】

卯通寅申宫未經，危與微知那甚名？西南得朋，西南得朋。望祖爺呵拔刀含忍，護助芽嬰，孳愛從根，仔系詳評。心印處服善拳腐，繩祖武，意深誠。

【前腔】

默沉思盈懷月明，片時間潭印華凝。三緘口銘，三緘口銘。怎惹他鬧天雷嘴頓起雄争，尋事包攬，都一長生。這猴頭曾解空犽鈴，擒入手，汞鉛晶。

【前腔】

引黄獅新芽動萌，豹頭山箕尾寅程。天然踐形，天然踐形。幹這腦宫瓊髓，鐘乳華瑩，取益泥丸，毒刺瓏玲。精空後勿悶籠蒸，爐出火，旦氣平。

【前腔】

舌嬌猱銜珠送迎，扯他來崖石華精。三臺瑞星，三臺瑞星。正好日闌映月，及我初生，徒事腦門，無益功程。須熟慮盈昃升恒，全鋭氣，到州城。

（《西遊記記》第八十九回《玄慶釘鈀七十四難》）

【北新水令】

玉種了藍田，從事到青州，布齊齊臍根深黝，因果是污泥藕。華藻是采蓮舟，命府兒長留。情簇簇胎苞，怒發團花繡。

【南江兒水】

原是六根識海深仇，悲心切齒蓬瀛口。月明風動花枝門，精融色界相交媾。這離三命宫狠逗，那七節腰旁，照見爐頭火候。

【南步步嬌】

木汞乾時凝不走，雪引濂泉漱。珠銜舌蒂柔，轉幾還丹，功先隊後。甘露滑如油，點滴芭蕉透。

【北折桂令】

你看思慮衆紛起朋儔，身外身法，息定水漚。夢熟沙鷗，珠圍玉繞，霧净雲收。只觀那鼻毫的有，默垂簾向晦凝眸。挽住晶球，色相渾忘，氣海尋幽。

【南僥僥令】

必須丹爐嚴垜口，巡視轉更籌。夢入昏沉因果漏，帶月挺梅枝撲鼻齅。

【北雁兒落帶得勝令】

這是個降升丹細尋搜，知道了通鼻觀無聲臭。且只牢拴緊縛猢山根，便是梅香争雪交融候。盡着滚風踏霧火添抽，上騰炎神功湊。太乙爐抵换得氣雙酬，直到那暗飛空上城樓。綢繆，天街静移星斗，計也麽周，盤桓九轉頭。

【南園林好】

卻好胎基命留，見他祖探珠噙口。愈施展雄材糾糾，身外白認根由。

【北收江南】

身外事斷塵根，黄芽采涸溪流。雖這裏嚷哄哄，怎奈攝人去性命休。孤城那守玉華州，情懸兩地，空形影，不勝愁。靠妃賢嫩柔，靠妃賢嫩柔。含淚説花嬌，舌底少權謀。

【節節高】

瓊竿寫影修，彩雲留，狼牙短接層崖構。樞聯紐，棍持籌，青華秀，萬靈節節虚心輳。也許盤桓宿鳥投，月明人静蟾光透。

【北沽美酒帶太平令】

這洞中七賢林准來投，七賢林准來投，集丹材情索性總包收。碧桃兒紅暗溝流，玉蟾兒春老秋留。一息息簾垂永晝，一絲絲更傳滴漏。拂雲青龍泉氣浮，簡含香文光魁斗。呀，半晌間不語低頭，吊下了波平釣鈎。静中求，沉思睿聖貫前後。

【滴溜子】

無些礙、無些礙聖靈妙手，銜歸洞、銜歸洞一齊八口。兩條繩弦判剖，輪圓魄互魂，坤乾一九。命抵胎根，聲應氣求。

【前腔】

東朋四、東朋四九獅口授，西南會、西南會西師手受。同歸乾離一首，離離造命報黄芽，睇青選柳。萬里鯤鵬，桂樹蜂猴。

【清江引】

正好申宫得卯兑臨酉，納約開靈牖。你看燈傳慧注油，他那棍折逢初姤，照見得雲錦心窩消息構。

【清江引】

仍將腦蓋移燈看，印證了空持滿。敲梆就一般，净識三屍幻。本來畫餅搲成肉醬爛。

【前腔】

銀燈剔亮光華顯，吹息了眉頭轉。重門走玉丸，意識何曾見。固家私水銀枯留碎綻。

【前腔】

問這土地公藏成算，要處治在從中條貫。淩雲立一竿，逐節知修短。那根由捉將來便好通關鍵。

【聲聲慢】

根先生節，梢也虚心，緘函月報平安。六識窩藏材美，東南竹箭。色相靈通千萬，主東曾印月盤桓。直到那灘頭九曲，聖種泥丸。

【勝如花】

當寅會，造命端，正好桑暾昧旦。撞着個廣目情深拱手迎，梭龍點眼。走西方路黑漫漫，卻又來東天洞天。印證得中田上田，本不相瞞，那廂操券圈。只因你申宫酉串，這一窩惹出獅傳，這一窩惹出獅傳[一〇]。

【前腔】

雲岩妙，督近巔，東極先登道岸。穿霓披立個仙童透蝦簾，眉横碧漢。這天眼何曾闔？形移影换，列羅星心官五官。坐瑶池金蓮火蓮，午姤任聯。法座華通舌瓣，有百億榮光擁綰。雪獅兒秘印授言詮，雪獅兒秘印授言詮[一一]。

【耍孩兒】

蓮房際蜜情無限，擿華藻香深蝶戀。南柯寄夢伴花眠，候輪回看醍醐頂灌。玉液還丹，雪獅兒向火消融燦。甜甘露，舌蒂銜珠粒粒摶，釀就自通明殿。沉醉處眉迎目送，一膽瓶大禮三千。

【玉胞肚】

靈樞紐滿，久修行丹還輾轉。鶴鳴陰杏豔枝柔，應同聲嬌女華鮮。上通三界聖齊天，下徹胎根淵九泉。

【前腔】

心苗瓣綻，獅奴兒蘭房控慣。項擿毛細息纏綿，准搏梭百十輪拳。勾下九靈静入禪，合口三緘無一言。

【二煞】

引獅出，到崖前，一絲絲净息絪緼繾綣。天門朗辟潛窺盜，玉洞消停覺纏禪。靠子系奴兒線。這人心呵鳥焦窑破，那道心呵鎮守堅全。

【三煞】

瓦窑破，六欲删，剥獅皮，净芒緣。搗烏巢克己個私幾件，人生受用星兒散，道體同嘗知味鮮。執刀鑾割肉分臠，刃刀鑾玉分多臠。任須臾太平計遠，歷萬劫也自安然。

【么】

静九靈數合純乾，姤梶通聯，在秉受生前。彼面目何觀，論道果先天，有色相胎全。荷蓋藏蓮，竹影隨竿。更何用説妙談玄，只須那印授心田。誨盜丸穿道猿緣，後腳蠅纏，肉味盟禪。懷明個智慧燈傳，卻不似無師自弄，究難知撰。這其間癢隔天淵，精融面面。踢翻他地水火風四大輪旋轉，引詩華玉證，看月寫平川。

【四煞】

微情報，捧銀盤，虚和實，舍求全。出家人怎不教錦衣换？東來西拉破雲根，鈍魂拘魄天孫杼影穿，細織就回文件。待他年還鄉春晝曜，只從今美制玉華鮮。

（《西遊記記》第九十回《竹節山遭難七十五難》）

【北點絳唇】

極樂平途，西遊朝暮。嘴長處，汗涣泥丸，紅黑丹修互。

【混江龍】

慈雲普護，閑遊涵養自如如。恰好東來作聖，從何受用旁途。果是前生修得，到幾經行腳苦工夫。只指望中華福地，才算得第一規模。玄英向善機械露，禪坐處度不了恒河沙數，垂簾候静享那水滴成渠。

【天下樂】

方丈裏玉性禪修進退符，魄與魂俱，卻是鉛擒汞住。都來看俊醜和同紅黑取，原來人物互。這圓明中華牒譜，那十分古怪三徒。俏嬋娟[一二]，畫難圖，好個七寶襆中修月斧。

【油葫蘆】

外郡金華共一都，燈襯着片月輪孤。你看平繩圓鏡正照澈天衢，卻被那款留情耍耍寬心住。爲甚的錯光陰念念西天路。那壁廂喪朋從界卯輝銀兔，這壁廂得朋來印酉昃霜烏。乾納甲午尋常事，最好是寅會髓釀膏油注。問藍橋自古傳留，豐盛賣春壺。

【後庭花】

佛傳燈休教他玉性枯，卻不是衆街坊困守株。園後面締信同閑步，一層層梯雲轉轆轤。趁元宵火中蓮蕊吐，開塔門，星橋運，斡斗樞。掃芝苔[一三]，澄眉宇，掃塵烟，登天府。釀玄華，淋血雨，搗玄霜，輪玉杵。

【本序】

華池活潑養魚，火種金蓮，水運璿樞。雨順膏油風定息，此時不禁金吾，無數鯤化鵬摶躍蹺跳舞[一四]。東西攢簇圖書府，車載鬼凹騎象鼻，汞瀉葫蘆。

【前腔】

朝暮，瓊樓玉宇，罩兩層絲編息□。錦繡参符，神水滿缸三寶貯，薄片琉璃舐拄。法乳，片月懷明，鵲橋橫渡，玲瓏剔透金平府。曲江上噴香撲鼻，灌頂醍醐。

【前腔】

地户，芒生兑素，西平秋金液還丹。配合香酥，魄藉魂全鉛制汞，桂鏡團圞三五。分部，喪得寅申，徘徊子午，滿盈金水廣寒府。銖兩定威光熺鼎，顛倒臨爐。

【前腔】

液聚，三臺凝露，剔銀缸震四兑離。走馬流珠，午息綿綿心寫影，酉鏡雞靈報嗉。絲縷，鐵鎖開時，星橋隱處，讙輝璧合嫏嬛府。憑佛現砂塵閃灼，汞髓乾枯。

【紫花兒序】

相支拄，狼牙鍾乳，至今盛傳留上古。刀圭服餌，號曰黄輿，信曰中孚。這自然黍米兒送入那豐登的倉儲。防耗虚探端索緒，牧牛人收燈降祥泰，夢兆維魚。

【賽觀音】

月華明，西南路，昏默際一聲暗呼。静會便駕雲抱去，靈樞燈移東北區。

【菊花新】

雲開片腦趁腥風，息定崖高吆喝逢。東北曉暾紅，值泰運三陽破夢。

【好事近】

寅建露華濃，泰運新開途壅。功曹傳報，月朗禪寬性動。械封，一片慈雲碧汞。貪歡處東北朋從,准申宮西南影弄。恰好藏頭縮頸,正七融通。

【太平令】

否塞和融,泰兆三羊臭味同。燈輝得月添光寵,雲破處透簾櫳。

【前腔】

蟄啟青龍,結就英苞兩腎中。華凝自幼成精哄,三臺照認根蹤。

【泣顔回】

兩扇腦門中,石屋雲開片縫。寅聯丑界,牛頭一陣精擁。冰清雪净,剥衣裳算計烹鮮用。呆鄧鄧息細神融,審他審名留派共。

【前腔】

精充,來歷本從同,貧俗果然佛種。真人司命,生初秉息根踵。幻影虚花現燈檠,肉眼凡胎衆。狀分明實在陳供,僧大壯玄英法洞。

【風入松】

大唐駕下耳陳東,這個誠然佛種。英華命府都承奉,要湊吃拿來一總。且看那霜凝古松,鎖後面定荷風。

【前腔】

玄奘師祖露英濃,月窟應符玉洞。辰罡斡運奎狼共,供狀得消通鼻孔。閃腦後藤纏命宗,此際玄之,又叶私公。

【北門鵪鶉】

這寅會丑建牛頭,在子會幽冥鬼谷。天根地辟,朗透城鄽,復泰交關,遊魂喧弄。息定七長艮踵,息消八短坤宮。火候神功,垓心簇擁。

【一封書】

一勾魂破夢,老孫看望申宫。名消鬼簿空,影望寫形描月中,探來入手明珠捧。光開眉宇金波湧,照水靈犀點點通。狀玲瓏,筆尖鋒角窮,銀種用。

(《西遊記記》第九十一回《玄英洞受苦七十六難》)

【北新水令】

緣何寅會倏飛螢,後房簷趁形搏影。南柯藏蝶夢,彼岸照魚燈。龍燒尾火,光透開性自西景。

【漁家傲】

鼻吼如雷入杳冥,火候星兒寅端尾青。陰陽營衛符丁丙,蟄看味本不同凡。西方妙境,曉旭秋蟲兩兩明。

【剔銀燈】

噂噂的魂藏魄定,濛濛的息消神静。雷啟蟄枕邊甜夢醒,聽喚時一齊提警。淋鈴,鎖開響振,手敲梆巡周數更。

【前腔】

雷公嘴動心忍性,偷油嘴養身護命。這真的三臺江月映,那假的充饑畫餅。雙明,一刀兩段,多誤那雷音路程。

【攤破錦地花】

正中廳,斯文火温丹鼎,爐頭寂聲。泥封固沸息喧停,午姤雙清。子復三更月分明,天心到處晝華晶。

【麻婆子】

丹轉丹轉三更競,何曾走玉英。真汞真汞流珠净,鉛華水孕精。玄黄大戰木龍青,神圓候足砂飛頂。玩耍通明境,家常玉帝廷。

【喬牌兒】

到西天引證,忽見他與增長話聯並。遮莫是東北三臺星,看那現西南的邀爲朋。

【甜水令】

那是呼呼吼吼、呵呵吹吹山根話柄,須是木禽星劃四界均平。才見面,就息藏,兒心肯,一件件,早煩那西南太白指示分明。

【駐馬聽】

玉宇澄澄,乾遇巽時簾月影。坤輿整整,地逢雷處影隨形,胎分羅布斗牛靈。天文箕尾觜參井,憑玉帝分明。這天根修悟了蟠桃梗。

【碧玉簫】

白現長庚,瞞着傍聲應。月照山亭,汲古綸修綆。上官正,有天文透幾層。翡翠兒檯,葫蘆兒柄,奉旨下界煩敦請。

【破陣子】

聽那呼呼吼吼,金酥寶餌香油。跑個圈兒輪樣陣,照水靈犀望月牛,顧他基命留。

【繞地遊】

移星轉斗,丹降殘更漏。看運送華津,緊追趕休松,防他失走。垓心裏粒智圓謀。

【四邊静】

東北寅三陰群失,月漸離日,朋得姤初逢。西南現鈎白,細絲軟息,善財累積。空色色多一石，慧火瓣香燒净，此幻陳跡都收拾。

【沉醉東風】

看那一霎時丟兵放手，恰好似凝水珠漚。灌太乙玉池清，注命府瓊瀛黝。緊追拿辰罡滴漏，原委是申王攔界，帆影且收。還靠他天根奎斗，把洋洋彼岸臨深守口。

【忒忒令】

顧靈根明珠暗投，海心裏魚龍争鬥。浪花簇起隔岸漁燈晝，只憑那角尖兒快峥嶸，冲開處山根柁一紐。

【前腔】

水朝宗趁月竿投，波深處日闌西酉。拔刀相助也尖兒湊，既濟了踵息跟，只聞得花花花，鎮海寺瓊鐘擊一扣。

【雁兒落】

交戌會息紅塵，扢撻藤兒草昧昏幽。須要是扳翻那消停候，才捉得鼻端穿後弦一鐵鈎。魄死處，活潑的銀鉛逗。

【得勝令】

晶宫外躔度一天周，斧砉然目無全牛。井汲綸修綆，午逢申斷頭。尋搜，丁制癸，未按丑，這塊魄仍轉在玉瀛洲。

【掉角兒】

看辰罡斡轉，早開泰三羊絲兒入彀。那辟寒西南按住，不經他落葉悲秋。這辟暑憑申王樞震甲滿午宫，退寅建發落符籌。從否，辛倒趕心洗回求。有腎府直入司命濕牢揪。

【前腔】

肉塊兒晶瑩命留,鼻穿了金梔系姤。還龍宮生初胎魄,躔井度牽制韁收。仍帶這玉鉛華上天府,兩平弦規一鏡,火候圓周。丹升玉宇,斗轉瓊樓。分真假人心佛印,明究根由。

【前腔】

看乘槎銀河斗牛,聽傳更宮壺刻漏。息消任珠懷明粒,綱總督劍磨光浮。一件件理規條,按橐籥快揚廷順逆兼流。天篷輪轉,律呂春秋。因做這幾年和尚,古木知修。

【前腔】

戒塵嚚牛刀短抽,忍開端尖窮上姤。布乾宮還羅上界,主申王就證中州。天命在後先坤,因果地種初情,循賦性净土雙酬。靈山供獻,鎮庫長留。觀的處心心相印,特拔其尤。

【五供養】

金平款留,索性寬懷。混俗閑遊,齋筵珍袖。賞僧寺寶山酬,看梅花暗香消受。月寫瓊枝瘦,傲隴頭。問取真經,前程多又。

(《西遊記記》第九十二回《趕捉犀牛七十七難》)

【點絳唇】

借假修真,前程悄密心心印。何須留認,雲駕飛雲進。

【天下樂】

精氣神全不漏因,烏巢禪法異旁門。留心片小雷音近,嶺暗山陰細問津。

【粉蝶兒】

有影無聲,如如不動予忖。個猴頭講解申申,禪和子應佛僧。口頭經本,做妖精,從旁笑倒愚蠢。

【前腔】

没字經文,那解得没字經文。顛倒顛色空空穩,哄他哄福自天申。弄虚頭,裝架子,鞭長棒趁。講佛法休昧根因,記烏巢休説根鈍。

【北石榴花】

正好觀燈元夜建開寅,一路來更逢二月杏花村。鵲橋東豔陽大壯,卯律透簾春。看金華先倡導,玉液布奇珍。那玄奘原識得,那玄奘原識得。在沉思馬上,給偏孤暗通消息,本天命大道遵循,本天命大道遵循。妙玄玄活潑滿腔風韻,這故事同宗造化溯緣因。

【上小樓】

望紅杏絳部留神,望紅杏絳部留神。在兑西整堆引進,路些兒一線天垠,路些兒一線天垠。讓開了拓開胸悶,生怕他烈火炎騰候欠文。早有那禪況耳東陳,任常住隨喜温温,任常住隨喜温温。幸供養得神僧來震。

【黄龍犯】

誰説道從事忍枵腹,取經人,都參見,擺盤餐饅頭湯粉任鯨吞。若論那假捏斯文,若論那假捏斯文,肚空空精枯釀醖。有何曾五典三墳,有何曾五典三墳。息忘耗急,液無波潤,縱虚心,卻昧了實在修丹本。

【香柳娘】

究來東果因,究來東果因,精華美蘊,黄中通理從根引。按祇園古陳,按祇園古陳,到秀色懷新,踵息消搬運。給孤棲德鄰,給孤棲德鄰,這買賣丹銀，須向盟禪訊問。

【前腔】

在雷逢地根，在雷逢地根，人人有分，淋鈴時雨珠兒潤。看蜈蚣凹門，看蜈蚣凹門，要成性存存，剛七寸鼻的規圓暈。聽雞香舌噴，聽雞香舌噴，這造化離南酉群，喜三接康候晝晉。

【前腔】

步平弦兑珍，步平弦兑珍，交通腳信，眼光夜月分明認。從望前轉身，從望前轉身，向後水雷屯，恰好中華趁。品矑周壽巡，品矑周壽巡，古貌清神，基培趾艮。

【哭相思】

賞月丹臺繩步准，哭爹娘生身本。澄心聽肝酸湊筍，刀圭切悲聲緊。

【北罵玉郎帶上小樓】

憑這位太乙仙紐樞申，明辨得性皎命留處後前因。祇園基址一番新，静禪空色色懷春。聽風敲腦門，聽風敲腦門，聲悲切息息通神。轉丹砂水銀，轉丹砂水銀，刮將來華情美韻，枝弄影花移月趁。鎖黄房昏黄戌跟，鎖黄房昏黄戌跟，人定酉魄，暗銷卯魂。蟄存身，砌個監蟲尺蠖求伸。孔鎛絲，碗兒襯，珠喉鐵吻。

【折桂令】

禪静時心心忖印，覷月下花新。夜沉沉悄蝶夢香飛，呆鄧鄧一鶴立雞群。佐震庚巽辛，霎時兒聽腦後的輕雷蟄聲振。説鬼話烏藏黑沌，鎖素魄司命供葷。房日魂噴，昴日魂吞，卯界明通，酉界胎親。

【女冠子】

雞鳴了西關呼吸，已會中宫舌蒂。遂安息，金城華國，外情内性，鄞鄂在心，心筑了神州山立。精魂輝素魄，會龍虎鳳麟，互爲室宅。同那行商旅客，到東市街廂，多財貨植。

【前腔半】

會同傳驛，轉幾個中華様式。羲鞭定策，午離靈匹。公差諧律，關文陳述。

【芙蓉燈】

十三年觀澈了貞，十四載震乾中歷。算離家甲納當初，月新大白功程。一四離東覔，錦様神州三五得，怡怡處春風曉日。穩心花襯那肝花異式。

【前腔】

改貞觀貞下起元，斡轉乾元極。好靖宴三臺影月，休説道月盈日昃，現在道君明，輦路旌旗息。愛花卉兒溪橋雲錦織，正好有公主年登二十，在十字街頭，抛弄個傾城的國色。

【黄鶯兒】

性月靖溶怡，好撞天鼎上提。彩樓高結明光蕊，街頭十字，文人墨題。古因生母前緣事，壁梭飛，黄金滿布，漁翁整釣絲。

【錦上花】

一簇簇瓊樓玲瓏搭起，一顆顆珠球錦繡攢奇。都假借采取中華富麗，成太乙金仙元陽真氣。天根處人叢，月窟中通理。遇姤初三刻午時，取過來還丹九轉抛趁樞機，手雙扶早轂轆的穩滚在袖孔凹深際。

【前腔】

被撮至樓前人叢人貴，相攙去朝王門午門楣。説僧聖欠恰南離心喜，成配偶生生東離主意。宣入來含情，絪緼候密諦。合和和一對夫妻，壽無量千秋萬歲符合公私，辨分明靠那招贅昏婚計。

【皂羅袍】

休説僧家教異，他配偶真傳玉葉金枝。大壯東來聖果稀，情牽腳線緣千里。嫁犬逐犬，嫁雞逐雞，酉戌昏黄，前因不移。這言原是心君旨。

【江兒水】

休説不通理，盡推辭，一行四衆多材美。斬不靈根且旁侍，召到三徒同結締。道在聖傳色蒂，性月恬熙。善積福天賜。

【玉交枝】

松脂石髓，六根情原來藴粹。臨爐墨黑鉛華氣，只須俊刮標致。停當好燒得退符紙，大家造化都相宜。縱是淫精多風味，買得個驢老詩騎，買得個驢老詩騎。

【前腔】

榮華人瑞，蕊珠宫荷花並蒂。出玄入牝交歡契，又不是爬山蹌路，那武步匆忙比，絪緼密處，點醉紅池。幾番熬戰多年紀。這個是鴛鴦偶配，情根聯綴，被窩裏事。卻不用申性扶持，卻不用申性扶持。

【剗鍬兒】

春雷蟄起青葱隊，温存火性慢舒遲。古怪秉良彝，東南多美利。念心經倒宜，主請親顛系。我這裏刑德互乘，沉吟按例。

（《西遊記記》第九十三回《天竺國招婚七十八難》）

【北新水令】

顛倒兒倒顛得步進前來，站齊齊午端門外。取經卷忖在，出家人安排。氣納個無涯，問因果，從東子息今開泰。

【縷縷金】

同前近村鹵儕，出家程課步奉官差。恕己輕人，允中一派。德孤逢偶，中貝法財。坐貴人滿懷，坐貴人滿懷。

【福馬郎】

聞叫雷聲忍不耐，聖縱齊天拜。姻緣大膽硬心君，挽定三臺。一誠金石開，申名重賞，月印丹臺。

【朱奴兒犯】

呀，那空空的明月入懷，這流珠同那真鉛實在。從先世爲人繃網解，督元帥涉波豕亥蟠桃界。月弄雲開，晃精神靈光閃駭，收斂了錦文楷。

【刷子序犯】

好個文章大塊，莊嚴佛相，净土天街。就是凡夫，輪圓那迫塵埃，因甚蟠桃翻改。盞琉璃月映三臺，雲破處果正鳳凰胎。任恒沙金玉出深埋。

【北江兒水】

平弦初届，前一八平弦初届。望杏村隊裏來，正好猿猴獻果，打掃茅柴。定心印戊申宫恍惚纔，圓相賞丹臺。蝦簾卷處彩雲開，任進納他賢才無礙。待後看周堂交拜，合巹安排。叮囑那蝶蜂兒春夢，休欠了名園花債。

【前腔】

東西經界，完十節東西經界。轉幾番走天涯，曾記觀棋柯爛，歇下肩柴。上了九節兒七八纔,呆根今也乖。探視假真便好猜,似慕古同宗無派。盡榮華肯迷現在,抛不混繡球歪。咒定心西遊東箍緊,休惰那腳頭行債。

【前腔】

坳堂舟芥,班坐次坳堂舟芥。會師徒要和諧,那個樵青擔笈,束就山柴。可是刻相離遇合纔,攬破緊縫裁。要依從陪奉的心垓,才弄得姻親買賣。兩家交易兩弦皆,一色色道存不下帶,且整得因風摇擺。舉金壘,願東君春景遲留,散榆錢賒債。

【前腔】

已弦揚夬,前葉後已弦揚夬。望日邊紅杏栽,轉情因果種,斧斷藤柴。雖則是挽春留隨喜纔,圖畫影倡和偕。幾周天踏破芒鞋,從今鎮華閣上倚欄。袖手高歌快,笑這文房四寶,從天池脱出珠胎。有個字年閨待,酬不了錦筵詩債,怎躲得玉爐情債?

【懶畫眉】

爲甚的中田飽飫盡撑腸,也只爲稼穡甘脂滿太倉。是他喉珠一串貫囊糠,休道觀朵頤没修功養。呀,憑半覺邯鄲夢熟粱。

【喜遷鶯】

流珠幌漾,那蟾宫玉兔真精化相。便系卯二家飛靈汞,勃勃追隨影響。不斷呆根模樣,制伏只須禪杖。行王法,好貴人通理,按静定中央。

【紅衲襖】

這曜中天的麗日離午明王,那簇一片的花團拓開胸爽。好是天雷東畔的穩住誠無妄,便退入内宫來,上炎的洗心密處藏,真勝似月殿天堂。

在酉六卯三中，引領出玉兔兒光。有和尚花燭洞房也，是別調，聽一曲焦桐鳳賛凰。

【前腔】

看玉兔新様裝，裝點了昭陽，聽三十六宮都播唱，那魂靈兒活潑潑霽色春開朗。怕酉鬼隱中晦魄傷，只合杵成換骨霜，磨出飛鏡裝潢。呀，趁此兩弦滿甲，同詠霓裳也，願朱衣點頭選佛場。

【前腔】

從平弦初八戊申選東床，到十二弦終壬子胎基仿。流戊來滿甲成圓相，算六十時周一候兒當。休教渙散那兑酉芒，必須是心根背盎。原來影隨神護，此事只尋常也，這其間卻有個秘筌做苦海慈航。

【前腔】

看這邊近佛地，望靈山供佛堂。這句話先提起取經字様，丢眼色手捏着唐三藏。蜜蜂兒端的是烏斯藏，九節兒就此計從長，悄悄的向耳邊陳大壯。那夥凡人但曉舌鼓簧，留三寸不爛劍鋒芒。真吾師木鐸大文章也，卻有個衛法子路，拱之三嗅雌雉山梁。

【好姐姐】

穩深宮聽鶯兒鼓簧，訂佳會空懷情想。青春一怪，同寬心好逑那雙。眉添喜聲聲鵲報芙蓉帳，簇簇蘭支玉洞房。

（《西遊記記》第九十四回《天竺國招婚七十八難》）

【傳言玉女】

選就乘龍，正好交歡玉洞。只管低頭，暗運神光妙用。色空空色，心照存存不動。真禪，月清不逐花枝弄。

【前腔】

果證因東，恰好心花簇擁。淫淫春興，聽大吒雷聲哄。形山原假，遂玉兔點摩弄。成真，情根偏逐真陽哄。

【念奴嬌】

呆呆挣挣，抱心穩定潛耐。清净法門塵垢外，古者謂之懸解。捽落釵環，脱離無礙。不惹絲塵掛，空空色色，東躲西藏，赤條條觀自在。

【梁州序】

一失呼吸，圓靈器械，磨琢彎分眉黛。山根鼻祖，果然混沌仙胎。羊脂玉髓，體段金光，人種先天袋。天心輪月照，性生來，杵搗玄霜换濁骸，住蟾宫，成法界。枕流片石守堅貞介，命歸泉，灌靈根，要償那十三庫相艮債。

【前腔】

天根月窟，同宗一派，手段申猴系在。官封弼馬，當初認悉朋儕，便仗這修磨琢斧，在此支吾，怎比得齊天大，天心輪月照，退讓該。但只姻親事不諧，斷根荄，遺拄拐。故此理難容，失絲蘿松柏賴，教負了有情人夙緣債。

【前腔】

甲納乾月朗天街，斗指南三羊開泰。金光萬道，玉洞潛藏殘敗。這時候申樞斡運，壬水長生，震庚辛，西南賽。猿猴誠獻果，穩丹臺，叉手當胸月滿懷。鵲支橋，雲漢外，假形山自合真魂代。因此上特地假借得心花債。

【前腔】

觀月窟處月映三臺，當日昃時日銜東岱。此間説話，拓不胸中窄隘。

必須要心心相印，心力一場，便道存不下帶，蕊珠宫漏静，彩雲開。玄牝門户脱紅孩，免懸掛，分内外。又記着青州府假投胎，驀何日了塵緣債。

【節節高】

分明是善因才，日邊來，正南腦穴三根在。柳分黛，梅環胎，兔藏耐。這毛穎尖筆端書楷，傲雪霜骨，冷添姿態。人心危西路黑招魔，惟道心不逐那塵勞憊。

【前腔】

尋找得玉埋崖，蚌懷胎，吐耀金蟾，未經點卯雲霞靄。在形山界，棒捎開，跳出來。這靈珠一粒，孕石卵圓球塊。從今説破了鬼神駭，教他松風半枕漱溪流，骨棱棱勾引得元章拜。

【半叫鷓鴣】

吐出那兔兒光，都憑這杵兒怪。休道五環區梅花，忒漏得消息大。藥苗采入鼎爐圓，是真真道地的擺列，在十字街頭賣。

【前腔】

那卯木假的芒，這玉兔真的怪。兩頭杵短分小大，一尖兒呼吸弄。搗霜花，合玄華，個手段誰會得懸空賣。

【前腔】

那假魄兒受魂的光，這真魂兒靠魄的怪。小神仙梅福申天大，承露掌又轉大還丹。只此兩般至寶，都撞着回回賣。

【畫眉序】

因果問原來，衆妙之門又玄再。記玉環福地，看映月梅開，是素純九轉還丹。就承露投凡人界，靈光一點，掌中珠捧，真個是秀骨仙胎。

【前腔】

一掌夙雠懷，點卯環周不寬貸。因杼機會使，便關鎖偷開。煩明證形山假骸，見顯報從兹圓外。只不該錯認雌雄配，險誤了鶴孕凰胎。

【前腔】

兔魄引前來，鼓擂譙樓振天籟。看天心月上，吐柳眼青開。子南冲紫氣端門，午春晝光明揚夬。金來歸性三陽白，恰好是望月成胎。

【前腔】

素素豁胸懷，金水滿盈脱摇擺。聽霓裳歌詠，望月殿簾開。月盈時寅卯受符，日昃候甲納三臺。陰陽分半雙明氣，正你家蚌老珠胎。

【滴溜子】

原是呆根荄，稱名八戒。趁假扭斯文，潑精華摇摇擺擺。怎忍得這淫淫興耐，且耍子兒拉閑情雲端結彩。舊相識戲弄時，也這般木旺生花賽。

【鮑老催】

自胎生基中界，穩心君做赤子般看待。出城門開拓胸瀟灑，由過去，因未來，尋現在，在布全才，果正飛升快。這些兒因今由古成買賣。會靈元在兑秋，端的處光圓外。

【滴滴金】

住留春，值卯建成法界，大乾坤子南午北何能載？月半時杜宇正啼，那隔深林春和藹。杏花村外，初更酉戌，聽雞鳴犬吠。銅壺玉漏傳消息，春去又春來。

【鮑老催】

取在懷金布袋，尊兑路六數向坎西界。聽那金鐸聲風鳴秋籟，跳空中，扭腰兒，脱仙胎快。𪄿周古老禪師派，印心悲切心心賽。問前因，無罣礙。

【普天樂】

雄萬里，封侯大，爵三公，眉壽介。尋三窟，尋三窟，猴兔雞儕，深林一片通明在。通行人無害𪄿，經日往來。這一事人生應分，選個赤子乖乖。

【雙聲子】

雄雞大向，離心辦采，撒艮山林一帶。錦紋𪄿烏巢禪界，指昴日高升華蓋。勑官差榮光承賴，布這個秘寶形山在。賜封號名文，又裝修换改。

【鴛鴦煞】

抱頭哭了初悶解，喜容留了空古怪。高閣畫圖開，丹華靈，青華影，寶華采。一筆筆幸供養金華鎮海，後素素整新裝莊嚴净界[一五]。到如今團圞員外，但願造命基報深恩，只怕填不漫懷胎債。

（《西遊記記》第九十五回《天竺國招婚七十八難》）

【鳳凰臺】

悟空行走，只在雲端尋彀。此間路引問申猴，事必關心加酉。實程功奏，須察理查他細搜。

【水底魚】

歲月悠悠，紅塵做客留。而今在否，長亭連短郵。事業英雄，雨中成點漚。有也没有。歎息息，霎時聲斷喉，霎時聲斷喉。

【前腔】

息息和柔，鶯嬌一串喉。從兹查究，出言囊括收。爛柹衚衕，充腸願自求。三緘兑口，休教斷話頭，休教斷話頭。

【瑣窗寒】

從拐角點低頭，過牌坊囀珠喉。兑門地户，肺氣重樓。心花影壁，猜疑市口。外圓刑部官司寇，隨卯建魁臨，戍中榆落辛酉。

【前腔】

心聲念貫珠喉，佛會門影寫秋。圖書洪範，福應洪疇。純陽兑巳，締交兑酉。上下安居肯堂構，隨四大寬松，外通圓滿時候。

【奈子花】

向靈山氣應聲求，印禪心鷺立灘頭。威明膽披，洪寬宇宙，上平弦兑金光透。罡斗，布一八谷中生秀。

【前腔】

老純陰巢鵲藏鳩，巧穿針織女牽牛。任驚動摇，督初收手，自東來師徒分就。奇醜，聽虎嘯瓊鐘一扣。

【水紅花】

英雄事業覓封侯，筆飛投，棟梁堂構。祖宗燕翼貽孫謀，嫩枝抽，斯文青秀。須知欲高門第，至善自精修。榮華端在讀書求也囉。

【前腔】

事林廣記溯來由，記西遊，東程行走。趁形搏影日多留，幾春秋，旋樞斡斗。算他震乾一四，心印策南洲。莊嚴指望凈西牛也囉。

【川撥棹】

午端晝，灌頂醍醐注口。息絲絲直貫香喉，息絲絲直貫香喉。往還來握運糧籌。月明秋，趕星流，醉風柔，卷雲收。

【金蓮子】

一輪秋,這精華桂魄起源頭。稍結就,魂互雙鈎。阻攔圓待滿,初願喜全酬。

【吴小四】

魄靈鉛,魂銀丹,符葉中秋兩半全。兑金萬寶分明現,何妨住歷年。前路黑漫漫,羡多魚,怎臨淵?

【粉蝶兒】

兑寶西成,從此印心窺管。富貪圖無際邊員,歎爲人初一世輪回忘轉。證西天,端在向南秋半。

【朱奴兒犯】

呀,揪住了息息拳拳,休怪了獨前無伴。爲想着雷音僧臉變,回因果笑陪滿面,吞清咽立在傍邊。消息兒玄關判半,因此上同心臭蘭言。

【玉芙蓉】

陽純際督巔,功德收成算。任也願争雪梅香,醉風杏片。憑針線聯縫破綻,乞巧樓前對月穿。影寫平分半,才半中十全。一囊青方圓,息納要金錢。

【傾杯序】

圓滿在生初,幼青年那胚胎。未經煉得公修督後,婆修任前。各求因果,蓬屋輝鮮,棟梁材更湊半。飄桂香月殿,叢紫芝道岸。善才錢三五,望成供養大完全。

【小桃紅】

决夬定金身换,休違了三日限。味平平氣象全圓滿,寫桂影横秋納甲斯文辦。欠欽遵兑,已鈎金綻,湊西成兑酉,好綸言大寬。

【普天樂】

樂鳴和和圓圓,圓明合就心印個兒圈。吸呼呼圈上歌,弦應聲聲,圈下笙喧。閙轟轟鄰結東西伴,主客相逢泮涣,無邊消息聯綿。從這裏影隨形跳出了圈圈,歷萬劫性珠明智慧燈傳。

【雁過聲】

性天,恒沙何限,雲門外風月無邊。槐廳敞辟花深院,佛音清,道音玄,盡着他一班班刻漏傳宣。真禪,男兒漢怎貪圖富貴通場顯?前行去,息納還須後面。

【剔銀燈】

殷殷的長亭送判,津津的果筵寅餞。望佛門准入龍頭選,取真經還得丹丸轉。金蟬,凡形脱踐,了這果再來續緣。

【前腔】

茫茫海波深彼岸,無無界航登蓮瓣。歸妙覺歷劫真誠辦,欠三日接引高聲唤。締緣,齋僧滿願,這現在心空肉團。

【鮑老催】

這呆根生報怨,靠觀頤充喉咽。好長安,十里亭肯多戀?須待有緣,拜佛取經轉。主在貞觀,太倉供飯。聯屬處下中田,鬼載一車靈幽谷畔。

【尾犯序】

看火種金蓮,那一座牌坊倒塌焰上尖山。分明是眉心慧眼,好做個五顯靈官。燈傳,佛光明華光行院,准對舌雞香西雞舊扁。剿除得鬼王毒火,膏澤沛泥丸。

(《西遊記記》第九十六回《銅臺府監禁七十九難》)

【齊破陣】

趁着昏濛夜雨,盡情搜劫金酥。西成兑寶,蕭牆寇擾,不定心魔絳部,一腳撩陰歸陰府。拚命胎基定命初,何時幽魄蘇。

【朱奴兒】

辭齋供任家懷妒,成圓滿命送才賦。照澈留心火齊珠,支橋鵲獨木梁扶。拚割舍藥苗未枯,明點得青燈炷。

【前腔】

照陳跡旁門誑語,寫新式告遞狀據。畫棟雕梁運玉樞,情何毒真實不虛。認幻影依言虛拘,在誠意搬移去。

【解三酲】

叉兩手拓開胸素,開只眼白額頭顱。原來是申寅否泰情交互,認大王傳送吾徒。將買得西天路,留下青錢二月榆。截他住,横亙着東闢玉枕,一字兒書。

【前腔】

剪開了由旁徑步,冲撞那幻影凹隅。這個是出玄入牝申宫主,一包中子母青蚨,丹材搗合玄霜杵。手種梅花帶月鋤。盡前去,卻休教長工半路,恁地揶揄。

【玉芙蓉】

低頭點鳳梧,丹穴開心部。净圓靈法印克己工夫,從根搊起紅塵土。

提上華精舌尖安然住，定全身杖扶，退跟前龍蟠上齶捧明珠。

【前腔】

休教氣息粗，推己完忠恕。穩心苗餂舐不動如如，果然癡痖渾無語。踣腳繩搓攢緒餘，提一步在供明實虚，審知他金精卦節大蟾蜍。

【尾犯序】

最怕玉芽枯，取這贓銀還送了員外財庫。人擔馬馱，自西山凹隅。藏烏，是一件酬金好事，早吃驚留心外護，卻似那飛蛾投火幾時蘇。

【前腔】

丹爐，藥料退藏儲，投火飛蛾，眉借籌箸。日影銜西，是真言半無。虚拘，好和尚原來盜道，還搖擺纏禪轉步，快撒開周圍圈陣簇蘭盂。

【鎖南枝】[一六]

黄堂上，逆舍廬，從中檢贓金火拘。只看提近廳前，是實存真據。拿腦箍緊秃顱，莫躊躇，新鎔鑄。

【前腔】

金箍式，養子珠，申王賊頭砂結朱。莫教松放箍兒，静待黄芽吐。都下陳耳東古，出郭迎，引情緒。

【前腔】

貞元會，白里居，朦朧退藏秋日烏。獄中芻狗無聲，息息停烟縷。戌黄昏要囹圄，人定候，潛墓庫。

【紅納襖】

若没有孔方兄量錙銖，須要是織仙娥全機杼。只看那刃尖刀刺心頭孚，卻憑那解開包袱眉豁宇。運斗罡，轄靈樞，青出藍，成緑組。好個智慧傳燈净土莊嚴也，點龍睛，澄玉壺。

【前腔】

這一件佛袈裟秉胎初，捉將來砌監房深牢錮。他原是幾經還轉通關符，他原是但憑文牒西進步。屈求伸，焉可誣，僧非盗，取經去。眼看害裏生恩水陸貞觀也，審的端，知道樞。

【三臺令】

昏蒙静養苞芽，守口如瓶癡啞。曉月淡窗紗，出牢門騰空駿馬。

【六么序】

候周時施變化，猛可兒鑽簷瓦。星月光，襯燈火，照見那街西下。一粒粒瓊漿腐醉，評火功在督老功加。液擠任家，怒拙苞芽。聲叫無差，財禄堪誇。記當初同學朱衣點筆心描寫，誰知道文運開尖筆生花？針鋒穿透平弦，倒旺了秋禾稼，卻喜掙有家私十萬，就回心向善僧伽。

【青哥兒】

竹影移長竿竿長幻假，地户本含靈靈含隙罅。監禁那好人床隘窄，韜藏鎖匣，吐放槎枒。閻王差押，載鬼一車，遞解還家。幽冥界境界迷遮，貞觀一霎，神魂超拔。要曉得針尖兒些些，那容得覓穿無縫，攪一月鬧鬼話。

【寄生草】

呀，那煉丹房早綻有燈華，後壁間一軸兒掛。原來有影的無形畫，傘青青算從跟人把，椅交交穩個中醞藉，督乾乾息管喉點馬。這故事，幸坤任侍奉周，對畫兒焚香火，總没有祟邪惹。

【葫蘆草混】

承祖烝蔭的納督乾科甲，享榮華刺針尖的後先兑午排衙。好居官叨受這同金的亞，侍坤三任對着含章兒雅。猛聽聲喉也忍不住肺管兒啞。怎生苦囚籠，悶悶不平安。拓開萬古胸瀟灑，卻坤任折證，陰府低窪。

【么】

呀，吐露根芽，沉沉花月夜，早見那虚白兒東射，地户兒靈罅，匹馬兒騰拏，蜢蟲兒説話，震出丫丫，笑言啞啞。看破來露齒含牙，倒銀河珠瀉，有客乘槎。明澈九華，任優遊浪蕩亂墜天花。本一向東來靠藉，就半空伸下來，躧滿縣堂停息駕。赤了腳玲瓏玉架。甑山開鐘乳，高聲踢飛球。晶摶玉碎自天隕，以杞包瓜。

【賺煞】

花開花謝，魄互魂新。這樁事描影寫驚訝，屍形熱顯，一鈎逢乍。那形潛晦死成久假，卻也魂還於魄蘇金蟆。喜寶鏡初磨匣，小的蓋加，透窗紗東印西斜。拚掉了六欲的滓渣，是真僧進城來迎迓。經幾轉升熬煉合的火爐兒冶。

【耍孩兒】

開監提出纏藤絓，到黄堂玲瓏滿架。忖對證寇部秋家，印心心明白無遮。摘下了嘔輪一簇珠球掛，准辦着織女支機倚漢槎。卻休教誑語旁門詐。養元神饒中天瑞氣，圓外護籠住宅晴霞。

【三煞】

簿文勾，經點查，二心淆，别毫差。問此番何事天恩赦，魂靈超拔闢元下。黑暗陰司活夜叉，培根枒，因地果還生化。這有情種只注定天罡駕，喜寇洪善財施舍，命劉全送到南瓜。

【二煞】

命歸終不像那粘壁蝸，引金瞳卻好似暮歸巢鴉。算周天火候先天卦，利坤貞任收藏地角天涯。善因緣案簿天罡寫，只在地靈外，聽羯鼓三撾。

【一煞】

透還丹怒發芽，炁冲突摠袖罅。復陽神將結聚魂吹化，記西貞觀□拔幽魂話。闊地靈巳央酉符壽限加，願齋僧仍牌掛，到如今有天仙降迓。聽風雷叱姹，囑咐那善心人休疑訝。

（《西遊記記》第九十七回《銅臺府監禁七十九難》）

【喜遷鶯】

關文奉獻，到彼岸離船，何須再戀。南部昏迷，人心危險，造下肉團機變。欲把幽冥超拔，賴有法門經卷。需人事准來西相送，自東誠辦。半幻，無聲臭白手真傳。五蘊空無件，古佛燈燃，白雄威顯。卻笑凡人愚淺，識得有無相抱，才得有將無換。珍樓下捧紫金盂缽，都經羞點。

【錦纏道】

舉遥鞭，真好處高樓冲天。傑閣能淩漢，到其間，如□聳浮圖忽見。歷盡了萬里關山，都在那影形虚幻。斜立觀門前，靈童道慧，澄心印彩鸞，聲應靈山伴。蹁躚，生個棒頭眼。

【新水令】

他本是靈鷲峰，他金頂大緣仙，腳下邊真金百煉，幸今朝功力滿，成就了頂珠圓。種火裹金蓮，種火裹金蓮。這西鎮心苗兒，從舌蒂心香辦。提一步，接上來，心心印，傳授心香瓣。

【步步嬌】

原説二三年，三五之時就圓滿。哄他三日分明限，候他消息傳。不意相逢，才心香瓣綻。秀麗兩平弦，勞盛意葫蘆中轉，卻有勞盛意聲應中轉。

【折桂令】

到此際火功全，本性得安閑。只隨宜沐浴徘徊，息净纏綿。雖則是妙法無邊，正道無權，這軀殼幾經磨煉，才完成不壞金蟬。不覺的水滴石穿，滌凡塵净土莊嚴。記本來佛地因緣，潔西施看今日鮮明净莊嚴。雖惡人，休説道，藍縷佛無緣。

【江兒水】

引接胎仙路，中堂日月穿。笑吟吟送不出山門扇，印心心攜一本黄金串。骨棱棱分肘後梅花瓣，消息玄關判半。指那靈峰，原來是吟喉珠貫。就步雲程，也憑這薪傳條貫。

【僥僥令】

望山走倒馬，精氣顧來源。響潺潺，聽那曹溪云險遠。且徘徊，酉鎮中穩心丸，酉鎮中穩心丸。卻休教本路來流這個丸，本路來流這個丸。

【得勝令】

這個路上四無人，杳塵緣，你須看看那壁廂懸舌扁，鵲橋仙，憑樞機，准渡着秋槎漢奎也麽躔。步凌雲玉筍兩班聯，過那邊成正果。□□□□篇，擺摇摇通一線，霧騰騰須切按淵也麽淵。薄春冰履澧涣，深無底畔魚也麽筌。那釣鈎兒臨風對月針，着甚麽去穿西也麽天。活潑潑多魚羡，佛面從何見牛也麽牽。任細滑，息纏綿，從此橋着鼻穿。

【收江南】

自有身基命，得生俱來秉性天，一顆驪珠幸撑這載月船。任幾番破堅，任幾番破堅。只附將軀殼結前緣，結前緣。鴻蒙初判，歷萬劫影隨形幻。净六塵逐雷閃電，記投胎果萌花燦。古到今種還不變，渡群生輪旋運轉。呀,這一靈兒合那針關左券,穩舌蒂苦瀾不翻,鎮海口海寬斗聯。呀,合着嘗接引,無底兒稱謝寶幢天眷。

【清江引】

一向東來得兩扶持青雲伴,抽身轉慈航彼岸。那幻殼似蜕金蟬,接引得聖形踐。净元神一霎時在蝴蝶夢中人不見。

【前腔】

才識識神白净究屬屍蟲幻,險失脚墜東畔,幸有絨繩着鼻穿。被扯起息息絲絲繾綣。渡淩雲極跨登,佛法無邊無艮限。

【西地錦】

奉上通關修綆,奇文織錦傳經。逍遥直到如來境,春盤供,供神僧。

【賀聖朝】

可憐南部衆生,肉團危險紛争。無人唤得夢惺惺,阿鼻墮幽冥。

【香柳娘】

記西遊督程,記西遊督程,雪山摩頂,從今土偶逢桃梗。正緣形抱影,正緣形抱影,古刹振雷霆,捷掃松雲徑。按情文部整,按情文部整,修真總經,仙班同證。

【前腔】

例天條禁盟,例天條禁盟,振衣梅嶺,春□□□何曾肯。本珍藏付贈,本珍藏付贈,奥旨半含青,永注洪恩等。值兩般性命,值兩般性命,東風解冰,充饑空餅。

【前腔】

送西南得朋，送西南得朋，運樞操柄，經傳自古文壇杏。快添油注頂，快添油注鼎，無限種深情，正果因懷孕。笑東來白净，笑東來白净，人當繼賡，竿當空影。

【前腔】

喜傳東有經，喜傳東有經，字還三省，空無一字先天性。備醍醐注頂，備醍醐注頂，寶閣慧燃燈，顧諟天明命。汲文淵古綆，汲文淵古綆，雲邊鶴鳴，溪邊聲應。

【前腔】

閃雄爻白晶，閃雄爻白晶，有無相等，囊中脱出尖毛穎。在昏蒙入定，在昏蒙入定，守黑現金精，返魄從何證。轉隨時斗柄，轉隨時斗柄，棒生眼睛，奩開明鏡。

【二犯江兒水】

放下，人心雪净，雪争梅影競。塵凡平等，克己忘情。打開看無從朋，簡字少垂青。棒頭没眼睛，虚室兒冰澄，秋月兒晶瑩。盡涵空，怎顧得天明命。冰涣不凝，晶同畫餅。更换來笑相迎，在通明。

【前腔】

虚堂懸鏡，鏡留形不影。夢魂初醒，聲臭忘情。趁人心還不省，舍衛一彎靈。姤初月小萌，月窟消停，好取真經。後三擔米粒三斗三升秤，果因地生，花因胎孕。便教他後代嬰，育寧馨。

【降黄龍】

真經，楷字紅簽，寶聚珍樓，拔地千層。須要是東印度西朗照禪心，繫住金鈴。前程,化齋盂鉢,香喉祝哽。侍蓮池捧珠龍女,一粒銜擎。

【前腔】

含情,拿着鉢盂,養着驪珠,不放圓明。任庖丁力士抹臉彈肩,法雨淋鈴。菁菁,善財人事,寸心引領。半嬌羞春風滿面,索露雲英。

【衮遍】

西遊記黄庭,西遊記黄庭,不與稗官等。示與衆生,龍降虎伏敲雲磬。奥妙奇方,擔馱齊整。付留東,半奩鏡,半多賸。

【前腔】

西遊記功成,西遊記功成,尋取禪僧聖。半藏全經,望前一八平弦另。要旨無多,兑丁艮丙。布天罡,鈀一柄,金一秤。

(《西遊記記》第九十八回《淩雲渡脱胎第八十難》)

【南點絳唇】

記遍西遊,分明一部災星稿。功成再造,到此塵緣了。路歇行蹤,頓罷同場鬧。准繳那簿文顛倒,色相空多少。

【北醉花陰】

九九歸真純白好,佛門中圖書評校。子南午北締交,一貫瓊篙,只欠華池水少。

【南畫眉序】

指東杓繞樹雲飛轉桔槔,聽低言附耳舌蒂銜叨。謹遵那秘旨刀圭,煉净得諸魔剗剿。玄關機括參同契,符合古來奇妙。

【北喜遷鶯】

□□篆香消,驚午夢留心覆鹿蕉,火温烟息停丹灶。黄粱半覺推敲,風飄聲韻調。有隕自天萬丈高，欹肩挑。灘頭危坐，路隔雲樵。

【南畫眉序】

一吸自天拋，息定魂歸意也消，是靈基數初造月浸誰撈。聽這裏水響璿樞，認那裏印心魚藻。道樞惟一薪傳妙，條貫何人尋找。

【南滴滴子】

香喉咽、香喉咽前川月抱，珠喉貫、珠喉貫後竿旭曉。通明仁天覆幬，氣氤氳不是那灘頭祖腦。倚天長劍，萬丈光摇。

【北出隊子】

命宫祖造老，元志氣英豪。幾番問渡不容刀，玉漢横槎傍鵲橋。記得西無東有靠。

【南滴滴金】

西人渡如何好，原是凡人循弊套。這金剛百煉劍光弢，半回程，便丢掉，旁門外道。脱凡胎俗緣都了，斷不貪饕餮，况落幻泡。

【北刮地風】

這裏來壺中通碧霄，東西岸接待呼招。任稽留頓息星言駕，等幾年月皎。順風調，乾元標，天馬驕。探着頭説破飛升奥妙，好回東，好觀濠，就一千河，直貫横超。

【北四門子】

駕黿梁古岸探頭叫，項陰維幾絲絲。通提起吸上漏傳竅，躡天跟雙腳蹈。接心苗，穩人苗，白元肺氣，懸瓢准繫匏。性原因，命同胞，只争些還丹法奥。

【南鮑老催】

還祖炁命根督梢,渾元介老蒂含叨。玉壺中任高玄牝聯督高,芥堂坳,鵲埴橋,言歸棹,道樞惟一水平杓。這不二門中,口噙粒珠光四表。一任雄飛震翅,出入話翔翱。歸着事,改年號,才丹成九轉再恩造。

【北水仙子】

歸着事,察秋毫,卻不敢倚中□□□,□語太絮叨。在沉吟半晌,丹完九轉修成道。淬下□榆錢莢,德趁刑銷。水溶溶華池任液督聯交,笑巍巍神通護住濕經包,雷閃閃金砂暗落惹得陰魔耗,戰兢兢止息衣水一雄爻。

【江兒水】

大壯應時卯榆莢拋,融融沐浴深懷抱,星星砂粒,榆隱天曉。揚揚夬決乾綱造,賸賸餘陰些小。洗滌烏巢,卻好司晨啼報。

【川撥棹】

金雞叫,漱石梅花骨傲。透春風玉洞蟠桃,透春風玉洞蟠桃。喜回東岸古崖高,翠梧桐,棲鳳麽,向離巳,豔陽朝。

【雙聲子】

立竿標,立竿標,本一體純陽暾,穩心苗,穩心苗,接透上離陽照。界烏巢,界烏巢,憑舉棒猴王搗,吼蒲牢,吼蒲牢,伏金闕罡躔昴。懶禪逃,懶禪逃,容探頭探腦,問梅梢,問梅梢,並松筠節操。用牛刀,用牛刀,是玄關牝竅,憑舌饒,憑舌饒,喜人留人到。括囊包,括囊包,癢難撓,癢難撓,印前川一半,明通酉卯。

【醉扶歸】

漁樵一向班聯認,耳東莊上自家人。脱殼金蟬本姓陳,子南午北冲玄牝。禹門三級浪通天，日照端門，遵兑二，源頭濬。

【普天樂】

行過那兑弦新，恰遇着陰維巽。午離三接康侯晉，救全息養德之純。那漁田佃户耕春，太倉縷，絲牽引。功行滿，怎不陳家退藏忖，卻在此盤桓聲韻。呼吸丹田，誠請到一寸三分，懷明繩准。

【古輪臺】

賦洪鈞，結胎造命混元純。收拾完經本，因他誠懇，腳躡天根。到那更殘漏盡，月窟冰輪，姤初遇巽，跡留石上賸雄文。山輝玉韞，不全秘奥褐懷珍。煉補天石襯，缺凹跟鼻准。雲端日暈，巔督應離群。乾陽損，這到梢經尾，出玄入牝。

【皂羅袍】

好是他心予忖，赴陳莊東耳，道義之門，香案歡迎。氣氤氳融和鼓吹，調聲韻胃倉脾弱。空中净塵，如何肯放？指陳古因，舉家報答心心印。

【好姐姐】

打開經包的准，常住這東家心穩。懷寶退藏，念兹無數珍。交心腎，湊合坎離六三筍，固守浮遊寸二分。

【皂羅袍】

寺建中央方寸，奉香烟不絶，成性存存，生息救全道歸真。層層幻出瓊樓蜃，裝塑齊整。自天福申，天生賦稟。果因核仁，原來命定人□分。

【好姐姐】

雖應人人有分，在保佑風調雨順。瓊息養生，透簾無限春。開文運，造化自然卻多潤，灌注華池玉液津。

【玉交枝】

拓開胸悶，守真經黄庭命門。功成就，此頭趁，息中宫三六都春。二三如六合環循，心花前後肝花襯。識我們四相酬恩，識我們四相酬恩。

【意不盡】

明性理，休誤了拜識心君，命宫兒空留跡遁。開鎖望東，跟着金剛丹成後。仙體堅牢朝主人。

（《西遊記記》第九十九回《淩雲渡脱胎第八十難》）

【梅花引】

山莊古寺曉傳鐘，佛回東，思尋綜。叫苦天連天，憑信孚丹鳳。獻果嘗肴仍有計，樓上供，擡盤祭賽醲。

【忒忒令】

鼎嗷嗷金爐火紅，燈烱烱油添盞汞。因時措祭，鶴駕多餘俸。休道他活清清、涵空空懷明處，金蓮火裏種。

【尹令】

從兹金剛罅縫，承他金蓮炬送。引回金身四衆，第二陣陽維息控。宛宛香飄面面風。

【品令】

危機寸衷，泄漏劍爐鎔。人心巧弄，矯揉奪天工。本來懵懂，説破人驚恐。往來一八，只此半罡攬總。兩葉弦弓，只管貪圖月半中。

【豆葉黄】

果真是温養了二八成功，果真是牢戒了二八成功。要提防姤初陰動，甲前分限，私後從公。繫住那金棍珠捧，繫住那金棍珠捧，才倒斷呆根，回向中宮。

【玉交枝】

虬吟仙種，看幾株含烟顆松。息融融自靈根來踵，初何曾刮起雄風。喜枝頭多美蔭，扭回東，山門開向桃源洞。奉無私十八封公，奉無私十八封公。

【普天樂】

取真經，鋤魔種，一齊迎接珠盈捧。朝京去喜奏成功，認主人一寸深衷。獻了個椒盤頌，擡上殿，近侍傳宣誠供奉。投至得丹穴巢鳳，經傳有字教家珍，來自督巔昴聳。

【朝天子】

命駕行程良馭工，問取原因最，各分宗。護法調和臭味同。喜相逢，丹材一處陶鎔。他出身秀種，都來子和徒從。異尋常中用，異尋常中用。

【普天樂】

登幾山，歷幾洞，路千程，八觀音總。珠穿貫曲徑旁通，只知四篇震兑離東。全憑那天關送驗牒文，好個雲章畫□棟。今繳納功了無用，周回城郭印朱砂，大地佛光恩擁。

【朝天子】

歌舞吹彈和氣融，休道三徒醜嘉會同。鳳閣雲開積翠濃，刑德公，心君大度包容。是唐朝太宗，穩心仍坐當中。承天恩福寵，承天恩禄寵。

【五更轉】

福有餘，蔭通共，鐘聲山寺洪。入歸方丈，息静停鞭鞚。道果完成，中宫穩重。不比那近長安市囂閧,日中没個起喧弄。普照心田,如如不動。

【新水令】

謝御弟權成一卷好文章,憑中書寫出個時鮮花樣。這題目兒何名望,問夜半未中央。是聖教序堂皇,是聖教序堂皇。吐明珠口占出畫西遊狀。

【步步嬌】

要尋他法地憑何狀,賞明月在丹臺向。雲飄桂子香,選佛名場,要尋他佛地憑何狀,標雁塔澄高英爽,把真寶廣宣揚。經幾年功煉就,才分明日射黄金榜。

【折桂令】

寫出自翰林官八彩眉揚,好似鳳管兒探囊、匣鏡兒開光,自然的聲隨腔響。布散了影逐形裝,須要那副本傳昌,這原本珍藏。盡他萬兩金滿他鄉,勅寺建東廂。離中的巳土戀戊,便一撚騰黄。

【僥僥令】

求珠須象罔,解劍露鋒芒。保重心君休放蕩,超度那幽魂施善慶。

【僥僥令】[一七]

雷天東大壯中氣紐玄奘,香噴噴正果旃檀熏沐相。脱金蟬,轉長庚,口歌唐,轉長庚,口歌唐。取真經,懷明明一靈兒光,懷明明一靈兒光。

【得勝令】

不合得鬧天宫聖還狂,卻有個深法力禪門講。鎮壓了謹伽持,不喪那宗匕咎紀也麽綱。五行山便秒授這錦香囊,只些兒憑釋教惡隱善揚。開道路金箍棒,煉魔怪虎龍降,匡也麽勷。稱行者,進無疆自强,正果找西方。盡鬥戰,見之昌道大光。

【江兒水】

本是天蓬帥,河兵總督防。□□□□,月殿仙娥朗。亥昏昏孕木火臺豬樣,棧□青做卯二東家長。一路腸,寬口敞,色相欠空,受用那朵頤求養。正果净壇,休污這胡同撐脹。

【園林好】

卷珠簾在端恭未央,碎玻璃抛燈油盞光。證心下伽持和尚,流沙净渡慈航,流沙净渡慈航。

【山坡羊】

坎盈盈快乘風的破浪,氣騰騰縱咸池的火亮。瓊息息逆運用的西洋,服拳拳周卦候的馱來往。得正果亢龍八部長,打轉身盤繞辰罡上。腳力從兹停摇幌。馴降,羈中玄馬收韁。崖藏,柱擎天飆收檣。

【前腔】

色怡怡是諸法的空相,體如如離顛倒的夢想。花簇簇箝帽頂的裝潢,合和和證極樂的安禪享。已成佛一般燈傳樣,記西遊輪月中天爽。何藉緊箍防縱放。賡颺,碎玄虚秘奇方。申王,摸猴頭圈兒忘。

【收江南】

這一部記西遊,傳衣缽自真人張紫陽。把一體真如,演出□戲後場。是推崇素王,是推崇空王,並素王空王,都畫成色相。落紅塵拚不了許多情障,合成輪只空勞巧心工匠,復修身那有得鬧天伎倆。且聯那漁樵歌唱,自縛就兔魚罝網。必須要穿楊架梁,必須要收韁定樁。任憑他移腔換裝,仍舊是靈光濫觴。這機括坤裳錐囊[一八],這趣味黄粱蜜糖。煉百怪藩羊圃狼,叨虚名鉛霜玉漿。歸大覺關防坐忘,成品級升堂奉璋。脱苦海扶桑渡航，講儒教羹牆帝皇，講仙教京房老莊。卻休嫌禪幢異常，鑽不透蜂忙紙窗，那個改乾綱擔當？就不教膏肓剝床，並不教唇亡絮狂，才能夠周行運昌。十四載鞭長備嘗，應同聲鸞篔劍芒，氣同求鳴岡鳳凰。只些兒星芒鼎扛，早餌這平康妙方。記當初包荒霧藏，卻好似鷹姜釣璜。到得那帆張吸江，又好似吴剛斧揚。看此際安詳混茫，門不二軒昂整厖。穩金龍風檣住翔，停玉虎雲鄉息强。五色梅無雙種秧，萬年桃無量翠芳。走烏兔呈祥上蒼，時栽培甘棠大唐。這個訣詩章别腸，幾時得書箱債償。只看那丸傍蛣蜣，總不然窩贓啞佯。趁早兒消暘雪裝，只怕到頭屍僵閧喪。襲天池支杠鵲潢，授懷明添缸雨香。呀，才好净穢髒，了那夙生冤賬。

（《西遊記記》第一百回《淩雲渡脱胎第八十難》）

校勘記

［一］［六］坡：原作"陂"，據曲譜改。

［二］［一〇］獅：原作"師"，據前後文改。

［三］得：原作"德"，據曲譜改。

［四］［五］蠏：原作"遊"，據文意改。

［七］圓：原作"員"，據曲譜改。

［八］嘩：原作"華"，據文意改。

［九］醒：原作"醒"，據曲譜改。

［一一］授：原作"受"，據前後文改。

［一二］俏：原作"悄"，據文意改。

［一三］掃：原作"帚"，據文意改。

［一四］搏：原作"搏"，據文意改。

［一五］莊：原作"裝"，據文意改。

［一六］鎖：原作"銷"，據曲譜改。

［一七］僥僥：原作"嬈嬈"，據曲譜改。

［一八］括：原作"刮"，據文意改。

雲槎外史

雲槎外史，又署西湖散人，真實姓名不詳，有《紅樓夢影》，成書於咸豐(1851—1861)末年。

小　令

無梯樓兒難上下，天上的星斗難夠難拿。畫兒上的馬空有鞍韂也難騎跨，竹籃兒打水，鏡面上掐花。夢中的人兒，千留萬留也留不下。

（雲槎外史《紅樓夢影》第二十三回《告親老賈璉辭差，謁慈幃榮公罷相》）

胡粹亭

胡粹亭,生平見《全清散曲》第 1736 頁。

小　令

【黄鶯兒】 十八首,傷館師也[一]

轉瞬届文場,敲雲鑼擊大梆,五更飯食須停當。夾帶要防,擁擠要强,點名進去心才放。到三牌,院前伺候,跕得腳兒僵[二]。

此日比文章,各人寫擠一房,從頭看罷心惆悵。縱帶荒唐,不敢聲張[三],猶云都有三分望。生恐怕,諸童懊惱,兼牧外行羊。

(《申報》1912 年 1 月 19 日)

校勘記

[一] 十八首:原作"十首",實際是十八首,因改。《全清散曲》據《新曲苑》收録十七首,將第十四、十五首誤録成一首。也:《全清散曲》無。

[二] "點名進去心才放"四句:《全清散曲》無。

[三] "此日比文章"五句:《全清散曲》無。

坑餘生

坑餘生,姓名不詳,有小説《續濟公傳》,約成書於光緒年間。

小　令

【寄生草】

初相會可意郎,也是奴三生幸,你本是丹桂客誤入章臺,喜的奴竟夜兒無眠真心兒敬愛你。須要體會奴的心懷,莫當做路柳閑花兒看待。

（坑餘生《續濟公傳》第四回《孽海情牽如幻夢,迷花亂酒受災殃》）

【金縷曲】

不知春事鬧繁華,玳瑁梁前舊有家。翩翩來去趁風斜,那管妝樓數落花。最好姻緣盼紅線,妮子無知,不解梵家話。試看佛殿上,子待母哺、饞涎顛倒掛。滴污了和尚袈裟。

（坑餘生《續濟公傳》第二百十九回《銜玉杯燕子飛來,調艷曲美人旋去》）

春風似剪刀,割不斷人心機巧。不能充饑,不能禦寒,是那錠銀元寶。因何個個説他好,贓官污吏敗國亡家,都爲的這一道。難怪我姊妹們,寄居在朱門玉户,終朝的絮絮叨叨。

（坑餘生《續濟公傳》第二百十九回《銜玉杯燕子飛來,調艷曲美人旋去》）

吴承烜

吴承烜(1855—1940)[一],字伍佑(一作祐),原號子融[二],後號東園,歙縣(今屬安徽)人。寓居江蘇鹽城。諸生。清末時以筆耕爲業,繼遊滬上,任蜚英書局編輯。民國初從戎,任新安武軍第七路軍秘書。後以賣文爲生。有《東園叢編詩文選》、《駢文四法》和傳奇《緑綺琴》、《星劍俠》、《花茵俠》、《慧鏡智珠録》等。小傳見《詞綜補遺》。《全清散曲》收其小令三首(【北仙吕·一半兒】二首、【北雙調·駐馬聽】一首),云其生於"咸豐四年(1854)"(第1826頁),誤。

小令

【新樣四時花】 題《女子世界》蝶仙落花夢秋宴

【小桃紅】紅粉艷,芙蓉片,碧紗罨,梧桐院,【月上海裳】顫金風玉露,一粟壺天。【紅芍藥】誰借與香火因緣,同惜取寶瑟華年。【石榴花】問檀槽買春多少錢,捲珠簾移燈開宴。【水紅花】宴璇閨萸囊菊盞,【玉芙蓉】情深酒怕瑶巵淺,恨斷文回錦字連。【梅花塘】依依戀戀,詩中眷屬飲中仙,思纏綿。【水仙子】知否,盟釵誓鈿,廣寒宫嫦娥可憐。

(《申報》1915年2月4日)

【新樣四時花】集曲 題花榭尼裝美人畫册,用尤西堂美人圖韻

【小桃紅】研黛緑,紅絲硯,調粉白,黄金管,【月上海棠】對禪林紫竹,霞舉軒軒。【紅芍藥】灰撥亂爐冷無烟,龕掉轉琴好無絃。【石榴花】甚蓬

山信憑青鳥傳，與誰説玉温香軟。【水紅花】寫初完，鮫綃開展，【玉芙蓉】桃花淚溼侯生扇，蕉葉愁凝蜀妓箋。【梅花塘】彩鸞應我鑒，書韻譜，姓名填，問誰憐。【水仙子】信是觀音活現，碧紗帳[三]，芙蓉幔前。

（《小説新報》第二年第2期）

豔曲【駐馬聽】 題《扶郎上馬圖》[四]

珠繫羅襦，寶鏡生愁金鳳孤。翠曳羅裙，雕鞍宛轉鐵驄扶。柳花驛外柳花鋪，桃花紙上桃花妒。離别苦，錦韉玉勒遲南浦。

（《小説新報》第六年第9期）

五更詞

昨見《自由談》所登《五更詞》近作，亦仿蘭茗外史中州生體，著有《五更詞》，藉博一粲。

一更涼煞蘆花雨，遁走城狐驚社鼠。畫樓高處瞰譙樓，蘭釭影裏一聲鼓。鼓淵淵，一更傳，我所思兮别經年。把酒問天天不語，抽刀斷水水還連。吁嗟一更兮更鼓緩，愁轉柔腸鐵石輭。

二更抛書倦倚幃，茶僧消息燭奴肥。檐牙織白蜘蛛巧，屋角皆黄蝙蝠飛。柝閣閣，二更作，我所思兮良有託。王楊盧駱半飄零，何謝曹劉暗摸索。吁嗟二更兮更柝鳴，豆籬一片亂蛩聲。

三更擁衾不成寐，董幃領略閑滋味。埋愁筆塚玉杯寒，煮夢茗鐺金椀貴。漏遲遲，三更時，我所思兮古别離。苦無陸犬爲傳信，那有人魚會療痴。吁嗟三更兮更漏滴，風巢深護梧桐葉。

四更雲散月沉西，惡聲難聽是荒雞。萬卷芸香籤插架，半生萍迹絮沾泥。籌戢戢，四更急，我所思兮遠莫及。湖海徵詩紅袖多，琵琶挑淚青衫溼。吁嗟四更兮更籌速,秋心捲入芭蕉緑。

五更睡起爇爐烟,幾縷回文幾縷牽。秋心宛轉繫歸燕,春思纏綿託杜鵑。香裊裊,五更了,我所思兮消息杳。憑教紅豆寄相思,怕對黄花説嬌小。吁嗟五更兮更香餘,鯉魚風信今何如。

(《申報》1913 年 11 月 3 日)

歎五更

一更一點鼓丁冬,可嘆的隣家一老翁。千愁萬苦貌龍鍾,呀呀得由,千愁萬苦貌龍鍾。兩眼昏花兩耳聾,無錢妥用,無稻奚舂。哀哀老翁,生計這般窮。呀呀得由,老翁老翁,生計這般窮。

二更二點鼓丁冬,可嘆的田家一老農。千愁萬苦歲荒凶,呀呀得由,千愁萬苦歲荒凶。家室漂摇世業空,田今難種,年久不豐。哀哀老農,生計這般窮。呀呀得由,老農花農,生計這般窮。

三更三點鼓丁冬,可嘆的天涯一寓公。千愁萬苦走西東,呀呀得由,千愁萬苦走西東。孤生之竹九秋蓬,凄涼客夢,飄泊行蹤。哀哀寓公,生計這般窮。呀呀得由,寓公寓公,生計這般窮。

四更四點鼓丁冬,可嘆的饑寒一短童。千愁萬苦似哀鴻,呀呀得由,千愁萬苦似哀鴻。鵠面鳩形慘淡容,無衣凍腫,無餅饑充。哀哀短童,生計這般窮。呀呀得由,短童短童,生計這般窮。

五更五點鼓丁冬,可嘆的館舍一書傭。千愁萬苦百城中,呀呀得由,千愁萬苦百城中。依樣葫蘆畫不工,詞章無用,經史無功。哀哀書傭,生計這般窮。呀呀得由,書傭書傭,生計這般窮。

(《申報》1914 年 5 月 5 日)

五更相思調，新學堂之改良[五]

一更一點月正東，思想起商賈與農工。生徒大小學堂中，大的讀《論》、《孟》，小的讀《學》、《庸》。問甚一章一句通不通，呀呀自由，問甚一章一句通不通。從旁來了賢父兄，一口兒弄綳鬆，唧唧噥噥，懞懞懵懵，説的書不是這樣攻。一般的扢雅揚風，趨顔拜孔，反把黄金當做銅。呀呀自由，反把黄金當做銅。

二更二點月正高，思想起一班假時髦。生徒大小學堂坳，小的貪頑笑，大的談賭嫖。問甚課程鐘點敲不敲，呀呀自由，問甚課程鐘點敲不敲。從旁來了舊官僚，一口的下河調，絮絮叨叨，顛顛倒倒，説的書不是這樣教。一般的八股文鈔，八家文稿，滿瓶不動半瓶摇。呀呀自由，滿瓶不動半瓶摇。

三更三點月正南，思想起多少《自由談》。生徒大小學堂間，小的求字眼，大的升甲班。歷史、國文難不難，呀呀自由，歷史、國文難不難。從旁來了糊塗旦，一口的没擋絆，曲曲彎彎，長長短短，説的書不是這樣看。一般的李杜柳韓，商周秦漢，詩云子曰要全删。呀呀自由，詩云子曰要全删。

四更四點月正西，思想起囊螢與壁雞。生徒大小學堂齊，大的忽學字，小的忽學詩。問甚經史詞章知不知，呀呀自由，問甚經史詞章知不知。從旁來了鄉裏兒，一口的人間世，哈哈嘻嘻，鬼鬼祟祟，説的書不是這樣披。一般的蹙額攢眉，摇頭擺尾，拾人牙慧新名詞。呀呀自由，拾人牙慧新名詞。

五更五點月正矬，思想起幾句體操歌。生徒大小學堂多，小的常補課，大的又分科。問甚誤人子弟少時過，呀呀自由，問甚誤人子弟少時過。從旁來了老頭陀，一口的薩摩訶，咀咀哆哆，翹翹踆踆，説的書不是這樣哦。囉裹婆娑,阿彌陀佛,九流三教近如何。呀呀自由,九流三教近如何。

(《申報》1914 年 5 月 7 日)

县知事,歎五更

一更涼月廨東邊,縣知事苦熬煎。腳靴手版膳袋腰纏,月俸□廉,能有幾多錢。知事而今實可憐,哎哎兒呀,知事而今實可憐。反不如優孟衣冠一藝員,片刻工夫二十元。哎哎兒呀,片刻工夫二十元。

二更涼月滿庭除,縣知事費躊躇。友朋親戚婢□妻孥,食稅衣租,月俸萬□敷。知事而今局促駒,哎哎兒呀,知事至今局促駒。反不如賣笑青樓女校書,一夜纏頭百萬餘。哎哎兒呀,一夜纏頭百萬餘。

三更涼月轉庭柯,縣知事悔蹉跎。忍飢耐餓撫字催科,折扣云何,銷金那有窩。知事而今敢問他,哎哎兒呀,知事而今敢問他,反不如洋行買辦薪水多。一月盈餘百磅過,哎哎兒呀,一月盈餘百磅過。

四更涼月屋西隅,縣知事重欷歔。鞠躬保障鞅掌簿書,清水無魚,弄得口難餬。知事而今做得無,哎哎兒呀,知事而今做得無。反不如商埠車夫與擔夫,夜歸十萬數青蚨,哎哎兒呀,夜歸十萬數青蚨。

五更涼月落遥岑,縣知事幾沈吟,繭絲叢□案牘勞形。煞費經營,驗契問前程。知事而今此政聲,哎哎兒呀,知事而今此政聲,反不如狗偷鼠竊匿山林,坐地分贓數百金。哎哎兒呀,坐地分贓數百金。

(《申報》1914 年 8 月 19 日)

荒年歎五更

一更鼓兒月滿莊,莊前莊後亂飛蝗。哎哎兒呀,莊前莊後亂飛蝗,開墾的委員眼底望(叶平),心盲目不盲,懵懵懂懂樣式舊官場。煎鹽不要草,升科只要糧。哎哎兒呀,委員的視茫茫,查各場,問甚今年荒不荒。

二更鼓兒月上牆,牆内牆外亂飛蝗。哎哎兒呀,牆内牆外亂飛蝗。開墾的委員心裏慌,頭忙腳也忙,摇摇擺擺船坐五官艙。富家一桌酒,貧户半年糧。哎哎兒呀,委員的鬢蒼蒼,查各場,問甚今年荒不荒。

三更鼓兒月繞廊,廊左廊右亂飛蝗。哎哎兒呀,廊左廊右亂飛蝗。開墾的委員手段强,臂長指又長,挑挑撥撥教民自丈量。弱肉使强食,李代任桃僵。哎哎兒呀,委員的聲浪浪,查各場,問甚今年荒不荒。

四更鼓兒月在堂,堂上堂下亂飛蝗。哎哎兒呀,堂上堂下亂飛蝗。開墾的委員意氣揚,言詳事不詳,敲敲打打十室九空房。文法網三面,流民圖一張。哎哎兒呀,委員的貌堂堂,查各場,問甚今年荒不荒。

五更鼓兒月照窗,窗裏窗外亂飛蝗。哎哎兒呀,窗裏窗外亂飛蝗。開墾的委員態度狂,强迫幾場商,叨叨絮絮主張没主張。四郊賣兒女,一路哭爺娘。哎哎兒呀,委員的氣昂昂,查各場,問甚今年荒不荒。

淮東滷水封河,飛蝗遍野,八九失收。災呈投遞省長盈數百,豈委員未之知耶？熱心人注。

（《申報》1914 年 10 月 8 日）

窮民雨夜五更詞

一更鼓,濛濛雨,多少窮民愁陌路,多少富翁宴華廡。一筵嘉客餐,十户中人賦。這壁廂樂,不問那壁廂苦。哎哎兒呀,這壁廂樂,不問那壁廂苦。

二更鼓,淙淙雨,多少窮黎呼癸去,多少長官忘子庶。苛斂報循良,饑歲加田賦。這壁廂樂,不恤那壁廂苦。哎哎兒呀,這壁廂樂,不恤那壁廂苦。

三更鼓,瀟瀟雨,多少啼飢驚婦孺,多少狹邪招妓女。青樓金雁歌,白屋牛衣訴。這壁廂樂,不念那壁廂苦。哎哎兒呀,這壁廂樂,不念那壁廂苦。

四更鼓,潺潺雨,多少窮閻求貸助,多少豪家謀聚賭。孤注擲千金,號寒艱一縷。這壁廂樂,不顧那壁廂苦。哎哎兒呀,這壁廂樂,不顧那壁廂苦。

五更鼓,淋淋雨,多少窮人悲露處,多少搢紳匿烟土。反笑指困人,不作守錢虜。這壁廂樂,不管那壁廂苦。哎哎兒呀,這壁廂樂,不管那壁廂苦。

(《申報》1915 年 4 月 8 日)

道情,即曲中之【耍孩兒】調,周君以老將命題,補板橋之所未及。余因賦老農,依勤百韻,亦補其闕。

老農夫,冒雨歸,罷鴨鋤,脱牛衣,瞻圃望杏乘時易,春耕隴畝修農器,夜飲江村認酒旗。幾家茅屋門臨水,休豔羨數仞堂高,休夢想數尺榱題。

(《邗江雜誌》1916 年第 1 期)

戰事小曲,湘江郎調

一更裏月照湘江,岳州城放炮開槍,一片荒涼。只聽打得乒呀乓呀壞乓乒乓,打勝了得意洋洋,調停人形色驚惶,白忙一場。遷移那的人家,只好急呀急呀急得慌。

二更裏月照崇陽,衆兄弟手亂腳忙,不戰而降。都是那些壞呀壞呀壞官長，平日裏尅扣軍糧，只曉得自飽私囊，快樂非常。鐵打那的肝腸，真是没呀没呀没天良。

三更裏月照輪艙，王占元伏地潛藏，不敢聲張。一任賺了幾呀幾呀幾百箱，管甚麽小民悲傷，落得個如虎如狼，心花開放。老着那的面皮，只把金呀金呀金錢裝。

四更裏月照东窗，新親家急死老張，會議空忙。弄得地盤大呀大呀大精光，可怕的直派猖狂，暗地裏南黨勾當，换柱偷梁。千刁那的萬惡，都是鬼呀鬼呀鬼心腸。

五更裏月落西方，大家子各駐原防，條件磋商。忙煞代表哈呀哈呀哈漢章，消弭了針尖麥芒，到那時天光大亮，夢醒黄粱。黑暗那的政府，真是不呀不呀不成樣。

（《益世報》1921 年 9 月 6 日）

套　數

蔡竹銘先生《寄樓餘墨》題詞[六]

【北雙調・新水令】

天空海闊任逍遥，莽書生鬢絲吟老。釣詩鸚鵡盞，賭曲鳳凰簫。良夜迢迢，搜不盡寄樓稿。

【駐馬聽】

幾個新交，肯爲王祥脱寶刀。幾人舊好，能憐范叔贈綈袍。碧紗保護重文豪，青衫落拓輸年少。芳訊早，春風吹緑瀛洲草。

【沉醉東風】

名下避張王李趙，暗中摸何謝劉曹。寄寄林大塊包，閑閑録浮沉掃。看珠圓玉潤揮毫[七]，萬丈光芒射碧霄，裝點做樓臺七寶。

【折桂令】

問中郎幾見桐焦，三尺瑶琴，緑水音摇[八]。白雪聲調，鵾弦重撥，雁柱輕挑。對白頭百花狂笑，垂青眼萬柳藏嬌。紙界飄飄，墨海滔滔。破工夫渾不是災梨禍棗，增價值端的是報李投桃。

【沽美酒】

曾記得桑浦行水一篙，棘闈戰，燭三條，認取雪泥鴻印爪。憶舊遊，啟詩窖，動遐想，在書巢。

【太平令】

多半是寄閑吟月弄風嘲，寄閑情雪刻霜雕[九]，寄閑蹤竹杖花瓢，寄閑身椶鞋桐帽。您才高品高[一〇]，又名標姓標。誰得似李謫仙，天付與這風流格調。

【離亭宴帶歇拍煞】

聽説是狄門桃李花開好，羅家蘭菊香聞妙，詞源倒韓海蘇潮。你看他鄭鷓鴣，你看他謝蝴蝶，你看他文虎豹，甚蜂囉蝶喨忙，終不落愁圈套，將五十年滄桑看飽。那飛鵝嶺，小千峰，左蚌湖，廓十洲[一一]，右羊城，空三島。名山感歲華，故宅留文藻。得意時仰天長嘯，添多少新資料。避臺高，避不了。

（蔡竹銘編《寄樓餘墨》題詞）

北曲【哀江南】，用孔東塘《桃花扇》傳奇【哀江南】元韻

【新水令】

匆匆行李一肩挑，石頭城杖藜重到。千軍新筑壘，百里舊開壕。營柳垂條，秋色冷夕陽道。

【駐馬聽】

一炬沿燒，短陌長街土盡焦。下關人跑，攜男挈女波江逃。鴿翎蝠糞隔牆抛，蟲絲蛛網當階罩。塵垢掃，西風吹落龍山帽。

【沉醉東風】

獅子踞千尋山倒，鳳皇飛百尺臺高。出槍林損失多，經炸藥完全少。過秦淮惆悵南朝，鵑血啼紅染野蒿。災黎慘都變成餓殍。

【折桂令】

閱青溪舊日窗寮，币地荒烟，繞户寒潮，目斷魂銷。六朝金粉，五夜笙簫[一二]。罷燈船莫談熱鬧，趨笛步總覺無聊。白雨飄飄，緑水滔滔，濕紅衣雷霆炮隊，吹畫角星火罷瞧。

【沽美酒】

腸斷交，白鷺洲，朱雀橋，波千疊，路一條。瓦礫荊榛人過少，冷清清的落照，桃渡口，蔣山腰。

【太平令】

哭西州帶酒門敲，征馬蕭蕭，吠犬牢牢。吊不盡筆塚書巢，吊不盡江花謝草。對着些烟條露梢，管甚的山漁水樵。亂軍聲，唱籌交，又量沙添竈。

【離亭宴帶歇拍煞】

無奈是蛩吟幽砌天將曉，鷄鳴古埭人行早。還算好，毒霧全消。眼看他北軍來[一三]，眼看他南軍去，眼看他城破了。這天荊地棘間，泣銅駝誰知覺。那一班擄掠姦淫，慾壑都填飽。甚流民慘鄭俠圖，舂陵行，元結賦，畏簡書，疑猿鳥。悲秋鼻易酸，望遠頭空掉。重摹份東塘詞稿，編一套【哀江南】，課吴娃，催鮑老。

（《申報》1913 年 9 月 22 日）

贈方鹺尹

【北雙調・新水令】

蚍蜉撼樹太無因，總難逃是非公論。宓琴空百子，秦鏡耀三辰。澤厚如春，賢矣哉我鹺尹。

【駐馬聽】

大雅扶輪，卓異書登我使君。名場發軔，循良利溥我黎民。雌黄金鑠本非真，蠅青素點終無損。船坐穩，風波已息天吴遁。

【沉醉東風】

文園病，黄楊厄，閏董奉醫，紅杏回春。抱不平，怒蛙鳴，食不盡，明蟾暈，酌廉泉滌净纖塵。自是懷清履潔身，和羹事而今莫問。

【折桂令】

願明公績著牢盆，履蹈中和，禮義爲門，道德爲藩，勤求民隱，師表群倫。范隄東澤周窮困，范隄西禁弛樵薪。教化循循，氣象温温。判事明五花入妙，書法善六草翻新。

【沽美酒】

難得是渚鴻飛,大陸遵,郊鹿走,夾轂奔,泰運方交雲路進。除惡盡,擊鷹隼,樹德滋,感麒麟。

【太平令】

須記取小鮮烹,案牘勞神,長材馭鹽鐵宣勤,清宦味淡到祈蒓。拜賜書弛如束筍,度修短三分二分,權輕重千鈞萬鈞。笑割雞用牛刀,恢恢游刃。

【離亭宴帶歇拍煞】[一四]

聽説是武侯學與申韓近,寇恂才不襲黄遜,循吏論德政碑文。眼看他竹馬迎,眼看他桑雉育,眼看他琴鶴運,但焚香在半時,趙清獻將天問,祖硯猶存。官箴自謹,况復光輝盛。秋月明法令行,繁霜肅恩澤沛,春雨潤,棋枰黑白分,詩軸丹青引。渾不藉鶯帮燕襯,那裏有真珠混,□苡冤盡様翻葫蘆悶。

(《申報》1915 年 7 月 11 日)

《新樂府》三集題詞

【新水令】

一窗風雨讀《離騷》,最關情美人香草。紅金鸚鵡盞,碧玉鳳凰簫。明日花朝,終覺得江南好。

【駐馬聽】

千里神交,鯉信渾忘道路遥。三生緣好,蟻忱只慕斗山高。謫仙醉墨舊詩瓢,放翁團扇新資料。憑寫照,梅花一樹春風笑。

【沉醉東風】

飛逸興烟霞嘯傲，遣閑情風月推敲。麒麟閣只賞詩，蝴蝶箋看脱帽，暗中摸何謝劉曹。文選樓前一鶴翱，聲遠度九峰三泖。

【折桂令】

聞槐堂多少英雄，英氣淩雲，豪氣淩霄，星宿天高，元精耿耿，元箸超超。萃四賢沈舒同調，集群彦朱陸分槽（謂舒向梅、沈師隱、朱謙甫、陸野衲四先生）。翡翠蘭苕，瓊玖瓜桃。契詩書苔岑永好，聯翰墨萍水新交。

【沽美酒】

新樂府，采衢歌，輯巷謡，淩賈島，轢孟郊，生過江花生謝草。夢沉沉，情渺渺，燈黯黯，漏迢迢。

【太平令】

曾記得神禹穴洪水難澆，魯王宫秦火難燒。看今日幾處書巢，看今日幾家詩窖。惟有我象山尊德性，早才高品高，又光韜彩韜。國粹存，蔚江山文藻。

【離亭宴帶歇拍煞】

最好是雨蓑烟笠婁松釣，莫要把雪泥風絮滄桑惱，思往事歲月滔滔。眼看他舊旗亭，眼看他紅兒小，眼看他青娥老。那金迷紙醉場，休説夢飛難到，縮地有方，問天欲笑。但只願銀甕出屢豐年，玉燭明光景運，里鼓鳴多瑞兆。母音雅頌調，正氣祥和召。這紅錦囊碧紗籠新造，一徵稿再徵稿，三徵稿稿多少。

（《遊戲雜誌》1914 年第 8 期）

醉　言

乙未冬，與蔣君奂庭拍於酒家。譜成，蔣君潤文，今二十年矣。曾以其詞嵌白附諸《星劍俠》中，今以録供同社拍正。

【北仙吕・新水令】

天涯何處説牢騷，酒家樓一燈寒照。篝香飄菡萏，甕釀熟葡萄。良夜迢迢，枯坐久漏聲杳。

【駐馬聽】

幾個新交，肯爲王祥脱寶刀。幾人舊好，肯憐范叔贈綈袍。眼前塊壘一時澆，胸中邱壑千秋抱。休懊惱，東風已緑瀛洲草。

【沉醉東風】

茶僧瘦愁痕碧掃，燭奴肥夢影紅摇。養雞廉敢望多，分鶴俸誰嫌少。客窗中俗慮全拋，人立梅花月正高。

【折桂令】

這三年浪跡江皋，一事無成，萬事無聊，幾度心焦。窮閭雁泣，中澤鴻嗷。恨纏綿鶯啼春曉，苦清淒蛩語良宵。歲月滔滔，宇宙遥遥，感滄桑蜃市烟昏，嗟淪落鷲風號。

【沽美酒】

只剩得詩幾卷，破寂寥，書幾卷，慰寂寥（時同在李木齋先生處）。高山一曲誰同調，你終軍年正少，我賈誼哭徒勞。

【太平令】

遊子意，故人情，報李投桃，暗摸索何謝劉曹，證冰心醉竹含嬌，開霧眼名花看飽。這一片江潮海潮，擁詩瓢酒瓢，到夜深有長庚星耀（李公亦無宴不招）。

【離廷宴帶歇拍煞】

你看他胭脂憔悴紅兒小，琵琶嗚咽青娥老，空啼鳥夢殢南朝。再休提苧蘿村，再休提芙蓉闕，再休提蓬萊島。只繁華富貴場，算總是圈套。斫地狂歌，問天欲笑。那麒麟閣有畫圖鳳凰臺勞，悵望鸚鵡洲空憑吊。無須玉斗撞，且把金尊倒。收拾起烟霞嘯傲，三百個青銅酒錢債，多償不了。

（《遊戲雜誌》1914 年第 13 期）

暮春書懷，用天虛我生除夕書懷韻

【北正宮·端正好】

任憑他多愚弄，逃不出高明鑑中。恁田歌未唱心先痛，談何易，鋤非種。

【滚繡球】

恨不能走蘭臺御史驄，恨不能叩蒲牢太學鐘，恨不能闢銅山錢神護擁，恨不能貫斗槎漢使追蹤，恨不能奪宫袍錦字紅，恨不能鬥新奇造化工，恨不能席皋比芸香厚俸，恨不能持籌握算溷王戎。待要把千秋事業標青史，生怕把兩字功名問碧翁，月旦評公。

【叨叨令】

丹砂煉真的假的怎禁他絮絮叨叨的哄，黄金盡穿的吃的怎禁他朝朝暮暮的用，青氈破新的舊的怎禁他短短長長的捧，朱門近來的去的怎禁他攘攘熙熙的送，緑醪釀清的濁的怎禁他殷殷勤勤的供，紅塵鬧靈的蠢的怎禁他紛紛擾擾的鬨。兀的不煩殺人也麽哥，兀的不煩殺人也麽哥，絳縣神州，徒對着老的少的怎禁他暗地裹怛怛慆慆的慟。

【脱布衫】

我不愁途窮命窮，我不愁時窮道窮。賤珷玞終當有用，受天公幾回磨礱。

【小梁州】

社酒曾經療我聾，解酲茶爐火香烘。鬢絲輕颺落花風，賦新詩題壁，碧護紗籠。

【塞鴻秋】

説甚麽緑珠金屋雙蛾寵，説甚麽紅綃鏡檻千牛擁，説甚麽碧蛇盤髻愁絲冗，説甚麽簫聲勾引秦樓鳳，説甚麽簫聲勾引秦樓鳳。童烏哭煞揚雄，牢騷何用，誰借枕到盧生，唤不醒邯鄲夢。

【甘草子】

春寒重，云破月来何处鹤吹笙控。营巢燕去匆匆，寻巢鹊怒忡忡，还説甚遭逢多磕碰。穿径蝶，打窗虫，惆怅孤琴走鞠通，弦索自丁东。（蛀琴虫，名鞠通）

【煞尾】

拇戰宴開婪尾閧，芍藥花紅三月終。青春餞送，黄昏吟諷，一片新愁酒泉湧。（原唱見《女子世界》第 4 期）

（《遊戲雜誌》1914 年第 14 期）

題姚舅氏《袖巖自怡軒詞集》

【新水令】

青山無恙白雲高，舊詞人鬢絲吟老。黄金三寸管，碧玉一枝簫。如許牢騷，拚着些金樽倒。

【駐馬聽】

風月推敲，何處聯詩訪孟郊。烟霞笑傲，有時投筆話班超。記曾皖水駕飛橈（謂舅氏有《遊皖草》），記曾袁浦忙歸櫂（謂在清河，於同治年間，與恩曹帥倡和）。思年少，緑陰滿院雛鶯小（謂舅氏諸子）。

【沉醉東風】

傷春日一身草草，感秋風兩鬢蕭蕭。老韓康賣藥回，窮杜甫工詩早。算將來總是無聊，説甚揚雄善解嘲，容小隱南山霧豹。

【折桂令】

望江西目斷魂銷（舅氏江西省南昌人），夢裏鄉關，愁裏河橋，水遠山遥。紅羊舊劫，黄鶴新巢。百花洲參軍説鮑，五柳居徵士呼陶。天下滔滔，知己寥寥。伴書幃剩芸香，經爨火只剩桐焦。

【沽美酒】

還落得瓦盆堅，鐵硯牢，賦麟趾，歌鳳毛，戲彩兒孫争膝繞。記行年七旬到，問清福十分饒。

【太平令】

還説甚酒一鐺煮夢良宵，箋一幅倚聲清曉。探雅趣竹杖花瓢，暢幽懷筆床茶竈。都只爲新交故交，因此上情豪興豪。撚雙髭默對庭花笑。

【離亭宴帶歇拍煞】

偏賺我鼓琴欲和猗蘭操,題詞欲譜清華調,薔薇露香紅盥飽。分明是王碧山,分明是姜白石。誰説得顰能效,這裁雲手段佳,減字多偷聲少,將六十年窮愁盡掃。那香山社敢尋盟,耆英會宜入選,飲中仙污阿好。生機活潑魚,逸韻鈎輈鳥。天地闊放開懷抱,况今日老梅梢,信風吹着花了。

(《遊戲雜誌》1915 年第 19 期)

舊草廬

【中吕・瑞雲濃】

位望公孤,紫綬金章上大夫。金匱榮台輔,鐵券藏盟府。吁,駟馬又高車,功高震主。黄犬東門,結局真悽楚,倒不如隱居這竹杖花瓢舊草廬。

【前腔】

恩禮師儒,軒冕承家有賜書。入直金華署,歸院金蓮炬。吁,詞賦滿京都,才高見妒。點素青蠅,謡啄無憑據,倒不如僻居這瓠史蘸經舊草廬。

【前腔】

世業陶朱,標紫標黄日轉輸。百萬儲金庫,千萬揺錢樹。吁,鑽核較錙銖,釀成怨府。握算持籌,心計多勞苦,倒不如貧居這蓽户蓬門舊草廬。

【前腔】

謫宦何如,忠直曾經抗史魚。禍任虚言賈,過要隨時補。吁,伏闕一封書,批鱗不顧。宦海風波,險惡多修阻,倒不如退居這莓砌苔甎舊草廬。

【前腔】

逆旅羈孤,歲暮天寒尚首途。囊澀籌資斧,金盡嗟流寓。吁,落魄在江湖，流離失所。利鎖名韁，客裏無歡趣，倒不如家居這虀粥椒湯舊草廬。

【前腔】

襏襫農夫，鴉嘴常攜短柄鋤。耒耜侵風露，蓑笠披烟雨。吁，望否又瞻蒲，筑場筑圃。起早眠遲，無過田家苦，倒不如安居這蘆笛蘛笙舊草廬。

【前腔】

道士工夫，捉鬼拏妖果有符。蓬島青雲路，藥臼玄霜杵。吁，守老鍊丹爐，金砂無數。火棗冰桃，枉被神仙誤，倒不如逸居這杏酪榆羹舊草廬。

【前腔】

佞佛何愚，百八牟尼百八珠。棒喝降龍去，杯泛驚鷗渡。吁，寂滅課虛無，晨鐘暮鼓。衣鉢相承，出入分奴主，倒不如幽居這桐帽棕鞋舊草廬。

【前腔】

溷迹樵漁，大好生涯水竹居。伐木丁丁斧，在藻沉沉罟。吁，食税又衣租，窮年勤苦。父母妻拏，俯仰難兼顧，倒不如陋居這茗椀詩筒舊草廬。

（《小説新報》第二年第2期）

賀紅豆詞人納姬曲

【南宫·香柳娘】

挾鸞群鶴群，挾鸞群鶴群，天風一陣，扶摇直上雲千仞。問神仙眷屬，問神仙眷屬，家住竹林村，路出蘭陵郡。怎塵緣未盡，怎塵緣未盡，紅蠶化身，情絲縛緊。

【前腔】

恁瑶臺麗人，恁瑶臺麗人，天然丰韻，不教顔色污脂粉。又冰肌雪貌，

又冰肌雪貌，雲髻茝蘭薰，霞臉芙蓉嫩。看蓮鈎瓣印，看蓮鈎瓣印，香飄麝塵，輭紅三寸。

【前腔】

展櫻桃絳唇，展櫻桃絳唇，玉喉珠吻，新翻一曲箜篌引。正燈前卻扇，正燈前卻扇，姝子賽花神，快婿呼英俊。記良宵合巹，記良宵合巹，朱顏半醺，合歡杯進。

【前腔】

照三星夜分，照三星夜分，佳期卜准，月圓不受蝦蟆暈。况天緣巧假，况天緣巧假，李靖美人奔，楊素歌姬遁。鎖金蟾户墐，鎖金蟾户墐，花陰洞門，響流琴軫。

【前腔】

沁花痕月痕，沁花痕月痕，握瑜懷瑾，玉山深處多光潤。看圖懸輭障，看圖懸輭障，嫁娶畫朱陳，姻亞聯秦晉。有鶯幫燕襯，有鶯幫燕襯，桃夭葉蓁，者番風信。

【前腔】

醉花間蝶魂，醉花間蝶魂，祝英台近，含情戲把羅浮問。繫朱絲一線，繫朱絲一線，絜果悟蘭因，香國探芳訊。甚鶯孤燕另，甚鶯孤燕另，巫山片雲，夢中仙境。

【前腔】

店當初合婚，店當初合婚，紫姑如願，鴛鴦福禄尋常論。把陳家鳳卜，把陳家鳳卜，燕翼到兒孫，螽羽多豪傑。且詩歌振振，且詩歌振振，祥符玉麟，室家和順。

（《小説新報》第三年第1期）

揚州傷春曲

【北仙吕・新水令】

背人不敢説牢騒，莽書生撚髭微笑。味酸嫌麴蘖，性熱恨櫻桃。息影江皐，春又暮鶯聲老。

【駐馬聽】

暮雨瀟瀟，有客潛行揚州橋。輕風嬝嬝，無人同看廣陵潮。隋堤楊柳緑烟飄，韓家芍藥紅雲繞。閑懷抱，憑花説與春知道。

【沉醉東風】

游邗水司勳年少，宴平山永叔年高。美人魂玉鈎斜，詞客醉金樽倒。夢惺忪燈火窗寮，回首揚州十載遥。香國裏有幾分春到。

【折桂令】

舊迷樓問甚前朝，緑暈莓苔，碧掩蓬蒿，夢斷魂銷。當年粉黛，何處笙簫。罷水嬉龍舟不鬧，踏月回鶴跨無聊。皓首搔搔，白眼瞧瞧。愁八八瓊花夜盜，怨三三玉樹春凋。

【沽美酒】

分明是媚青春，豆蔻稍，紅玉豔，碧玉嬌。亭訪竹西餘夕照。錦帆懸，鷗戲沼，珠簾卷，燕歸巢。

【太平令】

怎今日記開河，幾溯洄汴水迢迢，幾溯游泗水滔滔。繫不住瓜步征橈，賦不得蕪城新稿。對詩瓢酒瓢，脱金緣玉緣，女相如是絳仙才調。

【離亭宴帶歇拍煞】

須記取碧桃門巷花開早，綠楊城郭天初曉，空啼鳥冶葉倡條。眼看他鶼鴂飛，眼看他鸚鵡讒，眼看他蝴蝶嘵。甚繁華富貴場，江都夢誰先覺？春去春來，寒憐熱惱。恁詩書契董仲舒旌節光，謝安石感滄桑搜文藻。新詞幾唱酬，舊跡徒憑吊。鵑血化淚痕，多少愁圈套。解不開、解不開愁圈套。

（《小説新報》第三年第3期）

歎張勳[一五]

歎息愚公性太愚，移山事大最糊塗。猧兒亂局難收拾，北道輕投一子孤。

【南吕・香柳娘】

怪赳赳武夫，怪赳赳武夫，挾持無據，無才無識無程度。你從戎入粵，你從戎入粵。發軔記當初，捧檄歸行伍。又奔波道路，又奔波道路。依然故吾，寄梁鴻廡。

【前腔】

卜升沉命途，卜升沉命途，感深遲暮，出門一笑彈冠去。在前清末造，在前清末造。徼幸握兵符，强作擎天柱。遁寒江北渡，遁寒江北渡。財殫力痡，恣情抄擄。

【前腔】

負徐州一嵎，負徐州一嵎，負嵎如虎，世人莫敢攖其怒。擁高牙大纛，擁高牙大纛。城有假威狐，社有潛行鼠。上將軍定武，上將軍定武。恩殊禮殊，項城知遇。

【前腔】

但登高一呼，但登高一呼，四圍黄霧，山鳴谷應皆驚怖。又風雲叱吒，又風雲叱吒。犀首認狂奴，牛耳推盟主。甚英雄項羽，甚英雄項羽。彭城作都，霸王西楚。

【前腔】

忽提兵北驅，忽提兵北驅，托詞調護，手翻手覆爲雲雨。怎倡言復辟，怎倡言復辟。坐擁有蘿圖，利斷無蘭譜。甚共和夾輔，甚共和夾輔。周家竹書，紀年全誤。

【前腔】

算三年有餘，算三年有餘，那堪回顧，可憐囊橐皆塵土。鬧紛紛黑白，鬧紛紛黑白。打劫局全輸，擲去成孤注。問搜羅阿堵，問搜羅阿堵。而今有無，六州錯鑄。

【前腔】

早騎湖上驢，早騎湖上驢，百花洲渚，急流勇退隨鷗鷺。享田園清福，享田園清福。山水溷樵漁，泉石招儔侶。但烟霞癖痼，但烟霞癖痼。優遊自如，不談時務。

下場詩：况君暮景迫桑榆，大廈安能一木扶。七日秦庭徒灑淚，不應復楚學包胥。

（《小説新報》第三年第 6 期）

守　邘

【南吕・香柳娘】

過陳家古溝，過陳家古溝，分兵扼守，烟絲織緑營門柳。亘鼉梁幾處，

亘鼉梁幾處，滚滚北橋頭，曲曲南江口。壯聲援蜀阜，壯聲援蜀阜，來鷗去鷗，去來潮留。

【前腔】

陣雲遮四周，陣雲遮四周，握奇風后，八門形式龍蛇走。想綸巾羽扇，想綸巾羽扇，謹慎武鄉侯，慷慨宗留守。把圖經口授，把圖經口授，才優識優，兵家參透。

【前腔】

鬱崔嵬驛樓，鬱崔嵬驛樓，幾回搔首，白衣轉瞬成蒼狗。那浮雲變幻，那浮雲變幻，莫把黨人鉤，要把窮黎救。甚蠻争觸鬥，甚蠻争觸鬥，清流濁流，總歸疑竇。

【前腔】

問君愁不愁，問君愁不愁，一隅虎負，恢恢天網疏難漏。甚孫恩八郡，甚孫恩八郡，枉説爛羊頭，那得真犀首。你饑奔渴走，你饑奔渴走，淮流泗流，江湖左右。

【前腔】

據雄城石頭，據雄城石頭，禍延京口，天涯何處逋逃藪。且沿江北渡，且沿江北渡，星火黯瓜州，烽火連鐘阜。駕輕艘急走，駕輕艘急走，揚州泰州，争先恐後。

【前腔】

坐高高舵樓，坐高高舵樓，誰爲牛後，誰爲争食雞兒口。這共和兩字，這共和兩字，天地杞人憂，風雨江神走。怕分瓜剖豆，怕分瓜剖豆，歐洲亞洲[一六]，能有幾邦交我厚。

【前腔】

問江南舊遊，問江南舊遊，幾家仍舊，幾家老少平安否。灑新亭老淚，灑新亭老淚，夢冷碧桐秋，人淡黄花瘦。待洗兵時候，待洗兵時候，離愁别愁，銷多少玉樽清酒。

題《江樓讌月圖》

【雙調・新水令】

披圖想像月中游，好江水那堪回首。孔融官北海，庾亮讌南樓。弘奬風流，論文有一樽酒。

【駐馬聽】

竹葉金甌，塊壘澆殘夜不休。梨花玉斗，塵埃滌盡復何求。一彎當做釣詩鈎，幾回呼取掃愁帚。蛾眉暗皺，阿纖只解嬋娟鬥。

【沉醉東風】

年歲永吴剛介壽，姓名香闞澤封侯。廣寒宫乍换新，清虚府還依舊。甚霓裳圖譜猶留，擫笛人來法曲偷，問當日銀橋在否。

【得勝令】

鵝黄載六舟，螺紅賭一籌。撥鵾弦越豔雙垂手，調雁柱吴歈幾换頭。豁吟眸，貪看十指柔。度歌喉，佯遮半面羞。

【折桂令】

千載事一霎邗溝，十年夢一覺揚州。芍藥春稠，芙蓉秋瘦，故宅梧桐，大堤楊柳。朝攬勝江湖左右，宵感逝淮海沉浮。梯航五洲，車書九邱，新詞十離，新詩四愁。

【月上海棠】

青州從事招紅友，有酒樹憑教化石榴。買醉典貂裘，塵容抗俗狀走。月明如晝[一七]，應照淡歌衫舞袖。

【前腔換頭】[一八]

菱花鏡刮楊妃垢，桂粟金分素女憂。不死藥纔搜，甚玉杵兒玄霜臼。笑青娥白叟，忘年契暗結同心雙扣。

【殿前催】

觸動我思悠悠，空盼斷銅街廿四洛陽周。畫闌十二香樓守，誰教雙陸嵌紅豆，刻骨相思擲采骰。問沙鷗，僻處荒陬，渾不似鳳侶鸞儔，又不似燕侶鸞儔。

【鴛鴦煞】

他買絲像合平原繡，鑄金情感司勳厚。元白交投，丹青畫就，鸜鵒觥觫，蟾蜍户牖。夜光皎碧琳玉宇，秋聲亂黄鐘瓦缶。料得此晚涼時候，星帶那酒旗收，月暈這襟痕透。

（《小説新報》第三年第 8 期）

北曲【新水令】

華亭何處掛詩瓢，莽書生鬢絲吟老。豐城三尺劍，吴市一枝簫。梗泛萍漂，千里遠江南道。

【駐馬聽】

幾個新交，誰爲王祥脱寶刀？十年舊好，誰憐范叔贈綈袍？世情涼薄怕投桃，浮生落寞嗟潦草。輸一笑，江山故宅空文藻。

【沉醉東風】

假名下張王李趙，摸暗中何謝劉曹。字神仙碧蠹穿，書斷爛紅蟫槁。甚縱横紙界芭蕉，短幅長篇信手抄。休浪説災梨禍棗。

【折桂令】

老人星南極光昭，五鳳摩霄，一鶴歸巢。縶駒苗藋，鳴鹿苹蒿。處士廬青山觀瀑，孝廉船黄浦乘潮。江漢滔滔，湖海迢迢。桂輪扶吴剛年耄，花榜署闞澤名標。

【沽美酒】

曾記得賦蕪城振彩毫，過松滬泛畫橈，利市秀才毷氉。訪舊遊三泖杳，尋舊夢九峰遥。

【太平令】

緣底事朝解組溷跡漁樵，暮彈冠抗節英豪。最難受北山騰誚，最難問南嶽献嘲。就是那才高品高，怎禁得心勞力勞，惹旁人説塵緣未了。

【離亭宴帶歇拍煞】

渾不信焦桐經爨知音少，猗蘭操曲知幾早，休嗟道陰長陽消。眼看他雁南翔，眼看他鵬北徙，眼看他狂瀾倒。這河山戰一枰，枉瀛海浮孤櫂，將五十年興亡看飽。甚麒麟閣吊功臣，鸚鵡洲哀鼓吏，鳳凰臺無瑞兆。秋風白下門，春雨黄陵廟，添多少詩人資料。舒長嘯下東皋，檢奚囊删舊稿。

寧劫，江淮軍笛之一

【商調引子・風馬兒】

又到梧桐葉落時，一秋消息先知。你看月明銀漢三千里，西風起，有多少北雁南飛。

【過曲·金絡索】

紅羊劫後灰,白鷺洲前水。一片蒼葭,一片傷心地。風花瑟瑟,烟柳絲絲,扇影衣香斜照裏。我這裏蛾眉宛轉雙繯死,你那裏猿臂生平一劍知。空流涕,秋來不化海棠枝。可憐儂一個魂兒,可憐他一個身兒,不抵那江邊交頸鴛鴦睡。

【前腔】

迢迢鐵板磯,滾滾金焦水。一葉扁舟,一葉帆風駛。剪江北渡,帶刀西馳,笳鼓齊鳴蘭櫂艤。兩三星火瓜州市,咫尺橋梁荻港旗。軍聲起,夜來混亂鸛鵝池。可憐他一個娃兒,可憐他一個雛兒,好一比雁兒,急匆匆的弋人矰繳先逃避。

【前腔】

猩紅鐵甕旗,蟾白金山寺。一片江聲,一片東流水。如雲猛士,如雨王師。孝陵兵扎前朝衛,田單軍入燕人壘,龍潭來去路逶迤。休兒戲,營盤細柳亞夫移。可憐他一個雞兒,可憐他一個鶩兒,兀孜孜的恣情争食胡爲爾。

【前腔】

兵分第幾師,國有無雙士。諸將稱雄,諸將聯雞勢。硝烟晝暗,彈雨宵飛,萬道金蛇雌電紫。砰砰磕磕雷聲死,駭絶天崩地裂時。狂風起,一江秋水走馮夷。可憐他君子化的猿兒,可憐他小人化的蟲兒,一個個只怕微行遇着揶揄鬼。

(《小説新報》第三年第 9 期)

北曲,題《孤山放鶴圖》

【新水令】

丹青點綴拓冰綃,對孤山撚髭長嘯。浮螺千嶂遠,放鶴萬峰遥。珠玉揮毫,繪和靖清癯貌。

【駐馬聽】

氣象頻描,松樹回環古段橋。胎禽雖老,梅花伴守舊香巢。詩中眷屬飲中豪,鏡邊攝影簾邊照。才絶妙,賦成舞鶴参軍鮑。

【沉醉東風】

三竺頂孤蹤渺渺,六橋頭逸翮飄飄。甚鹿門山龐德棲,富春瀨嚴光釣。駕天風直上扶摇,萬古雲霄一羽毛,名勝地放開懷抱。

【折桂令】

脱樊籠恣意遊遨,月上梅梢,月下梅梢,鷗鄉柳浪,鶯嶺松濤。掠丹邱稯鞋桐帽,度白堤竹杖花瓢。浩劫能逃,俗慮全抛,入山深不辭鷃笑,投林密那管鳩嘲。

【沽美酒】

還説甚愛羈縻閬九皋,多束縛壘四郊,翻翰何愁天地小。控鶴行緱山道,騎鶴看廣陵潮。

【太平令】

最難得慰寂寥鶴翥山腰,破寂寥鶴唳山坳。過北隴不聞騰誚,登南嶽不解流謡。况才高品高,又名標姓標,問浮邱與誰同好。

【離亭宴帶歇拍煞】

勞想像西泠幾度鷗盟早[一九]，南屏幾度鶯啼曉。塵氛掃鶴警仙曹。眼看他入雲間，眼看他翱月下，眼看他翔天表。恁攀蘿附葛時，添多少新詩料。寫向圖中，湖山文藻，那靈隱寺逐錫飛，浙江潮催弩射，武林城乘軒到。神臯望不前，舊境丟難掉。放鶴亭摹成畫稿，題一套搊【雙調】，把林逋債還了。

（《小説新報》第四年第4期）

題真州王睫庵先生叢稿

【南吕・香柳娘】

有王家子猷，有王家子猷，太原華胄，山川鍾毓多靈秀。我徵文考獻，我徵文考獻，世族話真州，品望推淮右。早蜚英宇宙，早蜚英宇宙，斯人學優，大名不朽。

【前腔】

恁藏修息游，恁藏修息游，腹中何有，便便邊笥多文富。又經經緯史，又經經緯史，雅量迥難侔，鴻博誰爲偶。問才儲八斗，問才儲八斗，曹何謝劉，暗中摸否。

【前腔】

讀三墳九邱，讀三墳九邱，打開疑竇，妃豨帝虎能糾謬。甚辛羊亥豕，甚辛羊亥豕，一筆不妨勾，四庫都研究。又探奇二酉，又探奇二酉，孜孜講求，古文蝌蚪。

【前腔】

把奚囊括搜，把奚囊括搜，滌除塵垢，八叉相見飛卿手。耀光芒萬丈，

耀光芒萬丈，格調忒風流，氣節輝星宿。那郊寒島瘦，那郊寒島瘦，心何自鈎，角難爲鬪。

【前腔】

敢霓裳譜修，敢霓裳譜修，不談黄九，曉風殘月屯田柳。這偷聲減字，這偷聲減字，唱腫竹枝喉，度出櫻桃口。賺歌衫舞袖，賺歌衫舞袖，宫商校讎，律嚴紅友。

【前腔】

更傳奇立搊，更傳奇立搊，續西堂後，一般廣樂鈞天奏。更移宫换羽，更移宫换羽，倚笛在朱樓，聽曲拈紅豆。記籌花賭酒，記籌花賭酒，吴歈越謳，九宫參透。

【前腔】

溯經年唱酬，溯經年唱酬，誼深情厚，魚來雁往神交久。笑南陽置驛，笑南陽置驛，曉挾管城侯，暮對儒林叟。效黄門急就，效黄門急就，篇題卷頭，露薇香逗。

（《小説新報》第四年第 5 期）

癸亥年六十有九歲，自嘲曲

【北雙調・新水令】

傖荒兩字任他嘲，莽書生一衿終老。滄桑忘變局，絲竹挾詞曹。塵網難抛，問行年七旬將到。

【駐馬聽】

幾見新交，繫念王祥脱寶刀。幾聞舊好，解憐范叔贈綈袍。幾多荃蕙化爲茅，幾多荊棘生同棗。五陵道，輕裘肥馬輸年少。

【沉醉東風】

談舊學冬烘頭腦，賦新詩寒瘦皮毛。注蟲魚舛錯多，文蝌蚪精工少。撫孤琴滿肚牢騷，爨後枯桐尾半焦，緣底事獨彈古調。

【折桂令】

怪浮生等是浮泡，花甲前番，藜乙今宵。孤蹤落落兩鬢，名珍呵只棕鞋桐帽，長物呵只竹杖花瓢。水遠山遥，地迴天高。利鎖封怎樣的牢，名韁縛怎樣的逃。

【沽美酒】

曾記得下第時筆硯燒，攜酒處塊壘澆。十載西風皆毷氉，碧紗籠王播笑，紅勒帛醉翁操。

【太平令】

最難忘，杏花村裙屐東郊，桃葉渡金粉南朝。紅意鬧蜂囉蝶唣，緑意撩燕媚鶯嬌。過長橋短橋，折長條短條，柳絲絲都變做愁圈套。

【離亭宴帶歇拍煞】

到而今作官夢斷三刀兆，受恩煞費千金報。老夫耄身世蹊蹺。怎禁他鷗鷺猜，怎禁他鳩鶯誚，怎禁他鸞鶴杳。恁青氈鈍秀才，多白眼忒康了，將六十年興亡看飽。那麒麟閣幾襄羊，鸚鵡洲空獨鹿，鳳凰臺獨吊烏。慚無漉酒巾，剩有藏詩窖。破寂寥短歌長嘯，東坡禱生日遭，南極昭壽星照[二〇]。

（《愛國報・文藝》1924 年第 15 期）

附

竹洲淚點圖散曲(一)[二一]

提　綱

【南宫・滿江紅】淚灑慈親千萬點,無非血瘢。誰得似抛開象服,含着熊丸,樹背不辭終歲苦,棘心頻帶十分酸。過芳洲倚竹吊湘妃,烟霧間。

圖一幅,奪荊關,詩一册,追杜韓。有緑卿葛附,青士蘿攀。機杼聲中清晝永,篝燈影裏夜光寒。任憑他掩袖泣鮫人,珠滿盤。

【中吕・沁園春】[二二]回首當年,茹苦含辛,焚香告天。隔銀河一水,婺星宵爛。瑶池萬里,娥月更闌。落葉添薪,分囷乞米,倚遍春風十二欄。幾何日又孫枝聯絡,孝筍回環[二三]。　遥傳兩字平安,蔭洲渚千竿又萬竿。况紀功彤管,金萱節錯徽祥,紫綬玉樹根蟠。鳳鳥常棲,鮎魚易上,萬歲千秋神姥山。擫長笛,我閑來三弄,唱罷三歎。

宗人子鼎使君,邀余譜曲填詞,情不可卻。只好謅幾支南腔北調,與諸公洗耳。

發數聲歌傳菊部,飄幾點淚灑竹洲。敘一生慈親梗概,垂萬世太史軒輶。

第一齣 焚香籲天

賢哉阿母,竹之有節,一醉一醒。柳之傷春,三眠三起。咳。

【南吕・香柳娘】恁焚香告天,恁焚香告天,婿鄉痾現。朝朝暮暮,檢青囊遍。向蟾蜍乞靈,向蟾蜍乞靈,靈藥臼中研,餘粒鼎中煉。有生機可延,神前佛前,百呼千喚。

【前腔】恁焚香告天,恁焚香告天,要求香案謫居,常住蓬萊殿。脱紅塵劫前,脱紅塵劫前,床榻病纏綿,金石命能援。誦心經一篇,誦心經一篇,鸚鵡解言,命途何舛。

【前腔】恁焚香告天,恁焚香告天,藥烟成篆,餐芝餌朮精神健。對碧翁一言,對碧翁一言,但望命宫堅,又望藥王援。作羹湯夜間,作羹湯夜間,防風粥煎,預謀晨膳。

【前腔】恁焚香告天,恁焚香告天,曉窗六扇,落花風起湘簾卷。甚金莖露煎,甚金莖露煎,泣血惱啼鵑,絮語恨飛燕。把闌干倚遍,把闌干倚遍,蘭香命延,帕留蠶繭。

【前腔】恁焚香告天,恁焚香告天,膽驚心顫,神仙那有劉樊眷。甚鴛鴦幾年,甚鴛鴦幾年,羅畢怕無緣,泥絮枉悲怨。讀醫宗舊編,讀醫宗舊編,岐黄失傳,再無和緩。

【前腔】恁焚香告天,恁焚香告天,夕陽庭院,淚痕紅濕無人見。問彭聃枉然,問彭聃枉然,未著養生篇,安得續齡券。只依依膝前,只依依膝前[二四],楹書保全,緒能常纘。

【前腔】恁焚香告天,恁焚香告天,老天聽遠,室家何日能重見。又煢煢自憐,又煢煢自憐,聽曲譜哀蟬,吊影拜孤雁。幸莫詒母賢,幸莫詒母賢,瓜綿瓞綿,更歌椒衍。

怪底焚香枉告天,鴨爐一瓣冷龍涎。

小兒造化將人弄,恨煞崔駰竟損年。

(《皖事彙報》第 30—31 期,1936 年)

竹洲淚點圖散曲(二)[二五]

第二齣　矢志勵節

賢哉吴母,光争日月。節厲冰霜,洵巾幗中之完人也。

【中吕過曲·尾犯序】一個未亡人,茹苦含辛,不言窮困。履潔懷清,過椒風名門高峻。黄昏夜蘭缸課讀,白晝時門庭清潤。最好是宜家宜室,瑞氣鬱慈雲。

【前腔换頭】清芬錯節與盤根,自守蓬茅,冰清玉潤。松柏歲寒,對高堂宣勤竭忿,棘心見家聲重振,樹背勞萱陰常近。最好是宜孫宜子,天上石麒麟。

女貞樹植練江濱，激濁揚清有幾人。

針線不離慈母手，衣裳都在小兒身。

第三齣　寒夜刺繡

家貧生計，只任女紅。懷抱孤兒，且安寒素。賢哉阿母，苦心孤詣，古道可風。

【南吕・懶畫眉】剪取吴綾與齊紈，兩手雖皴不畏難。今宵刺鳳昨描鸞，靈芸三絶針神唤，一點篝燈五夜寒。

【前腔】味苦原來是熊丸，累重方知物力艱。年年生計女紅間，金針五色穿金線，刀尺聲中逼歲殘。

【前腔】更漏迢迢夜漫漫，任昉郎君白練單。簪纓世胄古衣冠，素娥青女皆良伴，月地霜天俯仰寬。

【前腔】母子相依兩心酸[二六]，手把鮫綃子細看。朔風獵獵破松關，繡餘雪已針樓滿，白玉玲瓏十二闌。

【前腔】針線箱開淚潺潺，四下鼉更夜欲闌。夢魂不到望夫山，裁紅剪翠渾忘倦，洗盡鉛華損玉顔。

坐到天明耐苦寒，零紈碎錦累長歎。

傷心不繡鴛鴦帕，淚點猩紅話血瘢。

第四齣　炎日灌園

不畏炎威，且勤工作。

【玉芙蓉】桑麻夏課催，菽粟秋成待。那怕他蟲蟲天氣，頃刻風雷，恁手中雨露天工代。學圃樊遲莫浪猜，揮鋤曬田無廢材，不獨是秋菘早韭作生涯。

【朱奴剔銀燈】灌園事重提可哀，禦冬計辛勤甘耐。不如他采桑婦，北陌兼南陌，不如他挑菜翁，長街又短街。幾回芟除草萊，願作他農家一派。

使君莫把灌園猜，自有源頭活水來。

凡是但求人力盡，天功可奪育群才。

第五齣　潔膳承歡

蘭陔潔養，菽水承歡，賢母尚已[二七]。

【仙吕入雙調・六么令】湯瓢飯碗，堂下調羹，堂上加餐。雖言菽水亦承歡，葡萄醉苜盤。禮云酒食先生饌，禮云酒食先生饌。

【前腔】辛勤戒旦，言孝言慈，其慎其難。一饘一粥也承顔，封鮓贄，饌魚歎。食貧敢把天公怨，食貧敢把天公怨。

【鎖南枝】錡内藻，釜中蘩，竭力不知財力殫。筍蒲彝鼎攤，榛栗篚筐滿。誰抵得萱草榮，北堂晏蘋蘩潔，采南澗。

【前腔】蓬餅暖，蔗漿寒，夏凊冬温俯仰寬。天地最高安，家室無分判。還好是消瘴氣，檳榔嗍，回甘味，青果諫。

【前腔】朝强飯，暮勸餐，注重晨昏定省問。誰説道荼丁苦[二八]，誰説道梅子酸。五雜俎，要調揀，九張機，要替换。

養親雖易順親難，杏粥榆羹也盡歡。

富貴不如貧賤好，子孫視膳較心安。

（《皖事彙報》第 32—33 期，1936 年）

校勘記

［一］生卒年考證見左鵬軍《晚清民國傳奇雜劇文獻與史實研究》第 403—405 頁，人民文學出版社，2011 年。吴承烜有關個人生世的詩，有：《申報》1915 年 6 月 7 日《沈老師以六十壽詩見示，賦此補祝》："我生乙卯君丙辰，今去兩年皆六旬。……逝水光陰一彈指，卅年辜負故園春（甲申春去歙州，至今未返）。"《申報》1915 年 6 月 29 日《喜雨鹿廬詩五章，乙卯五月》其三："□□梁園曳短裾（謂壬辰至戊戌，在德化李公使處，主任總校，凡七年），千金一笑擲相如（公使遇有文宴，必見招）。"《申報》1915 年 8 月 13 日《和寶山施琴南先生》："……余年三十五，亦喪耦。"《申報》1915 年 1 月 16 日瑞竹【壽星明】《和東園六十初度》，吴承烜【前調】《酬葉君瑞竹和作》。鄭逸梅《藝

林散葉薈編》:“吴東園工駢文,又擅詩。多女弟子,自比隨園老人。”“周夢莊爲吴東園弟子,藏園手稿若干册,交蘇南文物保管會保存。”

［二］《申報》1915 年 5 月 19 日《東園啟事》:“東園,原號子融。”

［三］紗:原作“砂”,據文意改。

［四］此曲共二首,其二已收入《全清散曲》,題作“題《上馬圖》”。

［五］此曲又見《小説新報》第二年第 11 期。

［六］《順天時報》1924 年 5 月 23 日同曲題作“題蔡竹銘《寄樓餘墨》”。《文學研究社社刊》第 18 號(1924 年)題作“蔡竹銘有道先生《寄樓餘墨》題詞”。

［七］看:《文學研究社社刊》第 18 號作“想”。

［八］摇:《文學研究社社刊》第 18 號作“操”。

［九］霜:《文學研究社社刊》第 18 號作“冰”。

［一〇］您:《順天時報》同曲作“愁”,《文學研究社社刊》第 18 號作“恁”。

［一一］廓:《文學研究社社刊》第 18 號作“耀”。

［一二］簫:原作“蕭”,據文意改。

［一三］他:原作“地”,據文意改。

［一四］煞:原作“然”,據曲譜改。

［一五］題前注:“新樂府,白全略,東園戲筆。”

［一六］兩“洲”,原均作“州”,據文意改。

［一七］晝:原作“畫”,據文意改。

［一八］頭:原作“後”,據曲譜改。

［一九］泠:原作“冷”,據文意改。

［二〇］曲後緊接《一曲甫終,七言再賦。敢云自壽,聊以自嘲。效孔稼部秣陵秋體,得排歌,命名延陵曲》詩。

［二一］［二五］題下署:“歙縣吴承烜東園甫倚聲,長洲吴梅霜崖甫拍正。”《吴梅全集》理論卷中《竹洲淚點散曲跋》:“此傳删去科白,獨抒偉詞,爲聲家别開生面。名雖傳奇,實是散套。使洪昉思、蔣藏園見之,當亦首肯。嗟,嗟。東園聞名三十年,不見一面。論星聚雪散,固有緣在。而今日爲之商定律度,又豈偶然。乞鼎翁爲我傳語,異日握手,當取此傳中二三曲,重爲

制譜,付雪兒歌之,亦可樂數晨夕矣。未識鼎翁能一破涕否?乙亥七月,霜崖吴梅書於百嘉室。”

［二二］沁:原作“心”,據曲譜改。

［二三］回:原作“迴”,據文意改。

［二四］膝:原作“滕”,據前文改。

［二六］依:原作“衣”,據文意改。

［二七］已:原作“己”,據文意改。

［二八］荼:原作“茶”,據文意改。

周勤百

周勤百，曾任經濟部秘書，有短篇小説《守舊先生》等，與吴承烜熟識，其餘不詳。

小　令

道情，老將

老將軍，百戰歸，解金鞍，卸鐵衣，功成身退談何易，風迎伏虎夫容帳，塵鎖盤鼓帥字旗。萬金寶劍藏秋水，爲甚麽淩烟閣上，不將他姓字標題。

補板橋道情之不足，自題。

（《邗江雜誌》1916 年第 1 期）

王蓀

王蓀(1856—1926),字笑雲,又字孝芸,號九聲道人,江蘇泰州人。光緒八年壬午科(1882)副榜舉人。早年曾與南通范伯子、泰興朱銘盤等同受知於黄體芳,生前潛心研究音韻學。

小　令

【北一半兒】　新嫁娘

低頭不語倚明妝,脈脈盈盈坐象床,態自閑時心自忙。怎主張,一半兒含情一半兒想。

檀郎分付語音低,添得紅潮兩頰齊,錦帳香濃燭影微。兩迷離,一半兒心驚一半兒喜。

鏡臺初整緑雲翹,一任旁人咨謔嘲,暗記歡情怯昨宵。意摇摇,一半兒推開一半兒要。

天然黛色看平分,彩筆描來鏡裏春,休向郎前點絳唇。隔簾聞,一半兒脂香一半兒粉。

【黄鶯兒】　美人口

檀口揾輕羅,嚼紅絨玉液和,回頭笑向檀郎唾。芳蘭氣呵,香蓮韻多,背燈偷接櫻桃顆。點脂留，銷魂恰可，枕底聽嬌歌。

【黄鶯兒】 美人手

暖玉嫩雙纖，替檀奴慰指尖。閑分彩縷雙行纏，爐香細添，簾帷笑牽，攜雲握雨驚還顫。正花鈿，摩挲春遍，觸處也生憐。

（《飯後鐘》第 9 期）

蔡竹銘

蔡竹銘(1865—1935),字卓勳,號瀛壺居士,澄海(今屬廣東汕頭)人。光緒二十四年(1898)歲貢。著有《小瀛壺仙館文鈔》、《小瀛壺仙館詩鈔》、《閑閑録》、《遐齡集》、《壺史》等[一]。

套　數

和答汪子石青

【南南吕・臨江仙】

絲管紛紛天際落,排雲仙樂風飄,鬚眉活現筆端描。老夫心裹事,一掬寫蕭騷。

【梁州犯】

視天夢夢,勞人草草,形影何堪相吊。横雲意氣,狂來一筆勾消。都市碎琴,座中擊築,畢竟知音少。莽風塵回首幾心焦,春色高歌雙眼瞧。無聊事,都休道,天涯明月還相照,彈一曲無聲調。

【前腔】

投竿欲去,絶纓又笑,怪煞天公顛倒。有星犯座,何消北斗争高。我待釣鼇東海，射虎南山，此事輸年少。賞奇誰似子，吮霜毫，揮灑江山天外瞧。眼爲空，頭休掉，管弦一動添新稿。三疊唱，千金報。

【前腔换頭】

你笛邊音節高超，我琴邊家風遠紹。這無腔曲子，空山杳悄。和着疏慵冠帶，蕭騷几案，工尺何須討。且狂歌老興寫牢騷，也不學巢由樹掛瓢。向花前，踐君約，先安筆硯溪山好。拙不堪，狂差效。

【前腔换頭】

莫管他刼刼紅羊，莫問他茫茫蒼昊。一情拚百感，怎生稱好？我且望寒天獨鶴，衡陽孤雁，待與説分曉。愁無那，關山和夢，越海天遥。咱老子平生才氣饒，把造化機關盜。暗中奪卻天公巧，便臨風，同傾倒。

【節節高】

看天咫尺高，夢非勞，江霞未晚朝陽早。生花筆，韻笙韶，又惹動俺狂謳生起江山色，俺曼聲狀出湖山貌。放開手筆尖和嶽搖，驀回頭佛座拈花笑。

【前牌】

賞音我慣叨，鎮相招，周郎一顧中郎笑。霜雪操，鸞鶴交，都清峭。宫商不入誇高調，靈犀隱約心燈照。領取乾坤付冶陶，歸來好共青山樂。

【尾聲】

霏瓊屑玉云何報，報之千里一鶴毛。也算得翰墨因緣又一道。

（汪炳麟《汪石青全集》卷十四附録）

甲子年六十周甲自度曲

自昔文章妙入時，而今偏要倒繃兒。老夫也學東園醉，斗膽來填樂府詞。在下今年六十初度，聞説吴東園先生，正在制曲壽我。我生平不識秦腔京調、北曲南詞，也不解那四傳奇、十種曲是何板眼。今日是我破題兒第一遭，卻把杜麗娘的《遊園》曲套，填做老學究的彈詞，只算是一場科諢，指望引出些霓裳仙樂來，與我解悶則個。

【南仙吕入雙調·步步嬌】

明月當頭誰邀到，天亦憐儂老。暢好是上元宵，甲子重逢，且把金尊倒。誰弄小紅簫，向樽邊合唱個【南雙調】。

【醉扶歸】

我是向名場跳出牢籠套，買青山翛然非一瓢。那布衣冠原比冕旒高，算王侯將相空秋草，何須風雨感飄摇，人生哀樂由心造。

【皂羅袍】

如今只合放寬懷抱，算雞蟲得失，畢竟徒勞。長虹劍氣未曾銷，放寬眼界乾坤小。兒曹且約，仙僚俗僚。良宵閑語，香消酒消。醉醺醺也落得個掀髯笑。

【好姐姐】

慰岑寂，把心香細燒，便忘卻許多懊惱。算幾生修到，比神仙逍也麼遥。天緣巧，佳山佳水都遊到，爲馬爲牛漫自嘲。

【尾聲】

願月圓人壽花長好，追陪着幾輩才人意氣豪，俺則索耳順當風聽熱鬧。

（蔡竹銘編《寄樓餘墨》同聲集）

朱遁叟先生七十壽曲

曾借村歌侑一巡，霓裳舊詠記三春。而今又爲江南叟，弄笛尊前掐指痕。主人瀛壺居士是也。記從六十初度，狂搊一曲，溱溱熱鬧。本來不是那在行家，卻捉搦登場[二]，着實可笑。今日是江南朱遁叟先生七秩壽辰，俺和遁叟兄弟，在那文字上結成不解之緣，一時推脱不來。怕只怕又要撕裂玉溪冠帶了，聽我唱來。用施子野壽百花生日譜【南商調】。

【黄鶯兒】

把酒祝先生，願江南歲歲春。笙歌畫舫清遊騁，今年醉君，來年遲(叶仄)君。天長好事翻番近，約仙靈，雲璈細奏，一片互鸞笙。

【前調】

把酒祝先生，願兩廉歲歲春。芳園新李新壯靚，稀齡覯君，長齡壽君。茹芝有伴三山徑，道初成，瀛洲舊侶，向佛也稱尊。

【前調】

把酒祝先生，願瀛壺歲歲春。蟠桃會上高歌應，瓊瑶贈君，瓊漿飲君。神仙陸地無窮勝，騁豪情，海天無際，萬里一槎乘。

【前調】

把酒祝先生，願高朋歲歲春。蓬萊方丈招尋更，謫仙擬君，飛仙侍君。高寒玉宇風吹醒，笑相迎，彩雲萬疊，隱隱踏歌聲。

【貓兒墜】

祝君再祝，更昵語道先生。世上如君好弟兄，花前月下酒杯盈。快斟，儘把我一曲高歌，吹入簫笙。

【前調】

祝君三祝，更吉語頌先生。兩字修齊卜瑞凝，一門孝友集休徵。堪稱，管教是天與長年，春滿階庭。

【前調】

祝君四祝，更詼語謔先生。獨睡工夫得未曾，老來無累佛修成。惺惺，我一例夢繞梅花，銷減風情。

【前調】

祝君永祝，更癡語問先生。鴻烈編書我可應，丹成雞犬高飛升。消停，好待我瀛海狂奴，重讌遐齡。

【尾文】

周郎顧誤須重省，無腔曲子也分明。天然拍，不按宮商當道情。

（《錢業月報》1928 年第八卷第 3 期）

朱遁叟先生七十壽曲

【南南吕・臨江仙】

六十年來心事了，壯懷猶共天高。劍光斜拂星斗摇，酒邊邀月問，還我一生豪。

【一枝花】

眼中知己少，不道天緣巧。才人江上相傾倒，月共天涯，好夢梅花繞。寄相思遠道，南斗低昂，捧出老人星好。

【梁州序】

江南一(叶平)老,顔童髮皓,算百歲光陰易早。長齡私祝,仙人合併王喬。兩廉亭角,兜住風光,落得天公笑。等閑莫負鶯花約,且金樽檀板韻芳朝,未來事,由天造。

【前調】

狂生囉唣,村歌撕鬧,曲子無腔新套。簫聲赤壁,憑伊月小天高。玉溪人去,扯裂衣冠,容易西昆冒。曲終應被南山誚,未抵麻姑癢處搔,還仗爾福星照。

【節節高】

文章白雪高,漫稱豪,從來膽大筆尖小,都清妙,又風騷,真疏傲。獨彈古調抽琴操,鶴聲一一天邊叫。江南詞客莫輕嘲,與君拍手復狂笑。

【前調】

乾坤一芥色,笑勞勞,烏飛兔走争昏曉。無鹽醜,姬姜俏,都休道,袖中消納須小彌,太空一例微塵掃。我與先生百累抛,翻身踢破愁圈套。

【尾聲】

新聲合當瓊瑶報,天宫受福讓誰叨,休誤認爨下中郎琴尾焦。

(《錢業月報》1928 年第八卷第 4 期)

校勘記

[一] 鄭逸梅《藝林散葉薈編》:"蔡瀛壺,澄海人。貧甚,口不言貧,人亦鮮有知其貧者。"

[二] 捉:原作"促",據文意改。

吴清麗

吴清麗,字又園,歙縣(今屬安徽)人,生活於清末民國初年。

小　令

【五色絲】集曲　竹銘老伯大人壽詩倡和集題詞

【白練序】神仙鄴架,鼓吹文明集百家,元定先生主持風雅。【黄鶯兒】丹成鍊砂,金淘出沙。【青哥兒】筆飛紙界燦雲霞,光九夏。【紅芍藥】看草緑瀛洲春豔冶,雙鶴南飛,六鼇東下。【黑麻令】溷生涯,正平安,報竹仁壽開花。

(蔡竹銘編《寄樓餘墨》小唱酬題曲)

套　數

甲子年春

【仙吕入雙調・朝元令】

啼鶯自啼,啼入香塵裏。飛鴻自飛,飛出青雲際。柳緑於絲,桃紅似綺。大塊文章眼底,月抹風披。露承仙掌盥薔薇,漏轉夢回時,花生筆一支。寄樓身寄。朝朝暮暮，讐文校字，讐文校字。

【前腔第二換頭】

檢點瓢經瓠史，推敲一卷詩，組織百家詞。金迷紙醉，浮螺對酒卮。翠繞珠圍，又吐鳳在燈帷。千紅萬紫，護花旗，蛺蝶掠簾衣，蟾蜍浴硯池。寄樓身寄。朝朝暮暮，讐文校字，讐文校字。

【前腔第三換頭】

想見裁紅剪翠，探花風信遲。柳眠棠睡，梅瘦梨肥。瞋紫燕，聽黄鸝，按律怕春知。横琴坐夜思，問風雨名山地，狐穴幾搜奇，鱣堂數析疑。寄樓身寄。朝朝暮暮，讐文校字，讐文校字。

【前腔第四換頭】

是否秀才利市，海深難測蠡。流播口成碑，活潑心如水。鸞從閣上棲，豹豈管中窺？恁月旦更番入品題，到今日始知，聲價龍門貴，不負生平馬帳師。寄樓身寄。朝朝暮暮，讐文校字，讐文校字。

（蔡竹銘編《寄樓餘墨》題詞）

吴蕊先

吴蕊先,字絳珠[一],歙縣(今屬安徽)人,生活於清末民國初年。有《西泠劇》彈詞等[二]。

小 令

【新樣四時花】集曲　竹銘先生壽詩倡和集題詞

【小桃紅】周花甲,年垂老,乘藜乙,形分照。【月上海棠】正手香薇盥,尾爨桐焦。【紅芍藥】鳳弦撫地迥天高,鶴觴寄水遠山遥。【石榴花】度新聲紅樓玉簫,學長生丹砂金竈。【水紅花】薈萃仙曹,十洲三島。【玉芙蓉】青霞氣吐恣游遨,白雪歌成破寂寥。【梅花塘】珠圍翠繞,安期獻棗,朔偷桃,慶生朝。【水仙子】笑指瀛壺縮小,掛梅梢,詩瓢酒瓢。

(蔡竹銘編《寄樓餘墨》小唱酬題曲)

【新樣四時花】　題觀音繡像,用尤西堂美人圖韻[三]

【小桃紅】研黛緑,紅絲硯,調粉白,黄金管。【月上海棠】對禪林紫竹,霞舉軒軒。【紅芍藥】灰撥亂爐冷無烟,龕掉轉琴好無絃。【石榴花】甚蓬山信憑青鳥傳,説難出玉温香軟。【水紅花】寫初完,鮫綃開展。【玉芙蓉】桃花淚溼侯生扇,蕉葉愁銷蜀妓箋。【梅花塘】慈悲應我鑒,書楷字,姓名填,問誰憐。【水仙子】信是觀音活現,碧紗描,芙蓉幕前。

(《女子世界》1914 年第 4 期)

【五色絲】 題《昭君出塞圖》,用尤悔庵清裝美人韻

【白練序】畫工誤畫,不似这眉染雙蛾髻綰鴉,恁粉白脂,今日又玉顔描寫。【黄鶯兒】風颠袖斜,塵污扇遮。【青哥兒】弓彎三寸鳳頭韡,胡姬妒煞。【紅芍藥】一片夕陽雁行下,羝褐猩裙紫花驄馬。【黑麻序】不争差,路出狼河蟠塞,冷抱琵琶。

(《小説新報》第二年第2期)

套　數

秣陵秋,用西堂韻[四]

【南仙吕·醉扶歸】[五]

媚香樓零落桃花扇,右軍橋争分荇葉錢。班家婕妤舊齊紈[六],甚琵琶又唱昭君怨。垂柳垂楊緑裊盡[七],欄杆曲曲彎彎,又雨絲風片。

【皂羅袍】

要問情深情淺,只看他秋水新漲江干,銷魂桃渡數聲蟬,傷心菱匣雙飛燕。篆爐香淡,銀床暮寒,蒜簾紋斷,金釭夜殘,莽園林何處吹蘆管。

【江兒水】

瘦褪黄金釧,愁凝白玉鈿。駱駝山鏑響驚風顫,鳳凰臺筆擱停雲慢,鷺鷥洲櫂繫催天晚。袖卷脂香皓腕,背着雛鬟,檢换桃笙舊簟[八]。

【玉交枝】

聽經已懶,雨花臺鴛鴦影單,海棠化淚香魂斷。小眉峰天外落,三山鷓鴣夢殘。楊玉環秋波一轉愁人眼,哭西州城門夜關,歎東林春燈夜弦。

【川撥棹】

尋舊院,泣新亭[九],落葉乾,颗風前玉珮姍姍,颗風前玉珮姍姍。飛鳥倦如何不還[一〇]。意中緣,剛一年[一一],意中人,各一天。

【僥僥令】

黄花雞埭畔,紅樹雀橋邊。料得舊時明月秦淮,轉對漁火江楓照客眠。

【尾聲】

凶荒不注毛詩傳,滿江南澤嗷鴻雁,記去年戰血腥紅化杜鵑[一二]。

(《女子世界》1914 年第 3 期)

校勘記

[一] 絳珠:《申報》1915 年 1 月 5 日《懷人詩,寄萍社同人》署"惢軒女士吴絳珠"。絳,《全清散曲》作"綺",誤。第 2053 頁。

[二]《小説月報》1915 年卷六第 10 號,署"絳珠女史著,東園潤文"。

[三] 圖:原作"團",據文意改。此曲與《小説新報》第二年第 2 期吴承烜【新樣四時花】集曲《題花榭尼裝美人畫册,用尤西堂美人圖韻》同,只有幾個字的差異。

[四] 用西堂韻:《申報》1915 年 1 月 13 日作"用尤西堂《題美人圖》韻"。

[五] 南仙吕:《申報》1915 年 1 月 13 日無。

[六] 婕妤:原作"妤婕",據《申報》1915 年 1 月 13 日改。

[七] 盡:《申報》1915 年 1 月 13 日無。

[八] 换:《申報》1915 年 1 月 13 日作"點"。

[九] 亭:《申報》1915 年 1 月 13 日作"序"。

[一〇] 倦:原作"卷",據《申報》1915 年 1 月 13 日改。

[一一] 剛:《申報》1915 年 1 月 13 日作"只"。

[一二] 去年:《申報》1915 年 1 月 13 日作"去年今日"。

無名氏

小　令

放足樂，梳妝臺調

浩劫紅羊幾度經，國人迷夢未全醒。裙邊蓮瓣纖纖落，腳下山河寸寸零。親囑付，細叮嚀，惺惺最是惜惺惺。傷心製出靡靡曲，專要人間俗耳聽。在下本來是個纏足女子，如今却已放了。回想從前未放的時候，真如在牢獄一般，何幸一日得以自由，心内實在快活。閑暇無事，編成小曲一首，數出十二月的花名，無非唤醒痴愚，共登覺岸。同胞姊妹們呀，切勿嫌我詞曲鄙俚。自古道大聲不入於里耳，偏生者些小調兒，倒是人人愛聽。况且近來有些志士們，動説戲劇改良、戲劇改良，難道者些小曲，就不要改良了麽？恐怕轉移風俗的力量，比那西皮二簧，還要大得多呢。諸位姊妹們呵[一]，且聽依一一唱來：

正月裏春色到梅邊，好一班有志的放足女青年，每日間約定了幾個同窗友，手挽手大踏步走到學堂前。黄昏候，落日鮮，一隊隊下了課，依舊把家旋。看他們來和往，身體多自在。豈似那薄命人，苦苦地裹金蓮。

二月裏雨滴杏花稍，好一座鞦韆架，更比畫樓高。姊妹們打起來個輕如燕，全仗着橡皮鞋踏得十分牢。上操場，學兵操，喊一聲開步走，槖槖履聲驕。説甚麼花木蘭古今無二,從今後國家擔兒,要男女一齊挑。

三月裹水帶碧桃流,消遣者暮春天,最好結清遊。着一雙小皮靴,登山又隔水。一不用七香車,二不用木蘭舟,芳草長柳絲柔。放一回風箏兒,踢一回皮毬。最可嘆裹足的那些紅樓女被束縛,都只爲一對小銀鈎。

四月裹滿架發荼蘼,放足的女孩兒,畢竟比人奇。到四方求學問,那管千萬里,並不作寒酸態。臨别涕交頤,小革囊,手自提,薄薄的行李兒,幾件單布衣。試問那纏足的可能如此,恐怕他才出中門,便不識路東西。

五月裹榴花似火紅,漸到了大熱天,處處是蒸籠。惟有那兩天足,真是清净體。但隔着一層羅,消受好涼風。精神健,血脈通,百般的惡暑,邪不能來相攻。看起來放了足,是第一衛生法。却爲何姊妹們,能聽不能從。

六月裹池水漲,新荷中有隻採蓮船,蕩槳發清歌,他唱的歌詞兒,煞是可人聽。無非是勸姊妹,放足莫蹉跎。放足樂,樂如何,依傍者,白荷花,占得晚涼多。纏足的好比那泥污藕,放足的却好比緑葉出清波。

七月裹菱花開,滿塘有許多女郎們來洗衣裳。别人家惜弓鞋,只好跪着洗,獨有儂雙白足,穩立在水中央。閑遊戲,捉鴛鴦,或就深,或就淺,左右任徜徉。格磴磴着上了快皮履,一步步歸家來,通體總清涼。

八月裹桂發小山幽,天足女嫁了人,育麟誰與儔。人人誇寧馨兒長得多壯健,却只爲懷胎時運動得自由。多幸福,少虔劉,無論那粗細事,决不費綢繆。富貴家脱盡了紈袴氣,貧賤人分外的省多少憂愁。

九月裹霜打菊花籬,又到了重陽節,各把酒來攜。姊妹們立下了登高的約，便是那最高峰，也要去攀躋。走危險如坦夷，一霎時凌絶頂，直與浮雲齊。廣胸襟，開眼界，何等快樂，到如今才知道，天足討便宜。

十月裏芙蓉朵朵鮮，表一表那一班熱心女教員。雖然是教學問，時時還演説。説到了放足事，情意更纏綿。快快放，莫留連，人四肢與百體，那件非天然。試看我，收桃李，有了多少，誰不是放個足，行動似神仙。

十一月月季滿盆栽，姊妹們共把那舞蹈會來開。一時間奏起了文明音樂，但只見對對兒蝴蝶飛來，舉長袖，落跳鞋，紛紛的競蹴踏，決不動塵埃。此雖是遊戲事，有關全局，婦女們的大精神，從此胚胎。

十二月雪釀水仙芽，放足的名譽兒，早早滿天涯。想當初創此舉，不過四五輩。又誰料聞風起，何止萬千家。我勸你，你勸他，通國的姊妹們，脱了鎖和枷。腳跟兒立定了，事事都好做。回頭來，試看看，不是舊中華。

（《婦女時報》1913 年 10 月 20 日）

校勘記

［一］位：原作“們”，據文意改。

魏在田

魏在田,字春影,號春影詞人,浙江杭州人。南社社員。1922 年 9 月至 1926 年 8 月任青田知事。

套　數

題《香豔叢話》

【南越調・小桃紅】

錦心繡口訴衷情,寫一幅驚鴻影也,怎願作女兒家,纖腰畫裏見娉婷,正脈脈眼波横。收拾起淩雲志射虎名,皂羅袍就换了湘裙肯也,恁畫眉時憐我憐卿,怕如水好流光,百年一息擲輕輕。

【下山虎】

你看那峨冠博帶佩劍簪纓,一霎頹唐甚。鬚眉可憎,誤過華年,匆匆急景。聽不完幽韻玲瓏月下笙。最無聊春婆夢,更難堪槁木形。白髮鬑鬑勁,雙眸淚盈,説甚麽庾信文章老更成。

【五韻美】

爇名香,烹清茗,鸞箋百疊閑自釘。聳吟肩繡幄圍來稱,求名問姓,燭影下幾回重訂。花千簇,月一棱,安排着美景良辰,把情懷印證。

【五般宜】

有的是賦催妝鴛鴦締盟,有的是説相思鏗鏘韻賡,太纏綿一闋雨霖鈴。有的是長句短句,哭桃花薄命,清詞小令,都算作玉臺新詠。還有那斷簡與殘篇也,搜羅無些賸。

【山麻楷】

看小字簪花並,又密密加圈句讀分明。輕靈,把烏絲小界行行端整。願人間有情兒女,薰香摘豔,細與批評。

【黑麻令】

遠遠的三更五更,黯黯的長檠短檠,淒淒的風聲雨聲。倏倏時間,月缺花殘。没來由香銷酒醒,受不住春宵夢縈,揩不盡秋宵淚凝。廝守定,一卷奇文,遣去了愁魔病精。

【江神子】

强不過天公太不平,何處是瑶島蓬瀛,專爲他葳蕤麗質經營。玉釵朱帔響東丁,可憐我青衫一領。

【尾聲】

儂今但祝東風定,休苦這嬌憨心性也,不妨化作黄鸝殷勤地請。

(《女子世界》1914 年第 3 期)

陳君癡劍編《林韞卿集》索題,戲譜此曲

【南仙吕入雙調合套·步步嬌】

摘粉搓酥雙鸞袖,金鑄鴛鴦扣,清歌轉玉喉。步上瑶台,腰回春柳,仙

骨幾生修。笑狂奴一例相思透。

【醉扶歸】

你廿年前是牙牙學語扶床走，你十年前是象勺横拖陌上游，你如今是紅氍毹上不知愁。遍天涯現身説法馳名久，也樂得玉釵珠帔擅風流，且由他一池春水無端皺。

【皂羅袍】

天半雲璈初奏，有千家兒女偷學温柔。眉梢眼角美難收，癡心密意魂銷彀。只聽得笙歌叢裏霓裳韻幽，珮環聲裏驚鴻影留，裊情絲更纏得人難受。

【好姐姐】

知否，豪情未休。織回文買絲争繡，花箋回疊把生平韻事搜。休辜負新詞一卷春無恙，高卧元龍百尺樓。

【尾聲】

願月圓花好人長壽，管不了傀儡衣冠賭孟優，只算呵替那瀟湘妃子訴綢繆。

（《遊戲雜誌》1914 年第 10 期）

《李貞女傳》書後

【南商調・梧桐樹】

胥塘水勢平，表裏明於鏡。淘盡泥沙，禁得風波定。冬心耿耿縈，秋夢年年冷。寂莫空閨，不是繁華性。掃塵緣，打破悲歡境。

【東甌令】[二]

欄杆外風日清，記得兒時種女貞，於今只見婆娑影。當年事難重省，問九州鑄錯是誰成，成就歲寒名。

【大聖樂】

繫紅絲生小還驚，睹釵環心自警。婚姻兩字憑媒證，亂氳簿枉結盟。都説是海棠已許梅花聘，那知道少女宫中有煞星。文園善病，早是個玉樓應召，柳昏花暝。

【解三醒】[三]

説不盡凄涼情景，説不盡幽怨填膺，説不盡泉源已涸胭脂井，説不盡紅淚雙凝，説不盡心如止水肝腸硬，説不盡命薄秋雲福分輕。休悲哽，説不盡清風亮節泐石爲銘。

【前腔】

從今是無家蓬梗，從今是孤雁飛鳴，從今是痛心且把人心正，從今是灰死寒冰，從今是江山助我清遊興，從今是書史傳他舊典型。桑榆景，算心無罣礙了卻今生。

【尾聲】

撫冬青，徵歌詠，姓氏同瞻貞女旌。這一齣新詞，女兒家聽聽。

（《申報》1915 年 4 月 16 日）

校勘記

［一］娉：原作“聘”，據文意改。

［二］甌：原作“歐”，據曲譜改。

［三］酲：原作“醒”，據曲譜改。

孫家振

孫家振(1863,一作1862—1939),字玉聲,號漱石,别署海上漱石生,室名退醒廬,上海人。鴛鴦蝴蝶派作家。早年任《申報》編輯,又自辦《笑林報》、《新世界報》、《大世界》等。有《海上繁華夢》、《續海上繁華夢》、《如此官場》、《風塵劍俠》等。

小　令

荷花大少爺道情

荷花開,大少來,風月場,好徘徊,搖搖擺擺多丰彩。長衫飄逸洋紗制,短褲輕盈冲紡裁,牛皮吹響將人紿。怕只怕中秋節到,脚揩油一去難回。

瘟生道情

歎瘟生,太可憐,温柔鄉,費冤錢,癡心祇把狂花戀。斧頭砍向羊盤裏,竹杠敲來鴛枕邊,到頭來金盡交情見。祇落得閉門羹餉,不容你再進花前。

(《金剛鑽月刊》卷一第9期,1934年)

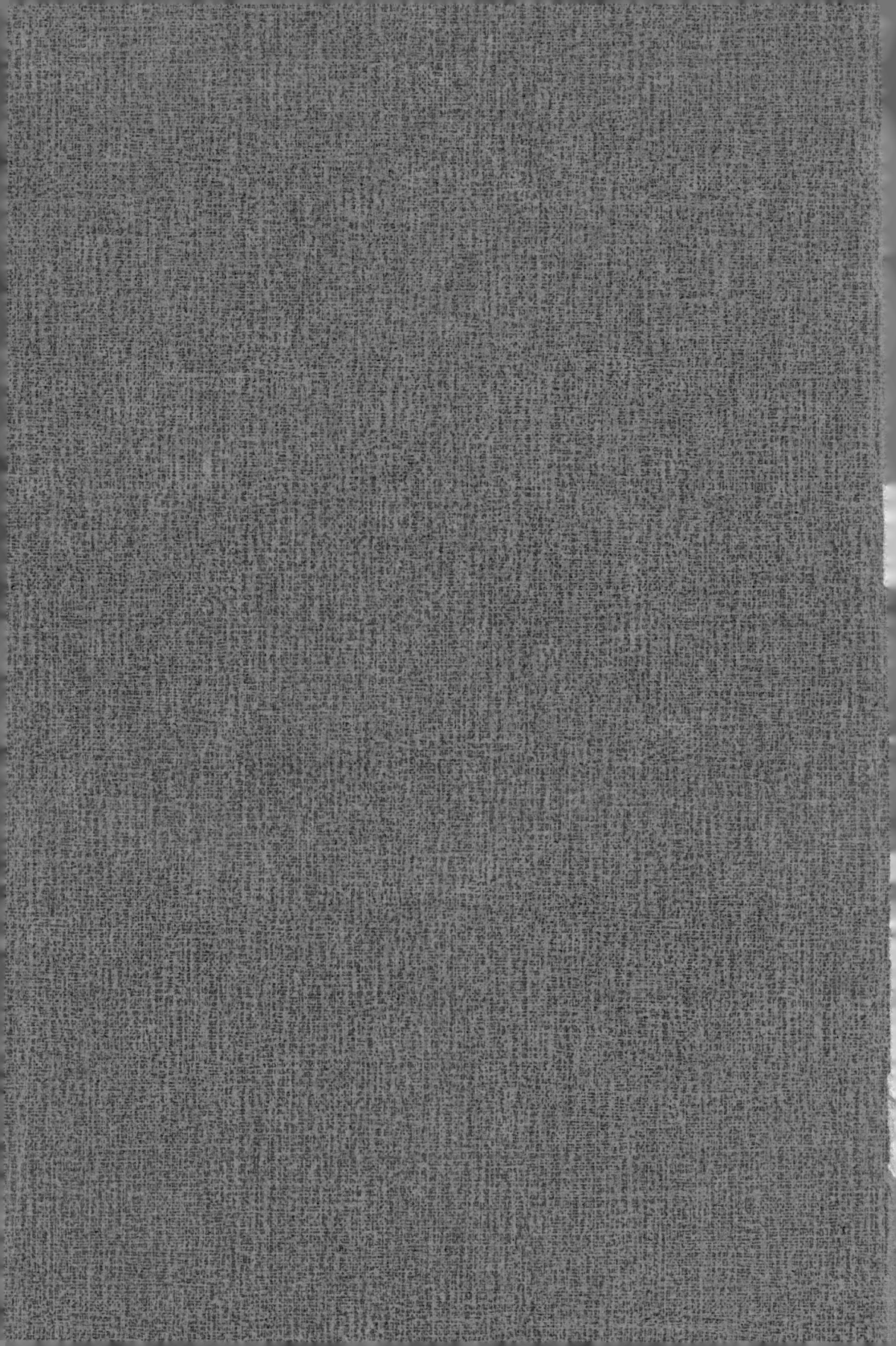

明清戲曲輯佚

（下）

汪超宏 編纂

浙江大學出版社
ZHEJIANG UNIVERSITY PRESS

胡石予

胡石予(1868—1939,一作 1938),名蘊,字介生,號石予,别署石翁、閑主人、病梅等,江蘇昆山人。十九歲即以詩文稱於里閭。1912 年,加入南社後,喜畫墨梅。曾執教蘇州草橋中學,抗戰後,避難安徽銅陵,因病去世。有《畫梅贅語》、《梅花百絶》、《後梅花百絶》、《詩學大義》、《秋風詩》、《錦溪集》、《炙硯詩話》、《四史要略》等。

小　令

新五更調

一更一點月初升,總統復任。呀呀得而喻,四面歡迎。通電代表亂紛紛,催進京,弗曉得吓,仍舊嘸收成。呀呀得而喻,何必空勞心。

二更二點月正清,廢督裁兵。呀呀得而喻,大家開心。各省督軍勿答應,廢勿成,兵不裁吓,還要招新軍。呀呀得而喻,負担再加增。

三更三點月正中,統一成夢。呀呀得而喻,南北西東。四面八方衆英雄,氣熊熊,打勝仔吓,自己小弟兄。呀呀得而喻,有啥好威風。

四更四點月照西,哀鴻遍地。呀呀得而喻,快點賑濟。行善不落空虚地,好事體,大家來吓,多少才相宜。呀呀得而喻,性命非兒戲。

五更五點月西墜，財政公開。呀呀得而噲，總長難爲。一本帳薄翻勿開，少安排，内外債吓，借得一大堆。呀呀得而噲，都是軍閥害。

（《紅雜誌》1923 年第 8 期）

談善吾

談善吾(1868—1937),生平見《全清散曲》第 2007 頁[一]。

小　令

怕老婆道情

雲淡風清近夜天,傍花隨柳跪床前。時人不識余心苦,將謂偷閑學拜年。自家滑稽道人是也。適纔念的這首七言四句,乃是前輩改詠那怕老婆的佳章。道人開口便念誦出來,却也有個緣故。想這怕老婆一事,縱橫十萬里,上下五千年,算起來成了我輩男子的一個第二天性了。道人半生閱歷,卅載見聞,怕老婆的人兒,真是無奇不有,煞是可憐。因此編作道情幾首,借寓勸懲,不妨游戲。諸君不需性急,待我慢慢唱來:

鼓綳綳,竹筒敲,好男兒,志氣高,從來骨性天生傲,鬚眉奕奕原無愧,氣概昂昂儘足豪。娶妻本願同偕老,偏弄得閨房樂事,大丈夫膽落魂銷。

最堪憐,富貴家,吃和穿,儘足誇,老婆偏比親娘大,鬚髯任意揪成結,膝蓋常時跪起疤。嬌容一變心先怕,冤枉煞許多姬妾,都做了眼底空花。

是誰家,美少年,儘風流,貌若仙,房中好個如花眷,容顏羅刹還同俏,態度耶叉竟比妍。常時現出閻羅面,只嚇得才郎短氣,暗吞聲有口難言。

有中年,繼娶佳,念前妻,百事乖,天然情性般般改,殷勤不敢高聲語,驕傲偏能下氣捱。日常漸漸夫綱壞,弄到了千依百順,一納頭拜倒裙釵。

太無聊，是老夫，詠枯楊，道自娱，偏生娶個青年婦，漸衰精力難支應，多病形骸慎起居。般般總惹娘行惡，只爲是自知愧悔，變成了胆戰心虚。

數威嚴，大將雄，掌兵符，氣概宏，奈他娘子軍偏勇，房幃自古難爲武，裙衩偏勞拜下風。閫威更比軍威重，嬌滴滴一聲叱咤，好男兒骨軟筋鬆。

有男兒，太不才，百無能，笨又呆，惟知閫教堪崇拜，聰明伶俐般般勝，忍受承迎活活該。娘行看得難厮耐，真算得絲毫没用，一憑他喝去呼來。

爲扳高，結闊親，好妝匳，贅壻新，憑他驕傲都承應，貪圖富貴求援繫，弄到閨房變主臣。一條裙帶真尊敬，終日裏奴顔婢膝，再休提相敬如賓。

不安貧，最不堪，慕紛華，勢利觀，終朝哭駡真凶悍，衣裙蔽體求羅綺，飲食充腸鬧旨甘。不能供給遭磨難，由不得兒夫短氣，暗吞聲事事承歡。

爲貪花，苦自尋，對妻兒，不稱心，眠花宿柳真高興，床頭明定三章法，簾外偏挑一曲琴。掀翻醋海波千頃，儘落得常遭打駡，没聲兒不敢回音。

更難言，是賭徒，好家財，儘去輸，房中氣壞持家婦，隨匳衣飾看看盡，上代銀錢漸漸無。終朝吵鬧難安處，偷賭罷忍飢受凍，到床前短嘆長吁。

太稀奇，是暗龜，爲嬌容，大吃虧，愛中生敬還生畏，多情自古先尋苦，非禮而行怎敢違。任他常共旁人睡，已釀就性兒乖戾，只甘心婦倡夫隨。

夫妻相敬從來少，各把因緣造。一一細推敲，揭破其中奥料，不怕老婆人兒都叫好。

（《繁華雜誌》1914 年第 3 期）

校勘記

[一]《紅雜誌》1922 年卷一第 4 期大膽書生《小説點將録》:“神機軍師朱武:談老談。贊曰:神機鬼鑰,早著才名,軍師先生,八卦高明(老談早年曾爲神怪小説《夢遊地府記》及《逐日演義》等,頗負時譽。其人又善謀劃,因以神機軍師稱之)。”鄭逸梅《藝林散葉薈編》:“談善吾别署老談,歷任《民呼報》、《民吁報》、《民立報》編輯,人稱爲三民記者。”

張延禮

張延禮(約 1870—1937),原名張宸,又名延禮,字丹斧,號丹甫、丹父、丹翁、無爲、後樂笑翁,江蘇儀征人。早年爲《神州日報》成員,後負責《晶報》内務。南社社員,鴛鴦蝴蝶派作家,與李涵秋、貢少芹有揚州三傑之稱。好金石古董,精書法,善治印。有《拆白黨》小説、《周末各國鍰金考及漢銅玉印》等。

小　令

閣閣【黃鶯兒】

閣閣閣何如,雨連江夜入吴。再頑一幕孫飛虎,少不得卿蘇,捨不得予舒。馬兒赤了將軍杜,下婚書。秀才娘子,依舊厚顔無。

(《上海畫報》第 124 期,1926 年)

周岸登

周岸登(1872—1942),字道援,號癸叔,別號二窗詞客,威遠(今屬四川)人。光緒十八年(1892)舉人,歷任廣西陽朔、蒼梧兩縣知縣,全州知州。辛亥革命後,先後任四川省會理、蓬溪,江西省寧都、清江、吉安等縣知事,江西省廬陵道尹。1927年後,先後在厦門大學、安徽大學、重慶大學、四川大學等校任教。有《蜀雅》、《蜀雅别集》、《能登集》、《曲學講稿》、《楚辭訓纂》、《南征日記》、《賢女傳講稿》、《韓民血淚史》等。

套　數

送吴君毅歸成都　居魚韻

【商調・集賢賓】

話巴山對床春夜雨,撩舊感太愁予。四十年飛蓬轉絮,投老尚困詩書。漫通天表奏初明,望長安痛哭唐衢。問誰與楚魂招宋玉,遣騷心唤起三閭。鳳歌憑笑傲,麟歎竟何如。

【逍遥樂】

憶當年經師章句,請業何居,名園號遽,太平時行步,盡安舒。坐春風童冠相於,有卧子同門兼聖羽,八吐清詞,玉佩瓊琚,禮傳二戴友,是兩龔才高八廚。

【上京馬】

便從此踏汴梁春雪，試筆鋒車，予也向日下含毫賦子虚，更侵尋謫桂海投荒思杜宇，夢遠人三神山風引徐徐。這的是壯遊心先探海東珠。

【掛金索】

予也八桂虞衡正續驂鸞録，群也賦筆濤箋寫作燕臺句，君也日照嬋媛暫寫櫻花住。一故國山河，肯聽胡塵辱。

【浪來裏】

暢東遊瞻日出，試民權黜曼殊。西行紬繹，蟹行張法權，萬流歸約束。吾門高足，孔顔事，定將祖國夢華胥。

【梧葉兒】

騶衍談天六陸，惠施行書五，四海盡菑畬[一]。效禦風師列御，説非攻疑魯輸，笑我爲闢楊朱，一更懶尋司馬季主。

【么篇】

予也壓溺迫，何能淑丘民，肆哀賤儒，争知樂毅笑曹蜍。滯章門羞徐孺，避海濱名褒蜀，出三害舊周處，也隨人棲棲教育。

【醋葫蘆】

四年中賦茅狙，八千里雙鯉魚。盼歸歟，賦歸歟，終竟滯歸歟。哀江南歌皖口舞巴渝，乍相逢暮雲春樹，風雨夕地翻天覆訴離居。

【浪來裏】

你道我蕭瑟情還似庾，流離感大類徐。何日誅茅早定玉台書，怕江頭信宿漁人還未許。睁雙眼視天無語，莫浪比史遷歸老伴清娱。

【高過隨調煞】

不要你付雪兒畫壁歌，界絲闌緑子書，只要你袖歸錦里頌似山謨，只要你倩龔生引商刻羽，到文筵調絲吹竹，只要把三十年的交期，借將簫管唱喁於。

（《心力雜誌》1933 年第 2 期）

校勘記

［一］ 畲：原作“佘”，據文意改。

吴惟聰

吴惟聰(1872—?),號耳似、聽猿、猶龍、聾叟,湖北人。曾任湖北教育廳諮議。

套　數

秣陵悲

馬長伯君白門來述及,感賦。

【南仙吕入雙調・步步嬌】

説甚共和成何用,都是凶殘種。杯羹分阿翁,鷸蚌相争,笑一般懵懂,相對哭西風。好蒼生血淚如潮湧。

【山坡羊】

走將軍黄巢弟兄,小諸侯陳思伯仲。死纏綿瘦損何郎,醉模糊淚爲張顛慟。歧路窮,藏身何處容。算吾民消受,消受諸簸弄。來日方難,問天何夢。匆匆,歎全城斜陽晚鐘。空空,歎全家浮萍斷蓬。

【五更轉】

笑流氓長槍捧,笑書生鐵彈攻。岑樓人鳳,受了三軍寵。説甚麽物與民胞千瘡百孔，把討袁兩字名兒哄。口頭禪語，禪語喃喃誦，只要得文虎嘉禾功歌德頌。

【園林好】

冷黄昏糊塗睡蟲，熱紅塵高飛斷鴻。海上逍遥游泳，危幕燕鑽紙蜂。烹走狗困神龍。

【江兒水】

斗印雙懸外，洋場十里中。有蜀西都督梅花隴，有永康方伯紅兒塚（某方伯妾蘇妓張小紅），做淞濱油壁香車夢，正好把錢財受用。兀的無告窮民，禁得幾番哀痛。

【玉交枝】

風餐絮擁，儘飄零青天不逢。如囚羑里困臨邛，想煞那妻孥入夢。黄農已騁玉花驄，陳蕃又跨瓊簫鳳。擁銅山昂藏鄧通（謂王金發），坐書城孤寒士龍（指海鳴宣言書）。

【玉抱肚】

脅肩雙聳氣衝衝，天邊彩虹，把金錢運動枯乾，把頭顱血漬凝紅。只見睡獅未醒夢朦朧，咄咄書成上將空（指陳懋修）。

【玉山頹】

酒杯深緑，劍森森光芒閃紅。怕唇亡車輔相依，聽鼾聲卧榻難容。鵷飛鶴控，把一朵紅雲親捧。早是萬金私槖一帆風，更隔東瀛一萬重。

【三學士】

有的是揭竿粤中，有的是樹幟湘中。安知菜色鳩形苦，演出焚琴煮鶴工。傅粉何郎何處是，無面目見江東。

【解三酲】[一]

吊不盡孝陵邱隴,吊不盡汗血英雄,吊不盡南朝金粉繁華夢,吊不盡高鳥良弓,吊不盡雨花臺畔詩人塚,吊不盡燕子樓頭故妓蹤。風潮猛,早又是獻忠來也,似虎狼凶。

【川撥棹】[二]

真如夢,好秦淮血淚濃,看干旌招颭猩紅,看干旌招颭猩紅。悄冥冥孤飛斷鴻,尾垂垂似蟻蟲。院深深有紙封。

【嘉慶子】

畫宣淫紅袖多斷送,倒做了勁草離離遇疾風(秦淮河殉節者,水亦成紅)。還把驚蛇打動,歎中人家產窮,歎歧途寒士窮。

【僥僥令】

義士頭成鐵,亡人手握銅。我是敲碎唾壺如處仲,難道是中央兩耳聾?

【尾聲】

蒼生膜視江山重,把九五尊榮不放鬆,欲鳥盡弓藏剩有籠。

(《申報》1913 年 11 月 5 日)

題《舞劍圖》

【南商調·二郎神】

英風大,猛飛來神龍壁破,散落的旄頭花萬朵。寒芒凛凛,想當年鐵馬金戈[三],這豪氣元龍忠膽做,合配那蘭因絮果。好摩挲,還只怕匣中神器起風波。

【前腔換頭】

我延陵心碎了，恁興亡擔荷，把絲竹中年愁裹過。項莊去後，看看若個騰挪。聽鼙鼓聲聲江上勁，冷映着兩三漁火。漫延俄，眼見得兆瓜分淚泣銅駝。

【集賢賓】

看多少香車寶馬結隊過，他琴抱雲和。似這世態炎凉何處可，算英雄費氏宮娥。美人革裹，乾守定首陽清餓，何坎坷，欲幾輩沙場醉卧。

【黄鶯兒】

千古志難磨，剩延津三尺多。琴心一曲有人兒和，痛陳蕃奈何，戀書城怎麽？這刀環齊向冰霜墮，可欽他，一般般是、渾似洞仙歌。

【琥珀貓兒墜】

金陵劫後，餘韻振蛟鼍，回首斜陽已半矬，珠光璀燦耀雲窩。搜羅，虧得失填吊徐君，墓碣無訛。

【尾聲】

摩天鷹隼浮塵涴，算今日詩仙証果，只是百鍊鋼成繞指多。

（《申報》1914年6月6日）

題毗陵董子劍厂《按劍讀書圖》

【南商調・二郎神】

帷燈裹，這危坐的歐陽是也非，聊把青萍三尺戲。書聲四壁，卻剛剛安着仲舒，那一個看他不快意，真羨煞出人頭地。秋深矣，斜刺裏，夜窗虛，多添一身衣。

【集賢賓】

一燈如豆將情遞，相思紅豆離離。起舞聞雞聊自計，想見那周身伶俐，喃喃夢囈。把劍術從頭提起，書自理，卻故把名園回避。

【黃鶯兒】

函谷一丸泥，笑項莊眼太低，延津光顫風兒細。見寒芒四飛，聽寒蛩苦啼，商音耳畔還挨擠。俗堪醫，誓高車駟馬，司馬把橋題。

【琥珀貓兒墜】

三更燈火，還聽五更雞，蕭瑟秋風感慘悽，英風叱吒豁雙眉。矜奇，問奸雄一世，甚麼東西。

【尾聲】

剔銀缸，人擁被，隱幾瞢盹枕劍欹。還效那自刺股的蘇秦，先來羅唣你。

（《歌場新月》第 1 期）

校勘記

［一］醒：原作“醒”，據曲譜改。

［二］棹：原作“掉”，據曲譜改。

［三］金：原作“僉”，據文意改。

孫　礽

孫礽(1872—?),生平見《全清散曲》第 1886 頁。

套　數

題趙松雪《五驄圖》,圖爲劉忠壯公家藏

【南仙吕・新水令】

清高顧視氣如虹,寫丹青淩烟並重。乘黄非世出,玆白慶交同。夭矯如龍,應自是神龍種。

【步步嬌】

休誇花萼寧王天潢寵,四壁雲烟拱。休誇龍眠繪筆工,骨相羅胸,争如松雪人推奉。馳譽藝林雄,寸縑尺幅,皆堪珍重。

【僥僥令】

瑞徵河並洛,運應嶽生嵩。肯向風塵終礶磫,聖世無難伯樂逢。

【江兒水】

緑耳當稱德,丹心效大功。也應行符天地龍龜用,也應班聯仙仗鵷鸞

共，也應勳酬盛代貔貅擁。自是天家供奉，早則個閑氣靈鐘，喬嶽大川才貢。

【月上海棠】

杏苑紅，長安花好胭脂貢。喜郎君官貴得意春風，是太守政勸桑農。懔繡衣霜威嚴重，騰驤奮攬轡，澄清升平歌頌。

【尾聲】

圖書府並雲臺聳，賞鑒珍藏拱璧同，争看這花滿桃林春色濃。

（《著作林》第 13 期）

題胡君藴山《濯足萬里流圖》

【商調犯南仙吕合套·風馬兒】

晴日微風泛畫船，似修禊永和年。怕腳跟猶帶九州烟，扶桑一濯，蹴碎鏡中天。

【金絡索】

飄飄客若仙，浩浩流飛電。萬疊輕波，一色羅雲剪。高源碧落懸，瀉長川，春水船如直上天。滄浪躅古留佳話，雲水光寒劈錦箋。新詞豔，流風餘韻畫圖傳。望遥遥九點齊烟，聽涓涓九派潯源。休錯認瑶池淺。

【前調】

紅塵插足艱，赤縣憂心遠。搔首踟躕，冉冉風雲變。蒼茫欲問天，感時年，恨逐春潮日日添。文章涕淚埋鸚鵡，身世傷心泣杜鵑。東流卷，英雄淘盡浪花旋。寫江聲玉軫冰弦，續離騷玉茝香荃。誰解我風塵倦。

【前調】

時悲歲月淹，世慨滄桑變。既倒狂瀾，擊楫中流挽。浮槎日月邊，恨綿綿，一度思量一惘然。憒觀跋浪魚龍衍，可爲巢堂燕雀憐。長安遠，桃花休羨武陵源。烈轟轟幾輩雲天，樂陶陶幾輩林泉。當各抱男兒願。

【前調】

胸羅斗宿懸，袖底滄溟濺。滄海橫流，大地腥膻遍。浮雲遠蔽天，慨中原，攬轡澄清賴濟川。七星待把長鯨戳，一檄應驅蠹鱷遷。人中選，經綸有待重青年。論勳猷誰是張騫，論詞華誰是文園，應共把金甌奠。

【尾聲】

萬人海裏身藏掩，只得是洗足關門聽雨眠，當把這莽莽乾坤待轉旋。

按，本曲【風馬兒】系【商調引子】，【金絡索】系【商調】[一]，互犯第一句。至第五句懸韻，系【商調・金梧桐】。第六句、第七句，系【南吕・東甌令】。第八句箋韻，系【南吕・針線箱】。第九句豔韻，系【仙吕・解三醒】。第十句傳韻，系【南吕・懶畫眉】，第十一句、第十三句系【寄生子】。芸伯此曲，平仄甚諧，格律亦整，足爲模楷。惟第十二句核之《九宫譜》，蓋無有也，應從删去。栩園識。

（《著作林》第 18 期）

校勘記

［一］索：原作"束"，據曲譜改。

王季烈

王季烈(1873—1952),生平見《全清散曲》第 1944 頁。

小　令

【黑漆弩】 壽元和孫溎卿丈七十,用元人白無咎韻,壬戌冬填詞

先生家在江南住,聽慣了鼓枻漁父。興來時一曲高歌,買醉花村春雨。

【么篇】

看兒孫舞袖斕斑,留客且休歸去。没名韁利鎖羈人,是我這閑居好處。

【懶畫眉】 壽湖南博士

我友松翁老人極道博士之賢,值其初度,寄此遥祝。

海外仙山指扶桑,似鏡澄波一葦杭。莫言卻老語荒唐,巨棗安期餉,那三島原爲壽者鄉。

【前腔】

回首中原似蜩螗,遼海移家學彦方,河清私願幾時償。既倒狂瀾障,冀我同文共軌邦。

李道衡上舍嫁女青島，有詩索和，填詞答之。詩以子女多爲累，故下半闋爲解之。

【錦堂月】

【晝錦堂(首至五)】梅吐清芬，蘭開嫩蕊，瑶台曉妝時分。簫史遥來，歲首正逢新春。【月上海棠(五至末)】惟願取偕老夫妻，常似此韶華風韻。斟良醖，看花下雙雙，珠圓玉潤。

【前腔换頭】

相近南望齊雲，今宵燕爾欣歌。百兩盈門，美眷如花，他時渡海來覲。惟願取坦腹清才，能解此阿翁閑悶。斟良醖，看甥館開時，冰清玉潤。

感逝四詠

一，同邑吴冰人師均金，同治庚午舉人，官内閣中書，積資升侍讀。僦居半截胡同，杜門卻掃，謝絶交遊。自稱生平擅三技，曰制藝、烹飪、度曲。烈十五六時，曾侍門牆。授小題文，理法精密，獲益良多。惜爾時不解聲歌，未聞師論曲耳。二，徐瑩甫編修仁鏡，宜興籍，寄居宛平。祖父昆弟，皆登詞苑，度曲亦家學。擫笛娱親，謹守葉譜。其舊居在上斜街，即顧俠君小秀野草堂遺址。宣統初，烈購居之。君時見枉談舊事。以父兄俱遭戊戌黨錮，深自韜晦。鼎革後，梁啟超招之，不赴。卒於杭。三，山陰魏鐵珊太守箴，少負才名。光緒乙酉舉於鄉，書法篆隸八分，俱能入古。待人有肝膽，獨傲睨貴游，與時多忤。晚年隱居津門，度曲自遣，病酒而死。四，南昌萬果毅公承栻，心存匡復。壬申，偕烈隨扈長春，即古黄龍府地。經營綸邑，未副所期。又受同僚媢嫉，公益鬱鬱。休沐日以歌遣愁，一曲未終，遽中風疾，遂以不起。生平抱負，不竟所施，傷已。丁丑季冬，填此志感。

【勝如花】

金門隱廿載周，三絶馳名朝右。操觚自杼軸，從心調羹，最鹽梅應手。

顧曲善宫商指謬,對花月金樽滿浮,會賓從玉笛遣愁。大好皇州,我童年時候。迅光陰何堪回首,怎重逢往昔朋儔?

【前腔】

瀛洲地三世游,陽羨歸田未就。《納書楹曲譜》律嚴,秀野堂斜街址舊。喜與君清談永晝,對花月金樽滿浮,會賓從玉笛遣愁。未改皇州,我郎潛時候。迅光陰何堪回首,怎重逢往昔朋儔?

【前腔】

酒德頌獨慕劉,荷鍤童兒隨後。撑傲骨睥睨公卿,揮妙筆淵源篆籀。興來時陽春一奏,對花月金樽滿浮,會賓從玉笛遣愁。夢阻皇州,我逃名時候。迅光陰何堪回首,怎重逢往昔朋儔?

【前腔】

戈回日願少酬,共到黄龍飲酒。相契合磊落襟期,同被讒萋菲利口。這悶懷誰能禁受,對花月金樽滿浮,會賓從玉笛遣愁。誓復皇州,我隨鑾時候。迅光陰何堪回首,怎重逢往昔朋儔?

續感逝四詠

一,武進袁玨生侍講勵准,早登詞苑,旋直南齋。遭逢鼎革,忠貞不渝。富收藏,精鑒賞。晚以浮雲蔽日,見厄同儕,遂隱居舊都,度曲自遣,鬱鬱而死。未獲易名之典,論者傷之。二,番禺許守白明經之衡,爲南海康水部弟子。長文學,工詞餘,著《曲律易知》,發揮前人所未及。曾題詩贈余云:"何時作樂咸池遇,更采枝辭入五弦。"蓋不背師旨也[一]。乃俟清不及,齎志入泉,爲可悲已。三,新陽汪鼎臣廣文家玉,辛亥棄官,隱居家衖,以度曲自遣。居蘇城王樞密巷,其前爲君家義莊,有環秀山房,擅泉石之勝。每宴集於此,清歌竟日,幾忘身世之感。自君没,而蘇之度曲者,意興闌珊矣。四，桐鄉劉鳳叔茂才富樑，精昆曲，善制譜，曾爲劉聚卿參議訂暖紅室全譜，書成過半，參議歸道山，稿遂束閣。晚年橐筆出關，僳直行在，祀神樂章，都一手訂正。既以病乞骸骨，歸未一月，卒於家衖。君歿，而余訂譜，遂鮮商榷之人矣。戊寅續填此詞，用識離索之感。

【浪淘沙】

早歲到蓬萊，望重南齋。滿舟書畫米顛儕，毀棄黄鐘嗟暮景，憔悴吟懷。

【前腔】

生就筆花妍，才調臨川。傷心凝碧管弦喧，未遇咸池詞更采，飲恨黄泉。

【前腔】

環秀小山阿，嘯侶頻過。只因感慨黍離歌，檀板金樽資破涕，歲月消磨。

【前腔】

伏案訂宫商，手稿盈箱。板腔細審入毫芒，草就中興新樂譜，邱首情長。

【孝金經】 勸農歌，代北京農學院長龐敦敏作

【孝順歌(首至六)】根本業，首農功，春耕夏耘秋穫豐。比户足餐饔，寰區禮教崇，斯爲大同。【金字令(十至合)】政治論徒空，工商利有窮，【錦法經(末一句)】怎如務本在爲農?

【前腔】

風景勝，是農村，山青水緑當我門。禾黍望無垠，溝塍界似鱗，良田盡

墾。城市軟紅塵，工場烟霧熏，那有曠野氣清新？

【前腔】

心地好，數農家，耕田自給不問他。蔬布足生涯，胼胝度歲華，淳風虞夏。世事角争蝸，人情影射沙，何如把酒話桑麻？

【前腔】

真學問，在農田，從來小民食是天。教稼啟周先，耕莘相業傳，須學聖賢。吾輩願仔肩，粟如水火然，粒我蒸民解倒懸。

【千秋歲】 寄祝伊爾根覺羅叔章參議七十賜壽，癸未八月初十日

共秋曹，恰值皇都好。驀滄海横流驚擾，極奠靈鼇，極奠靈鼇，惟君把朱果舊邦新造。古稀歲如年少，天章降錫難老。敢奏蘇門嘯，抵衛風淇澳，周雅崧高。

【解三醒】 壽許母程夫人

母爲前蘇州府許子原太守之冢婦，癸未八月十四日，七秩帨辰。

正中天婺星高照，是中秋滿月前宵。麻姑麟脯安期棗，供壽母侑香醪。况鈞天一片仙音繞，爨弄五花彩袖飄。須知道，畢竟是蘭陔慶永，萊舞歡饒。

【前腔换頭】

憶態軾朱幡前路導，良二千石丁卯橋，三吴民喜清官到。竹馬隊，笑聲嘈。當年冢婦供蘋藻，今日兒孫繼珥貂。須知道，畢竟是循良後裔，餘慶常昭。

【傍妝臺】 壽夏嘯盦同年七十

嘯盦嗜詞曲二儷體，著作甚多。癸未夏七十初度，以詞爲祝。

樂婆娑,欣逢攬揆,遇清和,正稀古年華届。喜等身著作多,詩和就陶元亮,曲嗣響王渼陂。滄桑恨,君共我,宫詞讀罷感銅駝。

【前腔換頭】

當年共載帝京過,賓筵已醉舞傞傞。君意氣,元龍比,更文史,馬班科。今日個雕蟲技,還做得傳薪火。補天願,斫地歌,回日猶盼魯陽戈。

【七賢過關】 賀袁敏萱女史于歸安定

女史爲中舟侍講次女,工書畫,精度曲。

【金梧桐(首至四)】香羅着體柔,正值清和候。女貌郎才,鶼鰈真嘉耦。【黄鶯兒(四至五)】明燈照夜,芳心初逗,【五更轉(四)】欲倩雞人報曉,遲更漏。【漁父(第一十五至十七)】待到明朝,卻扇詩吟就。更丹青妙筆,韻事素縑收,比翼鴛鴦畫裏遊。【梧桐葉(四至五)】和鳴琴瑟房中奏,更有白苧新詞囀妙謳。【皂羅袍(合至六)】月圓人壽,三生怎修?【懶畫眉(末二句)】篔簹熊羆夢來歲,清聲小鳳幽。

套　數

壽四明張節母六十

節母守制卅年,家貧食苦,撫四子成立。咸能各執一藝,以奉旨甘。其仲啟元將作專家,精於度曲。爲填此調,用代笙詩。時乙丑冬。

【甘州歌】

【八聲甘州(首至合)】清秋月皎,喜中庭丹桂,暗裏香飄。華堂開宴,正遇婺星朗耀。花前羽觴,芳醑滿風外,斑衣舞袖摇。【排歌(合至末)】祥麟趾,彩鳳毛,躋堂稱壽聚英豪。紫檀板,碧玉簫,當筵法曲奏雲璈。

【前腔换頭】

當年苦節標，記靡他，矢志柏舟貞操。杞妻哀韻崩城，淚灑滔滔。茹荼情懷[二]，誰共喻集蓼？衷腸暗自焦。錦衾夜，角枕朝，離鸞悲怨幾多遭。冰霜烈，風雪飄，貞松不爲歲寒凋。

【前腔】

賢名孟氏高，説斷機垂訓，端由母教。弟兄濟美，欣看四鳳聯鑣。黄金滿籯無足貴，一藝專精可自豪。熊丸助荻筆操，敢言母氏已心勞。卝人職匠石曹，善哉擇術令名昭。

【前腔】

年來泰運交，正潘輿頤養，載承歡笑。筵開周甲，天倫樂事陶陶。塤篪應聲情意洽，蘭玉森庭喜氣饒。麻姑酒進一瓢，夜光杯裏泛葡萄。飛瓊女下碧霄，瑶池會上獻蟠桃。

【尾聲】

新詞就，勝侶邀，陽春一曲和聲高，博得個壽母開顔醉一遭。

詠盆梅

北地梅皆盆景，遼東並盆梅罕見。曩余於蕪穢中，拾得枯梅一株，培養兩年，今已發花。仿廣平賦意，爲填此詞。

【二郎神】

良宵永是，誰陪逋仙冷夢？鴛瓦凝霜寒氣重，金爐獸炭，只餘剩火微紅。驀地幽香參鼻孔，來自此梅椿雅供。小盆中，數朵開，陽和頓滿房櫳。

【前腔換頭】

剛逢,鄉關路阻,春難寄隴。你自江南分舊種,今朝伴我同。斯身世飄蓬,索笑巡簷偕爾共。權當作詞仙愛寵,似坡翁海外遊,朝雲遠道相從。

【集賢賓】

寰區萬里誇戰功,望梅止渴成空。蓋世拔山徒逞勇,别虞兮泣下重瞳,何似師雄。做酒肆麗人春夢,新孌弄,翠衣鳥花前歌詠。

【黄鶯兒】

姹紫與嫣紅,鬥芳菲色恁濃。世人多愛牡丹種,雕闌護擁,油幢庇蒙,怎如紙帳高人夢?笑渠儂,百花魁首,偏委在荊叢。

【琥珀貓兒墜】

花真解語,向我訴情衷。願守空山冷淡風,尋芳謝絶蝶和蜂。寒冬,三友盟堅,翠竹蒼松。

【尾聲】

浯溪待勒磨崖頌,歸去扁舟載爾從,偕隱誅茅西磧峰(西磧在鄧尉深處,梅花最盛)。

(王季烈《自怡曲譜》)

校勘記

[一] 背:原作"倍",據文意改。

[二] 茶:原作"茶",據文意改。

虚　佛

虚佛，生平不詳。

小　令

相思曲

繡不完細針密線的鴛鴦帶，拭不乾淚珠滚滚滴下香腮。想起我那可意人兒今何在，病懨懨香銷錦帳，軟綿綿夢醒陽臺。聽梧桐葉落雨滴空堦，剔銀燈苦把秋涼耐。歎命薄的紅顔錯轉了胎，恨只恨今生還不盡相思債。

（《申報》1911 年 8 月 12 日）

心　病

心病，生平不詳。

小　令

詠錢，【黄鶯兒】

最好是銅錢，有了錢百事全，時來鐵也生光彩。親族盡歡顔，奴婢進諛言，小孩兒也把銅錢騙。滿堂前，家人骨肉，不過爲銅錢。

莫要説銅錢，説起錢便無緣，親朋爲此傷情面。争甚麽家園，奪甚麽房田，歎恩仇總是銅錢變。更堪憐，沿門求乞，也爲一銅錢。

偏要説銅錢，有了錢通上天，吕仙曾把黄金點。起課怕無錢，推磨鬼來牽，那鬼神尚把銅錢戀。劉海蟾，歡天喜地，因爲有銅錢。

莫再説銅錢，説起錢實可憐，十年幾度滄桑變。賺不盡的錢，過不完的年，看錢奴鑽進銅錢眼。亂山前，紙灰飛蝶，可再要銅錢。

（《申報》1911 年 9 月 30 日）

馭　公

馭公,生活於清末民國初年。

小　令

救荒五更調,仿侉侉調[一]

一字更兒裏呀,月兒照窗前。災民滿地慘目口難言,勸官紳快把米去糶。不論升,不論斗,減價售幾天。(平糶)

二字更兒裏呀,月兒漸漸升。災民嗷嗷兩耳不忍聞,可恨他經董無良心。把持那,社與倉,吞吸到如今。(積穀)

三字更兒裏呀,月兒掛中央。災民溺斃好不暗心傷,快快的捐款要去募,頒法令,城鎮鄉,各路提倡。(籌捐)

四字更兒裏呀,月兒斜了西。災民擁擠滿路苦悲啼,可憐他愁死無處訴,賦與征,勸官紳,總要寬免些。(免稅)

五字更兒裏呀,月兒正淒清。災民日夜痛哭不成聲,明明的生命危如露,散以錢,給以餅,又得慶生成。(放賑)[二]

(《申報》1911 年 10 月 7 日)

校勘記

［一］此曲又見《自由雜誌》1913 年 9 月 20 日第 1 期。

［二］賑：原作“振”，據文意改。

扶　危

扶危，生活於清末民國初年。

小　令

錢莊十更調

一更一點月初升，小調唱十更，呀呀的會，上海最繁盛。錢莊開得鬧盈盈，往來人，多稱賀呀，掌管是金銀。呀呀的會，好做大輸贏。

二更二點月正東，經手真弗公，呀呀的會，股本全用通。象皮股分好賺銅，夥計中，個個買呀，人人弗活動。呀呀的會，弄得椿椿空。

三更三點月正新，朋友勿正經，呀呀的會，銅鈿看得輕[一]。吃吃花酒開開心，勿該應，拿孤苦呀，提款弗肯允。呀呀的會，有冤無處伸。

四更四點月正明，鈔票弗通行，呀呀的會，銀行多吃驚。各莊拆票拆勿通，更加緊，叫商家呀，市面立弗定。呀呀的會，生意何日興。

五更五點月正中，百商共經營，呀呀的會，錢莊大不公。進出上下二三分，勿肯松，生意人呀，年底無花紅。呀呀的會，受累又受窮。

六更六點月正圓，錢莊將倒完，呀呀的會，出票要貼元。私放重利理應斬，頭頂天，錢莊鬼呀，商家蛀蟲鑽。呀呀的會，大家弗得安。

七更七點月到樓，國賓市上流。呀呀的會，錢莊生意謀。休把兒孫作馬牛，衹肯收，勿放出呀，銅鈿家裏留。呀呀的會，到底弗出頭。

八更八點月已斜，寧波幾大家，呀呀的會，前頭名氣揚。日日要叉大麻雀，坐馬車，銀子空呀，生意做天涯。呀呀的會，今日避在鄉。

九更九點月已西，分毫弗讓鼇，呀呀的會，勿顧大公益。剥削貧民真該死，謝天地，神民有呀，子孫截斷其。呀呀的會，還可銷銷氣。

十更十點月已沉，奉勸汝諸君，呀呀的會，富翁要聽聽，各人發些慈悲心，利可輕，金融通呀，從此又可靈。呀呀的會，各商有大幸。

（《申報》1911 年 11 月 10 日）

校勘記

［一］鈿：原作“細”，據文意改。

老和尚

老和尚,生平不詳。

小　令

我所樂,調寄【黄鶯兒】 四　首

無事莫生愁,住山林學隱流,松篁掩映窗前後。布勝綾綢,菜勝珍饈,枝頭花鳥皆吾友。好優遊,酣然一覺,蝴蝶夢莊周。

無事莫生愁,訪名儒伴道流,本來面目宜參究。福是人修,閑是人偷,夜遊秉燭明如晝。好優遊,何榮何辱,呼馬任呼牛。

無事莫生愁,愛觀山喜泛流,酒爐茶竈消清晝。言多招尤,事多招羞,閉門一榻羲皇候。好優遊,閑非閑是,總不到心頭。

無事莫生愁,悔從前錯下鈎,仰天大笑今丢手。經文懶搜,仙佛懶求,内省只在心無咎。好優遊,心田耕種,歲歲樂豐收。

(《申報》1912 年 3 月 17 日)

蟥湖豆蘆翁

蟥湖豆蘆翁,生平不詳。

小　令

新道情廿七首

豆蘆翁,何許人,僭稱王,號猢猻,如今樹倒猴兒遁。卅年爛醉揚州月,一棹歸尋甓社村。愴懷時事難消恨,悶無聊,編成野唱代歌哭,唤醒公民。

古神州,君主朝,四千年,未動摇,一朝政府推翻了。淫威是逞豺狼毒,積弊難消泰嶽高。今如敗籜秋風掃,説甚麽黄袍白帽,喜從今一筆勾消。

革命軍,死不休,武昌城,鬧出頭,胡兒夢夢還思鬭。屍骸填溢襄河水,炮火横飛黄鶴樓。瑞澂夜走吴淞口,舉義旗八方響應,我黎公偉績千秋。

石頭城,抗未降,蠢張勳,作虎倀,凶殘盡把軍民喪。鞭之即蹶人非駿,割也無能鐵不良。地方殘破無完樣,幸黄君權爲留後,程雪老撫輯多方。

洪秀全，張樂行，擾中原，事未成，到今遺臭銷難盡。姦淫殺掠天人憤，簞食壺漿父老迎。一仁一暴相懸甚，擲頭顱换成民國，五色旗共慶昇平。

我華民，尚古風，祖軒轅，一本同，死亡患難應相共。生殘同類皆民賊，死攘膻胡亦鬼雄。無分貴賤何輕重，使當年洪苗成事，一樣的聖祖仁宗。

嘆旗人，避亂忙，改姓名，换漢裝，狼奔豕突神魂喪。揚州十日雄安在，嘉定三屠債已償。駐防翻上防人當，問奴才將軍都統，有幾人戰死沙場。

慶老兒，店有年，賣小官，賺大錢，至親好友無賒欠。壽辰慶祝傾朝野，金字輝煌納萬千。相元脱脱今重見，事臨頭乞休告病，仗六哥八面周旋。

親貴中，衆小兒，各争權，總爲私，王爺攝政同兒戲。海軍財政如何託，吃飯穿衣尚未知。專長嫖賭無他技，不思量親賢遠佞，只鬧得國破民離。

説胡裝，當解嘲，袖馬蹄，翎雀毛，頂兒狗卵翹纓帽。人前慣作羔羊跪，腦後常看豚尾摇。衣冠禽獸何其肖，到如今漢朝光復，五族人氣脱腥臊。

盛宣懷，聚歛臣，鐵路收，國不存，商民川蜀人人憤。吹牛趙老難歸骨，拍馬端公竟喪元。一時鼎沸民心變，未幾時武昌義起，賣國奴日本逃奔。

袁項城，勒歸田，召出山，掌大權，功成和議人争羡。侍郎賞出先皇帝，總統光叨老逸仙。飛來富貴非初願，乞我公毋循故轍，享大名於萬斯年。

孫逸仙，國手醫，創共和，老不疲，果然如願成其事。捨身救世真生佛，革命開山老祖師。功成身退無他志，數歷朝聖賢豪傑，唯先生一以兼之。

楚粤間，多偉人，爲同胞，不顧身，仆前起後争先進。黄花岡上英雄骨，西子湖邊俠女魂。佛塵雖死無遺恨，想熊徐九泉含笑，慟鄒容歸櫬無聞。

每日間，議院開，笑議員，似小孩，叫囂惡習流氓派。用人不問黨何黨，作事先看材不材。許多先着因争敗，勸諸君和衷共濟，從今後切莫疑猜。

盛典逢，賜嘉禾，上少中，將太多，濫行爵賞誰之過。也知國慶舖張好，其奈邊氛緊急何。歡迎紀念朝還暮，耗金錢成千累萬，仗外債濫借横拖。

救同胞，水火中，假慈悲，説得凶，横征翻比前清重。錢糧加價何嘗減，關卡苛捐不放鬆。農商交困言堪痛，最傷心揚州軍統，老虎關流毒無窮。

蒙古人，西藏蠻，不共和，擾治安，英俄暗助開邊患。爪哇慘殺呼援急，日本陰謀背約難。楚歌四面何時散，倘内訌再興不息，恐眼前步武波蘭。

鄉議員,一圈猪,雖有名,實則無,盲紳土董居多數。雛形未具思高舉,人格無聞盡下愚。一經榮選誇殊遇,立學堂口頭禪語,十人中九不知書。

熊載揚,宋教仁,頻遭批,背受刑,英雄女界推唐沈。本非異種何歧視,等是同胞豈至尊。平權理合同參政,况前清禧安兩后,數十載執掌乾坤。

民國興,捐例除,舉人才,即正途,無非族友兼親故。僉推知事多尸位,司長科員半濫竽。劉郎又入天台路,幸門開徇情納賄,與亡清一例無殊。

報館開,直到今,儆官邪,正人心,宛如照膽秦宫鏡。春秋褒貶從無枉,神聖尊嚴孰敢侵。巨奸大憝都鉏盡,鼓吹功當今無兩,一枝筆十萬雄兵。

候補官,□□□,無津貼,捐委差,代理成虚願癮深。水煮過籠紙竈冷,□□囊空買米錢。寒號飢哭妻孥怨,悔不如街頭小販,賺幾文殘喘稍延。

鄉塾師,服上刑,勸改良,死不聽,東家延請偏相信。詩號千遍千家句,書嚼三年三字經。害人子弟無窮盡,視學員所司何事,快調查腐敗情形。

撫銅駝,吊帝京,感興亡,涕淚零,朝房冷落天街静。春風御殿莓苔色,秋雨離宫蟋蟀聲。孤兒寡婦伶仃甚,謝諸臣網開三面,四百萬可養餘生。

自商周,歷漢唐,六朝興,五代亡,宋元明後胡清王。一人作俑争皇位,萬姓無辜入宰場。家天下禍伊誰釀,數千年沈沈黑夜,到如今幾見天光。

帖宜春,送舊年,稿將完,筆退尖,梅花歲酒家家讌。春光佈滿三千界,夜月彈成念五弦。音多變徵兼清怨,興來時狂歌一曲,那管他滄海桑田。

(《申報》1913 年 1 月 31 日)

李东埜

李东埜,生平不詳[一]。

套　數

春申鏡

【新水令】

繁華自古説春申,媚斜陽鞭絲帽影。汽車馳驛路,寶馬蹴香塵。仕女紛紜,争趁着上元景。

【駐馬聽】

北里新聲,玩月亭臺春選勝。南朝花影,停雲樓閣夜調筝。清詞艷曲必爲鄰,金樽檀板空餘恨。情無盡,曲闌争把纏頭贈。(書場)

【沉醉東風】

搽粉墨鬚眉現隱,傳歌舞詞曲凄零。喜劇啊新茶花,悲劇啊明末恨。譜新腔繪聲繪影,世事紛紛爲寫真,莫漫笑衣冠優孟。(戲院)

【油葫蘆】

一曲清歌侑酒樽,花外囀鶯聲。更繡簾捲,佳殽設,電燈明,良夜何深

沉。送客復留髠,情意兩相投。一點靈犀印,不數他揚州十載烟花景,巫峽三更雲雨情,那知道贏得青樓薄倖名。(妓院)

【漁家傲】

滄桑變幻無憑準,望申江潮汐,覆雨翻雲。公園烟樹鎖春深,偏不准犬與華人。更看那電車絡繹徐家匯,案牘紛紜會審廳,空争着治外法權誰承認。

【餘文】

住洋場,誇繁盛,鵲巢鳩佔渾無定,更莫問王謝當年舊主人。

(《申報》1913 年 2 月 25 日)

校勘記

[一]《紅雜誌》1922 年卷一第 13 期大膽書生《小説點將録》:"病大虫薛永:李東埜。贊曰:生氣虎虎,赫然大虫,病魔不仁,忍困英雄(李東埜君爲數年前小説界出色人才,著作頗多。夙好飲,酒酣耳熱,下筆千言,殊虎虎有生氣。嗣得咯血,病體驟弱,乃從醫言戒酒,且謝絶文字緣。休養久之,宿疾漸愈。然無復當時豪氣矣)。"

張震甫

張震甫,生活於清末民國初年。

小　令

新五更調,維持國貨

一更一點月出初,各種□國貨。呀呀得而噲,銷路來得多。搶脱我呢中國貨,價錢大,買子伊吓,一着就要破。呀呀得而噲,還是用國貨。

二更二點月正清,各位快點醒。呀呀得而噲,實業要當心。呢絨布疋頂要緊,做得精,香肥皂吓,全靠質地清。呀呀得而噲,裝潢要乾净。

三更三點日將西,國民心要齊。呀呀得而噲,白相真無趣。提倡國貨籌生計,有志氣。□國貨吓,勿要去買伊。呀呀得而噲,利權勿要棄。

四更四點月還亮,國貨快改良。呀呀得而噲,换點新花樣。價錢總要賣得强(吴諺,强即價賤之義),銷路暢。做生意吓,和氣好商量。呀呀得而噲,只要好交帳。

五更五點月已遥,國貨樣樣到。呀呀得而噲,實在真勿少。綢緞布疋一大淘,光彩好,着起來吓,比之洋貨牢。呀呀得而噲,中國有英豪。

(《申報》1913 年 3 月 2 日)

新五更調,征蒙

一更一點月出初,可恨外蒙古。呀呀得而噲,破壞我共和。一心向俄真糊塗,召外侮,外交部吓,要想保領土。呀呀得而噲,切勿可讓步。

二更二點月上牆,先要籌軍餉。呀呀得而噲,最後説打仗。兵心自然弗慌張,將也良,預備好吓,只等到戰場。呀呀得而噲,男兒志氣强。

三更三點月正中,啥人是英雄。呀呀得而噲,帶兵到外蒙。旗開得勝立頭功,有威風,想想看吓,快點去從戎。呀呀得而噲,弗打弗成功。

四更四點月偏西,大家心要齊。呀呀得而噲,勿要像奴隸。活佛面上争口氣,捉牢哩,鎗斃伊吓,俄庫約廢棄。呀呀得而噲,事體好舒齊。

五更五點月已遥,將來各同胞。呀呀得而噲,凱旋唱得高。列强承認我可包,阿要好,共和國吓,永遠保得牢。呀呀得而噲,全靠各同胞。

(《申報》1913 年 2 月 28 日)

清明五更調

一更一點月正清,今朝是清明,呀得而噲,快點去踏青。桃紅柳緑開得盛,鬧盈盈,生意好吓,讓還車子人,呀得而噲,推得蠻高興。

二更二點月上牆,個種綺娘娘,呀得而噲,妝得蠻等樣。手裹拿仔臘燭香,上墳場,拜起來吓,哭得好悽涼。呀得而噲,叫聲親爺娘。

三更三點月光寒,學堂裹阿官,呀得而噲,轉去喫青糰。哩朶還要起忙亂,整衣冠,尋朋友吓,踢球約淘伴。呀得而噲,大家蠻喜歡。

四更四點月偏西，踏青已舒齊，呀得而噲，大家要轉去。拿仔桃柳笑迷迷，到屋裏，花瓶上吓，插得蠻寫意。呀得而噲，看看阿有趣。

五更五點月正遥，還是看《申報》，呀得而噲，《自由談》頂好，應時滑稽倒弗少，像今朝，清明節吓，做只五更調。呀得而噲，弗怕别人笑。

（《申報》1913 年 4 月 7 日）

戲名五更調

一更一點月出初，目蓮僧救母。呀呀得而噲，全本陰陽河。打棍出箱取成都，落馬湖，李陵碑吓，胡迪罵閻羅。呀呀得而噲，楊四郎探母。

二更二點月正清，沙陀國借兵。呀呀得而噲，五鼠鬧東京。貴妃醉酒拾黄金，玉麒麟，花蝴蝶吓，大鬧四杰村。呀呀得而噲，高冲戰蠻兵。

三更三點月還亮，五關斬六將。呀呀得而噲，怒沉百寶箱。徐策跑城鬧昆陽，雙鴛鴦，摇錢樹吓，捉拿九花娘。呀呀得而噲，全本楊家將。

四更四點月光遥，包拯打龍袍。呀呀得而噲，頭本金錢豹。父子相會金雁橋，一枝桃，三門街吓，槍挑安殿寶。呀呀得而噲，雙演斬黄袍。

五更五點月沉西，諸葛空城計。呀呀得而噲，時遷偷金鷄。火燒連營七百里，鴻鸞禧，珍珠衫吓，嫖界現形記。呀呀得而噲，全本烏盆計。

（《申報》1913 年 6 月 21 日）

陳其淵

陳其淵，號石泉、滌骨、二我，嘉定（今屬上海）人。生活於清末民國初年。有雜劇《黑海潮》、《好頭顱》等。

小　令

國會五更調

一更一點月初上，國會開場。呀呀得而嚕，多少政黨。預備選舉實在忙，農工商，大總統呀，大家有望。呀呀得而嚕，阿要風光。

二更二點月出明，尊姓大名。呀呀得而嚕，弗論富貧。年紀祇消過花信，算公民，大總統呀，就有名分。呀呀得而嚕，實在開心。

三更三點月正中，選舉秉公。呀呀得而嚕，弗要運動。選出一個大英雄，責任重，大總統呀，萬民稱頌。呀呀得而嚕，爲國有功。

四更四點月微芒，遯初先生。呀呀得而嚕，被刺車場。凶手提牢文元坊，把命償，大總統呀，選舉照常。呀呀得而嚕，勿要驚惶。

五更五點月西沉，國會要緊。呀呀得而嚕，亞東先進。老大帝國共和成，到如今，大總統呀，正式選任。呀呀得而嚕，歐美承認。

（《申報》1913 年 3 月 30 日）

血　真

血真,生活於清末民國初年。

小　令

《自由談》五更調

一更一點月出山,《申報》送得來。呀呀得狠,别張才丟開。先要緊看《自由談》,真可愛,無事體呀,看子消閑。呀呀得狠,又好免睏懶。

二更二點月已亮,游戲文章。呀呀得狠,頂好白相。又有短來又有長,空心想,海内外呀,文豪健將。呀呀得狠,當俚做戰場。

三更三點月正明,海外奇聞。呀呀得狠,戲劇批評。詩詞選録在尊聞,小説新,自由花呀,兒女情深。呀呀得狠,大家歡迎。

四更四點月照樓,談話會起頭。呀呀得狠,名目叫自由。贊成入會做稿投,軋朋友,只因爲呀,見面弗能够。呀呀得狠,要將小像留。

五更五點月光暗,文字結因緣。呀呀得狠,大家情願。名士丰儀得仰瞻,更喜歡,投稿人呀,惟恐入紙團。呀呀得狠,望得眼睛穿。

(《申報》1913 年 6 月 5 日)

贅　虜

贅虜，徐州（今屬江蘇）人，其餘不詳。

小　令

宋案十空曲

尤西堂《百末詞》有【駐雲飛】《十空曲》，今仿其體，戲譜宋案，亦得十首，即題爲《宋案十空曲》云。

南北調融，頗有儀秦游説風。掉舌袁黎動，抵掌孫黄重[一]。嗏，政客此稱雄，名高忌衆。鐵彈飛來，打破共和夢。君看革命元勳，總是空。宋教仁

爵位尊崇，除却袁公即此公。政治何曾懂，傀儡隨人弄。嗏，疑案起重重，傳票遠送。病假難消，飄斷黄粱夢。君看總理堂堂，總是空。趙總理

實在神通，偌大風潮此首凶。燬宋將何用，奔狄尤非勇。嗏，鷙鳥脱樊籠，再難入甕。赫赫公堂，難斷芭蕉夢。君看引渡商量，總是空。洪述祖

宵小奸雄，内閣人員竟串通。奴性專趨奉，鬼計工欺哄。嗏，遣使刺勛庸，案情太重。月冷圜扉，枉做酬勳夢。君看教唆行凶，總是空。應

夔丞

何物昏蟲,受嗾敢來殺宋公。狙擊居然中,猝斃誰相慟。嗏,驗腹更剳胸,比刑還重。泉下殘魂,醒否糊塗夢。君看行刺凶徒,總是空。武士英

偵察玲瓏,悶極葫蘆忽打通。覓鼠須搜洞,捉鼈如探甕。嗏,從此做財翁,萬金賞重。炸彈一聲,險入巫陽夢。君看破案包探,總是空。陸惠生

袒護西東,操勝全憑口舌雄。祇要多金送,那怕長年訟。嗏,法律欠精通,駁還上控。曲直難明,似説痴人夢。君看代訴呶呶,總是空。律師

警長威風,硬把廳門緊緊封。防犯須嚴重,此户休開動。嗏,彼此各争雄,議員聚閧。觸鬭蠻攻,鬧煞蝸牛夢。君看意氣相持,總是空。穆警長、市政廳議員

被逮匆匆,忙煞青樓舊小紅。密信憑君送,警吏將奴擁。嗏,捉去取親供,魂驚魄恐。累得如花,難與人同夢。君看妓女株連,總是空。胡翡雲

備極哀榮,廣告傳單遍國中。演説同潮湧,拍手如雷動。嗏,遼鶴返丁公,墓門木拱。那有亡魂,重醒華胥夢。君看追悼紛紛,總是空。各處追悼會

(《申報》1913 年 6 月 17 日)

校勘記

[一] 扺:原作“抵”,據文意改。

七九老人

七九老人，生平不詳。

小　令

新道情

自由談，看了頑，悦我心，開我顔，嬉笑怒駡真利害。有言直言多爽快，無事尋事没遮攔，是非黑白誰能辯。則纔是文人遊戲，説甚麽參衆紛繁。

自由談，看了頑，日日讀，不厭煩，聲色貨利辭哀怨。跳梁小丑無關繫，當代偉人説不堪，問題世界淚空談。則纔是形容是實，説甚麽言辣心甘。

自由談，看了頑，醫煩惱，卻病丹，寬胸開味疏氣散。窮通壽夭般般有，富貴功名件件難，出頭椽子他先爛。則纔是看穿時事，説甚麽血淚空彈。

自由談，看了頑，諸君子，用心專，美玉明珠共一盤。他年積秩真寶貴，今日成裘積腋難，何日裏得窺全豹。則纔是奇文希世，説甚麽終日空談。

（《申報》1913 年 7 月 20 日）

奚悲秋

奚悲秋，生活於清末民國初年。

小　令

上海商團五更調

一更一點月初升，商團熱忱。呀呀得而會，保護百姓。光復上海拼性命，真可敬，有警告呀，立刻就出巡。呀呀得而會，地方賴安寧。

二更二點月正明，二次革命。呀呀得而會，基本總司令，要改商團保衛名，打北軍，各團體呀，個個弗贊成。呀呀得而會，就此作罷論。

三更三點月如弓，弗要面孔。呀呀得而會，害人有某君。想做協理太懞懂，助南軍，到如今呀，一點弗成功。呀呀得而會，空做一場夢。

四更四點月模糊，一塌胡塗。呀呀得而會，南軍倒干戈。匪徒搶劫來放火[一]，百姓苦，快逃走呀，走頭又無路。呀呀得而會，數日便嗚呼。

五更五點月將沉，北兵進城。呀呀得而會，積恨非輕。搜查商團軍用品，真兇猛。好商團呀，嫌疑何日清。呀呀得而會，敢作不平鳴。

（《申報》1913年8月10日）

上海戰事五更調,集投稿諸君句

一更一點月正東,輕舉妄動(槁木子)。呀呀得爾噲,炮聲隆隆(郁慕俠)。骨肉流離道路中(南通月波),憤填胸(一鶴)。□司令呀(不署名),財運亨通(是龍)[二]。呀呀得爾噲,亡國之富翁(病夫)。

二更二點月漸高,出人意表(露鈺)。呀呀得爾噲,自欺同胞(天一)。直把韶光閑裏拋(海上癡人),賣小報(覺迷)。□字頭呀(熱廬),胡言亂道(翔鳴)。呀呀得爾噲,可發一笑(二我)。

三更三點月如弓,火窟之中(瞻)。呀呀得爾噲,全城爲空(朱筱韻)。名曰同胞意未同(二我居雜綴),罪無窮(粉蝶)。袁總統呀(静觀),有些難動(逸民)。呀呀得爾噲,偉人本無種(劉河慶璋)。

四更四點月落西,争權攘利(寸鐵)。呀呀得爾噲,民生凋敝(瘦蝶)。與若死别寧生離(淡秋),夜不眠(侍仙)。諸偉人呀(一笑),前功盡棄(愛樓)。呀呀得爾噲,啞子吃黄連(孚忱)。

五更五點月將沉,諸大偉人(瓶庵)。呀呀得爾噲,本事頭等(舍予)。無數婦孺啼哭聲(鈍根),最銷魂(佐彤)。野心家呀(瘦俠),性命要緊(鐵漢)。呀呀得爾噲,一事竟無成(銘彝)。

(《申報》1913 年 8 月 30 日)

校勘記

[一] 搶:原作"槍",據文意改。

[二] 亨:原作"享",據文意改。

紫花館主

紫花館主,生活於清末民國初年。

小　令

新五更調,嵌《自由談》小説名

一更一點月初生,離婚捷徑。呀呀得而噲,紫姑泥美人。游戲炸彈戒嚴令,客串軍,麗綃記呀,梁鼎芬哭靈。呀呀得而噲,共和某先生。

二更二點月漸明,東林俠隱。呀呀得而噲,土人接財神。歡場泡影畫中人,落花魂,薄情郎呀,地方選舉鏡。呀呀得而噲,黨員顧洪明。

三更三點月正團,鳳珠小傳。呀呀得而噲,大寫負心漢。尼姑出嫁秋風扇,並蒂緣,留影記呀,頑童苦兒院。呀呀得而噲,鬧争義利團。

四更四點月落西,蘭亭雅敘。呀呀得而噲,奴性烟民淚。老爺少爺打野鷄,燕分飛,死鴛鴦呀,皖江血傳奇。呀呀得而噲,民政署摹西。

五更五點月賸絲,玉田恨史。呀呀得而噲,自由花彈詞。鈍根之笑蠢公子,新公司,嬌櫻記呀,好朋友畫師。呀呀得而噲,月宫會情絲。

(《申報》1913 年 8 月 11 日)

新五更調,集《自由談》投稿同志雅纂

一更一點月正升,率公鈍根。呀呀得而噲,瘦蝶小青[一]。玄郎東埜徐哲身,張禹門,奚悲秋呀,丁悚逸民。呀呀得而噲,侍仙頌斌。

二更二點月光明,獨鶴芙鏡。呀呀得而噲,莽漢鶴心。瘦俠粉蝶袁克文,秦寄塵,郁慕俠呀,蝶仙李生。呀呀得而噲,健兒志雲。

三更三點月當中,景騫寓公。呀呀得而噲,酒丐旭東。秋纕蘭貞蔣端容,唐寂紅,杜雙璧呀,漱馨倚桐。呀呀得而噲,常覺是龍。

四更四點月漸低,小蝶嗜奇。呀呀得而噲,滌骨覺迷。鈍民一鶴陸律西,張然犀,丁福保呀,愛樓定夷。呀呀得而噲,士登天倪。

五更五點月西沉,瘦俠鴻影。呀呀得而噲,華年問津。緑窗碧梧盧善珍,姜映清[二],魏鋤月呀,藝俠珠卿。呀呀得而噲,瘦紅清芬。

(《申報》1913 年 8 月 15 日)

校勘記

[一] 小:原作"了",據文意改。

[二] 姜:原作"美",據文意改。

柄銃

柄銃，生活於清末民國初年。

小令

新五更調，逃難情形

一更一點月東升，二次革命。呀呀得而噲，風鶴頻驚。戰報傳到各州城，大家奔，租界中呀，聊避風雲。呀呀得而哼，還是上海寧。

二更二點月光明，輿金豐盈。呀呀得而噲，車夫交運。銅板角子才勿興，洋鈿靈，約齊來呀，不過升斤。呀呀得而哼，重則勿担承。

三更三點月當中，戰事正兇。呀呀得而噲，流彈橫縱。奔波勞碌一場空，險送終，快逃命呀，妻孥失蹤。呀呀得而哼，行李忘路中。

四更四點月漸低，都督好奇。呀呀得而噲，米中身棲。巷門栅欄才造齊，嚴守閉，動雷聲呀，嚇煞仔伊。呀呀得而哼，魂胆頃刻離[一]。

五更五點月已沉，闊少起勁。呀呀得而噲，勿講正經。檯面擺得鬧盈盈，享太平，藉避難呀，嫖賭開心。呀呀得而哼，家私嘸淘成。

（《申報》1913 年 8 月 25 日）

校勘記

［一］頃：原作“傾”，據文意改。

高翀

高翀(？—1914),又名高瑩,字侶琴,號太癡、清遠道人、雲水山人等,別署太癡生、孤芳、獨行等,松江(今屬上海)人。有《退藏齋題畫詩》、《退藏齋筆記賸》等。

套數

題陳筱石先生《水流雲在軒圖記》

【仙吕入雙調·醉扶歸】

猛可的共工力撼昆侖倒,霎時間天柱地維摇。眼見神州勢滔滔,付洪濤掛將烏帽。再不管相承誰舜與誰堯,歎日落也虞淵到。

【皂羅袍】

回首巍科登早,自春明釋褐備職兵曹。薇省回翔聖恩高,許扶風走馬躋京兆,便運隨鵬化扶摇九霄。迎回鑾馭,光榮兩朝。到頭來北門坐掌畿疆靠。

【江兒水】

呀,君國情原切,家庭事更饒。慘淒淒幼日靈椿杳,鬖晶晶壯歲慈萲照,喜孜孜花萼聯芳早。又誰想蘭閨增悼,兩度良緣,恁的光陰草草。

【玉交枝】

今日個房幃屏好,羨雙雙神仙眷屬,梁鴻賃廡堪偕老。漫嗟吁,一現缽曇消,桑田變爲滄海潮。達觀都付休煩惱,志情緣聊將稿鈔,寫遊蹤還將畫描。

【川撥棹】[一]

幽棲處軒名特地標,水雖流雲在中霄,水雖流雲在中霄。這的是先生志超。試論文情韻高,更披圖風采豪。

【僥僥令】

雪鴻新印爪,舊例見亭鈔。衹堪悲書到,垂成時變了。讀罷令人雙淚飄。

(《申報》1913年9月5日)

校勘記

[一] 棹:原作"掉",據曲譜改。

居隱呼嚎

居隱呼嚎,生平不詳。

套　數

哀江南

【臨江仙】

痛煞鬩牆兄弟鬧,石城改建旌旄。黃童白叟泣江皋,劫灰猶未了,歸鳥已無巢。

【北新水令】

眼前都是好同胞,惡狠狠殺人如草。小民無出路,大將不封刀。奔走荒郊,血淚流多少。

【沉醉東風】

擄財帛一軍歡笑,掠胭脂童女號咷。百萬家破産同,二十日守城好。到如今滿目蕭條,秋柳依然吊六朝。這纔是慘無人道。

【解三醒】[一]

我終日憂心悄悄,救不得百萬同胞。眼看這東南半壁空傷悼,好江山戰馬咆哮。何人净把烽烟掃,秩序維持略解嘲。都休了,大總統棋輸一着,將悍兵驕。

(《申報》1913 年 9 月 17 日)

校勘記

[一] 醒:原作"醒",據曲譜改。

陶　然

陶然，生活於清末民國初年。

小　令

五更調

一更一點月光徹，打隻野鷄。呀呀得噲，野算有趣。一宵歡樂兩鷹飛，弗便宜，人家問我，有啥滋味，呀呀得噲，勿要説起。

二更二點月初升，主意弗定。呀呀得噲，無啥淘成。三朋四友弗正經，鬼打混，見仔妓女，骨頭才輕。呀呀得噲，落脱靈魂。

三更三點月色溶，一時朦朧。呀呀得噲，洋錢摸空。露水邪緣一夜中，無嗎用，等到天亮，就把客送。呀呀得噲，歸來瞌朊。

四更四點月在窗，染着梅瘡。呀呀得噲，痛苦難當。毒門先生敲竹槓，價錢講，一張方子，二百大洋。呀呀得噲，壞脱傢生。

五更五點月西沉，銅錢用盡。呀呀得噲，衣衫弗整。無顔歸見故鄉人，做流氓，爺娘弗認，朋友看輕。呀呀得噲，嫖客報應。

（《申報》1913 年 11 月 10 日）

陳佐彤

陳佐彤,曾充英領事署文案,巡捕房教習。其妻姜漣,字映清,有《秋江送別》、《柳夢梅拾畫》、《杜麗娘送夢》等彈詞作品。

小　令

學界五更調

一更一點月初明,留學到東瀛。呀呀得而噲,買張好文憑。一年半載轉家門,無學問,騙死人呀,外洋畢業生。呀呀得而噲,眼孔高於頂。

二更二點月上升,請俚當主任。呀呀得而噲,從此有權柄。各科教習私訂定,做人情,阿精明呀,拍打大頭寸。呀呀得而噲,腳跟立得穩。

三更三點月正寒,偷看女教員。呀呀得而噲,誰家美嬋娟。淺色圍巾高領圈,團團轉,彈風琴呀,喉嚨來得軟。呀呀得而噲,一想蠻情願。

四更四點月已微,巴望到星期。呀呀得而噲,飯後朝北去。勿叉麻雀便看戲,怪有趣,打野雞呀,跑穿德裕里。呀呀得而噲,名譽覅管俚。

五更五點月光無,成績本糊塗。呀呀得而噲,大考倖免過。別字教仔無其數,撳爛污,查字典呀,終歸難清楚。呀呀得而噲,説弗出個苦。

(《申報》1914 年 1 月 4 日)

野　鶴

野鶴,生活於清末民國初年。

小　令

貧民五更調

一更一點月正低,寒冬天氣,呀呀得兒喻,西風凛冽。棉衣當在典舖裏,典舖裏,欲禦寒呀,贖出没有錢。呀呀得兒喻,難過落雪天。

二更二點月正起,一斗飯米,呀呀得兒喻,九百銅錢。兩日吃仔剩微幾,剩微幾,食口多呀,難乎其爲繼。呀呀得兒喻,只好餓肚皮。

三更三點月正淒,開門六件,呀呀得兒喻,醬醋油鹽。菜蔬貴來吃不起,吃不起,豆腐店呀,也要漲價錢。呀呀得兒喻,一塊兩文錢。

四更四點月正微,光陰如箭,呀呀得兒喻,難過年底。各店賒賬來索欠,來索欠,有幾個呀,弄得尋短計。呀呀得兒喻,實在真可憐。

五更五點月正西,勸勸財主,呀呀得兒喻,捐些銅錢。襄助善舉竭力些,竭力些,救窮民呀,免得流爲匪。呀呀得兒喻,萬民感激你。

(《申報》1914 年 1 月 12 日)

吴門劍花

吴門劍花,生活於清末民國初年。

小　令

勸戒卷烟,新五更調

一更一點月正偏,勿要吃香烟。呀呀得喻,賽過鵐片。既傷身體又費錢,真可憐,明白人吓,大家勸免。呀呀得喻,立志要堅。

二更二點月正高,苦勸同胞。呀呀得喻,才要學好。勿要去看個種烟撮老,學時髦,受毒深吓,精神昏耗。呀呀得喻,後來要懊惱。

三更三點月正孤,財力無多。呀呀得喻,人貧世富。何苦去學臭洋奴,趕車夫,水旱烟吓,亦好呼呼。呀呀得喻,到底本國貨。

四更四點月正清,倽個正經。呀呀得喻,看得批輕。五個銅板買十根,消耗品,一年來吓,十八千文。呀呀得喻,只算一個人。

五更五點月未央,萬國通商。呀呀得喻,打定主張。民國如今正出場,好改良,我國民吓,轉弱爲强。呀呀得喻,落得好收場。

(《申報》1914 年 2 月 6 日)

壺隱廬主立三

壺隱廬主立三，生活於清末民國初年。

小　令

勸入儉德會，新五更調

一更一點月正偏，發起儉德會。呀呀的噲，崇尚節儉。五條規則立出來，真可愛，發起人吓，就是王耕培。呀呀的噲，大家要入會。

二更二點月正東，民國實在窮。呀呀的噲，羅掘已空。外債欠得難彌縫，弗成功，有銅錢吓，還是省點用。呀呀的噲，勿要昏懂懂。

三更三點月正遥，團體要結牢。呀呀的噲，奉勸同胞。堂子裏相真胡鬧，□去跑，叉麻雀吓，野弗是好路道。呀呀的噲，勿要做闊老。

四更四點月正西，衣服重華麗。呀呀的噲，幾化糜費。酒肉結交講勢利，無道理，從今起吓，才要改脱裏。呀呀的噲，大家心要齊。

五更五點月未央，風俗要改良。呀呀的噲，打定意向。各憑良心勿搭漿，學好樣，照此辦吓，中國好富强。呀呀的噲，總有法子想。

（《申報》1914 年 2 月 11 日）

王海如

王海如，生活於清末至民國初年。

小　令

警世五更調

一更一點月光輝，上海社會，呀呀呀得噲，窮侈極奢。嫖賭吃着人人愛，擺海外，馬車勠坐呀，汽車開開。呀呀呀得噲，就叫完大倌，家當好像用弗完，想出花頭來。呀呀呀得噲，跑去開菓盤。死要場面活受累，要緊完，一進堂子呀，洋鈿幾十塊。呀呀呀得噲，還算是洋盤。

二更二點月當頭，推方牌九，呀呀呀得噲，解悶消愁。一千塊洋鈿要打三道頭，大出手，四五劈面呀，拔隻牛頭。呀呀呀得噲，莊家天之九，摇摇寶來擲擲骰，終歸弗得手。呀呀呀得噲，輸得嘸路走。各處奔跑去看朋友，苦哀求，大家帮忙呀，抽點小頭。呀呀呀得噲，用賬都弗夠。

三更三點月漸西，吃頓大餐去，呀呀呀得噲，食物揀新奇。紅煨獐肉炸野鷄，一瓶勃蘭地，清鴿蛋呀，布丁用西米。呀呀呀得噲，濃茶代咖啡，只消物事來道地，燒得有滋味。呀呀呀得噲，價錢總弗計。生就一副闊脾氣，真寫意，要簽字呀，賬房弗肯欠。呀呀呀得噲，擺只表勒裏。

四更四點月模糊，袍子是玄狐，呀呀呀得噲，面子大青布。翻貂馬褂袖弗大，真馬虎[一]，獺絨帽子呀，到是來路貨。呀呀呀得噲，打扮真時路。濫吃濫看濫嫖賭，只有一年多。呀呀呀得噲，弄得一塌糊。大哭小喊只爲肚裏餓，真難過，懊悔當初呀，忒嫌撒爛屙。呀呀呀得噲，説弗出個苦。

五更五點月西歸，物事才弄完，呀呀呀得噲，親戚斷往來。朋友看見弗理睬，真可哀，世情梟薄呀，説也悽慘[二]。呀呀呀得噲，豪燥點改悔。敗子回頭金不换，去入儉德會，呀呀呀得噲，浪費好省哉。勤勤儉儉扒起來，運氣轉，做人家呀，終歸用弗完。呀呀呀得噲，仍舊好發財。

（《申報》1914 年 2 月 20 日）

校勘記

［一］馬：原作"媽"，據文意改。

［二］也：原作"野"，據文意改。

程鹿鳴

程鹿鳴，上海人，生活於清末民國初年。

小　令

勸世五更調，華亭土音

一更一點月初升，鴉片真害人。呀呀得噲，倒説長精神。一塊洋錢錢二分，最傷心，吃得來呀，像個骷髏精。呀呀得噲，實在勿像人。

二更二點月漸起，衣服着時鮮。呀呀得噲，啥人及得俚。金絲眼鏡雪茄烟，風頭健，禮拜日呀，張園安牆地。呀呀得噲，汽車快如飛。

三更三點月正清，嫖是最開心。呀呀得噲，走進迷魂陣。大少叫來蠻慇懃，問尊姓，留住夜呀，賽過落脱魂。呀呀得噲，身邊挖乾净。

四更四點月模糊，日裏無啥做。呀呀得噲，還是碰碰和。一千塊底弗算多，家當大，輸完子呀，索性撤爛污。呀呀得噲，賣脱家主婆。

五更五點月西歸，勸入儉德會。呀呀得噲，及早回心轉。吃着嫖賭齊要改，創家業，從新起呀，一定來得及。呀呀得噲，立志總要堅。

（《申報》1914 年 3 月 25 日）

源　深

源深，生活於清末民國初年。

小　令

空心大少五更調

一更一點月正幽，弄堂兜兜。呀呀得噲，到處溜溜。嘴裏只説尋朋友，會推頭，坐定子呀，弗肯就走。呀呀得噲，交關皮厚。

二更二點月正起，搓和替替。呀呀得噲，十塊一底。輸子銅鈿弗關倪，耐悔氣，贏着子呀，放勒身邊。呀呀得噲，落得刮皮。

三更三點月正圓，吃酒□邊。呀呀得噲，解解饞涎。叫局弗出現銅鈿，儘管欠，到節邊呀，人面弗見。呀呀得噲，再弗出現。

四更四點月漸隱，乾鋪端整。呀呀得噲，跌倒就困。被頭褥子香噴噴，真開心，到明朝呀，擾等點心。呀呀得噲，真真吃精。

五更五點月西沉，奉勸諸君。呀呀得噲，愛惜光陰。耗費精神最傷身，弗該應，儉德會呀，大可以進。呀呀得噲，福壽康寧。

（《申報》1914 年 5 月 31 日）

吕筠清

吕筠清，字逸初，號韻清女史，亦署石門女士吕逸初（見1904年《女子世界》），石門（今屬浙江桐鄉）人。在《女子世界》發表有《題女子世界俠女傳後》、《憂國吟》、《女魂》等。

小　令

新五更調

一更一點月如梭，民國官多。呀得噲，阿要埋虎，第四届知事已考過。海張羅，借盤費呀，指省候補。千山萬水離家去，好像流徒。候到了差使短弗過，覅怪吾，嘸功夫，留心民瘼。（警官迷也）

二更二點月光微，教育減費。呀得噲，學界晦氣。教員多來像螞蟻，一小時，半只洋呀，要算大薪水。嘸撥力氣種田地，還是興工藝。製造出幾件好東西，抵洋貨，又專利，名聲大來死。（重實利也）

三更三點月昏沉，民窮財盡。呀得噲，頂苦商人。歐東西戰事弗肯停，銀根緊，省開銷呀，歇脱生意經。坐吃山空家婆恨，難過光陰。阿有富翁能熱心，湊股份，開工廠，收羅貧民。（勸惠工也）

四更四點月漸明，頂好種田人。呀得噲，農爲根本。只要奈做人肯勤謹,女會織,男會耕呀,一世吃弗盡。桑園種得蠻茂盛,蠶花廿四分。布棉襖勝過皮緊身,新米白,大菜青,熱飯香噴噴。(重農業也)

五更五點天已明,小説風行。呀得噲,各處徵文。讀書人弗怕難活命,文章好,筆頭勤呀,進帳也弗輕[一]。遊戲文章意思新,越做越高興。解子悶來又勸人,寄《申報》,登弗登,隨便鈍根君。(勵讀書也)

(《申報》1915 年 2 月 1 日)

校勘記

[一] 也:原作“野”,據文意改。

倚犀真州趙二

倚犀真州趙二，生活於清末民國初年。

小　令

新五更調

一更一點月輪高，要看《申報》，吓吓得而噲，要看《申報》。日本要求廿一條，竹槓大敲，真利害呀，敬告同胞。吓吓得而噲，敬告同胞。

二更二點月華清，好不傷心，吓吓得而噲，好不傷心。可憐弱肉供强吞，將要稱兵，告奮勇呀，共敵强隣。吓吓得而噲，共敵强隣。

三更三點月正中，共濟和衷，吓吓得而噲，共濟和衷。勸君金錢勿浪用，自然不窮，雪國恥呀，祖國光榮。吓吓得而噲，祖國光榮。

四更四點月漸西，實在希奇，吓吓得而噲，實在希奇。交涉秘密禁登記，毫無道理，萬一失敗呀，國民晦氣。吓吓得而噲，國民晦氣。

五更五點月已沉，愛國精神，吓吓得而噲，愛國精神。同仇敵愾保安寧，總要熱心，禦外侮呀，責在吾人。吓吓得而噲，責在吾人。

（《申報》1915 年 3 月 9 日）

楊紹彭

楊紹彭，將軍，其餘不詳。《申報》1913 年 9 月 13 日吴承烜有《和楊中將紹彭秣陵秋，用杜少陵秋興韻》。

套　數

移軍邗上，留别淮東[一]

【仙吕過曲・皂羅袍】

帆葉風吹不轉，緑波一片，南浦戈船。我這裏長河飲馬去投錢，他那裏郵亭浮螘催開宴。君侯蒲餞，心旌早懸。野人芹獻，清絲暗牽，悵臨歧，説甚的天涯遠。

【掉角兒序】

去去，這獅兒井畔，保桑梓已酬素願，借寇恂守款川，河東一年眠。汲黯治淮陽，海西數縣交情見。挈壺漿攜簞食，童卧轍叟攀轅，依依戀戀。營門炮響千旗展，甓湖瓢落一城圓。驪歌緩，在松陰祖帳，梅外離筵。

【解三酲】

你看那吕虔刀横飛紫電，你看那蘇軾酒笑問青天，你看那孔融樽謝安扇,你看那陶侃甓祖逖鞭,你看那功臣啟發金滕傳,你看那壯士挲摩寶劍篇。魚龍變,甚鄉情似水,别夢如烟。

【尾聲】

惠風吹面心先暖,有腳陽春忘近遠。料今夜廿四橋邊月又圓。

(《申報》1915 年 4 月 14 日)

校勘記

[一] 題下署:"紹彭倚聲,東園潤文。"

蔣恨呆

蔣恨呆,生活於清末民國初年。

小　令

戲名十更調

一更一點月東升,全部玉堂春,呀呀得而嗆,大鬧嘉興城。庵堂相會七星燈,四杰村,梅龍鎮呀,馬浪蕩做親,呀呀得而嗆,全本取帥印。

二更二點月光淡,全本虹霓關,呀呀得而嗆,大戰牛頭山。鵲橋相會李陵碑,翠屏山,滚釘板呀,大戰獨木關,呀呀得而嗆,連演除三害。

三更三點月正明,趣劇送銀燈,呀呀得而嗆,看看蘇州人。赤壁鏖兵請宋靈,小上墳,拾黄金呀,全本風波亭,呀呀得而嗆,大破摩天嶺。

四更四點月如銀,武行收關勝,呀呀得而嗆,軋朋友當心。六部大審泗州城,鳳儀亭,惡虎村呀,還有南天門,呀呀得而嗆,英國血手印。

五更五點月正圓,新排白蛇傳,呀呀得而嗆,八戒把焦扇。顛倒鴛鴦馬上緣,牧羊卷,烏龍院呀,波蘭亡國慘,呀呀得而嗆,全本雙包案。

六更六點月糢糊，頭本新茶花，呀呀得而噲，雙演陰陽河，目蓮救母取城都。落馬湖，遺翠花呀，全本文武華，呀呀得而噲，高冲挑華車。

七更七點月又明，八戒盜魂鈴，呀呀得而噲，崔子弒齊君，探母回令拾萬金。失街亭，戰太平呀，火燒濮陽城，呀呀得而噲，大鬧蜈蚣嶺。

八更八點月正中，黃忠十三功，呀呀得而噲，薛仁貴征東，遊龍戲鳳二進宮。洪羊洞，滿堂紅呀，殺妻雙盡忠，呀呀得而噲，連演審潘洪。

九更九點月斜西，時遷偷金雞，呀呀得而噲，王有道休妻，要離斷臂刺慶忌。烏盆計，九件衣呀，火燒七百里，呀呀得而噲，諸葛空城計。

十更十點月西沉，提拿鯉魚精，呀呀得而噲，法國拿破崙，殺女報恩擒張任。拿高登，冀州城呀，接演五雷陣，呀呀得而噲，再演義旗令。

（《申報》1915 年 7 月 20 日）

王淡明

王淡明，生平不詳。

套　數

北曲一套，奉題又坪先生古器傳真手卷

【金瓏璁】

中年方入道，莽文章都一筆勾消。經和史抛得遠，畫與書閣得高。長夏無聊，檢青箱睹一幅傳真稿。

【一落索】

牙軸紫鸞影，卷子裝池好。生枯雙筆寫鮫綃，請細辨又坪墨妙。

【好事近】

他則爲好物不堅牢，又難期盡人永寶，因此經營慘淡，心與口商量計較。要教傳世，除非意造。既不學山水鳴高，又不學蟲魚識小。咳，抱定着吉金目録，樂石題標。

【錦纏道】

功非小，爲款識質文詳寫照。無乖錯，真神肖，廣搜羅些玉躞珠題，布

刀剛卯，累先生日夕費推敲。皴染法另翻爐竈[一]，故紙堆鑽遍了，凭盡心慢撫，經心細描。得意疾揮毫，把流傳古物，如蠹食賽蟲雕。

【千秋歲】

意牢騷，嘆殺知音少。幸遇個長白匋齋殊嗜好，文字因緣，這文字因緣，編入那圖書府，刊行梨棗。一刹那繁華夢覺，過眼底烟雲杳。依舊是歸潦倒，縱有些題辭作序，總隔癢爬搔。

【尾聲】

而今黑白已全淆，舉世裏争奇弄伎巧。可憐你獨彈古調，落得個百世千年留雪爪。

（《申報》1915年9月22日）

校勘記

［一］皴：原作"皺"，據文意改。

塵　夢

塵夢,生平不詳。

套　數

吊新華宫曲,代遜清遺老作

【南南吕・懶畫眉】

征誅簒奪鬧成槽[一],脱不了常科舊套。秦皇漢武逞英豪,免不了白骨埋芳草,霸業雄圖水裏拋。

【步步嬌】

真個自家討煩惱,硬把黄袍罩。好江山坐不牢,落得舉甲興兵,殺卻人多少。亡國恨幾時消,説不盡王孫落拓無依靠。

【山坡羊】

亂紛紛當年堪笑,急忙忙目前胡鬧,眼巴巴一座新華,冷清清没個人行到。忒寂寥,荊榛人樣高,教人家何處、何處把興亡吊。景物蕭蕭,秋光偏早。衰條,當西風空自摇。寒蜩,送斜陽拚命號。

【江兒水】

過眼人如夢，回頭事非遥。記清宫樓臺賽過蓬瀛島，鼎彝聚遍人寰寶，後宫粉黛如花好。驀地匆匆丟掉，眼見得三海瀛臺，便改做新華名號。

【玉交枝】

萬般潦草，這算是興亡一遭。奸雄心底特蹊蹺，寡婦孤兒無告。天公惡劇不相饒，冤家狹路逢剛巧。我不提他心兒越撩，我要提他心兒越焦。

【園林好】

慨老夫病軀没聊，莽天涯行蹤亂飄。學做個遜朝遺老，去軒冕伴漁樵，心未死鬢先凋。

【僥僥令】

人民非昔日，城郭是前朝。我兩度滄桑經歷飽，又見這一座新華宫廢了。

【尾聲】

而今醒卻南柯覺，才悟得皇帝千秋是禍苗，告世人從此共和須永保。

（《申報》1916 年 8 月 24 日）

新拜月曲

昔人有《拜月》曲，摹寫小女兒神態，香豔絶倫，今則新女界之神情態度，已非昔日可比，而舊曆中秋之習慣，依然存在，則拜月之舉，天然相沿未廢，但拜之者之心理，今昔不同耳。因仿其調，作新拜月曲。惟恐柔情綺思，不能描寫其萬一耳。

【南商調・黄鶯兒】

小院正昏黄,啟玻璃六扇窗,團圞月照屏風上。蘭膏暗香,羅衫嫩涼,困人天氣秋模樣。淡梳妝,髻兒垂露,結就恰成雙。

【前調】

微步出蘭房,拜嫦娥一炷香,雙翹天足抬頭望。高低粉牆,東西畫廊,空庭没個人兒響。這邊廂,無人知覺,好把畫屏張。

【前調】

小立耐微涼,拜嫦娥兩炷香,玉葱合住蓮花掌。秋波兩眶,紅潮兩龐,萬千心之都難講。忒荒唐,鋼琴油畫,閑度了韶光。

【前調】[二]

人静夜微長,拜嫦娥三炷香,心兒提起偏難放。潜知怕娘,暗嗔怕郎,説儂迷信心猶旺。待潜藏,丫鬟伶俐[三],吃緊要提防。

【琥珀貓兒墜】

嫦娥解語便要問端詳,恁的傳來竊藥方,還從何處搗瓊漿。茫茫,不信那縹緲天空,竟有仙鄉。

【前調】

嫦娥解語便要問端詳,甚地飄將桂子香,可曾真個有吴剛。荒荒,只怕是烏有憑虚,隨口雌黄。

【前調】

阿儂默祝慧也世無雙,冰鏤誠心雪作腸,腦兒靈敏體兒强。思量,更何必不老長生,偷那仙方。

【前調】

阿儂默祝福也世無雙，争得婚姻自主張，神仙眷屬傲鴛鴦。推詳，那月府金粟休栽，但種毋忘(毋忘儂，西國花名)。

【尾聲】

手持遠鏡當空望，只見那月皎星稀夜未央，更贏得冷露無聲濕短裳。

(《申報》1916年9月10日)

擬吕洞賓過海曲

吕洞賓者，八仙之一也。工吟詠，嘗有"朗吟飛過洞庭湖"句，爲千古傑作。今則神仙飛行之術，大有進步。茫茫滄海，猶且飄然而過，回視洞庭湖，真如一杯水矣。豪情逸興，又復如何？因廣朗吟之意，擬作過海之曲。

【南商調・梧桐樹】

風濤撼地翻，烟水連天暝。四顧茫茫，目斷飛鴻影。脱卻紫羅袍，卸下黄金印，飛出紅塵，飛入清虚境。到此間，方領略天空景。

【東甌令】

那千秋業萬古名，真似鴻毛一樣輕。電光不及年華迅，成與敗方回瞬。那閑非閑是莫相争，有酒且須傾。

【大聖樂】

海闊天空，極目虚清，月光寒風力猛。我朗吟無限清幽興，非跨鶴不騎鯨，更非是扶摇直上乘飛艇，便走過烟水迷漫萬里程。回頭細認，見青山一髮，暮天無盡。

【解三醒】[四]

你看他英雄行徑，你看他慧業聰明，你看他朱門酒肉繁華景，你看他青史功名，你看他風流倜儻千般性，你看他哀豔淒婉一片情[五]。荒墳冷，只剩得清明寒食芳草青青。

【前腔】

倒不如疏狂適興，倒不如放蕩怡情，倒不如塵緣擺脱都乾净，倒不如飲酒吹笙，倒不如烟霞深處棲遲穩，倒不如雲水光中自在行。塵夢醒，只臨風長嘯一兩三聲。

【尾聲】

飄然一去飛鴻冥，蹤跡茫茫何處尋，空勞他塵網重重張得緊。

（《申報》1916 年 9 月 28 日）

校勘記

［一］篡：原作“纂”，據文意改。

［二］前調：原作“調前”，據前文改。

［三］丫：原作“了”，據文意改。

［四］醒：原作“醒”，據曲譜改。

［五］他：原缺，據前文補。婉：原作“頑”，據文意改。

張令貽

張令貽,徐州(今屬江蘇)人,其餘不詳。

套　數

黄花淚

【新水令】

妒花風吹夢夜迢迢,卧春愁綺窗寒悄。鴛鴦尋舊影,珠淚灑冰綃。緑慘紅銷,今日個空剩得傷心稿。

【步步嬌】

記當初十載秦徐蘭因杳,選豔揚州道,香營翡翠巢。桃葉桃根,千古同傾倒。豆蔻喜含苞,賦小星恰值春光好。

【折桂令】

暢好是嫩年華二月春韶,雛燕新鶯,解語含嬌。無端攜手上蘭橈,雁驛鷗程,花擁波摇。舍卻了詩筒酒竈,去學他司馬題橋。可憐他負了春宵,作伴我春朝。驀驚心動地漁陽,攪得我雨散花飄。

【江兒水】

懶選雲樓句，長辭粉署曹。念家山夢把揚州繞，走風塵到處留鴻爪，賦歸來莫詠王孫草。此後儘半生吟嘯，喜的是玉燕投懷，博得個萱花含笑。

【雁兒落帶得勝令】

且將他曉妝樓理舊巢，且把他鬱金堂敦静好。你看不僅是忒輕盈弱柳腰，並擅有嗣芳徽機杼教。拔金釵留客買春釀，伴吟秋吹月試瓊簫，押回文巧指穿吴縞，把宛轉芳心托楚騷。清高，辭專寵慵把衾裯抛。劬勞，替大婦親將井臼操。

【收江南】

呀，陡不料三年佳景去如潮，歎虺蛇噩夢忽相遭。怎當他黄花九月鬥雙飆，卧西風憔悴如花貌。恨岐黄少效，恨岐黄少效，只負我浹旬調護苦煎熬。

【寄生草】

你恨抱膏肓疾深憐擁護勞，你把個衰親苦囑我將温飽，你爲憐郎竟願赴黄泉早，你喘絲絲兀勸我千金保。痛煞三更霜冷月初斜，轉眼裏竟成了蕙泣蘭啼料。

【端正好】

寸心摧，雙淚繳，慘淒淒，薄命花凋。怕聽那血啼枝上魂歸鳥，我只把卿卿夢裏千回叫。

【園林好】

紫鸞回人天路遥，畫樓空香魂怎招？赢得我傷心日抱，空想像舞雲翹，欲識面畫師描。

【僥僥令】

横波新栗主，碧玉舊丰標。痛蕭蕭玉骨埋芳草，把血淚到清明共酒澆。

【沽美酒帶太平令】

聽風簷鐵馬敲，聽風簷鐵馬敲，乍疑他魂返瑶池島。怎奈珠闕瓊樓隔絳綃，没處兒尋找。張公子苦牢騷，舊恨新愁，心頭纏繞。相思淚五夜長抛，尋舊夢墮歡終渺，譜新詞曼殊共吊。我呵恨今生情絲莫膠，祝來生珊枝玉交，定能將箕帚奉同偕老。

【尾聲】

清宵冷雨愁多少，便歷萬劫千年也恨不消，譜就這一闋哀辭腸斷了。

（《申報》1916 年 11 月 26 日）

義 律

義律,生平不詳。

小 令

詠海上時裝婦女,調寄【黄鶯兒】

一 包腮領

衫短袖偏高,樣兒新兩面包,分明一個花元寶。聯排釦牢,依稀褲腰,朵頤管住頭難掉。最蹊蹺,小陽天氣,生出一圈毛。

二 短膀衣

纖臂異樣生,凍他些不肉疼,裹衣露出長三寸。清風袖生,單衫一層,豈爲右衭遵先聖。最新聞,蠢姑嬉駡,難見故鄉人(吴諺:手長衣袖短,難見故鄉人)。

三 掃脚褲

絲襪好風光,兩蘇楷瘦又長,穿標出售雲南蹺。人稱俏裝,儂驚異常,漫猜犢鼻褌兒樣。最情傷,一雙冰筋,温熨屬誰郎。

四 蹋足裙

何必問綢羅,鱉魚邊着地拖,沿途買盡灰塵貨。相攜阿姑,相隨阿奴,走來絶妙皮球步。最含糊,玻璃紗内,能見一些無。

五 牽情索

微罪改輕刑,警風流練用金,牢牢繫住么麽頸。相逢一驚,冤魂顯靈,伏宫來索華歆命。最傷心,佃田人到,先向小門行(俗説,當鋪爲小門口田家)。

六 遮醜鏡

藍緑與茶青,式翻新覆碗形,牢牢絆耳金絲堅。無端臉心,加些補釘,眼光透處難通信。最開心,夏門侯氏,差免現真形。

七 招尤袋

長索軟銀包,手提攜步步嬌,中藏多少錢和票。流氓手毛,伸來一撈,大呼海叫抓强盜。最心焦,私書小照,生了腿兒跑。

八 撩人巾

原料判絲紗,賽鮫綃手自抓,衝寒冒雪能招架。風頭數他,風情絶佳,一般蛺蝶穿花下。上包車,只防兜住,喊起一聲呀。

栩按:【黄鶯兒】係【南吕】過曲,句法平仄,固有定格。而近人所作,往往任意顛倒,不成腔調。即繆蓮仙《文章遊戲》中之《登坑曲》,亦多不協之處。義律君此作,誠差强人意哉。第七、八闋,輒以鄙意竄易原文,聊助喁噱,諒爲作者所首肯也。

(《申報》1916 年 11 月 27 日)

懶真子

懶真子，生平不詳。

小　令

道情十首

落魄江湖載酒行，琴心三疊道初成。古來萬事東流水，彈劍作歌奏苦聲(集唐)。貧道乃懶真子是也。雖跛於足，不盲於心，幸跳出世網塵途，早堪破名韁利鎖。於今在滄桑變裏，作個陳人，且欲往傀儡場中，度些癡漢，適纔譜得道情十首，仿賈長沙之歎息，寫杜工部之牢愁，將來請教諸公，藉資談柄。

跛道人，歎塵寰，站長街，唱亂彈，聲聲唱的滄桑感，乾坤兩扇空旋磨，日月雙盤亂跳丸，中間一粟群生幻，見幾多繁華事散，只賸些劫火灰殘。

跛道人，歎官家，起迷樓，筑館娃，霎時麋鹿遊臺下，銅駝偃卧宫門草，玉樹摧殘帝里花，傷亡淚倩金人灑，説甚麽朝梧噦鳳，都變做暮柳藏鴉。

跛道人，歎宫嬪，苦明妃，慘太真，生離死别綿綿恨，馬嵬人去空江碧，雁塞魂歸賸塚青，長門草掩無人問，君不見玉鈎斜處，埋没了多少香魂。

跛道人，歎公卿，配三貂，擁百城，熏天富貴同煨燼，五侯氣焰風前臘，八座屍居廟裏牲，賣瓜故相猶僥倖，俺只見屠龍巨手，一例兒功狗遭烹。

跛道人，歎官軍，沐胡沙，臥狁雲，槍林彈雨拚生命，長城碧血三春草，大漠黄埃萬鬼墳，玉關戍卒今無賸，縱博得國殤有祭，也只合溟漠稱君。

跛道人，歎嫠孀，守空閨，人未亡，單形隻影相偎傍，孤眠燕子樓中月，獨坐鴛鴦瓦上霜，九原誰訴相思狀，倒不如天邊月姊，尚留照地下蕭郎。

跛道人，歎豪宗，粟紅陳，家素封，娥眉列屋鶯弦弄，朝看蘭友酣金谷，夕見珠姨哭石崇，黄金白璧終何用，莫再問樓臺鸜鵒，只贏得棟宇蒿蓬。

跛道人，歎紅顔，倚欄杆，翠袖單，東風謬把情絲綰，紅樓一部顰兒淚，白奈千家孝女鬟，桃花命薄楊花慘，一任你珠啼玉泣，只留些粉賸脂殘。

跛道人，歎書生，抱文章，獵大名，恨天未啟承平運，秦愚黔首書遭厄，漢溺儒冠士見輕，感世痛哭戕軀領，從莫有黄金屋住，只虚傳白玉樓成。

跛道人，歎民邦，創維新，説改良，共和政體葫蘆樣，外交失敗牛居後，内政荒淫雀處堂，長年結個糊塗賬，看時局危如累卵，倩何人亡繫苞桑。

長沙一副憂時淚，揮灑渾無地。閱盡古今愁，堪破興亡事。俺唱這俚歌兒，收場去矣。

（《申報》1917 年 3 月 8 日）

華　父

華父，生平不詳。

套數

贈歌者新玉

【南仙吕・步步嬌】

久不聽開元天寶的清平調，閉塞了子野聞歌竅，寂寞了龜年碧玉簫。那處笙歌，無端傳到，勾引客魂銷。趁黄昏開倦眼閑憑眺。

【醉扶歸】

他身材兒是趙家姊妹多嬌小，他名字兒是藍田初長嫩瓊瑶，他歌喉兒是流鶯宛轉海棠梢。怎當他瞞人偷送三分笑，活教那相思瘦盡沈郎腰，況我是無家張儉多懷抱。

【皂羅袍】

歎年年子弟梨園都老，問廣陵絶唱，更有誰操。春燈燕子可憐宵，後庭玉樹凄涼調。惟卿一笑，心開恨消。愛卿年少，情憨態嬌，怎登場不令人傾倒？

【好姐姐】

蹊蹺，他裙邊黛梢，兩彎兒爲誰鈎掃。想是芳心無那，思將春暗招。俺道他不願生成鸞鳳藏金屋，他只願化作鴛鴦當畫瞧。

【尾聲】

打不破乾坤莽莽愁圈套，對着優孟衣冠譜緑么，願無恙江山似他顔色好。

句熟調圓，當非老手不辦。

（《申報》1917 年 9 月 22 日）

繆賊菌

繆賊菌，生平不詳。

小　令

新道情[一]

蹉跎歲月復蹉跎，覆雨翻雲變幻多。睡眼欲醒揉不得，夢中荊棘掩銅駝。小子飄零書劍，不道姓名，只因民國六年，國家多事，飽受了一年驚嚇，空抱着滿腹牢騷，回顧前塵，深虞後轍，隨口謅了幾句道情[二]，無非欲喚醒夢婆，警覺癡漢，也算是我盡我心，各行各道。不免將來請教諸君，以博一粲。

耍孩兒，唱幾支，請諸君，勿笑癡，六年擾擾真多事，白雲蒼狗渾無定，瞎馬盲人兀自騎，民窮財盡無殊死。似這等一枰棋局，問何人國手能醫。

望歐洲[三]，戰未休，約縱橫，不自由，旁觀中立偏難守，議和後日思參議，加入今朝敵愾仇，春風池水先吹縐。早知道毫無實力，悔當初不識風頭。

又重開，議會門，俸錢多，位置尊，説他伶俐偏生蠢，席中不見新提案，襟上還留舊墨痕，貽人口實空評論。開得個非常會議，舌雖存面目何存。

莽張飛，辮子長，駐徐州，勢力强，二哥名號公然搶，要將獨力摧群力，扶出新皇是舊皇，花翎紅頂將朝上。十日後逃身使館，怎丟下妾美金黄[四]。

誓雄師，馬廠中，鼓鼕鼕，打幾通，北洋老段真神勇，共和恢復摧群醜，總理依然屬此公，性情剛愎難容衆。再來了還須再去，也與他國會相同。

做人難，佛更難[五]，賦歸來，倦鳥還，共和國事真難辦，一心要媲唐虞美，各黨難將意見删，佛心雖好人心幻[六]。管不了大家吃飯，只保得自己身閑。

馬騰雲，入北京，受心傳，手法精，從容款段無嫌釁，北方縱有方針在，南路空勞御駕征，來回翩若驚鴻迅。任你是靈心妙腕，問何時海晏河清。

最堪憐，是蜀民，被兵災，受苦辛，滇師蜀旅争鹽井，將軍交惡方争位，寇賊紛來又索緡[七]，巫山巫峽哀聲應，纔盼到中央顧及，恨無端跑走光新。

歎燕南，被水災，浪滔滔，卷地來，呼妻覓子催跑快，室家蕩盡身何寄，凍餒交侵泣可哀，天公惡劫將人害[八]。有幾輩呼饑乞食，還背着乳哺嬰孩。

望湘江，血霧扉，閩江頭，羽檄飛，大家祇顧争權利，關中擊破同聲鼓，湖北雙飄獨立旗，紛紛鬼鬧真兒戲。乾净土難尋一片，首陽山逃出夷齊。

勸諸君，莫怨嗟，北和南，本一家，休争意氣尋相罵，遼東豕黨方騷亂，山左狐奴又放衙，齊心對外須招架。莫被那漁翁得利，演成個剖豆分瓜。

語無倫次君休笑，不比清平調。束緊破棉袍，脱卻瓜皮帽，待俺把一肚子牢騷傾盡了。

(《申報》1918 年 2 月 1 日)

國恥新道情

風雨三更酒半醒,斑斑血淚灑新亭。彎弓欲射金烏墜,一曲歌成君且聽。

鄙人愛國男兒是也。系出黄帝[九],世居白門,學書不成,擊劍未精。雖不是華國之蠹,未能作雞群之鶴。但是嫉惡如仇,愛國若命,只因大好中華,革新以後,不知振作,坐失機宜,禍起蕭牆,譏貽萁豆。把一個大好中華,蹧蹋得不成模樣。扶桑三島,侏儒苗裔,眼看着我們的錦繡河山,饞涎欲滴,得尺進尺,頻思染指。那年乘項城帝制妖夢,妄遞覺書,二十一條,大肆要挾。一條條都是要把我們中華民國,做第二朝鮮。那時項城因爲要帝制自爲,不徵民意,私相承認,但是民國政體,不經民意允許,根本不能成立。華府會議,列强雖仗義執言,倭奴却無理取鬧,所以根本未能剷除,交涉尚須續辦。現在我們政府,要求根本推翻,實行親善主義。那知他扳頭不攏,白眼相加,所以要發出二次通告,再三要求,任是交涉艱難,總要堅持到底。但是民國外交,國民乃是主體,雖有外交機關,全仗民意後盾。你看今天是甚麼日期,不是五月九日麼?唉,五月九日是甚麼日期,不是國恥紀念日麼。交涉一日不了,國恥一日不能剷除。同胞同胞,經濟絶交,看是平淡無奇,實在能制他的死命。五分鐘熱度的這句語,同胞是决不致爲他所料的,還要鄙人嘵舌做甚麼?但是各人要盡各人的天職,鄙人既唱道情,不得不胡亂編他幾首,唱給諸公聽聽。閑言表過,且敲起魚鼓簡板,聽我唱來:

小倭奴,太猖狂,乘歐戰,欺我邦,覺書兩字名稱妄。列强視線西方集,威嚇中華手段强,動員下令裝模樣。袁項城醉心帝制,竟不敢抵抗扶桑。

念一條,妄要求,亡中國,滅神州,朝鮮第二言之醜。新聞不許通消息,吩咐交通檢電郵,滅亡條件甘心受。瞞着人暗中畫押,籌安會依舊空籌。

四萬萬,主人翁,聞消息,怒冲冲,人人熱血胸中湧。滅亡條件誰承認,預備征袍血染紅,河山豈許輕輕送。横磨劍大家磨礪,不承認衆口相同。

太平洋,會議開,提議案,巧安排,矮人魂魄飛天外。明知公理難容忍,識透財神只愛財,轉移直接來音壞。結果時未能圓滿,已虧了出使良才。

再提議,發國書,恨倭奴,竟絶裾,居然商榷無餘地。不經國會徵同意,無效何能案久虚,絶交須要從經濟。五分鐘休貽譏笑,能堅持水到成渠。

這些言語君聽者,不是閑饒舌。波蘭與朝鮮,可鑒爲前轍。俺待一路唱這道情兒,激起熱血也。

(《紅雜誌》1923 年卷一第 39 期)

校勘記

[一] 題下原注:"賊菌稿,栩園潤"。此首又見天津《益世報》1918 年 2 月 5 日。《紅雜誌》1922 年卷一第 18 期大膽書生《小説點將録》:"鼓上蚤時遷:繆賊菌。贊曰:獨有先生以賊爲號,身手輕佼,似鼓上蚤(繆先生獨取賊字爲號,因戲上以鼓上蚤之尊稱,當不以爲忤。至先生之文,則誠玲瓏活跳也)。"

[二] 謅:《益世報》作"啁"。

[三] 洲:原作"州",據文意改。

[四] 妾:《益世報》作"姜"。

[五][六] 佛:《益世報》作"聖"。

[七] 緡:《益世報》作"銀"。

[八] 天公惡劫:《益世報》作"河伯無情"。

[九] 黄:原作"皇",據文意改。

何藥樵

何藥樵，號鐵珊，别署孤山藥樵，生活於清末至民國年間。中醫。1924年夏，發表小説《湖海飄零録》於上海《銚報》。同年，發表《畫舫回頭路》於《海報》。1927年《海報》復刊，由何藥樵主辦、主編，朱瘦菊助理編務。

小　令

大小嬰孩牌香烟五更調

一更一點月光輝，一個嬰孩，呀呀得而噲，一個嬰孩，粉妝雪琢玉胞胎。笑口開，畫仔俚呀，以廣招徠。呀呀得而噲，以廣招徠。十人九個齊稱贊，好個官官，呀呀得而噲，好個官官。管牢烟枝勿發霉，銷路推，小寶貝吓，乖呢勿乖。呀呀得而噲，乖呢勿乖。

二更二點月兒彎，一個小囝，呀呀得而噲，一個小囝，年紀勿過半歲寬。像粉團，見仔俚呀，大家喜歡。呀呀得而噲，大家喜歡。赤身抹個新兜肚，和氣一團，呀呀得而噲，和氣一團。小辮颼風頂上攢，紅線纏，仔細看吓，笑得腰彎。呀呀得而噲，笑得腰彎。

三更三點月當階，大小嬰孩，呀呀得而噲，大小嬰孩，聰明秀麗雙胞胎。勿拆開，手攙手吓，同到商界。呀呀得而噲，同到商界。挽手同行等買賣，閑逛長街，呀呀得而噲，閑逛長街。大昌公司□發財，碰着哉，請俚篤吓，做個招牌。呀呀得而噲，做個招牌。

四更四點月中天，製造香烟，呀呀得而噲，製造香烟。嬰孩香烟算頂尖，香味全，聞着仔吓，口角流涎。呀呀得而噲，口角流涎。茶坊酒肆人評品，萬選青錢，呀呀得而噲，萬選青錢。吸仔香烟種藍田，喜連連，的刮的吓，瓜瓞綿延。呀呀得而噲，瓜瓞綿延。

五更五點月歸塢，講個典故，呀呀得而噲，講個典故。上海有位馮介甫，四旬多，年復年吓，子息全無。呀呀得而噲，子息全無。夫妻同把香烟吸，日月如梭，呀呀得而噲，日月如梭。嬰孩牌吸仔廿打多，阿埋虎，産一顆吓，掌上明珠。呀呀得而噲，好顆明珠。

（《申報》1920年10月28日）

胡　盧

胡盧，生平不詳。

小　令

【端正好】 端節書感

汨羅水咽冤仇處，誰懷吊，屈原哀訴？年年競渡船争渡，弄潮者，酣歌舞。

勸君莫繼離騷賦，新時代，重金尊武。一條死路靈均誤，向天問，空悲楚。

注：昔有貴人號競渡船，譏其唯利是競。載《聞見後録》。

（《申報》1947 年 6 月 23 日）

連　山

連山,生平不詳。

小　令

【黄鶯兒】　諧　令

看爾孔方兄,害人精一臭銅,偏能養命人人用。有此的鬼神可通,無此的逼殺英雄。不由不得將伊重,到臨終,無非塾背,兩手總皆空。詠銅錢

修煉没多年,强張牙爪未全,火光金鼓如雷電。像破矗燈横掮,像舊炭簍繩牽。紙糊篾片原形現,鬧喧天,多少弄蛇花子,不怕霸王鞭。詠龍燈

耽擱誤青春,被窩中不慣經,紗幮湘簟風流逞。摩弄憑君,雲雨何曾,五花官誥虚名分。最傷情,鵲橋渡後,恩愛漸如冰。詠竹夫人

生長水晶宫,本清高直且通,穿紅着緑風流種。李哪吒是太公,張昌宗是阿兄,只爲花容零落遭人弄。這孩童,眼眶最大,一切目中空。詠蓮蓬孩兒

一到菜花黄，狗盧盧隻隻忙，紅鸞天喜星辰旺。吃飯郎當，懶困柴房，東西亂闖魂飄蕩。遍村莊，小橋短巷，處處合歡場。詠狗交

屋角短牆邊，俏狸奴叫嗚然，親親密密聲音厭。惱佳人不眠，憶柔腸萬千，笑衆生也喜風情戀。好難延，這般光景，只爲杏花天。詠貓合

無後納偏房，論起來理也當，傳宗接代人人望。大婦做腔，弗許同床，假正經裝出端方狀。滿肚皮，損人利己，獨佔好春光。詠討小吃醋[一]

子孝父心歡，媳多情父喜歡，綱常大變人倫亂[二]。養出一個小囝，差仿弗多面盤，似孫似子如何算。究宗源，都爺公子，禽獸也衣冠。詠盜媳

無地可容身，不登堂守大門，居然將相威風逞。爲將的金鐧赤纓，爲相的白簡紫衿，立功唐代揚名姓。到而今，投閑休置，空自眼睜睜。詠門神

兩個老夫妻，並肩兒長短齊，待人世世看田地。居然着衣，弗怕肚饑，來今往古多年紀。是和非，張耕李種，公道莫心欺。詠田苗紙

巨艦即蒼巖，少輕帆掛碧天，江心不到無危險。沸松濤弗顛，漾雨絲怎牽，載不盡光陰過客如梭箭。儘幽閑，停橈下椗，一泊不知年。詠石船

（《飯後鐘》1921 年第 33 期）

【黄鶯兒】

湖海久飄零，脱蓑衣卷釣綸，借君一榻酣眠穩。撓足曲肱，顔朱鬢星，裝聾做啞何時醒。笑浮生，不如土偶，忘卻利和名。卧榻泥漁翁

科甲舊家園，拔高昇地面寬，小民簇擁裝身段。黄白兩員，名兒一般，非文非武非清漢。臭銅損，人形略似，也要上檯盤。蘿蔔官

不與衆芳同，鬥紅妝妒玉容，堯堦夾莢時迎送。引蝶誘蜂，霜秋雪冬，含烟着雨胭脂重。粉牆東，一枝獨豔，何季不春風。月桂

越老越青春，戴秋霜色更深，斑衣舞彩蘭孫盛。古今來有名，歎人生不能，秋風摇擺添風韻。鬥精神，飛來蜂蝶，錯認是花心。老少年

（《民國日報》1919 年 3 月 22 日）

【黄鶯兒】

暗送桂花馨，剪梧桐葉亂零，月摇窗竹愁孤枕。響鐵馬數聲，湧銀波萬層，江邊攪亂芙蓉影。過沙汀，蘆花摇曳，雲際雁行横。秋風

腐草化成形，到黄昏便舞騰，三三兩兩穿芳徑。倏暗倏明，非星是星，君王失道曾相引。被佳人，撲來留意，贈作讀書燈。螢

雅號叫蜣螂，亮悠悠黑漆光，判官落翅紗帽狀。弗做文章，偏有同窗，過端陽好把功名望。脱皮囊，改頭换面，忘卻臭坑缸。蜣螂

秧薦慣藏身，白聊聊糠片能，虚虚怯怯難逃命。半死脱形，□殺無聲，只因鮮血無他分。少精神，葚𧎘弗動，一樣要叮人。餓虱

爲伍有蝦兵，號無腸四海聞，名稱公子將軍性。面臉怪形，倒戴頭巾，嚌嘈麻白何曾定。過關津，須防拿捉，切莫要横行。蟹

（《民國日報》1919 年 3 月 27 日）

【黄鶯兒】

項下繫金鈴，短籬邊不露形，身材約略高三寸。碓米弗能，難騎猢猻，懶時鞋肚圈盤睏。任昆侖，紅綃夜盜，不受一槌驚。洋狗

何地受胎形，弗生東弗長南，依稀北狄相將近。二郎廟弗存，張仙彈難經，圍場未許雄威逞。吠花陰，主人錯認，千里送佳音。前題

巨艦即蒼巖，少輕帆掛碧天，江心不到無危險[三]。沸松濤弗顛，漾雨絲怎牽，載不盡光陰過客如梭箭。儘幽閑[四]，銅官常伴[五]，停泊不知年[六]。石船

頭是紙糊的，便秋高總不肥，趨達太守兒童戲。幸無四蹄，少躍澗溪，牛臀追不出些兒屁。疾如飛，白駛過隙，回首夕陽西。竹馬

同伴有衣包，水釘樺做一淘，雨天赤日將他靠。升羅巾戴牢，青絲緱束腰，中藏太極圖玄妙。雪花飄，浩然歸去，作杖過危橋。雨傘

（《民國日報》1919 年 4 月 6 日）

【黄鶯兒】

何處起風流，起風流在兩眸，路花有意牆邊柳。不是紅葉御溝，不是平康翠樓，並頭蓮愛結同心扣。似魚遊，偶然逢釣，吞餌上金鈎。私情

鴛枕蕩春心，起金蓮墜玉針，柴乾火烈烟難燼。興雲布雨，綯褥亂衾，桃花零落芙蓉襯。思沉沉，兩難分手，窗隙曉光侵。其二

漏盡月沉西，烏啼林星斗移，惱人時候愁人際。枕畔別離，腮邊淚珠，細叮嚀口穩君須記。出柴扉，短牆犬吠，心怯嗽聲低。其三

兀坐晚妝樓，柳稍頭月一鈎，金釵懶卸把孤燈守。情人在心上籌，珠兒在臉上流，涓涓不斷拋紅豆。恨悠悠，朝思暮想，何日淚痕收。其四

買卦向神求，對虚空暗禱酬，可人兒可有來時候。把六爻亂搜，見用人帶休，細推詳少吉應多咎。鎖眉頭，一聲長歎，從此越難丟。其五

（《民國日報》1919 年 4 月 8 日）

【黄鶯兒】

擇日送安心，請媒人到内庭，掇臀捧屁多恭敬。頭兩個菜盆，三四樣半葷，反言費事何曾定。弗該應，自家親眷，何必有成文。老法做親

送出草牆門，叫下人背後跟，叮嚀嘱咐連聲應。搿拜匣要小心，萬年青弗可斷根，出言須要多吉慶。話完成，蟹□一掬，路上慢須行。其二

道日竟依遵，必要一件大紅衫，一副真寶簪，支吾權且言從命。告訴男家弗聽，回報女家弗情，想想做媒人，倒做烏龜硬。世人云，畢竟是自尋煩惱，煩惱不尋人。其三

最樂小登科，紅氍單着地鋪，三牲花燭堂前布。女親眷忒多，面孔上粉塗，差張夾嘴多出數。老太婆，應當受禮，縮緊要人拖。其四

紅緑錦纏身，狗牽犁一樣能，跑遲走快多欠迸。拽進房門，床沿坐身，挑開且把花容認。甚分明，活像城隍奶奶，初次顯威靈。其五

（《民國日報》1919 年 4 月 9 日）

【黄鶯兒】

送入洞房春，燭輝煌酒滿樽，新郎此際真歡慶。喜娘做陪賓，暗綽取搔手心，神魂早已巫山近。促佳人，良宵莫負，一刻值千金。老法做親六

共合枕歡眠，兩條心一線穿，如畫梁學語新雛燕。一個兒嬌羞軟綿，一個兒情濃意堅，會冤家小將提槍戰。興酣甜，但輸贏未定，看今夜再争

先。其七

岳母冷清清，到三朝要上門，裝裝束束粗齊整。半舊半新，夾素夾葷，像偶然客串多毛病。大官人，阿娘多謝，見禮好奇情。望冷静

通草也稱仙，掛虛名難上天，菓壘結頂高高獻。毛竹削尖，屁股搠穿，蓬萊勝景何曾見。聖堂前，花牖脚上，零落有誰憐。通草仙人

耽擱錯青春[七]，被窩中不慣經，紗嚩湘簟風流逞。摩弄任君[八]，雲雨豈能[九]，五花官誥虛名分。最薄情[一〇]，鵲橋渡後，恩愛漸如冰。竹夫人

（《民國日報》1919 年 4 月 10 日）

【黄鶯兒】

銀甲少鋒尖，似調脂膩粉沾，整雲鬟亂舞梨花片。繡鴛鴦金針懶拈，弄琵琶無心理弦，拜如來羅袖頻遮掩。枕兒邊，撫摩猶可，搔癢不其然。鵝掌瘋美人

休提這多嬌，爲天花毒未消，改頭换面留餘俏。斷兩葉蛾眉翠毛，多生了百脚幾條，可知道香橼人愛粗皮好。細推敲，豬頭暴鹹，密密糁花椒[一一]。麻美人

易便畫春山，理青絲難上難，梳完猶恐防他散。牢則易灣，落則半爿，全憑黑線團團絆。戴釵環，再添花朵，自道俏非凡。秃美人

比目兩分離，盼才郎半掩扉，巴巴未許窮千里。强回頭瞻東失西，步蒼苔顧高錯低，我只怕紙窗隙處偷窺你。獨孤棲，羞遮羅帕，淚滚一行珠。眇美人

（《民國日報》1919 年 4 月 15 日）

校勘記

［一］醋:原作“錯”,據文意改。

［二］網:原作“綢”,據文意改。

［三］到:原作“酬”,據《飯後鐘》1921 年第 33 期改。

［四］幽:原作“出”,據《飯後鐘》1921 年第 33 期改。

［五］銅官常伴:《飯後鐘》1921 年第 33 期作“停橈下椗”。

［六］停:《飯後鐘》1921 年第 33 期作“一”。

［七］錯:《飯後鐘》1921 年第 33 期作“誤”。

［八］任:《飯後鐘》1921 年第 33 期作“憑”。

［九］豈能:《飯後鐘》1921 年第 33 期作“何曾”。

［一〇］薄:《飯後鐘》1921 年第 33 期作“傷”。

［一一］密密:原作“蜜蜜”,據文意改。

味　濃

味濃,生平不詳。

小　令

五畜共和詞,調寄【黄鶯兒】

鴉

滿眼罪人多,鴉片烟一網羅,將他鐵鍊牢關鎖。烟土兒滿鍋,烟具兒成籮,搜來付與無情火。笑呵呵,富家大户,官府奈他何。

雀

枉自起紛争,麻雀牌陷人坑,家家户户流行盛。賭鬼兮無靈,賭禁兮不情,風狂舉國神經病。好新聞,萬金一底,闊派是京城。

鴇

恨煞是官娼,老鴇母太荒唐,弄錢竟把良心喪。七青兮八黄,百孔兮千瘡,風流難算糊塗賬。野雞場,楊瘡結毒,後患更難防。

梟

若要覓封侯,做私梟便出頭,青紅班輩分先後。土匪本無憂,裁兵更莫愁，天涯到處逋逃藪。且勾留，中軍上將，兄與弟吹牛。

蝗

最苦荒旱年，打蝗蟲酷暑天，南北東西都成片。報災兮堪憐，求雨兮徒然，倒懸猶自稱知縣。敞瓊筵，飛蝗過境，更有調查員。

（《益世報》1916 年 10 月 5 日）

慧　眼

慧眼,生平不詳。

小　令

鴉片詞,【黄鶯兒】 計四十六調

其一　誘子弟

鴉片廣東興,漸相沿各處行,當年江左尤爲盛。食者愈增,價值愈輕,教人都入迷魂陣。錯因循,一朝上癮,萬事都無成。

其二　誤農業

大土外洋來,咱中國漸會栽,栽烟得利家家賽。罌粟花開,販土來哉,明知毒藥人争買。費疑猜,聽人傳説,中有死骨骸。

其三　愚百姓

初食爲開心,到後來假變真,親朋規勸推酬應。昨日三分,今日五分,逢人尚辯咱無癮。果提神,不消幾載,肌骨瘦崚嶒。

其四　哄愚民

癖好豈無因,説將來甚可聽,最能醫治肺經病。破得愁城,安得遊魂,膏名如意真堪信。細推尋，强辭奪理，不過騙愚人。

其五 耗家財

上癮學熬烟，買銅鍋自己煎，過籠細紙層層墊。水少頻添，渣多再煎，端詳似把金丹煉。火爐邊，渾身臭汗，難受是炎天。

其六 促壽元

烟袋不尋常，看攜來尺許長，竹頭甘蔗多般樣。銀斗生光，玉嘴牢鑲，幾多性命由他喪。果鋒芒，顧名思義，不愧號爲槍。

（《益世報》1915 年 10 月 6 日）

其七 學排場

講究是烟盤，非花梨即紫檀，白銅鑲嵌皆洋簽。烟放中間，簽擱兩邊，絶精盒子時時换。不嫌煩，記烟口數，顛倒小洋錢。

其八 入圈套

可歎富家郎，愛趨時没主張，無端上了終身當。何必賭場，何必宿娼，管教斷送洋烟上。不思量，油燈一盞，燒得盡田莊。

其九 廢正務

架子大難當，醒來時日半窗，點心茶飯都停當。纔出卧房，又進烟房，時新果子先安放。僕人忙，潮烟裝過，又把水烟裝。

其十 任己性

快活自稱仙，更消磨花月前，兩三烟友閑開宴。粉黛争妍，簫管聲喧，一燈斜倚情無厭。忒留連，累他妻子，等候五更天。

其十一 廢操作

晴雨總相宜，卧連床細細吹，琴棋書畫都無味。冷暖不知，茶飯不思，埋頭没點生人氣。太癡迷，昏天黑地，離鬼也幾希。

（《益世報》1915 年 10 月 7 日）

其十二 過留地

最喜客常來，借開燈把主陪，傾心吐膽渾無礙。你也快哉，我也樂哉，大家烟量今番賽。漫開懷，烟缸刮盡，明日早安排。

其十三 減容華

尤甚是青樓，歎姣娘總不丟，如同烈火薰楊柳。初是應酬，漸與綢繆，紅顔冷落腰肢瘦。没來由，年華未老，憔悴像骷髏。

其十四 壞門風

氣習染閨房，本良家學賤娼，蓬頭垢面眠長炕。不理梳妝，不問家常，婦功婦德都休講。更荒唐，姑郎小叔，一樣卧烟床。

其十五 廢家計

市井有愚夫，懶經營把口糊，平空也要尋煩苦。今日錙銖，明日錙銖，積來不彀三錢土。太糊塗，本錢吹盡，何以養妻孥。

其十六 喪廉耻

烟館聚如猴，赤條條不顧羞，天天過癮窮將就。爛磚枕頭，瓦盞盛油，半分烟要匀三口。可憂愁，一床蘆葦，冬夏又春秋。

（《益世報》1915 年 10 月 8 日）

其十七 受悽楚

自己也徘徊，向人前説不該，正人相見猶慚愧。今日延挨，明日延挨，朝朝説戒何曾戒。要丟開，除非轉世，换副肚腸來。

其十八 壞心術

烟戒豈真難，好方兒處處傳，奈他心上根難斷。一半貪歡，一半愛玩，因循懶散都成慣。任仙丹，瞞心昧己，總説不相干。

其十九 喪品行

也有肯回心，猛然間作正經，一朝戒的乾乾凈。方纔自矜，霎時變更，喉嚨作癢情難禁。没淘成，從今以後，烟癮更加增。

其二十 没羞恥

過癮漸無錢，没奈何混白烟，殷勤又怕人生厭。土替他煎，油替他添，通槍挖斗般般幹。實可憐，甘心輕賤，究竟被人嫌。

其二十一 受奔波

家業漸消磨，到頭來没奈何，寒來忍凍饑來餓。眼淚滂沱，鼻涕長拖，千方想盡真無措。費張羅，烟灰討點，權把癮來過。

其二十二 不顧羞

窮極没人憐，受淒涼爲吃烟，親友怕鬼難相見。面目堪嫌，廉恥都捐，狗偷鼠竊俱難免。不羞慚，牽連妻子，賣笑倚門前。

其二十三 悔不來

利害説難周，吃烟人不自憂，萬般苦惱皆身受。爲甚來由，羅網輕投，思量好處全無有。勸君休，光陰易逝，發恨早回頭。

其二十四 改性情

初吸總瞞人，説將來事事精，聰明反被人勾引。信口講着經，偷眼看着燈，人家呼吸呆呆等。鬼頭生，嬉嬉涎臉，獻盡小殷勤。

（《益世報》1915 年 10 月 9 日）

其二十五　廢寢食

器具本精良，最關心半段槍，燈兒拭得真光亮。茶來懶嘗，飯來不香，埋頭像害相思樣。太郎當，爲誰憔悴，瘦的臉焦黄。

其二十六　遣愁悶

風雨暗深宵，對琉璃細細挑，枕邊有客把新文道。你燒的太焦，我燒的最高，把愁城千丈都燒崩了。樂滔滔，朦朧半醉，身世等鴻毛。

其二十七　改晝夜

半醉眼微騰，指頭禪悟一燈，閑書燒破纔驚醒。三更四更，雞鳴鴉鳴，紗窗亮也和衣盹。嗽連聲，痰涎滿地，睡起没精神。

其二十八　换面目

何必怒寒鴉，望朝陽日影斜，容顔瘦損難描畫。背駝似蝦，臉黄似蠟，秋波一轉令人怕。可笑他，春風人面，掩映黑桃花。

（《益世報》1915 年 10 月 12 日）

其二十九　變性情

性格變温柔，軟丟丟萬事休，諸般苦惱能將就。髮結的似球，衣掛的是油，冷言熱語甘心受。可幽囚，精神抖擻，總在五更頭。

其三十　壞心地

引誘少年郎，學燒烟聞妙香，將他竟當作優伶樣。初勸他嘗，再把他央，人家上癮他心纔放。不思量，生兒養女，也要做爹娘。

其三十一　造謡言

敘話最相宜，躺烟床語便奇，是非播弄全無忌。抽烟是真的，談心是假的，幾回扯破了天和地。忒支離，八仙過海，抬着上天梯。

其三十二 勾嫖賭

賭博聚青樓，槍如竿簽似鈎，可憐鈎得肥人瘦。香得温柔，耍得風流，英雄也入烟花彀。勸君休，臨崖勒馬，絶路早回頭。

其三十三 娶妻妾

膩友不須多，烟無聊花奈何，枕邊恩愛傳衣缽。綢衫兒敞者，繡鞋兒靸着，美人風韻宜斜嚲。歎嬌娥，班爛古色，漸漸上梨窩。

其三十四 混男女

眉淡筆難描，閃春風一搦腰，嫌疑不避真顛倒。男的替女熬，女的替男燒，幾乎忘了親哥嫂。更蹊蹺，半吞半吐，一片漆和膠。

其三十五 慢朋友

最怕朋友來，費張羅燈要開，烟稀盒小招人怪。我比他乖，他比我呆，幾回吸得無倸采。謝同儕，輕裘可共，此道不同財。

（《益世報》1915 年 10 月 13 日）

其三十六 誤功名

事業盡空談，到而今處處難，白頭結得青燈伴。眵多眼粘，涕多鼻酸，金鼇屭看他人占。苦糾纏，茫茫黑海，身墜不能翻。

其三十七 艱子嗣

入手興偏佳，説宜男用着他，誰知日久成虚話。養不下娃娃，對不住媽媽，歎青春守着鴛鴦寡。恨君差，縱然得子，也怕遇天花。

其三十八 敗田園

泥斗小如拳，怎裝來萬頃田，須知土是黃金變。是鬼非仙，是霧疑烟，九泉難見先人面。時堪憐，樓臺拆盡，海底不能填。

其三十九　乖骨肉

兄弟本相歡，奈先生品不端，羞惱變怒恩情斷。任意刁難，一味歪纏，家私鬧到經官判。太癡頑，烟雲供養，薰作黑心肝。

其四十　傳兒孫

失節老來多，新嫁娘是阿婆，從今種下傾家禍。風寒偶瘥，臭味平和，乃翁過癮兒燒火。笑哈哈，一人作俑，幾代入邪魔。

其四十一　學穿窬

四大果然空，冷清清西復東，士農工商何曾懂。借貸不中，叫化不中，烟腸絞得咕咚通。遇親朋，鼎彝書畫，袍袖破能籠。

（《益世報》1915 年 10 月 15 日）

其四十二　受窘辱

酷似餓鴟蹲，不羞慚百結鶉，棲身烟館誰存問。無渣可翻，無灰可吞，褲子剥去真乾凈。奔乾坤，若逢漂母，也要笑王孫。

其四十三　賣妻子

避亂口難糊，死焦灰冷火枯，活將妻子埋泥土。佳人隨後夫，佳兒作賤奴，得錢又吹到三更鼓。恨無辜，被他帶累，天地一身孤。

其四十四　填溝壑

忍凍又挨饑，癮來時病已危，醜行要惹閻王的氣。渾身蝴蝶衣，蒜頭蝨子皮，親朋没點哀憐意。果癡迷，莫愁無土，地獄有泥犁。

其四十五　立志氣

苦口勸諸公，歎浮生一夢中，男兒須要人知重。調己不同，群能自空，怕人恥笑防人哄。告蒼穹,窮迫有命,斷不受牢籠。

其四十六　謀衣食

生計豈難圖,况堂堂美丈夫,果然德潤身能富。讀不了的詩書,權不盡的錙銖,仗神針指破了蚩尤的霧。見真如,本來面目,鏡裏好頭顱。

(《益世報》1915 年 10 月 17 日)

耶溪小隱

耶溪小隱，生平不詳。

小　令

新道情

籌安會，鬧簇簇，帝制派，圖利禄，假造民意電帝闕，罪惡昭彰不可贖，一朝電請懲禍首，紛紛辭職將逃逸。（電懲禍首）

袁項城，威信失，滇黔粤，與蜀浙，義旗高舉稱獨立，兵連禍結苦無策，憂鬱成病竟不起，攬權奪利復何益。（元首病死）

二號令，如霹靂，中交行，同歇業，停止兑現計何拙，國家信用盡傷失，購物償債無人要，兩行紙幣如廢物。（停止兑現）

梁財神，名赫赫，銀行團，盡信服，誤國殃民罪確鑿，英京購地圖安樂，旭日既升冰山倒，心旌摇摇命難活。（燕蓀末路）

楊晳子，無出息，小賽花，生離别，逃往滬上理舊業，吞聲忍辱無善策，祇因帝制心太熱，此恨綿綿杳無極。（晳子傷心）

段鎮安，知遇隆，在奉天，不見容，進京籲懇正帝極，武力解决爲政策，霹靂一聲君逝矣，喪家之狗命何厄。（香岩悲觀）

馮宣武，有雄心，執牛耳，坐南京，和議結果成泡影，項城噩耗不忍聞，優待家屬當商請，派個夫人哭丈人。（宣武懷舊）

黎黄陂，性慈仁，國政事，悉諮詢，國計民生盡關心，不比項城獨斷行，補天浴日功非小，從此同胞樂太平。（黄陂繼任）

（《益世報》1916 年 6 月 30 日）

淩惱僧

淩惱僧,生平不詳。

小　令

新道情

好風流,美少年,挾花游,伴柳眠,偷香竊玉平生慣,功名誤爾胭脂虎,志節虧人露水緣,回頭快把情絲斬,切莫負無邊孽債,累妻孥倍息償還。(戒色)

好樗蒲,擲萬錢,鬥輸贏,廢食眠,揮金如土供人騙,親朋笑罵佯無忌,襤褸衣衫不自慚,癡心還逞英雄漢,銷盡了良田華屋,只落得妻子饑寒。(戒賭)

好居奇,累萬千,羨陶朱,拜計然,銅山金穴都謀占[二],危如虎尾甘拚命,細甚蠅頭也慕羶,一朝悖出情彌慘,早知道兒孫揮霍,悔做了牛馬當年。(戒貪)

好便宜,弄舌端,欺庸愚,罵懦頑,損人利己多招怨,忍心害理成奸計,暗箭傷人強笑顔,一朝禍報身難免,倒不如和平忠厚,走天涯到處良緣。(戒刻)

好矜誇，喜説張，藐周秦，蔑漢唐，目無餘子誰依傍，拔山蓋世雄無敵，釃酒臨江氣自揚，不知天道盈而蕩，縱爾有高才美質，要虚心莫作輕狂。（戒驕）

（《益世報》1916 年 7 月 6 日）

校勘記

［一］此曲又見《餘興》第 29 期。第一首前有：春宵苦雨，客館無聊，偶效板橋老人，作警世道情數首，竊自附於言者無罪之例，敢以質諸方家。

［二］穴：原作“空”，據《餘興》第 29 期改。

屈　蠖

屈蠖,生平不詳。

小　令

帝制罪魁道情八首

楊　度

小羊兒,號虎公,創籌安,樹黨朋,狂言自詡如周孟,攀龍附鳳心良苦,拍馬吹牛技甚工,一朝勢敗成昏夢,倒不如懸梁自盡,免教那骨暴屍横。

梁士詒

大財神,字燕蓀,握全權,擁項城,金融擾亂成苛政,停收紙幣商民窘,斷絶交通怨讟深,冰山一倒人人恨,一霎時要求拿辦,驀然間匿跡消聲。

顧　鼇

鼇先生,法術精,亂共和,保慰亭,君權神聖淆民聽,文書舞弄承君意,法制摧殘悦帝心,昂頭縮腳龜奴性,可憐他長裙鐵甲,終不免五鼎罹刑。

孫毓筠

歎猴兒,本姓孫,聳魔王,佐暴君,趨炎附勢心腸冷,同盟革命功非淺,失足籌安利令昏，罪魁禍首今承認，黑漆漆烟床追悔，想甚麼開國功臣。

朱啟鈐

小豬兒，叫啟鈐，附權奸，性嗜錢，慫頒洪憲聲名剨，皇宫點綴營三海，大典籌謀賺八千，稱臣未及君先斃，到而今元勳無望，竟做了帝制罪魁。

周自齊

小騆兒，叫自齊，守財奴，附士詒，猿門走狗通聲氣，投書拒絶誠貽笑，辱命歸來不畏譏，蠅營狗苟真卑鄙，聞説道嚴拿令下，率妻孥入籍居夷。

夏壽田

蝦將軍，踞要津，媚龍王，督蝦兵，興波作浪圖兼併，報章竄改真成僞，電信傳來僞亂真，君王已死臣幽禁，可憐他灣腰曲背[一]，一憑人定罪行刑。

薛大可

孽妖精，也病狂，重君權，亂主張，機關報館糜公帑，元勳議士殊無謂，萬歲天皇任頌揚，鼓吹帝制圖封賞，爲幾句盲詞瞎話，也要他待罪公堂[二]。

（《益世報》1916 年 8 月 22 日）

校勘記

［一］［二］他：原作“佗”，據文意改。

耐冬

耐冬,生平不詳。

小令

五君詠,調寄【一半兒】

某大老

兩朝内閣姓名揚,北上當然再上場。太裝腔,一半兒推辭一半兒想。

某聖人

爲争國教發風狂,一片癡心望教王。太荒唐,一半兒癡迷一半兒妄[一]。

某總理

幾將名譽誤私人,何故今猶比匪親。太因循,一半兒性偏一半兒蠢。

某總長

早知免職迅如雷,該上辭呈試一回。太癡呆,一半兒牢騷一半兒悔。

某秘書長

慣施巧計弄他人,豈料循環及己身。太寒陳,一半兒羞慚一半兒憤。

（《益世報》1916年12月12日）

校勘記

［一］癡：原作“痰”，據文意改。

□　廬

□廬，生平不詳。

小　令

議員，【一半兒】詞

私運鴉片之議員

土頭土腦土爲媒（袁嘉穀三字各藏一土字），私土連連輸送來，苦壞龍鍾周道臺。弗應該，一半兒含羞一半兒悔。

逞凶互毆之議員

拳來腳往一時忙，議院偏成爭鬥場。（下缺）

（《益世報》1917 年 1 月 6 日）

飲　石

飲石,生平不詳。

小　令

時事新詞,調【一半兒】

張逆避居德營之近狀

德營久住作何圖,梳罷辮兒捋兔鬚,回憶昔時風景殊。大聲呼,一半兒糟糕一半兒苦。

李九先生之下臺

相隨大帥到京城,總理全憑辮子兵,深夜忽聞復辟聲。我心驚,一半兒糊塗一半兒醒。

梁總長之大借款

銀行團借大銀元,深感銀行救命恩,抵押地丁太忍心。任評論,一半兒含羞一半兒忿。

臨時參議院議員之運動

今朝又到出頭時,趁此時機正可爲,花盡黄金千有奇。莫遊移,一半兒官迷一半兒喜。

政府對待西南諸省之政策

休言事事可疏通，各路進兵起戰攻，妙法出其不意中。殊朦朦，一半兒猜疑一半兒懂。

宣戰中軍隊之心理

忽聞宣戰奮如雷，擦掌磨拳罵狗才，想到柏林把眼開。發洋財，一半兒難熬一半兒待。

（《益世報》1917 年 8 月 31 日）

楓　隱

楓隱,生平不詳。

小　令

新年即景【一半兒】詞

鄰家幼女集深閨,姊妹嬉遊學弄牌,輸贏未定遽推開。弗來哉,一半兒嬌嗔一半兒賴。

(《益世報》1917 年 2 月 4 日)

奉　填

奉填，生平不詳。

小　令

張果老唱道情

鼓蓬蓬，第一聲，莫争喧，仔細聽，山人休道名和姓，半生雲霧皆朋友，千歲猿猴認表親，黄河南北威風勁，衹説是神通廣大，到而今一樣飄零。

長安道，局又新，邯鄲道[一]，夢又醒，興亡成敗渾無定，金鑾日月君恩重，鐵彈風雲戰血腥，倒霉官運兼財運，回首處淩霄寶殿，已非復歌舞朝廷。

張天師，手段神，共和賊，帝制魂，乘機擺下天門陣，蛾眉竟被群仙妒，犬馬猶知舊日恩，陰陽顛倒無憑准，最堪歎一條豚尾，没來由斬草除根。

俺老張，更弄糟，雷公爺，結伴逃，下方早有人知道，九天玄女親吩咐，八洞神仙也不饒，金箍咒上真煩惱，説甚麽招財進寶，衹落得幻影成泡。

閻浮界，逐鹿場，征誅慘，揖讓忙，罪魁功首糊塗賬，黎山老姥無靈藥，姹女河間進秘方，塵塵劫劫風吹浪。一任你元功八九，怕只怕印板文章。

莽紅塵，最可哀，名利關，肇禍胎，官高賤賣無人買，九重春色排雲去，環海秋聲匝地來，到頭還不了冤愆債，勸諸君好撑雲路，莫像俺一樣塴臺。

（《益世報》1917 年 8 月 21 日）

校勘記

［一］邯鄲：原作“鄲邯”，據文意改。

晉 民

晉民，生平不詳。

小 令

難民自悼，仿板橋道情

盼到共和已六春，天災人禍歲頻頻。官家日見增辛餉，第一窮途是小民。咱家帶氣餓殍是也。幾畝薄田，困公捐已將質盡；一家數口，遭水災何以生存？噯噯，不想盛世黎民，竟作沿門乞丐。兩件破賑衣，但能遮體不遮寒，一個破席棚，祇可避風難避□。□□□□□□饟饟，腹中略爲安静，編成□□□□□，□□我現在苦况，勉强唱來，請諸公□□□□□□。

自遠祖，住京畿，亦足食，亦豐衣，錢糧納了無事，嚴父慈母歡且喜，嬌妻幼子胖且肥，親朋來往常相會，雖不是大富大貴，也有個枝葉可依。

變法來，焕然新，學務進，警令申，地畝抽捐變賣盡，仰不足事難爲子，俯不足蓄屢求人，按良心應當愛國，最可歎一旦稱貧。

口越渴，越吃鹽，又加上，大水湮，汪洋一片無邊岸，低鄉竟自漫房脊，高處猶然没屋檐，能逃出雖然萬幸，留此心空有愁添。

肚裏空，身上單，西風緊，刺骨寒，咬牙切齒搭搭戰，一分像人真有限，九分像鬼太難看，少壯者扎挣乞討，最可歎老邁年殘。

到黄昏，歸席棚，圍圇個，卧堅冰，要求饃饃無餘盛，又饑又冷心難定，連歎連哼氣不升，這真是求死不快，又搭上求活不能。

怕甚麽，逞干戈，喜甚麽，真共和，量來大數無能躲，生前經歷皆成幻，死後擡埋一任他。盡着我晨昏哭泣，誰管他南北風波。

强打精神聲音小，討要未曾飽。眼花耳無聞，險些未跌倒。拄杖兒連挪帶蹭，歸席棚去了。

(《益世報》1918 年 1 月 15 日)

問　秋

問秋,生平不詳。

小　令

新道情,仿鄭板橋

儘風流,各議員,穿洋服,吸紙烟,麻雀得意圈圈勝,自來風扇陣陣寒,汽車來往無牽絆,醉倒在八大埠内,任憑他國運顛連。

(《益世報》1918 年 6 月 10 日)

直 民

直民,生平不詳。

小 令

新道情

東海氏,老運通,雙十節,登極峰,轟轟烈烈真高興,頻來中外歡迎電,時有西南反對聲,一朝失勢成春夢,爲保存個人禄位,甚盼望時局和平。

干木氏,志氣剛,比漢武,效隋煬,窮兵黷武何多讓,西歐戰事成殘局,南粤争潮將下場,初衷貫徹難期望,殺害的同胞無算,落了個兩敗俱傷。

長尾氏,髮蓬蓬,特赦令,喜相逢,師生究竟恩情重,長江巡閲徒拋棄,議政大臣已落空,白雲蒼狗真無定,早知道共和再造[一],悔不該紅頂花翎。

(《益世報》1918 年 11 月 25 日)

校勘記

[一] 道:原作"到",據文意改。

達　人

達人,生平不詳。

小　令

【一半兒】

南北雙方説對等,一半兒殷勤一半兒蠢。

春申和局又重提,一半兒傷心一半兒喜。

電報紛紛告出兵,一半兒風頭一半兒醒。

黑幕重重難揭穿,一半兒名流一半兒官。

法律從今莫再談,一半兒淒涼一半兒懶。

中土風雲何日休,一半兒投降一半兒走。

(《益世報》1919 年 4 月 12 日)

無　賴

無賴，生平不詳。

小　令

新道情，略仿《兒女英雄傳》談爾音故事

（一人臉抹黑色道裝上，白）卑人原任大中華任命住某帝國一等公使，原名暫且擱下。因在某帝國日久，甚與融洽，遂暗入彼籍，改名立早主吉。現因事不遂心，辭官不作，不免唱幾句道情，以舒悶氣。列位不嫌聒耳，請屈坐片時，聽在下慢慢道來：

整喉嚨，唱一聲，請諸君，仔細聽，癡人愛國皆春夢，莫誇西舍田莊好，早入東鄰掌握中，千年百主原無定，休再想花團錦簇，且忍聽殘漏疏鐘。

輕聖賢，蔑帝王，爲發財，賣國忙，誰能算此糊塗帳，銅山金穴期真樂，義膽忠肝少下場，救時偉烈東流浪，説甚麽森嚴法律，無非是官樣文章。

最驚心，生死關，莽學生，羽檄傳，當頭棒下情何慘，寸餘舐痔舌（借讀平聲）全吐，豆大如鰥膽盡寒，幾乎了卻財迷漢，早知道鷹抓透爪，必預謀兔脱歸山。

者一番，時運低，受凶毆，何所希，未曾嫌樹斑鳩起，潛逃敢叱王遵馭，

不利羞吟項羽詩，天良欲發偏無淚，停幾天發財生意，說數句遮醜言詞。

這番俚句君聽者，不是閑饒舌。賣國縱嚴防，吾黨難消滅。俺化裝唱罷這道情兒，暫且鑽沙去也。

（《益世報》1919 年 8 月 1 日）

新道情，仿《文章遊戲》繆艮作

憂世空爲罵世文，褎如充耳那能聞。六更李氏今安在，擊柝聲聲念此君。自家中華民國候補亡國奴一分子是也。口頭太拙，難冒充鉅子名流；手腕不靈，敢圖當黨魁政客。但指望藉着共和招牌，享幾天自由幸福，不成想長個冤家腦袋，没一件歡喜事情。仗一支秃筆，多作不了的難題；鼓兩片粗唇，有說不完的夢話。人多好笑，也知臉上有疤；予欲無言，争奈喉間作癢。用是編成道情幾個，抒俺鬱結之懷，不免對閱者諸君，唱歎一番。

闊官僚，最發財，彼下野，此登臺，循環常似瓜期代，腸肥大老均叨福，髓竭愚民總受災，國權國土隨時賣，全不怕私囊撑破，甘心作外國奴才。

說軍人，更可驚，虚廢督，假裁兵，國門不出空頒令，内訌迭起心常壯，外侮遥傳膽嚇崩，邊疆那見將軍影，止能彀争權奪利，殘同類任意縱横。

政客們，心最刁，挾私見，鼓政潮，是非黑白能顛倒，各私黨派奸謀逞，那管人民横禍遭，害群自詡心思巧，衆鴟鴞成精作怪，問樹倒寧有完巢。

各議員，等不齊，仗金錢，品最低，人民代表徒名義，但知賊詭流滑壞，那識德謨克拉西，不謀公益謀私利，否則效寒蟬仗馬，止圖飽嫩鴨肥雞。

學生們，義氣高，愛國家，愛同胞，心緣過熱多浮躁，思從苦味求甜味，竟雜工潮鬧學潮，年來憂患嘗未飽，勸諸君身家宜念，切休欣激黨同曹。

民黨中，有偉人，破壞完，建設新，和平統一宜擔任，申江已戢金箍棒，粵海重翻筋斗雲，天宫大鬧頻開釁，説甚麽共和鼻祖，卻止爲擾亂乾坤。

言論界，品最超，能誅心，筆似刀，昧心偏作機關報，立言能使非爲是，持論難憑貶與褒，世間那有真公道，各同業雖羞爲伍，愛金錢不怕譏嘲。

惟農民，有天良，任旁觀，説短長，惜他心地多昏罔，每觀走狗誇紳士，時盼真龍出帝王。常拿一本糊塗帳，問其心無非迷信，説來話半是荒唐。

胸中壘塊堆多少，愁苦催人老。睡夢總長吁，濁酒澆難好。休説我這幾句盲詞，惹大家惱了。

(《益世報》1923 年 3 月 19 日)

小　祁

小祁,生平不詳。

小　令

賀新年道情

(引子)暑往寒來,韶華易老,春風又送新年到。家富的烹羊宰羔,家貧的兒啼女號。家富的左妻右妾嫌夜短,家貧的牛衣獨卧歎深宵。雖然是苦樂不同、悲歡宜別,也算是一年一度休輕拋,因此上説幾句閑言語,賀各位聊以解嘲。

賀賣國的武人

座擁臯比,威生八面,將軍勇,只因爲好嫖好賭愛金錢,民脂吃盡,又想把江山賣,豪傑生原來神角刀,那怕他人唾駡,從今後但賀君富貴一千年,死便了,也把金錢帶進棺材用。

賀變兵的軍官

歎將軍,才奇絶,到處可爲家,無錢便把兵來變,只顧自己賺銅錢,那管人民遭苦劫,天理本難容,良心已盡絶,從今後但賀君猖狂一世到黄泉,斷不至斷頭臺上流碧血。

賀北方的災民

昔日或爲紈綺子，今朝盡變災民，榮華轉眼即成空，天運那由人算，似這般夢裏熒枯，又何必富而吝嗇貧而憒，從今後賀諸君時來運轉，盡作富家翁，定不似守財奴那般慳吝。

賀勞工

真僥倖，勞工一旦稱神聖，爲何有名無實，總被俗人輕，只緣守舊，不知自振，從今後賀諸君改良進步，一日馳千里，世界於今我獨尊，真僥倖，勞工稱神聖。

（《益世報》1921 年 2 月 22 日）

吟　花

吟花，生平不詳。

小　令

感時新道情

（楔子）中原戎馬正蒼皇，不歎家貧感國傷。極目河山多慘澹，斜陽一抹亦淒涼。咱家感世道人是也。一生落拓，數載飄零。愁聞故國鹿争，感懷時局；怕聽新亭鶴唳，愧對關山。賈誼心憂，渡江痛哭；屈平志抑，行澤哀吟。世事如棋，倏成桑田滄海；爲人若夢，忽又覆雨翻雲。南征北伐，無非觸目驚心；國弱民貧，均是斷腸失意。大好江山，竟致千瘡百孔；有情歲月，卻無一刻千金。貧道忙裏偷閑，無中生有，編成道情數首，偶作俚句幾行。特地演唱，喚醒沉沉睡獅；隨便狂歌，警告庸庸癡漢。諸君請聽，列位莫嘩。

歎中原，亂如麻，起糾紛，驚杯蛇，争相逐鹿無時罷，山河破碎少安土，風雨連綿賸舊家，筆底抽來且慢寫，不忍看斷磚零瓦，何堪説剖豆分瓜[一]。

歎軍人，争鬩牆，動刀兵，稱勇强，舍生拼命不相讓，炮火連天驚七澤，風烟遍地黯三湘，戰禍初開多死喪，均弟兄何分南北，皆國民莫判參商。

歎議員，鬧會場，争議長，似虎狼，一言不合便相打，墨盒飛來頭頂破，板凳抛去面頰傷，活劇演成全武行，到今朝斯文掃盡，看他日廉耻精光。

歎官僚，擁嬌妻，護美娘，着了迷，醉生夢死烟霞裏，不管興亡人有責，那知悲苦民無棲，鎮日空閑没一計，昏沉沉尋歡取樂，忙碌碌奔東走西。

歎銀行，起風潮，傳謡言，鬧喧囂，外人多在旁邊笑，力挽狂瀾始未倒，填平非禍免相嘵，我勸諸君心莫跳，保國名卻逢此日，揚民意就在今朝。

歎東鄰，時相侵，假親善，事屢尋，眈眈虎視欺人甚，五九舊仇原未忘，六三大辱耻何深，聲聲嗚咽寒蟬噤，看韓朝何等慘目，歎中國幾許傷心。

歎災民，正可憐，已無家，心如煎，東飄西蕩走幽燕，苦雨淒風難度日，寒衣敗絮怎過年，傷心慘目淚如線，乞諸君解囊助賑，懇同胞仗義舍錢。

歎世人，争微名，奪議長，夢未醒，癡狂争逐無時省，洶洶方期争鈔幣，紛紛又想做公卿，黄粱一覺終須警，火燃眉速救弱國，災遍地快濟蒼生。

【尾聲】

江山慘澹愁多少，韶華過眼杳。幽憤憑誰訴，牢騷向我饒。俺唱畢道情兒，雲遊去了。

（《益世報》1921 年 11 月 6 日）

校勘記

［一］瓜：原作“爪”，據文意改。

儕　仙

儕仙,生平不詳。

小　令

時事,【黄鶯兒】 十二闋

聯袂渡重洋,具偉魄赴會場,折冲樽俎言辭壯。施打一方,顧打一方,中流砥柱群欽仰。博一個,千秋萬歲,姓字永流芳。贊華會代表

家醜外邊揚,拍電報理偏長,中華代表遭魔障。孫也荒唐,伍也荒唐,拚將國命完全喪。只可歎,一般妖孽,猶自逞兵强。誅孫、伍破壞華會

戎馬慨倉皇,奏凱歌整歸裝,驀然噩耗來軍帳。風也淒涼,雨也淒涼,撫棺大慟悲聲放。願夫人,陰靈默佑,早日定川湘。吊吴夫人

蘇陝事非遥,李與閻逞英豪,堪憐白骨埋芳草。妻兒魂銷,妾兒意撩,當年權利齊丢掉。告軍閥,棺材蓋下,只有肉囊糟。告軍閥

大帥逞雄威,蒞陣前親指揮,一聲霹靂心驚碎。血兒横飛,肉兒成灰,無情炮火真堪畏。歎紅顔,深閨夢裏,猶盼藁砧歸。哀前敵兵士

生計費躊躇，薪如桂米如珠，生活逐日增程度。庚癸頻呼，將伯頻呼，家家受盡饑寒苦。更不想，雜捐苛税，吸得髓兒枯。歎生計

火熱水尤深，善後捐名目新，銅元紙幣紛紛印。法令森森，苦淚涔涔，可憐百姓脂膏盡。猶妄説，仁慈官吏，能夠救窮人。歎直民

忽爾覺天高，樹露根山欲摇，星辰日月形皆小。遠隔雲霄，近接煤窑，電光黯淡雷聲杳。原來是，地皮刮盡，端賴有官僚。歎地皮

信用復昭昭，限兑事盡取消，窮民色喜群相告。魂也逍遥，夢也逍遥，中行門首無煩擾。某國人，藉端破壞，奸計竟徒勞。賀中行兑現

聲價又全隳，憶疇昔洪憲時，七折八扣憑行市。財蠹利之，商民病之，而今情形依稀似。盼當道，速籌現款，兑付莫遲遲。盼交行兑現

幾度要臨盆，腹空痛未育麟，二張争把風頭趁。或仗黄金，或仗父親，轟轟烈烈精神奮。那知道，呱呱墜地，竟是果剛人。嘲蘇議會

歪話寫連篇，舒積憤解愁煩，供諸閲者休嫌厭。隨便攢攢，隨便談談，請求主筆垂青眼。但能夠，取録三等，沽酒莫愁錢。自嘲

（《益世報》1921 年 12 月 17 日）

壬戌燈節有感，【黄鶯兒】曲闋

歲歲鬧元宵，燈光兒徹碧霄，銀花火樹玲瓏巧。也有笙簫，也有金鐃，紅男緑女齊歡笑。真個是，太平景象，萬衆樂陶陶。

今歲漫逍遥，物力艱莫浪抛，國家事故多紛擾。看看同胞，想想外交，美京會議呈凶耗。無那是，上元令節，更得要心焦。

救國起新潮，團體結義氣高，遊行喚醒黄粱覺。紅燭莫燒，金鑼莫敲，沿街分向商家告。再休做，承平粉飾，致使外人嘲。

商界莫誇豪，燈與彩盡取消，金錢省卻知多少。財力已凋，民生已憔，外强難掩中乾燥。試看此，民窮國病，何必競喧囂。

良夜自迢迢，一輪月透花梢，休教辜負春光好。景物蕭條，人聲寂寥，無非表示民心悼。待他日，外交奏凱，四海慶逍遥。

射日清狂潮，慶良宵逸興饒，金吾弛禁達天曉。旗影風飄，燭影紅摇，金鳧銀燕千街照。争得到，民安國泰，雨順且風調。

（《益世報》1922 年 2 月 10 日）

套　數

哀中國軍閥曲

【南南吕・懶畫眉】

烽火連天殺氣高，都只爲利權是寶。陝閻蘇李逞英豪，只落得白骨埋芳草，飯碗地盤盡轉交[一]。

【步步嬌】

全國本來是同胞，硬起南北號。南不讓北不饒，因是舉甲興兵，殺卻人多少。既姦淫又搶燒，只可憐蚩蚩者氓無人告。

【山坡羊】

急忙忙制槍購炮，亂紛紛北伐南討。眼巴巴一個中華，花喇喇被武人弄掉。錢滿腰都是民脂膏，仍不免一處一處把兵變報。極目蕭蕭，豺狼當道。群妖，白晝裏往來跑。山魈，想噬人拚命嗥。

【江兒水】

過眼人如夢，回頭事未遥。念袁家皇帝，竟把民意剽。瀛屋三海春光曉，後宫粉黛如花好。八十三日過了[二]，只可惜蓋世英明，便如同風吹電掃。

【玉交枝】

復辟三朝，也算是興止一遭。不期安福禍心包，又被奉直推倒。罪魁十個盡潛逃，那不是自尋煩惱，桂鹿失巢，跡匿聲銷，鄂黿被逐，有誰憑吊。

【園林好】

想諸君滄桑歷飽[三]，自應該借鑒前軺，奈何又互派代表。關外風廣州潮，通款曲尋亂搗。

【僥僥令】

樓屋成瓦礫，城郭變蓬蒿。更可怕禍起扶桑島，眼見得那利漁人到了。

【尾聲】

諸公速醒黄粱覺，須知軍閥干政亡國根苗。告國人從此共和要永保。

（《益世報》1921 年 10 月 25 日）

哀國民，南曲一套

【南南吕・懶畫眉】

滿天風雨湧狂潮，一聲聲猿啼虎嘯。繁華城市受蓬蒿，黑茫茫遍地靡烟罩。哀我國民何處逃。

【步步嬌】

偉人政客多貪暴，個個張牙爪。你一槍我一刀，那管闤闠邱墟，死卻人多少。民生憔國本摇，國民啊，國泰民安空自禱。

【山坡羊】

盼統一何曾有效，慨饑寒真個莫療。利權兒盡被官收，金錢兒都换銅元票。一條條捐税密如毛，就讓你宛轉哀鳴没個人曉。竭我脂膏，把豺狼喂飽。心焦，這痛苦誰能描。意撩，這塊壘又怎澆？

【江兒水】

内起蕭牆禍，何須論外交。歎美京飛來噩耗紛紛報，矮兒態度真凶狡，處心積慮圖青島。轉瞬華會閉了，眼見得山左同胞，便改作奴隸名號。

【玉交枝】

萬般煩惱，止不住血淚滔滔。呼天籲地首頻搔，痛楚向誰來告。妖風孽雨幾時消，愁雲慘霧無人掃。大江南北景物蕭條，錦繡河山人烟寂寥。

【園林好】

慨鯫生荒齋没聊，一枝筆仔細推敲。只落得杞憂盈抱，志未酬鬢已凋，心未死魂已銷。

【僥僥令】

輿圖悲色變，黎庶歎萍飄。自古興亡憑預兆，君不見那四國協約定了。

【尾聲】

請求南北諸當道，速醒悟，同室操戈是禍苗。告軍閥，朝鮮覆轍切莫蹈。

（《益世報》1922 年 1 月 14 日）

校勘記

［一］碗：原作“蜿”，據文意改。

［二］日：原作“月”，據文意改。

［三］飽：原作“跑”，據文意改。

王菊隱

王菊隱,生平不詳。

套　數

新時事南北曲

【新水令】

莽神州何處覓逍遥,放眼看令人長嘯。南天烽火急,北地炮聲囂。世事如潮,卻教俺苦譜這淒涼調。

【步步嬌】

者方云伐罪將民吊,到處無騷擾,絶不犯秋毫。遣將興師,鎮日兒兵來調。恨煞奉張驕,怒冲冲狂詈紅鬍盜。

【折桂令】

他道是進關來非爲胡鬧,卻説是統一南方後盾兵饒。你看勢湧滔滔,步步逼牢,怎生不殺氣通霄。兩軍逢交轟火炮,好田園踏踐無毛。地動山摇,鬼哭神號。這時兒掉,有的是領來北伐軍兒暴。呀,這不是荊棘叢生也,那陰靈籠罩。

【雁兒落帶得勝令】

多管是一年年兵燹遭，驀地干戈攪。妖雲山膽魂消，彗星過災荒早，歎兵士塗肝腦，歎人民爲餓殍。料得是命該磨折難期保，卻是如劫遇紅羊不可逃。飄摇，國家兒欲傾倒。紛淆，瘴氣兒聚難銷。

【僥僥令】

無聊揮禿筆，曲把世情描。問題名可是哀華謡，絶不是因爲怨貶恩褒。

【收江南】

呀，我把這一端端心事問天朝，我中華爲底禍頻招。山河破碎地蓬蒿，南北失和調。害民禍國苗，害民禍國苗，怎得容他性惡過鴟梟。

【園林好】

俺這裏立風前亂把首搔，他那裏在沙場戰興方高。恨不得插翅去，妖魔盡掃。那時節民安堵福堪邀，國富强徵祥兆。

【沽美酒帶太平令】

諸君仔細瞧，無辜起狂飆。可算是爲着名兒欲逞豪，不是爲民勇驍。雖則是費心思奇謀空抱，不過是爲一生温飽，何苦爲虚榮層層惡造。你看心勞力勞，將來是兒孫的果報，爲人訕笑。

【尾聲】

我苦吟十載知音少，破喉嚨唱到聲無了。不問他聽這詞兒惱，且博個痛快淋漓狂呼亂道。

（《益世報》1922 年 5 月 26 日）

□民

□民，生平不詳。

小令

時事諧詞，仿馮雲鵬《新嫁娘》詞，【一半兒】調

河山破碎劇堪悲，統一無期敢怨誰，偉人意見總分歧。法螺吹，一半兒南來一半兒北。

政潮澎湃幾時平，個個爭謀利與名，僧多粥少費權衡。苦相爭，一半兒把持一半兒鬨。

軍人組閣興方豪，爲日無多起暗潮，纔知衆口實難調。甚紛囂，一半兒維持一半兒倒。

閣員復職莫夷猶，群貉原來本一邱，裝腔作態不知羞。假應酬，一半兒推辭一半兒就。

督軍跋扈又飛揚，手握兵符據一方，有何態度對中央。本無常，一半兒服從一半兒抗。

一般羅漢似鳴蛙，議院紛争意見差，每逢開會鬧喧嘩。甚可誇，一半兒狂呼一半兒打。

白宫困守惹愁魔，菩薩居然入網羅，莫嫌政令有偏頗。無奈何，一半兒由人一半兒我。

（《益世報》1923 年 4 月 5 日）

醒　華

醒華，生平不詳。

小　令

新道情

厭世偏生亂世民，官場宦海盡貪人。忠言逆耳聲難入，諷刺譏嘲枉效顰。在下晉授鐵牌一百等加苛章、候補亡國奴加三級、一品大百姓是也。歎余不幸，生於有清末葉，飽受專制流毒，繼歷中華民國，期享幸福和平。不料事與願違，禍隨運轉。軍人禍國，國祚日漸淪亡；官吏殃民，民生愈加凋敝。欲書謗木之非，不逢舜帝；圖抱香車之諫，鮮有齊王。願效寒蟬，難安緘默；口頭雖拙，心多技癢。爰擬道情一篇，以抒鬱結之氣，希冀閲者諸君，不嫌目煩耳絮，捧腹唱而和之。

噫官僚，手腕靈，言愛國，動觀聽，誰知竟害財迷病，營私舞弊成長例，攘利争權座右銘，狡焉一意常思逞。這都是小人標本，有誰爲君子模型。

説軍閥，各逞强，養虎豹，縱豺狼，鬩牆鬥狠頻開仗[一]，只知逐鹿争城地，那管哀鴻受死亡，裁兵廢督空言謊，似這等燃萁煮豆，問諸公豈有天良。

某政客，逞陰謀，能拍馬，善吹牛，鑽營不落人之後，奸邪狡獪真陰戾，附勢趨炎效狗偷，金錢所在齊伸手，一個個黑心涼血，日孜孜惟利是求。

衆羅漢，懷鬼胎，彼南去，此北來，行蹤詭秘多奇怪，貪婪慣作雄飛夢，活劇頻開大舞臺，汗顏不醧爲民代，説甚麼莊嚴神聖，賣豬仔只想發財。

恨東鄰，心太偏，侵我土，攫我權，得寸進尺貪無厭，長沙慘案冤難雪，旅大接收抗不還，廿一條約終爲患，願同胞高提熱度，救祖國莫步朝鮮。

僞公民，任自豪，驅總統，鼓政潮，奸人雇買專爲虐，乞來大褂多千件，賺去洋元整十毛，白宫逼得黄陂跑，止弄的群龍無首，政事堂七亂八糟。

詆奸商，人格無，親某國，作洋奴，蠅營狗苟招群惡，運輸劣貨牟財利，更易標牌改號符，不謀抵制專求富，逞野心極端破壞，集衆矢死有餘辜。

歎百姓，困苦多，罹塗炭，受折磨，求安那得居田舍，烽烟迭起遭兵燹，賦税繁興畏政苛，天災人禍相交迫，空呼籲誰能過問，縱哀鳴徒唤奈何。

唱罷了，新道情，置禿筆，待高明，閱我蕪辭憑矯正。維期同志心相印，那怕他人氣不平。署稿投刊益智稷，得酬金借他沽酒，博一醉與世無争。

（《益世報》1923 年 9 月 8 日）

新道情

苦呀，寧作平年犬，不爲亂世民。餘生居虎口，怕死避軍人。在下亡國奴，綽號病夫子是也。可歎生不逢辰，身經亂世，頻遭兵燹，屢受切膚。争權攘利，痛民國之非；黷武窮兵，倡共和之亂。目睹時艱，難安緘默，胡謅道情一篇，以抒愚意，願閲者諸公倡而和之。雖不捧腹，當亦噴飯也。

組内閣，太不良，許辭職，賈登場，餘波後浪催前浪，分明有意過官癮，偏説無心是幫忙，重重黑幕難描仿，那管他國窮民困，且看我滿腦肥腸。

歎軍閥，意不和，彼背義，此倒戈，撫躬自問誰之過，同休同戚三盟誓，離德離心一刹那，情斷神交成水火，争地盤□偲莫論，攫權利朋友云何。

憤倭奴，禍心包，助内訌，起外交，大沽口岸多胡鬧，通牒五條文悖謬，聯銜八國欠推敲，學生慘死空追悼，欲沉舟誰能破釜，全完卵難救危巢。

笑民黨，口漫誇，宣赤化，亂中華，公妻公産遭人罵，粤桂由來多俊傑，俄奴何物用包加，民三權五成虚假，自詡爲禽中彩鳳，依我看鳥類烏鴉。

觀政府，各摇頭，閣員懼，總理愁，一般官吏靡長壽，操權那得冰山靠，竊□難將禍水流，潛身益訂逋逃藪，國民軍拋戈遠遁，安福系鑽□無由。

唱罷了，道情辭，置秃筆，覆硯池，俚文矯正憑同志，弗工曼倩能諧謔，且效淳于暗諷時。投函載入新聞紙，得酬金兑錢沽酒，博一醉樂在於斯。

（《益世報》1926 年 4 月 14 日）

民瘼道情詞

慨自民國十七年以來，齷齪軍閥，互争地盤，貪墨官僚，把持政柄，假共和之名義，行專制之實權，以致内訌迭起，外患頻仍，民罹水火，國勢阽危，所幸革命成功，訓政伊始，睹白日而見青天，化干戈而爲玉帛，希望如此，否泰吉凶，尚未可定，特將鄉間民瘼以往之事實，擬作道情詞數首，爰筆寫出，希冀國府諸公、仁人善士，洗耳傾聽，待小子慢慢唱來：

立民國，十七年，老百姓，苦顛連，天災人禍循環見，米珠薪桂難謀食，水旱螟蝗怎種田，饑寒交迫堪悲慘，散四方離鄉背井，轉溝壑泣地號天。

青天下，白日中，萑苻遍，荊棘叢，殺人悍匪怖蠻横，綁來男女嗚槍嚇，脱去衣裳用火烘，連天叫苦周身腫，湊洋錢稍懷吝嗇，扯肉票莫想逃生。

沿鐵路，受兵災，奉軍去，魯軍來，姦淫掠擄良心壞，車夫强要招人恨，糧草頻征任獨裁，一錢不給偏言買，占民房翻箱倒篋，縱丘八索物搜財。

有長腿，太寡廉，牟己利，賣私鹽，沿村攤派包千萬，價昂莫以行情抗，違令曾挨打罵嚴，現洋立待休遲緩，逞淫威民財壟斷，説甚麽利益均霑。

丘八爺，各逞豪，强拉夫，掘戰壕，黄童白叟一齊要，臨行難顧家庭苦，工做無分晝夜勞，汗流浹背形容槁，受鞭笞等於牛馬，被驅策未便脱逃。

灤邑内，東嶺莊，有土劣，本姓王(姑隱其名)，私通張褚興波浪，助惡爲虐如蛇蝎，蹂躪鄉民似虎狼，招軍買馬稱團長，害鄰村傾家蕩産，行叛逆喪心病狂(受其害者六十余莊，至今並未打倒)。

哀民瘼，歎窮黎，父鬻子，夫賣妻，闔家老幼難團聚，鳩形婦女尋薇蕨，菜色兒童采藿藜，腹枵那得糧和米，避災荒流離南北，求生活奔走東西。

唱罷了，新道情，慈善家，務聽明，三民主義民生重，轍魚奄奄存微息，澤雁嗷嗷待哺鳴，速籌賑濟憐災眚，雖云乎車薪杯水，切望者義粟仁糞。

(《益世報》1929 年 2 月 27 日)

校勘記

［一］狼：原作“很”，據文意改。

無　羈

無羈，生平不詳。

小　令

【一半兒】　諧　詞

辭職官僚

問卿底事，竟乞歸休，撒嬌裝懶慣作態，三紙辭呈恁要求。待令下慰留，那時個儂怎心理。唉，一半兒佯拒一半兒願就。

德發債票

飲鴆解渴，差勝望梅，外交手腕自稱妙，財部算盤未打開（燕諺稱不加思慮之謂也）。莫漫計將來，那時乘除細相核。唉，一半兒假賺一半兒真賠。

議員反對德發票債

狺狺狂吠，好鳴不平，損失千萬干底事，歲費八百太寡情（報載，議員以補發歲費八百元嫌少）。一片搗亂聲，那時豬公怎心理。唉，一半兒爲利一半兒爲名。

（《益世報》1924 年 6 月 30 日）

竹　園

竹園，生平不詳。

小　令

【一半兒】 諧　詞

鹽餘新公債

飲鴆解渴，差勝望梅，英人自謂目光妙，政府算盤不計較（北京諺，不加思想之謂也）。單待將來期到時，然後細細相稽考。唉，一半兒假賺一半兒真賠。

國人反對新公債

狺狺狂犬，好鳴不平，損失千萬不計中，只要應酬軍閥請。回扣要現成，那時豬公怎心理。唉，一半兒爲利一半兒爲名。

辭職官僚

關卿何事，竟乞歸休，再三上辭呈，特明令慰留。撒嬌慣技逞，裝病最時行，不問顏面若何情，那時個儂怎心理。唉，一半兒佯拒一半兒願就。

（《益世報》1925 年 8 月 5 日）

鵬　生

鵬生,生平不詳。

小　令

道情三首

新春大喜,新春大喜,此爲夏正元旦,互相道賀之吉祥語,但時至今日,政局之糾紛如此,軍事之擾攘如此,吾儕小民,方日處於刀兵水火、流離顛沛之中,尚有何喜之可賀?然天下事有因始有果,吾人試一探索其致亂之由來,覺此中關鍵,總不外乎我國之軍閥、政客、民党三種偉大人物所釀成者。今日乘春節之餘暇,在下編了三首道情,將此三種偉大人物之功德,歌頌一番。上塵諸君之清聽,至事之是非,可任聽者自由判斷,在下也不便多事饒舌。嗟嗟,言者無罪,聞者足戒,深望諸大軍閥、大政客、大民黨,激發天良,各自覺悟,使我四分五裂、七亂八糟之中華民國,由混亂而漸躋於治安,那時我國民再共賀承平,無量歡喜,較諸今日春節何如。序言敘過,聽我道來:

大軍閥,嗜内争,此購械,彼招兵,循環報復無終竟,殘民禍國良心黑,奪地争城戰血紅,蒼生莫管荼毒痛,可笑是千言通電,硬説他酷愛和平。

大政客,似野雞,朝事楚,暮事齊,亂潮鼓蕩稱絶技,權門奔走顏何厚,租界逃亡路不迷,縱横捭闔儀秦比,看若輩流氓舉動,簡直的不是東西。

大民黨，亡國妖，談革命，意氣豪，蘇聯津貼分多少，三民主義欺人語[一]，共産規模亂世潮，偉人無一非强盜，奮精神專門搗亂，誤盡了天下同胞。

（《益世報》1926 年 2 月 19 日）

校勘記

［一］義：原作“意”，據文意改。

夢　飛

夢飛,生平不詳。

小　令

仿醒華新道情,序略

笑豬仔,壞水包,南北溜,東西交,護法護憲瞎胡鬧,公電大發憑君滅,私函特捧竹桿敲,出風頭藉飽私囊,得金錢好卧香巢。

恨傀儡,意欠良,托變故,不上場,誰説後波打前浪,分明安心去破壞[一],卻説暗中來幫忙,卑劣技倆難描仿,是這樣礙難救國,好教人愁斷肝腸。

憤地盤,不平和,放槍炮,動干戈,處處都教飛機過,不言不語炸彈擲,閭閻成墟一刹那,頭爛骨焦似經火,論熱鬧也還不錯,害小民卻是爲何。

歎小民,都低頭,腹内空,眼含愁,一般老弱皆促壽,故鄉欲歸怎能夠,賸有碧血向東流,高阜變成土匪藪,善堂裏暫把身安,慢慢地再找事由。

勸外人,且休誇,請看看,我中華,謀人不將你們罵,西歐壓榨法真好,東洋鎖鏈兀自加,口頭親善原虛假,自稱是文明民族,我叫你好比鳩鴉。

暫歇罷，道情辭，又何必，覆硯池，墨水留些贈同志[二]，興來只是亂揮灑，投去登否不自知，稿子最好當字紙，得酬金心高妄想[三]，白瞪眼樂在於斯。

（《益世報》1926 年 4 月 21 日）

校勘記

［一］安：原作“按”，據文意改。

［二］墨：原作“黑”，據文意改。

［三］妄：原作“忘”，據文意改。

雋　升

雋升，生平不詳。

小　令

【一半兒】

議員活動逐春風，語雜言哤旨不同，主張擁戴宋卿公。首群龍，一半兒合攻一半兒捧。

片時休息復摇唇，再議一番博衆聞，商量推重仲珊君。總萬民，一半兒交欣一半兒愠。

（《益世報》1926 年 6 月 1 日）

□ 權

□權，生平不詳。

小 令

仿鄭板橋道情詞，四支韻

春官僚，犯財迷，親軍閥，媚上司，趨炎附勢念生茲，忍心復稅敲民髓，刻意催科剥地皮，卑躬屈節爲斗米，倒不如采薇首陽，效當年叔齊伯夷。

（《益世報》1927 年 6 月 8 日）

徐仁天

徐仁天，生平不詳。

小　令

唱秀才道情詞

想當年[一]，駐洛陽，握兵權，征四方，幾多謀士幾多將，常誇十萬橫磨劍，每看車前豹尾槍，二馬一驚真了當，母鴨山暫且隱去，有勢時再幹一場。

重出山，討赤兒，馬到成，不須疑，滿望事實真如此，凶凶猛猛往前闖，狽狽狼狼向後馳，不堪回首當年事，閑時節一杯悶酒，牢騷起幾句酸詩。

（《益世報》1927 年 6 月 18 日）

校勘記

［一］想當：原作"當想"，據文意改。

瑞　人

瑞人,生平不詳。

小　令

新道情,並引

道情者,道其情也。昔鄭板橋曾譜漁樵耕讀四闋,爰仿其意,作農工商學道情,效顰之譏,知所不免,亦聊寫社會之真象云耳。

老農夫,把鋤犁,事春耕,相土宜,桑麻禾麥分隴堤,炎天酷熱勤播種,饁彼南畝有兒妻,青黄一片與雲齊,盼秋收官糧完納,慶全家共樂支頤。

望豐收,遇災異,蝗螨害,水旱厲,時蹇不遂新秋計,仰屋徒嗟炊無米,叩關又到催租吏,牛衣對泣空流涕,枉徒勞春耕夏耘,到頭來典田賣地。

精一技,業勞工,廠工作,八點鐘,清晨做到夕陽紅,顧家未必能贍養,一身聊謀饑腹充,不愁温飽亦雍容,想休假須逢年節,發工錢且待月終。

近年來,鬧工潮,勞資争,不開交,罷工相持竟連朝,日後優待成泡影,眼看先把飯碗抛,無衣無食自心焦,窮愁苦啼饑號寒,難支撑骨立形銷。

賣買人,趕市場,爲謀生,販運忙,幾時得志金滿筐,行商坐賈張羅慣,

□利蠅頭較短長，持籌握算細思量，工心計居奇致勝，喜盈□□□月昌。

市廛衰，商賈愁，貨呆滯，比山丘，存儲堆積供過求，現金求售無人顧，賒帳還防没處收，孜孜爲利意未酬，難倖免開支虚擲，歎血本盡付東流。

小學生，挾書包，習工課，開塞茅，父兄培植心願超，教部訂定三三制，大學分科程度高，學成金榜姓名標，且莫辭雪窗螢火，深造就爲國宣勞。

流行病，鬧學潮，好陰光，盡日抛，託名罷課把學逃，縹緗萬卷束高閣，滿口胡柴學皮毛，胸無點墨一團糟，轉眼來年華老大，要用時竟比鉛刀。

（《益世報》1929 年 2 月 14 日）

新　善

新善，生平不詳。

小　令

新道情

癮君子，一桿槍，短榻上，烟燈亮，噴雲吐霧樂未央，廉恥喪盡都小事，烟□森嚴真個慌，嘗遍了金丹嗎啡，到頭來家敗人亡。

惡軍閥，真該殺，刮地皮，仗爪牙，下陳儘是有名花，國民革命風潮湧，席捲脂膏走天涯，説甚麼禍國殃民，且安樂笑駡由他。

痛隴右，旱魃虐，樹皮盡，草根絶，赤地千里誠浩劫，此後諒無百斯篤，背緑老鼠都食竭，盼賑糧望穿秋水，真該死交通又□。

時髦女，出風頭，歌舞場，覓情儔，胸羅萬卷盡性書，生張熟魏難數計，人盡可夫不知羞，□誤解自由戀愛，最可歎美景難留。

丘八爺，最英雄，一叱吒，鬼神驚，芳蹤所至犬無聲，孰謂同胞不愛國，黄吻童子亦從戎，鎮日怕裁兵令下，卻喜得戰事又興。

新青年，老同志，中山服，西洋呢，柏林手杖紐約履，武漢起義曾加入，血戰經旬剩一息，吴稚暉多年同事，問□庚二十又四。

鄉下老，□炫闊，逛天津，坐汽車，鳴笛一聲直哆嗦，頭暈目眩心欲嘔，逢人偏説真快活，返故里東鄰西舍，□問聲宣統如何。

兔成□，龜□真，牛有鬼，蛇亦神，年年盛□誇出巡，享盡人間香火債，打倒迷信晦□臨，這才是世事滄桑，神仙也難逃劫運。

（《益世報》1929 年 5 月 23 日）

大無畏

大無畏，生平不詳。

小　令

新道情十首

閑無事，閲報章，東鄉匪，紀載詳，看後令人心發慌，拈毫模仿鄭板橋，道情十首書紙上。閲者諸君請勿忙，各報文諒已閲過，今日呵與君重講。

大股匪，真悍强，如今在，津東鄉，最多葛沽新城莊，出没舉動似良民，有時身着軍人裳。傷天害理他不講，到夜間四出搶綁，白晝裏莊稼去忙。

充小販，那模樣，假乞丐，他也裝，分派各地去暗訪，東莊綁來王氏女，西村架到劉家郎，貼目塞耳地窖藏，有錢者攜款往贖，貧寒者生命即喪。

手揭起，芙蓉帳，燃短燭，照空床，慘酷土匪分鴛鴦，你雖身爲兼祧者，無奈他們用款忙。一命嗚呼見閻王，新娘子倍覺悽惶，燈月下身單影雙。

睹遺像，在牆上，未亡人，哭斷腸，聲聲不住猶呼郎，可惡匪徒將你害，這般慘情和誰講，嬌妻幼子何人養？越思量毫無生路，故决定攜子投缸。

昨天撕，一個黄，今活埋，兩個張，兒戲生命不思量，可憐遭難屈死鬼，難見妻子和爺娘。全家老小淚千行，哭斷腸死去活來，鄰里聞均感淒涼。

葛沽鎮，新城莊，良莠居，隔一牆，想報官廳無膽量，若是請剿還了得，全家歸陰離了陽。紳商還得送錢糧，致使匪更行披猖，無忌憚得意揚揚。

每聞到，槍聲響，居民等，均驚惶，恨地無門把身藏，草棚廁所都不妥，躲在東廊又西廂，心中忐忑魂離腔，受虚驚今日且過，到明朝祀神焚香。

警察所，爲民障，匿不報，太不當，禦匪槍頭是銀樣，清鄉剿匪口頭禪，所司何職全不講。匪徒槍綁愈倡狂，數月前駐軍曾剿，奈近來開赴戰場。

勸富翁，快解囊，望當道，除魔障，購械痛剿使匪颺，届時蒼生得安枕，歌功頌德不能忘，平安生活慶無恙，到那是夜不閉户，可免去一旦驚惶。

八月十二日，於萑苻遍野齋。

（《益世報》1930 年 8 月 20 日）

田維藍

田維藍，生平不詳。

小　令

秋山，【黄鶯兒】

灝氣肅蒼空，望長白淚眼中。嶙嶙屍骨坡前擁，四面霞烘，一帶丹楓。樵夫喘喘雙肩重。囑奚僮，漫尋霜葉，恐染血花紅。

秋水，【黄鶯兒】

秋到蓼花灘，葉飄赤水流丹。漁翁隱釣蒼苔岸，渡口霜寒，斜陽半竿。遥聞欸乃舟人唤。接長穹，愁波淼淼，忍作畫圖看。

（《益世報》1932 年 1 月 18 日）

木瓜叟

木瓜叟,生平不詳。

小　令

道情新譜

棠棣櫻花牽浪舟,鴨綠江上鬼同愁。勸君放棄香檳酒,昨日少年今滑頭。自家木瓜叟是也。我老友瓊瑶婆婆流落民間,行歌度曲,我如今新譜道情八首,無非驚破癡聾,銷除煩惱。每到山窮水盡之處,用以自遣自歌;若遇辱名失事之場,正好覺人覺世。這也是風流世業,普羅生涯,不免就要請教諸公,以當一笑。

老林翁,一主席,坐汽車,乘飛機,晝夜往來竟不歸,血痕點點車塵游,遊興赫赫國窘迫,妙論天下自無責,一霎時炮轟舊都,驀抬頭甚麼東西。

黨太子,胖孫科,背乃父,胡摸索,帶着生母談黨禍,部中魔術般般有,一策實難救救國,何時大限取頭顆,免不了亂華史上,多添着阿斗一個。

戴院長,愛念經,説大乘,救衆生,印度梵民超度夢,萬千年後見正果,而今眼底受戒刑,大英皇帝牢奉供,也不妨咱們古國,極力的學學佛工。

儘風流,摩登兒,冬滑冰,夏泅水,脇肩抱腰跳舞姿,大出風頭跑折腿,西洋三因學不得，提琴鋼琴没滋味，徜徉在公園劇場，一憑他打打吹吹。

在民間，怕出頭，西窗前，爬梅豆，層層葉子緑油油，幾聲鳥語破清曉，一輪朝陽上小樓，飛光赤夏炎炎久，謅幾句空天闊海，好舒暢骨鯁歌喉。

溯埃及，巴比倫，源希臘，羅馬振，例南蹶北並或分，政教鬥争有史跡，文藝昌明汩而今，有産無産同歸盡，最可歎前仆後起，儘銷磨英雄無名。

哀牛頓，哭威廉，羨馬氏，崇血汗，步兒嬌雅終跌翻，棄者自揚揚者棄，象牙之塔只有殘，孟禄枉作護美撰，羅斯福高談戰債，又多了二次麻煩。

定好弦，續續彈，唤南海，呼北山，斷絲枯木多幽怨，壘壘黄土莫作階，藹藹白雲自徊環，衡宇必歸多數挽，收拾起爛調壯歌，任憑他四二二三。

木瓜報瓊瑶，老曲譜新調。扯碎長袍，摘掉氊帽，俺唱道情去了。

（《益世報》1933 年 6 月 25 日）

甲乙木

甲乙木，生平不詳。

套　數

春閨曲

【序】

蓋聞美人香草，寓楚客之牢騷；駿馬金貂，寄詩仙之豪興。人生不滿百歲，勿懷千歲之憂；佳日正值春宵，且行一夕之樂。自度俚曲，用述所懷。譏粉疑黄，知我罪我。

【黄昏引】

又到了黄昏時候，又到了黄昏時候。冷清清難消受，燈兒也不明，月兒也不清，花影兒也喪氣垂頭。晚風兒蹓蹓啾啾，鑽進了衣袖，摸着奴的胸前肉。

【春閨怨】

一陣一陣，煩在心裏頭，撚着針懶把鞋兒繡。才上了照高樓，又下高樓，恨不得背着人哭一個夠。恨只恨冤家没來由，害得奴孤孤零零的活活的受。這折磨，幾時才罷休。

【傷寒調】

這幾日面龐兒又消瘦，像是害了急症候。發燒出汗有一點咳嗽，冤家啊，還説奴成心裝做(叶湊)，瞪着眼不睬，見死還不救。

【一串愁】

梨花落滿溝，風擺着垂楊柳，斜陽一抹照高樓。不是春，倒是秋。心裏牢繫住一個扣，一串串是憂愁。奴也曾委委曲曲的把他就，黑了心的冤家，瞅也不曾瞅。

【黑心咒】

閃得奴冷冷清清過春秋，赤脚又蓬頭，終日價昏昏沉沉如醉酒。恨不休，罵不休，咬着牙兒加緊的咒，殺千刀的幾時才教刀穿透，掏出黑心來喂野狗。

【殺尾】

繫羅巾計一個扣，準備着萬事全休。吊殺鬼吐着長舌頭，那可也太難受。好死不如賴活着(叶周)，得將就時且將就，熱淚且向腹中流。

(《益世報》1947 年 5 月 6 日)

澹雲

澹雲，生平不詳。

小令

昨見朱小義、高祥玉二人《火雲洞》小照，扮像極佳，因譜【正宫·北水仙子】一曲以題之[一]

看、看、看、看滿身紅色嬌，贊、贊、贊、贊恁個扮像丰姿好，舞、舞、舞、舞得來翩翩體欲飄，歌、歌、歌、歌一曲嫋嫋入雲霄，雙、雙、雙、雙對打真佳妙，羡、羡、羡、羡被同師幼年成名早，我賀、賀、賀、賀二人鵬程無限高（二人均受業於郝振基，故云同師）。

（《顺天時報》1931 年 6 月 22 日）

校勘記

［一］宫：原作“工”，據曲譜改。

天　籟

天籟，生平不詳。

小　令

【山坡羊】 開放對日貿易[一]

提攜經濟，殖民生意，八年血戰從兹起。爭獨立，再休提，誰教自家先洩氣。事到臨頭不由己。工，他那裏。農，咱這裏。

（上海《大公報》1947 年 8 月 23 日）

校勘記

[一] 此曲又見天津《大公報》1947 年 9 月 11 日。

老　琴

老琴,生活於清末民國初年。

小　令

錫金時事五更調[一]

一更一點月升東,革命起風。咦呀呀得而亨,錢莊不通。匯票鈔票失信用,市面窮,財主人呀,家私才搬動。咦呀呀得而亨,大家走個空。

二更二點月正明,民團議論。咦呀呀得而亨,流氓成軍。烟鬼酒鬼招乾净,三百文,一日天呀,可以過得癮。咦呀呀得而亨,總辦弗得人。

三更三點月更清,商學齊心。咦呀呀得而亨,預備歡迎。旂幟徽章做端整,諸事定,火車來呀,專等華懋琳。咦呀呀得而亨,一到便據城。

四更四點月斜西,排槍聲繼。咦呀呀得而亨,圍困衙署。大小官員落眼淚,真悔氣,到如今呀,勿得勿讓俚。咦呀呀得而亨,印信高舉起。

五更五點月已沉,推舉裘紳。咦呀呀得而亨,素來公正。紳商各界盡安寧,好名聲,像文明呀,白旂如叢林。咦呀呀得而亨,從此慶太平。

(《自由雜誌》1913 年 10 月第 2 期)

校勘記

［一］此曲又見《申報》1911年11月14日。

童蒼懷

童蒼懷，又名童侃，別署童飲，號仲慕、仰慈、愛樓等，浙江四明人。1913年編《申報·自由雜誌》，曾襄《新聞報》筆政，主編《莊諧叢録》，有《血淚碑》等。

小　令

從軍五更調[一]

一更一點月東升，快去當兵。呀呀得而會，大家拚性命。共和血性要造成，合群進，洛怕敗呀，越打越起勁。呀呀得而會，打到紫禁城。

二更二點月正高，切勿可逃。呀呀得而會，終要立功勞。用盡氣力衹一遭，愛同胞，等功成呀，大家拜英豪。呀呀得而會，銅像造得高。

三更三點月正中，搶做先鋒。呀呀得而會，馬到就成功。大家學學黎元洪，盡力攻，請忍耐呀，最後五分鐘。呀呀得而會，不愧大英雄。

四更四點月正西，切莫慘淒。呀呀得而會，招展革命旂。沙場流血也可喜，出口氣，得仔勝呀，凱歌回家去。呀呀得而會，本事真希奇。

五更五點月西沉，壯哉民軍。呀呀得而會，共和大功臣。犧牲一己惠衆人，功告成，專制毒呀，一切掃乾净。呀呀得而會，此德無窮盡。

（《自由雜誌》1913年10月第2期）

校勘記

［一］此曲又見《申報》1911 年 11 月 4 日。

留　心

留心,生活於清末民國初年。

小　令

感時五更調[一]

一更一點月初升,革命軍興。咿唷唷得而噲,打進武昌城。瑞澂逃走到兵輪,真嚇煞呀,虎口餘生。

二更二點月漸高,張彪倒槽[二]。咿唷唷得而噲,營盤守弗牢。兵心統統全變了,真勿料呀,新軍難靠。

三更三點月正明,軍容威凜。咿唷唷得而噲,推翻舊苛政。都督公舉黎宋卿,真氣概呀,革命新軍。

四更四點月將西,計策真奇。咿唷唷得而噲,佔據漢陽地。兵工鐵廠才歸伊,真豪爽呀,一夜舒齊。

五更五點月已沉,逐盡□人。咿唷唷得而噲,頒行新律令。專制寃氣始得伸,真可敬呀,吾新國民。

(《自由雜誌》1913 年 10 月第 2 期)

校勘記

［一］此曲又見《申報》1911年10月29日。

［二］槽:原作"糟",據文意改。

何翁卯

何翁卯，號憶箏樓主，其餘不詳。

套　數

乞丐裝小影

【雙調南仙吕曲·新水令】[一]

漫天風雪太蕭條，小乞兒自家寫照。破衣還我故，曳杖向誰驕。身世牢騷，幻出這丐食歌姬稿。

【江兒水】

彳亍沿門缽，淒清丐市蕭。你鶉衣慣把王侯傲，你斜陽捫虱長安道，你放喉唱徹蓮花調，你對着畫圖狂笑。笑王謝功名，明是黄粱一覺。

【醉扶歸】

我題辭不問你荊州號，他授餐不問你淮陰報。你風塵不改你縈陽貌[二]，不是翳桑未同枯槁，不是墦間餘祭等無聊，不是野人與塊真潦倒。

【園林好】

悶來時華胥不管雞催曉，興來時長歌一曲舒長嘯。把黄虀飽咬，賤煞那跨五馬换宫袍,騎隻鶴貫纏腰。

【尾聲】

才人自有畸懷抱,但只玩世清狂品太高,你看他又向黄壚去買醉了。

(《滑稽雜誌》1913 年第 1 期)

校勘記

[一] 水:原作"書",據曲譜改。

[二] 縈:原作"榮",據文意改。

王梅癯

王梅癯，生平不詳。

小　令

游仙曲十闋，仿【一半兒】調

謝娘船上叶壎篪，四月清和首夏時，搖出北門天不遲。衆嬌姿，一半兒垂簾一半兒起。

韓郎心事窈娘情，可惜三年見未曾，欲語怕人翻又停。眼波澄，一半兒綢繆一半兒忍。

燒香姊妹祝蒼天，齊祝龜兹大有年，猴兔去來成萬千。怕嫖錢，一半兒拖延一半兒免。

二泉亭畔任遨遊，徐步同登雲起樓，茶罷夕陽人倦否。再回頭，一半兒延挨一半兒走。

睢陽戰血瀝忠肝，黑鐵無辜鑄賀蘭，祠廟百年名不刊。教人看，一半兒悲涼一半兒感。

水心亭子水當中,和尚周旋情意濃,雛燕學飛雙箭工。苦纏儂,一半兒模糊一半兒懂。

山腰一抹賸殘陽,四座無聊清晝長,寸語片言都襯景。索枯腸,一半兒矜持一半兒講。

此君生性本粗浮,一腳掀翻鸚鵡洲,今日斂容雙炯眸。鎖獮猴,一半兒裝腔一半兒醜。

都知録事一齊來,肥似婁豬瘦似豺,無奈可人期不諧。阮郎懷,一半兒躊躇一半兒耐。

酒闌人散語模糊,苦説河東吼事無,天地久長心不辜。且支吾,一半兒推辭一半兒許。

(《滑稽雜誌》1914 年第 3 期)

張碧琴

張碧琴，字韻岑，興化（今屬江蘇）人。

小　令

【五色絲】 題《昭君出塞圖》，用尤悔庵尼裝美人韻

【白練序】畫工誤畫，眉皺雙蛾髻綰鴉，任粉白脂紅，玉顏描寫。【黄鶯兒】風狂珮斜，塵污袖遮。【青哥兒】弓彎三寸鳳頭鞾，胡姬愛煞。【紅芍藥】看一片斜陽雁門下，映猩裙紫花驄馬。【黑麻序】不争差，路出狼河蓊塞，恨抱琵琶。

（《女子世界》1915 年第 4 期）

浪　仙

浪仙，生平不詳，疑即强光治。

套　數

清　明

【南北仙吕入雙套·新水令】

軟風甜雨養花天，好韶光一番重换。過春分將穀雨，芳草地自生烟。紅紫争妍，多半是東君面。

【步步嬌】

陌上垂楊搓金線，細綴桃花片。香風滚翠烟，掃過芳堤，薄熱蒸癡豔。眼見口難言，隔芳叢况被雛鶯唤。

【折桂令】

看遊人細馬香衫，幾個東來，幾個西還。滿團團雲山滴翠，溪水斜灣，謝東君分付與春光飽看。砑雙肩挑一擔食壘春盤，鋪個青氈，攤個蒲團，只見那花枝下呵酒猜拳。

【江兒水】

調管鶯聲脆，貪香蝶舞妍[一]。暖洋洋炙斷遊絲線，熱蒸蒸薰得遊人汗，碎紛紛細落花香片。無數舞裙歌扇，葉葉衣衫，個個是心閑身健。

【雁兒落】

見幾個錦林梢酒旆懸，見幾個軟沙堤飛輕燕，見幾個荒墳上掛紙錢，見幾個拜墓道如花面，見幾個掉下了黄金釧，見幾個輕蹙了繡鞋尖，見幾個鬆解了羅裙帶，見幾個花插在鬢雲邊。妍，引得人春情釅，行一步堪憐。直恁是暗撩人有萬千，暗撩人有萬千。

【僥僥令】

行到垂楊水廟前，素手把香拈。惹得行人多回首，偏留下印香苔一瓣蓮，印香苔一瓣蓮。

【收江南】

呀，更爲得一派笙歌別院呵，費多少杖頭錢。多則在桃花扇底杏花邊，木香亭畔海棠前。隔梨花短垣，磨東風繡旛，畫棟珠簾，空目斷碧雲天。

【園林好】

擺蘭橈垂楊畫船，載名姬泥金繡衫。一片湖光如靛，遥浸着遠山烟，猛映着鬢花鈿。

【沽美酒】

扇東風撲柳綿，斜日腳淡黄天。只見蝶浪蜂癡性子顛，來又去百花間。誰立在畫欄邊，支春困倦抛針線，攜女伴秋千庭院。要呵亂霏香牡丹架前，褪鞋跟雕花砌磚。呀，猛聽得笑聲初斷。

【清江引】

清明好春將过半,去也難留戀。怎的不負他,只是教排宴,向花前暖溶溶一杯休落盞。

(《女子世界》1915 年第 5 期)

校勘記

[一] 貪:原作"貧",據文意改。

吴慧玉

吴慧玉，字樸卿，别署西泠女士，浙江杭州人，生活於清末民國初年。

套　數

題周朗圃先生《紅樓夢十二圖詠》南北曲

【北新水令】

搜奇有客寫風騷，蕩柔波情天重到。紅樓圓舊夢，金粉浣霜毫。一幅生綃，齊繪出驚鴻稿。

【南步步嬌】

想從來幻境都由人意造，似這般闕閲誇周道，簪纓壓衆僚。紙醉金迷，珠圍翠繞，園額大觀標，景依依煞似神仙島。

【北折桂令】

鬥繁華爵府門高，寶馬香車，來往如潮。曉雲開樓閣凌霄，復道回廊，棟畫梁雕。試看這窗紗窈窕，簾幕紛飄，襯着那幾處亭橋，幾處軒寮。且休言水秀山明，只覺得柳媚花嬌。

【南江兒水】

公子容華麗，丫鬟態度嬌[一]。况外家姊妹多才調，向和風麗日舒吟嘯，把春棠秋菊供詩料。且都是相逢年少，鎮日間軟語柔言，儘把着情腸亂攪。

【北雁兒落帶得勝令】

你看他兜粉蝶素紈抛，書恨字金釵搗。説甚麽葬詩魂鶴影摇，一任他醉花陰蜂蝶鬧。呀，更誰來聽瑶琴偷將玉軫調，惜餘春悄把殘紅掃。有的是繡帕留情好，有的是高唐入夢遥。花朝，覓鴛儔鬥芳草。寒宵，扶病軀補翠貂。

【南僥僥令】

瓊姿晴雪妒，麗澤錦衾撩。這般般豔跡都佳妙，待留與有情人慰寂寥。

【北收江南】

歎情場自古幻浮泡，總爲着情絲千縷縛堅牢。齊向那絳珠宫裏淚珠抛，夢醒來轉被黄鶯笑。向青天首搔，向青天首搔，總爲那一拳頑石弄蹊蹺。

【南園林好】

羨周郎苕溪俊髦，正英年才高興豪。每借着新詩美酒攄懷抱。集良朋句同敲，讀奇書恨難銷。

【北沽美酒】

破心裁異想超，破心裁異想超，倩名師鈎勒巧。好把十二金釵次第標，按譜徵文藻。羅珙璧萃瓊瑶，一般般句奇典奥，竟將那四海名流一網包。有的是詞源怒倒，有的是情絲細裊。且莫辨心淆夢淆，祇覺的魂消意消，博得個是真是假難稽考。

【南尾聲】

休將真假窮探討，何妨聚千古情癡把色相描，你看那雪上的飛鴻都印了爪。

（《繁華雜誌》1914年第1期）

校勘記

［一］丫：原作"鴉"，據文意改。

倪承燦

倪承燦，字軼池，鎮海（今屬浙江寧波）人。1909年，與莊病骸合辦《寧波小説七日報》。有《偶齋詞存》，與莊病骸合著《朝鮮通史—亡國影》，編有《鄞縣章氏宗譜》[一]。

套　數

祝雲章老友令郎吉夕之喜

【南仙吕入雙調合套·步步嬌】

壓架薔薇垂堤柳，嘉序清和首。關雎叶好逑，似此風光燠寒剛扣。恰稱結鴛儔，看重重喜氣已臨門久。

【醉扶歸】

你畫眉才是風流京兆丹青手，你掃眉才是瑶池仙侣女班頭。到而今是青衫紅袖適相攸，信三生良緣結下知心友，更何數春光占斷媚香樓，怎不教旁人妒煞鸞凰偶。

【皂羅袍】

算雙雙豔福讓君消受，況文明婚禮參酌華歐。觀光賓友集城陬，江東風氣開今後。華堂初啟,歌琴茗甌,華燈初上,花枝酒籌。試樽邊筵角新儀糾。

【好姐姐】

記取郎才八斗,配娘容兩無孤負。香肩並立,風吹蘭麝幽。君知否,人間競道登科小,勝比銀河會女牛。

【尾聲】

憑誰頌禱同聲口,爲重慶家庭幸福修,原不但花好月圓人罕有。

(《繁華雜誌》第 5 期)

校勘記

[一] 鄭逸梅《藝林散葉薈編》:"倪軼池年八十餘,患疝氣,擬就醫施行手術。或勸阻之,謂年事已高,開刀有危險。倪云:年高,不妨冒險爲之。施手術而愈,可以樂我餘年。施手術而致死,風燭殘年,亦不足惜。至於青年,卻不能貿然從事,反須鄭重考慮。""鎮海倪軼池,曾在滬上創薄海同文會,招生教授古文。當時白蕉、鄧散木、陳運彰、姚養頤,均列入門牆。""倪軼池詩詞文稿,姚養頤爲之謄録。軼池逝世,交浙江圖書館保存。""倪軼池辦薄海同文學會,地址在上海南京東路大慶里。"

李彭庚

李彭庚，號瘦紅，江蘇丹徒人。

套　數

《繁華雜誌》題詞

【黄鐘引子·瑞雲濃】

筆花怒放吐出斑斕文字，墨瀋淋漓如瀉雨。幾回披讀，覺口頰生香祛煩滌慮。敢説道空言無補。

【傳言玉女】

一紙吹嘘，海外風行千部。且慢托齊東野語，激昂慷慨，恍若《離騷》舊譜。銷愁有處，問天無語。

【啄木兒】

天下事問何如，破碎河山一抔土。借文章挽住狂瀾，有國粹中流砥柱。怕一髮千鈞難久駐，東南半壁成焦土。那時呵始信乾坤舊腐儒。

【前腔】

大哀曲宛轉書，香草美人自千古。忒纏綿兒女癡情，忒淒涼關山砧杵。投稿者枯腸搜斷，主任人用心最苦。早一集編成撚斷髭。

【尾聲】

鯫生竊自欣欣語，私幸騷壇有主，且聽那江北江南唱鷓鴣。

（《繁華雜誌》第 5 期）

題《生死離別圖》

【南吕過曲・香柳娘】

又支頤半嚮，又支頤半嚮，離愁怏怏，早疏林做出別離景况。聽長亭笛唱，聽長亭笛唱，楊柳復依依，牽衣更惆悵。笑此身莽莽，笑此身莽莽，但願此去故人無恙。

【前腔】

歎少年心壯，歎少年心壯，高懷俯仰，誰知命在中途喪。指扁舟在望，指扁舟在望，雙淚濕羅襦，癡懷入夢想。踏波兮雙槳，踏波兮雙槳，恨一水盈盈阻人來往。

【南吕入雙調・北新水令】

聽孤城隱隱角吹哀，早一事飛來天外。忽傳遊子逝，摧折美人釵。命蹇時乖，惡生生把鴛鴦驚拆。

【南步步嬌】

你可知紅顔緑鬢無人賴，你可知老母龍鍾態，孤兒墮地纔。天呵俺斜歛愁眉向他身細察，他呵無言眼不開，熟睡如疇昔。

【北折桂令】

細思量腸斷輪回，大好姻緣，鏡已塵埋，快並刀分了雙釵，頃刻間冷了和諧，一千里魂歸故塞，兩三日月暗瓊臺。閑了玫瑰，瘦了麻稭。可恨呵天地無情,可歎呵病没天涯。

【南江兒水】

撇下銀奩鏡,抛開金縷鞋。俺從今繫裙不掛芙蓉帶,銷愁不入歡娱界,臨妝不畫青蛾黛。一任花開花謝,有限韶華,且守着這空幃過也。

【北雁兒落帶得勝令】

待殉身雙親哭甚哀,待盡節幼子誰撫戴。忒淒涼難忘三載憐,死纏綿忍割三生愛。呀,絲絲縷縷一齊來,鮫綃帕子和愁碎。甚西風吹冷醉霞腮,甚重簾瘦損香桃骨。慘哉,臉退了芙蓉色[一]。休哉,春寒了豆蔻胎。

【南僥僥令】

死哉悲異地,葬矣痛長淮。你魂兒已入邯鄲界,都只爲功名兩字來。

【北收江南】

算一年間痛苦一年哀,俺淒然獨上望夫臺。可憐人福過定生災,從今後了卻夫妻債。同心結打開,合歡枕拆開,再没有羈鸞瘦鵠兩相乖。

【南園林好】

瘦嬋娟啼痕暗揩,好男兒無端被壞。便鐵石英雄淚亦灑,流落恨宛轉,怎丢開抛撇,恨驀地上心來。

【尾聲】

題成一曲心皆碎,歎世事收場劇可哀,再不要縛定一縷情絲尋宿債。

(《繁華雜誌》第6期)

校勘記

[一] 退:原作"腿",據文意改。

朱瘦菊

朱瘦菊，自署海上説夢人，有小説《歇浦潮》等[一]。

小　令

拆白黨懺悔道情

少年裙屐最風流，欲把人間艷色收。賺得佳人顔似玉，半生吃着不須愁。自家拆白道人是也。穿花度柳，久傳浪蝶之名；選色評芳，又得游蜂之號。上酒樓，入戲館，到處歡迎；走娼家，宿私窠，有人供奉。無奈好景難常，朱顔易老。綺羅隊裏，羞言前度劉郎；粉黛叢中，誰識當年張緒。恨玉簫金管兮不聞，喜漁鼓簡板兮仍在。今日閑暇無事，不免將俺身世，編成幾句道情，唱歎一番。

熱鬧區，吾黨多，充斯文，着綺羅，潘安載得盈車果，何須一水傳紅葉，自有千金送碧波。胸中鬼域誰猜破，無非是金錢主義，哄騙那美貌姣娥。

題舊事，最無聊，記當初，正垂髫，憨頑不聽爺娘教，弟兄結隊常生事，姊妹成群慣逞豪。三朋四友都年少，學會些精奇淘氣，終日裏瓦擲磚抛。

入學堂，懶用功，背爹娘，結頑僮，謊言常把先生哄，讀書寫字心難用，鬬草尋花興便濃。家中翻博慈闈寵，偶遭逢嚴親責罰，端賴他竭力彌縫。

及冠時，更荒唐，結淫朋，入教坊，小紅低唱心先蕩，香温玉輭消魂窟，酒緑燈紅覓醉場。解囊不惜纏頭賞，將祖宗多年積蓄，一霎時敗得精光。

嘆世情，逐物遷，鬥豪華，未一年，無端老鴇心腸變，從來妓院難言義，自古娼家只要錢。冰霜罩定桃花面，受不住冷嘲熱諷，没奈何且着歸鞭。

見父母，仰屋咨，遇友朋，笑我痴，洋盤寃桶真獃子，吾曹好色兼求利，君莫多情浪費資。吊膀(叶平)妙處何妨試，須記取塞翁失馬，入吾黨切弗遲疑。

遭失敗，正徬徨，聞此言，喜洋洋，居然拆白稱同黨，採來嫩蕊枝枝艷，摘得閑花朵朵香。從今不顧途人謗，着意兒熏香傅粉，没廉恥道德淪亡。

初出廬，姘妓傭，惟有他，衣飾豐，吊膀(叶平)手段今番弄，低眉權抑男兒氣，得意還推女子雄。專心痛把工夫用，碰着個豪門蕩婦，得倒貼揮霍無窮。

某家姨，慣放刁，在戲樓，眉目挑，臨時故作端莊貌，有情解珮曾留約，假意投梭實弄騷。片言道破盈盈笑，兩下裏心如火熱，出園門喜上眉梢。

有良家，婦女們，遇吾徒，誘懷春，到頭終被淫邪趁，冰清玉節何能保，月缺花殘未可論。終身受盡狂奴困，强挾制人前告訴，要瞞人速獻金銀。

迷香洞，樂未央，肆荒淫，昧天良，家中醋海興波浪，當時誤訂同心結，此日偏遭遍體傷。自尋煩惱休言枉，最堪嗟妻逃妾散，賸此身後顧茫茫。

鼓咚咚，唱俚言，歎滄瀛，倏變田，六郎憔悴蓮花面，少年狂蕩歡無限，末路飄零苦孰憐。道傍倒斃防天譴，願男兒回頭及早，狹邪事切弗流連。

而今世事多顛倒,遍地淫風鬧。不顧讀書高,偏説吊膀好。俺唱這俚歌兒,諸公莫惱。

(《繁華雜誌》第 6 期)

校勘記

[一]《紅雜誌》1922 年卷一第 9 期大膽書生《小説點將録》:"一丈青扈三娘:朱瘦菊。贊曰:碩人頎頎,精武藝,美丰儀,一場春夢(瘦菊自署爲海上説夢人),撲朔迷離(瘦菊以社會小説著名,《歇浦潮》一書,尤膾炙人口。其人身長而善修飾,亭亭玉立,真彷彿一丈青也。因戲以女將擬之,當此尊重女權之時代,瘦菊當不以爲忤)。"鄭逸梅《藝林散葉薈編》:"海上説夢人朱瘦菊,撰著小説,而不善編撰回目。其所作長篇説部《歇浦潮》之回目,出於孫玉聲手筆。瘦菊固師事玉聲者。"

弢 廬

弢廬，生平不詳。

小 令

津沽【黄鶯兒】

時宣統元年己酉六月，政府方派各省財政監理官，謀所以集權中央者。予訪劉、陸二監理於津上，略稔情形，戲拈六曲，聊唱板橋之道情，非效敬亭之平語也。

車轔轔，馬嘽嘽，道是前途監理官。長蘆運使，保定藩臺，相見問喧寒。猛聽得一聲大人回也，腳靴手版，無數衣冠，内結文書，外銷册籍，滿案把伊攤。一曲

蓋起文明屋，高懸憲法燈（監理所居洋樓，而有電燈者）。官階幾層，梯階幾層，香羅一瞥醉瞢騰。令修陸軍，明修海軍，天潢争位勢峻嶒。無他説，嚼瓜啜茗，談笑遣黄昏。二曲

法界日界英界俄界，電車羊車騾車馬車，似夢繁華，喧争兩部蛙。戰績動嗟聶功帥，外交尚説賽金花。凋殘元氣何時復，財政亂如麻。三曲

何翠寶丰姿颯爽，尹桂蘭體態輕盈。還有那小林黛玉拾來玉鐲，送去

銀燈(天津租界男女伶合演時,此數人最著)。東方偶遣俳優興,北道猶懸師弟情(予以署中有事,即回京,且尚兼館政)。快上車,先生去也,高樹蟬吟。四曲

赫赫皇華,笑伊行壟斷將推倒。影戤誰知,居奇更巧,公濟私怕人洞曉。士安素學善持籌,伯言妙算多機覺,析非桑孔錙銖,來定裴楊計較。鐵面龍圖,爲奉正本清源明詔。從今後,塞漏卮,疏弊竇,查外銷,杜中飽,立憲初基,喚起國民報效。五曲

預備九年一瞬了,入手理財宜早。江源河源,昆侖一掬,來龍非小。明治撤藩臣,愛國熱心岩倉大久保,權集中央,憲章更本伊藤稿。開誠心,布公道,大官小官無匿報。議員增,國會召,預算决算乃成表。我中邦要把散沙摶[一],渾如亂絲繞。亂紛紛,難稽考,願互激天良和盤告,莫任他天津橋上空啼鳥。六曲

(《文藝雜誌》第 5 期)

校勘記

[一] 摶:原作"搏",據文意改。

葉東萊

葉東萊,浙江杭州人,其餘不詳。

套　數

寓樓書懷,即用《牡丹亭·遊園》工譜

【南宫入雙調·步步嬌】

驀地裏奩波將人鏤,驚見黄花瘦。纔病夏又經秋,生怪西風,與余何疚,歲歲不甘休。把華顔吹得似春池水皺。

【醉扶歸】

想我廿年前飽暖衣誇文繡,十年前肥輕炫馬裘。一晌裏昏天瞎地夢悠悠,比偷閑相國秋蟲鬥。不思量繁華過眼等浮雲,但指望安榮守得門庭舊。

【皂羅袍】

最是俄頃風波狂吼,變萍蹤絮跡大地浮漚。夜闌咽盡别離愁,世情嘗得炎涼透。年華客感時艱杞憂,故國老屋,高堂白頭,莽無端都已爲我傷心湊。

【好姐姐】

甚本由，快男兒壯遊，怕終究是騙人入彀。問車馳馬驟，有伊誰封萬户侯。空僝僽，碎蒲帆没補乾坤漏，總一樹桃花逐水流。

【尾聲】

斜陽縱好黄昏後，這叫做簸鳳囚鸞莫展籌，只落得飄泊天涯牛馬走。

（《藝文雜誌》1917 年第 1 期）

李遠堂

李遠堂,鎮海(今屬浙江寧波)人。其餘不詳。

小　令

【新様四時花】曲　忘年交

壽人先生以廉明府留贈吴老人墨蘭畫册,囑題,譜此以應。

【小桃紅】金石契,河梁近,瓊瑶遺,精華藴。【月上海棠】有墨蘭畫寶,價值連城。【紅芍藥】名家數吴老遺型,居停惠廉府多情。【石榴花】比兼金,是玉堂異珍,稱國香,又藝林逸品。【水紅花】致殷勤,權當行贐。【玉芙蓉】佳人紅粉締同心,烈士青萍獲賞音。【梅花塘】琳瑯,十二湘莖,縹蒂結苔岑,伴前程。【水仙子】空谷幽姿,記取偶披圖,無忘舊盟。

(《藝文雜誌》1917 年第 1 期)

張 生

張生,生平不詳。

套 數

【南仙吕入雙調】合套

驚鴻校書芳齡廿紀,浴蘭後二日,其設帨辰也。是日,孫君射侯爲之設華筵,邀賓客遊讌其家。同人王君利賓、孫君禿夫,以春衣一襲爲校書壽。余以善病,未克躬逢其盛,用填【南仙吕】一套,以報孫君,質之驚鴻,毋亦謂秀才人情,原來是紙半張乎?

【步步嬌】

小閣稱觴花如繡,人比花枝秀。珍珠綴滿頭,皓齒新加,黛蛾舒皺,管領燕鶯儔。願檀奴莫看做章臺柳。

【醉扶歸】

你廿年前是瑶池曾領群仙袖,你十年前是紅閨生小不知愁,你如今是春光占斷媚香樓。歎頻年風塵,偃蹇飄零久,方贏得青衫紅袖兩情投,怎不教旁人妒煞鴛鴦偶。

【皂羅袍】

算從來豔福最難消受,得紅顔知己便抵封侯。良朋嘉貺意難酬,春紗衫子芙蓉扣。紅窗初啟,珠簾玉鈎,紅筵初啟,茶船酒甌,撥檀槽競把紅牙奏。

【好姐姐】

辜負樽邊酒糾,醉花陰月明如晝。衣香四座,風吹蘭麝幽。君知否,人生有酒須當醉,莫放年華逐水流。

【尾聲】

憑誰雅擅丹青手,把今夕風光筆底收,便算是花好月圓人永壽。

栩按:本曲原作【步步嬌】云:喜稱觴剛逢春明媚,人與花枝鬥。雲斂鬟,水凝眸,皓齒新加,朱顏未改云云,係從《牡丹亭·遊園》一齣填詞。但玉茗詞曲,大都增損字句,不可爲法。《冥判》中【混江龍】,尤其著也。證之《九宫譜》,每多未合。【步步嬌】首句係七字句,應作仄仄平平平平仄。如《月令承應》曲作"玉樹斑斕春風裊",《琵琶記》作"渡水登山多勞苦"。又元人散曲爲"半紙功名把青春誤",又"樓閣重重東風曉",皆與"裊情絲"句法不同。又第三句,玉茗作"停半晌,整花鈿",爲三字兩句,而古曲皆作五字句,如《月令》云"含姿更弄嬌",《琵琶》云"遥觀一老夫",散曲云"攜琴往帝都"、"垂楊金粉銷",皆作上二下三之五字句也。【醉扶歸】本作七字句五句,惟諸作都安襯頭[一],至不一律。但平仄句法,皆無少誤。惟玉茗第二句作"豔晶晶花簪八寶填",則與《月令承應》第二句"才情不過舊文章"、《琵琶記》"無緣對面不相逢"等句,皆平仄相反。【皂羅袍】起句,《月令》作"紫霧紅雲環繞",《彩樓記》作"暗想朱門嬌女",惟玉茗作"原來姹紫嫣紅開遍",其"原來"二字爲頭[二],但別曲加頭[三],都作三字,吹作六合四。得一六字引起,腔調自覺圓滿。而玉茗此曲,但用合四起調,自較平矣。原作起句係用"從來"二字引起,故爲綴一"算"字。又【好姐姐】起句,各曲皆作二字句,次作四字句叶韻,則有襯用三字,或二字者。惟玉茗作"遍青山啼紅了杜鵑","遍"字雖可作頭[四],但曲律,凡一字句、二字句,例不得加襯字，致與别曲相混。原作“數更籌喧呼尚未休”，係從玉茗體，意嫌未洽，爰爲易作“辜負樽邊酒糾”，仍於“辜”字上用中眼起，吹作尺工尺，將領首之六字除去，便合。此外字句，雖與《遊園》齣本不同，但依聲歌之，無不脗合。而與《九宫譜》正調相校，亦無不合，似較完善。質之作者，以爲如何？

（《遊戲雜誌》1914 年第 1 期）

校勘記

［一］［二］［三］［四］ 頭：原作“豆”，“頭”的省寫，因改。

周范亞

周范亞，號紅樹詞人，其餘不詳。

套　數

題胡蘭癡哀倚蘭女士之亡，作《紅袖添香夜讀書圖》，索題，爰用《桃花扇·訪翠》譜，爲制斯曲[一]

【正宮引子·緱山月】[二]

庭院乍昏黄，花影上紅牆。正碧天如水月如霜，見鸚哥倦了，狸奴睡也，膽怯空房。

【正宮過曲·錦纏道】

步回廊，伴伊家攻書那廂，風透緑蕉窗。玉葱長，試他睡鴨温涼。撥釵尖爐烟篆颺(叶平)，卷衣梢臂釧金鏘。豔福不尋常，儘消受眉青唇絳。救飛蛾，剔銀釭，口兒裏書聲朗朗，卻眼波偷擲覷紅妝。

【朱奴剔銀燈】

胡猜做琴挑鳳凰[三]，生擱着繡學鴛鴦[四]。聽讀到毛詩第一章，撚羅裙低鬟半晌。推詳，暈嬌羞滿龐，爲甚的恁般孟浪？

【雁過聲】

堪傷，塵生繡幌，扶不起還魂麗娘。迷離影事成追想，藕絲囊荔枝香，到而今一例抛荒。何當金屋藏，書中有女如非謊，怎唤煞芳名無影響。

【小桃紅】

春風面空惆悵，夜月魂還凝望，準備着香花供養[五]。心兒坎[六]，丹青縱有新圖像[七]，笑顰難畫嬌模樣[八]，展生綃淚滴雙雙。

栩按：原作【錦纏道】曲内，"書聲朗朗"句下，有"作態端莊心誰向"一句，係從《桃花扇·訪翠》齣"黑漆雙雙門兒上"一句。按之《九宫譜》正調，均無此句，係屬夾白，偶爾協韻。圖譜誤入曲文，故爲節去[九]。

（《遊戲雜誌》1914 年第 1 期）

悲秋曲

秋俠赴義，名滿天下。虜臣毁墓，哀動人間。民國元年六月六日，同人會祭於西湖鳳林寺前，爲譜斯曲。

【北新水令】

白山豺虎踞神皋，逞兇殘殺人如草。關河驚破碎，巾幗仗英豪。秋水横腰，誓把賊氛掃。

【駐馬聽】

斷梗身飄，渡海歸來顔色槁。燦花舌掉，登壇先把國魂招。經天氣梗白虹驕，吞胡計定黄龍搗。恨滔滔，莽男兒枉戴着頭顱好。

【沉醉東風】

抒感慨狂揮詩草，説恩讎醉舞倭刀。向園亭避暑囂，驀地價軍聲喧擾。合重圍入室戈操,牛鬼蛇神殺氣驕,擁着個黑衣人去了。

【折桂令】

路旁人兀自逍遥,魚遊沸釜,燕處焚巢。忒煞胡嘲,讓他異族,坑我同胞。没的説鋤奸誅暴,倒做了犯法違條。風雨瀟瀟,天日昭昭。拚着個頸血横飛,怎見得心血空抛。

【沽美酒】

喊胡兒你睁着碧眼瞧,大踏步趕市曹。月暗軒亭新鬼笑,烈轟轟的毅魄,化做了浙江潮。

【太平令】

感煞你俠南湖生死朋交,顧不得禁令弁髦,向西泠杯酒親澆。收拾起美人芳草,怕的是魂銷影銷。

【離亭宴帶歇拍煞】[一〇]

不提防岳王宫畔長楸倒,蘇娘墓側群狐擾。平白地瓦礫堆高,折毁了風雨亭,剷平了孤墳罩,禁絶了紙錢燒。又誰知轉眼間,便做了循環報。看白漫漫旌旗來到,那胡兒巷剩夕暉,滿家營留廢壘,僞官衙餘殘燒。倒落得青山碧水間,添一座秋雨秋風廟。俺是個西湖長老,打罷那鳳林鐘來,寫出悲秋稿。

(《遊戲雜誌》1914 年第 2 期)

校勘記

[一] 此曲又見《錢業月報》1927 年第 7 期,題作"題胡蘭癡紅袖添香夜讀書圖"。

[二] 正官:《錢業月報》1927 年第 7 期作"南正宫"。

[三] 胡猜做:《錢業月報》1927 年第 7 期作"不省的"。

［四］生擱着:《錢業月報》1927 年第 7 期作“耽擱了”。

［五］準備着香花供養:《錢業月報》1927 年第 7 期作“香花準備長供養”。

［六］心兒坎:《錢業月報》1927 年第 7 期無。

［七］縱有:《錢業月報》1927 年第 7 期作“留取”。

［八］笑顰難畫:《錢業月報》1927 年第 7 期作“效顰可似”。

［九］此段按語,《錢業月報》1927 年第 7 期無。

［一〇］拍:原作“犯”,據曲譜改。

青 門

青門,生平不詳。

套 數

閨 情

【南仙吕入雙調·新水令】

一聲孤雁送新秋,頓教人轉添憔瘦。暝烟楓葉晚,涼雨桂花秋。燕侶鶯儔,甚時得重完就。

【步步嬌】

底事懨懨如中酒,鎮日眉常皺。浪子不回頭,着意沉吟自也難窮究。欲訴恨無繇,把相思就裏空僝僽。

【折桂令】

枉耽着閑悶閑愁,不在心頭,定在眉頭。只爲你心腸忒狠,語話全浮。寄離書何日有,待相逢夢也難求。着甚來由,曉夜無休。又不是魚水相歡,膠漆相投。

【江兒水】

有意花空待，無情水自流。看從前光景都非舊，怪西風吹起滄江皺。奈浮雲點破青山秀，觸處如何消受。淚顆無端，展轉亂垂如斗。

【雁兒落帶得勝令】

空只恁霧鎖了金梯翡翠樓，塵蒙了錦被鴛鴦繡，弦絶了瑶琴鸞鳳音，篆儘了玉鼎狻猊獸。寂寞殺傳書白雁秋，冷淡殺流詩紅葉溝，辜負殺對影青鸞鏡，淒涼殺旁觀碧玉甌。羞、羞，羞殺偷香手，愁也麽愁，愁殺了枉離魂倩女遊。

【僥僥令】

涼漫閑庭宿雨收，敗葉亂盈眸。悶把年光閑屈指，看重陽又過頭，看重陽又過頭。

【收江南】

呀，蚤知道這般情分呵，枉擷損玉搔頭，空復把翠綃封寄淚牢收，翻做了波上一浮鷗。細思量轉羞，細思量轉羞，不覺西風吹老故園秋。

【園林好】

那再説鸞交鳳友，那再説鶯儕燕儔，信是虚耽生受。消盡了玉般柔，消盡了玉般柔。

【沽美酒帶太平令】

桃花溪楊柳腰，荼蘼酒鷓鴣謳，一任烟月空濛到處留。費盡了錦纏頭，只管誇乖俏逞風流，全不念星前交厚，全不念燈前發咒。我呵到如今總丢不休，雖然罪尤似讐，呀，見他時管取歡顏如舊。

【清江引】

姻緣分定終須有，只是眼下難消受。追想別離情，豈盡成虛謬。免不得向人前問破了口。

（《遊戲雜誌》1914 年第 8 期）

定紅軒

定紅軒,生平不詳。

套　數

題桂寶攝影

【南正宫・錦纏道】

細平章,畫中人眉痕短長,無復舊容光。輕拋颺,真如夢裏荒唐。欲再得和卿偎傍,只叫做天上人間,怎禁得悲傷。心上事萬般惆悵,男兒淚,兒女腸,都被那東風吹散,就變作春夢一千場。

【朱奴剔銀燈】

【朱奴兒(首至合)】記當初恩情未忘,笑和儂並坐牙床。嬌滴滴商量夜未央,還一曲琵琶高唱。【剔銀燈(合至末)】何當,將卿容暗藏,料應是相逢無望。

【雁過聲】

彷徨,儘他魔障。羨河池鴛鴦一雙,可憐儂何怨何枉。鳳求凰妾思郎,夜焚香私祝上蒼。拋荒莫顛狂,伊人一去無從訪,千百遍呼卿畫圖上。

【小桃紅】

如玉貌，神仙降，悲往事，淒涼況。春花秋月無心賞，平風頃刻生波浪。他生再莫成虛謊，把前生宿孽清償。

（《遊戲雜誌》1914 年第 15 期）

鳳　兮

鳳兮，生平不詳。

小　令

旗袍，調寄【一半兒】

玉顔大腳其仙乎，拖了袍兒掩了襦。婆婆年老眼模糊，笑姑姑，一半兒男人一半兒女。

老林黛玉異時流，前度妝從箱底搜。一時學樣滿青樓，出風頭，一半兒時髦一兒舊（笑意不喜旗袍，嘗曰："老林黛玉捲土重來，因無時妝自競，乃於箱底出旗袍，一時風從，不亦可笑。"）。

錯疑格格那邊來，試話前朝已心灰。郎君若個四郎才，共登臺，一半兒清朝一半兒漢（着旗袍者，絶似《南北和》京戲中旦角）。

與郎安穩度良宵，立着燈前脱錦袍。不妨穿錯在明朝，變嬌嬌，一半兒堂皇一半兒俏。

看人眼熱學新鮮，破費男人血汗錢。錦霞緞滚绣絲邊，定須穿，一半兒人家一半兒妓。

果然讖語好心傷，説道男降女不降。若教辮帥見風光，喜洋洋，一半兒肉麻一半兒戇(《男降女不降》一文，爲丹翁所作。謂清滅明後，有男降女不降之制。今民國滅清，而旗袍反盛行，亦男降女不降之讖也)。

(《禮拜六》第 101 期)

戎馬書生

戎馬書生，生平不詳。

小　令

醒世道情

鼓鼕鼕，第一聲，聽我言，莫喧争，世間反覆原無定，蝸争世界灰初冷，龍戰乾坤血尚腥，盛衰强弱都隨分，可知道優勝劣敗，天演上自有公評。

溯唐虞，述齊梁，重歌舞，尚詞章，原來一本糊塗帳，右文習氣仍深重，尚武精神漸滅亡，貔貅百萬皆精壯，只聽得一聲打仗，一個個撇了刀枪。

五排律，八股文，梯步月，塔凌雲，芸窗須發多年憤，鬚眉似筆年年秃，思想如膏夜夜焚，功名兩字將人引，只拾得磚頭一塊，喜忽忽便去敲門。

援新例，入捐班，鑿金穴，掘銀山，甜言蜜語將人賺[一]，混將籍貫魚龍界，演出衣冠人禽關，腳靴手版忙無限，博得個優差美缺，方能彀一破愁顔。

居市井，走江湖，適異國，歷長途，經營慘澹圖謀苦，脂膏虧耗憐黄種，手足勤劬比黑奴，登高一望非華土，最可慘葬身滄海，精魂化山上啼烏。

守舊黨,暮氣深,擁鼻詠,抱膝吟,蟫枯蠹死無人問,三更黄卷銷豪氣,一片青氈裏遠心,委心任運無他恨,只賸有黄虀半甕,自把那樂趣追尋。

維新黨,大猖狂,崇盧孟,黜康梁,自由革命天天講,發財只是書多卷,罵世無非報一張,皮靴草帽嬌模樣,最可愛幾莖頭髪,黑茸茸宛比毛長。

倦鳥各回翔,夕陽共明滅。口乾舌枯何時歇,俺唱完只隻道情,趁早的回山去也。

(《繡像小説》第 11 期)

校勘記

[一] 蜜:原作"密",據文意改。

桂　山

桂山，生平不詳。

小　令

新道情

洋烟流毒，舉國皆知。自申禁令以來，内地烟商，蝟集於滬。一般癮君子，亦以海上爲逋逃藪。滬樹滬雲，烟霧繚繞，十里洋場，遂成烟窟。有心人愍焉以傷之，綴成俚語，奉勸世人，是亦苦口婆心之意云爾。

顯達人，姓名香，啟朱門，拖華裳，烟盤陳設翻時樣，款留賓客稱清品，狎暱歌姬作妙方，風流上了風流當，一任你參苓滋補，總難療毒入膏肓。

豪富人，氣勢驕，擁紅妝，弄玉簫，花烟吸得無昏曉，倦來有此神偏旺，樂處憑他興倍饒，田園萬頃都消耗，將家資燈頭化盡，苦壞了後代兒曹。

讀書人，通古今，課三餘，惜寸陰，斯文儒雅人欽敬，毛錐揮秃文章老，鐵硯磨穿學問深。緣何無病常欹枕，好一個時髦英俊，被洋烟割斷前程。

武棄人，氣概雄，跨雕鞍，曳寶弓，穿楊百步枝枝中，堪誇氣宇非凡品，准擬疆場立大功，烟槍一舉全無用。任憑他英雄蓋世，癮來時瞌睡朦朧。

九流人，用意專，藝求精，秘得傳，性靈心巧隨機變，通元奧術争先着，點穴金針補後天，因何竟受烟朋騙，更可笑歧黄妙手，也將那鴉牙熬煎。

經商人，事遠遊，客他鄉，别故邱，山川跋涉飽風霜，花街深繫忘歸計，烟館魂迷儘逗遛，青春少婦懸望久，縱不顧金釵卜斷，也當思父母憂愁。

做工人，逐日忙，少贏餘，無蓄糧，居然常到烟燈闖，罄囊衹博形骸槁，負債猶圖齒頰香，如蠶作繭甘心喪，怕只怕無錢癮到，定做個乞丐兒郎。

修行人，自在身，早燒香，晚諷經，佛門弟子真清净，既爲極樂禪關客，怎向烟燈枕畔横，藉言爲解虚寒病，吸廣膏袈裟鬻盡，穿破衲托鉢沿門。

小道人，洞玉居，步天罡，篆赤符，性頑難把仙機悟，黄庭幾卷成何用，道德千言有若無，洋烟枕上騰雲霧，説甚麽拿妖捉鬼，只背着采藥葫蘆。

閨閫人，稟質柔，謹坤儀，守静幽，烟槍豈合櫻桃口，燈開白日閑眠榻，枕亂烏雲懶梳頭，可憐漸漸形消瘦，改變了花容月貌，真是個紅粉骷髏。

勸世人快把烟燈吹了，傾去大烟膏，槍斗都抛掉。聽俺這道情兒，回頭學好。

（《消閑鐘》第一集第 2 期）

陳琴仙

陳琴仙，字友瑟，鹽城（今屬江蘇）人。

小　令

題《小説新報》

《小説新報》出版，東園師爲之征題遠道，特倚【新樣四時花】一曲以应

【小桃紅】金石籙，鍼砭在，珊瑚網，琳瑯採。【月上海棠】有毘陵主縡，館闢翹林。【紅芍藥】濃陰合楊柳樓臺，清芳襲蘭芷庭階。【石榴花】序言新是畫名玉杯，體製新又篇名玉海。【水紅花】萃英才，風流文采，【玉芙蓉】推敲風月見鴻裁，嘯傲烟霞逞雅懷。【梅花塘】龍門十倍，青萍聲價自高擡，不須媒。【水仙子】多少輶軒記載，汝南評，三旬一回。

（《小説新報》第一年第 2 期）

【新樣四時花】　題盛春浪《添香伴讀圖》，用尤西堂題美人圖韻

【小桃紅】纔捧過紅絲硯，又滌過青鏤管。【月上海棠】正鴨爐香炧，篆冷西軒。【紅芍藥】添柏子麝火生烟，捻葱甲雁柱調絃。【石榴花】泥檀郎，回文心字傳，蘭閨伴香温玉輭。【水紅花】一篇完，一篇又展。【玉芙蓉】桃花休繪香君扇，蕉葉須摹墨客箋。【梅花塘】丹青指印，紙尾把姓名填，款小憐。【水仙子】欲唤真真出現，畫中人依稀眼前。

（《小説新報》第一年第 7 期）

詩　隱

詩隱，生平不詳。

小　令

上海灘道情

最是繁華上海灘，稀奇古怪不勝談。近來變做新民國，色色形形那忍看。自家無聊道人是也。只因二次革命，道人曾在金陵開設學堂一所，彼時烽火頻驚，學徒星散，家業被劫，無以爲生，因來春申江上，賣文度日。此地久爲通商巨埠，人烟稠密，車水馬龍。真是説不盡的繁華，看不盡的熱鬧。道人閑來無事，不免在各條馬路逛了一回，買着幾張報紙，消遣消遣。那知道這上海灘上，真是無奇不有，因此編做道情。這叫做借我見聞，藉資游戲。諸君且請坐下，待我隨口唱來：

響琴琴，毛竹筒，歎人情，慨世風，看來事事多心痛。熱腸公理分明説，牛鬼蛇神變幻工，共和國裏稱同種[一]。誰知道江河日下，仍舊是一味癡聾。

做洋奴，意氣豪，專帮人，欺同胞，坐來汽車嗚嗚叫。評花妓院終年事，看戲樓廂逐日包，傭金賺得多多少。那管他金錢外溢，只貪圖餘利分毫。

在商場，莫比肩，姓和名[二]，最值錢，贊成發起樁樁見。這邊總會憑簽字，幾處公司又領銜，一千八百銀錢騙。借重他久居海上，送乾脩起碼三年。

富豪家，大老官，革軍興，海上搬，起居飲食排場慣。請安頓首稱呼舊，闊袖寬袍氣味酸，癡獃只想天心轉。門對上皇恩北闕，劈窠字墨跡龍蟠。

愛時髦，着洋裝，既非官，又非商，扮來像煞文明樣。滿腔救國成空話，到處逢人説改良，花天酒地和常碰。試問他本來面目，只换了一套衣裳。

鬧洋洋，劇場新，戲文編，不導淫，日間坐位争先定。挨肩擦背人如海，正座包廂客總盈，一般嗜好生成性。都爲了男女合演，只説道做得傳神。

當偵探，好營生，想非非，害煞人，暗中打發先通信。匿名函件安排密，假做機關陷阱深，幾多眼線堪憑證。斷送了頭顱一個，便得着上賞千金。

趁天晴，快遨游，逛張園，樓外樓，成群結隊知心友。滿頭裝飾金剛鑽，稱體衣裙外國綢，聽書看戲黄昏後。真叫做十分寫意，一個個競出風頭。

小流氓，慣拆梢，鍊成功，手段高，般般做就圈和套。憑空每把枪花掉，吊膀還思竹槓敲，一生衣食從中靠。看這些狐群狗黨，直算得快活逍遥。

最擔憂，是盜風，搶人家，一霎空，凶徒勾結人偏衆。手枪響處驚魂魄，巡捕來時没影蹤，謀財害命情多重。有的是青天白日，氣洶洶狹路相逢。

影婷婷，馬路傍，賣嬌妖，靠衖堂，夜叉裝作吞人樣。從旁大姐頻拖拽，遇着瘟生没主張，勾魂攝魄心難放。最怕是轉灣抹角，這時候將近昏黄。

新中華，命令嚴，衹夷場，不禁烟，土行土棧兼膏店。招牌高掛三叉路，買主爭挑幾塊錢，開燈吸户群相戀。試問他大家戒絶，到底是等待何年。

這般現象如何好，非是憑空造。諸位細推敲，想亦深知道，切勿怪我無聊把舌饒。

（《小説新報》第一年第 2 期）

新道情

東塗西抹不成材，如此光陰大可哀。四十年來容易過，一般壯志已成灰。自家詩隱道人是也。少年自厲，生性偏剛。十載研磨，費却幾多歲月；念年奔走，嘗來到處風霜。自從革命初興，帶累我七顛八倒，因此生機頓絶，枉抛了萬苦千辛。歎身世之蕭條，悵親朋之寥落。春申江上，可憐賣賦生涯；西子湖邊，誰共挑燈情話。每值一貧如洗，最難堪柴米油鹽；况當百物皆昂，何以過秋冬春夏。亂離世界，烽火頻驚；垂老年華，飢寒交迫。思惟後事，歎惜餘生。不免將近况編就道情幾個，慢慢唱來請教，諸公當亦爲之同聲一哭也。

不會詩，詩隱名，武不就，文不成，一生事業如泡影。棘闈五次經鏖戰，蔀屋三椽舊食貧，無靈文字偏憎命。指望我嶄然頭角，那知道辜負雙親。

溯生平，感慨多，自家事，自己歌，歌來歷把衷懷訴。人情冷暖都如此，世路崎嶇没奈何，功名富貴皆天數。何苦爲雞蟲得失，枉費了勞碌奔波。

棄書包，賦遠行，餬口計，筆作耕，東西南北渾難定。星霜屢易仍依舊，風雨無端最没情，多愁况復兼多病。歎年年爲人作嫁，撇家鄉久滯歸程。

命運差，擱筆窮，友和親，無路通，床頭金盡徒增痛。誣秦諉楚都成夢，説項推袁孰秉公，行程逆旅孤燈共。枉歷盡板橋茅店，寫家書怕付征鴻。

司筆札，案牘勞，消離懷，借酒澆，一腔抑鬱憑誰告。深閨心事空茹苦，客路愁腸比剥蕉，依人况味關山道。都爲了蠅頭微利，累高堂倚望終朝。

進旨甘，職久荒，噩耗馳，椿蔭亡，呼寃抱恨深惆悵。百身莫贖終天罪，萬里難籌縮地方，歸來繐素空懸帳。叩靈幃揮將血淚，换栝棬遺澤難忘。

爲飢驅，復首途，挂帆行，江與湖，泰來否去天憐我。頻年館穀初增俸，隔歲堂萱又報枯，音書幸作先期布。急回頭湯求續命，奈參苓莫起沉疴。

最難堪，革命興，霎時間，禍莫憑，錙銖寸積全消損。十年心血供蒲澤，一旦烽烟起秣陵，可憐劫盡無分寸。忍饑軀三朝絶粒，腸轆轆頭腦昏蒸。

着單衣,氣候涼,循鐵軌,抵鎮江,顛連不像人模樣。沿門託鉢程千里,乞食吹簫夢一場,故人重遇欣無恙。這真是逃生死裏,甚來由欲問蒼蒼。

廢詩書,不計年,没法求,故紙研,賣文投稿招人厭。半分郵票封頻寄,一管毛錐秃未全,心肝嘔盡腸搜遍。又不敢陳篇抄襲,都只爲吃飯因緣。

人生禍福真難料,名利兩途都縹緲。文人筆墨休稱妙,武夫也把威風鬧。我現身説法勸同胞,並不是憑空造。願世人勿再紛擾,平白裏起風潮。弄得瘡痍滿地,遍作哀鴻叫。

(《小説新報》第四年第 4 期)

校勘記

［一］裏:原作"裹",據文意改。

［二］姓:原作"性",據文意改。

褐　夫

褐夫，生平不詳。

套　數

春　思

【南吕・一枝花】

春風眼底思，夜月心間事。玉簫鸞鳳曲，金鏤鷓鴣詞。燕子鶯兒，殢殺尋芳使。合歡連理枝，我爲你盼望着楚雨湘雲，擔閣了朝經暮史[一]。

【梁州第七】

你爲我堆寶髻羞盤鳳翅，淡末唇懶注胭脂。東君有意偷窺視，翠鸞尋夢，彩扇題詩，花箋寫怨，錦字傳詞，包藏着無限相思。思量殺可意人兒，幾時得靠紗窗偷轉秋波，幾時得整雲鬟輕舒玉指，幾時得倚東風笑撚花枝，新婚燕爾，到如今拋閃的人獨自。你那點志誠心有誰似，休把那海誓山盟作戲詞，相會何時。

【尾聲】

斷腸詞寫就龍蛇字，疊做個同心方勝兒，百拜嬌姿，謹傳示，間别了許時。這關心話兒,盡在這殢雨尤雲半張紙。

（《小説新報》第三年第 2 期）

校勘記

［一］史:原作“吏”,據文意改。

無名氏

小　令

新道情

學校無論乎男女，不問其大小，同學中之俊俏苗條者，則奉之爲卿。魁梧奇偉者，則推之爲郎。而俊俏苗條者，又必嬌作娉婷嬝娜，自露其巾幗體態。與魁梧奇偉者，鶼鶼鰈鰈，如鼓瑟琴，盟爲同性夫婦。一若有第二月下老人，爲之紅絲繫足者。是種惡習，牢不可破，良可嘆也。一日，余參觀某校，有一小學生，散步操場上，張其嬌嫩之口而歌焉。細察之，則道情一闋也。其詞雖俚，却是諷世嫉俗者。詞云：

俏學生，儘風流，雪花粉，玫瑰油，脂香玉膩温柔友，嬝娜嬌憨共戀留，誓海盟山兩相許，愛河情海樂優遊。休説那平權自由，同性偶總覺没趣。

（左丹《新道情》，《小説新報》第五年第1期）

高　潔

高潔,生平不詳。

小　令

勸世新道情

人欲横流涉世難,紛紛擾擾總無端。閑來且把道情唱,聊作晨鐘暮鼓看。在下碌碌風塵,關心世道,茫茫歲月,蒿目時艱,痛國事之益非,念世風之日下,爰成道情數則,略抒胸臆。且來敲起鼓板,唱與諸君解悶。

鼓鼕鼕,唱開場,請静聽,莫聲揚,繁華富貴都如夢。人生朝露難千古,世事浮雲不久長,争權奪利皆虚幻。倒不如共捐妄念,還應該各盡天良。

頂熱中,是最高,太性急,更弄糟,妄圖非分難成事。縱然下屬能推戴,未必群彦肯效勞,巧取豪奪誰能恕。趕快些抛棄大欲,還可以不拔一毛。

彼吴剛,最時髦,恃戰勝,志益驕,打平天下成迷夢。戰士沙場常觳觫,人民溝壑日嚎啕,急流勇退時宜早。自該應保全實力,切不可妄殺同胞。

出角馬，善將兵，模範軍，負盛名，逼宫一役人人怒。養成資望原非易，墮落聲名便看輕，欲圖晚蓋須趁早。只要他牢守戒命，便可以不涉黨争。

紅鬍兒，據遼陽，戰雖敗，兵尚强，報仇雪恨心猶熱。從前戰績都知曉，此後措施未必良，自尋煩惱君休誤。只要能老巢守定，何必使百姓遭殃。

顧影憐，交際花，逞雄辯，擅詞華，那知改節偏容易。趨承權貴功名熱，違反輿情主見差，陷身污濁須自拔。切莫再留戀富貴，更何必沉溺驕奢。

舍北方，論西南，血戰久，苦難言，不明禦外先圖内。一黨政争難解決，頻年兵禍仍牽連，同根何必相煎逼。請先自屏除私見，當能夠消釋猜嫌。

閩粤中，川湘間，動兵戈，滿烽烟，引狼入室甘投北。鄉邦蹂躪應知悔，父老流離更可憐，憑依外力終非計。快自謀講信修睦，休再要禍結兵連。

論社會，更堪悲，道德亡，禮教衰，腹非口是心難測。驕奢淫逸成風尚，機詐陰謀發大財，一時僥倖焉能久。早留神稍留餘地，休任意不顧將來。

世間事，富與貧，人欲甚，更難平，道情高唱驚迷夢。但求勸世還箴俗，不辭瘏口與嘵音，百中唤得一人醒。便不管語言無味，還可算文字有靈。

（《小説新報》第八年第5期）

義俠魏權予

義俠魏權予，常熟（今屬江蘇）人，生平不詳。

小　令

官迷道情

朝歡暮樂過時光，日裹閑遊走四方。有事不如無事好，十年倒有九年荒。自家醒世道人是也。吃是吃，穿是穿，稂不稂，秀不秀，一番生活兩番做，那有閑錢補笊籬。千般道路萬般難，常將冷眼觀螃蟹。來的官兒去的好，十個鬍子九個騷。今日忙裹偷閑，無中生有，說話引話，編出全套官迷道情，將心比心，助到諸君。時報餘興，少年習氣，老實文章。隨口打哇哇，捏兩把汗；搖頭格咯咯，當一分心。打破沙鍋兒，丢去青竹管。天高皇帝遠，説他甚麽客少主人多，聽我唱罷：

老官迷，做神仙，不圖名，只要錢，吹牛拍馬人人羡，黑心斷獄冤埋地，白手成家膽蔽天，趨炎附勢生來慣，悔當初逆風點火，到如今順水推船。

吸烏烟，怕丢槍，味青燈，不離床，朝廷禁令都成謊，熬膏二兩長生藥，過癮三錢續命湯，鑽頭覓縫曾邀獎，到莫如死心塌地，總無非官樣文章。

入槽邱，玉壺春，舉杯時，宴嘉賓，陶然一夢呼難醒，醉中不解身爲吏，燈下還疑月近人，酕醄漫把官銜冷，莽張顛豈能當國，俏劉伶那肯臨民。

太守賢，忒風流，壞官箴，慣自由，豔妻美妾聯婚媾，三千粉黛標唐苑，十二金釵冠楚樓，河東草木聞獅吼，謝安石娱情絲竹，杜牧之作狹邪遊。

約淫朋，擲樗蒲，費千金，且呼盧，東山別墅圍棋賭，盤龍癖尚環公府，麻雀閑又震帝都，打來雙陸將籌數，博犀帶漫言輸我，聽鴻嗷酷好由吾。

頭會鑽，錢眼中，喜財來，鬼神通，地皮刮盡人心痛，難填欲壑求虞玉，且采深山鍊鄧銅，持籌握算原多孔，置田宅兒孫長樂，逞貪婪府庫常充。

重鞭笞，案全翻，廣株連，獄多冤，郅鷹寧虎流風遠，慘同遷史居蠶室，酷似商王設蠆盆，羅鉗吉網心何狠，賢仲由片身成醢，詐張儀一舌難存。

對長官，甘折腰，見紳民，儼坐朝，排場太大心難小，眼生額角覷人眇，髮指頭顛傲物驕，脅肩諂笑而今巧，裝臬架中懷恇怯，肆淫威外面招摇。

駟牡肥，車服嘉，貌翩翩，裘馬誇，細旃廣廈原無那，揮金似土誰知足，織錦成屏我願奢，已還擺闊人稱儂，日萬錢食難下箸，年千鎰用若流沙。

較錙銖，計分毫，謹度支，競泉刀，見財不舍人將老，恐教李白愁雙鬢，且惜楊朱拔一毛，守錢虜本由他惱，貧司馬酸寒自況，笑元龍意氣徒豪。

【尾聲】

宰官政治多顛倒，朔死侏儒飽。只爲子孫謀，不討人民好。任彼輩狗苟蠅營，把蒼生誤了。

（《餘興》第 12 期）

也　初

也初，生平不詳。

小　令

新道情

歎國家，累卵危，滯金融，困度支，農工商礦俱難恃，皤皤碩賈成錢癖，赫赫朱門擁厚資，覆巢完卵都休矣，君何不儲金救國，細思量富貴何爲。（勸儲金救國）

五大洲，重工商，海禁開，外力强，舶來品物都膨脹，可憐膏血傾中土，無限金錢入外洋，争奇炫異群相尚，試及早行銷國貨，莫抛將愛國心腸。（勸用國貨）

鶯粟花，處處栽，此惡根，是禍胎，精神體魄由斯壞，吞雲吐霧尋安樂，敗國亡家實可哀，捉將官裏遭懲戒，只算是禍人妖草，早與他兩兩分開。（戒食鴉片）

最痛心，是紙烟，既害身，又費錢，切膚大患無人見，雙刀非鐵能茹血，三炮無台早洞堅，號爲强盜真明驗，勸諸公早捐嗜好，也免得溝壑先填。（戒吸紙烟）

（《餘興》第 15 期）

知　味

知味，生平不詳。

小　令

十奴詞，調寄【黄鶯兒】

情　奴

是惱是情絲，瞧花枝蛛網施，蝶兒蜂子都扳住。名也不知，利也不思，春蠶伏繭心灰死。實堪嗤，悲歡離合，有甚自由時。

色　奴

柳巷與花叢，問芳蹤情所鐘，纏頭熨體殷勤奉。遇索即供，有約必從，時還屈膝章臺擁。求寬容，柔聲下氣，恕了負情儂。

官　奴

御下賽閻王，見上峰頓變裝，掇臀捧屁般般上。舐痔奇方，拂鬚榮光，奴才卑職聲聲放。被彈章，眉頭打結，攢洞便匆忙。

洋　奴

奴性慣生驕，見洋東狗尾摇，拇司忒便連聲叫。首也不翹，氣也不傲，也司聯貫如珠泡。傲朋僚，阿水嘗未，火腿味高超。

狗　奴

怪癖媚群獒，細爬搔順捋毛，閑來牽率街頭到。牛肉豚羔，潔白麵包，悉心豢養休煩惱。莫辭勞，殷勤懷抱，出入接同袍。

龜　奴

也是阿家翁，群雌中逞我雄，胡琴弦子閑來弄。打打抽風，做做癡聾，畢生吃着瘟孫供。最威風，一聲客到，提起破喉嚨。

錢　奴

最好是錢神，較錙銖不認親，一文看得渾同命。寧願焚身，那許濟貧，畢生精力爲他盡。費艱辛，一登鬼籙，拿出幾多銀。

閽　奴

門役競紅頭，貌也欣體也修，銀行報館（見某報館首，餘卻少見）門前後。爲甚來由，阿算時流，撑撑場面威風有。擬他倖，舊時翁仲，今日立堦囚。

滿　奴

遺老戀前清，想功名氣吞聲，受恩未報忠難盡。甚麽京卿，甚麽翰林，頭銜今日丟乾凈。細私評，强人割辮，終究太無情。

投稿奴

餘興爲消閑，笑癡頑莫憚艱，偷忙捉空腸搜遍。文字未嫻，不覺厚顔，十張稿子久未見。被嘲訕，苦瓜滿口，兩眼淚潸潸。

（《餘興》第 22 期）

拈芝

拈芝，生平不詳。

小令

鴉雀詞，調寄【黄鶯兒】

燈影豆兒紅，躺牙床曲一躬，黄昏猶自酣清夢。吹氣如虹，僵僕如蟲，渾身麻木寧知痛。勸諸公，休因公賣，家國一齊空。

此時樂如何，青樓中碰個和，方方桌子歪歪坐。歲月消磨，事業蹉跎，偏生萬物能看破。鈔無多，賣妻鬻子，那怕自爲奴。

（《餘興》第 22 期）

悲　觀

悲觀，生平不詳。

小　令

嫖賭吃着，【黄鶯兒】　四　闋

私窠與娼寮，花銀錢不算嫖，必須特別膀子吊。大姐丰騷，小姐姿嬌，尼姑寡婦全軋到。最開心，人財兩有，姨太當家逃。

麻雀忒嫌繁，新流行撲克牌，無聲無臭共相猜。你亦云開，我亦攦來，現洋鈔票亂如堆。看一看，同花順子，吃癟實冤哉。

相約上酒家，京蘇菜味欠嘉，西式大餐不論價。鮮豔盆花，叮噹刀叉，牛排嚼得牙兒齖。白蘭地，長鯨吸水，醉舞像青蛙。

衣服出風頭，本國貨未足優，舶來綢緞渾身有。時色研究，花樣考求，草包端賴彰文繡。急忙忙，早做暮改，不管溢源流。

套　數

雙十節曲

【醉花陰】

韶華容易真彈指，悵浮生駒隙虛逝。恁蠻争鷦鷯，原衹一棲枝。到不如捐煩惱，尋樂趣，正逢着個雙十節的好日子。

【喜遷鶯】

雖只是身無餘資，也不減風塵英姿。看他人奔也麽馳，有何曾達到目的[一]。好男兒須萬分困難勉支持，莫怨那前程遠杳渺難期，亂紛紛世事如棋。

【出隊子】

行過了南京路上，早望見泥城外烟樹迷。世界陶情圖一醉，崇樓極目矗雙眉，惟覺秋風兩鬢吹。

【刮地風】

又只見一帶浦江漲翠湄，桅檣推移，隱隱的海關高峙浮雲際。更有那天文臺構築偏奇，禮拜寺塔尖如錐。想此處春申故址，開商場樓閣參差。試問那十餘里繁華地，是誰佈置，今日裏不須悲。亡羊而補牢，猶有別藩籬。

【四門子】

呀，猛見了國徽五色因風起，新氣象誠可喜。徵歌選舞閑嬉戲，這局面頗耐尋思。莫非是滔滔無一人知，明歲可能仍此時。且讓他幸運兒，終南捷徑共追隨[二]。

【水仙子】

看、看、看、看雨絲絲，有、有、有、有莽莽蒼蒼涕淚垂，想、想、想、想天涯時事太迷離，究、究、究、究竟何策得相宜，不、不、不、不提防仍如斯，没、没、没、没來由有任高低，早、早、早、早知道曇花一現傷無已，笑、笑、笑、笑爾輩其愚不可醫，到、到、到、到而今轉受人欺。

【尾聲】

春花秋月原如此，真個是循環理不爽毫釐。賦這套小詞兒，作流年紀。

（《餘興》第 22 期）

校勘記

［一］的：原作“地”，據文意改。

［二］徑：原作“境”，據文意改。

囂　隱

囂隱，生平不詳。

套　數

續哀江南

予偶檢故紙簏中，得《續哀江南》稿。回憶於聯軍下石頭時，予曾往尋戰跡，戲作此詞。雖不敢云包羅殆盡，然管中窺豹，可見一斑，亦志前方後之意耳。

【北新水令】

背書挾劍帶囊挑，猛抬頭太平門到。旗軍逃廢壘，炮彈滿空壕。街道蕭條，人對着夕陽道。

【駐馬聽】

劫火頻燒，護屋喬林多半焦。婦孺群拋，將軍車乘幾時逃。鴿翎雀糞滿堂拋，枯枝敗葉當階罩。誰灑掃，漢軍打碎旗官帽。

【沉醉東風】

壞衙署碎楹半倒，入門庭破屋偏高。塞河流瓦片多，睹牆園窗櫺少，步塘池燕雀常嘲。直入城門一路蒿，住幾個乞兒餓殍。

【折桂令】

問旗人舊日官僚，破袴迎風，滴淚如潮，目斷魂銷。當年氣焰，何等奢驕。罷燈船官場不鬧，收酒旗浪子無聊。白鳥飄飄，緑水迢迢。大中橋惟聞鬼哭，故宫地無個人瞧。

【沽美酒】

你記得步前溪一路橋，舊紅板没一條。秋水長天人過少，冷清清只落得半堵土齊腰。

【太平令】

行到那貴家門何用輕敲，也不怕小犬哰哰。無非是枯井壞巢，不過剩庭苔砌草。昔日的花街柳巷，無處兒訪瞧，這腐灰是誰家廚竈。

【離亭宴】

俺曾見都統衙署鶯啼曉，旗姬粉黛花開早，誰知道容易冰消。眼看他起高樓，眼看他宴豪客，眼看他勢壞了。這荒草碎瓦堆，俺曾將光陰覺，將二百年興亡看飽。那半山寺不姓王，血跡碑鬼夜哭，玄武湖逐鷗鳥。殘山夢最真，舊境丢難掉。不信這輿圖换藁，再謅套哀江南，放歌聲唱到老。

（《餘興》第 22 期）

彭懷初

彭懷初,生平不詳。

小　令

投稿同志小曲,仿碼頭調

投稿呀同志,叢呀叢花公,天天常把信來送。送到本部中,滑稽電,消息最靈通。

投稿呀同志,逸呀有逸庵,劇場百話説連篇。説的蠻完全,評優劣,句句是真言。

投稿呀同志,陳呀陳景雲,他著小説意味濃。加贈新驚鴻,投稿家,算俚頂出風。

投稿呀同志,唐呀唐客萍,唱到山歌最動聽。惹得四座驚,好喉嚨,嚦嚦似鶯聲。

投稿呀同志,周呀周含茹,灘簧聲朗韻清餘。果然名不虛,歌曲家,敢問那個如。

投稿呀同志，悲呀一悲秋，滑稽零拾隨路搜。搜個無盡頭，破工夫，也把餘興投。

投稿呀同志，陳呀陳稚僧，《西廂》句解注得新。意義實在深，妙才思，令人佩且欽。

投稿呀同志，范呀范烟橋，著出傳奇算頭挑。詞意又是妙，樣樣好，究竟老投稿。

投稿呀同志，金呀金道一，餘興園裏戲法變。活龍又活演，無人及，還説試試驗。

投稿呀同志，魏呀魏營予，風流倜儻有誰如。是否樂閑居，苟不棄，惠我幾行書。

（《餘興》第 22 期）

彭佛初

彭佛初，號大拙山人，有《餘興女兒思春傳奇》等[一]。

小　令

醒世道情

自家大拙山人是也。身同野鶴，心似閑雲，到處流連山水，好不優遊自得。你看這世上，有一班人，附鳳攀龍，争先恐後。又有一班人，狐鳴篝火，視死如歸。今日閑暇無事，不如唱曲道情，將他們唤醒唤醒。

驀地裏覆地翻天，驀地裏乾坤又轉旋，居然是氣象新朝幾萬千。有的是稱臣恐讓祖先生，有的是勸進文章累萬言，有的是進黄袍並非陳橋變，有的是刻靈壽聖德連篇，有的是起朝儀叔孫自炫，有的是將舌硬舐，有的是摇身一變。不但是鬚眉男子，更夾着巾幗嬋娟。鬧哄哄游神火馬金街遍，在我冷眼看來絶可憐。好富貴不過曇花現，臭皮囊不過數十年，何苦將此虚榮戀？况銅山未必人人賜，烟閣安能個個傳？到不如絲竹陶寫，山水流連，省些煩惱，落點清閑。攜雙柑聽枝頭鶯囀，飲七碗清思如泉。到晚來高枕石頭眠，一覺槐安夢醒，道滋味似食蜜，脾裏外甜。

可歎你心似石堅，可歎你力若如棉，可歎你有情精衛空填海，可歎你多事媧皇亂補天。好似那夸父追日不辭遠，好似那漁人欲得驪珠下九淵。明知孤注偏一擲，歎雞肋何能敵老拳。前躓後起殊無怨，豈玉碎甯甘不瓦全？衹落得槁血化碧，英魂叫鵑。真面目難逢東市見，好頭顱多向槁街懸。可憐也麽哥，可惜也麽哥。到不如島中自刎田横客，海畔蹈來魯仲連。請平心一聽旁人勸，不須逐鹿中原，鑄錯年年。邀二三知己，覓一個世外桃源洞裏天。左挹浮邱袂，右拍洪崖肩。任他白衣蒼狗如何變，把一點雄心盡棄蠲。殊知英雄功蓋世，到後來總不過白骨青燐蔓草間。何事苦纏綿，冀那餘灰更再燃。

（《餘興》第 23 期）

校勘記

［一］《餘興》第 28 期范烟橋《餘興點將録》："及時雨宋江：彭佛初，别號大拙山人，工詩，傳奇、制藝大擅勝場。贊曰：潯陽江上曲，公門修行有至樂。能歌能文能詩，不擇地及時而施。"

納　川

納川,生平不詳。

小　令

《紅樓夢》道情

日月馳驅似擲梭,榮華富貴等南柯。廿年未醒紅樓夢,不料人間夢更多。自家納川道人是也。懶讀青史,喜看《紅樓》,朝朝想像的瀟湘館中,日日神游於大觀園裏。因隨口編了幾句俚詞,無非情裏言情,不免夢中説夢。且唱與諸君,聊當一笑。

稗官中,氣味濃,説興亡,點染工,古今第一《紅樓夢》,書中美女皆如玉,鏡内鮮花總是空,從來此意無人懂,編幾句漁歌樵唱,當做他暮鼓晨鐘。

賈怡紅,品貌奇,住繁華,目不迷,意淫二字原遊戲,花殘柳謝歸宜早,漏盡鐘鳴去已遲,一生無限纏綿意,因尊爲人間情聖,傳千古色階良師。

歎蘅蕪,泣瀟湘,結奇緣,惹恨長,鶯猜燕妒成惆悵,春來秋去空抛淚,帳冷燈昏枉斷腸,紅顔薄命仍依様,可憐他林花早落,最無聊雪色淒涼。

賈元春,福最優,着宫袍,戴冕旒,天香占得三春首,名園臨幸瞻鸞輅,幻境先歸冷鳳樓，榮華富貴何能久，一霎時省親別墅，變成了老圃荒邱。

擅才華，玫瑰花，姊妹中，最堪誇，胸懷不在男兒下，持籠詠菊曾开社，除弊興財親理家，一帆風雨天涯嫁，待歸來門庭寥落，猛擡頭華表棲鴉。

史湘雲，善吟哦，蘆雪亭，得句多，中秋影渡寒塘鶴，麒麟暗兆雙星讖，芍藥酣眠春夢婆，文君早寡福仍薄，最堪思閨中絮語，聽一聲叫愛哥哥。

説清流，檻外人，氣如蘭，美絶倫，孤高引得人皆恨，飄萍墜絮歸何處，佛火青燈誤此身，一生結果無須問，務虛聲招災惹禍，到不如混俗同塵。

賈迎春，薄命妹，既無才，性又愚，平生卻被東風誤，一朝錯嫁中山獸，半載旋成枯肆魚，恩侯遺孽非無故，積陰功休行尷尬，養女兒始不塗糊。

賈惜春，見解超，剪青絲，着碧綃，道高那顧旁人笑，書中參透盈虛理，棋裏深明生死條，皈依净土窺玄妙，任人間悲歡離合，終讓他世外逍遥。

鳳中雌，何翩翩，擅淫威，攬大權，奸心司馬行人見，持籌提算心徒苦，罵燕嗔鶯味每酸，到頭落得天人怨，請看他蓋棺時候，也無非赤手空拳。

怎如他，李宫裁，守柏舟，畫荻灰，慈祥愷惻人争愛，仙郎有志高攀桂，姊妹如花淡似梅，名標彤管朱冠戴，終不虧半生辛苦，這也是天道應該。

敗家聲，秦可卿，貌如花，擅風情，夭桃不過初春景，病中喜聽稱無恙，夢裏驚聞唤小名，優曇一現仍無影，結多少生前孽果，空有那死後虚榮。

詠天孫，巧姐嫻，萱幃冷，春色闌，平生喜讀賢良傳，朱門有難依劉去，白玉無暇奉趙還，不堪回首桑田變，遭家禍流離日苦，嫁鄉人淡泊心安。

金釵十二人間少，個個多煩惱。無限夢中人，須要知機早。我唱完這道情兒，看書去了。

（《餘興》第 23 期）

峨眉樵子

峨眉樵子,生平不詳。

套　數

埋愁曲,有序

晚歲荒寒,百卉委負,哨風入壁,淒雁聲沉。樵子不樂,心驚遲莫,顧後瞻前,埃風日亟,敢云相羊,憂埋中懷。爰綴新曲,以寫我憂。悱惻荒言,不當大雅,聊陳餘興,以供一粲。

【緑出月】

弱柳未偃條,天低烏雲跑。滿神州金粉蕭蕭,怕扶桑風緊,幽燕日落,誤了今朝。

【錦纏道】

憶前朝,興亡鏡都難普照,一代粉墨袍。好良宵誰把玉筆輕調,望飛雲血滿玉刀,問蒼天淚似冰綃。一帶紅板橋,惟有蝶鬧蜂嘲。更年年風飄雨飄,飄得個春意寂寥。香爐返魂誰管領,正一天榴火助驚潮。

【朱奴剔銀燈】

好狂熱輸金氣豪,好冰心陡落秋潮。真個是潭空潭滿,關甚麽魚兒樂也凋。金字塔夢中憑吊。堪惱，狂飛來大地。密約，在南建北遼。

【雁過聲】

蕭條，驚雷去杳，愁思何曾在眉杪[一]。天涯芳草春歸了，鶯也嬌燕也嬌，一聲聲亂我愁苗。誰見滄浪清濁驊騮伏槽，風雨讀《離騷》。海國旌旗隨日照，遍夢着血紅江上草。

【小桃紅】

鎩羽的飛鴻不叫，伴着烟波森浩。滿眼是亂鴉争燥，南枝北幹分棲好。黑白勝負傍觀笑，怕的是戟認前朝。

【錦上花】

舊事竟重提，舊事竟重提，若到頭來，又待誰欺，且看他、且看他落葉歸根那裏。

【前腔】

新夢枉相期，新夢枉相期，空添羞恥，永墮塗泥，這纔是、這纔是真個魂迷鬼使。

【掃練子】

時已變，事難移，何必雪裏强衣，堪笑經綸稱偉器。

【玉抱肚】

古陵荒寺，正當年丹墀在此。銅雀臺風冷蘼蕪，館娃宫鬼洗燕支。烟塵滿眼野横屍，公主魂驚臂一枝。

【前腔】

股肱堪恃，漫兄弟也難終始。御帳中斧影堪疑，然豆箕相煎如斯。六朝舊事竟誰知，幾代興亡幾句詩。

【前腔】

春心未死，動風雲不知進止。他一家枯茂，何關這衆生危命如絲。如何老去又横枝，千古傷心名利癡。

【朝元令】

酸辛繫詞，啼痕空滿紙。憶得來兹，淒涼悲身世。唉，好笑春風，吹新一池，干了卿卿甚事。且勸金卮，邊城柳緑已參差。莫逞舊雄姿，蕭條憶昔時。消息如此，淚灑盡埋愁新事，淚灑盡埋愁新事。

（《餘興》第 24 期）

校勘記

［一］杪：原作“秒”，據文意改。

楓　江

楓江,生平不詳。

小　令

新道情

江山寂寥海波枯,獅夢沉沉白日徂。歌哭無常消恨事,猖狂自覺性情孤。咱家楓江道人是也。蒿目時艱,痛心國難,因此按着板橋道人遺譜,編就道情數首。雖云嬉笑怒罵之言,聊寫抑鬱不平之氣。乘此休沐之日,擬到餘興部中,來宣唱一番。想各界都暇,聽者必衆。請諸君側耳静聽,待貧道緩緩説來:

鼓鼕鼕,第一聲,勸吾民,注意聽,説來多少胸中恨,數聲慘澹心悲切。一闋淒涼淚滿襟,聲嘶力竭無人應。且整理銅琶鐵板,唱幾曲里句巴音。

歐戰興,禍可憂,痛黄人,起寇讐,騰騰殺氣冲牛斗,假途伐虢危中立。城下成盟事可羞,胸藏劍戟貌忠厚。他説道維持秩序,到底是大肆要求。

振中華,在儲金,報國仇,復海軍,振興工廠也要緊,一毛不拔真涼血。慨納巨金甚熱心,虎頭蛇尾劣根性。一月後漸如冰釋,五分鐘輸盡熱誠。

鴉片烟,最毒人,耗金錢,費精神,滔滔流入恐難盡,十年禁約期將至。

三省專售已實行，印花土税原有定。設政府未能禁絶，恐英人要索償金。

創籌安，國體更，李孫楊，發起人，大名赫赫諸参政，總統世襲創新樣。民國立君也異聞，推翻成局難安定。他心裏欲消後患，恐眼前要起紛争。

曲將終，鼓漸停，痛無垠，鳴不平，晨鐘暮鼓聲聲緊，説來聊作唐衢哭。唱去幾同屈子吟，此中無限傷心恨，權當作遒人木鐸，發哀音振醒國民。

【尾聲】

秋色蕭條日欲斜，且憑簡板作生涯，可憐歌泣費年華。俺待唱畢這道情兒，將東遊去也。

（《餘興》第 24 期）

仙　島

仙島，生平不詳。

套　數

新制洪憲夢曲十二支，並序

島現雖家居，頗復關懷時局。頃於袁公去世，黎公繼位，後長晝無事，偶翻閱《紅樓夢》新曲，諷詠數過，不禁有所感觸，因將原文略爲改易，以成此調。割頭换項，原不顧方家之譏；斷章取義，亦聊寄一時之興云爾。仙島識。

【洪憲夢引子】

上下相蒙，誰爲禍種，都只爲帝制情濃。九重天，登極日，大朝時纔慰宸衷。因此上演出這海市蜃樓的洪憲夢。

【終身誤】

都道天子無緣，俺只念私黨潛盟，現握着中華民國威權柄，終不忘自古帝王富貴林。歎人間美中不足今方信，縱然是位居極品，到底意難平。

【枉凝眉】

一個是君憲爪牙，一個是革命舊家。若説没奇緣，今生偏又遇着他。

若説有奇緣,如何心事終虚話。一個枉自嗟呀,一個空勞牽掛。一個是爐中雪,一個是秋後花。想腹中能有多少乖竅兒,怎經得秋籌到冬,春籌到夏。

【恨無常】

喜榮華正好,恨無常又到。眼睁睁把禄位全抛,蕩悠悠英魂消耗。京都路遠山高,故向兒孫夢裏相尋告。父命已入黄泉,後人呵須要退步抽身早。

【分骨肉】

一隔幽冥路幾千,把宫娥妃嬪齊來抛閃。恐哭損芳年,告愛卿,休把朕懸念。自古生死皆有定,離合豈無緣。從今分兩地,各自保平安。夫去也,莫牽連。

【樂中悲】

弱歲中父母歎雙亡,縱居那詩書叢那知學養。幸生來行險僥倖不自量,從未將仁義忠信略縈心上。好一似莽操復出立朝堂,實想傳位兒郎,博得個富貴久長,便自我裝演出帝王形狀。全不料罪開任唐,難發珠江。這是塵寰中消長理應當,只落自悲傷。

【世難容】

氣臭不比蘭,才偏夢欲仙,天生成奸僻人皆罕。只爲你遍體附腥膻,被國民棄厭。卻不是位高人易妒,行潔世同嫌。可歎這稱孤道寡人先老,辜負了賣履分香春色闌。到頭來依舊是名留總統違心願,好一似無瑕白玉玷洪憲,又何須龍樓鳳閣歎無緣。

【喜冤家】

中山猴,無情獸,全不念當日根由,一味的驕奢淫縱貪歡媾。覷着南京約法同蒲柳,作踐的革命元勳似下流。歎癡心妄想,一死恨悠悠。

【虛花悟】

將那私心打破,稱王稱帝待如何,把只中華創造個真正共和。説甚麽法國民權盛,美洲憲政多,到頭來誰能把公跨過,則見那赤血隊裏人感泣,黄花岡下鬼頌哦。縱然是一朝白骨歸墳墓,也不枉宵衣旰食身勞碌。革故更新日琢磨,似這般實至名歸誰能躲。到那時子孫相繼立朝閣,更有個好結果。

【聰明累】

機關算盡太聰明,反算了吾王性命。生前心已碎,死後性空靈。家富人寧,竟弄個人亡家敗各奔騰。枉費了意懸懸半載心,好一似蕩悠悠三更夢。忽喇喇似大廈傾,昏慘慘似燈將盡。呀,一場歡喜忽悲辛,歎人世,終難定。

【留餘慶】

留餘慶,留餘慶,忽遇偉人喜宋卿。喜宋卿,積德累功勸先生。扶危濟窮,休似俺那私一家忘天下的洹上老兄,正是禍福倚伏,上有蒼穹。

【晚韶華】

冲淡心情,更那堪首義勳名。那袁項城去之何迅,再休提錦衣美衾。就算冲天冠衮龍袍[一],也抵不了無常性命。雖説是人生不怕少年貧,也須要功德及兒孫。勞謙謙頭戴簪纓,戰兢兢兄懸金印,坦蕩蕩大位繼登,明晃晃太平日近。問當年壯志可還存,要留個好名兒與後人欽敬。

【好事終】

義旗一舉静燕塵,擅韜略秉熱誠,便是成功的根本。圖終慎始莫忘敬,毖後懲前國自寧。王道總人情。

【飛鳥各投林】

在外的數載飄零，在内的風波歷盡。起義的死裏重生，觀望的分明報應。欠命的命已還，作惡的惡已盡。冤冤相報事非輕，福善禍淫皆有定。欲知後事問前生，這場功業也應非儌幸。應運的内閣同升，執迷的枉送性命。好一似鳥倦各歸林，落一個完全全民國真干净。

（《餘興》第 30 期）

校勘記

［一］衰：原作“滾”，據文意改。

錫 類

錫類，生活於清末民國初年。

小 令

勤儉新五更調

一更一點月色鮮，第一要勤儉。咦呀呀得喻，勤儉會多錢。古人所説大富天，小富儉，克勤儉呀，衣食就連牽。咦呀呀得喻，勿會睏堦沿。

二更二點月正高，吾輩好同胞。咦呀呀得喻，切莫吸烟膏。吃上之後命難保，不好了，大家當呀，一起都賣掉[一]。咦呀呀得喻，格種最苦惱。

三更三點月正明，賭場勿要進。咦呀呀得喻，賭錢最害人。踏進賭場落脱魂，要想贏，弄到底呀，輸得乾乾净。咦呀呀得喻，空手轉家門。

四更四點月斜照，茶坊酒肆跑。咦呀呀得喻，就要瞎胡調。三朋四友勿勿少，吃完了，出店門呀，到説就跌倒。咦呀呀得喻，你看阿好笑。

五更五點鷄要鳴，同胞快快醒。咦呀呀得喻，勿要瞎熱昏。烟酒賭色害人精，勿要近，纏上仔呀，就是大禍根。咦呀呀得喻，想想怕殺人。

（《紅雜誌》1922 年第 11 期）

校勘記

［一］賣:原作"買",據文意改。

朱思忠

朱思忠,生活於清末民國初年。

小　令

戲名五更調

一更一點月升初,樂毅伐齊都。呀呀得而嗆,火燒張王府。目蓮救母陰陽河,蓮花湖,遊十殿呀,胡迪罵閻羅。呀呀得而嗆,楊四郎探母。

二更二點月漸亮,捉拿九花娘。呀呀得而嗆,怒沉百寶箱。趙雲救主祭長江,斬蔡陽,金錢豹呀,馬超反西涼。呀呀得而嗆,一百零八槍。

三更三點月更明,王伯當招親。呀呀得而嗆,沙陀國借兵。九美奪夫百花亭,戰太平,杜十娘呀,一條黑魚精。呀呀得而嗆,八戒盜魂鈴。

四更四點月斜西,蘇護進妲己。呀呀得而嗆,要離刺慶忌。滿漢結婚浣花溪,鴻鸞禧,青樓夢呀,嫖界現形記。呀呀得而嗆,時遷偷更鷄。

五更五點月已沉,五鼠鬧東京。呀呀得而嗆,關公走麥城。七擒孟獲梅龍鎮,銅網陣,七星廟呀,拖油瓶害人。呀呀得而嗆,化子拾黄金。

(《紅雜誌》1922 年第 15 期)

吴臘鵑

吴臘鵑,生活於清末至民國初年。

小　令

時髦婦女五更調

一更一點月東升,衣服簇新。呀呀得而噲,時髦婦人。臂膊露出八九寸,色如銀,袖子管呀,大得無淘成。呀呀得而噲,頭也伸得進。

二更二點月色好,打扮時髦。呀呀得而噲,挾着書包。假裝學生路上跑,樣子俏,緞子袴呀,不到一尺高。呀呀得而噲,絲襪脚上套。

三更三點月更明,衣裳單輕。呀呀得而噲,玻璃紗裙。太陽地裏映眼睛,亮晶晶,望裏看呀,實在碧波清。呀呀得而噲,阿要難爲情。

四更四點月轉西,皮鞋高底。呀呀得而噲,外披大衣。女人竟有男人氣,真希奇,碰着人呀,脚子慢慢移。呀呀得而噲,還要笑迷迷。

五更五點月模糊,捲烟呼呼。呀呀得而噲,汽車坐坐。西洋打扮坦胸脯,裙子拖,滑頭貨呀,兜風十字路。呀呀得而噲,一心想丈夫。

(《紅雜誌》1922 年第 25 期)

陳驥良

陳驥良,生活於清末民國初年。

小　令

戲名五更調

一更一點月初升,擺祭七星燈。呀呀得而噲,三江越虎城。木蘭從軍三字經,四杰村,四進士呀,五虎攢羊陣。呀呀得而噲,收伏楊再興。

二更二點月兒清,岳飛請宋靈。呀呀得而噲,八戒盜魂鈴。佳期拷紅長壽星,焚紀信,魚藏劍呀,避雨御碑亭。呀呀得而噲,逼宮逍遥津。

三更三點月正照,攩曹華容道。呀呀得而噲,陳宫捉放曹。少年立志陷空島,斬黄袍,天齊廟呀,捉拿一枝桃。呀呀得而噲,妻黨同惡報。

四更四點月斜西,打蓋苦肉計。呀呀得而噲,十一郎送禮。打棍出箱五人義,浣花溪,閨房樂呀,碧蓮大賣藝。呀呀得而噲,朱買臣休妻。

五更五點月西墜,藏舟蝴蝶杯。呀呀得而噲,得中喜榮歸。馬前潑水宋十回,父子會,鐵龍山呀,張飛奪小沛。呀呀得而噲,孟津河釣龜。

(《紅雜誌》1923 年第 2 期)

周卧雲

周卧雲，生活於清末民國初年。

小　令

新時事五更調

一　統　一

一更一點月初升，統一辦勿成。咦呀呀得喻，南北仍相争。自相殘殺蠻起勁，鬧勿清，十二年呀，全國亂紛紛。咦呀呀得喻，兩方意不誠。

二　廢　督

二更二點月上牆，廢督空文章。咦呀呀得喻，武人任縱横。擁聚一省獨稱强，勢力張，刮民膏呀[一]，賽過强盗搶。咦呀呀行喻，國民大遭殃。

三　裁　兵

三更三點月團圞，裁兵事難幹。咦呀呀得喻，武人先不歡。靠仔兵力好争權，搶地盤，貪慾壑呀，那能填得滿。咦呀呀得喻，不能抱樂觀。

四　借　債

四更四點月西歪，度日靠借債。咦呀呀得喻，財政破産快。東湊西挪銀行界，分各派，無辦法呀，結果終失敗。咦呀呀得噲，越攪越是壞。

五　鬧　薪

五更五點月落西，鬧薪風潮起。咦呀呀得噲，難煞總統黎。枵腹從公實可悽，活勿起，見總理呀，仍舊不滿意。咦呀呀得噲，難解五問題。

（《紅雜誌》1923 年第 42 期）

校勘記

［一］刮：原作“括”，據文意改。

紫葡萄館主

紫葡萄館主,生平不詳。

小　令

民國十二年記事歌

劈立拍拉蓬,齊格龍鼕翔,中華民國十三年的陽曆新年纔過,陰曆新年又來了。家家户户,都是放炮熗的放炮熗,敲鑼鼓的敲鑼鼓,鬧猛得很。但是没有歌曲,終覺少了興趣,因此上我便將中華民國十二年份的大事,揀最要緊,或最有趣的,提將出來,編成了歌曲。一月一事,一事一歌,一歌一調,另外加了一個帽子頭開場,湊成了十三隻,終算應了今年十三之數。不曉得唱起來,入調不入調,請諸君聽起來看罷。閑話少説,我就拉開了破毛竹的嗓子,唱起來了:

開場,仿板橋道情

吾中華,民國稱,改共和,十三春,今年原是去年景,東西各國鷹鸇視,南北群雄鷸蚌争。糟餻國事何堪問,倒不如閑來歌唱,且由他變亂頻仍。

一月份,仿無錫景調

手拿小綽板呀,山歌唱起來。一月格一日事體真奇哉呀,黄陂末通電去告哀,歡喜那格日子末,何必苦傷悲。

二月份，仿銀絞絲調

二月仔格七日末夏曆近新年，上海商會散春聯好幾千。有格文字深，有格句子淺，家家貼在那大門邊。本想弭兵靖烽烟，落里曉得各省末仍舊兵禍連。白費心思呀，大紅紙上説空言（連一句）。

三月份，仿吴歌

三月十日出新聞，新聞出拉篤杭州城。杭州城裏第一師範全體學生吃仔夜飯，糊裏糊塗一個一個末才中毒嚯。勸諸君吃飯，要細留神。

四月份，打牙牌調

時交那格四月呀日逢九，衆議院裏鬧呀鬧稠稠。全武行的打出手納嗳，嗳唷嗳嗳唷，張四維是吃苦頭納嗳。

五月份，仿俏尼僧調

五月六格衆匪徒末到臨城，就把那格津浦車阻止前行。跳上火車來搶劫，擄去了格中外男女三百餘人。搭客哭哀哀，匪徒笑盈盈，不管他呼兄喚弟喊娘親。

六月份，仿杭州梳妝臺調

六月裏有奇聞，黎元洪被逼呀離北京，截車逼印就是王承斌。格種樣格事體末，阿算少少能奇聞呀。

七月份，仿龍鳳官春調

七月裏格天氣熱難仔格當，上海裏格肉業齊仔裏格行。只爲加税弗拿猪得來殺，挑挑裏格兩爿鹹肉仔格莊。

八月份，仿上海碼頭調

八月呀吴淞清呀清潔所，撥拉格鄉下老太婆，打得一塌又糊塗。嗳唷噯噯唷,噯唷拆仔一場臭爛污。

九月份,仿十把扇子調

九月廿六光園進,曹家國舅去看戲文。楊柳兒青,得兒兒篷,得兒兒轟。噯噯唷,炸彈臨,炸彈臨來炸彈臨。老曹馬上就抽身,楊柳兒青,得兒兒恐,得兒兒送。噯噯唷,去逃生。

十月份,仿二姑娘倒貼調

十月裏大事來,猪仔議員選舉會兒開。各得賄洋支票五千塊,埋埋虎虎捧仔老三上了最高位。叫聲曹老三,留心一些,上台容易,只怕難下台。

十一月份,仿烟花女子嘆十聲調

警察廳長坐汽車,去把澡那來洗。又誰知他的不幸事,就在那眼前。這一天方才浴罷出了門口,剛上車就中枪跌倒在車裏邊。丟妻妾,見老閻,想前生注定了七煞的命,因此上那温泉一霎變黄泉。

十二月份,仿四季相思調

陳易一見吴大頭的面,用手就把墨匣來丟。只打得光油油的大頭皮破肉綻鮮血流,吴大頭心裏頭恨,嘴裏頭是硬不出的口。他只得三十有六着,走爲上着,就往天津衛來溜,腳底搨了油。

(《紅雜誌》1924 年第 28 期)

金純女士

金純女士,生平不詳。

小　令

《紅樓夢》曲

小窗無事,偶翻舊書,内夾有《紅樓夢》曲一紙,惟歷年已久,語句有殘缺不全處。因不揣譾陋,代爲綴補,原作均已括弧標明之,蓋不敢掠美也。(每月嵌詞牌名二、千家詩二、主婢各一,只寶玉以玉函爲配,嵌句次序,均各相等,想愛讀《紅樓夢》者,必以一睹爲快也)

(正月梅開一剪零,椒花獻頌祝元春。開筵榮府誰堪賽,銀燭秋光冷畫屏。上元夜,賞花燈),普天樂慶共升平。(鴛鴦巧制牙牌令,惹得詩人説到今)。

(沉醉東風二月長,迎春軒内百花芳。深院佳人閑鬥草,塗抹新紅上海棠)。盈頭翠,滿手香,帝臺春色本無雙。(萬紫千紅堪入畫),騷人擱筆費評章。

(武陵三月小桃紅,探春何處釣萍蹤)。麗日融融芳草碧,杖藜扶我過橋東。(鶯穿燕,蝶伴蜂,玉交枝上影玲瓏。花氣襲人知晝暖,吹面不寒楊柳風)。

四月花殘愁倚欄,(惜春歸去幾時還)。落紅滿地無人掃,緣徑楊花鋪白氈。風拂拂,日娟娟,長晝如年鷓鴣天。獨坐抱琴歌一曲,偷得浮生半日閑。

五月榴開散餘霞,(熙鳳來儀彩雲遮。天生麗質人難及),梅子留酸濺齒牙。才壓衆,貌堪誇,一枝春占十分華。(玉釧鏗鏘鳴素腕),芭蕉分緑上窗紗。

(六月懨懨懶畫眉),冰紈拂面手中攜。陰濃緑樹蟬聲噪,山色空濛雨亦奇。新浴罷,晚風微,珠簾卷處夕陽西。臨沼香菱花放遍,一泓清可沁詩脾。

(七月金風上小樓,輕顰眉黛玉顔愁)。遥望家鄉何處是,白雲紅葉兩悠悠。(瀟湘館,淚暗偷),傷春怨緒(悵牽牛,紫鵑啼破三更月,南去北來休便休)。

桂子香飄八月天,(湘雲帶月出東山)。隔鄰一片碪催急,銀漢無聲轉玉盤。天宇潔,露華寒,百尺樓頭人倚欄。庭院秋桐看漸落,初聞征雁已無蟬。

(九月籬邊菊花新,淡妝凝妙玉爲神。不共海棠争巧笑,竹籬茅舍自甘心。孤高癖,少知音),危坐閑參金字經。更有司琪爲伴侶,不受塵埃半點侵。

小春十月摘紅英,寶琴丰韻世無倫。雪與玉容相掩映,與梅並作十分春。詩作伴,錦爲心,人在瑶台第一層。琥珀杯傾玫瑰露,南山當户轉分明。

（子月天寒風入松），岫烟（籠罩雪花風，佳人暖閣燒鹿脯，竹爐湯沸火初紅）。争詠句，韻語工，傾杯樂事賞心胸。（晴雯萬里烟霞照），纔有梅花便不同。

（丑月雪壓一枝花，寶釵）巧向鬢邊斜。（梅與佳人争雅淡，雪裏吟香弄粉些。緑萼静，玉面佳），殢人嬌態（實堪誇，更有彩雲疏疏影，深深籠水淺籠沙）。

（閏月無聊醉花陰，懷藏寶玉四時春。多少豪華紈絝子，惟有葵花向日傾。千日紅，萬年青，鎖窗寒竹結爲鄰。玉函未起吴鈎劍，尋得桃源好避秦）。

（《紅雜誌》1924 年第 40 期）

無名氏

小　令

北調【一半兒】

徐菊人爲總統時,周旋於直、奉兩系之間。調停意見,苦無功效。所發命令,不能出新華門一步。每鬱極無聊,則以書畫詩詞自遣。自稱曰水竹村人,亦曰退耕山莊主人。時人作北調【一半兒】,以諷之曰:

號令朝朝寫絳紗,可憐行不出新華,誓辭總統隱山家。哎噫呀,一半兒真的一半兒假。

兩家鼙鼓鬧喧嘩,失寵徐娘那敢遮,且將詩酒度生涯。可憐他,一半兒涵容一半兒怕。

悽悽急殺老三哥,事到如今只望和,怎奈他家主戰多。便如何,一半兒親家一半兒我。

近來軍用太張惶,爲遣租胥快下鄉,剥得民膏千萬箱。喜洋洋,一半兒私囊一半兒餉。

潰兵如虎鬧紛紛,搶劫何妨更殺人,百姓無辜雙淚零。戰兢兢,一半兒妻兒一半兒命。

(《生活》1944 年第 2 期磊磊《近代詩話》)

錢堃新

錢堃新，生平不詳。

小　令

【金絡索】 四支　丹陽懷舊

孤城圍女牆，落日明窮巷。記得當年，負笈同行況。琴書志遠方，話家常，第一天倫滋味長。生離死別頻相餉，苦蘖寒冰不耐嘗。縈懷想，怡怡弟妹不能忘。那其間沸沸街坊，景象如常，教我添惆悵。

空棺停畫廊，古廟依青嶂。阻隔人天，除非好夢相來往。鐘聲度小窗，見陰房，這便是打散鴒原雁兩行。恨那日青囊慣掉醫生謊，教今朝白劍長韜志士鋩。空庭望，紫荊花剪了一枝芳，只落得夜月朝陽，兄弟兒娘，和淚把招魂唱。

重思姊妹行，他也把詩文講。莫説而今，且作前塵想。停針出繡房，到書堂，一樣的問字談經説短長。因憐春去將花葬，爲惜蠶眠趕夜忙。糊塗賬，假青衿脱去换紅妝。到如今鼠語淒涼，客夢迷茫，又想起從前樣。

湘簾篆靄颺，繡月芙蕖漾。斗室徘徊，打不勝無聊仗。消愁酒一觴，歎滄桑，經過了骨肉人間聚散場。一個是淒淒墓草成長往，一個是寂寂音書没半張。扁舟放，偏又是飄零書劍客丹陽。更何堪風撲銀釭，雨打紗窗，徹夜的梧桐響。

（《文哲學報》第 3 期）

應　銘

應銘，生平不詳。

小　令

新道情

十四元，一石米，窮人家，吃弗起，夫妻相對泣牛衣，各界又勿開平糶，洋價還要漲上去（讀作棄字），苦殺幾個小生意，這恨得一班奸商，太不仁良心墮地。

（《快活》1922 年第 34 期）

姚莫邦

姚莫邦,字鞏甌,南匯(今屬上海)人。陳栩弟子。曾任江蘇無錫匡村學校中文部主任。有《羅浮尋夢》、《夢游月宫曲》雜劇。

套　數

題蓉湖探勝記

【南仙吕入雙調・步步嬌】[一]

畫舸人間春波皺,打槳人知否。容嘯傲自優遊,探勝蓉湖,浮尊載酒。是何處可維舟,傍仙鼇找甚麽墩還有。

【醉扶歸】

更何須載將西子相廝守,纔襯山明膩水柔。遍低吟淺唱自風流,早烟波秀,撲青衫袖,倒覺得行間筆底境偏幽,名山著作流傳久。

【皂羅袍】

把小劫滄桑根究,算殘山剩水鴻雪痕留。天香離亂夢雲浮,石床松子風吹皺。英雄黄土,功休事休,美人白骨,魂柔夢柔。是人生脱不盡的常窠臼。

【好姐姐】

枉綢繆，笑梁鴻好逑，倒輸與清閑俊秀。問文園渴久，可容來品茗擎甌。縱登臨素願難成就，卻一卷披吟當卧遊。

【尾聲】

神交幾輩知心友，更何不簃筑山腰盡隱休，一任他世事紛紜奔與走。

（《匡校叢刊》1922 年第 1 期）

校勘記

［一］南：原作"向"，據曲譜改。

王子沅

王子沅，字逋閑，廣東人。

小　令

道情十九首

虎門龍争沸海潮，英雄成敗逐烟銷。大風歌罷歌垓下，奚似兒童里巷謡。自家逋閑道人是也。平日雅愛柳敬亭、蘇昆生，一輩子編些彈詞雜曲，足解人頤。我於今也譜出道情若干首，不過自寫牢騷，用抒鬱悶。每當風清月白、樹底柳陰，清謳淺唱，聊以解嘲。楚屈平《大招》、《天問》，歌哭無端；蒙莊叟《秋水》、《南華》，情懷本淡。自鳴天籟，不擇好音，我地疇能比擬，毋奈狂奴故態，一旦復萌，不免揩來噪諸君耳鼓，唱與諸君聽聽：

老寒儒，擁破氈，道古今，揖聖賢，匣中未露青萍劍，衣裳楚楚侯門客，裘馬翩翩美少年，禰生刺滅秦書賤，終不遇金鎞刮目，任憑他鐵硯磨穿。

老農人，爲饑趨，十斛麥，田一區，手胼足胝何曾住，富兒滿甑蒸香稻，田父渾身滴汗珠，荷蓑戴笠耕烟雨，衹終歲勞形隴畔，曾幾見鼓腹康衢。

憨道人，鐵色膚，履巉岩，似坦途，荒村野店隨緣度，天師秘授千符籙，地臘（端午名地臘節）閑尋九節蒲[一]，白雲深處爲家好，吸秋露且餐黄菊，醉春風快飲屠蘇。

小漁童，掛釣絲，或蘆灣，或蓼磯，閑歌水調渾無事，敲針拗鐵鈎成曲，揑粉團香餌和飴，波間唼喋銜花蒂，驀聽得一聲撥剌，頃刻間幾個魚兒。

行脚僧，自募緣，犯晨霜，宿暮烟，蒲團破缽殘經卷，齋廚飯顆冰心冷，蕭寺鐘聲徹耳圓，山重水復渾忘倦，只隨處袋馱尺布，問何時擔歇雙肩。

老樵夫，手足皴，入山林，執斧斤，農人牧豎相廝混，爛柯不計棋翻局，弛擔何知突徙薪，羊裘直視金如糞，但博得百錢沽酒，一任他十丈紅塵。

老柁工，習水嬉，渡重洋，趁外夷，樹皮衫子羊皮履，朝辭紅海潮知候，暮宿扶桑日入時，五都販貨譁如市，手菸斗巴菰狂吸，口茶甌咖啡如飴。

老娼婦，抱琵琶，寄潯陽，聊作家，門前冷落無車馬，徐娘對鏡慵敷粉，夫婿浮梁去採茶，四弦裂帛哀音颯，空惹得多情白傅，儘教他淚染青紗。

老媒婆，曲巷穿，左鸞庚，右鳳箋，摇摇擺擺蒲葵扇，朱陳説合花如錦，秦晉聯姻舌粲蓮，西施能醜東施豔，只落得爲人作嫁，漫教儂壓線頻年。

羨沿門，度曲師，弄絲弦，譜盲詞，西謳北曲從頭記，小青扶病招歌者，太白聆音賞可兒，行雲歌遏梁塵起，有幾番回腸盪氣，好教人側耳支頤。

小牧童，稷下過，騎犢背，下山陂，腰横短笛如温課，南山石爛猶閑可，西隴苗枯怎奈何，滄桑變化無關我，看春日女兒鬥草，聽秋郊饁婦秧歌。

賣卜人，服葛衣，明易數，演爻詞，破書數卷馱行李，布簾漫設君平肆，蓍莢能通管輅機，聆音察理無他技，聞雀噪輒占有喜，見狐綏力誡祛疑。

賣術人，技擊家，張燕幕，鬧蜂衙，鳴鉦伐鼓形如畫，藥囊滿貯三年艾，缽底能生頃刻花，撒錢如粟來觀者，博笑話一篇胡謅，眩眼光兩日麻茶。

習堪輿，號地師，挾羅經，測兩儀，揚曾廖賴頭頭是，拿龍捉虎人稱妙，換水移山術益奇，鐵鞋踏破都如此，牛眠地幾多吉穴，馬鬣封何處豐碑。

羨優伶，色藝高，男裝肖，女態騷，登場粉墨隨時做，唐宫霓羽歌妃子，楚相衣冠演叔敖。傳神入妙描摹到，上舞臺催敲雲板，齊拍掌響徹雷曹。

羨商場，善居奇，大老闆，托辣斯，陳紅倉粟饑民憊，懸鶉人擁單層絮，繡鳳儂誇五色絲，六街三市誠華美，新官兒馬龍車水，大腹賈腦滿腸肥。

小乞兒，唱掛枝（柳枝、竹枝，粤俗皆名掛枝），卑田院，拜教師，弄猴騎犬尋常事，南山采蕨籃挑月，東郭分羹碗貯糜，扶頭瞌睡松陰地，捫蟣虱拋珠撒豆，拾野薪敲火烘衣。

歎紅羊，蕩劫灰，野心家，動地來，五洲捲入旋渦去，拿翁荒島空陳跡，德帝雄風亦廢材，荷蘭枉設那和平會，問何日天河甲洗，庶一朝黍穀春回。

東方生，説滑稽，淳于髡，呼小兒，侏儒飽死臣饑死，竊桃供母權充腹，割肉遺妻頗解頤，伐毛洗髓經多次，有一日倮蟲脱殼，笑他人俗骨囊皮。

誰謂酒能消塊壘，未飲心先醉。王郎歌莫哀，唾壺將擊碎。俺唱這道情，不如歸去。

（《北大廣東同鄉會年刊》第 2 期）

校勘記

［一］端：原作“瑞”，據文意改。

瑞　棠

瑞棠，生平不詳。

套　數

避戰事流民

【步步嬌】

歎終朝餐風飲露，走向他鄉路。行看日落初，拚受饑寒，悲懷誰訴？田園又荒蕪，最傷心親朋埋愁黃土。

【醉扶歸】

一處吊孤魂，悲喝兵凶句。一處走荒郊點綴難民圖，一處筵開得勝記軍功，怎知一家歡笑十分哭。最氣他殺人放火尚稱能，最傷他亡家失業無人護。

【尾聲】

善惡到頭終報否，上天早晚現光明路，把人間弄兵妖孽盡消無。

（《生命》1923 年卷三）

王菊癡

王菊癡，生平不詳。

小　令

瘦紅道情

水邊楊柳緑烟絲，楊柳陰中白馬嘶。行盡江南數千里，不堪愁望更相思。自家瘦紅軒主是也。千里辭家，一身作客，雖鷦枝有托，而鶴俸自慚，加以利鎖名纏，不能免俗。歌場舞陣，最易成愁，故曾譜得道情十首，壘塊誰澆，牢騷自寫，今者天晴無事，不免唱將起來，以博知我者一粲。

歎無聊，是帝王，競紛争，篡伐忙，商周秦漢糊塗賬，朝看玉女來宫外，夕見銅人卧塚旁，南朝金粉成惆悵，説甚麽龍樓鳳闕，都付與流水斜陽。

歎官家，意態驕，坐金猊，衣紫貂，門前蹲着獅兒笑，可憐銅雀成春夢，番怨金龜事早朝，烏衣巷口留殘照，秋雨後王孫草黯，也向那吴市吹簫。

歎征夫，劍氣雄，擅奇謀，立異功，干城他日誇梁棟，樓頭春柳凝愁緑，塞外冰花借血紅，深閨未醒遼西夢，一陣陣胡笳聲裏，有幾個病馬嘶風。

歎商人，最可憐，涉荊蠻，更冀燕，指揮幾見珠如願，已教欲海深深陷，况復召韁緊緊牽，月明秋浦琵琶怨，縱掙得衣豐食足，幾何時白髮盈顛。

歎漁人，坐釣磯，步輕莎，近翠微，來得踏得春山碎，白蘋洲外鈎雲軟，紅蓼灘頭網月歸，黄粱夢醒村尨吹，僅高歌大江東去，一聲聲遥送斜暉。

歎樵夫，去嶺邊，斧聲清，笠影圓，行來山徑青松顫，軟苔小路留宵雨，落葉深山有暮烟，枕將碑石身兒倦，亂柴裏黄花夾着，把秋色擔上雙肩。

歎吴娃，腰態娉，抱衾裯，賦小星，雛鶯生就依人命，妝成金屋藏樊素，筑個秋墳葬小青，紅顔白髮偎春鏡，到後來春風捐扇，斷腸時夜雨淋鈴。

歎青樓，二八秋，綺圍腰，錦束頭，歌喉一曲黄昏後，十三樓上鴛鴦窟，廿四橋邊翡翠舟，桃花命運天生就，最可慘含苞一樹，任憑他蜂蝶勾留。

歎高人，避亂時，户迎山，屋近池，疏籬幾曲依蕭寺，春花秋月留詩料，野粟園心换酒資，桃源忘卻人間事，拋撇了玉堂金印，僅消受雲態風姿。

菊癡生，去也休，莽天涯，只自愁，無才事事居人後，空教有志誇鴻鵠，豈便甘心作馬牛，茂陵人比黄花瘦，收拾起詩囊一個，好山水任意遨遊。

天壤王郎恨，寂寞無人問。俺譜就這俚語兒，自歌自聽。

（《心聲》卷二第 5 期，1923 年）

魯愚軒

魯愚軒,生平不詳。

小　令

新道情詞二首

干木氏,老運通,甲子歲,登極峰,轟轟烈烈真高興,頻發各省調和電,恐有某方反對聲,一朝失勢成春夢,爲保存個人禄位,甚盼望時局和平。

古月氏,志氣剛,比漢武,效隋煬,窮兵黷武何多讓,豫地争潮成殘局,陰曹票拘命離陽,初衷貫徹難期望,殺害的同胞無算,净落個駡名傳揚。

(《新天津副刊》1924 年第 3 期)

張世勳

張世勳，生平不詳。

小　令

道　情

人在江南第一村，玉梅香裏認柴門。詩瓢掛處江山好，措大生涯細討論。自家江東鈍子是也。一生落拓，飯信風情，十載蹉跎，依劉况味。才非王粲，三寸管未敢驚人；家等萊蕪，七尺軀依然故我。只得破書幾卷，聊排眼底閑愁；不免觸景興懷，又惹心頭舊恨。編就道情幾闋，每逢花月當頭，聊以自敖自遣；若愚朋儕把臂，也好娱我娱人。今日無事，不免彈唱一番，請教諸公，以當清話。

張世勳，住瀛洲，市東鄉，籍貫留，故侯門第家聲舊，終軍弱冠纓難請，劉向傳經志未酬，十年窗下空埋首，最可歎磨穿鐵硯，依然是作賦登樓。

念家山，大江東，號蓬萊，太古風，民情渾樸人持重，緑蓑春半朝耕雨，紅袖秋分夜莳菘，鄉關迢遞孤衾夢，最縈懷故園花草，恨没個縮地壶公。

耀頭銜，好書淫，疑魯亥，識風丁，剪紅刻翠無憑准，溺情芸簡渾閑事，散志籤圖假正經，元龍豪氣銷磨盡，空自笑心盲腹負，説甚麽茹古涵今。

歎我生，賦命窮，猢猻王，一世終，點頭頑石真胡哄，三生慧業緣何處，一瓣心香付個中，可憐舍此無蛇弄，空擔待年年風月，只贏得春夢惺忪。

歎當時，浪跡初，下蓬瀛，賦索居，終朝擾擾無情緒，苦中作樂三杯酒，忙裏偷閑一卷書，悶來一覺羲皇趣，興匆匆人還人往，樂陶陶吾愛吾廬。

（《學生文藝叢刊》卷二第8期，1925年）

九　九

九九，生平不詳。

小　令

【黄鶯兒】闋

一　矮　子

七尺本昂長，米突量仔細量，還須對折記細賬。如矮腳王，如武大郎，晏嬰算他兄長。上牙床，忽然不見，横在枕頭旁。

二　近　視

天晴不算晴，揚州月三分明，點火常爲燒眉警。有客到舍倒屣迎，原來是對面穿衣鏡。出門庭，不須問路，碰鼻轉灣行。

三　黑面人

肌膚本非常，紫檀色加退光，張飛落拓燒窑樣。立煤炭旁見五閻王，形影混合難分量。問家鄉，烏江西北，靠近尉遲莊。

（《南大周刊》第 19 期，1925 年 5 月）

吴實敷

吴實敷,生平不詳。

小　令

【混江龍】 詠南都勝跡

南朝金粉,幾番零落不勝春。説甚麽香囊暗解羅帶輕分,一枕梨雲纔入夢,半簾杏雨又銷魂。過朱雀橋迷野草,訪烏衣巷掩斜曛。探靈谷幽泉水急,望台城莫柳烟昏。泛南灣歌迎碧玉[一],渡清溪曲送桃根。登徐樓棋枯閣冷,吊蔣祠石老雲温。泊秦淮商女不知亡國恨,尋陳宫落花猶是墜樓人。歎滄桑劫後憑誰問,空省識齊梁殘苑王謝閑墩。

(《東方季刊》1926 年)

校勘記

[一] 玉:原作“王”,據文意改。

丁魁文

丁魁文，生平不詳。

套　數

憶　夫

【北一枝花】

蜂愁落綺紗，蝶粉沾花架。聽流鶯傳怨語，歎乳燕誤年華。竹外籬笆，好一幅傷心畫。根根離恨芽，空守這楊柳樓臺，不見那王孫車駕。

【梁州第七】

半身兒病苦交加，三載來心亂如麻，莽東風吹碎了鴛鴦瓦。斑鳩唤雨，鸚鵡呼茶，如年朝莫，似水韶華。舊相思都彈上梨花，舊離愁莫訴與檀牙。寂寞了冷嬌嬌白雪歌喉，耽擱了美甘甘青春身價，隔斷了冷迢迢緑水烟霞。望他，恨他，恨他不信啼鵑話。縱卜個行人卦，他遠出江南也不問家[一]，可憐我怨落天涯。

【尾聲】

一天飛絮懷歸馬，滿院殘春數落花。是甚麽逐水浮萍無牽掛，那情絲易斜，這雲鬟易華，只有我魂靈兒委化在長亭下。

（《東方季刊》1926 年）

校勘記

［一］遠：原作“達”，據文意改。

湯德章

湯德章,生平不詳。

小　令

【一半兒】 游後湖遇雨

緑蕉紅杏晚烟疏,柳拂波明漾玉鳧,天外雲山還似無。小西湖,一半兒斜風一半兒雨。

又

迢迢遠信意誰傳,欲遣愁懷轉自憐,玉管兒强拈空淚咽。拂花箋,一半兒才開一半兒卷。

(中央大學區立《南京女子中學校刊》1929 年第 8 期)

張翠仙

張翠仙,生平不詳。

小　令

【越調・天净沙】

潯陽月夜船斜,滿腔心事琵琶。不覺青衫淚灑,萬千難話,斷腸同是天涯。

又

遊絲亂網檐牙,緑陰深鎖窗紗。一闋新詞寫罷,月簾初掛,滿庭香雪梨花。

(中央大學區立《南京女子中學校刊》1929 年第 8 期)

于爾乾

于爾乾，生平不詳。

小　令

【越調·天净沙】

嗈嗈落雁平沙，依依孤鶩殘霞。隔水笙簧奏罷，青山如畫，小舟摇入蘆花。

（中央大學區立《南京女子中學校刊》1929 年第 8 期）

謝元範

謝元範,生平不詳。

小　令

【二郎神】 暮春書懷

春光暮,怪東君甚匆匆如許,聽杜宇聲聲催太苦。亂紅落後,一年好景都虛。愁緒盈懷無釋處,歎勞生也隨春老去。意難舒總逢春,未知明歲何如。

(《光華期刊》第 5 期)

劉　致

劉致，生平不詳。

小　令

【朝天子】

月明，浪平，輕舟漾漾水澄澄，天水明如鏡。范蠡歸舟，張騫遊興，漁歌三四聲。耳清，體輕，漫不省乾坤剩。

（《星槎周刊》第 2 期）

吴培根

吴培根,生平不詳。

小　令

教員吟曲,倚【山坡羊】

舊家耕硯,他鄉搦管,這講臺滋味都嘗遍。有書傳,有琴彈,兒童好惡相恩怨,手裏執鞭行審判。勸,遊勿訕。言,學勿懶。

(《公教周刊》1930 年第 77 期)

劉電飛

劉電飛,生平不詳。

小　令

【正宫・小梁州】

後花園内半蒿萊,露冷章臺,深宵已是二更來。湘簾外,淡月照秦淮,閑愁永夜對妝臺。擁金猊獨自徘徊[一],武陵客幾時回?粉香花貌,常是爲君催。

淒淒風竹弄秋聲,對景傷神,黄昏枕上酒微醒。樓頭笛,吹徹小梅春,柳眉無故爲誰顰?念王孫夢又不成,人間缺天上盈。羅衾翻遍,樓外月華生。

(《五卅學生》第 1 期)

校勘記

[一] 猊:原作“貌”,據文意改。

士　錚

士錚,生平不詳。

小　令

【江兒水】 新　柳

拂水烟初暝,清溪一艭柔。莽天涯目斷王孫繡,嫩腰肢更比春光瘦[一]。悶騰騰正是愁時候,何况離筵别酒。待展雙蛾,早又被東風吹皺。

【一半兒】 閨　情

朝來小婢訂歸期,自起開箱理繡衣,卻又微顰上翠眉。兩依違,一半兒娘親一半兒你。

(《谷音》第 41 期)

【朝天子】

桃花,柳花,妝點春圖畫。東風不解惜年華,一任鶯兒罵。僝僽纖腰,飄蕭華髮,甘浮生滯水涯。看朝露暮霞,送海日升還下。

【一半兒】

當年同解繡羅襦,今日曾無一字書,書遠如何夢也無。憶檀奴,一半兒温馨一半兒苦。

(《谷音》第 42 期)

【一封書】 春日山居

蓬窗傍小窪，映蘆蒿雨後芽。屯雲接晚霞，聽蒲塘雨後蛙。村村火冷清明社，處處條青穀雨茶。竹籬笆，碧桃花，門對青山第幾家。

【一半兒】

一春春夢夢兒夫，驚覺羅幃鳳枕孤，錯把心情怨小奴。聽模糊，一半兒鶯聲一半兒雨。

（《谷音》第 43 期）

【一半兒】 從軍曲

其　一

羽書昨夜説征西，芳草萋萋戰馬肥，幾夜不曾聞鼓鼙。大旗飛，一半兒懵懂一半兒喜。

其　二

朝暾雲隙嫩晴初，處處青山叫鵓鴣，還帶油衣竹笠無？意躊躇，又生妨[二]，一半兒陰晴一半兒魚。

其　三

村前林底話嗷嘈，吒叱聲聲不准敲，行近前看無數篙。打櫻桃，一半兒青紅一半兒小。

（《谷音》第 46 期）

其　四

長途鞍馬腳酸麻，且就村莊吃碗茶，指點前途開遍花。不騎他，一半兒行行一半兒耍。

其　五

寒風拂面馬登登，今夜行行第幾程？唧唧微聞私語聲。大難禁，一半兒疲勞一半兒冷。

其　六

陰霾十日不晴乾，奔走連朝一食難，今夜一餐須盡歡。皺眉看，又原來是一半兒高粱一半兒飯（軍行北地難得米，有時以高粱和飯食之）。

（《谷音》第 47 期）

其　七

疏星淡月夜如何，睡意朦朧夜枕戈，快着衣裳快過河。看前坡，一半兒人聲一半兒火。

其　八

厲兵秣馬興匆匆，昨夜軍書説進攻，攻入敵壕三四重。霧烟濃，一半兒乒乒一半兒轟。

（《谷音》第 48 期）

其　九

連朝陣底決雄雌，今日追奔逐北時，怕看傷心無數屍。血和脂，一半兒猩紅一半兒紫。

其　十

今朝歡喜漫嗟咨，塵滿征衣酒滿巵，鼉鼓蓬蓬奏凱時。數相知，一半兒生還一半兒死。

（《谷音》第 49 期）

【駐雲飛】

十二紅樓，二八佳人住上頭。媚眼相看久，一晌因他瘦。丟，得好便須休。書中如玉，這樣風流，天壤終須有。要遣相思一杯酒。

【懶畫眉】 秋 閨

挑燈無語卸殘妝，秋夜新添一片涼。葦根蛩語傍東牆，簾前梧葉蕭蕭響，又教我今夜小簟孤衾冷半床。

(《谷音》第 52 期)

【山坡羊】 别 酒

清寒簾幙，疏窗燈火，離人兩個淒涼坐。酌金波，醉顔酡，且休將往事閑摧挫，到明宵夢魂天樣闊。哥哥，更盡一杯妨甚麽。天囉，從此夜長人奈何。

(《谷音》第 53 期)

【懶畫眉】 秋 情

黄昏悄立意踟躕，門外霜風冷幾株。説歸歟因甚不歸歟，又重陽節近多風雨，只教我盼斷天邊雁字書。

【玉胞肚】 秋 風

蕭蕭風起，怎教人不愁伊念伊。要飛鴻傳寄函書，倩征人捎與寒衣。第一是天涯冷暖自家知，旅店風霜起要遲。

(《谷音》第 57 期)

【普天樂】 客館秋夜

月兒斜星兒皎，愁隨潮去恨逐山遥。鴻雁來寒蛩叫，簟冷衾寒夢初覺。甚天涯這樣無聊，孤燈又小，人聲又悄，風又蕭蕭。

(《谷音》第 60 期)

套　數

吊長橋衰柳,有序

長橋在秦淮河上,明季舊院所在地,漁洋詩所謂"不見清溪長板橋"者也。嘗秋日過其地,衰柳垂絲,憔悴欲絶,覺淒然有樹猶如此之感,填【中吕·粉蝶兒】一套吊之。

【中吕·粉蝶兒】

如此嬌嬈,恨匆匆柳絲吹老,倚長橋風又瀟瀟。看傷心啼落照,暮鴉多少。瘦更如腰,這淒涼付詞客閑憑吊。

【石榴花】

問春前攀折幾柔條,眉樣不曾描,如今翻似一夢覺。記那日東風料峭,雨細於毛,調簧幾弄鶯生小。儘消受畫舫輕橈,甚關山猛然吹徹陽關調,逝水又迢迢。

【尾聲】

怨西風苦死飄零早,一年心事今番了。拚把興亡看飽,者離魂分付秦淮此夕潮。

(《谷音》第 44 期)

校勘記

［一］肢:原作"支",據文意改。

［二］又生妨:疑衍字。

金長瑛

金長瑛,生平不詳。

小　令

【正宮・叨叨令】 贈王丹士

乘風步月消長夏,人天來往無牽掛。一任他炎涼世態魚龍化,俺只是時常醉倒藤蘿架。您省的也麽哥,您省的也麽哥,管甚麽漁樵細説興亡話。

俺把那無弦琴瑟懷中抱,暢好是嬰兒姹女偕歡笑,都只爲靈臺一點玄珠兆,戀甚麽丹房器皿如花貌。説與你行不得也麽哥,行不得也麽哥,者便是神機玄奥先天妙。

【雙調・沉醉東風】

烏江岸項王淚灑,陳橋驛宋祖袍加。如何命世雄,一旦冰消乍,只落得猿鶴蟲沙。蓋代勳名你自誇,轉教俺活活的笑殺。

(《河南大學校刊》1932 年第 5 期)

虞 人

虞人,生平不詳。

小 令

【商調・金絡索】

【金梧桐】高樓妾自傷,淚眼江南望。可記良時,談笑台城上。眼中寶殿非,【東甌令】歎滄桑,這三載狂風起八方,吹將大好河山變,【針線箱】萬里烽烟作戰場。【解三酲】愁人象,【懶畫眉】荒烟蔓草儘淒涼。【寄生子】痛神州冷落無疆,痛神州冷落無疆,怕提起當年樣。

(《河南大學校刊》1935 年第 71 期)

李伯卿

李伯卿,生平不詳。

小　令

【過曲泣顔回】　題《緑牡丹》傳奇

顛倒兩鴛鴦,枉費心機惆悵。紅絲牽住,桃花逐水空忙。都因贋鼎,老書生錯點詩壇將。巧拚成一段風流,笑狂奴癡心妄想。

【前腔換頭】

娘行,居處本無郎,難得櫻唇誇獎。香閨重試,文場更作情場。芳心去取,只真才配入紅羅帳。切休悲彩鳳隨鴉,伏東風名花護養。

【二郎神】　題《情郵記》傳奇

紅絲亂,戲詞壇苦相逢偏散。接木移花真妙算,雙包奇案,演成多少悲歡。三地思量空詠歎,繫鈴人公平判斷。待披肝,好姻緣,何妨一馬雙鞍。

【春帶子】　訪舊院

【宜春令】頹垣斷,宿莽黏,怕重尋花香酒甜。倚樓人遠,章臺依樣荒村店。話風流粉黛凋殘,歎繁華烟花銷漸。【繡帶兒】清甜,鶯花無語嗔醉臉，負多少詩壇懸欠。【太師引】情場險，仗生花筆尖，莫重提豔集香奩。

【梁州新郎】 登棲霞山

【梁州序】忘懷憑古，傷春尋勝，踏遍金陵幽徑。春光明媚，名山正好登臨。只見烟溪花舞，水寺禽飛，未覺空山冷。臨風聊把盞，俗塵清，醉看湖山眼倍明。【賀新郎】石塔險，龍池静，棲霞應是神仙境。欣勝地，鼓佳興。

（《安徽學報》第 3 期）

老　蟄

老蟄，生平不詳。

小　令

新妝，【黄鶯兒】

放　足

免得淚盈缸（諺云：小脚一雙，眼淚一缸），大踏步新嫁娘。膚圓六寸天然樣，紅鞋一雙，白鞋一雙，高跟革履吱吱響。足力健，跑冰纔罷，跳舞又登場。

解　胸

底事太嬌羞，金訶子不自由。春情都趁酥胸透，同樣風流，異樣温柔，何須深鎖巫山岫。悔當初，檀郎燈畔，笑語剥雞頭。

剪　髮

煩惱是青絲，並州剪姑試之。風鬟霧鬢消除矣，釵鈿費貲，梳櫛費時，任人鴨尾相嘲戲。平等耳，迷離撲朔，何苦辨雄雌。

畫　眉

遥望有如無，螺螺黛着意塗。中邊三角威稜露，半額如瓠，兩眼如珠，闊於新月濃於霧。若遇着，漢家京兆，擱筆費踟躕。

（《金剛鑽月刊》1934 年第 7 期）

汪定國

汪定國,生平不詳。

小　令

【天净沙】

緑楊門巷停車,杏香深處旗斜,沽酒樓前繫馬。翠屏高掛,春風十里飛花。

又

西風雁落平沙,滿腔心事琵琶,十載詩書誤我。千萬難話,斷腸人在天涯。

(鄞縣縣立商科職業學校學生自治會編印《癸酉集稿》,1933 年)

天　民

天民，生平不詳。

小　令

【南仙吕·玉抱肚】 感　懷

孤舟中濟，教阿儂如何措計，千種愁緒來相縈。舉頭望到處烽烟，鷹瞵大陸，不稍間已年年，逆虜誰清先着鞭。

（《高農期刊》第 2 期）

譚覺園

譚覺園，生平不詳。

小　令

【南南吕・一剪梅】 述　懷

壯志徒懷楚客羞，愁上眉頭，風雨神州，江山殘缺是誰咎。嘗膽沉舟，且定大猷。

【北仙吕・一半兒】 望　月

奈何天裏漫吟謳，獨伴閑窗憑酒樓，斟酒澆愁愁益愁。怕凝眸，一半兒寒烟一半兒柳。

（《高農期刊》第 2 期）

【北仙吕・點絳唇】 參觀暘山森林局，登太陽山偶成二首

攀登山巔，力疲神倦。高峰獻，匝樹雲烟，路近行猶遠。

峰頂撑天，白雲欲斷。俗塵遠，秋景無邊，且把閑愁遣。

（《高農期刊》第 4 期）

章　楨

章楨，生平不詳。

套　數

哀玉孃

【商調・集賢賓】

粵江頭春深花似錦，江上女突伶俜。卷歌袖涕痕掩映，向樽前低訴飄零。繫芳懷蹙損蛾眉，訂同心牢結鴛盟。負紅顔奈何郎薄幸，借歌臺領略人生。悲歡原是幻，啼笑總多情。

【逍遥樂】

燈紅酒緑，一笑相逢，憐我憐卿。喜雙棲金屋銀屏，春宵短好夢突温馨。正江上春濃，初試歌聲，猛可的鼠牙雀角，妒煞蛾眉，謡諑頻驚。

【醋葫蘆】

孤燈夜火青，薰爐殘篆縈。悔多情，願生生世世，再莫誤多情。幽魂一縷輕，香消夢醒，歌聲猶在淚成冰。

【浪裏來煞】

摇暮雨白楊寒，伴孤墳野草青。一抔土掩没了慧業與聰明[一]，剩有長楊仿佛伶俜影。埋憂地静，再休問人間恩怨怎不分明。

（《學術世界》1935 年第一卷第 3 期）

校勘記

［一］抔：原作"坏"，據文意改。

鄭淑貞

鄭淑貞，生平不詳。

小　令

【商調・黄鶯兒】　詠　蝶

裝點小紅園，趁花開過短垣。暖風吹過餘香遠，閑情萬千，雙雙往還，被紅着粉穿金線[一]。舞翩躚，低徊宛轉，長得女兒憐。

【前調】　聽　雨

孤坐小書齋，論愁思未可排。透窗風雨堪禁害，紛紛滿堦，瀟瀟惱懷，芭蕉聲咽情無奈。信初裁，離家數載，明鏡幾回開。

（《女師學院期刊》1935 年第三卷第 2 期）

校勘記

［一］粉：原作“紛”，據文意改。

杨静頤

杨静頤,生平不詳。

小　令

【商調・黄鶯兒】 落　花

片片點青苔,囑奚僮莫掃開。滿庭狼藉春仍在[一],香留玉階,紅飄翠臺,鶯啼蝶怨闌干外。惱情懷,東風如再[二],切莫送愁來。

(《女師學院》期刊 1935 年第三卷第 2 期)

校勘記

[一] 狼:原作"狠",據文意改。

[二] 東:原作"束",據文意改。

楊静韞

楊静韞,生平不詳。

小　令

【商調・黄鶯兒】 落　花

一片落花飛,正紅稀緑漸肥。風前萬點繽紛墜,依依子規,聲聲唤伊,小園鎮日慵相對。寸心違,餘香未退,只是景兒非。

(《女師學院》期刊 1935 年第三卷第 2 期)

張文焯

張文焯,生平不詳。

小　令

【商調・黄鶯兒】 夏日午后

慵困卧南窗,任琴書塞座旁。醒來何處醍醐唱,槐陰滿堂,荷香繞廊,薰風吹在衣襟上。整容妝,平添惆悵,支拄看斜陽。

(《女師學院》期刊 1935 年第三卷第 2 期)

沈慶侅

沈慶侅，字退之，上海人。有《試探集》。

小　令

【山坡羊】　補衣婦

冷颼颼酸風西至，歎聲聲傭工頹氣。破牆陰殘陽照餘，一針針指凍如何刺？想年少時，綾羅也得披，而今敗落無家矣。歲歲年年，營生微技。堪悲，人窮易受欺。腸饑，鍋中没米炊。

套　數

憶　舊

【破齊陣】

十載聞詩聞禮，空嗟白日如駒。建業人窮，吴淞宅遠，惹動無端愁緒。欲賦登樓腸堪斷，王粲而今才疏。斜陽新碧梧。

【風雲會四朝元】

垂髫兒孺，方名母教初，天真猶滿，未識愁苦。萊彩終日舞。看庭前桂樹，看庭前桂樹，和那芍藥圍闌，茉莉花塢，簇簇絲桃，行行蕃薯。似水流年，嗏，驀地禍臨余。急雨淒風，大海横遭颶。人窮戚族無，敗家鬼神妒。拋書棄卷，嗚嗚咽咽。有誰憐顧，有誰憐顧。

【前腔】

陽生陰去，從師再讀書。專心螢案，肆志錐股。布局和琢句，辨差池累黍，辨差池累黍。得失心知，守道姝姝，寸進分功，時叨師許。儵忽銷魂賦，嗏，所詣尚區區。夫子門牆，准擬深深覷。紛飛萬里途，海南地北趨。何時再得，親親密密。切磋規矩，切磋規矩。

【前腔】

梁鴻迎婦，不嫌孟氏嫫。但幼承庭訓，謹慎言語。定省循禮數，把朝朝案舉，把朝朝案舉。補綻黄昏，灑掃庭除，寶鏡稀開，荊釵裙布，不覺閑悽楚。嗏，嫁晚孝於姑，四月農忙，播種芸南畮。歸來背負鋤，遠山日方暮。乘涼月下，卿卿我我。不逢君怒，不逢君怒。

【前腔】

終軍年紀，來遊六代都。歎生花妙筆，破浪無櫓。欲把懷抱吐，恨書生不武，恨書生不武。摘句尋章，者也之乎，子曰詩云，絲毫無補。空把昂藏負，嗏，水到自成渠。畫地經天，旋踵功勳取。無爲小丈夫，勉成道千古。寬柔以教，孜孜兀兀。貫乎忠恕，貫乎忠恕。

（沈慶俵《試探集》）

明淵

明淵,生平不詳。

小令

有懷,【南商調・黄鶯兒】

獨酌孤燈前,形和影密牽連。千里迢迢路遥遠[一],情和筆戀,意結墨緣,仰首盼來長鳴雁。代哭訴,夜夜念她,蹙損雙眉尖。

偏逢舊曆年,夜已深我未眠。兩地分得相思半,鞭炮密接,雲和雪牽,皇天不肯賜方便。終無閑,年年空過,何日再留連。

往事不願看,恨自己太可憐,一粒明珠晚覓見。嫵媚秋水,嫵豔桃腮,合嬌帶憨時嗔怨。哀蒼天,微微窺顧,願將命兒拼。

(《文藝戰線》1937 年第五卷第 6 期)

校勘記

[一] 千里:原作"千千",據文意改。

羅章園

羅章園,生平不詳。

小　令

軍中雜書

【越調・天净沙】

平生不願封侯,一心穩定神州。不怕驚濤怒吼,横蠻倭寇,管教腥血東流。

【中吕・四邊静】

横戈急走,素雪紛霏滿壯頭。虎視貔貅,大半戎衣舊。淹留,小丘,幾處梅花瘦。

【正宫・塞鴻秋】

龍韜久具堪馳驟,將軍白髮親消受。列强逐鹿中原走,幾時還我山河舊。良時不再留,快飲黄龍酒。要亡他賊兒,你邁進休回首。

【雙調・水仙子】

孤山寂寂漸黄昏,執轡馳驅陌下門,征鴻浩杳無音信。對寒風愁殺人,度關山撫膺消魂。望絶巘疑無路,到瀟湘博暮雲,情釋烟痕。

【南吕・乾荷葉】

雕鞍緊,雪霏霏,莫道心兒碎。看疆埸,健兒肥,詰朝定卜凱旋歸。斯便是征夫味。

【玉闌干】

奇功未樹傷流景,血淚年來飄盡。殘山剩水更移情,偏贏得雪花堆徑。歎閨中幾曾芳信,往事悠悠難省。料窗下紅粉梅花,到而今定弄疏影。

(《警聲周刊》1939 年第 2 期)

翳　公

翳公，生平不詳。

小　令

【沉醉東風】

翻花樣裁羅剪線，醉時髦炫異標奇。只知道襲襲務求華，那曉得縷縷來非易。這分明幸福天施，寒有皮衣夏葛衣，可想到前方將士。

食

呈五鼎充腸美味，醉千杯適口新醅。見多少豪家競設廚，見多少新貴争燒尾。這分明幸福天施，忘卻人生渴與饑，可想到前方將士。

住

不管他建筑的棟梁精緻，不管他居處是宅舍茅茨。夏日暑能消，冬日寒能庇。這分明幸福天施，暴雨狂風大雪時，可想到前方將士。

行

公餘日尋山玩水，閟來時訪勝探奇。電明照夜車，馬驚追風奇。這分明幸福天施，兩足從來不着泥，可想到前方將士。

（《中國畫刊》1940 年第 11 期）

四明山人

四明山人，生活於清末民國年間。

小　令

寧波米荒雜唱，小孤孀歎十聲

苦命孤孀可歎第一聲，思想起做此事實在難爲情。從來好女人夫死不嫁人，爲只爲家貧無米才賣身。咦呀呀得噲，説起就傷心，嘸不個孩子那倒也乾净。

苦命孤孀可歎第二聲，思想起丈夫在時真高興。柴米油鹽勿用着擔心，月月有錢寄回到家門。咦呀呀得噲，説着淚紛紛，恨來恨去應該恨强鄰。

苦命孤孀可歎第三聲，丈夫在寧波城裹把商經。誰知道天上會有禍來臨，炸彈炸得他手腳兩處分。咦呀呀得噲，説起更加恨，在當時真要想把冤來伸。

苦命孤孀可歎第四聲，夫死後我也想勿要活命。想了想我死後孩子靠何人，苦雖苦總要把他養成人。咦呀呀得噲，説説又傷心，千辛萬苦都往肚裹吞。

苦命孤孀可歎第五聲,常言道有禍從來不單臨。屋倒又碰着連夜雨來淋,吃盡了苦頭還是難活命。咦呀呀得噲,説着淚紛紛,不鬧那米荒總也好做人。

苦命孤孀可歎第六聲,算了算白米半年勿進門。米價抬到那二百多塊另,苦只是苦了那些老百姓。咦呀呀得噲,説起又傷心,好容易擠進米店又關門。

苦命孤孀可歎第七聲,一聽到賣平米急忙往外奔。擠來擠去米店外都是人,十個人一天只能買一升。咦呀呀得噲,説起又傷心,好容易擠進米店又關門。

苦命孤孀可歎第八聲,買不到平米只把雜糧吞。黄豆湯麩糠豆腐渣,吃得我母子倆總是難活命。咦呀呀得噲,説着淚紛紛,説來總是孩子命要緊。

苦命孤孀可歎第九聲,生死關頭那管得難爲情。想了想自己還年青,只要肯拿米來我就、就肯賣身。咦呀呀得噲,説説真傷心,任何人睏一夜只要米一升。

苦命孤孀可歎第十聲,自古道冤有頭來罪有根。是誰迫我把肉體損,説起來在我肚裏都分明。咦呀呀得噲,説着淚紛紛,要復仇就快把孩子養成人。

(《文林月刊》1941 年創刊號)

摩　訶

摩訶，生平不詳。

小　令

消夏，【一半兒】

光華社裏挑簾紅，文武皮黄樣樣精，梅郎相見亦吃驚。李金鴻，一半兒人緣一半兒捧。

李金鴻，予戲稱之爲小博士，信非過譽。

西餐大菜世無雙[一]，曾侍張園御膳房，奶油蘆筍鮑魚湯。壽而康，一半兒新鮮一半兒蕩。

壽而康庖人，曾在張園供役，烹調以湯菜爲尤美。

小説陣内出風頭，陸地神仙汗漫遊，芷薇亦愛逛通州。月明樓，一半兒莊嚴一半兒逗。

月明樓主小説，歷刊各報。亦莊亦諧，極快炙人口。紫藤蘿與陸地神仙，皆有通州旅行之記載，其樓主之故鄉乎？

只求書畫不求金，雜耍場中出異人，愛學稿匠追斯文。侯一塵，一半兒研究一半兒問。

相聲藝人侯一塵，愛好風雅，京津時賢書畫，索覓迨遍，猶寫稿投之各刊物。昨與筆者談起《法門寺》劉瑾念白"木蘭秋獮"之獮字，某内行教其讀作獮音，實乃大誤，應讀作顯。與春苗冬狩，同爲校獵治軍之古禮。其好學深思，一字不苟，較之一般念別字諸大老闆，不可同日語也。

（《立言畫刊》1941 年第 150 期）

校勘記

［一］雙：原作"變"，據文意改。

瘦猴

瘦猴,生平不詳。

小令

新嫁娘詞,調寄【一半兒】

寶奩裝就待春風,鴛枕鴦衾色色紅,怎樣魚遊春浪中。覷朦朧,一半兒猜疑一半兒懂。

花輿燈火簇雲霞,泣別娘行並阿爺,執手丁寧休憶家。聽啞啞,一半兒真啼一半兒假。

華堂佈置忒多儀,鼓樂喧闐儐相齊,站拜成婚雲髻低。步難移,一半兒心驚一半兒喜。

洞房人靜解裙裾,羞目羞燈氣喘籲,誰抱温香小玉軀。在須臾,一半兒支援一半兒許。

錦衾送人怯生生,要不由郎也不能,嫩柳初摇一度春。可憐人,一半兒嬌羞一半兒忍。

催妝促起望朝氛，淡畫春山兩髩分，豔豔天仙無比倫。可消魂，一半兒新紅一半兒粉。

旋來賀客鬧盈門，繡幔争窺花樣身，謔浪生春如不聞。任評論，一半兒心煩一半兒哂。

不言不語看香燒，陪嫁雙鬟伴寂寥，暗想歡情如昨宵。竟揺揺，一半兒難禁一半兒好。

滿堂珠翠逞嬌柔，款待新人坐上頭，看偏諸姬心自籌。不相侔，一半兒妍華一半兒醜。

清晨梳洗問翁姑，羅繡停針一事無，晝静惟聞烏鵲呼。待兒夫，一半兒清閑一半兒苦。

小姑翻看枕紅羅，枕上誰開並蒂荷，帶笑回言流目波。便如何，一半兒他人一半兒我。

小紅樓外是通河，倚盼樓窗卷繡羅，認得新娘屬目多。唤嫦娥，一半兒窺人一半兒躲。

（《立言畫刊》1942 第 18 期）

陳璞珊

陳璞珊，安徽蕪湖人，盧前學生。

小　令

【黄鐘・人月圓】 船艤京口

三更風雨驚秋夢，船泊大江東。漸暮雲昏暗汀州，漁火咿啞歸鴻。聽潮聲兜送，金山寺裏，夜半疏鐘。功名何在，年華逝水，夢影匆匆。

【雙調・清江引】 重遊雞鳴寺，和冀野師韻

胭脂井邊凝望久，暗裏傷神又。重來蕭寺遊，風景還依舊，衹紅了夕陽樓外柳。

（《藝文》卷一第 3 期）

李佩秋

李佩秋，生平不詳。

套 數

五百梅花草堂，在城南大石頭巷。植梅數百株，間以松竹，亭臺掩映，饒有雅趣。乙丑春，家君宦遊歸來，税居於此。每值花時，輒招朋爲文酒之會。當世詞人，如吴師瞿安、鄧丈孝先輩，咸有題詠。顧丈公雄、樊丈少雲等，並爲圖以張之。越五年，屋竟易主。臨去低徊，譜此誌慨。時爲甲戌仲春也。佩秋。

【仙吕・步步嬌】

小筑城南多清雅，疑是羅浮下，寒花一望賒。可惜年來，舊家臺榭，冷落只棲鴉。喜相逢小憩詞人駕。

【醉扶歸】

瘦枝不許蛛絲掛，嫩苞還怕篆烟遮。小亭那角影横斜，孤標耐得冰霜大。帶着這松風竹影倚窗紗，出落得亭亭玉立神瀟灑。

【皂羅袍】

紅蕊千枝低亞，問尋詩裙屐幾輩停車。吹綯玉龍笛聲誇，吟成秀句和冰寫。香温蝶夢影浮玉叉，三冬雪厚二更月華。更虧他妙筆丹青畫。

【好姐姐】

漫嗟，風流易罷，原也似流光傾瀉。疏影暗香，五年消受咱琴書架。休論冷豔寒芳慣，由着春風到別家。

（《同聲月刊》1943 年卷三）

猷　先

猷先,生平不詳。

小　令

衛生曲,【商調・梧葉兒】

金雞叫,愛景光,紅日照西牆。清晨好,早起床,早出房,空氣新鮮身體强。(每日早起)

酸蝕齒,菌入身,心腎病之因。刷牙齒,昏與晨,務須勤,污物絶然不許存。(早晚刷牙)

出恭後,用飯前,洗手莫遲延。骯髒物,指上粘,口中填,便宜藥不如水廉。(飯前洗手)

三餐飯,按定時,菜米肉同吃。維生素,盡在兹,戒零食,水果可吃他幾隻。(定時三餐)

(《醫潮月刊》1947 年第 1 期)

燈謎,【寄生草】

回憶十年事,恍然一夢中。帶一頂圓邊破帽衣不整,最難堪無錢買下充饑餅。功與名無端斷送從今省[一]，到而今弄來雙手俱成空，革盡了半生一覺繁華夢。

打本刊作者人名一。

【元和令】

玉人偏多一點瑕，夕陽殘看看西下，這般時薄幸人猶未還家。你陷迷津，奴守活寡，愁起來整天水米不沾牙，恨起來嘩喇喇摔碎琵琶。

打本刊作者人名一，捲簾格。

（《醫潮月刊》1948 年第 2 期）

套　數

詠癆病[二]

【仙呂・點絳唇】

有病名癆，殺人億兆。齊聲討，戮力圍剿[三]，誓將妖魔掃。

【混江龍】

擒拿首要，認清癆菌病根苗。身軀兒玲瓏嬌小，性格兒毒刻奸刁。寄寓濃痰甘逐臭，側身涎點順風飄。燎原禍種僅一星[四]，殺人病菌知多少。一口痰癆蟲萬萬，慣把人招。

【油葫蘆】

初感疲乏顏面槁，漸漸身瘦削。晚間發熱口唇焦，夜來流汗名曰盜。嬰兒睡昏昏人事不省病毒侵腦[五]，青年一聲聲咳嗽咯血肺已糟。有的眼癆雙目眇，有的腸癆腹瀉疼如絞。脊骨癆，背如橋。

【天下樂】

切戒遲疑早治療，機會勿輕拋。經時易收效[六]，决心療養終能好。抱達觀，任自然，放寬心，百慮消。要緊的記明白一個字兒早。

【後庭花】

臥床静静熬，休息能退燒。雞蛋牛羊肉[七]，飲食注意調。不計晨宵，開窗通氣，還有那陽光最能滅癆。

【賺煞尾】

亂求醫好比投羅鳥，庸醫騙人登廣告。起死回生是吹大炮，要你把金錢送入他的腰包。草根樹皮用不着，天賜靈藥勿須鈔[八]。飽食休息多睡覺，一俟那身體康健了，病魔自然逃。這纔是向康莊大道一條。

（天津《大公報》1946 年 11 月 20 日）

梅　毒

【雙調・新水令】

病名花柳種勾欄，號楊梅性交傳染。焚衣緣弄火，善泳易翻船。悔不孤眠，恨當初差一念。

【駐馬聽】

形似螺旋，小小蟲兒是病原。往來婉轉，優悠體態特端嚴。整齊匀稱鐵絲盤，剛柔内蓄環曲線。善繁衍，霎時分殖千千萬。

【沉醉東風】

初期的叫做梅毒下疳，多只因皮膚有了傷殘。歹毒的病原蟲，借機會趁虚鑽。侵入處成瘡不論深淺，根底下常是有個硬磐。少濃液，無痛癢，全爲特點。

【喬牌兒】

這時節就醫莫久延，這時節最易將他人染。一滴濃裹蟲千萬，急撲滅，休播散。

【甜水令】

莫找庸醫，别吃秘藥，直趨醫院，新療法快速安全。你若是忐忐忑忑，藏藏躲躲，遮遮掩掩，恰便是自作孽甘墜深淵。

【折桂令】

最怕是初瘡微小，無跡無瘢，休誤爲禍去身安，休誤爲病癒傷痊，正好夢方酣。不料想毒已侵體内，隨血進循環。頭疼身熱，心灰意懶，髮脱聲喑，痘粒硃丹，丘疹多般。恰似金兵臨汴洛，倭寇陷潼關。

【錦上花】

這二期的症狀，或輕而不顯。那隱伏的梅毒，則害人最慘。内臟裹齊攻，肺腑心肝，雇個皮膚，生濃潰爛。象皮腫如瘤，髒瘡大如碗。有些人雙耳失聰，有些人瞎了雙眼。拖到臨終，楊梅上天。粉鼻梁兒塌，天靈蓋兒陷。

【碧玉簫】

步履蹣跚，腿腳不服管。起居煩難，四體漸風癱。似呆癡外表憨，時哭笑真性亂，口妄言。都因血管兒栓，腦漿兒軟，註定了作客閻羅殿。

【離亭宴帶歇指煞】

君可見傷生喪命回頭晚，悔不該眠花宿柳合歡濫，鳴珂巷裹會神仙。

付出的是金錢，賣出的是田産，買來的是梅花片片。若再將嬌妻暗裏傳，難免子嗣齊根斬。這交易明明不上算。人到尤雲殢雨時，誰無倚翠偎紅願，卻休存惹草拈花念。偶爾手淫非自煎，長期制欲不妨健。最幸福是家庭美滿，男玉潔，女冰清，好夫妻，永相戀。

（《醫潮月刊》1948 年第 2 期）

校勘記

[一] 功：原作“公”，據文意改。

[二] 此曲又見《醫潮月刊》1948 年第 2 期。

[三] 圍：《醫潮月刊》作“同”。

[四] 禍：《醫潮月刊》作“火”。

[五] 睡昏昏：《醫潮月刊》作“昏昏睡”。

[六] 經：《醫潮月刊》作“輕”。

[七] 肉：《醫潮月刊》作“奶”。

[八] 須：《醫潮月刊》作“需”。

冒廣生

冒廣生(1873—1959),生平見《全清散曲》第 1957 頁。

小　令

【北正宮・醉太平】 聞霜崖獲孫,賦此爲賀

得君家喜信,誕天上麒麟。喚夫人湯餅集賢賓,再洗兒謝神。待他年教他一部顔家訓,更教他一曲東坡引。要他文質兩彬彬,才是你霜崖的好孫。

(吴梅《瞿庵日記》卷八)

【商調・山坡羊】 齊微

爲誰憔悴[一],爲誰回避,没來由見面都無地。絮沾泥,蠟成灰,爲伊行受盡醃臢齷齪旁人氣,嘗盡了苦辣酸甜多少味。冤,憑在你。親,憑在你。

【中吕・朝天子】 白鷺洲望馬湘蘭故居　　支思

那時,在斯,俠骨朱家似。莓苔猶漬舊胭脂,换了回光寺。寒菜瓢兒,春風燕子,有誰唱練裙詞。柳枝,鷺絲,記不起前朝事。

【商調・梧葉兒】 周孝侯讀書臺　　蕭豪

俺也曾向南山尋秋草,泛東氿聽暮潮。這荒臺經久没蓬蒿,無人吊。

馬矢高，葉兒飄，一歲的秋風到了。

【南呂·金字經】 宿白馬寺　尤侯

問僧僧無對，劫灰猶有不。東澗西瀍日夜流，休。如來低住頭，誰芳臭，北邙枯骷髏。

【仙呂·醉扶歸】 北　邙　魚模

黯黯的青山暮，累累的白骨枯。草際淒吟有蟪蛄，不辨何王墓。管甚麽高皇、後主，一例殘碑僕。

【正宫·醉太平】 瞿安夫人五十生日　歌戈

告嘉賓四座，容老子婆娑。鹿車南北共奔波，已鏡中鬢皤。歎卅年柴米隨緣過，喜一家詞賦齊天樂。尊前今日稱心麽，做人間阿婆。

【越調·寨兒令】 伯臧自宜城來，同泛秦淮作[二]　皆來

你莫哀，且開懷，江山友朋風月偕。酒罷燈纔，茶竈安排，好幾年冷落了秦淮。這壁廂是江總遺宅，那壁廂是顧媚長街。庾蘭成，頭盡白，劉夢得，又重來。唉，楊柳也，舊樓臺。

（冒廣生《冒鶴亭詞曲論文集》附録《小三吾亭曲選》）

套　數

真本七姬權厝志，爲吴湖帆題

【北中吕·粉蝶兒】

草草淮張，舊齊雲廢基難訪。想當年兵火倉皇，有佳人，恩深重，同時

節抗，貞碣銷亡。幸流傳墨華無恙。

【醉春風】

這碑呵張伯雨文悽愴，宋仲温書倜儻，盧熊的篆蓋也不尋常。仿、仿、仿，有多少千墨庵翻，停雲館刻，一篇陳賬。

【紅繡鞋】

我美孜孜從頭的欣賞，亂紛紛淚灑興亡。急煎煎金紫滿朝堂。車後拜，馬前降，卻不道蛾眉甘命喪。

【上小樓】

他邢和尹生能相讓，根與葉死還同葬。今日個草没胥臺，楓冷吴江，花落横塘。對夕陽，吊豔妝，新橋在望。聽行人，説潘儒巷。

【耍孩兒】

你醜奴簃裏虹光朗，甲乙標題縹緗。流傳有緒養真齋，後來宗蔣收藏。群珠齊碎天何忍，孤本能存願也償。閑無事，把蘇齋樊榭，題識裝潢。

【尾聲】

愧枚生《七發》能賦才，付吴娘瀟瀟今晚唱。芳魂聽得應惆悵，我待把那亡國傷心慢慢的想。

修　書

【北南吕・梧桐樹】

春魂唤不蘇，花落誰爲主。惆悵東風，又送流年去。慚無謝女才，長被秋娘妒。生死書叢，翻做了神仙蠹。算此生已被聰明誤。

【北罵玉郎】

往甞見,《然脂集》裏人無數,個個握隋珠。他深屏内屋誰曾覷,全憑着班固也修史的兄,蔡邕也有道的爹,伏生也傳經的祖。

【南東甌令】

誰似我無僥倖犯孤虚,更没個愛玩高柔對荷鋤,只將奇字饑腸煮。那搭兒玄亭遇,天寒日暮掩紗幮,教我自枝梧。

【北感皇恩】

呀,這些時漏盡銅壺,香冷金爐,嘔出了一寸心,寫秃了千枝筆,堆滿了一床書。手兒是恁般消乏,眼兒是一片模糊。襟袖間成堆的墨,大半的朱。

【南浣溪沙】

天又來,廉纖雨,一陣陣戞玉跳珠。竹聲自戰風聲苦,燈影常陪人影孤。茶熟否,見一個侍兒們夢蘧蘧,料他睡也難呼。

【北採茶歌】

伶俜事,十年餘,芳菲節,一春虚。衣冠羅拜夢都無。有一日禮堂能寫定,世間纔信有女相如。

【南尾】

多謝他買鵝溪丹青補,這不是吴蘋香《飲酒讀騷圖》,待學他舒鐵雲《月底修簫譜》。

孤　征

【北大石・六國朝】

青山一髮，渺渺天涯。休覷做女兒身，全沒些耽恐怕。往日價旖旎妝臺畔雙鬟堆鴉，今日價往返雪霜中孤吟策馬。開眼見天黏白草，撲面驚風卷黄沙。俺不是明妃紫塞來，也不是公主烏孫嫁。

【歸塞北】

俺則爲深閨裏埋没女嬌娃，换取幽並詩句壯，不辭鞭蹬腳尖麻。身手仰天誇。

【怨別離】

果然是馬前殘雪後桃花，路兒是步步滑，鞍兒是牢牢跨。窮塞風光真似畫。斜陽掛，廢壘荒營淒暮笳。

【歸塞北】

邊城景，色色異中華。睡的是土炕泥牆燃糞料，食的是青葱大蒜當魚蝦。乳酪抵清茶。

【雁過南樓】

恰飛過雁行高下，似要人捎信還家。俺便有肺腑情淒涼話，向誰人托你去齎發？俺有那弟和兄，料得也無牽掛。俺是個生小的便亡爹媽。

【歸塞北】

祁連塚，是那代的帝王家？翁仲不知亡國恨，麒麟猶帶戰場疤。化不盡蟲沙。

【净瓶兒】

俺把那苔蘚殘碑刷,有多少興蹶前朝話。到頭一霎,富貴繁華。閑花,莫開罷,惹得俺懷古傷今雙淚灑。情知世事無非假,忍不住女江州兩袖濕琵琶。

【好觀音帶煞】

俺則待乘風也豪情發,學張騫泛斗浮槎。直向昆侖頂上踏,又講帳西風促絳紗。俺則得收拾起臨水登山布鞋襪。

玩　花

【南雙調・武陵花】

憔悴京華,花事依然春又發。歎遊人紛眼底,衹賞紫嫣紅姹。幽燕自古帝王家,興亡多少漁樵話。提起承平世,淚如麻。荒城一片一片,咽悲笳。路又丫叉,緑陰裏,黄塵下,來到僧房唤吃茶。唤吃茶,只見鶯花五萬渾無價。元都剩春,金梁夢痕,好教人歎嗟。兀的不想殺人也麼哥,休開也罷。誰憐你昭君留落在胡沙,芳草能來吊日斜。

【前腔】

這牡丹呵玉瓣金芽,不用鼕鼕羯鼓撾。西來閣下,錦繡重疊,宫鬢堆鴉。一葉一枝又一花,一葉一枝又一花,似鄂君新寵文君寡。這海棠呵欹着那頹牆角,兀自鬥妍華。賢王榜字黯籠紗,新妝閑雅。絶代佳人,盛年空自嗟,翠袖天寒日又斜。日又斜,冷落門前油壁車。漫嗟呀,你看宫花寂寞對宫娃,莫説開元話。剩江湖白髮,一面琵琶,似我傷春未有涯。

【尾聲】

我只待歸去丹青摹院畫,我不是調鉛殺粉向人誇,我心事分明續楚些。

（冒廣生《冒鶴亭詞曲論文集》附録《小三吾亭曲選》）

校勘記

［一］憔：原作“蕉”，據文意改。

［二］此曲又見《民族詩壇》第二卷第一輯，題作“秦淮泛舟，同纕蘅、小魯，時伯藏新自宜城來，二十二年作”。

李涵秋

李涵秋(1874,一説1873—1923),名應璋,亦作應漳,筆名涵秋,自署韻花館主、沁香閣主人,江都(今江蘇揚州)人。1889年,在漢口主持《公論報》,以著《廣陵潮》一書而成名。1921年後,編輯《小時報》、《小説時報》、《快活》等雜誌。有《好青年》、《近十年目睹之怪現狀》、《愛克司光録》等小説,又善書法、繪畫、刻印等。

小　令

【一半兒】 扬州春事曲[一]

金山亭子水中央,下邵蘭橈上畫堂,緑柳陰中衫袖香。唤檀郎,一半兒含糊一半兒響。

紅樓曲曲是誰家,野陌黄雲遍菜花,城郭回頭人影斜。踏晴沙,一半兒香車一半兒馬。

十分着意綰鉛黄,路上行人訝艷妝,扶瑟誰家游冶郎。俏心腸,一半兒低頭一半兒望。

清明掃墓趁斜暉,月白紗裙水緑衣,回首孤墳不忍歸。紙高飛,一半兒梨花一半兒淚。

（《申報》1915 年 7 月 7 日）

校勘記

［一］此曲又見《著作林》第 9 期。

錢文選

錢文選(1874—1953),譜名燦陞,字士青,號誦芬堂主人,安徽廣德人。京師大學堂畢業,曾任駐英留學生監督。民國以後,歷任雲南、長蘆、兩浙、福建等鹽務稽核所所長等職。有《英制綱要》、《詩友尺牘存真》、《遊滇紀事》、《環球日記》、《士青全集》、《誦芬堂文稿》等。

殘　套

記得三十年前,曾爲誦芬堂主人校刊一種□天台曲本,係謙牧堂藏書,内有【雙調・新水令】:

二十年參透生死關,□籍了黑酆都鬼神公案。喚龍歸碧海,騎虎下青山。跳出塵寰,從今後再無患。

又【駐馬聽】云:

千歲容顔,玉液黄芽九轉丹。半生虚幻,風燈石火萬重灘。是非門闊似海波瀾,利名場險似連雲棧。從今後再休幹,常是子夜深朝,斗移香案。

(半夢老人《近代兩曲家》,《申報・自由談》1948 年 3 月 18 日)

楊雲史

楊雲史(1875—1941),原名朝慶,字漢忠,又名圻,字雲史,别號鑒雲,别署野玉等,江蘇常熟人。幼年肄業同文館,習外語,後中鄉試第二名。官郵傳部郎中及駐新加坡領事。1921年後,入吴佩孚幕府,充秘書長職。有《江山萬里樓詩詞鈔正集》、《江山萬里樓詩詞鈔續集》等。

小　令

如此天涯

十年後之旅行,十年前之送别。

冷清清斜陽古道,打疊起□書一担挑。記當年他送過長亭,又攜手銷魂萬里橋。慘離情,金黄寒柳萬千條,一陣陣西風落葉打征袍。説聲去了,車輪兒摇,馬鞭兒敲,那時節魂靈兒都驚上雲霄。

一路的野花兒如容貌,遠山兒似眉梢,不容你淚珠不拋。這其間萬遍回腸,描不盡的傷心稿。猛回頭,路程兒十里遥,看不見柳邊人歇影兒招,只見那寒鴉流水孤城小。

河梁過了,投荒村宿一宵。昨夜是畫樓人語紅燈笑,今夜是野店關山星月高。也不知鞍馬辛勞,只别恨攢心似剪刀。咳,這愁滋味没法消。來一壺濁酒,細把腸兒慢慢澆。

問雲臺百尺，有幾位門容貌。悔當年投筆從軍意氣豪，説戎馬書生功業好。何曾見閨中少婦封侯婿，只看見無定河邊戰骨高。到如今，鐵戟沉沙勳業銷，只贏得孤負香衾人已老。何況深深玉骨埋花草，已然是幽塚黄昏魂歸杳。這心頭長恨怎煎熬。

本來是錦簇花團珠圍又翠繞，我拋離了温柔鄉安樂窩，換了這破碎山河，馬背船梢。説甚麼曉風殘月詩情悄，無非是古壘寒雲草木凋。問好光陰一寸金多少，爲誰何作踐的不值半文鈔。恨當初雄心英氣一身包，誤入了邯鄲廟。這負人負己生離死別没開交，枕頭邊淚盡羅巾誰知曉。

終年是□□天□自理料，更無人送登程慰寂寥。孤樓獨宿誰相吊，久不聞健飯添衣□□叨，誰問我冷暖和饑飽。從前是楊柳風神張緒好，如今呵糟蹋得潘鬓添絲沈瘦腰。

最難堪風霜一路飄，水村山店關門早。展衾裯猶有餘香裊，没奈何淺醉閑眠，胡亂和衣倒。長吁短歎，咬牙兒挨過這殘宵。斷腸人夜夜何曾睡着覺，只天天開眼到明朝。唉，又到了千山落日鷄聲叫。

（半夢老人《近代兩曲家》，《申報·自由談》1948 年 3 月 18 日）

汪　怡

汪怡(約 1875—1960),字一庵、亦庵,浙江杭州人。畢業於兩湖書院,曾歷任中學教師、營口商業學校監督、《新中國報》總編和經理等,後任職於教育部並兼北京師範大學、北京師範學校教員,"讀音統一會"會員、"國語統一籌備會"會員,"國語統一會"常務委員、中國大辭典編纂處國音普通詞典組主任、"增修國音字典委員會"起草委員等。1947 年,去臺灣。有《新著國語發音學》、《中華新式速記術》、《中華國語最新速記學》、《汪怡國語速記學》、《汪怡簡式速記學》、《國語辭典》等。

小　令

【北仙吕・一半兒】 萬壽山后看松下桃花

半山松帶翠烟鋪,還雜桃花雲樣腴,絶似道人攜麗姝。步天衢,一半兒清奇一半兒嫵。

【北雙調・折桂令】 登妙峰山二首

妙高峰下雲横,眼底塵寰,看不分明。一樣登臨,人朝金頂,我聽鐘聲。消俗慮還尋香徑,聆神話且憩茶棚。兩字通稱,這也虔誠,那也虔誠。

赴妙高峰進香者,每稱超金頂。香客見面談話,必先稱虔誠。

此山風景原佳,有了奇跡,香火堪誇。緑女紅男,蟻般列陣,蜂樣排銜。也有那絨花帽上插，也有那桃杖手中拿。娘娘拜罷，帶福還家，帶福還家。

凡遊妙峰山者，每購絨花、桃杖等物而歸，謂之帶福還家。又按，妙峰山在北平市郊之西北，距市百數十里。所供爲女性神像，俗稱娘娘，香火頗盛。廟期在陰曆四月。此一月中，香客不限平市，多來自各地。其信仰尤甚者，每步行，間有膜拜而登山頂者。

【北雙調·殿前歡】 往尋滴水岩，經行妙峰山下作

倚高寒，森然獨聳碧雲間。一聲清罄傳來遠，倒坐輕篼。峰腰彎復彎，恰向那東邊看，又向這西邊看。青山對我，我對青山。

妙高峰有前山、後山二道，余自前山登頂。及往遊滴水岩，下自後山。山轎倒擡，坐觀山景，殊幽適。

【北雙調·殿前歡】 訪滴水岩迷路，步行久之始達

道途艱，迎人幸友野花妍。棄輿策杖前程趲，鞋底磨穿。雖則似誤桃源，卻並没聞雞犬，空賺得微微喘。青山笑我，我笑青山。

妙峰山下之滴水岩，並不著名。余等往遊妙峰山時，以友人言，游妙高峰，不可不一遊滴水岩。登頂後，問諸輿夫，並許以另外加酬。輿夫僞稱知道，實則一下後山，即轉詢行人。以訛傳訛，所遊處究爲友人所謂之滴水岩與否，尚待證實。然步行僻徑良久，殊不勝其痛苦。

【北越調·小桃紅】 北平郊外，見桃花盛開

尋春今又到桃蹊，卻喜春如綺。一片紅濤夕陽醉，雨還宜，啼妝昨夜新梳洗。碧波影裏，倍饒佳麗，襯個緑楊堤。

【北雙調·撥不斷】 遊白雲觀

九華天，杳無邊，空留下這座雲台觀。縱會着了神仙也枉然，倒不如花月常消遣，還落個身心閑散。

北平西便門外之白雲觀，廟會時期，香火頗甚。有所謂會神仙者，亦殊有人迷信，實則觀中道士騙人之計。

【北雙調・水仙子】

遊白雲觀後，孝先邀飲其别墅清芬樓，時桃花、海棠正盛開

輕車結隊看花來，卻喜春寒緩緩開。伴幽人生長在紅塵外，似這般紅又白，挹清芬同上亭臺。供盛饌，羊新炙，敘歡悰，酒早酣，醉春風一笑開懷。

平市以烤羊肉、涮羊肉著名。是日，孝先特宰一羊款客，亦殊可口。

【北雙調・落梅風】 香山看紅葉

探紅葉，上翠微，拂西風小亭雙倚，帶夕照霜林看更美，染詩魂一些兒醉。

半山柏，半山櫨，翠兼紅畫圖堪補，奈驢背尋幽天漸暮，趁落霞不如歸去。

（《臺紙通訊》1948 年第 2 期）

【北仙吕・一半兒】

重遊頤和園後山，見山桃雜樹，而松下李花正盛開

長松依舊傲烟霞，不見桃花見李花，粉靨蒼髯相並佳。一半兒高超一半兒雅[一]。

【北仙吕・一半兒】 玉泉院山蓀亭觀無夏樹

數株梵樹色還青，四角方亭風自生，幾折玉泉流更清。曲欄憑，一半兒蕭閑一半兒冷。

玉泉院在華嶽山麓，爲游華嶽者所必經。地殊幽勝，可供休憩。無夏樹，據稱爲天竺種。

【北南呂·四塊玉】 觀陳希夷卧像有感

身跳出紅塵外,問一笑因何墜驢來,無非爲國定民安泰。而今恁蔽霾,當一例要開懷,怎睡眼還不開。

陳摶祠在玉泉院内[二]。當其未得道前,入市,聞宋藝祖登基,喜極墜驢。

【北仙吕·一半兒】

才經谷口便非凡,太華風光合細探。嵐翠接人撲短衫,一半兒雄奇一半兒險[三]。

(《臺紙通訊》1949 年第 2 期)

校勘記

[一][三] 按曲譜,此句前缺一三字句。

[二] 摶:原作"博",據文意改。

榮孟枚

榮孟枚(1878—1946),本名胡榮選,字叔右,別號佛桑館主,晚年自號竹竿老人,吉林阿城旗籍。"東北三才子"之一。二十八歲時,入日本東京法政大學學習。宣統元年(1909),畢業歸國後,應清朝學部試,得法政科舉人。宣統三年(1911)春殿試一等,授主事銜。在江蘇布政使陸鐘奇署中任職。中華民國時期,先後任江蘇巡撫署秘書、黑龍江都督府參事、駐京奉軍總司令部秘書、中央憲法起草委員會委員、奉天法政專門學校教授、營口商業學校監督等職。1931 年"九一八"事變爆發時,任東北保安副總司令張作相署中秘書長。榮孟枚與一些滿族遺民和前清官僚爲僞滿洲國起草了《建國大綱》。溥儀傀儡政權成立後,歷任吉林公署廳長兼參議、三江省民生廳廳長、黑龍江省教育廳廳長等職。1939 年,回阿城老家閑居。編有《冷社詩集》。

套　數

題《冷吟圖》後

【南仙吕入雙調·步步嬌】

萬樹梅花香雪亞,好個江山也,鵝溪絹本賒,寫出風光,買拼千金價。樓上酒人家,醉模糊似把江南畫。

【醉扶歸】

甚將軍金鞭初繫馬,甚美人翠袖自簪花,甚名流詩酒作生涯。憑江樓談笑都瀟灑,且將冷韻鬥尖叉,冷吟人卻解温柔話。

【皂羅袍】

歲晚琵琶城下,孕一天雪意山凍雲遮。紅燈小閣繡簾斜,酒邊敍索臣掛冠。吾生莫問無涯有涯,吾詩莫論七叉八叉。笑聯吟石鼎也膨亨大。

【好姊姊】

記初春楊花柳花,小烏蓬半横江汉。敲冰同曰梅蕊,又薰茶圍爐罷。雪時休作花時話,寫幾個瘦弱詩人似冷鴉。

【尾聲】

飛鴻仰雪風流畫,且張向三松簃下。管甚麽身後是非風與雅。

(榮孟枚編《冷社詩集》卷一)

黄炎培

黄炎培(1878—1965),號楚南,字任之,筆名抱一,川沙縣(今屬上海市)人。1902年,中江南鄉試舉人。1905年,由蔡元培介紹,加入中國同盟會。歷任上海浦東中學校長、江蘇省教育司長、中國民主政團同盟中央常委會主席等。1949年9月,出席中國人民政治協商會議。中華人民共和國成立後,歷任中央人民政府委員、政務院副總理兼輕工業部部長、全國人大副委員長、全國政協副主席、中國民主建國會中央委員會主任委員等。著有《新大陸之教育》、《抗戰以來》、《延安歸來》、《學校教育採用實用主義之商榷》、《中華職業教育社宣言書》、《八十年來》、《南洋華僑教育商榷書》、《我之人生觀與吾人從事職業教育之基本理論》、《中國關税史料》、《對外貿易史料》、《淞滬抗日史料》等,詩集《斷腸集》、《苞桑集初稿》、《紅桑》等。

小　令

月團圓詞,哭正妻王糾思夫人作

一

月圓圓,面團團,我倆相依過四十年。記當初一雙無母的孤兒,是何等的可憐。到如今一群男女,兩代兒孫在我倆眼前。這中間你多少劬勞,晝不得飽食,夜不得安眠。我呢碌碌忙忙,無月無年。百分之九十九,身蒙大難，而終得保全。百分之九十九，病成絶望，而終得安痊。累你頭上烏雲白了半邊。我和你回頭想，這四十年間，擔憂受恐了幾多年，安居享福了幾多天？

二

月圓圓，面團團，我倆相依過四十年。記當初拋開了老家，懷裏有兒，囊裏無錢。城東就學，學業修足了三年。桂墅育蠶，蠶兒忙到了三眠。長期辛苦的結果，顯出你内在的德性，外表的才情，在人人面前。從此我和你，南京勸業場邊，西湖北高峰巔。北上包頭，東走大連。窮驚嚇是脚踏着箱根火焰，窮快活是身埋在熊岳温泉。上峨眉來伴着山兒全兒，游普陀去看那朝陽升天。抗戰以來，我和你還南走鬱林，北走潼川。避空襲攜手芙蓉城外，試滑翔並肩濯錦江邊。誰料到暫遊萬里，小別千年。當時我百計留君，都付一場春夢。難道君忍心别我，曾無半句遺言？

三

恨綿綿，淚漣漣，泥足的敵人，在國門前。越戰越强的將士，在戰壕邊。且等我光復河山，卸卻仔肩，來伴你窈窕黄泉，交頸長眠。

（《民族詩壇》第四卷第五輯）

吴清庠

吴清庠(1878—1961),又名吴庠,字眉孫,號寒芋,别署芋公、芋叟、寒芋居士、寒竽老人等,江蘇丹徒人。南社社友,工詩詞。早年曾一度任梁士詒秘書,寓居北京,曾收羅張勳復辟、洪憲帝制文獻甚多。1953 年,被聘爲上海文史館館員。有《寒芋詞》等。

套 數

倭寇乞降,整理八年來詩詞稿,草填散曲一套,題之

【南北仙吕入雙調 · 北新水令】

横流滄海歎萍飄,亂離人百般潦倒。天心知有悔,病氣望中銷。詩卷重抄,且收拾起哀時稿。

【南步步嬌】

記當時小丑跳梁干戈擾,望烽火蘆溝道。走艨艟歇浦潮,天塹長江鐵鎖齊開了。熱淚灑征袍,聽聲聲蜀國哀鵑叫。

【北折桂令】

可歎那海難填警衛徒勞,兩字和平,分道揚鑣。與同舟敵國論交,冠

蓋還都，印綬分曹。有幾個過船來琵琶別抱，有幾個登場去傀儡招邀。富貴都驕，廉恥全拋，且圖得蟻穴腥膻，管甚麽燕幕危巢。

【南江兒水】

旭日旌旗落，扶桑土已焦。你癡心兒妄想珍珠搗，你淚眼兒慘見硫磺爆，你夢魂兒空向琉球繞。破碎蓬萊三島，只落得屈膝軍門，急修下無情降表。

【北雁兒落帶得勝令】[一]

忒倡狂滅中國田中膽氣豪，忒聰明吞炸彈幣原喻言妙，忒離奇殺犬養公然國法逃，忒荒唐擄溥儀要個朝廷小。今日裏大和魂誰人酹酒招，武士道歷史資談料。重提起棄朝鮮恨已銷，割臺灣仇已報。簫鐃，爲奏凱翻新調。醇醪，喜休兵醉幾朝。

【南僥僥令】

亂麻纔發號，新筍又頒條。這許多頭銜花様難分曉，累煞人檢新聞佇目瞧。

【北收江南】

呀，捕漢奸遺醜姓名標，捉財神肯獻金銀窖。這原是甘心賣國罪難饒，怎無稽值貶中儲鈔，砍窮人一刀，砍窮人一刀，眼看商場百貨價比亂時高。

【南園林好】

怨别離音書寂寥，想團圓家山路遥。没奈何十倍價郵資車票，屢擱華首頻搔，重識面夢相遭。

【北沽美酒帶太平令】

苦光陰八載熬，苦光陰八載熬，夜焚香訴蒼昊，但指望留命桑田有下梢,憑虀鹽送老,談不到温和飽。唉,你看那搶地盤紛紛强盜,再看那封逆產衮衮官僚,都知道是錦繡般山河再造,全忘卻塗炭後生靈須保。俺呵顛頷客難將筆描,塊壘胸空將酒澆。這太平年説重見還嫌早。

【南尾聲】

明知多是閑煩惱,也不必雙淚君前更絮叨,存幾首詩,獨自圍城憐玉貌。

(《蘇訊》1946 年第 71 期)

校勘記

[一] 得:原作"德",據曲譜改。

貢少芹

貢少芹(1879—1923 年以後),名璧,字少芹,號天懺生,亦署天懺,以字行,江都(今江蘇揚州)人。南社成員,鴛鴦蝴蝶派作家。與李涵秋、張丹斧齊名,並稱揚州三傑。清末,主編《中西日報》。辛亥革命後,僑居湖北,與何海鳴辦《新漢鳴報》。後到上海,曾編《小説新報》,又任進步書局、國華書局編輯,與許指嚴等合編《筆記小説大觀》。有《亡國恨傳奇》、《塵海燃犀録》、《蘇台柳》、《新社會現形記》、《近五十年見聞録》、《復辟之黑幕》、《鴛鴦夢》等。

小　令

新道情,調寄【耍孩兒】

歎南北,動干戈,自家人,鬧甚麽,可憐百姓遭奇禍。祖龍雖死遺專制,羅馬維新尚共和,兩邊啞謎人瞧破。雖各派講和代表,卻空教歲月蹉跎。

歎武人,踞要津,刮資財,握重兵,地盤飯碗爲生命。將軍勢力誇軍閥,政府威權限府門,周朝封建唐藩鎮。若和他兩相比較,只怕要勝過幾分。

歎政客,好出頭,逞野心,肆陰謀,見人賣弄懸河口。助威慣打邊風鼓，使勁頻推順水舟，卑污苟賤真堪醜。若問他一生本領，全靠着拍馬吹牛。

歎議員，非等閑，代國民，做機關，聖神不可稍侵犯。一經區別新和舊，兩起分開北與南，而今末路真淒慘。又要到滇中集會，真夠是鼎足而三。

歎奸商，没眼光，口頭間，抵制忙，欺人慣説瞞天謊。生涯衹顧貪漁利，國貨何嘗談改良，利權竟爾輕輕放。只可惜金錢億萬，似漏卮流入東洋。

歎學生，爲外交，争主權，起學潮，此種關係真非小。願將家國危亡救，那怕官廳壓制牢，呼號奔走來相告。演説團逢人演説，早不憚舌敝唇焦。

新五更相思

一更天相思，不覺淚雙流。思想起世事呀，有奇必有偶。一邊遇勁敵，一邊做對頭。一旗一鼓一戈配一茅，兩下裏鬧得了，不肯便干休。我的天老爺，且聽我慢慢的從頭説根由。

二更天相思，不覺淚如梭。思想起南北呀，政府有兩個。一邊説護法，一邊説共和。互相争執無故逞干戈，兩下裏整整的鬧了三年多。我的天老爺，雖然是派代表，仍是没結果。

三更天相思，不覺淚頻揮。思想起南北呀，居然兩國會。一邊舊招牌，一邊新壁壘。各豎旗幟遥遥來相對，到如今舊議員，真正活受罪。我的天老爺，解散後好比那窮人無所歸。

四更天相思,不覺淚泛瀾。思想起某國呀,手段真野蠻。一次福州潮,一次蘇州案。學警軍人死得真太慘,最可憐無故的,一齊吃槍彈。我的天老爺,試問我政府裏,交涉怎樣辦。

五更天相思,不覺淚兩行。思想起軍隊呀,真實太狂猖。一次搶皖江,一次搶信陽。殺人放火又奸花姑娘,衣與物衫與褲,擄得精大光。我的天老爺,有本領何不與外人打一仗。

(《小説新報》第六年第4期)

【黄鶯兒】 詠日人内部交訌

東京訊,不肯交還旅大,及取消念一條件,僅爲日本少數軍閥所把持。其稍明世界趨勢者,咸不以此舉爲然。日前該國議會與内閣,提議是項問題,大起衝突。余因作小詞,藉以警告日人。

公理在人心,並無分疏與親,胡輿侵略兼吞併。曲直分明,是非公平,寥寥數語批評定。告東鄰,一般軍閥,大夢也應醒。

(《大公報》1923年7月1日)

套　數

學潮曲,仿《長生殿・補恨》譜

【普天樂】

歎學生遭魔劫,提此事聲先咽。都只爲愛國熱忱,同心請願團體結,一倡百和,早聲嘶力竭。誓拚死忘生爭交涉,不提防勢洶洶兵毆槍擊,慘淒淒肢殘骨折,恨悠悠聽男啼女泣。

【雁過聲】

慘劫，猝遭把學子摧殘，不遺餘力。武裝兵士持槍立，戒備嚴交通絶。你看他軍威恁般暴劣，似疆場臨大敵，怎生他陡地心如鐵，槍械舉，竟忍將人擊也。

【傾杯序】

傷嗟，學生全體集，至省署前請謁。爲保主權，青島、福州，兩大問題，要求自決。心甚熱，並無罪惡，何故拒絶，又何致兵戎相見戰禍結。

【玉芙蓉】

憶前番被警毆，今又遭流血。被拘的含冤，被傷的負屈。試看這一場惡劇雖然歇，到底全憑壓力。到如今風潮未息，只怕要欲演欲激。要和平，還宜從根本解決。

【小桃紅】

國亡迫在眉睫，這命脈只存一息。抵制劣貨無休歇，振興國貨謀公益。待挽得利權萬一，管教那歹人兒即時撲滅。

【大催拍】

國未亡尚遭毆擊，國已亡更罹浩劫。趁此時誓死力争，趁此時誓死力争，務須把交涉，達圓滿目的。再接再厲，十蕩十決。縱彼他槍林加身，毋氣餒，毋心怯。

【尾聲】

敬告同胞諸豪傑，强權究難將公理滅。惟願能萬衆一心，早圖自立。

（《小説新報》第六年第 3 期）

胡樸安

胡樸安(1879,一作 1878—1947),原名有忭、韞玉,字仲明、頌民,號樸安、樸庵,安徽涇縣人。辛亥革命前,參加同盟會和南社,任《國粹學報》編輯。民國後,服務於《民立報》、《太平洋報》、《中華民報》、《民國日報》及《民報》,主筆政,任社長諸職,並教授中國公學、復旦公學,任國民大學、持志大學系主任。1916 年後,任交通部秘書、福建圖書館館長、江蘇省政府委員等職。1932 年,辭職回滬,主持《民國日報》筆政,又任暨南大學教授。1932 年,患病居家,專心著述。抗戰勝利後,任上海通志館館長。有《中華全國風俗志》、《中國文字學史》、《中國訓詁學史》等。

套　數

桃花源曲[一]

晉室紛紛亂五胡,迷離春色太模糊。倉皇戎馬今何世,樓閣仙山乍有無。

【北中呂·粉蝶兒】

風暖雲高,遍春風晚霞籠照,醉東風萬樹夭桃。囀流鶯,飛乳燕,中夾着清溪一道。春水三篙,趁新晴泛舟遊釣。

【醉春風】

水盡路多迷，山深花更好。白雲冉冉見人家，有竹樹環繞、繞。只見那茅屋藏山，柴門臨水，夕陽斜照。

【普天樂】

見幾個古衣冠閑吟眺，氣清神静，黄髮垂髫，足不入是非場，心不感名利擾。隱住深山無人到，管甚麽歲月滔滔。試看那雲峰四疊，良疇萬頃，嫩柳千條。

【紅繡鞋】

問來往賓朋多少，笑山中儘是吾曹，和衷共濟賽同胞。雲藏林屋古，日麗黍禾饒。樂豐年心閑眠睡早。

【滿庭芳】

入門來殷勤禮貌，呼鄰招友，雞黍盈庖。此中人語多玄妙，不知漢魏何朝。春意暖園林啼鳥，夏陰濃池柳鳴蜩。秋光皎，飄飄瑞雪，四季總陶陶。

【上小樓】

想當初避秦來到，竟忘卻年時多少。只在此鑿井耕田，玩水遊山，伐木誅茅。身縱勞，志不撓，登高舒嘯，歎紅塵幾人同調。

【十二月】

那漁翁塵心未了，出仙源世事空勞。昨日是塵寰路隔，今日是仙境途遥。凝望處雲山杳靄，夢魂中烟水寂寥。

【堯民歌】

描不出滿懷懊惱離雲巢，重來聽鼓角中原馬蹄驕。曾記得當年臺榭鬧笙簫，今日裏頹垣敗瓦火頻燒。號咷，哭聲振四郊，這淒慘向誰道。

【耍孩兒】

既不能重尋仙境舒長嘯，只落得窮途潦倒。兵戈滿目饑鳥叫，進不能退又無聊。那裏有疏星朗月清涼夜，到處是血雨腥風黑暗朝。只剩得成群狐兔，頻添了一派腥臊。

【尾聲】

戰雲四野低，殺聲一陣高。這桃源本是虛無縹渺，只博得千古文章爭慕陶。

（《半月文萃》1943 年卷二第 3 期）

校勘記

［一］題下原注："胡樸安寄自滬上"。

于右任

于右任(1879—1964),生平見《全清散曲》第 2000 頁。

小　令

【正宫・鸚鵡曲】

冀野在白沙印吴霜厓遺著《南北詞簡譜》成,治曲者得有準繩,可以報霜厓於地下矣。作此慰之,用白無咎韻。

奔馳萬里昆明住,歌當哭一個白頭父。更辛勤手訂遺文,欲唤中天雷雨。

【么】

歎人間調晦聲沉,怎奈客中仙去。有疏齋遺命無忘,認法曲千秋響處。

(《民族詩壇》第三卷第六輯)

【越調・天净沙】 謁黄花崗

中原萬里悲笳,南來淚灑黄花。開國人豪禮罷,采香盈把,高呼萬歲中華。

【中吕・醉高歌】 題剔軒《藏山閣選集》

八年抗戰餘哀,豪氣歌聲未改。太平洋上風雲待,更放光明萬載。

【中吕・醉春風】 上海時，兩人醉在滬西，同推江北小車[一]

先生迷老酒，我有曲傳神。同醉滬西路，同推江北輪。同遭家國難，同作亂離人。破賊收功日，同看宇宙新。

（于媛編《于右任詩詞曲全集》）

校勘記

［一］此曲前爲《題幼剛老兄繪中山陵園圖》詩三首。

許伏民

許伏民(?—1914在世),筆名白眼、冷泉亭長、冷泉伏民等,錢塘(今浙江杭州)人。有《後官場現形記》、《爐邊集》等。

套　數

題《泪珠緣》説部[一]

【南正宫·玉芙蓉】

情根懺不休,淚債難償彀。説《紅樓夢》後,繼起無儔[二]。東西府第承餘蔭,金玉因緣不自由。莫須有,出了個太常仙蝶,要把這風流公案[三],一筆銷勾。

【前腔】

章回布局周,影子隨身後。借悲歡離合,伏線藏鬮。一個怕姻親中表猜嫌久,一個誤烟水空濛身浪投。狐疑久,終久把葫蘆打破,全虧得香閨膩友算奇謀。

【傾杯序】

箏樓,别離恨記蘇州,不如意十分九。從來佳人才子[四],老天嫉妬。

醜奴猷漢，偃蹇偏脩。空冤枉媧皇煉石，精禽填海，願總難酬。是何福破天荒，共樂關鳩。

【朱奴插芙蓉】

寫出幾家的興衰翻覆，幾家的清華豪富[五]，情魔愛障描摹透。筆尖兒一絲絲扣[六]，休當作閑情賦。芳心蠶繭抽，須當他茫茫人海渡迷舟。

【尾聲】

真個文章有價雞林售，參造化非空搆[七]。我願普天下有情人團圓了齊拍手[八]。

按，本曲系從《風雲會》楔子填詞，核之《九宫大成譜》所收各體，諸多不合。伏民素擅詞曲，乃以客次，無書可考，遂沿《風雲會》之誤。然詞意特佳，要不可以聲調爲病。惟《風雲會》傳奇膾炙人口已久，而其舛誤之點，乃亦如是。足知前賢著作，索意爲之者，正不獨玉茗輩也。依樣畫葫蘆，殆不可畫。書此，抑以見譜曲之難。天虛我生[九]。

（《申報》1914 年 10 月 25 日）

校勘記

［一］此曲又見《著作林》第 18 期，署"泉塘許伏民"。

［二］繼：《著作林》第 18 期作"續"。

［三］這：《著作林》第 18 期作"者"。

［四］從來：《著作林》第 18 期作"從古來"。

［五］華：《著作林》第 18 期作"寒"。

［六］扣：《著作林》第 18 期作"緊扣"。

［七］搆：《著作林》第 18 期作"結搆"。

［八］普：《著作林》第 18 期作"溥"。

［八］人：《著作林》第 18 期作"人兒"。

［九］此段《著作林》第18期作："按，本曲系從《風雲會》楔子，過曲衝場未用引子。【玉芙蓉】末句應作上四下三七字句，與第二折末句同例。【傾杯序】非正調，系是換頭，故起二字用韻。第二三句應用去平平句，上仄平，第四句應用平仄平平仄五字句。又'佳人（人：原缺，據上文補）才子'應仄仄平平，'老天嫉妒'應平仄去平，'空冤枉媧皇煉石'應上一下四五字句，'願總難酬'應仄平平仄，'是何福'應仄平平，末句應上四下三。【朱奴插芙蓉】首句應上一下六，第三句應仄仄平平仄平仄，第四句應上三下四。'休當作'三字系襯辭，'閑情賦'一句應韻，'芳心'一句應上一下四，'須當他'應仄平平。本曲予題伏民《月月小説》，亦依《風雲會》原譜。客次，無可考核，遂依其體。前人著作，貽誤後學，乃有如此。栩園識。"

陳　栩

陳栩(1879—1940),生平見《全清散曲》第 2010 頁。

小　令

【南仙吕・柳葉兒】 雉山高等小學校開校歌

喜今朝書堂開處,鬧盈盈起舞牽裾,莫放這風風雨雨匆匆去。家和國,賴相扶,轉乾坤全仗吾徒。

(《文苑導遊録》第一册)

新五更調

一更一點月正東,好一個大總統。吓吓得而噲,摇也摇弗動。板起一張老面孔,顯神通,大借款吓,一借就成功。吓吓得而噲,大家拿来用。

二更二點月正圓,打一面大算盤。吓吓得而噲,大家辦預算。幾幾化化個文武官,兩議院,才弗管吓,只要拿銀元。吓吓得而噲,阿怕用弗完。

三更三點月正午,實在嘸捨做。吓吓得而噲,謝個小老姆。膝饅頭浪末坐介坐,剃胡鬚,約約乎吓,一隻皮老虎。吓吓得而噲,索加撒爛污。

四更四點月漸西,大家吹牛皮。吓吓得而噲,吃子外國屁。農林部裏嘸事體，辦統計，像煞俚吓，銅錢嘸處去。吓吓得而噲，才是搭漿戲。

五更五點天漸明，磕銃㪅困醒。吓吓得而噲，倒説要減政。議員個薪俸大得緊，減弗成，顧問官吓，幾化外國人。吓吓得而噲，苦煞子小百姓。

（《申報》1913 年 7 月 10 日）

五更調，叶吴音

一更二點月正明，救國儲金，呀呀得而噲，實在要緊。同胞伯叔姊妹們，要齊心，千金擔吓，大家挑幾斤。呀呀而得噲，多少勿論。

二更二點月正圓，二百萬元，呀呀而得噲，大家看看。獨有一班文武官，才勿管，好像煞吓，與俚勿相干。呀呀而得噲，實在想勿穿。

三更三點月正中，醒醒瞌銃，呀呀而得噲，勿要做夢。蓋轉交涉來得兇，死弗通，一門頭吓，怪格大總統。呀呀得而噲，怪煞也嘸抹用。

四更四點月正清，第一要緊，呀呀得而噲[二]，要練海軍。只教自家立得定，怕啥人，到後來呀，一定好翻身。呀呀得而噲，也要俚個命。

五更五點月正西，嘸啥客氣，呀呀得而噲，大家會齊。四千八百萬格洋鈿，啥稀奇，包耐收得起。一個人呀，只消一角二。呀呀得而噲，快點送得去。

（《申報》1915 年 5 月 21 日）

夏之月，作於小瀛洲之退省庵畔

四園竹，滿路花，一曲、一曲曲的欄干亞。誰料當年納涼處，於今都讓了賣冰瓜。有多少緑柄紅裳開着，向風中摇擺。回想那前夜、前夜月明時候，到者邊亭下，兜着了心上、心上一絲兒秋味，推不開他。也莫管他，探些兒茉莉花，點綴了鬢邊鴉。一任他銀漢星河向西斜，又誰知一刹那，西風吹到别人家。衹落得天半霞，還照着曲徑通幽的竹籬笆。

冬之雪，作於樓外樓至三層樓

北風緊，天雨花，飄也、飄也飄在孤山下。放鶴亭邊老梅樹，分明都變了玉龍蛇。那一帶博覽橋邊樓閣，似天開圖畫。誰唤那摇也、摇也摇的瓜皮艇子來者，俺則待披着、披着一蓑風雪，歸去來耶。捨不得他，向湖邊兜一轉哪，禁不起峭寒加。只落得樓外樓中吃醉魚蝦，一杯兒臉泛霞，品窗四面不須遮。遍山涯與水涯，可不是滿座春風吹柳花。

右二曲，係陳牧夫《琵琶譜》中之思春舊譜，予嘗譯入風琴，刊《栩園新樂譜》中。本爲古琴曲，有聲無文。曩於光緒中葉，設飽目社於行宫前，適當秋夜，雨中撫琴，因填《秋之夜》一曲。爲德麟閣將軍之公子所聞，爰請受業於門。其後因學校聘爲音樂教授，爰著《栩園新樂譜》一册，其中即有《秋之夜》一曲。今則西樂隊亦能鼓吹之矣。前數年，周瘦鵑兄編《紫羅蘭歌舞》專號，乞定舞式，因添一曲，爲《春之花》。直至西湖博覽會時，始成《夏之月》一曲。乙亥，住西泠蝶來飯店，冒雪閑行，信口呫嗶，始足成之爲《西湖四時曲》。其樂譜見於機聯會刊某期中，已記不清。但用笛之小工調或和琴之尺合調，可譯如左（下略）。

新茶歌

丁丑五月，首都舉行全國手工藝品展覽會。時中國茶葉公司品茶室開幕，得聆壽毅成君之新茶歌，可謂絶妙。因以古調和之，藉博一笑。

吃了十杯茶，算紅茶勝緑茶，生平不説違心話。祁紅最佳，宜紅較差，龍門從此高身價。要增加，洋莊銷路，全靠你老人家。

右調【黄鶯兒】，可以笛之乙字調或和琴之六上調，譯爲時曲如左（下略）。

（陳栩《耳順集》）

套　數

《月月小説》題詞

和玉泉樵子《風雲會》傳奇楔子【南正宫】套曲，仍用鳩由韻。

【玉芙蓉】

風潮激不休，民智昏沉久。把文章閣起，書卷齊丟。東西圖籍應難解，歐亞心情或不投。如何救，我道是絶無僅有，有只有稗官野史演春秋。

【前腔】

雖然蜃市樓，十有三分九。聽生公説法，石尚點頭。有的是拔刀豪傑心俱壯，有的是亡國君臣淚直流。推好手，也不算落人窠臼，做一部新新《水滸》、續《西遊》。

【傾杯序】

《紅樓》、《聊齋志》、《綴白裘》，大半憑虚構。這些個《儒林外史》描神畫鬼，《品花寶鑒》納垢藏羞。畢竟與人心學術，毫無關念，着甚由來，怎不要改良小説變歌謳。

【朱奴插芙蓉】

看這一篇篇的花團錦繡，節節是義合情投。旁敲側引形容透，卻剛剛針鋒相對。論體例，諸般有，是一座藏書的樓，是一面千秋鏡朗照當頭。

【尾聲】

喜得今年十二篇成就，願明歲早些接湊。須知有好許多的看官們，下風頭開着口。

按,《月月小説》,爲光緒丁巳、丙午間之出版物。其時上海雜誌專刊小説者,除《小説林》外,尚無第三種。立憲之聲,甚囂塵上,蓋正新學初萌時代,執筆者爲吴趼人、周桂笙諸君。丙午,歸許伏民主幹。右曲實丙午作也,距今已三十年,而《栩園叢稿》漏編,亟補之。丙子十一月,拜花誌。

（陳栩《耳順集》）

新年曲

陽曆新年,瘦鵑循例索詩,爲填【南正宫】套曲,即用《桃花扇·訪翠》譜[三]。若付小紅低唱,能教大白同浮,以足以澆塊壘也。

【錦纏道】

惜流光,賸吾儕詩狂酒狂,世局變滄桑。不相干,任他歲月陰陽。既没個柔鄉醉鄉,又何須歧路徜徉。椒酒正盈觴,俺落得風流跌宕。展玉板十三行,拂去了紅塵骯髒,寫上這牢騷文字又何妨。

【朱奴剔銀燈】

鬧哄哄西南戰場,慘切切東北災荒。似離亂春婆夢一場,只醒眼看來惆悵。商量,把癡聾假裝,怎禁得風潮簸蕩。

【雁過聲】

荒唐,狐群狗黨,尚紛紛操戈鬩牆。人前打起文明幌,手兒長算高强,刮脂膏灌飽私囊。中央,管他娘,人生有福須教享,你看命令還頒新獎賞。

【小桃紅】

算不了糊塗賬,償不了軍人餉,一般都在危巢上。新年例假今朝放,機關好戲家家唱,倒不如醉卧洋場。

(陳栩《栩園叢稿二編·香雪樓詞》)

題《秋閨夢影圖》,爲章君令貽悼其姬人作,即用《牡丹亭·遊園》宫譜

【步步嬌】

禁幾個黄昏秋窗裏,嘗盡愁滋味。銀燭冷畫屏低,生怪西風,做成秋氣。夢影太迷離,誄芙蓉何况是淒涼的你。

【醉扶歸】

想你悶來時獨自把紅蕤倚,倦來時閑將寶枕欹。一晌裏懞騰化蝶任風吹,把蓬山小路依稀記。不思量芳魂同跨玉龍歸,只指望情思拴住青鸞尾。

【皂羅袍】

衹怕驀被秋聲驚起,勝銀河一點空照羅幃[四]。斷腸懶髓恨難醫[五],畫眉羅黛香猶膩。銀奩粉本,鸞籠繡衣,緑窗寶鏡,紅樓玉梯,到如今都變做了傷心地。

【好姐姐】

再休提,把黄金鑄伊,也孤負煞錦衾翠被。怕前塵影事,一斑斑都化做泥。愁無計,倩丹青寫上凝光紙,把怨曲題成十二支(令貽自題南北【仙吕】合套十二支,名《黄花淚》)。

【尾聲】

鍾情自古皆如此,這叫做才子佳人信有之,只我笑皺水生春干底事。

（《申報》1916 年 11 月 20 日）

校勘記

［一］鄭逸梅《藝林散葉薈編》:"陳蝶仙在滬寓病逝,彌留時,堅執其女小翠手,只説西湖二字,餘則含糊。家人亦不解何所指也。"

［二］呀呀:原作"吓吓",據上下文改。

［三］訪:原作"仿",據文意改。

［四］河:原作"荷",據文意改。

［五］懶:原作"獺",據文意改。

蝶　廬

蝶廬，江姓，近現代小説家。著有小説《六月雪》、《虎穴英雄》、《少林小英雄》、《白眉毛》、《打擂臺》、《連城璧》、《小劍客》、《小金錢》、《邊荒大俠》、《大刀王五》、《小霸王張勇》、《夜行飛行俠》等。《六月雪》自序作於1938年4月。

小　令

秋月兒白，奴好傷懷，懷抱相思，伴身多才。郎何苦戀書齋，書齋之中，怎比這閨美？美滿佳期，你還、還懶待[一]，待你回來[二]，來打孤拐。

【寄生草】

我唱僧家真不錯，如今和尚變驢的多。十方的錢財見他搓，白手拿來，每日閑懶惰。醉馬交鎗，口念彌陀。細想來他的罪孽真太過，到來生不過變驢去挨磨。

（蝶廬《六月雪》第九回《懼怕賄銀奸差商暗算，殷勤勸酒義士破陰謀》）

校勘記

[一][二] 待：原作"代"，據文意改。

邵力子

邵力子(1882—1967),初名景奎,字仲輝,又名鳳壽,筆名力子,浙江紹興人。光緒二十七年(1902)舉人。早年參加同盟會,曾任上海大學代理校長,與柳亞子發起組織南社。後任上海《民國日報》總編輯。中華人民共和國成立後,任中央人民政府政務院政務委員、第一至第三屆全國人大常委、第一至第四屆全國政協常委、民革常委等。著有《邵力子文集》等。

小　令

【雙調・撥不斷】 祝《黄埔》季刊廿八年一月創刊

戰經年,志彌堅,長期苦鬥争全面,黄埔精神不瓦全。後方努力同前線,河山重建。

(《民族詩壇》第二卷第四輯)

許崇灝

許崇灝(1882—1959),生平見《全清散曲》第 2099 页。

小 令

【中吕・四邊静】 江南憶

碧桃緑柳,一道清溪不斷流。鳥語啁啾,好是春時候。如舟,詠樓,未覺東風驟。

【雙調・殿前歡】 寄示冀野

儘颼飀,梧桐庭院又深秋。戰雲隱約遮鐘阜,大堡城頭。望中同泰樓,眼底欽天舊。偏來作渝州守。歎山河破碎,壯士心憂。

【越調・天净沙】 願 君

腰間寶劍重磨,一心掃蕩東倭。莫教蹉跎志墮,願君和我,從頭收拾山河。

【中吕・山坡羊】 淹 留

不堪回首,更悲赤手,十年伏櫪甘牛後。歎淹留,歎淹留,勞形案牘依窗牖。神妙六韜多辜負。閑,剪緑韭。愁,飲濁酒。

【南吕・一封書】 秋　思

英雄恨悠悠，試驊騮作漫遊。瞬間又深秋，望長天無限愁。山河破碎供搔首，日月循環痛白頭。壯心遒，痛國仇，忍向新亭泣楚囚。

【雙調・清江引】 奮　起

惜時偏裨齊奮起，能繼吾人志。軍聲震島夷，一掃腥膻氣。好山河且看重料理。

（《民族詩壇》第二卷第二輯）

【中吕・朝天子】 感　懷

國憂，旅愁，輾轉心頭。一官羈絆苦淹留，辜負沙場友。夢裏珠江，望中夏口，風塵萬里秋。雍州，薊州，悵望空搔首。

【黄鐘・人月圓】 巴山眺遠

桐梧葉落山樓迴，野色入窗櫺。海棠溪上，龍門浩裏，鐵柱峰青。

【么】

浮圖關畔，遺愛祠外，烟雨溟溟。扁舟輕泛，孤帆穩掛，誰渡嘉陵？

【雙調・殿前歡】 由泰寧至道孚途中

上平原，一天秋色正無邊。野花芳草平如剪，十里絨氈。山城遠倚天。古寺斜依堰，馬背人相戀。映殘陽影裏，幾點炊烟。

【仙吕・太常引】 秋　夜

畫簷鈴語碎空階，皓月入詩懷。天際雁行排，梧桐影婆娑映階。

【么】

幾杯濁酒，一甌新茗，玩賞有誰偕？舍館扣門纔，莫逆友忻然肯來。

（《民族詩壇》第二卷第三輯）

【雙調・得勝令】 愁　歌

古調譜新聲，簫管雜銀箏。悠揚悦我耳，忘懷故國情。初醒，忽動了少小狂歌性。誰聽，唱一曲翻新【醉太平】。

【仙吕・醉金盞】 秋　望

啟寒窗，對高岡，秋色正好堪清商。近村賒酒醉何妨。愛經霜楓葉赭，趁凝露菊花黄。但遥憐羈旅客，每觸景更思鄉。

【中吕・朝天子】 閑　眺

朔風，釀冬，嚴凝山嵐凍。凋零殘葉雜黄紅，破碎錦雲擁。戍角聲酸，邊烽烟重，更淒清遠近鐘。學懵，裝聾，且把吟肩聳。

（《民族詩壇》第二卷第四輯）

【正宫・甘草子】 月下賞梅花

黄昏後，淡淡香風，幾陣侵窗牖。錦幔金鈎援，濃豔照吟眸。失喜梅花正開透。呼童兒快暖酒，耐冷憑欄忘坐久，皓月當頭。

【南商調・黄鶯兒】 思　歸

半穗短檠明，聽雞鳴報五更。翻身推枕，怕負這良辰景。風聲雨聲，蟲聲鳥聲，那幽齋處處淒涼境。動鄉情，歸心似箭[一]，遥逐雁南征。

（《民族詩壇》第二卷第五輯）

【商調・秦樓月】 答　友

微官縛，蹉跎辜負林泉約。林泉約，縱横戎馬，歲時乖隔。收京破敵收河洛，吹鐃待奏凱旋樂。凱旋樂，吴山越水，盡情領略。

（《民族詩壇》第三卷第一輯）

【仙吕・遊四門】 贈尹默

先生尹默最情真,談笑座生春。作詞作曲都高興,出口就成文。神,筆陣掃千軍。

【仙吕・遊四門】 燕 子

小荷浮水正深春,燕子往來頻。舊巢新補雙棲穩,柔語囀清新。馴,戀戀總依人。

【正宫・醉太平】 雨夜與友人小酌

緑陰深處,日影殘初,蝦鬚簾卷小窗虚。霏霏細雨,蒼茫山色有如無。故人笠屐過吾寓,清茶濁酒笑談餘。令我忘憂慮。

(《民族詩壇》第三卷第二輯)

【仙吕・遊四門】 新 秋

連朝風雨過南樓,酷暑一時收。新涼漸漸侵窗牖,湘簾怯上鈎。愁,轉瞬又中秋。

【正宫・甘草子】 清早客來

天初曉,緑樹陰森,一抹輕烟繞。好鳥枝頭鬧,小犬花下號。又聽柴扉幾陣敲,趁風涼客來早。見面歡然譚又笑,舊好新交。

(《民族詩壇》第三卷第四輯)

校勘記

［一］ 箭:原作"剪",據文意改。

袁思古

袁思古(1882—1942後),字潛修,湘潭(今屬湖南)人。有《學圃老人詞稿》。

小　令

【水仙子】　兵後,用徐再思韻[一]

年來不盡愁思,詩亦愁思,酒亦愁思。風雨飄摇,田園寥落,萬縷棼絲。身在鼓鼙烽火裹,歎惶惶吾道何之?恐怖多時,生不逢時。老更哀時,卻悔當時。

【沉醉東風】　寒夜,用無名氏韻

更聲起悠悠隔牆,月華明漸漸窺床。扇泥爐撥馬通,煎瓦釜,生魚眼,者一向習以爲常。枕上南柯夢杳茫,不解着何因費想。

【喜春來】　得巽兄書

書來深喜知君健,烽急頻煩替我愁。家山苦憶五雲樓。吟興好,感慨莫悲秋。

【梧葉兒】　夢後枕上作

三更後,夜正長,欹枕兮夢黄粱。巫山事,托楚王,本荒唐。但使人間空自斷腸。

【蟾宫曲】

望天涯涕淚縱横，牽一縷幽情，掛一縷幽情。你久無消息分明，問一日歸程，滯一日歸程。阻關山，傳斥堠，早一陣心驚，晚一陣心驚。待春來，又春去，聽一囀流鶯，怨一囀流鶯。夜悄悄人静無聲，過一度寒更，怕一度寒更。

【鎖南枝】 寄 遠

天涯隔，情未已，魚書可通差可喜。寫不盡相思，欲言向誰言起？滿紙淚痕，寄到那裏？望心中人，作回文比。

【天净沙】 雨 後

黑沉沉黯壓天低，韻悠悠遠聽鳩啼。花亂飛望眼欲迷，雨乍晴群山如洗。及春遊踏遍香泥。

【一半兒】

夕陽紅射小桃夭，臉薄佳人漲酒潮，楊枝掛情長短條。欲魂消，一半兒韶華一半兒老。

【落梅風】

韶光好，天乍晴，野桃含笑春風勁。揞短笻，聽黄鸝幾聲，莫負了一時佳景。

【天净沙】 久 雨

風風雨雨時時，來來去去遲遲。總總愁愁惴惴，沉沉睡睡，人人個個蚩蚩。（此種作法，究竟牽强。應删去）

【天净沙】 獨坐感懷

飄然世外孤蹤，茫茫萬事皆慵。自掩柴扉穩卧，長吟寡和，寒聲賴有幽蛩。

（袁思古《學圃老人詞稿》）

校勘記

［一］袁思古《學圃老人詞稿》目録後注："右詞八十八首，其中【水仙子】一首、【沉醉東風】一首、【喜春來】一首、【梧葉兒】一首、【蟾宫曲】一首、【鎖南枝】一首、【天净沙】三首、【一半兒】一首、【落梅風】一首皆元人令曲，例宜别存。實得詞七十七首。"

路舟子

路舟子，真實姓名與生平闕考，生活於清末民國初年。

小　令

勸世道情

我看世間人，實自尋煩惱。謀利争於市，謀名争於朝。茫茫不自知，造化弄玄妙。昨使爾富貴，今又使窮了。不如飄然去，出此牢籠好。扁舟輕一葉，且歌且遊遨。有時載渡客，得錢沽香醪。醉倒船艙裏，月明天自高。蒼猿爲我伴，錦鱗作嘉肴。黜陟非我事，治亂不知道。皞皞共和民，福享自由飽。人生天地間，輕塵棲弱草。何必苦營謀，碌碌不辭勞。一旦年華盡，悔不回頭早。

（蔣著超編《民權素》第一集）

季鳳書

季鳳書，江蘇淮安人，生活於清末民國初年。著有《壺隱謎存》。

套　數

壽李梅盦先生五十初度北曲，並序[一]

梅盦先生名貫寰球，望崇山斗，滄桑既閱，薇蕨遂甘。剩落落之餘生，每拳拳於故國。豈荃蓀之愛，窮且益堅。蓋松柏之性，老而彌勁已。夫以先生之風節，際今日之時勢，幾如絳雲在霄，素月照水。所謂清者自清，道人有道者，非歟？歲在丙辰某月日，值先生五十初度，海内人士暨遺民逸老，競以歌詩爲先生壽。甚盛事也。鳳識荊莫由，御李有待，恨莫趨夫馬帳，思終躡乎龍門。不揣拙劣，謹填北曲一套，仿《桃花扇》【哀江南】譜，題曰《清道人》，從先生志也。因先生高弟程君伯善以貢於先生之前，詞即不工，亦冀得附群公之後，用以侑北海之尊，代南山之頌云爾。

【新水令】

玉梅花底夢初回，再休題浮雲富貴。漸凋華髮影，稍減舊腰圍。介壽持杯，中有滄桑淚。

【駐馬聽】

學道何遲，拙宦久歎貧是累。時清可俟，餘生差喜健能支。滿腔孤憤自禁持，睠懷故國難抛棄。身如寄，且戴黄冠跳出紅塵内。

【沉醉東風】

溯家世謫仙貴裔，論才華蕊榜標題。早群聯玉筍班，更屢被金蓮賜。一時間名動京師，乞假還鄉着錦衣，庶不愧簪纓門第。

【折桂令】

近中年視學江湄，桃李盈庭，手自栽培，事與心違。絳幃甫設，玉尺初揮。曾不料風潮駭異，恨無端社稷遷移。時勢顛危，身世淒迷。驀思量吾道難行，更悽愴故里難歸。

【沽美酒】

從此後屏交遊自掩扉，蒔花蕚飽薇蕨。賣花傭書非本意，是先生的經濟，總不肯合時宜。

【太平令】

恰便似老林逋心戀南枝，莫更去采菊東籬。守歲寒分合單棲，嘗盡了冰霜滋味。肯負卻花前誓詞，賸不多鬢絲，問幾時許緑華再世。

【離亭宴帶歇拍煞】

況今日滔滔天下皆兒戲，山川文物都非是，怎怪得天命難知。也不忍議共和，也不願矜豪俠，也不屑趨權勢。在瞢騰世界中，別覓個清涼地，好趁良辰梅邊一醉。或有時詠牛渚詩，有時擬滕閣賦，有時續匡廬記。全消老驥心，早決冥鴻志。若問公何時再起，唱一曲清道人謝蒼生公倦矣。

（李瑞清《清道人遺集》附録）

校勘記

［一］李瑞清(1867—1920)，字仲麟，號梅庵、梅癡、阿梅，晚號清道人、玉梅花庵主，戲號李百蟹，江西撫州人。光緒二十一年(1895)中進士，選翰林院庶吉士。光緒二十二年，出任兩江優級師範學堂監督。後移居上海。有《圍城記》、《清道人遺集》等。

無名氏

小 令

【一半兒】

兒家門巷碧雲浮，柳外斜陽花外樓，小犬隔離聲未休。好勾留，一半兒櫻桃一半兒柳。

緑窗鶯語隔重簷，隱約聞聲真可憐，何事暗乖雙桁簾。怕猜嫌，一半兒分明一半兒掩。

蕊珠仙子出雲津，不許風埃遮眼頻，聞道玉郎真可人。又殷勤，一半兒猜疑一半兒肯。

一回相見一回親，笑語偏生東閣春，驚撚杏花遥避人。且逡巡，一半兒温和一半兒冷。

依稀宋玉隔東牆，又道王昌疑阮郎，何苦婦人相問忙。怕推詳，一半兒含糊一半兒講。

櫻桃紅破睡丁香，小語低聲誇玉郎，但見幾回佯笑忙。慢輕嘗，一半兒從情一半兒强。

風亭攜手笑相將，閑倚疏欞遥卸妝，剛欲寬衣佯避郎。訝清狂，一半兒從容一半兒莽。

蘭湯新拭晚涼邊，小飲遥當花檻前，玉體横陳遮晝簾。避郎顛，一半兒硬騰一半兒軟。

偷排梵字剥瓜仁，揉碎花枝抛碧塵，私語未休佯駡人。笑難禁，一半兒聰明一半兒蠢。

昨宵密計定山崩，絮語翻憐顛倒情，香夢隔宵渾未成。假惺惺，一半兒躊躇一半兒允。

淩雲彩鳳下重霄，十丈紅牆看未高，緩帶欲銜情共摇。費心苗，一半兒張羅一半兒巧。

西園高會有仙姝，烟景昏黄風影疏，塘外柳絲牽去車。乍模糊，一半兒斜陽一半兒雨。

花陰輕罩碧窗烟，遥想蓮囊同鏡圓，艾虎凝香乖髻偏。愛和憐，一半兒身旁一半兒遠。

新涼吹透紫羅襦，笑饜冰瓜凝玉膚，蓮子剖心相寄無。待何如，一半兒甘甜一半兒苦。

（蔣著超編《民權素》第二集）

馮玉祥

馮玉祥(1882—1948),原名科寶、基善,字焕章,安徽巢縣(今巢湖市)人。北洋軍閥時期,曾任陸軍第十六混成旅旅長、第十一師師長,陝西、河南督軍,陸軍檢閱使。1924年10月23日,發動北京政變,派兵將清廢帝溥儀驅出皇宫,改所部爲國民軍,任總司令兼第一軍軍長,後任國民軍聯軍總司令,參加北伐。1927年後,多次舉兵反蔣。全面抗戰爆發後,任第三、第六戰區司令長官,旋被蔣介石撤職。1946年,出國考察水利。1948年7月,響應中國共産黨號召,回國參加新政協會議。8月,所乘輪船在黑海失火,遇難。有《抗戰詩歌集》、《我的生活》、《我的抗日生活》、《馮玉祥日記》、《我所認識的蔣介石》等。

小　令

抗戰道情三首

小步兵,一杆槍,上刺刀,子彈裝,四個炸彈掛兩旁,遠戰近戰均擅長。抗倭爲民族解放,威風抖擻上戰場。不怕死來不怕傷,轟轟烈烈幹一場。

小騎兵,騎駿馬,槍一杆,刀一把,一鞭跑動飛如風,戰場衝鋒效力大。偵察倭情報告快,截腰抄後把敵殺。威風抖擻真英勇,雪我國恥救中華。

大炮兵,掌大炮,射程遠,瞄準好,不用騾馬能行動,運動靈活機械高。集中力量打倭賊,一發再發中目標。攻堅擊遠爲特長,持久不懈敵難逃。

二八、六、六。

(馮玉祥《馮玉祥先生抗戰詩歌集》)

馬一浮

馬一浮(1883—1967),名浮,字一佛,後字一浮,號湛翁,别署蠲翁、蠲叟、蠲戲老人,浙江紹興人。1899年,赴上海學習英、法、拉丁文。1903年6月,赴美國主辦留學生監督公署中文文牘,後又赴德國和西班牙學習外語。1904年,東渡日本,學習日文。辛亥革命後,潛心研究學術。抗日戰争全面爆發後,應竺可楨聘請,任浙江大學教授。1939年夏,在四川樂山創辦復性書院,任院長兼主講。新中國成立後,任浙江文史館館長、中央文史館副館長,是第二、第三届全國政協委員會特邀代表。著述甚富,有《泰和會語》、《宜山會語》、《復性書院講録》、《老子道德經注》、《馬一浮篆刻》、《蠲戲齋佛學論著》、《蠲戲齋詩編年集》、《避寇集》、《朱子讀書法》等。

套　數

清泠序

【仙吕・點絳唇】

浩浩中原,長城如線江如練。湛湛青天,萬古浮雲變。

【混江龍】

興亡無限,算寥寥短劫未堪憐。金烏何日死,滄海幾時乾。張子房燒不了連雲棧，陶元亮尋不到武陵源，病屈原假惺惺愁對着汨羅江，俊盧生黑甜甜穩睡在邯鄲縣。有多少紅塵十丈白髮三千。

【油葫蘆】

何必殘生苦問天，好江山誰人佔？彩仗香飄錦纜牽，玉樹歌終翠袖寒，銅仙淚滴金盤顫。自古帝王多，剗地胭脂賤。暢好是波流雲卷，便千秋半霎俄延。

【天下樂】

青史文腥和血鐫，歎春蠶繭自纏。射影含沙，白日游魂戰。才見那汾水上飛秋雁，又愁向天津橋聞杜鵑。莽乾坤難覓五湖船。

【那吒令】

試看走金戈雪嶺雄邊，貫鐵鎖長江天塹，黄頭郎賣了銅山。新鬼哭白龍堆，妖星照蒼鷹殿，聽悲歌何處起幽燕。

【鵲踏枝】

五陵豪，樂翩躚，三户子，媚嬋娟。争誇道東下蓬萊，煞强如西出函關。誰曾見椎秦博浪，無過是披髮伊川。

【寄生草】

天王聖國士賢，仙官争擁珍珠輦。邊愁不入芙蓉苑，春風先醉桃花面。只可惜茂陵空寫馬卿書，成都誰問君平算。

【么篇】

我則待行踏毗盧頂，言窮萬象先。浮杯欲渡黄河淺，驂鸞欲上天門遠，飛觴欲醉瑶池晚。不甫能達摩面壁得心安，早則是長房縮地遭神譴。

【金盞兒】

雷闐闐,雨潺潺,羲和鞭日陽春短,結璘臺明月不長圓。千年天倚杵,三過海成田。誰信得斷鼇終有缺,可知道煉石豈能填?

【賺尾】

休詠采薇歌,莫撫龜山怨。任浮生萬事雲烟,且鑿過方池種白蓮。何須學騶衍談天,也不羨揚雄草玄。笑鄭詹尹卦兒不驗,真囈語劉伶酒贊,假呻吟杜甫詩篇。清泠一曲無人見,向琴臺趁天風譜入廣陵弦。

謝嗇庵先生書:

枉示《清泠序》,聿見詩人之懷。夫風雅廢,怨誹之音興。《春秋》則之,以立民極。自宋霸統絶,夷狄見侵,歌曲斯盛。於是董君始啓北聲,有元諸賢,浸淫遂廣。然其音哀而不擇,流連荒亡而不可知。君家東籬,獨規道論,致其玄詣,斯聖於曲者乎?一浮將益大之,旨微而憂章。所喻者遠,而所止者正。文也,道在是矣。伏讀慨歎,不謂吾生親見詩人,恨無協律嗣之弦歌,竊比楊生於漢卿,永隆悦眼耳。繼兹佳貺爲望。無量頓首,五月朔日。

(吴光主編《馬一浮全集》第三册下)

沈尹默

沈尹默(1883—1971),生平見《全清散曲》第2077頁。

小　令

【中吕・紅繡鞋】 公武招飲秀野軒中,賦此道意

秀野軒中緑雨,江湖夢裏蒼烟。珠闌香散佛燈前。先生風韻别,小子性情偏。愛粗茶供淡飯。

【仙吕・遊四門】 席　間

忘機世界坐團團(陶園大廳有扁曰忘機世界),吃到第三餐。只差八寶無油飯(尹默喜食八寶飯,而不食豬油),素菜許多盤。乾,一盞下喉難。

【南吕・四塊玉】 贈公武

幾隻曲,一卷經,將軍老去好風情。騷人韻致輸他勝。真也真,清也清,君試省。

【中吕・紅繡鞋】 自　詠

飲啄從易來足,居行一應隨緣。老之將至性情偏,蓮社客玉堂仙,攢眉都不管。

其　二

【遊四門】

文章遊戲本尋常，没事要思量。閑吟閑唱精神旺，寫寫又何妨。忙，摇筆兩三行。

（《民族詩壇》第三卷第二輯）

【南仙吕・傍妝臺】

用李中麓所作首尾二句成此。

醉醺醺，千紅萬紫釀三春。與君都是嬉春客，忘了自家身。蠶因作繭甘心縛，蝶爲憐花盡意嗔。前生果，今世因，得饒人處且饒人。

曲參參，銀河暗淡斗闌干。向來説千里同明月，卻忘道萬里隔關山。晝長總是無聲恨，夢短猶堪有限歡。身須健，心要寬，得偷閑處且偷閑。

【仙吕・寄生草】　春

休怪你多疑慮，非關他少志誠。四時難得行春令，一生最好遊春興。各人都有傷春病。好端端總是没精神，鬧洋洋也會嫌孤另。

（《民族詩壇》第三卷第三輯）

顔愛博

顔愛博(1884—1957),原名蒼霖,以字行,貴州正安人,祖籍山東曲阜。曾任職重慶及涪陵電報局、四川善後督辦公署、四川省政府參議。抗戰後期,退職返里。1953 年,聘爲貴州文史館館員。著有《孟子訓詁》、《學庸會參》、《唐詩銓釋》等。

小　令

【仙吕・一半兒】

天不相華,倭寇東北,進佔平津,又侵滬粤。嗚呼痛也,不忍卒説。横槊一賦,髮指眥裂。爲擬【一半兒】詞以寄慨。曰愛國、保種、除奸、抗敵、雪恥、復仇、拓地、興國云。

神州垂譽五千年,漢祖唐宗誰繼焉,偌大版圖求曲全。快揚鞭,一半兒辛酸一半兒勉。

炎黄貴胄遍山河,誰爲同胞漫枕戈,填海移山究若何?望三多,一半兒人家一半兒我。

平津滬粤悼殘灰,木腐蟲聲事可哀,害馬聯翩猶徘徊。費疑猜,一半兒偵殲一半兒買。

東瀛二島號倭奴，華國由來任卷舒，陸海連空縱殘酷。向誰呼，一半兒師征一半兒阻。

睡獅貽誚幾多時，卧榻人眠孰忍之？起舞策勳莫任遞。趁聞雞，一半兒悽愴一半兒喜。

屍鞭平墓墓圖秦，成敗休論齊卧薪，擊楫渡江賊屏營。請長纓，一半兒心壑一半兒敏。

無端黄禍震環球，莫受虚名轉埋憂，東卷扶桑南緬琉。衛金甌，一半兒興兵一半兒誘。

農工機械技超超，合作分工不憚勞，朝野同心誰敢撓。戒矜驕，一半兒精誠一半兒巧。

虬髯老去，難抑故土之思；楚疆無人，空灑汨羅之淚。攘臂又作馮婦，豈爲徒餔？捫虱不遇桓温，惟期後進。嗚呼，小子狂簡，幸夕惕以朝乾；大任將歸，其懲前而毖後。勿泄泄而沓沓，常戰戰以兢兢。爲學如此，謀國如此，則庶乎其不差矣。

（《民族詩壇》第一卷第二輯）

鄒國彬

鄒國彬(1886—1960),字質夫,貴州貴陽人。曾參與《民國貴州通志》的編纂,任貴州文獻征輯館編審,並在中學任教三十餘年。1956年,聘爲貴州省文史館館員。

小　令

讀冀野先生黔游諸曲,清秀芊綿,自然馨逸,依韻和作。

【雙調·天净沙】 次釣絲懸崖二首

山城野寺清幽(先生宿師範學院,院在雪崖洞),此邦人士情投。講席頻開笑口,一堂群秀(先生游黔,因師範學院王院長克仁請,來黔講學),文旌初駐南州。

又

華堂百惠杳幽(百惠堂主人桂伯鑄設宴,客唱曲,主人彈琴),錦囊千里詩投。雅有南詞上口,引嗥雄秀,瑶琴出黔州。

【雙調·清江引】 次戲題酒店埡韻

韓、彭已誅還沛飲,得國無情甚。鄉人侮漢高(先生以元人所作《漢高祖還鄉》劇曲印示諸生,鄉人之侮漢高語,堪捧腹),口語無拘禁。笑鄰家野雞能助□。

方知水深鹽味飲，曲學精微甚。延陵有替人，入室誰能禁？把和凝缽衣傳給您。

【中吕·迎仙客】 次登化秋坪韻

夜郎行徑微，蜀道客星飛。一去又聞參政矣，舊河山，親肘腋，何日是升平世。

（《民族詩壇》第五卷第二輯）

吴　梅

吴梅(1884—1939),生平見《全清散曲》第2100頁。

小　令

【羽調・四季花】　題盧前《楚鳳烈》傳奇

法曲續長平(謂《帝女花》),把賢藩事,嬌兒怨,又譜秋聲。前朝夢影空淚零,如今武昌多血腥。舊山川,新甲兵,亂離夫婦,誰知姓名。安能對此都寫生？苦雨春鶯,正是不堪重聽。倒惹得茶醒酒醒,花醒月醒人醒。

(王衛民編《吴梅全集》作品卷)

【北寄生草】　茶,限家麻韻

多少陶情物,無如解渴茶。挈筠籃曾告個春分假,試旗槍正值着清明暇。列磁甌抵得過連城價,似等清閑滋味冷生涯,煞强如銷金帳底,美酒羊羔罷。

培新火炙嫩牙,放喉嚨一吸兩風生乍。最好是園林春暮花低亞,佳人帶笑擎杯斝。那時節玉川七碗未嫌多,更水天閑作瓜棚話。

(吴梅編輯《潛社曲刊》第八集)

【解三醒】　梨花,限江陽韻

展輕風難描嬌様,含宿雨似作啼妝。春三二月寒猶釀,正仙子素衣裳。平蕪池館添新漲，澹月秋千吐暗香。人無恙，縱玉容寂寞，忍負韶光。

（吴梅編輯《潛社曲刊》第九集）

【玉芙蓉】 戲效青門唾窗絨體

憑空見了他，日日心頭掛。似和鍼吞線，暗自嗟呀，幾回兒書札頻頻寫，但寫到風懷字易差。如何價，且裝聾做啞，指紅樓粉牆，咫尺是他家。

明知他意佳，我又心驚怕。綺羅生長，熬不慣冷淡生涯。况卓王孫擡起臨邛價，把一個絶代的相如當井底蛙。如何價，且寒窗守寡，只問那俊東風，怎圓合上少年花。

（吴梅編輯《潛社曲刊》第十集）

（1932年十一月初七日）……下午改諸生卷，又爲少昕改【霓裳六序】一支。……詞録下：

【霓裳六序】 聞鐘　杜少昕原稿，霜崖删潤

空堂獨聽，早沉沉客思，招提雲暝。數杵催愁，白髮郎潛應唤醒。遣吟緒紙帳花開，消壯心寒山月净。虚窗掩，孤衾落葉秋燈。宵静，千樹吼飛霆。響引霜天，遥知鶴冷。瓶鉢他鄉，悟羈懷旅情。夜半無眠，好夢斷，蒲牢香積還鳴。長醒，塵世衣冠，舊家鐘鼎。槐國都乾净，蕭齋良夜也，正冷冷，似絶域歸鳴唳太清。重銷凝，又風吹漏鼓三四更。漆園翁料識得夢蝶浮名。

（吴梅《瞿庵日記》卷三）

【黄鐘·降黄龍】 秦淮冬集

霜角鳴哀，舊日長橋，而今安在？方平老去，共麻姑細話蓬萊。秦淮笙歌都壞，似南柯夢醒宫槐。再莫提丁家水榭，酒令詩牌。

【换頭】

吾儕,裙屐高齋,淚眼新亭,河山未改。江南賦筆,感興亡庾信年衰。樓臺五雲低蓋,怕難招頃刻花開。現放着含香晴雪,着意低回。

（吴梅《瞿庵日記》卷四）

（1933年三月十四日）……又檢得【風入松】南曲二支。蓋戊辰夏,西湖博覽會,囑余作詞及訂譜也。今録下。是曲曾得潤資百金。

西湖博覽會,【風入松】

薰風吹暖水雲鄉,演出大排場。南金東箭西胡寶,齊妝綴錦繡錢塘。喧動六橋車馬,欣看萬國梯航。

【前腔】

明湖此夕發華光,人物盡豐穰。吴山還我中原手,同消受桂子荷香。奏遍魚龍曼衍,原來根本農桑。

（吴梅《瞿庵日記》卷五）

【青歌兒】

望江城雲山、雲山如畫,吊英雄弓箭、弓箭無瑕。敢五百年前共一家。一個淮泗萌芽,一個南海乘槎,一個隱跡僧伽,一個亡命天涯[一]。都一樣劍斬白蛇,地拓荒遐,洗净胡沙,還我中華。縱有些田竇驕奢,官寺羅罝,黨治紛拏,外患喧嘩,在當時立法無差,布政還佳,議論由他,都是井底鳴蛙。今日裏山谷嶔岈,松檜交加,華表高遮,左右排衙,對着這風日清嘉,榮杖烟霞,指點桑麻,自采山花,試薦新茶,沉李浮瓜,手撥琵琶。拜你個晏駕的宫車,惹得俺古意槎枒,悵望蒹葭[二]。恨只恨芳樹斜陽隱悲笳,呼不起山靈話。（共增三十句）

（吴梅《瞿庵日記》卷七）

【南吕·羅江怨】 與蕙娘話舊

朱樓醮淺霜，清寒懶妝。不知日高窺素窗，紅鴛閑卷象牙床也，便流蘇款夢，都梁炷香，比不得金爐畫省王謝堂，約住梨雲不放絲魂颺。箜篌怨粉郎，箜篌怨粉郎，釵鈿負杜娘，把閑事無端想。

【錦纏道】 信陽署中聞北信

走風塵，又清明行歌斷魂。書劍待從軍，甚羈身，衙齋燈火無春。費金繒傾家結鄰，但少遞降表賣主稱臣。縱國事一番新，廟堂中尚亂絲如紊。俺歸山卧白雲，且消受南朝金粉。真堪哂，做江湖滿地一閑人。

【二郎神】 寓齋小桃，當春方花，風雪摧抑，淒然可憫

東風峭，冰雪裹桃花開了，算三月清明春正好。嚴寒如此，可憐生意蕭條。想世外花源原是少，有那個避秦人到。誰同調，廣平梅摩詰芭蕉。

【解三酲】 《石橋秋餞圖》，爲李生一平題[三]

滯南天十年惆悵，話西樓一别荒涼[四]，把渭城朝雨改做廬山唱。長干里，暮雲黄[五]，正黄花簪鬢愁千丈，待白鹿談經寄數章[六]。秋風莽，萬方多難，兩地相望。

【罵玉郎】 賦秦淮衰柳[七]

似這籠雨梳烟古道旁，數甚麽靈和殿永豐坊，俺待要攀條流涕話興亡[八]。板橋荒，經多少花月炎涼[九]。正三春日長，正三春日長[一〇]，大堤邊招引游郎[一一]。又清溪夜央，又清溪夜央[一二]，卷十里鶯飛草長，伴三更風號雨響[一三]。記當年載酒吴艘[一四]，烏棲未定，曉角吹霜[一五]。你看禁花殘，陵樹盡，萬感滄桑[一六]。那裹有舊章臺[一七]，兩三行，至今無恙。

按，此爲南詞，入【小石調】，非北曲【南吕】之【罵玉郎】也[一八]。

【南雙調・朝元歌】

石橋寓舍，月滿庭除，凝望素波，信增幽趣，因與四兒聯句，明日被諸弦管云。

微微日華，漸向西方下（瞿安）。迢迢月華，漸見東方大（南青）。庭院幽佳，徐陳杯斝（瞿），我生到處爲家（南）。城北嬌娃，知兒此時應念他（瞿）。雙眼醉流霞，清光照碧紗（南）。一歲中無多良夜，清清楚楚作水天閑話，水天閑話（瞿）。

（1934年十月十四日）……六時許，偕吴伯匋、沈祖棻歸。留夜飯，又聯句成【懶畫眉】一曲。

【南吕・懶畫眉】　餘園聽歌

看翠柳經霜，恰好似鵝黄，且共聽一曲新歌出畫堂，渾疑似廣寒宫裹奏霓裳。裊仙音縷縷隨風蕩，想起開元李十郎。

即囑四兒訂譜，余攗度之。吴、沈二子，以爲得未曾有也。

（吴梅《瞿庵日記》卷八）

（1934年十一月十二日）……連日釀雪，而雪不下。又與四兒聯句，成【二郎神】一支。明晨訂譜，便可付雪兒歌之。

西風緊（瞿），晚鴉飛冲寒成陣（南），正一片同雲開畫本（瞿）。園林蕭瑟，要瓊花妝點如銀（南）。紙帳連宵難卧穩（瞿），還盼斷灞橋芳信（南）。閉柴門（瞿），對孤檠，匆匆又早黄昏（南）。

（吴梅《瞿庵日記》卷九）

（1935年二月初三日）……夜飯後，偶感少年事，作【仙吕・長拍】一曲，録下。四兒亦做一支。

薄醉當風，薄醉當風，微吟延月，此際閑情難話。佳期如夢，綺語滿紙，恨匆匆鏡中年韶，鸚䳇記呼茶。傍玉蘭干畔，並肩歌罷。我未成名汝未嫁，同惜取錦年涯。（一樣未開花）誰料盟言都假，剩藕舲殘卷，悵望蒹葭。

【商調·金絡索】

《雷峰塔·斷橋》一折，爲方仰松改定。而【金絡索】二首，膚淺庸俗，不稱佳調。戲改其一，付雪兒歌之，俊爽如哀家梨矣。

曾調鸞鳳笙，指望安鄉井。不記得當時，同探蘇州勝，如今負此情，反背前盟，你偏信讒言結異僧。夫妻久暫皆天定，不必他人費力争。你真薄幸，怎迢迢撇我走陪京。阿呀，害得我幾喪殘生，進退無名，好約青兒證。

（吴梅《瞿庵日記》卷十）

【仙吕·解三醒】 壽李壽岡六十，壬申九月[一九]

論深交廿年相守，喜同聲一曲相酬。對江山文藻未改，承平舊，待重狎海天鷗。簪花北里圍紅袖，吹笛南雲禦紫裘。爲君壽，正閑身未老，甲子初周。

【仙吕·桂枝香】

海上逢劉鳳叔，别五年矣。六十初度，又將度遼，倚聲賦别，甲戌[二〇]

京華分手，春江聚首[二一]，看君家白髮千絲[二二]，喜相逢玉梅三九[二三]。算匆匆五年[二四]，算匆匆五年[二五]。烽烟斥堠，出關時候。敝貂裘，吾已辭行役，君還賦遠遊。

（吴梅《瞿庵日記》卷十一）

【正宫·朝天子】 昆山王某挽詞

畫家，曲家，恨未攀情話。玉山桃李燦天葩，難得春風化。百忙裏催檄軍儲，六年中量籌田稼。算先生晚境佳，吾慚紫蛙，君爲紫霞，待一劍向君墳掛。

穆藕初六旬壽曲，倚【太師引】調

海天歸，盡力農桑利，爲宗邦綢繆合宜。奈蒿目蜩螗鼎沸，更驚心歲月翰飛。論寸絲尺布關國計，不信的挽回無地。今日裏六旬正齊，待奮雲衢，做唱曉天雞。

（1935年十月十四日）……又代四兒作一南曲，賀章生新婚。四兒云，章生所求也。

【解三醒】

結情緣年芳正好，趁風華節令先嬌。嶺上花探得春光早，夢羅浮是桃夭。萊堂此際歡雙老，問何日桂楫同來賦六朝。待君重到，照秦淮儷影，醉我葡萄。

【仙吕・桂枝香】　寓齋對雪，偕伯匋聯句

緑醅知酷，白頭漸秃（瞿）。簾前細雪如珠，門外苔枝綴玉（匋）。正飛瓊斷續，正飛瓊斷續，萬山湯沐，怕神州沉陸（瞿）。感幽獨，將軍戰馬應先冷，太尉羔羊恨未熟（匋）。

（吴梅《瞿庵日記》卷十二）

（1936年一月廿四日）陰。早起改昨【新水令】，尚可，如下：

【新水令】

一家骨肉盡工辭，便沈寧庵不過如是。清朝分供職，遥夜共哦詩。雖然歷滄桑感歎多時，還待醉鶯花寫幾段俊游史。

有暇當聯成一套，以小令中無此調單用也。

（吴梅《瞿庵日記》卷十三）

（1936年七月十六日）……飯後無事，與君謨、若梁聯句：

【仙吕·解三酲】

收拾起夜來風雨（謨），平鋪着鏡裏蘼蕪（瞿）。遠樹含烟籠别浦（梁），裙屐伴，意蕭疏（謨）。無端隔座通眉語（瞿），待借遥山列畫圖（梁）。吴宫故，笑青衫紅袖，一様羈孤（謨）。

（吴梅《瞿庵日記》卷十四）

（1936年十一月十八日）……夜題月色夫人自寫小影，得南曲一支，如下：

【仙吕·桂枝香】

令嫻文字，道昇圖史，閑中自寫嬋娟，越顯出蘭閨清思。喜相逢秣陵，相逢秣陵，文殊傳示，生辰剛至。進芳卮，一幅天人相，檀奴好補詩。

（吴梅《瞿庵日記》卷十五）

套 數

（1935年七月初四日）晴。早起續作南詞，爲上海嘯社居逸鴻作也。午時脱稿，即命四兒訂譜，傍晚成。如下：

【南中吕·顔子樂】

【泣顔回】曲海亦添籌，共拜詞林山斗。荷香才罷，欣看桂子三秋。【刷子序】前遊，但追想名園車蓋，問多少王謝應劉。【普天樂】最難的重逢白首，把一襟芳思，都付與小部清喉。

【正宫·錦纏道】

論吴謳，辨微茫，是懷庭、夢樓，高詠遍南州，到如今申江法乳誰留。

廿年前嚶鳴講求，十年中嘯侶增儔。裙屐傲王侯，待俯視大千塵垢，匆匆幾唱酬。早六十次鈞天疊奏，可不是湖山風月一囊收。

【中呂・千秋歲】

海天悠，幾個知心友（注：謂翥岡、芷紉、韶中、冰心、芃吉、鑒梅、樹棠、育之、徐翔庭諸君子），讓居公歲寒相守。他五十平頭，五十平頭，况更有舉案齊眉佳偶。紅藤杖，青綾綬，度索桃，逡巡酒，敬爲先生壽。俺待紫衣腰笛，自訪扁舟。

【餘音】

天香散處盈袍袖，算記曲誰拋紅豆。對着這清淺蓬萊，也只得醉幾甌。

（吴梅《瞿庵日記》卷十一）

附

《潜社曲刊》序

戊辰之秋，重主上庠社集，舊人泰半雲散，同學中請賡續前舉。余方與諸君子談曲，遂易作南詞，仍集多麗舫。嗟乎，博弈猶賢，况在曲藝。湖山滿目，風雪凋年，倘付管弦，亦足回腸盪氣矣。十八年冬，霜厓。

（吴梅編輯《潜社曲刊》第一集卷首）

校勘記

［一］亡：原作“忘”，據文意改。

［二］悵：原作“帳”，據文意改。

［三］《全清散曲》作“題《石橋秋餞圖》”。

［四］一别荒涼：《全清散曲》作“一夕凄涼”。

［五］黄：《全清散曲》作“長”。

［六］寄數章：《全清散曲》作“贈數行”。

［七］賦秦淮衰柳：《全清散曲》作“賦柳”。

［八］俺待要：《全清散曲》作“待”。

［九］炎涼：《全清散曲》作“滄桑”。

［一〇］二句《全清散曲》作“正春來罷霜，正春來罷霜”。

［一一］招引游郎：《全清散曲》作“乍吐嬌黄”。

［一二］二句《全清散曲》作“又清明日長，又清明日長”。

［一三］伴三更風號雨響：《全清散曲》作“伴三月晴波畫舫”。

［一四］吴艭：《全清散曲》作“横塘”。《全清散曲》此句重復一次。

［一五］曉角吹霜：《全清散曲》作“鴛夢先涼”。

［一六］萬感滄桑：《全清散曲》作“故國都忘”。

［一七］章臺：《全清散曲》作“秦淮”。

［一八］《全清散曲》無此按語。

［一九］吴梅《瞿庵日記》卷三：“（1932年八月初四日）……午飯後，泛覽宋人説部，不覺晝寢。既醒，作李翥岡六十壽曲，得【解三醒】一支。”

［二〇］《全清散曲》題作“贈劉鳳叔富樑”。

［二一］春江：《全清散曲》作“申江”。

［二二］千絲：《全清散曲》作“毵毵”。

［二三］三九：《全清散曲》作“九九”。

［二四］［二五］算：《全清散曲》作“别”。

胡懷琛

胡懷琛(1886—1938),字季仁、季塵,號寄塵,安徽涇縣人。南社成員。辛亥革命後,助柳亞子編《警報》。歷任《神州日報》、《太平洋報》編輯,入商務印書館,編輯《小説世界》。任南方大學、上海大學、愛國女校教授,又供職上海通志館。有《中國歷代小説史論》、《中國民歌研究》、《中國文學史概要》、《胡懷琛詩歌叢稿》等。

小　令

新道情,仿鄭板橋道情作

老農夫,最自然,住荒村,種薄田,自耕自種無人管,春來唤婦先栽菜,秋後呼兒早拾棉。一家大小都勤儉,吃飽了清茶淡飯,大家來信口談天。

老樵夫,一把刀,砍松杉,斬草茅,賣柴買米全家飽,草鞋走入深林去,那怕山高又嶺高,枯枝亂葉皆材料,最便宜無須血本,收攏來一擔長挑。

老漁翁,江上過,理青絲,披緑蓑,扁舟有槳無須櫓,桃花春水風光好,鱸膾秋風美味多,便談蝦蟹都還可,消受着江湖快樂,那知道世上風波。

墾荒畦,賣菜傭,會栽瓜,也種葱,小園半畝無閑空,春初美味推新韭,秋末時肴算晚菘,縱然高價人爭問,挑一擔街坊走去,好换他幾百青銅。

最逍遥，小牧童，投田家，做雇工，牽牛割草都能懂，一蓑早起披春雨，短笛閑來弄晚風，生涯半與牛相共，只喂的羊兒肥胖，便算我不負東翁。

老書生，教小兒，已焉哉，者也之，當年老例都如此，讀書原爲求常識，舊法而今不入時，打頭燒去文千字，我是要破除積習，做一個村塾良師。

歪文章，强出頭，撮盲詞，不怕羞，看看笑殺人和狗，宋詞元曲都抛去，三百唐詩一筆鈎，連篇瞎話多滋味，只付與漁樵閑唱，不用着鐵板珠喉。

大天空，一地球，載五洋，分六洲，人如螞蟻千千斗，生存惹起争和戰，勝敗全憑劣與優，可憐血雨腥風後，才知道大家互助，把强權一筆長鈎。

古今來，幾萬年，道無懷，説葛天，上追盤古荒乎遠，豈知進化翻新論，還要高談盤古前，昌言人是猿猴變。只不知萬千年後，再變到甚地何田。

走街坊，唱道情，給旁人，子細聽，胸中感慨言難盡，聖賢誰識真和假，好漢難逃利與名。癡人到底何時醒，最可憐閑非閑是，青史上説不分明。

自家文丐頭銜好，舊曲翻新調。不愛嘉禾章，不羨博士帽。我唱這道情兒，歸家去了。

（胡懷琛《胡懷琛詩歌叢稿》）

程瞻廬

程瞻廬(? —1943?),名文棪,字觀欽,號瞻廬、南園等,室名訔瞻廬、望雲居、松竹廬等,吴縣(今屬江蘇蘇州)人。早歲肄業於紫陽校士館,畢業於江蘇省高等學堂,任該校中學校長。之後,屢執教鞭,以蘇州景海女校爲最久。鴛鴦蝴蝶派作家。有《黑暗天堂》、《新廣陵潮》、《唐祝文周四傑傳》、《明月珠彈詞》、《街談巷語》等。

小　令

新年道情七首

長江後浪催前浪,世上新人换舊人。忽忽一年容易度,幾家歡笑幾家顰。自家苦口道人是也。口乾舌燥,單只爲唤醒癡聾;冬去春來,渾不覺新更歲序。莽乾坤蛇神牛鬼,這輩去那輩又來;遍國中恒舞酣歌,前車覆後車復陷。將軍亂擲升官圖,無非是殺人放火;官吏廣開路頭宴,不外乎吸髓敲脂。變快活林爲煩惱場,謅不出吉祥字句;借屠蘇酒作掃愁帚,澆不下塊壘心胸。撑起一雙冷眼,看許多瞎馬盲人;握來兩片木皮,唱幾句南腔北調。響琴琴拍着漁筒簡板,勸諸公把耳朵拉長;静悄悄敲來暮鼓晨鐘,待小子將喉嚨打掃。今日左右無事,把新編的七首道情高唱一番者。

建共和,歷七春,桃符更,歲序新,紛紛内亂何時靖,金甌一擲拚孤注,砥柱中流有幾人,屠蘇酒熟無心飲,猛憶着湖湘烽火,有多少劫後災民。

莽乾坤，起戰争，鬩於牆，出弟昆，新年風景君休問，蟲沙歷劫身焉托，猿鶴招魂骨也驚，將軍主戰雄心逞，博得個民窮財盡，快休提柳暗花明。

接路頭，進酒醪，財星暗，戰雲高，商民難解心頭惱，玉杯飲盡千家血，銀燭燒殘百姓膏，流離瑣尾災民到，縱有那元宵鑼鼓，怎奈他鬼哭神號。

訪桃源，到春申，喜孜孜，避暴秦，洋場十里饒風景，綺羅豔借長春樹，燈火紅開不夜城，天涯回首何堪問，這壁廂笙歌聒耳，那壁廂風鶴驚心。

祝新年，寫吉詞，筆兒停，煞費思，癡心但望干戈止，弟兄休飲分家酒，南北本來連理枝，同胞四億都如此，休待那瓜分豆剖，禍臨頭雖悔嫌遲。

勸武夫，氣要平，豆與萁，同根生，相煎太急心何忍，欣逢人日鏤金箔，快挽天河洗甲兵，殘民以逞終無幸，枉使他漁翁得利，何苦你蚌鷸相争。

拍漁筒，續續歌，警庸人，醒癡夫，道情七首資談助，人心曲曲彎彎路，世事重重疊疊波，回頭宜早休耽誤，趁從今春回萬象，休負我口苦心婆。

年華容易催人老，舊曲翻新調。天下本升平，禍自庸人擾。我唱罷道情，遊春去了。

（《益世報》1918 年 5 月 4 日）

【銀紐絲調】 新四季相思

春季裏，相思病，害得我悶沉沉。手拋着五線譜懶去踏風琴，怨難禁。我的他出門經歲又經春，鏡裏雙鸞剖，梁間隻燕嗔。可憐我啊顛來倒去將伊忖，不知伊在外面可也憶閨人。怨了一聲天，天哪，子細想我的他，愛神座下盟難準。

夏季裏，相思病，害得我太孤悽。眼盼着結婚書篆字印金泥，意如迷。我的他結婚三月便分離，曉露承荷蓋，熏風透葛衣。好教我啊無心去看鴛鴦戲，看了時怎禁得灑淚惜分飛。問了一聲天，天哪，何處有費長房，替儂縮盡相思地。

秋季裏，相思病，害得我恨重重。鎮夜的不得睡秋雨又秋風，響簾櫳。我的他銀瓶落井去無蹤，雁影橫斜裏，蟲聲斷續中。盼得奴啊終宵抬眼難成縫，渾不覺牆壁上敲動幾聲鐘。求了一聲天，天哪，快快的催我睡，鴛鴦枕上圓香夢。

冬季裏，相思病，害得我忒無聊。幾陣的北風緊片片降鵝毛，冷難熬。我的他冰天雪地去遥遥，洞鹿迷香徑，寒鴉失故巢。只落得啊說來都是相思料，但願伊整歸鞭馬足踏瓊瑶。唤了一聲天，天哪，怎能夠擁紅爐，並肩同擬消寒稿。

四季裏，相思病，足足的害了一年。猛聽得牆兒外好似我郎言，喜連連。鸞韡移動搶步到門前，語比鶯喉囀，情如蜜月甜。到今朝才能會見寃家面，相思細剖說不盡話連篇。謝了一聲天，天哪，不做美報曉鐘，五更好夢敲成片。

（《紅雜誌》1923 年卷一）

十子，【耍孩兒】

一　胖子，【耍孩兒】調，下同

大塊頭，没青頭，身胚大，大似牛，加工雙料天生就。渾身都是脂肪質，氣喘吁吁怕上樓。肚皮凸出如笆斗，立夏日秤他一秤，撲落秃拉斷秤鈎。

二　瘦　子

瘦子身，似猴精，只見皮，只見筋，肉兒瘦得乾乾净。胸前肋骨根根出，不少不多廿四根。面黄肌瘦身多病，兩尺長一條褲帶，還減去五寸三分。

三　長　子

長來西，真希奇，走進門，頭不低，一盞電燈撞落地。伸手摸着天花板，園内攀枝不用梯。往來市上須留意，兩旁邊招牌高掛，險些兒碰破頭皮。

四　矮　子

矮身材，最吃虧，趁電車，圈難攀，騎馬如何上馬背。天外昂頭無我份，戲場吃屁也應該。熱鬧叢中人走散，任憑你東張西望，再也伸不出頭來。

五　秃　子

臘梨頭，生疥瘡，一搭白，一搭黄，頭顱宛比葫蘆樣。道是油灰難補漏，到是梅花又不想。東爬西抓頭皮癢，只落得乖乖亂叫，疼愛的有你親娘(諺云:臘梨頭兒子自己的好)。

六　瘸　子

一腳高，一腳低，你走路，太蹺蹊，宛比仙人鐵拐李。既是仙人李鐵拐，如何不把腳來醫。神仙廟裏休遊戲，怕人家當做仙人，有意來擠你一擠。

七　麻　子

雕花臉，是天生，破工夫，雕得成，面皮上寫圈兒信。雙圈是你單圈我，整圈會合破圈分(圈兒詞云：單圈兒是我，雙圈兒是你。整圈兒是團圓，破圈是别離)。拚教蝕本須搽粉，總算是梅花點額，莫認做雨滴灰塵。

八 駝 子

天生的，會鞠躬，鎮日的，不挺胸，背梁宛比春山聳。上床扛起半條被，跌地仰翻一面弓。人人笑破嘴皮縫，你這一交筋斗，果然是兩頭脱空。

九 瞎 子

瞎了眼，不見人，黄昏時，省點燈，手弄三弦喊算命。真個肚中知數目，居然進店吃餛飩(諺云：瞎子吃餛飩，肚裏有數)。看煞花燈不見影(諺云：瞎子看花燈，毫無影形)，有時節趁淘好笑(諺云：瞎子趁淘笑)，瞎先生也會開心。

十 啞 子

啞巴兒，指頭伸，吃黄連，苦萬分，縱然苦痛誰相信。有時便把黄金拾，歡喜在心難告人。咿咿啞啞真氣悶，竟不如架上鸚鵡，也會得唤客聲聲。

(《紅玫瑰》卷一第46期，1925年)

東南再劫，【黄鶯兒】

二次起刀兵，霎時間厄運臨，拋鄉離井逃生命。何處藏身，到處荊榛，共和幸福真無幸。看他們，天天打電，保境與安民。

保境與安民，先後間陳共孫，心非口是誰相信。未定驚魂，又動驚魂，片言不合揮兵刃。最傷心，松江城下，二次遇災星。

二次遇災星，八太爺胡亂行，泗涇七寶虹橋鎮。搶了白銀，擄了黄金，閨中弱質難逃命。好軍人，輪流作戰，狼藉女兒身。

狼藉女兒身，歎紅裙冤莫伸，説來血淚應交迸。喪了殘身，污了閨名，天昏地黑神人憤。憤他們，武夫糾糾，也算作干城。

也算作干城，兵其名盜其心，姦淫擄掠超超等。龍華潰兵，搶劫紛紛，克齋一走無人問。歎吾民，大呼小喊，個個淚沾巾。

個個淚沾巾，慘淒淒没路奔，諸公衮衮心頭很。一波未平，一波又生，中原片土無乾净。起紛争，你來我往，各把氣來伸。

各把氣來伸，奪地盤弄甲兵，人民草芥何勞問。截斷滬寧，互决輸贏，但知一洩心頭恨。歎生靈，我躬不閲，處此莽乾坤。

處此莽乾坤，東也争西也争，食難下嚥眠難穩。你軋我傾，此僕彼興，操戈同室拚同盡。問天心，何時厭亂，寰宇卜昇平。

（《紅玫瑰》卷一第 30 期，1925 年）

隱語，【黄鶯兒】

一　隱捲烟，譏色鬼也

生就瘦腰身，霎時間欲火升，無端去接美人吻。貪戀些香津，斷送了殘生，一呼一吸成灰燼。没收成，道旁丢棄，踐作馬蹄塵。

二　隱算盤，譏軍閥也

同住一方城，爲甚麽畛域紛，争權奪利生災釁。終日鬧紛紛，何曾一刻停，打來打去渾無定。君試聽，畢畢剥剥，宛似放槍聲。

（《紅玫瑰》卷一第 47 期，1925 年）

四種相思曲,【銀紐絲調】

一　相思樹

第一種相思樹,種到了奴的心田。枝條枯瘦,瘦得可人憐。怨難言,我的他,出門經歲又經年。勞燕分千里,鴛鴦撇兩邊,害得奴朝朝暮暮將他念。試問那相思樹,結子在何年。喚了一聲天,天哪,快降下一陣雨,把那歡苗愛葉都沾遍。

二　相思索

第二種相思索,縛住了奴的芳心。朝抽暮掣,縛得緊騰騰。縛難禁,我的他,因甚不管奴心疼。誰能揮利劍,斬斷此情根。待要把一條索子兩邊分,只可恨這索子,着骨與黏心。歎了一聲天,天哪,赤緊的相思索,重重疊疊,竟把奴家綑。

三　相思結

第三種相思結,挽牢了奴的雙眉。長吁短歎,懶把眼兒擡。淚滿腮,我的他,天涯一去不歸來。終朝憐隻影,何日解連環。可憐奴愁痕,疊疊鎖春山。要解這相思結,除非我郎回。問了一聲天,天哪,可有日郎回來,替奴重重解這相思帶。

四　相思債

第四種相思債,記上了奴的心頭。重重疊疊,巧算也難求。淚雙流,我的他,去春一別到今秋。牽腸和掛肚,別恨與離愁。這相思真個無了又無休,除非是我的郎來,才能一筆勾。訴了一聲天,天哪,勾銷那相思債。思來想去,只有天成就。

(《紅玫瑰》卷一第 50 期,1925 年)

葉楚傖

葉楚傖(1887—1946),原名宗源,字卓收,筆名小鳳、楚傖等,江蘇吴縣(今屬蘇州)人。1909年春,加入同盟會。1910年,參加陳去病、柳亞子等人組織的南社。辛亥革命後,先後在上海創辦《太平洋報》、《生活日報》,並一度主持《民立報》筆政。1916年,與邵力子合辦《民國日報》,擔任總編輯。1924年1月,被選爲國民黨第一届中央執行委員。此後,一直參與政治活動,成爲國民黨政府的政治元老之一。著有《世徽堂詩稿》、《楚傖文存》以及小説《古戍寒笳記》、《如此京華》、《金閶之三月記》等。

小　令

【望江南】

我一唱,一唱一泆瀾。妖火經天流帝座,金人墮淚下銅台,一夕六宫開。

我再唱,一唱一泆瀾。玉棟珠簾賓館起,軟輿細馬貴人來,丰彩各非凡。

我三唱,一唱一泆瀾。折矢刑牲成信誓,彎弓盤馬故徘徊,然到劫餘灰。

我四唱，一唱一汍瀾。未嫁天孫工逋負，半妝妃子好丰裁，新樣鬥眉彎。

我五唱，一唱一汍瀾。塞外狼烟紅似血，寰中人骨白於灰，猶自舞瓊臺。

我六唱，一唱一汍瀾。劉毅繞床豪氣盡，分司入座美人回，行樂洵多才。

我七唱，一唱一汍瀾。吮咳計工如蟣虱，睚眥怨結誤蜂蠆，寄語不如歸。

我八唱，一唱一汍瀾。芻狗未聞加斧鉞，銅駝會見卧蒿萊，不盡爲君哀。

（葉楚傖《如此京華》）初集第一回《喬篡竊亂登祈年殿，絜綱領哀唱望江南》

天子萬年

天嫌寂寞，地苦蕭條，山川河嶽，清興偏高。吩咐那造化兒曹，將興亡治亂，一代代編做悲歡材料。倩廿四朝皇帝裝個塊壘，把三萬里山河捆做腰包。咯咚咚鼓亂響，嗒喇喇板輕敲。香噴玉顆，紅破櫻桃，舌尖上跳出個新朝。

天子當朝，濟濟群僚，文的是西瓜帽，武的是葫蘆腰。文的是四綱六常，武的是七略八韜。文的是額骨朝地碰，武的是腳底朝天蹺。文的鑽，武的跳，文的喘，武的號。熱烘烘，亂糟糟，七手八腳捧出大英豪。天子説卿等功高，孤王命好，一個個封做一百零八等子男號。

功成名就,酒酣飯飽,太平無事,落得逍遥。華東館眼花撩亂了山西佬,三樂園車輪碾碎了書呆腦。簾前逢大敵,帚底侍兒嬌。校外倚斜陽,眼裏縫窮俏。這都是四海升平,聖天子成就的新諧笑。

侯門路遥,深閨夢遥,翩翩公子,怎流連大道?才賦月團圞,捐棄秋風早。室邇人遠,魚沉雁杳。軟哈哈太阿持倒,主人翁禁錮床頭了。自古人無百歲好,狗無一日飽。便貴爲天子,也有個下梢。

堯天高,舜日遥,翻四千年舊案,别把河山造。千門萬户,春風一到,吹遍宫花宫草。怕才過陳橋,又得漁陽報。把我這新歌驚破了,把我這新歌驚破了。

(葉楚傖《如此京華》)初集第三十二回《競優秀禮帽作舞蹈,寄感慨鼓板繞餘音》)

套 數

【南吕·步蟾宫】

團香搓粉瓊枝豔,費功夫天公裁剪。爲樓頭春懶,曉妝人來替花容裝點。

【瑣窗繡】

是劫後生成埋玉緣,似萍痕絮影,浪跡年年。護花鈴底,盡流鶯唤遍,露一縷春光消息。又留得春光幾日,供愁人眼前消遣。

【繡帶引宜春】

輸與他樓頭春鏡陌上香韉,收拾起畫舫珠簾,打當着酒香歌豔。深淺，妨他紅上櫻桃靨。占盡了韶色閑香，博得個酒闌人倦，一刹時紅雨纖纖。困懨懨塚冷埋香，慘淒淒人來別院。剩枝頭緑肥紅瘦，綺恨年年。

【東甌連】

風過處，春去也，流水天涯夕照天，教人忒覺春光賤。托遊絲黏花片，怕經紅怨緑愁邊，已成滄海桑田，玉樓人去恨綿綿。

【尾聲】

天公不管人憔悴，特地的團絲作繭，造作窮愁付簡編。

（葉楚傖《如此京華》二集第一回《良宵豔曲飛越夢痕，拉纖掇梯詼諧世故》）

附

簫引樓雜曲

序

蓋聞宣聖祚階，與鄉儺而參禮運；季札簪服，聽周樂而識盛衰。弦歌魯邑，回楚國之兵；笳管巖城，下魏人之淚。故鼙鼓有聲，廉懦立志。管敬仲有長歌忘倦之師，唐貞觀起破陣九功之舞。及夫鄭衛既興，哀豔斯作。擅場白紵，聞鈴寫亡國之音；按節紅牙，送酒掩出關之淚。伊州入破，知李氏之將亡；燕子來時，識朱明之南渡。聲音之道，盛衰所倚已。爰啟歌場，別裁曲部。徵横戈擐甲之雄，作鐵板銅琶之語。爲此矜式，振我夏聲。倘亦足起靡曼之衰，繼小戎之響乎？

第一曲：涿鹿定宇。人禽初離，國基未立。龍吟之軍聲起，蚩尤之妖旗掩。奠此河山，張我華夏。此開天闢地第一功也。

第二曲：牧野誓師。夏由禪讓，湯有慚德。居三分有二而事商，體文王之孝思;嚴五伐七伐以整列,受陰符之奇謀。懲獨夫,勤民德,革命之初規,開天之營建也。

第三曲:大澤狐鳴。於銷兵鑄金之後,起揭竿斬木之師。項羽拾餘唾以入咸陽,劉季步後塵以開漢業。怨毒所及,指日與嬴氏偕亡;剛毅不屈,皇帝與匹夫俱碎。雖功不可徵,而力有獨到矣。

第四曲:淝水鶴唳。兄弟成角井之牛,狐貉爲穿牖之鼠。荊州會獵,賊已入於寢門;古岸殘陽,春復回於江浦。從此葨垂崛起,横一室之戈;元明相承,保百年之祀。中原文物,終屬漢家;江左人才,解嘲絲竹矣。

第五曲:汾陽免胄。漁陽節度,逐天子於峨嵋;閹寺監軍,潰六師於鄴郡。於是西戎有犯闕之師,驪山無徵兵之火。苟無免胄擲槍之郭令,何來清宫待蹕之李晟?回鶻不復反矣,渾馬何足道哉?

第六曲:騑武穆治陵。六飛北去,青衣爲行酒之奴;一馬南來,鐵撾碎趙家之璧。汪王搆釁,竟幸台州;韓岳不生,已成帝咼。武穆以泰山之勢,壓河北之氛。燕雲十六,指日可收。背嵬三千,横戈待發。功何如哉,命爲之耳。

第七曲:皇覺異僧。胡運無百年,英雄起一衲。别開待命之奇,還我中原之鹿。一時將相,皆椎埋屠酤之雄;百戰聲威,成沼吴入楚之績。此尤人之所難,世有足表者也。

第八曲:黄崗碧血。開四千年未啟之天,爲九萬里先聲之導。白刃殺賊,集楚國之良;碧血照人,起鄂州之烈。然星晨耿耿,未酬搗穴之心;江水澌澌,長咽逝波之恨已。

第一曲 涿鹿定宇

【點絳唇】

(生)萬里河山開,草昧鐵肩背。分成一擔,到海枯石爛。

【混江龍】

破窮荒天生魑魅，向人間初試華夷仁暴來。我便要頂天立地掣電行雷，鐵錚錚大開殺戒。樹漢族門楣，右昆侖左東海。已醒的莫睡，未醒的開眼。殺人心，從頭辦。

【寄生草】

射人先射馬，擒賊必擒魁，白虹長劍横天外。他是今生欠了刀頭債，怎許半拖午欠的將頭顱貸？準備得天神呵護指南車，整副兒屍骨防風載。

【天下樂】

入雲天銅管，龍吟卷地來，斬瓜切菜。如此河山，合是你忙裏錯投胎？向喪門赤緊的苦苦挨，博得個入荊山玉石碎。

【哪吒令】

破霞綺初裁，露月華冷彩。照血花如水，助鼓角聲悲。是千軍戰後作鐃吹。歸來，那裏見釜底魚甕中，竈弄餘生能作怪。

【尾】

日星兮燦爛，慶雲兮虬曼。西聲沸沙東，漸於海朔南，暨有教無類。

第二曲 牧野誓師

（生）受命於天，太白旗頭懸一劍。

【耍孩兒】

風濤萬里開天塹，下龍門向中原飛濺。你憑險阻欲逃天譴，我渡舟師横流一剪。白魚呵他河清徵瑞著千年，赤烏呵他中天流火銷奇變。奉先王陣師鞠旅，要一舉净掃狂焰。

【前腔】

血花照眼旌旗豔，將你鉅橋石爛鹿台花掩。六宫寂寞蒼苔點，河山尊重名妃賤。一笑回眸自可憐，玉人兒是燒天線。我待要指天誓日，快意踐當年。

【尾】

河山無恙，試馬華山，放牛桃野。

第三曲 大澤狐鳴

【六么令】

（净）風起雲生輟耕，歎息負我平生。待端正鋤耰棘荊，起鴻鵠秋高風勁。

【前腔】

天公敕賜秋霖，遮斷戍卒行程。這叫置之死地而後生，算嬴秦惡貫盈。聽狐鳴，功業天教定，功業天教定。

【風入松】

王侯將相，我亦猶人，只須鐵骨銅筋，儘看我撕破赭衣。懸斗大黄金印，出落個英雄身分，將阿房宫當外寢。

【前調】

莫嫌七百人不禁吹灰，比荊軻多七百倍。一拳先打殽函碎，咸陽城紙糊壁壘。振神威鼙鼓三擂，看伊輿櫬銜壁來。

第四曲 淝水鶴唳

【小蓬萊】

（净）百萬貔貅來也，喚南朝孱主，出就中書令。更奴王婢謝，寫降書，屬右軍。新宫起舞列行，紅粉桃葉桃根。鐘山龍卧石頭，虎踞是我南京。

【八聲甘州】

鵝鸛列千軍，阻長淮，有江東惡少，羊酒來迎。過江螻蟻，禁馬蹄一蹴，看成齏粉。憐他年少昧天心，且降天皇。雨露恩先行，充個引路將軍。

【前調】

風高激水聲，鶩鼙聲，死亂落繁星。曳兵棄甲，怕有魚龍竊聽。八公山下，花草繽紛，由他倚瓊姿，笑遠人。南征念家山，涕淚沾襟。

【解三酲】

慕容垂變卦了，又走了龍驤將軍。莽前途征衣鐵冷，漢光武向蕪亭。倘誤認帝命，天生起隴中緣，何有王猛？咸陽城故宫，眼底王氣銷沉。

第五曲 汾陽免冑

【引】

（丑）氈裘皮帽，問頭銜鼓號。塞外麵包雖好，不及江南香稻。

【小桃紅】

講和打仗一團糟，玉帛干戈相報。不是范陽節度，那裏來秋風鐵騎長安道。大旗落照,郭汾陽容易老。賸幾個雕面惡少,值鐵鞭横掃。

【下山虎】

見當年朔方旗號,壯士魂銷。敢是閻羅包老,受人禱告,鬼門關暫放回生道。你看旗旛五色,朔風高着個郭字,越樣英豪。

【五般宜】

敢只是假諸葛來嚇曹操,將招魂旛當作大旗飄。欺負我外國鄉下老,馬兒叩好,兵兒相交,待殺得兵翻馬倒、兵翻馬倒。問你個真和假,中書令二十四考。

【江神子】

你看他大旗下來了,擲槍免胄[一]。露白髮蕭蕭,正肥馬秋高。唐天子百靈呵護,大將軍一世英豪。單騎摩壘,御廄九花驕,越顯神標。責我以大義,勉我以神交。着他弓上弦,刀出鞘,這不比河陽橋。

【尾】

嚴營夜閉,聽杜宇聲聲,不如歸去好。

第六曲 武穆背嵬

【引】

(末)忍死,餘年猶堪重見,漢代衣冠奕奕。載酒牽羊,望細柳將軍新壁。

【引】

(旦)憔悴,應憐風回雲掩,留得雜畫秋豔。竹筥筠籃[二],望細柳將軍新壁。

【引】

（小生）志在，雲天一肩，書劍肯讓陳琳草檄。挾策懷奇，望細柳將軍新壁。

【排歌】

（合）粢粢豐盛，嘉果旨酒，故宫禾黍油油。荒草斜陽驚變後，玉魚螭鏡兩悠悠。淒涼兩京俎豆，賴將軍鼙鼓一時收。待他年，名王函首，黄龍府一杯酒。

【尾】

（旦）將調羹纖手，（末）拂拭河山如舊。（生）中興，頌王庭新奏。（合）待他年，名王函首，黄龍府一杯酒。

第七曲 皇覺異僧

【山坡五更】

（小生）鬱葱葱山蟠雲繚，氣峨峨鐘樓佛殿，莽蒼蒼滿地山河，冷颼颼隨身一劍。將羅漢數遍，降龍尊者，前伏虎師，袈裟袒褊。你忒會裝癡，如何消遣？守住這一角香烟，便放開笑臉，全不管地角與天邊，有金戈鐵馬風雲變。

【古輪臺】

袒臂膊不肯讀陳編，那裏有堯舜禹皋大謨大典，生成有良心，强盜濟困扶顛。丈夫有毒，揭竿斬木，我便做得陳涉當年[三]，他翻地掀天，將中原搗遍，何嘗見半些可憐？仗慈悲聖賢，降魔杵迅掃狼烟。

【尾】

擲下毗盧，冲冠怒髮，問漢家甲子，今日何年？

第八曲 黄崗碧血

【引】

（小旦）黄花野徑弄，南郊秋影碧。血應知未冷，年年寒食清明。

【小桃紅】

（副净）謝祖宗功績未全湮，有兒子死於革命。汪錡救國，孔老先生巨眼錫嘉旌。説是國殤不死，應享着千秋萬世明禋。試向古木寒林起英魂，問怎生？

【山麻楷】

（小生）説甚麽鳥鳴嚶嚶，求其友生，今生人間天上，寒了心盟。空自箪醪挈榼，墓門展拜，雪啼招魂。

【五般宜】

（副净）頭銜暫避從九品，入時無畫眉深淺殷勤問。袖掩了當年翎頂，且拋一片心。一變摇身，扮白馬素車來，儘願死去的英靈不遠，發方便慈悲，指我終南捷徑。

【江神子】

（丑）平日裏白楊風冷，怎地的换了青蠅，博帶峨冠齊整？哈哈，他們是造反革命，莫污了縉紳先生。去年今日，白骨露郊堙，可有人來問？剩淒風冷月，伴鬼燐青螢。黑良心白了，如今不愧識時務賢俊。

【尾】

(小旦)願千秋萬歲,長保明禋。(合)息妖氛,要雲間日净。

(《民國日報》1917 年 9 月)

校勘記

[一] 槍:原作"搶",據文意改。

[二] 籃:原作"藍",據文意改。

[三] 涉:原作"陟",據文意改。

强光治

强光治(1887—?),生平見《全清散曲》第 2149 頁。

套　數

題《梅聘海棠圖》[一]

【南正宫・錦纏道】

細平章,自由花伊誰主張?任意好從良,儘無妨,締成一對鸞皇。喜不假天錢辦裝,這翩翩仙袂飄颺。堪匹紫羅裳,莫辜負明窗紙帳。燒高燭,照紅妝,差免對孤山惆悵,把小喬真個嫁周郎。

【朱奴剔銀燈】

休再飄宫眉壽陽,早收回淚點成行。料渴望於今一例償,依舊是多嬌模樣。思量,記當初斷腸,今朝好事從天降[二]。

【雁過聲】

迷茫,瑶台羅幌,聽分明冬宵漏長。算春來尚勞盼望,各時光,未同鄉,締鸞交竟作鴛鴦。匆忙,疾商量,蜂媒蝶使頻來往,早把個傾筐句齊唱[三]。

【小桃紅】

如玉貌神仙降,慰處士孤眠況。風流佳話多傳賞,花開並蒂堪摹仿。畫圖留作人間樣,慶團圞地久天長。

除夕祭詩[四]

【南正宫·錦纏道】

檢奚囊,理花箋長篇短章。錦句燦琳琅,置中堂,别開祀典堂堂。忙措備年糕數方,到終年索盡枯腸,心血嘔淋浪。合當與東廚配饗,三稽首,捧壺觴。恍似薦椒花一樣,頌吟安萬壽亦無疆[五]。

【朱奴剔銀燈】

【朱奴兒(首至合)】這不是招魂鬼鄉,又不是佞佛燒香,焚白紙黄錢數十張,也爆竹三聲連放。【剔銀燈(合至末)】趨蹌,把壺觴獻將,儼對越神明在上。

【雁過聲】

思量,粗夫莽撞,有一時微勞武場,也須廟食邀榮奬。况詩狂,姓名揚,論勳勞汗馬相當。榮光,世無雙,色絲黄娟争傳賞。這酬賞區區當酬賞[六]。

【小桃紅】

記驢背揚鞭往,逢京兆衝儀仗。推敲一字遭魔障,險些兒禍水從天降。今宵始得多儀享,與新年一例光昌。

(《文苑導遊録》第五種第五卷)

校勘記

［一］《全清散曲》收録是陳栩修改稿，此曲是作者原稿。

［二］眉批："末句應上三下四。"

［三］傾：原作"頃"，據文意改。眉批："第四句應上四下三，或上二下五。'句'字應平。"

［四］《全清散曲》收録是陳栩修改稿，此曲是作者原稿。

［五］句下批："餘未改"。眉批："放逸處近於俚俗，用典處近於文章，是由少看詞曲之故。"

［六］眉批："'武場'云云，不切浪仙身分。"

王鈍根

王鈍根(1888—?),原名王晦,字耕培,號鈍根,青浦(今屬上海)人。南社社友。早期在青浦創辦《自治旬報》,後在上海任《申報·自由談》、《自由雜誌》、《遊戲雜誌》、《禮拜六》等刊編輯。所編刊物多載舊派小説,稱之爲鴛鴦蝴蝶派。解放初期去世。有《工人之妻》、《劫後緣》等。

小　令

上海戰事五更調

一更一點月出東,炮聲隆隆。呀呀得而哼,南市攬通(滬諺,攬通者,破滅净盡也)。牆頭浪向才是洞,弗成功,嚇得來呀,逃到租界中。呀呀得而哼,十室九空。

二更二點月色明,專想革命。呀呀得而哼,荼毒生民。報紙造謡弗該聽,真熱昏,討袁軍呀,本事才弗靈。呀呀得而哼,白送性命。

三更三點月模糊,都督撒爛污。呀呀得而哼,獨立宣布。平書□機盡葫蘆,□□乎,上海人呀,吃煞俚個苦。呀呀得而哼,一塌糊涂。

四更四點月偏西,無啥道理。呀呀得而哼,争些意氣。就是□例袁世凱,啥希奇,弗應該呀,性命當兒戲。呀呀得而哼,百姓晦氣。

五更五點月落山，南軍大敗。呀呀得而哼，死脱交關。紅十字會救護□，□憾□，三個人呀，合隻小棺材。呀呀得而哼，寃哉枉哉。

(《申報》1913 年 7 月 26 日)

王佩諍

王佩諍(1888—1969),名蹇,號瓠廬,晚號瓠叟,江蘇吴縣(今屬蘇州)人。1915 年,東吴大學畢業,先後在蘇州女中、振華女中、東吴大學及江蘇省立蘇州圖書館任職,又加入章太炎國學講習會。1937 年,移居上海。歷任上海震旦大學、大同大學、上海東吴大學及新中國的華東師範大學教授。有《藏書紀事詩》、《宋平江城坊考》、《粟樓書目》、《鹽鐵論札記》等[一]。

套　數

陳君鼎一有寗馨兒曰滂喜,六齡而殤,蘭茁凋芳,籜新貰采,悲詠述懷,神傷欲絶,因拈是解,以慰其懷。

【南商調·梧桐葉】

金童絳闕分,玉馬璿宫冷。靈洞神區,頓化淒清境。騎箕下白雲,塵夢無醒時。一墮輪回,便隔仙凡徑。俏陳郎兀自道瑶臺近。

【東甌令】

攀椵降,踏烟行,弱水嘗留騎驥影,藍田尚想驚鴻印。是曾遇仙蹤引,麻姑可也獻花迎,叨絮話前因。

【大聖樂】

貯婀娜珠箔銀屏,有前緣三生證。鹿車犢禪期偕隱,仙眷屬,佛心靈,只道玉簫再世邀天幸，怎重教雛鳳清聲斷月魂[二]。呼不應，只慘對顰蛾蹙黱，淚若泉傾。

【解三酲】

忘不得名花初聘，忘不得柳月新盟，忘不得嬌啼乍試回聲後，忘不得笑語聰明，忘不得緑章夜奏祈長命，忘不得絳帳春寒授小經。秋來病，空换卻支離弱骨，玉曆渦生。

【前腔】

從此後魂歸繡嶺，從此後影杳瑶扃，從此後金冠永斷方壺信，從此後頓絶書聲，從此後臺登思子綿綿恨，從此後酒酌澆愁不解酲。悲無盡，反養得譽兒新癖，書托孤根。

【尾文】

您且覓遊仙枕，塵夢何如鶴夢清。莫輕借羽衣，向縹緲烟霞，當作蓬萊山上等。

（《蘇州女子中學月刊》1929年第1期）

校勘記

［一］鄭逸梅《藝林散葉薈編》："王佩諍中年患肺病，醫治無效。後有人傳以秘方，每餐以蓴菜作羹服之。堅持二年餘，肺疾竟愈，壽至八十餘，文革中含冤以殁。著述零落，僅出版《鹽鐵論札記》一種。其舊撰《平江城坊圖考》，爲早歲之作，晚年大加補輯，内容增至二三倍。潘景鄭曾請人録副未成，今不知稿本尚在否矣。其所著《續藏書紀事詩》，則草率油印，流傳不多。""王佩諍嗜書成癖，賣田買書。其妻反對之，遂不睦。家吴中顔家巷。錢崇威太史之兄崇固，畫家樊少雲，先後住居其宅。""藏書家王佩諍之夫人，爲名彈詞家徐筱卿之姊。蓋佩諍父與筱卿父友善，佩諍童年穎異，早入黌門，遂相攸焉。後佩諍任振華女校副校長，文名播吴下。有《平江城坊圖考》

一書行世，晚年增訂，幾倍原稿，惜未重印。尚有《周秦諸子札記》，內容精富，潘景鄭介紹中華書局出版，動亂起，作罷。”

［二］鳳：原作“風”，據文意改。

張一塑

張一塑(1889—?),生平見《全清散曲》第2151頁。

小令

【南仙吕·柳葉兒】 雉山高等小學校開校歌

栩按:【柳葉兒】有【黄鐘】、【仙吕】兩調,第三句起,句法截然不同。原作第三句既作七字,應是【仙吕】調之【柳葉兒】,但以下忽多一句,不知所從何譜。《元人百種》云:"見淅零零滿江干樓閣,我各剌剌坐車兒如過灞橋,他砣登登馬蹄兒倦上皇州道。我一望望傷懷抱,他一步步待回鑣,早一程程水遠山遥。"《雍熙樂府》云:"我只吃得二更時候,正喧嘩交錯觥籌,直吃的月移梅影横窗瘦,心相愛,意相投,醉時節納被蒙頭。"觀此兩作,足知句法有定,平仄亦正符合。但元人襯字略多耳,其正文故相同也。本調以《雍熙樂府》爲正格,宜從其譜。若加襯逗,則當竟從《元人百種》,庶有現成樂譜可用。若漫爲增減,則無譜可引,是徒作矣。今從《雍熙樂府》改正如左,平仄可通者以◎識之。

喜今朝書堂開處,鬧盈盈起舞牽裾,莫放這風風雨雨匆匆去。家和國,賴相扶,轉乾坤全仗吾徒。

附原作:

喜今朝顫巍巍書堂開處,鬧盈盈牽裾起舞,莫教這風風雨雨匆匆去。願吾曹,越發的努力去攻書。看幾個少年郎,要把乾坤兒扶住。

栩按：曲例每有同一句法，而此作爲平起仄收，彼作爲仄起平收，迴然相反者，固恒有之。即宋詞家，亦每有此。其實一經倒置，工尺全然相反，萬不可讀平作仄，讀仄作平，是即所謂學士大夫，恒爲名優俊娼所笑者矣。蓋填詞者每非自度，苟不能按笛倚聲，則但按句填詞，稍不經心，便成顛倒。伶工不敢斥賓主之非，則惟有换羽移宫，别填一譜，而以别名名之。於是其詞亦傳，選家遂名之爲又一體。而一調致有數體及數名者，皆由此耳。然在今日，吾儕既無家伶聽我指揮，則制一曲，欲求普通曲師，能吹笛以和之者，舍用成譜外，必不能求其協。故凡《九宫大成》無其例者，即不可從。苟從之者，則等於自度，反不如自度之爲便矣。

再，此等隻曲，本不能單獨成立一支，因原作如此，故仍之。其實非所宜也，特附記之，以免學者沿誤。

套　數

壽栩園夫子四十初度[一]

【南南吕・臨江仙】

自古江南文物好，地靈人傑堪誇，惟吾夫子楚翹翹。年華纔四十，名似浙江潮。

【梁州序】

清辭蘭藻，濟時懷抱，著作等身惟妙。珠璣咳唾，前身李杜岑高。詩中天子，海内文宗，有口皆知道。向陽花木逢春早，帳設申江究尺刀。隻手挽，狂瀾到。

【節節高】

相逢盡素交,義彌高,孟嘗别號人人曉。琴彈了,吹玉簫,還長嘯,導遊後學工夫巧。灌輸知識開人竅,内史攻書女中堯,芝蘭繞砌時相笑。

【尾聲】

填成一曲稱觴稿,華封祝壽獻蟠桃,且喜後起阿龍更卓超。

(《文苑導遊録》第五種第七卷)

校勘記

[一]《全清散曲》收録是陳栩修改稿,此曲是作者原稿。

姚錫鈞

姚錫鈞(1892—1954),字雄伯,號鵷雛,別署宛若、龍公、紅豆詞人,松江(今屬上海)人。南社社員。曾任《民國日報》、《申報·自由談》、《春聲》等編輯,1927年後,歷任江蘇省長公署、南京市政府、江蘇省政府秘書,兼任東南大學、河海工程學院等校教職。抗日戰争爆發,避走重慶,得監察院長于右任之聘,任該院編纂,旋改主任秘書。抗戰勝利後,回南京,仍任主任秘書,並遞補爲監察委員。中華人民共和國成立後,曾任松江縣副縣長、上海文史館館員、蘇南區人民代表。有傳奇《沈家園》、《紅薇記》、《菊隱記》、《山人扇》、《鴛鴦譜》和《姚鵷雛文集》等。

套　數

國慶曲,依趙秋舲拜月曲[一]

【南商調·黄鶯兒】

大地正昏黄,倏山河別樣妝,千街燈火銀花樣。旌旗寶光,樓臺夜霜,馬龍車水洋場上。鬧笙簧,無端感慨,獨自付回腸。

【前調】

往事細端詳,告蒼穹一炷香,兵戈烽火千般樣。萇弘血涼,唐衢淚横,萬家野哭淒涼賬。算流光，五年風雨，把盞向斜陽。

【前調】

帝制溯登場，萬貔貅擁北方，癡心亂夢憐洹上。建牙岑唐，深謀蔡梁，義師鼙鼓滇池響。笑佯狂，禰衡撾鼓，不屈有餘杭。

【前調】

成敗本無常，萬夫雄一病亡，道場散了天光亮。孫劉李楊，雷江葉梁，逍遥齊把神山上。料無妨，功臣難做，還是富家郎。

【琥珀貓兒墜】

雲收霧散，杲杲有朝陽。看妙手傳來卻病方，莊嚴國會又登場。洋洋，且看那法治精神，萬歲流芳。

【前腔】

人歸天與，仁義自無疆。又肥水英雄輔弼强，至誠相感不提防。提防，只要在蚌埠凶猊，徐海香麞。

【前腔】

創痍滿眼，百事仍難量。况逼伺强鄰交涉忙，折冲樽俎付誰强。荒唐，又見那武人干政，反對外交唐。

【前腔】

飄摇風雨，難覓渡河梁。願萬衆同心把國步抗，猜嫌疑忌盡消亡。堂堂，畢竟是起陸龍蛇，神冑炎黄。

【尾聲】

銅壺銀箭丁冬響，早燈盡香消一味涼，兀自看那萬衆歡聲徹曉光。

（《申報》1916 年 10 月 10 日）

校勘記

［一］此曲又見《益世報》1916 年 10 月 16 日。

姚民哀

姚民哀(1893—1938),生本姓朱,出嗣姚家,字天亶,號民哀,江蘇常熟人。鴛鴦蝴蝶派作家,南社社友。早年曾從生父朱寄庵習評彈,旅食他鄉。武昌起義後,赴蘇州謁李燮和,延爲光復軍記室,又參加中華少年社。後數年,繼其父業,與弟菊庵爲雙檔,説《西廂記》。1921 年,佐周劍雲編《春生日報》。1923 年,主編《世界小報》。又先後編《戲雜誌》、《新世界報》等。有《民哀小説集》、《南技雜談》、《説書閑評》、《四海群龍傳》、《黨會英雄傳》等。

小　令

廢督五更調

一更一點月初升,廢督頂要緊。咦呀呀得而嗆,百姓纔贊成。電報打得雪片形,纏弗清,嘸影響呀,笑煞外國人。咦呀呀得而嗆,阿要難爲情。

二更二點月放光,浙江盧永祥。咦呀呀得而嗆,廢督先提倡。改稱督辦有主張,會白相,王永泉呀,調動啥名堂。咦呀呀得而嗆,大家想一想。

三更三點月團圞,大家搶地盤。咦呀呀得而嗆,有縫就要鑽。百姓苦得團團轉,煎海乾,廢督軍呀,名字换一换。咦呀呀得而嗆,黑幕早拆穿。

四更四點月西下，換湯弗換藥。咦呀呀得而噲，做官爲點啥。裁兵春夢醒醒罷，免挨罵，有銅鈿呀，纔想保身家。咦呀呀得而噲，窮人苦煞快。

五更五點月落西，百姓該晦氣。咦呀呀得而噲，苦得疾藜藜。十四塊洋鈿賣一担米，吃勿起，掉槍花呀，軍閥纔寫意。咦呀呀得而噲，亡國等得及(音其)。

(《紅雜誌》1922 年第 2 期)

程小青

程小青(1893—1976),上海人,後遷居蘇州,一作蘇州人。乳名福林,九歲入學時,名青心,改作字,晚號繭翁。致力於偵探小説的寫作與翻譯。譯有《福爾摩斯探案》、《聖徒奇案》等,作有《霍桑探案》、《他爲甚麽被殺》、《生死關頭》等[一]。

小 令

【天净沙】

彎彎細細長長,盈盈剪剪汪汪,件件清清亮亮。尤尤樣樣,般般大大方方。

(任訥《曲諧》卷二)

校勘記

[一] 鄭逸梅《藝林散葉薈編》:"程小青逝世,年八十有四。朱大可挽詩,頗饒風趣。如云'高年僅次包公毅,正命非同周國賢'。公毅乃天笑之名,年逾九十而卒。國賢乃瘦鵑之名,於浩劫中投井而死。""文革運動起,吴中周瘦鵑與程小青均受衝擊,當批斗會散,周、程同行,走至僻巷,路無行人,程低聲與周曰:'堅强些。'奈周經不起淩辱,自沉於井死。""撰寫偵探小説著名之程小青,某夏納凉,坐帆布小榻,偶不慎,左手小指於框架交折處軋去一小節,痛徹心肺。既愈,成詩紀其事。其老友徐碧波和之,有'不期斷指能成讖,四十年前舊事新。'因四十年前,小青曾撰有《斷指黨》長篇偵探小説也。"

范　鏞

范鏞(1894—1967),號烟橋,别署鴟夷室主、喬木、含涼生、愁城俠客等,江蘇吴江人。東南大學畢業後,從事教育工作,歷任小學教師、勸學員、縣教育會會長。1917 年,加入南社。1922 年,任教於東吴大學。抗日戰争期間,避居上海,以教書、寫作爲生。中華人民共和國成立後,任江蘇省政協委員、蘇州文化局局長、博物館館長。"文化大革命"中,受迫害去世。有詩集《待曉集》、《北行雜詩》、小説《新儒林外史》、《花蕊夫人》、《江南豪傑》、學術著作《中國小説史》、《詩學入門》、《詩壇點將録》等三十餘種。

小　令

新道情

不上長安已十年,江山料想一如前。世間應有癡於我,狹巷來聽舊管弦。自家烟橋道人是也。自從老祖板橋道人十首道情以後,此調不彈久矣。喜今日薰風入户,殘照在山,因此謅了幾首不入調,在電燈之下,提起破喉嚨,爲諸公唱來,可勝似十字街頭,聽喧佛卷也。

我中華,四千年,説文明,開化先,朝秦暮楚幾更變,智識技能有進步,人心道德不如前,欲哭唐虞苦無淚,只强顔從容談笑,訴從頭説也可憐。

看江山,未了青,剩關東,血淚腥,目無餘子欺淩甚,十年久久美人計,一旦洶洶狼子心，中朝束手聽鞭策，雖是個棋枰均勢，到如今假面和平。

主人翁，我學生，求學問，須盡心，一般遊戲都高興，翩翩皆是佳公子，落落難求有志人，功名兩字非我分，總須要出人頭地，期他年事業峥峥。

數環球，幾富强，無非是，興工商，潮流所至毋相讓，寶藏西北天然在，提倡東南莫緩將，何難日日竿頭上，但求得足衣足食，然後好雄視東方。

我軍人，頓干戈，歎頻年，憂患過，厲兵秣馬揚我武[一]，戰血歐洲三百日，悲歌江左八千多，同心一志殲胡虜，在今日枕戈待旦，問何時還我山河。

救國家，快儲金，想當仁，不讓人，還須處處洛鐘應，諸君莫作楊朱派，萬事須存卜式心，興亡不讓異人任，莫聽他五分鐘過，好端正個個子文。

年華似水紅顔老，聽我翻新調。脱卻祭天袍，拋去封禪帽。俺寄這道情兒，上海去了。

（《餘興》第 17 期）

校勘記

［一］秣：原作“抹”，據文意改。

鄭逸梅

鄭逸梅(1895—1992),本姓鞠,小名寶生。三歲時,爲外祖鄭錦庭收爲己孫,改姓鄭,名願宗,學名際雲,號逸梅,别署一湄、鄭留、冷香、大迂居士等,江蘇吴縣(今屬蘇州)人。人稱補白大王。自 1920 年起,先後主編過《遊戲新報》、《消閑月刊》、《聯益之友》、《明星日報》、《學生生活》等報刊,並主編《小説集》、《羅星集》、《小説家之言》等。任上海影片公司、新華影業公司編輯時,編有《國色天香》、《紅羊豪俠傳》、《桃花扇》等。1930 年,加入南社。1980 年,爲上海文史館館員。有《梅瓣》、《遊藝集》、《孤芳集》、《花果小品》、《逸梅叢談》、《三十年來之上海》、《松雲閑話》、《上海舊話》、《南社叢談》、《影壇舊聞》、《藝壇百影》等數十種。

小　令

五更調

一更一點月如弓,獨鶴濟翁。呀得喻,藝林名重。一搭一擋編輯充,真名工,雜誌王呀,資料搜羅豐。呀得喻,諷世最有功。

二更二點月照牆,趣味深長。呀得喻,選稿精良。詼諧百出盡東方,舌似簧,程瞻廬呀,著述人稱揚。呀得喻,螺螄嫁螳螂。

三更三點月高升,飯牛楓隱。呀得喻,敬亭後身。歇浦新潮説夢人,舉世稱，著偵探呀，吴門程小青。呀得喻，奇妙鬼神驚。

四更四點月漸沉，褲帶壽命。呀得喻，滑稽芙孫。十三情人王西神，妙絶倫，拾遺聞呀，東山席上珍。呀得喻，馬二眼底塵。

五更五點月銜山，不才逸梅。呀得喻，舊集天籟。小説點將好大膽，加評贊，蠹魚窠呀，立個長生位。呀得喻，千古算奇談。

（《紅雜誌》1922 年第 44 期）

高憲斌

高憲斌(1895—1970),原名錦章,以字行,陝西米脂人。1923 年,畢業於北京師範大學,任教綏德第四師範、榆林中學等。1946 年,加入中國民主同盟。新中國成立後,歷任西北大學、陝西師範大學教授。當選爲西安市第一至第六届人大代表。有《百二寓屋詩詞散曲稿》等。

套　數

遊頤和園　一九三六年(民國二十五年)

頤和園者,遜清西太后避暑聽政之所也。傳其興筑時,耗資甚巨,影響及於海軍之建設。二十五年秋,余與陝教育當局有所觝牾,辭職未准,匆匆赴平避囂。旅寓無聊,得一往遊。時東北久失,冀、察危機,日本浪人,横行平市,而衮衮當道,則專力内向。歸寓後,檢閲史實,顧念時艱,歎古今異世,而覆轍相繼,不禁有風景如故,河山尋將易主之感。因仿製散曲一套,用抒憤懣。

【雙調・步步嬌】

一幅湖山如畫稿,草没蓮花淖,波翻玉帶橋。殿閣崔巍,樓臺縹緲。指點認前朝,剩濛濛烟水籠瑶島。

【醉扶歸】

左邊是貔貅毳幕屯烟灶(注一),右邊是鱗甲石舫擁暗潮。上邊是瓊樓玉宇矗雲霄,有紅苕碧樹留斜照。昔日呵龍舟鳳輦任逍遥,今日呵殘山剩水增悲悼。

【皂羅袍】

喬木斜陽古道,歎磚苔砌草,金碧蕭條。秋波明鏡夜藏蛟,春山翠黛朝啼鳥。神鴉社鼓音沉響拋,兔葵燕麥山青水遥。儘悲歌,往跡憑誰弔。

【好姐姐】

夢回艮嶽香銷,閱歷代興亡,把青山坐老。南渡草草,恨怎消,最懊惱,後人又逐前人去了。千古傷心,都付與牧樵。

【錦衣香】

想前朝,何足較,看今朝,真堪悼。沐猴冠帶登場,是非顛倒(注二),歐風美雨浪潮高。腥膻滿目,國事如蜩,更干戈載道,鬩蕭牆竭盡民膏。肉食無謀,難期再造,匹夫有責,何分老少。

【尾聲】

短帽蹇驢落日遥,西風又送秋光老。莫蹉跎,投筆何時换戰袍。

注一:園外駐有軍隊。

注二:殷汝耕繼僞滿在冀東成立僞自治政府。

後記:按,此曲在陝西省立師專講授宋詞元曲時,曾印發學生參考。爾時處境特殊,序文及【錦衣香】一闋,均經删削。今兹重録,復其原貌。

(高憲斌《百二寓屋詩詞散曲稿》卷三)

再遊頤和園，並序

一九三六年秋，余因故來平，曾有頤和園之遊。爾時日寇侵淩，已由蠶食進而爲鯨吞，華北岌岌，危在旦夕。因填散曲一套，寄我憂憤。不意時未再歲，七七變生，湖山蒙塵，殆近十稔。每值登臨，輒深悵恨。一九四九年，北平解放。新都再奠，人多争先觀光；舊地重遊，我亦時涉遐想。一九五三年，高恒工作調京，乃趁暑假之便，偕内子静卿、小女高平，前來探視。適值瀛洲亦由東北返陝，道京暫住。爲酬宿願，再作頤和園之遊。借湖山之清音，成骨肉之小聚。是日也，氣爽天高，風烟俱净，肩摩踵接，士女如雲。芳草襲人，晴波獻媚。搜奇覽勝，遂有整日之流連；追昔撫今，不禁詩情之勃發。花香鳥語，足助揮毫；鬢影釵光，頻添染翰。爰賡舊韻，再賦新篇；寫逸興之遄飛，寧波瀾之有二？讀我詞者，得無謂萬壽山高，徒看翡翠蘭苕之上；昆明水滿，未掣鯨魚碧海之中乎？一九五三年八月。

【雙調・步步嬌】

前度劉郎今又到，戲水花含笑，迎人柳折腰。如畫湖山，引得遊人顛倒。更風軟值晴朝，碧落清如掃。

【醉扶歸】

寄暢園回廊曲榭蓮猶好，清琴峽咽石流泉韻自高。赤城霞起彩雲飄，青溪水漲珩橋杳。佛香直上插雲霄，昆明可泛湖心棹(注)。

【皂羅袍】

處處瓊樓瑶島，有雕欄圍繞，緑水相交。珠簾玉箔卷芳朝，紅牆碧瓦留斜照。想春山翠黛鶯啼燕嬌，儘秋波瀲灩星稀月高。最難描，陰晴變幻湖山貌。

【好姐姐】

劫灰莫再話前朝，新中國乾坤再造。有黨領導，百廢俱興事事調。忒周到，重輝金碧煥文藻，裝點得湖山分外嬌。

【園林好】

這裹供工農養療，這裹任兒童戲遨，這裹備騷人吟嘯。菱舟小可垂釣，芳草地任逍遥。

【尾聲】

一天遊興碧雲高，放眼神州暗自豪。思迢迢，重來齒暮竟忘老。

注：寄暢園、清琴峽、赤城霞起、青溪、珩橋、佛香閣、昆明湖，俱園内勝區。

慶祝建國十周年　一九五九年十月

【雙調・新水令】

秋高氣爽景雲飛，莽蒼蒼碧天無際。神州如在畫裹，大地遍起歌吹。結彩懸旗，共慶建國十周歲。

【駐馬聽】

你看旭日呈輝，金碧山川來眼底。你看原田獻瑞，白黄棉黍與眉齊。規劃得輝煌建設追歐美，改造得殘存腐朽化神奇。這十年成就偉，提前預計超英帝。

【折桂令】

不堪往事重提，政腐財虧，内戰外欺，國勢淩遲，生民憔悴，滿目瘡痍。

賴有黨艱難蕩洗，到今朝物换星移。醜類披靡，禹甸重輝。雪盡了前恥，奠定了宏基。

【雁兒落】

這都由馬列揭開了宇宙謎，斯毛唤醒了雄獅睡(注)。漫説平分兩陣營，終將解放全人類。

【得勝令】

總路線照耀得經濟發神威，調整得政治邁前規，鍛煉得人人懷特技，教養得個個明真理。力齊，平地樓臺起。心齊，河山聽指揮。

【離亭宴帶歇指煞】

人民力量翻天地，英雄業績追時勢。中華七億，正爲着世界和平，正爲着人群福利，創建新園地。呼嘘山嶽催，叱吒風雲聚。這只是初期勝利，已見四海樂昇平，九州開盛會，一片新興氣。看今日勞模接踵隨，先進徽章佩，齊擎玉醴，祝黨國千秋，祝人民萬歲。

注：斯，指斯大林。毛，指毛主席。雄獅，借指被剥削、被壓迫之國家、民族及其人民。

（高憲斌《百二寓屋詩詞散曲稿》卷六）

張墨林

張墨林(1896—?),生平見《全清散曲》第 2165 頁。

套　數

秋宵坐雨[一]

【南南吕・臨江仙】

夜漏聲聲魂夢杳,小窗風雨無聊。模糊燈影鬱難驕,苦衷憑筆訴,幽恨上眉梢。

【梁州序】

劃然長嘯,淒然思悄,酒不澆愁愁倒。中心孔悼,側身無處能逃。含冤漫告,受辱難消。恩怨常相繞,茹苦嘗辛終須報。一劍横來氣魄豪,投袂起,天將曉。

【節節高】

衣寬覺瘦腰,損眉梢,中年未到愁先到。同心少,知己遥,誰相吊,王郎斫地凡夫笑,嗣宗狂醉庸人誚。血淚篇章總徒勞,茫茫世界愁圈套。

【尾聲】

填成一曲餘音繞,淒涼家國幾心焦,只剩得無限來潮續去潮。

(《文苑導遊録》第五種第七卷)

校勘記

[一]《全清散曲》收録是陳栩修改稿,此曲是作者原稿。

顧　隨

顧隨(1897—1960),本名顧寶隨,字羡季,筆名苦水,别號駝庵,河北清河縣人。1920 年畢業於北京大學,先後在燕京大學、輔仁大學、北京師範大學任教。著有雜劇《饞秀才》、《再出家》、《馬郎婦》、《祝英台》、《飛將軍》、《遊春記》等,《顧隨文集》、《無病詞》、《味辛詞》、《荒原詞》、《顧隨全集》等。

小　令

北曲【醉太平】

守殘篇斷簡,遠緑水青山。窮生活壓不扁瘦雙肩,有些兒病殘。怕腰疼吃一劑追風散,防腦昏用一副頭疼片,祛食積吞幾粒健腸丸。且將心放寬。

作於一九四四年。

套　數

新秋坐雨

【大石調・青杏子】

餘熱近全收,閑庭院落得青幽。映階紅蓼新來瘦,相伴着藤蘿架上,鳳仙籬下,薜荔牆頭。

【歸塞北】

光陰疾,真似下灘舟。空説魯昜曾挽日,幾人曾見海西流,時序太悠悠。

【么篇】

金風起,不送舊時愁。窗下聽坐三日雨,眼前看得十分秋。落葉正颼颼。

【尾】

好醉床頭三杯酒,一任雨僝風僽。身閑愛夢遊,今夕新涼合消瘦。

作於一九三三年九月二十三日。

(顧隨《顧隨全集》)

顧明道

顧明道(1897—1944),原名景成,號虎頭書生、虎頭生、日月生,江蘇蘇州人。鴛鴦蝴蝶派作家。畢業於蘇州教會振聲中學,留校任教。抗日戰爭期間,避居上海,曾設明道國學補習館。有小説《俠女喋血記》、《荒江女俠》、《海上英雄傳》、《芳草天涯》等。

套　數

寄香羅帕

【雙調・夜行船】

多緒多情意似痴,等閑愁悶禁持。心緒熬煎,形容憔悴,又添這場縈繫。

【步步嬌】

一幅香羅他親寄[一],寄與咱别無意。他教咱行坐裏、行坐裏,和他不相離。若是恁還知,淹了多少關山淚。

【沉醉東風】

鹿頂金盒兒最喜,羊脂玉納子偏宜。挑成祝壽詞,織成蟠桃會。吳綾蜀錦難及，幅尺闊全無半縷紕，密實處十分奈洗。

【撥不斷】

舊痕積，淚淋漓，越點污越香氣。沉醉後堪將口上吸，更忙呵休向腰間繫，怕顯出這場恩義。

【離亭宴】

用工夫度線金針刺，無包彈撚鍬銀絲細。氣命兒般敬重看承，心肝兒般愛憐收拾，止不過包膽茶朧羅笠，説不盡千般旖旎，忙搭在手兒中，荒籠在袖兒裏。

（《小説新報》第三年第4期）

校勘記

［一］他：原作“它”，據文意改。

張道藩

張道藩(1897,一作 1896—1968),原名道隆,字衛之,又名振宗,貴州盤縣人。早年留學英法,專攻美術。歷任國民黨中央執行委員、組織部長、文化委員會主任委員、宣傳部長、海外部部長等職,並編《文化先鋒》。去臺灣後,任"立法院"院長等職。有《近代歐洲繪畫》及劇本《自誤》、《密電碼》等。

小　令

道情十六首,並序

光陰似箭,日月如梭,浮生若夢,人壽幾何?在下過來人也。歷盡風霜雨雪,最是傷神;幾番離合悲歡,不堪回首。歎頻年之依舊困頓如斯,憶當局之迷離唏噓欲絶。人情冷暖,徒添錦上之花;世態炎涼,誰送雪中之炭。睡醒黄粱正熟,怪怪奇奇。恨深碧海,難填恍恍惚惚。計樓頭之歲月,王粲驚心;聽江上之琵琶,樂天墮淚。自負錦心繡口,無所用之;枉教彈鋏吹簫,忽然老矣。從前際遇,到此成空;昔日風流,而今安在?途窮莫哭,漫效阮籍倡狂;澤畔行吟,聊寫屈平憤悶。與其述鬼談狐,慣作牢騷之語,不若現身説法,宛然記事之珠。編成小曲數行,頻翻新調;譜出道情幾首,曲訴哀腸。唤醒癡愚,在在齊歸覺路;提防失足,人人共出迷津。有意描摹,可作前車之鑒;按腔低唱,聊爲後輩之師。假借全無,諸君莫笑。

想當初,到書房,整衣冠,貌端莊,許多父輩都期望,題詩自負空千古,開卷居然目十行，髫齡文字成模樣，到如今英文法語，誰知道舊學詞章。

想當初，做秀才，抵金陵，賞秦淮，青年儒雅真堪愛[一]，文成珠玉多豪富，筆走龍蛇亦快哉，昂頭直出龍門外，到如今一場春夢，辜負了文運天開。

想當初，娶妻房，卷珠簾，映燭光，郎才女貌實相當，緑窗對弈人初静，紅袖添香夜正長，朝朝同醉青紗帳，到如今衾寒誰共，只落得無限淒涼。

想當初，狹邪遊，鬧排場，學風流，朝朝約伴尋花柳，緩歌慢舞凝絲竹，翠繞珠圍滿畫樓，癡情豔説能長久，到如今雲收雨歇，孽姻緣一筆輕勾。

想當初，入賭場，由新年，到秋涼，呼么喝六真歡暢，千金散盡何曾惜，萬貫輸來也不妨，親朋聚會無謙讓，到如今豪情頓減，冷清清空自神傷。

想當初，吸洋烟，醉昏昏，似神仙，無冬無夏真貪戀，夕陽西下剛纔起，皓月東升不愛眠，談天説地全無厭，到如今脱離黑劫，空賸了玉盒鋼千。

想當初，着綾羅，愛俏妝，畫難摹，翻新花樣真無數，鵝黄鴨緑衣衫豔，雲白雅青錦繡多，穿花蛺蝶街坊過，到如今青鞋布襪，竟成了釣叟烟波。

想當初，富名揚，豐足時，没主張，揮金如土寬宏量，每逢周急誇豪俠，博得虚聲是孟嘗，錢莊銀號都來往，到如今清風兩袖，空賸了劍匣詩囊。

想當初，應新捐，大來頭，遇缺先，雙單月份俱能選，籤來花樣隨輪轉，加上京銜是部員，小班得手升州縣，到如今全行無用，空自歎白費銀錢。

想當初，愛廣交，没閑時，樂陶陶，書童刻刻常通報，賓朋滿座何須酒，親友如雲不待邀,管弦嘈雜兼談笑,到如今門庭冷落,驀抬頭滿徑蓬蒿。

想當初,住畫樓,羨登高,接斗牛,重重疊疊烟痕鎖,窗開香透花含露,簾卷涼生月上鈎,四時佳境般般有,到如今遷移僻巷,只落得屋小如舟。

想當初,僕婢稠,極盛時,比王侯,許多薦舉供奔走,一聲呼喚齊趨侍,幾隊成群出外遊,每逢有事精神抖,到如今司閽出入,僅賸了昏憒蒼頭。

想當初,學商家,計錙銖,覓生涯,終朝碌碌無閑暇,開張店鋪人人羨,辦理輪船個個誇,圖名圖利成佳話,到如今爲人作嫁,竟成了鏡裏看花。

想當初,饜膏粱,玉手調,作羹湯,肥甘適口精神爽,烹龍炮鳳朝朝有,玉液金波陣陣香,食前方丈真舒暢,到如今斷齏畫粥,怎能夠異味親嘗?

想當初,磨難遭,惹災星,太無聊,請安問疾群環繞,名醫診視多精細,俏婢扶持不憚勞,茶湯遲到還生惱,到如今孤單病卧,最淒涼雨打芭蕉。

想當初,年少時,貌堂堂,美丰姿,翩翩豔説佳公子,争强好勝何其壯,雄辯高談不自知,精神充足真堪恃,到如今頭童齒豁,白茫茫兩鬢如絲。

【尾聲】

在下這番言詞,未免瑣碎,諸君耐聽否?字字聲聲寫怨詞,自家心事自家知。曲終竟是含愁恨,夢到酣時醒也遲。俺待一路唱這道情兒,家去也。

(《餘興》第 17 期)

校勘記

[一] 青:原作"輕",據文意改。

胡山源

胡山源(1897—1988),原名胡三元,江蘇江陰人。1920年,肄業於杭州之江大學。歷任上海基督教青年協會書報部翻譯,河南開封中山大學、杭州之江大學教師,上海世界書局編輯。1951年後,歷任福州福建師範學院、揚州蘇北師範專科學校、上海師範專科學校中文系教授。有長篇小説《南明演義》、短篇小説集《虹》,專著《小説綜論》,回憶録《坎坷的一生》、《屈辱二十一年》、《文壇管窺》,劇本《風塵三俠》,譯著《歐·亨利短篇小説集》、《莎士比亞評傳》等。

套 數

悼吴梅[一]

吴瞿安先生在滇南逝世已經兩三個月了,各報追悼的文章,已有過好幾篇。十多天以前,國府又下令褒揚,特給恤金。一個老教授,到此地步,也可以説得身後哀榮了。我有幾個朋友,知道我和他有一些交往的,都説爲甚麼我對於他的逝世,就默無一言呢? 而且《自由談》上,就從來没有見過追悼他的文章呢?

的確,我是應該寫一些文字追悼他的。因爲遠在八九年前,我和他對於曲,就有過一些商榷。八一三前,我在世界書局,以五年的工夫,編好《全宋詞集》,共二百六十餘種,已經排版完竣。就待付印之外,又編好了

《曲話集成》一種，計收集到曲話三十餘種，都已經校訂完畢，就請他爲我作了一篇序。也承他加以推許，不料八一三炮聲一響，我和書局同人，急於從楊樹浦走出來，有許多稿件，都没有來得及攜帶。這五年來，我的心血和書局的資本所結成的兩個巨集，都只好留在大連灣路的總廠裏。當然，他爲《曲話集成》寫的序，也和夏癯禪先生爲《全宋詞集》寫的序一樣，於今都無從究詰了。爲了這些，於一般人爲學術界又弱一個曲學大師而追悼他之外，我格外要追悼他。只是我爲了忙，又心緒不寧，一直拖延着，没有實現。這是使我自憾的。現在，總算填就了北曲一套，來追悼他。明知是班門弄斧，不足以當大雅，只是我既然是一片誠心，他又曾許我爲曲之同嗜者，也許會來格來饗吧。

吴先生諱梅，字癯庵，後改瞿安，别號靈鳷和霜厓，蘇州人。最近幾年，擔任着中央大學的教授，著作有《風洞山》傳奇、《血花飛》傳奇、《湘真閣》傳奇、《顧曲麈談》、《南北九宫簡譜》、《奢摩他室曲叢》、《百嘉室曲選》等。八一三後，他先後避居蘇州鄉下木瀆鎮，我的朋友顧雍如兄的家裏。後來，中央大學在蜀復校，他就輾轉入蜀，又隨校入滇，以迄於逝世。存年五十七歲。詳細的傳記，當然會有人做的。這裏只略提這些，以爲下面悼詞的參證。

【中吕・粉蝶兒】

噩耗驚傳，望滇南少微不見，謫仙人遽返遥天。柳依依，春寂寂，哀思難遣。笛韻幽怨，落梅花忍教吹遍。

【醉春風】

標格似梅癯，性情如鶴遠。從來托跡在霜厓，如今都不見。見霧障前川，杜鵑啼處，落紅成片。

【迎仙客】

群玉府，小珠船，《曲選》、《曲叢》羅萬卷。《風洞》豪，《湘真》雋，多少遺篇，一例遭兵燹。

【紅繡鞋】

石頭城下春如線，桃李開裙屐翩躚，騷壇盟主自年年。不提防腥風吹海水[二]，暴雨没桑田，只落得絳帳飄零隨地轉。

【十二月】

尋門庭長春巷前，駐杖履木瀆溪沿。吊蘄王靈岩山下，訪西施響屧廊邊。轉眼都成陳跡，空留着餘韻悠然。

【堯民歌】

呀，聽不完長江萬里浪聲喧，看不盡崔嵬蜀道似青天。早又是一肩行李到西川，饗舍重開坐青氈。堪憐，正當杜浣花出峽年，翻遂了傅賢相騎箕願[三]。

【耍孩兒】[四]

都則爲蜀江水沸蜀山顫，又向滇南流轉。春愁黯黯不成眠，有思量總是煩冤。明知再生國族終如願，無奈投老江湖只自憐。難排遣，雲莽莽魂銷雞足，水漫漫目斷洱源[五]。

【尾聲】

吊國殤思惘然，寫新詞句未妍。盼則盼王師北定山河奠，好待我絜酒隻雞墓前展。

二十八年五月九日。

附注：右稿在《申報・自由談》上發表後，據柳存仁先生見告，才知道吴先生並未入蜀，是由桂轉滇的。這是我的錯誤。我竟説他入蜀，不過我已没有心思和工夫來更正，只好附記於此，以爲説明。好在我的目的，只是哀悼他，並非要作信史，讀者總也肯原諒的吧。

二十八年十一月十九日。

爲吴鏡潮先生題《萬竹叢中一草廬圖》

【雙調・喬牌兒】

結廬在黄埔東，大海浪聲送。三百年草木未曾動，仙源世外逢。

【攪箏琶】

琅玕聳，屋後竹千叢。看翠影交加，聽玉聲細弄，平安信每日報幾通。更有芍藥嫣紅，庭前顯得春意濃，加上了富貴雍容。

【落梅風】

室内羅圖史，堂上列斝觥，個中人是書淫酒董。有客無非龍與鳳，門前路雲封雪擁。

【沉醉東風】

半耕讀家風繼統，課陰晴耽樂無窮。閑來話家常，興到事觴詠。羨煞人清士竹中，與六逸七賢一脈通，古今來風流有種。

【本調煞】

吾廬破敗已無用，見此圖心頭如潮湧，願此廬萬年如鐵甕。

二十八年五月。

（《之江中國文學會集刊》第 5 期）

校勘記

［一］此曲又見《戲曲月輯》1942 年第 1 期，題作"悼瞿庵先生"，署名"胡

山源”,無序。

［二］防:原作“放”,據文意改。

［三］《戲曲月輯》此句有“自注:後據柳存仁先生見告,吴先生由桂轉滇,並未入蜀,不暇更正,賦此聲明”。

［四］要:原作“要”,據曲譜改。

［五］目斷:原作“斷斷”,據《戲曲月輯》改。

任　訥

任訥(1897—1991),字中敏,號二北,別號半塘,江蘇揚州人。1920年畢業於北京大學,先后在上海大學、復旦大學、東吴大學任教,教授詞曲。1951年,任四川大學教授。1980年調回揚州工作,任揚州師範學院(今爲揚州大學)教授。著有《散曲概論》、《詞學研究》、《敦煌曲初探》、《敦煌歌曲校録》、《唐戲弄》、《教坊記箋訂》、《優語集》、《唐聲詩》、《敦煌歌辭總編》、《隋唐五代燕樂雜言歌辭集》等,著述合編爲《任中敏文集》。

小令存目

【黄鶯兒】

中敏在金陵,與余朝夕過從。間或數日不相見,則走伻出一封緘,【黄鶯兒】一支,意無不言,言無不盡。月常數至,余戲呼之爲"任黄鶯"云。

(盧前《飲虹曲話》)

小　令

【仙吕·寄生草】　詠冤家[一]

夙世裏安排定,來生又締結牢。莽冤家處處親投到[二],狠冤家個個無圈套[三],蠢冤家對對成虚耗[四]。咒冤家都道個命難長,想冤家又只記得冤家俏。

（顧名《曲選》三《小令》）

【仙吕·一半兒】 揚 州[五]

幾生修到住揚州，緑滿城闉絮滿樓，小巷鶯聲滑似油。殢人留，一半兒烟花一半兒酒。

幾生修到住揚州，越瘦西湖越浪遊，畫舫珠娘豔跡幽。小風流，一半兒荒唐一半兒有。

幾生修到住揚州，賤買春蔬到北疇，小雨如酥入夜稠。剪新頭，一半兒茼蒿一半兒酒。

幾生修到住揚州，小憩河房索潤喉，親手美人碧玉甌。嫩排秋，一半兒鮮菱一半兒耦。

（盧前《飲虹樂府》卷一附）

【解三酲】

丁巳以後，客都四載，邗上風光，年年都辜負春事。庚申清明前後，遽理歸裝，歡悰不盡。曾有【解三酲】若干首之詠，摘記數首云：

正值我東華人倦，怎當他南國春妍。鄉心汩汩偏難咽[六]，撩客緒亂如烟。這夢魂啊俏隨草腳連蕪苑，半搭雲肩落故園。書囊卷，長揖向京塵十丈，多謝年年。

一株水裹雲松蒨，早趕到古渡頭邊。輕帆兒牽亂了風箏線，真好個到家天。那郊迎柳葉都成串，我笑脱征衫正是棉。萱堂健，趁蘭膏絮别，廚筍留鮮[七]。

窺探了帶香藤院，猛踐着剗地桃氈。小簾鈎放出迎頭燕，錯認做客寒暄。楊花也怪撲到生人面，退傍籬頭不敢言。私猜遍，春陰小徑，幾年來那見他前。

從此後選樓花片，從此後柳巷珠鈿。從此後緑楊環郭人隨輦，從此後竹西邊。從此後踏青遮亂紅橋扇，從此後拾翠吟殘紫塞邊。平山遠，好趁着瘦湖裝靚，喧笑燈船。

準備的春情初獻，欠下的春債徐填。賣花聲輕向樓頭顫，越把個夢魂顛。我飄零性格剛纔遣，你旖旎烟花仔細妍。安排善，便與你頻年醉裹，緩緩糾纏。

揚州舊城，東止柳巷，巷西已近阮太傅街。文選樓在太傅祠後，昭明選樓遺址、旌忠寺又在祠南。吾家與太傅樓相望，距昭明樓，亦纔百十步耳。故詞有從此後云云。

（任訥《曲諧》卷二）

【天净沙】

昔年上巳，與琴生、淑悲諸人，挈榼長堤春柳，小步至蓮性寺。途中有玉人聯轡而過，琴生平視有頃曰："斯真合夢符疊字句'嬌嬌嫩嫩，停停當當人人也'。"因約各撰疊字【天净沙】一首，並不限題，至蓮性寺大門石階之頂級成誦。顧調雖短而格至窄，難得通首自然。諸人咸以爲苦。競做小步緩行，牽延時刻。將到寺前，淑悲且側首癡立不動矣。衆皆大笑。既升階，遞誦所成，皆不免疵累。較之，竟以淑悲一闋爲渾脱。雖意思尋常，尚不足爲病也。

朝朝暮暮看看，衾衾枕枕斑斑，頓頓餐餐懶懶。焦焦盼盼，迢迢水水山山。

其次賀亭曰：

形形影影連連，恩恩義義綿綿，世世生生願願。依依戀戀，常常蝶蝶鶼鶼。

一時遊戲中，作出如許福澤語，賀亭信可賀也。餘人不約而同，皆爲香奩，要以琴生所構多風趣。

孜孜媚媚盈盈，羞羞答答迎迎，緩緩行行定定。恭恭敬敬，哥哥字字輕輕。

然首二句，終是捏揍。

青心云：

彎彎細細長長，盈盈剪剪汪汪，件件清清亮亮。尤尤樣樣，般般大大方方。

病在首二句與下文不連貫，"尤尤樣樣"，乃揚州方言，意爲姿態玲瓏也。杏芬、鈍甫作，皆涉嘲謔。杏芬云：

眉眉眼眼真真，飄飄蕩蕩魂魂，陣陣香香噴噴。松松緊緊，輕輕悄悄跟跟。

鈍甫荒唐人，幾於終日在沉醉中。語語顛顛，播腦而出。群以小説中《打麵缸》之四老爺調之。琴生曰："四老爺又將作何讕言？"鈍甫微笑曰："讕殊甚，君試聽之。"

歪歪亂亂邪邪，藏藏掩掩遮遮，暗暗拉拉扯扯。哥哥姐姐，親親熱熱些些。

衆一笑而罷，連袂入寺。而向見玉人，又適款步出，回顧雙韉，固遥繫緑楊陰下也。杏芬笑曰："吾輩不啻向他人尋蹤而來，吾之所詠，直爲一時寫照。語非虛設矣。"綜諸人作，多神情飛越，惟余曰：

風風雨雨晴晴，沉沉杳杳冥冥，黯黯思思省省。愁愁病病，生生負負人人。

意境可與淑悲言匹，其實亦空中語，搪塞一時耳。

蓮性寺舊名法海，有銅鼎錐塔，仿北京萬歲山所有。行旅遊覽者，皆指以計路遠近。其下昔有得樹廳、銀杏山房諸勝。殿前叢柏，龕内塑像，皆甚著於一時。洪、楊前後，傾敗幾成墟里，近始稍稍修建耳。是日出蓮性後，返至對湖魚莊晚酌。夕陽未盡，琴生復乘醉訪其所契，餘人必欲隨尾，一時待遇頗不惡。淑悲以【黄鶯兒】紀之云：

客至動鶯喉，聽丁丁下小樓。迎人遇着個難時候，佯羞未羞，不留已留。端茶遞過拈花手，小綢繆，分明别後，心事總難丢。

（任訥《曲諧》卷二）

嘲放假

入粤三月，好爲人師，但諸生多事，弦誦常虚。無一周無假，無一周課滿者。同人不耐閑散，致多怨詞。每預測來周假日多寡，戲賭東道，以資杯酌爲歡。則計日寡者無不輸，計日多者無不贏。曠廢之風，於兹可想矣。與中州馮君共以【醉太平】嘲之云：

查户口曾經十日，賣捐章又是三朝。别人家國慶我遊遨，没來由好笑。這一周歡迎慶祝抛荒掉，那一周遊行開會成虚耗，下一周有無意外不能包，一學期快了[八]。

蓋清查户口，學子與警吏同責。東江蕩平，犒勞將士，藉售捐章以醵資，復非學子不能勝沿門托缽、攔路求人之任，而新俄開國之日，吾人亦同叨休業之恩，作普天同慶。其意味尤覺雋永矣。

（任訥《曲諧》卷三）

沙基死難烈士吊詞

十四年十月三日，沙基死難五十三烈士，國葬於廣州大寶岡。青旗白日，風馬雲車，極盡聲容悲壯之致。余有【寄生草】吊詞云：

靈耿耿千年恨，血漓漓一片沙。誓盟啊從今切齒心頭掛，責任啊吾儕後死寧寬假，主義啊饒他帝國何須怕。説甚麽推翻打倒總非難，只我這空拳赤手如何下[九]？

末語云云，非氣餒也，蓋亦以自警耳。

（任訥《曲諧》卷三）

【一半兒】

曩者羈寓京華，春郊拾翠，每有所遇，輒與同遊口占此調爲戲，頗有尖穎之作，惜無存稿，久而不憶。書篋偶録一首云：

輕莎貼地露猶沾，惹得春泥格外黏，俏倚娘肩驗玉纖。濕痕添，一半兒鞋根一半兒尖。

一時無賴，有如此者。

（任訥《曲諧》卷一）

【百媚嬌】

書中蔣玉函所唱，亦允推上選。……猶憶其時友人適有道新婚之事者，曾譜此調以調之云：

這世上論知心個個非，這早晚别爹娘事事違。遠丟丟千萬里，算親親惟有你。呀，看天邊月肥，照顋邊笑微，剔銀燈權領略這親滋味。

但仿前例，以【百媚嬌】名其調，猶若有餘憾焉。

（任訥《曲諧》卷一）

【南仙吕・一封書】　悼　亡

雙燈畔小珠，曾扣鞋尖入畫廚。雙燈畔小鬟，曾顫裙香出繡輿。當時未惜簾前覷，到此纔珍枕畔儲。何物殊，志全虚，事事燈火卜到輸。

雙燈畔小文，淚搓成稿欲焚。雙桐畔小魂，隔窗紗欲近人。待憑孤漏催情斷，越把相思刻骨真。葉紛紛，亂打門，瘦雨零零不忍聞。

【北仙吕・一半兒】　揚　州

小窗攤飯到黄昏，挾件羅衫步出門，有約不來茶自斟。碧螺春，一半兒消閑一半兒等。

撩人争説我和他，不解嫌疑意轉加，纔出北門一把抓。要船嗎，一半兒殷勤一半兒要。

（常芸庭編《三家曲選・二北曲選》，《國風半月刊》1933 年第三卷第 5 期）

【北雙調・清江引】 蟲天四詠，吴閶道中，同二北聯句

蜘蛛結來簷外網（冀），飄忽無憑障（北）。有時風雨狂，或遇兒童妄（冀）。縱千回那從成敗想（北）。　蛛

春蠶吐絲雖自裹（北），不算行藏錯（冀）。種傳繭後多，衣被人間大（北）。試看來爲人還爲我（冀）。　蠶

階前蟻兵如禦侮（冀），封壘難偷渡（北）。仇讎盡掃除，族類深維護（冀）。聚沙場小屍圍寸土（北）。　蟻

勞工算蜂神聖美（北），攘攘因公利（冀）。勤堪百世師，甜爲千家計（北）。你功成便教身退已（冀）。　蜂

（盧前《飲虹樂府》卷一）

套 數

和冀野[一〇]

【北大石・青杏子】

緣合費尋思，莽心情權解雙眉。平生幾灑知音淚。堂前肅拜，門東小步，酒後悲啼[一一]。

【歸塞北】

當年事,此日有誰知?臺上書聲何故歇,洲前白鷺幾時飛?空有夕陽肥。

【么篇】

風光別,偏與我相期。觸手杯盤茶座密,回頭城郭緑楊齊。情緒越離披[一二]。

【尾聲】

握別河梁言活計,世事這般滋味。風塵又滿衣,狂客一聲才歎已。

(盧前《飲虹樂府》卷七附)

附　詞

展山唱和

俗稱馬伏波一箭穿成崖洞,遂名穿山。殊不經,易曰展山,以紀念展堂先生。

展山好,萬里苦追尋。熱血滿腔何處灑,江山如畫最傷心。歌唱到如今(校歌内有"江山如畫"、"滿腔熱血"二語,製成後,由首都傳唱至桂林,已滿一周年)。

展山好,匝地起雄風。黄帝子孫今奮發,國民志氣向來宏。高唱入雲中(早起升旗,唱國旗歌,第一句"中國國民志氣宏",繼呼口號:"我們是黄帝子孫,黄帝子孫起來,黄帝子孫奮鬥")。

展山好,號角一聲遥。軍令似山人似鐵,夕陽如血草如潮。風卷大旗高(草坪降旗,號音畢,即須齊集,不得遲到)。

展山好,民智賴流通。白果樹前争勸學,劉家里畔説防空。情誼兩融融(白果樹、劉家里、江東村、穿山村、吴家里、九娘廟,爲學校附近之六村。學生屢向各村作家庭訪問,彼此情誼,乃漸融洽)。

展山好,早起暫徘徊。幾抹彩霞天際染,一團朝氣撲人來。無限壯懷開。

(《民族詩壇》第二卷第二輯)

校勘記

[一] 詠寃家:《國風半月刊》1933 年第三卷第 5 期(下簡稱《國風半月刊》)作"戲作"。

[二] 處處:《國風半月刊》作"一處處"。

[三] 個個:《國風半月刊》作"一個個"。無:《國風半月刊》作"丢"。

[四] 對對:《國風半月刊》作"一對對"。

[五] 盧前《飲虹樂府》卷一:"二北有揚州【一半兒】之作,每調首句云:幾生修到住揚州。因爲此調之。風光何必數揚州,妒瘦西湖是莫愁,艇子飛來正好留。兩温柔,一半兒斜陽一半兒柳。　風光何必數揚州,玄武湖邊豔跡稠,豆蔻含羞玉筍柔。任君偷,一半兒櫻桃一半兒口。　風光何必數揚州,一片清涼一片秋,無事相攜掃葉樓。盡兜留,一半兒斟茶一半兒酒。"《國風半月刊》1933 年第三卷第 5 期常芸庭編《三家曲選・二北曲選》選録前二首。

[六] 偏:張振鏞《中國文學史分論》第三編《敘曲》五《當代曲家》所引作"遍"。盧前《盧前詩詞曲選》附録張振鏞《中國文學史分論》第三編《敘曲》五《當代曲家》:"吴門弟子之能曲者,則有任訥、盧前。訥字中敏,江都人。前字冀野,别署飲虹,江寧人。訥嗜北宋詞及北曲,故號二北。少從瞿安先生游,居奢摩他室。盡發所藏書,考訂校勘,因輯《散曲叢刊》,又撰《散曲概論》一卷、《曲諧》四卷,持論頗多獨到之處。訥不多作曲,而所作頗有可稱者。

如【解三醒】二支云：……又有【寄生草】一支，吊沙基死難烈士云：……旨亦頗悲壯。……訥與前親炙於瞿安先生者深，故所作曲，頗得元明人氣息。”

［七］此曲常芸庭編《三家曲選・二北曲選》收録，題作“别京師”。見《國風半月刊》第三卷第5期。

［八］此曲《國風半月刊》1933年第三卷第5期亦收録。

［九］此曲《國風半月刊》1933年第三卷第5期亦收録。盧前《民族詩歌論集》第五章《民族詩歌談屑・任二北吊沙基死士》：“往與中敏結曲學社，倡發揚散曲之意。以我國可以入樂之韻語，惟散曲。而啟辟之境未窮，包羅廣闊者，莫散曲若。以散曲寫時事者，可以中敏《沙基死難五十三烈士吊詞》爲例。調寄【仙吕・寄生草】云：……。時民國十四年，中敏方任廣東大學教授，旅居羊城也。中敏好北宋詞與北曲，故自號二北。此曲末語，自注云：非氣餒也，蓋以自警耳。中敏近來堅苦力行，主漢民學院事，久不以詞曲問世。西望桂林，不勝雲樹之思。”

［一〇］和冀野：顧名《曲選》四《散套》作“和盧子見贈”。和：《國風半月刊》作“答”。

［一一］酒：顧名《曲選》四《散套》作“算”。

［一二］情緒越離披：顧名《曲選》四《散套》作“情離越緒披”。

朱自清

朱自清(1898—1948),原名自華,號秋實,後改名自清,字佩弦。原籍浙江紹興,出生於江蘇東海。現代傑出散文家、詩人、學者、民主戰士。1916年,考入北京大學預科。1917年,就讀哲學系。1919年,開始發表詩歌。1925年,任清華大學教授。1928年,第一本散文集《背影》出版。1932年7月,任清華大學中文系主任。還有《歐遊雜記》、《倫敦雜記》、《你我》、《燕知草》等。

套　數

偕遊靈隱寺歸鞭一套[一]

【仙吕・步步嬌】

宜晝巒青橫雲亙,丸髻微微露。春殘叫鷓鴣,過柳外驕驄,豔意留塵土。俊侶懶妝梳,與招邀同踏雲林路。

【醉扶歸】

只見層鬟簇擁青無數,群姝靚沐對明湖。過雨平疇動耕鋤,半山尚有雲吞吐。那寺門深寂客愁孤,結竹樹也疑環堵。

【皂羅袍】

潦草浮生添悟,歎蒼蒼殿宇,幾閲新蕪。石上流泉影虚無,枝頭好鳥春耽誤。紅牆樹,隱僧家舊廬。青簾風颭,勞人酒壚,惺忪淺醉能輕負。

【好姐姐】

漫相留,空山欲暮,頓驅走無情烏兔。歸去一鞭,碧油車可呼前村度。漸遠舊塵休回顧,更傍烟波狎野鳬。

【尾聲】

翩然翠佩因風訴,喜有一抹微陽水上鋪。最難拋惘惘,人歸邀笛步。

步字,按律宜用上聲。兹不便更易,姑仍之。

(朱自清《燕知草》)

校勘記

[一] 原注:"原有劉鳳叔作譜,今略。"

李翹

李翹(1898—1963),字煒儀,別號錯庵,後改名孟楚,浙江瑞安人。曾任天津交易所秘書、浙江省國民黨執行委員會秘書等職。後任教於上海倉聖大學、廈門集美師範、河南中山大學、廣州中山大學、安徽大學等。1956年,受聘爲浙江文史館館員。著有《墨學傳佈考》、《屈宋方言考》、《老子古注》等。

小令

【雙調·殿前歡】 二十八年元旦

又今天,同仇敵愾着先鞭。問誰遂了殲胡願,神聖時代當前。春光勝去年。旗燦爛,努力參征戰。屠蘇飲罷,跨上雕鞍。

【中吕·醉高歌】 新 誓

眼中錦繡江山,都用血膏洗染。今年大事從頭幹,還是堂堂抗戰。

(《民族詩壇》第二卷第四輯)

【正宫·塞鴻秋】 倭奴哀

倭奴後衛成前線,不連點線違云面。男兒祖國終依戀,紛紛殺敵争回轉。頻頻不幸來,情勢從頭變。笑你威風掃地如何戰。

(《民族詩壇》第三卷第二輯)

張惠衣

張惠衣(1898—1960),名任政,號葦伊,浙江海寧人。1916 年後,在莫干山補習中學任教員,省吃儉用,積錢入北京大學學習。1922 年,在浙江國學專修館任職。1927 年,任教於中央大學。1930 年,進北京大學研究所國學門深造,爲黄節弟子。1936 年,擔任中央古物保管委員會專門委員,兼光華大學、大夏大學教授。1939 年,任無錫國學專修館教授。1941 年遷居杭州。後任浙江大學教授、浙江省博物館館長。新中國成立後,任浙江省文物管理委員會常務委員。著有《金陵報恩寺塔志》、《納蘭成德年譜》、《歷代平民詩集》、《靈璅閣詩》等。

小　令

【山坡羊】 戊辰季秋,重集多麗舫,限家麻韻

冷清清碧波如瀉,淡疏疏明星垂野。慢騰騰頻移畫船,静悄悄燈下江南話。行雁斜,聲聲落遠沙,好題襟貰醉秋無價。衹客裏閑愁,傍夜闌燈炧誰家? 拜中庭湿露華,天涯隔藍橋夢裏槎。

(吴梅編輯《潛社曲刊》第一集)

【桂枝香】 過明故宫,限支時韻

烟迷蕭寺,日寒鴉翅,頹垣斷井斜陽,獨緒前朝遺事。記春燈唱殘,春燈唱殘,匆匆朝市,繁華彈指。動悲思,一掬孤臣淚,危襟寫詔時。

（吴梅編輯《潛社曲刊》第二集）

【春帶引】 訪舊院，限纖廉韻

香驄路，酒暈添，認妝臺，垂楊畫簾，燕鶯何處？那堪春去重門掩，賸當時幾樹桃花，任落盡殘紅風颭。重瞻，芳情一片愁萬點。正冷雨緑苔，如染酸風欠。青衫絮黏，那知我恨别江淹。

（吴梅編輯《潛社曲刊》第四集）

【桃花山】 后湖訪櫻桃花，限江陽韻

看花且自買吴艭，剛半篙春波漲也。花襯濃雲，樹傍垂楊，綿繡滿長塘。多半是扶醉歸襯明妝，立春風新門巷也。亂落紅鈿草盡香，幽思繞畫槳。鬥詩牌春酒嘗，縱得春廚賞，好留蔗漿，他日珊瑚籠夕陽。

（吴梅編輯《潛社曲刊》第五集）

顧憲融

顧憲融(1898—1963),生平見《全清散曲》第 2172 頁[一]。

小　令

【金絡索】

驚心梅子黄,轉眼榴花絳。國破家亡,賸得人無恙。風兒又打窗,耐思量,算老去韋莊更斷腸。功名難道成虚誑,福分原來有抵當。且把那簾衣放,明朝倘見嫩晴光,這危窮同命須防,這長宵同度休忘,直等到東方亮。

三十二年寄自四川。

(《新語半月刊》1945 年第 1 期)

套　數

【南正宫・錦纏道】

月昏黄,聽譙樓良宵未央。悄地下華堂,轉回廊,前頭便是柔鄉。驀瞧見仙人那廂,不分明離合神光,挨近墨羅裳。只索要幾番偎傍,把玉貌細端詳。真個是可憎模樣,更銷魂再幾縷口脂香。

【朱奴剔銀燈】

吉丁當風摇珮璫,是家常淡淡梳妝。算今夜相思願定償,莫再説良緣多謊。幫忙，謝花陰卧尨，悄没做些兒聲響。

【雁過聲】

紗窗，月光明亮，照香閨癡兒一雙，奇歡吹得心驚颺。解羅裳，卸朱璫，霎時間醫可風狂。娘行，枕頭旁，把山盟海誓且休講，只怕那花牆雞又唱。

【小桃紅】

抛不下鮫絲帳，逗不出蛛絲網，無多豔福天教享。怱怱過後還惆悵，巫山一本糊塗賬，不提防情史收場。

（《亦社》1922 年第 5 期）

二十四年春，余將出國，桂芳汪氏女弟置酒餞别，陳翠娜、顧青瑶、吴青霞、徐慧、丁筠碧、龐左玉諸女史皆蒞止。時逢上巳，修褉龍華，青霞繪《桃潭送别圖》，小翠作曲，因依調和之。大漠詩人。

【雙調・新水令】

人生如墨爲誰磨，不提防青春辭我。琵琶恩怨語，風雨亂離歌。跨上征駝，又待向天涯路。

【喬牌兒】

道天涯芳草多，且結束詩功課。女汪倫情分休辜負，安排下玉液與金波。

【風入松】

恰江南三月嫩陰鋪，士女冶春多。只這蘭亭一會非閑可，有多少繡幃同過，招得花魂月魄，迎來帝女天娥。

【撥不斷】

酌紅螺，問麻姑，可記得十年前事因和果。一樣的春風秋月將人誤，只落得繁華夢醒家山破，卻不道相逢在座。

【一錠銀】

珍重雲萍一刹那，管甚麽翠袖寒生，青衫塵涴，這其間不醉如何。

【離亭歇拍煞】

桃花有福天還護，楊花無定天教簸。這啞謎誰破，且向那龍華塔下小吟哦。梵王宮畔同移步，李家園裏須臾坐。鶯停柳外梭，風卸枝頭朵。早又是碧雲日暮，望不盡渺渺波，數不清離離樹，隔不斷迢迢路。臨歧一闋歌，回首千家火，只回散車□何處去。留一幅斷腸圖，中有個飄零我。

（《申報》1935 年 5 月 23 日）

送內兄周鴻範返陽羨，用《桃花扇・眠香》齣譜[二]

【南吕・臨江仙】

一夜蓮塘鴛夢慲，歸旌幾葉風柔，到門緑水嫩於油。留人憐小柳，送客怨輕舟[三]。

【一枝花】

别情君憶否，夙約償還負。相看明燭，背都消瘦，況是工愁，長吉添新疢。這紗欞風驟，玉宇横秋，細把相思根究[四]。

【梁州序】

横塘秋水，白門春豆，記得天涯傾酒。風光旖旎，可憐三月都休。孤檠量藥，雙騎蹂香。往事堪回首，斷腸心緒黄昏後。日日西風盼雁郵，挨的過天長久。

【前調】

墜歡誰拾，良緣天就，合付個儂消受。人生福分，算來衹似拈鬮。紅葉香靚，翠荇絲長。兩地成兒婦，你有情眷屬終須偶，我靈匹銀河心願酬，準備着長厮守。

【節節高】

金鞭指玉騮，且相留，勸君更盡樽中酒。悲歡驟，珠淚流，青衫透，子規催急春絲瘦，一聲珍重還牽袖。只我今宵擁孤裯，滿床花影都依舊[五]。

【前調】

荒雞動遠陬，且歸休，畫樓早有人停繡。迎門候，珠靨羞，嬌懷逗，泥兄偏說兄言謬。清風明月郎家富，恰喜柴門枕清流，湔裙水學他眉皺。

【尾聲】

填成一套維摩咒，不辨新愁是舊愁，且自緘題付遠郵[六]。

（《文苑導遊録》第五種第三卷）

校勘記

［一］鄭逸梅《藝林散葉薈編》："顧佛影病，求陳小翠預撰墓志銘云：'請作六朝文，須紀實，罵幾句倒不妨。'小翠填【金縷曲】以慰之。"

［二］《全清散曲》收録是陳栩修改稿，此曲是作者原稿。

［三］眉批："第二及第四、五句均欠鬆快，'惚'字獨押不妥。"

［四］眉批："按，【一枝花】引子以《琵琶記·賞荷》'閑庭槐影轉'一隻爲准。第六句五字應上二下三，《彩樓》'鱗鴻無信'一隻同，雲亭作上一下四，係誤，不可從。"

［五］眉批："前闋既說乘舟，此處又說乘騎，未免矛盾。'珠淚'，字面不稱。"

［六］眉批："【尾聲】第二句平仄相反。"

張鼎丞

張鼎丞(1898—1981),原名福仁,讀高小時改今名,又名鼎信,福建永定人。1927年,加入中國共産黨,參加領導閩西龍岩等縣武裝暴動。抗日戰争至解放戰争期間,任新四軍第二支隊司令員、華東局常委等職。新中國成立後,歷任中共福建省委書記、省人民政府主席、中共中央組織部副部長、最高人民檢察院檢察長,以及第四、五屆全國人大常委會副委員長,中共第七屆至第十一屆中央委員。抗日時期著文見《八路軍軍政雜誌》、《中國青年》等刊。

小　令

烏夜啼,仿道情體

春宵卧病,涼月窺簾,耳聽烏啼,目難交睫,感而作此,聊以誌慨云爾。

烏夜啼,一更敲,想中華,淚暗抛,操戈同室無味道,瓜分豆剖危機兆,禍結兵連何日銷,這纔是自尋苦惱,最堪憐到處哀號。

烏夜啼,二更敲,最可怕,是外交,强鄰逼處真可惱,野心勃勃乘時發,虎視眈眈逐日高,這纔是月將日就,最堪憐舌敝脣焦。

烏夜啼,三更敲,文與武,各官僚,民生國計誰知道,吹牛拍馬程度好,枉法營私本事高,這纔是官官相護,最堪憐小小同胞。

烏夜啼，四更敲，某軍隊，真胡鬧，沿途各處多騷擾，商民被害都嚇倒，老弱傷殘没處逃，這纔是軍人本分，最堪憐名譽全拋。

烏夜啼，五更敲，工商界，大不了，人人都説賺錢少，關捐到處皆加重，營業而今大半凋。這纔是生命難保，最堪憐擔負增高。

（《益世報》1916 年 4 月 2 日）

易君左

易君左(1899—1972),字家鉞,湖南漢壽人。易順鼎子。1923年,獲日本早稻田大學政治經濟學碩士學位。1926年參加北伐,任多種文化宣傳職務,授少將軍銜。1949年後,避住港臺,從事編輯和教育工作。詩文、書畫,無不精工。有《閑話揚州》、《入川吟》等六十餘種著述。

小　令

【雙調・殿前歡】 奉呈于公

美髯翁,文章道德世人宗,聲名久繫邦家重。隨便做些子詞兒,都能貫斗虹。祥麟威鳳,湧一代中興頌。千秋萬歲,風虎雲龍。

(《民族詩壇》第二卷第五輯)

【南吕・一封書】 香　溪

江山總茫茫,願千秋萬歲長。環珮響明璫,剩斜陽青塚旁。爲誰哀怨清歌唱,嫁與胡兒憶漢皇。屈原鄉,杜甫堂,分得香溪一段香。

(《民族詩壇》第二卷第六輯)

俞牖雲

俞牖雲(1899—?),江都(今江蘇揚州)人。鴛鴦蝴蝶派作家。曾在上海法政大學、滬江大學、滬新中學等校任教,有詩集《姑蘇手抄》、小說《春光艷影録》、《喜轎》等。

套　數

採蓮曲

【南吕・一枝花】

葉田田玉鏡塘,花簇簇水雲鄉。人悄悄彩畫舟,手摇摇木蘭槳。一打兒蕩漾[一],人面映花光,薰風十里香。羨豔煞款水蜻蜓,驚慌了酣夢鴛鴛。

【梁州第七】

添一色赤城章,掛一片斜陽,增幾幅紫荊錦,扮幾樣嬌妝。只種兒光怪迷離景,露筋祠畔不分明,太液池邊呈色相。粉漬露濃凝血潔,珠跳雨歇襲衣涼。曲水灣越轉越是迷向,斷梗絲越拆越是搵長。莫欣花貌如郎面,可奈蓮心做妾腸。盈盈一水徒相望,唉,兩個拆散鴛鴦,到如今迷離了風流障。追舊歡,憑想像,忍看那花間月底水中央,無風無浪。

【罵玉郎】

妬煞我恨不能打起他一棒，分兩地各一方。相思滋味共儂嘗，塞北書最難望，遼西夢最難當，江南曲最難唱。

【感皇恩】

釧動身移，衫兜怨上滄桑變。吳娃館烟雨籠楚子裳，風月冷越王蕩剩一點兒風流餘韻，徒博得憑吊悲傷，空解語，只斷腸。一轉瞬秋風起，何堪粉墮蓮房。

【採茶歌】

姊家住楊柳坊，妹家住芙蓉江。最可憐鵲橋兒斷了壻家鄉，不採紅蓮夫婦蕙，願偷黃竹女兒箱。

【尾聲】

唱一個水調歌，一聲欸乃一聲揚。驚一回梨雲夢，一陣風吹一陣香。手拈着花兒一笑將，笑你們省否色相。快來渡蓮葉慈航，浣紗歸去月初上。

（《小説新報》第五年第7期）

校勘記

［一］漾：原作“樣”，據文意改。

孫爲霆

孫爲霆(1900—1966),生平見《全清散曲》第 2187 頁。

套　數

自題十八歲古裝肖像

【一枝花】

你漫誇壯氣豪,慣覓新詩料。離懷多冷落,殘夢半蕭條。塵海迢迢,留一幅傷心照。看容顔慘澹描,渾不似畫麟臺颯颯英姿,畫淩烟堂堂妙貌。

【梁州第七】

想當日西子湖扁舟選勝,北固山絶壁揮毫,莽風沙吹落征人帽。歎只歎雞聲月店,人跡霜橋,雪泥空印,幻影如泡。好風光過眼堪焦,好韶華回首無聊,空賸得冷心機參透了江上烟雲,冷面皮飽受了人間嘲笑,冷頭銜署慣了世外漁樵。山遥,水遥,指天涯落落誰同調。且待俺亂紙堆睡一下書呆覺,把香篆燒殘酒盞澆,怕你不一樣魂銷。

【尾聲】

你古衣冠人道是無懷老,便多少滄桑也記不牢,鎮日價畫圖中消受生涯悄。俺閑情漫饒,閑愁那澆,把你這大肚皮一齊填滿了。

(《東方季刊》1926 年)

汪炳麟

汪炳麟(1900—1927),字裔雯、石青,别署玲山怪石,安徽黟縣人。幼年隨父客居蕪湖,就讀於蕪湖聖雅各學校。畢業回黟縣,以教書爲生。著有《吴江吟》、《儷樂園詩集》、《黟山新籟》、《伴梅吟》,傳奇《鴛鴦塚》、《换巢記》等。其子汪亞青輯成《汪石青全集》出版。傳見《汪石青全集》卷首胡蔭南《汪石青傳》、卷末跋。

小　令

十二月花名歌

乾坤如斗困書生,漁簡班班譜道情。僥倖園林曾作主,爲君一一唱花名。

小生玲山怪石是也。有心濟世,無力回天,因群芳之循環,感歲時之轉軸,於心有戚,信口成吟。諸君當酒後茶餘,坐豆棚瓜架,或與兒童拍手,聊博婦孺開懷。即景言情,借花獻佛。你看呵,

正月梅花次第開,百花頭上送春來。一年花事從頭看,萬紫千紅照酒杯。

數到花朝二月時,櫻桃開處拂楊枝。捲簾一陣清風過,無主楊花又亂吹。

三三時節好春光，花有精神草有香。穠李夭桃都美麗，一齊來拜牡丹王。

荼蘼花在四月香，一番風雨送群芳。主人園裏無多事，淺土分枝種海棠。

五月榴花似火紅，栽蒲剪艾亂烘烘。有花有酒端陽節，帶醉看花處處同。

六月荷花水上飄，涼亭水閣好逍遥。採蓮邀伴南湖去，小小輕船慢慢摇。

七月西風又早秋，玉簪花似玉搔頭。西邊蓼子紅於火，更有菱花水上浮。

八月槐花到處黄，月中桂子落天香。秋來花樣新鮮甚，開過金錢又海棠。

九月黄華菊正香，家家把酒賞重陽。芙蓉苞向枝頭結，橘柚垂垂又早黄。

十月蘆花似雪飛，初冬時節百花稀。山頭楓葉呈奇采，賽過三春錦繡圍。

冬月山頭落葉時，芙蓉開到水邊枝。莫言寒冷無花意，花信風來到處吹。

臘月家家種水仙，山如睡黛雪如棉。銅鈩獸炭相團聚，開到寒梅又一年。

四季名花四季香，人人都爲看花忙。花開須要及時賞，莫對空枝枉斷腸。

栽芍藥，種梨棠，春蘭秋菊各芬芳。須知花樣般般好，百花國是温柔鄉。

（汪炳麟《汪石青全集》卷十五）

套　數

新年曲

【南正宫・錦纏道】

轉春光，看今朝屠蘇酒香，畫燭列雙雙。鬧盈盈大家珠翠登場，拜新年聲聲吉祥[一]，弄兒童來往周章。杯盞話中堂，喜的是東風無恙。更梅柳存芬芳。一納頭狂吟低唱，任流年暗裏换匆忙。

【朱奴剔銀燈】

一答是花香酒香，一答是爆竹洋洋。看水緑衣裳門靚妝，小兒女嬌憨模樣。悠揚，弄梅花笛韻長，喜孜孜相逢歡暢。

【雁過聲】

相將，春山廟上，拜靈媒虔誠瓣香。聯群女伴時來往，顫銀皇，墮朱璫，不分明鬢影花光。端詳，細平章，竹枝插髻春情廣，看紅袖雛鬟行兩兩。

【小桃紅】

鴨爐飄漾，蓬門内，燈明亮。拓西窗爽挹垂楊巷，敞南軒隔斷紅塵障。對東君再拜重低顙，照青年乞取風光。

梅花曲

【南仙吕・園林好】

乍沉酣風嚴雪嚴，會消寒親朋兩三。誰唤醒芳魂一點。香細細透枝南，春冉冉到江南。

【步步嬌】

玉骨冰肌無塵黯，疏影琳琅閃。誰與伴清恬。問索笑情甜，圍爐酒釅。有處士解巡簷，把銅瓶紙帳供幽澹。

【五供養】

記得空山獨探，林外霜橋，林背僧庵，一天風雪裏，策杖到巉岩。問遍了芳蹤韻味，何處是黄香嬌靨。博得這盟金石伴茅簷，也能算修來幾世，脱了塵凡。

【江兒水】

傲骨棱棱瘦，柔情細細含。冰霜中不受寒威犯，水雲中峭立芳心淡。雪天中滿孕瓊瑶嵌。多少丰神，顧盼沉酣，是生就的銅肝鐵膽。

【川撥棹】

黄昏暗，有冰輪明一鑒。照玲瓏春瘦湘簾，照玲瓏春瘦湘簾，似歸來倩女纖纖。玉傳神，寒不嫌，佩摇風，情自忺。

【尾聲】

盈盈半面虧風範，耐抱冬心品不凡。相投肝膽，高眠伴我情無慊。

鶯花春老曲

家三叔二次續弦，娶余氏女，年二十七。因賦此曲賀之。

【南商調·十二紅】

問春來幾多煩惱，算如今一齊勾了，更休提水止雲消。細平章再打眉痕稿。一個是采蘼蕪把好年華耽誤了，剩的朱砂一點依然俏。便結到並蒂花時，總不被燕嗤鶯笑。一個是譜宫商離弦再操，詠求皇風流未消。恰把姻緣尋到，穩賦桃夭。正是一雙兩好，紅燈雙照。再温存葳蕤絳綃，鬧盈盈依舊是笙歌繞。泥催妝不算胡嘲。算則是因緣遲早，似這般並蒂三春，幾生修到。郎船浮一舸，儂槳泛雙橈。打出了恨海愁城，再整頓愛葉歡苗。窈窕，紅窗歡笑。細尋認舊日香巢，何郎未老，不負你待字當時懷抱，愛河從此没風潮。祝平安鬱李代僵桃，從前休了。但金屋從今藏阿嬌，銀河到頭填鵲橋。你情真意高，殿群芳福更饒。喜的是不費分毫，喜的是不費分毫，穩消受雛鳥依人膝下嬌(其孫女五歲也)。也知你養透春梢，也知你養透春梢，你成熟的東風，何難子滿條。温柔真美滿，豔福轂魂消。依然是三十六頻迦同命鳥，都應把恨事從今一筆銷。

【尾聲】

這般眷屬從來少，説甚麽鶯花春老，但把這最後的鸞膠續得牢。

秋宵

【南南吕・臨江仙】

又是西風吹滿地，宵來烟水淒迷。玉繩低轉雁南飛，倚涼新竹几，垂冷舊書幃。

【梁州序】

簾開月綴，花搖風細，消受一時清美。指嫦娥笑説，並頭傲你雙棲。吟遍拆字，尊畔藏鈎，猜盡紅閨謎。秋光屈指今何夕，生怕流年暗裏移。歎居諸，端容易。

【前腔】

雲痕如水，蟲聲如碎，摇曳秋宵涼味。曲闌攜手，花間幾度低徊。風前楊柳，池上芙蕖，摇落都衰萎。無情草木猶憔悴，何況人生境易非。步庭除，秋魂醉。

【節節高】

柴門罨玉輝，月遲遲，剔檀欒影落銀奩裏。寒宫内，蟾影肥，清無滓。待與你乘風直到瓊樓際，又只怕高寒難逐遊仙隊。大陸蒼茫海桑移，尋來何處長生地。

【前腔】

蕭蕭落葉飛，露痕滋，漫漫長夜同無寐。風生袂，涼透衣，燈垂蕊。文芸幾陣飄來細，重門掩處家人睡。夜漏聲聲再三催，秋情一片如雲膩。

【尾聲】

秋風吹夢和烟墜，雲痕月影認依稀。還只怕一縷柔魂散欲迷。

中秋月下度

【南仙吕・步步嬌】

饋餅分糕中秋節，詩意宵清切。銀燭背，畫簾斜，卷盡雲羅，悠悠望月。烟水洗瑩潔，是山中消受的迢迢夜。

【醉扶歸】

詩敲碧玉應無價，藥擣元霜不用竊。那一廂風摇竹影撼龍蛇，這一廂蟲聲滿地何幽咽。向花間攜手泛流霞，趁良宵還把吴綾砑。

【皂羅袍】

有幾處悄悄門關秋夜，有幾處香焚寶鼎酒酌黄花。山居没有管弦雜，人家消受檀欒話。玉繩低轉，迢遥絳槎，銀蟾美滿，玲瓏月華。素心人待薦琉璃斝。

【好姐姐】

拜清華，有馨香一些，酹將來杯尊芳冽。算情真韻雅，是清貧處士家，消蘭麝。徘徊不覺宵深也，直到參横斗柄斜。

【尾聲】

垂簾再看盈盈月，又早是門掩清宵冷桂花。誰伴我得句聯吟同竟夜。

除夕祭詩

【北般涉調・魔合羅】

銀燈剔起供清酒，祭詩卷虔誠稽首。今宵一歲付東流，頌吟安收拾閑愁。俺有心紅日雲間捧,你無福青紗壁上兜。我與你終歲推敲久,到今日葫蘆依樣,聊蔫常羞。

【前腔】

也聲聲的爆竹門前吼,也衣冠周旋興俯,迎年守歲一起勾,送窮文待賦還休。歎只歎文心雕琢空鐫鏤,看一看癯骨清癯算勁遒。一琴一鶴貧依舊,煮熬章句,難療窮愁。

【五煞】

忒風流越是呆,忒聰明越是愁,分明天地籠如斗。我本待春秋佳日開陶徑,誰知道石火光中哭楚囚。既然心事都孤負,自然是哀猿惻惻,寒鳥啾啾。

【四煞】

看人情要活猴,向滄波狎野鷗,完貞抱璞空堅守。除非飲酒貧而樂,若不吟詩鬱怎瘳。自從我種菜關門後,癡憨消盡,歲月如流。

【三煞】

非關競病遒,思爲濟世舟,歎無端成績餘僝僽。你則看黄鐘絶響歸陳劫,瓦缶同聲奪九流。此是誰之咎。多謝你塵中慰藉[二],我不願林下優遊。

【二煞】

想當然百尺樓,莫須有萬户侯。少不得權將疏放安箕口。當時伴我東西走,此世惟卿意氣投,結訂下芝蘭友。小排場藥爐茶鼎,大經營沙揀金搜。

【一煞】

丁寧從此後,前途好去休。人間不重斯文久,何況我七分謇謣三分怨，萬種微詞一種愁。問如今有痴癖的劉郎否，爲你祝尊前花下，錦軸香篝。

【煞尾】

數年心血中，寫成千百首。惡生涯煩惱都嘗彀。一任他歷劫浮沉，何須歎覆瓿。

病中自遣[三]

【北雙調・新水令】

一春來風雨讀《離騷》，對雲山春愁縹緲。驚心逢上巳，回首惜花朝。柳絮櫻桃，寫不盡閑情稿。

【駐馬聽】

身世蕭條，慘緑年華人正少。風光潦草，殘紅狼藉粉初銷。落花兒涴了玉華袍，病魔兒裝正愁圈套。生氣弱，兀的三彭二豎來尋到[四]。

【沉醉東風】

回避了好端端花明柳笑，打合上困沉沉琴冷香消。春寒罨綺寮，愁卧無昏曉。病司勛精神毷氉，渴文園形骸潦倒。問不出禍福根苗，打不准吉凶靈珓[五]。赤緊的茶烟藥裏，冥冥悄悄。

【雁兒落】

論男兒雲天顧盼豪[六]，没來由塵障縈懷抱。我也曾走天涯學吹吴市簫，我也曾哭窮途險做秦庭莩。

【得勝令】

呀，我也曾嘯長虹吞吐廣陵濤，我也曾逐春風走馬章臺道。看不慣人世的冬烘腦，改不得狂奴的故態喬。遥遥，痛鎩羽鵬程邈。飄飄，剛驚回蝶夢撩。

【喬牌兒】

朝吟暮嘯，古今幻，乾坤小。空則把九歌吹入鳳皇簫，幾曾見投壺天笑。

【甜水令】

我本待禽虎夷蛟，我本待屠龍射雕[七]，我本待剪秦安趙，又何堪此意竟蕭條。對良辰咄咄呼來，堂堂送去，雄心坐耗[八]。這其間可不折殺英豪。

【折桂令】

莽揶揄客戲賓嘲，一納兒環堵蕭蕭，補屋牽茅。直到今朝[九]，奄然病倒，捱煞煎熬。動不動雲山夢繞，動不動寒熱侵撩。孤負了穠李夭桃，冷落了酒盞詩瓢。猛回頭湖海元龍，結果在病柳殘條。

【錦上花】

我不願唱迷陽疏狂終老，多謝你布群魔淬厲心苗。吐我牢騷，念我知交，貌瘁神清[一〇]，燕嗤鶯笑。

【么篇】

半生梁父吟，一曲猗蘭操。去日悠悠，來日遥遥。罨靄芳華，傷春人悄。沉醉東風，踏青人俏。

【清江引】

從來不解媚王孫灶，白眼看春老。天地窘吾曹，例擁詩書槁。你則看密森森的萬惡愁魔來應卯。

閨　怨

【北般涉調・耍孩兒】

拓紗窗碧月明如晝,玉人兒風前舉首。烟光雲影望悠悠,心上事細憶從頭。雖則是注成鴛牒諧良眷,爲甚麽屢向牛衣哭楚囚?算來希望都孤負,問冤家幾生欠下孽債山丘?

【五煞】

誰不望心意投天樣久,誰知中路多翻覆。你散花曾困維摩病,我裹藥空醫李賀愁。那其間朝暮提心彀,問冤家何差於汝不記情由。

【四煞】

歎儂行拙似鳩,恨郎行活似猴。更把香巢暗向春風構。合歡只見新人笑,葑菲全將舊愛丟。非是我甘作河東吼,問冤家高柔自詡,又何忍別戀綢繆。

【三煞】

既然乖並頭,本該身早抽,何難竟把連枝剖。你記得萬金散去原誰咎,怪不怪十索番來向我求。當日個司農仰屋窮時候,問冤家明珠千百,誰解香鞲?

【二煞】

論家庭不可言,奉盤匜職早修。如何博不得姑恩厚,莫是我紅顔薄命來償劫,便是你青眼多情也没法籌。更有那暗裏翻雲手。問冤家是誰禁得弱水横流。

【一煞】

我何止心期乖八九，你可也艱虞記一籌。可憐人愁城鐵桶誰援手，要曉得淒涼歲月儂何怨。止不過薄幸人情世所羞，一任我終風啼破春閨口。問冤家半生磨折可也甘休。

【煞尾】

歡無半點曾，苦要千般受。歎人生電露難根究。君不見山下舊清流，何堪再回首。

牡丹盛開，小集戲度

【南仙吕・醉落魄】

春光如笑春風軟，大開花殿，花王端拱朝軒冕。敬頌芳安，稽首拜鈞天。

【二犯桂枝香】

青詞恭展，芳醪虔薦，看中原雲雨翻騰，念微臣泥途偃蹇。遷延，今生未生兜率天。飄零一身蟲可憐，更西方畛域遠[一一]。維兹花國，輿圖廣寬，王其垂眷，臣甘執鞭。這其間片席能邀賜，那時候涓埃報有年。

【不是路】

説甚麽國色天然，薄醉輕酡媚綺筵。説甚麽燕支撚，江南雨露弄澄鮮。太胡纏，那朱幡繡帳何須展，更絳燭霞燈莫浪喧。君不見從來傾覆因沉湎，臣請把雄圖高建，雄圖高建。

【解三酲】[一二]

軟設設海棠嬌倦，亂紛紛柳絮狂顛。明桃媚李也欺春善，大夥兒紅酣緑顫。怪不得蘭姨帶露啼愁眼，封婢乘時竊主權。微臣願，蕩清君側，不敢俄延。

【前牌】

論吾王垂衣南面，領群芳執掌全權。清平奏到沉香宴，俊煞人天香袖軟。又何惜力從世界三千外，挽住春光九十前。王須念，未鳴鶗鴂，芳草芊芊。

【前牌犯】

暗紅塵光明一線，好春風吹入桃源。赤心人不自把孤芳薦，怕負了春陽靧面。美人香草時時念，去燕來鴻處處憐。閑凝眄，最關懷紅雨遥天。

【尾聲】

人間無地埋騷怨，思從香國試逃禪。俺則有錦字封章的策萬言。

鶯鳴題辭，贈金君珏

【南商調・鳳皇閣】

風魔年少，生就傷心懷抱。向電光石火裏哭鷦鷯，護不得錚錚吾道。乾坤如罩，腸斷處春魂暗銷。

【二郎神】

窮無告，一回回天閽頻叫。奈采緑盈□愁虎豹。興亡今古，何堪續上離騷。一曲哀弦彈古調，悠悠的陰陽來吊。問春醪，幾個人兒塊壘能澆。

【集賢賓】

君不見莽中原到處風雨騷，滿眼波濤，剩水殘山餘幾套，認當時玉帛前朝。夕陽休照，早不是嬴劉李趙。歸去好，好聽取箜篌哀告。

【黄鶯兒】

又不見買櫝閧狂潮，假斯文忒煞喬。文明敵遍地鋒芒耀。黄鐘寂寥，盲詞絮叨，硬把些讀書種子摧殘倒。怕明朝，琴荒瑟老，國本此中摇。

【鶯簇一金羅】

天外朵雲飄，大光明，放彩毫。是淮陰國士胸襟好，向今日抖擻起文星耀。剪霞綃，度雲璈，把那一縷國魂兒斷處招，把這一縷正聲兒挽的牢。漫漫長夜，晨雞唱朝，沉沉世界，華嚴頓瞧。怪不得翩翩裙屐争投效。

【簇御林】

金蘭契，乳水交，綴班香，吐楚騷，大江南北聯歡好。多謝你垂青照，遠相招，珊瑚一網，不惜索蓬茅。

【琥珀貓兒墜】

心香一瓣，稽首下風燒。則任他舉世洶洶競粕糟，横流處處是春潮。休也波焦，則這大雅扶輪，便是愛國根苗。

【尾聲】

鳳聲何似鶯聲俏，誦一套嚶求調。俺可也换骨紅塵翩然入九霄。

五卅慘案，長歌當哭[一三]

【北雙調・新水令】

乾坤如斗困書生，説維新自由平等。雄風洶濁浪，正氣逐晨星。擾擾營營，論人心照不盡那祖龍鏡。

【駐馬聽】

想當初革命功成，推翻專制同歡慶。又誰知中間蹭蹬，惡魔起滅没消停。袁家帝制既稱兵，吴家黷武尤狂逞。誰能省，許多怪事書難罄。

【沉醉東風】

君不見莽中原山殘水剩，望天涯金粉飄零。大廈待支撑，卻怎的自家争競？小排場炮耨槍耕，大經營地盤吞併。方才是鳴玉刑牲，轉眼又馬騰卒勁。大夥諸天風雨群龍不靖。

【喬牌兒】

又不見津梁陷阱，出門處誰僥倖？萑苻滿地伺人行，硬授外人話柄。

【雁兒落】

要曉得一回回傷心外侮乘，都是你一番番透骨沉迷病。既然是主權兒無端大自輕，怪不得别人家屢次來求逞。

【得勝令】

呀，劣和優成敗影隨行，要圖强怎不從頭争？你記得庚子年聯軍恣蹂躪，你記得甲午年海戰大犧牲。丁寧，休忘卻心頭哽，惟應前車鑒所懲。

【甜水令】

况今日風潮太猛，把我們神明胄裔，一任他胡虜欺淩。這一番英日兩狰獰。滬上的槍聲，漢陽的噩耗，疊連催警，是不是石破天驚。

【折桂令】

熱心的死目難瞑，奔走的弟弟兄兄，瘁魄勞形。倘若是後盾肩承，甘言圖聽，没一個能作干城。兀的不霎時冰冷，斷送神京，又何止孤負寧馨，貽笑聯盟。還怕要肉袒牽羊,墟社犁庭。

【碧玉簫】

俺則灑痛淚胸頭熱哽,把舌蓮吼起呼天不應。好輿圖空照影,前路望没光明。枉有了如山的俠性,如海的豪情,撫頭顱抖擞起風雲冷。

【鴛鴦煞】

新聞載不了風鶴警,國民捱不盡瘡痍病。由得他異族野心生,萬目中居然的肆横行。魑魅般施兇猛,草菅似殘人命。這奇辱兀的難勝。俺問你雄獅睡幾時醒,俺問你封狼禍幾時靖?

夏閨月下

【南仙吕·懶畫眉】

幽蘭香裏月華清,絡緯聲中轉玉繩。雕蘭花睡夜涼生,瀟湘雲水琴中冷。大火西流閃一星。

【前牌】

河山蒼莽一層層,手掐花梢望碧城。風前人影怪伶俜,人兒原共花同病。摶揑就烟水詩魂我與卿。

【尹令】

消受藥爐茶鼎,本來是頻迦同命。鎮相憐逐形偎影。漫展匡床,我便要卧看牽牛織女星。

【品令】

吟窩小小,合住可憐生,冰心投正,香霧散瞢騰。笑紅塵萬頃,閃煞雙丸影。南枝揀盡,難怪棲烏不定。説甚麽愚蠢風流,都付與斷井頽垣一片螢。

【豆葉黄】

歎流光容易轉褐回青,紙錢灰才鬧清明,風露下潛移斗柄。梧桐虚幌,蛛絲豆棚,盡我輩暮吟朝詠,盡我輩暮吟朝詠。一往低徊,只有着熱假疼。

【玉交枝】

芭蕉月冷,待招來花魂杳冥。白榆歷歷天如鏡,夢遊仙夢也難憑。雲鬟小濕香霧清,爐烟微篆三三徑。一丢丢長更短更,一絲絲深情淺情。

【江兒水】

痛讀江郎賦,横擔宋玉情。忙閑苦樂隨時挣,悲歡離合隨時領,風雲霜露隨時警。兩下蕙心蘭性,瘦骨棱棱,翻嫌霜鐘禪定。

【川撥棹】

擔災眚,向人間空獨醒。看明朝蒲柳凋零,看明朝蒲柳凋零,莽悲秋蕭條怎生?這籌兒還自撑,那籌兒誰慣經?

【前牌换頭】

醉夢悠悠哭衆生,石火光中怎暫停?指乾坤説與卿卿,指乾坤説與卿卿,遍人天有情皆病。况東風鳩易鳴,况西風蟀易驚。

【尾聲】

平分花裏愁權柄,早冰透蒼苔一徑。赤緊的良夜迢迢睡未能。

應虞山龐樂園結婚之徵，新婦蘇氏

【南仙吕・步步嬌】

人世悠悠婚和嫁。一例紅絲拽，風流幾輩誇。維我龐君，英年俊達，靈秀蔚聲華，看催妝時候人如畫。

【醉扶歸】

一個是回文織就真無價，一個是雛鳳軒軒舊世家。一個是鹿門亮節自清華，一個是眉山秀骨多風雅。明日個尚湖端供並頭花，俊煞你雙雙萊彩娱親舍。

【皂羅袍】[一四]

君看風潮趨下，笑量珠炫玉買賣喧嘩。假自由遍地鬼盈車，怪姻緣到處胡勾搭。薰蕕難合非耶是耶，宫商未協雙聲易差。不能不求皇慎打同心結（初聘某氏，因故離異）。

【好姐姐】

賦停車，迎歸麗華，扶持起人倫風化。遠山眉黛，從今摹幾些。留佳話，是簫吹美滿停雲夜，是琴葉翱翔韻事賒。

【尾聲】

虞山縹緲天邊也，卻扇清風想像佳。横揣着萬樹玉梅剛秀發。

讀《小瀛壺仙館叢刊》題辭

【南中吕・粉蝶兒】

悠悠的九州中今古事，笑熙熙攘攘那些張致。燈窗雨榭揮一卮，唾壺兒擊碎多時。且消磨秋月春風，盡沉埋蘭澤芳芷。

【紅芍藥】

明眼的冷笑閑嗤，局中人夢醒何時。幾輩軒軒悟真旨，踵柴桑清閑能事。則只有中郎今日古懷滋，署陶然瀛壺居士。小乾坤偃仰棲遲，好生涯江山驅使。

【耍孩兒】

十笏軒窗無塵滓，小住爲佳耳。納三山芥子，些兒家私，有便有水竹松花蒔。大經營不朽千秋事，漆園後，無過此。

【會河陽】

意蕊心花，芬鋪藻摛。天然妙諦一枝枝。俊煞你至味名山，大歡稚子，一轉語神全耳。眼前蒼莽的人間事，筆端揮灑，盡淋漓致。

【縷縷金】

言外意，個中詞，誰傳衣鉢去，豈獨止邱遲。更雛鳳聲清處，居然宮徵。管山管水退閑時，怡顔勝朱紫，怡顔勝朱紫。

【越恁好】

何勞垂詢，何勞垂詢，措大信堪嗤。曉風殘月，譜一曲付紅兒。沈郎腰瘦痂癖癡，遠招吟幟(謂沈習公)。文壇上曾早識君名氏，韓江上從此夢君風致。

【尾聲】

真詮欲説無文字,心光悟到湛然時。香火因緣意在斯。

次東園韻,並用其格

老人風骨振頹唐,剪翠裁紅不厭忙。我爲斯文狂喜處,艑船百舸泛流黄。

馬、關久逝,孔、洪不作,皮黄奪雅,正韻幾亡。鼎革以來,吾徽治曲者,益不多見。東園老人名滿天下,顧其曲,亦復平平。近見萃英刊紙載此【南吕】一套,題爲《賞月》,法度密而無警句。因次韻和之,非欲與較高下,蓋亦見獵心喜耳。

【南南吕·香柳娘】

逐人寰熱涼,逐人寰熱涼,春酣秋爽,含牙戴髮何時放。問知音有幾,問知音有幾,廣樂奏堂皇,雲裏瞻吟杖。喜蟾圓無恙,喜蟾圓無恙,花魂露光,博公清賞。

【前牌】

譜新聲幾行,譜新聲幾行,人間天上,鏗鏘法曲何悲壯。笑延陵此老,笑延陵此老,壇坫力方剛,古樂留型榜。想茶寮酒舫,想茶寮酒舫,隨緣上場,勝遊誰狀?

【前牌】

論南腔北簧,論南腔北簧,斯文色相,近來都是糊塗樣。待搜奇選勝,待搜奇選勝,嫫母飾羅裳,辜負珊瑚網。試中原一望,試中原一望,紛紜短長,不堪聯上。

【前牌】

算塵羹土觥,算塵羹土觥,何須誚讓,由他糟粕深沉釀。看江湖滿地,看江湖滿地,熟魏合生張,到處膚詞敞。這潮流趨向,這潮流趨向,呼來阿香,待公雷唱。

【前牌】

晉吾公一觴,晉吾公一觴,韻賡酬餉,因緣鱗爪公休忘。指江峰青處,指江峰青處,水瑟奏清涼,月榭消煩悵。但因風向往,但因風向往,神交有方,不愁雲障。

【前牌】

數徵行舍藏,數徵行舍藏,我無凡響,自將風月涵清暢。鎮吹薌嚼曲,鎮吹薌嚼曲,白日去堂堂,夢冷羅浮帳。或棲遲偃仰,或棲遲偃仰,華年未央,總愁閑況。

【前牌】

撲眉棱氣揚,撲眉棱氣揚,渡河香象,神全兩字無他想。採金荃芳芷,採金荃芳芷,辰是酒邊良,室有清風養。甚多儀役享,甚多儀役享,山莊水莊,與公遥抗。

老人套曲,以詩起結。既踵元玉,再次尾韻。

春蘭秋菊各芬芳,清賞無殊南面王。十二闌干明月夜,素心遥契水雲鄉。

酬蔡竹銘丈　蔡名卓勳，澄海人

【南越調・小桃紅】

一生來顛倒困魚蟲，止不住心頭痛也。盪氣回腸，許多惻楚喉寰中。承謝你，憫愚聾，布襟懷，示曲衷。海般情，打合上天般寵也，一封書穆穆雍雍。不道你老中郎，是賞慣了爨餘桐。

【下山虎】

這時節玉梅香涷，茅舍雲封，大地都如夢。忽聞塞鴻，頓使山家陽回春涷，沁入詩懷比酒濃。不由不拍案呼揮淚諷，舞一回感萬重，閔子裏心潮湧。可憐人塗西抹東，半世曾誰吊懊儂。

【五韻美】

哭饑鸞，歌衰鳳，非非是是天不懂。只落得大千中人物肆和哄。狂泉可泳，笑書生未能從衆。時方亂，願易空，則不如秋水南華，陶然放縱。

【五般宜】

闊迢迢江南嶺東，蕩悠悠情投意同。兩下裏自樂守清風。是不是物以類聚，精神易攏，花臚月供，與君甄綜。莫問他萬不幸的詩文，到今兒成底用？

【山麻秸】

望仙館雖遥迴，懸揣着風雪行吟，杖履雍雍融融，一家兒至樂無塵冗。早則算放懷今古，高歌窮達，冷眼雞蟲。

【黑麻令】

都是你情隆意隆，提拔俺愁中困中，逗的俺神融骨融。打從今不問天公,也不恨時窮運窮。論我輩心慵體慵,本不合茅封土封。屹錚錚骯髒形骸,無非只文雄氣雄。

【江神子】

二鬼詩成一笑中,望雲山目送飛鴻。算來吾道非窮,騷壇酒國請相從。赤緊的越教人知重。

【尾聲】

霜寒歲晏君珍重,好風光付誰摶控? 俺也待洗净塵心,好陪涉江弄。

主人呵念平生是瀟瀟灑灑一介書生,傷往事是磨磨折折一個勞人,到今番是色色空空一般佛性。對着這套曲兒,拚付一杯濁酒,把温太真的鐵如意,敲碎王處仲的唾壺,挽住了南歸的汪水雲,權學那西來的佛菩薩,一齊解脱。蔡竹銘。

送四妹慧貞出閣

【南仙吕・步步嬌】

日膩雲酥春風裏,山水皆明媚。此際賦于歸,是吾妹佳期,告成六禮。義往莫遲徊,揾青衫止不住俺分襟淚。

【醉扶歸】

俺與你把髫年各事從頭記,是不是影只形單一樣悲。當日個滬雲皖月雁行飛,哭親哭叔多顛沛。痛歸來門祚太衰微,對幽蘭空谷傷遭際。

【皂羅袍】

不覺流光如水,整娟娟楚楚七載相依。紅閨有嫂共怡怡,往來女伴情尤密。輕嘲憨弄，鬌隨鬌隨，關疼着熱，憐伊愛伊。不止俺一朝分別心如碎。

【好姐姐】

效雙飛，祝前程萬宜。雖然是僵桃代李，卻不道如魚得水，和諧樂唱隨。君須記，春風秋月尋常事，箕帚晨昏自品題。

【尾聲】

只是俺年來撫字多慚愧，這其間想後提前怎慰伊？說不盡萬種傷心當此日。

無　題

【北仙吕・點絳唇】

醉眼摩挲，風光淡淹烟雲闊。打個磨陀，甚處商量可。

【混江龍】

夭桃紅破，芳華在眼待如何？靠不住鶯梭燕剪，用不着愛綺情羅。只落得一片心光同契合，只落得三千世界暫延俄。歎陰陽顛倒都差錯，赤緊的風前月下，枉自婆娑。

【油葫蘆】

粉瘁金愁奈若何，這些時風浪大，看一看中洲北渚晚涼多，成就了芳心嘔碎猩紅顆，畢罷了潑天希望如荼火。有則有傷人的三足能，混人的十丈魔。虧煞你三番兩次禁摧挫[一五]，早難道天眼不曾睃。

【天下樂】

俺若是叱咤喑嗚曳落河，騰挪把劍磨，早提拔出醯雞甕裏人兒懦。只是俺仔肩頭枉自能擔荷，手腕中無權挽逝波。幾時節悶葫蘆來打破。

【那吒令】

一回回長歌短歌，剩風懷幾何？一番番愁多病多，剩歡顏幾何？一年年鴻過燕過，剩青春幾何？住紅塵且耐煩，且耐煩捱生活。大家兒遊戲休波。

【鵲踏枝】

你又莫自蹉跎，做一個没頭鵝。你不見竹柏松梅雪裏枝柯，一般兒寒標磊落，一閃地凍蕊嵯峨。

【寄生草】

人世難如願，天心莫問他。渡滄溟把定風中舵，指寒芳抱定霜中朵，向前途各顯錚錚我。這才是同聲同氣證知音，也不負含牙戴髮的真功課。

【么】

心休冷，氣莫餒，你不用斷腸吟取次淒然和，俺不用閑情賦夢裏時顛播，也不用淚珠兒兩下裏都爲相憐涴。索性的悲歡離合大勾銷，趁東風但種下來生果。

【賺煞】

天地有時休，情誼無時挫。若問取前因後果，承謝你青眼加來徼幸大，又豈肯暴棄些麽？誓山河記取無訛，費千金買不得同心諾。借威光一窩，矢蓮臺寶座，則索得他生安穩結絲羅。

酬宫飛卿女士

飛卿以所編《集秀》旬刊寄贈，並投書索言。小病多日，久未報也，病起裁箋,譜短調應之。

【北中吕·粉蝶兒】

欄檻辭春,早風前榴花火噴。莽回頭小極經旬,藥爐邊香鴨畔詩逋積寸。炷沉檀打起精神,砑烏絲先酬珠引。

【醉春風】

俺本是落魄賦閑情,疏狂成小隱。荷衣蕙帶不趨時,早消了湖海豪氣。多謝你三秀集來,一編遞到,片言皆韻。

【脱布衫】

俺只見嚼宫商珠玉繽紛,吐芳騷花樣翻新。老鬚眉刻典裁墳,俏嬋娟搓酥摘粉。

【小梁州】

若非你妙手摻摻擷古春,那裏討錦繡紛陳?闢合着文明離象,耀乾坤,馳風韻,暢好是巾幗有斯人。

【後】

俺又把苔岑舊友從頭認,依稀是涯角知聞。時易遷,人無運,問他們蘭言唱和,可記得桃水汪倫?

【尾聲】

舊愁新病都休問,俺只待翹首長天望彩雲。可有那肯做美的薰風替我時時引?

病中自贈

【北越調·鬥鵪鶉】

大陸艱凶，人生古怪，足下何爲，非仙非佛。不能夠畛域逍遥[一六]，只諢着塵寰黑白。看你鐵骨撑，電目睚，好像有海洋愁煩，天般磊塊。

【紫花兒序】

君不見峨冠博帶，甲第朱門，駟馬三台，大半是輦金闕下，一宗宗論價差排。哈也麼哈，暮夜苞苴事宜諧。你何不由人笑駡，任鬼揶揄，落得開懷。

【天净沙】

又不見競錐刀奇貨居來，較錙銖白鏹成堆。暢好是酒肉叢中把歲月挨，你何不投機捆載，鬧烘烘人羡多財。

【調笑令】

你有才，便應該傍户依門把聲價擡。算則算文字能諛人自愛，又何必恥傍官階？今日的萬卷書生颯爽來，誰不是標榜胡柴？

【秃厮兒】

可憐你身世兒微於草芥，形體兒瘦似麻秸。遭逢處處傷鬼胎。赤緊的心不遂，病長捱，寃哉。

【聖藥王】

東不諧，西不諧，窮途踹破幾雙鞋。悴也該，死也該，伯倫荷鍤幾時埋。休矣欲飛材。

【麻郎兒】

滿眼的芳華褦襶，自然的寶劍塵霾。你本是好男兒揮闔乖崖，一心要濟蒼生縱橫慷慨。

【么】

氣魄雄哉尷尬，過屠門大嚼爲佳。想當然排山倒海，盡經營口誅筆伐。

【絡絲娘】

算人間是非原在，願足下毋辭鉅責。前言戲耳君休怪，且商量如何瀟灑。

【東原樂】

青雲氣，白雪懷，形骸放浪非無賴，枉尺直尋總不該。打定了真主宰，看居然做個軒軒措大。

【么】

春風好，村釀佳，雄心不向清閑憊，俠義都從淬厲來。顫巍巍憂患餘生在，謝天公許多擔待。

【尾聲】

餐冰嚼雪原無礙，屹峥峥性情不改。俺爲你那籌兒笑一聲咦，俺爲你這籌兒喝一聲采。

贈陳兑庵君

【南南吕·臨江仙】

秋月春花何日了，看看物换星飄，筆尖兒淡寫復輕描。壯懷無處着，清映幾分騷。

【梁州犯】

六朝金粉，三都花草，付與東風憑吊。詞場窠臼，詞人不彀魂銷。吟邊哀樂，夢裏閑忙，斷送知多少。待從涯角畔認新交，先把芳華子細瞧。鱷溪上，江南道，神光離合何時照。心折處，爲同調。

【前牌】

烟吹月弄，蘭言竹笑，久向壺中傾倒。知音有幾，多君品詣孤高。正是放懷一局，抗手千秋，驚座人年少。分明珠共玉付揮毫，卻把汪倫特眼瞧。書生舌，爲君掉，與君商榷風華稿。非好事，欲圖報。

【前牌换頭】

算吾家元亮清超，歎今日高風難紹。只裁紅剪翠，冥冥悄悄。那更華年沉損，封侯無骨，生活如何討？願將塵面孔洗蕭騷，向弱水三千取一瓢。排遣法，與君約，中郎幟下聯歡好。狂豈敢，拙堪效。

【前腔】

拍闌干痛飲三蕉，把身世交還蒼昊。對江山如此，從吾所好。赤緊的孔、洪典雅，東籬本色，只有通人曉。君不見草堂清夢醒，好逍遥，他老子當場興正饒。風與月，何須盜，不衫不履天然巧。按紅牙，吾拜倒。

【節節高】

蓬壺天様高，夢爲勞，羡君比我皈依早(君爲竹銘丈入室弟子)。趨帷幄，賡鳳韶，生涯着。韻悠悠譜起梅花落，玉亭亭想像蓮花貌。一望望風雲筆花摇，一些些月旦心花笑。

【前牌】

非關浪絮叨，且相招，壺中小友君休笑。冰霜操，竹石交，同清峭。如今又誦嚶求調，從今廣挹文星照。曼衍魚龍一甄陶，知心三兩真堪樂。

【尾聲】

投磚敢望瓊瑶報，掬誠何似薦溪毛，且向薰風祝幾遭。

憶夢，六月十七夕

【南商調・集賢賓】

罡風吹我如燕飄，聽水瑟雲璈，萬里長天人縹緲。月明中閬苑輕抄，紅牆一道，是伊誰拈花微笑？温語好，接引處威光四照。

【二郎神】

威光照，吐精誠嬋嫣不了，可怎的修到人天還懊惱？算瑶華小命，何堪露冷風摇。看一看拾翠紉蘭空自巧，鎮遭遇頑仙俗套。座中瞧，一個嘮叨，一個心焦。

【前牌換頭】

多勞，將我看承不小。一斗真珠燈畔倒，便鳳杯嬰盞，幾回和淚同澆。俺早是柔腸全醉了，又豈待葡萄同酌潑醇醪？所不同心，如此良宵。

【黄鶯兒】

花底夜迢迢，逗癡魂動熱潮，就中有個人兒悄。銀箏細調，沉檀細燒，月盟花誓從頭約。正嘵嘵，不堪夜短，清夢醒無聊。

【琥珀貓兒墜】

者邊是清清冷冷一片月兒高，那邊是簾幕低垂燭影摇。問不出玉人何處教吹簫。勞勞，回首良辰，萬種難熬。

【簇御林】

難熬處心暗燒，看琴棋慘寂寥。是真是幻無分曉，赤緊的無分曉。忒鏖糟，蛛絲虚燈，明月晃清寮。

【尾聲】

癡心默向天公禱，倘若是氤氲懂竅，則俺這好夢何妨再幾遭。

新秋慰瓊芝

【南仙吕・步步嬌】

容易新秋來庭院，涼味摇深淺。紅蓼岸，白雲天，莽莽蒼蒼，西風一片。歲月太茫然，繫流光靠不住垂楊線。

【醉扶歸】

那答是夕陽芳草天遥遠，這答是菡萏香消白鷺拳。疏鐘醉透暮林烟，新愁付與殘霞卷。似這般蛛絲曲檻一年半，不見我心兒早比蛛絲軟。

【皂羅袍】

早是琴邊人倦，那更玉簫淒切似斷如連。分明嗚咽惜華年，不應甘被天公踐。風雲萬里，重重仔肩，芳馨在手，如何保全？少不得揚眉去去從頭勉。

【好姐姐】

打胡纏，消磨萬千，若不是從頭黽勉，問愁城百雉，生涯怎自延？君須辨，何妨力向魔叢戰，落得神從劫後全。

【尾聲】

休嫌浪把開懷勸，若説悲秋我亦然。請與你抖擻精神聊過遣。

病起柬蔡竹銘丈、金君珏君

【南正宫·雁魚錦】

【雁過聲】莽春婆恍惝何處醒，半年來悶守懨懨病。人世味幾番深投正，好生涯倚伶俜，打黄梅直到秋清。牢騷一萬層，吊不盡廢垣多少殘紅徑，挽不住歲月者般如水逝。【雁過聲换頭】何曾小昧空靈。【普天樂】向酒邊琴畔，早養着情和性。天倪印證，見根兒不信難爲定。有時節低眉肖僧，有時節昂頭試鳴[一七]。【雁過聲】有時節契無生參大乘，軒然肝膽棱棱。多勞碧翁長看承。這壁廂兀擁着破江山吞吐隨時掙，那壁廂兀的把好風月因循白地傾。【雁過聲换頭】熬成這病影愁形。【漁家傲】玫瑰香裏茶烟静。【傾杯序】赤緊的五藴回翔，六時體倦，兩月消磨，一榻瞢騰，郎當自警。縱然澄悟，可有半分徼幸。【雁過聲】俺只分長生久視神堪靠，又誰知慧業莽蒼超未能。【喜漁燈】春風韻味，那些塵影。微茫煞蘭因絮果，取次蹭蹬。【朱奴兒】對乾坤大千，【玉芙蓉】懷珍濟人吾怎營？【漁家傲】空則把窮通權變從頭理，大古是水遥山永，又少甚麽收效難憑。【雁過聲】怪不得紅蕤枕上人疲頓，都只爲白日場中願杳冥。【錦纏道】漫追省，一回回魂銷夢驚，若非是心藥破愁城，怕沉疴透底，不要長瞑。向花間重尋酒觥，檢郵筒再圖投贈。暢好是魔障漸安寧。【雁過聲】從今後如何策我全神法，卻把箴規望友朋。

【尾聲】

銅山何處剛心映，又念到韓江遥迴。則願你兩處的知交，錫音書，到蔣徑。

題朱遁叟《鹽溪小隱圖》

【北雙調・新水令】

莽天涯吹影幻遥遥，久心儀鹽溪兩老。因尋壺裏藥，遂聽月中簫。蔣徑迢迢，認一幅丹青稿。

【駐馬聽】

君不見蝶亂花交，幾處紅顔唱大刀。又不見暮仇朝好，幾人熱淚哭綈袍。迷陽聲慚送英豪，春婆夢短催年少。遲共早，免不得宫花零落埋秋草。

【沉醉東風】

漫回頭繁華李趙，鎮喧豗胡弄兒曹。空將涕淚包，誰把欃槍掃？可笑他昧輿薪卻察秋毫。投正兵氣蒼茫薄九霄，哭不盡握珍懷寶。

【折桂令】

好男兒腸斷心焦，一段光芒，閃閃摇摇。畢竟是酸鹹空調，形神空瘁，肩仔空挑。倒不如拈花微笑，側身看燕憨鶯嬌。暢好你花萼樓逸興飄飄，鶺鴒原春水滔滔。渾不必安期巨棗，更何須曼倩蟠桃。

【沽美酒】

俺可待剡溪舟弄翠篙，霅溪詩詠翠條。覓取麻姑長指爪，搔癢處便是埋愁一窖。俺可待默然去逐由巢。

【太平令】

不羨你聽春風格磔謳嘲，不羨你寫秋光翠剪紅雕，不羨你孝廉船隨意簞瓢。只神往畫中人，流觴落帽。休波，甚功高爵高，甚銅柱錦標。呀，看不慣南腔北調。

【離亭宴帶歇拍煞】[一八]

商量身世如何好，商量聲聞如何妙，歎今日處處風潮。少甚麼澤上鴻，少甚麼市中虎[一九]，少甚麼天關豹。把塤篪弄一回，將薇蕨歌成套。甫脱得炎涼饑飽。紅塵外繼眉山，文壇裏追洛下，神交處聯蓬島(謂壺公)。此日的冥綜避雉羅，前日的莘尾傷魚藻。扭入雲吟月嘯。若問取明日的好生活如何料，則看這劫餘的江山青未了。

酬季鳳書先生

【北黄鐘調·醉花陰】

上下悠悠五千歲，歎人生微塵而已。大不了紆金紫慰妻兒，一閃價吐氣揚眉，紛紛的恁張致。俺可待放眼看熙熙，軒渠煞夢觀中蟲與蟻。

【喜遷鶯】

熱心的争名奪利，風雅的嘔心成絲。癡也麽癡，到頭來一些無濟。倒不如放浪形骸且自怡。爽快煞清閑日，没點兒榮枯得失，能攖我方寸靈犀。

【出隊子】

季先生賞音如此，特爲俺數前人比知己。怎時得墨花灑共劍花飛，抖擻這空谷幽香弱根蒂，不負你珊網求珠一片癡。

【刮地風】

俺曾向蔡子壺中認得伊，有長箋痛寫淋漓。曉風殘月紅牙裏，早心折皓首龐眉。則願你仗神針把病國來醫，借刀圭將人權扶起，也算是靠青囊大舍慈悲。俺不是脱空言侈談經濟，只爲看不過局枰中諸般多是非，好幾次待將他毛錐丟棄。

【四門子】

使君與操英雄二，這相稱恐不宜。君不見壺中還有真名士，正軒然矍鑠時。他鱗也奇爪也奇，與先生鼓旗堪比擬。俺是學術卑名姓微，隨先生馳驅可矣。

【水仙子】

論、論、論、論爲可兒，本、本、本、本該要烈烈轟争一次，但、但、但、但逐塵寰有甚便宜，念、念、念、念我輩金針度世，暢、暢、暢、暢好有錚錚節不移。怎、怎、怎、怎學那没心肝人雕紅翠？倘、倘、倘、倘説俺歲月優遊樂唱隨，俺、俺、俺、俺無非屠門大嚼娱情耳，只、只、只、只有痛汨寫烏絲。

【尾聲】

撥盡朱弦送長日，大經營欲待何爲？俺只有向眼前的好湖山，道聲生受矣。

避　亂

十五年來，殘兵過黔，多所侵掠。避亂中，成此一首。

【南仙吕・山坡羊】

暗昏昏元黄龍戰，莽蒼蒼風馳雲卷。驀生生惡耗傳來，亂紛紛驚起雕梁燕。塵外天頓時烽火喧，早彌漫一片一片的妖氛健。處處憂煎，人人色變。狂泉，大都來將蔓延。田園，大家兒不忍言。

【前牌】

没來由蘭嬌蕙軟，霎時間花愁月顫。一回回雄劍摩挲，一宗宗商略如何善。籌萬全挺身擔仔肩，最好是北風歌處吟來遁跡篇。遁跡峰巔，塵中何戀。翩翩，且登山嘯暮烟。盤旋，指忘機鷹與鳶。

【江兒水】

荒岫千層外，殘枰一局前。濟人心可肯模胡倦，淩霄氣可肯隨時軟，重重俠意何由顯。看到斜陽紅遍，相吊相憐，畢竟悽惶難免。

【玉交枝】

若説俺身家顧戀，俺何曾些兒牽掛。不過是提防各種花花面，且支吾眼下周旋。他時本期忉利天，如今索向冰霜煉。任諸般驚魂倒顛，俺和伊精神總全。

【人月圓】

雲月尚依然，照長天悠遠。遮莫談兵還説劍，打危樓徒奮空拳，打危樓徒奮空拳。赤緊的迢迢良夜前，話衷情思渺綿，莽回頭事萬千。

【園林好】

倘明朝難揮祖鞭，自應該抽身世緣，向天階風雲靦面。好和你賦遊仙，好和你賦遊仙。

【僥僥令】

爲伊甘萬死，遂我定何年？人世的風波時時變，俺總是揚眉直向前。

【尾聲】

深深結下傷心券，只待同超世外天，才把這萬恨千愁細補填。

十一月初三夕，燈下作

【南仙吕·解三醒】[二〇]

驀傷心如今又也，了傷心何計消他。看看漸到分離者，生和死，恨猶賒。分明是琴邊簫裏無遺憾，又誰知蛇影杯弓閑磕牙。打准了雌雄卦，不如歸去，細夢伊家。

【前牌】

半年來花開花謝，到今兒雨雪交加。鈍根人累你擔驚怕，怎對付牛鬼神蛇？勸君還是抛開罷，有日逍遥樂正賒。君須察，此情如璧，到底無瑕。

【前牌换頭】

相投肝膽真明潔，色相全忘的大家。眼前人物誰風雅，怪不得如許喧嘩。幾時合笑同飛去，了此塵魔一片邪。吾何法，只該静候，静候伊家。

【賺】

塵外烟霞，貝闕珠宫認莫差。真非假，有鸞有鳳，有雲車上清家。君名自在瓊瑶牒，人世誰知萼緑華。休忘者，俺他時如在泉臺下，你休忘提拔，休忘提拔。

【尾聲】

些兒風景隨他裂，再不恨彩鳳無端竟配鴉。俺只候三島十洲同去罷。

玲山夜懷

【南南吕・懶畫眉】

亂山隱隱夜迢迢，北斗高寒擁寂寥。明知處處惹魂消，不知不覺來憑吊。腸斷風前子細瞧。

【前牌】

寒花取次到今宵，早是風光冷綺寮。月廊花榭没人招，分明當日同行樂[二一]。某處瑶琴某處簫。

【前牌】

某處是紅燈影裏醉葡萄，某處是鬼誓仙盟共絮叨。誰知幻夢不堅牢，今來都做傷心料。忍淚何堪這一遭。

【東甌令】

又况是悲白晝恨長宵，别來無事不難熬。聽不得空山林斧當殘照，看不得落葉摧芳草。打不開愁圈套，止下住恨如潮。

【不是路】

一味蕭條，除只離塵覓下梢。誰知道，何時穩渡赤城橋？放開瞧，春來秋去無分曉，劍氣珠光不易消。吾能料，這重公案真非小，豈無歸着，豈無歸着？

【尾聲】

從來情種知多少，俺和伊呵，不止人間乳水交，則索向那碧落黄泉約的早。

丙寅除夕

【南清徵調・四季花】

春信到窗紗，早紅梅裏紅燈下，又送年華。堪嗟，楸枰劫中兵氣賒，頭顱鏡中誰負他。猛凝眸，鬼一車，如何抖擻，干將莫邪。無端俠氣閑處差，一閃地秋月春花，直捱到歲除今夜。俺可待嘯也笑也狂也醉也休也。

【花香犯鳳釵】

真休也，着甚嗟，吊不盡紅顔白髮。一年年依樣葫蘆，今夜中幾人同畫？俺只道但工感慨是名家，更誰的解光陰價？拍案一聲嗏，可唤得邯鄲道上，搓開睡眼耶。俺是好修姱，百般掙扎。一樣的癡癡楚楚，同混鬼喧嘩。壺中有士真瀟灑，烟水迢遥望裏賒。芝蘭契，竹石協，證來知己惟風雅，交到忘年高誼別。今日君詳察，天地莽龍蛇。從卿法，向芸芸局裏痛辨蓬麻。三昧何妨遊戲着，五藴居然悟幾些。金針可度，盈盈筆花，鐵窗打破，軒軒放達。素心人權自消磨者。甚喧嘩，群匯紛紛，腐鼠相逢嚇。抛開罷，莫問他，與君難學井中蛙。真個是同將冷眼觀塵劫，投正全神度歲華。

【尾聲】

嶺東霞，江南月，從今相賞至無涯。又何惜大好年光斷送他。

（汪炳麟《汪石青全集》卷十四）

校勘記

［一］祥:原作“羊”,據文意改。

［二］藉:原作“籍”,據文意改。

［三］此曲又見《華國》卷二第 3 期。寄生《鉛槧餘録》:“黟縣汪石青炳麟寄示《病中自遣》【北雙調】一套,音節悲涼,故是當行之作。其辭云:……。”

［四］兀的:《華國》卷二無。

［五］玟:《華國》卷二作“筘”。

［六］天:《華國》卷二作“霄”。

［七］屠龍射雕:《華國》卷二作“射雕屠狗”。

［八］對良辰咄咄呼來,堂堂送去,雄心坐耗:《華國》卷二作“拙書生兩字頭銜,憑君倒唤,可憐包草”。

［九］到:《華國》卷二無。

［一〇］貌瘁神清:《華國》卷二作“形瘁神消”。

［一一］［一六］畛:原作“珍”,據文意改。

［一二］［二〇］酲:原作“醒”,據曲譜改。

［一三］《汪石青全集》卷首胡蔭南《汪石青傳》:“無何,上海慘案起。君大憤,拍案叫號,捱拳切齒。爲文刊報章,縷縷數千言。大旨以求統一、勵自强、謀興國、雪積恥爲言,斥軍閥亂政,主張學生與聞國事,連美、俄以抗英、日。余時得國民黨宣言,讀而善之,貽書與君討論。君報書曰:‘孫氏之三民主義,誠救時之良藥。然若不行三自,則三民主義殆談紙上兵。’三自者,自由、自治、自强也。君平素不憙談政事,惟此時激於時艱,遂侃侃言之,其言皆中肯綮。又撰《月中人》一文,托言大學生某某,精研科學,發明梯雲入月之術,得月人助,歸建學生軍。大創英、日,遂霸全球。事幻而情摯,可以覘其志矣。一日,來甥館,余觴之於凝瑞庵。酒酣談時局,慷慨激昂,有攬轡擊楫之概。季衡兄指壯繆象言:‘積弱取侮,苦無人耳。斯世若得此公,區區三島,不足平矣。’君默然,俄而微諷‘管、樂有才原不忝,關、張無命欲何如’之句,再三太息,連浮大白。越日,以【北雙調】一套寄余,則詠滬案事。痛軍閥之禍國,恨强鄰之欺淩,警國人之自救。其詞如鵑泣,如猿啼,如晨雞鳴,如獅子吼。長歌當哭,極慷慨淋漓之致。愛國熱忱,躍然紙上。余亦讀而哀

之，而後知君不僅爲詩人也。”

［一四］皂：原作“鬼”，據曲譜改。

［一五］番：原作“翻”，據文意改。

［一七］鳴：原作“嗚”，據文意改。

［一八］宴：原作“燕”，據曲譜改。

［一九］甚：原作“付”，據文意改。

［二一］日：原作“目”，據文意改。

汪瓊芝

汪瓊芝,字阿秀,安徽黟縣人。學詩於汪炳麟,唱酬甚得。爲時所不容,二人共沉湖自盡[一]。

套　數

石青夫子譜曲寄慰,敬賀一首,録呈拍政

【南仙吕入雙調・步步嬌】

又是秋光來梧院,蝶瘦腰肢軟,醉了海棠烟。我早是蕉萃西風,柔腸似剪。暮色落蟬邊,柳絲兒綰不住斜陽線。

【醉扶歸】

芳華一片流雲卷,鏡裏紅顔不似前。番番水火煉青蓮,蘭心細碎無人見。落得個吟魂一縷化秋烟,眉梢鎖住愁深淺。

【皂羅袍】

怎奈年光如箭,算蟲魚世界底事堪憐。無端墮夢上秋千,紛紛夢影隨風顫。重重煩惱,商量管弦,烟塵到處,何方可延?闌干十二都敲遍。

【好姐姐】

最淒然,痛裙釵可憐,被胡盧兒將人悶軟。且休問花愁月病,但把金卮慰盛年。承相勸,千般磨折甘無怨,檢點詩情結酒緣。

【尾聲】

分明是償還業債三生欠,一寸心灰死復然。相賞的弦上清音扶月顫。

(汪炳麟《汪石青全集》卷十四附録)

校勘記

[一]《汪石青全集》卷首胡蔭南《汪石青傳》:"君有族妹曰瓊芝女士者,性慕風雅,愛君之詩,脱金釵爲贄,請受業爲女弟子。君賞其慧,教之詩,唱酬甚得。而鄉俗閉錮,黯於見聞,有菲錦蛇弓之謗。君太息曰:'獨清非清,不狂謂狂,吾安能以皓皓之白,受物之汶汶乎? 斯世悠悠,於我已矣。'乃賦《遊仙詩》三十章,偕瓊芝共沉於邑之屏山湖。時爲民國丁卯孟春之九日,距生於光緒庚子仲冬七日,春秋二十有七耳。"

馮國瑞

馮國瑞(1901—1963),字仲翔,號牛翁、漁翁、麥積山樵,甘肅天水人。1921年,考入東南大學。畢業後,入清華大學國學研究院。曾任蘭州大學、西北師範學院教授、青海省政府秘書長、陝西省政府顧問等。1949年後,歷任甘肅省文物管理委員會主任、省政協委員等職務。著有《絳華樓詩集》、《張介侯先生年譜》、《麥積山石窟志》、《炳靈寺石窟勘察記》等,輯有《守雅堂稿輯存》等。

小　令

【南商調·金絡索】 與冀野不相見十年矣,頃相遇渝州

梅庵憶晚霞,十載匆匆也。風雨淒迷,六代蒼松下。相逢對客愁,正三巴。岸渚江南夢似耶,消魂不耐情難寫。卜宅深幽一徑斜,酒酣處,移商變徵算豪華。等到落了梅花,開了柳花,回建業杯同把。

(《民族詩壇》第二卷第六輯)

王西徵

王西徵(1901—1988),原名希曾、伯諦,又名紀新,號魯忱、元浩,原籍山東高密,出生於瀋陽。1921 年,考入南京高等師範(後改爲東南大學)教育系,選修吴梅詞曲課程。1925 年,到蘇州吴家,遍讀奢摩他室曲藏,成爲吴梅入室弟子之一。大學畢業後,擔任北京藝專校長,歷任北京大學、輔仁大學、燕京大學和東北大學教授,主講詞曲。抗戰期間,擔任《世界論壇》和《世界日報》副刊《慧星》的編輯,宣傳革命理論和抗日主張。解放後,協助政府招回流散的北方昆曲藝人,籌建北方昆曲劇院。有《五音七音述考》等。

套　數

壽吴雷川先生七十

【黄鐘宫・醉花陰】

人世滄桑都看飽,賸眼底湖山依約。憂患養清標,鶴髮童顔,錯節盤根到。

【喜遷鶯】

海門潮,來去年年幾曾老。恁便見天人懷抱,解真詮,怎閃摇。萬事等鴻毛,利鎖名韁一例抛。心不擾,神明永駐,樂也陶陶。

【出隊子】

廉隅清操,猗蘭伴月照。更兼得達人願念起民胞,濟世情腸成物表。這的是瑞靄祥光臨大道。

【神仗兒】

説甚麽先知後覺,旁搜遠紹,端只待敷布詩書,宣揚禮樂。夏舞干戈,冬習羽籥。振鐸聲徇遍江河,爲生民,待蘇昭。

【掛金索】

且慢提詞翰英華,摛取過瓊瑶藻。索要誇德慧圓通,參透了靈修妙。只這般辛苦堅貞,奠定起燕園教。應則是燦爛莊嚴,顯現出星樞曜。

【慶餘】

十月陽和朔鐘報,古稀盛典崇今朝,且覷着壽鏡齊眉萬象曉。

(《燕京新聞》1940 年 11 月 26 日)

唐圭璋

唐圭璋(1901－1990),字季特,江蘇南京人。1922—1928 年就讀於東南大學(後改爲中央大學),1949 年前曾任中央大學、金陵大學教授。建國後歷任南京大學、東北師範大學、南京師範大學教授。編著有《全宋詞》、《全金元詞》、《詞話叢編》、《宋詞三百首箋注》、《宋詞紀事》、《詞學論叢》、《夢桐詞》等。

小　令

【山坡羊】 戊辰季秋,重集多麗舫,限家麻韻

冷清清歌臺舞榭,泛輕舟復成橋下。漫凝眸江山淡妝,指疏林又把斜陽掛。休嗑牙,先生雙鬢華。南天半載緇塵大,湖海胸襟,依然瀟灑。龍蛇,頻年聽暮笳。蒹葭,伊人隔晚霞。

(吴梅編輯《潛社曲刊》第一集)

【桂枝香】 過明故宫,限支時韻

閑尋舊址,天横雁字。亂烟瓦礫叢中,一部南朝野史。苔封壞碑,苔封壞碑。牧兒遥指,大明天子。暗凝思,千古興亡夢,漁樵幾首詞。

(吴梅編輯《潛社曲刊》第二集)

【錦纏道】 紅葉,限江陽韻

襯斜陽,望平岡千林换妝。古豔滿秋江,傍寒山丰標羞殺群芳。起回

風半天錦揚，弄新晴千縷霞光。引多少冶游郎，聽不盡蕭蕭哀響。離人易斷腸，關山遠朝朝凝望。到如今，化成血淚染新霜。

（吴梅編輯《潛社曲刊》第三集）

【花月圍京兆】 秋海棠，限幽尤韻

風流愛幽，洗鉛華，醉凝眸。薄羅紅映肉，做盡嬌柔。厭趨時怕逐浮花，逞高格甘依荒甃。傷心候，老去東坡，誰管瘦斷腸，千古夢黄州。

（吴梅編輯《潛社曲刊》第六集）

【正宫集曲·五色絲】 雪，限支時韻

【白練序】紛飛無次，此是天然冰玉姿。漸狂灑歌樓，輕飄僧寺。【黄鶯兒】寒宜泛卮，豪須詠詩。【青哥兒】剡溪訪戴是吾師，騎驢過市。【紅芍藥】多少風簾出橋肆，向晚凍鴉重翅。【黑麻序】暗尋思，朱門粱肉，凍骨誰施？

（吴梅編輯《潛社曲刊》第七集）

【北寄生草】 茶，限家麻韻

微微雨短短芽，春風緑到湖山下。三三五五筠籃掛，試聽一片歌聲大。千紅萬紫只紛紜，賴他妝點江南畫。

清泉水蓴緑芽，紅泥活火初煎罷。夜深細訴離人話，不愁醉倒傾杯斝。最憐他茂陵風雨病相如，無人慰問寒窗下。

（吴梅編輯《潛社曲刊》第八集）

【正宫·鸚鵡曲】 和冀野[一]

亂離時節天涯住，算是個人間愚父。憶嬌兒徹夜無眠，恨煞三更梧雨。

【么】

望鄉關水遠山遥，也擬乘風歸去。但愁他蔽日浮雲[二]，又卻礙夔門

險處。

（盧前《飲虹樂府》卷五附）

【南南吕·懶畫眉】 雨窗夜話，同圭璋聯句

漁歌樵唱兩流人（冀），夜雨潺潺那忍聞，秦淮舊夢藉燈温（圭）。呵壁天難問，梗斷蓬飄亦夙因（冀）。

一船簫鼓送斜陽（圭），罨畫人家唤酒忙，春衫典盡少年場（冀）。今夕空惆悵，籬角秋蛩合斷腸（圭）。

（盧前《飲虹樂府》卷五）

附　詞

【百字令】 吊姚營殉國將士

滔天獨寇，似長蛇封豕，侵淩神闕。黄帝子孫齊奮起，誓擁金甌無缺。拍遍危闌[三]，敲殘壺口，更有沖冠髮。白虹貫日，姚營五百豪傑。　遥憶障眼平沙，轟雷烽火，守彈丸孤堞。萬死不移山不動，白刃紛紛如雪。慘澹寒雲，淒涼斷雁，終吊睢陽血。精魂長在，丹心千古明月。

【浪淘沙】[四]

峰際霧初收，峽東江流。狂濤聲裏緩行舟[五]。斷壁摩天千仞立，萬古悠悠。　烽火亂神州，消息都休。不聞猿嘯亦生愁[六]。自念江南憔悴客，不是英遊。

（《民族詩壇》第一卷第三輯）

【雨霖鈴】 題梁鼎銘兄戰畫三幀流亡圖

風狂雨急，向前途去，不辨南北。鄉關極目何處，但迷霧裏，千山遥

隔。負老懷嬰，渾不管衣履都濕。只念念白骨誰收，廬舍成烟火猶熾。

茫茫四野天如漆，問無村一飯何能覓？荒蘆敗葦深夜，凝淚眼幾星燐匿。忍死須臾，佇望三軍，掃蕩腥跡。會有日萬井騰歡，相伴還京邑。

【八聲甘州】 血刃圖

對新圖一片血淋漓，悲憤結心頭。痛玉顔污損，仰天僕地，堆疊成邱。更有嬰兒索母，啼哭不能休。慘絶人間世，魂魄悠悠。　　萬惡猙獰面目，逞森寒利刃，日黯雲愁。想中原人人髮指，誓從戎掣電定神州。千騎盛，擁霓旌處，剪盡凶讎。

【淒涼犯】 火鞭圖

萬家避地如驚雁，彌天劫火無托。倉皇四竄，平林古壘，天涯海角。妖氛更惡，度雲隙，機聲穩作。漸盤旋紛紛擲彈，裂地震山嶽。　　鐵片飛騰處，斷臂牽枝，殘軀填壑。紅顔白髮，但模糊，碧血凝着。一縷游魂，應重返承平畫閣。復深仇，待磔醜虜，試刃鍔。

（《民族詩壇》第二卷第一輯）

【水調歌頭】 慰問同學千里行軍

壯志薄霄漢，徒步入天西。重山復水行遍，塵土涴戎衣。殲敵高歌唱徹，處處壺漿簞食，四野仰旌旗。朝發荒雞動，暮宿衆星低。　　冒風雪，歷荊棘，不知疲。千錘百煉精鐵，千里好驅馳。會領雄獅十萬，掃盡倡狂醜虜，大振漢家威。夜踏倭兒陣，醉草滅倭詩。

【望海潮】 七七抗戰紀念獻詞

欃槍蔽月，陰氛卷地，匆匆苦戰經年。血濺黄沙，塵飛滄海，貔貅百萬争先。千彈似珠連。任壕崩堡毁，臂折胸穿。守土難移，荒村劫火照頽垣。　　好軍砥柱中堅。看危崖立馬，絶壑揮鞭。沉艦江心，墮機林表，屍灰滿載東還。勁旅會中原，但前摧後繼，誓滌腥膻。收拾山河，大旗飄浮入雲天。

（《民族詩壇》第二卷第四輯）

【訴衷情近】 題抱香詞

塵飛瀚海，誰識靈均孤怨？三春盡了無家，幾誤年時社燕。遥憶危亭天角，雙樹交柯，自寫烏絲遍。　江南遠，多少故人信斷。五湖高操，屢約閑鷗伴。還京願，甚時重遂？月明萬里，花林如霰。共醉秦淮岸。

【夏初臨】

密葉延鶯，繁花惹蝶，暖風不潤琴弦。短夢迷離，争知隻影四遷。分明湖水湖烟，是承平燈火湖船。高荷萬柄，垂楊千縷，人在鷗邊。　舊遊頓杳，新恨空縈。塵飛一夕，蓬轉三年。苦辛自忍，天涯孤館誰憐？清淚闌干，共巴山夜雨潺湲。鎮無眠，寸心淒咽，日望天旋。

（《民族詩壇》第四卷第五輯）

【點絳唇】 辛巳上巳前一日，集沙坪壩

寒雨連江，冥濛一片風帆滅。小樓吟徹，滿院花如雪。　春夢笙歌，猶記秦淮月。空凝咽，離愁千疊，分付孤鴻説。

（《民族詩壇》第四卷第六輯）

校勘記

［一］此曲又見《民族詩壇》第四卷第三輯。盧前《飲虹樂府》卷五【正宫·鸚鵡曲】《初冬始還講舍，喜圭璋自成都至，用白無咎韻》、【正宫·鸚鵡曲】《再用無咎韻，同圭璋作》。

［二］雲：《民族詩壇》第四卷第三輯作“風”。

［三］遍：原作“編”，據文意改。

［四］唐圭璋《夢桐詞》收録此詞，題作“過夔門”。

［五］狂濤聲裏緩行舟：唐圭璋《夢桐詞》作“狂濤如雪阻輕舟”。

［六］不聞猿嘯亦生愁：唐圭璋《夢桐詞》作“便無猿嘯也生愁”。

陳翠娜

陳翠娜(1902—1968),生平見《全清散曲》第 2225 頁[一]。

小　令

【洞天歌】 摘美人睡態

羅幃窈窕垂,薰暖沉檀氣。他懶微微斜裹鸞衾,軟夢如烟扶難起。曲香肱嬌枕小蝤蠐。散雲絲,枕畔垂,微坦着酥胸,一抹嬌還膩。

(顧名《曲選》三《小令》)

套　數

遊某遊戲場[二]

【南正宫·錦纏道】

月昏黄,好樓居重簷畫廊[三],燈火照熒煌[四]。似春風滿園蝶舞蜂忙[五]。不分明衣香水香,衹覺得寶氣珠光。人影一雙雙,向小曲欄邊閑傍。笑花底,浴鴛鴦,也輸與畫裙新樣,趁風流各自眩新妝[六]。

【朱奴剔銀燈】

有的是淩波窅娘[七],有的是傅粉何郎。看袍笏登場盡女郎[八],要賺得旁人回望。端詳,露蝤蠐似霜,耳輪邊銀珠飄漾。

【雁過聲】

琳瑯,銀簾翠幌[九],有幾處笙歌繞梁[一〇],神仙眷屬時來往[一一]。玉爲堂,鏡爲牆,映重重復室雲房。珠光,耀明釭,脂香易嵌人心上,怕惹煞相如千日想[一二]。

【小桃紅】

歷盡了雲梯嚮[一三],又重到華堂上[一四]。鏡光漾得人如象(場中有凹凸鏡),分明更比溫犀亮。鶯儔燕侶嬌模樣[一五],都變了鬼怪魔王[一六]。

【錦纏道】[一七]

月昏黄,好樓居花陰罩簾幕卷瀟湘。閃燈光,和熒點皺銀塘。不分明衣香水香,衹覺得寳氣珠光。人影一雙雙,向小曲欄邊閑傍。描眉黛比山長,團圓寳鑒偷花樣,齊向那五陵勝地門新妝。

【朱奴剔銀燈】

有的是临波窅娘,有的是傅粉何郎。趁瀟灑風流别樣妝,要賺得旁人回望。端詳,露蝤蠐似霜,耳輪邊銀珠飄漾。

【雁過聲】

琳瑯,銀簾翠幌,聽氤氲笙歌繞梁,花香如海春風漾。玉爲廊,鏡爲牆,照重重復室雲房。珠光,耀明釭,脂香易嵌人心上,看雪聚花濃環佩響。

【小桃紅】

聽不斷雲梯響，聽不了歌聲唱。鏡光漾得人如象(場中有凹凸鏡)，分明更比温犀亮。紅裳翠袖嬌模樣，盡化做鬼怪魔王。

(《文苑導遊録》第五種第二卷)

題周拜花先生《倚紅軒懷舊圖》，爲其去姬作

【越調·小桃紅】

勸人生休種稱心花，引煩惱天來大也，怎生的秋雨秋風，都化做瀟瀟淚點打窗紗。守着這離恨天斷腸家，唤芳名無回答也，又不是《牡丹亭》叫畫的傻瓜，把個白香山活愁殺。怕聽那隔簾鸚鵡説琵琶。

【下山虎】

當日個雷峰塔下、湖畔人家，曉起珠簾掛。一雙燕語，七尺菱花，説不盡知心話。淡淡春山鏡裏他，代把眉兒畫。桃葉姊略輸些，月上妹同風雅。央及煞添香煮茶，有多少韻事流傳在若耶。

【五韻美帶五般宜】

好年華，平地風波乍。難忘他香車欲登心未舍，牽衣泣別珠盈把。把嬌喉哭啞，道夫人賢達。原不是河東姐，也不是老去詩人把楊枝遣嫁。多只爲一鞍雙馬，人多口雜，你讀書人怕犯了婚姻法。

【憶多嬌】

呀，天一涯，水一涯，廿五年雁落魚沉各自嗟，生離死別不争差。悔種情芽，悔種情芽，畢竟是爲人生負了如花。

【江神子】

到如今，老去周郎鬢已華，憶前塵夢耶非耶，念伊人死耶非耶。空守定心香一瓣誓靡他，待他年折證到泉臺下。

【尾聲】

並頭花不合生三椏，你莫怨東風當自嗟，便來世相逢也要早一些。

（陳翠娜《翠樓吟草》卷二十《翠樓曲稿》）

題《除夕祭詩圖》

【南仙吕入雙角合套·北新水令】

莽乾坤何處着英雄，笑談間白虹先動。中原猶逐鹿，滄海敢屠龍。世界牢籠，到底成何用？

【南江兒水】

放眼今何世，人間一杵鐘。亂紛紛誰把江山送，他醉昏昏睡不醒華胥夢，俺苦依依作甚麽唐衢慟。菜芽滿甕，濁酒盈鐘，把酸滋味今朝享用。

【北雁兒落帶得勝令】

忒蕭條四壁風，忒蕭條四壁風，没商量埋頭做啞聾，好年華去也真如夢。苦韓愈送不去一生窮，拙浪仙賣不了癡呆種。劣羹漿祭不得祖與宗，陋書室用不着財神供。惺忪，一字字高聲誦。朦朧，一篇篇唱懊儂。

【南僥僥令】

湖山驚破碎，身世感飄蓬。幾處樓閣笙歌擁，怎幕燕池魚處處同？

【北收江南】

呀,你看遍天涯割據中,噀妖霧一千重。有幾個長房縮地擅奇功,有幾個燃萁煮豆稱英勇。想今宵北風,想今宵北風,只苦了天寒地瘠幾哀鴻。

【南園林好】

再休提王公巨公,再休提王公巨公,亂紛紛你欺他哄。笑恩怨忒匆匆,笑恩怨忒匆匆。

【北沽美酒太平令】

痛銅駝荊棘中,尚慷慨,説陳東。最憐他蹈海沉湘術便窮,中流砥柱空。蠢勞工,盡騷動,擲身家被人搬弄,亂紛紛竹馬兒童。休波,得意的凱歌休誦,失意的微詞休諷。説甚麽山窮水窮,説甚麽年凶命凶,没結果一場胡鬨。

【清江引】

俺酒邊熱血和詩湧,尺紙全無縫。縱得碧紗籠,難療心頭痛。想他日呵也不過添了埋文三尺塚。

(陳翠娜《翠樓吟草》詩詞文曲補遺)

校勘記

[一] 鄭逸梅《藝林散葉薈編》:“涂筱巢設著易堂書局於滬市,陳小翠出嫁,筱巢預取小翠詩稿,爲刊《翠樓吟草》,以充奩贈。”“陳小翠適湯壽潛之子念者,志趣不同,遂告離異。”“陳小蝶詩文,勝於乃翁蝶仙。陳小翠詩文,勝於乃兄小蝶。”“陳小翠在滬,賃屋而居,居主擬以善價出頂,迫之遷讓。奈一時無相當處,屋主擾擾不休,引爲大苦。既而小翠覓得一舍,得暫安息。余往訪之,小翠爲繪一花鳥小册爲贈,題詩以寓意云:‘微禽身世可憐生,風雨

危巢夜數驚。借得一枝心願足,夕陽無語自梳翎。’”“當四凶猖狂,對陳小翠女詩人横肆暴力,小翠始終抗拒,曰:是可忍,孰不可忍。”“陳小翠女詩人,於四凶肆暴時,被迫死。臨死賦絶命詩,被撕毁,未得流傳。”

［二］《全清散曲》據《栩園叢稿》收録,題作“塵遊小記”。

［三］畫:《全清散曲》作“書”。

［四］燈火照熒煌:《全清散曲》作“簾幕卷瀟湘”。

［五］似春風滿園蝶舞蜂忙:《全清散曲》作“閃燈光和熒點皺銀塘”。

［六］趁風流各自眩新妝:《全清散曲》作“齊向那五陵勝地鬥新妝。”

［七］淩:《全清散曲》作“臨”。

［八］看袍笏登場盡女郎:《全清散曲》作“看瀟灑風流别樣妝”。

［九］銀:《全清散曲》作“珠”。

［一〇］有幾處:《全清散曲》作“聽氤氲”。

［一一］神仙眷屬時來往:《全清散曲》作“花香如海春風漾”。

［一二］怕惹煞相如千日想:《全清散曲》作“看雪聚花濃環佩響”。

［一三］歷盡了:《全清散曲》作“聽不斷”。

［一四］又重到華堂上:《全清散曲》作“聽不了歌聲唱”。

［一五］鶯儔燕侣:《全清散曲》作“紅裳翠袖”。

［一六］變了:《全清散曲》作“化作”。

［一七］《全清散曲》收録是陳栩修改稿,此曲是作者原稿。

包定

包定(1901—1929),寧海亭旁鎮包家村(今屬浙江三門縣)人。1918年亭山高等小學畢業,1919年任本村桂林小學校長。1927年,任寧海中學庶務主任,同年加入中國共産黨。1928年1月,任亭旁區委書記。5月,任亭旁暴動紅軍總指揮。暴動失敗後,11月,任天台地下黨縣委書記。1929年3月,被捕。6月12日,於杭州就義。有《包定詩詞抄》、《鵝湖遺矩》等。

套數

題翠影詞史畫像[一]

紀事:翠影詞史者,爲滬濱名校書,與某君有白頭約。卒因困於囊空,爲有力者攫去,眷之北上。以詞史花前小影,裝潢征題。時余與覢廬晨夕過從,因得知其詳云。以上映廬附誌。

【金絡索】[二]

情場夢乍醒,孽海天難問。墮溷飄茵,我與花同命。青衫浣劫塵,喜前因,邂逅滎陽舊鄭生。一個是鰥魚永夜將枯眼,一個是杜宇三更欲化魂。相憐憫[三],豈天生我輩合畸零?訴君家一片癡情,與儂家一樣癡人。儂爲爾歌長恨。

三生石上因，獨鶴雲中影。浪説前緣，浪把前緣證。春風歇浦濱，偶逢卿，心坎留將一點春。這邊是清矑的的凝情睇，那邊是紅暈層層漾黯痕。通芳訊，正碧桃花下醉芳樽。綺宴間淺唱低斟，繡簾前淺笑輕顰。準備把魂消盡。

無端漸漸親，自此心心印。願化羅衫，貼體長相温。情癡意轉深，爲郎君，阿情從此教陌塵。漫道是青樓自古無真意，卻誰知紅拂從來有俠心。拼同命，祝兩人合做一人身。效鴛鴦好共香衾，葬鴛鴦好同香墳。萬劫也長廝並。

魔頭意外生，羅刹尊前認。並蒂才開，一刹罡風迅。便便腹負君，愛尋春，到處勾欄倒屣迎。卻誰知披貂走馬花間客，由來是喋血奸人柳下昆。豪雄甚，算漁財獵色技兼精。拂金戈覆雨翻雲，闖金閨握雨攜雲。暢好是多丰韻。

情和海共深，腸比網還韌。咄爾傖奴，猖獗難相任。金錢詎足珍，問芳心，粉肌難容第二人。任爾有銅山金籠將花厭，我只是玉骨冰心比水清。真堪憫，道不知余知足知君。囊將空尚戀狂生，腹將枵尚飲王孫。翻覺得加親近。

狂飆驀地侵，連理頓時隕。恨煞錢神，只與多情拼。青蚨不做情，一層層，避債臺高上接雲。愧此際難憑只手將花護，歎從今一去朱門等海深。傷心甚，痛大千從此剩孤身。盜紅綃難覓昆侖，落紅塵難學靈均。兩地害相思症。

青山有淚痕，碧海無芳訊。我亦傷心，比爾傷心更。匆匆片刻春，訴前塵，影也何曾剩幾分。你只説生離長賫無限恨，可念我死别全消有限魂。相提論，算個中同是過來人。撫餘生悔作癡人，趁餘閑替寫癡情。字字的紅冰印。

【尾聲】

人間留個鐫心影,卻不道畫裏真真轉剩真,且把他藏向懷中過一生。

(陳祥麟《包定詩詞注析》)

校勘記

[一] 題下署"黄觇廬",黄觇廬爲包定化名。

[二] 絡索:原作"索洛",據曲譜改。

[三] 憐:原作"連",據文意改。

顧毓琇

顧毓琇(1902—2002),字一樵,江蘇無錫人。1915 年,入清華學校。1923 年,赴美國麻省理工學院學電機工程。1925 年,獲學士學位。1926 年,獲碩士學位。1928 年,獲博士學位。1929 年回國,在國内從事電機工程教學與教育行政工作二十餘年。曾任中央大學、國立政治大學校長、國立音樂學院首任院長、上海市教育局局長、中國電機工程師學會會長、中國工程師學會副會長等。50 年代到美國麻省理工學院任教授,定居美國。先後出版小説、戲劇、詩詞、宗教、音樂著作八十餘部,1961 年臺灣出版有《顧一樵全集》十二册,2000 年大陸出版《顧毓琇全集》十六册。傳見顧毓琇《顧毓琇詞曲集》卷首《顧毓琇先生小傳》。

小　令

【南吕・梁州曲】（梁州第七）

只爲青門引梁州調兒,試問有誰能口吐珠璣,胸懷錦繡神仙似?空教碧戀尋夢,紅葉題詩,争奈琵琶奏怨,金縷傳詞。難忘卻青眼黛眉,思量着金粉胭脂。那裏有倚高樓雨滴荷池,那裏有望秋雲露濕菊籬,那裏有待春風雪映梅枝。相知,已而,到如今抛卻人間相思,且獨自賞看天上星馳。休把那癡意豔情作曲辭,辜負清時。

【離亭宴帶歇指煞】[一]

冬風峭周旋冰和雪,春光好又怕芳菲歇。雲山淡澄江淺碧,遊來去荷池魚,飛來去離亭燕,舞翩躚,鳳樓蝶。桃源憶故人,柳蔭思彭澤。偏愛惜詩盟酒社。扶杖對南山,舉杯邀北斗,酌酒對明月。人生無限情,都付與清秋節。重九日登高去者,超北海,對南山,到東籬,賞菊也。

【南商調·金絡索】

韜光望遠峰,靈隱尋幽夢。放鶴孤山,香雪千枝擁。西湖玩妝濃,覓芳蹤,雲烟縹緲,花香鳥語中。想當日飛來西泠橋邊月,仙去東坡醉裏翁。朱霞湧,天清氣爽吐垂虹。翠竹蒼松,楊柳春風,鶯啼曉,文思動。

【南南吕·梁州曲序】

仰天無月,臨空無地,飄泊離人千里。風和氣暖,陽春幾度征衣。猶憶梅邊竹上,蕉舍茅廬,曾拾寒山翠。詩成謝客也,獨依依。想放鶴孤山霞好棲,冰雪映,江天裏。紅塵拋卻青烟細,問花事,笑回避。

【正宫·叨叨令】

還記得和風幾度馳駿馬,還記得微雲幾朵消長夏,還記得林間多少瓊瑶斝,還記得山中多少清涼話。閑散的也麼哥,閑散的也麼哥。對天涯,怎忍得夕陽下?

【南仙吕·桂枝香】

玉樓風韻,玲瓏爲本,但當時翠袖撫塵,整日價清香成陣。聽賣花聲聲,聽賣花聲聲。剥豆蔻梅花研粉,珍珠插鬢,看麗質壓烏雲。西子風流重,空懷西泠人。

【正宫·鸚鵡曲】

誰教鸚鵡喚春住,扁舟上來往老漁父。儘人間桃李花開,還喜是風風雨雨。驀抬頭月出東山,無奈夕陽西去。摇輕波點點沙鷗,聽啼鳥柳蔭深處。

【雙調・折桂令】

樵翁那比漁翁，一個釣竿，出入波中。流水行雲，心如日月，氣若飛虹。参造化陰晴與共，耐冰霜經歷秋冬。一葉扁舟，摇曳迎風，一曲高歌，唱遍江東。

【寨兒令】 題王令聞夫人仕女畫展

翡翠屏，玉山冰，濃妝淡抹不勝情。逸響瑶箏，宛轉嬌鶯。國色上丹青。披雲裳步履輕盈，斂花容眉目清明。擕香歌柳井，踏雪賞梅嶺。嫦娥月，麗人行。

【雙調・殿前歡】 懷成都

望江樓，望江樓上客心愁，浣花溪思古尋詩酒。萬里橋頭，卓文君歌相酬。訪薛濤井邊守，夢花蕊青城走。仰高名草堂詩聖，水東流明月歸舟。

【南中吕・駐馬聽】

白眼紅塵，駐馬中原一散人。管不了悲歡閑話，月影含愁，柳浪啼春，難知何處是温存。仰天嘯低首蒼苔問，莫羡他孟嘗君，三千食客魚龍陣。

【正宫・小梁州】

風蕭蕭兮雨絲絲，苦了吟思。黄河落日欲何之，飛鴻至，路遠阻征師。相逢莫問家常事，江南依舊花枝。遥寄玉梅，遥寄靈芝。長記憶，稚子嬌兒。

【節節高】

彤雲映雪姿，暮鴉飛，孤山落日青烟細。敲松枝，補柴扉，天寒地凍瓊瑶碎，人間尚有詩翁醉。幾處風燈動夜幃，征夫白髮相思淚。

【正宫·淩波曲】

明湖掬水月嫦娥，武嶺攀山九曲歌。不知覽勝如何可？儘人間險阻多。想當年跋涉關河，入蜀巫山遠，越秦天水過。夢瑶池綽約淩波。

【南南吕·一江風】

漫嗟呀，坐對斜陽中，一幅清江畫。説天涯，黄髮垂髫，白雪鑾靴。何必相思掛。風霜一任他，風霜一任他。蒼松自在咱，且莫訴説淒涼話。

【江兒水】

願作蓬萊客，仙霞伴彩雲。趁天明兒飛上鳳凰嶺，午時兒飲過鴛鴦井，夜來兒親近芙蓉錦。玩賞松風月影，水緑山青，到處桃源勝境。

【南正宫·普天樂】

爲人事聽天命，西風蕭瑟，落葉飄零。歌寒易水濱，劍冷華山影。壯士荊卿折柳行，上征程。淡月疏星，高陵低陵。長亭短亭，血濺秦庭。

【南商調·黄鶯兒】

梅萼爲誰開，暗香浮玉人來。玲瓏綽約更一夜，雪成堆善哉美哉，幽哉優哉。待春回有個真情在。到良時，黄鶯宛轉，句句新詩催。

【南南吕·一封書】 二首

西湖畔氣清，倚高樓賞月明。白堤上雨聲，駕輕舟劃水行。塔崩橋斷豈無意，靈隱雲棲若有情。曉風迎，曙鐘鳴，宛轉黄鶯柳浪生。

太湖畔水清，訪梅園踏雪行。黿頭渚月明，照蠡莊送笛聲。九龍峰頂祥雲起，五里湖邊仙女迎。憶長亭，望疏星，十載離鄉白髮生。

【中吕・满庭芳】

碧霞浮光,蒼松堆雪,黄菊經霜,瑶台玉宇增惆悵。何處仙鄉,且喜是人間俯仰,更莫管千古興亡。西風響,東籬酒香,閑坐送斜陽。

【南中吕・駐雲飛】

往事難追,霧裏看花夢裏癡。雪映冰天地,人在新年裏。噫,老大莫傷悲,舊遊還記。冬去春來,桃李花開矣。佇看,朱雀橋邊燕子飛。

【黄鐘・人月圓】

風吹雨打河山固,白日映青天。昆侖冰雪,峨眉星月,函谷關前。堯舜禹湯,文武周孔,五千餘年。黄鐘大吕,復興民族,文藝優先。

【雙調・水仙子】

風吹落葉頓成秋,雨滴梧桐且莫愁。自從采菊東籬後,對南山樂事悠。記茅廬西蜀停留,抗戰八年休。文章千古憂,寸寸心頭。

【南吕・一枝花】

嬌鶯楊柳枝,乳燕白雲飛。心傷金縷曲,腸斷玉簪詞。落日銜杯,去去東流水,清時付夢思。看不盡暮雨朝雲,更莫分吴頭楚尾。

【中吕・粉蝶兒】

坐對紗窗,耿無言夕陽西下,送秋雲遥指天涯。整日地棄文章辭詩酒,只有那清風無價,任他人閑話桑麻。難得是消磨長夏。

【正宫・醉太平】

興亡天下哀,何處越王臺。江東顧氏夙多才,看遺編展開,門庭清白東林派。文章樸素亭林態,丹青神妙虎頭來。後生慚且愧。

【仙呂・寄生草】

新碑碣古戰場，黄沙白骨英雄葬。天山瀚海起波浪，驚雷閃電呈奇狀。惜則惜老成凋謝少年忙，惜則惜江山寂寞無人唱。

【正宫・塞鴻秋】

相思岩下相思子，縉雲山上縉雲寺。嘉陵波泛黄桷樹，温泉竹掩明湖翠。遥見塞鴻飛，不覺秋風起。看孤帆欲卷斜陽醉。

【雙調・沉醉東風】 二　首

十五載中秋月明，三萬里海空行程。春風柳色新，冬雪寒流冷。半生過花甲驚心，憶回首輕舟載酒行。

依舊是東風柳枝，問誰來攜酒沉醉？空嗟落日悲，逝矣長江水。聽啼鶯惹起相思，莫怪他經年李杜詩。何處有明窗净几？

【雙調・慶東原】

靈芝草蝴蝶花，春來春去無牽掛。到處有林間暮鴉，到處有江干白沙，到處有天上紅霞。風急片帆斜，山静雲飛快。

【中吕・朝天子】 題婉靖臨石濤畫

杏花，李花，花落隨波下。桃源何處有人家，盡入石濤畫。雞犬相聞，漁樵閑話，仰浮雲看落霞。天涯，海涯，何必煉丹砂。

【中吕・山坡羊】

淒迷風雨，蒼茫烟樹，春風吹夢江南路。洞庭湖，鄱陽湖，平湖秋月明如故，耿耿忠心天不負。春，花解語。秋，風起舞。

【越調・小桃紅】

幾番春雨浥輕塵，那管花如錦。一曲琵琶晚風引。别離人，陽關柳色千杯飲，夜深更盡，山高天近，雲淡醉霞明。

【南雙調・玉抱肚】

浮雲低亞，對江天垂楊暮鴉。憶春風酒醉秦淮，想秋光葉落棲霞。冰清雪白玉人家，涼月裏窗外寒梅映碧紗。

【黄鐘・賀聖朝】

涼月明，記今宵新歲迎，地北天南相與盟，亞東歐西祝太平。且忘卻海外飄零，聽一個小雞鳴，也報五更。

【仙吕・醉中天】

高卧棄軒冕，爲識醉中天。只道風流不羡仙。白晝珠簾卷，叵耐黄鸝宛轉，春思無限。繫輕舟柳暗湖邊。

【南南吕・懶畫眉】

秋千影裏展花枝，路上行人羡可知。柔情何處不相離，無端一别到瑶池。難怪那月裏嫦娥懶畫眉。

【大石調・初生月兒】

初生月兒彎一彎，抬望眼疑是嫦娥夢裏看。蕭蕭落木易水寒，度函關，到長安，歌三疊，越晉嶺秦山。

【雙調・新水令】 二　首

萬方多難夢揚州，念西湖十年消瘦。關山倦旅阻，歲月飄零久。楊柳岸烟雨初收，重聚首，廣陵酒。

東風吹夢到揚州，少年游買花沽酒。簾垂翠袖瘦，風軟繡幃透。待鷓鴣啼破春愁，明月起，玉簫奏。

【中吕・賣花聲】

風蕭蕭兮木蕭蕭，路迢迢兮水迢迢，吊芳魂兮蘇小小。斷橋雪殘，蘇堤春曉，鶴歸來一聲長嘯。

【商調・梧葉兒】

浪湧千層雪，風鳴萬壑松。此去大江東。猿嘯巫峰下，舟行蜀峽中。梧葉響焦桐，長記峨眉月宫。

【中吕・紅繡鞋】

塌了茶樓酒肆，何來燕子鶯兒。映水紅妝問西施，玉人騎玉馬，青柳繫青絲。浣紗溪，落花時。

【雙調・撥不斷】 二 首

芳菲歇，音塵絶，白雲爛漫瀰天闕。青鳥殷勤探海涯，金剛坡下夕陽斜。送歸鴉，茅廬蕉舍。

撥不斷，絲還亂，瑶琴錦瑟本無端。滄海桑田感百般，年華逝水彩雲殘。倚闌干，夜長夢短。

【仙吕・一半兒】 四 首

塗山今日有遺苗，神禹當年洪水消，奇跡龍門接海潮。上雲霄，一半兒天工一半兒造。　　龍門

離堆千載逐波摇，川主馨香父子標，小步青城竹索橋。水迢迢，一半

兒神奇一半兒巧。　　離堆

湘漓分水各千條，史祿靈渠好作橋，大漢伏波功業超。話漁樵，一半兒童謠一半兒老。　　靈渠

廣陵散絶玉驄驕，武肅錢塘怒射潮，潭影西湖一葉漂。冷瀟瀟，一半兒山光一半兒曉。　　錢塘

【中吕·四邊静】

堤邊楊柳，明媚西湖好暢遊。樓外樓頭，魚醋溜，好廚手。水悠悠，放舟，去覓那烟霞叟。

【中吕·醉春風】

投石鴛鴦水，撈珠星宿海。玉門楊柳度春風，醉醉醉。馬上琵琶，夜光杯滿，淩雲風采。

【南吕·金字經】

采石磯頭月，瞿塘峽裏潮。光芒李杜斗牛高。超，千古兩文豪。海天嘯，萬丈上雲霄。

【大石調·青杏子】

飛度玉門關，望昆侖皎潔天山，光明日月眉峰展。高歌橫笛，陽春白雪，塞外江南。

【中吕·喜春來】

野雲來送夕陽曛，客舍低徊柳色新。别離情，多少短長亭。春醒醒，忘不了暮山青。

【仙吕・遊四門】

大青山麓吊昭君,塞外暮雲親。荊門今日有遺恨,倩影畫中人。春,楊柳拂邊塵。

【雙調・枳郎兒】

惠山泉,惠山泉,天下第二泉,品茗煮茶陸羽先。清思何恨,制竹壚,松籟響青天。

【雙調・清江引】 二 首

新詞寫成歌一曲,逸響飄仙去。十年燈下情,萬卷閑中趣,流水行雲難爲譜。

先生好尊稱五柳,彭澤辭官後。懷抱本是秋,何怪黄花瘦,遥對南山耽飲酒。

【雙調・夜行船】 二 首

伊洛山川誰與共,記歡蹤何日重逢?白雪鴻泥,紅塵蝶夢。辭歲也畫樓鐘動。

舊日遊蹤如幻夢,細尋思往事成空。銀燭高燒,金尊相送。冬至也夜漏聲動。

【南吕・四塊玉】

壽筵開,衆仙陪,奉獻蟠桃上瑶臺,嫦娥起舞淩雲彩。飲瓊杯,歌玉梅,玄鶴來。

【南吕・乾荷葉】

乾荷葉,雁歸來,不覺河山改。越王臺,宋王臺,爲何瓊玉變蒿萊?芳草斜陽外。

【雙調・華嚴贊】

華嚴禮贊,頓悟參禪。飲甘泉,佛法本無邊。得道不求仙,麗中天,荷風來曲院。

【越調・天净沙】 三首,紀念于右任先生

黄河落日飛沙,玉門楊柳悲笳,出塞昭陵石馬。幾番歌罷,雞鳴風雨天涯。

昆侖踏雪高歌,銀髯躍馬金戈,詞曲揮毫立就。瘴烟衝破,清風明月山河。

春秋八六滄桑,玉峰雪白山蒼,一代中原令望。萬人欽仰,白頭長卧花香。

【雙調・落梅風】 二 首

空山静,凉月明,雪風吹玉梅疏影。有高人醉眠猶未醒,日初升野鶴相迎。

夕陽裏,風净沙,夜潮聲海邊遊罷。有孤舟載將春去也,月正圓人在天涯。

【中吕・醉高歌】 二首,紀念盧冀野先生

河山寂寞天涯,不見盧前冀野。江南才子留風雅,長憶新詞倚馬。

高歌樂府中華,禮失求之在野。中條山頂尋詩雅,壯志黄河飲馬。

【雙調・憑闌人】

冰雪晶瑩冬月明,欲奏琵琶欲弄箏。風吹牧馬鳴,風停刁斗聲。

【中吕・快活三】

青春未得歸,老大莫能回。柳烟深處有柴扉,長記家鄉味。

(顧毓琇《顧毓琇詞曲集》卷一《蕉舍詞曲》)

道情,用鄭板橋韻

老樵翁,一扁擔,靠海涯,傍山灣,獨來獨往無牽絆,白雲朵朵青山遠。紅葉蕭蕭白露寒,牛羊歸去斜陽晚。一霎時雲飛天際,遥想起月出天山。

(顧毓琇《顧毓琇詞曲集》卷六《蕉舍詞》)

校勘記

[一] 宴:原作"燕",據曲譜改。

陳家慶

陳家慶(1903—1970),字秀元,號碧湘,湖南寧鄉人。南社社員,詩人徐英(澄宇)室。東南大學畢業,吴梅弟子。歷任安徽大學、重慶大學、上海中醫學院教授。"文革"中,遭迫害致死。

小　令

【仙吕·寄生草】　寄　姊

有酒休辭醉,違和莫苦思。流年又换秋風至,賓鴻寫出相思字,人間誰問興亡事。恨偏安但笑古人非,誤清譚未必今人是[一]。

【南仙吕·桂枝香】　憶臺城

雞鳴蕭寺,臺城荒址。憶當年蠟屐頻游,更何日輕裝重至。問前朝廢興,問前朝廢興,有多少風流才思。興亡舊史,柢餘得淚絲絲。金粉無餘跡,河山尚昔時。

(《民族詩壇》第二卷第六輯)

校勘記

[一] 譚:原作"潭",據文意改。

龔慕蘭

龔慕蘭(1903—?),字沐嵐,湖南長沙人,曾參加吴梅主持的潛社。東南大學畢業後,任合江女中校長。後就讀美國哥倫比亞大學,獲碩士學位,任臺灣師範大學教授。有《樂府詩選注》等。

套　數

秦淮消夏[一]

【南吕·一枝花】

想當年驕驄柳岸嘶,翠管朱樓沸。舟嬉芳渡口,花笑水亭西。曲檻風微,菡萏噴香氣,鴛鴦弄碧漪。美風情豔説前朝,好景色渾如畫裏。

【梁州第七】

到今朝只落得冷清清殘陽不語,碧茫茫岸草空肥。傷心自古繁華地,剩遥山隱隱,野樹離離,水雲縹緲,禾黍高低。鎖長橋一片烟迷,傍疏林數點鴉飛。朝局换殘棋誰繼,燕鶯亡雕欄半圮,笙歌散水榭全欹。境非,事移,流連處添愁意。更何堪孤月來天際,潮打空城夜色淒,畫角吹遲。

【尾聲】

閑愁休念興亡世,艤棹欣尋水月涯(音宜)。天末風涼炎威逼。星火漸稀，羅裳露微。棹歌回，萬斛牢愁净如洗。

（王季思《玉輪軒前集》上卷《憶潛社》）

附　詞

【風入松】 宋徽宗琴名松風

層樓風裊篆香清，幾度譜新聲。萬松嶺上寒濤起，戛湘弦清韻泠泠。一自宫聲不返，虚他夜月空明。　杏花詞事寄離情，遺恨料難平。可堪北塞飛回雁，到深宵淒唳空城，休問春雷，黄鵠傷心，一例飄零。

（吴梅編輯《潛社詞刊》第二集）

【浣溪紗】 國大紀盛詞

牆内由來起鬥争，難將春色作平分。聖雄遺範有傳人。　三尺桐棺充諫鼓，一枝甘露返英魂。懨懨誰復更憐卿。

海燕呢喃玳瑁梁，一番風雨太倡狂。妒他娓娓説端詳。　萬點花飄春起舞，絶聲雷動色飛揚。眼前光景不淒涼。

錦佩金徽照眼紅，流型華轂若游龍。可憐狹路總相逢。　楚楚衣冠人似虎，噓噓叱咤氣如虹。地靈何用歎春空。

塞外移來絶世姿，東風第一數新枝。不須開宴爲花催。　何止輕歌兼曼舞，居然善射亦能騎。珊瑚玉樹兩相輝。

春宴頻開續夜遊，林間鸞鳳語綢繆。人前娓娓説鴻猷。　錦牒瑶箋傳信約，瓊漿玉液作桃投。扶來夫婿上鼇頭。

不遺良辰怨摽梅，瑞征華胄衍螽斯。千秋詩教有餘輝。　天上石麟來應運，人間桐鳳效于飛。芳菲時節是佳期。

憂憤填膺不自持，可憐微命托青絲。何須馬革裹屍歸。　冥漠倘忘宗國恨，飄摇誰念舊巢危。遼天東望淚沾衣。

燕麥青青蕩碧波，雜花生樹亂鶯多。風光如此奈愁何。　劫裏芳菲原黯淡，望中樓閣失嵯峨。春前禁得幾蹉跎。

風雨驚聞説渡江，蛙聲猶自鬧池塘。胡天胡地費平章。　春盡餘寒仍剪剪，人間長夜正漫漫。小園何罪預興亡。

頃間，友人龔先生之令姊龔慕蘭女史近作【浣溪紗】九首，讀之，知爲國大紀盛者。舉凡絶食、狂噓、行兇、選花、求愛、育麟、自盡等事，倚聲播詠，足垂無窮。爲發青箱之秘，藉備丹書之遺，公諸當世，質之女史，或皆不以好事貽譏乎？題爲我所妄加者。至“人間長夜正漫漫”句，擬易之爲“人間行世正茫茫”，以求上下相協，轉念詞韻固寬，弗用拘拘於此也。

副總統候選人三人宣佈放棄競選之日，陳子展記尾。

（上海書店出版社編《論語選萃》韻文卷《時調俚語》）

校勘記

［一］王季思《玉輪軒前集》上卷《憶潛社》：“女社員裏寫作能力以龔慕蘭爲最好。記得那年暑假將近的一次秦淮社集，她填了一套《秦淮消夏》的【南吕・一枝花】北曲，在當時可説是壓卷的。現在就當時筆記，轉録如下：……聽説慕蘭是梁鼎芬内侄女，少育於梁氏，所以國文的基礎很好。抗戰以前，她是蘇女師的校長，現在不曉得哪裏去了。”

常任俠

常任俠(1904—1996),别名季青,安徽潁上人。1928 年入讀中央大學,1931 年畢業後,留校任教。1949 年後,先後任北京大學、北京師範大學、中國佛學院教授,中央美術學院教授兼圖書館館長。著有《民俗藝術考古論集》、《西域樂舞百戲東漸史略》、《中國古典藝術》、《中印藝術因緣》、《東方藝術叢談》、《常任俠藝術考古論文集》等。

小　令

【桂枝香】　過明故宫,限支時韻

弘光前事,遺民心史。空懷帝子當年,只賸荒碑殘字。聽衰楊斷蟬,聽衰楊斷蟬。皇孫蕭寺,興亡彈指。悵何之,禾黍秋風裏,牛羊落照時。

連天衰草,故宫重到。且看斷瓦飄零,空追念春風馳道。對寒烟古城,對寒烟古城。樓臺全倒,山川已老。霸圖消,只賸得夕照明殘堡,秋江響怒潮。

(吴梅編輯《潛社曲刊》第二集)

【錦纏道】　紅葉,限江陽韻

夜來霜,御燕支淩寒整妝。嫋嫋下吴江,歎紅顔匆匆,如此收場。抱寒柯哀蟬自傷,舞空林彩蝶成行。青女换霓裳,趁風干霄直上。明霞淡日光，望秋巒錦屏千障。獨漊蘭，殘虹零亂撲山窗。

（吴梅編輯《潛社曲刊》第三集）

【春帶引】 訪舊院，限纖廉韻

香泥滑，屐齒黏，記清遊春舲酒甜。這清溪盡處，當年原是個桃花店也，曾傳鄭妥遺芬，到而今風懷消漸。波恬，酡顔早上詞客臉，問酒債幾家，猶欠詩心險。寫幽懷筆尖，何處唤，媚香樓更唱香奩。

瀟瀟雨，打畫橈，泛清淮，萍花碎，摇聽殘玉樹。更難歌燕子春燈調，任留連笛咽燈燒。收不盡詞情詩料。魂消，那桃根桃葉都已老。招幾個酒人憑吊，杯嫌小清談轉高，舟繫處路接長橋。

（吴梅編輯《潛社曲刊》第四集）

【桃花山】 后湖訪櫻桃花，限江陽韻

行人愛煞好湖光，道誤入桃花蕩也。看秀送殘梅，種異扶桑，莫慢引漁郎。這一叢叢費平章，一花花真難狀也。元白能詩我亦狂，傾尊醉一場。水沄沄照夕陽，冉冉春愁長。渴添酒腸，借問珊瑚甚日嘗。

（吴梅編輯《潛社曲刊》第五集）

【花月圍京兆】 秋海棠，限幽尤韻

温柔粉倈，灑紅冰，倦倚樓。最堪憐，思婦淚染枝頭。立殘宵，白露添，寒對西風，黄花同瘦。抛紅豆，正是江南腸斷候，花開花謝下簾鈎。

（吴梅編輯《潛社曲刊》第六集）

【正宫集曲·五色絲】 雪，限支時韻

【白練序】夜來風肆，又值天公玉戲時。喜漠漠平林，江山無事。【黄鶯兒】芳醪滿卮，瓊花滿枝。【青哥兒】尖叉不必更題詩，開窗遥視。【紅芍藥】誰過溪橋跨驢子，萬點昏鴉成市。【黑麻序】月參差，念西岩梅老，應照

寒姿。

（吴梅編輯《潛社曲刊》第七集）

【北寄生草】 茶，限家麻韻

風生腋冷沁牙，瓶笙幽韻聽無慣。語溪清味嘗來乍，文園渴病從今罷。俺新詞寫向玉川知，待和你酒闌燈炧閑攀話。

（吴梅編輯《潛社曲刊》第八集）

【解三醒】 梨花，限江陽韻

比玉環微酣嬌樣，似洛妃傅粉新妝。淩寒冉冉春初釀，招月魄被雲裳。長廊擫笛愁還漲，野館回燈夢亦香。憐清恙，問昨宵風雨，可減容光。

（吴梅編輯《潛社曲刊》第九集）

【玉芙蓉】 戲效青門唾窗絨體，用元韻

支頤想玉容，燭盡難成夢。聽瀟瀟夜雨，孤影誰同？釀成緑螘愁來用。花落花開，是此中蓬山遠，無路能通意茫茫。卧空齋枕函亂縱橫。

清愁損舊容，往事已成夢。問個中滋味，有幾人同？書殘鳳紙還何用，香篆成灰一夜中。抽離緒才減文通，擲空尊，仰承尘，哀怨一琴横。

（吴梅編輯《潛社曲刊》第十集）

【長拍】 遊後湖

野水連城，野水連城，斜陽影裏，一片波光如畫。臨湖荒店，彼有旨酒，坐中人舉杯良佳。艇子似浮瓜。看荷花深處，翠禽將下。水底鐘峰倒影動，青莽莽，襯微霞。風景何當論價，願栽花種竹，此處爲家。

瞿安師云："彼有旨酒"句，在【長拍】中必用四上聲，方爲合律。此遵其教。當時從師學曲律，故有此作。

（常任俠《紅百合詩集》）

套 數

天台曲

【雙調·新水令】

記曾此地飯胡麻，認仙源溪山如畫。白雲迷舊燕，紅樹入歸鴉。四顧嗟呀，癡立在夕陽下。

【沉醉東風】

憶相逢羞眉掩帕，照清影流水桃花。笑語温風神雅，曳落裾石徑三叉。曲折深林趁晚霞，過幽居春風繡闥。

【喬牌兒】

十年丹竈下，熬盡相加寡。素娥青女雙雙嫁，夢魂兒在你家。

【雁兒落】

濃情難更加，勝日同遊耍。愁聽杜宇啼，甘受鸚哥罵。

【得勝令】

俺不合苦思家，彈别意上琵琶。拂谷口相思樹，采岩前躑躅花。離他，權告個淒涼假。哄咱，待歸來萬事差。

【梅花酒】

誰曾料空嗑牙，故里重踏，細認桑麻。甫道根芽，婦孺喧嘩。俺彷徨如夢覺，匆急更回槎。負深情，一念差，一念差，悔恨加，悔恨加，淚麻沙，淚麻沙，意紛雜，意紛雜，走天涯，走天涯，忘疲乏，忘疲乏，入荒遐，入荒遐，聞哀笳，聞哀笳，散啼鴉。

【收江南】

呀，散啼鴉，問不出舊根芽。訪仙居，無路更難達。空對着斜陽，兩眼望巴巴。又遠山歛晚霞，又遠山歛晚霞，映千株松影勢騰拿。

【尾】

舊歡重憶真無價，搔短髮傷情無那。那裏向俊神仙，把紅塵銷假。

元夜曲，用歐陽修【生查子】詞意

【雙調・新水令】

輕寒薄暖换春裳，控金鈎繡簾低敞。思往事惜流光，清夜初長，誰解萬愁況。

【駐馬聽】

小小軒窗，竹影摇摇風弄響。垂垂羅帳，花陰隱隱月窺窗。遥聽簫鼓正悠揚，含情獨自憑欄望。今夜爽，正花燈幻出魚龍樣。

【沉醉東風】

憶去年遥相歡暢，對千街燈火輝煌。柳梢頭月兒上，折鸞箋人約昏黄。半臂初添夜色凉，剔牙兒支頤暗想。

【折桂令】

道風流宋玉東牆，倚馬才情，繡虎文章，譽滿膠庠。名高廚顧，價重璆琅。相伴良宵共賞，更兼勝地排當。擫笛傾觴，自按紅牙，緩度新腔。

【收江南】

從來好夢易收場，只今顧影暗悲涼。月兒依舊照南廂，聽急管幽簧，又魚龍漫衍正酣狂。

【沽美酒】

俺黄昏獨上樓，寂寞自添香。淚濕春衫結作霜，歎歡情未忘，憶往事怕臨妝。

【太平令】

束裙帶腰圍漸廣，對菱花黛痕换樣。問消瘦誰憐微恙，但病酒悲秋難狀。看舊裳滿箱，漫忖量暗傷。怕夜涼整妝，待處方自嘗。奈面龐半黄，憶粉郎斷腸。忽月光照廊，又上窗過牆。聽亂龐鼓梆，料夜長未央。這椿那椿，這廂那廂，一雙眼張，倚床夢荒。縱有好元宵，還消不得那時惆悵。

【鴛鴦煞】

俺從今不畫宫眉樣，拚得個一春常是耽清恙。唱道人老春燈，花發春香，紅豆垂垂，東風惘惘。療愁自寫新詞唱，卻怎個人到新年，還做那去年想？

重九登高

【南商調・梧桐樹】

秋江待暮潮，遠岫容殘照。風急城高，愁聽孤鴻叫。遥砧隔野烟，曲岸舒長嘯。獨立蒼茫，又是重陽到。俺狂歌披髮誰曾曉？

【北罵玉郎】

眼前世事真堪笑，笑貪頑輩已盈朝。沐猴冠高唱升平調，講正誼把唇舌摇，説公理把几案敲，到頭來只愛錢和鈔。

【南東甌令】[一]

擁佳麗，醉芳醪，珠箔銀屏金步摇，香車油壁馳長道。燈焰暖，春歌俏，玉人相伴畫眉嬌，那管他四野哭聲高。

【北感皇恩】

呀，誰曾念戰鼓荒郊，百姓嗷嗷，無家别，新婚别，葬蓬蒿。你看敗荷衰柳，破屋危橋。滿村墟人絶種，地無毛。

【南浣溪紗】

新鬼號，新官笑，儘繁華城市逍遥。這壁廂六街燈火花如錦，那壁廂千里烽烟草盡焦。請畫幅流民稿，送與他安樂宫舞筵前，一椿椿權貴親瞧。

【北採茶歌】

説不盡話牢騷，剷不斷恨根苗。奶腥乳臭盡雄豪。俺只道偉烈豐功管、樂、曹，卻原來焦頭上客佩金貂。

【南尾聲】

俺摘黄花不插帽，也不是苦思親茱萸人少，端則爲遍野哀鴻，止不住雙淚抛。

杜工部觀公孫大娘弟子舞劍器行

【顔子樂】

【泣顔回(首至四)】垂老苦吟身，感滄桑墜歡重論。俺杜陵野叟，空追念太平金粉。【刷子序(五至合)】聲吞，侍女先朝垂盡問，梨園都已成塵。【普天樂(八至末)】説不盡開、天遺恨。(合)難重見，華年往事，妙藝如神。

【前腔】

在昔有佳人，舞渾脱名聞州郡。四方來觀道，仿佛飛瓊臨陣。其名，曰公孫一舞春霆，爲震閃羅襦。摇盪乾坤歛翠袖，江潮初穩。(合)細思量，華年往事，妙藝如神。

【千秋歲】

尚記得粉痕新，瀏漓動心魂，翩若游龍鷹隼[二]。看散亂天花，散亂天花，香馥馥早遮却蛾眉蟬鬢。

【前腔】

問前因，撫事淚沾巾，彩袖朱唇杳冥。這五十年間，五十年間，早惹得莽河山風塵混沌。看汝貌朱顔損，余華髮增，窮困感慨可能忍，更莫念西河劍器，且重舉廣座金樽。

【尾聲】

這玳筵急管難消悶，俺金粟堆，南望暮雲，可憐我足繭荒山何處奔。

中秋玩月

【南吕・一枝花】

空庭月影斜，滿地秋痕瀉。溶溶垂玉露，皎皎耀銀蛇。清怨些些，又是中秋節。閑愁一萬疊。看兔魄玉宇空明，聽蛩吟花陰警切。

【梁州第七】

淅颯颯風兒不歇，孤另另影子清絶。梧桐金井飄殘葉，想清天碧海，多少離别。今來古往，多少豪傑。鬧嘈嘈幾輩奸邪，亂紛紛世事啅嗻。問嫦娥銀漢誰通，問嫦娥玉闕誰借，問嫦娥丹桂誰折。幻耶，夢也，悶葫蘆未許從頭説，便月亦圓還缺。千秋事，誰叩荒臺榭，往事堪嗟。

【尾聲】

閑情悟透還成拙，永夜遲眠更着呆，銀海澄澄光更澈。俺興賒，脱靴敬謝，冰輪照床也。

讀《才人福》傳奇

【一江風】

按紅牙，低唱簾兒下，這麗句真無價。看才人絶世聰明，絶世癡呆，豔緒傳佳話。心中羨慕他，口中忌妒他，忍不住攤着書兒罵。

【前腔】

俺空折夢中花，到手來原都假。誰賞識窮酸大。我也要掛招牌專治歪詩，專認奇碑，好盼上蘭香嫁。俺清狂不讓他，癡呆不讓他，月姥你開恩罷。

【前腔】

弄琵琶，浪説風情話，終不信婆能化。費工夫自譜新詞，自度新腔，便足消長夏。任憑你魂兒繫定他，神兒注定他，也對俺祝蹉翫鬚怕。

【前腔】

算年華，往事真無那，空打鴛鴦卦。冷清清别院哀箏，隔坐空樽，又早是暮雨瀟瀟下。從今莫念他，從今莫恨他，還守我鰥魚寡。

（常任俠《祝梁怨雜劇》附南北曲散套）

校勘記

［一］甌：原作“甄”，據曲譜改。

［二］隼：原作“准”，據文意改。

盧　前

盧前(1905—1951),生平見《全清散曲》第 2253 頁。《全清散曲》云其卒於 1950 年,誤。實際卒於 1951 年 4 月 17 日。

小　令

【雙調・水仙子】

庚由、絜生相約治北詞,於武漢結社

你張郎只不願住關中,他江令偏相逢漢水東。我盧生早醒了黄粱夢,看風濤江上擁。霸詞壇幾個豪雄,怎打算爲時用?仗文章起蟄龍,筆掃雞蟲。

(《民族詩壇》第一卷第四輯)

【雙調・折桂令】 書所願,用重復體

願馳驅奔赴前方,出一邊沙場,入一邊沙場。莫推敲端在詞章,左一首流亡,右一首流亡。手頭强,肩頭硬,摇一隻鐵槍,扛一隻鐵槍。腳兒忙,心兒喜,收一處封疆,復一處封疆。待他年史册宣揚,經一戰榮光,寫一戰榮光。

(《民族詩壇》第一卷第六輯)

【雙調・折桂令】 温泉寺題壁

七百年峽寺猶存,破壁殘碑,眼底殷勤。笑蒙格何雄,八千子弟,骨盡

成塵。苦竹隘玉石俱焚(宏禕將趙仲獻門以降),釣魚山忠義干雲。尚想斯人,爲國忘身(合州守將王堅)。一矢擒酋,保衛乾坤。

(《民族詩壇》第二卷第五輯)

【桂枝香】

棘闈秋峭,青衫年少,那裏有下第劉蕡,卻早見登科盧肇。插金花帽紅,插金花帽紅,且容你豁蒙樓長嘯,覆舟山憑眺。得意在今宵,對問禮亭前月,聽華林館外簫。

(吴梅《瞿庵日記》卷六)

【仙吕・一半兒】

二北有揚州【一半兒】之作,每調首句云:“幾生修到住揚州”。因爲此調之。

風光何必數揚州,夜夜秦淮夜盡頭,酒綠燈紅照水樓。逞風流,一半兒推開一半兒摟。

(盧前《盧冀野少作》卷四《曉風殘月曲》)

【正宫・白鶴子】 驪山蔣公蒙難處

高崖書仰止,兩字可名峰。戰史此開端,石上多題鳳(北方將領多有題字者)。

(盧前《飲虹樂府》卷四)

【雙調・殿前歡】 蒙古詞人歌,贈席新民振鐸

往余問蒙古文學於榮先生[一],具論詳備[二]。因知曲中襯字[三],出於蒙古之歌謡[四]。舊説虚聲足字,可以論詞,不可以之論曲也[五]。元曲家色目人好著漢姓[六],如奧敦之爲曹姓[七],余甚疑之[八]。適與新民同舟西上[九],舉以相問[一〇]。曰[一一]:“吾蒙古人,例以名字之首音爲姓。奧敦云者,是曹之義[一二]。漢人原有曹姓,故相假耳。”新民生席圓包部落,是以

部落爲姓者[一三]。其名本剌喜登登也[一四]。於是,作【雙調·殿前歡】曲云[一五]:

上都聲,當時作者我能名。孛羅(御史)雄渾酸齋(貫雲石)勁[一六],冷雋西瑛(阿裏西瑛)。拈弓夢簡情(夢簡有《拈弓》套曲),烟樹東泉興(阿裏威號東泉)。那奥敦(奥敦周卿)愛寫西湖景。把九十年蒜風酪雨,貢獻你剌喜登登。

(盧前《民族詩歌論集》第二章)

【中吕·喜春來】 奉懷正兒先生仙臺市[一七]

好風兒吹夢芙蓉柳,甚雨兒堆愁翡翠鈎[一八]。有書兒傳語望江樓[一九],問仙臺,春到否[二〇]。待他時早泛訪賢舟(辛未清明,冀野弟盧前待正,寄自芙蓉城)[二一]。

(張小鋼編《青木正兒家藏中國近代名人尺牘》)

套 數

柯露詞,有序

柯露詞者,海西詩人狄克兒作也。謂貧女路西與柯林既私訂白首之盟[二二],已而柯林棄之,另婚富室女。婚之前夕,路西悲憤而作此詞。蓋決以身殉情,屬其女伴舁其屍,入婚禮場中,驚衆鳴冤,以責負心之柯林。此詞幽怨悱惻,視婕妤怨歌行,抑又悲矣。涇陽吴雨生宓,譯爲五言,題爲《死别》。壬申莫春,余羈旅河上,書窗多暇,用演其辭爲南曲,使歌筵按拍聞者知勸云。

【南南吕·懶畫眉】

半空中隱約有人言,教我隨他上九天。這其間何必久流連,半空中又將那萋蒵現,招我從遊洞府前。

【前調】

把盟山誓海一朝捐,畢竟是負心的人兒愛不專。我爲郎葬送了錦華年,他銅斗般家私給你圖方便。卻原來你只結黄金不解緣。

【前調】

柯林呵談情説愛我居先,你怎樣和旁人一線牽？當時私語幾憑肩,你莫想郎君一吻你如花面。他已是我的個人兒不待宣。

【前調】

想明朝攜手入昏筵,準備着幾朵花開並蒂蓮。開場一首定情篇,那時節定把你雙雙見。見一見失意的鴦兒得意的鴛。

【前調】

敢勞夥伴送我到郎邊,我遺蜕還須故夢憐。正洞房花燭照嬋嫣,俏郎君衣冠楚楚安排宴。可憐我薄命的娘行到九泉。

(《三家曲選・飲虹曲選》,《國風》半月刊第三卷第 7 期)

校勘記

[一] 往余問蒙古文學於榮先生:《全清散曲》作"往余問蒙兀兒文學於榮耀宸祥"。

[二] 具論詳備:《全清散曲》作"耀宸具論詳備"。

[三] 襯字:《全清散曲》作"襯垜子"。

[四] 之歌謡:《全清散曲》作"歌體"。

[五] "舊説"三句:《全清散曲》無。

[六] 元曲家色目人好著漢姓:《全清散曲》作"元曲家中色目人,往往有別著漢姓者"。

［七］如奥敦之爲曹姓：《全清散曲》作“如奥敦周卿，奥敦即曹姓”。

［八］余甚疑之：《全清散曲》作“余疑，莫能解也”。

［九］適：《全清散曲》作“頃”。

［一〇］相問：《全清散曲》作“問之”。

［一一］曰：《全清散曲》作“新民曰”。

［一二］是曹：《全清散曲》作“星曹”。

［一三］是以部落爲姓者：《全清散曲》作“是亦以部落名爲姓者”。

［一四］也：《全清散曲》作“云”。

［一五］“於是”二句：《全清散曲》無。

［一六］御史、貫雲石：《全清散曲》無。下文四處()内文字，《全清散曲》亦無。

［一七］此曲《全清散曲》收入，題作“報青木正兒教授日本”。

［一八］甚：《全清散曲》作“細”。

［一九］有書兒：《全清散曲》作“一封書”。

［二〇］否：《全清散曲》作“不”。

［二一］訪賢舟：《全清散曲》作“木蘭舟”。“辛未清明”三句：《全清散曲》無。

［二二］林：原作“柏”，據下文改。

王季思

王季思(1906—1996),原名起,字季思,筆名小米、之操、夢甘、在陳、齊人等,浙江温州人。1925年,考入東南大學中文系,參加吴梅主持的潛社,開始詞與散曲創作。1929年大學畢業後,任中學教師。40年代初,任教浙江大學龍泉分校。1949年後,一直在中山大學任教授。著有《西厢五劇注》、《集評校注西厢記》、《玉輪軒戲曲新論》、《王季思學術論著自選集》、《玉輪軒前集》、《玉輪軒後集》等。

小 令

【山坡羊】 戊辰季秋,重集多麗舫,限家麻韻

驀回頭勝遊如昨,喜今番清尊重把。集朋簪離懷强寬,望長天一線秋如畫。山色佳,輕舟蕩晚霞。江山依舊在斜陽下,衰草淒迷,殘楊低亞。桑麻,誰知帝子家。風華,重尋帝女家。

(吴梅編輯《潛社曲刊》第一集)

【桂枝香】 過明故宫,限支時韻

斷霞回紫,昏鴉成市。斜陽寒入平蕪,無限前朝歡事。悵繁華已非,繁華已非。有多少公孫王子,明眸皓齒。怕尋思,一扇興亡恨,桃花寫折枝。

(吴梅編輯《潛社曲刊》第二集)

【錦纏道】 紅葉,限江陽韻

點秋光,共低回寒鴉數行。染盡一林霜,喜湖山今番換了嚴妝。映斜陽旅懷自傷,向西風客思同揚。顔色細端詳,便春紅何曾多讓。放心自忖量,記年時離亭情況。染燕支,秋羅茜袖淚痕雙。

(吴梅編輯《潛社曲刊》第三集)

【春帶引】 訪舊院,限纖廉韻

青萍漲,細浪黏,醉春風鴛鴦夢甜。幾經桑海,燕泥零落桃花店。掠清淮白鳥飛來,映舊院斜陽沉漸。波恬,窮愁從不上書生臉,只詩債今年還欠詞牌險霜生筆尖,待譜出媚香樓舊日妝奩。

(吴梅編輯《潛社曲刊》第四集)

【醉高歌】 八首 抗戰勝利日作

一

家家痛飲連宵,處處高歌達曉。頭顱照鏡依然好,四十男兒未老。

二

橋頭馳驟兵車,橋上横飛戰血。二十九軍何處也,依舊盧溝曉月。

三

五千南口雄師,八百四行壯士。終憑血肉開新史,中國男兒不死。

四

沉沙戈戟未收,枕土骷髏黄繡。倭奴百萬終低首,地下英靈省否?

五

尊前一局興亡,眼底八年抵抗。與君舉酒對斜陽,别有豪情萬丈。

六

征人塞北關西，思婦星前月底。八年多少辛酸淚，今日都應破涕。

七

全國還須振作，内戰切休挑撥。你的我的争甚麽，民族原來一個。

八

勝利休要過誇，盛名最難久假。五强四大都虚話，第一自家奮發。

（王季思《玉輪軒前集》三輯《詞曲》）

【朝中措】 讀寂翁詞

芰荷十里桂三秋，牽動幾多愁。南望更無消息，捧心人在中洲。溪山深處，歌傳别院，花近高樓。莫爲異鄉消瘦，此間便是杭州。

1940 年，在金華作。

【一半兒】 爲金維堅題《醋魚圖》

大妻失寵怪童烏，少婦恃嬌駡老奴。閃得入剛似釜中魚。骨頭酥，一邊兒火攻一邊兒醋。

1941 年 12 月 12 日於龍泉。

【南吕・七弦琴】 抗戰勝利日，爲幼和題《傳與平安圖》

【香羅帶】丹青幾度看，心盟未寒。記碧湖扶病倚欄干。【梧葉兒】極望思漫漫，烽燧連天暗，霜風射眼酸。【水紅花】盼江關，鴻零雁斷，那得朝朝暮暮，封淚報平安。【皂羅袍】多謝你雙魚珍重勸加餐，更倩那新紅一葉傳情盼。争知我經年客館，衾清枕閑。一秋病榻，香消夢殘。冷肝腸怎消得你胡麻飯？【桂枝香】今日裏捷報三邊至，啼痕一笑乾。【排歌】研瑶碧，寫琅玕，枝頭更與着青鸞。【黄鶯兒】倘憑他軟語訴悲歡。

附記:【七弦琴】是由【南吕宫】七個調子的樂句摘配而成。幼和即戴家祥,抗戰初期,曾在麗水碧湖的浙西聯高任教。

1946 年春。

【商調·黄鶯兒】 開化寺雪禪和尚於雞子壳上寫《江橋寶塔圖》,戲題

秋樹亂青紅,聳浮圖碧漢中,蒼龍千丈把江腰控。四溟八紘,一丸可容,山河大地毫端湧。怕匆匆,兒曹失守,跌碎梵王宫。

1947 年 10 月 7 日於杭州。

(王季思《玉輪軒前集》附録三《劫餘鴻爪録》)

套 数

觀沈如琛女士《坐宫》劇

【南吕·懶畫眉】

翠幕高懸小銀鈎,水調新翻菊部頭,珍珠一串吐嬌喉。恰便似黄鶯兒囀上池邊柳,有多少不自量的癡蟆争探出頭。

【商調·金絡索】

【金梧桐】鞋幫淺淺兜,紐瓣深深扣,繡蝶雙雙,緊貼着胸前肉,小腰肢别樣柔。【東甌令】乍回眸,悄不覺脈脈清光滿院流。似這般天生麗質怎消受?【針綫箱】早教人羡煞你楊家小粉侯。【解三酲】才能夠,【懶畫眉】片時半霎兩綢繆,【寄生草】假惺惺訴甚離愁,更罰甚海山咒。

【黄林封白袍】

【黄鶯兒】還記少年游,聽新聲桃渡頭。最愛那漁陽弄揭盡曹瞞醜,【簇

御林】黄天蕩不放烏珠走。【一封書】猛回頭,怕凝眸。【白芙蓉】今日個傀儡當場真出醜,更胡騎氣横秋。【皂羅袍】媚香樓圮,血痕尚留。念家山破,笙歌未休。平爲那秦淮烟月添僝僽。

【琥珀解酲】

【琥珀貓兒墜】龍盤虎踞,休説帝王州,早則是一片腥膻滿目愁,那堪重聽秣陵秋。【解三酲】歸來後,對半痕黄月,無計埋憂。

【尾聲】

河山光復終須有,要記取滔天狂寇,莫要把兒女柔情唱不休。

（王季思《玉輪軒前集》三輯《詞曲》）

一九四三年端午

【中吕·粉蝶兒】

烟水迷糊,恰江南初過梅雨。繞吾廬,衆樹扶疏。杏珠肥,梧葉大,石榴紅吐。何處喧呼,則道是吊屈原龍舟競渡。

【醉春風】

你内美有誰知,忠言難悟主。長吟空惹鬼神愁,救不了楚、楚。一卷《離騷》,《九章》辭賦,幾番歌哭。

【朱履曲】

當日個狠秦邦設計鋪謀,謊張儀翻雲覆雨,誑得個老懷王骸骨走長途。孤臣涕淚盡,九畹蕙蘭枯,好江山早匆匆結束。

【耍孩兒】

現如今令尹蘭高掌着升除簿,奸靳尚横擋天路。饒俺有回天心力待何如,怎禁他巧舌頭百計裝誣。你聽那滄浪水濁歌漁父,鳳德何衰歎接輿。一個個逃名去,管甚麽家山破碎,朝市丘墟。

【四煞】

剩下那一班兒公和卿文和武,都一般的腸肥腦滿無筋骨。太平時三年五載圖長策,有事處萬卷千宗付一爐。俺有個好譬喻,爛冬瓜畫上黑眼,稻草人披上袍服。

【三煞】

更有那夏口商,陽翟賈,算盤珠的篤通天數。朝三暮四由抬價,李萬張千聽指揮。一旦的腰包足,向孔方兄遞過手本,早財神爺給與差除。

【二煞】

便是俺儇景差、美宋玉,文章談吐不尋俗。也則都山魈見寶伸長手,老道逢妖失卻符。賣弄他能辭賦,哄的個小儲君夢迷神女,撇得個老師傅身葬江魚。

【煞尾】

瀟湘五月寒,萬頃洞庭緑,兼着那白茫茫東走江濤怒,便是俺屈大夫萬古千秋叫不盡的屈。

(王季思《玉輪軒前集》三輯《詞曲》)

爲吴國欽同志新編《關漢卿全集》賦

【南吕·一枝花】

英才蓋世間,巨筆撑霄漢。青鋒誅鬼魅,濃墨寫春山。血淚斑斑,訴不盡竇娥冤,把天關地軸翻。幾曾見六月霜飛,今日早銀河倒挽。

【梁州第七】

你曾叫魯齋郎長街處斬，楊衙内削職丟官，專跟那權奸民賊橫眉幹。風風雨雨，失路嬌鸞，星星月月，受騙丫環。一個是旅店中别淚難乾，一個是書房外柔腸寸斷[一]。還有那趙盼兒鄭州城勇救同班，杜蕊娘金線池懶開倦眼，謝天香開封府智度嚴關。紅顔命慳，論古來才士千千萬，有幾個秉筆翻公案？就是朱四姐當年也血淚潸，合與你雙占勾欄[二]。

【尾聲】

吴生奮起游文苑，要把關老雄篇代代傳。展卷披圖光照眼，幾番細看，渾不覺簾外啼鶯報春暖。

（王季思《玉輪軒後集》二輯《詞曲》）

附　詞

【千秋歲】　題歸玄恭《擊築餘音》

衆人皆醉，獨灑騷人淚。地軸轉天閽避，更無愁可寄，猶有心難死。興亡事，從頭付與雙鬟記。　一卷窮愁志，萬古傷心史。桑海外，桃源裏，譜成新鬼泣。歌歇哀鴻唳，秋風起，聲聲更入南朝寺。

（吴梅編輯《潛社詞刊》第一集）

【風入松】　宋徽宗琴名松風

太清樓上晝沉沉，秋思入瑶琴。銅仙一去無消息，寒濤咽難覓知音。冷月空山，鶴唳西風，落日龍吟。　千年珠柱土花侵，猶抱歲寒心。何人譜出淋鈴調，聲乍轉，清淚沾襟。斑竹悠揚，相和蒼梧，哀怨同深。

（吴梅編輯《潛社詞刊》第二集）

【桂枝香】 掃葉樓秋禊

高秋九月,挈勝侶五三,危磴同躡。千里烟波淼淼,亂峰重疊。山川形勢依然在,睇長空壯懷飛越。小喬眉嫵,周郎事業,至今空説。　念十載傷離怨別,怕樓上黄昏愁緒重結。無奈斜陽又下,六朝殘堞,吴娃似解興亡恨。度疏林菱歌淒切,晚來風急。何時同賞,采萸佳節。

(吴梅編輯《潛社詞刊》第三集)

校勘記

[一] 原注:"指《拜月亭》劇中的小姐王瑞蘭和《詐妮子》劇中的丫環燕燕。"

[二] 原注:"田漢同志的話劇《關漢卿》,以朱四姐配關漢卿,爲劇中男女主角。"

莊一拂

莊一拂(1907—2001),原名莊臨,號南溪、籜山,浙江嘉興人。1927年,獲東亞研究院法學碩士學位。嘗供職於國民政府財政部。後專事昆曲演唱、戲曲研究活動。1942年,與趙景深合編《戲曲》月刊。抗戰勝利後,在浙江通志館工作,參與編撰《浙江通志》。著有《一拂居士詩集》、《雙華詞曲集》、《古典戲曲存目匯考》、《明清散曲作家匯考》,傳奇《十年記》、《鳴笳記》、《鴛湖塚》等。《全清散曲》云"光緒二年(一八七六)生,公元一九五一年卒,年七十五",誤。

小　令

【南商調・永遇樂】 金陵,己巳[一]

淮水笙歌,中山棋局,千古誰主? 舊曲春燈,朱顔易老,狂客消磨處。殘陽滿地,西風蕪館,又是一番愁緒。更無心,漁樵江上,滿懷六朝烟雨。

【南越調引・霜天曉角】 訪冰雪子秋涇外[二]

蟹紅蒓紫,路入秋風市。攜得疏花盈袖,滿懷意,半塘水。舊遊良憊矣,窪尊無奈醉。收拾騷人寒屐,想寂寞,如斯耳。

【北大石調・念奴嬌】[三]

梨雲做冷,凍燈花、抖擻相憐同病。心事尊前春夜永,半臂人起銀屏。

幾年琴外,支愁枕邊,尋夢再不教窺青鏡。重門深閉,等閑孤了清影。

【北越調·寨兒令】 西湖感舊[四]

花欲然,柳争憐,春愁并州難共剪。明月嬋娟,洛水神仙,鴻雪憶當年。銀燈不照金韉,碧簫都付紅船。绿波蓮子散,白髮藕絲牽。難,把往事重提遍。

【北雙調·折桂令】 由滬夜車赴西泠,壬申[五]

走雲車夜半天寒,黯淡疏星,蔽隱層巒。千里淞灘,移時越棧,一霎邯鄲。尋舊夢梅飛柳綰,笑湖山華絮烟鬟。春事難攀,真個消魂[六],没個遮攔。

【南大石調·醜奴兒】 和江湖上人,贈鄭妥

江山兩鬢秋霜透,生怕登樓。莫去登樓,酒醉能消那個愁。

其　二

愁來有甚君先醉,何地歸休。莫問歸休,水帶離聲自在流。

【商調·醋葫蘆】 杏　花

燕飛飛掠過庭,憶胭脂點畫屏,似鬧紅春色醉初醒。蕊珠宫燕歸春已老,更莫對江城斜照,問花盡,誰唱燕山亭?

【集北黄鐘曲】 題《肩擔賣花圖》

【節節高】百花齊放[七],風流成陣,一肩賣盡,千紅莫吝。【紅錦袍】管教你東籬下放了心,遍地有知音。【人月圓】兀那糊塗難得的板橋道人,花散如金。不如節勁,兩三竿竹,勝過淵明。

【北黄鐘宫·刮地風】[八]

壬寅七夕,暴風淩雨,村屋爲之動摇。倚燈枯坐,猶希雛尼一報喜也

疏喇喇一弄兒風雲帶雨合，潑天似淚灑明河。彌年好景怎耽誤，每看他會少離多。直恁的石爛海枯，抛了梭不由擺播，罷了梨不留些個。則見那巧也呵作念了難訴，想天家這一度，笑人間要萬里奔波。

【寄生草】 跋《華蓋集續編》，爲臧松年寫

老子化胡矣，恰便似墨家捨命莊厭興，陰陽消長互交替。乾坤運轉復終始，曝霜曬日竟如斯。這壁廂無臺不成輿，那壁廂有儒不如乞。韓非喻老遭讒棄，公孫制法憐自斃。算千古滅和生是和非也，勝而無恥。（收）直恁的鬼笑靈嗤[九]。那劉顛阮傲速朽欲死，八卦爐煉不了弼馬猴兒，太極圖箍不緊骨董老癡。醉兀兀無牽無掛，亂紛紛莫問滄波人世。看多少鯊猿鶴，到頭誰料理？

【寄生草】

戊子清和月，平聲社彩爨，于蘭心、孔夫子、沈琢如演《浣紗記》[一〇]，滬師西園暨華光樂會參加十番鑼鼓，馳函囑制新詞，作採蓮中舞蹈主曲。時余載筆西子湖焉

萬頃琉璃罩，暢好是天仙似無價寶，龍舟鳳管紛紛鬧。龍舟鳳管紛紛鬧，湖山歌舞美人腰。暫離了響屧廊[一一]，驀地荷香撩，青山隱隱水迢迢。青山隱隱水迢迢，數一對對錦鴛鴦，睡銀塘也盡多情調。（收，勺）[一二]

動一派簫韶，晃裙裾玨佩寶蓋微摇[一三]。清涼處裝點個傾國多嬌。清涼處裝點個傾國多嬌，風裊裊消夏灣頭[一四]，紛紛盡在洞天蓬島。恰便是金樽枝檀板，神仙般歡樂。（鼓樂）[一五]

繫龍橈花映照，堆鳳影窈窕。等閑那薰風輕輕圍繞，恍惚水晶宫裏恣遊遨，不覺的水沁雲翹。喜採蓮歌起，一片價重重鬧了。（鼓樂）[一六]

看金波瀲灩靈巖遥，隔水盈盈繞。飲香醪樂樂樂滔滔，紈扇慢輕

招[一七],這花鈿畫槳盡堪描。端的共瞻天表把寵恩邀,但願吴山常在眼,美人如花貌。

【北南吕宫・玉交枝】 題《史漢雜詠》

山左樊崇鄉人,奇士亦窮士。學無所遺,轉無所假,戎馬南來,偃息鄙邑。每與貰酒論文,而魯生之慨未除也[一八]。出示《史漢雜詠》若干章,囑和焉。夫惟其人可以觀,惟其事可以與,風雲莽蒼,頗嫌髀肉重生,烟水迷蒙,未礙捧心一笑。是滄浪皆大好下酒助也。醉中破戒,拾筆爲和三十章。硯有餘瀋,並制北曲一支,題其上。

英雄成敗,兀的不指騾説馬。想千古骨董難評價,總千番亂如麻。狗烹不須俯仰嗟,饞貓哭遮莫慈悲詐。則這的是魚龍戲要,落得個好没搭煞。可知道天地狹,歲月賒,筆尖兒下話來大。生無不滅人,畫個盈虚卦。看江山鬢髮華,把談笑風雲罷。則這的是先生醉酒的妙法。

北曲【寄生草】 續題東海遺鴻樓主《萍聚圖畫册》,丙辰秋

説甚麽隨分從時好,卻换了滄波人事滔滔。慨霜舊雨真難料,没的鷗蹤鴻跡依稀少[一九]。今披圖尋夢在孤零島,兀的不四十年楚江情調,有淞雲海客濯詩瓢。紫蒓紅鱸,更把季鷹招。俺只念花常開萍常聚也,人常樂。(收)憶蘋末風飄,正雁離蛩病,歸卧聽潮,因此上抛閃縞帶霞標。守個蘭若團蕉,情易老雲樹遥遥。怎捨得當年緣法恁時重到,看吴綃百幅,壽無量珍寶。

【北黄鐘・刮地風】 慰單公了禪悼亡,丙辰十月小雪

終坐了刹那間没生滅的清净願,卻難得同相同緣,三生有石片時篆。算人間老日長天,觀自在無疑無牽。妻有賢口碑即傳,婿具禪法門方便。不羡那福也全壽也全,誰見白蓮現。教南華擊破了結念,盡西方也劫超然。

【雙調・駐馬聽近】 題蘗窗《瘗雪圖》

甭吴鹽,雪裏迎來勝似酥。將姑呼汝,采絲牽住莫離居。畫屏風露月輪孤,藥欄春意昭光與。柳陰蟬,床頭鼠,釜中魚。德報虹橋如願婢,恩銜渌水隋侯珠。天涯何處故園蕪,夕陽正在江南樹。歎乘除,歌薤露,譜雲圖。

吴俗以鹽聘貓,吴亦主人姓也。貓取名雪姑,雲圖亦貓名也。

【雙調・梅花掛玉鈎】 題王蘧常《南山同壽圖》

甪里本壽鄉,更討湖上讀書堂(我鄉東郭甪里街,辛酉時有聞人達如百有七歲。南湖上聞人氏湖上草堂最早。王、莊累世交親,同住甪里街)。記龍耀津梁,賦春草池塘(王季弟蘊常,籊山譜兄也)。更有那三十三本梅花眉壽樣(王氏有《三十三本梅花書屋詩文集》),恰便是春風桃李遍門牆(歷任光華、交通、復旦各大學教授,今當在帶研究生)。明兩翁,閑自放,做了南竹垞,北漁洋(有《明兩廬抗兵集》,詩文已行世)。漫與味蒓鱸,夢鴛鴦,卻教傾菊酒,餉南陽。

【過曲】

人間八十風流菊半黄。曲獻南山唱,健筆欣看老更强。洗眼河山壯,潑翻了硯池香,顯豁出升平象(西湖岳廟修復,倩翁書楹聯)。有道是古有王羲之,今有王蘧常(今歲日本展出中國書法時,日人甚佩翁書法,竟謂"古有王羲之,今有王蘧常"之評價)。

【甘州歌】 呈梁師漱溟百歲畫堂[二〇]

香床坐擁,是此邦人瑞,福禄壽同。看兒孫羅列葱籠。山高妙喜,六根流轉本圓通,粲粲莊嚴九十翁。桃筵啟,桂醑濃,海潮聲裏説華封。依金縷,厭紫瓊,借花獻佛畫堂中。

【北中吕・滿庭霜】 題吟石兄《片羽集》[二一]

秀龍橋下,石苔留墨,窗竹摇紗。尋詩一路尋畫,中有人家,寫片羽秋杯妙札,話巴山夜雨清茶。芙容榻,小齋不已,屏障着梅花。

棲雲曲 登棲雲山寺,自度曲

掃執存身帚有灣(山下掃帚灣),爬天踏地登山。百年冷前垂蓮臺,徑荒草没難攀。道是地藏誕豁曉生死關。去日九華鳳凰松,今朝輦道鳳凰壇。

【商調・山坡羊】

采泉先生、湘鳳夫人合壽一百五十歲,制曲以賀

誰寫就西湖鴛鴦譜,卻向這花神廟路。看西湖壽星雙明,照百年五十劉樊侣。你可也繪新圖,重開了合巹壺。紅燈底稱張緒,湘瑟喜彈鳴鳳曲。功夫,情自與。眉嫵,時人無。

【緱山月】 吊吴瞿安先生[二二]

家數玉茗堂中,文章獨秀江東。問吾徒何處管弦空慟,孤忠絶徼(指《風洞山》傳奇),千秋頡頏[二三],老子猶龍[二四]。

【雙調・天香引】 白鳳詞人金婚大喜,制此小曲奉賀

羨詩翁抖擻精神,朝思金婚,暮思金婚。看風流儷影如賓,朝也銷魂,暮也銷魂。這不是偶作了逢場戲合巹重親,今日個過來個没頭腦醬醋酸辛。連理逢春,福壽同臻,看煞西鄰,羨卻東鄰。

【南商調・二郎神】 悼上海唐秉熙

淞雲繞,甚江山誰把元音重調?記法曲飄零弦管渺。傾杯海上,滄波涼笛論交。氛惡逢瀛塵未掃,三十年曲罷平聲怎了。直恁的蕭條,刹那

間,不知那日回潮。

【換頭】

迢迢。君神我契,離多會少,萬劫歸來,我生重到。白頭友義,那能彼此相拋。喜則喜這霹靂驚弦除四妖,覿面你丰神當不老。乍離了羅刹刀,忽聞卻人天笙鶴縹緲。

老曲家唐秉熙先生,主持上海平聲曲社社務垂三十年,後因病杜門不出者,又二十年。七九年九月十三日棄世,終年七十有九。

【雙調・水仙子】 迎春新曲

九天日月慶中華,百鳥争鳴小百花。一枝紅萼迎春嫁,春風吹四化,喜神譜幾朵梅葩。南湖添秀色,春臺滿彩霞,喜氣家家。

【鎖南枝】

上海昆曲研習社由余邀請,瞻仰南湖聖地,龍笛雁箏,餘音繞梁。余爲譜此新曲,以爲引唱

樓飛棟,畫舫紅,東南聖跡烟雨中。建黨策勳功,載歌百花擁。十二大,心更雄,衆歡騰,笛三弄。

【南正宫・醉太平】 參觀蒲華書畫展,贈天台蔣文韻

當年客子清癯,看墨花飛舞,放筆蕭疏。赤城仙境,九琴十硯,相於崎嶇。道這般清豔閑工夫,更留下仲圭法乳。天涯遲暮,芙蓉秋水,烟雨南湖。

【緱山月】 鄭妥囑制生挽,用前費曲韻[二五],北曲

冷落了放鶴空洲,抛下了烟雨高樓。痛南來詞俊數風流,兀的不江湖杯底,滄浪水畔,淚灑陂頭。

【寨儿令】 忆西子湖[二六]

花欲然，柳争憐，春愁并州難共剪。明月嬋娟，洛水神仙，鴻雪已三年[二七]。銀燈不照金韉[二八]，碧簫都付紅船。離情蓮子散[二九]，别意藕絲牽[三〇]。天，何處證前緣[三一]。

（莊一拂《南溪散曲》）

套　數

上海平聲曲社社曲　己巳年制，朱堯文正譜

【念奴嬌】

（末）魚龍曼衍，奈飄零法曲，元音難證。誰向中流作砥柱，整頓詞場張本。（衆）鐵笛穿雲，銀屏展影，吹徹梅花冷。江南重睹，嘉、隆梁、魏餘韻。（末）盛興元音，嘅香然含嚼，羽盡磨研。春秋佳日同觴詠，爲制新詞譜管弦。目下中華統一告成，復睹異平景象。若無正樂，何以陶情？今日公餘有暇，我儕對此良辰美景，同詠霓裳一曲如何？（衆）有理甚[三二]。（末）

【本序】

歌舞意，重付象板鸞笙。佳興，南國新詞，西園舊曲，投閑置散許相并。惟願取鈞天樂府，永慶平聲。（换頭[三三]）尋省。緱嶺舊境，剪吴淞半水，廿年回首俄頃。十丈氍毹收拾起，多少人間愁悶。應允。屜屐風流，相期清天明。按歌抛了利名心，惟願取鈞天樂府，永慶平聲。（末）歌舞風流，永平時世，真不須香温漢鼎，酒暖吴橙也。（同）古輪臺，調清平，餘音裊裊藴乾坤。涼州按遍催衰鬢。綸扉操柄，綺户傷春。世事作漁樵閑問。

小部新聲，此時獨勝。淺斟低唱不多争。良辰美景，布歲和威鳳鳳祥麟。星輝弧角，響參仙籟。普天同慶，弦管漫紛陳。璇璣正，和風甘雨及時令。（末）緱山笙鶴，少室烟霞，似這般閑適生涯，真不啻富貴神仙也。

【餘音】

詩三雅，無古今，俺這裏天風自振。（同）且消受，萬歲綿綿各自珍。（同下）

題安樂老人孫籌成遊記[三四]

【南吕・一枝花】

道子平五嶽游[三五]，醒玄石中山酒。你春風吹白髮，俺素壁畫滄洲。天地悠[三六]，闊别了先生已久。秀才家何所負，赤緊的楚尾吴頭[三七]，好撞着凌江烽堠。

【梁州第七】

渾不是金剛善走，恰便是霞客風流，終童竟成了黄耇[三八]。撇下孔方銅臭，飽看昭陵金甌。吊了六朝烟柳，做個萬里閑鷗。急波波星海雲樓，樂陶陶鳳闕燕州。袖青蛇邯鄲道何事干求，翔白鶴華表山何妨掩逗，撾漁陽鸚鵡洲一例罷休[三九]。那裏也尋幽，興逌，好一個御風列子忘磯友。登萬山，涉九藪，留的鴻泥彩筆收，歸去何尤。

【尾聲】

看多少天涯浪跡拿雲手，比不得人海波濤漏水舟，教俺生生甘牛後。才過了桃花時候，又轉眼菊花重九。便算做瞎婆兒，獻一套曲兒醜。

立夏日，雷雨連宵，村居獨坐，四顧淒清，睠懷春夢，黯然言愁[四〇]

【南商調·十二時】

花信番盡日，這幾日更番悲喜。亂草烟生，繁華霧委。可不春風白髮妒相吹，教伊怎生會意？

【集賢聽畫眉】

千般百樣無乃是，算顧盼生姿，寒透江南畫裏[四一]。又颸輪催雨狂時，心兒欲惻，更打疊把心兒碎。夢回，干甚些兒事，一任昨宵驚起。

【鶯啼春色中】

十年殘衲誰料理，只辜負佳期。盡説尋蹤跡，換盡春巢，怪不得飛絮也成欺。波欲生風無定止，花解語斷紅休記。上林芳訊，九重遥隔，太真沉醉。

【貓兒墜玉枝】

鶯藏鴉住，漫托綠楊絲。天漏總教補悔遲，東風何計借難辭。只落得點點滴滴消聲地，流一汪兒嗚咽逝水，是一般兒傷心眼淚。

【尾聲】

輕雷驚筍盤堆李[四二]，莫向家園話酒卮，這雨打梨花人老矣。

題陸碩堯《隴梅詞夢圖》

【南仙吕入雙調・步步嬌】

正放了春風想江南樹，收得閑身住，羅浮夢不如。莫負閑歌，便背花去，不見老林逋。且商量花底修簫譜。

【醉扶歸】

便有門閉也傾薇露，有香爐也添蘭炷。有曲海詞山，便無他娱。多應吴淞剪取分天趣。吴綃替寫了一十三圖，把韻事也從頭數。

【皂羅袍】

恍似玉山深處，聽先生弦曲，聲滿三吴。我亦新腔付吴氍，吟情老去尊前暮。几人同調，華年氣粗。一編香雪，丹青意疏。再不想緑蕤撰夢題新句。

【尾聲】

滄江莫話瀛洲路，尚剩得一片宫商等閑度，管教那吹花詞客有還無。

題秀水許明農《瓦當彙編》

【北大石調・念奴嬌引】

焦磚破瓦，夢查查何處尋根兜搭。幻相有形終有壞，卻教頭頭放下。直恁的四大蕭條，靈臺無物，一骨辣骨董難評價。這秦皇漢武，泥封了陵闕宫野。

【本序】

四垂萬里，抛不掉萬千載文化。没餘没欠安排。龜甲殷墟書契早，更現燦爛中華。堪嗟。象顯可征，言七意得。甄淘天壤笑溲話。投旨趣，十方長水，千佛鳴沙。（换頭截去）

【餘音】

殿飛埆（作去），塚砌花，這兒圖案誰摭寫。兀的不長樂未央，蘭蕙人家。

吾里秦稱長水縣，瓦當中有長水屯氏圖案。鳴沙山，即敦煌石室千佛洞。新溪許氏著有《蘭蕙同心録》行世也。

棹　歌[四三]

題目：鷓鴣溪的史案（南潯莊氏《明史》獄案），接着鴛鴦湖的詩案。外史氏的霜鋒，碰到羅刹女（羅刹女，江青）的凶鋒。

正名：終南山的鐘進士管不了五鬼，虞廷中的舜天子剷除了四凶[四四]。

【越調·鬥鵪鶉】[四五]

笑百里囚倦，斷半邏長水（秦改長水縣爲由拳）。難爲伊骯髒心機，好教伊醜惡面皮。那裏有秀州謡斬馬東巡，博得個平臺路鹵車北棄。古今事，是耶非。牢記呵，説甚麼澤國風光，難湔□這故邦污池（秦始皇望氣東巡，古里被污）。

【紫花兒序】

白茅庵兀的打成一片，歷劫三生離了這刀鋸緹騎。黄冠老子，秃頂沙彌,那話休題。俺念彼觀音力,古的老居士,不輸與林塘角里。補一卷遺恨的傳奇(《鳴笳記》傳奇),半片没字的殘碑。

【小桃紅】

三千劫一見兩愁眉,不由俺病眼横涕淚。造物那容顛倒置,可不道渾兒戲。則着你成名(成名指松禪),卻在圜扉裹。不争那一領赭衣,不分明虞廷四厲。險惱煞瓊仙粉碎黨人碑(謝瓊仙出丘園《黨人碑》傳奇)。

【調笑令】

離羑里,重把袂,十五年又頻違。似俺這萬變一身垂老歸,思他紅豆春風復成子,誰憐取白髮填詞(吴梅村白髮填詞,指梅禪),卻無端使猜疑。一别賦傷逝,寥落了種字林(吴園次種字林)法曲清淒[四六]。

【疊字三臺】

任道縱横畫筆縱横字,恨千古潮打依稀,豈沉吟吴市。嘅立地,也算是寫行徑,揚靈威,吐不盡亡國氣(指白茅庵《胥山吊古圖》)。

【禿厮兒】

喜棘鸞飛,松鶴歸,切莫才太俊,情太癡,要相矜持。看多少古人名不死,尚有精光閃爍碧琉璃。不才也竊比劉公是。

【麻郎兒】

兀的竹垞端倪,端的蓮垞(指大可老人)繼輝。笑老僧别唱燒香曲子,望兩叟(梅、松兩禪也)譜出絶妙新辭。

【么篇】

補天的文字也有悖(心有餘悖四字,獄也),前人旨後者應師。怎能夠望門投止,煞强似那洞天黑地。

【絡絲娘】[四七]

這其間瞞神誆鬼，將人們視作非仇即敵。動不動吹求没形的罪，有多少彌天冤氣（十年浩劫）。

【拙魯速】

將叫雉的媚狐抓了尾，將磔鼠的酷吏支離。商紂妲己，夏桀妹嬉，遮天壓地。古有之，何曾見蘊謀猷韜經濟。今日呵看春臺朝旭熙，聽金雞報曉啼。蕭規曹隨，勵精圖治。請讀盡普天下的風士詩（吕雉，指江青。張湯，指張春橋。蕭規，總理也。曹隨，鄧公也）。

【煞尾】

又何須怨天恨呀地，六百首棹歌呀腰彎折。俺舍關漢卿，學個馬東籬，不是竇娥冤，六月飛霜救了你。

（莊一拂《南溪散曲》）

附　詩

愛珠曲

清咸豐八國聯軍侵略我國時，京都有名妓賽金花，又名傅彩雲者，因與統帥有舊，出而周旋，庶免生靈塗炭。所謂彩雲者，乃狀元洪鈞之愛妾也。但洪鈞所以能占鼇頭，乃依靠烟臺名妓李藹如一手培植。逼於蘇州士子的惡習，搬弄是非，竟棄之如敝履，使李藹如青燈古佛，以畢其生。吾甚不服氣，乃作《愛珠曲》，以申其冤也。

白馬紅妝飛若仙，悠悠碧海亦可憐。緑波吹夢萍浮水，白水盟心玉化烟。愛珠端坐望梅閣，望海樓角伴雲眠。豔幟高張相思月，相逢何必曾相識。淩波況着水仙衣,林下風範知者希。也應有淚流知己,婉轉何由論是非。玉貌綺年意態真,奪人心魄是多情。贈金伴讀勝洴國,豆蔻梢頭不辱身[四八]。玉女窗虛鈞天夢,琴臺一片皇城鳳。青雲得路跡可尋,甘苦當年猶記共。文君當爐雜微諷,相如那顧窮途慟。造化弄人人自清,三年猶聽鳳凰鳴。聚散無常玉生冰,朝欣連袂暮分襟。萬里寸心生海月,燈火高樓分外明。苦心一片哀滿紙,婉轉何由萬目視。爲君吞了淚多少,助君上進拾青紫。休戚相關恩本深,連天碧海夢中尋。窗紗人影更消瘦,一諾何啻值千金。紅塵十里茫茫隔,蕭索心情江南陌。狀元歸去狗如飛,豈救吠堯生是非。春池吹皺干底事,荒唐更教知音稀。三吳子弟擅雌黄,領袖盡多老更狂。俎上代庖何知恥,强人列入弟子行。烏鴉一片連天暗,受恩未報患得失。昔日癡情今日抛,歎君豈是池中物。婉轉無由事可尋,望海樓閣爲親屈。淒涼笑語夢一場,藹如未必求飛揚。俠骨冰心意軒昂,海天交融心境悟,茫茫永隔鬱金香。一段行雲孽海花,飛絮飛花白門鴉。樊山前後彩飛曲,婢學夫人畫足蛇。豔幟重開作馮婦,洪郎洪郎已無家。君不見,李娃百折九回腸,培養了負恩薄幸狀元郎。

丁丑大暑,九三老人莊一拂於城南白茅庵。

(莊一拂《南溪散曲》)

校勘記

[一] 金陵,己巳:《全清散曲》無。

[二] 訪冰雪子秋涇外:《全清散曲》無。

[三] 石:原作"名",據《全清散曲》改。

[四] 西湖感舊:《全清散曲》無。

[五] 由滬夜車赴西泠,壬申:此首後文重出,題作"夜車抵西泠"。《全清散曲》無題。

[六] 真:原作"直",據《全清散曲》改。

[七] 節節:原作"節匀",據曲譜改。

[八] 宫:原作"吕",據曲譜改。

［九］收:《全清散曲》無。

［一〇］子:《全清散曲》作“人”。

［一一］屧:原作“履”,據《全清散曲》改。

［一二］收,勺:《全清散曲》無。

［一三］玨:《全清散曲》作“玉”。

［一四］風:原作“鳳”,據《全清散曲》改。裊裊:《全清散曲》作“嫋嫋”。

［一五］［一六］鼓樂:《全清散曲》無。

［一七］紈:原作“執”,據《全清散曲》改。

［一八］慨:原作“概”,據文意改。

［一九］蹤:原作“縱”,據文意改。

［二〇］州:原作“洲”,據曲譜改。

［二一］北:原作“制”,疑爲“北”字之誤,因改。

［二二］吊吴瞿安先生:《全清散曲》作“吴梅”,且有序:“梅,字瞿安,一字靈鳷。治曲學爲今一代大師,早歲與王孟禄先生善。按酒當歌,意氣雷顛。從事弟子,有吴門五學士之稱。平生佳制,唱遍旗亭。一曲新聲,歌傾菊部。著有《楊枝妓》、《湘真閣》等雜劇,《風洞山》、《血花飛》等傳奇。以遭國故,辟滇南。不圖風鶴頻傳,士星落矣。”

［二三］頑:《全清散曲》作“頑”。

［二四］猶龍:《全清散曲》作“婆娑”。

［二五］“前費”:疑有誤字。

［二六］忆西子湖:《全清散曲》無。

［二七］已三年:《全清散曲》作“憶當年”。

［二八］金:《全清散曲》作“錦”。

［二九］离情:《全清散曲》作“緑波”。

［三〇］别意:《全清散曲》作“白髮”。

［三一］天,何处证前缘:《全清散曲》作:“難,把往事重提遍”。

［三二］甚:原作“升”,據文意改。

［三三］頭:原作“韻”,據文意改。

［三四］題安樂老人孫籌成遊記:《全清散曲》作“題樂安老人遊程日記”。

［三五］嶽:原作“獄”,據《全清散曲》改。

［三六］悠:《全清散曲》作“悠悠”。

［三七］緊:原作“紫”,據《全清散曲》改。

［三八］“渾不是”三句,原在【一枝花】曲末,據曲譜和《全清散曲》,移至【梁州第七】曲首。“終童”,原無,據《全清散曲》補。

［三九］罷:原作“羅”,據《全清散曲》改。

［四〇］然:《全清散曲》作“此”。

［四一］畫:《全清散曲》作“圖畫”。

［四二］堆:《全清散曲》作“推”。

［四三］題下原注:“案,北曲一套”。

［四四］廷:原作“延”,據文意改。

［四五］越調:原作“角越”,據曲譜改。

［四六］園次:原作“茨園”,清人吴綺(1619—1694)字,因改。

［四七］絡:原作“路”,據曲譜改。

［四八］頭:原作“豆”,“豆”爲“頭”的省寫,因改。

無名氏

小　令

五更曲

一更裏點燈進房門，身坐了花青的椅子。你不是夫妻者是旁人，我身子靠與了你了。

二更裏揭起紅綾被，脱衣吧嚒帽的坐下。我扳住肩膀攬住腰，渾身的毛骨們散下。

三更裏夢見的好睡夢，我身子花床上睡了。驚的着醒來是你没有，清眼淚泡塌了炕了。

四更裏月亮拋西了，架上的金雞叫了。睡着的尕妹叫醒來，我去的時候們到了。

五更裏東方發白了，耳聽是醒炮們音了。雙雙的身子離開了，活人的事再不要想了。

（盧前《盧前文史論稿·民族詩歌論集》第二章《邊疆文學鳥瞰》）

宗之潢

宗之潢，字志黄，安徽歙縣人。曾任安徽大學教授。有《風雪錢塘》、《翠钗怨》雜劇、《新拾金》。

小　令

【寄生草】　嘲　隱

富貴由他駡，烟霞怎算高。莽焦先死向焦山要，蠢陶潛活受廬山笑，老林逋硬把孤山盜。那功名塵世裏看來輕，他姓名青史上卻都占了。

【四塊玉】　遠　眺

掉臂行，凝眉睇，隱隱的雲壓長松樹頭低，即眼的孤楊獨聳高無際。遠的吃盡虧，近的落便宜。争甚麽閑是非。

（《安徽大學月刊》1933 年第 1 期）

【普天樂】　安慶郊外遇元某荒墳

小溪邊，青山外，三間茅屋，一帶荒臺。苔痕碣半埋，馬跡墳全壞。試叩當年人何在，怎知他是一世奇才。夕陽漸歪，野風又大，奠酒誰來？

【朝天子】　感世，仿元人意

去休，自由，萬不可躊躇又。今朝若再稍勾留，撕破你能言口。烏紗帽罩頭,黄金印懸肘[一],那時光難罷手。急流,覆舟,喉嚨喊破誰來救。

(《安徽大學月刊》1933 年第 2 期)

【北雙調·水仙】 詠昭君

秋風絶塞撥胡笳,一曲琵琶淚似麻。鴛鴦金殿成虚話,猛回頭不見他,望前程白草黄沙。呀,定戈矛將軍馬,安社稷宰相家。退胡番一個如花。

【北中吕·紅繡鞋】

問天公天公不應,乞山鬼山鬼無靈。你處世爲人欠高明,知進退,善逢迎,汨羅江那得遭滅頂。

【北雙調·落梅風】

鴻門宴,算計差,楚重瞳果然聽話。高提起酒杯兒,那真不當耍[二],可送了四百年漢家天下。

【北正宫·甘草子】

甚麽花,甚麽花,點點春心,冷落在茅簷下。他生長在田家,只在田家罷。若是有城市中人來賞識他,他也會學那些藏真做假。那不是白玉一方本無瑕,畫上些瘡疤。

【南中吕·倚馬待風雲】

書寄天涯,説着天涯愁又加。把紅箋兒平放,香墨兒濃磨,彩筆兒高抓。啼痕濕透淚飛花,從頭兒訴不盡相思話。行行總寫差,張張盡要搽。只得由他罷。嗏,心事亂如麻。兩字回家,密密層層,一陣圈兒畫。你不要撇了圈兒不看他,撇了圈兒不看他。

(《安徽大學月刊》1935 年第 6 期)

【北雙調·皂旗兒】 拜將壇

耐着氣淮陰市上行，吞聲。拜將壇大踏步兒登，呀，拜將壇大踏步兒登。咳，白送了一條性命。

【前調】 汨羅江

一部《離騷》寫不平，看清。屈大夫何必恁輕生[三]，呀，屈大夫何必恁輕生。咳，空惹得別人高興。

【前調】 祁 山

鼎足三分勢早成，知情。那祁山六出總虚争，呀，那祁山六出總虚争。咳，多害了許多百姓。

【北仙吕·寄生草】 讀《項羽本紀》

看成敗休開口，論英雄當折腰。那巨鹿一戰高聲妙，這鴻門一着雙腳跳，到彭城一段渾身笑。手兒中剛放出洞庭杯，迎頭兒早看到烏江道。

【北雙調·折桂令】 感 世

看他費盡心思，朝爲官資，暮爲家私。乾鬧了多時，纔有個完時。咳，兩腳伸棺材裏帶不去一毫半絲，訃文上多寫句廢話虚辭[四]。你就是不稱心兒，也没得法兒，將就些兒。

（《安徽大學月刊》1935 年第 6 期）

校勘記

[一] 肘：原作"時"，據文意改。

[二] 耍：原作"要"，據文意改。

[三] 夫：原作"太"，據文意改。

[四] 文：原作"聞"，據文意改。

宗志麼

宗志麼，生活於清末民國年間。疑爲宗之潢之兄或弟。

小　令

【玉抱肚】　詠孤雁

飛來飛去，問孤蹤棲遲那區？停不得半晌須臾，急匆匆累壞身軀。有一日聲嘶力竭墜雲衢，便叫斷西風誰問渠。

（《安徽大學月刊》1933 年第 2 期）

陸恩湧

陸恩湧，吴梅弟子，有《南曲版式爲樂句述例》，吴梅校閲，映月山房叢刊(1942年)。

套　數

月夜泛後湖

【南南吕・梁州新郎】

【梁州序】六朝遺跡，三民新治，引起咱每遊意。邀同人三四，歡歌笑語怡怡。真個煞如天上，忘了人間，富貴浄雲比。不論家國，也問東西，效個扁舟越范蠡。【賀新郎】纔到此，忘名利，向烟波道事開交誼。催友侣，正值好天氣。

【前腔】

滕王高會，蘭亭修禊[一]，洩洩群賢皆至。杯盤傳遞，誰如月下今夕？漫説前人弘舉，大哲奇行，且把韶光惜。獻酬交錯也把觴飛，堪媲美風雩稱浴沂。行酒令，猜詩謎，人生爲壽非容易。論此樂，謝塵世。

【前腔】

風平湖静，雲消星霽，倍襯出姮娥光麗。高歌長嘯，驚醒撓攘癡迷。

只覺千秋興革,萬籟峥嵘,往事俱堪已。寄身槎上也最相宜,今是堪懷歎昨非。論棄智,效江湖散客離塵世。濁世界,幾人逸。

【前腔】

頻聽蛩鬥,遥聞龍吠,仿佛催人行起。歌聲消輟,回言月影遲遲。此際好回孤棹,速返前征,遊遍瀛州矣。快哉今夕也聚相知,夜色如何聿未熹。白門下,後湖際,只東坡赤壁差堪比。留異日,好細回味。

(《大道旬刊》1934 年第 16 期)

述陋室銘

【北仙吕・賞花時】

山不在高仙則名,水不在深龍則靈。陋室自鐫銘,吾身最稱,况更德行馨。

【么篇】

草色迎簾色轉青,苔色沾堦緑似英。談笑有儒生,吟詩品茗,來往少閑丁。

【賺煞尾】

可以奏弦琴,觀金經,無絲竹人聲擾警。是縹緲蓬萊方外境,更無他文案勞形。恁誇矜蜀地雲亭,諸葛南陽草舍耕。從今樂天養性,且安貧知命,何陋之有,我先師仲尼昔嘗稱。

(《大道旬刊》1934 年第 17 期)

校勘記

［一］修:原作"條",據文意改。

郭翠軒

郭翠軒(1907—2007),又名登巒,河南偃師人。河南大學畢業後,曾在河南省立民衆教育館任職。1946 年,任河南大學文學院副教授、出版組主任。還曾任河南通志館編修、湖北第五區公署秘書主任等。解放後,任鄭州第五十七中學教師、鄭州市教育局中學語文社會科學研究組組長等。有《淮南子注本考略》等。

小　令

三通鼓,調寄【塞鴻秋】 贈河大從軍諸子

軍書昨日飄無數,風狂敵寇侵如故。喚醒男女知時務,獻身莫把良辰誤。安排入伍裝,走上天涯路,行來看打頭通鼓。

金刀高掛連身護,英雄壯語頻頻吐。去平虜匪消愁怒,洗清大恥收疆土。蕭蕭駿馬鳴,一陣殺聲怖,憤來重打二通鼓。

旗淩雲漢歌聲赴,將軍凱旋傳家户。盛稱巾幗謀韜富,丈夫誓保江山固。重温舊課章,卸脱征時物,歡來再打三通鼓。

荊子關晨眺,調寄【南商調・金絡索】

江關報曉中,散落斜街横。楚隘山光,明滅遥相送。憐看買賣人,鎮

匆匆。塵世心思各不同，朝經暮史誇爲用，看漁歌樵唱也自雄。傷情處，蒼烟縹渺漫邊空。恨悠悠清眺臨風，恨悠悠清眺臨風，丹水在，悽鳴動。

（《儒效月刊》1946 年第 2 期）

盧炳普

盧炳普，字彬父，1928年秋，參加吴梅主持的潛社。餘嗣考。

小　令

【山坡羊】 戊辰季秋，重集多麗舫，限家麻韻

悵湖山幾經戎馬，喜秋辰重來水榭。古渡邊垂楊幾絲苦低回，似訴平生話。潮帶沙，平林棲暮鴉。滿城落葉西風大，故國神遊，新詞題罷。桑麻，吾生亦有涯。蒹葭，傷時嘯晚霞。

（吴梅編輯《潛社曲刊》第一集）

【桂枝香】 過明故宫，限支時韻

泥潭俗冢，瓦堆排蟻。賸當年舞柳啼鴉，曾見過君王沉醉。想宫牆夕陽，想宫牆夕陽。荒溝流水，還繞着曲房殘壘。送斜暉，金陵自古龍蛇走，無奈如今燕雀飛。

（吴梅編輯《潛社曲刊》第二集）

陸　堯

陸堯,字少執,1928年秋,參加吴梅主持的潛社。餘嗣考。

小　令

【山坡羊】 戊辰季秋,重集多麗舫,限家麻韻

泛秦淮亭臺水榭,溯前塵而今都罷。冷旗亭飄零酒籌,舊風流重譜新聲也,三兩家。烟籠月漾沙,無多商女,説不到滄桑話。一帶江山,依然如畫。雲霞,漫天紅日斜。桑麻,盈尊緑螘佳。

(吴梅編輯《潛社曲刊》第一集)

【桂枝香】 過明故宫,限支時韻

明宫遺址,暮烟迷紫。自當年冷落繁華,頻撩起騷人文思。問天邊夕陽,問天邊夕陽。應記得景陽宫事,南飛燕子。幾多時,漢族新都啟,光華耀瑞芝。

(吴梅編輯《潛社曲刊》第二集)

【錦纏道】 紅葉,限江陽韻

經幾度,灑輕霜,染燕支千山弄芳。萬樹作新妝,斷天涯迷離紅影天長。攬雲霞秦淮酒觴,歎年華草木滄桑。佳節憶重陽,聽鐘聲楓橋無恙。到而今飄零帝子鄉,對寒林空添惆悵。更那堪,斷虹斜映入吴江。

（吴梅編輯《潛社曲刊》第三集）

【花月圍京兆】 秋海棠，限幽尤韻

芳洲渡頭，指斜陽，冷不流。有海棠幾簇，淚逐荒溝。月蒼蒼花葉婆娑，霧濛濛枝莖憔瘦。涼生袖，粉蝶依依，還戀舊，尋芳吊夢一勾留。

（吴梅編輯《潛社曲刊》第六集）

【北寄生草】 茶，限家麻韻

回甘味到齒牙，山前山后籃兒掛。雨前配不上明前價，秋條較比那春條亞。玉川韻事至今留，況閑來描一幅十五茶茶畫。

開書幌啟曉衙，一杯兒名泉品遍經無價。休説他生風七碗威名大，俺放喉嚨水厄何曾怕。最相宜良宵當酒故人來相逢，更講些桑麻話。

（吴梅編輯《潛社曲刊》第八集）

蘇　拯

蘇拯，字琴僧，1928年秋，參加吴梅主持的潛社。後任教上海暨南大學。餘嗣考。

小　令

【山坡羊】 戊辰季秋，重集多麗舫，限家麻韻

醉丹楓秋山如畫，繫蘭艭良朋高迓。想年來踏遍了長江大河，到而今且權把征衫卸。歷蟲沙，秋風換暮笳，那書生面目原非假。現放着白日青天，好共作水天閑話。才華，愁他井底蛙。年華，羞他陌上花。

（吴梅編輯《潛社曲刊》第一集）

【桂枝香】 過明故宫，限支時韻

發祥偏貳，來從僧寺。曾追蹤六代繁華，大一統四夷賓至。指當年故宫，指當年故宫。午門設肆，上林牧豕。看群兒，嬉笑騎牛背，高吭唱竹枝。

（吴梅編輯《潛社曲刊》第二集）

【錦纏道】 紅葉，限江陽韻

閃霞光，太真宫楊妃醉觴。古豔換新妝，不提防被紅兒偷得霞裳。萬山高偏鏖雪霜，御溝長巧配鴛鴦。二月賽花王，更嬌媚停車清賞。英雄血

滿腔，離人淚何堪回想。悵思親，殘枝楓落冷吴江。

（吴梅編輯《潛社曲刊》第三集）

【花月圍京兆】 秋海棠，限幽尤韻

高樓素秋，倚闌干，腸斷不。是盈盈淚點，化出温柔。醉凝眸不爲傷春，滴清淚非關耽酒。人消瘦，敢共黄花争抖擻，羞同紅葉逞風流。

（吴梅編輯《潛社曲刊》第六集）

【正宫集曲·五色絲】 雪，限支時韻

【白練序】江天猶是，正見群龍白戰時。但一片茫茫，無分遐邇。【黄鶯兒】寒凝玉脂，狂侵雨絲。【青哥兒】吴兒遊戲手摶獅，瓊樓遥指。【紅芍藥】只日出冰消命如紙，卻笑西風多事。【黑麻序】獨尋詩，安騎驢背，行過橋兒。

（吴梅編輯《潛社曲刊》第七集）

【北寄生草】 茶，限家麻韻

清明候發嫩芽，聽採茶小女歌喉雜。焙茶活火風爐大，滿杯兒有一槍間着一旗也。青青如此不開花，群芳争豔真瀟灑。

圍爐火細品他，夜來當酒嘉賓迓。不弱如銷金帳底羊羔亞，舉杯痛飲詩無價。文園消渴倩誰醫，一杯金露救搭文君寡。

（吴梅編輯《潛社曲刊》第八集）

王文元

王文元，字應三，1928年秋，參加吴梅主持的潛社。餘嗣考。

小　令

【山坡羊】　戊辰季秋，重集多麗舫，限家麻韻

記回船長干塔下，恰秋濃琴臺水榭。正重温題香舊盟，喜江山今日添新價。驚歲華，新詩愧八叉，只元龍豪氣未改當年也，醉墨烏絲，香車駿馬。龍沙，秋風吹月斜。歸鴉，枯枝鬧晚衙。

（吴梅編輯《潛社曲刊》第一集）

【桂枝香】　過明故宫，限支時韻

都城無址，穹碑無字。輕車恨踏荒廷，惹起一襟涼思。秋平御溝，秋平御溝。匆匆朝市，荒涼如此。夢何之，燕啄皇孫日，花飛帝子時。

（吴梅編輯《潛社曲刊》第二集）

【錦纏道】　紅葉，限江陽韻

下輕霜，趁西風徘徊雁行。起舞落瑶觴，記年時翩翩豆蔻鸞江。醉烟花三秋豔陽，照溪橋流水昏黄。如今紅樹做秋光，斷霞明宫溝無恙。朱顏换舊裝，一回首，一番惆悵。夢難憑，倚蘭心事寄寒香。

（吴梅編輯《潛社曲刊》第三集）

唐　廉

唐廉，字桐陰，1928 年秋，參加吴梅主持的潛社。餘闕考。

小　令

【山坡羊】　戊辰季秋，重集多麗舫，限家麻韻

羨先生東坡瀟灑，費平章詞壇聲價。望青溪風清月高，喜詞仙控鶴來都下。安排些烟酒茶，管甚麽心情別後差。獨秦淮花事渾非昨，則這幾换滄桑，早不是舊時庭樹。風沙，頻年逼拶咱。烟霞，何時嘯傲他。

（吴梅編輯《潛社曲刊》第一集）

【桂枝香】　過明故宫，限支時韻

淮波東駛，鐘山高峙。巍然開國雄圖，一洗偏安前耻。問而今故宫，問而今故宫。午門猶是，興亡彈指。費尋思，落葉黄花地，豐碑夕照時。

（吴梅編輯《潛社曲刊》第二集）

【春帶引】　訪舊院，限纖廉韻

青溪轉，細草纖，借吴艘來訪珠扉翠簾。祇一行婆娑矮屋苔痕，逼上了風塵臉。再没有醉迷樓舞扇輕回，唱春燈歌衫流豔眉尖。便今日殘脂零粉，還把河山玷。况舉目柳絲千點，清懷欠，把楊花笑拈，對江天暮樹雲天。

（吴梅編輯《潛社曲刊》第四集）

【桃花山】 后湖訪櫻桃花，限江陽韻

看娟娟捧手試新妝，淺靨暈玲瓏樣也，待妝謝鉛華，唇顆偷嘗，齒印暗流香。只合護金鈴駐椒房，卻緣何對薰風烏衣巷也，遍島國春深羅綺鄉，凝脂散綺裳。撚紅雲玉漏長，漫作遊仙想。夢遲影雙，對着十頃荷衣伴酒觴。

（吴梅編輯《潛社曲刊》第五集）

【花月圍京兆】 秋海棠，限幽尤韻

簾鈎卷秋，有花枝，且款留。怯輕寒顫立，巧笑温柔。只道是拂霜林睡熟秋痕，那知是斷回腸香奩人瘦。過重九，一掬清霜初病酒，半階紅雨動清愁。

（吴梅編輯《潛社曲刊》第六集）

【正宫集曲・五色絲】 雪，限支時韻

【白練序】江天遠視，萬里寒晶結玉脂。對雁陣横斜，淡痕三四。【黄鶯兒】翩躚蝶姿，朦朧月時。【青哥兒】縱梨花滿地寫春思，怎繽紛不似。【紅芍藥】料素女青娥立雲次，把水墨憑空揮指。【黑麻序】鬥新詩，琉璃世界，一片冰絲。

（吴梅編輯《潛社曲刊》第七集）

【北寄生草】 茶，限家麻韻

纖廉雨焙嫩芽，緑陰輭語商新價。旗槍漫自香痕掐，淡烟疏柳鶯聲姹。羡他長伴玉尊邊，醉來時一杯醒酒形神化。

（吴梅編輯《潛社曲刊》第八集）

高行健

高行健,1928 年秋,參加吴梅主持的潛社。餘嗣考。

小　令

【正宫集曲·五色絲】 雪,限支時韻

【白練序】同雲迷紫,獨怪花神不入時。便步下瑶臺,白衣輕試。【黄鶯兒】湖山色絲,樓臺玉脂。【青哥兒】教人袖手對芳姿,凍鴉垂翅。【紅芍藥】幸淡月黄昏伴人至,掩映出梅花帳紙。【黑麻序】賦新詞,五更殘夢,常繞瓊枝。

(吴梅編輯《潛社曲刊》第七集)

【解三酲】 梨花,限江陽韻

步空庭東風惆悵,猛擡頭一片微茫。海棠香夢休相傍,更鶯休睬蝶休忙,空隨柳絮飄零粉,誰倚蘭干作淚妝。嬌模樣,看樓門虚掩,寂寞蕭娘。

(吴梅編輯《潛社曲刊》第九集)

【玉芙蓉】 戲效青門唾窗絨體

明知料峭風,幻作繁華夢。没來由一笑萍水相逢。櫻桃本爲傳情種,蛺蝶何曾有信通?相偎共,香玉温融。不由人儘看他兩頰臉生紅。

松針瑪瑙凍，笙笛梅花弄。試羅衣葉葉歌舞玲瓏。低頭欲側金釵鳳，掠鬢私窺紅守宫。眉痕凍，嬌羞意中。算頻年到頭來辜負許飛瓊。

（吴梅編輯《潜社曲刊》第十集）

王靈根

王靈根，1928年秋，參加吴梅主持的潛社。餘嗣考。

小　令

【北寄生草】 茶，限家麻韻

春剛到忙採茶，養花天氣芽初發。葉尖兒嫩緑輕輕抹，江南山裏歡聲雜。一山一樹一村姑，山山樹樹都如畫。

清清水短短芽，一甌細酌多瀟灑。客來偶把桑麻話，古時經譜評量罷。人能自得復何求，此中滋味應無價。

（吴梅編輯《潛社曲刊》第八集）

【玉芙蓉】 戲效青門唾窗絨體

傾心月榭西，挽臂花棚底。未廝磨耳鬢，先自依依。情知見面心常悸，可奈分襟意更癡。無良計，長相傍倚。願從今兩心兒膠漆契靈犀。

心隨倩影離，手寫花箋寄。把花箋寫滿還自遲，疑衷腸萬縷言難譬。鎮日相思有夢知。何時再、花晨月夕，手相攜，臉相偎偷把素心期。

（吴梅編輯《潛社曲刊》第十集）

李家驥

李家驥，1928 年秋，參加吴梅主持的潛社。餘闕考。

小　令

【春帶引】 訪舊院，限纖廉韻

頹垣斷，宿莽黏，怕重尋花香酒甜。倚樓人遠章臺，依樣荒村店。話風流粉黛凋殘，歎繁華烟花消漸。清恬，鶯花無語嗔醉臉。負多少詩壇懸欠情場險，仗生花筆尖，莫重提豔集香奩。

（吴梅編輯《潛社曲刊》第四集）

袁　驤

袁驤,1928年秋,參加吴梅主持的潛社。餘嗣考。

小　令

【正宫集曲·五色絲】　雪,限支時韻[一]

【白練序】狂風未止,極目江天傳玉脂。笑憔悴金陵,重裘初試。【黄鶯兒】漫攔冰卮,還看瘦枝。【青哥兒】湖山縞素發清姿,一寒如此。【紅芍藥】便帳底羊羔美人至也,還笑黨家多事。【黑麻序】玩新詞,誰工詠絮,苦費相思。

(吴梅編輯《潛社曲刊》第七集)

校勘記

[一]《全清散曲》收入李驤【桂枝香】《過明故宫,限支時韻》,將袁驤此首【正宫集曲·五色絲】《雪,限支時韻》歸爲李驤作,誤。

鄧　騫

鄧騫,1928 年秋,參加吴梅主持的潛社。餘嗣考。

小　令

【解三醒】 梨花,限江陽韻

笑風褰東君嬌面,迸花薰醉客狂顔。正黏雲芳草鶯千囀,香閨掩,繡簾懸,棲遲月底,溶溶夜輭。醉烟絲拂拂天尊前見,更一春春怨暮雨樓邊。

月依依柳遮烟卷,花深深燕眄鶯憐。香魂一縷雲飛遍,慪慪恨,倩誰傳?無須帶雨愁容顯,似轉面嬌啼玉筯懸,妝痕淺,縱淒然幽怨不上吟箋。

(吴梅編輯《潛社曲刊》第九集)

劉熙廖

劉熙廖，1928 年秋，參加吴梅主持的潛社。餘嗣考。

小　令

【玉芙蓉】 戲效青門唾窗絨體

銷魂鏡裏容，惹恨天涯夢。悵闌干倚遍，簾卷西風。相思莫遣閑愁重，瘦卻腰肢淚眼紅。鴛衾擁，問今宵孰共，數歸期那人何日再相逢。

芳華轉眼空，往事誰知重？恨如麻心緒，都付與街鼓冬冬。聰明總被柔情弄，怕吟罷香詞淚自紅。真無用，是畫中愛寵，費猜尋便今宵有夢可重逢。

（吴梅編輯《潛社曲刊》第十集）

吴南青

吴南青(1910—1970),名懷孟,以字行,蘇州(今屬江蘇)人。吴梅第四子。1932年,畢業於上海光華大學,又在金陵大學國學研究班進修兩年,後任教於金陵大學附中。抗戰期間,流寓貴州,執教烏江中學。歷任貴州西南公路消費合作社職員、昆明市敘昆鐵路科員。1944年,在重慶國立禮樂館工作。抗戰勝利後,隨禮樂館回南京。自1951年至1957年,在中國戲曲研究院藝術室任研究員。1957年6月,調任北方昆曲劇院曲師。1964年,調任河北省戲曲學校昆曲科教師,負責樂隊作曲,教授生、旦唱段,悉心培養學生。曾與他人合作,用五年時間完成《九宫大成》譯譜。還譜寫創作了新編劇《釵釧記》、《雷峰塔》、《百花記》、《漁家樂》、《連環記》、《生死牌》、《吴越春秋》和《文成公主》等,擔任現代戲《紅霞》、《登上世界最高峰》等新昆劇的作曲。"文革"期間,遭受迫害,1970年9月24日含冤逝世。

小　令

【仙吕·長拍】 詠風箏

旭日驚春,旭日驚春,芳郊添翠,忙殺踏青兒女。身無雙翼,手剪綵紙,仗東風直干雲衢,睥睨九天虚。正飄然長往,悠然高舉。南北鯤鵬盡退避,愁得意只須臾。看四面沉沉飛雨,怕牽絲傀儡,斷送溝渠。

(吴梅《瞿庵日記》卷九)

程龍驤

程龍驤，字木安，吴縣（今江蘇蘇州）人。吴梅弟子。

小　令

【桂枝香】 秋暮步臺城，復倚前調[一]

征鴻無際，霜花鋪地，聽一派斷續砧聲，醖釀出蕭疏秋意。歎長安倦旅，長安倦旅，羡殺他春官桃李，天街車騎。自猜疑，文戰何曾北，秋陽已轉西。

（吴梅《瞿庵日記》卷六）

校勘記

［一］“前調”即【桂枝香】“長干古道”一首，《全清散曲》已收録。

陸麟仲

陸麟仲，名宗振，蘇州（今屬江蘇）人。陸潤庠（1841—1915）子。喜好書畫、昆曲，與京、滬、蘇藝術界人士往來頻繁[一]。

小　令

【錦鶯啼】

【字字錦】拈銀毫纖纖玉筍長，看春風摇曳花箋上。【鶯啼序】覷着他酒態淋漓，這筆墨裏添得些風流倜儻。你看我淡寫輕描，可抵得過淺斟低唱。早現出一枝九畹清香。

【雙賢醉二郎】

【集賢賓】羨煞你筆精墨妙真擅場，恰天然滿紙芬芳，借酒氣將花來醖釀。【醉西施】引得返魂香，當天仙供養。【集賢賓】這就是名花色相，這就是佳人圖樣，分明像。【二郎神】是自家寫出絕代紅妝。

（吴梅《瞿庵日記》卷八）

校勘記

［一］鄭逸梅《藝林散葉薈編》："蘇州狀元陸潤庠，娶妻無子，如夫人生一子三女。子麟仲，能唱京劇，喜冶遊。遺存書籍，悉爲來青閣楊壽祺所有。中有南宋余仁仲所刻《禮記注疏》甚精，壽祺影印流傳。潤庠先世皆行醫，其祖有《思補齋醫書》行世。"

中央大學一學生

小　令

(1935年九月二十六日)……晴。早中大三課畢,諸生中交到課卷,有賦張道藩新劇《自誤記》者,倚【般涉調】曲,其文稚嫩,爲易之。詞云:

笑羅敷,逢子都,蘼蕪竟有相逢路。爲甚鶯遷高樹垂雙翅,燕换雕梁憶舊雛,可是因緣誤?是三生恨事,一卷虞初。

(吴梅《瞿庵日記》卷十二)

吴鷺山

吴鷺山(1910—1986),字天五,號鷺山、光風樓主人,樂清(今屬浙江)人。曾在浙江師範學院(原杭州大學前身)、東北文史研究所任教。工詩詞,善書法,與天風閣主人夏承燾、勁風閣主人梅冷生,並稱温州三風。著有《杜甫詩選》(與浦江清合注)、《杜詩論叢》、《讀陶叢札》等,後輯爲《吴鷺山集》。

小　令

【繞地遊】 漫興　一九六一年

梅英簌簌,自是飛蟲觸,更莫怨東風惡。才撫簾櫳,又飄籬落,這高低本不争多。

守風坎坎,不是篙師怠,有後楫須相待。萬派東流,百川歸海,獨黄河遠自天來。

珠中隱字,説盡滄桑事,也説盡苞桑計。白望眉横,黄衣頤指,競錐刀魚笱雞塒。

瓦光一線,日月雙丸轉,忽坐我通明殿。野外春歸,枝頭禽變,廣長舌説地談天。

【解三酲】 留題思敬侄屋壁　一九六二年

正網弋江湖成陣，剗地裏戢翼潛鱗[一]。算只有田家鵝鴨稱心性，逛東鄰也逛西鄰。莫嫌蔬筍寒酸味，能長兒孫玉雪身。還須記，但不貪金銀自見，樂在忘貧。

昧處世三高二下，遲見事萬别千差。怪底是鵷鶵飛過鴟交嚇，正張惶腐鼠吱喳。藤蘿拂面元無垢，冰雪齋心自不嘩。能瀟灑，看園公草間醉語，酷似南華。

【漁燈兒】 遣　懷　一九六四年

蕉生藕，蒜生苔，芥亦生孫。笑老來下帷未許許窺園。雖則是黄花籬落欠移樽，卻賺得白日柴荊可負暄。看娟娟戲蝶飛翻。

憑酒力，返詩魂，憂樂千端。試織成斑斑雲錦與君看。常自愛轡勒忘時得駿奔，那肯使宫商諧處雜啼痕。俯滄溟洗出朝暾。

【漁燈兒】 讀陶詩偶題　一九六五年

看琬琰，雜玞瑶，大僞斯興。誰信他柴桑幽憤似靈均，鳳不至，鳴鳩飛鷟動成群。蘭已損，白葦黄茅豈是春？笑醉人醉卻全身。

（吴鷺山《吴鷺山集·光風樓詞外編》）

校勘記

［一］剗：原作"劃"，據文意改。

成善楷

成善楷（1912—1989），字伯遵，晚號霜葉居士，重慶忠縣人。1937年，畢業於四川大學。1957年，被錯劃爲右派，下放勞改。1980年，到四川大學工作，任教授。著有《杜詩箋記》、《莊子箋記》、《霜葉詩詞選》等。

小　令

【雙調·春閨怨】 獨飲何家壩

出了黌門，權擱下名韁利鎖。向前貰酒醉村落，從來没似今番個。尋快活，草店雞鵝，大小兩三窠。

【雙調·折桂令】 十二月四日即事

問寒梅消息何如，道連夜霜風，拔了根株。花散長街，葉堆金井，技壓荒舖。空裊裊餘音一縷，灑盈盈寶珞千珠。似夜半星殂，月下鴉呼。漸聲裂三山，氣奪千夫。

【越調·清江引】 黑石山作

蒼蒼亂石三四百，怪怪奇奇態。松風水上皴，明月山間大。吾非米翁也留半載。

【中吕·紅繡鞋】 感　酒

眼底空留形相，心頭忍受淒涼。藍橋當日乞瓊漿。檢書燒燭短，索恨引杯長。便一往深情何處講。

【雙調・殿前歡】 夜 坐

夜如何,一輪明月照岩阿,一番落葉當窗墮。對酒當歌,漸歌闌恨漸多。吹燈坐,不覺的三更過。莽回首,山河在眼,在眼山河。

【中吕・紅繡鞋】 柬徵伯木洞

别後没三年五載,當前已萬恨千哀。那時歸去育英才。詞逢亂離作,酒遇好懷開。淡生涯何用改。

【雙調・撥不斷】 成均來偕游黑石諸勝

石團團,路漫漫,紅梅萬朵開成串。緑橘千頭大可餐,短碑三尺魂難唤(白屋先生墓在山上,君亦白屋弟子)。一寸寸柔腸斷。

【雙調・撥不斷】 與成均談昔年與宗瑾、怡豐、樞本、守樞、徵伯渝州之遊

在渝州,昔年遊,散懷曾飲杯中酒,排悶還登江上樓。談詩每在黄昏後,只對着巴山秀。

到今朝,恨難描,悲的一堆白骨埋荒草(樞本死已五年矣),喜的半載相思慰濁醪,怕的千山紅樹縈懷抱。吹一曲山陽調。

(《民族詩壇》第四卷第三輯)

【仙吕・寄生草】 粲瑶奔父喪歸,過黑石山,别又一年矣

當日皇城别,重逢黑石山。千程萬驛你江山看,飛書草檄你軍機贊,焦頭爛額你功名幹。只百年風木恨悠悠,便椎心泣血如何諫。

惜别三杯酒,散愁半盞茶。難爲你低回訴盡親恩大,難爲你飄零□慣流亡畫,難爲你歸來料理文章價。今朝多少會心書,明朝並作山林話。

【中吕・喜春來】 寄蘇驥千冷水場

故人別我江初漲,江上相思歲月長。晚來一抹夕陽黃,誰共賞? 滿路稻花香。

巴山字水今何世,風雨雞鳴繫我思。東還應恨血成絲,憑記此,不息自强時。

【中吕・醉高歌】 晚　望

稻田一望青青,山腳山腰萬頃。老農生計關時政,此意誰人會領?

【中吕・四邊静】 歲暮黑石山雜述五曲

荒山殘柳,挈婦將雛且暫留。歲月綢繆,都不管杯中酒。醒休,醉休,領略這窗前岫。

梅花千樹,樹下詩人德不孤。日暮踟躕,誰共話悲天語。蕭疏,落梧,一陣陣如相訴。

驢溪高洞,夜半潮來憾萬松。愁倚孤桐,我心與飛泉共。哀鴻,唳空,驚破些癡人夢。

危欄閑憑,萬里關山處處兵。雞犬宵驚,到處見流亡影。醫生,藥靈,才治得蒼生病。

迎新除舊,到處歌聲動我憂。何日盧溝,重整頓杯中酒。椎牛,奉酬,唱一曲膚功奏。

(《民族詩壇》第五卷第二輯)

殷啖先

殷啖先(1913—1994),字孟非,别號居養室客、蜀友室客,筆名齊中、徐兹,江蘇六合人。1936年,入中央大學。1940年入北京大學文科研究所,獲碩士學位。1942年後,任教於西南聯大、北京大學、四川大學、山東大學。1952年後,任山東大學教授。著有《漢語新教程》、《字調和語調》、《反切釋要》、《殷啖先語言論集》等。

小　令

【仙吕·寄生草】 潛社渝集[一]

澆塊壘一尊酒,伴蕭條幾卷書。恨旌旗滿地無歸處,鼓笳清夜翻愁緒,風波一葉同飛絮。誰料得秦淮舊日看花人,今日個巴渝萬里銜杯聚。

縈魂夢笙歌地,展心懷酒醉時。你低徊莫訴當年事,縱横早快平生志。文章敢作千秋思,便匆匆料理際風雲,看翻翻溟海張鵬翅。

(《民族詩壇》第三卷第六輯)

校勘記

[一] 潛社渝集:原作"和四",此曲是和盧前《潛社渝集》,因改。

周法高

周法高(1915—1994),字子範,號漢堂,江蘇東台人。中央大學文學系畢業,1941年獲北京大學碩士學位。曾任臺灣“中央研究院”研究員、臺灣大學教授、“中央研究院”院士、香港中文大學教授。著有《中國古代語法》、《中國語文研究》、《中國語言學論文集》、《中國音韻學論文集》等,主編《金文詁林》、《金文詁林補》、《金文詁林附録》等。

小　令

【南中吕・駐馬聽】 言　志

寒水籠烟,隔岸疏燈數點圓。正千峰如寐,萬壑争鳴,大月中天。説甚麽金陵王氣黯山川,故都景物新來變。快着先鞭,莽書生要把乾坤轉。

【雙調・殿前歡】 沙坪晚眺

暮雲開,天教付與好詩材。明星萬點疏林外,小立懸崖。看扁舟自去來,兩岸青山在,新月垂光采。笑孤懷客裏,客裏孤懷。

(《民族詩壇》第二卷第五輯)

套 數

憶金陵

【商調・梧桐樹】

縠紋江水生，翠黛山光静。又是春回，動我思歸興。東夷尚未平，四海猶聞警。萬里飄零，往事空留影。待把那帝京風物從頭省。

【東甌令】

鐘山峙，大江憑，虎踞龍蟠萬象生。崔巍宫闕千年盛，誇不盡諸名勝。有中山新隴接明陵，浩氣鬱神京。

【大聖樂】

一朝寇虜稱兵，向中原思問鼎。護持難教金甌整，冠蓋亦羶腥。生歎那當年妙舞清歌境，只落得一片啼兒唤女聲。荒原骨冷，冤魂夜哭，亂鴉啼暝。

【解三酲】

曾記得莫愁繫艇，曾記得掃葉逢僧。曾記得探春謁墓來鐘嶺，曾記得折柳臺城。曾記得棲霞落葉吟秋景，曾記得玄武殘荷聽雨聲。從頭省，翻應有清愁似海，湧淚如傾。

【前腔】

曾記得尋梅勝景，曾記得步月幽情。曾記得六朝遺跡松風冷，曾記得花下聞琴。曾記得南雍韻事餘心影，曾記得北閣登臨記夢痕。都殘盡，算只有殘碑荒草，訴與黄昏。

【尾文】

住悲吟，聽淒哽，待把那血海冤讎早算清，他日個直搗黄龍須痛飲。

（《民族詩壇》第三卷第一輯）

章泰笙

章泰笙(1915—1983),字竹生,安徽廬江人。1940 年,畢業於復旦大學中文系。曾先後在四川九中、女子師範學院、華僑中學任教。1949 年後,歷任復旦大學、南京師範學院、上海第二師範學院中文系講師。1959 年,調上海辭書出版社,任《辭海》編輯。著有《賈島研究》等。

小　令

【雙調・落梅風】 送川軍出征

向前方去,與妻子別。聽長江水流嗚咽,浩浩三軍東去也,不虚行,定把倭奴滅。

(《民族詩壇》第二卷第五輯)

無名氏

小　令

《閑居筆記》有歌云[一]：

水花兒聚了還散，蛛網兒到處去牽。錦纜兒與你暫時牽絆，風箏兒線斷了來不及攀[二]。扁擔兒擔不起你不要擔，正月半的花燈也亮不上三五晚。同心帶結就了割破兩段[三]，雙飛燕遭彈打怎得成雙，並頭蓮纔開放被風兒吹斷。青鸞音信杳，紅葉御溝乾。交頸的鴛鴦也被釣魚人來趕。

按，此歌頗有致語，非詩非詞，爲曲無疑。特未詳其調耳。

（任訥《曲諧》卷一）

江都李聖許有月字謎云，……别有作墨謎者云：

記當初剔銀燈重把眉兒掃，那其間似漆投膠。可憐自落烟花套，這磨頭多應是儂命裹招。全軀恐難保，香肌越消耗。看看捱得今年，捱不過明年了。寄語兒曹，好把芳魂紙上描。

（任訥《曲諧》卷一）

情歌四章

昔見某君筆記，有情歌四章，語雖俚俗，而脈脈深情，自然流露，真妙作也。其一云：

我這心裹一大塊，左推右推推不開。叫丫鬟請個大夫與我診診脈，那大夫眉頭緊皺連聲唉。也不是病來也不是災，就是情人留下的相思債。

其二云：

一見情人朝後退，十指尖尖用手推。爲甚麽涎着臉兒在我跟前跪，是何人灌得你醺醺醉。花街柳巷，任意胡爲，從今後不許你上我的床睡。就是上床來，也是各人蓋着各人的被。

其三云：

濛鬆雨兒漫天下，偏偏情人不在家。若在家，任憑老天下多大。勸老天住住雨兒，教他回來罷。濕了衣裳事小，凍壞情人事大。常言道，黄金有價人無價。

其四云：

大雪紛紛朝下蓋，可意人兒你從那裹來。渾身凍的好似冰凌塊，雙手拿被將你蓋。我可暖過你的肉，我可暖不過你的心來。細細想，誰人的心兒有我耐。(《紫蘭花片》)

(任訥《曲海揚波》卷三)

嘗讀《兩般秋雨庵隨筆》一書，記有圈兒詞，是説相思情意，詞末有"那説不盡的相思，一路圈兒圈到底"，這可見圈兒之多。現幣制改革前，法幣膨脹，發行不息，圈兒更加多了。有詠此者，爲又圈兒詞云：

充實國庫，總不知從何起。畫些圈兒替，少了圈兒愁，多了圈兒喜。他夜夜加圈，咱們困在圈兒裹。三圈兒買水，四圈兒買米。五圈兒買雙鞋，六圈兒做件衣。是幾時能跳出這圈圈，讓大家能夠换口氣。

(上海書店出版社編《論語選萃》韻文卷《時調俚語》)

抛紅豆　題《紅樓》廿八回

説甚麽親親熱熱都甘罷，且做過妹妹哥哥像一家。誰承望姑娘人大心還大，陡怪我心中有着了他。只如今偏共旁人閑磕牙，倒對我三朝四日無回話。你苦的没了親媽，我恨的有個狠爺。唉，忍教我白費了一番牽掛，有冤枉向何處嗟呀？

（顧名《曲選》三《小令》）

校勘記

［一］此曲又見盧前《盧前文史論稿·酒邊集·類似曲》。

［二］攀：盧前《類似曲》作“扳”。

［三］割破：盧前《類似曲》作“剖”。

王鈍甫

王鈍甫，民國年間在世。

小　令

【天净沙】

歪歪亂亂邪邪，藏藏掩掩遮遮，暗暗拉拉扯扯。哥哥姐姐，親親熱熱些些。

（任訥《曲諧》卷二）

【寄生草】　滬上有感[一]

憶昔友人王君鈍甫，走滬未久，悻悻而返。過齋頭，吁吁然曰："難言，難言。"余笑詰其故，走筆書一紙云：

那裏我吴淞岸，那裏我黄浦灘。熱騰騰吃不盡的洋人飯，冷颼颼審不了的公堂案，亂紛紛造不迭的糊塗蛋。享文明從來只道是自家榮，問心肝卻大家一例的何曾辦。

語曾激矣，然於目前世態，恰纔稍稍着癢處也。

（任訥《曲諧》卷四）

校勘記

［一］《國風半月刊》1933 年第 3 卷第 5 期常芸庭編《三家曲選・二北曲選》將此曲誤録爲任訥之作。

淑 悲

淑悲,民國年間在世。

小 令

【天净沙】

朝朝暮暮看看,衾衾枕枕斑斑,頓頓餐餐懶懶。焦焦盼盼,迢迢水水山山。

【黄鶯兒】[一]

客至動鶯喉,聽丁丁下小樓。迎人遇着個難時候,佯羞未羞,不留已留。端茶遞過拈花手,小綢繆,分明别後,心事總難丢。

(任訥《曲諧》卷二)

校勘記

[一]《國風半月刊》1933 年第 3 卷第 5 期常芸庭編《三家曲選・二北曲選》將此曲誤録爲任訥之作。

程賀亭

程賀亭,民國年間在世。

小　令

【天净沙】

形形影影連連,恩恩義義綿綿,世世生生願願。依依戀戀,常常蝶蝶鶼鶼。

(任訥《曲諧》卷二)

琴　生

琴生，民國年間在世。有《舊蘿曲語》。任訥《曲諧》卷二摘録五則。

小　令

【天净沙】

孜孜媚媚盈盈，羞羞答答迎迎，緩緩行行定定。恭恭敬敬，哥哥字字輕輕。

（任訥《曲諧》卷二）

吴士召乩仙，署曰黄花女兒。……吾友琴生，見而笑曰："是可以足成【抛紅豆】一調也。"乃援筆點綴曰：

忘不了紗窗風雨清明候，忘不了邂逅金閶一段羞，忘不了柳遮花映黄昏後，忘不了佳期月下偷，忘不了多病心情懶下樓，忘不了羅幃相對攏雙袖，忘不了的綢繆，忘不了的盟咒。呀，忘不了翻蛺蝶的黄花朵朵，忘不了覆鴛鴦的黄土悠悠。

聲情頗見圓暢，用意亦免淩雜，曼吟一過，以爲可喜，因附録之。

（任訥《曲諧》卷一）

杏　芬

杏芬，民國年間在世。

小　令

【天净沙】

眉眉眼眼真真，飄飄蕩蕩魂魂，陣陣香香噴噴。松松緊緊，輕輕悄悄跟跟。

（任訥《曲諧》卷二）

劉綸英

劉綸英,民國年間在世。

小　令

桃花醋

《粟香隨筆》所載王芠舫看桃花,爲陰雨所阻【蝶戀花】詞,結語云:"天公也吃桃花醋。"余向以爲此曲中語也,移向詞中不得。金陵劉生綸英,示我曲稿,内【塞鴻秋】云:

當日啊硬生生吝一霎兒甘霖布,後來啊假惺惺做幾日啊春陰護,接連啊析零零邀約定那淒風助,如今啊響潺潺攧斷上了芳魂路。生成百樣嬌,惹到千般妒。這分明天公也吃桃花醋。

正由王詞改定而成者。雖較辭費,而體格正矣。偶閲宋人所輯《雲仙散録》云:"唐世風俗,貴重葫蘆醬、桃花醋、照水油。"是"桃花醋"三字,昔時固另有其名,而確有其物也。

(任訥《曲諧》卷四)

陳樹棠

陳樹棠，民國年間在世。

小　令

【中吕・醉高歌】 出　征

十年慷慨歌聲（于任丈句），萬里風塵抗進。轟轟烈烈傒馳騁，不辱男兒使命。

【中吕・喜春來】 七七二周年豫祝

周年過了周年又，巧道人間好運籌。旗開燦爛劍鳴韝。神聖戰，全面一齊收。

（《民族詩壇》第三卷第二輯）

【中吕・醉高歌】 冀野先生勞軍華北，平陸赤駒冲敵泅渡來歸

幽燕復見官儀，笳鼓激增敵愾。劍開天地齊争氣，義犬而今赤驥（詩壇有《義犬行》紀事）。

（《民族詩壇》第四卷第二輯）

劉冰研

劉冰研，民國年間在世。

小　令

【黄鐘・人月圓】 戰　歌

櫻花踏碎悲笳亂，百戰不生還。橫濱浦上，長崎渡口，富士山邊。沙場積骨，孤城喋血，那計青年。春帆樓外，臺灣島畔，上野園前。

【雙調・殿前歡】 勵將士

問棲鴉，腥膻遍地動秋笳。江山半壁喧戎馬，莫用嗟呀。正噴開鐵雪花，更齊呼，光華五族，五族光華。

（《民族詩壇》第二卷第四輯）

【雙調・雁兒落帶得勝令】 懷金陵

回首處戰雲高，金粉地沉淪掉。青山故國想周遭，台城畔垂楊嬝嬝。呀，突無端變笙歌鬼聲號，愴悽悽甚離亂逢天寶。石壕村書不了，莽萬千的慘流亡，有幾個把魂招。奔逃，齊趕上他鄉道。蕭騷，番好似柳風摇。

（《民族詩壇》第二卷第五輯）

【南商調・山坡羊】 金陵憶[一]

尚記得斜陽瓦官留照，冷清清蔣阜雲標，碧沉沉掃葉樓高，剩淮流送盡鶯花棹。偏這遭更風飄雨飄，青衫濕了，白髮江湖老。試一想這龍蟠虎踞，作虜騎空壕。飄也麽蕭，寫不盡淒涼稿。牢也麽騷，譜不盡興亡調。

（《民族詩壇》第三卷第一輯）

【正宫·醉太平】

讀中央頒佈全國精神總動員，謹摘綱領要語衍成此曲，藉勵國人及前敵將士

我國家至上，我民族亦至上，看前線儘是岳家將。指日横磨十萬，把神州倭寇誅鋤掃蕩。要集中意志力和量，好男兒熱血若花放，作一個犧牲榜様。

軍事爲第一，我勝利亦爲第一，饑來餐虜肉，醉後吞胡血。誓率中原豪傑，指揮若是平倭賊。頭顱可補金甌缺，還我河山，踏破賀蘭野，看精神建國。

（《民族詩壇》第三卷第三輯）

校勘記

［一］此曲又見《民族詩壇》第三卷第四輯，題作“憶江南”。

吴心恒

吴心恒,民國年間在世。

小　令

【雙調・殿前歡】 空軍機械學校校歌

看鷹揚,長空萬里任翱翔,淩雲浩氣山河壯。巧制機航,好男兒手段强。全憑仗,功在般輸上。願中華金湯永固,永固金湯。

(《民族詩壇》第二卷第五輯)

洪守方

洪守方，民國年間在世。

小　令

【雙調·慶東原】出　征

星光耀，馬蹄驕，據鞍顧盼揚鞭笑。大旗兒在飄，凱歌兒又號，野豹兒遠嗥。這其間，快意煞難描。倩歸鴻，你早向簾前報。

（《民族詩壇》第二卷第三輯）

張鏡明

張鏡明(1898—?),生平見《全清散曲》第 2168 頁。

小　令

【中吕・四邊静】 題《全面抗戰畫史》

彌天忠憤,尺寸河山肯負人。廟算如神,看胡虜成灰燼。凱歌聲,遏雲,復九世深仇恨。

(《民族詩壇》第二卷第二輯)

鄒晨曦

鄒晨曦，民國年間在世。

小　令

【中吕・朝天子】 游草堂

錦江，水長，風光也似西湖上。花營柳陣困青羊，二月和風蕩。寶馬金轠，珠車繡障，菜花滿地黄。草堂，酒香，又一樹桃花放。

【雙調・水仙子】 久不得家書

情懷萬種酒千樽，孤館三更月一輪。弟兄久隔平安信，坐虚窗愁殺人。對西風越窗消魂。到蜀北曾無路，望滇南只是雲，無限烽塵。

（《民族詩壇》第二卷第二輯）

【正宫・鸚鵡曲】 次白無咎韻四首

身閑不慣長安住，是個没張羅的狂父。望斷馬足車塵，識透炎風涼雨。聽青山幾個啼鵑，盡道不如歸去。對昏燈一夢繁華，在濁酒三更醒處。　　閑情

茅庵且向雲深住，是洗耳罵堯的巢父。逍遥野馬塵埃，沐浴嵐光溪雨。到宵來十里空山，一路月明歸去。更葫蘆酒壓花梢，聽犬吠風燈閃

處。　　山居

孔明不向隆中住，向日暮徒吟梁父。終身盡瘁心勞，幾載滇風蠻雨。看連營野火漫天，似赤壁困曹歸去。到頭來六出祁山，幸脱了西城險處。

詠武鄉侯

倩誰挽的春光住，渴煞了追日的夸父。閑消月夕花朝，怕唱渭城朝雨。想來日大難當頭，美景且容拋去。對花前一醉千鐘，説不盡壺中好處。　　春暮

（《民族詩壇》第二卷第三輯）

【中吕·山坡羊】 秋日登樓

征衫塵透，狂懷生就，高樓陡倚今朝又。日悠悠，景颼颼，年華輪到西風瘦。拍遍闌干喝罷酒。愁，没來由。休，江自流。

【雙調·落梅風】 碚水王家渡

渺渺青山渡，茫茫白草廬。歎興亡夕陽無數。閑愁滿懷難記取，望橫門大江東去。

【正宫·小梁州】 梓州東山寺題壁

漫天翠竹冷泉飛，石徑雲迷，憑闌秋水冷迎眉。山無際，翠色上征衣。

【么】

坡翁舊日流杯處，更何人伴我留題？落日西，炊烟立，蒼茫無計，燈火滿城低。

【中吕·山坡羊】 書　慨

上臺難就，下臺難受，呆心腸不識炎涼透。駕扁舟，隱田疇，豪傑勇退

誰能夠？到得急流須放手。愁，事到頭。丟，不自由。

【中吕·山坡羊】 閑　情[一]

南樓舒嘯，東皐凝眺，西風又早芙蓉道。蜀天高，楚江遥，一秋心事黄花笑[二]，三十六峰齊看了。豪，一布袍。熬，兩鬢毛。

【雙調·得勝令】 秋　旅

醉眼看吴鈎，鐵板聽秦謳。北國三更夢，西風萬里愁。搔頭，寶鑑人孤瘦。登樓，滄江水自流。

(《民族詩壇》第二卷第四輯)

【正宫·小梁州】 秋思，步張小山韻

西風驚起荻花洲，水國涵秋，低篷兩扇罩孤舟。黄花後，衣薄鏡中羞。枉佳期久病重陽後，懶登高卷上簾鈎。紅葉肥，青山瘦，新詩纔就，歸雁過南樓。

【雙調·殿前歡】 山　居

儘消磨，雙飛日月擲如梭。柴門静謐雲山坐，樂也如何？半身經歷多，幾夢興亡破，一醉乾坤大。悶了時隱几南郭，興來時扶杖東坡。

【雙調·殿前歡】 游新都桂湖

看秋荷，桂湖風景盡如何？水邊亭子花千朵，蜜户香窩。列金樽皓齒歌，對茗盞湖山坐，望水月涼亭卧。只西蜀一泓秋，抵南都萬頃烟波。

(《民族詩壇》第二卷第五輯)

【中吕·喜春來】 寄慨，次白樸均[三]

功名本是真儒事，斑管閑書烟柳詞。愁人不慣暮春思。只爲些故紙兒，費了我少年時。

（《民族詩壇》第三卷第三輯）

【中吕·喜春來】 旅　思

人人雁字秋來瘦，步步陽關客去愁。聲聲羌笛小梁州。人醉酒，斜日下高樓。

【中吕·喜春來】 寫　恨

黄金臺那有英雄漢，白玉堂變成名利壇。紅塵道隨處鬼門關。看了些青白眼，向三徑幾時還。

（《民族詩壇》第三卷第五輯）

套　數

秋　興

【黄鐘·醉花陰】

閑倚西風歎寥廓，露滴滴黄花萬朵。斟緑醑，慢吟哦，醉了南窗卧。甘淡泊，笑呵呵，緊守陶家舊衣缽。

【喜遷鶯】

歎人生及時行樂，過重陽不樂如何？思啊百歲中光陰幾多，且看那蜀苑明宫野草麽，把幾代繁華都證果。枕寒流山形依舊，傷霸業人物消磨。

【出隊子】

想朱顔易墮，怕明朝兩鬢皤。且任他千騎鐵馬鬥金戈，且學他一絹黄庭换白鵝。慢歎他百歲駒光同燧火。

【刮地風】

有時節呼朋約友三四個,步城南把古跡磨挲。對巴人白雪無酬和,直落得痛飲狂歌。豪情寂寞,旅魂零落。今日個山一抹,樹幾棵,微霜初過。似畫面紅一簇,青一角,色彩調和。

【四門子】

把尋幽覓酒成功課,任偷閑做快活。有足當安車,有口似懸河,瀉塵襟打開眉上鎖。撒一會潑,裝一會魔,不管他誰清也誰濁。

【古水仙子】

看、看、看日已矬,怕、怕、怕青鏡朝來白髮多。將、將、將緑槐穴挖開,把、把、把黄粱夢楔破。呀、呀、呀覓人生真快樂,休、休、休向京塵再作張羅,好、好、好對亂世苟全性命可。這、這、這玉壺中灑落無災禍,他、他、他世海滿風波。

【尾聲】

從今後做啞裝聾隨緣過,放逍遥且保天和。一任他碌碌的愚人笑罵我。

(《民族詩壇》第二卷第六輯)

校勘記

［一］此曲又見《民族詩壇》第二卷第五輯。

［二］一秋:《民族詩壇》第二卷第五輯作"一天"。

［三］均:同"韻",未改。

胡令德

胡令德,江蘇南京人。胡小石子。後在聯合國任職,居美國。

套　數

春　詞

【大石・青杏子】

春夢記南雍。春明路姹紫嫣紅,風晴日暖春衫重。一堤春柳,一湖春水,一騎春驄。

【歸塞北】

尋春去,春色在心中。春草未迷桃葉渡,春雲欲度豁蒙鐘。春興更匆匆。

【么篇】

春日急,轉眼暮春風。垂老春枝啼杜宇,將乾春淚滴梧桐。春事又巴東。

【尾聲】

那更與春仍相送,把槳春江雙弄。春航扯滿篷[一],直下江南訪春夢。

(《民族詩壇》第三卷第三輯)

校勘記

［一］篷：原作"蓬"，據文意改。

周仁濟

周仁濟，民國年間在世。

小　令

【仙吕・寄生草】 潛社渝集[一]

正海水群飛日，爲人間候鳥吟。愧煞了毛錐擲地班侯興，愧煞了長風破浪終軍請[二]，愧煞了窮愁摩政虞卿行。你試聽滔滔曲海有潮音，中原遺韻雄文乘。

又今日沙坪集，似升庵石鼎詞。有吾曹争拈險韻牛刀試，有吾曹放歌鼓吹升平事，有吾曹濡毫揮就中興史。你試看樓前豪氣逼元龍，早預示中華龍運因時至。

（《民族詩壇》第三卷第六輯）

校勘記

［一］潛社渝集：原作“和二”，此曲是和盧前《潛社渝集》，因改。

［二］終：原作“宗”，據文意改。

張庚由

張庚由，民國年間在世。

小　令

【雙調·清江引】 題冀野、絜生及余合影

神州此時雞叫起，風雨三人意。盟心未覺遲，筆挽頹波沸。好江山自須重料理。

（《民族詩壇》第一卷第四輯）

江絜生

江絜生(1903—1983),原名倫琳,字仲篪,號絜生,安徽合肥人。1952年,去臺灣任教。有詞集《瀛邊片羽》等。

小　令

【仙吕・寄生草】 三友圖

且聽千秋論,相看兩鬢絲。小書生肩擔的艱難事,莽風塵牢結了金蘭契。渺天涯楞找下傷心地,早風魔着上幾男兒?恁山河收拾從頭起。

(《民族詩壇》第一卷第四輯)

施紹文

施紹文，民國年間在世。

小　令

【中吕・四邊静】 吊嚴誨誠少將陣亡台兒莊

滇中名將，陷陣交鋒膽氣强。十指殘傷，兀自向前衝撞。興方長，再創，已倒卧沙場上。

天愁雲慘，風雨淒淒吊魯南。君已心甘，只後死能無憾。最難堪，幼男，老母啼泣時攬。

悲辛誰賜，角鼓聲聲動壯思。横暴如斯，那一個能堪此？好男兒，即時，踏血繼前賢志。

人誰無死，唯死心期在得時。徒令人嗤，縱生强如牛豕。舊英姿，裹屍，喜贏得千秋祀。

（《民族詩壇》第一卷第六輯）

【中吕・賣花聲】 花市書感

芙蓉方在含苞始，豆蔻還期怒放時。東風偏與賣花兒。寂寞光景，闌珊春事，一些些不由他自。

【雙調・殿前歡】 凱　歌

寇如河，百年仇恨一朝搓。艱難避了亡國禍，戰勝東倭。侵略氣焰挫，華夏聲威播。空際愁雲破。普天同慶，聽我高歌。

（《民族詩壇》第二卷第四輯）

【越調・天净沙】 題蘇聯生活照片展覽會

長空萬里澄清，地靈物阜人寧。苦幹歡哥自省，日工纔竟，萬家心似雲輕。

（《民族詩壇》第二卷第六輯）

張乃香

張乃香,字馨吾,民國年間在世。

小　令

【仙吕・寄生草】 有憶二首

過眼都成幻,隨心一事無。前年走上鐘山路,去年又向淮山住,今年獨聽巴山雨。盼明年勾卻别離愁,再從頭細訴相思苦。

舊日愁難忘,而今意已灰。當年甫解得相思味,這其間受盡了風流罪,到頭來才覺着多情累。伊行若果是赤心人,咱家算不負青衫淚。

(《民族詩壇》第二卷第六輯)

【北雙調・清江引】 秀野樓晚眺

開窗坐看江上水,春暖沙禽睡。對遠山一抹清□,有樓閣千重起。趁着這殘霞滿天如畫裏。

【南中吕・駐馬聽】 題《美人香草室吟稿》

下筆雲烟,鐵硯磨穿二十年。把未來幻想,過後思量,都寫向花箋。平生欲賦洞庭仙,千金難買長門怨。雖只是斷簡殘篇,抵得他聖經賢傳三千卷。

（《民族詩壇》第三卷第一輯）

【仙吕・寄生草】 潛社渝集[一]

重回首則歎嗟，憑誰問白門往事繁華謝。青溪勝跡漁樵話，紅樓豔曲笙歌罷。誰曾料長沙萬里别離難，空對這胡塵滿目腥風大。

從前事自在嗟，到而今年華雙鬢看衰謝。歡情一瞬都虚話，淚痕滿袖思量罷。卻如何行吟身外亂愁多，莽回頭醉來壺裏乾坤大。

（《民族詩壇》第三卷第六輯）

附

潛社渝集引

先師長洲吴霜厓先生，主潛社於南雍，自丙寅以迄丁丑，凡十有一稔。其間輟續者再，歷二十集，得詞曲各若干首。既已付剞劂。軍興已還，學府播遷，靈光圮謝。淮舫湖樓，無復昔日風流矣。而社集舊人，十九雲散。緬懷往事，嗟歎彌禁。於是盧冀野先生主講重來，慨焉興感。乃有志於賡張斯社，悉踵前蹤。登臨觀海，獨失尼山；濯曝秋陽，群推有若。遂使廣陵散不爲絶響，蘇門嘯猶有繼音。嗟乎，江湖滿地，風景頓殊。問天成恨，誰能對泣於新亭；擊築傳聲，倘亦少賢於博弈者乎？計規三則，一曰必到，二曰必作，三曰不標榜。

（《民族詩壇》第三卷第六輯）

校勘記

［一］潛社渝集：原作“和三”，此曲是和盧前《潛社渝集》，因改。

張晉三

張晉三,民國年間在世。

小　令

【正宫·叨叨令】勵　志

是男兒當乘風浪伸豪志,頭顱熱血堪憑恃。挽狂瀾盡屬吾儕事,容倭奴再肆鷹豺視?你省得也麽哥,你省得也麽哥。煞强如驊騮伏櫪興悲思。

(《民族詩壇》第三卷第一輯)

許白凝

許白凝,民國年間在世。

小　令

【南中吕・駐馬聽】 遊花灘溪[一]

流水涓涓,曲曲花溪好放船。柳拂遊人面,人在畫圖間。默默無言,輕舟不覺傍飛泉。歌聲隱約聞鶯燕,摇過前川,酒旗一角村旁現。

【雙調・清江引】 望　月

舉頭忽思家萬里,脈脈含情對。徘徊欲問君,曾照故人未? 一杯莫辭消塊壘。

(《民族詩壇》第三卷第一輯)

【仙吕・寄生草】 潛社渝集[二]

客思經年發,歸心一歲非。愛沙坪一角風光麗,歎舊遊幾處烽烟落,悵壯懷萬里江流逝。還將風月寄閑情,時人莫道新聲異。

邦多難客正愁,天南鼙鼓笳聲驟。當前豪興青山舊,夢中慈母衰顔瘦。只新讎宿恨湧心頭,莫揮戈殲敵落人後。

(《民族詩壇》第三卷第六輯)

套　數

桃花源

【大石・青杏子】

誰蕩武陵橈,羨漁人逸興淩霄。沿途美景真堪道,扁舟一葉,濃桃兩岸,錦浪三篙。

【歸塞北】

源盡處,世外見垂髫。古貌猶瞻秦父老,時裝不識晉兒曹。把臂語滔滔。

【么篇】

爭問好,具黍獻醇醪。雞犬相聞饒雅趣,桑麻遍野絶塵囂。村外路迢迢。

【尾聲】

尋得桃源無人到,正好移居嘯傲。莫辜此一遭,只可恨歸路迷茫一憑眺。

(《民族詩壇》第三卷第三輯)

校勘記

［一］吕:原作"宫",據曲譜改。

［二］潛社渝集:原作"和六",此曲是和盧前《潛社渝集》,因改。

曾通一

曾通一，四川人，章太炎弟子。曾和張季鸞、康心如等創辦《民信日報》。

小 令

【黄鐘·人月圓】 報 國

西風吹落新亭淚，莽莽陣雲寒。神州萬里，胡塵滿目，虎豹當關。沙場百戰，匈奴未滅，誓不生還。男兒報國，拚將赤血，灑遍河山。

（《民族詩壇》第二卷第一輯）

朱 轓

朱轓，江西鄱陽人，盧前弟子。曾助盧前編刊《民族詩壇》，著有《瘦石集》。見《民族詩壇》第一卷第二輯《詩壇消息》。

小 令

【雙調・清江引】

敬和飲虹師與二北先生蟲天四詠聯句詞韻

牽來細絲勤結網，風雨多磨障。休嫌素性狂，底事飛蟲妄。任勞勞肯爲安樂想？　蛛

明知繭成終自裹，不管經營錯。絲中光彩多，腹裹經綸大。問人間苦辛誰勝我？　蠶

誰言蟻兵能禦侮，勺水終難渡。他人辱久容，同室心相護。小英雄但知争片土。　蟻

蜂衙坐探花中美，擾攘紛營利。多因苦樂難，總爲酸甜計。縱辛勤豈能甘自已。　蜂

【中吕・朝天子】 從軍歌

暮鴉，寒笳，豎起冲冠髮。莽河山忍見倭兒踏，辱没煞俺堂堂華夏。

十萬旌旗，八千鎧甲。不是吾曹口自誇。統轄，戰伐，早卜定了功成卦。

（《民族詩壇》第一卷第二輯）

【雙調・折桂令】 留别暨南諸同學

灞橋此日稱觴，别緒離愁，幾斷人腸。四載韶光，雪泥鴻爪，换得悲涼。漫道我霓虹志氣三千丈，秖落得腐朽功名紙半張。縱胸藏錦繡文章，也難言安國定邦。况風雨江山，歸去不知何處是瀟湘。

【雙調・折桂令】 留别諸同班兼葆真

陽關萬里迢迢，破浪乘風，膽氣應豪。海上相逢，尊前言笑，歌裏檀槽。説甚麽荊榛載道，任輕狂玉兔揮毫。艱難國步待吾曹，莫負良宵。談舊事書劍生涯，譜新聲明日河橋。

（《民族詩壇》第一卷第三輯）

【正宫・叨叨令】 從軍歌

連天烽火休驚怕，安排暴骨沙場下，淋漓熱血灌溉出自由花。堂堂國土怎許那倭稱霸？正壯士報國時也麽哥，正英雄用武時也麽哥。好江山裝點出春如畫。

【雙調・折桂令】 白沙旅居

萍蹤飄泊生涯，半載山城，泡影曇花。幾點飛鳶，驚魂落魄，撼動棲鴉。歎往日戰鼓頻撾，喜今朝聲遠胡笳。看夾岸梅華，小艇漁槎。渾入桃源，斜日寒沙。

（《民族詩壇》第二卷第五輯）

【中吕・朝天子】 西湖感賦

雁歸，燕飛，緑柳籠烟翠。春來秋往兩依依，一片繁華地。禾黍高低，江山今夕。剩蒼茫，看落暉。柳堤，釣磯，多少滄桑意。

【正宫・醉太平】 自　遣

守愚人少惱，藏拙曰清高。閑來漫上嚴灘釣，繁華何足道。孟陽貌醜不用把菱花照，傖父無情不必博吴娃笑，蓬門狹隘不許延高軒到，任歡娱到老。

（《藝文》卷一第 2 期）

【中吕・朝天子】 舟中賦

碧軒，綺筵，猶記樓中宴。椿萱棠棣總留連，又咫尺天涯遠。堂上辭親，河邊祖餞，幾泛長江萬里船。眼穿，故園，何日重相見。

【商調・金落索】 真如道中

心如卷葉蕉，情似遊絲褭。才賦歸期，又上了天涯道。風沙染客貂，寒鴉嘲，你利鎖名韁未肯抛。笑玉堂金馬烏紗帽，誰挽住胡塵勢正驕。情牽繞，倒不如江山風月夢漁樵。一任他酒醉醇醪，聲響檀槽，再不向名場鬧。

（《藝文》卷一第 5 期）

張　恕

張恕,民國年間在世。

小　令

【仙吕・寄生草】　潛社渝集[一]

受不盡蠻横侮,問雄獅醒也無? 記春申三月江防固,長城小隊支强虜,北湘奏凱憑誰助? 只同舟共濟挽狂瀾,跳梁小丑吾何懼。

先生死弟子傷,記遺言作多且久能新創,彈多且久非凡響,吹多且久諧歌唱。問蒼天何故散鈞天,我望門今日悲聲放(渝集感念霜厓師)。

(《民族詩壇》第三卷第六輯)

校勘記

[一] 潛社渝集:原作"和七",此曲是和盧前《潛社渝集》,因改。

張雲濤

張雲濤，民國年間在世。

小　令

【雙調·殿前歡】 蓬茅二首

卸征袍，不辭綠鬢隱蓬茅。怡廬鎮日閑吟嘯，樂也陶陶。願朋儕雲鵠高，任世事雞蟲鬧，耽經史蠹魚笑。人譏狂簡，我愛逍遥。

儘逍遥，功名無用布衣高。登山臨水閑遊眺，月夜花朝。喜愁來有濁醪，偶興至吟高調，微醉後發狂笑。鄉人指道，好個雲濤。

（《民族詩壇》第四卷第一輯）

郭竹書

郭竹書，民國年間在世。

套　數

青衫舊

【北雙調・新水令】

長江從未見西流，駐芳顔如何能夠？塵蹤三萬里，身世一孤舟。有甚來由，衹剩得青衫舊。

【駐馬聽】

鐵甕金甌，往事已非何處有。紅燈緑酒，少年空脱幾生修。一心愛與古人游，兩肩化作秋山瘦。誤蒼生，傳不朽，聰明非復兒時候。

【喬牌兒】

憶當初好漫遊，誰曉得無成就。險風波幸賴天能佑，幾顛沛，幾抖擻。

【沉醉東風】

問胸襟有幾個包羅宇宙，論文章有幾個剪裁錦繡。那知道白了少年頭，赤了中年手。説甚麽功成名就，只鞭策憑人唤馬牛，依舊是年年忍受。

【風入松】

我雖然八十已平頭，未解學干求。得閑時幾度閑窮究，再因循萬事都休。况復韶光有限，决心要把春留。

【滴滴金】

忘不了長白山前，盧溝橋畔，春申江右，血似海骨如邱。這民族奇羞，民國深仇，流芳遺臭，何曾一時兒不放在心頭。

【雁兒落】

我有志沙場筆再投，重顯新身手。趁强年振國魂，發威力除倭寇。

【得勝令】

歲月老驊騮，天地寄蜉蝣。亂離時道路誰開眼，苦悶時詩歌獨放喉。昂頭，異端豈肯遭人誘？展眸，勝利全憑努力求。

【撥棹剌】

生與死一身抽，怨和恩一筆勾。不管他妖氣颼，鬼語啾啾，只憑着抗戰奇謀，建國新猷，認定是更生自救。向前猛進不回頭。

【七弟兄】

也知道壯志難酬，可奈是豪情未休。一件件記心頭。入故宫詩詠瀛台柳，泛後湖棹放建康舟，走窮邊烽舉呼倫堠。

【梅花酒】

從此後，悟沉浮，福命未曾修，亂世何所求。任旁人笑我一丢丢，但能夠風雨開時尋酒友，春秋佳日覓詩儔。陋蝸舍，破羊裘，習書畫，事耕籌。

醉時高卧醒時謳，擺脱了憂患得優遊。

【收江南】

我文章不望外人收，我生存不向貴官求，我聲名不願史官留。衹難忘親恩天地厚，雖到説天涯憔悴有來由。

【餘文】

驚心眼底風雲驟，問長安可許千秋？願抽閑獨上酒家樓，約三五友好，舉杯同慶壽。

（《民族詩壇》第四卷第二輯）

彭阜午

彭阜午,女,民國年間在世。

小　令

【雙調・沉醉東風】 戰　歌

拚一戰千秋不朽,逐群魔萬里無憂。威名宇内高,勇毅功成久。一聲聲短鐃凱奏,鐵騎風雲四海收。纔得把河山固守。

(《民族詩壇》第二卷第五輯)

套　數

憶　友

【越調・鬥鵪鶉】

縱轡郊原,泛舟水渚,窗下高歌,燈前絮語。逸比松蘭,神交李、杜。那雅雋,那風度,昔日歡娱,今朝怎數?

【紫花兒序】

路迢迢雲迷萬壑,思悠悠天各一方,盼殷殷雁遞雙魚。雖則是狼烟滿地，兵火塞途，莫欷歔。千里迢迢一紙書，也足縮離情別緒，總勝似夢斷瀟湘，有恨難舒。

【小桃紅】

任蜀江滾滾竟東流，此意難分付。脈脈情懷更誰訴，看晚霞收，杜鵑聲裏天將暮。縱漁樵唱晚，烟籠翠樹。細思量，没一處環佳趣。

【調笑令】

吁嗟，説甚麽環佳趣，忍見中原虜未除。好河山便盡讓么魔小丑如棋布，兀的不戰沙場血染征車。古來多少英雄成偉譽，愧殺我也徒具微軀。

【煞尾】

從今後離情別意休重敘，怎的嘗膽卧薪計殲强虜，到那時再同步舊山川，暢飲松江浦。

（《民族詩壇》第三卷第五輯）

蒲立德

蒲立德,女,民國年間在世。

小 令

【南吕・乾荷葉】 戰 歌

戰壕中,睡矇矇,號角驚人夢。炮雖轟,血雖紅,一聲呼嘯向前冲,那管仇讎衆。

(《民族詩壇》第二卷第五輯)

徐世璜

徐世璜，民國年間在世。

小　令

【南商調·金絡索】歸　興

和風漾翠微，雨後輕寒細。葉上枝頭，盡日縈春意。清明細雨多，濕征衣，紫陌紅塵趁馬蹄。青簾半挑烟村外，杜宇聲聲遠樹啼。情難寄，故園風月向誰提？柳暗長堤，草與天齊，總難把這歸心繫。

（《民族詩壇》第一卷第二輯）

桑繼芬

桑繼芬,民國年間在世。

小　令

【南商調・金絡索】 田　家

松陰處士衙,茅舍蓬窗下。竹徑深幽[一],不管冬和夏。漁樵晚市歸,話桑麻,跣足科頭且磕牙。閑來自掃山間路,醉後斜簪陌上花。開懷處,問勞人何事在天涯？笑伽伽一個田家,散悠悠一個山家,莫再去城中罷。

(《民族詩壇》第一卷第二輯)

校勘記

[一] 徑:原作"經",據文意改。

范雪筠

范雪筠，又名范天德，安徽合肥人。范鴻仙女，章太炎弟子。曾任參政會參政員、國大代表。終身未嫁，撫養弟范天平五個子女成人。新中國建立後，曾參加南京民革。

小　令

【中吕·四邊静】 漢春雜興，步盧冀野陶塘之作[一]

柳絲牽怨，就與樓頭問舊寒。夢裏長安，賸花落腥膻滿。繞欄杆，愁看，又逝水年光换。

春光燕影，血染山河故壘傾。異地逢迎，飄泊這愁緣份。問辛勤，前程，待何處銜泥定?

天涯情繞，手種槿花故宅遥。劫火來朝，都付與滄桑稿。復成橋，柳條，緑慘了魑魅道。

吾家兄弟，别後桃源遍虜騎。揭竿前馳，料禦侮今群起。念同枝，流離，悔未盡偕亡計。

胡騎原上，血踏春疇麥正黄。斷脰刳腸，滿眼是流民樣。歎農忙，全荒,誤盡了蒼生望。

干戈人海,何處桃源慰母懷?歧路徘徊,有日暮傷心在。掃江淮,旗開,盼捷迅來天外。

中原回顧,抗戰軍興道不孤。一葉輿圖,問誰是和平主?不模糊,頭顱,看燦爛英雄譜。

藤花初夏,掃石閑庭記煮茶。一別天涯,便有了興亡話。莫嗟呀,流霞,待痛飲收京斝。

(《民族詩壇》第一卷第三輯)

【正宫·塞鴻秋】 題影,寄真妹

最憐一別烽烟後,關河萬里空消瘦。腳跟縱歷風塵久,肩擔恨事還依舊。年光鏡裏流,然諾平生厚。將鬢絲來伴你愁時候。

【仙吕·一半兒】 寒　衣

秋深繡閣夜熏遲,念否沙場苦戰時,霜雪全憑血肉支。贈寒衣,一半兒爲公一半兒已。

(《民族詩壇》第二卷第四輯)

【南商調·黄鶯兒】 桂林龍隱岩避空襲,讀《民族詩壇》

逃劫入名山,展新詩世外看。扶輪大雅,不負這中興擔。松寒谷寒,龍潛虎潛,倚危欄惆悵鄉音换。幸平安,人人歸去,争折桂枝丹(漫山皆桂香徹天地,燈火歸途,人手一枝)。

(《民族詩壇》第二卷第五輯)

套　數

農　村

【北雙調・新水令】

青山茅屋度昏朝，喜平時耕勤飯飽。驀烽烟來白地，驚骨肉亂分鑣。屠掠淫燒，腥風如掃，整個兒淪亡到。

【駐馬聽】

燕幕危巢，誰復有家能自保？山河破了，爲奴爲主在今朝。路旁白骨稻花高，淒涼目斷炊烟少。一身兒此際小，歎倉皇流轉在關山道。

【沉醉東風】

憐往日一家團繞，痛眼前兒散妻拋。説甚麽瓜棚月下幽，説甚麽豆熱南山好。恨無端鵲占鳩巢，血淚模糊遍里蒿。衹一群東洋大盜。

【折桂令】

問中原何處堪逃，北也糟糕，南也傾摇。東也悲啕，西也迢遥。更有那萬邦騰笑，傀儡興妖。空落得我熱血狂潮，怒髮冲高，撇下鋤刀，换上征袍。

【離廷宴帶歇拍煞】

大旗獵獵悲風照，沙場殺敵男兒好。陡衝鋒前號，聽隆隆大炮轟，看滚滚紅塵起，喜急急三軍到。我抗仇義自嚴，他侵略心無了。這相逢怎便饒，但得個神州還主權，風雨年長順，雞犬聲相保，準備着柴門再造。吊斜陽義士魂，話斜陽中興稿。

編者按，此套常例【折桂令】下，多用【收江南】、【沽美酒】、【太平令】三調，或用【慶東原】一調亦可。

（《民族詩壇》第二卷第六輯）

校勘記

［一］盧前《民族詩歌論集》第五章《民族詩歌談屑·范雪筠漢春雜興》："余在蕪湖，日坐陶塘上，仿杜陵《秋興》，爲北曲【四邊静】八首。時大場猶未失陷也。今年春，旅居漢口，合肥范雪筠女士，見而和之，題曰《漢春雜興》。余最愛其第七首，詩云：……"

潘明娟

潘明娟,民國年間在世。

小　令

【越調・憑闌人】 舟傾墮水,作此自嘲

十里嘉陵如畫圖,載興清波相向呼。去時江一壺(鷃冠子中流失船,一壺千金),歸來人似魚。

(《民族詩壇》第二卷第四輯)

【雙調・水仙子】 秋　夜

客中寒夜倍淒涼,月影依依似故鄉。孤燈挑盡柔腸斷,寄家書心事長。歎分離幾度風霜。久盼平安報,争看寇焰張,高枕上夢見爺娘。

(《民族詩壇》第三卷第四輯)

阿 植

阿植,民國年間在世。

套 數

小樓沉寂,篝燈讀海寧陳翠娜女士制夢江南曲。其聲哀厲,孤愁若沸。□間遐念,率爾和之,即用原韻。至數調尋聲,則愧所未知也。

【仙吕入雙調・新水令】

白門烟柳幾飄蕭,忙蒼蒼關河殘照。霜天風掠雁,廢壘陣盤雕。字水滔滔,凝望上京渺。

【懶畫眉】

王氣東南已潛銷,江上山青送六朝。烏衣巷口網蛛飄,四下饑鴟叫。野老吞聲社鼠驕。

【山坡羊】

只説像巍巍蔣山陵廟,碧溶溶淮水蘭橈。亮晶晶湖後櫻桃,襯紅唇豔逗傾城笑。偏這遭一場春夢抛,蒼天死了世事都顛倒。忍看那占珠樓處處,任胡馬蕭蕭。招也麽邀,總淚向新亭掉。牢也麽騷,卻漫把滄桑吊。

【雁兒落帶得勝令】

金粉地長蓬蒿，思歇浦哀危眺。龍華十里小桃嬌，年年是蜂忙蝶鬧。呀，驀生生變洋場做狼巢，亂烘烘問何時吴爲沼。剪淞波成死島，有幾多的素心人，折破了鳳鸞交。心摇，可憐走上流亡道。難消，愁似廣陵上下潮。

【南僥僥令】

西湖歌舞散，南部燕鶯逃。竟落得海誇香雪非吾土，城擁緑楊一炬焦。

【沽美酒帶太平令】

歎興亡若夢蕉，歎興亡若夢蕉，指名城滿腥臊，便華屋山丘枉自勞。兵火裏命根兒似輕塵棲弱草。眼睜睜亂堆疊的餓殍，響轟轟的鋼車大炮，痛煞煞是牆傾柱倒。俺呵，想明朝、宋朝，千古魂消。吓，講甚麽青山不老。

【川撥棹】

今日呵劫火頻燒，避倭都説蠶叢好。縱人人寄鷦，要中興重造。拚頭顱，恢復那輿圖藁。

【鴛鴦煞】

登臨蜀客心如擣，算惟有倚欄顧影相憑吊。我對殘山傷剩水首頻搔，夢不見那好江南閑風月拾花翹。只眼底塵昏八表，斗酒臨風誦楚騷。填胸恨，咽江潮，更腸斷，一隊争林的鴉鵲噪。

（《民族詩壇》第三卷第五輯）

吴冰國

吴冰國,民國年間在世。

小　令

黄花崗,仿徐靈胎道情

闒茸清廷,國脈將傾,安南台島頻賠割,闇主諧臣未易撑。卻有個黄農神胄中山先生,首倡革命徵同志,屢戰無功氣不平,乃號召豪駿,捲土重來與滿虜拼。庚戌三月,廿九良辰,七二烈士,取義成仁。熱血鑄成民國,後生奉作典型。痛今日外侮憑陵,倭奴蕞爾也縱横。深入我堂奥,戮辱我人民,並公然抵我無組織國民。真正是共憤人神。虔誠告先烈,庶顯厥威靈,衛我河山,毋使落他人。願我後死者,踏着先烈血跡前進。齊扶國難,共撑危局,休忘了漢族光榮。

(《民族詩壇》第三卷第一輯)

馬國鈞

馬國鈞,民國年間在世。

套　數

讀《中興鼓吹》,感賦呈冀野先生

【大石·青杏子】

客館寄生涯,念我甚心情韻寫尖叉。朝朝暮暮西窗下,殘編斷簡,雕蟲刻鵠,畫虎塗鴉。

【歸塞北】

秋如畫,鎮日掩窗紗。未許吟詩賡白雪,幾曾按曲譜紅牙。佳節負黄花。

【么篇】

□國車,飲恨幾年華。國運中興勞鼓吹,憑君揮灑語非誇。只這一册詞,名實兩無差。

【尾聲】

讀罷新詞情難罷,只你這文章無價。我還要向雷門把鼓撾,湊一套北詞兒附風雅。

(《民族詩壇》第四卷第五輯)

周　禮

周禮，民國年間在世。

小　令

【高陽臺】 吴　淞

海氣蒸糨，波光媚晚，乘風點點江舩。歸計因循，天涯又渡芳年。薔薇願伴東君住，乃東君去也誰憐？更堪嗟慘緑愁紅，春夢如烟。詞仙當日曾遊處，只風流消歇，如此山川。第四橋頭，閑情空托鷗邊。扁舟待踐天隨約，向吴淞繫纜高眠。奈而今斷潄荒江，夕照啼鵑。

【一萼紅】 安慶臨江塔

探清秋正陰雲乍卷，花外雨初收。滴翠遥山，緑添新漲，古塔憑眺悠悠。蕪城畔炊烟漸起，知過卻多少木蘭舟。草暗樓傾，苔深牆老，幾許閑愁。十載沉沉江表，又鶯啼碧樹，草長芳洲？似錦河山，傷春情緒，誰與同賦登樓？欄干外千絲萬縷，趁良辰還作少年游。待更舉杯對月，寫我煩憂。

（《民族詩壇》第五卷第四、五輯）

吴世瓊

吴世瓊,民國年間在世。

小　令

【雙調・落梅風】

歌樓散,笙管歇,夜風衰柳拂亭榭。市橋歸三更人静也,碧窗紗一彎明月。

【中吕・陽春曲】

殘燈一點重門閉,夢遠關山冷透衾。相思千縷海般深。風凜凜,秋雨滴秋心。

【中吕・朝天曲】

甘泉,洞天,月下當時見。避秦同到武陵源。低撥瑶琴怨,薄袂翩躚。桃花人面,渾疑絳闕仙。恨牽,去年,雲外聞孤雁。

【雙調・殿前歡】

石徑斜,白雲深處有人家。閑來小坐松陰下,煮酒烹茶。山翁共磕牙,各道平生話。合與漁樵亞。梅花可意,可意梅花。

(《民族詩壇》第五卷第四、五輯)

潘慈光

潘慈光，1949年後，任四川大學教授。

小　令

【仙吕・寄生草】 春　情

荏苒年華换，摇颺柳棉飄。一行芳草鶯聲巧，幾回舞蝶花枝嬝。半簾斜日春情，淚痕常共白雲生，愁駸不覺朱顔老。

【仙吕・寄生草】 巴江夜眺

正值看晚潮正，更喜得明月生。幾行寒雁初過嶺，數株楊柳垂風影，一聲欸乃歸遊艇[一]。今宵莫道昨宵寒，愁人怎耐愁人境。

【仙吕・寄生草】 春　歸

嚦嚦鶯聲囀，矇矇曉霧寒。茸茸芳草驕驄慣，細細楊柳烟波綰，昏昏醉客遊絲絆。春風到處樂無窮，庾郎對此情何限。

【么篇】

灼灼夭桃展，閃閃粉蝶閑。碧紗窗下斜陽晚，小園亭畔花光粲，畫簾裏春情懶。無端雙燕逐人飛，可憐孤夢憑誰按？

（《民族詩壇》第五卷第四、五輯）

校勘記

［一］欸：原作“款”，據文意改。

張安全

張安全,民國年間在世。

小　令

【雙調・折桂令】 飲,擬短柱體

江村同引金樽,莫吝家貧,一陣顔醺。看醉哂將軍,醉昏豪俊,醉困才人隱敲門。有韻王孫策駿,無神方寸如焚。孤憤休論,守分先民,不問仙津。

【雙調・折桂令】 晚望,用小山秋思韻

看西山斜日胭脂,血染啼鵑烧流颸。對老樹昏鴉,恨長蛇封豕,弄急管哀絲。真面目尚留赤子[一],好頭顱莫負男兒。起舞今朝,投筆他年,何用凝思。

【南吕・黄鶯兒】 送友出征

仗劍聽金雞,待明朝試鐵騎,勤王不索皇家璽。熊羆陣矣,旌旗粲兮,馬嘶聲裹人聲起。戰雲飛,關河萬里,叱吒過遼西[二]。

【仙吕・一半兒】 聞　鶯

緑楊深處漏啼鶊,乍過耳邊似有情,渾是可人嬌囀聲。最難明,一半

兒推辭一半兒肯。

【雙調・賣花聲】

英雄一怒胡兒畏,戰馬高嘶神鬼悲。寶刀小試泰山摧,笑他楚囚空對。不如黄龍同醉,唱驍歌功成身退。

【雙調・沉醉東風】

望岩岫星燈月火,聽江村漁樵唱歌。神因詩意傷,眉被鄉愁鎖。惜華年不醉如何? 多少風流夢裹過,讓燕子花前笑我。

【南吕・黄鶯兒】 山 居

翠竹繞山家,石橋邊柳色佳,閑庭落英線瀟灑。棲禽噪枒,遊蜂鬧衙。一心淡泊無牽掛。醉黄花,豪吟落拓,極目水天涯。

【雙調・沉醉東風】 田 父

好風景溪山似畫,冷生涯服飾無華。閑談野趣多,醉笑人情假。種西園陸陸匏瓜。無事門前數晚鴉,赤緊的田翁淡雅。

【雙調・清江引】 殘 春

落紅亂飛深院悄,雨過斜陽照。雁書幾日歸,一夜縈懷抱。蕉窗翠禽催破曉。

套 數

江平曉望

【南吕・一枝花】

霞同鳥競飛,蝶共花争媚。晴烟迷玉岫[三],曉霧拂金湄,罷飲晨杯。

藜杖身畔備，征衫肩上披。試聽燕語鶯啼，閑看着青山緑水。

【梁州】

拭睡眼柳陰畫眉，弄嬌喉芳徑子規。笑他儘是風流輩。奈張郎多事，問望帝何爲。閨房情調，宫壼詼諧。便丹書千古名垂。吾此來寒暑三違，向石門帆往輪追。指渡口烏飛兔隨，望磐溪緑砌紅堆。有誰，可陪，悶葫蘆獨對青山醉。收拾起幾點滄桑淚，一任他清風向我吹。説甚麽曉月殘輝。

【尾聲】

江干小屋起晨炊，壩上旗亭試早醅。一回價八寺鐘聲信潮退，不歸毋回，逗的個然竹巴江共佳會。

（《民族詩壇》第五卷第四、五輯）

校勘記

［一］子：原作“字”，據文意改。

［一］吒：原作“蛇”，據文意改。

［三］晴：原作“睛”，據文意改。

張鐵弦

張鐵弦(1913—1984),原名全新,吉林人。1935 年後,歷任漢口《大光報》編輯、西安《解放日報》編輯。1949 年後,歷任北京圖書館代理秘書長、副館長,人民文學出版社編輯。有詩選《天藍色的信封》、《康莊大道》等。

小 令

渡普口鎮懷古 自度曲

細雨天,黃葉地。輕車咸嘉道上,喜梧柳成行,秋光如許,地近當年赤壁。獨倚金橋,遠眺神嶺,霧烟縹緲無際。惜高詠無聞,淺吟斷續,我欲問高天厚地,今銅雀在否,周郎何去?

一九七三年秋,予自咸寧甘棠鎮驅車往嘉魚縣,渡普鎮,其地距赤壁較近也。金橋,又名金水(淦水)橋。神嶺,原名神山,在嘉魚縣某湖畔。

一九七五年中秋佳節前一日,欣齋張鐵弦漫草於京華東隅。

任俠尊兄雅正。

(沈寧編《冰盧錦箋——常任俠珍藏友朋書信選》)

盛静霞

盛静霞(1917—2006),字伴鶩、弢青,江蘇揚州人。中央大學兩才女之一(另一位是沈祖棻)。1949 年後,長期在原杭州大學中文系任教。合編有《唐宋詞選》、《宋詞精華》。《懷任齋詩詞・頻伽室語業合集》爲蔣禮鴻、盛静霞夫婦合集。前者是蔣禮鴻詩詞集,后者是盛静霞詩詞集。

小　令

【仙吕・寄生草】 潛社渝集[一]

水榭當年事,沙坪此日遊。望不見青青一帶臺城柳,吹不起茫茫一片秦淮皺,蒙不住蕭蕭人與嘉陵瘦。縱然有生花彩筆寫芳時,只是尊前景物都非舊。

滴不盡的巴山雨,聽不盡的閬水聲。這壁是錦帆如箭輕潮趁,那壁是山花如靨啼鵑哽,更添上春風如酒羈懷冷。問何時樓船直下大江東,毛錐横掃妖氛净。

(《民族詩壇》第三卷第六輯)

附　詞

【祝英臺近】 秦淮秋禊

柳烟疏雲影薄，秋色秣陵瘦。草滿臺城，湖水似鞶敢縐。當年樓館成塵，繁華似夢，更腸斷河山如舊。　空回首，多少俠致豪情，春風幾消受。遍地干戈，又聽莫笳驟。卻喜偶聚萍蹤，更招良會，拚沉醉酒翻紅袖。

（吴梅編輯《潛社詞刊續刊》第五集）

【菩薩蠻】 五都詞，西都、東都、汴都、建業、臨安

斜陽古道西風驟，終南山色眉痕瘦。遍地起波瀾，長安也不安。　承平空仰望，勝跡聽樵唱。日近古愁深，憑闌獨自吟。

崇樓絳闕從何覓，長河浪起聲幽咽。吊古已如斯，傷今難作辭。　銅駝荊棘滿，金谷香塵斷。古刹隱深山，一聲遠磬寒。

興衰起伏更相遞，年年汴水殘脂膩。割據正紛紛，漫天胡騎塵。　横磨何處去，千載留豪語。談笑釋兵權，防胡策未全。

龍蟠虎踞堅如石，蕭蕭風物秋江碧。已是六朝灰，又看羽檄飛。　興亡經幾度，典午空回顧。冷月似無情，年年江上明。

湖山如畫連天碧，人間天上都稱絶。半壁有東南，酣歌興未闌。　堂空燕子去，處處秋蟲語。烟雨滿西湖，重來吊霸圖。

【蝶戀花】 聞　鐘

天外風來聲裊裊，敗葉驚飛，唤起初棲鳥。冷月霜天都悄悄，白雲深處僧歸早。　一點寒燈幃裏照，羈客無眠，驚聽淒涼調。似訴如吟愁更

繞，一聲敲破秋窗曉。

（吴梅編輯《潛社詞刊續刊》第六集）

校勘記

［一］潛社渝集：原作“和一”，此曲是和盧前《潛社渝集》，因改。

李孝定

李孝定(1918—1997),字陸琦,號伯戡,湖南常德人。1939 年中央大學畢業,1940 年考入北京大學,攻讀歷史考古專業研究生。1949 年去臺灣,歷任"中央研究院"研究員,臺灣大學、南洋大學教授。著有《甲骨文字集釋》、《漢字的起源與演變論叢》等。

小 令

【南中吕·駐馬聽】 感 懷[一]

雙聳吟肩,舉酒抬頭且問天。古今來狗偷鼠竊,虎鬥龍争,有甚賢愚?昧良心做了些圈和套,下場頭那管的恩和怨。休問妍媸,老先生懶得褒來貶。

(《民族詩壇》第三卷第一輯)

套 數

送友人出征

【大石·青杏子】

萬里赴戎機,跑蹬的馬去如飛。果然兀的般聲和勢,更添那雲垂四野,風翻大旆,雪擁征旗。

【歸塞北】

須記取,滿目盡瘡痍。上國舊京巢兔雉,九州神域亂鯨鯢。胡馬正驕嘶。

【么篇】

君去矣,但去莫棲遲。行看寇氛成電掃,定當捷報似星馳。趁早的報與故人知。

【尾聲】

那時節纔吐的胸中這口骯髒氣也,曉得俺每非是等閑之輩。一個個戰士還家盡錦衣,再與你置酒長亭做一個慶功會。

(《民族詩壇》第三卷第三輯)

校勘記

[一] 吕:原作"宫",據曲譜改。

金啟華

金啟華(1919—2011),安徽來安人。1947年畢業於中央大學,獲碩士學位。歷任中央大學、國立戲專、山東師大、南京師大教授。著有《國風今譯》、《詩經全譯》、《杜甫論叢》、《詩詞論叢》、《中國詞史論綱》、《匡廬詩》、《新編中國文學簡史》等。

小　令

【仙吕・寄生草】 潛社渝集

巴山矗蜀道長,舊愁新恨如何放?白頭老母知何狀,矢衷報國吾何讓。幾時能横戈躍馬海東頭,今日個吟哦潦倒沙壩上。

追陪處搜索腸,我這裏常言俚語和卿狀,他那裏揮毫濡墨太白樣,更有個雕龍繡虎易安上。早則是面紅耳赤愧吹竽,撫今思昔增惆悵。

(《民族詩壇》第三卷第六輯)

附　詞

【少年游】 二首　依清真南都石黛一首體

巴東勝地數沙坪,相聚盡豪英。雨後山清,風前水皺,草色映簾旌。

新詞寫就烏絲紙，尊酒不辭盈。耳熱狂歌，燈紅起舞，鼓吹頌收京。

東風幾度拂沙坪，春到客心驚。驕虜狂猖，神州未復，忍淚集新亭。
少年游處何堪憶，太息染羶腥。看劍髀生，揮毫檄就，刷馬請長纓。

（《民族詩壇》第四卷第六輯）

校勘記

［一］潛社渝集：原作“和五”，此曲是和盧前《潛社渝集》，因改。

霍松林

霍松林(1921—2017),甘肅天水人。1949 年,畢業於中央大學。1951 年,赴陝執教,任陝西師範大學教授。著有《文藝學概論》、《〈西廂記〉簡説》、《〈西廂記〉述評》、《唐音閣文集》、《唐音閣詩詞集》、《霍松林選集》等。

小 令

【仙呂・一半兒】 戊子除夕,舉家歡聚

花錢救市逞英豪,年貨扛來一大包,盛宴團年貪異肴。假牙摇,一半兒撕掰一半兒咬。

【正宫・叨叨令】 己丑元旦放炮

歐風美雨海狂嘯,金融獨我無風暴。拜年聲裏金牛到,大街小巷人歡笑。快活煞也麽歌,快活煞也麽歌,老頭兒放響了冲天炮。

自度曲 團圓贊

團圓,團圓,憨厚出天然。憨得真,憨得美,憨得善。虚假邪惡不沾邊。

團圓,團圓,樂群愛伴。互信互助,相親相連。分裂猜疑永絶緣。

團圓,團圓,國寶名傳。生長大陸,落户臺灣。愛心連兩岸,中華慶團圓。

二〇〇九年元月。

(《霍松林選集》第二册《詩詞集》)

套　數

戊子九日,集小倉山,冀野師次徐旭旦重陽套曲原韻,余亦繼作[一]

【南仙吕入雙調・步步嬌】

一代詩人烟霞老,得地逢辰好。振衣愁已銷,繞郭青山,滿陂紅蓼。看我此登高,笑長風吹不落参軍帽。

【江兒水】

神社神安在,螳螂臂可嘲(南京淪陷時,日人建神社於此)。望寰區不覺堯封小,衣冠未信耆英少。待從頭整頓家山好,算大國龍翔鳳矯。除暴安良,要你挽狂瀾將倒。

【清江引】

優遊未須歸去早,入眼皆詩料。端宜醉菊花,不待金門詔。怕歲晚尋歡及時今尚可。

(盧前《飲虹樂府》卷九附)

校勘記

[一] 盧前《飲虹樂府》卷九《戊子九日,集小倉山,即次世經堂樂府重陽短套原韻》。

傅保民

傅保民（1923—　），又名輝，字必豫，號璧園，1957年後别署町翁，晚年以號行。浙江鎮海人。十五歲能詩，所作詩、詞、曲頗得山陰胡山源、宜賓趙景深激賞。有《漱紅閣詩詞曲稿》。小傳見書前簡介。

小 令

【中吕·普天樂】（辛巳，一九四一）

您和咱，咱和您，咱似雪獅子向火，您似磁鐵兒引針。因此上您愛咱，咱愛您。您留了洛水神仙枕，咱彈出司馬琴心。但願他時呵，葡萄架您休要倒，綿羊兒我不必變，黑鳳凰俺無須尋。

【月兒高犯】（壬午，一九四二）

骨瘦强支枕，經春病愈甚。今夜知有夢，只怕難成寢。肚掛腸牽，可道端因恁？相思都爲、都爲伊行沁。一片癡情，單只要你的心、心。你呵縱不念前情深，索憐俺死近生遥，舍半封餞死音。

【黑漆弩】 用白無咎韻（辛巳，一九四一）

黄衫白馬長安住，是個慣闖禍師父。指垂楊故墜絲鞭，殢殺高唐雲雨。剗知今敝了輕裘，硬被賦成歸去。不争他冷靨覷承，棄的人汪洋盡處。

（傅保民《漱紅閣詩詞曲稿》）

套　數

寄張志廣代柬（辛巳，一九四一）

【越調·鬥鵪鶉】

一別經年，張郎無恙，河漢迢迢，空勞夢想。相見無由，終因是阻途有魍魎。那惆悵，那神往，着我淒惶，助君悲愴。

【紫花兒序】

唧噹噹蟲聲四響，暗昏昏燈影淒涼，黑漫漫長夜未央。窗篩風竹，葉落回廊。彷徨，一紙素書七八行，與君細講。別後可曾，眠食勝常？

【調笑令】

近晌，越思量，怎禁宵深雨打窗。縱月明千里暫教放，被清光還牽愁想，便成了如今消瘦樣，黯然自去神傷。

【禿廝兒】

因遊絮經年惘惘，因流水鎮日斷腸。是誰誤我作書匠，有文章，盈筐。

【聖藥王】

堂下帳，顔色絳，嗟予竟是猢猻王。泣屈原，悲楚狂，不因他士元百日理耒陽，那裏等非熊八十夢文王。

【收尾】

便做道生無食肉班生相，難道學無功李廣？若天意定欲老英雄，也須是醉倒佳人瑶瑟上。

感　梅 （癸未，一九四三）

【中吕·粉蝶兒】

爐裊烟霞，散簾櫳藥香沾惹，近一晌悶懨懨鬼病相加，那知道月曾圓、花可亞？只伴着這堪憎繡榻，討厭窗紗，把人來生生悶殺。

【醉春風】

膩滯甩羅衾，蓬松攏亂髮。衣衫整結覺腰寬，軟步兒俺只坐、坐，但見水淺硯池，塵生墨盒，灰蒙書架。

【迎仙客】

羅幙掛，繡簾遮，近來小樓長不下。神似癡，口如啞，脈脈推窗，景色嬌無那。

【紅繡鞋】

俺則見梅花滿院開瀟灑，風飄芳息影横斜。我這裏反因他幾枝開落感年華。你看他紛曲折，競騰拏，一抹地傍欄杆這答。

【十二月】

他曾是橋邊水涯，郵驛山家，愁聽慣荒村鐵笛，絶塞琵琶。下場頭落得個黄昏寂寞，冷月也那寒沙。

【堯民歌】

呀，想這般支離瘦骨已堪嗟，况争禁風欺雪虐日相加，便耐到東皇肯置護花衙，可便也招魂則贃負心咱。婆娑，這花開花落的糊塗賬到那答去查,你則聽廊簷學舌鸚哥罵。

【耍孩兒】

如今呵采禽空繞羅浮畫,縱付與寶黛埋葬可也人笑傻。歎覆階香雪多半兒罷,贏一二疏花還供誰摩挲? 俺空自因病乞得看花假也,則饒擲棄春牆信步踏。更何借,打驢橋下,風月屬他家。

【么篇】

冰魂飛去依洞天,絮夢吹來落平莎。一般的幽窗小膽擔驚怕,都則因竹籬茅舍依人嫁,偏恁的又來病愁人對愁病花。何堪話,知道是梅花似我,我似梅花?

【尾聲】

想當前零落了他,便從今憔悴了咱。這常人呵花開只作尋常話,不到得花落怎知花無價。

(傅保民《漱紅閣詩詞曲稿》)

葉嘉瑩

葉嘉瑩(1924—),號迦陵,北京人。1945年,畢業於輔仁大學。歷任臺灣大學、加拿大不列顛哥倫比亞大學教授。著有《迦陵論詞叢稿》、《迦陵論詩叢稿》、《中國古典詩歌評論集》等。

套　數

九日未得與登高之會,次韻成套

【南仙吕入雙調·步步嬌】

籬豆花開秋容老,風入重陽好。雁飛殘暑銷,翠黛迎人,胭脂點蓼。相勸客登高,怯單寒我不耐風吹帽。

【江兒水】

閉户銷白日,填詞自解嘲。鎖梧桐一角閑庭小,叫長空三五征鴻少。掩寒窗幾葉芭蕉好,負佳節非關性矯。多病停杯,争敢比杜陵潦倒。

【清江引】

一揮彩毫成賦早,只我無詩料。索和感春風,俚句慚清詔。待明朝親呈冀師求印可。

(盧前《飲虹樂府》卷九附)

春　遊

【仙吕・賞花時】

岸草初生剪剪齊，乳燕學飛故故低。波初漲，柳初稊，遠山乍翠，青似女兒眉。

【么篇】

十里夭桃着錦衣，一陣東風蕩酒旗。何處杜鵑啼，向離人耳底，頻道不如歸。

【賺煞】

這壁廂柳争妍，那壁廂花呈媚。一處處蜂嬌蝶喜，似此韶光詎可違。泛輕舟遊遍前溪，杖青藜踏遍長堤。醉惹楊花滿袖歸，説甚麽流觴曲水，蘭亭修禊，且將這一杯殘酒奠向板橋西。

一九四四年秋，作於北平淪陷區中

【中吕・粉蝶兒】

病酒禁持，自秋來更無情思。噪西風怕聽那斷續蟬嘶，安階下短籬旁豆花凝紫。這一番惆悵芳時，更不減送春歸緑陰青子。

【醉春風】

憔悴又經年，勞生空一指。想人間萬事總參差，世情薄似紙、紙。冬夏炎涼，春秋冷暖，數年來早悟徹了風禪詮次。

【紅袖鞋】

掩柴門静如蕭寺,剔銀鐙細寫秋辭。説甚麽佳花好月少年時,可知那月圓無幾日,花落剩空枝。自古來有情人多半是懷恨死。

【十二月】

長相思寫不上蠻箋一紙,别離愁渾難繫垂柳千絲。則被這金風勁攛斷得秋蓮香減,雲霧重耽擱了鴻雁來遲。這的是天心若此,更説甚人意難知。

【堯民歌】

誰承望稼軒豪氣草堂詩,便這些生事家人我已久不支。况值着連年烽火亂離時,那裏討爛醉金尊酒一卮。嗟也波諮,清狂渾似癡,落拓成何事。

【耍孩兒】

常拚着一年蘭芷思公子,誰曉得直恁的河清難俟。經幾度寒林衰草日斜時,則那行吟澤畔的心事誰知。論情懷我對着三更燈火倒似有千秋意,論事業則贏得一榻空花兩鬢絲。他年事,暢好是茫茫未卜,枉嗟歎些逝者如斯。

【一煞】

則被那東風挑菜天,秋宵聽雨時,兩般兒銷滅盡英雄志。試問您那讀書學劍終何用,到頭來斷梗飄蓬也只得任所之。天時人事何堪恃,好光陰斷送與烏飛兔走,短生涯銷磨在帽影鞭絲。

【尾聲】

才過了清明端午繁華日,又早近重九人間落葉時。看嚴霜一夜生階次，欲無愁，則除是去訪那得道深山的赤松子。

一九四八年，旅居南京，親友時有書來問，以近況譜此寄之

【越調・鬥鵪鶉】

高柳蟬嘶，新荷豔逞，苔印橫階，槐陰滿庭。光陰是兔走烏飛，生涯似飄蓬斷梗。未清明辭別了燕京，過端陽羈留在秣陵。哪裏也塞北風沙，早則是江南夢醒。

【紫花兒序】

一般淒冷，淮水波明，薊樹雲凝，風塵南北，哀樂零星。人生，説法向何方覺有情，把往事從頭記省。恰便似夢去難留，花落無聲。

【小桃紅】

有多少故人書至尚關情，慚愧我生計無佳勝。休猜做口脂眉黛打扮得時妝靚，鎮常是把門扃。聽隔牆叫賣枇杷杏，賦長閑寂寞營生。新水土陰晴多病，哪裏取踏青拾翠的舊心情[一]。

【禿廝兒】

更休問江南美景，誰曾見王氣金陵。空餘下劫後長堤楊柳青，對落照，逞娉婷[二]，輕盈。

【聖藥王】

争敗赢，論廢興，可歎那六朝風物盡飄零，更誰把玉樹新詞唱後庭。胭脂冷舊井，剩年年鐘山雲黯舊英靈，更夜夜月明潮打石頭城。

【麻郎兒】

説甚麽秦淮酒醒，畫舫簫聲，但只見塵污不整，破敗凋零。

【么篇】

近新來更有人把銀元業營,遍街頭一片價音響丁丁。尋不見白石陂陶公故壘,空餘下朱雀橋花草虛名。

【東原樂】

這壁廂高樓聳,那壁廂園菜青。錯落高低,恰正好相輝映。小巷内雨過泥濘不可行,好教人廝傒幸。休想做聽流鶯在柳堤花徑。

【綿搭絮】

俺也曾游訪過禪林靈谷,拜謁了總理園林。斜陽有恨,山色無情,白雲藹藹,烟樹冥冥。大古來人世淒涼少四星,山寺鐘鳴蔓草青。更休賦飲恨吞聲,向哪裏護風雲尋舊靈。

【么篇】

烏衣巷曲折狹隘,夫子廟雜亂喧騰。故家何處,燕子飄零,霎時榮辱,旦夕陰晴。當日個六代繁華震耳名,都成了夢幻南柯轉眼醒,現而今腐草無螢。休譏笑陳後主後庭花,可知道下場頭須自省。

【拙魯速】

我家住在絨莊街,巷口有小橋横。點着盞洋油燈,强説是夜窗明。這幾日黄梅雨晴,衣履上新霉緑生。清曉醒來時也没有賣花聲,則聽見刷啦啦馬桶齊鳴。近黄昏有賣江米酒的用小碗兒分盛,炙糕擔在門前將人立等。我買油醬則轉過左邊到南捕廳。

【尾聲】

索居寂寞無佳興,休笑這言詞兒蕪雜不整。説甚麽花開時三春覓句柳絲長,可知我月明中一枕思鄉夢魂冷。

（葉嘉瑩《多面折射的光影——葉嘉瑩自選集》）

校勘記

［一］拾：原作“抬”，據文意改。

［二］娉：原作“聘”，據文意改。

附录

韓國藏戲曲選本《詞林落霞》中【掛枝兒】曲和酒令輯録

韓國檀國大學栗谷紀念圖書館藏《詞林落霞》,是一部在中土失傳的古代戲曲選本。該書無序跋,無總目,各卷亦無分目。卷一、卷二末各有插圖一幅,每卷版式爲上、中、下三欄。上、下欄選録了元明時期三十三種雜劇、戲文、傳奇的四十五齣和一套散曲,卷一中欄選録【吴歌掛枝兒】二十五首、卷二中欄選録【掛枝兒】歌二十七首,卷三中欄選録《時尚酒筵新令》六十一首。此書成於萬曆年間,非湯顯祖選。關於此書所選戲曲的具體情況,筆者已有《韓國藏戲曲選本〈詞林落霞〉考略》(《中山大學學報》2013 年第 4 期)予以介紹,可參閲。由於該書難得一見,兹將其中的【吴歌掛枝兒】、【掛枝兒歌】、《時尚酒筵新令》等輯録於此,以供研究明代文學、民間文學、民俗文化、戲曲選本的學者參考。

吴歌掛枝兒

相　思

前日個這時節與君相談相聚,昨日個這時節與君别離,今日個這時節只落得長吁氣。别君止一日,思君到十有二時。惟有你這冤家也,時刻在我心兒裹。

又

別人家念親親有時兒住，誰似我自子時直想到亥時。没黄昏没白日把心脾碎，一月三十日，一日十二時。那十二時的中間也，又刻刻想着你。

預　愁

三更天睡不着思前想後，愁只愁我二人不得到頭。記當初發盡了神前咒，料想我難忘你，只恐你把我丢。我二人的開交也，笑破了千人口。

噴　嚏

對妝臺忽然間打個噴嚏，想是有哥思量我寄個信兒。難道他思量我剛剛一次。自從別了你，日日淚珠垂。似我這等把你思量也，想你的噴嚏兒常似雨。

癡　想

月兒明了人還不到，猛然間思想起我好心上焦。淚珠兒止不住腮邊吊，魂靈兒被他引，一夜上夢兒幾遭。想起我那寃家也，不知那些兒待我好。

帳

爲寃家造一本相思帳，舊相思新相思早晚登記得忙。一行行一字字都是明白帳。舊相思銷未了，新相思又上了一大樁。把相思帳出來和你算一算，還了你多少也，不知還欠你多少想。

泣　想

青山在緑水在寃家不在，風常來雨常來書信不來。災不害病不害相思常害。春去愁不去，花開悶未開。淚珠兒汪汪也，滴没了東洋海。

夢

正三更做一夢團圓得有興，千般思萬般愛摟抱着親親，猛然間驚醒了教我神魂不定。夢中的人兒不見了，我還向夢中去尋。囑咐我夢中的人兒也，千萬在夢兒中等一等。

空　書

寄情書淚珠兒滴在封皮上，奴親手拆開看，只見紙半張。俏寃家啞謎兒鶻突悵，話兒沒一句，字兒沒半行。教我獨對着空書也，白白的把你想。

得　書

寄來書未拆封先垂淚，想當初行相隨立相隨坐卧相隨。還只恐夢魂兒和你相抛離，誰想今日裏盼望這一封書，你就是一日中有千萬封書來也，這書兒也當不得你。

問　課

手執着課筒兒深深下拜，戰兢兢止不住淚滿腮。祝告他姓名兒，我就魂飛天外。一問他好不好，二問他來不來。還要問一問終身也，他情性兒改不改。

求　簽

對神靈拈香罷忙把雙膝跪，千祝告萬祝告保佑我情人早歸。大紅袍一領，還有豬羊祭。求得條上上的簽在手，道人與我細細推。果應得靈簽也，道人我也做件皂袍兒相謝你。

不　忘

俏寃家我待你真心實意，全不想你待我面是背非，把恩情一旦都抛棄。兩人心下裏自有老天知。明知你是個薄情也，我只是念念不忘你。

揉　枕

到三更忽然間把枕兒揉碎,一從枕了你只做得半月夫妻。莫非是做時節時辰不利,另揀個好日子再做個利市的。若得這個人來也,先把瘦腰兒犒賞你。

盼　歸

東君怪道無音耗,鳥不言花不語等瘦了梅梢。昨宵寒梅去,想是他來到。朵朵花枝開笑臉,雙雙好鳥弄聲嬌。守過了二百七十日的淒涼也,春,你少不得也來了。

心　事

心中事心中事心中有事,説不出道不出背地裏尋思,左不是右不是有千般不是。雖有姊和妹,有話不相知。怎能彀會一會冤家也,我的心兒才得死。

送　别

送情人直送到門兒外,千叮嚀萬囑咐早些兒回生。你曉得我家中並没個親人,在我身子又有病,腹内又有了胎。就是要吃些醎酸也,那一個與我買。

燒　窑

勸君家休把那燒窑的氣,磚兒厚瓦兒薄總是一樣泥。瓦兒反比磚兒貴,磚兒在脚下踹,瓦兒頭頂着你。脚踹的是他人也,頭頂的還是你。

寄　别

想家鄉不得已匆匆别去,多一旬少半月又是來期。待相逢謾謾把衷情敘,恨只恨舟師忙解纜,同行客伴催。不得覿面的相辭也,我央人拜上你。

泣 别

汗巾兒止不住腮邊淚,手挽手我二人怎忍分離,送一程哭一程把我衷腸絞碎。你在旅館中休要思想着我,你身子瘦損又受不得虧。可憐半霎兒相看也,好似五更時夢兒裏。

初 别

玉人兒辭别了逕往他州去,撇下奴獨自船艙内好不孤恓。知幾時和你重相會,明月穿窗影,清風過柳溪。好一個良宵也,可憐只少了你。

憶 别

駕歸舟欲别去使我情迤逗,怕分離不由我珠淚交流。沉沉苦切從今受,舊遊何日續,情恨幾時休?我身子兒鎖住在重門也,我魂靈兒還跟你走。

稍 書

稍書人才出得門兒外,叫丫環替我去唤轉他來。你見他時且莫説我將他怪,雖然他不是我自有安排。若説破他的薄情也,惹得薄情心加倍歹。

糊 塗

來了去去了來似遊蜂兒的身分,吃了要要了吃把我做糖人兒的看成。東指西西指東做出媒婆兒的行徑。這是你負我我負你,你自去心問口口問心。休像那雲密密的天兒也,雨不雨晴不晴。

是 非

俏冤家我愛你心兒定,被傍人講得你亂紛紛。是前生口舌債還不盡。

講便由他講,我和你情真到底。真船到江心也,只要舵兒拿得穩。

(韓國藏《詞林落霞》卷一中欄)

掛枝兒歌

私　窺

是誰人把奴的窗來餂破,眉兒來眼兒去暗送秋波。俺怎肯把你的恩情負,欲要摟抱你,只爲人眼多。我看我的乖親也,乖親又看着我。

性　急

興來時正遇我乖親過,心中喜來得巧這等着意哥。恨不得摟抱你在懷中坐,叫你怕人聽見,扯你又人眼多。看定了冤家也,性急殺了我。

咳　嗽

俏冤家人面前瞧奴怎的,牆有風壁有耳切忌着踈虞。來一會去一會教奴禁持一會。你的意兒我豈不曉,自心裏自家知。不好和你回言也,只好咳嗽一聲答應你。

摟　抱

俏冤家想殺我今日方來到,喜孜孜連衣兒摟抱着你。渾身上下都堆俏,摟一摟愁都散,抱一抱悶都消。便不得共枕同床也,我跟前站站兒也是好。

耐　心

熨斗兒熨不開眉間皺,快剪刀剪不斷我的心内愁,繡花針繡不出鴛鴦扣。兩下都有意,人前難下手。該是我的姻緣,哥,耐着心兒守。

又

真不真假不假你的心腸不定，長不長短不短怎的和你完成？吞不吞吐不吐一味含糊答應。人説你志誠，看你不像個志誠人。説一個明白也，情願耐着心兒等。

緣　法

有緣法那在容和貌，有緣法那在前後相交，有緣法那在錢和鈔。有緣千里會，無緣對面遥。用盡心機也，也要緣法來湊巧。

不湊巧

香消玉減目誰害，廢寢忘食爲着誰來？魂勞夢斷無聊賴，幾番不湊巧，也是我命安排。你看隔岸上的桃花也，教我怎生樣去採？

口　許

眉兒來眼兒去非止一次，情兒諧口兒許不是一時。千僥幸萬僥幸偶然和你得同一處。巴不得霎時間便上了手，臨上手你緣何又阻辭？既然是個不爽利的冤家也，你許我做甚麼子？

佳　期

燈兒下細把嬌姿來覷，臉兒紅嘿不語只把頭低。怎當得會温存風流佳婿，金扣含羞解，銀燈帶笑吹。我與你受盡了無限的風波也，今夜諧魚水。

相　會

都説有情人相會時無邊的情況，我兩個相會時只辨得淒冷。哭一哭説一説就是東方亮。你忙忙穿衣出門去，我孤孤的擁被卧在床。不知甚麽日子相逢也，又只能把今夜的淒冷講[一]。

花　開

約情人約定在花開時分，預把牡丹臺芍藥欄整葺完成。等看那花發芽，便是奴交運。將近清明了，一個花蕊頭兒也不見生。想去年花此際將開也，今年怎麽這等遲得狠。

又

約情哥約定在花開時分，他情真他義重决不做失信人。手攜着水罐兒，日日把花根來滋潤。盼得花開了，情哥還不動身。一般樣的春光也，難道他那裏的花開偏遲得緊？

調　情

嬌滴滴玉人兒我十分在意，恨不得一碗水吞你在肚裏。日日想日日捱終須不濟，大着膽向前親個嘴，謝天謝地他也不推辭。早知你不推辭也，何待今日方如此？

又

俏冤家扯奴在窗兒外，一口兒咬住奴粉香腮，雙手就解香羅帶。哥哥等一等，只怕有人來。再一會無人也，褲帶兒你解。

又

俊親親奴愛你風情俏，動我心遂我意才與你相交。誰知你膽大，就是活强盜。不管好和歹，進門就摟抱着。撞見個人來，親親教我怎麽好？

又

意中人偶撞見正在無人處，兩條心熱如火何待躊躕。衣未解肉未貼又聽何人來至。早是不曾做腳手，險些露出馬腳兒。罵一聲殺風景的冤家也，你來做甚麽子？

自　矢

眉來眼去情兒厚，有一個惹厭的人擋在前頭。因此上要成就不能勾成就。若還成就了，嗑你一萬個頭。那一個負義忘恩也，就做桌兒底下的狗。

虛　名

擔驚怕費心機何曾消受，寄音書傳口信料也不在。你心頭龐兒一半因君瘦。未待落花有意隨流水，誰知花落無情水自流。落得個虛名世也，人都説和你有。

又

蜂針兒尖尖的刺不得繡，螢火兒亮亮的點不得油。蛛絲兒密密的上不得扣。白頭翁舉不得鄉約長，紡織娘叫不得女工頭[二]。有甚麽絲線兒的相干也，把虛名掛在旁人口。

附：竹枝詞

滇人郭舟屋云：金馬何曾半點行，碧雞那解五更鳴。儂家夫婿久離别，恰似兩山空得名。亦此意。

問　信

俏冤家家去了便無音信，你去後我何曾放下心，那一日不着人在你家門前問。愁只愁你大娘子狠，怕只怕令堂與令尊。擔驚受怕的冤家也，怎麽來得這等艱難得緊？

解　惱

想親親念親親親親來到，倒靠在奴懷内撒甚麽嬌。爲甚的珠淚兒腮邊吊，一定是家中淘了氣，説來奴聽着。休得嘿嘿無言也，且向繡房中去解你的惱。

罵杜康

俏娘兒指定了杜康罵，你因何造下酒醉倒我寃家？進門來一交兒跌在奴懷下。那管人瞧見[三]，幸遇我丈夫不在家。好色貪杯的寃家也，把性命兒當做耍。

謝杜康

杜康哥我把你做恩人叫，虧殺你造下酒成就了多少相交。三杯落肚其實妙。春興虧你發，春愁虧你消。生澂澂要去的寃家也，虧你弄醉留住了。

錯　認

隔花陰遠遠望見個人來到，穿的衣行的步委實苗條，與寃家模樣兒生得一般俏。巴不能到跟前，忙使衲袖兒招。粉臉兒通紅羞也，姐姐，你把人兒錯認了。

又

月兒高望不見我的乖親到，猛望見窗兒外花枝影亂摇，低聲似指我名兒叫。雙手推窗看，原來是狂風擺花梢。喜變做羞來也，羞又變做惱。

又

冷清清獨自在房兒中睡覺，猛聽得是誰人把我門敲。想是我負心的寃家來到。慌忙披衣起，羅裙拴着腰。急急的開門也，呸，是妹妹的孤老。

（韓國藏《詞林落霞》卷二中欄）

時尚酒筵新令

首

一令要一古人素行何事,内一藥名貫串。又千字文一句助語,末一曲牌名頂針。

一[四]

蘇武和番實可傷,茴香不得恨番王。忠則盡命人難比,踏雪去看山坡羊。

二[五]

伯前泣杖淚漣漣,貝母身衰力不堅。孝當竭力人難比,臨死之時哭皇天。

三

玉蓮聘禮是荊釵,知母心偏只愛財。女慕貞潔人難比,投江脱下紅繡鞋。

又

一令要天上一物,便成四句,俱要古人名,頂針合意。

一

雪是天上寒信,飛來落地東坡。陰處結成樊噲,向陽流出蕭何。

二[六]

雷震天時夏禹,施來潤澤三苗。霹靂聲傳萬里,威名獨壓朝綱。

又

一令要天上一字,與地下一字,共成一字,用詩一句。

一

天上有雨,地下有田,共成雷字。詩云:龍門一日動春雷。

二

天上有天,地下有蟲,共成蠶字。詩云:蜘蛛雖巧不如蠶。

三

天上有雨,地下有兒,共成霓字。詩云:文章吐出如虹霓。

又

一令要一物,落地無聲。中要一古人名,結末詩二句,要與首句尾一字同。

一

落地無聲是楊花,不見古人是郭華。有約不來過夜半,閑敲棋子落燈花。

二

落地無聲是冬雪,不見古人是彭越。身穿蓑衣頭帶笠,孤舟獨釣寒江雪。

三

落地無聲是粃糠，不見古人是五娘。莫道飽飫烹宰，須知餓厭糟糠。

又

一[七]

壁上畫一鳳，張生把筆弄。未曾弄半夏，引得花心動。

二

河内一鴛鴦，子房把網張。扯斷玄胡索，飛入八寶妝。

三

樹上一鳥雀，李廣去射他。一箭未及中[八]，帶落一枝花。

又

此令要三字相似的，顛倒合意二句。

一

三字相似富家客，三字相似雞鵝鴨。若無雞鵝鴨，請不得富家客。

二

三字相似淡泊酒，三字相似葱薤韭。若無葱薤韭，下不得淡泊酒。

三

三字相似琵琶琴，三字相似絲線繩。若無絲線繩，做不得琵琶琴。

又

此令要一物不削自圓,一物不洗自白,的用古人合意。

一

不削自圓天上月[九],不洗自白地上雪。李白賞月,孫康映雪。

二

不削自圓天上星[一〇],不洗自白地下冰。孔明禳星,王祥卧冰。

三

不削自圓是西瓜[一一],不洗自白是棉花。劉全進瓜,淵明賞花。

又

此令按景詩一句,要有十與一字。

一

十年前是一書生。

二

十載聲名一旦揚。

三

十里紅樓一望中。

又

此令取首三個字頭相似，次句三個字左邊，顛倒合意。

一

頭上相似左右友，左邊相似清淡酒。清淡酒專請左右友。

二

頭上相似官宦家，左邊相似綾綃紗。綾絹紗耑藏官宦家。

三

頭上相似大丈夫，左邊相似姊妹姑。姊妹姑耑嫁大丈夫。

又

此令要一字有五人字，作詩四句。

一

傘字之中有四人，小人倚着大人身。説起大人真個大，果然遮得許多人。

二

爽字之中有四人，小人倚着大人身。説起大人真個大，果然是個出頭人。

三

爾字之中有四人，小人倚着大人身。説起大人真個大，腹中容得許多人。

又

此令用四書二句,末用律法一句,貫串合意。

一

大車無輗,小車無軏。造作不如法。

二

其父攘羊,而子證之。干名犯義。

三

道不行,乘桴浮於海。私渡關津。

又

此令用四書三句,前二句要四個字一般,後一句頂針。

一

如切如磋,如琢如磨。磨而不磷。

二

不憤不啟,不悱不發。發而皆中節。

三

毋意毋必,毋固毋我。我知之矣。

又

此令要四書二句[一二]，相反意思。

一

好人之所惡，惡人之所好。

二

言不顧行，行不顧言。

三

上取乎下，下取乎上。

又

此令要四書二句，要君子小人四字，末句要詩一句頂針。

一

君子求諸已，小人求諸人。人乞祭餘驕妻妾[一三]。

二

君子之德風，小人之德草。草鋪横野六七里。

三

君子坦蕩蕩，小人長戚戚[一四]。

又

此令用千家詩一句,故念錯一字,復用一句來解明。

一

狀元歸去轎如飛。分明是馬,如何説轎? 只因雪擁藍關馬不前。

二

各人自搬門前雪。分明是掃,如何説搬? 只因幾度呼童掃不開。

三

郎若閑時來吃酒。分別是茶,如何説酒? 只因寒夜客來茶當酒。

又

一令要論語二句,下用律條一句,貫串合意[一五]。

一[一六]

大車無輗,小車無軏。造作不如制。

二

其父攘羊,而子證之。干犯名義。

三

道不行,乘桴浮於海。私渡關津。

又

一令要四書三句,上二句要中一字相同,下句要頂針。

一

如切如磋,如琢如磨。磨而不磷。

二

不憤不啟,不悱不發。發而皆中節。

三

毋意毋必,毋固毋我。我知之矣。

又

一令要一物送與某人,中要一古人名相瞰,後用二句俗語,結尾串意。

一

我有一桶糖,送與張子房。子房不受,問:“如何不受?”答曰:“曾記口甜人誤我,從今不信賣糖人。”

二

我有一雙鞋,送與祝英臺。英臺不受,問:“如何不受?”答曰:“煩君着上青雲路,莫踏花街柳巷塵。”

三

我有一口劍,送與曹子建。子建不受,問:“如何不受?”答曰:“安邦不用龍泉劍,自有纖毫筆似刀。”

又

一令要詩一句,一字起,説到十字止。

一封朝奏九重天,二月山城未見花。三月殘花落更開,四月清風兩乍晴。五湖烟景有誰争,六鼇海上駕山來。七色花開一聲鶴,八千椿願祝遐齡。九重春色醉仙桃,十扣柴扉九不開。

又[一七]

一令要一山獸名,一水獸名,一古人事實,末要一曲牌名,結尾合意。

一

山獸有熊,水獸有龍。魏征夢斬涇河龍[一八],當時血染滿江紅[一九]。

二

山獸有狸,水獸有鯉。王祥昔日去卧冰,鯉魚跳出江兒水。

三

山獸有駱,水獸有鱷。韓愈遭貶去潮陽,暴除遠矣天下樂。

又

一令要詩一句,有壽字,依次而行。

壽壓蓬萊入島仙,賡壽龍門同宴喜。那能壽與碧天齊,謫來同壽酒和春。五福之中壽爲先。秋來芙蓉映壽觴,岡陵日月三朋壽。

又

一令要古詩一句,取寒字,依次而行。

寒夜客來茶當酒,暖寒煨酒香猶美。草滿寒塘水滿坡,吹面不寒楊柳風。姑蘇城外寒山寺。山含落水浸寒漪,剪剪輕風陣陣寒。

又

一令要火裏花,先念詩,然後報花名。

請君報一花,有焰最爲佳。若還無焰花,罰酒不饒他。燈花、燭花、金花。

又

一令按景要詩一句,要清風明月四字。

一

清風明月無人管,清風明月兩閑人,清風明月兩相宜。

(韓國藏《詞林落霞》卷三中欄)

校勘記

[一] 能:原作"内",據文意改。

[二] 織:原作"積",據文意改。

[三] 瞧:原作"悄",據文意改。

[四] 一:原無,據上下文補。

[五] 二:原作"一",據上下文改。

[六] 二:原作"三",據上下文改。

［七］此處“又”字下闕文,“一”原無,據上下文補。

［八］箭:原作“前”,據文意改。

［九］［一〇］［一一］圓:原作“員”,據文意改。

［一二］書:原無,據意補。

［一三］人:原無,據意補。

［一四］後缺一句。

［一五］貫:原作“頭”,據文意改。

［一六］一:原無,據上下文補。

［一七］又:原無,據上下文補。

［一八］涇:原作“金”,據文意改。

［一九］血:原作“雪”,據文意改。

明清戲曲、小説中歌謡輯録

自明中葉始，文人士大夫越來越重視民間文學的作用和審美價值。李夢陽提出了“真詩乃在民間”的觀點（《詩集自序》），袁宏道云“要以情真而語直，故勞人思婦，有時愈於學士大夫”（《陶孝若枕中囈引》），馮夢龍編輯《掛枝兒》、《山歌》，“但有假詩文，無假山歌”（《敘山歌》）。進入21世紀後，容肇祖（《歌謡零拾》，中山大學《民俗周刊》第8期）、錢南揚（《明傳奇中之山歌》，杭州《民俗周刊》第48、49期）、葉德均（《歌謡資料匯録》，收入《戲曲小説叢考》，中華書局，1979年）等學者從戲曲、小説中輯録了不少歌謡及其研究資料，爲後續研究者提供了有益的線索和研究方法。筆者在閱讀明清戲曲、小説時，也十分留意其中的歌謡，隨手摘録，剔去重復，計一百五十首，匯編於此，以饗同好。

臨安謡

嘉泰二年，臨安謡曰：“滿頭青，都是假，這回來，不作耍。”其時女妝尚假玉，因以假爲賈，喻似道專權。

（褚人獲《堅瓠集》己集卷二）

河北童謡

河北童謡云：“塔兒黑，北人作主南人客。塔兒紅，朱衣人作主人公。”洪武戊申六月，彰德路天寧寺塔忽變紅色，自項至踵，表裏透徹，如鍛鐵初出於爐，有光三日乃止。

（褚人獲《堅瓠集》己集卷四）

童　謡

花綸，杭州人，洪武十八年乙丑會試，黄子澄第一，練子寧第二，綸第三，乃浙江新解首也。及殿試，讀卷官奏綸第一，子寧次之，子澄又次之。是年童謡云："黄練花，花練黄。"時人莫解，比會試及讀卷所擬名數，正協童謡。

（蔣一葵《堯山堂外紀》卷七十九）

歌　謡

況鐘爲蘇州知府，九載滿日，赴京。當代軍民詣闕乞留者數萬人。有儒生爲歌謡曰："況青天，朝命宣，早歸來，在明年。"時已有代鐘者，竟移去。

（蔣一葵《堯山堂外紀》卷八十二）

民　謡

嘉靖間，王聯爲縣令，簠簋不飭，爲部民所訟。時巡撫胡纘宗發兵備朱鴻漸鞠問，廉得其實。聯斃於獄。時世廟幸楚，纘宗賦詩有"穆王八駿空飛電，湘女娥英淚不磨"之句。聯子仕痛父死獄，摘此爲譏切朝政。因賀長至，混入午門，訐奏之。差錦衣校尉行提鴻漸，已致政歸蘇。四校尉駐坐行臺，氣焰可畏。民間謡云："曾見不曾見，校尉坐書院。嚇殺朱苦瓜，拿了朱鴻漸。常同知蹲做一堆，冷同知嚇出熱汗。"朱苦瓜即朱紈，時以郡憲遭讒，得請歸。聞校尉有捉拿朱姓之説，疑其逮已，仰藥自殺。常二府名時平，冷二府名珂，不知聖旨云何，且校尉烜赫，故皆惴惴。人遂因其姓,以成嘲歎耳。科道交章申救,仕雖坐誣,而纘宗杖三十,削籍。

（褚人獲《堅瓠集》戊集卷一）

學采樵,學采樵,不曾砍得半個嫩柔條。臨岩伐倒枯松樹,不夠家中半月燒。

（羅貫中《殘唐五代史演義傳》第十回《安敬思牧羊打虎》）

山　歌

樓外危樓山外山,西湖歌舞幾時閑。五雲看盡番天竹,萬頃烟波一顧間。

（《時調青昆》卷一上層《桃花記・桃花遊湖》）

山　歌

暑退金風覺夜長,蟬聲不覺送秋涼。山川滿目黄花綻,雁過南樓思故鄉。

（《摘錦奇音》卷三《千金記・蕭何月下追賢》）

漁　歌

罷釣歸來不繫船,江村月落正堪眠。縱然一夜風吹去,只在蘆花淺水邊。

（《新鐫綴白裘合選》卷二《浣紗記・范蠡扁舟》）

山　歌

船梢公娶得個少年娘,横雙雙了豎雙雙。好似一對鴛鴦常作伴,笑殺無老婆個光打光。

(《新鐫綴白裘合選》卷二《四節記・泛舟赤壁》)

山　歌

驛官倒好像個阿奴奴,送舊迎新似轆轤。前客未完已有後客到,叫阿奴奴一時間那裏打發得介許多夫。

(吴炳《情郵記》第十二齣《半和》)

吴　歌

十里西湖跨六橋,六橋雨景惹人瞟。山明兼上水秀,緑柳間子紅桃。南高峰北高峰峰頭相對,保俶塔雷峰塔塔頂參霄。湖心亭遊船歇滿,蘇公堤轎馬輪輷。多少王孫公子錦衣華麗,又有佳人美女粉面妖嬈。也有春籭酒海,也有鼓樂笙簫。真個朝朝寒食,果然夜夜元宵。只有當朝丞相遊湖多富貴,小船蕩槳大船篙。

(馮夢龍《墨憨齋新訂精忠旗》第二十三折《湖中遇鬼》)

山　歌

一江風浪發泡泡,各處停舟單許我漁船上摇。捉得水底魚兒沽美酒,大家吃到月兒高。

(馮夢龍《墨憨齋重定量江記》第十折《漁艇索绹》)

山　歌

船家骨格似仙胎,也曾載個劉晨、阮肇到天台。你看船頭船尾流來流去,都是今來古往流不盡個相思淚。就是百尺長篙,也撐個情不開。

（馮夢龍《墨憨齋重定西樓楚江情》第十四折《錦帆空泊》）

吴 歌

六十歲做親八十歲死，還有廿年夫婦好風光。

（馮夢龍《墨憨齋新定灑雪堂》第九折《伍祠祈夢》）

山 歌

姐兒生得十分標，門縫張郎郎也曉。郎道姐呀那料爾弗弄個隱身法，弄子我儂進去，等我撮起屁股三尺高。姐道郎呀我裏老公谷碌碌介雙眼睛，弗是青昏個我，寧可門前立折子腰。

（薛旦《續情燈》第十八齣《説豔》）

吴 歌

罷釣歸來弗系子船，江村落日曬正堪眠。

（傅一臣《買笑局金》第四折《露局》）

吴 歌

風冷颼颼十月天，被兒裏冰出那介眠？姐呀你也孤單我也獨，不如滚個一團團。相思兩好介便容易成，那介郎有心來姐没心。姐呀貓兒狗兒也有個思春意，哪爲鐵打心腸獨拄門？

（夢覺道人、西湖浪子輯《三刻拍案驚奇》第二十回《良緣狐作合，伉儷草能偕》）

吴　歌

姐兒介星星癢來没藥醫，跑過東來跑過西。梅香道姐姐要介弗要燒的熱湯來豁豁，姐姐道梅香熱湯只豁得外頭皮。

郎和姐來把拳猜，郎問嬌娘有幾個來。小阿奴十指無，縱然只得郎一個，若還兩個你先開。

古人説話不中聽，那有一個嬌娘生許嫁一個人。若得武則天娘娘敨了一本《大明律》，世人那敢捉姦情。

（西湖漁隱主人《歡喜冤家》第八回《鐵念三激怒誅淫婦》）

吴歌　詠尼僧[一]

尼姑生來頭皮光，拖了和尚夜夜忙[二]。三個光頭好似師弟師兄拜師父[三]，只是鐃鈸緣何在裹床。

（西湖漁隱主人《歡喜冤家》續第十回《黄焕之慕色受官刑》）

吴　歌

思量家公真難做，不如依舊做家婆。

（風月軒又玄子《浪史》第三十一回《荷花池風流戲謔，濠州城故人相見》）

漁　歌

是非不到釣魚處，榮辱常隨騎馬人。客官要問懞懂世界何處去，推去略略板。板來望南摇，摇又推推又板。

（董説《續西遊》第十六回《緑竹洞相逢古老，蘆花畔細紡秦皇》）

船　歌

亂石灘頭駕小航，急流溪畔柳陰長。歌欸乃，濯滄浪，不怕東風上下狂。烟波深處任優遊，南北東西到即休。功業恨，利名愁，從來不上釣魚鈎。

（楊爾曾《韓湘子全傳》第十九回《貶潮陽退之赴任，渡愛河湘子撑船》）

山　歌

執斧樵柴早出門，山妻叮囑最堪聽。朝來雨過山頭滑，莫在山顛險處行。

（楊爾曾《韓湘子全傳》第二十回《美女莊漁樵點化，雪山裏牧子醒迷》）

春去秋來又復冬，光陰迅速似飛蓬。人生萬事俱□□，□□無如吃幾鐘。

天地君親一樣尊，爲人莫負父娘恩。孟宗哭竹冬生筍，郭巨埋兒天賜金。

（古吴憨憨生《飛英聲》卷四）

吴　歌

好元宵齊把花燈放，捱肩擦臂呀許多人遊玩的忙。猛然間走出一個臘梨王，摇摇擺擺妝出喬模樣。頭兒秃又光，鼻涕尺二長，虱花兒攢聚在眉尖上。乾頭糯米動子個䠞䠞行，把銅錢捉住了就纏賬。何期又遇着家王郎，揪耳朵剥衣裳，一打打了三千棒。苦呵活冤家跌脚淚汪汪，明年燈夜呵再不去街頭蕩。

（清溪道人《禪真逸史》第五回《大俠夜鬧降盜賊，淫僧夢裏害相思》）

山　歌

水光月色映銀河，慢櫓輕舟唱俚歌。算你争名圖利客，何如溪上一漁簑？

山　歌

一葉扁舟任往來，持魚换酒笑顔開。風波險處人休訝，廊廟風波更險哉。

（清溪道人《禪真逸史》第二十二回《張氏園中三義俠，隔塵溪畔二仙舟》）

船　歌

爛熟河邊扯牽船，一直揚州到張灣。黄旗高掛將人罵，帶貨全憑替討關。

（覲光《忠烈全傳》第十六回《解芬回家搭便船，孫虎中途翻鬼見》）

賣呆歌

賣癡呆，千貫賣汝癡，萬貫賣汝呆。現賣盡多送，要賒隨我來。

（周清源《西湖二集》第四卷《愚郡守玉殿生春》）

漁　歌

吾本桐江土地神，感君行孝哭江濱。城隍命我非閑事，説與君家辨假真。

（周清源《西湖二集》第六卷《姚伯子至孝受顯榮》）

採蓮歌

荷葉荷花本異香，香風馥馥映池塘。烟深花滿無人識，飛入荷花是故鄉。

（周清源《西湖二集》第二十五卷《吴山頂上神仙》）

十慨謡

一可慨，欺君逆黨阮僉都，密地通倭掠閩界。二可慨，南臺東嶺血漂流，輕視生民同草芥。三可慨，烽火連烟百餘里，數萬棟於今何在？四可慨，堪憐粉黛多嬌娥，無俟冰媒作倭配。五可慨，不戰日費萬餘金，空調官兵數千隊。六可慨，殺得倭首重賫賞，無辜閩人總成替。七可慨，倭子清閑入境游，金花千朵紛紛戴。八可慨，縱容家兵肆暴淫，總是吾閩欠伊債。九可慨，坊里大户號旻天，日夜愁苦重科派。十可慨，矜誇擒斬千萬倭，此時何不逞英邁。

（佚名《戚南塘剿平倭寇志傳》之《阮都堂金花買陣》）

山　歌

昨夜同郎説話長，失寣（音忽，熟睡也）直睏（音困，吴人謂睡爲睏）到大天光。金瓶裹養魚無出路，鴛鴦鴨蛋兩邊牻（慌同）。

（蘇庵主人《繡屏缘》第五回《藏錦字處處傳心，逗情箋般般合巧》）

吴　歌

弗見小郎君來心裹煎，用心摹擬一般般。開了眼睛望空親個嘴，連叫幾句俏心肝。

(佚名《巫夢緣》第二回《雛兒未諳雲雨事》)

湖州歌

姐兒心癢好難熬,我郎君一見弗相饒。船頭上火着且到船艙裏,虧了我郎君搭救了我一團騷。真當騷,真當騷,陰門裏熱水捉郎澆。姐兒好像一隻杭州木拖憑郎套,我郎君好像舊相知飯店弗消招。弗消招,弗消招,弗是我南邊女客忒虛囂,一時間眼裏火了,小夥子憑渠今朝直弄到明朝。

(佚名《巫夢緣》第七回《天橋樓北讀書聲》)

太平歌

黄柏木蓋座房,苦人在裏邊藏。到晚來只宿在苦床上,苦茶苦飯苦羹湯。吃在肚裏苦滿腔,我苦甚難當。我苦告上蒼,苦心苦膽苦五臟。

黄柏木蓋座樓,苦人在裏頭愁。渾身上下苦了一個夠,一心只要到蜜州。苦命人兒不自由,一夢到蜜州。醒來依舊在苦樓,苦風苦雨難禁受。

黄柏木蓋座廟,苦人兒把香燒。苦言苦語苦禱告,苦神聖眼内苦淚抛。苦命的人兒你聽着,你苦實難熬。我的苦對誰學,一般苦都是前生造。

黄柏木蓋座殿,苦人兒殿裏邊。高高下下苦了一個遍,到幾時使了漿領布衫,渾身上下甜一甜。苦的在裏邊,甜的在外邊。生生的把苦心頭咽。

人都説黄柏苦,我倒説黄柏甜。我的苦更比黄柏現,渾身都被苦來煎。苦上心來左右難，苦海更無邊。苦夢兒如重山，到幾時苦盡了把甜來换。

（佚名《巫夢緣》第十一回《大登科罷小登科》）

撒帳詞

撒帳東，桃花紅褥繡芙蓉。鴛鴦不獨雙棲好，雄作雌兮雌偶雄。撒帳西，這番花燭實爲奇。屏開孔雀歡聲洽，簾卷春風瑞靄霏。撒帳南，玉壺酒美共君酣。帳底銷魂同映夢，胸前佩草爲宜男。撒帳北，天長地久無間隔。三人心似一人心，兩處情濃總一脈。撒帳上，癡情豔事非凡想。時時明月照雙歡，往往清風吹笑想。撒帳中，門欄喜氣鬱葱葱。鴛鴦繡帶從新綰，翡翠芳衾自此同。撒帳下，春宵美滿應無價。彼非含蕊此非花，休把新紅試白帕。

（檇李烟水散人《燈月緣》第三回《顛之倒之三人做兩對夫妻》）

十苦謡

一聲苦，倭寇東來遍城圩。二聲苦，南臺屍首如堆土。三聲苦，東坡血色紅江滸。四聲苦，紅粉佳人被倭擄。五聲苦，焚盡萬家華棟宇。六聲苦，無籍家兵猛若虎。七聲苦，按兵不動徒講武。八聲苦，和倭金帛並絲縷。九聲苦，科派里甲並大户。十聲苦，貧民養兵守城堵。

山　歌

葉家姐兒生得好妖嬈，朝也花朝，暮也花朝。被郎相見不相饒，横也一篙，豎也一篙。篙得花心癢難熬，癢難熬，不憚勞，來來往往半年遥。想是春間已下子□種，看看秋到，又要産個小妖嬈。

（桃源醉花主人《别有香》第十回《墮花街月惜貪花》）

山　歌

男慕仔個嬌姿女慕仔個才，郎才女貌看來也勿用仔個猜。阿呀，這個好良宵，莫教仔虚擲了。大家且緊摟深偎，不教仔閑。

（桃源醉花主人《别有香》第十三回《白玉娘雪天狎年少》）

哥愛仔槽兒，弟愛仔個竅，終朝去擦癢癢兒慣消。忽慣仔一朝失了那槽和竅，阿呀，硬得那騷根硬斷子腰。

（桃源醉花主人《别有香》第十五回《大螺女巧償歡樂債》）

吴　歌

絶標緻個家婆捉來弗值錢，載搭子藥弗殺個婆娘做一連。個樣事務是五百年前怨，混賬舍子個黄金去抱緑磚。

（江左淮庵《醉春風》第三回《蕩子不歸生婦怨，孤房獨守動淫情》）

吴　歌

姐兒心上自有弟，個個人等的來時儘是此身。無子餛飩就是麵，也好權時點景且風雲。

（江左淮庵《醉春風》第七回《吃官司淫心未已，尋舊好癡骨難醫》）

棹　歌

今日流來明日流，奈河流到幾時休？不信但看船邊水，過得河來不回頭。

（丁耀亢《續金瓶梅》第五回《奈河橋奸雄愁渡，枉死城淫鬼傳情》）

樵　歌

朝樵蘇，暮樵蘇，布衣粗糲樂妻孥。姦淫犯罪無我分，富貴榮華也任他。一日十二時中多少風波險，偏是樵夫穩穩過。

（佚名《山水情》第五回《太白星指點遇仙丹》）

俏冤家你兩個也是前世因緣，有緣法千里來做了露水夫妻。昨夜裏那知道今宵歡會，一個似雞啄食，一個似柳穿魚。莫道是萍水相逢也，須相交相交直到底。

（佚名《梧桐影》第六回《一霎風流不是他人還是我，幾宵恩愛你是何人我是誰》）

他白白的手兒，彎生生的眉兒，紅馥馥的唇兒，黑鬒鬒個髮兒，小點點的腳兒，鼓膨膨的乳兒，滑溜溜的肚兒，更有那緊緊湊湊，正正軟弄弄的一件好東西兒。

（癡道人《株林野史》第十四回《設巧計引魚吞餌，樂嬌娥易内爲歡》）

歌　謡

村裏新聞真個新，謳歌不唱太平春。花郎妙計高天下，送了夫人又失銀。

（瀟湘迷津渡者《錦繡衣》第四回《偷賣嫂錯賣親妻去，死守寡反守活夫歸》）

朱國治巡撫江蘇，索吴縣知縣任初心賄。任以新任無出，遂以他事中傷之。諸生呶呶不服。朱復囑知府余廉貞痛懲之。諸生因集衆哭廟。其卷堂文爲金聖歎所作，且在其家開雕。國治遂以聖歎爲首，立決。其時蘇州有民謡曰:"天呀天,聖歎殺頭真是冤。今年聖歎國治殺,他年國治定被國賊殲。"後國治撫雲南,被吴三桂所殺。

(抱陽生《甲申朝事小紀》卷五《殺金聖歎》)

山歌

女人家,四五年,嬉笑動人憐。一朝娘要來纏腳,哭哭啼啼,弄得身嬌弱。

女人家,八九年,針線要完全。可憐雙腳如刀割,咬着牙關,不敢人前泣。

女人家,十二三,中饋要安排。廚房未到腳先痛,苦苦熬挨,才把羹湯奉。

女人家,二十年,喜氣動門楣。公婆不曉兒心苦,井臼親操,偏要般般做。

女人家,到中年,子女滿床前。左提右抱身勞瘁,偷得空閑,還要挑雞眼。

女人家,走路難,賊匪忽然來。鄰家大腳先逃散,只有嬌娃,生死無人見。

女人家,病體中,氣血不流通。經脈多從指尖起,骨斷筋連,扁鵲也無濟。

(佚名《掌故演義》第五回《改八股旋仍舊制,禁纏腳難革澆風》)

撒帳詞[四]

撒帳撒帳東[五]，新人齊捧合歡鐘。才子佳人乘酒力，大家今夜好降龍。撒帳撒帳南，從今翠被不生寒。香羅幾點桃花雨[六]，攜向燈前仔細看。撒帳撒帳中，管教新娘脚朝空。含苞未慣風和雨，且到巫山十二峰[七]。撒帳撒帳西，窈窕淑女出香閨。廝守萬年偕白髮，狼行狽負不相離。撒帳撒帳北，名花自是開金谷。賓人休得枉垂涎，刺蝟想吃天鵝肉。撒帳撒帳上，新人莫得裝模樣。晚間上床得合歡[八]，老僧就把鐘來撞。撒帳撒帳下，新人整頓蛟綃帕。須臾待得雲雨收[九]，武陵一樹桃花謝。

（蒲琳《清風閘》第三回《大理洞房，小繼螟蛉》）

蘇州歌

他道奴奴子生來好耍子個船囉，一撑撑子個大江子邊囉。俺釣子個魚來要吃個鯨魚子鰾囉，好一似揚州關上姊妹們，不知床上子個黏來床下子個黏囉。

（丁耀亢《化人遊》第九齣《龍會仙筵》）

棹　歌

西湖好似一個美阿子嬌，朝也子摇來暮也子摇。摇來摇去六條子橋，一株楊柳一株子桃。不怕春風吹得開還子落哩，只怕金兵來到，砍去作柴子燒囉。西湖好景最難子描，花花緑緑一似西施女裙子腰。那個金家立馬吴山來，看子個景囉哩，把一個西施女剥的赤條子條囉。

（丁耀亢《西湖扇》第六齣《題扇》）

吴下歌謡

吾蘇風俗澆薄，邇來服飾濫傷已極，《翰山日記》有吴下歌謡，因録於左：

蘇州三件好新聞，男兒着條紅圍領，女兒倒要包網巾。貧兒打扮富兒形，一雙三鑲襪兩只。高底鞋到要准兩雪花銀，爹娘在家凍與餓。見之豈不寒心？誰個出來移風易俗，唤醒迷津，庶幾可以闢邪歸正，反樸還醇。

（褚人獲《堅瓠集》補集卷六）

吴　歌

一條子個櫓來三段子個彎，一摇一擺擺上子個天。個些景致只是我哩見得慣，那裏許朝官宰相夢到渠個邊。

（錢石臣《芙蓉峽》第三十三折《雙隱》）

山　歌

一條子個浜來兩條子個浜，阿唷唷，第三條個浜裏斷船子個行。抽起子竹竿拔起子個櫓，把小奴奴推倒個後船艙。後船艙，勿要慌，勿要子個忙，待小奴奴解帶了小衣裳。小阿奴，娘好比蘇州城裏閶門街上孫春陽，乪斜角對門買子三白子個酒，我夫郎勿吃呧先嘗。

（朱佐朝《牡丹圖》第十五齣《遊湖》）

吴　歌

我做稍公真個子騷，稍婆陪伴子勿相饒。扛上櫓床落子介筍，噯呀，好像小阿奴夜來頭動腳尖趫。

（徐沁《載花舲》第十齣《會舟》）

拳　歌

開門好打鐵門閂，緊閉虎牢關。擡腿進步踢十環，抹眉摶臉相陽勢，金雞獨立滑山拳。前出勢蛟龍出水，後躲閃餓虎歸山。

（無名氏《緑牡丹全傳》第二十二回《受岳逼翻牆行刺得妻》）

秧　歌

行者出洞頭一冲，二郎雙鐗要成功。叱高吒下之勾勢，下僕英雄埋能風。入水走脱沙和尚，六路擒拿怪魔熊。兩人會把冲雲去，個個猶如行雨龍。

（無名氏《緑牡丹全傳》第三十六回《駱府主僕打擂臺》）

小　曲

送情人送到殺場路，你也哭來他也哭。劊子手也來哭，人問我哭因何故。我説死的不肯死，哭的只是哭。你只顧兩下裏傷情也，把我這鈍刀兒受了苦。

（董榕《芝龕記》第二十一齣《獄度》）

山　歌

月子灣灣照滿子介江，姐兒兩個介細商子個量。放船鑽進子個蘆花裏，郎呀，我搭您儂雙雙水面上介做鴛子個鴦。

（夏秉衡《八寶箱》第十九齣《聽簫》）

吴　歌

曹操奸雄藐至尊，手移漢鼎付兒孫。那知僭竊難長久，朽骨今朝也勿剩半根。

罪惡滔天是老瞞，幾多陵樹被摧殘。那知報應偏能速，疑塚開來端然土未乾。

（夏綸《南陽樂》第十八齣《掘塚》）

好日去仔思日來，那料介眉頭鎖仔哩弗開懷。冷落仔介個眼前快活弗快活，再去迢鄉隔縣介娶侈侈。

（坐花散人《風流悟》第六回《活花報活人變畜，現因果現世償妻》）

歌　謡

跳黑虎前程，這螻蟻居要津。蝦弓蒜搗不消停，派三名五名，趁三分五分。賠錢倒貼難供命。歎郵亭風雨淒涼，驢馬伴黄昏。

何處遇妖精，乞婆兒天作成。乾柴烈火前生定，拼三更五更，未三旬五旬。眼兒流淚腰兒硬。太無情，承差似虎，結果老風情。

（左臣《萬斛泉》第八回《老驛丞命拼流妖》）

吴　歌

姐兒生得俏又嬌，一陣風吹脂粉香。十一十二還守子空閨裏，十三十四便要想去赴高唐。赴高唐，赴高唐，後花園裏遇着一個好梅香。好個梅香，好個梅香，弗説得知心話忙走開，這句話兒怎到他？

（白雲道人《玉樓春》第七回《邵解元□□□□，俏尼姑私心覓偶》）

吴　歌

姐兒窗下繡鴛鴦，薄福郎君摇船正出子個浜。姐見子個郎，來針捌子手。郎見子個姐，來船也介横。

（迷津渡者《筆梨園》第二回《善掃興又遭惡掃興》）

吴　歌

蝴蝶穿花用力仔個鑚，花兒含笑叫心仔個肝。我如長把花房子個閉，看你今朝那裏仔個眠。

（單瑶田《四時春》第三折《訪秀》）

山　歌

入骨的相思姐共子個郎，活的死了死的又還陽。活的死了不計子個數，死的還陽只有杜麗娘。

（嚴保庸《盂蘭夢》）

秧　歌

天平山前人姓范，大船運糧把賑放。父子兩人爲宰相。

好兒子，不易得，天上星辰豈輕摘。好兒子，不難得，達人之先必明德。有子無子才不才，摸着心頭自想來。

種瓜得瓜，種豆得豆。宋家兒，將蟻救，狀元及第登朝右。

莫修仙，仙人未必能千年。莫修道，道士金丹何足寶。惟有修善善念長，一念之善隔穹蒼，善人之壽壽未央。

（楊恩壽《再來人》第二齣《旌善》）

採蓮歌

蕩船蕩船秦淮上月明多，蕩船蕩船秦淮下郎渡河。一聲柔櫓一聲歌，一聲啼鳥一聲歌。秦淮水細不生波，月明多，郎渡河。

（楊恩壽《再來人》第四齣《舟緣》）

小　曲

三月三日花兒開，花開呀引動了蝶兒來。那蝶兒有意將花采，玉美人恰好是看花兒來。見蝶兒忙把扇兒帶，扇兒呀撲下没安排，戲簽着蝶兒和花戴。這痛的實難捱，可是活欠下風流債？

（楊恩壽《桂枝香》第三齣《浪酒》）

青龍棹歌

青龍頭，青龍尾，龍船鬥勝天歡喜。海門潮起映天青，雨順風調收白米。

黄龍棹歌

龍頭黄，龍尾黄，龍鱗燦爛耀天光。今日江中多快樂，願祝君王萬壽長。

赤龍棹歌

龍頭赤,龍尾赤,龍船劃出天顔悦。大家齊聲發棹歌,討得賞來養老婆。

白龍棹歌

龍頭白,龍尾白,五穀豐登太平日。大家齊聲發棹歌,上下君民同歡悦。

黑龍棹歌

黑龍頭,黑龍尾,國泰民安天下喜。大家齊發棹歌來,黑雲卷盡紫雲開。

(《麯頭陀傳》第三則《看龍舟旃檀顯化,住天台嗣接前因》)

山　歌

時來天賜金,若運退,拾着了黄金變子銅。説得破來忍弗過,越奸越巧越貧窮。

(落魄道人《常言道》第八回《試利場柴主施威,摸奶河邛詭被殺》)

山　歌

人生百歲古來少,先出少年後出老。中間光景不多時,又有閑愁與煩惱。月過了中秋月不明,花過了三春花不好。花落花開能幾時,不如且把金樽倒。世上財多用不盡,朝内官多做不了。官大財多能幾時,惹的自己白頭早。

（坑餘生《續濟公傳》第一回《顯神通智救張煜，鬥蟋蟀妙法驚人》）

妙妙妙，玄玄玄，絲毫錯處不成丹。悟大道，參玄機，隱洞府，藏深山，禮星拜斗苦修煉。待得密訣授真傳，方成長生不老仙。

（坑餘生《續濟公傳》第三十九回《陰風旗敗走悟緣，葉真人仙術破賊》）

千里長江水滔滔，又無舟楫又無橋。多謝群妖，多謝群妖，一衆雄兵渡過了。惹得俺癡和尚不住哈哈笑，哈哈笑。哈哈笑，凡人怎知道，數遍恆河沙，歷盡落伽島，方識得俺和尚真奥妙。

（坑餘生《續濟公傳》第一百六十二回《砂石入肚壓倒英雄，霹靂當頭驚逃妖魅》）

山　歌

走走走，游游遊，無是無非度春秋。今日方知出家好，始悔當年作馬牛。想恩愛俱是夢幻，説妻子均是魔頭。怎如我赤手簞瓢，怎如我過府穿州，怎如我瀟瀟灑灑，怎如我蕩蕩悠悠，終日快活無人管，也没煩惱也没憂。爛麻鞋踏平川，破衲頭賽緞綢。我也會唱也會歌，我也會剛也會柔。身外别有天合地，何妨世上要髑髏。天不管，地不休，快快活活傲王侯。有朝困倦打一盹，醒來世事一筆勾。

（郭小亭《濟公全傳》第二回《董士宏葬親賣女，活羅漢解救好人》）

山　歌

得逍遥，且逍遥，逍遥之人樂陶陶。富貴自有前生定，貧窮也是你命該招。任你用機謀，難與天公繞。勸君跳出這朦朧，隨意逍遥真正好。杯中酒不空，心上愁須掃。花前月下且高歌，無憂無慮只到老。

（郭小亭《濟公全傳》第四十四回《誘湯二縣衙完案，兩公差拜請濟公》）

山　歌

堪歎人爲歲月荒，何時得能出塵疆？從容作事拋煩惱，忍奈長調遠怨方。

人因貪財身家喪，蠶爲貪食命早亡。諸公攜手回頭望，元源三教禮何長。

才見英雄邦國定，回頭半途在郊荒。任君蓋下千間舍，一身難卧兩張床。

一世功名千世孽，半生榮貴半生障。那時早隱高山上，紅塵白浪任他忙。

（郭小亭《濟公全傳》第五十一回《救義僕同赴千家口，見拜弟各訴别離情》）

山　歌

你會使乖，别人也不呆。你愛錢財，前生須帶來。我命非你排，自有天公在。時來運來，人來還你債。

時衰運衰，你被他人賣。常言道作善好消災，怕你無福難擔代。使機謀把心胸壞，一人桑田變滄海。

（郭小亭《濟公全傳》第五十二回《美髯公拜請濟公，會英樓巧遇賊寇》）

山　歌

人生七十古來少，先出幼年後出老。中間光景不多時，又有閑愁與煩惱。過了中秋月不明，過了清明花不好。花前月下且高歌，急須滿把金樽倒。世上錢多用不盡，朝裹官多做不了。官大錢多心轉憂，落得自家白頭早。春夏秋冬彈指間，鐘送黃昏雞報曉。諸君細看眼前人，一年一度埋荒草。草裹高低多少墳，一年一半無人掃。

（郭小亭《濟公全傳》第一百十四回《鄭玄修酒館逢和尚，沈妙亮聽歌識聖僧》）

山　歌

堪歎人生不誤空，迷花亂酒逞英雄。徒勞到底還吾祖，漏盡之時死現功。弄巧長如貓撲鼠，光陰恰似箭流行。倘然使得精神盡，願把屍身葬土中。仔細思想從頭看，便是南柯一夢中。急忙忙，西復東，亂叢叢，辱與榮。虛飀飀一氣化作五更風，百年渾破夢牢籠。夢醒人何在，夢覺化無蹤。説甚麽鳴儀鳳，説甚麽入雲龍。説甚麽三王業，説甚麽五霸功。説甚麽蘇秦口辯，説甚麽項羽英雄。我這裹站立不寧，坐卧魔生。睁開醉眼運窮通，看破了本來面，看破了自在容。看破了紅塵滚滚，看破了天地始終。只等到五運皆空，那時間一任縱橫。

（郭小亭《濟公全傳》第一百十七回《奉堂諭監斬華雲龍，聽兇信二鬼鬧法場》）

烟鬼謡

烟鬼起，烟鬼起，烟鬼何時起，紅日已斜西。披衣觳觫下床走，蓬頭垢面瑟瑟抖。睡起呵欠猶呵呵，此時此際懶開口。兩眼赤漫漫，眼剌像湯糰。眼光鶻碌四面看,疾忙過去端烟盤。

烟鬼出,烟鬼出,烟鬼何時出,白天等到太陽黑。衣衫百折皺痕多,周身斑點鴉片塗。出門惘惘街頭走,迎面親朋避面過。大街轉,小巷兜,人前不走走人後。甘蔗長,荸薺圓,兩手水果托得滿。一頭走,一頭望,舊貨攤,去張張。舊書舊畫都不愛,單單賞識一支多年廣竹鴉片槍。

烟鬼樂,烟鬼樂,烟鬼何時樂,一頓鴉片癮過足。精神矍鑠喜連連,清膏吃過兩三錢。雲銅燈,紫砂壺,吸完忙把茶來呼。横眠翹足長歌嘯,此樂不與外人道。

烟鬼笑,烟鬼笑,烟鬼何故笑,膏名福壽真奇妙。吐霧又吞雲,馨香撲鼻聞。一呼一吸興致豪,談吐風生議論高。此烟本是神仙吃,無奈世人都不識。我今吃罷鴉片烟,此身如登極樂國。吁嗟乎,人生行樂須及時,不嘗此味何其癡。

烟鬼窮,烟鬼窮,烟鬼何故窮,烟癮吃上家財空。頭髮結成餅,衣衫剩條筋。鞋皮踢踺没了跟,舊棉胎裹宿,亂柴草上蹲。今朝有錢且過癮,人生三要衣食住,烟鬼生來全不顧。君不見烟鬼多少苦形容,從前儘是富家翁。吃烟不治生人産,田地房屋一齊吸入斗門中,只剩窮褲禦西風。

(彭養鷗《黑籍冤魂》第二十一回《營金屋刺史啟華筵,弄筆頭幕賓失館地》)

童　謡

海空濛,起颶風,不殺賊,殺總戎。兩家共有三義士,當速去之保其宗。

(通元子黄石《玉蟾記》第十一回《三義人救主逃生》)

樵　歌

學采樵，學采樵，砍倒大樹有柴燒。有人在林前過，十個駝馱留九個。若是不留買路錢，一鞭一個草裏卧。

（無名氏《走馬春秋》第五回《金鑾殿怒貶鄒奸黨，天齊廟夢示龔家莊》）

好笑鐵家子，假裝做公子。一口大帽子，滿身虚套子。充做老呆子，哄騙癡女子。看破了底子，原來是拐子。頸項縛繩子，屁股打板子。上近穿窬子，下類叫化子。這樣不肖子，辱没了老子。可憐吴孟子，的的閨中子。誤將流氓子，認做魯男子。這樣裝幌子，其實苦惱子。最恨是眸子，奈何没珠子。都是少年子，事急無君子。狗盗大樣子，雞奸小樣子。若要稱之子，早嫁過公子。

（佚名《風月傳》第九回《虚捏鬼哄佳人，正月佳人噴飯》）

劃龍船，呵呵嗐，上江遊到此間來。夥伴的鼓兒輕輕打，押着銅鑼慢慢篩。咚咚湯，咚咚湯，咚咚湯。

造龍舟，爲屈原，苦死忠良甚可憐。汨羅江内將身傷，留得清名萬萬年。咚咚湯，咚咚湯，咚咚湯。

隋煬帝，爲屈原，差下奸臣麻叔謀。刨墳掘墓把兒童害，冤死黎民恨不休。咚咚湯，咚咚湯，咚咚湯。

瓊花觀，射秋圍，要跟英雄好漢魁。咬金醉把龍床卧，呵醜遭擒卻怨誰？咚咚湯，咚咚湯，咚咚湯。

李金星，定太陽，稽遲時刻救魔王。瓦崗寨裏英雄漢，不顧功名鬥法場。咚咚湯，咚咚湯，咚咚湯。

小羅成，扮咬金，冶白銀鎗四下裏分。衆家英雄動了手，奉旨差官吊了魂。咚咚湯，咚咚湯，咚咚湯。

程呵醜，免刀占，開口只説要回山。君王總不中相語，他家怎肯叫咱玩。咚咚湯，咚咚湯，咚咚湯。

奪甚麼印，看甚麼花，我去爲王不理他。有朝一日咱翻本，殺得煬帝叫媽媽。咚咚湯，咚咚湯，咚咚湯。

小羅成，把話回，手指咬金罵醜賊。喝了黄湯胡惹禍，不遇咱家一命虧。咚咚湯，咚咚湯，咚咚湯。

程咬金，着了急，罵聲短命太無知。衆人跟前傷我的臉，我要回山不肯依。咚咚湯，咚咚湯，咚咚湯。

小羅成，笑嘻嘻，你這醜賊别着急。一句話兒會傷臉，戀了繩拴像死豬。咚咚湯，咚咚湯，咚咚湯。

程呵醜，怒衝衝，舉拳來打小羅成。羅成一見呵呵笑，你的拳頭不中用。咚咚湯，咚咚湯，咚咚湯。

衆好漢，來解和，看你兩個太囉嗦。不顧回山來説嘴，來了官兵仔細看。咚咚湯，咚咚湯，咚咚湯。

（蝶廬《六月雪》第十回《虎口餘生脱身出囹圄，龍舟賽會失足墜淮河》）

山　歌

鴉　片

我唱山歌新裏新，鴉片烟害得幾多人。有人聽我洋烟戒，勝離地獄上天庭。

時　文

我唱山歌新裏新，讀書人何苦做時文。有人聽我文章廢，真才實學自然成。

纏　足

我唱山歌新裏新，小姐妮腳苦零丁。有人聽我休纏腳，一生一世便宜星。

（徐春沂《三醒華人傳》卷首）

水嬉歌

湖水湖波似鏡清，艨艟十萬向天津。等閑肯負湖神約，爲要荷戈定太平。

湖水湖波似鏡平，雄師一出蟄龍驚。搴旗横槳連舟去，捉得胡人當點心。

湖水湖波似鏡平，東南半壁在蒼生。一雙射蛟屠龍手，端屬河山舊主人。

湖水湖波似鏡平，東南西北好鄉鄰。有仇不報男兒耻，三户何嘗不滅秦。

（葉楚傖《古戍寒笳記》第二十回《罷詩戰鷺綃離繡閣，陳水嬉畫槳演明湖》）

凱旋歌

搗穴犁庭誓不回，搴旗斬將仗英才。湖波湖水明如鏡，潑潑春風動鼓吹。

搗穴犁庭誓不回，歸來城郭劫餘灰。湖波湖水明如鏡，倒挽天河洗甲來。

（葉楚傖《古戍寒笳記》第二十一回《雌撫院聞歌知雅意，女才子雄辯析群疑》）

青雀峰頭百級高，一肩月色兩肩挑。斧柯呀你誅茅鋤草，也算出一把人間汗，出山一步是塵囂。

垓下歌聲走項王，早教作孽在咸陽。天底下那裏有現成茶飯，便算得千秋業，到頭總是一團糟。

一個鞍垂兩個鐙，一朝天子兩朝臣。看他們忙忙的稱功頌德，自算是新豪俊，良弓藏來走狗烹。

天有星辰地有疆，天朝不許坐胡王。不須你拼死去斬頭瀝血，才算是忠臣後，一報還比一報强。

（葉楚傖《古戍寒笳記》第四十二回《恒王舊人黄冠野服，雲門仙訣玉版新詩》）

吴　歌

做天切莫做四月天，種菜的哥哥要下雨，采桑娘子要晴乾。

故老舊人盡説郎偷姐，如今新翻世界姐偷郎。

（任訥《曲海揚波》卷一）

孕娃曲

婦人懷妊，數月内頭目昏眩，心志怔忡。似病非病，口味無聊，亂思飲食者，俗謂害娃娃，或曰害保保。兒童口歌意調，蔑所稽證。然夷考其詞，綺麗孃娜，能寫出小女子婉孌口吻。因筆録之，以供社會上之一噱焉。

紅娘子，子何嬌，拖拖宕宕害保保。害了保保猶自可，你看保保好蹊蹺。一想粉麵搓圓子，二想韭菜頭一刀，三想鰣魚燒竹筍，四想黄魚蒜瓣燒，五想洋糖濺粽子，六想涷魚兒挑一挑，七想吃個麻團七錦拌（俗以杏仁、瓜子、桂蕊、梅子等爲七錦），八想冰糖燒蹄子，九想鯽魚夾點刀（俗謂肉膾爲點刀），十想站在門口瞧一瞧。瞧見哥哥來到了，紅緑線買一包，送與妹妹做花袍。還有洋糖桂花糕，送與小妹妹夜裏肚裏餓了止止潮。

（蔣著超編《民權素》第三集）

山　歌

走一莊來又一莊，莊莊小狗吠汪汪。不咬前頭好男子，單咬後面女娥皇。

眼前一道河，河中一陣鵝。前頭公鵝打出浪，後頭母鵝緊跟着。

走一窪來又一窪，窪窪裏頭好莊稼。高的是秫秫，低的是棉花，不高不低是芝麻。芝麻科裏種小豆，小豆科裏種打瓜。有心摘給梁哥吃，俺梁哥也，恐怕你吃得滋味連根拔。

走一井來又一井，井井裏頭柏木桶。三尺麻繩垂下去，俺的梁哥也，千提萬提也提不醒。

（常任俠《祝梁怨雜劇》第二折）

校勘記

［一］此曲又見《金瓶梅詞話》第五十七回《道長老募修永福寺，薛姑子勸舍陀羅經》，無題目。

［二］了：《金瓶梅詞話》作“子”。

［三］好似師弟師兄拜師父：《金瓶梅詞話》作“好像師父師兄並師弟”。

［四］此曲又見西周生《醒世姻緣傳》第四十四回《夢換心方成惡婦，聽撒帳早是癡郎》。

［五］撒帳撒帳：西周生《醒世姻緣傳》作“撒帳”，下同。

［六］香羅：西周生《醒世姻緣傳》作“春羅”。

［七］十二：西周生《醒世姻緣傳》作“第一”。

［八］上床得合歡：西周生《醒世姻緣傳》作“上得合歡床”。

［九］雲雨：西周生《醒世姻緣傳》作“雨雲”。

部分引用、參考文獻

黄淮《省愆集》,《影印文淵閣四庫全書・集部》第 1240 册,臺灣商務印書館影印,1986 年。

朱瞻基《宣宗御制詩》,《四庫全書存目叢書・集部》第 24 册,齊魯書社影印明内府本,1996 年。

王越《黎陽王太傅詩文集》,《四庫全書存目叢書・集部》第 36 册,齊魯書社影印明嘉靖九年(1530)刻本。

馬理《溪田文集》,《四庫全書存目叢書・集部》第 69 册,齊魯書社影印明萬曆十七年(1589)清乾隆十七年(1752)補修本。

陸深《儼山集》,《影印文淵閣四庫全書・集部》第 1268 册。

薛蕙《薛考功集》,《四庫提要著録叢書・集部》第 276 册,北京出版社影印明抄本,2011 年。

吴鑛《世墨樓樂府》,吴鑛、吴我熾、吴我烜、吴士岐《吴氏傳家集》附録,《中國稀見史料》第 3 輯第 1 册,厦門大學出版社影印厦門大學圖書館藏清乾隆三十四年(1769)清牧草堂刻本,2012 年。

王世貞《弇州山人四部稿》、《弇州續稿》,《影印文淵閣四庫全書・集部》第 1279—1284 册。

王世貞《藝苑卮言》,《影印文淵閣四庫全書・集部》第 1281 册。

汪廷訥《坐隱先生集》,《四庫全書存目叢書・集部》第 188 册,齊魯書社影印明萬曆三十七年(1609)環翠堂刻本。

于慎思《龐眉生集》,《四庫全書存目叢書・集部》第 148 册,齊魯書社影印明萬曆二十七年(1599)于氏刻本。

吴珷《韞玉先生集》,《北京圖書館古籍珍本叢刊》第 97 册,影印清抄本,書目文獻出版社,2000 年。

王鏊《震澤集》,《影印文淵閣四庫全書・集部》第 1256 册。

朱讓栩《長春競辰稿》、《長春競辰餘稿》,《四庫未收書輯刊》第 5 輯第 18 册,影印明嘉靖二十八年(1549)蜀藩刻本。《北京圖書館古籍珍本叢刊》第 107 册,影印明嘉靖二十八年(1549)蜀藩刻本。

朱有燉《誠齋録》,《續修四庫全書・集部》第 1328 册,影印北京圖書館藏明嘉靖十二年(1533)同藩刻本。

孫艾《孫西川詩稿》,明嘉靖十五年(1536)孫耒刻本,復旦大學古籍所藏復印本。

黄潤玉《南山黄先生家傳集》,約園抄本,浙江圖書館藏。

廖道南《玄素子集》,明嘉靖刻本,國家圖書館藏。

左贊《桂坡集前集》、《後集》,日本内閣文庫藏本,復旦大學圖書館影印本。

左贊《桂坡集後集》,《四庫全書存目叢書・集部》第 37 册,影印常熟市博物館藏明刻本。

謝遷《歸田稿》,《影印文淵閣四庫全書・集部》第 1256 册。

方鳳《改亭存稿》、《續稿》,《續修四庫全書・集部》第 1338 册,影印中國社會科學院文學研究所藏明崇禎十七年(1644)方士驤刻本。

王教《中川遺稿》,《四庫全書存目叢書・集部》第 84 册,影印北京大學圖書館藏明嘉靖三十九年(1560)清白堂刻本。

孫承恩《文簡集》,《影印文淵閣四庫全書・集部》第 1271 册。

夏言《夏桂洲先生文集》,《四庫全書存目叢書・集部》第 74、75 册,影印北京大學圖書館藏明崇禎十一年(1638)吴一璘刻本。

王磐《王西樓先生樂府》、《王西樓先生詩集》,《臺灣珍藏善本叢刊・古鈔本明代詩文集》第 1 册,臺灣新文豐出版公司,2013 年。

王磐《王西樓先生樂府》,《續修四庫全書・集部》第 1738 册,影印南京圖書館藏明嘉靖三十年(1551)張守中刻本。

李萬平《饑豹存稿》,《明別集叢刊》第 88 册,影印明嘉靖三十八年(1559)豐城李氏家刻本,黄山書社,2013 年。

康海《對山集》,《四庫全書存目叢書・集部》第 52 册,影印明嘉靖二十四年(1545)吴孟祺刻本。

康海《汫東樂府後録》、《滸西山人初度録》,臺灣"中央"圖書館藏。

陳靝沅《康海散曲集校箋》,浙江古籍出版社,2011 年。

陳靝沅《從散曲文獻看明中葉士人群體——〈以滸西山人初度録〉及〈北宫詞紀〉爲中心》,"士人與近世社會文化變遷(1100—1500)"國際學術研討會論文,2016。

張治《張龍湖先生文集》,《四庫全書存目叢書・集部》第 76 册,影印中央民族大學圖書館藏清雍正四年(1726)彭思眷刻本。

胡松《胡莊肅公文集》,《四庫全書存目叢書・集部》第 91 册,影印北京大學圖書館藏明萬曆十三年(1585)刻本。

蔡國珍《蔡恭靖公遺稿》,《四庫全書存目叢書・集部》第 132 册,影印北京大學圖書館藏清乾隆十六年(1751)蔡尚才刻本。

辛陞《寒香館遺稿》,民國五年(1916)刻本,浙江圖書館藏。《清代詩文集彙編》第 10 册,影印民國五年(1916)活字印本。

熊過《南沙文集》,《原國立北平圖書館甲庫善本叢書》第 767 册,影印明隆慶二年(1568)刻萬曆十五年(1587)遞修本,國家圖書館出版社,2013 年。

焦源溥《逆旅集》,《四庫全書未收書輯刊》第 6 輯第 30 册,影印清道光十九年(1839)宏道書院刻本。

姜恩《篆江存稿》,《原國立北平圖書館甲庫善本叢書》第 763 册,國家圖書館出版社影印明萬曆四年(1576)廣安姜召刻本。

徐敷詔《徐定庵先生集》,明萬曆四十四年(1616)胡繼升刻本,山西大學圖書館藏。

陳儒《留餘堂集》,清抄本,復旦大學古籍所藏復印本。

王交《緑槐堂稿》,明隆慶五年(1571)王益荃刻本,復旦大學古籍所藏復印本。

李應策《蘇愚山洞續集》,明末刻本,北京大學圖書館藏,復旦大學古籍所藏縮微制品。

高應玘《醉鄉小稿》,明末刻本,國家圖書館藏。

爲霖子《六院女史清流北調詞曲》,明末刻本,日本天理大學圖書館藏。

朱憲㸅《種蓮歲稿》,《原國立北平圖書館甲庫善本叢書》第693册,國家圖書館出版社影印明嘉靖三十五年(1556)遼藩刻本。

馮敏効《小有亭集》,明刻本,復旦大學古籍所藏復印本。

許樂善《適志齋集》,清乾隆二十四年(1759)許以恕刻本,復旦大學圖書館藏。

劉汝佳《劉婺州集》,明萬曆四十五年(1617)序刻本,復旦大學古籍所藏復印本。

沈演《止止齋集》,明崇禎刻本,復旦大學古籍所藏復印本。

李樸《調刁集》,明刻本,復旦大學古籍所藏復印本。

鄭心材《鄭京兆文集》,明萬曆刻本,復旦大學古籍所藏復印本。

馮柯《貞白全書》,明萬曆刻本,復旦大學古籍所藏復印本。

周用《周恭肅集》,《四庫全書存目叢書・集部》第54、55册,影印清華大學圖書館藏明嘉靖二十八年(1549)周國南川上草堂刻本。

馬一龍《玉華子遊藝集》,明萬曆三十三年(1605)馬震伯、馬巽翰等刻本,國家圖書館藏。

謝應芳《龜巢稿》,《影印文淵閣四庫全書・集部》第1218册。《四庫提要著録叢書・集部》第112册,影印清初抄本。

俞憲編《盛明百家詩》,《四庫全書存目叢書・集部》第304—308册,影印明嘉靖至萬曆間刻本。

趙時春《趙浚谷詩文集》,《四庫全書存目叢書・集部》第87册,影印明萬曆八年(1580)周鑒刻本。

趙大佑《燕石集》,明隆慶六年(1572)趙成妥刻本,國家圖書館藏。

周履靖輯《唐宋元明酒詞》,收入《夷門廣牘》,書目文獻出版社,1990年。

何三畏《漱六齋全集》,《原國立北平圖書館甲庫善本叢書》第846、847册,國家圖書館出版社影印明萬曆陳錫恩刻本。

杜文焕《太霞洞集》,《原國立北平圖書館甲庫善本叢書》第898册,國家圖書館出版社影印明天啟刻、清順治續刻本。

翁吉煽《石佛洞権倀小品》,《域外漢籍珍本文庫》第五輯第29册,影印明崇禎六年(1633)刻本,人民出版社,2015年。

范壺貞《范蓉裳胡繩詩鈔》,明末套印本,上海圖書館藏。清乾隆天遊閣刻本,國家圖書館藏,上海圖書館藏。

鄭鄤《峚陽草堂詩集》,《四庫禁毁書叢刊·集部》第126册,影印北京大學圖書館藏民國二十一年(1932)活字本。

王端淑輯《名媛詩緯初編》,清康熙六年丁未(1667)山陰王世清音堂刻本。

王端淑輯《名媛詩緯雅集》,盧前《飲虹簃所刻曲續刻》,廣陵古籍刻印社,1980年。

王端淑《映然子吟紅集》,《清代詩文集彙編》第82册影印清刻本。

魏方炌《問霞閣集》,清康熙刻本,上海圖書館藏。

來集之《倘湖遺稿》,清抄本,上海圖書館藏。

王一翥《王子雲集》,清抄本,湖北圖書館藏。

錢鳳綸《古香樓集》,清康熙刻本,國家圖書館藏。

林以寧《墨莊集》,清康熙刻本,國家圖書館藏。

王時敏《王烟客集》,《清代詩文集彙編》第7册,影印民國五年(1916)上海蘇新書社、蘇州振新書社鉛印本。

吕坤《去僞齋文集》,《四庫全書存目叢書·集部》第161册,齊魯書社影印清康熙三十三年(1694)吕慎多刻本。

畢木《黄髪翁全集》,《四庫未收書輯刊》第5輯第22册,北京出版社影印清嘉慶十三年(1808)畢豐增等刻本,1997年。《山東文獻集成》第2

輯第 27 册,山東大學出版社影印山東大學圖書館藏清抄本,2007 年。

屠隆《娑羅館逸稿》,明萬曆三十四年(1606)沈氏尚白齋刻本,浙江圖書館藏。

汪超宏主編《屠隆集》,浙江古籍出版社,2012 年。

屠本畯《屠田叔小品七種》,明萬曆刻本,浙江圖書館藏。

陳繼儒《眉公詩鈔》,《四庫禁毀書叢刊・集部》第 47 册,北京出版社影印明崇禎間刻本,1997 年。

陳繼儒《眉公先生晚香堂小品》,《陳眉公先生全集》,《原國立北平圖書館甲庫善本叢書》第 898—901 册,國家圖書館出版社影印明末湯大節簡緑居刻本。

范允臨《輸寥館集》,《四庫禁毀書叢刊・集部》第 101 册,北京出版社影印清初刻本。

龍膺《九芝集》,《四庫全書存目叢書・集部》第 167 册,齊魯書社影印清光緒十三年(1887)九芝堂刻綸㶁全集本。

宋楙澄《九籥集》,《四庫禁毀書叢刊・集部》第 177 册,北京出版社影印明萬曆間刻本。《續修四庫全書・集部》第 1373—1374 册,上海古籍出版社影印明萬曆刻本。

楊思本《榴館初函集選》,《四庫全書存目叢書・集部》第 194—195 册,齊魯書社影印清康熙十三年(1674)楊日升刻本。

汪膺《寸碧堂稿》,《四庫全書存目叢書・集部》第 192 册,齊魯書社影印清康熙間鈍翁全集本。

王象春《問山堂詩》,《山東文獻集成》第 2 輯第 28 册,山東大學出版社影印山東圖書館藏清康熙樹音堂抄本,2007 年。

馮夢龍《掛枝兒》、《山歌》、《夾竹桃》,收入《明清民歌時調集》,上海古籍出版社,1987 年。

馮夢龍《太霞新奏》,《馮夢龍全集》第 14 册,江蘇古籍出版社,1993 年。

馮夢龍《三教偶拈》,《域外漢籍珍本文庫・集部》第 1 輯第 4 册,西南師範大學出版社，人民出版社，2008 年。

馮夢龍《喻世明言》，人民文學出版社，1999 年。

馮夢龍《醒世恒言》，上海古籍出版社，1992 年。

馮夢龍《墨憨齋新訂精忠旗》，《墨憨齋重定量江記》，《墨憨齋重定西樓楚江情》，《墨憨齋新定灑雪堂》，《墨憨齋定本傳奇》，中國戲劇出版社，1960 年。

徐士俊《雁樓集》，《清代詩文集匯編》第 17 册，上海古籍出版社影印清順治刻本，2010 年。

孫廷銓《沚亭删定文集》，《四庫全書存目叢書・集部》第 200 册，齊魯書社影印首都圖書館藏清康熙十七年(1678)慕天顔刻本。

趙善增《偶庵集略》，《稀見清人别集叢刊》第 1 册，廣西師範大學出版社影印北京師範大學圖書館藏清康熙二十年(1681)刻本，2007 年。

陸進《巢青閣集》，附陸曾禹《巢青閣學言》，清康熙刻本，浙江圖書館藏。

曹斯棟《稗販》，《四庫未收書輯刊》第 3 輯第 28 册。

吴騫輯録《扶風傳信録》，《叢書集成新編》第 82 册，臺灣新文豐出版公司印行，1984 年。

鄒樞《十美詞紀》，《叢書集成續編》第 212 册，臺灣新文豐出版公司印行，1988 年。

莊臻鳳《琴學心聲》，《續修四庫全書・子部》第 1094 册，上海古籍出版社影印清康熙三年(1664)刻本。《四庫全書存目叢書・子部》第 75 册，齊魯書社影印清康熙刻本。

徐永宣等輯《清暉贈言》，宣統三年(1911)排印，浙江大學圖書館藏。

唐夢賚《志壑堂集》，《清代詩文集匯編》第 103 册，上海古籍出版社影印清康熙二十年(1681)刻本。《四庫全書存目叢書・集部》第 217 册，齊魯書社影印清華大學圖書館清康熙刻本。

陳夢雷《松鶴山房詩集》、《松鶴山房文集》，《續修四庫全書・集部》第 1415—1416 册，上海古籍出版社影印清康熙銅活字印本。

徐旭旦《世經堂初集》、《世經堂詩詞鈔》，浙江圖書館藏。《清代詩文集匯編》第197册，上海古籍出版社影印清康熙刻本。

徐大椿《洄溪道情》，清抄本，浙江大學圖書館藏。

徐大椿《洄溪道情》，清道光戊申(1848)姚椿刻本，上海圖書館藏。

徐大椿《洄溪道情》，清光緒二十二年(1896)刻本，珍藝書局，浙江圖書館藏。

徐大椿《洄溪道情》，清光緒刻本，著易堂書局，浙江圖書館藏。

徐大椿《洄溪道情》，群衆編輯部校點，群衆圖書公司，1925年。

徐大椿《洄溪道情》，任訥《散曲叢刊》收入，1931年刻本，中華書局，浙江圖書館藏。

盛偉編《蒲松齡全集》，學林出版社，1998年。

蔣士銓《忠雅堂詩集》，《續修四庫全書・集部》第1436册，據稿本影印。

蔣士銓《忠雅堂文集》，《續修四庫全書・集部》第1436—1437册，據山東圖書館藏清嘉慶二十一(1816)年藏園刻本影印。

邵海清、李夢生校箋《忠雅堂集校箋》，上海古籍出版社，1993年。

袁枚《隨園詩話》、《隨園詩話補遺》，《續修四庫全書・集部》第1701册，影印上海圖書館藏清乾隆十四年(1749)刻本。

袁枚《隨園詩話》、《隨園詩話補遺》，王英志校點《袁枚全集》第三册，江蘇古籍出版社，1993年。

繆艮編《文章遊戲初編》、《文章遊戲二編》、《文章遊戲三編》、《文章遊戲四編》，浙江圖書館藏。

沈不沉編《洪炳文集》，上海社會科學院出版社，2004年。

沈筠《壬寅乍浦殉難録》，清道光刻本，浙江圖書館藏。

招子庸《粵謳》，羊城富經堂刻本，清道光八年(1828)，上海圖書館藏。

招子庸《粵謳》，廣州登雲閣補，清咸豐八年(1858)，上海圖書館藏。

招子庸《粵謳》，抄本，上海圖書館藏。

招子庸《粵謳》，清光緒五桂堂刻本，浙江圖書館藏。

招子庸《校本正粵謳》，光緒二十六年（1900）以文堂刻本，浙江圖書館藏。

招子庸《原本正粵謳解心》，光緒二十九年（1903）守經堂刻本，浙江圖書館藏。

招子庸《粵謳》，陳寂評注，廣東人民出版社，1986年。

孫家穀《襄陵詩草》、《襄陵詞草》，民國約園刊本，浙江圖書館藏。

尹恭保《江東詞稿》，林慶彰等主編《晚清四部叢刊》第四編第92册，影印清光緒七年（1881）刻本，臺灣文聽閣圖書有限公司，2010年。

蔡竹銘《小瀛壺仙館文鈔》，民國鉛印本，浙江圖書館藏。

蔡竹銘編《寄樓餘墨》，民國鉛印本，浙江圖書館藏。

鄭燮《板橋集》，《續修四庫全書・集部》第1425册，上海古籍出版社影印遼寧圖書館藏清清暉書屋刻本。

吴應鉉《漱芳閣填詞》，《吴氏傳家集》附録，吴鑽、吴我熾、吴我烜、吴士岐《吴氏傳家集》，《中國稀見史料》第3輯第1册，厦門大學出版社影印厦門大學圖書館藏清乾隆三十四年（1769）清牧草堂刻本。

唐英《古柏堂戲曲集》，上海古籍出版社，1987年。

徐達源編《澗上草堂紀略》，《叢書集成續編》第105册，臺灣新文豐出版公司，1988年。

左輔《念宛齋詞曲》，《清代詩文集匯編》第430册，上海古籍出版社影印清嘉慶二十五年（1820）裕德堂刻本。

甘立媃《詠雪樓稿》，肖亞男主編《清代閨秀集叢刊》第13册，影印清道光二十三年（1843）徐心田半偈齋刻本，國家圖書館出版社，2014年。

李林松《易園集》，徐雁平、張劍主編《清代家集叢刊》第5册，影印民國二十九年（1940）鉛印本，國家圖書館出版社，2015年。

馬魯《山對齋詩存稿》，徐雁平、張劍平主編《清代家集叢刊》第20册，影印清同治癸酉（1873）刻本。

張振夔《介軒文鈔》、《介軒詩鈔》、《介軒外集》，清同治九年（1870）刻本，浙江大學圖書館藏。《清代詩文集匯編》第598册，上海古籍出版社影印清同治九年(1870)刻本。

許鴻磐《許雲嶠先生手書詩文稿》,《山東文獻集成》第 2 輯第 36 册,山東大學出版社影印山東博物館藏稿本。

崇恩《香髓閣小令》,《中國古籍珍本叢刊》天津圖書館卷第 56 册,國家圖書館出版社影印清稿本,2013 年。

姚燮《紅雪吟》,抄本,私人藏本,收入路偉、曹鑫編《姚燮集》,浙江古籍出版社,2014 年。

姚燮《復莊今樂府選》,清抄本,浙江圖書館藏,寧波天一閣藏,國家圖書館藏。

姚燮《瓊貽副墨》,清抄本,國家圖書館藏。

魏自勵《貢樹生香詩稿》,《山東文獻集成》第 4 輯第 32 册,山東大學出版社影印菏澤趙晨藏舊抄本。

王維言《玉映樓纈芳集》,《山東文獻集成》第 2 輯第 38 册,山東大學出版社影印山東圖書館藏稿本。

范濂《如何是可齋外集》,《中國稀見史料》第 3 輯第 19 册,厦門大學出版社影印厦門大學圖書館藏清光緒二十二年(1896)沈祖洛刻本。

孫點《庚寅讌集三編》,《晚清東遊日記匯編(1)·中日詩文交流集》,上海古籍出版社,2004 年。

栩園同社生著,栩園編譯社編輯《文苑導遊録》,上海交通圖書館 1919 年再版,浙江圖書館藏。

蔣著超編《民權素》第 1 集,《近代中國史料叢刊續輯》第 551 册,臺灣文海出版社有限公司,1983 年。

蔣著超編《民權素》第 2 集、第 3 集,《近代中國史料叢刊續輯》第 552册。

蔣著超編《民權素》第 11 集,《近代中國史料叢刊續輯》第 556 册。

袁思古《學圃老人詞稿》,《近代中國史料叢刊續輯》第 204 册,臺灣文海出版社有限公司印行,1983 年。

傅保民《漱紅閣詩詞曲稿》,上海古籍出版社,2006 年。

楊慎《辭品》,《續修四庫全書·集部》第1733册,影印國家圖書館藏明刻本。

李開先《詞謔》,《中國古典戲曲論著集成》第3册,中國戲劇出版社,1959年。

王驥德《曲律》,《中國古典戲曲論著集成》第4册。

徐𤊹《徐氏筆精》,《影印文淵閣四庫全書·子部》第856册。

朱孟震《遊宦餘談》,《四庫全書存目叢書·子部》第104册,齊魯書社影印明萬曆間刻朱秉器全集本。

顧起元《客座贅語》,《續修四庫全書·子部》第1260册,上海古籍出版社影印南京圖書館藏明萬曆四十六年(1618)刻本。《四庫全書存目叢書·子部》第243册,齊魯書社影印明萬曆四十六年(1618)自刻本。中華書局,1987年。

李春熙《道聽録》,《北京圖書館古籍珍本叢刊》第64册,書目文獻出版社影印清抄本。

蔣一葵《堯山堂外紀》,《續修四庫全書·子部》第1194—1195册,上海古籍出版社影印明刻本。《四庫全書存目叢書·子部》第147—148册,齊魯書社影印明萬曆刻本。

潘之恒《亙史鈔》,《四庫全書存目叢書·子部》第193—194册,齊魯書社影印明刻本。

沈德符《萬曆野獲編》,中華書局,1959年。

托名李贄《山中一夕話》,《續修四庫全書·子部》第1272册,上海古籍出版社影印明刻本。

池上餐華生輯《詩笑》,《續修四庫全書·子部》第1273册,上海古籍出版社影印國家圖書館藏明刻本。《筆記小説大觀》第1編第4册,臺灣新興書局有限公司,1978年。

汪景祺《西征隨筆》,《續修四庫全書·子部》第1177册,影印復旦大學圖書館藏民國鉛印本。

褚人獲《堅瓠集》,《續修四庫全書·子部》第1260—1262册,上海古籍出版社影印清康熙刻本。

褚人獲《隋唐演義》，人民文學出版社，2007 年。華夏出版社，2008 年。

西周生《醒世姻緣傳》，中華書局，2002 年。

錢尚濠《買愁集》，《四庫未收書輯刊》第 10 輯第 12 册。

阮葵生《茶餘客話》，《續修四庫全書・子部》第 1138 册，上海古籍出版社影印復旦大學圖書館藏光緒十四年（1888）鉛印本。

徐珂《清稗類鈔》第 10 册、第 11 册，中華書局，1986 年。

梁紹壬《兩般秋雨庵隨筆》，《續修四庫全書・子部》第 1263 册，上海古籍出版社影印清康熙三年（1664）刻本。《近代中國史料叢刊續編》第 157 册。

徐逢吉《清波小志》，《西湖文獻集成》第 8 册，杭州出版社，2004 年。

羅貫中《殘唐五代史演義傳》，寶文堂書店，1981 年。

羅貫中《北宋三遂平妖傳》，《明代小説輯刊》第 2 輯第 3 册，巴蜀書社，1995 年。《韓國藏中國稀見珍本小説》第五卷，中國大百科全書出版社，1997 年。

沈孟柈《錢塘漁隱濟顛師語録》，《西湖文獻集成》第 28 册。

蘭陵笑笑生《金瓶梅詞話》，人民文學出版社，2000 年。

《張竹坡批評第一奇書金瓶梅》，齊魯書社，1987 年。

張靜庵《青屋夢》，吉林文史出版社，1999 年。

周清源《西湖二集》，《中國古代珍稀本小説續》第 12 册，春風文藝出版社，1997 年。

吴敬所編《國色天香》，吉林文史出版社，1999 年。

天然癡叟《石點頭》，上海古籍出版社，2004 年。

淩濛初《拍案驚奇》，上海古籍出版社，1982 年。

淩濛初《二刻拍案驚奇》，上海古籍出版社，1982 年。

陸人龍《型世言》，中華書局，1993 年。

抱甕老人輯《今古奇觀》，上海古籍出版社，1992 年。

夢覺道人、西湖浪子輯《三刻拍案驚奇》,北京燕山出版社,1987 年。

清溪道人《東渡記》,上海古籍出版社,1996 年。

清溪道人《禪真逸史》,齊魯書社,1986 年。

佚名《山水情》,内蒙古人民出版社,2001 年。

酌玄亭主人《閃電窗》,上海古籍出版社,1990 年。

酌玄亭主人《照世杯》,《中國古代珍稀本小説》第 9 册,春風文藝出版社,1994 年。

獨逸窩退士《笑笑録》,《續修四庫全書·子部》第 1273 册,上海古籍出版社影印復旦大學圖書館藏清光緒五年(1879)鉛印申報館叢書本。

董説《續西遊》,中國廣播電視出版社,1988 年,

青蓮室主人《後水滸傳》,巴蜀書社,1993 年。

西子湖伏雌教主《醋葫蘆》,巴蜀書社,1993 年。

西湖漁隱主人《歡喜冤家》,吉林文史出版社,1999 年。

楊爾曾《韓湘子全傳》,《明代小説輯刊》第 3 辑第 4 册,巴蜀書社,1999 年。

醉西湖心月主人《宜春香質》,《明代小説輯刊》第 2 辑第 3 册。

醉西湖心月主人《弁而釵》,《明代小説輯刊》第 2 辑第 3 册。

金木散人《鼓掌絶塵》,收入《中國話本大系》,江蘇古籍出版社,1990 年。

赤心子、吴敬所編《繡谷春容》,收入《中國話本大系》。

石成金《雨花香》,《中國古代珍稀本小説》第 9 册。

石成金《傳家寶初集》,《清代詩文集匯編》第 203—204 册,上海古籍出版社影印清乾隆四年(1739)刻本。

佚名《醒名花》,《中國古代珍稀本小説》第 6 册。

佚名《戚南塘剿平倭寇志传》,《中國古代珍稀本小説續》第 8 册。

花溪逸士《嶺南逸史》,《中國近代小説史料續編》第 21 册。

五一居主人《五更風》,收入《古本小説集成》,上海古籍出版社,1994 年。

佚名《回頭傳》,收入《古本小說集成》。

丁秉仁《瑶華傳》,收入《古本小說集成》。

覲光《英烈全傳》,收入《古本小說集成》。

顧石城《吴江雪》,收入《古本小說集成》。

松雲氏《英雲夢傳》,收入《古本小說集成》。

佚名《走馬春秋》,收入《古本小說集成》。

蘇庵主人《繡屏緣》,收入《古本小說集成》。

古吴憨憨生《飛英聲》,收入《古本小說集成》。

餐花主人《濃情快史》,《明清豔情禁毁小說》卷一,敦煌文藝出版社,1999 年。

癡道人《株林野史》,《明清豔情禁毁小說》卷一。

江左淮庵《醉春風》,《明清豔情禁毁小說》卷一。

雲遊道人《燈花夢》,《明清豔情禁毁小說》卷一。

風月軒又玄子《浪史》,《明清豔情禁毁小說》卷二。

蒲琳《清風閘》,《明清豔情禁毁小說》卷二。

姑蘇癡情士《鬧花叢》,《明清豔情禁毁小說》卷三。

佚名《一片情》,《明清豔情禁毁小說》卷三。

佚名《巫夢緣》,《明清豔情禁毁小說》卷三。

東魯落落平生《玉閨紅》,《明清豔情禁毁小說》卷四。

佚名《梧桐影》,《明清豔情禁毁小說》卷四。

桃源醉花主人《别有香》,《明清豔情禁毁小說》卷四。

檀園主人《雅觀樓》,《中國古代珍稀本小說》第 2 册。

佚名《掌故演義》,《中國古代珍稀本小說》第 5 册。

西吴懶道人《剿闖小說》,《哈佛燕京圖書館藏齊如山小說戲曲文獻匯刊》第 18 册,國家圖書館出版社,2011 年。

天花藏主人《醉菩提傳》,人民文學出版社,2006 年。

天花藏主人《人間樂》,《哈佛燕京圖書館藏齊如山小說戲曲文獻匯刊》第 21 册。

徐述夔《快士傳》,中國文史出版社,2003 年。

香嬰居士《麴頭陀傳》,人民文學出版社,2006 年。

天花才子《快心編》,人民文學出版社,1992 年。

烟水散人《新刻鴛鴦》,《哈佛燕京圖書館藏齊如山小説戲曲文獻匯刊》第 11 册。

檇李烟水散人《燈月緣》,《明清豔情禁毁小説精華》卷三。

檇李烟水散人《桃花影》,《明清豔情禁毁小説精華》卷二。

西泠狂者《載花船》,臺北天一出版社,1985 年。

艾衲居士《豆棚閑話》,中華書局,2000 年。

瀟湘迷津渡者《寫真幻》,中國文史出版社,2003 年。

瀟湘迷津渡者《筆梨園》,臺北天一出版社,1990 年。

青心才人《金雲翹傳》,春風文藝出版社,1983 年。

天花主人《雲仙笑》,春風文藝出版社,1985 年。

丁耀亢《化人遊》,《古本戲曲叢刊》五集,上海古籍出版社,1986 年。

丁耀亢《西湖扇》,《古本戲曲叢刊》五集。

丁耀亢《續金瓶梅》,收入《古本小説集成》。

四橋居士《隔簾花影》,收入《古本小説集成》。

李漁《連城璧》,上海古籍出版社,1992 年。

汪象旭《吕祖全傳》,《哈佛燕京圖書館藏齊如山小説戲曲文獻匯刊》第 1 册。

雲陽嗤嗤道人《警寤鐘》,《哈佛燕京圖書館藏齊如山小説戲曲文獻匯刊》第 5 册。中國文史出版社,2003 年。

娥川主人《世無匹》,《哈佛燕京圖書館藏齊如山小説戲曲文獻匯刊》第 1—2 册。中國文史出版社,2003 年。

娥川主人《生花夢》,《哈佛燕京圖書館藏齊如山小説戲曲文獻匯刊》第 16—17 册。

娥川主人《炎涼岸》,《中國古代孤本小説》第 1 册,春風文藝出版社,1997 年。

步月齋主人《幻中遊》,中國文史出版社,2003年。

佚名《人中畫》,《哈佛燕京圖書館藏齊如山小説戲曲文獻匯刊》第1册。

佚名《螢窗清玩》,中國文史出版社,2003年。

佚名《宛如約》,中國文史出版社,2003年。

佚名《陰陽鬥》,中國文史出版社,2003年。

郭小亭《濟公全傳》,山西人民出版社,1996年。

左臣《萬斛泉》,《哈佛燕京圖書館藏齊如山小説戲曲文獻匯刊》第15—16册。

烟霞散人《鐘馗斬鬼傳》,長江文藝出版社,1980年。

烟霞逸士《巧連珠》,《哈佛燕京圖書館藏齊如山小説戲曲文獻匯刊》第21—22册。

白雲道人《玉樓春》,《哈佛燕京圖書館藏齊如山小説戲曲文獻匯刊》第6册。

李春榮《水石緣》,北京大學出版社,1990年。

彌堅堂主人《終須夢》,中國文史出版社,2003年。

李修行《夢中緣》,書目文獻出版社,1996年。

李百川《緑野仙蹤》,人民文學出版社,1987年。

陳樹基《西湖拾遺》,《西湖文獻集成》第29册。

佚名《緑牡丹全傳》,上海古籍出版社,1986年。

坐花散人《風流悟》,中國文史出版社,2003年。

陳森《品花寶鑒》,中國文史出版社,2003年。

臨鶴山人《紅樓圓夢》,北京大學出版社,1988年。

庾嶺勞人《蜃樓志》,吉林文史出版社,1999年。

邗上蒙人《風月夢》,書目文獻出版社,1996年。

通元子黄石《玉蟾記》,中國文史出版社,2003年。《中國近代小説史料續編》第33册,台灣廣文書局,1986年。

落魄道人《常言道》,中國文史出版社,2003年。

雪樵主人《雙鳳奇緣》,中國文史出版社,2003年。

娜嬛山樵《增補紅樓夢》，北京大學出版社，1988 年。

娜嬛山樵《補紅樓夢》，北京大學出版社，1988 年。

懷明《西遊記記》，書目文獻出版社影印清咸豐抄稿本，1996 年。又收入《北京圖書館藏珍本小説叢刊》第 1 輯第 15 册，書目文獻出版社影印清咸豐抄稿本，1996 年。

雲槎外史《紅樓夢影》，北京大學出版社，1988 年。

坑餘生《續濟公傳》，浙江古籍出版社，1988 年。

花月癡人《紅樓幻夢》，收入《古本小説集成》。

俞達《青樓夢》，收入《古本小説集成》。

歸鋤子《紅樓夢補》，北京大學出版社，1988 年。

西泠野樵《繪芳録》，北京大學出版社，1988 年。

陳少海《紅樓復夢》，北京大學出版社，1988 年。

彭養鷗《黑籍冤魂》，《中國近代珍稀本小説》第 17 册，春風文藝出版社，1997 年。

海天獨嘯子《女媧石》，《中國近代珍稀本小説》第 3 册。

痛國遺民編《最新醒世歌謡》，上海大經書局印刷，光緒三十年(1904)九月出版，浙江大學圖書館藏。

上海越社編輯《最新婦孺唱歌書》，光緒三十年(1904)五月首版，三十一年(1905)八月再版，支那新書局發行，浙江大學圖書館藏。

葉楚傖《古戍寒笳記》，上海文藝出版社，2010 年。

葉楚傖《如此京華》初集、二集，上海文藝出版社，2010 年。

葉楚滄《如此京華》初集、二集，《中國近代珍稀本小説》第 12 册。

徐春沂《三醒華人傳》，收入《清末時新小説集》，上海古籍出版社，2011 年。

蝶盧《六月雪》，《中國近代小説史料匯編》第 3 册，臺灣廣文書局，1980 年。

佚名《風月傳》，《中國近代小説史料續編》第 19 册。

托名湯顯祖《詞林落霞》，明刻本，韓國檀國大學栗谷紀念圖書館藏。

鄧志謨《七種争奇》,《原國立北平圖書館甲庫善本叢書》第 639—640 册。

宋存標《情種》,《四庫未收書輯刊》第 3 輯第 28 册。

黄儒卿《時調青昆》,《善本戲曲叢刊》第 1 輯第 9 册,臺灣學生書局影印明末刻本,1984 年。

《詞林一枝》,《玉谷新簧》,《八能奏錦》,《徽池雅調》,《大明春》,《摘錦奇音》,收入王秋桂主編《善本戲曲叢刊》,臺灣學生書局,1986—1988 年。

丁綵《小令》,吴書蔭主編《綏中吴氏藏抄本稿本戲曲叢刊》第 44 册,學苑出版社,2004 年。

竇彦斌輯《新鐫詞林白雪》,《日本所藏稀見中國戲曲文獻叢刊》第 1 册,廣西師範大學出版社,2006 年。

《新鐫南北時尚萬花小曲》,《新刻南北時尚絲弦小曲》,收入王秋桂主編《善本戲曲叢刊》,臺灣學生書局,1987 年。

《樂府玉樹英》,《樂府萬象新》,《大明天下春》,收入李福清、李平編《海外孤本晚明戲劇選集三種》,上海古籍出版社,1993 年。

《新鐫綴白裘合選》,《中華再造善本》影印北京大學圖書館藏清康熙刻本,國家圖書館出版社,2013 年。

徐石麒《坦庵樂府黍香集》,《續修四庫全書・集部》第 1739 册,影印國家圖書館藏清順治南湖香書堂刻坦庵詞曲本。

路工編《明代歌曲選》,中華書局,1959 年。

吴炳《情郵記》,《古本戲曲叢刊》三集,文學古籍刊行社,1957 年。

薛旦《續情燈》,明崇禎刻本,上海圖書館藏。

錢石臣《芙蓉峽》,《復莊今樂府選》第 112 册。

朱佐朝《牡丹圖》,《復莊今樂府選》第 93 册。

徐沁《載花舲》,《復莊今樂府選》第 158 册。

夏秉衡《八寶箱》,清乾隆十五年庚午(1750)刻本,浙江圖書館藏。

夏綸《南陽樂》,《不登大雅文庫珍本戲曲叢刊》第 18—19 册,學苑出版社,2004 年。

黄鉽《四友堂里言》,《古本戲曲叢刊》五集。

萬榮恩《瀟湘怨》,《傅惜華藏古典戲曲珍本叢刊》第 76 册,學苑出版社,2010 年。

董榕《芝龕記》,《傅惜華藏古典戲曲珍本叢刊》第 35 册。

單瑶田《四時春》,《復莊今樂府選》第 39 册。

嚴保庸《盂蘭夢》,《復莊今樂府選》第 39 册。

黄燮清《桃溪雪》,《重修金華叢書》第 111 册,上海古籍出版社,2014 年。

楊恩壽《再來人》、《桂枝香》,《坦園六種曲》,《楊恩壽集》,王婧之校點,嶽麓書社,2010 年。

江雪樵《牡蠣園》,《傅惜華藏古典戲曲珍本叢刊》第 70 册。

阿英編《紅樓夢戲曲集》,中華書局,1978 年。

張美翊纂修《甬上屠氏宗譜》,民國八年(1919)刻本,浙江圖書館藏。

張雲程、趙葆真修,吴繼祖纂《民國鄠縣志》,《中國地方志集成・江蘇府縣志輯》第 4 册,江蘇古籍出版社,1993 年。《中國方志叢書・華北地方》第 233 册,臺灣成文出版社有限公司影印,1969—1976 年。

劉懋官修,周斯億纂《宣統涇陽縣志》,《中國方志叢書・華北地方》第 236 册,臺灣成文出版社有限公司影印。

毛承霖纂修《宣統續修歷城縣志》,《中國方志叢書・華北地方》第 4 册,臺灣成文出版社有限公司影印。

郁濬生纂修《民國續修巨野縣志》,《中國方志叢書・華北地方》第 31 册,臺灣成文出版社有限公司影印。

陳璚修,王棻纂,屈映光續修,陳懋勳續纂,齊耀珊重修,吴慶坻重纂《民國杭州府志》,《中國地方志集成・浙江府縣志輯》第 1—3 册。

禮闊泉等修,楊德馨等纂《民國順義縣志》,《中國地方志集成・北京府縣志輯》第 6 册。

宋如林修,孫星衍、莫晉纂《嘉慶松江府志》,《續修四庫全書・史部》第 687—689 册,影印華東師範大學圖書館藏清嘉慶二十三年(1818)松江府學刻本。

彭潤章等修，葉廉鍔等纂《光緒平湖縣誌》，《中国地方志集成・浙江府县志辑》第20册。

徐達源《黎里志》，嘉慶十年(1805)孚遠堂刻本。

朱寶炯、謝霈霖《明清進士題名碑録索引》，上海古籍出版社，1980年。

張廷玉等撰《明史》，中華書局，1974年。

謝國楨《明清筆記談叢》，上海書店出版社，2004年。

臺灣"中央圖書館"編《明人傳記資料索引》，中華書局，1987年。

楊廷福、楊同甫《明人别稱字號索引》，上海古籍出版社，2002年。

楊廷福、楊同甫《清人别稱字號索引》(增補本)，上海古籍出版社，2001年。

陳玉堂《中國近現代人物名號大辭典》，浙江古籍出版社，1993年。

陳玉堂《中國近現代人物名號大辭典續編》，浙江古籍出版社，2001年。

葉德均《戲曲小説叢考》，中華書局，1979年。

莊一拂《古典戲曲存目匯考》，上海古籍出版社，1982年。

莊一拂《南溪散曲》，莊增明編《莊一拂詩詞曲文遺稿》，嘉興圖書館印，2007年。

趙景深、張增元《方志著録元明清曲家傳略》，中華書局，1987年。

鄧長風《明清戲曲家考略續編》，上海古籍出版社，1997年。

李靈年、楊忠主編《清人别集總目》，安徽教育出版社，2000年。

齊森華、陳多、葉長海主編《中國曲學大辭典》，浙江教育出版社，1997年。

郭勳輯《雍熙樂府》，《續修四庫全書・集部》第1740—1741册，上海古籍出版社影印上海商務印書館影印明嘉靖四十五(1566)年刻本。《四庫全書存目叢書・集部》第426册，齊魯書社影印明萬曆刻本。

張禄輯《詞林摘豔》，《續修四庫全書・集部》第1740册，上海古籍出版社影印明嘉靖四年(1525)刻本。

張栩輯《彩筆情辭》,《善本戲曲叢刊》第75—76册。

陳所聞輯《南北宫詞紀》,《續修四庫全書·集部》第1741册,上海古籍出版社影印中國藝術研究院戲曲研究所藏明萬曆刻本。

沈自晉《南詞新譜》,中國書店,1985年。《善本戲曲叢刊》第29—30册。

周祥鈺等《九宫大成南北詞宫譜》,《善本戲曲叢刊》第87—104册。

葉堂《納書楹曲譜》,《善本戲曲叢刊》第82—86册。

錢德蒼《綴白裘》,《善本戲曲叢刊》第58—72册。中華書局排印本,2005年。

隋樹森編《全元散曲》,中華書局,1964年第1版,2000年第7次印刷。

謝伯陽編《全明散曲》,齊魯書社,1994年。

謝伯陽編纂《全明散曲》(增補版),齊魯書社,2016年。

謝伯陽、淩景埏編《全清散曲》(增補版),齊魯書社,2006年。

吴梅編輯《潛社曲刊》,南江濤選編《清末民國舊體詩詞結社文獻匯編》第22册,國家圖書館出版社影印民國鉛印本,2013年。

王衛民編《吴梅戲曲論文集》,中國戲劇出版社,1983年。

王衛民編《吴梅全集》,河北教育出版社,2002年。

顧名《曲選》,光華書局,1931年。

盧前《飲虹樂府》,民國戊子(1948)冬月刊,浙江圖書館藏。

盧前《盧前詩詞曲選》,中華書局,2006年。

盧前《盧前文史論稿》,中華書局,2006年。

盧前《飲虹曲話》,收入《盧前曲學四種》,中華書局,2004年。

盧前主編《民族詩壇》第1—5卷,南江濤編《民國舊體詩詞期刊三種》第1—5册,國家圖書館出版社,2013年。

任訥《曲諧》,中華書局,1931年。

任訥《曲海揚波》,中華書局,1931年。

朱自清《燕知草》,開明出版社,1994 年。

汪炳麟《汪石青全集》,香港天馬出版公司,2000 年。

顧隨《顧隨全集》,河北教育出版社,2000 年。

唐圭璋《夢桐詞》,江蘇古籍出版社,1987 年。

唐圭璋編《全金元詞》,中華書局,1979 年。

沈迦《夏承燾致謝玉芩手札箋釋》,國家圖書館出版社,2011 年。

霍松林《霍松林選集》,陝西師範大學出版社,2010 年。

上海書店出版社編《時調俚語》,《論語選萃》韻文卷,上海書店出版社,1997 年。

倦鶴等撰《如社詞鈔》,南江濤選編《清末民國舊體詩詞結社文獻匯編》第 2 册。

榮孟枚編《冷社詩集》,南江濤選編《清末民國舊體詩詞結社文獻匯編》第 3 册。

王季烈《自怡曲譜》,吴書蔭主編《綏中吴氏藏抄本稿本戲曲叢刊》第 45 册。

胡懷琛《胡懷琛詩歌叢稿》,商務印書館,1926 年。

沈慶伩《試探集》,中華書局,1936 年。

馮玉祥《馮玉祥先生抗戰詩歌集》,三户圖書社,1941 年。

冒廣生《冒鶴亭詞曲論文集》,上海古籍出版社,1992 年。

鄭逸梅《藝林散葉薈編》,中華書局,2002 年。

吴光主編《馬一浮全集》,浙江古籍出版社,2013 年。

陳翠娜《翠樓吟草》,黄山書社,2010 年。

常任俠《祝梁怨雜劇》,民國二十四年(1935)鉛印本,浙江圖書館藏。

常任俠《紅百合詩集》,學習出版社,1994 年。

沈寧編《冰廬錦箋——常任俠珍藏友朋書信選》,國家圖書館出版社,2008 年。

張小鋼編《青木正兒家藏中國近代名人尺牘》,大象出版社,2011 年。

陳祥麟《包定詩詞注析》,中國文聯出版社,2009 年。

高憲斌《百二寓屋詩詞散曲稿》,鉛印線裝本,1963 年,陝西師範大學圖書館藏。

于右任《于右任詩詞集》,湖南人民出版社,1984 年。

于媛編《于右任詩詞曲全集》,世界圖書出版公司西安有限公司,2014 年。

蔣禮鴻、盛静霞《懷任齋詩詞・頻伽室語業合集》,香港天馬圖書有限公司,2004 年。

葉嘉瑩《多面折射的光影——葉嘉瑩自選集》,南開大學出版社,2004 年。

吴鷺山《吴鷺山集》,盧禮陽、方韶毅編校,綫裝書局,2013 年。

顧毓琇《顧毓琇詞曲集》,南京大學出版社,2015 年。

鄭振鐸《中國俗文學史》,上海人民出版社,2006 年。

王季思《玉輪軒前集》,中山大學出版社,1993 年。

王季思《玉輪軒後集》,中山大學出版社,1994 年。

徐朔方《晚明曲家年譜》,浙江古籍出版社,1993 年。

田守真《明散曲紀事》,巴蜀書社,1996 年。

周玉波《明代民歌研究 》,江蘇古籍出版社,2005 年。

左鵬軍《晚清民國傳奇雜劇文獻與史實研究》,人民文學出版社,2011 年。

蘭拉成《清代散曲研究》,中國社會科學出版社,2011 年。

汪超宏《明清曲家考》,中國社會科學出版社,2006 年。

汪超宏《明清浙籍曲家考》,浙江大學出版社,2009 年。

汪超宏《姚燮年譜》,中國社會科學出版社,2011 年。

汪超宏《韓國藏戲曲選本〈詞林落霞〉考略》,《中山大學學報》,2013 年第 4 期。

鄭志良《明末清初紹興曲家魏方炳所作雜劇考》,《戲曲與俗文學研究》第一輯,社會科學文獻出版社,2016 年。

葉曄《〈全明散曲〉新輯》,《文學遺産》(網絡版),2011 年第 3 期。

樓順忠《〈西遊記記〉研究》,華東師範大學碩士學位論文,2008 年。

《明清散曲輯補》曲家姓名音序索引

H

M

W

Y

Z

後　記

輯補明清散曲，始於無意，成於有心。1996 年下半年，筆者從吴國欽教授攻讀博士學位，研修曲學，從《影印文淵閣四庫全書》中，偶爾翻閱到黄淮《省愆集》中散曲，爲《全明散曲》所未收。自此，便十分留意明清散曲的輯佚，一發而不可收。没有料到，這一工作延續了這麼長時間。也没有料到，在《全明散曲》、《全清散曲》之外，輯録了這麼多散曲之作。回想過程，酸甜苦辣，感慨萬千。這麼多年來，除了必要的教學工作外，其餘時間幾乎全部用在看書、查閱資料上。没有節假日，熬夜是常態，有時甚至熬通宵。爲了外出查資料方便，還專門辦了某連鎖酒店的優惠卡，辦了上海地鐵卡。僅去年，就三赴北京，兩到上海，到成都、新疆各一次，今年春節後，又到上海两次。雖然遇到不少困難，但始終没有放棄。如今終於出版，真是令人欣慰。

特別感謝德高望重的學界前輩謝伯陽先生賜序、古文字學家張振林教授題寫書名，感謝中山大學吴國欽教授、吴承學教授、文術發博士長期以來的關心和鼓勵，也感謝下列師友的支持和幫助：

北京語言大學吴書蔭教授，

浙江藝術研究院洛地教授，

北京大學廖可斌教授、李簡教授，

北京師範大學郭英德教授、杜桂萍教授，

中國人民大學朱萬曙教授、鄭志良教授，

復旦大學江巨榮教授、陳廣宏教授，

四川師範大學趙義山教授，

四川大學丁淑梅教授，

香港中文大學華瑋教授，

臺灣大學曹淑娟教授，

韓國東國大學朴永焕教授，

英國倫敦大學陳龢沅教授，

浙江大學王榮初教授、束景南教授、張夢新教授、金健人教授、朱則傑教授、樓含松教授、周明初教授、李詠吟教授、徐永明教授、葉曄教授，

浙江藝術職業學院徐宏圖教授，

杭州師範大學徐大軍教授、郭梅教授，

浙江理工大學顧克勇教授，

衢州學院張俊嶺教授，

台州學院高平教授，

寧波天一閣博物館李開升博士，

浙江古籍出版社陳小林博士、路偉編輯，

杭州電子科技大學夏勇博士，

浙江傳媒學院夏飄飄博士，

陝西户縣方志辦段景禮先生，

金華檢察院樓順忠先生，

臺灣"中央大學"博士候選人黄婉儀同學，

浙江大學博士生閻勖、彭志、李凱、印志遠、陳田珺等同學，碩士生羊曉華、許蒨、王建秋、施懿真、李玉鑫、韓玉鳳、劉晨琤等同學，本科生何蘇丹、厲家瑋、董璐瑶、宋苗婕、陸燕婷、金斌超、林怡蓮、高利、朱南南、鍾思惠、徐玲梅、王佳琦、金禾穗、段瑑、方圓、方鑫烈、李沁洋、馬欣宜、賀清清、孫晶茹、陳婉紗等同學，

復旦大學博士生龔宗傑、胡媚媚同學，碩士生徐婷婷同學，

陝西師範大學博士生劉曉同學，

四川師範大學博士生于楊珄同學，

四川大學本科雙特生張芾同學，

上海外國語大學高級翻譯學院研究生蔣鼎同學，

韓國東國大學研究生高暻模、金賢、吴志賢、朴芝恩等同學，本科生羅炫學同學。

上述師友或指明線索，或代查資料，或復印、拍照，或輸入部分文獻，或慷慨提供自己所發現的散曲，或給予查閲方便，或辨識疑難字詞，或揚譽肯定，或寫推薦函，等等。如果没有師友的無私幫助，本書一定會遜色不少。每當想起這些高情雅意，總是倍感温暖。

浙江大學出版社和責任編輯宋旭華先生，爲本書的順利出版，付出了不少努力，在此一并致謝。

拙著《明清曲家考》中所附輯補明代散曲，收入本書時，改正了原來的錯漏。本書 2015 年交付出版社後，鄙人反復修改，不斷"折騰"，屢次增删。其目的是想搜羅更豐富一些，校勘更精緻一些，錯誤盡量少一些。爲了不使全書失衡，在付印之前，又删去了二十多萬字的内容。由於學識有限，時間緊迫，加之明清文獻浩如烟海，本書雖廣搜博采，但有很多書還是無法閲覽，未能收入的散曲一定不少。即使翻閲過的書，也難保没有遺漏。魯魚亥豕，在所難免，懇請專家、讀者指正。

2017 年 4 月初稿，5 月 2 日改定，

3 日再改於浙江大學西溪校區圖書館古籍部

圖書在版編目(CIP)數據

明清散曲輯補 / 汪超宏編纂. —杭州:浙江大學出版社,2017.12
ISBN 978-7-308-17120-5

Ⅰ.①明… Ⅱ.①汪… Ⅲ.①散曲—作品集—中國—明清時代 Ⅳ.①I222.9

中國版本圖書館 CIP 數據核字(2017)第 166456 號

明清散曲輯補
汪超宏 編纂

書名題字 張振林
責任編輯 宋旭華 陸東海
責任校對 王榮鑫
封面設計 續設計
出版發行 浙江大學出版社
(杭州市天目山路 148 號 郵政編碼 310007)
(網址:http://www.zjupress.com)
排　　版 浙江時代出版服務有限公司
印　　刷 虎彩印藝股份有限公司
開　　本 710mm×1000mm 1/16
印　　張 157
字　　數 2251 千
版 印 次 2017 年 12 月第 1 版 2017 年 12 月第 1 次印刷
書　　號 ISBN 978-7-308-17120-5
定　　價 980.00 圓(全三册)

浙江大學出版社發行中心聯繫方式 (0571)88925591;http://zjdxcbs.tmall.com